长篇历史小说

合盛元票号 上

郝汝椿 —— 著

山西出版传媒集团
北岳文艺出版社
·太原·

图书在版编目(CIP)数据

合盛元票号：全2册 / 郝汝椿著．—太原：北岳文艺出版社，2020.1
ISBN 978-7-5378-6064-2

Ⅰ．①合… Ⅱ．①郝… Ⅲ．①长篇历史小说－中国－当代 Ⅳ．① I247.5

中国版本图书馆CIP数据核字(2019)第265058号

书　名：合盛元票号	责任编辑：王朝军
著　者：郝汝椿	书籍设计：张　乐

出版发行：山西出版传媒集团·北岳文艺出版社
地　　址：山西省太原市并州南路57号
邮　　编：030012
电　　话：0351-5628696（发行部）
　　　　　0351-5628688（总编室）
传　　真：0351-5628680
网　　址：http://www.bywy.com
E－mail：bywycbs@163.com
经　销　商：新华书店
印刷装订：山西人民印刷有限责任公司

开　　本：787mm×1092mm　1/16
字　　数：763千字
印　　张：57
版　　次：2017年4月第1版
　　　　　2020年1月第2版
印　　次：2020年1月山西第2次印刷
书　　号：ISBN 978-7-5378-6064-2
定　　价：118.00元（全二册）

本书版权为本社独家所有，未经本社同意不得转载、摘编或复制

郝汝椿　1959年生，山西祁县人。晋中市文联副主席、晋中市作家协会主席。从20世纪90年代初开始搜集晋商资料、研究晋商文化并创作反映晋商题材的文学作品。主要作品有：

乔家故事集《晋商巨族二百年》（1995年百花文艺出版社出版）

研究论著《乔家经商之道》（1997年内蒙古人民出版社出版）

长篇小说《晋商第一乔》（2002年中国青年出版社出版，2003年被《人民日报·海外版》选载20期，2004年被译为韩文出版）

长篇小说《刀枪审判》（2005年百花文艺出版社出版）

研究论著《乔家大商道》（2006年新华出版社出版）

研究论著《乔家简史》（2006年大众文艺出版社出版）

研究论著《晋中历史文化丛书·诗文卷〈文心笔华〉》(2016年三晋出版社出版)

研究论著《晋中历史文化丛书·人物卷〈群贤辉映〉》(2016年三晋出版社出版，与人合著)

合盛元票号东掌民国初照片,从左依次为武则卿(合盛元小号合伙人)、郭焕瑗、郝克凝、李苟、高牛云。

再版序

晋商崛起于明而鼎盛于清，称雄明清两代五百年，而以祁县、太谷、平遥为核心的清代晋商则创新思维，创新制度：发明并实行了"身股制""标期制"等前无古人、后无来者的独特而高明的商业体制机制，极好地理顺了东家与掌柜的关系，极大地激发了掌柜伙计的心劲，极高地提升了商业资金的使用效率。由此，也极完美地成全了商业字号的发展、壮大，进而走向鼎盛。他们更开拓进取，开拓市场：开拓并垄断汉蒙茶马贸易市场近三百年，开拓并垄断中俄茶叶贸易市场近一百五十年，开拓并垄断全国金融汇兑市场近一百年。由此，字号隆隆如震天雷，财源滚滚如长江水，晋商的买卖事业也进入了烈火烹油、锦上添花的辉煌境地，甚至进入了雄视天下、雄视千古的"会当凌绝顶，一览众山小"的巅峰境界！

晋商是中国商业史上最雄奇、独特而美丽的一道风景线，其辉煌鼎盛之象足以让人观瞻，其纵横捭阖之事足以让人阅看，其兴衰成败之理足以让人借鉴。笔者生长于晋商故里，操业于儒术文章，面对如此雄奇、独特而美丽的风景线，岂能熟视无睹，麻木不仁，见泰山而不仰瞻，见瑰宝而不俯拾焉？！于是，笔者动于衷而著于文，历时五载，修改三番，写成了这部七十余万字的长篇历史小说《合盛元票号》。在这部书的写作过程中，可谓倾心注血，聚精会神，唯恐愧刈于晋商者，愧对于出版者，愧对于阅读者：晋商那些人物卓越，那些故事震撼，那些功业辉煌，我之笔力能否荷其钧重？出版社桌上来稿如山，我之文稿能否入其法眼？阅读者面前图书千万，我之作品能否博其青睐？所幸，功夫不负人，心诚感天灵：出版过程中，得到了山西省委宣传部、晋中市委宣传部、北岳文艺出版社的大力支持和责编王朝军先生的精心编辑，使本书得以亮丽面世，隆重出版；出版面世后，又得到了专家的高度评价、媒体的热情介绍和广大读者的青睐捧场，使本书得以一度风光，再次出版！

　　本书再版之际，想到责编王朝军先生对本书垂爱有加，使本书得以更精美、更华丽的姿态再度亮相，笔者在此由衷感谢！同时，也想到广大读者朋友对本书青睐有加，使本书得以再印再版，笔者在此由衷期望：愿本书对您的事业家业亦裨益有加！

　　另外，也想到了中国长篇历史小说的开山鼻祖《三国演义》，其人物则帝王将相，其故事则谋略战争，其旨意则经邦济国，诚如浩浩洋洋之大海，宏观大观焉；而本书《合盛元票号》，其人物则东家掌柜，其故事则生意买卖，其旨意则兴号旺家，诚如荡荡漾漾之小河，微观小观焉。然而，宏观大观自可裨益于国之大业，微观小观亦可裨益于家之小业焉。如此，既然本书亦可裨益于世，何乐而不为？——作者不亦乐乎！编者不亦乐乎！读者不亦乐乎！

　　是为序。

郝汝椿于 2019 年 9 月 1 日

楔
子

三晋表里河山，万千气象。

滚滚黄河水从西流过，或磅礴浩荡，呈盛大之象；或奔腾咆哮，现雄浑之气。裹黄土而挟长风，由北千里南下，然后在西南角掉头朝东，再跨豫鲁两省归入大海。俯而瞰之，颇有盘龙之形。

巍巍太行山在东横亘，或峭壁险峰，棱如刀，尖如角；或怪石巉岩，形如爪，状如牙。一路腾挪跌宕，从北向南起伏绵延千里，举则吞豪气而吐雄风，止则临黄河而视中原。仰而视之，颇有卧虎之势。

从外观之，三晋乃盘龙卧虎之地也。

从内观之，则是另一番景象：

北—南走向的太行山和东北—西南走向的吕梁山从中北部叉开，分别伸向晋东南和晋西南，高高隆起的这两支山脉正好形成一个巨大而遒劲有力的"人"字浮雕。而这两支山脉的叉开处，汾水潺潺流出，纳百溪而成河，流经中部腹地，然后流向西南，汇入黄河，又恰如"人"的精脉。

于是，在巨"人"怀抱之位，在"精脉"经行之处，便成了一片风水宝地：汾河湾。

此又人杰地灵之象也。

故而，三晋自古为龙兴之地，工业之基：远古时，尧舜禹三圣在此发祥，肇建帝王伟业而发端中华文明；春秋时，晋文公在此崛起，东临齐，南逼楚，西阻秦，称霸天下诸侯；战国时，韩魏赵三家分晋，并以此为起始点，向四方扩张领土，奋有半个中国；隋唐时，李渊李世民父子在此起兵，开造了大唐盛世……

而汾河湾更是人文荟萃之处、地脉灵旺之所，自尧舜禹三圣发祥以来，数千年间人才辈出，盛事迭现，堪称一方宝地、福地！

就在这汾河湾边,有一个富足繁华的县邑——祁县。

祁县在春秋时为晋国大夫祁奚的封邑,此后,祁县这片土地虽历经沧桑巨变,但祁县一名一直沿用了二千五百余年,至今未变。由此可见:后世历代君王及祁邑人对祁奚的敬仰何其长久,而祁奚对祁邑的影响又何其深远!自从被"外举不避仇,内举不避亲"的祁奚大夫开发开化以来,这片土地上便长久地流行着一种忠直之风,氤氲着一股祥瑞之气。而由于有这种风气的熏陶,使这里的人易成器,事易成功。据统计,仅被收入《辞源》《辞海》等典籍中的祁县籍历史名人竟然有一百五十多人!一个个贤相良将、忠臣义士和文人墨客从这里走向历史的大舞台,如东汉之王允,东晋之温峤,唐之温彦博、王维、温庭筠、宋之王溥……延及明代,三晋大地重商之风渐兴,祁县的这种忠直之风和祥瑞之气也方向一变,转而眷顾商业经济。

特别是到了清初,以祁县的丹枫阁为核心地点,以戴廷栻、傅山、顾炎武为核心人物,周围聚拢了一大批反清复明的仁人志士,开展反清复明活动;祁县的丹枫阁与苏州的水绘园遥相呼应,形成了南北两个反清复明中心。其后,这两个反清复明中心相继被清廷围剿,丹枫阁也被一把火烧为灰烬,但幸存下来的仁人志士们转而以经商做掩护,继续从事秘密的反清复明活动;到最后,以祁县丹枫阁为中心的北方反清复明政治运动虽然还是失败了,但却使一大批仁人志士流向了商业领域,为祁县乃至山西商界输入了大量精英,并给祁县乃至山西商界留下了珍贵的文化基因,撒下了宝贵的精神种子,转而成就了晋商的"霸业"!如:顾炎武为字号设计了严格的制度,傅山为字号设计了严密的龙门账,戴廷栻则斡旋其中,延揽武林高手,成立了纵横江湖的镖局,到其后人戴隆邦时又创设了心意拳,并由此衍生出形意拳……而且,由于受他们这种反清复明的民族气节影响,致使祁县乃至山西的一大批社会精英耻于入仕清廷,这就使这个地方最优秀的人才进入了商业领域,并由此相沿成习,成俗，成风！——这有当时的山西学政刘于义给雍正皇帝的奏疏为证："山右积习，重利之念甚于重名，子弟俊秀者多入贸易一途；其次宁为胥吏，至中材以下，方使读书应试。"

这样，远有忠直之风和祥瑞之气，近有文化基因和精神种子，四者遥相感应，自然要在此地成就一番美事；而后又有代代俊秀子弟沐此风、浴此气，禀此文化基因，播此精神种子，操此买卖事业。于是，清代晋商借此而称雄中国商界，祁县一带的商人又借此执晋商牛耳！于是，祁县一带涌现出了一个个巨商大贾，拥资数百万两白银的东家有：祁县东邻太谷县之曹家、员家，东邻之东邻榆次县之常家、王家；祁县西邻平遥县之李家、毛家，西邻之西邻介休县之侯家、冀家；祁县本邑则有乔家、渠家、何家、孙家、武家、史家、郭家等等；而祁县本邑运筹数百万两白银的大字号有大盛魁、复盛公、长裕川、合盛元、大德通、大德恒、存义公、三晋源等等。

如此众多的大财东和大字号同时集聚在一个小小的县邑里，可见，祁县是何等的富足繁华？！

第一部

一

清光绪二十一年（1895年）冬腊月，中国的许多地方，尤其是辽东半岛、山东半岛，奉天、京、津等地，像这寒冷的季节一样，还笼罩在中日甲午战争惨败的阴影之中，百姓的生活萧瑟，商号的买卖萧瑟，整个国家的经济萧瑟……萧，萧，萧，如冬野之干树；瑟，瑟，瑟，如荒原之枯草！

而深居山西腹地的祁县城却繁华依然，热闹依旧！但见：在红火的东西大街上，两旁字号鳞次栉比，一个个流光溢彩、富丽堂皇，如王宫侯府；当中行人熙来攘往，一个个衣锦穿裘、佩金挂玉，如公子贵妃。字号内，金银争辉、绸缎斗彩，好一番富贵荣华；小摊上，你吆我喊、左称右量，好一番热闹气象……

祁县城并不在乎这场战争。从地理而言，祁县深居山西腹地，东有太行山的天然屏障，且远离东海岸千里之遥，东洋小日本的战舰枪炮能奈其何？不仅中日甲午战争来不了这里，甚至连战争的影子也来不了这里！从经济而言，祁县有这么多的大财东和大字号，在祁县大地上垛成了一座座金山银山，这种扎根于金山银山上的繁华，根子何其硬，胆子何其壮，千里之外的战争哪能动摇得了它，奈何得了它？！——繁华也是一种花，不过它非草本科，亦非木本科，而是属于金银本科的花，是由金汁银汁浇灌而生长、发育、开放的花。这种花面对风雨霜雪视若等闲，经历春夏秋冬感如同样；喜怒哀乐不损其命，离散聚合不伤其情！这种花虽无命而有性，虽无情而有义：有道德者居之则福其人，无道德者居之则祸其家。

这天半上午时分，祁县城这条东西大街上远处传来了锣鼓和唢呐之声，远远望去，原来是一支娶亲的队伍正从西大街上缓缓走来。

于是，街上的人们东张西望、交头接耳，便有人说起话来：

"喜财主娶亲呢！花九千两银子娶了个姨太太？！"

"轿里坐的就是九千两姨太太！"

"哦，真排场呢！绣花红缎子裹出来的八抬大轿，粗细全套的两班乐队！"

人群簇拥着，围观着，娶亲的八抬大轿优哉游哉地走来。轿前，锣鼓唢呐之声喧天，热热闹闹，如狮子群戏；轿后，笙竽丝竹之乐盈耳，雍雍雅雅，如凤鸾和鸣。

娶亲的队伍过处，人们赞叹不已：

"呀，呀！好气派呀！"

"好威风！真是大财主的派头！"

旁边一个穷寒的老妇人感叹道："九千两？九千两银子娶一个姨太太？这够普通人家娶三百个老婆了！——咃，咃！真金贵呢！"

另一个老妇人应道："是呢！这个姨太太像个金人呢！她就是金子做的一个人，也就值九千两银子！"

一个中年男人说道："这喜财主真会享福呢！啧，啧！九千两娶一个姨太太！——这个姨太太漂亮呢？"

旁边一个男人应道："听说这囡儿漂亮得很呢！她是赵银树掌柜从恰克图带回来的俄罗斯女人生的，漂亮得不得了！她还有一个姐姐，给荣仁堡的东林财主做了姨太太，也漂亮得很，花了八千两银子呢！"

另一个中年男人应道："人家有字号给他往回赚钱呢！喜财主和东林财主都是合盛元票号的东家，哪个账期下来不分几万两甚至十几万两银子？！"

"啧，啧，真是前人栽树儿劳碌，后人摘果子享福！这两家的前辈人合伙开设了这个合盛元票号，后辈人代代享用不尽啊！"

排场的娶亲队伍过去了，给祁县城的人留下了一串串话题和一串串感叹，也给祁县城留下了一道永久的娶亲风景线。从此，挥金如土的喜财主更出名了，而背后支撑他的合盛元票号也更引人注目了。

二

合盛元票号坐落在祁县城西大街西廉巷内，一眼望去，门楼非常豪华气派：远观则飞檐斗拱，气势赫赫；近看则雕梁画栋，工艺煌煌！

门额上三个古朴遒劲的大字：合盛元。

两旁楹柱上一副闪光的金字对联：

合千川归江归海乃成大象，
盛万金利国利民方为宏图。

门墩上一对青石狮子，口含绣球，脖套项圈，其势颇雄颇猛，其态惟妙惟肖。

进入门内，东厢为账房，有三五个伙计值事，或拿毛笔写信，隐约有墨砚之香；或打算盘计数，清脆如珠玑之声。

西厢为柜房。柜上，码着一大垛银元宝和一小垛金元宝，银光熠熠，金光闪闪；地上，摆着两大箱银元宝和一小箱金元宝，银箱堆堆，金箱满满！此时冬至已过，各商家交割已完，柜上生意已清闲些了。这里也有三五个伙计，迎来送往则彬彬有礼，如君子之仪；整理收拾则井井有条，如佣人之手。

再进了院里，坐北朝南的正庭是大掌柜的办公处，门匾上三个醒目的草体大字：陶朱风。

门楣上一副对联：

读孔孟而能处世谋事，
怀仁义乃可经商济家。

进入正庭内，迎面又是一幅中堂，中间是一幅山水画：坡上，七八棵郁郁大树，高耸参天；涧中，两三条潺潺溪水，奔流入川。两边一副对联：

信似高山，一纸乾坤大；
诚如赤子，八方买卖隆。

中堂下摆一张八仙桌，桌上两个青瓷茶瓶，一摞账本，一把算盘，及文房四宝；旁边两张红木太师椅，东西各两排红木椅子，两旁阁门内分别是大掌柜的书房和卧室。整个正庭陈设简洁而讲究，极尽富贵气派。

合盛元票号大掌柜渠寿昌已年逾古稀，他端坐在东首的太师椅里，清瘦而矍铄，发须如银，眼睛如星，脸上额上的一道道皱纹显示着他饱经人生之沧桑，也显示着他饱有人性之坚韧。

二掌柜贺洪如年逾五旬，他端坐在西首的太师椅里，五官端正，二目生辉，精神饱满，气度谦和。

东西两旁的椅子上都是合盛元票号身顶五厘生意（身股俗称生意）以上的掌柜，或是驻外独裁一方的分号老板，或是总号内独当一面的部门骨干，一个个满腹经纶，器宇轩昂；浑身绸缎，衣裳煌煌。

账房大先生阎文通年逾花甲，花须花发花镜，瘦脸瘦身瘦音，他端坐在大掌柜渠寿昌下首，正宣布这个账期的决算结果：

"……上海分号，收汇489,566两，付汇468,972两，得汇水13,928两；收存215,628两，放贷246,812两，得生息9,982两；除去杂项开支2,450

两，决算盈余 21,460 两。……"

待阎文通宣布完了，大掌柜渠寿昌点点头，看看左右，清清嗓子，开始讲话，神色如古柏，声音如洪钟：

"甲午一战，中国惨败，北洋水师全军覆没，朝廷的数千万两白银打了水漂！这还不算，朝鲜成了日本的属国，台湾割让给了日本，国人真有割腕断臂之痛啊！而且，还得给日本赔款二亿三千万两白银，这更是吸我们国人的血啊！割地赔款，国将不国；割腕断臂，人将不人；国势实在堪忧啊——！"

渠寿昌呷了一口茶，继续说："城门失火，殃及池鱼。在这场战争中，我们合盛元也受害不小：营口分号本来生意兴隆，一个账期应该有二三万两银子的赚头，但由于这甲午一战，我们的几个相与字号倒账，四五万两银子的放款难以收回，又被兵匪抢去二万多两现银，致使营口分号亏赔五万多两银子！奉天也是大号，不仅不赚，反而亏了近万两银子！北京是北方各分号的根本，应该有几万两银子的进账，也因为这场战争使京师恐慌，生意萧条，账期下来勉强结了个平账。幸赖上海、汉口、西安等处掌柜们审时度势，经理得法，支撑了我合盛元的门面，每股仍能分四千多两银子的红利，使我这张老脸在东家那儿还留了几分光色。——我感谢诸位了！"

渠寿昌说着，起身作揖。

众分号掌柜忙起身作揖还礼，异口同声："大掌柜言重了！我们全靠大掌柜栽培！"

渠寿昌落座，摆手示意大家落座，呷一口茶水后，继续说：

"自古道，命由天定，事在人为。我合盛元票号自从道光十七年开办以来，到今年快六十年了。这六十年间国家多灾多难，我们合盛元遭了多少灾难？遇了多少坎儿？但我们不仅没有倒了账，反而在避开了一次次灾难，迈过了一个个坎儿之后，更发展了，更壮大了！当初开办时有六万两银子的本儿，四万两银子的护本，总共才十万两银子。现在呢，我们的正本、护本翻了几倍！而且还有了几百万两银子的公积厚成！这全靠我们众掌柜的'人为'啊！全靠我们一代一代掌柜伙计们的作为啊！"

众掌柜凝神倾听，望着大掌柜，眼神中饱含敬仰之情。

渠寿昌继续说："怎么作为？其实就是四个字：胆大心细。富贵险中求，没有胆子去冒险，哪儿能求得富贵？银钱算中赚，没有心计去盘算，哪儿能赚得银钱？各分号掌柜们手中调度数十万乃至上百万两银子，事关重大，胆子和心计缺一不可呀！太平天国在江南起事十余年，几进几出汉口、安庆，平遥日新中票号因为对时局盘算不准，贸然进驻，遭遇战火，亏赔巨万，只得在咸丰十一年歇业。介休乾盛亨票号，因交官不慎，被扯进了'云南报销案'，掌柜被捕，造成巨大损失，在光绪九年歇业。南人胡雪原的阜康票号，靠着左宗棠发家，曾经红极一时，但因贸然进取，在丝茧生意上被洋人算计，致使全盘皆输，也在光绪九年歇业。还有咱祁县的元丰玖票号，因放款不慎，被汉口一家大茶商倒账拖累，引起挤兑，在光绪十六年歇业……真所谓'沉舟侧畔千帆过，病树前头万木春'啊！稍有不慎，就会成为沉舟病树！前车之覆，后车之鉴，在这国家多事之秋，诸位一定要切记这些教训，一定要格外尽心哪！"

众掌柜应诺："是！"

渠寿昌呷一口茶，最后说："我执掌合盛元号事四十年，合盛元能成了今天的气候，我感到欣慰；能栽培出你们这些精明能干的栋梁之材，我更感到欣慰！又一个账期结束了，决算也出来了，还是老规矩：人，得动一下；赏罚，得行一下。——下来，让二掌柜宣布人员调动和生意赏罚事宜吧！"

于是，二掌柜贺洪如展开单子宣读："郝克凝，由上海调任北京分号掌柜，添加一厘生意，顶成六厘五；李林茂，由成都调任汉口分号掌柜，添加一厘生意，顶成六厘；李苞，仍驻本邑分号掌柜，添加半厘生意，顶成五厘五；史文显,由西安调驻天津分号掌柜,添加半厘生意,顶成五厘五；段德义,由开封调驻保定分号掌柜,添加半厘生意,顶成五厘五……"

渠寿昌欣慰地巡视着这几位升迁的分号掌柜,微微笑着点头,爱才之心从眼神中流露出来,像慈父,又像恩师。

贺洪如继续宣读:"武成勋,继续留守奉天,不添加生意,仍顶六厘；高树仁,由北京调任成都分号掌柜,不添加生意,仍顶六厘；孙宝铭,由营口调回本邑另行任用,减去二厘生意,顶成四厘……"

众掌柜听着,升迁的精神抖擞,未升迁的脸上无光,降调的则黯然沮丧……

大掌柜渠寿昌再做训话:

"国有国法,号有号规。赏罚乃是法规中的大者,不得不行。我合盛元向来信赏必罚,才造就出一代一代精明强干、尽职敬业的掌柜人才。我合盛元在票号界素有'人才辈出'的美誉,这可不是空口说白话说出来的,而是赏罚出来的。不过,我们的赏罚对事不对人,这次受罚的掌柜也不必过于灰心丧气,我合盛元号内的任何职位都有机会,只要尽心做事,日后自然有立功受赏的机会。"

听着大掌柜的话,那些沮丧的掌柜们也有精神了。

渠寿昌训话罢,再慰问宴请:"四年了,诸位天南地北,远离家人,都辛苦了！今天晌午,我设宴慰劳诸位！——诸位可以开怀畅饮,尽兴尽致！"

三

合盛元票号的灶房在偏院里。

此时，灶房内的长条案板上已摆上了一排排盘子碟子，盘子碟子里摆放着各色鲜亮的菜肴：牛肉，红艳艳的，切得精细；猪头肉，鲜亮亮的，熏得精美；海参，油晶晶的，泡得精到……

案上，大师傅仍在精心地切肉切菜，刀快而匀，切出的肉菜颇具形态：切块儿则方方正正，切条儿则齐齐整整，切片儿则平薄如翼，切丝儿则匀溜如须，都可观赏！其刀法也颇讲究：或顺而刃之，或逆而剔之，或纵而切之，或横而剁之，皆有文章！

几个小伙计在拔毛、刮鳞、择菜……

大师傅间或巡视，训话："弄得干净些！眼尖些，不能留下一根毛！手勤些，不能留下一点脏！今天不比往常，二掌柜可特意嘱咐了：四年一个账期下来，大掌柜要好好地犒劳从各处回来的分号掌柜们呢！"

灶房院里，霸王火内的煤炭烧得正旺，火焰灼灼；大笼屉里的美味蒸得将熟，热气腾腾；灶房院内飘溢出阵阵肉香，馋人鼻口，沁人心脾！

大师傅看了看火候，又勉励小伙计们："猴儿们，你们一出来学徒就入了咱合盛元的灶房，真是你们的福分！我走了多少地方，哪能像咱这合盛元：天天酒肉不断，一个月饭菜不重，还常常吃山珍海味！吃的东西既好，吃的花样又多，你们学起手艺来就又多又快；在咱合盛元的灶房一出道，哪儿都会抢着用你们呢！——怕是你们哪位祖宗积了些德呢，要不，你们哪能进了咱合盛元的灶房？猴儿们，你们真是一步就进了天堂呢！你们知道了吧——？"

几个小伙计应诺："知道了，范师傅！"

范大师傅点点头，又回到灶房内！在案前耍起刀功手艺来了。

这是一位心志专一而厨艺精湛的厨师，他从小到大就一心一意学了一门烹饪手艺，所以学得很到家，也就很吃得开，许多地方都争着请他！于是良禽择佳木而栖，范师傅来到了合盛元票号灶房。年近五旬的范师傅已算是过上了滋润的日子：有老婆孩子，有田地院子，再加上年薪一百两银子，真是好光景呢！范师傅很本分，懂得饮水思源，他知道自己滋润的日子是受了厨艺的恩惠；所以他也很敬业，更爱厨艺，更钻厨艺，做起饭菜来是精益求精，做出饭菜来是美轮美奂！于是，他的地位也就更稳，收入也就更高，日子也就更滋润了。

范师傅在灶房内娴熟地做着各种各样的菜肴，心到，手到，艺到，菜到：一道道色香味俱佳的精美菜肴，盛在一个个精美的盘子里，看着美，嗅着香，想着馋！

晌午时分，渠寿昌大掌柜在众掌柜簇拥下来到灶房院餐厅，看着一色色精美的菜肴，满意地微笑着，点着头，回头说道："你们都是大地方回来的，见过些世面，咱这席面还能交代你们吧？啊？！"

众掌柜笑着应诺。

渠寿昌又说："咱这祁县城虽是个弹丸之地，但咱合盛元票号放眼天下事物，汇兑九州银钱，四方求利，八面来风，咱合盛元收进来的何止是白花花的银子？天下九州的甚好东西咱合盛元都收，都有！——就看这几桌席面上的菜，这能算咱祁县的菜吗？这都是天南地北的名菜！是吧？嘿嘿嘿！"

众掌柜自是聆听，点头，应诺。

渠寿昌落座后，众掌柜依次就位，酒也上来了：温好的汾酒和竹叶青。

渠寿昌便说："我上年纪了，就喝竹叶青吧！你们年轻的，有酒量的，喝汾酒，尽尽兴！今天不必拘束，大伙儿可以开怀畅饮！来，动筷子吧——"

待渠寿昌大掌柜动了筷子，众掌柜也拿起筷子吃喝起来了。

少顷，好酒者几杯酒下肚便开始显灵了：有的兴致勃勃，划拳行令，较劲比量，哗哗而斟，咕咕而饮，好像个个都是打遍天下无对手的英雄好汉！有的话语连连，古往今来，天南地北，凿凿而言，侃侃而谈，似乎人人都是前知五百年、后知五百年、东南西北各知五千里的神仙道士！……

一时间，餐厅里觥筹交错，杯盘狼藉，众掌柜满嘴酒气，满脸热汗，乐哈哈，美滋滋，喜洋洋！

不知不觉中喝多了，喝过了，则醉态迭现，妙趣横生：眼醉而乜斜，有如多情女儿；舌醉而结巴，有如学语小儿；头醉而摇摇，有如疯癫婆儿；腿醉而飘飘，有如蹒跚老儿！

渠寿昌大掌柜虽少饮几杯，但察此情，观此景，脸上笑着，心里乐着，却也不醉而醉了。众掌柜多是三四十岁的中青年人，这些人从十三四岁入号以来又多是他栽培提携，他视之如弟如子；如今这些弟子们因酒而笑，而乐，而醉，他则因弟子们之笑而笑，因弟子们之乐而乐，因弟子们之醉而醉了。

饭罢歇晌一个时辰，众掌柜们继续回到正庭里，一边喝茶，一边议事。

渠寿昌喝了一杯茶，和大伙儿闲聊了一会儿，便说道："保定分号的事前晌就基本上安排妥当了。现在议一下营口的事吧！现在的营口分号只剩下几个伙计和一座空院子了，是舍弃？还是重新收拾残局？诸位可畅所欲言——"

众掌柜纷纷表示：绝不能舍弃营口！盈利是小，信誉是大！

坐在二掌柜贺洪如下首的郝克凝酒意尚浓，脸色微红，慷慨说道："我以为，营口万万不可舍！国家战败割地，乃是朝廷的奇耻大辱！依我之见，营口之事，宁可忍巨痛刮骨疗毒，也不能图省事断臂残身！"

渠寿昌听着，欣慰地点头，颔首，说道："诸位所言甚好，甚好！那么——如何去收拾残局？耀庭（郝克凝字）曾在营口驻过一个账期，不妨说一下你的见解。"

于是，郝克凝又说道："依我看来，去营口驻庄须处理好三桩难事：一是处理好与俄国人的关系。自从咸丰十年《北京条约》签订以来，俄国人不仅侵吞我乌苏里江以东、黑龙江以北大片土地，而且觊觎我东北全境，或驻军队，或开商埠，或设银行，三十多年来俄国人在东北，尤其是在各口岸，已形成了相当大的势力。所以，若与俄国人相处不好，则营口分号难以立足。二是处理好与日本人的关系。日本人早有觊觎我东北之心，只是比俄国人晚来了一步。但甲午一战，朝鲜和辽东半岛全成了日本人的地盘，来势汹汹，大有后来居上的势头。所以，若与日本人相处不好，则营口分号也难以立足。三是处理好与胡子土匪的关系。咸丰以来，国家多事，朝廷鞭长莫及，以致东北的胡子土匪成了气候。他们砸店杀人，抢钱劫银，意气行事，对他们供养不得，得罪不得，近靠不得，还远离不得！所以，若与这些胡子土匪相处不好，则营口分号还是难以立足。"

众掌柜听着，或点头赞许，或摇头犯愁……

渠寿昌点点头，说道："那——谁去合适呢？大家可有保举的人选？"

众掌柜面面相觑，一时也想不出合适的人来。

于是，郝克凝自告奋勇："大掌柜，要不我去营口，让别人来北京？！"

渠寿昌先是点点头，后又摇摇头，说道："不可，北京乃是我合盛元在北方的根本，你此番驻北京，干系重大，你就安心考虑驻北京的事吧！——营口须另派人选。"

郝克凝不再多言，众掌柜也无话，都望着渠寿昌大掌柜，等待下文。

渠寿昌紧锁眉头，凝神沉思，顿了顿，说道："看来，营口之事已难有高招，只得走一步险棋了。——步青，去把申树楷叫来！"

被渠寿昌称步青者，姓高，名生云，字步青，是个年仅十六岁的小伙计，他平时在大掌柜身边听用，长相秀气，生性机灵。高生云一听大掌柜吩咐，放下手中的铜壶，紧跑着出去了。

少顷，申树楷欠身进来，脸上带着勃勃英气，而举止彬彬有礼，他向渠寿昌作个揖，说道："大掌柜，您叫我来？"

渠寿昌点点头，说道："培植（申树楷字）啊，我知道你对营口分号甚有见解，今天不妨当众再讲一讲！"

申树楷从命，向众掌柜作个揖，然后说道："晚辈斗胆了，敬请诸位前辈指教！兵法云：知己知彼，百战不殆。依我之见，眼下的营口已是俄国人和日本人的天下，故而必须相机行事，与其建立投桃报李之谊，这样，方可在夹缝中求得一线生机。其次，晚辈斗胆设想：在华洋行以华制华，雇佣我华人为其跑街做事，颇为方便；而现在的营口已然是中国土地上的俄罗斯国和日本国，我们在营口设庄就如同去俄国和日本设庄，为何不可来个以夷制夷，雇佣俄国人和日本人为我们票号跑街做事？如此，与俄国人和日本人打起交道来必然事半功倍！第三，如今刚刚经过了一场中日甲午大战，辽东又沦为日本人的地盘，在营口一带做买卖确实是险象环生，大多数的商人如惊弓之鸟，唯恐避之不及，更不敢贸然前往。但生意场上有'货利险中求'和'人弃我取'的说法，如此看来，此时的营口险象环生而人皆弃之，则我们前去必大有可为！而且，就营口的险象而言，中日《马关条约》已签，三五年内不应再有大的险象；至于小的险象则可由人驾驭，若能与日本人、俄罗斯人和当地黑道上的人处好关系，这些险象就可大而化小、小而化了。如此，则是有险而无险也。第四，常言道，先下手为强，如果打定主意要恢复营口分号的买卖，咱号还是趁别人犹豫观望之际，赶紧派人前去为好……"

众掌柜听着，不住地点头赞许："好，妙！申树楷年仅二十岁，却如此有见地！"

渠寿昌大掌柜其实早已心中有数，听罢申树楷一番话，当即问道："培植啊，我如果派你去营口当掌柜，你敢吗？"

申树楷毫不犹豫："敢！这有甚不敢的？只要大掌柜给我印信和银子，我一定不辱使命！"

渠寿昌点点头，然后与二掌柜贺洪如、大先生阎文通低语一番，然后说道："好！那就派你申树楷去营口驻庄！给你暂且添加二厘生意，顶成三厘。一个账期下来，如果你能让营口分号立住足，你就正式顶成三厘生意了；如果你能让营口分号大有起色，则另有重赏！当然，如果你败下阵来，彻底断送了我合盛元在营口的买卖，那就连你现在的一厘生意也顶不成了。"

申树楷躬身谢恩："多谢大掌柜栽培！一切听从大掌柜发落！"

渠寿昌点点头，深情地望着申树楷，那双深邃的眼中饱含着爱意和希冀：他盼望弟子早日成才，也希望营口分号尽快复活……

四

冬夜，月光洒冷，寒气逼人。

合盛元票号大院在月光下穆然屹立，进入了静境；在寒气中寂然矗立，进入了定境。整个大院透出一种庄重肃穆和雍容优雅的神韵。

正庭西厢房里，渠寿昌大掌柜正坐在炕榻上凭几凝思……

今天，他已把上一个账期的诸多事项处理完了；同时，他也把下一个账期的诸多事项安排妥了。每一个账期都是这样：全面考核评价过去的四年，然后再全面计划安排未来的四年。下面有三十来个分号，二百来个员工，都得考虑周到，颇费思量！今年尤其如此，这次的安排不仅关系下一个账期，还关系到下一代人：渠寿昌大掌柜已萌生退意，他把合盛元这艘大船的未来安排得妥妥当当，才能放得下心来，才能歇得下心来。

他在合盛元六十余年了，当合盛元票号的大掌柜也四十年了。他从十四岁进合盛元学徒，跟上驼队南下福建武夷山，北上俄国恰克图，六七千里野餐露宿，三四个月栉风沐雨，那是何等的艰难困苦！其后，他又经历了合盛元从茶庄到票庄的转型，汗水是流得少了，但脑汁却耗得多了：天下大事，都得了然于心；商场细情，必得明察于目。一桩生意，一纸汇票动辄上千上万两银子，得失成败就在一闪念间，胆子须比天大，心眼须比针小！而到咸丰六年，在他三十六岁的时候，老东家郭源逢（字大元）破格起用他为合盛元总号大掌柜以后，他更是殚精竭虑、鞠躬尽瘁！四十年间，合盛元票号在他手中得到长足发展，成为与平遥日升昌和"蔚"字号五联号并驾齐驱的大票号，他本人也成为继雷履泰、毛鸿翙之后最有声望的票号大掌柜……六十年来，他当伙计则在伙计中出类，当分号掌柜则在分号掌柜中拔萃，最后当了总号大掌柜，则在票号界执其牛耳，为其马首！可以说，渠寿昌英雄了一辈子，如今在临了末了之时，一定得漂漂亮亮地完成好这最后的谢幕！

合盛元票号浸透了渠寿昌大掌柜一生的心血，已经成了他生命的一部分，在他交班之际，哪能轻率从事？其情绵绵，其意忡忡，其心殷殷……

此时，贴身小伙计高生云进来续茶，渠寿昌吩咐：叫来二掌柜贺洪如。

吩咐罢，渠寿昌呷一口茶，又耷拉着眼皮沉思。

一会儿，贺洪如二掌柜轻轻撩起棉帘进来，轻声说道："大掌柜还没有睡？"

渠寿昌应道："嗯。睡不着啊！洪如，坐吧！"

待小伙计高生云给贺洪如上了茶，渠寿昌说道："洪如啊！这个账期的事大体上了结了，下个账期的事也大体上安排了，日后号内的事你就得多操心了。让我当几年甩手掌柜，等你得心应手了，我就可以放心地告老还乡了。"

"大掌柜，你的身体硬朗呢！还不是言老的时候——"贺洪如急忙说。

渠寿昌摆手制止了贺洪如，说道："自古道，人生七十古来稀。我如今已经七十五岁了，仍能总揽合盛元号事，这已经是老天爷对我格外恩赐了，我岂能不知足？人在年轻的时候，贵在进，贵在取；而在年老的时候，则贵在退，贵在守。孔圣人云：'于止，知其所止。可以人而不如鸟乎？'曾夫子云：'大学之道，在止于至善。'——天下之事，唯知止，方可以尽善尽美。有你们这些年富力强的后来人接班，我正宜'知其所止'，也可求个'止于至善'的结局呀！"

贺洪如洗耳恭听，有如学生听老师讲课一般。

渠寿昌一往情深地说道："洪如啊，从今以后，你就要担当大任，总揽号事了，我有几句心里话要对你说。一呢，我们票号做生意固然得精通陶朱术数，但更要带领众伙计深修孔孟道德。术数只是枝叶，如人的手艺；道德才是根本，如人的心术。枝叶固然可以结果，但若没了根本，枝叶何存？手艺固然可以做事挣钱，但若心术不正，反而会惹事招祸！古人云：'心正而后身修，身修而后家齐，家齐而后国治，国治而后天下平。'而能使人心正者，莫过于孔孟之道。二呢，做生意固然要求利，培养利源；但更要求人，培养人才。我执掌合盛元号事四十年，固然为赚了数百万两银子而欣慰，但更为培养了你们这一个个大才而得意。我合盛元票号必须拥有一代一代的人才，才能有长江后浪推前浪的长盛不衰局面。如此，才不至于辜负东家的重托和伙友的希望，才配当一个字号的大掌柜啊！"

贺洪如听着这番语重心长的话，动情地望着渠寿昌，郑重地说："我一定谨记大掌柜的教诲！"

渠寿昌继续说道："日后，有两个人你可以留意：一是郝克凝。这个人心地正，脑子活，人缘好，胆大心细，业绩也颇丰，我看在下一茬人里，他最出色，若干年之后，他或可当大任。二是申树楷。这个人呢，眼下还太嫩，但从言谈举止来看，或许是个可造之才。这次派他去营口，也算是对他的考验。如果他果然能收拾残局，挽败为胜，则日后可当大用，你可留意栽培；如果他徒有其言，没有其实，只是个纸上谈兵的材地，那就'诸葛亮挥泪斩马谡'吧！"

贺洪如认真听着，俯首，点头。

渠寿昌呷了一口茶，顿了顿，接着说："洪如啊！你要记住：一个中等的大掌柜，在位一年，则对字号负一年的责；在位十年，则对字号负十年的责。而一个上等的大掌柜，在位一年，就要对字号负二年的责；在位十年，就要对字号负二十年的责。我在合盛元执掌号事四十年，就该对合盛元今后的四十年也负责呀！"

贺洪如听着这位老前辈的谆谆告诫，内心深处的敬仰之情油然而生，他扑通跪下，眼含热泪，动情地说："大掌柜！我一定殚精竭虑、鞠躬尽瘁，不辜负你老人家的期望！"渠寿昌欣慰地点点头，说道："起来吧！——我和你就说这些，下去吧！"

贺洪如退下去了，渠寿昌依然在凝神沉思：自从道光二十年鸦片战争以来，国家怎么屡战屡败啊？如今连一个小小的日本国都惹不起了！割地赔款之事怎么愈演愈烈，没有个完啊？折损了整个北洋水师，数千万乃至上万万两白银在海上打了水漂不说，还得割让台湾诸岛，还得再赔人家二亿三千万两白银！曾经如狼似虎的大清军队怎么变成绵羊似的，总是任人宰割呢？这究竟是怎么了？常言道，家有千口，主事一人，一家的兴衰全靠这主事的一人呀；国有百姓，决事一主，一国的兴衰也全靠这决事的一主呀！可大清朝呢，从道光帝到咸丰帝，两个都是无德无能之辈；再到慈禧太后，又是心术不正而本事不大的女流之辈，更是成事不足、败事有余的祸殃！这又怪怨谁呢，溯其源头，只能怪前一任皇帝瞎眼：道光误国，嘉庆有责；咸丰误国，道光有责；慈禧误国，咸丰有责。可是，这三个皇帝怎么连连瞎眼呢？再溯其源头，则是冥冥之中的天意如此了。莫非，大清朝真的气数尽了？大清朝要真的气数尽了，国家必然更乱更糟，我合盛元的买卖也必然更艰更难，所谓覆巢之下无完卵呀……

"唉！"渠寿昌沉思着，不禁感叹一声，想道，"回顾我合盛元票号设立近六十年来，可谓多灾多难，历经坎坷；而将来，看这飘摇的国势，我合盛元票号受其拖累，也恐怕是步履维艰啊！——但愿贺洪如接上这副担子后，内则能和众掌柜同心协力、同舟共济；外则能对国家大事审时度势、随机应变。这样，则我合盛元或许可以逢凶化吉，遇难成祥！"

渠寿昌想着，看了看窗上的月光，又想到了月亮，想到了天。

此时此刻，此情此景，他又想到了那句古话：谋事在人，成事在天。

于是，他便想道："把自己该做的都做好了，剩下的事情，就靠老天爷去做吧！"

子夜的月光洒在合盛元票号雄伟而精美的大院里，如雪如银……

五

合盛元票号的掌柜们在绞尽脑汁谋划着怎样做生意赚钱，而合盛元票号的东家之一喜财主武得宝却在想尽办法寻思着怎样找乐子花钱。

终于，在人们撺掇下，喜财主花九千两银子娶回来一个漂亮的姨太太，极大地满足了一下他的好胜心和好色性。

三年前，他的妹夫、合盛元票号的另一东家东林财主郭嵘花八千两银子娶了一个绝色的姨太太，引起了人们的惊叹，很快传遍了县城方圆十里八方，"东林财主"的名号响彻祁县城！八千两银子，实在不是个小数；那个姨太太，也实在是国色天香！

而现在，喜财主比东林财主多花了一千两银子，娶回来了更美艳的东林财主姨太太的胞妹！银子比他的多，姨太太比他的美艳，喜财主盖住了东林财主，也就在全祁县盖帽了！

喜财主似乎天生就是享福的命。远在他曾祖父时，就走西口发了财；到他父亲时，又拿分得的一笔巨资和荣仁堡的郭家合伙开了合盛元茶庄（后改组为票号），于是家道更旺，家资更厚；而他又恰恰是个独子！所以，他一出生就跌在金银堆里，从小就活在姐妹堆里，从小到大一直生活在全家人的娇生惯养里；于是，在他的眼里便"金子如铁、银子如土，父母为佣、姐妹为仆"了。——喜财主的青少年时代,享尽了富贵人家独生儿子的种种福分。

十八九岁上,由父母操持,喜财主娶了一个同龄姑娘为太太,结果只生了两个女儿,未生一男。

三十来岁上,父母故去,他更自由了。他嫌太太人老色衰,又不生儿子,便续娶了一个十八九岁的姑娘为二姨太;过了十来年,仅生一女。

四十来岁上,他又嫌二姨太老了,便又续娶了一个十八九的姑娘为三姨太,结果连女儿都没有生!

喜财主本来从小就娇生惯养,挥金如土,如今又没有个儿子继承家业,对未来就不抱什么希望,于是,他就把心思专门放在了"吃、喝、嫖、赌、抽"这五种特别过瘾又特别花钱的事情上,来他个"今朝有酒今朝醉,今生有钱今生花"!——祖宗积攒的五六十万两银子,合盛元票号每个账期分红的数万数十万两银子,要本本分分地花,几辈子也花不完呀!我如果不花,让谁花?我如果这辈子花不了,留给谁?——攒上那么多银子,将来沤粪呀!

于是,喜财主就变着法儿花这些银子,如今上了些年纪,就重点在"抽"上找乐子了。吃,能吃几个银子?穿,又能穿几个银子?住,这个大院子管够了!行,骑马坐轿也花不了多少银子呀!嫖,已过了那个年龄;赌,又没了那股豪气;这"抽"倒正对喜财主此时的劲儿:年老体弱,抽能顶补药;精神空虚,抽能出幻境。还有就是,财大气粗,抽可大把大把地花银子,摆阔气,显威风!

于是,成箱成箱的大烟土被喜财主趸进来,堆在库房里,让管家给各房太太按需分配!

如今,喜财主花九千两银子娶一个姨太太回来,又算得了什么呢!

喜财主轰轰烈烈地把九千两姨太太娶回武宅大院,然而一进门,却悄悄密密了:不请宾客,不设宴席,不拜天地,几乎像平常的日子一样!

喜财主懒得费那些精神，一切事情，统统让银子去打发：媒人、抬轿子的、吹打的、跟班的，不给吃饭，赏了银子走人。

打发了外人，还得打发家人，喜财主吩咐管家李玉全："玉全哪！我花九千两银子娶回来一个姨太太，我是享艳福了，但也不能亏了大伙儿。你替我行赏吧：大太太一千两，二太太三太太各五百两，三个女儿各五百两，你这个管家一百两，我身边的兔儿五十两。——其他的我给你三百两，由你去分拨吧，佣人们人人有份，每人最少一两！"

管家李玉全与喜财主是从小耍大的，等到喜财主当了家时，他年龄也大了，便从小佣人升成了大管家。喜财主游手好闲惯了，哪儿待管理家中的杂务，偌大一个院子，偌大一份财产，全靠李玉全打理。而这个李玉全穷人出身，对钱财何等渴望！又是佣人出身，对名节又哪儿在乎！所以在对人上，一方面百般讨好主子，一方面又十分克剥下人。而做事上，一方面是件件考虑得体，一方面又处处思谋扒皮。于是，二三十年间，李玉全已混得既贵且富了：其贵，则武宅大院里一人之下、百人之上，连几个太太都不敢得罪他！其富，则在家乡买地盖房，俨然成了一方地主！

"嗯，嗯！谢老爷的大恩典！我这就去办！"李玉全听了喜财主的吩咐，连声应诺着，走了。

喜财主吩咐罢李管家，仰脸察看窗外的天色，斜阳正照在高墙的半截上，他又想吩咐：这太阳！怎么还不下山？！

但太阳是不受银子驱使的，拥有银子的喜财主吩咐不动太阳，只得转而埋怨了："这太阳！照了一天了也不嫌累？！"

喜财主的贴身佣人郑兔儿十八九岁，精灵机敏，听罢喜财主的话，忙出去上房顶瞭望了一下，回来说："老爷，太阳就快下山了，离西山不到一竿子了。"

喜财主高兴了，说："好，好！你去吩咐厨房，早些儿做好拌汤饼子，太阳一落山我就去和新娘子喝拌汤，就饼子！——顺便，你去新院看看新娘子的动静，去吧！"

郑兔儿听喜财主吩咐后，来到了厨房，转告大师傅三有："三大爷！老爷吩咐，太阳一落山就要喝拌汤，就饼子，让你早些做好！"

三有师傅早已备好了料，和好了面，此时正抱着瓷壶喝茶呢！只见他红光满面，大腹便便，看起来似乎比主人更富态、更享福呢！

"好嘞！"三有师傅喜眉善眼地笑着答道，"我已准备好了，一会儿就便宜。"

郑兔儿从厨房出来，又去新院看新娘子的动静。

武宅大院由上百间房子组成，规模宏大，工艺精美。院套院，院院雕梁画栋；门连门，门门飞檐斗拱。到处是精致精美的青石、红木和灰砖的镂绘雕刻：或走兽飞禽，或奇花异草，或神仙圣贤……

郑兔儿穿过一个个院，走过一道道门，来到了幽静而精致的新院门前，只见门上贴两个大红喜字，挂着两个大红灯笼，红艳艳的，透着浓浓的喜气。

院门口，两个打扮整洁得体的中年老妈子在静静地候着。

郑兔儿说："王妈，张妈，新娘子在作甚？老爷让我来看看动静。"

王妈说："我们关照了，她甚也没做，也不吃，也不喝，也不方便，只在床上坐着呢！"

张妈说："一后晌了，就那样坐着！"

郑兔儿应着，随王妈张妈进了新院里，隔着窗玻璃往洞房内一看：新娘果然顶着红盖头，穿着红衣红裤，坐在床沿上一动不动，悄无声息，仿佛在画中一般！这时，他感到了一种寂静的美，感到了一种诱人的魅力，于是心血微微来潮，双腿便不由自主地轻轻迈进了洞房。

洞房内，布置着精致的红木家具，精美的青瓷瓶，华丽的床榻，在这样的背景下一个美人倚床而坐……华丽的红衣红裤，婀娜的体态身姿，怡人的女人气息，还有那双雪白秀溜的纤手，玲珑而美艳！这一切，引得郑兔儿阵阵心跳，脸红，身子颤动，体内似乎着火了！

新娘在寂静中分明听到了脚步声，知道有人进来了，却半天没有动静。是听错了？幻觉了？她掀起红盖头来想看看屋里，却被当地站立的郑兔儿近距离地看了个正面！好一个美艳的女子：眼睛大而泛彩，秋水清兮；眉毛细而青黛，春山凝兮；脸蛋白而透红，朝霞映兮；嘴唇含而微张，嫩荷娉兮……

郑兔儿愣愣地站在地上，呆呆地看着新娘子，不知所措。直到新娘子放下盖头，郑兔儿才回过神来，忙说："啊！四太太！老爷让我过来照料一下，他一会儿就过来！"

新娘子分明应了一声，但郑兔儿根本没有听见，或来不及听见，说完话便贼一样溜出去了。

直到走出老远，已隔了几道门、几个院子，郑兔儿仍然心潮难平，心里仍涌动着一阵一阵的幸福！"哦，我最先看了九千两姨太太！她实在太漂亮了，实在太美艳了，实在太迷人了！——怪不得老爷花了九千两银子呢！"郑兔儿反复地暗暗感叹新娘子的美，反复地暗暗享受近距离看到新娘子面容的幸福。

何为先睹为快？——现在郑兔儿所享受的就是先睹为快。

何为眼福？——现在郑兔儿所享受的就是眼福。

面对一件美的事物，能拥有它固然幸福，而能观赏它也是一种幸福啊！——口福是一种普通的俗人之福，幸福是 种寻常的凡人之福，而眼福则是一种高雅的仙人之福。

九千两姨太太的美艳把郑兔儿的眼界打开了，把他眼力也开发了：他的眼睛比原来多了一种观赏功用，使他多了一种享受眼福的能力。

六

郑兔儿走了以后新娘子仍然顶着红盖头，独坐床边，洞房内复归平静，悄无声息了。但新娘子的心房内却不平静了，心潮涌动，遐想连篇：

"原来这个后生是佣人！佣人还这么精干，这么精神，主人该是更精干更精神吧。这个喜财主肯定年纪大了，不过我爹说了，女人四十豆腐渣，男人四十一朵花，男人上点年纪才更像个男人呢！这个喜财主会是什么样子呢？个子高吗？身子壮吗？眉眼好看吗？性格好吗？——他武家开着大字号，这么有钱，人不会太差吧？"

红盖头盖住了新娘子的眼，不能看了；但却盖不住新娘子的心，她继续遐想：

"这个院子是够大了，够气派了，一点也不比我姐姐嫁的东林财主家差！他本人也能像我姐夫东林财主一样吗？东林财主虽然四十五六岁了，但一表人才，像个真正的男子汉大丈夫！而且他对我姐姐也特别好，一天也离不开我姐姐，夜里若没有我姐姐他就睡不着觉！我姐姐嫁给东林财主可享福呢！……"

新娘子蒙着红盖头，憧憬着红艳艳的生活。

此时新娘子十八九岁，正是浪漫的年龄，对生活和爱情哪能不憧憬？

而此地商贾之风极盛，从长辈那里代代相传，尊商重钱已成了社会时尚，人们对商人对有钱人特别推崇。有民谚曰：有儿去经商，不羡七品空堂皇！又有民谚曰：家有万两银，不如茶票庄上有个人！

所以，一个四五十岁的买卖人或有钱人虽然与二八姑娘有二三十岁的年龄鸿沟，但早被这股携带着巨额银子的商贾之风刮平了。况且，经数千年的修炼，人世间的金子银子已修炼成了万能的本领，炼成了精，修成了神；只要这些金子银子肯出面，肯作为，人世上又有什么鸿沟不能被填平呢！？此时此地，对一个十八九岁的姑娘来说，尤其是对那些买卖人家的姑娘来说，为了拥有巨大的荣誉和巨额的财富，男女之间二三十岁的年龄差距完全可以忽略不计了。而且，买卖人、有钱人与受苦的农民相比，四五十岁的买卖人、有钱人正是踌躇满志、八面威风的时候；而同样年龄的受苦农民多已身体佝偻，脸皮纥绌，精疲力衰，老态毕现了。

而单就这个新娘子而言，父亲就是买卖人出身，就比母亲大了二十来岁，受此习染，自然就重财富不重年龄了；而她姐姐三年前嫁给了比自己大二十多岁的东林财主做三姨太太，生活得美满幸福，受此感染，自然也就不在乎做人家的姨太太了。

新娘子仍在遐想：喜财主肯定比刚才那个佣人更高贵，还应该比东林财主更富态……

太阳落山，天色微暗，洞房外面有了灯光和脚步声；接着门帘被撩起来，有人进来了。新娘子听到刚才那个佣人的声音："四太太，老爷来了！"

佣人又出去了，洞房里似乎还剩下了一个人。这，分明就是新郎喜财主了！

新娘子垂下眼帘，进入了紧张的等待状态……

喜财主在地上来回踱步，而眼睛却盯住新娘子不放，仔细端详着，从上到下，再从下到上……眼睛绿幽幽的，色迷迷的，像一只干瘪而贪婪的老狼！然后，他轻轻将红盖头掀开，顿时，显现出新娘那玉盘般的面容和那双美艳的大眼睛，光芒四射！

顿时，喜财主被这种从未领略过的美艳震撼了一下，愣怔了一下！然后，惊羡万分，啧啧赞叹："啊哟！果然如天女下凡呀！我的九千两银子一点儿也不白花！不白花！嘿嘿！"

而同时，新娘子一下看到喜财主那黄瘦丑陋的面孔，简直崩了眼，几乎闭了气！她好不痛苦：妈呀，怎么这喜财主是这副模样！

这喜财主究竟甚的模样？但见：脸色蜡黄，烟熏耶？头发干硬，火燎耶？身麻体瘦，无肉乎？陷胸塌腰，折骨乎？眉毛稀拉，地碱也？眼睛浑浊，水涝也？胡须肮脏，笤帚扫焉；满脸龌龊，垃圾堆焉！——唯有浑身绸缎闪光耀彩，金银焕焉！

新娘子大失所望，暗暗叫苦："这就是有名的喜财主？！他比东林财主差得太多呀！看那脸，要不是穿着绸缎衣裳，简直就像一个穷鬼饿鬼！哪有一点点地方像是个大财主？他才五十多岁？看那样子，简直有七八十岁！妈呀！我嫁的人怎么竟这样丑陋龌龊？怎么竟是这样一个棺材瓢子？！……"

然而，一切都晚了，都无可挽回了：一个从小在闺房中长大的女子，哪有能力抗拒这由九千两银子和一道道礼仪编织的金丝牢笼？！她只有绝望，痛苦，无奈……

新娘子那美艳的大眼里，无奈地滚出阵阵苦涩的泪水……

新娘子木然了。

新娘子在木然中和喜财主一起喝了拌汤，就了饼子，在木然中听到老妈子的颂歌：

"夫妻拌汤就饼子，来年生个胖小子！"

然后，新娘子又在木然中看着老妈子铺好了褥子、垫子、白绢子和一条被子，由着老妈子剥掉了自己的红衣红裤、棉衣棉裤和内衣内裤，直到浑身赤条条，光溜溜！——为了防止她再穿衣裳，老妈子又将放衣服的箱子柜子一一锁了，然后把她脱下来的衣服抱走了，关门了。

新娘子别无选择，只得乖乖地钻进被子。

喜财主得意地微笑着，插上门闩，然后脱衣解裤，也全身赤裸裸了，便也钻入被子里。

一个白白嫩嫩光光溜溜的女儿身子，被一个黑黑黢黢、粗粗糙糙的老儿抱住了。

"啊！"

"嘿嘿嘿嘿！"

新娘子在惊叫，喜财主则在狞笑。小白兔与老鹰相遇，小白兔总是弱者；小绵羊与老虎相遇，小绵羊总是弱者；美与丑相遇，美总是弱者；嫩与老相遇，嫩总是弱者；鲜花与牛粪相遇，鲜花总是弱者……

此情此景，可真是鲜花插在了牛粪上！不，比这更甚：是牛粪压在了鲜花上！

喜财主是过来人，想着法子在新娘子身上寻欢不已；而新娘子，却被蹂躏得叫苦不迭！——拥抱时，新娘子躯体白嫩光滑，而喜财主躯体粗涩干瘪！接吻时，新娘子口齿含香，而喜财主则人老口臭！闻嗅时，新娘子通体芬芳，而喜财主则一身老人气！触摸时，新娘子的手白皙嫩滑如竹笋，而喜财主的手黑瘦干瘪如鸡爪！……如此一个洞房花烛夜，喜财主的感觉何其甘美，像上了天堂！而新娘子的感觉又何其苦涩，如下了地狱！

"老天爷呀——"新娘子的青春之身在被摧残，心在滴血，痛苦地呼救着，却无助……

"爹呀——妈呀——"新娘子的美艳之体在被糟蹋，命在滴血，痛苦地叫喊着，却无奈……

七

新娘子姓赵，名唤娇娃，是一个中国商人和一个俄罗斯姑娘的爱情结晶，是一个端庄的中国男人和一个漂亮的俄罗斯女人的混血儿。在她身上，凝聚了中国男人的庄重、深邃和黑眼睛，也凝聚了俄罗斯女人的漂亮、多情和白皮肤；在她的心灵上，凝结了悠久的中华文化的雅风，也凝结了辽阔的俄罗斯土地的大气。

于是，集众善而成大美，娇娃成了一个大美人。

娇娃的父亲赵银树是一个地道的中国商人，从小读四书，修孔孟之德；学算数，习陶朱之术；十五六岁上经人保荐进了著名的长裕川茶庄学徒，然后逐渐升迁，顶上生意，直到成了长裕川茶庄驻恰克图分号的老板。其时正值同治年间中俄茶叶贸易浪潮即将退潮前的兴盛时期，赵银树老板出入于俄国人的大商行、大场合，动辄数万箱数十万两的大手笔，一诺千金，挥手万两，诚可谓大家派头，巨商气度！

而娇娃的母亲伊库乔娃是一个典型的俄罗斯姑娘，高个子，蓝眼睛，黄头发，白皮肤，聪明而美丽，浪漫而多情！其时，她正受雇于一家俄国茶行当秘书兼通事（翻译），天生丽质再加上后天的文化教养，伊库乔娃怎能不人见人爱？！

于是，赵银树老板那禁锢了二十多年的爱情，终于禁不住这位具有异国风情的美人的诱惑，腾然起火了！终于，他冲破了山西茶票庄那一道道严格的规矩，大胆地向伊库乔娃表示爱情了。

而伊库乔娃也被赵银树老板身上这种巨商气度和中国男人的典雅气质所倾倒，她接受了这个中国男人的爱情。于是，一个出生于俄罗斯贝加尔湖畔伊尔库茨克市的美丽姑娘，就和一个出生于中国汾河湾边祁县的典雅男子结合了。

在那样一个各自封闭的封建时代，一个俄罗斯姑娘怎么能爱上一个中国商人，并且由爱而结婚，组成家庭，相伴终生？！——或许，伊库乔娃是千百万箱来自中国的茶叶及其茶水在俄罗斯土地上浇灌出的花朵，要来中国认祖归根？或许，伊库乔娃担负着世代喝茶的俄罗斯人的重托，是这些俄国人对中国茶商的谢礼？……九狗出一獒，千窑出一宝，天地造化何其神也！妙也！

从此，祁县城内的一座四合院成了他们的爱巢。此时，伊库乔娃二十岁出头，正值女人的花季；赵银树四十岁出头，也正值男人的花季。于是，红花儿笑，蜜蜂儿闹；春风儿妙，秋果儿俏！

他们先后生下了两个姑娘，大的叫爱娃，二的叫娇娃，一个比一个漂亮！再稍经中国诗书礼仪等传统文化的熏陶，到十五六岁时便出落为沉鱼落雁之容、闭月羞花之貌了。然后经爱美者睹而视之，赞而叹之，再传而播之，这姐妹二人就更是名扬祁县城了！于是，好色者动心动性，爱而慕之；舍金舍银，求而聘之！

三年前，大女儿爱娃到了婚龄，求婚者蜂拥而来，而合盛元票号大财东郭嵘志在必得，出了八千两银子的彩礼，势压群雄，娶走了爱娃。

今年，二女儿娇娃也到了婚龄，求婚者再次蜂拥而来，合盛元票号的另一财东武得宝更出了九千两银子的彩礼，娶走了娇娃。

八九千两银子的彩礼，实在也是个天价了，两个女儿赚回来一万七千两银子，人们是何等的叹羡！赵银树自然也高兴，却也总有几分歉疚，常常陷入矛盾之中：自己为了爱情而放弃了前程，放弃了钱财，为什么反倒让女儿们为了前程和钱财牺牲爱情呢？

确实，赵银树与俄罗斯姑娘伊库乔娃谱写了一曲优美动人的爱情故事，虽然算不得殉情，却也足足算得上钟情了：为了一个情字，他与她双双抛弃了具有丰厚收入的工作，双双远离了自己的家庭，由原本的富足生活降成了仅得温饱的普通生活。就以赵银树来说，当初他已经顶上了五六厘的生意，如果不是因此事被逐出长裕川茶庄，经这二十来年时间，他至少也顶上八九厘生意了；以长裕川茶庄的买卖，这些年来每个账期每股分红在一万两银子上下，这五六个账期平均算下来，赵银树也该分红三四万两银子了，那会是何等富足的生活？

回首往事，赵银树常常为情而得意，而自豪；但权衡得失，却也往往因利而失落，而惋惜，稍许有些悔意：如果不是因为与伊库乔娃的爱情，如果继续在长裕川茶庄做事，自己不仅要多挣那三四万两银子，还会给自己和父母兄弟姐妹等亲人多挣回十倍于现在的地位、尊严和名声，这桩爱情婚姻的代价也实在太大了啊！于是，人老爱财，在两个女儿的婚姻大事上，赵银树就打起了小算盘，念起了小九九，见钱眼开了。

而且，赵银树如此处理女儿们的婚姻，也有他的一番道理：此一时，彼一时；此一地，彼一地。这两个女儿与自己当初的情形迥异，即使给她们恋爱自由，现在这祁县城里她们哪能找到心爱之人？其一，祁县为古城，儒风流行，礼教森严，未婚男女哪有接触的机会？其二，祁县人崇尚经商，优秀男儿十五六岁便出去经商，留在县城的能有几个俊秀青年？其三，那些大户人家的子弟择偶，全得门当户对，像自家这样的普通门户，自己又因摊了个俄罗斯女人而被逐出长裕川茶庄，被逐出赵家，在世人眼里分明是出格之事，是另类之人，自己的两个女儿又哪能做了这些大户子弟的原配夫人？其四，既然找不上心爱之人，也成不了大户人家子弟的原配之妻，与其嫁那些没出息的同龄贫穷子弟，一辈子受穷受罪，还不如嫁给那些年龄大些的有钱人当姨太太，一辈子享受富贵。

这么一来，赵银树的心也就安然了。尤其是大女儿爱娃嫁给了东林财主郭嵘以后，备受宠爱，他的心就更是安然、泰然乃至于欣欣然了。

于是，二女儿娇娃也如法炮制，收了喜财主武得宝的九千两银子，便把女儿娇娃给喜财主做四姨太了。

八

赵银树的家安在祁县城内西北角上。当初他领回来伊库乔娃时，为了远离亲族人的歧视乃至敌视，他搬进了县城里；为了避免城里人好奇，看西洋景,他又选在了城内边缘地带的西北角上安家。

这是一所精致的四合院子。但见:门楼斗拱彩绘,门口蹲狮雄威。院中屋中,全是方砖铺地,法坤形也;屋上楼上,一色筒瓦盖顶,则乾象也。

傍晚时分,佣人们已经收拾了嫁女请客的残局,开始散工了,院子里又恢复了往日的宁静。女主人伊库乔娃闲了下来,有工夫思念刚刚出嫁的女儿了:"我的娇娃!她从今天就彻底离开我了!我的娇娃,她才十八岁!她从今天就彻底离开我了!"

伊库乔娃是一个纯粹的俄罗斯女人,她体态微胖,气质优雅,双眼美丽而晶莹,饱含深情;双手细白而红润,颇具富态;浑身散发着一种雍容富贵的风度。在屋里那些高档的桌椅家具和瓷器陪衬下,更显露出一种俄罗斯贵妇人的风采!

伊库乔娃旁边坐着大女儿爱娃,她正劝解母亲:"妈!不用担心娇娃。你看我,不是好好的吗?娇娃就嫁在城里,比我更方便,她随时都可以回来看你的!"

大女儿爱娃正是合盛元票号大东家郭嵘花八千两银子娶上的三太太,果然美艳漂亮!这爱娃钟父母之爱,凝天地之美,聚日月之华,分明是天生的一个美人胎!但见她:穿绸裹缎,通体华美之彩;佩金挂玉,一身富贵之气。脸似皓月,光照人而人艳;腮如朝霞,色映物乃物辉。眼睛美而通灵,如秋水之澄澈;眉毛秀而钟情,似春山之浓郁。口似鲜桃,微含幽香,人嗅之而迷性,何须亲也吻也?手如嫩笋,颇惹馋涎,物视之乃勾魂,哪用捏哉握哉?——好一番美艳妇人的风采风韵!

伊库乔娃听罢大女儿的话,再回头看看大女儿的富贵气象和美艳风韵,爱心殷殷,妒意微微,不禁感叹着说道:"哦,我的爱娃多么漂亮,多么幸福啊!上帝保佑!但愿这个喜财主对娇娃能像东林财主对你那样好!上帝啊!"说着,用手画个十字,放在心前。

爱娃劝解一番母亲,看着天色不早了,便向母亲告辞:"妈,我也该回去了!"

伊库乔娃听到女儿要走,失望、空虚和伤感又涌上心头,泪也涌在眼眶了:"啊?你要走?你还是不能和我们住一夜呀!"

爱娃劝慰道:"妈,他早上就说了,一定让我回去;如果我不回去,他会生气的!"然后又笑着附耳低语:"他一天也离不开我,他说要是没有我陪伴,他黑夜里就睡不着觉!"

伊库乔娃含泪的眼睛转而微笑了:"真是个馋猫!"

爱娃告辞了母亲、父亲,叫上贴身的老妈子走出院门,一辆华丽的轿车套着一头漂亮的骡子正候着呢!一个精干的佣人将轿车赶过来,安好轿凳子,撩起轿帘子,老妈子扶着爱娃上轿:一双秀美的脚,穿一双绣花的鞋,踩着一个精致的轿凳,上轿了。

女儿归去,赵银树夫妇更寂寞了;夜幕降临,院子里更寂寥了。天上,星光闪闪烁烁;地下,人声静静悄悄。

伊库乔娃披一件獭皮大衣,坐一把太师椅,在院子里仰望天空,思绪悠悠……屋子里映出来的烛光,隐约照出她丰满而美丽的面庞。

赵银树披一件狐皮大衣出屋来招呼:"乔娃!天气凉,回屋睡觉吧!"

伊库乔娃回望了一眼丈夫,说道:"我睡不着,我想看看星星!我看着这些星星,就想起我的娇娃和我的爱娃,想起我的祖国俄罗斯和我的家乡伊尔库茨克,想起我的亲人和我的朋友,也想起我们的往事……"

赵银树已是花甲之年,胡须花白,人也略显老态,但仍然不失当年的派头和风度。他缓步走近伊库乔娃,将手搭在她的肩头;伊库乔娃把手抬起来,拉住赵银树的手。

一会儿,伊库乔娃回首望了赵银树一眼,说:"银树,你真的爱我吗?"说着,眼睛幽幽闪光,盯着赵银树。

赵银树捏一下伊库乔娃的手,道:"当然!要不,我怎么会丢了长裕川茶庄的生意,执意把你从遥远的俄罗斯娶回来呢?你知道,长裕川茶庄可是一个大字号呀！一个账期下来，每股分红一万两银子上下呢！我要熬到现在，该顶上八九厘的生意了！"

"我知道，我知道！长裕川是个大茶庄，我们俄罗斯人都知道长裕川。我知道，长裕川的东家掌柜们都很富有，我跟你从恰克图来祁县，就是一路上坐在你们长裕川的大银锭上，那叫什么来着——？"

赵银树告诉伊库乔娃："那大块银锭叫'没奈何'！"

伊库乔娃说："对，对！叫'没奈何'！"

说着，伊库乔娃的脑海里闪现出往日的情景：

……

在恰克图至库伦、张家口的商道上，一队队骆驼驮着茶叶，穿越辽阔的草原，跋涉浩瀚的沙漠，蜿蜒北行……

与之方向相反，一辆辆特别的牛拉架子车载着千斤重的银锭'没奈何'，逶迤南行……

二十岁出头的伊库乔娃坐在名叫"没奈何"的银锭上，新奇而兴奋，问道："银锭为什么要铸成这么大？又为什么叫'没奈何'？"

赵银树告诉她："这些'没奈何'呀，是我们山西茶商在与你们俄罗斯商人的贸易中，因输出货物大大超过输入货物，你们俄罗斯商人就得交割给我们大量的现银。我们山西茶商往回运输这些现银呢，因经过数千里的沙漠草原，常常遭遇土匪半路抢劫，就把这些银子铸成千斤重的大银锭。这样，即使遭遇土匪抢劫，他们面对这千斤重的银锭，短时间内也没法子奈何，时间长了又怕官军赶过来围剿，所以，这种千斤银锭就得名'没奈何'了。"

"哦？太奇妙了！"伊库乔娃惊叹着，又问，"你们家乡祁县离恰克图有多远？咱们这样走，得多少天？"

赵银树答："四千多里吧！坐这牛拉车，大概得两个多月！"

伊库乔娃惊叹："路途好远啊！时间好长啊！——哎！你们祁县好

吗？"

赵银树笑着答道："当然好！那是中国最富有最繁华的地方！除了北京城，就数我们祁县最好！"

"真的？！"

"真的！"

年轻的伊库乔娃瞪着那双美丽的大眼睛，看着赵银树那双深邃的眼睛，端详，出神……

……

星光闪闪，寒气阵阵，赵银树在夜色中抚摸着伊库乔娃的头发，说道："乔娃，想什么呢？"

伊库乔娃回过神来，说："哦，我想那'没奈何'，想二十多年前咱们坐在'没奈何'上的情景……"

"乔娃，你后悔吗？我让你离开了你的祖国家乡——"赵银树说。

"不，我不后悔！只要你能一辈子爱我，我跟你走到天涯海角也不后悔，更何况是来到你的家乡，来到这美丽繁华的祁县城呢？！你后悔吗？我让你丢掉了那么好的工作，丢掉了金饭碗——"伊库乔娃说。

赵银树深情地说道："我更不后悔，我赵银树能与你这位漂亮多情的俄罗斯姑娘结缘，并终身相伴相爱，是我的福分哪！"

伊库乔娃激动地握住了赵银树的手，眼眶里闪着泪花，感叹道："赵银树，你真好！爱娃和娇娃的男人能像你这样就好了！"说着，又用手在胸前画着十字。

"乔娃，不早了，回屋睡吧！"赵银树劝道。

伊库乔娃说："我想在院里多待会儿，多美的夜啊！"说着，仰脸望着赵银树，张开双臂，"来，吻吻我吧！"

赵银树俯下身子去接吻，他的嘴尝到了浓烈的情意，他的鼻子嗅到了清香的气息，这是一种充满柔情蜜意的俄罗斯女人的气息，一种春色融融的俄罗斯大地的气息……

九

渠寿昌大掌柜了结完上个账期的事,又安顿好下一个账期的事,第二天便坐轿车来祁县荣仁堡,向合盛元票号第一大财东郭嵘述职。

这是晋商字号的惯例,在三年或四年的账期中,东家不得干预号事,全靠大掌柜一人说了算。但到了一个账期终结,东家就得出面了:考核字号的买卖,评价大掌柜的功过,添减众掌柜的生意,乃至决定人员的去留。如果这个账期干得好,盈利厚,大掌柜自然风光得意;东家也就只有说好话,赔笑脸,添生意了。如果干砸了,盈利少了,甚至赔了,大掌柜自然就没面子了;东家就会责备他,给他脸色,乃至让他走人。

就渠寿昌大掌柜而言,只有前者,不会有后者。一是这个账期的买卖在那儿摆着,二是历史的功勋在那儿摆着,三是执掌合盛元四十年的资历在那儿摆着,东家只有敬他的份儿!——渠寿昌从咸丰六年执掌合盛元号事以来,合盛元票号屡创佳绩,不断扩张,得到了长足的发展,至今仍然是蓬勃发展的势头……连当初起用他的老东家郭大元都竖大拇指啧啧赞叹,更何况比自己年轻三十来岁的少东家郭嵘呢!

半上午时分,渠寿昌的轿车走在县城通往荣仁堡的土路上。轿车上身用蓝呢料包着,车辕、车毂、车辐则有铜饰件箍着,显得富贵豪华,又不失庄重典雅。驾轿车的青灰色骡子也不同寻常:额带红缨,靓丽之色醒目;脖套响铃,和悦之声盈耳。昂首挺胸,精神抖擞;跨腿扬蹄,步伐雄赳!

此时的太阳美丽而清亮,阳光洒在白雪和黄土相间的大地上,白雪熠熠耀彩，宛如少妇之情韵；黄土郁郁沉颜，颇似壮士之风骨。远处，几棵高大的老树正向着天空张臂伸手，似欲拥抱遥远与辽阔，希望自己的天地更高更大；路旁，一丛枯草在对着太阳点头致礼，像在呼唤温暖与热爱，期盼自己的生命再绿再美……整个大地上一幅错落有致、和谐有趣的图景。

轿车内，渠寿昌穿着狐皮大衣，神情庄重，目光深邃，思绪悠悠……偶尔，他撩开帘子望一下窗外的景象，吸一口清爽的气息，便有一种心旷神怡的感觉，面容舒展，眼睛焕彩！——渠寿昌年逾七旬，其审美修养已入妙境：大地上那错落有致、和谐有趣的图景，原来是上帝所创作的极其悦目的美妙画卷呀！大地上那清爽泠泠的气息，原来是上帝所酿造的极其爽口的上佳饮料呀！

骡蹄矫健，铃声叮当，犹如敲锣鼓一般雄壮；车轮滚滚，车辐翩翩，又像绾花儿一样漂亮。

一会儿，便看见一座巍峨的村堡矗立在远处，荣仁堡到了。

从东北方向远远望去，东北两道堡墙高大雄伟，堡墙上有连绵的垛口和隔三岔五的眺楼，虽是一个村堡的堡墙，却俨然县城的城墙！东堡门拔地而矗立，威势赫赫；堡门上的碉楼居高而临下，雄姿勃勃；而在北堡墙中央，玉皇阁凌空而起，飞檐斗拱，更是盛仪煌煌！

渠寿昌大掌柜眺望着这些堡墙、堡门、垛口、眺楼、碉楼和玉皇阁，心中油然生出阵阵敬意：对这些建筑的敬意，和对合盛元票号老东家郭大元的敬意……

想当初，三十五岁的郭大元雄才大略，审时度势，在平遥日升昌和蔚泰厚票号刚刚开设十来年时，看到票号生意前景广阔，便果断地将茶庄进行改组，集中人力财力，同武得宝的父亲合伙，于道光十七年开设了合盛元票号。于是，占商机之先，得利薮之渥，几个账期下来，大获厚利，使他从一个中等的商人一跃而为巨商，声名赫赫，财源滚滚！

后来，年届知天命之年的郭大元洞明世事，深修道德，不仅不仗势欺人，反而颇多为民谋利谋福和积善积德之举。咸丰三年，太平天国在南方兴起，北方盗贼乘机泛滥。为了维护地方治安，保卫荣仁堡全体村民，郭大元热心公益，慷慨出资，组织村人修筑堡墙：雇佣数十人，置办三套马车，供给三餐，付给工钱，费时三年，耗银无数，终于在咸丰六年修筑完成了这雄伟壮观的堡墙！——由此，荣仁堡拒盗贼于堡门之外，从富户到穷人，五六百村民，家家人人无不享这堡墙之利；由此，荣仁堡挡祸乱于堡墙之下，从咸丰六年至1949年新中国成立前，九十多年间，年年月月无不受这堡墙之益！一人一家出资，而全村人近百年受益，善莫大焉，德莫厚焉！

郭大元为村人谋利谋福，积善积德；同时也为自己谋了利，谋了福，积了善，积了德，还积了寿：此后，他的合盛元票号愈来愈发展，人才济济，财源滚滚；他的家族也愈来愈兴旺，他先后生有三个儿子，拥有六个孙子；而他本人除了享受富足的生活外，还被村民誉为"急公好义"，被县衙赞为"惠施乡里"，被朝廷封为"资政大夫"，可谓既富且贵！而且，他还享寿七十六岁！

……

"真是一位全人啊！大德大才，大富大贵，多子多福，高名高寿……老东家都占了呀！"

渠寿昌大掌柜暗暗赞叹着，心中充满了敬意和仰慕。他对老东家郭大元非常了解，也非常有感情：咸丰六年时，正是老东家郭大元慧眼识才，破格任贤，把年仅三十六岁的渠寿昌放在合盛元票号的大掌柜交椅上，他才能有了后来的一次次大作为，并成为山西票号界继雷履泰、毛鸿翙之后最富声望的巨擘！——老东家郭大元对他渠寿昌的知遇之恩，可谓高大如天，广深似海呀！

渠寿昌来到荣仁堡东门前，看一眼门额上的"旭升"二字，然后进了堡门,绕过一座戏台,再走五十余丈,便来到了郭家的大门前。

郭家大院的正门坐南朝北,位于村里东西大道的中央,与村北堡墙上的玉皇阁遥遥相望。门楼飞檐斗拱,雕梁画栋,本已十分气派豪华;楼檐下又悬挂一个雕刻有"大夫第"的蓝底金字横匾,赫然醒目,肃然震人,就更显出一种雍容富贵。

门楹上则是一副金字对联:

读孔孟乃心敦厚,
行仁义而族睦和。

大门两旁是一对青石狮子,再往两侧是三尺多高的青砖护坡,坡上又是三尺多高的砂岩石围栏;大门前则是七级砂岩石台阶,向下延伸至东西大道的路面。站在门前,一种富贵的气派、文化的气息和居高临下的气势,扑面而来。

渠寿昌的贴身小伙计高生云上门口通报一声,说合盛元大掌柜来了,门房的人很快惊动了管家郭广仁,郭广仁急匆匆地出来拱手相迎。

"啊哟,渠大掌柜来了!有失远迎,失礼失礼!"

渠寿昌笑着拱手还礼:"都是自家人,郭管家不必客气!"

郭广仁管家殷勤地迎接渠寿昌大掌柜进了大门。渠寿昌德高望重,儒风道骨,郭家大院不论主仆,但凡见了他,无不欠身点头,注目敬仰。

来到东家郭嵘的书房院门前,郭广仁吩咐郭嵘的贴身佣人马儿进去通报,他本人则陪渠寿昌大掌柜等候。

"大掌柜,请稍候!"

"好!"渠寿昌应着,点着头,眼睛则盯住了书房院门上的一副对联:

积德行乃子孙旺，

修善果而家族昌。

渠寿昌看着，琢磨着，而后吟诵着，德行，善果，子孙，家族……

然后心中暗暗赞叹：东家的这副对联可谓用词简而易，用心深而远啊！其词朴实无华，明白如话，人人可懂；其理则圣心哲言，广大无边，家家可用；其用心则上承先师之教，后续子孙之福……这东家郭嶫如今四十五岁年纪，看其做事谈吐，虽非老东家郭大元那样的开天辟地之才，但道德文章却不在其下，满腹经纶，应是一位经天纬地的守业之主呢！

十

郭嶫从光绪五年当家掌门以后，虽说还不到而立之年，却饱读圣贤之书，洞明世事，颇知舜继尧、禹继舜的典故，更晓"继治世者其道同，继乱世者其道变"的要义，故而萧规曹随，依然效故事，用故人。——字号的经营依然靠大掌柜，故而茶庄票庄，红红火火；家政的管理依然照老规矩，故而家人族人，和和顺顺；而他本人则依然过着一种读书悟道和写字画画的书斋生活，故而身上心上，逍逍遥遥！

虽是偌大一个家族的掌门，但郭嶫不屑于杂务，琐事全托管家打理；所以，这东林财主郭嶫常在的地方不是账房，而是他的书房。

书房内布置简洁，雅致大方。一进门是一幅中堂：中间是一幅淡雅的山水画，画中是高山、流水和几棵参天大树，显得深邃而大气；两旁是一副对联：

传承圣心，文章千古事；

荷载民命，经济万般功。

中堂下是一张核桃木八仙桌和两支黄花梨木太师椅，看似古朴简易，而凝重之色郁郁沉颜，富贵之气咄咄逼人。桌上摆着两个绘有图画的茶瓶，观画则精美之色溢彩，目悦焉，神乐焉；嗅茶则淡雅之气沁芳，鼻享焉，心赏焉。

西厢是简朴的卧室，安有床、躺椅和茶几。东厢则是宽大的书房，后墙东首摆着两个特制的大书柜，满是书籍；临窗是一张一丈多长的长条几，堆着卷轴；地中央是一张大书桌，摆满笔墨纸砚和书籍：一套《四书五经》，一套《古文观止》，还有一摞《资治通鉴》……

这天上午，郭嵘依然在书房读书，间或起身踱步，吟诵几句："'不偏之谓中，不易之谓庸。中者，天下之正道；庸者，天下之定理。'——程子所言精辟至极！所谓中庸之道，乃正确之道路，永恒之理义也！简言之，中庸之道非'中听''中看'，乃'中用'之法也！……"

这东林财主郭嵘今年四十五岁，从小吃山海美味以滋体，读圣贤经书以润心，果然出落得不同常人，修炼得不同凡响！但见：身材魁梧，气宇轩昂。天庭饱满，如日月之光亮照人；鼻准丰隆，如山岳之矗立傲世。浓眉凝威，摄龙虎之魂耶？大眼蓄慧，通圣贤之心哉！胡须飘也入仙境，面容焕兮出童颜！——而这位大财主却身穿一件普通儒士穿的棉布袍子！然而欲盖弥彰：穿着布衣的郭嵘更显出浑身的富贵之气和仙道之韵！

这时候，贴身佣人马儿进来禀报："老爷，渠寿昌大掌柜来了！"

"哦？快请！——等等！我去门口迎接！"

郭嵘说着，放下书，整整衣冠，亲自出门到院门口恭迎渠寿昌大掌柜。

"啊！大掌柜辛苦了！请进，请进！"郭嵘彬彬有礼，让进渠寿昌。

"哦！东家先请！"渠寿昌也是谦谦君子，颇有礼数。

两人一边相互谦让着进了书房院,一边相互问候着:

"大掌柜一向可好?"

"好,好!只是岁数不饶人啊!老了!——东家一向可好吧!"

"好,好!有大掌柜支撑着合盛元,我在家里享清福,自然是好啊!——只是辛苦大掌柜了!"

"不敢当,不敢当呀!合盛元上托东家洪福,下靠众掌柜操劳,我只不过操点闲心而已!"

渠寿昌大掌柜进了东家郭嵘的书房,面对满壁字画,不免欣赏品评一番。

郭嵘和渠寿昌谈笑之间,马儿已端上茶来,于是渠寿昌大掌柜落座用茶,呷一口,便言归正传了。

"东家,我今天是来交代账目的。"说着,将一份合盛元票号的账期决算从怀中掏出来,递给郭嵘,"这个账期遭遇甲午战乱,我这个大掌柜调度无方,用人失当,致使营口分号被烧被抢,还被相与字号拖累,亏赔了五六万,把老本儿都赔进去了!京、津二分号则因市面过度恐慌,沉不住气,急着催收贷款丢了利,急着退还存款又贴了息,一丢一贴,把前两年的盈余全部贴进去了,落了个颗粒无收!——唉,我失职呀!"

郭嵘接过账期决算来,并不翻看,只是认真听渠寿昌说话。待听罢渠寿昌的自责之言,当即安慰道:"大掌柜说哪里话,何有失职之说?!而且,这中日甲午战争对咱票号来说是天灾国难,谁能避免得了?我虽深居简出,却也颇晓国事号事,若不是大掌柜雄才大略,殚精竭虑,合盛元的损失会更大,甚至会遭受灭顶之灾呢!我知道咱祁、太、平三县的票号有五六家都赔了十几万两银子,有的还得向东家拿上几十万两银子去补窟窿呢!——大掌柜把合盛元经营成这样,已是难能可贵,我感谢还来不及呢!"

东家这一番话说下来,和风徐徐,暖意融融,渠寿昌心中自是舒心舒意，拱手说道："东家如此宽仁，我等自当尽职尽责，竭心竭诚，以报东家厚恩！"

最后，渠寿昌大掌柜又向东家郭崶表露了退休之意："东家，我今年已七十五岁了，身体已觉气力不支，难免耽误号事，还请东家恩准我告老还乡！"

郭崶一听，非常惊讶，说道："大掌柜何出此言？！莫非我郭崶有得罪大掌柜之处？或是号内伙友有不敬大掌柜之事？"

渠寿昌摆摆手，连忙说道："不，不！东家对我敬如兄长，我渠寿昌感恩不尽；号内伙友对我敬如父师，我也毫无怨言！我告老还乡，实在是为合盛元着想，也为我本人着想呀！就合盛元而言，在此多事之秋，让年富力强者主事，必会随机应变，推陈出新，合盛元便可顺应时局，发展壮大。而我已垂垂暮年，应付这千变万化的时局，实在力难从心，一旦出现疏漏，招致满盘皆输，则合盛元的事业就灰飞烟灭了！就我本人而言，我若急流勇退，及时抽身，既可落个'荐贤让能'之名，又可落个健康长寿之身，实在是两全其美呀！"

"哦，原来是这样啊！"郭崶听着，想着，在地上踱起步来，等渠寿昌说完，不禁动情感叹："大掌柜真是我郭家的社稷之臣啊！能遇上您这样的大掌柜，真是我郭家的大福分！"

渠寿昌大掌柜也激动了，听着东家郭崶的话，不禁老泪滚落下来，动情地说："东家言重了！我渠寿昌能有幸与郭家东掌一场，实在是我前世修下的福缘呢！"

接着，东家郭崶执意挽留，渠寿昌大掌柜又退意坚决，自是一回一合，纠缠难休！最终，东家郭崶妥协了："大掌柜，话说到这个份儿上，我答应你告老还乡就是了。不过，你得答应我一件事——"

渠寿昌说道："东家请讲！"

郭崶说道："你要给我安排好字号里的事，选好你的后任！"

渠寿昌笑道:"这我已经安排好了:二掌柜贺洪如五十五岁,正年富力强;他为人胆大心细,见识超人,堪称大才!现在让他总揽合盛元全局正是时候,至少可保合盛元十年无忧!"

郭嵘听着,喜出望外:"哦,好,好!原来大掌柜已成竹在胸哪!"

渠寿昌继续说道:"而且,贺洪如之后有郝克凝可用。郝克凝天资聪颖,人品端正,多年在北京、营口、上海等处驻庄任事,经验丰富,社交广泛,颇能审时度势,运筹帷幄。此人四十五岁,十年后可堪大任。"

郭嵘频频点头,悉心恭听,面露喜色。

渠寿昌继续说道:"郝克凝之后,或有申树楷可用。申树楷自幼读书,颇有韬略,与人谈吐,常出语惊人。他今年刚刚二十岁,这回我把他派驻营口收拾残局,便是有意试他一试。若他果然能言副其实,在营口挽败为胜,扭亏为盈,则是三国周公瑾再现我合盛元也!"

郭嵘听着,非常兴奋,叹道:"啊呀,大掌柜!你不仅为咱合盛元开辟了滚滚财源,还为咱合盛元培养了济济人才,实在是功德无量啊!"

郭嵘当即表示:人退生意不退,渠寿昌大掌柜顶的一分生意可以一直顶到百年之后;而且,百年之后仍顶三个账期,由他的子孙领受!

渠寿昌听了郭嵘这些慷慨的赠予许诺,激动不已,赶忙推辞:"使不得,使不得!东家能让我离号后顶三个账期就足意了!这已是各字号的最高礼遇,怎么能百年之后再顶三个账期?太出格了,太出格了!"渠寿昌大掌柜说着,频频摇头摆手。

郭嵘笑着说道:"大掌柜对我合盛元有出格的功劳,我岂能不打破陈规,给大掌柜出格的礼遇!——大掌柜不要推辞了,你要在世上树你大掌柜的英名,我也要在世上树我东家的美名啊!大掌柜岂能只顾自己的英名,而不顾我的美名?!啊?!哈哈哈!"

"这……"

渠寿昌大掌柜知道东家郭嵘真心如此,执意如此,再难推辞,只有感叹致谢了:"东家真是天下财东中少有的仁君明主啊!"

十一

午饭,郭家摆盛宴隆重接待渠寿昌大掌柜。

但见:菜精肴美,货真物贵。山珍斗艳,见之也嘴角馋涎涌;海味争芳,嗅之也腹底饕餮狂!

更有品质地道的陈年汾酒,闻而香,品而美,饮而醉!正是:

五千年汾水,尧舜禹三圣留踪迹,德泽斯土,绵绵岁月非虚度也;二十载陈酿,日月星三曜聚光华,精行此水,默默静修岂徒劳耶?观其色则澄而清,已入空无之境,目视之而无物;品其味则香而醇,乃是美妙之界,口入之而忘我!

享用如此一桌盛宴,何止是一饱口福啊!

郭嵘把儿子郭培松叫来,再加上管家郭广仁,一起作陪。酒宴开始,三人轮番向渠寿昌敬酒,一口一个大掌柜,一人一番敬酒词,给足了渠寿昌面子。渠寿昌未必醉酒,心却肯定是醉了:郭嵘是郭家的掌门人,是合盛元的大东家;郭培松是郭嵘的长子,是郭家"培"字辈的老大,自然是郭家下一代的掌门人,是合盛元将来的大东家;再加上郭广仁这个大管家,他又是郭家所有佣人的头呀……这三个非同寻常的人对自己如此抬举,自己这个做大掌柜的还复何求?!

而且,行酒时郭嵘还要教训儿子郭培松几句:"松儿啊,你们弟兄从小富里生,富里长,虽也读过些书,识几个字,但世上的许多道理你们都不懂。你们要记住:生你们的,是爹妈;而养活你们的,却是大掌柜和咱合盛元的众掌柜伙计们!你们吃的是山珍海味,穿的是绸缎皮裘,住的是高楼瓦房，这些都得花银子；这些银子从哪儿来？从咱的合盛元票号来，是咱合盛元的众掌柜伙计们给咱家挣回了银子！你要记住：爹妈是你们的生身父母，大掌柜他们是你们的衣食父母。你们要像敬爹妈一样敬大掌柜，敬合盛元的众掌柜伙计！"

郭培松从小读书受教，颇知礼数，听着父亲的一番话，自然领会于心，唯诺于口，举杯于手，再次向渠寿昌敬酒。

渠寿昌听罢郭嵘教训儿子的话，赶忙说道："东家言重了，言重了！我渠寿昌实不敢当，实不敢当！要真说敬，我此时倒想起老东家来，那咱们就共同敬老东家和咱的合盛元票号吧！"

郭嵘附议："好！"

一桌人举杯共饮……

渠寿昌大掌柜德厚才高，既能赚回大钱，又能分配好东掌利益，再遇上心仁智慧的郭嵘东家，一个账期下来的交账也就不是什么难事，而是饮茶喝酒的乐事了。

渠寿昌大掌柜顺顺利利地交了账，述了职；体体面面地饮了茶，喝了酒；午饭后便乐乐呵呵地回祁县城里了。

东家郭嵘也高高兴兴地回到了书房。

郭嵘为了尽东家之谊，中午喝了不少酒，有了几分醉意，但却毫无睡意。今天渠寿昌大掌柜的交账述职，使他倍感兴奋：国家正值多事之秋，中日甲午海战的阴影笼罩全国，市面萧条，人心慌乱，而自家的合盛元票号却能在风雨飘摇中从容应对，稳如泰山，且每股分红四千五百两银子，郭家分红七万六千五百两银子！这是何等的不易，又是何等的振奋！醉眼中，他仿佛看到，合盛元票号像一棵参天大树，枝头挂满了金元宝和银元宝，任凭风吹雨打，仍自从容逍遥！他想到了他的父亲郭大元，那是这棵参天大树的栽树人：道光十七年，父亲郭大元与武家共同开办了合盛元票号，使郭家的买卖成功转行，进入了刚刚兴起的票号界。咸丰六年，父亲郭大元又大胆起用年轻的渠寿昌为大掌柜，使合盛元票号得到了一个雄才大略的舵手，进入了快速发展的时期。光绪四年，为了增强合盛元票号抵御风险的能力，父亲郭大元又在风烛残年之际，果断拿出三十万两白银倍本扩本，并且将武家放弃的倍本扩本份额也填补进去，由此，合盛元票号的资本金由十万两白银扩大到了四十万两白银，而郭家的财股也上升到十七股。光绪十年，我刚接手家务商务六年，就遇上了南人胡雪原的阜康票号倒闭风潮。在众多钱庄票号岌岌可危、摇摇欲坠之时，我合盛元却岿然不动，这全凭父亲的先见之明和果断之举啊！由此，合盛元成了票号界的一棵参天大树，成了我郭家的一棵摇钱大树！

想到这些，郭嵘的心底涌起阵阵对父亲郭大元的敬意和对合盛元票号事业的爱意。——因为这敬意，他对父亲一套经商治家之法，不改不革，而是亦步亦趋；因为这爱意，他对渠寿昌大掌柜及合盛元票号的事务，不指不画，而是顺之由之。

郭嵘当东家这十七年来做了些什么？实在也没有做什么。而这没有做什么，便是他的无为之功！——树长得好好的，随其性，由其长，这就是功；水流得好好的，顺其道，任其流，这就是功。

郭嵘是聪慧人，知道无为和有为的时宜性：时宜无为而有为，则害事；时宜有为而无为，则误事；时宜有为而有为，则成人功；时宜无为而无为，则得天功。

郭嵘主持家政十七年来，内靠本家兄弟郭广仁打理，外靠老掌柜渠寿昌经营，他自己则继续在书籍中求学悟道，自在逍遥。

《四书五经》和《资治通鉴》等书籍，这是正心修身齐家治国平天下的精义汇集，对做人做事有"四两拨千斤"的功效，稍微学一点便可终生受用，读半部《论语》便可治理天下，更何况长期学习研究呢？所以，郭嵘读的书越多越深，处理起事情来就更得心应手、自然自如，活得也就更自在逍遥了：除了读书悟道、写字画画，或吟诗作赋、练拳习武外，他还喜欢在女人身上寻欢作乐，颇会享受生命中最原始最基本最美妙的性福……

三年前，他不惜重金，用八千两银子把祁县城最美艳的姑娘爱娃娶为三房太太，被传为一时的风流佳话。

他曾对友人坦言："我所重者'心性'二字，人之心如树之根，心不舒展，人怎么能顶天立地？人之性如树之本，性不率真，人怎么能成为男子汉大丈夫？我所爱者好书美女二物，好书里面凝聚了古往今来众圣贤的精、气、神，读好书如得圣贤为师，伴好书如与圣贤为友，岂不是人生一大幸事？美女身上集中了天地山川诸美物的形、色、情，拥有美女犹如赏天下最美之形体，阅天下最美之色泽，享天下最美之情感，岂不是人生一大美事？"

所以，书房和闺房就成了合盛元东家郭嵘享受生活的两大场所。

十二

夜幕降临，寒气袭人，郭家大院在夜幕和寒气中巍然矗立，穆然静谧。

一盏大红灯笼从郭嵘的书房院里打出来，出几个飞檐斗拱的院门，走几段石条铺设的甬道，再进几个简约精致的便门，便来到一处典雅的院门前，这就是郭嵘的宠妾三太太爱娃的住所。灯笼停下来，红光照着门口漂亮的石狮和精美的石墩，也照着门额上的两个大字"春沁"和门柱上的一副楹联：

春山秋水国色也，
沁脾可心天香哉。

佣人马儿打着灯笼候着，主人郭嵘仰着脸看着，面露得意之色：这门额，这楹联，乃至这院中的女人，都是他的得意之作啊！——胸中藏妙文，意趣所来则吟之诵之，品之赏之，乃心神之福也；屋中藏美人，兴致所来则玩之赏之，亲之爱之，乃性情之福也。

少顷，院内便有两个老妈子打着灯笼开门迎接："老爷！"说着，屈腿欠身致礼，恭立两旁。

郭嵘应了一声，回头对马儿说："马儿你也歇了吧！"然后跟着老妈子的灯笼，进了院里，走向三太太爱娃的闺房。

此时爱娃已在门口迎候施礼："老爷来了！"

郭嵘微笑着端详一番爱娃，点点头，进了屋里，脱去袭衣，在椅子上落了座。

一会儿，爱娃已将一盏茶水端来："老爷，请用茶！"

郭嵘看一眼精致的茶盏和她转过身子的秀美背影，眼神中流出盈盈羡意，身上也涌出蠢蠢情欲。他拿起茶盏呷了一口，嗅一下，叹一声："啊，好香！"

爱娃回身说："我可没往茶里放茉莉和玫瑰花呀！"

郭嵘笑着说："不是茶香，而是美人的指香！"

爱娃的脸腾然红了，像一朵开放的红花；这红花开放在她那窈窕的身子上，恰如亭亭玉立的一朵红荷！

他看着她，欣赏着她：她太美了，太漂亮了！

她也看着他，琢磨着他：堂堂一表，凛凛一躯，美男子也，大丈夫也；满腹文章，一心仁义，大才子也，真君子也。而且，他还是一个开着大字号的大财主！他却竟能如此钟情于我，钟爱于我！

一种巨大的幸福感从她的心田涌出，在她的浑身流淌；同时，一种渴望也隐隐地从她的心田中燃起……

"嗯？！老爷！"爱娃叫着，嘴甜甜，意绵绵。

"呵呵！来吧，我的爱娃，我的美人，我的宝贝亲圪蛋！"郭嵘唤着，形颠颠，神翩翩。

郭嵘刚进了爱娃闺房一会儿，二人就情不自禁地拥抱起来，亲，吻，嗅，抚摸……

他二人站在地上拥抱温存了一番，又相互依偎着，转向墙上一幅中堂《春江图》：这是郭嵘和爱娃合作的画，高山大树江水由郭嵘所绘，花草蜂蝶鱼虾由爱娃所加。虽是二人合作，但整幅画浑然一体，阴阳相济，浓淡相宜，颇赏心悦目，娱情乐性。

春江图两旁一副对联则是郭嵘自拟自书：

一江春色颇惹蝶，
满地花香正袭人。

"爱娃，你看这幅画，画的正是咱二人的情景。你说说，画面里何物是你，何物是我？"

"当然你是高山大树江水，我是花草蜂蝶鱼虾啊！不是吗？"爱娃应道。

"是，也不是。其实，画面里物物皆我，又物物皆你，你中有我，我中有你。你依我傍我缠我求我时，我如高山大树江水，你如花草蜂蝶鱼虾；我依你傍你缠你求你时，咱俩就翻了个儿。你看啊，你的奶头，像这山吧？你的头发，像这树吧？你的宝贝之处，像这江水吧……"

"你又胡说了！你又捉弄俺呢！嗯？！"爱娃睨着眼，情态饧饧；噘着嘴，娇声滴滴。一言一笑，露出仪态千般；一眸一瞟，流出风情万种。好一个撩人欲，摄人魂，人见人爱、怎看怎妙的美人！

郭嵘看着，听着，早已春意盎盎，欲火霍霍，他一把将她搂在怀里，狠亲一口，轻声说道："我的宝贝！快脱衣裳吧，想煞我了！"

爱娃做了一个鬼脸,开始解扣宽衣了。

铁炉子里烧着煤炭,屋里暖融融的;炕火道里燃着木炭,炕上热乎乎的。爱娃一件件地剥去衣服,露出多姿婀娜的胴体和雪白细腻的肌肤,好不馋人,诱人!再细看:那双美丽的大眼睛,饱含着绵绵的、浓浓的、袅袅的欲火,好不烧人,燎人!那副漂亮的嫩脸蛋,荡漾着微微的、淡淡的、红红的彩霞,好不迷人,惑人!再看那脖项白皙,肩头圆滑;胸脯绵软,乳房丰隆;藕臂笋手,细腰肥臀……又怎能不爱人,勾人!

郭嵘对这个具有俄罗斯血统、又具有中国教养的美艳女子,百看不厌,百玩不烦。

"脱光!脱光了更美!"他笑着低声说。

她赤裸裸了!赤裸裸地站在地上展示给他!"喏,让你看,让你看个够!"

他色迷迷地端详着,观赏着,赞叹着,然后将这个赤裸裸的女人抱起来,抱在热乎乎的炕上;然后,在她的身上狂吻起来:嘴唇,脸蛋,额头,眉毛,眼睛,鼻子,脖项,胸脯,奶头,腋毛,膀子,腕子,手,大腿,小腿,脚……

她早已浑身陶醉得呻吟起来了:"啊!——哦!……"

她呼着,唤着,喊着……

他也解衣宽带,赤裸裸、雄赳赳地上炕了;刚一上来,她便像饿狼叼鱼一样,张开大口叼住他了。此时此处,此情此景,她比他更疯狂,更放浪,更无所不为,无所不能……

他身强力壮,情重欲旺;而她,天生的丽质,天赋的情种。于是,夜幕下,帷帐中,一出美妙绝伦的男欢女爱歌舞剧上演了……

斯夜,又是一个良辰美景:夫妻二人先双双进入了美妙的仙境,然后又双双进入了酣畅的梦乡……

十三

在同一张夜幕下，位于祁县城南十里处的荣仁堡早已进入了宁静的睡眠状态，而祁县城内东大街却仍是一番热闹的景象：大红灯笼在各家的门脸前高高挂起，街道上映出一片吉祥的光色。街道边上摆着一个个小摊，卖点心饼子的、卖麻花油条的、卖花生瓜子的，摊主们吆吆喝喝，好一番热闹的市场景观；街道两旁则是一个个店铺，绸店布铺，酒馆茶楼，赌场烟馆，客人们进进出出，好一派兴隆的买卖气象。

在东大街中心地段上，一座显赫的二层楼巍然矗立，门脸煌煌，灯笼艳艳，颇为气派。门上悬一匾额，上书"长裕川茶楼"五个鎏金大字。门楣上一副对联：

把盏品茶清雅事，
推心置腹君子人。

门内大厅里摆着五六张八仙桌，散坐着二十来个茶客。小伙计们忙着递茶送水，一个个循规蹈矩，举止有度；茶客们闲着聊天说事，一个个信口开河，言谈无凭。

此时，长裕川茶庄的账房大先生高凤梧走进茶馆，只见他穿长袍马褂，蓄花白胡须，一副老者兼智者的气度。他与几个惯熟的茶客点头招呼一下，便向柜台走来；茶楼刘掌柜早迎过来点头致意，搀扶高凤梧上了二楼的雅座间坐下。

"大先生有甚吩咐？"刘掌柜轻声问道，点头哈腰，谨小慎微。

高凤梧说道："我要接待一位贵客，你给我备好上等的闽红工夫茶。一会儿合盛元的渠寿昌大掌柜来了，你要亲自迎接，好生伺候。"

刘掌柜点头唯诺。

高凤梧又问:"这些天客人还不少?"

刘掌柜答:"还行,也就是十几二十几两的流水。"

高凤梧嘱咐:"一定要伺候好每一位客人,不可怠慢!"

"是,是!"

刘掌柜应着,想起一件事,便向高凤梧进言:"大先生,咱这长裕川茶楼的规矩是不是得改一改了?这些年茶庄的生意大不如从前了,我们这茶楼也不能尽做赔本的生意呀!也该多少赚些,为咱长裕川字号也多少增加些进项嘛!要老是现在这样,茶叶照本儿卖,其他的房舍桌椅茶具和人工水火全白贴,流水做十赔三,一年下来两千三千地往进贴银子,也有点太……"

高凤梧打断他的话:"太甚?太亏自家了?!你呀,看来你还得学呢,你究竟年轻,气量小,眼光浅啊!你看看咱东家大院里的那三个字:学吃亏!你以为那是做样子给人看吗?那是东家的大气量,大眼光!你要记住,天下人分为四等:为自己一人忧劳者,下人也;为自己一家忧劳者,中人也;为自己一乡一邑忧劳者,上人也,贤人也;为天下万民忧劳者,则上上人也,圣人也。我长裕川渠东家正是为乡邑忧劳的上人贤人,他留下这个茶楼的规矩来,自有他的道理:其一,方便咱祁邑各字号谈生意的客人,造福一行。其二,方便咱祁邑本地乡民享用茶道,造福一方。有了这其一其二,必有其三:祁邑各字号和乡民广受此惠,必感而称道,这长裕川和渠东家的美名不也就出来了?这样,家资百万的渠东家又有了千人万人的赞誉,他活得不就更滋润了?而且,这区区几千两银子对我长裕川茶庄犹如九牛一毛,尽管茶庄生意不如以前,但瘦煞的骆驼比马大,哪在乎这几千两银子呀!"

刘掌柜洗耳恭听,有些省悟了:"噢,噢!多谢大先生点化!"

高凤梧嘿嘿而笑,说道:"你也看过《三国演义》里诸葛亮的用兵吧?

他的令箭常常是：只许败，不许胜！咱长裕川给你这个茶楼掌柜的令箭就是：只许赔，不许盈！这就是韬略。而且，咱东家定的规矩比诸葛亮用兵更高一筹：既是经营买卖的韬略，也是利人利己利天下的道德！"

"是，是！我知道大先生的意思了！"

"下去招呼客人吧！"

刘掌柜唯唯应声，轻轻退步，下了一楼大厅。

此时，被长裕川茶庄大先生高凤梧邀请的合盛元票号大掌柜渠寿昌在贴身小伙计高生云陪伴下，一路闲心散步，东张西望，从西大街上信步走来。他在长裕川茶楼门前停下来，观赏一番门脸，又玩赏一番楹联，口中吟道："把盏品茶清雅事，推心置腹君子人。——渠楚南撰并书。唔，呵呵！渠少东家不愧为进士，果然修为不浅哪，用意清新高雅，用词却一目了然。"渠寿昌感叹着，连连点头。

继而，渠寿昌心中又颇多感想："茶乃矮树之稚嫩叶芽，然而，竟成了如此宏大的事业：仅祁县太谷榆次三县便有几十家乃至上百家字号经营茶叶与蒙俄交易，每年赚几百万两白银，一百余年间，竟有几万万两白银流入祁太榆三县，成就了几十个拥资百万的巨商大贾！我合盛元票号的前身也是经营茶叶贸易的茶庄，获利颇厚，这长裕川茶庄更是在茶叶生意上大发其财！这微小稚嫩的茶叶竟有如此的威力！何也？思其来由：非其形也，其形不如乔木高大；非其色也，其色不如花卉艳丽；亦非其用也，其用个如粱肉饱腹。——唯其清雅之气也！或许，正是这清雅之气与士君子的心气相通，其清可以消解浊气，其雅可以消化俗物，故而成就了这番宏大的事业？！"

由此，渠寿昌又联想到了世上的读书人："古代的孔子乃是一介布衣，却成了万世圣人；当今的士子看似百无一用，一旦中举仕进，却能经邦济国。就以自己而言，若不是少年读书识字，略知正心修身齐家治国之道，如何能登上这合盛元大掌柜之位，又如何能使合盛元扑腾出今天这样的气候来？！由此看来，这士子位列农工商之上，岂是枉得虚名！——这，大概全靠他们身上那股清雅之气吧！"

想到这里，这位老者又仰望天空，吸了一口清新的气息，继续想道："物如此，人如此，天地又何尝不是如此：地育万物而处卑，天呢，所蕴含之清虚之气空空寥寥，所悬挂之日月之光遥遥缈缈，似乎没有一用，不育一物，何以为尊？！……"

"哦——！"渠寿昌由对茶叶买卖的思考而进入社会人生的思考，而进入对天地万物的思考，猛然间，这位七十多岁的大商人顿悟了："天上这清虚之气和日月之光看似无用，实则无处不用；看似不育一物，实则孕育万物。若无这清虚之气和日月之光，地上何来万物？即使原有万物，又如何能生生不息？原来，这看似无用的清虚之气和日月之光，在无形无声中孕育了芸芸众生，故而众生只知其地母，却不知其天父；是无影无踪地成全了芸芸众生的繁衍生息，故而众生只知生生不息之事，却不知生生不息之因；是无私无欲地供给了芸芸众生最大的生存条件，故而众生只知报答有小恩小惠者，却不知报答有大功大德者。——真所谓：大象无形，大功无名啊！"

这时候，长裕川茶楼的刘掌柜看到了渠寿昌，忙出来迎接："啊！渠大掌柜来了！快请进吧，我们大先生已经在楼上候您多时了！"

渠寿昌应着，在高生云的搀扶下上石阶，进门厅，再上了二楼的雅座间。

高凤梧拱手迎候着："啊！寿昌老兄，有劳你了！请进，请进！"

渠寿昌也拱手答礼："凤梧兄，让你久等了！"

宾主寒暄一番，闽红工夫茶上来，刘掌柜亲自操弄一番，红而清亮的茶水注入茶盏中。

"渠大掌柜、大先生请慢用！"

接住刘掌柜的话，高凤梧也说："寿昌兄请慢用！这是上等的闽红，想必对寿昌兄的口味。"

渠寿昌点头微笑道："哦？！请道其详！"

高凤梧也微笑着说道："呵呵！依我品来，这上等闽红工夫茶的取贵之处有四：其一，性暖，可驱身上寒凉之气，秋冬时饮用最佳；其二，色艳，可着脸上红润之颜，年老者饮用最佳；其三，气清，可化脑中郁闷之雾，劳心者饮用最佳；其四，味浓，可解腹中积滞之食，富贵者饮用最佳。——这四者还都对寿昌兄的口味吧？"

渠寿昌端起茶盏来，观赏，品尝，回味，然后点头道："真是好茶！好茶！——不仅这茶叶好，这茶道好，凤梧兄的这茶论更妙！"说着连连拱手，"凤梧兄不愧是长裕川茶庄的大先生！领教领教！"

高凤梧也连连拱手道："不敢，不敢！让寿昌兄见笑了！"

接着，二人一边品茶，一边谈论，由茶性茶品而论及人性人品，而论及道德道义，再论及商情商势，国情国势……

一位是全国一流大票号的大掌柜，一位是全国一流大茶庄的大先生，大半辈子生活在商场上，滚打在银钱里，但他们所思所想，所言所谈，乃至于一举一动之间，却不见一点唯利是图、唯钱是语的商场俗气和市侩嘴脸，倒是处处散发着一种儒雅之气，绅士之风！

他们何以有此儒雅之气和绅士之风？他们仅仅在十三四岁之前，读过五六年的"四书"呀！那《大学》《中庸》《论语》《孟子》就有如此长久如此巨大的功效吗？——诚然，确然！孔孟之道乃是中华完美精神的种子，一旦植入少年的心田，它便会生根发芽，成为人们心田上长青的精神大树；孔孟之道乃是中华完美道德的核子，一旦穿透人们的灵魂，它便会裂变聚变，成为人们灵魂中巨大的道德能量！

有道是：出污泥而不染者，荷花也；营金钱而不俗者，儒商也。

十四

长裕川茶庄大先生高凤梧约请合盛元票号大掌柜渠寿昌,并不是字号间生意上的事,而是他女儿的婚事。

四年前,经渠寿昌保媒,高凤梧将女儿许配给了合盛元营口分号掌柜郝克凝;但因郝克凝家里的院舍简陋,执意要在盖建起一处新院舍后再完婚典礼,故而拖延了婚期。其后郝克凝又被派往上海分号当掌柜,一走便是一个账期,故而一直拖延到现在。这一拖便是四年多,高凤梧的女儿高雅芝从十九岁的小姑娘成了二十三岁的大姑娘,郝克凝则从四十一岁拖到了四十五岁!男人有事业和银钱做本钱,越拖事业做得越大,银钱挣得越多,似乎也不在乎差几年时光;而女人的本钱就是年龄,一过二十岁以后,每拖一年就要蚀掉许多的本钱,越拖就越不值几个"钱"了。

在这件事情上,父母如商店的掌柜,而女儿则如货架上的商品,一旦过期贬值,这些商品就得折价甩卖,掌柜的不能不急啊!

高凤梧和渠寿昌在长裕川茶楼里经一番谈天说地,然后言归正传:"寿昌兄!正月十九的婚期不会有碍吧?你这位大媒人可得督促男方紧些筹办啊!小女已经等了四年多,不能再拖了;若再拖下去,就要遭乡邻笑话了!"

渠寿昌从容笑答道:"凤梧兄放心,不会再拖了,正月十九准办!我已给了郝克凝三个月的假期,让他好好享受一下新婚蜜月。我专门去过一趟长头村,新院子盖得很气派,很漂亮,是很像样的二进砖瓦院!里院是带孟房的四合院,就他两口子新婚主人住;外院是厨房、餐厅和库房,让佣人住。咱家姑娘去了享福吧!——只等你的家具往进摆设了。"

高凤梧忙说道:"家具我早已和乔家'天德兴'字号定做好了,一过正月初十我就让他们把家具送过去！"

"好，好！乔家'天德兴'的家具那在周边几个县是数一数二的，专为有钱人家做上等家具！啊哟，攀上凤梧兄这样的岳丈，郝克凝可真是有福气啊！"渠寿昌笑着说。

"还不是托你寿昌兄的福吗？要不是寿昌兄保媒，郝克凝要不是你寿昌兄的门徒，哪有这桩婚事啊？呵呵呵！这些家具，我花了三千两银子呢！"高凤梧也笑着说。

"好，好！我看这就万事俱备，只等时日了！"

"好，好！这我就放心了！多谢寿昌兄成人之美呀！到时候，我一定准备好酒，好好谢你这位大媒！"说着，高凤梧连连拱手。

渠寿昌笑道："谢甚？其实都是自家人，你我是大半辈子的交情，你的女儿还不和我的女儿一样？郝克凝是我一手点拨出来的徒弟，还不和我的儿子一样？——两头都是应该的嘛！"

高凤梧本来就对渠寿昌心存敬意，如今渠寿昌又成人之美为他女儿保了媒，心里又有几分谢意；再听了这番话，更感受到了渠寿昌"君子施恩不图报"的高风亮节！于是，敬意和谢意一起涌在高凤梧的心头，激动了，他庄重地说道："寿昌兄！凭我几十年所见所闻所感，寿昌兄做事料事的道行，是仙人；为人处人的道德，是君子！——寿昌兄是道行道德两全，仙人君子两兼啊！"说着，双手同时伸出了大拇指，竖在渠寿昌面前，并郑重地点了点头。

渠寿昌听着，看着，心中感到莫人的欣慰：仙人！君子！这是两个何等高上的称号呀！自己能被人冠以如此称号，这是何等的幸事呀！然而，君子谦谦，在获取名利上，君子总是谦让的：该得十分，得七分就可以了；该处上位，处中位就可以了；该获盛誉，获赞誉就可以了。于是，渠寿昌连连摆手道："不敢当，不敢当！凤梧兄过誉了！寿昌确实想成为仙人君子，但心性的修炼和功德的积累还不够呀！古人云：高山仰止，景行行止。虽不能止，心向往之！——我也只是心向往之啊！这，凤梧兄不也一样吗？你我彼此彼此啊！呵呵呵！"

"哪里！我倒也有此心，但德浅智愚，实在难望寿昌兄项背啊！古人云：富润屋，德润身。我们做了买卖人，银钱是积得不少了，房屋是有了，谁不想再积些德滋润身体性命呢？谁不想再积些阴德庇护子孙后代呢？只是心有余而智不及、力不足啊！"

"凤梧老弟也信阴德一说？"渠寿昌问。

"信啊！我刚才还拿上我们渠东家'学吃亏'三个字教训这茶楼的掌柜呢！你看这渠东家学吃亏专门开了这个赔钱的茶楼，为了方便乡邑，一年赔几千两银子！可是呢，渠家的人越旺了，财也越旺了！"

"是啊，我们合盛元的郭东家也是啊！"两个人越说越投机了，渠寿昌说道，"想当初郭大元老东家拿出几万两银子为村里修筑堡墙，使全村人近百年受益！结果呢，老东家有三个儿子，下一辈子又有六个孙子！你说人旺不旺？合盛元的买卖也越来越兴旺了呀！"

"是，是！这积德可重要呢！"

渠寿昌又低声说道："不瞒凤梧兄，我也悄悄学我们老东家呢！你说我在合盛元当了四十年大掌柜，分多少银子？几辈人也花不了！可我缺人呀，我只有一个从小病恹恹的儿子呀！后来，我拿出一万多两银子让我儿子开了敦和堂药铺，只让他保本经营，不让他图利，就是为了给别人治病救命，也给自家积些德呢！后来果然灵验，我那原本病恹恹的儿子竟渐渐好起来，身体越来越壮实了，居然还给我生了两个胖乎乎的孙子！"

渠寿昌得意地说着，得意地微笑着。他用做生意的道行为自家赚回了十几万两白花花的银子，又用做人的德行为自家赚来了两个胖乎乎的孙子，两全其美了呀！

高凤梧颇感惊讶，不住地感叹："啊哟！真是奇，真是妙啊！"

"是啊，我现在也颇信佛理了。世上万物皆有因果轮回！此言不谬啊！"渠寿昌一本正经地说道。

"是呢，是呢！我与寿昌兄也有同感呢！"高凤梧也认真地说道。

生意场上的两个大人物在品茶闲聊的时候，开口闭口并不谈赚钱，却大谈积德行善；不谈生意经，却大谈佛道玄理！——大概，他们的钱已经赚得够多了，厌倦了谈钱；他们的生意经已经念得太精通了，所以要超越念生意经，升级为念生命经：想从人生的小学堂升入大学堂，想念通人生最高也是最终的哲理。

最后，渠寿昌又把话题绕回来，说道："所以呀，我这回给侄女儿和郝克凝保媒，并不为凤梧兄和郝克凝家里的酬谢，只为在老天爷的簿子里积存一点点德行呢！呵呵呵！"

高凤梧点头感叹："寿昌兄道高德厚，实在堪为人师呀！敬佩，敬佩！"

"见笑了，见笑了！呵呵呵！"

"呵呵呵！"

二人在爽朗的笑声中品完了茶，聊完了话。

闽红工夫茶红而透亮，余味袅袅，沁心沁脾；佛道哲理玄而奇妙，余韵悠悠，绕屋绕梁……

十五

长裕川茶庄大先生高凤梧为何要把自己的宝贝千金许配给一个比她大二十二岁的郝克凝呢？论家资，他家几代都是买卖人，家资巨万，是上等的人家；论女儿，心如镜，身如玉，貌如花，是上上等的品貌！而郝克凝呢，年龄不小，家道不富，父亲只是个地道的农民……

原来，一是祁县一带的环境风气使然，二是郝克凝本身的魅力使然。

当时，祁县一带商贾之风颇盛，人们崇尚买卖人，更崇尚成功的买卖人。而买卖人入字号需少则三年、多则十年的学徒期，才能顶上一二厘生意；然后再经几个账期的锻炼，才能成为独当一面的驻庄老板，顶成四五厘的生意。这些能够身顶四五厘以上生意的一方老板，一个账期下来能分几千两银子的红利，这样的人才能算是成功的买卖人。而这时候，他们也就都是三四十岁的年龄了。这样，既然人们都瞪大眼睛盯着事业的成功，也就顾不上或者忽视他们的年龄和家庭了。四年前，四十一岁的郝克凝已是合盛元票号身顶五厘五生意的驻庄老板，正是一个让大多数人眼羡的成功者呢！

而郝克凝本人呢，天庭饱满，地阁方圆，浓眉大眼，气宇轩昂，颇有贵人之相；更兼思维敏捷，见识宏广，谈吐儒雅，又有绅士之风。高凤梧相面后，心中暗暗赞叹不已："好后生，好男人！谈吐举止间，身上似乎有一种龙虎之气，堪称大材，将来前程不可限量也！"而高凤梧的女儿高雅芝相面后，她心中更是暗暗喜悦不已："好一个男人！身材魁梧，像一棵大树；举止排场，是一个大丈夫！"

平常人的婚姻是好搭配的，双方稍微取长补短一下就相互般配了。而优秀的男人和优秀的女人，因为稀少，他们很难找到般配的。结果，他们得到的常常是凑合的婚姻：或屈了男人，或屈了女人。这，大概就是福祸相倚的生活逻辑：因为太好，所以太难，也就常常是不幸的；因为很平庸，所以很容易，也就常常是幸福的。做人如此，做事如此，婚姻亦如此，生命生活事业职业皆如此。

郝克凝和高雅芝应算是幸运的：优秀的男人遇上了优秀的女人！所以双双格外珍惜：郝克凝执意要盖起一处漂亮阔气的院舍，才肯娶新娘完婚；高雅芝呢，宁肯在忐忑中等待四年的漫长时光，也不草草了事。

等待了四年以后，不仅一处漂亮阔气的院舍盖起来了，而且郝克凝身顶的生意升成了六厘五,还升调合盛元票号最大的分号——北京分号,当了驻庄老板!

光绪二十一年腊月二十一,郝克凝离家四年以后,回到了家乡长头村。此时,他从上海分号卸任回来,又将去北京分号赴任,生意又顶成了六厘五,正踌躇满志呢!一回家,他就将祁县总号给他们准备的一份丰盛肉食年货交给母亲,堆了一大笸箩,足够全家人一正月吃喝了;再交给母亲二百两银子的小锞子,堆了一托盘,足够全家人一年花销了。

全家人好不欢喜,自然也忙碌起来,热情迎接郝克凝回来:母亲和二媳妇炒菜炖肉,弟弟克峻则洗杯温酒……

午饭后,郝克凝跟着弟弟克峻去看新盖的院子。远远地看见新院子的街门楼,就隐约感到了那种豪华排场的气势;再走近去细看,更是美不胜收!

但见:门楼飞檐斗拱,雕梁绘顶,扑面富贵华丽之气;石狮蹲身昂首,含珠张口,迎头雄猛威武之风。门前五级石阶,寓意"踏实登高",地势尊也;门额上四个金字,书有"耕读传家",心术儒也!整个街门坐西朝东,更兼有华丽之姿、尊贵之气和儒雅之风,恰如一只美丽的大凤凰在朝拜太阳,正是"丹凤朝阳"之象!

进了街门,对面一堵照壁上绘有"鹿鹤同春"彩图,暗含"六合同春"之意。往北一拐,又是一堵照壁,上面是"鹿回头"砖雕:一只大公鹿头顶发达漂亮的长角,正昂首回望;身旁有一只母鹿带几只小鹿吃草,这又暗含"禄回头"之意。

进了外院是十间平房,用作厨房、餐厅、库房和佣人住的地方。

外院里院之间的一道二门,虽不像街门高大,却更精美漂亮:门楼精雕细刻,其势赫赫,其形煌煌;石狮精凿细磨,其状可喜可爱,其态惟妙惟肖。门额三个大字"乐天伦",观其字则端庄平实,揣其意则纯朴雍和。门前三级石阶,里院外院,颇高低分明;主人仆人,乃尊卑显见。

里院是一个完整、精美、富丽堂皇的四合院。但见：地上铺方砖，屋顶盖筒瓦。屋脊列兽头，威也，猛也，镇也；房檐排猫头，尊也，贵也，符也。门窗雕木绘彩，础墩刻石镂花。整个院子结构对称，用料考究，做工精美，分明是一件赏心悦目的艺术品！

　　而正北的孟房高墙巍然矗立，气势雄伟；门楼翩然凌空，姿态优美。整个孟房颇像高昂、漂亮、威风的雄狮头颅！

　　再仔细端详：门槛上一副金字对联"广贻汝家知仁勇，长佑君子道德功"，似有习习儒风；门楼上一个金字匾额"积善种福"，更见耿耿道心！

　　郝克凝看着这处漂亮阔气的新院子，巡视着，欣赏着，享受着，心中暗暗高兴：好，好！我的一万多两银子没有白花！这是有钱人才能拥有的院子呀，自己已算是有钱人啦！从今后，我就像有钱人一样生活啦；我将要娶过来的妻子，就像有钱人家的夫人太太们一样生活啦；我将来的儿女们，就和有钱人家的少爷小姐们一样生活啦！

　　此时的郝克凝非常满意，非常得意：房子是这样阔气漂亮，真是金堂银屋；妻子是这样美丽可爱，真是花容月貌；而自己的事业是这样兴旺发达，四十五岁年龄，身顶六厘五生意，位居北京分号掌柜，一个账期五千两上下的分红，且来日方长，真是太阳东升，长江奔腾！

十六

　　一番得意和畅想之后，郝克凝又不免追根溯源，感叹一番：想我郝克凝原本是一个农家子弟，能成了今天的气候，除了自己的努力，也多亏有贵人相助、恩人相救呀……

郝克凝七八岁时，异常调皮捣蛋，经常弄事闯祸，气得父亲大动肝火，大行责罚，有一次差点将他打成残废！是一位当私塾先生的本家长辈及时制止了那次可怕的责罚，并训斥点化了他父亲："儿不教，父之过！你身为人父，不知道用心教，却知道狠心打！你要把他打死打残吗？你是在造孽啊！人不是石头砖头，不是用斧子能打出来的；人也不是骡子马儿，不是用鞭子能抽出来的；人是万物之灵长，是有性情有脑筋的，要想让他成器，得教育，得点化！"

他父亲是一个农民老粗，不知道如何教子，这位老先生便慷慨应允："你把他送到我这儿来念书吧！让他识了字，读了书，听到了圣贤之言，知道了圣贤之事，自会成为懂事知礼、循规蹈矩的好娃娃。"

他父亲对老先生说："这娃娃特殊捣蛋，像匹野马，行吗？"

老先生坚定地说道："行！野马给他套上笼头就是千里马了。圣贤书就是驯化天下人的，不用说野马，就算如狼似虎，也能把它驯化！你把他交给我吧！"

他父亲半信半疑：连我这样打他有力、骂他有劲的亲爹都管不了，你这个瘦弱的老头儿能管了他吗？但他父亲还是抱着一试的心态，把儿子郝克凝送进了这位老先生的私塾念书。

——要不是这位老先生，他哪能念上书，识了字？即使不被父亲打死打残，也只能是个像他父亲一样不识字的粗人，只能当个像他父亲一样欺负土坷垃的农民。哪能有今天？！

郝克凝十三四岁时，父亲执意让他辍学务农，正好又遇上一个在外做买卖的本家大伯。这位本家大伯看他口齿伶俐，头脑灵活，长相端正，便生了爱怜之心，再一次制止了他父亲的愚蠢行为："娃娃这么小能做多少活计？劳动一年连他的口粮也挣不上！我保荐他进字号里学徒吧！这样，既给你省了一份口粮，将来出了师，怎么也比种地有出息！"

这位本家大伯是祁县中兴和票号的京庄老板,与合盛元票号大掌柜渠寿昌是至交。于是,一纸荐书,十三四岁的郝克凝进合盛元票号学了徒。

——要不是这位本家大伯,他就出不了村,更进不了合盛元这样的大字号呀!哪会有今天?!

还有,他刚进合盛元票号学徒当小伙计时,因童心未泯,野性未退,在厨房里看到香喷喷的熟肉摆在盘子里,就用手抓起来吃;而在遭到厨房大师傅训斥后,他居然拿起菜刀来舞弄斗狠,要与大师傅打架!这还了得?合盛元票号的伙计都是优中选优筛选出来的,不论大小,都是规规矩矩,文文雅雅,哪有像他这样的武霸王?!祁号掌柜知道此事后,当即决定撵他出号!

但因为人是渠寿昌大掌柜收进来的,撵人总得先向渠寿昌禀报;而此时渠寿昌正在北京分号驻庄巡视,祁号掌柜便修书一封,派伙计连信带人送到北京,请渠寿昌处置!

渠寿昌一看信,十分恼怒。这哪像个字号学徒的,简直像个小土匪!但一看人,却又十分喜欢:这娃娃眉清目秀,体格健壮,长相不俗呀!口齿伶俐,头脑灵活,智质不差呀!除了性子野之外,这像一块上等的好材地呢!我试着调教调教他吧!

于是,郝克凝被留在了京号,做了渠寿昌大掌柜的贴身小伙计。

渠寿昌偷眼观察郝克凝:提茶倒水,一教就行;应酬礼仪,一学就会;或教读书识理,或教打算盘算账,也不含糊;而跟上他到了大场面,从不怯阵!不知是二人有缘,还是渠寿昌特别会因材施教,渠寿昌驻京巡庄一年多时间里,居然将郝克凝调教成了一个懂规矩、有礼貌、头脑灵活、手脚勤快的小伙计!

其后,渠寿昌大掌柜离京回祁,虽将他留在了京号,但并没有忘了栽培他:该训斥时则训斥,该点化时则点化,该重用时则重用。终于,郝克凝一步步地成了大才,担了大任……

想到这些往事，郝克凝不禁感慨万端：人的命运真是变幻莫测啊！虽然我父亲目不识丁，不会教育我；我却遇上了本家的私塾先生，读上了书，受到了先生的教育和点化，成了一个初通文字道理、略知圣贤之言和圣贤之事的人。虽然我家世代穷寒务农，我也很可能是子承父业，一辈子去务农；我却遇上了在外面做买卖的本家大伯，保荐我进了合盛元这样的大字号学徒，让我脱离了农村和土地，进入了一个全新的买卖天地。虽然我小时候冥顽不化，性子太野，那次拿菜刀要砍厨房的大师傅，差点被开除出合盛元；我却遇上了大掌柜渠寿昌，倒让他收为贴身小伙计，亲自调教我，让我渐渐省悟开窍，成了生意场上独当一面的掌柜老板……

在我人生的关键时候竟能遇上这几个贵人恩人，此天耶？命耶？运耶？——乃天、命、运三者兼而有之也。

而想到这些贵人恩人，他更是感恩万分：我原本是一个穷苦无钱的穷小子和冥顽不化的野小子，能成了今天的气候，全靠这些贵人恩人啊！我该怎么感谢他们呢？

——本家私塾先生已经去世了，何以为报？尊敬其事业，关照其子孙吧！

——本家大伯比我更发达更有钱，又何以为报？效仿其行为，关爱族人吧！

——大掌柜渠寿昌更是名位钱财样样都有，又何以为报？继承其道德，奖掖后进吧！

——天恩、命恩、运恩呢，此三者又何以为报？ 敬天、敬命、敬运吧！

十七

光绪二十二年的大年，郝克凝家过得非常丰盛、隆重、排场。

从他回来到大年三十，家里人上上下下一片忙碌、红火、热闹！男人们整舍扫院，碾米磨面，劈柴捣炭，然后贴对联、挂红灯、放鞭炮、供献神神佛佛；女人们则擦抹洗漱，缝衣做裳，蒸馍煮肉，然后捏油糕、包饺子、弄菜肴，伺候老老少少。

大年初一全家人早早起来，先放一阵子鞭炮，然后烧香供物，磕拜天地神佛和祖宗神主，接着是晚辈给长辈磕头拜年，最后，一家人才围坐在桌子前喝酒吃饭。——仔细品味，这大年初一的程式礼仪还颇有讲究：先爆竹而后香烟，开而轰轰烈烈，续而绵绵长长也；先天地而后祖宗，始而天生地、地生人，继而祖生父、父生子也。

大年初一至初九之间，人们的主要活动是在本家和亲戚家相互来往，客人不能空手，必带点心礼品；主人不可无酒，必摆美味佳肴。而正月初十之后的元宵节期间，人们的主要活动是在街上场上集体耍闹，听则有敲锣打鼓，吹竽奏笙，再加唢呐、木板、胡琴；看则有扭秧歌跳舞，抬铁棍游行，还有高跷、旱船、龙灯。——仔细品味，这大年与元宵节还颇有职责分工：大年，家庭也，家族也，家礼也，吃喝也；元宵节，社会也，社交也，社火也，玩乐也。

长头村郝氏家族庞大，郝克凝如今出息了，又难得回来过一次年，所以初三至初九之间迎来送往，请客赴宴，郝克凝家里可谓门庭若市，郝克凝本人则身如车轮，脸如春风。

初十过后，天德兴木器铺奉谷恋村高凤梧之命，派人送来了陪给新娘的四五套几十件细木家具！当即，木匠师傅指使伙计们把这些家具严丝合缝地摆放在各个屋子里。

但见：尺寸可可巧巧，与墙壁不差分毫；色调合合适适，和心思正合榫卯。古色古香，典雅而豪华；成龙成套，和谐而完美。转眼间，屋屋生辉；谈笑中，人人叫好！

郝克凝的母亲高兴得心花怒放，喜形于色，连连感叹赞叹："呀，呀！这是郝家哪辈子祖宗修积下的德行呀，俺凝儿攀上了这样的丈人家！吔，吔！这些家具像缎子，漂亮得还晃眼呢；又像镜子，光滑得能照人呢！"

老太太真有点云里雾里的感觉，她出身于穷苦人家，嫁到郝家也是大半辈子过着穷苦日子；如今六十五岁了，却看到儿子成了一个阔富人，还娶了一个阔千金！她哪里能想得到，仿佛是在做梦啊！

郝克凝家全面忙碌起来了：搭棚支灶，杀猪宰羊，采山珍，购海味，借桌椅，赁盘碟，蒸烧肉，炸丸子，煮下水……

正月十九，良辰吉日，郝克凝和高雅芝的婚礼隆重举行。

结婚典礼是人生的极大盛事，人人可讲排场，着官服，动响器，骑马坐轿！据传说，这是一位古代帝王的特封：在结婚典礼这一天，新郎官的礼仪着装及娶亲的仪仗排场，允许像王子的规格一样；而新娘子的礼仪着装和嫁送的仪仗排场允许像公主的规格一样！

一人惊动满天喜！

娶亲的队伍在乡间的土路上喧喧闹闹地前行，八抬大轿，两班乐器。

十六个后生轮番抬轿，交替喊号。但见：人人搂着腰带一身皂，突显男人俏；个个箍着头巾鱼肚白，颇惹女人爱！

粗细两班乐器则此起彼伏，响彻田野。且听：锣鼓声声，丝竹阵阵。铙钹雄壮，唢呐嘹亮，阳刚之大音也；古笙婉转，胡琴悠扬，阴柔之美声也。阴阳相济，中和为乐；八音齐奏，交响成章！

新娘子高雅芝身着艳装丽服，端坐在花轿中。——观其装：戴凤冠，挂翡翠，拥轻裘，雍容华贵，光艳照人，真是公主气度！观其人：眉轻蹙，眸微凝，齿稍露，心摇情动，春意荡漾，又是美人仪态！

新郎官郝克凝则身骑高头大马，行进在土路上。——看其势，披红挂彩，喜气洋洋；前呼后拥，场面风光。诚如八面威风的王子！观其形，身魁体梧，威仪凛凛；浓眉大眼，器宇轩昂。更是气吞万里的壮士！

华丽壮观的娶亲队伍在祁县乡间弯曲的土路上走过，犹如龙翔凤舞，给黄土大地上一片灿烂，一片辉煌，一片吉祥。

娶亲队伍进了长头村里，又是一番热闹：人群围上来拦路，新娘只得向后撒钱撒糖，围堵的人群纷纷去轿车后面抢钱抢糖，这样才能给娶亲队伍让出一条道来。

娶亲队伍来到郝克凝的新院门口时，更是鞭炮齐鸣，人声鼎沸！新娘被妯娌姑子们搀扶下轿，早被人群团团围住，行动不得！她只得一把一把地往身后撒钱撒糖，于是，人山人海中闪开一条通道，她才能在妯娌姑子们搀扶下踩着红毡子进了院里！

新娘子在房间里稍作休息，更衣，换鞋，脱袜，然后便被搀扶着在大院里拜天地，拜父母高堂，拜叔伯姑舅长辈！——中华民族十分重视自己的由来，是个懂得感恩的民族；而正因为懂得感恩，也就备受天地、神圣、祖宗、父母、长辈们的恩泽，最终使整个民族愈来愈发展发达，使一个个小家庭愈来愈繁衍繁荣！

拜堂完了，新郎官披红挂彩，手执桃木弓箭，向洞房的四面八方射杀一番，这样才能驱逐四面八方的妖怪邪魔；屋里干净了，才可以迎新娘子入住。同时，洞房门前要支一堆炭火让新娘子迈，只有迈过这堆火，附在新娘身上的阴邪之气才能被烧灭驱散；身子干净了，才可以入住洞房！今日的洞房非比平常，主人将是身带帝王之气的王子和公主呀！

最后，摆筵开席，敬酒谢客：哄哄嘈嘈，热热闹闹；熙熙攘攘，喜喜洋洋；脸儿甜甜，肚儿圆圆……

十八

太阳落下，天空里升起一轮明月，色如玉，光如银；众人散去，新院里只剩下两个人，谧而静，空而灵；礼仪过去，洞房里来了一种情，爱欲烧，性欲腾！

新郎郝克凝进了洞房。

红烛摇摇，红装煌煌，洞房里一片红艳之色。新娘头顶红盖头，坐在炕沿上等候，脚小如钩，腕白如藕！郝克凝端详着新娘，直看得眼馋口水流！

他像老虎打量猎物一般，眼光直愣愣不动，身子却在地上来回盘桓踱步；然后，他才走过去，轻轻地揭开了红盖头！但见：脸如皓月，白亮而美艳；眼如秋水，清澈而晶莹。柳眉青黛，凝着春意浓浓；樱嘴红润，流出香气馨馨。

新娘羞答答地看了新郎一眼，又含情脉脉地笑了一下。

新郎郝克凝心花怒放，惊叹道："四年前曾与姑娘见过一面，姑娘的美貌漂亮就让我倾慕不已；如今一身新娘装扮，更是如花似玉了！"

新娘羞答答的，美滋滋的，脸蛋红了，眼皮耷了，轻轻地软软地说道："新郎长得排场，也是一表人才呀！"

郝克凝狂喜，暗暗感叹："我郝克凝在生意场上走南闯北，半生飘零，终于赚下了这个砖瓦院，上苍真是眷顾啊！如今又赏赐我这样一个品貌兼优的妻子，让我享受如此艳福，更是上苍对我的厚恩啊！感谢上苍！……"

郝克凝狂喜着，狂烈地将新娘抱起，狂热地亲吻……

新娘依偎在新郎的怀抱里，臂膀里，顺从地领受着，享受着；她由着新郎亲吻，拥抱，爱抚……任其摆布，任其撩情撩性，任其施恩施爱！——此时此处，此情此景，她似乎没有了骨头，浑身软绵绵了；似乎也没有了肌肉，浑身水淋淋了；甚至，似乎连整个的身躯都没有了，只有那出窍的灵魂飘飘欲仙……

明月当空，光融融，景邈邈；洞房半夜，情绵绵，语悄悄……

他酣畅地嗅着她的胸脯、乳房和脖项，说："你的身子真香！"

"真的吗？"她问。

"嗯！像花儿一样！"他继续嗅着，说道。

她浑身美滋滋的，香酥酥了。

他尽情地抚摸着她的肩头、胳膊和臀部，又说："你身上的肉又细又嫩！"

"真的吗？"她又问。

"嗯！细如白玉，嫩如竹笋！"他继续抚摸着，说道。

她浑身又甜饴饴，晕乎乎了。

他尽情地拥抱着她，亲吻着她，把玩着她，说道："你真惹人亲！真惹人爱！浑身的每一个地方都惹人亲，惹人爱！"

"你是在哄我吧？"她将信将疑地问道。

"不是哄！是真的！你是老天爷赏赐给我的仙娥美女！我娶了你，就像得了一个大宝贝！"他一边爱抚着她，一边说道。

她听着更是心陶陶，神飘飘了……

一阵柔情蜜意的悄悄荤话过后，又一番摸肚问心的窃窃私语：

"你正像花儿一样年轻水灵，不嫌我老吗？"他问。

"你哪儿老呀？正壮呢！"她说。

"可我已四十多岁了，你才二十来岁！"

"四十多岁正当年呢！我爹妈都说了，女人四十老疤瘪，男人四十一朵花！二十岁的女人嫁四十岁的男人正合适呢！"她说。

"是吗？"他开心地笑了。

他又问："你嫁上我这样的买卖人，长年一个人独守空房，你能忍受这长年的孤闷和冷清吗？"

她说："有甚不能呢！我爹就是长年在外的买卖人，我妈不是好好的吗？我爹妈都给我说了，有出息的男人志在四方，没出息的男人才整天守在家里呢！他们早告我了：嫁一个在大字号顶生意的买卖人，有好吃好穿好房子，不用为银钱发愁，样样都好；就有一样不好，男人长年奔波在外，女人得忍受孤独冷清。我知道，我能忍受！"

他听着，颇感欣慰：买卖人娶买卖人家的女儿就是好啊！一般的女孩子都以爹为偶像，以妈为榜样！她爹是买卖人，她妈是买卖人的妻子，她再做买卖人的妻子，自然称职称心啊！

他又问："你爹妈还告你甚了？"

她说："多呢！"

他说："那你都给我说说！"

于是，她又说道："他们让我孝敬公婆，顺从丈夫。嘴要甜，该叫爹叫妈，叫婶子叫大娘，就得叫；手还要勤，该做饭洗碗，擦抹洗涮，就得做。这样，才能招公婆喜欢。另外，他们让我把居舍打理好，整整洁洁，阔阔亮亮；还要顺着丈夫的心思和性情。这样，才能招丈夫喜欢……"

郝克凝听着，暗暗欢喜：这样做下来，怀中这个大美人还会是个兼有妇德、妇言、妇容、妇功的贤惠妇人呢！

他听完她的话，逗她说："你愿意听你爹妈的这些话吗？"

她坦然应道："当然愿意听呀！"

他又问："你能做到这些吗？"

她想了一下，答道："能吧？至少，我会尽力去做呀！"

郝克凝更高兴了，他有力地拥抱着她，热烈地亲吻着她，一边说着："那你就更是我的大宝贝了！"

她美了，醉了，微张着嘴，发出"呦呦"的鹿鸣之声，悦人诱人！

他猛然性起，像狮子一样腾然，跃然，勃然！狮鹿游戏，风呼呼，气吁吁，水漉漉……

十九

婚礼第三天，是新娘回门、娘家请女婿的日子。

初春的早上，寒气微微，一辆裹着红呢绒的华丽大轿车行进在黄土高原的乡间土路上，仿佛是驾幸茫茫黄海的一轮红日，居高临下，艳丽而华贵！好车，好马，好装扮，马蹄欢快，铃声欢响，轿车里的一对新人更是一副欢喜的好心情。

新郎郝克凝和新娘高雅芝坐在轿车内，相向而坐，下垫皮褥，上拥皮袄。

新郎问："冷吗？"

新娘说："有一点点。"

"我看你的手！"说着新郎握住新娘细白的手，"啊，冰凉，快伸进我袖筒里暖暖吧！"

二人眉来眼去，新婚之后才开始表情示爱了。

新郎又握住新娘的小脚说："脱了鞋，放在我的怀里暖暖吧！"

新娘的脸红了，烧了，像开了花朵！——新郎的一言一行，让她好美呀！如太阳般火热，烧得她脸上红艳艳，烧乎乎；如春风般温和，吹得她春情荡漾，春脸开花。

田野上很静，黄土睡着，尘埃梦着，轿车过处，只有马蹄声和铃铛声；田野上也很冷，赶轿车的人和拉轿车的马都呼出团团的白汽。

轿车内两个新人仍在表情示爱。

新娘问："你爱喝酒吗？"

新郎答:"爱喝。"

新娘叮嘱道:"今天到了俺家可小心些,小心有人耍逗你,把你灌醉了,又受罪,又出洋相!"

新郎笑道:"刚过门两天,就开始心疼我了?!哈哈哈!"

新娘的脸又红了,抿嘴而笑。

"放心吧,我经见的场面多了,没有人能耍了我!"新郎补充说。

新娘又问:"你在外面常喝酒吗?"

新郎答:"当然!我们这票号整天和达官贵人打交道,不是请人吃,就是人请吃,三天两头下馆子呢!尤其是京城,那达官贵人、皇子王孙太多了,太有钱了,也太好讲面子了,哪桌酒饭不得十两银子开外!"

新娘惊讶道:"啊?那也太花钱了吧?"

新郎笑道:"花的钱多,交的友多,赚的钱更多呀!席面越大,人物越大,办得事也越大呀!"

新娘更惊愕了……

她虽出身买卖人家,父亲也是有名的长裕川茶庄的大先生,但还从来没听说这么大的排场,没听说这么多的道理呢!她对眼前的丈夫更敬佩,更爱慕了。

她心底的爱潮和幸福感又在暗自涌动了:自己的这位丈夫,比听说的比想象的更好啊!他经多见广,在北京上海当驻庄老板,本事真大,事业真大!他说事论理,出口成章,脑子真好,口才真好!他身强力壮,一表人才,要身个有身个,要长相有长相!他还……搂我抱我,亲我爱我,关心我体贴我,更是个好丈夫呀!能有这样的丈夫,我真是幸福呀!

她不说话了,合住了嘴唇;却打开了身上所有的毛孔,去暗暗感受他的气息,感受他的那种难以名状的力量。她不看了,垂下了眼帘;却打开了身内的心眼,偷偷地观察他的举止和相貌,悄悄地观察他的灵魂和气质,细细地观察他的情感和魅力。——毛孔是极有感知力的,千万个毛孔的感受肯定比一张嘴更真实，更正确；心眼是极有穿透力的，心眼的观察，肯定比肉眼更本质，更深刻。

轿车在土路上颠簸着，她的血液里荡漾着甜甜的美意……

约一个钟头，轿车驶进了新娘高雅芝的娘家谷恋村，来到一个高墙大院的门楼前。

高家有人在迎候，一看轿车停在门前，值事人赶紧过来招呼："姑爷姑娘回来了！一路辛苦了！请随我来吧！"

郝克凝扶着新娘下了轿车，并肩进了高家大院。高家哥弟姐妹已来到二门前迎候，郝克凝一一点头致意；高凤梧夫妇也在屋门前迎候了，郝克凝赶紧称呼："岳父！岳母！我给二位老人行礼了！"说着，恭恭敬敬地躬身施礼。

高凤梧夫妇看着一对新人男才女貌的般配样子，看着一对新人快乐欢喜的高兴样子，早已是笑眯眯，乐呵呵，脸上像开了花一样了。

说话间，已有陪客招呼郝克凝："姑爷请到上房吧！"

迎接姑爷的上房里还有几位陪客恭候，一见面自是问寒问暖，上茶上烟；接着，四样干果，八样糕点，一一摆上来；然后，主客便拉起话来，聊开天了。

一位本族的老夫子分明是陪客中的长者尊者，他先问话了："姑爷贵庚几何？"

郝克凝答道："晚辈生于咸丰元年，如今已是不惑之年了。"他如实作答，并不隐讳自己的真实年龄。

高老夫子一听，心中暗想：这姑爷倒是实诚，并不弄虚；却也自信，并不显馁。诚也，信也，君子也。于是，高老夫子心中暗暗点头称赞，倒打起了圆场，说道："哦！呵呵！男人四十正当年，正是做事业的时候啊！——姑爷现在何处高就？"

郝克凝又答："在合盛元票号，早年在北京，后去营口，这几年又去了上海，今年又要去北京了。嘿嘿，半辈子四处奔波啊！"

高老夫子又点头道："好，好！好男儿志在四方嘛！姑爷走南闯北，经多见广，不像老夫蜗居乡下，孤陋寡闻。老夫风闻中日甲午海战以来，时局动荡，李鸿章大人颇受非议，姑爷对此有何高见？可否示教一二？"

郝克凝说道："老先生过谦了！晚辈商贾之人，才疏学浅，岂敢班门弄斧？只是晚辈多走了些地方，多交了些朋友，比别人多些耳闻目睹之言之事罢了。若老先生不弃，晚辈可以将这些耳闻目睹之言之事向老先生回禀一二，再请老先生指教！"

于是，郝克凝又把自己对时局的看法一一说来……

高老夫子听着，看着，对郝克凝暗暗赞赏：其言，有条理而不紊，才子也；其容，有礼貌而不狂，君子也。凤梧给女儿寻了一个好女婿啊！

而此时新娘在母亲屋里，被姐妹们簇拥着，问长问短，看里看外……

高家人看到姑爷一表人才，气度不凡，和姑娘走在一起般般配配，颇感欣慰；看到姑娘满脸喜色，满心欢悦，说说笑笑，快快乐乐，更感到欣喜！

一会儿，在上房陪客的高老夫子过来，对高凤梧说道："好女婿，好女婿！——气度不凡，脸上颇有武相，坐则凝威，动则生风，是个做大事的！谈吐不俗，肚里还颇有文心，字字合道，句句在理，是个成正果的！"高老夫子说着，竖起了大拇指，"凤梧弟，咱这姑爷可真是乘龙快婿呀，可喜可贺！可喜可贺！"

高凤梧听着喜不自禁，急忙答礼："同喜，同喜！多谢，多谢！"

一群女眷们听了更是乐不可支，一个个颜染朝霞，脸开春花！

在高家人欢欢喜喜时，高高兴兴中，午宴开了。

一桌以请女婿为主题，由几个同辈分的人作陪劝酒："姑爷，请举杯！"

郝克凝回礼："诸位，请！"

这一桌还得以逗女婿为副题。上菜的，免不了暗藏机关：或包上刺鼻的辣椒，或藏入崩牙的铜钱……若应对不当，新女婿就得出点洋相。陪酒的，则免不了偷施诡计：或以水代酒，把水喝在肚子里，与新郎比酒量；或以项代口，把酒灌进脖子里，与新女婿比豪爽！……若粗心上当，新女婿就会过了酒量！

一桌人杯来盏去，你醉我醒，或真或假，亦逗亦玩！

另一桌以谢客为主题，由高凤梧陪着大媒人渠寿昌及婚事的总管、账房等劳苦功高的人员。

"寿昌兄，请！诸位，请！"高凤梧热情地夹菜劝酒。

酒过数巡，高凤梧高兴，自然又要多说几句致谢的话："寿昌兄，小女的婚事全仗寿昌兄玉成啊！来，我再敬寿昌兄一杯！"

渠寿昌谦然笑道："哎！那是他们的缘分啊！是老天爷赐的良缘！我只是说了句话而已，不敢贪天之功，不敢贪天之功！再说了，耀庭是我一手带出来的，情同父子，他能攀上高家这样的高枝，是他的福分呢！我还得敬谢高家呢！呵呵呵！来，咱们共同举杯吧！"

一桌人同饮，同乐……

高老夫子也在场，也要代表高氏家族说几句话，谢一番媒："寿昌先生真是大家气度，君子风范啊！施恩而不图报，播惠而不求名，成功而不自居，积德而不宣扬，此乃天地之大气象！人能如此，则可与天地参矣！"说着，向渠寿昌竖起大拇指，连连点头。

渠寿昌赶忙作揖，说道："岂敢，岂敢！高夫子谬奖了，谬奖了！渠某实不敢当，实不敢当！只是渠某虽身在商场，却心仪圣贤，有心读一点圣贤之书，学一点圣贤之行罢了。惭愧，惭愧！渠某与高夫子饱读圣贤书相比，只不过是一棵草遇见了一棵树。见笑了，见笑了！渠某德薄学浅，还请高夫子多多赐教，多多赐教！"

这一桌人彬彬有礼，谦谦有仪，举杯示敬，干杯示诚！

……

二十

今天这番回门请女婿之礼非常圆满,皆大欢喜。

高家上下看到姑娘幸福,看到姑爷排场,一对新人般般配配,都放心了,高兴了。郝克凝看到岳丈家高朋满座,感而儒风,嗅而书香,言则夫子,行则君子,深感幸运;而自己得心应手地应对了各个人物,应酬了各个场面,也颇觉得意。更美气的则是新娘高雅芝:不仅她自己被长辈们夸奖,被姐妹们羡慕;更主要的是她丈夫受到了娘家的隆重礼遇,并获得了娘家长辈晚辈男人女人们的一致赞扬!

一整天,新娘心里都是美滋滋的。

夜幕下来,新娘心里的美意滋滋又变成了身上的欲火霍霍:她早早地铺好了褥子被子,脱去了外套内衣,然后钻进被窝,眼含春意,身涌春潮,赤条条的,但等新郎上炕呢!

郝克凝却既不解衣,也不上炕,甚至也不说话,只是坐在椅子上喝茶,间或在地上踱一会儿步,分明另有一番心思!

她等了半天,又爬着偷眼观察了半天,然后低声说道:"咋不睡呢?你有甚心事?"

郝克凝支吾:"啊?!没有,我只是随便想些事情。"

她听着,仰脸端详了一会儿男人,又说道:"我看你从俺娘家回来的路上就心不在焉,老走神儿,你的心事不能对我说吗?"

郝克凝看了一眼被窝中的新娘,犹豫了一会儿,叹口气,说道:"唉!不是不能,是不忍心对你说呀!"

她恳切地说道:"甚事呢?不怕,你说一说嘛!"

郝克凝叹了口气,又说道:"是这样。中日甲午战争以来,时局危艰,生意凋敝,我们合盛元的营口分号和北京分号损失巨大,最为困难。这一回大掌柜让我去北京驻庄,让申树楷去营口驻庄,对我们俩是委以重任,寄予厚望啊!今天在你娘家听大掌柜说,申树楷要在正月二十六动身赴任,我心里不安呀!虽说我刚完婚,大掌柜也一再叮嘱我安安心心度新婚蜜月,可我身负合盛元北京分号的重任,毕竟号事大于家事呀!而且,大掌柜对我恩重如山,这一回又有意把我放在北京分号栽培,我岂能不体会大掌柜的苦衷,只顾享受新婚蜜月的幸福,而忽略了号事?"

"……"她听着,愕然无语。

郝克凝继续说道:"大掌柜越重用我,我就越得以号事为重,给大掌柜长脸啊!这样想来,我实在不安心享受这新婚蜜月,而影响了合盛元北京分号的买卖。——可是,我要抛下你不管,和申树楷一起动身赴任,又实在舍不得你,也于心不忍哪!"

"……"她听着,依然无语。

她心里盘算着日期:现在是正月二十一晚上,离正月二十六,只剩下不到五天了!她又想起了父亲叮嘱她的话,可想不到这做买卖人妻子的苦楚,这么快就临到她头上了!

她的眼眶里无声地涌出了泪花,美如荷花沾露,凄如梨花淋雨……

郝克凝看着她,分明看到了这凄美之景,也感到了这凄美之情;他也不吭气了,垂着头,无奈地坐在椅子上,犹豫,彷徨,痛苦,感伤……

沉默了好长时间,她才慢慢地表明了态度:"我知道你们当买卖人的心思,你就以号事为重吧!以前程为重吧!——至于我,也懂些道理,来日方长,也不必非在这买卖的节骨眼儿上缠你,耽搁你!反正我已经是你的人了,你在家,我给你铺床铺被,伺候你;你在外,我为你守闺房守妇道,等候你!"

她说着,眼帘湿润,泪珠晶莹了。

郝克凝听着,看着,愈听愈敬之,愈看愈爱之!他激动地说:"你这样知书达理,真不愧是大家闺秀!我郝克凝能娶上你,真是三生有幸啊！请受我一拜！"说着，他站起身来，拱手施礼！

听着丈夫的动情话语，看着丈夫的认真样子，新娘破涕为笑了："这一下可就不用想心事了吧？"

"不想了，不想了！"

"可以上炕睡觉了吧？"她温情脉脉地看着她，低声说。

"好，好！这就睡，这就睡！"

郝克凝应答着，赶忙解带，宽衣，上炕，享受新婚的第三个夜晚……

等待，是如此的漫长，自从他们订婚以来，双双等待了四年！

享有，又是如此的短暂，从正月十九新婚初夜到正月二十六动身赴京算来，仅有七天；从今夜算来，更是剩下了五天！

等四年而得七天，这每一天何其珍贵，又该何其珍惜？！——唯有以一当十，以一当百：非天翻地覆之形，不足以抒情；非雷霆万钧之力，不足以泄欲；非排山倒海之势，不足以倾爱……

次日，也就是新婚第四天，阴历正月二十二，郝克凝便给总号大掌柜渠寿昌写信：

大掌柜台鉴：

蒙大掌柜赐假三月，以享受新婚燕尔之乐，克凝不胜感激涕零！大掌柜待克凝之厚恩，岂止尊也，长也？实乃父也，师也！克凝虽新婚数天，但昨日从大掌柜处得知申树楷将于正月二十六动身赴任，便坐卧不安，彻夜难眠，思绪悠悠！

克凝窃思之：方今中国甲午战败，时局艰难，生意凋敝，大掌柜任我以北京分号掌柜一职，以期挽危为安，扭亏为盈也。在此紧要关头，我等理应为合盛元之事业鞠躬尽瘁，岂可因个人男女之私事而废合盛元买卖之公事哉？在此非常之时，大掌柜能给克凝三月假期，此格外之恩，克凝心知肚明，感念不已；而克凝对大掌柜感恩戴德之心，为合盛元披肝沥胆之志，亦耿耿焉，殷殷焉！故而恳望大掌柜鉴照吾心吾志，允我提前结束假期，于正月二十六日与申树楷一起动身赴任！

商场如战场，救兵如救火。我合盛元北京分号形势紧迫，我身为北京分号新任掌柜，万万不可缓行，缓则误时，误机，误事也！而我个人，终身大事已定，完婚典礼已成，来日方长，夫妻之间又何须朝朝暮暮？！

别无赘言。

恳望大掌柜玉成！

颂祝大掌柜康安！

郝克凝再拜叩首

丙申年正月二十二日

郝克凝写完信，盼咐弟弟克峻雇一辆轿车，速速送往祁县城合盛元总柜上去。

安排弟弟送信走了，想着渠寿昌大掌柜，郝克凝心里略觉轻松了些；然而回身进了屋里，面对着新娘时，心里却更沉重了。自己这样刚新婚七天，就远赴千里之外的北京上任，实实是欠了新娘一笔重重的情债呀……

二十一

渠寿昌大掌柜看了郝克凝的信，心中暗想道：这郝克凝能以字号事业为重，乃大丈夫也；但新婚七天就去千里之外赴任，新娘分明不情愿，新郎也分明不忍心，我也不忍准他去啊！再一斟酌：以情论之，郝克凝四十多岁才完婚典礼，与新娘订婚后双双拖了四年之久，着实该如期享受完我给他的三个月假期；以事论之，京号虽不像营口号情况严重，但究竟是个残局，新任驻庄掌柜倒也该尽快前去收拾。若以情以事综合考量之，顾情则难免误事，小男人所为也；顾事则难免舍情，大丈夫所为也！

这么一想，渠寿昌便有了主意：予其儿女情长之小恩惠，何如予其丈夫功业之大机会？允了他吧，他能有顾事舍情、先公后私之举，就会赢得合盛元上下的尊敬，可昭其人心人品也；而能让他早两个月去京号赴任，必不误时机，能及时下手，甚至会有一番大作为，来一个大建树，如此则可为合盛元著其大功大绩也。如此，日后给他添加生意，擢升职位，自然就是水到渠成之势啊！

渠寿昌和二掌柜贺洪如商量了一下，同意了郝克凝提前结束休假的请求，允许他与申树楷结伴起程。

同时，二位掌柜也交换了想法：对这样先公后私的敬业者，总号绝不能亏待：其一，心中有数，日后添生意予以奖赏；其二，簿上有数，日后休假期予以补偿。

渠寿昌对郝克凝充满了信心，对申树楷则充满了期望。

临行前，渠寿昌大掌柜召见了郝克凝和申树楷，并庄重严肃地训话："这回咱字号里调遣人员，你们俩担子最重，须格外用心！耀庭驻京师重地，要注意三点：一是探听朝廷动静，审度时局，及时向总号通报。朝廷为国事之枢机，牵一发而动全身，失毫厘而谬千里，所以，对朝廷的任何细小之事，必须留意用心。二是延揽京师存款，以供汉口和营口放款之需。京师王侯如云，达官如雨，哪一家没有成千上万的闲钱？而营口汉口商号居多，生意繁忙，哪家不得靠票号的放款？此存彼放，酌盈济虚，正是咱票号的生财之道。三是监护营口生意。你在营口驻过庄，熟悉情况，富于经验，须向培植传授；培植年轻，初出茅庐，也须你操心指点；而且京师距营口地近，通信电报快捷，营口用钱又多依赖京师供给，由你那里监护，总号也就放心许多了。"

郝克凝悉心倾听，点头应诺。

渠寿昌大掌柜呷了一口茶，又对申树楷训话："培植此番去营口，百废待举，你可便宜行事。但须注意一点：营口分号此番遭劫，损失惨重，元气大伤，你去了切记不可急躁，必须用慢功。此时正须记住一句古话：欲速则不达。还须记住一句俗话：磨刀不误砍柴工。——具体事情，你可多向耀庭请教。"

申树楷也悉心倾听，点头应诺。

渠寿昌说罢，呷了一口茶，对贺洪如说道："二掌柜还有甚交代的就交代吧！"

"没甚了，你们记住大掌柜的话就行了！"贺洪如谦虚，大掌柜又考虑周全，所以他也就不必多说了。

于是渠寿昌吩咐贺洪如："那你带上他们去账房，让大先生交代账房里的事情吧！"

大先生阎文通这里已将日常赴任所带的印信公文准备齐全，一一交代过了，又将两张文书分别交给郝、申二人，然后交代："这是咱号写票的新密码，好生保管，从二月二龙抬头之日启用！"

郝、申二人展看：

　　审度中倭形势，斟酌进退时机。
　　天下风云起，华夏英雄腾。
　　心怀诚信义，身备知勇仁。
　　看我山右地，巍然太行亘。
　　孔孟程朱。
　　莫畏路途险，须晓生意艰。

——从内容看，这是一些掌柜对伙计们的教训，或生意经的总结；从形式看，则是一些诗词对联；而实际的用途则是合盛元票号书写汇票的防伪密码：开头的一副对联，十二字各代表一年中十二个月的密码；接下来的五言诗，三十字各代表一月中三十天的密码；第三段的四个字各代表万千百十的进位密码；最后一副对联的十个字各代表一至十的数字密码。

如：一张汇票的普通书写为：

凭票汇到某某纹银二千三百六十两整，言定汇至合盛元汉口号，五月八日见票无利交还。

合盛元京号张武经手
光绪二十年四月十九日立

如果用密码写票则为：

凭票汇到某某纹银畏孟路程须朱两整，言定汇至合盛元汉口号，形英见票无利交还。

合盛元京号张武经手
光绪二十年倭勇立

这是山西票号独创的一套写票防伪手段，各票号各自行使一套密码。签给客户的是普通汇票，邮寄或打电报给兑现分号的付款凭据则用这套密码写票。

大先生阎文通交代完了，二掌柜贺洪如又置酒为他们饯行。

本来合盛元的伙食就是祁县城数一数二的,今天又为他们送行,更是精致精美。

贺洪如举杯祝辞:"你二人此番赴任,千里迢迢,路途艰险,为了你二人一路的平安,咱们先敬路神一杯!来,干了!"

三人一饮而尽。

接着,贺洪如又举杯祝辞:"你二人此番赴任,身处异乡,百事艰难,为了你二人的顺当,咱们再举杯敬北京和营口两地的神圣一杯!来,干了!"

三人再一饮而尽。

第三杯酒,贺洪如又为财神武圣关帝老爷举杯祝辞:"关帝老爷是武圣人,也是我们山西买卖人的财神,保护神,为了咱们的生意兴隆和你们的平安,咱再敬关帝老爷一杯!来,干了!"

这二掌柜贺洪如的饯行酒一连三杯,都是敬神敬圣?!

何谓神圣?——古往今来天地万物之至真至善至美者,大功大德大能者,大彻大悟大智者,高风高节高行者,他们就是神圣。

古人何以如此敬奉神圣?如此先神而后人?——其一,古人谦卑谦虚,尊崇伟大之人事物;不似今人狂妄自大,自以为伟大。其二,古人记恩感恩,对于施恩泽于人类社会之人事物,必感之念之,尊之敬之;不似今人忘恩负恩,不知天地神圣之大功,只知自己身力之小功,故而自尊自大为天王老子,视天地万物为奴婢仆役!其三,古人达道达理,知道先有天,后有地,而后再有万物,最后才有人,故而敬祖宗,敬万物,敬神圣,敬地母,敬天公;今人悖道悖理,自以为主宰天地万物,鄙视祖宗,奴役万物,辱骂神圣,践踏大地,嘲笑苍天!

……

敬完了神圣之后,贺洪如才举杯为郝克凝、申树楷二人祝辞:"来,祝你二人此番赴任能一路平安,马到成功,旗开得胜!"

郝、申二人举杯尽饮,异口同声:"多谢二掌柜!我们一定殚精竭虑,不辱使命!"

二十二

饯行宴罢,轿车及行李诸事都已准备便宜,在门口等候了。

于是,郝、申二人当即与二掌柜贺洪如拱手施礼告辞。贺洪如一边拱手,一边送郝、申二人出了门,上了轿车,再饱含深情地道一声:"耀庭,培植,你们一路保重!"

郝、申二人也饱含深情地拱手道谢:"多谢二掌柜!"说话之间,心动而情漾,几个大男人的眼圈都泛红且含泪了。

郝、申二人一行出了祁县城,上了官道,向北经过祁县贾令镇,徐沟县城,在太原府小店镇住一夜;然后东行过榆次县鸣谦驿,什贴镇,便进入寿阳县地界。

路途遥远,时日慢长,郝、申二人或坐在轿车内闭目打盹,歇身养神;或坐在辕盘上看山观景,谈天说地。

轿车进入寿阳地界不久,只见山势巍峨险峻,山路弯曲起伏,颇为难行:爬坡则气喘吁吁,力不从心也;下坡则蹄飞飘飘,势不由人也。临深渊则心惴惴,履险地而神惶惶!

赶轿车的狗旦怕骡子有闪失,只得上前牵住骡子的笼头行进,心神谨谨慎慎,身步稳稳沉沉!

而坐在轿车上的郝、申二人倒有了一番闲情逸致。

"培植啊,你看到这山路,有何感想?"郝克凝问道。

申树楷略作思索,答道:"这山路弯弯曲曲,起起伏伏,但终究会走向通都大邑。"

郝克凝点点头，又问："你看到这山势，又有何感受？"

申树楷又答道："这山高而险峻，让人望而生敬！"

郝克凝又点头赞许："言之有理！行路难，有做事之慨；观山高，有成就之感！一个人要想做成一番事业，就像走这难路，他需闯过重重的难关；而一个人一旦做成了一番事业，就像成了这高山，他会享受多多的敬仰！"

申树楷知道是在点化他，赶紧答话："多谢郝掌柜点化！日后还请郝掌柜多多指教树楷！"

申树楷年轻好学，又谦恭有礼，一路上常向郝克凝讨教。而郝克凝比申树楷大了二十五岁，在生意场上闯荡三十多年，经验丰富，见多识广，所以一路上也就常常给申树楷讲经说法。

"培植啊，这次你去营口，除了记住大掌柜的那些嘱咐外，你还要注意多交朋友。你这次去营口驻庄，远离故土两千多里，人生地不熟，若不处些真心朋友，寸步难行啊！俗话说，一个朋友一条路，朋友越多，门路越广，做起事来就游刃有余了。"

申树楷点头应诺，又说道："我早就听说郝掌柜善于交际，走一处便是一堆的朋友，办起事来得心应手！交朋友可有甚诀窍？还请郝掌柜指教一二！"

郝克凝笑道："诀窍？！如果硬要说出个诀窍，那就是仗义疏财吧！我交朋友就靠这。其一，咱自己首先要仗义，人心换人心嘛！你仗义了，人家也会仗义。其二，咱要疏财，舍财。何谓疏财？疏财就是与钱财的距离适当疏远些，不要与钱财太亲太近，死抱死搂，这样就把钱财都抱死了，搂死了！何谓舍财？舍财就是舍了咱的钱财，为人家帮忙救急，换来人家为咱舍力。俗话说，人挣钱不如钱挣钱。其实，钱是死的，哪会挣钱？只不过是钱能雇别人替自己挣钱罢了。说到底，咱舍财就是为了雇人替咱挣钱呢！"

申树楷倾听，点头。

郝克凝继续说："当然，切记乱交朋友，古人不是说要慎交友吗？交朋友须把握两条：不厚道的人不交，以免受其害；无用处的人不交，以免徒其劳。这就得有点眼水，学点看相术，以免看人走了眼。"

申树楷听着，越来了精神，问道："听总号的人说，郝掌柜懂得麻衣相？"

郝克凝笑了笑，说道："哪能说懂？不过略知一二罢了。哦？你还知道不少我的事情啊！"

申树楷说道："郝掌柜在总号名声大呢！我在账房做事，大先生常说你是大材呢！"

爱食美味，口之性也；爱听美言，耳之性也。经申树楷美言几句，郝克凝自然耳悦，心乐，高兴起来，便又给申树楷讲起了故事："说起麻衣相来，我倒有个故事呢。光绪十一年，我当时是京号的二掌柜，管跑街的事。有一天，一个朋友请我去茶馆喝茶，把一个新科举人介绍给我。原来，这个新科举人是内务府满洲镶黄旗人，姓叶赫那拉氏，名叫那桐，三十岁，因父亲早逝，家道中落，他又寒窗苦读二十多年，家境自然更贫寒了。如今虽中了举人，却拿不出钱来请客送礼，也就谋不上差事，正束手无策，苦恼不已呢！这位朋友带他来，就是向我求告，想借些银子去打通关节谋个差事。一般情况下，我绝不会搭理这么一个穷酸举人。但我一看此人五官端正，气度不凡，不是个平庸之人；他的鼻子尤其特殊，有大富大贵之相！再一想，他还是内务府满洲镶黄旗人，根子深啊；又是叶赫那拉氏，这是当今太后的族亲啊！这样我就断定：只要有些起码的银子铺垫，此人将来必可飞黄腾达！所以我破例借给他五千两银子！——果然，这个那桐不几个月就弄了个户部的六品主事！哈哈！"

"那后来呢？"申树楷问。

"后来他可感谢我呢！利用他在户部做事的便利，给咱通报信息，替咱延揽存款，成了咱合盛元在户部的眼线了！行了不少方便！呵呵呵！"

……

郝、申二人谈笑间，太阳已偏西，快落山了；山路已平缓，轿车也快到寿阳太安驿了。于是，郝克凝吩咐狗旦快马加鞭，奔太安驿住店歇息。

太安驿位于太原至娘子关的官道旁，是著名的古代官驿，历史悠久，规模颇宏。至明清时，因商业发达，来往行人增多，这里更为繁华，俨然成了这僻静山沟里的一片小闹市！

轿车进入太安驿，郝克凝选了一个上等的旅店住下。郝、申二位掌柜住前院的上等房间，求个清洁，安静；赶轿车的狗旦则住后院的普通房间，图个方便，自在。当下，狗旦在后院里卸下鞍套，拉骡子在场地上打几个滚，饮一阵水，拴到槽上，看着店伙计喂上第一槽草料，便在后院的房间里歇息了。

郝、申二人在前院的房间洗漱一番，沏一杯茶，然后郝克凝上炕歇息，申树楷则跑前跑后，或殷勤地伺候郝克凝喝茶品茗，或积极地招呼店伙计生火暖炕……

这两天，申树楷心情很好。

本来，郝克凝长期在外当驻庄老板，与他没有什么深交；郝克凝又身顶六厘五生意，名声赫赫，他却是个身顶一厘生意（刚刚虚添了二厘）的无名小辈。他与郝克凝可谓交情疏浅而地位悬殊，他原来还担心一路上郝克凝会轻视他，冷落他呢！结果却大大出乎他的意料，郝克凝竟对他如此平和友善，如兄如友，如父如师！所以，申树楷喜出望外，对郝克凝更尊敬，更爱戴，也就更乐于伺候郝克凝了。

郝克凝也很高兴，看着申树楷的一举一动、一言一笑，暗暗称赞：这申树楷虽比我小了二十五岁，算个晚辈，但究竟已是营口分号的掌柜，本与我可以平起平坐，而他却如此屈身伺候我！一般人读点书识些字，就恃才傲物，自以为是，只能当爷爷，不能当孙子，伸得屈不得，结果往往成不了大器；而申树楷既知文识理，天资颖悟，又能屈身待人，实在难能可贵，是个成大器的坯子！

郝、申二人歇息一阵，出来叫上狗旦，挑个雅致的饭铺，点上可口的酒菜，一起进用晚餐。

颠簸了一天，肚子早腾空了，有的是胃口；合盛元的两个驻庄老板旅行，有的是银子；三个男子汉凑到一起，有的是酒兴；当晚，三个人在太安驿自是一番狼吞虎咽，猛喝豪饮！

二十三

次日早起，轿车继续在太行山的崇山峻岭中穿行。时而下，时而上，或而拐，或而弯，轿车在山路上颠颠簸簸，摇摇晃晃，宛若大海里随波逐流的一叶小舟。

路途险峻，骡子吃力，赶轿车的狗旦格外操心。只见他紧握笼头，紧喝牲口，两眼紧看前方路，浑身颤颤悠悠！

郝克凝无事，申树楷有心，自然又是一番谈天说地，讲经说法。

"郝掌柜在营口驻了一个账期，想必有不少故事吧？"申树楷问。

郝克凝便给他讲起了一个人："营口有一个广东商人，名叫叶雨田，你将来去了营口要格外注意这个人。我刚去营口赴任时，叶雨田也刚去投资办杂货铺和榨油坊。这个人眼水极好。广东的糖果和各种洋货物美价廉，关外却缺这些东西；可关外的黄豆过剩，豆饼豆油特别便宜，广东又缺这些东西。所以，他搞起了长途海运，把广东便宜的糖果洋货运来营口贵卖,又把关外便宜的豆饼豆油运到广东贵卖,两头都是厚利!这个人胆子也极大,他自己只有一万八千两银子的本儿,却在营口连续开设了东盛和、东生长、东和昌三个杂货铺;不到两年又在营口开办了东生怡、昌平德两个机器榨油坊,而且,后来还置了两艘驳船和两艘海轮,在广州还建有码头……一起算下来,至少得有五十万两银子!除了他那一万八千两本儿,全靠借贷。向咱们山西票号借,向那些钱庄借,几乎把营口的票号钱庄借遍了!你猜怎么个借法?他先把原有的字号做抵押,借款开新字号;接下来,又把新开的字号做抵押,借款再开一个字号……来回倒腾下来,一两银子就能抵押七八两银子的借款!这还不够,他又向不要抵押的票号钱庄高利息借贷!……"

申树楷听着,惊叹不已,羡慕不已:"啊哟,这个人真有办法,了不得,了不得!"

郝克凝看了一眼申树楷的羡慕之色,眉头微皱,心中暗想:这后生分明是羡慕叶雨田了,看来,羡慕奇才,希望奇迹,是所有年轻人的天性。然而,古往今来,奇人奇才往往数奇不偶,难成正果;奇事奇迹常常短暂不久,难成大功。这倒是年轻人看不到的,须对他敲打敲打,点化点化。

于是,郝克凝由眉头微皱而脸上微笑了,点点头说道:"这叶雨田确是个奇才,确实了不得,倒有点像南帮票号的胡雪岩,白手起家,奇招迭出,几年工夫便成了暴发户!这着实让人眼羡。不过,这做买卖如同坐江山,用奇用险以得之,然后用正用常以守之。白手起家固然可以用奇用险,纵有失策又何妨?反正是个穷光蛋嘛!但到了家大业大时,必须用正用常,否则一旦用奇用险失策,则前功尽弃,万贯家业统统化为乌有了!胡雪岩就败在这里,一开始用奇招险招得了手,发了财,以后却不知审时度势,用正招常招保守家业;结果一条道走到黑,自以为高,从始至终就用他的奇招险招,最终还是把几千万两银子的家业折腾光了!而且,还拖累了好多人!"

"唉！"申树楷倾听，点头，叹息，然后思考，琢磨，揣度，又向郝克凝请教道："那——，依郝掌柜之见，怎么和这个叶雨田打交道呢？"

郝克凝说道："这就得审时度势，相机行事。当时他向咱山西的几家票号借款时，大多嫌叶雨田太冒，不肯放款给他。我呢，看了一下这个人，看了一下他的买卖，觉得这个人虽然冒，但他的买卖却正是兴旺的势头。我想，他正在兴头上，不至于很快就出事，就和他约定年息二分，给他放了三万两银子。他很守信用，一年头上连本带利还回来三万六千两！事后他也很感激，我们就成了朋友。"

"哦！"申树楷惊讶地应着。

郝克凝补充说："这几年叶雨田的买卖越做越大，听说已有上百万两银子的资产了。不过树大招风，这次遭遇甲午战争，听说他的字号也损失不小。咱票号呀，若不给他这样的大字号放款，挣不了大利息；若给他放款又免不了大风险！难哪！你去了营口必须依靠叶雨田的这些字号生利，可还得格外小心他的这些字号亏本……"

申树楷听着，应着，眉头微皱。

轿车进入平定州界，过柏井驿，再出娘子关，便是直隶省井陉县地界了。

这两省交界之处，正是太行山中部的脊梁，山势高峻耸峙，道路崎岖难行，真是兵家用武之地，行者叹息之处！但见：仰面望，四面山高陡峭；俯首看，脚下地洼狭小。身若被兵，瓮中鳖也，无处可逃；眼欲观外，井中蛙也，无处可眺！

据说这种地形山貌，正是井陉二字的来由：井者，地形洼而狭小如井也；陉者，山势高而陡峭如陉也。

由于地势险要，历来为兵家必争之处。当年韩信带兵东进，正是在这里设的战场，他背水一战，大破赵军，威震天下！

触景生情，郝克凝和申树楷不免又聊起韩信的故事；借题发挥，郝克凝又把申树楷点化一番:"培植此番去营口收拾残局,倒有几分背水设阵的情形。须鼓舞士气,多谋善断,方可置之死地而后存啊!"

申树楷听着,应诺着,知道这是郝克凝掌柜对他的鼓励、期望和点化,口中连声致谢;心却早已飞到了久远的楚汉相争时代,拜韩信为师了……

轿车出了井陉口,道路渐渐平坦宽阔了,赶车的狗旦最先高兴起来:"啊哟,可走出山路了!这路有多好!又直,又平,又宽!"

这一下大伙儿都轻松了,坐车的郝、申二人轻松了,满脸轻闲;赶车的狗旦轻松了,浑身轻省;拉车的骡子也轻松了,步履轻快;连这辆轿车也轻松了,身姿轻盈!

郝、申二人穿越太行山,跨出娘子关,步入直隶省平坦地界,自是豪情满怀,雄心万丈!他二人将向前辈借雄风,为后人垂典范,开创一番轰轰烈烈的事业!

正是:

古今祁邑地,常有紫霞氲。

唐宋文章盛,明清气象新。

百年茶票号,千户买卖人。

辈辈栽财树,家家享禄荫!

第二部

一

郝克凝、申树楷一行来到了北京城。

北京是中华文明发祥以来的最后一个帝都。中国有句话叫风水轮流转，而北京就似乎是这帝王之气轮流转的一个轮回终点。

中华文明发祥之初，尧舜二圣以晋南汾河畔的平阳（今临汾市）为都，禹圣及其子夏启以晋南安邑（今夏县）为都，王化之地大约是以平阳、安邑为中心的晋、陕、豫交界的黄河中游一带，这可算作中都。其后成汤革命，夏亡商兴，王气东移，相继以黄河下游两旁的商丘、安阳为都，王化之地大约是以商丘、安阳为中心的晋、冀、鲁、豫、皖、苏、陕、鄂一带，这和后来的开封可算作东都。再后，武王伐纣，商亡周兴，王气西移，以镐（今西安市附近）为都，王化之地已是"浦天之下，莫非王土；率土之滨，莫非王臣"的景象了，这可算作西都。——西安作为西周及后来秦、汉、唐的帝都，出色地完成了中国历史上最辉煌的使命：画出了中华帝国极圆满、极大半径的统治圆形！

至此，这中都、东都、西都的情形大致可以这样描述：中都是中华帝王文明发祥初期的一个小圆形的中心，东都是中华帝王文明发展时期的一个较大圆形的中心，西都则是中华帝王文明鼎盛时期的一个极大圆形的中心！

此后一段时期，因东汉衰微，三国并存，已使中华元气大伤；再加上西晋司马氏子孙"八王乱朝"，招致"五胡乱华"之祸，于是王气被迫南移，以建康（今南京市）为都。东晋、宋、齐、梁、陈乃至后来定都杭州的南宋，基本上都是偏安东南一隅的小朝廷，这可算作南都。——这一时期，王气式微，版图零落，中华帝国已不能言圆满的圆形，南都也不堪言中心了！

这一时期，汉民族的慧心在不断开化，灵性在不断升华，生产力在不断发展，但其最原始最根本的，作为一切动物生命的天赋禀性：雄心、野性和战斗力，却在不断衰退！汉民族的发展走向了歧途：舍根本而求枝叶。汉民族的自我塑造出现了病态：损人欲以复天理。所以，这一时期的帝王之业也就只能是草草了了，渺渺小小，更待他时他处了。

终于，中国北方地区的游牧民族政权辽、金、元相继崛起，他们身上携带了太多的人类原始禀赋：雄心勃勃，野性烈烈，战斗力极强！再汲取一些汉民族的慧心、悟性和生产力，野蛮和文明融为一体，这些民族更是所向披靡，称雄称霸！于是，王气欣然北移，这些由游牧民族建起来的帝国以北京为都，以帝都为中心的统治半径又开始逐渐扩大，到元朝时，更超过了汉唐时期！——这便是中华帝王之气轮回的终点，北都。

这一时期，中华民族融合，帝王之气中兴。从陆地看，帝都虽不是帝国统治区域的中心，统治区域的圆形显得残缺；但若将帝国所控制影响的东部属国及东部海域算上，帝国的版图仍然是圆满的圆形。只是到了晚清时，由于西方列强的侵略和日本的崛起，致使东北、西北相继割地，朝鲜及琉球等属国相继剥离，这才使得以北京为中心的帝国统治圆形变得小而残缺了。

作为中华民族最后一个帝都，北京占尽了风水。

从自然风水看：头枕巍峨之燕山，乃高枕无忧、燕享升平之象；足踩平坦之冀州，乃千里坦途、心冀事成之势。左襟渤海，此太平洋之苗裔也；右依西山，此太行山之余脉也。渤海气达四海，脉通五湖，其源流则滚滚滔滔，财气应而生焉；其水势则浩浩淼淼，智者乐而居焉。西山骨接五岳，筋连九州，其山势雄奇，武风感而成焉；其峰岭峻伟，仁者望而归焉。至于永定河从中流过，西接太行山，东注太平洋，连通山水之气，汇聚山水之情，演绎山水之欢。此则繁衍生息之精脉也，经脉也，生命之源泉也。

而从人文风水看：当周、秦、汉、唐以西安为帝都时，西安处于东方汉民族与西方诸羌接壤之地，于是东方汉民族的发达文化和西方诸羌的原始野蛮交融，生成新的中华文明，最终缔造了以西安为圆心的空前广大的周、秦、汉、唐大帝国。而当辽、金、元、明、清以北京为帝都时，北京处于南方汉民族和北方诸胡接壤之地，于是南方汉民族更发达的文化和北方诸胡更原始的野蛮交融，再次生成新的中华文明，并最终缔造了以北京为圆心的更广大的元、清大帝国！——与西方诸羌相比，北方诸胡更野蛮，更有战斗力；而与西安相比，以北京为帝国中心的统治半径更长，统治圆形也更大。

经过辽、金、元、明、清五朝九百余年的营造，聚中华大地之财力物力，汇中华人民之技术艺术，甲午战争时的北京城早已成了建筑规模宏伟博大、建筑物瑰丽多彩的最大都市。

北京城的最中心是皇帝居住的紫禁城，其从南到北的中轴线上依次为午门、太和门、太和殿、中和殿、保和殿、乾清门、乾清宫、坤宁宫、坤宁门、神武门，这里法中正而度严谨，中庸为其心，礼仪为其形，尊严为其神。

紫禁城外围是王爷贵戚居住的周十八里皇城，南为天安门，北为地安门，东为东安门，西为西安门；天安门左为供奉帝王祖宗的太庙，右为供奉土地谷神的社稷坛。

皇城外围又是八旗居住的周四十里京城，其南开有三门：正南为正阳门（前门），正阳门东为崇文门，门内由正监旗所居；正阳门西为宣武门，门内由镶蓝旗所居。其东开有二门：东南为朝阳门，门内由镶白旗所居；东北为东直门，门内由正白旗所居。其西开有二门：西南为阜成门，门内由镶红旗所居；西北为西直门，门内由正红旗所居。其北开有二门：北东为安定门，门内由镶黄旗所居；北西为德胜门，门内由正黄旗所居。——这里共有九门，其数其名都颇有讲究：且看九数，论其数则极大极阳，谐其音则久治久安，皆社稷长治久安之意也。再看门名，南为正阳、崇文、宣武，北为安定、德胜，东为朝阳，西为阜成，皆国家隆盛太平之象也。

京城南的正阳、崇文、宣武三门外则是商贾市民杂居的周二十八里外城，共开有七门。其南开有三门：中为永定门，东为左安门，西为右安门；其东开有一门，为广渠门；其西开有一门，为广安门；其东北隅开有一门，为东便门；其西北隅开有一门，为西便门。

此外，在京城外四方还设有祭祀天地日月的神坛：南为天坛，在正阳门外；北为地坛，在安定门外；东为日坛，在朝阳门外；西为月坛，在阜成门外……

此处讲述仅是北京城之表，欲领略其奥，则须身临其境焉；仅是北京城之形，欲揣摩其心，则须神往其中焉！

北京城，好一座让人叹为观止的帝都！

二

合盛元北京分号坐落在北京城的崇文门外，处于珠宝市东大街之北，正是做买卖，特别是做金融买卖的风水宝地。左手一指是广渠门，这是北京皇城四门、京城九门和外城七门中唯一含有财水意蕴的门。渠者，水道也；水者，财象也。右手一指是珠宝市口，这是北京城最繁华最富有的地段，是最富于金融财富意蕴的十字口。前面一步则是处于广渠门和珠宝市口之间的珠宝市东大街，东为广渠门，西为珠宝市口。这珠宝市东大街自应是财源滚滚滔滔，这合盛元票号自然也就该大河有水小河满了。

郝克凝、申树楷一行进永定门，过天桥，从珠宝市口拐入珠宝市东大街，来到了北京分号的门脸前。

"啊呀，好气派呀！和总号差不多！"申树楷惊叹道。

郝克凝笑道："水涨船高嘛！在北京这样繁华的地方，门脸差了还能开票号？"

北京分号二掌柜郭长林和账房先生赵儒义热情迎接郝、申二人，问寒问暖，笑脸盈盈；小伙计喜鸣则跑前跑后，腿脚勤勤！合盛元北京分号里，颇有一种家人团聚的情景：郝、申二人千里颠簸，一进了北京分号，有如回了家一般，美滋滋的！郭、赵等人呢，离家千里，一见总号派人来了，又如同见了家人一般，乐融融的！

晚上，郭、赵等人又在分号内备宴，为郝克凝申树楷接风洗尘。

申树楷进餐厅一看，只见餐厅十分阔气，餐具十分高档，餐桌上的酒水菜肴更是讲究，又是一脸惊羡之色！但见：山珍海鲜，汇天南地北之美味；蒸煮炖炒，集晋鲁川粤之精华。乍一看，色形美艳甚悦目，如宝物也，不忍动手；细一嚼，味香芬芳颇沁脾，乃妙品也，岂肯住口！

申树楷听说过北京分号的饭菜特别好，却想不到是如此好！就这么半天的工夫，北京分号的厨子竟能做出如此的菜肴！可想而知：厨房的仓储是何等殷实，厨子的手艺又是何等高超！

郝克凝观其色，听其言，微笑着说道："嘿嘿！各家的京号都是这样，入乡随俗嘛！北京城是朝廷所在之地，朝廷又是讲排场之地，朝廷的排场自然要推及官府，官府的排场又会推及到民间，所以各家的京号也就成了最讲排场的地方！嘿嘿！各家票号情形如此，咱合盛元也不得不如此啊！票号有的是钱，能讲得起排场；票号又整天与有钱人打交道，必须得讲排场，没一点排场，哪能拢住有钱人，哪能揽住买卖呀！久而久之，自家人也就讲起排场来了。呵呵！来，举杯动筷子吧！"

一张八仙桌，郝克凝坐正席，申树楷坐副席，两侧上首分别是郭长林和赵儒义，挨他们的是柜房大伙计东升和账房大伙计福来，席口则是赶轿车的狗旦。郝克凝一举杯，一桌人都动起来了。

喝一杯酒，郝克凝继续说："这讲排场呀，虽说是浪费些银子，却能长些本事，就是应酬大场面大人物的本事！能应酬了大场面大人物，也就能应酬大买卖了！咱票号吃利与那些贩夫走卒不同：他们吃的是小虾小虫，咱票号吃的是大鱼大肉！大鱼大肉在哪里？在大买卖里。大买卖在哪里？在大人物里。大人物又在哪里？在大场面里。这样说来，如果咱票号的人像山鳖儿似的，怎么能应酬得了大场面？应酬不了大场面，又怎么能结交上大人物？结交不上大人物，又怎么能揽上大买卖？揽不上大买卖又怎么能吃上大鱼大肉？——吃小鱼小虾吧！甚至，得喝西北风去！对吧？呵呵！"

申树楷和众人点头，唯诺。

喝一杯酒，吃几口菜，郝克凝又补充说："不过，这讲排场，吃大席，得用心学会应酬，接人以礼，待人以诚，示人以信；要学到唐僧的功夫，甚至要让人觉得你是唐僧！还得多练眼睛，要练成孙悟空的火眼金睛，能看透人的心，看准人身上的商机！这才能结交上大人物，揽上大买卖。否则，只是贪吃贪喝，那可就真成了酒囊饭袋，成了猪八戒，白糟蹋字号的银子了。"

众人倾听，点头，然后一半感叹，一半奉承，附和道："郝掌柜这番话真是精妙，让人拨云见日啊！"

"是，是！简直是一套精妙的生意经！"

"真是听君一席话，胜读十年书啊！"

郝克凝哈哈大笑，和众人频频干杯！

等郝克凝谈兴淡了，郭长林举杯插话："郝掌柜，咱京号的伙计听说你要来呀，都高兴坏了！刚才他们还让我代他们敬郝掌柜几杯酒呢！"

"好好！谢谢伙计们了！"郝克凝说着，举杯一饮而尽。

赵儒义、东升、福来也一一向郝克凝敬酒，郝克凝也一一干杯。

接下来，郝克凝又以北京分号掌柜的身份向申树楷劝酒："来，培植！今天咱俩一同来京，都是他们的客人；可我一来就成了这儿的掌柜，你又成了我的客人，所以我也得以京号掌柜的身份和你干一杯欢迎酒！"

二人干杯罢，郝克凝又吩咐郭长林等人和申树楷喝酒；于是郭长林举杯，向申树楷说道："培植呀，我得和你连干三杯！"

申树楷笑道："一杯吧，三杯太多了！"

郭长林说道："不行，一杯是一杯的意义。第一杯是欢迎酒，你是客人我是主，我得尽地主之谊吧？第二杯是恭喜酒，你这回去营口分号当老板，可是一步登天呀，我岂能不恭喜老弟？第三杯是祝愿酒，你这回去营口收拾残局可谓任重道远，我预祝老弟旗开得胜，马到成功！——怎么样？这三杯酒哪一杯也不能拒绝吧！啊？哈哈！来，喝吧！"

盛情难却，美酒难拒，申树楷一边干着酒，一边说道："多谢长林兄了！不过，我此番去营口，只是初生牛犊不怕虎罢了，吉凶还难说呢！但愿能借兄吉言，旗开得胜！多谢了！"

赵儒义、东升、福来也一一向申树楷劝酒敬酒。

在此之前，北京分号的这几个人都比申树楷资格老，待遇高，年龄也都比申树楷大；但现在，申树楷却一步登天，成了一方驻庄老板！申树楷一下超过了他们所有的人，谁能不羡慕，不眼红，不心动？！

郝克凝看到了他们的表情，看出了他们的心思，心中暗喜："这回带着申树楷来京号，倒有了一种意外的效果：强烈地激发了京号这些人的上进心！好！妙！"

于是，郝克凝趁机引导这种上进心，说道："诸位！这个账期下来驻京号的伙计们都没有添加生意，这是因为咱京号没有红利嘛！当然，这责任不在诸位，而是时局不靖之过，是掌柜失策之过。下个账期咱好好干，咱京号来个红利滚滚，总号岂有不给咱添加生意的道理？！"

众人异口同声："是，是！我们一定跟上郝掌柜好好干！"

郝克凝笑着点头，心中暗思：哀兵必胜，自己手下这些伙计正是这哀兵，正好统帅呢！只要自己谋划得当，这个账期的买卖就稳操胜券了。

当晚，郝克凝、申树楷与京号伙计们喝了个痛快，喝了个美！直到散席后，一个个依然乐哈哈脸带笑，美滋滋心开花，虽然腿脚摇摇欲坠，心神却飘飘欲仙！

三

次日上午，郝克凝带着申树楷在北京外城的商业街区逛游：珠宝市东大街，珠宝市口，珠宝市西大街，大栅栏，琉璃厂，宣武门，前门，崇文门，兴隆街，前门大街，乃至天桥、天坛……转了一个大圈子！他这样也是两方面的用意：一是让申树楷逛一下景，见识一下京城的气象，开开眼界；二呢，也是自己需要看一下市面，踅摸一下京城的商机，把把脉搏。

他二人都没有太多的闲情逸致，郝克凝急于排兵布阵，开拓北京分号的新局面；申树楷也急于赶赴营口收拾残局。所以，次日中午北京分号便为申树楷饯行；下午，申树楷便告辞郝克凝等人，离京赴营口去了。

郝克凝望着申树楷一行的背影，颇多感慨：一人一仆，一骡一轿，孤单啊！而去的又是兵燹之后的辽东营口，接受的还是个被抢劫一空再火烧一遍的残庄！困难啊！他暗暗向申树楷竖大拇指，并默默地为申树楷祝福：老天爷啊，保佑这个后生吧！……

客走主安，送走了申树楷，郝克凝便一心扑在买卖上了：察市面，观柜台，看账表……

夜幕沉静，烛光闪烁，郝克凝身披裘衣，臂依炕几，手拿一沓账表，神色凝重，心绪悠悠：这么大的京师，存款还不到十万两银子，不及以往的一成！京师向来是揽收存款的大头，这哪儿行？不揽来存款，怎么放款！连大一点的汇兑生意都难应付！……

小伙计喜鸣进来，小心翼翼地给郝克凝添水。

郝克凝吩咐："喜鸣，去把二柜郭长林和账房先生赵儒义叫来！"

"唉。"喜鸣小心翼翼地应着，又小心翼翼地出去了。

看着年仅十五六岁的小喜鸣如此没明没夜、卑躬屈膝、谨小慎微地侍奉掌柜，真让人心疼！

然而，当时字号的学徒制就是这样，虽然看似残酷，残酷背后却也有仁慈；虽然痛苦，痛苦之后却也跟着幸福。

就他本人而言，首先被抛到地狱般的最底层，感受到各种苦难屈辱，才有更大更强烈的上进心；然后再经过这炼狱般的三年乃至更长的学徒生涯，锻炼性格、心性、意志、毅力，吃苦耐劳的精神；最后，他内在的这些精神修炼成了，才有资格进入天堂之门。掌柜认可他，字号接纳他，顾客喜欢他，买卖成全他，身股伴随他，社会尊重他……简言之，地狱是天堂的入口，炼狱是天堂的阶梯；为了上天堂，能不入地狱和炼狱吗？

就掌柜而言，我有本事，这是我大半辈子的修炼成果，你不伺候我，不敬奉我，不为我付出劳动，我为什么要平白无故地教你，给你一个金饭碗？不考验你的忠心孝心和人品人格，我怎么敢信你，怎么能委你以重任？

结果是，小伙计用心学，掌柜用心教，一个个小伙计都成长为做人诚信、做事精通的大伙计；他本人顶上了生意，挣上了大钱，字号则培养了人才，兴旺了买卖！

总号大掌柜渠寿昌是从小伙计而来，北京分号掌柜郝克凝也是从小伙计而来，绝大多数的掌柜都是从小伙计而来。如此说来，这学徒的小伙计是成为一个大掌柜的起点呢！所以，为了来日顶上生意并成为掌柜的人生大目标,小伙计喜鸣对眼前的辛苦委屈早已等闲视之、坦然受之了。

小伙计喜鸣听了郝克凝掌柜的盼咐,丝毫不敢怠慢,几乎是小跑着步去通知的;连郭长林和赵儒义也丝毫不敢怠慢,几乎是紧赶着步,来到了郝克凝的屋里。

郝克凝示意二人落座,然后说:"我翻了一下账表,汇兑寥寥几笔,存款不到十万,放款就更少了,这怎么盈利?还不够日常开销呢!你二位说说吧,这是怎么回事?咱们该怎么办?"

郭长林犹豫了一下,说道:"主要是甲午战争以来,时局不稳,京师人心惶惶,各票号都做保守之计,严格放贷,谨慎揽存,所以存贷款买卖就少了。至于汇兑,各地市面都萧条,往来汇兑哪能多了?看不清时局,谁也不敢贸然贪做买卖呀!"

郝克凝听着,点点头,又看赵儒义。

赵儒义说道:"主要就是长林说的这些,许多买卖字号都在犹豫观望,太进取怕冒了,太退缩又怕误了。我看也是,得看清时局再做决断。"

郝克凝听罢,又问:"那你们对时局有何看法?"

郭长林想了想,说道:"甲午战争后,虽然中日签订了《马关条约》,满足了日本人的要求;但中国民众激愤,反对割地赔款,康有为、梁启超等举子们公车上书,更引发朝野议论纷纷!朝廷内又有帝党后党之争,李鸿章被罢黜,帝党已占上风;而帝党向来主战拒和,要求废约,废约则中日又会开战,开战则胜负难料,时局更乱!"

郝克凝听着,面露悦色,心中暗想:看来这个管跑街的二掌柜没有白当,知道些事情,有些思路……

郭长林说罢,赵儒义又补充了几句,郝克凝便让他们下去歇息了。

屋里又剩下郝克凝一个人,复归于沉静:夜幕重重,沉也;夜空寂寂,静也。这,正适宜人的思想在夜空中遨游,自由自在地天马行空般遨游!

郝克凝沉思着:眼下,时局如一团迷雾;将来,时局又会如何变化呢?

靠这么一点点架本,怎么能支撑住这么大的京师分号?可如果架本大了,一遇事变又难以快速收场,损失会更大……

郝克凝在地上转着圈儿,踱起步来,像鹞子在空中盘旋,暨摸猎物……

然后,他又从报架上取下近日的《申报》和《京报》来看:

《申报》一个醒目的标题是:《李鸿章下野,〈马关条约〉将成废纸?》,他翻看……

《申报》另一个标题是:《翁师傅主政,中日重开战?》,他又翻看……

《京报》的一个标题是:《杨崇伊御史上奏:强学会植党营私!》,他继续翻看……

……

翻看完报纸,郝克凝紧锁眉头,思考盘算:这真是雾里看花呀!李鸿章下了野,翁同龢主了政,似乎是帝党占了上风;可杨崇伊御史又弹劾康有为的强学会,康有为是帝党的人哪!这帝党后党之争谁胜谁负,还是看不出眉目呀!中日关系呢,《马关条约》割地赔款,丧权辱国,着实该成为废纸,可是能不能呢?中国在甲午海战中战败,丢尽了大清国的面子,也该向日本开战,可是敢不敢呢?……

看来看去,眼前仍是一团迷雾,心里仍是一团乱麻!

郝克凝继续在地上踱着步,兜着圈子,在苦苦地思考,在冥冥中求索……猛然,脑子里一亮,出现了一个人:那桐!

郝克凝兴奋地一拍手,自语道:"这那桐举人出身,学问深厚;他又在朝廷里做事,眼界宽广。这样看来,他对时局必有见地!而且,我和他有不薄的交情,这次来京当驻庄掌柜,也正需要上门去拜望一下他呢!好,明天我就登门那府!"

四

那桐的府邸位于王府井大街金鱼胡同内，是祖宗留下来的一处院子。地上铺砖，屋顶盖瓦，柱石雕纹，门窗镂花，虽比不了王府气派，却比普通的四合院要排场许多。其祖宗大概是一位中等阶层的镶黄旗人，不是大富大贵，也不是小兵小卒。到那桐时，因父亲早逝，家道式微，经济状况大不如前，但院落尚存，门风犹旺：他寒窗苦读二十多年，竟中了举人！

那桐现在户部做事，是一个五品的郎中。这五品官到了底下虽是个八面威风的州府太爷，但在京城里二三品官多如牛毛，他这个五品官也就相当于州县里的衙役一般！更兼那桐志大才高，当这五品郎中实在觉得委屈，所以，本来令人羡慕的户部郎中这个肥缺，对那桐来说却淡淡如水，毫无得志之态，倒常常有失意之色！所以，他上班应差国事，下班却懒得应酬人情，而是钻在自己的书房里读书，仍然保持他书生的习性！

那桐的书房在里院的西厢，一进门，居中为一幅淡雅的山水画，两旁一副对联：

读史常睹圣贤意，
为人总怀君子心。

中堂下摆一张八仙桌，两支太师椅；往北进了阁门，则是满屋的书籍和字画；中间一个书桌，摆放着 摞摞书和笔墨纸砚……

一进门，就感到一种无以名状的书香和雅气在书房中飘溢，熏人，陶人，醉人！千百年来，成千上万的儒门弟子就在这样的环境和气息中度过自己的读书生涯。或被熏陶为经天纬地、济世安民的国家栋梁，立功立勋；或被陶醉为皓首穷经、传承圣心的道德君子，立言立德……

雅致的书房里坐着一个雅人，但见：五官端正，气宇轩昂。天庭饱满，禀赋不乏哉？地阁方圆，载福不浅也！满腹藏经纶，一心法中庸。此时郁郁处低位，来日猎猎展宏图！

此人正是那桐，字琴轩，叶赫那拉氏，内务府满洲镶黄旗人，光绪十一年举人。

那桐读了一会儿书，陷入沉思，然后又自言自语道："不患无位，患所以立。——圣人所言固然精当，我等读书人自然应当谨遵圣人教诲，这样才是君子操守。然而，如今朝廷奸佞当道，贿赂公行；小人得宠，君子失位……如此种种，实在让人失望，乃至于绝望啊！如果长此以往，我等何时才能出头？！看来，这圣人之道和君子之行宜于世而不宜于时啊！"

这时，佣人进来禀报："老爷，有一个客人求见！这是他递上来的片子。"

那桐接过来一看，忙说："快请！"说着，和佣人一起到门口迎接客人。

来人正是合盛元北京分号的驻庄老板郝克凝，他笑着拱手问候："那大人，一向可好吧！"

那桐也高兴地拱手说道："啊哟，原来是郝老板呀！好，好！郝老板一向也好吧？今日光临，实在是稀客贵客啊！快请进，快请进！"

那桐热情地将郝克凝迎进书房，笑脸笑口，问寒问暖；待佣人沏上茶来，二人一边喝茶，一边从容叙起旧事来。

"郝老板这些年在哪里驻庄啊？"那桐问道。

"先是从北京去了营口，后又从营口调驻上海，现在又回到北京了。这不，刚到北京三天，就拜访那大人来了！"郝克凝说道。

那桐说道："谢谢郝老板还挂记着我！"

郝克凝说道："那大人满腹文章，一身韬略，而且贵人贵相，只需打一回交道，谁能忘了您哪！"

那桐说道："惭愧，惭愧！郝老板过誉了，过誉了！"

郝克凝说道："不过！一点不过！我早就看出那大人前程远大，这些年该是飞黄腾达了吧？"

那桐苦笑道："实在让郝老板见笑了！何敢言'飞'？连'爬'也不是把式！"

"那——，那大人这些年——"

那桐仍苦笑着说道："一直在户部当差。当初靠郝老板帮忙，弄了个六品主事，后来又当了几年的从五品员外郎，如今只是个正五品郎中而已！实在难以启齿，让郝老板见笑了！"

郝克凝听着，惊讶地说道："原来是这样。那大人实在是屈才了，屈才了！"

那桐叹口气，说道："当初若无郝老板相助，恐怕还当不上这五品郎中，想必还顶着个举人的虚名，无所事事呢！郝老板也清楚，如今的官场不是量'才'授职，而是量'财'授职呀！没有'贝'字做靠山，'才'能算老几呀，谁买'才'的账呀！唉！如今的官场如同商场，钱是老板，得'钱老板'说了算！嘿嘿嘿！"那桐说罢，无奈地笑笑。

郝克凝听罢，慨然说道："啊？！若果真是这样，那倒好说了。我合盛元票号有的是钱，那大人什么时候需用，随便说个数，我拿来就是了！"

那桐听了郝克凝这番话，心中自是十分高兴，激动地说道："郝老板真是爽快之人！多谢了！日后免不了叨扰宝号。"

郝克凝坦然说道："朋友之间，相互帮忙本是应该的嘛！我们合盛元票号也得仰仗那大人关照呀！"

那桐说道："那是一定，宝号有什么事，但请郝老板吩咐就是！"

一番叙谈后，那桐对郝克凝更加敬重佩服，心中暗暗赞赏：买卖人历来被称为奸商,大多是奸猾势利的小人;可是像郝克凝这样的,却极讲义气,极讲信用,真是商界君子,不能不让人敬服!这样的人可交可处,值得交,值得处!

说话间,郝克凝又把话题转向时局,说道:"我初来北京,听到人们对时局议论纷纷,莫衷一是,让人无所适从。不知那大人对时局如何看法?请指教一二。"

那桐问道:"郝老板指什么?"

郝克凝低声说道:"比如,李鸿章下野,《马关条约》是否会被废除?翁师傅得势,中日是否会重新开战?杨崇伊御史上奏强学会植党营私,这帝党后党之争结果又会怎样?……"

那桐听着,点了点头,然后微笑着说道:"这时局看似迷乱,实则清楚得很嘛!不错,大多数国人都想废了《马关条约》,和日本重新开战,然后打败日本,重振国威!可是,这只是想呀!能吗?敢吗?如果我大清有这个实力,当初就把日本打败了;如果我大清有这个胆量,当初就不会签订这丧权辱国的《马关条约》!所以,依我看来,《马关条约》废不了,对日开战更开不了。咱们想想,自从道光二十年中英鸦片战争以来,连年的内忧外患,国家伤痕累累,病体孱孱,连招架之功也没有了,哪还有还手之力?!特别是与洋人开战,更是屡战屡败,愈战愈惨,朝廷的胆儿早吓破了,连魂儿也吓丢了,还敢再向日本开战?!至于杨崇伊上奏强学会植党营私这回事嘛,这是帝党后党之争,其结果也是明白的:当今太后执掌朝政二十多年,不仅根深蒂固,且心计老到;而当今皇上亲政刚刚数年,不仅羽翼未丰,心胆尚嫩,且身非先帝所出,根基不硬呀!……"

郝克凝恭听,点头,心明眼亮了,高兴地说:"那大人果然慧眼独到,听了那大人的这番话,正如同拨云见日一般!多谢了!"

五

　　郝克凝从那桐这儿听了一番对时局的看法，心里有了底。于是他又再度考察市面，感受市面，试图摸清市面。

　　北京的二月，乍暖还寒，尤其是到了下午时分，阳光敷衍了事，早早地歇了，风云却趁机张狂放浪开了。北京的街面上寒风嗖嗖，冷气洌洌！

　　郝克凝头戴皮帽，身穿裘衣，在前门外的街面上转悠着，前门外大街，珠宝市东西大街，兴隆街，大栅栏街……他看似闲庭信步，东张西望，左顾右盼，优哉，游哉；实如战地探哨，眼观六路，耳听八方，思也，虑也！

　　这是北京城最繁华的商业区。

　　乍一看：铺面林立，富丽堂皇似宫殿；字号云集，流光溢彩如霞蔚。正是富贵繁华地，金银财宝堆！

　　细一察：店铺里买卖清淡，伙计呆若木鸡；街市上行人稀少，顾客寥若晨星。正是生意零落，街面寥廓！

　　郝克凝在街面上走着，前面一家门庭冷落的店铺内钻出来一个伙计，只见他探头探脑，张望街面，却分明又因风大天冷而缩手缩脚。双手笼在棉袖里，双脚裹在棉鞋里，整个身体圪缩在棉袍子里！

　　郝克凝扫了这个伙计一眼，便扭头他顾了。这样圪缩的一个人，哪能入了他的法眼！然而，直到他走出十几步远，这个人的形象却一直在他的脑海里，挥之不去！

　　"呀！奇怪！"郝克凝怔了怔，猛然省悟了，"哦！北京城的市面正如这天气，寒冷而萧索；而各字号正像这伙计，探头探脑，缩手缩脚，都想做，却都不敢做！……有了！我合盛元如果此时出手，必占得先机，获得大利！"

　　傍晚，郝克凝从街面上转悠回来，随便吃点晚饭，便回到他的屋里，继续想他的心事。

想了一会儿,他又坐到书桌旁处理事务:一张柜上的报表,他得看,得分析,要从这些数据中得出自己的分析结论。一摞各地分号及其他字号寄来的信件,他也得看,得处理,或转交给下面,或亲笔写回信。一沓报纸,他也得看,或粗略浏览,或仔细研究,他要借此了解社会,把握时局,决定进退。这些完了,他还得考虑明天的事情。

这是各票号的驻庄老板们真正动脑筋的时间和地方。白天忙碌的发号施令或交际应酬,只是表面文章,如枝枝叶叶,花花果果;而晚上在居室的清静闲暇,却是根本的关键的工作。深思熟虑,审时度势,此时也;运筹帷幄,决胜千里,此地也。白天只是双手双脚和耳目口鼻舌的四体五官之劳,九卿也;晚上则是大脑的思维决策之劳,帝王也。

如此如此,这晚上是老板们出新、出奇、出点子、出谋略的黄金时间,票号的老板们哪敢松懈!所以,他们通常总得熬到半夜三更,才能躺下睡觉。

郝克凝阅处完那些报表、信件和报纸以后,时间已过二更,但他仍然吩咐小伙计喜鸣把郭长林和赵儒义叫来!

吩咐罢,他喝了一口茶,把那些报表、信件和报纸整理了一下,然后把刚刚看过的那封汉口分号的来信摆在桌面上,又看了起来:

......我处形势颇难寻味,南人贸然,蠢蠢欲动,似无忌惮;我西商票号则紧缩银根,减少柴本,仍做保守之计。往日市面放贷向赖我票号维持,故而目下汉口贷款者无门,放款利息已涨至一分五厘矣!......

此时,郭长林和赵儒义进来,郝克凝示意他们落座;小伙计喜鸣谨慎地沏好了茶,又悄声地出去了。

"咱们商量件事。"郝克凝说道,"我这两天看了看咱们的账目,也看了看市面,还去衙门里探听了一些消息。我看,咱们不能再等了!军政之理,战了必和;买卖之道,淡了必旺。咱们要想赚取大利,必须抢得先机。现在汉口的放款利息已涨至一分五厘,咱京号向来是延揽大额存款的庄口,现在存息只有一厘五!在别人观望犹豫之际,如果咱们能及早动手,多多延揽存款,再拨到汉口等处放款,必获厚利呀!所以,我想从明天起,敞开收存,一年期以上存款,可把利息提高到二厘!——二位意下如何?"

郭长林点头赞成:"我同意郝掌柜的看法。"

赵儒义也点头说道:"我也赞同。只是咱京号低息揽存易,高息放款难。靠其他庄口放款生息,还得让总号发令。郝掌柜还是和总号通了气才好。"

郝克凝点点头说:"好!那就这样了。你二位准备准备,明天就开始敞开揽存,我今夜就给总号写信说明。"

郭、赵二人出来,已是三更时分了,却没了睡意,他们得思谋明天一早敞开揽存的具体事宜。柜房、账房的伙计们一起床,他们就得胸有成竹、有条有理地排兵布阵啊!

郝克凝更不能睡,他还得给总号写信,还得思谋更深更大的事情呢……

一般而言,一桩事情的成败决定于它的早期阶段。

时间上,有俗语云:一天之计在于晨,一年之计在于春。——言占得先时先机,则事遂物成也。

过程上,也有俗语云:三岁看大,七岁看老。——言植得根正苗旺,则树大枝茂也。

而就各票号的驻庄老板们而言,在时间上和过程上都比这"一般而言"要提前。时间上,一天之计在于子夜,他们在子夜三更就得用心筹划;而在过程上,一物之成始于萌芽,他们在事物的萌芽状态就得用心作务!

六

有一句俗语：将帅无能，累煞三军。这句话说透了决策指挥者的极端重要性。若摊上一个无能的将帅，三军战士跟上他得累煞，苦煞，而且屡打败仗，屡遭伤亡，更难得封赏！这也就是"失之毫厘，谬以千里"的道理在军队军事中的体现。将帅低能一点点，三军就会苦累万万千；将帅决策错误一倍，三军打仗就会损失百倍、千倍！反过来，摊上一个有才能的将帅，三军战士跟上他就享福了：伤亡少而封赏多，苦累小而功劳大！

如此看来，君王任用将帅，岂可不精心挑选？将帅施用战略，岂可不用心谋划？

万物同理，商场如战场。各票号的分号掌柜们运筹数十万数百万两白银，独立驻庄一方，正如这带领三军打仗的将帅一般，其才能的高下和决策的得失，会几倍乃至几十倍地放大到下属员工的劳动效率上，放大到分号经营成果的赔赚上。

合盛元京号掌柜郝克凝上任后，经过一番审时度势，深思熟虑，然后果断决策：抬高半厘存息，敞开揽存！这个决策一出，合盛元京号的门面很快就红火起来，存款者纷纷上门，络绎不绝，有时还得排队存款！

柜房和账房的伙计们全都忙乎起来了：收银，称银，收票，验票，唱票，出票……

"收银票一张三千两，存期一年，起息二厘！"

"收银八百两，存期一年，起息二厘！"

"收银一千两，存期半年，起息一厘！"

"收银一百两，存期不定，随取随支，不起息！"

……

如此延揽存款，跑街的无须费心思费力气，只需稍做广告，就顾客盈门了；甚至，对那些早就急于存银生利的大顾客来说，这些跑街的上门告诉他们一声，还能送些通风报信的人情呢！

正当郭长林在柜台外忙着招呼顾客时，一个阔公子带着一个跟班进来，东张西望一番，问郭长林："掌柜的，你们这合盛元的存银利息真是二厘吗？"

郭长林殷勤地应道："这位公子爷！是的！一年存期以上是二厘。"

阔公子点点头，说道："哦，你们果真比其他字号高出半厘啊！那么，最低得存多少银子才收啊？"

郭长林一边察言观色，一边说："一百两。"

阔公子又问："那最高呢？"

郭长林满脸笑着，答道："三千，五千，一万，两万，都行！"

阔公子用鼻音"嗯"一声，又昂首问道："那三万，五万，十万，二十万呢？"

郭长林惊讶，知道遇上大人物了，方寸不免有点慌乱："这……这位公子爷是……"

阔公子嘿嘿一笑，说道："不敢主事了吧？——把你们主事的老板请出来吧！"

郭长林欠身点头："请公子爷稍候！"说着，进里院向郝克凝通报去了。

阔公子在柜房内候着，或转圈踱上几步，或左右瞥上几眼，举手投足之间尽是阔公子气派！再加上有个跟班的，跟在屁股后面像尾巴似的，或点头，或哈腰，或察其眼色，或仰其鼻息，谨谨慎慎，唯唯诺诺，更显出这位阔公子十足的气派！

少顷，郭长林陪着郝克凝过来，介绍："这位公子爷！这就是我们合盛元的郝克凝老板。"

阔公子回头，郝克凝也细看，双双惊讶了！

"啊哟，原来是耀庭兄啊！"

"啊哟，原来是振爷呀！若干年不见，如今振爷长成了大人，更显得排场威风了！"

原来，这位阔公子是总理各国事务衙门御前大臣、庆亲王奕劻之子载振！若干年前，郝克凝在北京分号当跑街的时候，就和载振等一班小公子哥儿们混得很熟，早已是称兄道弟的朋友了。

老朋友相隔八九年之后重逢，又是一位有身份的人物光临，郝克凝分外高兴，忙拱手施礼，热情相迎："振爷驾到，真是大财神来了！请到里面叙话，请到里面叙话！"

载振也高兴地拱手施礼："请！请！"一边随郝克凝往里走，一边说道，"哦，想不到耀庭兄又回北京了！哈哈，太好了！"

"嘿嘿，托振爷的福！转来转去，如今又转回来，还是北京好啊！"郝克凝说道。

"那是当然！不说别的，至少，北京城还有咱多年交往的一班弟兄嘛！"载振说道。

"正是，正是！"郝克凝附和道。

郝克凝把载振引进自己屋里，待载振落座，喜鸣上茶罢，说道："振爷这些年好吧？我在上海闻知令尊大人前年进封庆亲王，真是可喜可贺啊！"

载振说道："那是太后的恩典啊！"说着，向北拱拱手，"不过，老爷子虽得赏赐进封，我可还是老样子！除了做几件老爷子吩咐的事，闲下来还是和一班哥儿们厮混，喝喝酒，逛逛街！哈哈哈！"

郝克凝也笑道："俗话说，有福之人不用忙嘛！像振爷这样的有福之人，哪里用得着像我们这样忙碌呀？！哦——振爷今天光临敝号，想必有什么吩咐？"

载振说道："听奴才们说，合盛元票号敞开收存，还是二厘的利息！

我不放心，过来看看究竟，想不到碰上耀庭兄了！原来，耀庭兄升了合盛元京号的大老板？！可喜可贺啊！"

"嗨！什么大老板！还不是一样伺候振爷！哈哈！"郝克凝笑着说道。

载振也笑道："耀庭兄回来京号当老板也不通报一声，怕我们哥儿几个喝你的酒啊？"

"哪里！我这不是刚到北京几天嘛！我正准备约请几位爷们喝几盅呢！今天既然振爷来了，咱就定个日子。哦——明天晚上怎么样？"

"行啊！"

"地儿呢？去全聚德吃烤鸭？还是去协盛昌吃烤羊？"

载振是北京城里吃出来的主儿，一听郝克凝要请客，兴头立马就上来了；一说选择饭馆，见解立马就有了："天儿冷，咱就去协盛昌！喝你们山西杏花村的汾酒，吃蒙古大草原的肥羊，那才够味儿呢！"

郝克凝说道："好！咱就去协盛昌！桌子由我去订，人由振爷去请，振爷看怎么样？"

载振瞪了瞪眼，笑道："你做东，我请客啊？得，得！谁让咱们是朋友呢！我替你把人请到就是！"

"谢振爷了！"

一番闲话后，载振言归正传："今天我来呢，是想先看看究竟，宝号果然成了二厘的存息，我就放心了。我手头有几张银票，压在箱子里也是白压着，倒不如放在殷实的票号里让它生息！既然耀庭兄回来当了合盛元票号的老板，那我就更放心了！"说着，从怀里掏出几张银票，递给郝克凝，"这一共是五万两的银票，先把这几张存在宝号吧！"

郝克凝接过来，看了看，心中大喜：这可是笔大钱呀，而且还是可以长期存放的大钱！于是连声说道："好！好！振爷存一年？还是几年？"

载振很爽快："由你！反正我也不急着用，只需它给我多生利就行！"

郝克凝听着，眼珠子转了一下，说道："那这样吧，我替振爷打算一下……存上三年吧！利息嘛，肯定是北京城各票号中最高的！这样吧：存单上照写二厘，我暗中再给振爷加半厘；而且水涨船高，若日后各票号的利息超过二厘，我这里会给振爷的存款自动加息！哦——振爷意下如何？"

载振一听，喜出望外："那敢情好！还是耀庭兄够哥们义气啊！"

郝克凝说道："老朋友老交情了，我对振爷自然得格外伺候！不过，我可是只对振爷一人，您千万不可说给别人啊！"

载振拱手说道："当然，当然！多谢耀庭兄厚意！耀庭兄如此厚道仗义，改天我得把家里的那几张也一块儿拿来！"

郝克凝刚才开出的优厚条件既是厚道仗义之举，也是招财进宝之术：他知道庆亲王爱财贪财，庆亲王府财积如山，也知道载振是乃父理财的帮手；所以，这一招既揽住了五万两银子存三年的大买卖，又引来了更多更大的买卖！

此时，郝克凝也喜出望外了："好，好！多谢振爷信赖！"

郝克凝和载振合作了一桩买卖，居然双双喜出望外！美也！妙哉！

美在何处？——美在得其利！

妙在何处？——妙在得其法！

七

协盛昌烤羊店也在前门外的商业街上，门脸颇为讲究：门前两面旌旗招展，分别写着"正宗蒙古烧烤"和"地道草原肥羊"；两面旌旗中间挂着一块雕刻精美的牌匾，上书"协盛昌"三个鎏金大字；门楣一副金字对联：

> 畅饮十年杏花酒，神也，仙也，逍遥也；
> 豪吞千里草原羊，将哉，帅哉，爽快哉！

站在门前，便会感到一种大字号的气度从协盛昌的门脸上溢出来，透出来。

原来，这协盛昌烤羊店背后的东家，正是山西著名的旅蒙商大字号"大盛魁"。这大盛魁从康熙年间走进蒙古草原做长途贩运生意，到乾隆年间已是称雄内外蒙古草原的最大旅蒙商了；其后生意愈做愈大，愈做愈广，几乎垄断了广大蒙古草原的生意。而且，生意逐渐延伸拓展：地域上向内地延伸，辐射到晋、冀、京、津，乃至长江沿岸；买卖上向旅蒙生意以外的方面拓展，开大盛川票号，开裕盛厚钱庄，开三玉川茶庄，开天顺泰绸缎庄，乃至在北京开设协盛昌、协盛公、协盛裕三个京羊庄……

当时，外蒙古乌里雅苏台和科布多地区的肥羊肉质最美，出产量最大；而北京则是消费档次最高、消费量最大的地方。于是，大盛魁在这两个最大出产地和最大消费地之间搭起了买卖桥梁，长途赶运，将乌里雅苏台和科布多的一群群肥羊赶运到万里之遥的北京城！——协盛昌等三个京羊庄就专门负责这些肥羊在北京地区的销售，而协盛昌烤羊店就是协盛昌京羊庄的支店。

北京，每年有数千万两银子的京饷从各省缴来，都会通过王公贵族和各级官吏变成强大的购买力；每年还有数千万两银子的"年敬"和各种"节敬"从各地贡来，也会通过王公贵族和各级官吏变成强大的购买力。同时，这些王公贵族和各级京官们是吃喝玩乐出来的，经多见广，他们享受财富花钱，绝对是把式。所以，在北京做生意，只要上档次，有特色，有名头，有的是挥金如土的大顾客！

如此如此，协盛昌烤羊店的生意自然也就十分兴隆。

次日晚上，郝克凝坐一乘轿子来到协盛昌烤羊店，在门前张望一下，进去了。

"啊哟，是郝老板！多少年不见了，稀客呀！"协盛昌烤羊店刘掌柜亲自过来热情相迎。

郝克凝也拱手："啊哟，原来是刘掌柜，多年不见，发福了啊！听说升大掌柜了？！恭喜啊！"

"嗨！我们这小字号还说什么大掌柜！在你这位合盛元票号的大老板面前，哪值得一提啊！"

"刘掌柜过谦了！谁不知道你们协盛昌的后台是大盛魁？大盛魁称霸蒙古草原几百年，根深树茂，财大势雄，怎么能是小号！"郝克凝笑着说道。

刘掌柜也笑应道："郝老板的话不假，可话说回来，大盛魁的分号小号几十个，连协盛昌京羊庄也只能算个大盛魁的小拇指，我这烤羊店就只能算是大盛魁身上的一根汗毛了！"

二人说笑间，来到楼上的一个包间里，刘掌柜吩咐小伙计茶水伺候，和郝克凝招呼一下，下楼去了。

郝克凝坐在包间里呷两口茶，坐着无事，便走出包间张望，等候载振等人。不一会儿，竟碰上好几个熟人！自是连连问候致意，连连拱手致礼。

郝克凝在京城的熟人太多了。其一，他从十四五岁上来到北京分号，直到三十五六岁才调离京城，时间太久了，他有足够的时间去结识人。其二，他身为大名鼎鼎、财势赫赫的合盛元票号的一员，无论是有钱人还是用钱人，无论是官场还是商界，都愿意交结他，他有足够的条件去结识人。其三，他本人生性豪爽，处人大方，有人才，有口才，有肚才，又喜欢交际，他有足够的自身素质去结识人。所以，郝克凝在北京城到处是熟人朋友，上至王公贵族、达官大吏、巨商大贾，下至胥吏衙役、贩夫走卒、市井无赖，都有交情！

郝克凝约请的一班子客人陆续到来。

除载振是宗室外，其余几位也都是旗人将军、都统、尚书的公子，一个个衣锦穿裘，趾高气扬。

郝克凝与这班公子哥们一一拱手施礼：

"啊呀，海爷！您总是风采照人！请坐，请坐！"

"啊哟，郝大老板！知道您高就了，恭喜，恭喜！"

……

宾主入座，酒菜上桌，郝克凝双手端起酒碗，说道："各位爷们！我离京城八九年间，非常挂念各位！今日重聚，格外高兴，请尽饮此碗！"

众人附和："好，尽饮此碗！"

一桌人一饮而尽，二三两汾酒入肚，豪气一下就上来了。觥筹交错，此起彼伏；宾主较劲，你来我往……

松木炭在小火炉中灼灼燃烧，香气隐隐；烤全羊在大铁盘中滋滋作响，肉味烈烈！

众人操起刀叉，或割或扎，或吞或嚼，热腾腾，汗涔涔……

郝克凝边吃，边喝，边说："各位，往日我在北京时多有仰仗，今天回来当了掌柜，更得仰仗各位爷们啊！"

都统公子阿布泰应道："那还不好说，耀庭兄有什么事尽管开口，除了紫禁城，北京城地面上没有我们哥儿们踢不开的门，走不通的路，办不了的事！你们说，对吧？"

将军公子尼堪和尚书公子图海也附和："对，对！"

图海又说："紫禁城也行啊，这儿不是有庆亲王府的振爷在吗？当今的庆亲王一人之下，万人之上，紫禁城里的门也任由庆亲王进出啊！"

众人欢笑，饮酒。

郝克凝又说道："能结识几位爷们，也算我郝克凝的福分！我也没有什么其他本事伺候各位，只会管些银钱。如果各位用钱，说一句话，来我合盛元取用便是；如果各位有钱，想生利息，拿来我合盛元存放便是。如果用钱，我给各位最大的方便；如果存钱，我给各位最厚的利息！"

载振接话说道："是的，我打听过了，合盛元现在二厘的利息，是北京城里最高的。而且，其他票号钱庄一厘半的利息都不想收存呢！"

图海说道："啊！原来如此！那我们哥儿几个得敬耀庭兄一碗酒！我们家里的死钱要变成活钱，还得靠你郝大老板给我们钱生钱呀！"

众人附和："好！咱们共敬耀庭兄一碗！"

郝克凝端起酒来，同这些公子爷们干杯！……

饭罢，郝克凝把载振、尼堪、阿布泰、图海们一一送走，然后坐轿而回。

街上，大多数铺面已经关门打烊，冷清了；但大部分字号的门脸前还挂着大红灯笼，把街面上照得一片吉祥。

郝克凝坐在轿中，浑身热乎乎的，醉醺醺的，却酒醉心明。他撩起轿帘一边透风，一边看街景，一边想着号事，颇感欣慰：今天请这班公子哥们儿，叙了情，尽了兴，也亮了底……载振分明是能够拖葫芦的老鼠，他家里更多的银子，他周围更多人的银子，他都会一一拖进我合盛元的钱柜里来！嘿嘿！老鼠拖葫芦，大的还在后头呢！

郝克凝继续在轿中想着心事：看来，在个把月内揽存三二十万两银子不成问题，甚至会更多。汉口号分明急需大量银子，将来营口号开了张，肯定也需要大量银子；这样，北京城低吸，两'口'高放，厚利就进账了。

汉口已经来信了，只是不知申树楷的营口号情形如何……

八

申树楷告别郝克凝后,起早贪黑,快马加鞭,向营口赶路。

这日来到山海关前,好一番壮观的景象!

但见:地势险要,门楼高峻。位重也,千年军政之虎口;名显哉,万里长城之龙头。诚控扼东北之锁钥,乃交通华夷之孔道。曾经百战,无数壮士化白骨;终有一胜,几多将帅立功勋。创痕已斑斑,英姿愈昂昂。铸就雄魂今古在,赢得天下第一关!

申树楷下来轿车,思绪悠悠;他凝神感受这座巍峨的城楼,雄心勃勃……

"天下第一关!天下第一!天下第一!……"

申树楷仰望着,感受着,默念着,仿佛自己融进了这座关城里,又仿佛是这座关城摄进了自己心胸里,物我同化,形神合一了。

申树楷在山海关前凭吊一番,继续坐轿车赶路。

进入奉天境内,逐渐显出关外气象。

但见:积雪厚而壮阔,行人少而寥落。北风呼呼似割,有刃乎?寒意森森如扎,带锋也。天空高远,阳光耀而绚烂;地域广大,物宝藏也丰饶。王气氤氲,圣者几番成帝业;大象缥缈,贤人无数展宏图!

申树楷的轿车继续赶路,经过锦州府,终于来到了营口。

营口地处奉天南三百六十里处,位于渤海辽东湾海岸,原本只是个名不见经传的海边小村落,只是中英第一次鸦片战争后,清政府兴办海防,营口才显出其军事地理位置的重要性;而在第二次鸦片战争后,被确定为对外开放的口岸,营口更显出其商业地理位置的重要性。其后随着口岸的开放,物流量的增大,朝廷设海关道台,设海防同知,而民间的巨商大号也蜂拥而来,致使营口的军政和商务都得到了长足的发展,几乎成了北方的汉口!

正是:

村落成都市,乌鸡变凤凰。

轮船往来挤,铺面买卖忙。

顾客满街跑,银钱遍地藏。

商民欢乐乐,官吏鼓囊囊!

然而,经甲午一战,营口几十年积累的商业繁华被一扫而空,营口街上一片寂寥景象!可怕的战争,可怜的商业;战争如虎,商业如羊!——一千只羊,惹不起一只虎;百般繁荣的商业,经不起一场普通的战争;几十年的商业积累,经不起几个月的战争破坏……

申树楷的轿车进入营口街区,只见中国人开的许多字号都关门掩户,街上满目疮痍;倒是几个日本人开的字号人来人往,红红火火!而中国人也似乎少了,偶尔看到几个行人也行色匆匆,步履颤颤,心境萧萧!倒有不少日本人大摇大摆,或在酒馆大吃大喝,或在街上大呼小叫……

申树楷不免心情沉重起来,暗想:日本人在这里已经反客为主了,而中国人则变主为奴了。战争的结果就是这么残酷:胜者为王,为主;败者为寇,为奴!

申树楷的心头一阵酸楚……

他一路询问着,来到合盛元营口分号门脸前时,更是一番凄惨景象!

但见:门窗紧关锁,面目已全非。创痕坑坑洼洼,火迹驳驳斑斑。荒凉衰败也,形如破庙;萧条零落兮,魂似断垣。字号也,遭了兵燹又遇匪;掌柜也,失了算盘再撒腿。外祸内祸一起来,人心物心同伤悲!

申树楷悲愤交加,心中暗暗骂道:"小日本真是狗日的!驴操的!"

同时,他又暗暗责怪道:"这原先的孙宝铭掌柜也太怂包,太不仗义了,怎么能丢下伙计们自个儿跑了呢?!这德性,这品行,连当小伙计也不配呀!"

申树楷站在破败的合盛元营口分号门脸前,眼睛端详着处处创痕,心中涌动着阵阵伤感,暗自言语:"太惨了,损失太惨重了!看来,这营口分号已进了绝境,已入了死地!我该怎么办呢?!——起死回生,方为大医生的本事;置之死地而后存,方为大英雄的本色!眼下我受命于此,已别无选择,唯有全力以赴,重整旗鼓,千方百计让营口分号先存活下来,再兴旺起来!"

……

申树楷在这破败的门脸前驻足许久,才吩咐狗旦叫门。

狗旦敲着门,呼叫着:"喂!开门!开门哪!"

狗旦叫了好一阵子,里面却没有一点动静。

申树楷继续让他叫门:"叫喊得高些,就说我们是祁县总号来的!"

狗旦更用力地敲门,呐喊:"开门!开门!我们是祁县总号派来的!"

几乎叫了半个时辰,里面仍没有一点动静!

申树楷心里一咯噔:"莫非里面没有人了?都跑了?……还是死……"

他心里掠过一阵悲哀:遭此兵乱匪患,民命如蒿草,甚事都可能发生啊!

又经多方打听,他们才知道:里面还有人在,偶尔会从后门出来买粮买菜,或倒灰渣倒泔水。

于是,申树楷又和狗旦绕到合盛元营口分号的后门。这一下,他们不叫门了,怕惊得里面的人愈不敢开门;他们只是在后门的不远处等待,等待……

关外的早春二月,胜过山西的数九寒冬,冰天雪地,冻手冻脚;朔风寒气,刺骨刺心!

他们足足等了一个时辰,才终于等到后门打开,伙计出来。

九

　　申树楷终于见到了营口分号的伙计,搭上话,知道人还都在,心里的一块石头总算落了地:人都在就好,有人就可以重打锣鼓重唱戏!

　　申树楷随伙计张谋福进了营口分号后院,仍是一片寂然,满目萧索。看来看去,只有一间西房里伸出一截烟筒来,冒出股股青烟,显出了一点点活气。

　　张谋福在前面几乎是小跑着带路,边跑边喊:"刘先生!总号来人了!刘先生!祁县来人了!"

　　张谋福所称的刘先生正是领导众伙计坚守在营口分号的账房刘成礼。

　　去年二月日本军队攻占营口以后,烧杀抢掠,血雨腥风,再加土匪趁机作乱,营口的商家字号备受摧残,简直像进了地狱一般。营口分号掌柜孙宝铭胆小自私,生怕丢了性命,借故回总号述职,将大伙儿丢下,溜之乎也!幸赖账房刘成礼尽职尽责,与众伙计同心协力,同舟共济,在多次灾难中沉着应对,保住了营口分号的账册,也保住了众伙计的性命,并团拢众伙计固守着这个残破的分号!

　　刘成礼听见喊叫,出门来察看一番,半信半疑地将申树楷迎进屋里。

　　屋里,十五六岁的小伙计赵成正在洗碗刷锅,二十来岁的李德昌正在擦抹桌子。

　　申树楷扫视一下,屋里很寒酸,烟熏火燎,黑咕隆咚。气味也是穷人家那种粗粮淡菜的气味。刚刚吃罢饭,屋里却没有一点油香、肉味和酒气,分明是无酒无肉,甚至连菜都没用油炒,吃的是水煮菜!再看几个人,一个个破衣脏裤,胡子拉碴!——这哪像是票号的伙计,简直是穷窝里的一帮子穷汉!

　　申树楷仔细察看容貌,辨听声音,又核对了姓名,知道他们确实是合盛元营口分号的伙计，才掏出总号的印信，交给刘成礼。

刘成礼也观察了一番申树楷，将信将疑：总号派这么个小后生来做甚呀？此时接过信来，却看到：

合盛元营口分号刘成礼账房暨众伙友：

兹派申树楷前去营口全权经理号事，尔等竭力协从为是。

祁县合盛元总号（公章）

总经理渠寿昌（名章）

光绪二十二年春正月二十六日

刘成礼读罢信，又看了申树楷一眼，心中掠过一丝疑惑：在此多事之秋，这个小后生能当了营口分号的掌柜？

然而，刘成礼是个宽厚之人，有君子之风，旋即又想到了两个古代人物：三国时东吴的周瑜和陆逊，不都是小小年纪就挂帅了吗？再说，以渠寿昌大掌柜的道行和眼水，在错用了孙宝铭之后，绝不会再在营口号掌柜的人选上马虎，这小后生或许真有些本事呢！我且带领众伙计拥戴他吧！

于是，刘成礼对众伙计说道："伙计们，我们总算盼到总号的人了，有救了！这位就是总号派来的新掌柜申树楷！"说着，带众人向申树楷拱手施礼。

申树楷也向众伙计拱手施礼，说道："诸位，你们受苦了！"

听到申树楷这一句话，一个人竟呜呜咽咽地哭诉起来："呜呜——我们等呀等呀，熬呀熬呀，总算等到头了！总算熬到头了！呜呜——"

一个人呜呜咽咽地一哭，一屋子的人全呜呜咽咽地哭起来了。

日本人占领营口一年多来，他们受了多少委屈呀！今日一见总号派来的新掌柜,就像受了委屈的孩子见了爹妈一样,眼泪像断了线的珠子,收也收不住了。

申树楷也泪流满面,说道:"刘先生,诸位,我没有想到咱们的字号竟成了这样!你们实在是受苦了,受罪了!"

刘成礼抹一把眼泪,叙述道:"去年二月日本兵打来,就把铺子的现银抢了大半!后来几股土匪又轮番抢劫勒索,捆住我们又踢又打,又唾又骂,把银子和值钱的东西都抢走不说,还差点丢了伙计们的性命!除了账册,柜上甚也没有了,连吃饭都快断顿了!"

说着,众伙计又呜呜咽咽地哭起来了。

申树楷含着眼泪听着,劝慰着众伙计:"诸位真的是受苦了,受罪了!我一定禀明总号,为诸位请赏!诸位都宽心些,不要再伤心了。诸位保住了自己的性命和柜上的账册,就等于保住了树儿的根子;至于银子,那只是树儿的枝叶!——枝叶掉了能再长,银子赔了能再赚。只要人在账册在,咱合盛元就可以在营口重打锣鼓重开戏!"

营口分号众伙计苦熬了一年多,总算等来了总号的人,一个个喜极而泣;申树楷忐忑不安地等待了两个时辰,总算找到了营口号的人,并得到了营口号的账册,确是喜出望外!

一番叙谈后,已是半下午的时分,太阳已快落山,申树楷的肚子也咕咕叫了!——他从早晨六点钟起床吃饭,到现在已经有十个钟头,该吃饭了。而他经过两千多里的艰苦跋涉,终于到达了营口;经过两个来时辰的忐忑等待,终于找到了伙友,于是,一下子心也歇了,胃也开了,肚也叫了。

于是,申树楷从行囊中拿出一包银子交给刘成礼,说道:"刘先生,你把这银子先拿上,让伙计们上街买些好酒好肉来,算我慰劳大伙儿。今天晚上咱们好好地吃喝一番,来他个一醉方休!"

刘成礼一接过银子,眼睛里顿时光彩闪烁;一听到买酒肉,口腔里顿时涎水横流！他连连应诺道："是，是！好，好！"

当下，刘成礼安顿申树楷歇息，安排李德昌赵成弄火烧水，他则亲自带上张谋福上街采办酒肉去了。刘成礼身为账房先生，往常哪管这些琐事，饭来张口就行了。而现在，给伙计们吃饭也成了大事。既是大事，他就得做好，他只有亲自上手才放心，才算尽职尽责。

刘成礼怀中揣着银子，张谋福肩上挑着担子，在街市上挨门采购：

五斤牛肉，三斤驴肉，二斤狗肉，三斤猪头肉，一斤猪肝，十斤猪蹄，这是熟肉。

五斤肥猪肉，五斤肥羊肉，这是生肉。

五斤粉条，五斤豆腐，二斤豆腐干，这是素食。

另外，还有一坛烧酒，一块砖茶，二十斤上好的白面，五斤花生米，五斤黄豆，五斤小米，乃至于油盐酱醋、花椒、大料、葱、姜、蒜等等。天黑时分，直把张谋福的担子压得沉甸甸了。

一年多的时间，刘成礼这个精明的账房先生已被迫改造成了一个出色的事务总管！——此悲耶，喜耶？苦耶，幸耶？

大材小用，分明亏人，屈才！——由此观之，则悲也，苦也。

委身奉事，分明炼心，锻志！——由此观之，则喜也，幸也。

当晚，点起灯光，摆上好酒好肉，好饭好菜。

此时，申树楷二人长途颠簸劳顿，正欲咽千里之涎；刘成礼四人长期粗茶淡饭，更欲解一年之馋！于是，申树楷与众伙计好一番开怀畅饮，好一番开胃大吃！

十

次日早饭罢，刘成礼先安排伙计们收拾屋舍，打扫擦抹，糊窗贴纸，搬桌弄椅，安炉子，树烟筒，生起火来；然后，他领着申树楷来到后院旮旯的一堆木柴旁，拨开木柴，刨开冻土，挖出一个羊皮包裹来，层层打开：正是合盛元营口分号的全部账簿！

刘成礼把全部账簿交给申树楷，说道："申掌柜，营口分号的全部账目都在这里！其他的甚也没有了，只保下了这点家当。唉——"说罢，刘成礼不住地叹息。

申树楷安慰道："刘先生不必如此，有账就好！在战乱之际，能保存下来全部账目，就是刘先生的一桩大功！"

当下，刘成礼向申树楷交付了全部账簿。申树楷则将随身携带的一些银子和一张日本正金银行的一千两汇票交给刘成礼，并交代："这些银子都交给你吧，咱们得尽快重新开张！房屋得修缮，家具得置买，好多地方得花银子，你掂量着办吧！另外，打理一下伙计们今后的生计，买些白面酒肉，给伙计们饱饱口福；买些柴木煤炭，给伙计们暖暖居舍。还有，让伙计们剃剃头，刮刮胡子，置些衣装，精神起来！"

刘成礼应诺着，接过银子和汇票，一一操办去了。

接下来，申树楷坐在新收拾的掌柜屋子里翻看账簿，审时度势，深思熟虑，筹划着营口分号的开张大体事宜；刘成礼则领着几个伙计跑里跑外，忙手忙脚，筹办着开张的具体事情。劳心者和劳力者各就其位，各尽其责，合盛元营口分号的院子里又和谐地运作起来了——

两个木匠在修理门窗，或刨或锯，或换或补。

一辆牛车拉来了一车炭块，卸在后院里，黑油油，亮晶晶；甚至似乎有火苗烁烁，暖意融融。

两个樵夫各挑一担整齐的干柴送来了，也卸在后院里；虽在冰天雪地之中，却似有暖心殷殷，春意微微！——木之位在东，木之季属春，木之性尚仁，木之心好梦！故而，虽为干柴，犹怀仁爱；虽处冰冷，犹抱春梦！

一个屠夫送来了一只肥羊，那肉红白相间，又鲜又亮。

另一个屠夫送来了一扇猪肉，膘肥肉嫩，又艳又美。

整个院子像是腊月里忙着准备年货一样……

申树楷本是总号账房里出来的人，两三天时间，便把营口分号的账簿从头到尾看了一遍。这票号的账簿，乃是了解买卖的关键，掌握了账簿便如同掌握了管钥。不管小门大门，哪怕是石门铁门，乃至于城门国门，只要掌握了这管钥，开启它们就易如反掌了。所以，申树楷一看完账，对今后的打算便胸有成竹了。

他叫来刘成礼，说道："刘先生，我把账簿看了一遍，你记的账钉是钉，铆是铆，严丝合缝，而且井井有条，一目了然，真是一把好手！在兵乱之中，你又能完完整整地把这些账簿保存下来，真是难能可贵！我将禀明总号，一是褒奖刘先生的德才，二是保荐刘先生为咱营口号的账房兼协理。"

刘成礼听了自是感动，拱手说道："惭愧，惭愧！申掌柜过誉了！多谢申掌柜抬举！"

接着，申树楷又与刘成礼商量道："营口分号荒废一年，损失巨大，唯有重整旗鼓，方可成亡羊补牢之功；更须殚精竭虑，才能化塞翁失马之祸。我想尽早开张复业，不知刘先生有何高见？"

刘成礼见申树楷推心置腹，便也掏心献言："申掌柜，我也想让咱营口号尽快复业，但我觉得必须先做好两件事：一是银子，咱营口号已经囊空如洗，且信誉扫地，如重新开张，必须有实打实的银了，而且不能少了，至少得有十万两银子摆在柜上，否则难以取信于人。二是安全，现在营口的时局仍然不稳，乱象颇多，万一大量银子到了咱营口号之后被抢被劫，那可就是雪上加霜，谁也无力回天了！我看现在许多字号等待观望，也就是担心这个'乱'字，日本人咱惹不起，俄国人咱惹不起，土匪咱也惹不起！这三种人只要有一家和咱过不去，咱就受不了啊！"

申树楷听着，点点头，说道："刘先生说得在理！"然后沉思一会儿，又说道，"不过，货利险中求，要取利总得冒一定的风险。当然，不知险而取利，那是愚夫所为，是下策；知险不化险而取利，那是匹夫所为，是中策；唯有知险而化险，然后再取利，才是高人所为，是上策。"

刘成礼赞许地点了点头，说道："申掌柜所言极是！"

申树楷继续说道："如刘先生所言，我们已经知险，下来是该如何化险。我看也须两个法子：一是靠天助。我看乱象逐渐消失，治象倒逐渐显现了。日本人这儿，得了两亿两战争赔款和三千万两归还辽东赎款，已是逮了个大便宜，捞了块大肥肉，够他们享用几年了。我看今后三五年内，他们应该不会再寻事端了。俄国人那儿，阻止了日本人独吞辽东半岛，保住了既得利益，获得了对我大清的优先贷款权，不劳而获，也逮了便宜，我看他们短期内也不会再生乱子了。至于那些土匪胡子嘛，只是趁火打劫的乌合之众，日俄两国安稳了，朝廷官府就能出来管事，他们也就无机可乘了。"

刘成礼点头称是。

申树楷接着说："二是靠人为。我看凡事多在人为。无论日本人、俄国人，还是土匪胡子，我们都得像以往结交官府一样去结交，该尽礼数就尽礼数，该使银子就使银子，方叫化敌为友，转危为安。当然，这样做分明有悖我票号常例，有辱我票号名声，但情势所迫，求生第一，也就只好不得已而为之了。唯有如此，方可在日本人、俄国人、土匪胡子和朝廷官府之间的夹缝中求得一线生机；否则，只有死路一条。刘先生意下如何？"

刘成礼听罢，对申树楷心悦诚服，不禁竖指赞叹道："申掌柜高见啊！申掌柜如此年轻，却能想我辈之不曾想，行我辈之不敢行，真是特立独行之大才！我听申掌柜一席话，如同拨云见日一般！高见，确实是高见！有申掌柜来执掌号事，咱营口号一定能重整旗鼓，大展宏图！"

听到这番赞赏之言，申树楷自是非常高兴，不禁起身向前，紧紧握住刘成礼的手，说道："多谢了！有刘先生携手同心，咱营口号一定能重整旗鼓，大展宏图！"

十一

中华民族有久远的敬天敬地敬神敬祖的传统，大凡有重大举动非常心所能料，非常力所能预，便求助于神灵神力；所以在这些重大举动前要祭祀一番，请天地诸神保佑。如商号开张开业，则祭祀代表信义的财神爷关公；房屋修建拆除，则祭祀统帅众神的姜太公，并用红纸写上"姜太公在此诸神退位"一行字，贴在动土处的上方。

此事若让愚者粗粗一看，草草一想，则是愚昧无知的迷信之举：诸神看不到，摸不着，纯属子虚乌有，自欺欺人！——此谓愚者见其愚也。

此事若让智者仔细去看，用心去想，则是聪明智慧的谦虚之礼：人之生，皆依赖于天地万物滋养；事之成，皆借助于阴阳万力周全。如此，当事之人岂可狂妄自大，对天地万物和阴阳万力不感恩不戴德，不尊不敬？！——此谓智者见其智也。

申树楷虽然年轻气盛，但经合盛元票号的文化熏陶，受大掌柜大先生等人的言传身教，颇有虚己以待人待物的作风。他对人们祭祀天地诸神的意义不仅能省而悟之，而且能推而广之：眼下的营口，日本正金银行和俄国道胜银行都有一股阴力，都算一路鬼神，他要在营口分号施展身手，就必须借助这些阴力，必须烧祭这些鬼神！

这日，申树楷身穿轻裘，头戴皮帽，英气勃勃，相貌堂堂，坐轿来到营口日本正金银行门前。他下轿仰脸，只见门面装饰气派，门口几个颇带霸气的大字：大日本横滨正金银行。

这正金银行的董事多为日本国会议员或退职的日本政府官员，政府赋予它不少金融特权，是颇有日本官方色彩的金融机构。正金银行虽然近几年才来中国设庄，比英法等国家的麦加利、汇丰、法兰西等银行已迟到了二三十年，但随着日本国在明治维新后的迅速崛起和日本军事、政治和商业势力向中国的大举扩张，特别是借助日本在甲午战争胜利后的军威，正金银行在中国的金融扩张咄咄逼人，颇有后来居上之势。特别是在营口等东北地区，更是趁着天时地利，称雄一方！

申树楷站在正金银行门前略作思忖，便进了大堂。

申树楷进门后，刚想看看日本正金银行柜台上的情况，一位年轻的大堂经理过来相迎，西装革履，笑意盈盈："先生，您好！您有何贵干？我可以为您效劳。"

大堂经理一口流利的中国话，却有几分日本人的气度，分明是一个日本化了的中国人。申树楷点头致意，顺便察看了这个年轻的大堂经理一眼，暗暗赞叹：看来，这正金银行还是很会用人啊！随即想道：日本银行懂得以华制华，中国票号也该懂得以夷制夷啊！

他一边想着，一边掏出自己的名片递过去，说道："我是合盛元营口分号的经理申树楷，今天特来拜见贵行经理村山岛茨先生，请通报一声！"

大堂经理察看了一下申树楷，说道："好的，请稍候！"然后转身进去了。

申树楷在大堂里候着，察看着这个柜台的情形：顾客来来去去，有中国人，有日本人，或说汉语，或说日语；柜员则因人而异，时而说日语，时而讲汉语，流利自如！

申树楷看着这些柜员，心中暗暗赞赏。

这时，大堂经理出来，彬彬有礼地把申树楷引进了里面的经理办公室。

村山岛茨经理笑脸相迎，礼貌周到，但眼神中却饱含着掩饰不住的傲慢！——合盛元票号是中国金融界的大字号，树大根深，财势雄厚，声名显赫，他表面上不能怠慢失礼；但在甲午战争中，合盛元营口分号损失惨重，濒临倒闭，而正金银行却逢时得运，大获其利，他心眼里又不能不傲慢得意！

申树楷颇有察觉，但在言谈举止间，他也感觉到了村山岛茨的平庸。所以，与村山岛茨寒暄几句之后，申树楷不仅没有感到自卑，反而倒感到了自信：日本正金银行的经理也不过尔尔！他们不过是傍着日本军队的军威吃食呢！

而申树楷不卑不亢，有礼有数，反倒使村山对他刮目相看了。

"哦，我看申先生气度不凡，年轻有为，让我想起中国古代圣人孔夫子的一句话来：后生可畏！"

申树楷谦虚地笑笑，说道："村山先生过奖了！我初来乍到，又年轻无知，日后还请村山先生多多关照！"

"好说，好说！"村山应着。

申树楷又说道："我来营口以后第一个拜访村山先生，一是仰慕村山先生在营口金融界的盛名，二是仰慕贵国银行的先进制度，还请村山先生多多赐教！"

看着申树楷举止得体，村山已颇有好感；再听着申树楷说话入耳，村山更心花怒放了："申先生果然见识过人！你们山西票号故步自封，从来不与外国银行合作，使许多很好的合作机会白白丢失；申先生能有如此眼界，我们日后必会有大大的合作机会，有大大的商业利益！"

申树楷也很高兴，继续恭维着村山岛茨，说道："正金银行在营口财大势雄，我们还须仰仗村山先生！"

村山岛茨高兴地说道:"申先生,我们彼此合作吧!营口究竟是贵国的土地,合盛元又是山西票号界的大字号,中国有句古话叫强龙不压地头蛇,我们正金银行也需要与宝号合作啊!呵呵呵!"

申树楷也笑着允诺。

村山岛茨谈兴正浓,滔滔不绝:"我们中日两国同文同种,理应同心同德;如果我们两国友好相处,我们的银行票号携手并肩,则西洋诸国何惧哉?西洋诸银行何惧哉?……"

申树楷听着,连连点头称是。尽管村山岛茨说的话未必是真理,但他表达出来的合作愿望却确实是真情,这就行了。

申树楷想不到和村山岛茨第一次见面就谈得如此投机,心中暗暗高兴。最后,他又把最能显示合盛元分量的生意托了出来:"村山先生,我今日来贵行还有一桩具体生意要和您相商。我营口分号在战乱中遭劫,囊空如洗。此次重新开张须调拨十万两银子过来,拟从贵行汇兑,不知村山先生意下如何?"

村山岛茨一听,更是喜出望外:本来他已开始喜欢这个合作伙伴,原来他的字号还如此有实力,而且还送上来这笔大买卖!有实力,则将来的合作前景广阔;有买卖,则马上可赚一笔不小的汇水啊!

他对申树楷也更客气了:"呀嘻!申先生大大的够朋友!感谢申先生惠顾!"村山说着,又是竖指,又是鞠躬!

申树楷趁机说道:"不过,也请村山先生与贵银行汇出地北京方面协商,能给我们最优惠的汇水。"

"好说,好说!肯定是最优惠的。"村山应道,"现在营口局势未稳,汇水稍高于以往,从北京汇营口一般在百分之三左右。这样吧,我们既成了朋友,又是同行,凭我本人的面子与北京方面协商,降到百分之二应该是可以的。"

申树楷继续讨价:"村山先生,这可是一笔大额汇兑啊,我看还是降到百分之一点五吧！这也有一千五百两的汇水呢！"说着申树楷又微笑着补充道，"而且，据我所知，贵行的现银似乎已多得快放不下了吧？"

村山岛茨也微笑了："申先生真是精明之人！好吧，就依申先生所说！"

申树楷说道："好，一言为定！谢谢村山先生的慷慨和仗义！"

村山也说道："好，一言为定！谢谢申先生的信任和惠顾！"

二人高兴地握手，皆大欢喜！

就申树楷而言，这样的汇水确实是很优惠的：当时营口遭受战火，多数商家损失惨重，营口商界银根奇紧，许多票号根本兑不出现银。再加时局不靖，许多票号也不敢贸然运送现银过来。这样，自然就抬高了汇往营口的汇水，涨到了百分之三以上！而且就这，许多票号还不愿揽汇！所以，正金银行能够以百分之一点五的汇水承汇，申树楷已经很满意了。

就村山而言，这笔汇水差不多也是白捡的便宜。因为，他的正金银行正好与中国的票号相反，在甲午战争中，正金银行不仅毫发无损，而且生意格外兴隆：营口各家票号钱庄炉房（清末民初之造币厂）的大量银子，辽东各处财主富户商铺的大量金银财宝，多在战乱中被日本军人抢了；而这些金银财宝到了日本军人手里以后，由于不便携带，于是或存或汇，最终都汇聚到了营口正金银行里。

此时的营口正金银行积银如山，正亟须消化呢！如果此时有顾客从北京汇来，从营口兑出，那正是替正金银行往北京运送这些银子呢！所以，这样的买卖对正金银行来说，出点汇水都是应该的，更何况赚取百分之一点五的汇水呢？如此，村山岛茨又何乐而不为呢？！

十二

接着，申树楷又去俄国道胜银行登门拜访。

申树楷知道，现在的俄国人明显不如日本人了。日本人乘着甲午战争胜利的余威，气焰正盛，咄咄逼人；而俄国人虽架子不倒，却明显地处于下风了。但俄国人觊觎中国东北几十年，早已在东北插其手，涉其足，势力不可小觑。而且，据说在日本兵到来营口之前，俄国人还暗中提供枪支，武装了几批土匪。——如此如此，俄国人这儿也得尽到礼数。

而从朝廷的角度看，颇有联俄拒日的意图：先是俄国人联合法德两国干涉日本割占辽东半岛，保全了中国东北的领土完整，朝廷已颇为感恩。接着，俄皇尼古拉二世加冕，朝廷派出了李鸿章这样位高权重的大臣为专使去祝贺；而且，还要与俄国签订新的条约。而眼下，俄国人正筹划要与朝廷合办华俄道胜银行，企图以官办的名义，将政府诸税缴纳、国库调拨、公债偿还及修建铁路电线款项等大宗买卖垄断经营。——如此如此，俄国人将来在东北很可能取日本人而代之，俄国道胜银行将来在东北很可能取日本正金银行而代之呢！

俄国道胜银行的门前远不像日本正金银行，颇有点"门庭冷落车马稀"的景况：俄国人三三两两，中国人两两三三，寥若晨星，寂如晚景！

申树楷在门前张望了一下，暗想：这倒也好，这番拜见俄国人，他们肯定会少几分傲慢，多几分礼貌！

申树楷进了道胜银行……

申树楷拜访了日俄两家银行，很顺利，也颇有收获，为日后的交往合作铺了路，开了门，可谓如愿以偿。当天回到号里，他本该高兴才是，但却怎么也高兴不起来，反倒是心中多了几分怅然、怏然和怆然——

我是中国人，他们是外国人；我是主，他们是客，可我在中国土地上做生意，反倒得敬奉拜谒他们这些客人！唉，真是完全颠倒了个儿！唉，朝廷窝囊，百姓就得遭殃啊！

我合盛元被抢劫的几万两白银分明就在日本正金银行里，可我不仅不能抓贼拿赃，还得对人家殷勤百般。而俄国道胜银行正谋划着借朝廷的名义强夺我票号的大宗买卖，可我不仅不能阻挡抵抗，也得对人家殷勤百般。

有甚办法？唯有忍。忍吧，忍一下尚能生存，能为日后留下一点周旋的余地；若不忍，立马就是灭顶之灾！忍为高，这是弱者谋求生存万不得已的法子啊！

想到这儿，申树楷的心中又渐渐释然了：人，总得先保全生命；字号，总得先维持生意。我受命来营口，不是来打仗，也不是来谈论道理和辨明是非。我管不了这么多，我能管的，只是恢复合盛元票号的生意。

于是，他又把心思放在了合盛元票号的生意上。

如今，他把预见的三种风险，已经预防化解了两种，剩下的土匪风险，又该如何预防化解呢？日本正金银行和俄国道胜银行在明处，容易寻着门路，那些土匪可是在暗处呀！

申树楷锁眉凝思，在绰绰的灯影下踱步，在漫漫的夜色中思索……

如何对付这帮土匪，他心里真有点无可奈何的感觉：日本人和俄国人如狼如虎，虽然恶毒贪婪，但毕竟在明处，还便于周旋。可这帮土匪呢，这里一群，那里一伙，虽然战斗力远远比不了日本人和俄国人，但其骚扰力却有过之而无不及，他们如蜂如鼠，让你防不胜防！

当然，随着时局安定，朝廷行使治权，这些土匪会渐渐收敛。但这是后话呀，现在怎么办呢？

申树楷在屋里继续踱步……

猛然间，申树楷想到刘成礼曾告诉过自己，这些土匪与俄国人或日本人多有联系。甲午战争时，俄国人为了对付日本人暗中武装了几批土匪；

而此前在俄国人得势时，日本人也暗中资助过一些黑帮。那些成了气候的，立有山头的，多是背后靠着日本人或俄国人。这样的话，他们就得看日本人和俄国人的眼色行事。而我合盛元一旦拉住日本人的正金银行和俄国人的道胜银行，他们就得给点面子了。

看来，对付这些大股土匪也有办法了：结其主，御其仆！

剩下来的那些小股土匪或乌合之众呢？他们力量更小，但却更分散，更隐蔽，更没有规律和规矩，更是防不胜防，也更让申树楷摸不着头绪……

申树楷在地上踱着步，绕着圈子，却没有一点思路，反而越绕脑袋越晕，他干脆披着皮袄来到院子里散步。

二更以后的院子里很冷，也很静：寒气冷森森，夜空静悄悄！他置身于这冷而静的冬夜，刚才晕而胀的头脑有了些清爽。于是，他继续盘算如何对付那些防不胜防的小股土匪……

这时，他感到脚下的地有些微微颤动，同时还听到后院里有声响。他循着声响，悄悄地来到后院里察看。原来，有一个人影在那里来回晃动，还不时地发出低沉而有力的声音："嘿——""嘿——"

正在申树楷吃惊之际，那人影分明发现了他，说话了："申掌柜！还没有睡？"

"哦？你是……"申树楷神经紧绷，又惊又疑。

"我是狗旦。"

"哦！你这是……"

"我在练功呢！"

这下申树楷释然了，放松了，问道："你在练甚功呢？"

狗旦笑笑，说道："算是咱祁县的戴家心意拳吧。"

"哦？戴家心意拳？我听说戴家心意拳秘不传人，你不是戴家人，怎么能学上呢？"

狗旦又嘿嘿一笑，说道："我这还不是正儿八经拜师学来的正宗戴家心意拳，只能算是偷学来的几个招式。"

"哦？偷学上的？这戴家心意拳我只在耳风中知道一些零零星星的传闻，但人家内里究竟，我却一点儿也不知道。你是怎么偷学上的？这戴家心意拳究竟如何呀？"申树楷早就对戴家心意拳颇有兴趣，如今碰上一个会几手的，自是不肯放过，便刨根问底了。

狗旦见状，只得倾其所知，给申树楷说道起来——

原来，这戴家心意拳为祁县人戴隆邦所创立，是他游历江湖大半辈子，然后博采众长，结合实用，倾注了大半生心血，研究创立出来的一种内家拳术：注重内功，练心，练意，练气，并讲究心与意合，意与气合，气与力合。也练外功，讲究肩与胯合，肘与膝合，手与足合。同时，他还创立了一种极为独特极有奇效的练内功方式：蹲猴猴。这种拳术在戴隆邦的儿子戴二闾身上更是得到发扬光大，打遍北方无敌手，威震武林！但不知何种原因，戴隆邦立下了"戴家心意拳不传外姓人"的铁规矩，从乾隆朝的创始人戴隆邦一直到现在的传人戴魁，戴家心意拳一直秘不外传。只有戴二闾的表兄郭维汉长期为戴家管理家务，实在无法回避，这个外姓人才学到了戴家心意拳。但戴家却没有教他最核心最奥妙的东西，他仅算学到了七八成。

狗旦所说偷学来的几手功夫，就是从郭维汉这儿偷学来的。如何偷学的？原来，当初是他爷爷长年为郭维汉赶轿车，瞅机会偷学来的几手；然后，父传子，子传孙，连同心意拳的招式和赶轿车的把式一起传到了狗旦身上。狗旦有了这两种本事，既能当赶车的，又能当保镖的，活计也就很忙了；这回让他长途送申树楷来营口，也是二掌柜贺洪如的特意安排呢！

……

申树楷听着狗旦的介绍，先是惊叹戴家心意拳的高深和威力，接着是惋惜戴家心意拳的封闭和保守，然后是玩味狗旦祖孙三代的练武赶车生涯……最后，防范小股土匪的思路也一下子打开了：请狗旦长期留下来，出门时赶轿车当保镖，守夜时提棍棒当护院，闲时还可给柜上的伙计们当师傅，教他们练拳耍棒！

申树楷当下和狗旦一说，狗旦满口应承。

申树楷很高兴，说道："明天给你家里写封信，告诉他们一声吧！"

狗旦却说道："不用，我临来时就告诉他们了。"

申树楷有点惊愕了："啊？！"

狗旦补充说："当初雇我时，贺洪如掌柜就向我交代了：一是让我在路上保护你们；二是来营口以后，你可能需要我当保镖护院。他还答应一年给我家里一百两银子呢！"

"哦——"

此时，申树楷明白了：原来，二掌柜贺洪如已预先做了如此周到的安排！

申树楷心里涌起了阵阵对二掌柜贺洪如的敬佩和感激之情……

十三

原来赶轿车的狗旦还有武功，还会拳术！这一发现，使申树楷解决了发愁的最后一个安全问题。他极为高兴，当下就让狗旦教他几手，他也要学几手心意拳。

只折腾得过了三更，他才作罢睡觉。但躺在被窝里仍是兴奋不已，愉快不已，同时也感叹不已：狗旦这么个看似不起眼的后生竟派上了大用场！真是尺有所短，寸有所长，物物皆有所用啊！看来，这庸人奇人也不可一概而论，只可因情因事而论：得其用，成其事，则庸人亦为奇人；

未得其用，未成其事，则奇人亦为庸人……

次日，申树楷又让刘成礼陪着，去拜访几家大客户。这才是他本职的核心工作，那些安全问题本是政府的职责，只是因政府窝囊失职，他这个字号掌柜才不得不做这些政府该做而未能做的事情呀！

申树楷在刘成礼陪同下，来到了营口城郊的一个工厂前，门牌上赫然写着几个字：东生怡机器榨油厂。

刘成礼告诉申树楷："这就是广东人叶雨田的厂子，用机器榨油，强于人工十倍呢！"

申树楷点点头，从门口往里看，门里那高大的厂房、轰隆的机器和飘溢的油香，似乎像洪流一样汇入眼帘、耳廓和鼻孔，颇有一种混合的力量，一直冲击到他的心里：这就是财运滚滚的景象啊！

"成礼兄，你听，这机器声正欢得很呢！想必生意错不了。你再看那把门的人，也精神得很呢！听听这机器，再看看那把门的人，这个叶雨田分明已经放开手脚做生意了啊！"

刘成礼点头应诺，继续陪申树楷转悠。这是个晴朗而寒冷的上午：阳光亮丽，与大地的积雪争辉；朔风凛冽，对行人的脸颊耍威。

二人又来到叶雨田的"昌平德机器榨油厂"门前，依然是隆隆的机器声、袅袅的烟气和隐隐的油香。向里望去，这个厂子更大，又是厂房，又是粮库，又是油库，连房带敞棚足有一百多间，而占的地盘足有五六十亩！

看着这些景象，申树楷对叶雨田真有几分羡慕和敬佩：战争过后而厂房依旧，叶雨田好幸运呀！硝烟未散而机器运转，叶雨田好胆大呀！

"叶雨田的这些厂子在日本兵打营口时没有受一点损失？"申树楷问刘成礼。

刘成礼答道："没有！叶雨田与日本正金银行来往密切，借有正金银行的不少银子，正金银行暗中保护他呢！"

申树楷点点头，然后竖指称赞："高明！这个叶雨田高明啊！我们还得学着点儿呢！"

刘成礼应道："是的，南人比咱们灵活开窍，脑瓜儿滑得很呢！"

二人说笑着，又来到了东盛和商号院内，递上名片，拜访叶雨田。

申树楷二人随着东盛和的伙计进了叶雨田的屋里。此时，叶雨田正坐在桌前翻看账本，拨拉算盘呢。一照面，便知这是一个精明的南方商人。

但见：额头隆而油亮，眼睛大也贼光。面带甜甜善意，心怀辣辣算计。观其外也，身体小而瘦；察其内也，胆魄壮而硕。其欲甚巨，好比蛇吞象；其志颇高，恰似蚁举山。筹钱有方，一银引来十金；经商得法，四两拨开千斤。勇气诚可敬，牛犊出茅庐；行状亦堪笑，老鼠拖葫芦！

这就是当初靠一万八千两银子起家，在短短十年间发展为开有五个大字号、拥有百万两资产的广东巨商叶雨田。

申树楷此前曾听过郝克凝的介绍，刚才又看了他的几家工厂，听了刘成礼的解说，现在再见到叶雨田本人，竟有点一见如故的感觉。

申树楷拱手施礼，说道："叶老板！久闻大名，今日特来登门拜访！叨扰了！"

叶雨田赶紧起身还礼，笑盈盈地说道："岂敢，岂敢！两位财神驾到，哪敢说个'扰'字？欢迎还来不及呢！"

刘成礼介绍："叶老板，这就是我们合盛元营口分号新任经理申树楷先生！"

叶雨田连连拱手，说道："哦！幸会，幸会！申老板真是年轻有为啊！快请坐！"

申树楷和刘成礼落座，待伙计上来茶水，呷一口，便彬彬有礼地叙起话来：

"早就听说叶老板是商界大才，久已仰慕！我初来乍到，人生地不熟，还请叶老板多多关照，多多指点啊！"

叶雨田也颇谦虚："不敢，不敢！申老板太客气了！关照那是自然的，咱们彼此关照嘛！哪敢指点啊！嘿嘿！"

申树楷说道："叶老板太谦虚了！连我们郝克凝老板都常常提起您，说您有智慧，讲信义，是商界不可多得的大才呢！临来时，他还托我问您的好呢！"

申树楷这番话一下子拉近了与叶雨田的感情：叶雨田与郝克凝是同龄人，是老朋友，十年前他初来营口创业时，赶上郝克凝来营口当驻庄老板，又帮过他的大忙；如今申树楷打出了郝克凝的旗号，他叶雨田能不买账吗？

叶雨田一听郝克凝，顿时满面春风，高兴地说道："哦！郝克凝老板啊？嘿嘿，过誉了，过誉了！郝老板还好吧！他现在何处驻庄啊？"

"现在是北京分号的老板了。"

"哦！好啊，好啊！郝老板高就了！呵呵，他才是一位商界大才呢！"

叶雨田对申树楷已不单单是生意伙伴的态度，而是伙伴兼朋友的态度了：眼神溜溜，算计精兮；脸色融融，笑意盈兮！

申树楷继续与叶雨田叙话："我看了一下营口的街面，颇为萧条呀！也看了一下叶老板名下的几个工厂和商铺，却是机器轰轰，生意隆隆，叶老板的字号在营口商界诚可谓一马当先，一枝独放！"

"唉！看似热闹，实是我有不得已的苦衷，硬着头皮做呢！不瞒申老板说，我这么大的摊子，多半靠借贷支撑，一年下来仅利息就得十万两银子呢！如果歇下来，仅利息就把我压垮了！唉，我这些买卖是粗活、贱活，几十个人几十天装运一船货，不及宝号的一纸汇票值钱！不瞒申老板说，摊上这种买卖呀，不做是赔钱，做小了是不赚钱，想做大又缺钱！难啊！"

叶雨田愈说愈坦诚了，因为他愈想愈意识到：面对着合盛元票号的老板，如同面对一位财神爷，他过去有求于他，将来也会有求于他；如果自己缺少待人之诚，如何能得人之信？！

申树楷点点头，领受了这份坦诚。

叶雨田叹一口气，又补充说："宝号想必也要重新开张了吧？我知道宝号在战争中受了损失，重新开张势必缺少银子，我这里欠宝号的一万多两银子，我尽快凑足还上！——只是，等宝号银子宽裕了，我这里还须仰仗宝号啊！"

申树楷笑着说道："叶老板误会了！我们今天登门只是拜访，别无他意，更不是催要银子。我们票号最讲信义，岂能在叶老板急需银子的时候釜底抽薪？断断不会！而且，我们合盛元票号财力雄厚，营口分号虽然损失不小，但对总号来说不过九牛一毛！所以，我们不仅不催要银子，还会继续给叶老板放款。叶老板这儿但用银子，只需开口说个数，我们毫不含糊。我们合盛元票号半个月内即可重新开张，到时候有的是银子！——只是，叶老板字号的往来汇兑也得关照我们合盛元啊！"

"申老板虽说年轻，却是君子风范，大将气度！佩服，佩服！多谢了，多谢了！至于汇兑事宜，自然是唯申老板是从，听申老板的！"

听着申树楷这番慷慨之语，叶雨田既感动其言，更佩服其人；而听着申树楷小小的要求，叶雨田唯有爽快应诺了。

短短的一次会面，短短的一番会谈，使叶雨田不得不重新认识合盛元票号：山西票号果然财雄势大，金银如山，生意如海；合盛元更是根深蒂固，声名卓著，人才辈出！而自己的这些字号虽说生意兴隆，但究竟时间短，根基浅，势力孤啊！况且还主要靠银行票号的放款维持，是借鸡下蛋呢，随时都有鸡飞蛋打的风险。我与合盛元票号相比虽算不上有天壤之别，那也有驼马之分、木草之殊呀！

同时，叶雨田对申树楷本人的看法也发生了变化：先是低看，然后是平看，最后不得不高看！而两者求人与人求的关系也仿佛逆转了：一开始仿佛是申树楷有求于叶雨田，而最后却仿佛是叶雨田有求于申树楷了。

十四

申树楷又和刘成礼走访了几家客户，不论是人欠欠人，申树楷同样是慷慨仗义，极力显示合盛元票号的大家气度和他本人的君子风度。

对合盛元的存款客户，他总要说上这样的一番话：我们合盛元票号历来讲信誉，绝不会拖累任何一个存银子的顾客，待开张后诸位可任意兑换现银，逾期的利息还会加倍算上！

对合盛元的贷款客户，他又要说上另一番话：我们合盛元票号历来讲义气，绝不会对贷银子的任何一个顾客釜底抽薪，强索银子；而且，待开张后诸位还可续借续贷！

而对那些已经落魄、无力还款的客户，则听之，任之，由之，不动粗，不动武，更不动官府！

申树楷如此慷慨仗义之举，客户们无不感动：或感佩之，或感谢之，或感激涕零之……

甚至连陪他的刘成礼也被感动了，对申树楷敬佩不已！但同时他又不得不替他担心，不得不向他提醒："申掌柜如此慷慨，固然可以大树特树咱合盛元的声誉，可银子是硬头货呀！万一银子不跟手，周转不开了，声誉又会落地；万一亏了银子，成了赔本赚吆喝的买卖，更违背咱开票号的宗旨呀！"

申树楷点点头，说道："成礼兄所言自然有道理，我也曾有过这些担心。"然后话锋一转，又说道，"不过，道理须合乎时，合乎事，才是实实在在的真道理，有用的道理；如果道理不合乎时，不合乎事，则是空空如也的假道理，没有用的道理。"

接着他又一一分析：

"咱先说对那些无力还款的客户。欠债还钱当然是天经地义的事，可他们既然已经倒闭落魄,即使你动粗动武动官府,他们也照样还不出银子来;而且,你还得破费自己的银子,破坏自己的声誉,得不偿失嘛!开票号的根本是银子,而关键是声誉,若这样动粗动武动官府,岂不是一举两失?!倒不如听之,任之,由之,还能落下一点声誉呢!

"再说对那些存款和贷款的客户。我之所以那样慷慨大方,是有两个考虑。一是时局逐渐平稳,生意势必转暖,就像春天应该大把大把地撒种子一样,现在正是应该大量放银子的时机。这时候放款,看似有点风险,实际最安全,利息也最高。这样,我们既卖了人情,又赚了高利息,岂不是一举两得?!二是咱不会缺了银子。眼下咱营口分号虽然囊空如洗,可祁县城和北京城有的是银子,闲置了一年多,这些地方的银子正急着想生利钱呢!只要咱总号和京号挂出牌子一揽存,银子像水一样哗啦啦就进来了!嘿嘿,他们还怕咱这儿放不出去呢!"

刘成礼听罢申树楷的分析,心悦诚服,连连点头,拱手称赞道:"申掌柜真是慧眼独具,非常人所能及啊!"

"不敢当,不敢当!成礼兄过奖了,过奖了!"申树楷说着,也拱手致意。

"哪里?我绝非曲意奉承,乃是发自肺腑之言!通过这些天的接触,我对申掌柜真是发自内心地佩服。有申掌柜这样的人来营口驻庄,必能重整旗鼓,挽败为胜!"刘成礼诚恳地说道。

申树楷也动情了:"多谢成礼兄对小弟的信任!俗话说,二人同心,其利断金。我能有成礼兄相助,咱营口号必会兴旺发达!"

短短的十几天时间,申、刘二人已相处的十分融洽了:相知,相信,而且相得益彰!

此时,合盛元营口分号的对外社交事宜基本完成了,而院内的整修事务也基本就绪:院子里,屋子里,账房,柜房,信房,库房,灶房,门脸,屋顶……统统修葺一新,面貌焕然!

白天，申树楷把院子里的方方面面、桩桩件件该做的诸项事务挨着检查一遍；晚上，他又把院子外的上上下下、左左右右该疏通的各种关系检索一番……没有发现一点缺漏。于是，他欣慰地点头自语："看来，可以开张了。我该走的步子都走了，该做的事情都做了，也算是万事俱备，只欠东风了。——银子一到，即可开张！"

　　申树楷很高兴，很满意，甚至有一点点得意：到营口以来，自己的谋划屡屡得中，自己的行为频频见效，而自己的威信也与日俱增：伙计们言听计从，令行禁止！这些，都是好兆头啊！

　　屋子里炉火正旺，红彤彤的；申树楷心情正好，美滋滋的。

　　正在申树楷一心朗朗如明月之时，猛然间他像意识到什么似的，双眉不自觉地蹙缩起来：该拜访的都拜访了，该察看的都察看了，该准备的也都准备了，再有十天开张营业应该是有把握的。可是，万一有甚意外呢？

　　于是他又绞尽脑汁，搜索那万一的意外：可能出现甚意外呢？……

　　他在地上一边踱步，一边搜索，如此半个时辰，却没有搜索到一点点意外！

　　于是，申树楷仰望夜空，终于下了决心：人力尽到了，剩下的就靠天力了。老天爷！恳求您老人家保佑我们吧！

　　决心已定，申树楷坐到书桌旁提笔给京号写信：

郝公克凝掌柜钧鉴：

　　树楷有幸随郝公一路同行，蒙受关爱，有如慈父；领受教益，实乃仁师，树楷诚感于心而动于情也！托我号东掌洪福，树楷于二月十二日安全到达营口，旋即与众伙友携手收拾残局：内则修葺屋舍，装饰门脸；外则疏通关节，联络客户。兹将半月以来所见所闻，所思所谋，谨列于左，恭请台览：

营口号经甲午战祸,字号破败,目不忍睹;伙友困窘,食不果腹;银钱损失,囊空如洗!幸赖账房刘成礼尽职尽责,账簿得以保全,此诚为营口号保根本护命脉之大功。故而,门脸屋舍,稍修葺整理即能启用;客户相与,多拜访结识便可往来。眼下诸事俱备,时机已熟,只待银钱!

察营口情势,大局已稳,广东叶氏等字号已然行动,机器隆隆!探其头寸,缺口颇大,利息不下一分,正是放款良机。时不我待,我号拟于三月初八吉日开张复业,故而恳请京号急拨(电汇)十万两现银接济我号为盼!

此时此处,日人气势正盛,其正金银行财大势雄;我号重新开张,百废待举,须依之结之,方为生存之道。故拨营口银两,交付正金银行汇兑为宜(汇水一事,我已与该银行营口经理村山岛茨议定为百分之一点五,想必他与北京正金银行经理已然通气)。

所述妥否?恭候郝公克凝掌柜指教示下。

晚辈　申树楷谨拜

十五

北京分号和营口分号的情形正好相反:京师王公贵族达官显吏云集,有的是闲钱,所以京师各票号往往存款数额很高,而贷款数额很低,利率也就抬不起来。营口呢,只是个新开的物流口岸,是个商贾云集之地,多是拿一两银子想当一两金子用的主儿,哪有闲钱去存款生息!所以营口各票号往往存款数额很低,而贷款数额颇高,利率也就抬起来了。而此时，经过了一场甲午战争的抢掠焚烧之后，营口的银子就更缺，利率也就更高了。

这样，北京分号和营口分号正好可以相辅相成：北京把低息揽存的银子调度到营口高息放贷，这些银子在这极盈极虚的两地之间一流动，便是极阳极阴的交合，极高的利润便滋生了！

就在申树楷给北京分号郝克凝写信时，郝克凝也正等待申树楷的消息；他这儿揽存了大量的银子，正需要营口等地消化呢！

所以，郝克凝当晚看了申树楷的信，心中大喜，拍手称赞："好！这个申树楷还真有见地，真有办法，是个人才！"

当即，郝克凝吩咐小伙计喜鸣叫账房赵儒义过来。

吩咐罢，郝克凝欣欣然在地上踱起步来，心中自语："如今这营口是中日两国的风口浪尖，营口稳了，别的码头岂能不稳？！那桐那一番话果然言中了时局，不愧是举人，不愧在朝里做官！局势一旦稳了，我合盛元这先行的一步就踩在鼓点上了！嘿嘿！一步先，步步先，这一招算我合盛元京号开了一个好头啊！"

自语着，郝克凝得意地笑了。除了能多赚取若干银子之外，这先行一步本身就有许多的妙处：见识上，高了别人一截；胆略上，又高了别人一截；行为上，还高了别人一截！这种感觉，如同已经登上高山顶峰的人回望山下那些正在爬坡的人，那遥遥领先的优胜感和高高在上的成就感颇令人惬意啊！

屋子里灯花闪烁，煌如昼兮；身躯里心花灿烂，美如春兮！

赵儒义进来了："郝掌柜，有事？"

郝克凝笑着说道："有，有喜事！儒义啊，营口已经向咱要银子了，要十万两，那里的利息至少在一分以上呢！怎么样？我看这些天来存款的人源源不断，头寸又多了不少吧？"

"好啊！"赵儒义高兴地说道，"咱现在的头寸已经多出三十万两，是该调度出去赚利息了！"

郝克凝点点头，说道："好，好！申树楷说要在三月初八开业，急需十万两银子！明天就给营口汇过去十万两！记住，通过正金银行，要电汇，汇水也说好了：百分之一点五。"

"好，好！"赵儒义高兴地应诺着，退出去了。

安排了赵儒义，已快三更时分，郝克凝却毫无睡意，于是又提笔给总号写信：

> ……我京号自敞开收存以来，存银骤增，一月之间已收存一厘五或二厘息银四十余万两，放贷四厘或四厘五息银十余万两，头寸尚余三十万两。汉口分号急需十万两，我处已如数拨汇；营口分号开张急需十万，我处也将如数拨汇。该二号贷息均在一分以上，利差不菲，而时机不待，故先拨汇而后报告也。目下我处揽存之势仍盛，再增三五十万两似无大碍；故今后营口等处再需，我处仍可就近就便拨给，总号可以无忧。此外尚望总号令各处积极揽汇京款，我处存银日增，兑现了无妨碍。时下局势正如前信所言，营口既稳，其他码头更应无事，依克凝愚计，我合盛元各处码头均可先人一步，为积极进取之计，望总号思之，度之……

郝克凝得到营口的消息，对时局更有了把握，他吩咐郭长林，让跑街的极力揽存。

于是，合盛元的生意更旺了：门前，存款者接二连三，络绎不绝；柜房，伙计们收银称银，收票验票，忙碌不迭。而且，连老相与"昌祥炉房"的伙计们也忙起来了：每天少则三趟，多则五趟，从合盛元抬走一箱一箱的银子，或熔铸为五十两的大元宝，或熔铸为十两的小银锭……

看到这种景象，郝克凝暗暗地高兴：做票号的生意就像种葫芦，架子支得越大，蔓子才能蹿得越长，葫芦也才能结得越多越好。这票号的架本就是葫芦架子，买卖就是葫芦蔓子，红利就是葫芦瓜儿！嘿嘿！我现在多多地揽收存款，正是往起扎大架子呢！

不过，他心里也有一点暗暗的担心：万一总号迟疑不决，甚至驳了我的建言，那我这里做的一切就全白费了，徒劳了。

十余天后，他终于收到了总号的信。一、总号采纳了他的建言，已经给各码头下令：不可再缩手缩脚，须做进取之计。二、总号肯定了他的做法，并让他全权节度营口号务，可直接给申树楷发号施令。三、总号表扬了他积极结交官府的举措，并鼓励他不惜银子，继续深结朝官，细察政局，多递消息……

郝克凝看完信，一股热流从心底涌出，暖融融的，热乎乎的，他激动地自语："还是大掌柜知我呀！大掌柜所言，正是我所思；大掌柜所允，正是我所需！"

郝克凝摸着这份对他充满信任、充满鼓励，也充满期待的总号来信，像抚摸着一把皇帝赏赐的尚方宝剑，一种巨大的自豪感、幸福感和责任感一起注入心中，并充满全身。

"深结朝官，细察政局，多递消息……"

郝克凝在地上踱着步，回味着总号来信中的这些话，若有所思。

回味着总号的来信，使他一直处于"小胜益急"的亢奋状态：他要开拓新局，他要熔铸大功！

蓦然，他的眼睛一亮，他似乎看到了两千年前的大商人吕不韦！

于是，郝克凝计上心来：我就冒险做一笔大买卖吧！

十六

郝克凝想到了那桐。

那桐何许人也？论其德才，自幼熟读诗书，身为举人，颇有德行和才能，可堪宰相之任。论其身份，姓叶赫那拉氏，属满洲镶黄旗人，官居户部五品郎中，在仕途上犹如顺水之舟，稍一推助，便会有"千里江陵一日还"的奇观。论其处境，则仕途蹇蹇，心志郁郁，袖囊空空。——此人分明是一个可以有大作为却难以作为的人，如龙而无水可行，如虎而无山可凭！

郝克凝仔细把那桐掂量了一番：那桐已具备了做大官的诸项条件，只差朝廷有人赏识他，重用他了；而观察眼下的官场，真是"有钱能使鬼推磨"的情势！说白了，那桐要飞黄腾达，只差使银子了。

然后，郝克凝又用相面之术，把那桐的长相面貌再仔细打量了一番：那桐绝非屈相，而是一脸富贵之相！

于是，郝克凝打定主意：拿出十万两银子，经营那桐这桩大买卖！

总号有令，京号有钱，他又有经营这类买卖的经验，何乐而不为呢！

郝克凝再次来到那府。

那桐正在书房看书，一听佣人说合盛元老板郝克凝到访，赶紧吩咐："快请！"

佣人下去，那桐面露喜色，寻思道："合盛元票号财势赫赫，而北京城里一二品官多如牛毛，可郝克凝老板却能把我这个五品郎中看在眼里，看来，这郝克凝老板为人还真是仗义，与我还真是有缘，此人可交可处啊！"

郝克凝进来，相互施礼寒暄罢，然后落座品茗。

郝克凝呷一口茶，看一眼书桌，说道："那大人又在看书呢！还是《论语》？！都看了几十遍了吧？"

那桐嘿然一笑，说道："我们这些读书人嘛，总是离不开书，没事了总是捧一本书看看。就说这《论语》吧，读起来就放不下，百读不厌。虽区区二十篇，仅仅两万言，但古今的道德文章却全在里面了。北宋名相赵普曾有'半部《论语》治天下'的说法，此言不谬啊！"

郝克凝接话道："可惜那大人满腹经纶，却只能做个五品郎中，实在是屈才了，屈才了！"

那桐叹气道："唉！圣人云：'不患无位，患所以立。'称不称职在人，而得不得位则在天呀！"

郝克凝竖指赞叹道："那大人真是君子，真是孔圣人的弟子！"然后话锋一转，说道，"不过，依我愚陋之见，为人一世，要做真君子，要做孔圣人的真弟子，善则善矣，美则美矣，然而却难乎其难！那大人试想，君子与君子相交，固然可以用君子之道；而君子与小人相交，则不可以用君子之道。孟子云：'君子喻于义，小人喻于利。'如此，君子以义与小人相交，乃是对牛以琴，岂不荒谬？君子以利与小人相交，乃是喂牛以草，岂不相宜？"

那桐听着，想着，然后点点头，说道："郝老板所言虽然未必合于圣贤之道，却一针见血，一语中的，诚为精到之言啊！只是，我那桐怀中抱'琴'，手中却无'草'啊！"

郝克凝说道："这倒好说，如那大人不嫌弃，我倒愿为那大人筹措'草料'！"

"啊？哦——"那桐一听，先是惊愕，后是省悟，接着又将信将疑地问道，"郝老板对我那桐为何如此仗义，为何如此慷慨相助啊？"

郝克凝微笑着，坦然应道："实不相瞒，我一直看重那大人啊！其一，那大人德才兼备，绝非久居人下者，将来应有飞黄腾达之日！那大人眼下虽然仅仅官居五品，却如浅水之龙，只是暂时无依无凭，不得腾飞；一旦得水得势，则前程不可限量！其二，那大人为人忠厚，对友仗义。您将来发达了，我这样的朋友也能沾光！——归根到底，大概是我俩有缘吧！啊？呵呵！"

那桐听罢，惊喜道："哦！有缘，有缘！郝老板说得好啊！当初，我考中举人而无钱应酬，是郝老板慷慨相助；如今，我在朝中想升迁而无银子通融，郝老板又来帮我！——郝老板莫不是我命中的救星福星？！"

郝克凝摆手说道："不敢当，不敢当！那大人言重了！只是，当初我与那大人一见面就觉得有缘，愿意相处，救星福星是万万不敢当的！"然后，微笑着说道，"不过，如蒙不弃，我合盛元倒是愿意当那大人的水，助您这浅水之龙游归大海；也愿意当那大人的草料铺子，供您喂牛喂马喂牲口之用！嘿嘿！"

"哈哈哈！"那桐高兴地笑着，激动地说道，"多谢，多谢！太谢谢了！"

郝克凝又进一步说道："那大人，我说句实在的心里话，以您的才具，至少该是侍郎、巡抚以上的一二品官。可若像您这样死熬死等，恐怕到头来弄个三品也难！我虽是买卖人，但衙门进得多了，达官也认识得不少，依我愚陋之见：如今的官场如同商场，银子是天王老子！您得活泛点儿，得会使银子呢！"

那桐点头道："郝老板所言甚是，可是如何下手呢？我还不谙此道，郝老板可否指点一二？"

郝克凝说道："岂敢指点？只是道听途说、借花献佛而已。我倒觉得，眼下有个极好的时机，我说出来，请那大人斟酌。"

"哦？郝老板请讲！"

于是，郝克凝说道："眼下的朝廷仍是太后当政，爱新觉罗家也仍得有个皇帝的长辈撑着。先是恭亲王奕䜣辅政，后是醇亲王奕譞当朝；醇亲王谢世后，太后又重用起了庆亲王奕劻。如今，庆亲王身兼数职：

御前大臣，内廷行走，总理各国事务衙门大臣，真可谓一人之下而万人之上！而且，风闻庆亲王甚爱银子，今年正是他的六十大寿，听说已有不少人开始往庆亲王府里送银子贺寿呢！"

那桐听着，颇有所悟："哦！果然是个时机。——可是，得多少银子呢？五千？一万？"

郝克凝笑了："那大人这就书生气了！我与他公子载振有些交往，略知内情。您说的这个数呀，恐怕只能塞了狮子的牙缝儿，根本不顶事！以我看哪，要想送得动其心，成其事，像您这样举子出身的清官，少说也得拿出五万两银子！"

"五万两？天哪，这么大的数呀！"那桐惊讶地说道。

郝克凝说道："数是大了些，可这不是喂虫喂鸟，是喂狮子的大口呀！数小了，怎么能动其心？不动其心，怎么能成其事？"

那桐听罢，苦笑笑，一副无奈和沮丧的样子。

郝克凝见状，慷慨地说道："那大人，银子的事不用愁。只要大人拿定主意，我替那大人筹措就是！"

那桐略作思忖，点了点头，拱手说道："那就仰仗郝老板了！"

一番叙谈后，郝克凝告辞而去。

那桐拱手送走了郝克凝，又背着手在书房里踱起步来，一种兴奋、喜悦而又掺杂着许多悲哀的复杂心情，犹如翻江倒海般在胸腔中涌动：郝老板虽为商人，却如此仗义，我能遇到此人，颇如鱼儿得水，也算是一大幸事呀！唉！也是官场腐败肮脏啊！要是官场清明干净，我那桐凭德凭才就行了，又何必舍脸去借钱，屈节去行贿呢？！唉！我半生读圣贤之书，遵君子之道，一旦来到官场，却不得不行这小人之事！……

那桐踱着步，心中颇多伤感，他又不知不觉地想起了一首古诗：

彼黍离离，彼稷之苗。行迈靡靡，中心摇摇。知我者，谓我心忧；

不知我者，谓我何求？悠悠苍天，此何人哉！……

想着这首古诗，再看着书桌上那本《论语》，那桐颇有一种愧对圣贤的感觉，泪水涌出眼眶，潸然而下……

他无奈地暗自感叹道："逢此浊世，实难洁身自好啊！——做人则做不得官，做官则做不得人！我现在是人在官场，身不由己，不得不谋求做官升官呀！"

经过一番思忖，那桐还是信了官场上"有钱能使鬼推磨"的道理，拿定了使银子谋官的主意。

十七

郝克凝给那桐送来了十万两银票：五万供他给庆亲王贺寿，另外五万供他打点其他的关节。

事不宜迟，那桐打探到一个庆亲王在家的日子，便坐轿前往庆亲王府第。

他坐在轿里，怀里揣着五万两银票，心里却像翻滚着十五只吊桶，心绪七上八下："我从小读圣贤书，做君子人；如今为了求官，却得怀揣银票送人，低三下四，真是小人所为，实在愧对先圣先贤啊！……然而，人在官场，身不由己，不如此就难以升迁啊！如此说来，并非我之过，乃官场之过也；亦非官场之过，乃朝廷之过也！自古道，上梁不正下梁歪，我一区区五品郎中，能奈之何？身处此境而欲求升官发达，唯有入乡随俗、随波逐流啊！……"

轿子来到庆亲王府前停下来，那桐下轿，走上前向门子递了一张名片和两个五两的银锞子,说道:"请二位进去通报一声,户部郎中那桐求见庆亲王!"

门子见了银子,脸子就好看了:"哦!请您稍候!"

两个门子,一人一个五两的银锞子,比他们一个月的工钱也多呀!于是,一个在门口对那桐好脸儿堆笑,一个进门里给那桐小跑儿通报。

那桐在门前候着,观赏着异常排场的庆亲王府门,感受着极其豪华的富贵气派——

原来,这座庆亲王府第是当年和珅的一处院子。和珅是何许人?乃是中国历史上前无古人、后无来者的最大贪官。他在乾隆后期专权朝政二十多年,外结封疆大吏、统兵大帅,内掌官吏任免、财政收支乃至刑法诉讼等大权,可谓一人之下,万人之上,权倾朝野!而他又特别爱财,贪得无厌!这样,他既权重如山,又贪心如壑,全国大小官员岂能不乖乖地拿上金银珠宝前来"孝敬"?而乾隆时代,国家何其富!泱泱中华,官员何其多!专权二十余年,时间又何其久!如此如此,和府的金银珠宝堆成了山,汇成了海,价值达八亿两白银,相当于大清朝廷二十年的财政收入!于是,他大兴土木,建起了若干座宏大而豪华的院子。

其后,嘉庆皇帝继位,查处并没收了和珅的全部财产归己,在中国历史上留下了"和珅跌倒,嘉庆吃饱"的典故。就在此时,嘉庆皇帝念及一母同胞之情,将没收了和珅的这所豪华院子赏赐给了他的胞弟永璘。

从此,乾隆皇帝的第十七子、嘉庆皇帝的胞弟庆亲王永璘就拥有了这所宏大而豪华的府第。永璘之后,庆亲王的爵位和这所院子代代相传,如今归永璘之孙奕劻所有了。

奕劻生于道光十六年,道光三十年袭辅国将军,咸丰二年封贝子,咸丰十年进封贝勒,同治十一年加郡王衔、授御前大臣,光绪十年进封庆郡王,任总理各国事务衙门大臣,光绪十二年命在内廷行走,光绪二十年进封庆亲王……奕劻从十五岁以来,其爵位和官职联袂共进,可谓一路高歌，直抵青云！他如此显赫的地位，再加上他贪婪的爱财之心，更兼他占据有这所院子，颇让人生出几分奇特而有趣的感觉：莫非，和珅的灵魂未灭，一直在这所院子里游荡，附在了新主人的身上？或者，当初建造这所院子时，就专门设计成了这样的风水：此院必出此人，必有此事？……

那桐伫立在这所院子前，回想着院子里曾经居住过的人和曾经发生过的事，思悠悠，恨悠悠，几多叹息，几多哀愁……

一会儿，通报的门子回来，对那桐笑着说道："您哪，真是好福气！要在往常哪，顶多是大公子振爷代为接见一面，今天振爷要亲自带您见王爷呢！跟我进来吧！"

那桐喜出望外，道谢不迭。

他跟着门子进了庆亲王府，亲眼领略着这所豪华院子的一座座亭台楼阁……那辉煌的建筑，简直晃眼；那富贵的气息，实在惊心！

走了几道门，过了几个院，来到一个华丽排场的院门前，才由庆亲王的大公子载振迎进里院。

载振很有礼貌地说："请那大人随我来！"

"振爷请！"

载振一边领着那桐向内院走，一边说道："我父王公务繁忙，又上了些年纪，下了朝就好在书房里清静，平日里是不见人的。"

"哦！"那桐听着，应着，似乎有点失望了。

载振却又说道："不过，那大人今天是例外。——合盛元的郝克凝老板特意和我打过招呼了，我总得让您见到我父王啊！"

"哦！"那桐又高兴了，拱手施礼道，"有劳振爷了！多谢，多谢！"

"不谢，不谢！郝克凝老板是我的朋友，那大人又是郝克凝老板的朋友，我们就都是朋友了嘛！呵呵！"载振爽朗地说道。

那桐唯诺着，继续跟着载振往里走。

"啊！"那桐跟着载振一直往庆亲王府的深处走着，心里暗暗感叹，"真是'侯门深似海'呀！其院落规模宏大如是，其礼仪等级森严如是，其人情关系错综复杂亦如是……"

同时，他对郝克凝也更敬服了："原来，他的神通如此广大！而对我的事，他又如此尽心！此人绝非等闲之辈呀……"

载振领着那桐一直来到庆亲王的书房门前。

此时，庆亲王正在书房里把玩一件用乌木和黄金制作的帆船模型，乌木油油，黄金闪闪，透出一种富丽之气和尊贵之韵，分明是一件上等的宝物！

再看整个书房里，处处是珍，件件是宝，屋子里飘逸着一种浓浓的富贵之气和淡淡的古雅之风！观其家具，则雕花镂纹，镶金嵌玉，华而丽也；望其墙壁，则名画古字，墨馨纸香，风而雅也。赏其珍宝，则凝聚千年手艺，价值连城，乃巧匠所制，公侯所玩也；览其典籍，则汇集百代文章，关系国家，乃圣贤所著，帝王所用也！

载振进书房来禀报："父王，户部郎中那桐求见！"

"户部郎中？他来做什么？"庆亲王说着，继续把玩手中的宝物。

"他是来给父王贺寿的。"载振说着，将那桐的名片递过去，"依儿臣看，父王还是见一见他吧！"

庆亲王看了看名片，又抬头看了儿子一眼，点了点头。——心有灵犀，一看儿子的眼神，他便知道该见一下这个人了。

那桐进来，行下跪礼："奴才给庆王爷请安！"

庆亲王垂着眼皮受了礼，说道："免礼平身吧！"

那桐谢过恩，起身站立在一旁。

庆亲王并不看那桐，而是看着他递上的名片，慢腾腾地沉吟道："那桐……镶黄旗人……户部郎中……"

那桐不敢拖延，生怕庆亲王下逐客令，便赶紧说明来意："奴才闻听今年是王爷的六十大寿，生怕误了时候，所以特来提前给王爷贺寿！"说着，从怀里掏出一个红色信封，递到庆亲王的书桌上，"奴才略备一点孝敬薄礼，还请王爷赏恩笑纳！"

庆亲王瞥了一眼信封，看到"贺礼伍万两"的五个楷字，顿时来了精神，开始正眼看那桐了。

"何必如此？有份孝心就行了嘛！"

那桐赶紧答话："区区薄礼，实在不成敬意！"

庆亲王又仔细看了一遍那桐的名片：那桐，叶赫那拉氏，内务府满洲镶黄旗人，光绪十一年举人，户部五品郎中。

"哦！原来你是内务府镶黄旗人，还是太后的族亲，而且是举人出身，怎么如今才是个五品啊？！"

那桐说道："回王爷话，奴才家虽是太后的族亲，却也远了。再说，奴才自幼读书，不谙人情世故，所以……"

庆亲王点点头，说："哦！我知道了，读书人嘛，常常就是这样！不过呢，这圣贤文章自然要读，但人情世故呢，也得练！慢慢来吧！"

那桐拱手说道："多谢王爷开导！"

庆亲王说了几句话，便没有了谈兴，显出了倦意。

载振会意，那桐知趣，于是下跪施礼，退下去了。

庆亲王待那桐走了，从信封中拿出一张合盛元的五万两银票，验看了一下，便塞进了抽屉；然后又拿着那桐的名片端详起来：……叶赫那拉氏？……举人？……

少顷，庆亲王心头豁然，脸色悦然！

他看着这桌上的名片，想着那桌下的银票，心中自语道："一个五品朝官拿这么大数，也难为他了！……哦！这笔银子倒是好消化，没准儿还能讨太后的欢心呢！"

十八

拿人钱财,替人消灾!——这是巫婆神汉们乃至黑道上江湖人物的口头禅,或者说是规矩。

推而广之,似乎各行各道都有了这样的规矩,就连最尊贵的官场也概莫能外,甚至有过之而无不及!财神爷在各路神灵中似乎大有后来居上之势,愈来愈神通广大了:几乎是无处不在,无时不有,无事不成!

拿人银子,替人出力!——这也是庆亲王奕劻的规矩。他虽贵为亲王,但一旦爱上了银子,就得听银子的话,照银子的指示去办事!

这日,庆亲王向慈禧太后禀奏公务,"衣襟"里面就夹带了那桐这桩私事。

庆亲王坐轿出行,仪仗极为讲究:侍卫,扈从,八抬轿,威势赫赫;银顶,黄幨,红毡帏,威仪煌煌!华贵的轿子在几十个人簇拥下,排排场场,浩浩荡荡,向京城西郊的颐和园而去。

自从颐和园于光绪十四年修建完工后,慈禧太后就搬进了这个美轮美奂的园子,颐养天年,和调凤体,俨然是一种养心养性养老的世外桃源般的生活。——这也正是修建颐和园的初衷。

当初,在光绪十年时,光绪皇帝年龄已到了十四岁,按照大清祖制,是该亲政了。自从太祖努尔哈赤以来,大清历代帝王将相,极为尊重祖制,"祖制不可违"似乎成了他们的一条原则。这样,世祖顺治皇帝六岁继位,十四岁亲政;圣祖康熙皇帝八岁继位,也是十四岁亲政;这"十四岁亲政"似乎就成了祖制,也就成了慈禧太后的心病:既不敢违反祖制,又不想归还朝政。于是,她就向光绪皇帝的生父醇亲王奕谭等人表达了一个有条件还政的意向:她是要让皇帝亲政的,她是要还政养老的,但她想住一个能够让她舒心的园子;等园子修建好了,她就还政离宫,住进园子里养老。

醇亲王奕谡会意,对此事自然格外卖力:一方面,为报太后立子为帝之恩,他要给太后退养修建一个汇聚中华园林之美的园子,让她赏心悦目,颐养天年;一方面,为圆儿子真正称帝之梦,给儿子亲政铺垫一个顺理成章的台阶,让他执掌朝政,独断乾纲。他颇想两全其美,为此,身为总理海军事务衙门大臣的醇亲王奕谡,俨然成了修建颐和园的大总管,甚至,不惜挪用数百万两银子的海军军费投入颐和园工程。

光绪十四年,美轮美奂的颐和园终于修建完成,慈禧太后如愿以偿,住进了颐和园;光绪十五年,十九岁的光绪皇帝也终于亲了政。这样,光绪皇帝与慈禧太后该是两全其美了。然而,从祺祥政变以来,慈禧太后当朝专政近三十年,掌惯权了,施惯威了,也操惯心了,她哪里撒得了手?所以,她的身子虽然松松静静地歇在颐和园,她的手却紧紧绑绑地攥着紫禁城;而光绪皇帝虽然亲了政,却掌握不了朝政。结果是:光绪皇帝空得一名,慈禧太后实得二美!而光绪皇帝的生父醇亲王奕谡呢,不知是因挪用巨额海军军费愧疚太甚,还是因修建颐和园劳心太甚,或是对慈禧太后的行为失望太甚,抑或是兼而有之,于是悔恨交加,积忧成疾,在光绪皇帝名义上亲政后一年多便病故了。

光绪皇帝亲政七八年来,皇宫里的君臣朝会只是走走过场,颐和园里的谒见才能决断朝纲,朝廷内外大事还得慈禧太后说了算。所以,隔三岔五,王公大臣们总得来颐和园向慈禧太后请安奏事。

庆亲王奕劻坐轿来到了颐和园,带几个扈从进去了。然后,在太监陪引下顺着长廊前行。眼前好一番美景:北望,万寿山上绿树苍林,楼阁错落,殿寺镶嵌,山势巍巍,白云悠悠,此仁者乐山之美也;南瞰,昆明湖中碧波翠浪,鸥鸟盘旋,鱼虾遨游,湖面淼淼,春光煦煦,此智者乐水之趣也!

再上下看:廊顶彩绘,何其煌煌;护栏雕刻,何其粲粲!远观其形,诚为长廊；近察其色，实乃画廊！

庆亲王奕劻顺着长廊走了约一里路程，来到了逍遥亭。

此时，慈禧太后正坐在逍遥亭里赏景，和颜悦色地面对着碧波荡漾的昆明湖，感受着大自然的美，感受着春天的暖，也感受着内心清静平和的境界⋯⋯

一个女人家当朝专政三十多年，她对皇宫里的森严礼仪似乎真的有些厌了，对朝廷的争权夺利也似乎真的有些倦了，她似乎真的有些倦鸟欲归巢的感觉。然而，她总是放心不下宫里的事，尤其是放心不下皇帝：一是放心不下皇帝的本事，这么一个身子弱、胆子小的人能治理得了这么大的国家吗？一是放心不下皇帝的心事，这么一个过继来的儿子，没有骨肉亲情，一旦让他掌了朝政，他能对自己像亲娘一样孝敬吗？还有，她三十多年来做了许多阴毒害人之事，得罪了许多皇室宗亲和先帝嫔妃，万一他们之中有人要把那些事抖搂出来，追究起来，皇帝能摁住他们，护着她吗？⋯⋯

如此如此，慈禧太后虽然很想，却很难保持那种真正清静平和的心境。

这时，庆亲王奕劻在逍遥亭旁远远地下跪施礼："奴才奕劻给太后请安！"

慈禧太后回过头，也回过神来："哦！是庆亲王啊！快起来吧！这又不是在宫里，你也有些年纪了，以后就不必行这些大礼了。"慈禧太后和颜悦色地说道。

"谢太后！"

"过来坐吧！"

慈禧太后招呼庆亲王坐下，屏退了太监和宫女们。

她对庆亲王奕劻心里毫无戒心，非常坦然，颇有点像姐姐对弟弟的样子。三十多年来，她对几位帮她执掌朝政的王爷都有戒心：恭亲王奕䜣是先帝的亲弟弟，而且本事太大，心眼太多，她心里有防范，在光绪十年把他罢斥了；醇亲王奕譞呢，既是先帝的亲弟弟，又是皇帝的生父，毕竟打断骨头还连着筋呢，她心里也有防范，不过他在光绪十六年病故了。而现在帮她执政的庆亲王奕劻呢，本事比恭亲王低了几截，血缘又与帝脉隔了几代，既无鲸鲨之体，又非龙蛟之种，犹如一条泥鳅，是怎么也翻不起大浪来的，她一点儿也无须防范；再加上他生性温良，慈禧太后对他便有一种姐姐对弟弟般的喜欢了。

庆亲王落座，谨慎地看了慈禧太后一眼，说道："太后在这园子里还住得好吧？"

慈禧太后说道："好着呢！你看这风和日丽，山清水秀，看看这些水中的鱼儿和树上的鸟儿，多清闲自在哪！先帝驾崩以来三十多年了，我总在风口浪尖上，不是内乱，就是外患，我担了多少惊，受了多少怕，操了多少心哪！现在上了年纪，真想清清静静地活几年啊！"

庆亲王唯唯诺诺。

慈禧太后又接着说道："可是呢，总有人捣乱，总有事让人糟心！皇帝虽说亲了政，但毕竟年纪轻，经验少，尽做些没脑子的事！他连里外都不分，竟然勾连那些维新党人和我这个母亲作对！对他，我真是不放心哪！——这些天，那些维新党人又捣什么乱呢？"

庆亲王回答："喊什么变法呀，嚷什么立宪呀，只不过是儒生的清谈罢了，谁听他们的！秀才造反，十年不成，他们成不了什么气候，还请太后宽心。"

慈禧太后又说道："我倒不担心这些儒生，我是担心皇帝身边那些别有用心的人，他们会借机生事！你们这些做王爷大臣的，可得留神他们呢！"

"是，是。"

慈禧太后问道："宫里还有什么事吗？"

庆亲王答道："哦，宫里倒是没什么大事，自从把维新党人的'强学会'

和《强学报》《中外纪闻》查封以后，皇帝身边的那几个人也老实了许多。"

慈禧太后说道："哼！老实？！我倒巴不得他们再折腾得厉害些呢！到时候我好把他们连根儿拔掉，倒省得日后麻烦！"

庆亲王应道："是，是。"

慈禧太后又问道："还有吗？"

庆亲王回答："哦，没有什么事了。只是，我近来发现了一个太后的族人，内务府镶黄旗的，名叫那桐，还是光绪十一年举人，现在户部任五品郎中。我看这个人品貌端正，颇有才学，似可选之材，故而想给太后举荐。"

"啊？我的族人中还有这么一个人？我怎么不知道啊？"

"哦，我听他说，父亲早逝，家道中落，本族人就交往少了。是他母亲带他自幼读书，终于考取了功名。"

慈禧太后高兴了："啊，那就更是难能可贵了！我倒该替我们叶赫那拉家族谢谢他的母亲了。至于给他个什么官职嘛，这朝廷是你们爱新觉罗家的，你又是当朝的王爷，就由你说了算吧！"

庆亲王说道："我倒是看了一下，鸿胪寺卿的位子正好空着，也适合他这种举人出身的人，太后以为——"

慈禧太后说道："那就这样吧！——难为你还能惦记着我的族亲！"说着，眼神中还流露出些许对庆亲王奕劻的感谢之情。

庆亲王奕劻似乎也觉出了慈禧太后眼神中这种情意，更是感激涕零："这是奴才应该做的。太后为我们爱新觉罗家操碎了心，奴才岂能不牢记在心，时时感念太后的功德！"

慈禧太后脸上更是笑意融融了："嗯！你倒真是个厚道人哪！哪天得空，你把这个那桐带来，倒让我瞧瞧吧！"

庆亲王也脸色悦然："是，谢太后！"

"哦，对了，庆亲王今年该是六十大寿了吧？"

"是。谢太后惦记！"

慈禧太后说道："你们记着为我操办六十大寿，我也记着你们哪！到时候好好庆贺一下吧！"

庆亲王激动万分，下跪谢恩："太后洪恩，奕劻永世难忘！"

十九

有慈禧太后点头，有庆亲王操心，很快，一张任命那桐为四品鸿胪寺卿的圣旨就下来了。

何为鸿胪寺？鸿者，大雁也，有序也；胪者，腹前肉也，陈列也；鸿胪者，心腹重地之盛大陈列仪式也。鸿胪寺实际上就是紫禁城里的礼部，凡皇帝朝会百官、接见宾客、宴飨群臣等重大活动的礼仪，都由鸿胪寺职掌。按照大清的规矩，鸿胪寺有管事大臣一人，由满族礼部尚书挂名兼任；有卿满汉各一人，实际职掌本寺事务。鸿胪寺卿与御前侍卫大臣颇有相似之处，其身则常在皇帝左右，其任则维护皇帝威严，其实质是精神上的御前侍卫。

那桐接到圣旨真是喜出望外，乃至于是喜极而泣。一下子官升两级，又是这样一个重要职位，对那桐来说，真是喜从天降呀！

当晚，那桐一家人在香案上供献圣旨：供品鲜新，磕头频频；香烟缭绕，心旌飘飘……

供罢，那桐的老母亲感叹："真是苍天有眼，我儿德行没有白修，诗书没有白读啊！"

而那桐呢，一边感谢苍天有眼，感叹德行和诗书有灵；一边也得感谢庆亲王有心，感叹银子有神！

第二天，他便来到庆亲王府谢恩。

"王爷提携之恩，奴才那桐没齿难忘！"那桐跪在庆亲王奕劻面前，感激涕零地说道。

这一回，庆亲王一点儿也不端架子了，倒是脸上堆笑，一副亲和的样子，说道："呵呵！免礼平身吧！那桐啊，我在太后面前举荐了你，说你是举人，是一个颇有才华的旗人，太后听了十分高兴呢！太后还说，她想瞧瞧你这个叶赫那拉家族的举人呢！嘿嘿，你的运气来了！"

那桐一听，更是喜出望外！他二次下跪，说道："多谢王爷大恩大德！"

庆亲王微笑着说道："不要谢我了，改日我带上你一起去向太后谢恩吧！"

那桐听了，更是一番千恩万谢！能面见慈禧太后，这不是一下子通天了吗！

这日，那桐随庆亲王前去颐和园向慈禧太后谢恩。

今天慈禧太后又在颐和园的知春亭散心呢，但见：旁边的一片山桃灿烂怒放，其形婀娜，其色美艳；十几只紫色的鸟儿在花丛中飞跳鸣叫着，其姿俏丽，其音清脆。好一番悦目悦耳悦心的景致！

那桐随庆亲王来到了亭子跟前，待太监通报了，便跪拜谢恩："奴才那桐给皇太后请安，谢皇太后洪恩！"

慈禧太后回过头来，说道："平身吧！——过来让我瞧瞧！"

"谢皇太后！"那桐说着，起身，走近慈禧太后身边。

慈禧太后打量了一番那桐：身材中等，五官端正。鼻丰隆而高贵，目清澈且精神。脸色平和，其心宁静可藏慧根也；气宇轩昂，其志高远能著鸿业哉！

打量罢，慈禧微微点头，隐隐含笑，说道："你就是那桐？多大岁数了？"

"回皇太后，奴才今年四十一岁了。"

"哦,听庆亲王说,你还是举人出身?"

"是,奴才光绪十一年中举。"

"嗯。我看你还年轻,以后跟着庆亲王好好做事,好好历练吧!读书人啊,常常有个毛病,只知圣贤道理,不知人情世故。要知道,朝廷可不是学堂,只讲圣贤道理是不行的。在朝廷里啊,圣贤道理要行,人情世故也得走。有时候朝廷就像是戏台似的,什么角儿都得有!——慢慢来吧!要用心伺候庆亲王啊!"

"是,奴才谨记皇太后教诲!"

庆亲王听到慈禧太后几次提到他,心中非常高兴。同时,他听到慈禧太后对那桐这一番掏心的话,知道颇有用心。他暗自想道:真是叶老思根,人老思亲呀!想不到,太后对这个刚刚见了一面的那桐竟会如此看重!看来,我荐举那桐正中了太后的心思……

最后,慈禧仍然颇有情意,颇为亲切地说道:"听庆亲王说,你的父亲早逝,是你母亲把你拉扯大的?——回去代我向你母亲问个好吧!"

"多谢皇太后!奴才记住了。"

说罢,那桐"跪安",下去了。

那桐满心欢喜地回到家里,将面见慈禧太后的情形说给家里人听,一家人欣喜若狂!

"啊?太后见了你?还问我的好?!啊哟哟,这是哪位祖宗积的德呀!"一生清贫的日子过惯了,一下子受此宠幸,那老太太激动得老泪纵横。

那夫人看似不多言语,却笑意盈盈,那种压抑在心坎里的欢喜不由得从眼神和脸色上流淌出来:眼如焕彩,脸若映霞!

一家人喜气洋洋,比接到圣旨那天还高兴呢!

"儿啊!"那老太太又告诫道,"饮水思源,知恩图报,你今后可得牢牢记着太后和庆亲王的好,在朝廷里好好做事啊!"

"是，母亲！"那桐应着，又说道，"不过，若论饮水思源，这件事的背后还有一个人，要不是他倾囊相助，我根本结交不上庆亲王呀！"

"哦？！这个人是谁呀？"那老太太惊愕地问道。

那桐低声说道："这个人就是合盛元票号的郝克凝老板。母亲，就是他全力促成了此事……"

于是，那桐便将此事的来由一一说给母亲。

"哦！"那老太太听罢才终于明白了：原来是山后有山，水下有水！于是，她说道："那你更得记着谢这位郝老板呀！"

"是，母亲。我正有意在家里备一桌酒席，请他一下呢！"

"好哇！"那老太太很爽快地应道，"那你就好好准备吧。到时候，我也陪这位郝老板喝一盅酒！"那老太太出身官宦人家，颇为知书达礼，做事也颇有大气和豪气。

"是，母亲。"

深夜，那桐在书房里来回踱着步。今天他读不进书里了，一想着庆亲王和慈禧太后，心里便有一种抑制不住的喜悦：被这样两个人赏识，这是多大的喜事啊！

而想着郝克凝老板，他心里又是由衷地感激：当初素不相识，他却敢借给我五千两银子；如今我未能给他帮什么大忙，他竟敢借给我十万两银子；而且，两次还都办成事了！这是个非常之人啊，分明有大智慧，有大胆量，有大作为！总而言之，这是个可交之人啊！

那桐继续在书房踱步，继续想：郝克凝老板究竟是何许人也？当初他帮助了我一下，我便一下子得了个户部六品主事；这次他又帮助了我一下，我又一下子升到了四品鸿胪寺卿！这且不说，还让我结上了正走红当权的庆亲王，攀上了大权独揽的皇太后！莫非，他真是我命中的救星福星？！

那桐想着，望了一眼窗外的天空，思忖道：天赐良机，不可失也；

天赐良友,更不可失也!……

想罢,那桐来到书桌旁坐下,铺纸写信……

二十

次日,那桐吩咐佣人跑一趟崇文门外,将一封信交到合盛元票号郝克凝老板手上。

现在,北京城的时令已是五月,天气渐渐热起来了;北京城的商界居然与时令同步,也渐渐热起来了。而合盛元票号则更是得风气之先,早已是火红的生意,火热的日子了:铺面里客来商往,络绎不绝,其形绵绵;柜台上银来钱往,流水不断,其声哗哗。

郝克凝送两个大客户出来,在门口道别:"二位大人走好,走好!"

"郝老板留步,留步!回见!"

"回见!"

郝克凝目送二人远去,然后回身进门,正看见账房赵儒义过来:"郝掌柜,有一个人给你送过信来,非要亲手交到你手上不可!你看——"赵儒义说道。

"哦?人呢?"郝克凝问道。

赵儒义从账房里叫过来送信人,原来正是那府的佣人。

佣人见到郝克凝,忙施礼说道:"郝老板!我家老爷让我送一封信给您,还让我亲手交给您,还让我等回音呢!"说着,双手将信递了过来。

郝克凝接过信,说道:"有劳您了,多谢,多谢!您稍候!"然后,吩咐茶水伺候,便进自己屋里了。

郝克凝拆信阅看:

郝克凝老板台鉴：

  与君十数天未见，桐颇有如隔三秋之感也。

  蒙君之惠，十数天之间双喜临门，恩从天降，暖洋洋如春风拂面，亮堂堂若吉星高悬。饮水思源，唯君之力也；感恩戴德，乃我之心也。故桐于寒舍略备薄酒，以谨表谢忱！

  恭请郝克凝老板明日中午光临寒舍！

  期盼，期盼！

那桐 谨书

  郝克凝看了信，先是一脸惊喜之色，接着是一番惊讶之语："啊！太好了！想不到这么快那些银子就奏效了！而且，从信上看，分明是凑大效了！"

  然后，他又高兴地暗自感叹道："我没有用错银子，那些银子还真用在了点子上，用在了刃子上！我也没有看错人，那桐果真是个有福之人，官运如此通达，有贵人之命啊！那桐也是个有义之人，待我如此诚恳，有君子之风啊！"

  郝克凝在地上踱了几圈，然后出去对那府的佣人说道："请回复那大人：多谢他的美意，一切遵照那大人的意思！"

  那府佣人得了回话，又得了赏钱，高高兴兴地走了。

  第二天，郝克凝备了一份贺礼，如约去那桐家里赴宴。

  佣人从门口延引，那桐在书房恭迎："哦，有劳郝老板了！请进，请进！"

  "何劳之有？谢还来不及呢！能登那大人的府第，已是不胜荣幸；能赴那大人的家宴，更是受宠若惊啊！"郝克凝说着，拱手施礼。

"哪里，哪里，我那桐不过一介书生，我家里不过一处寒舍，能让堂堂合盛元的郝克凝老板光顾，我才是不胜荣幸，受宠若惊呢！"那桐也客气着，拱手说道。

那桐迎进郝克凝，让了上座，佣人早已沏上茶来。

郝克凝呷一口，拱手说道："恭喜那大人双喜临门哪！"

"多谢，多谢！全靠郝老板鼎力相助！今天请郝老板来，正是想略表心意，与郝老板畅饮几杯，说几句心里话呢！"

说着，那桐便将拜谒庆亲王、官迁鸿胪寺，以及慈禧太后在颐和园召见他的情形，一一说给郝克凝……

原来，那桐的双喜，比郝克凝想象的更大！

郝克凝听着，一脸惊喜之色，说道："啊呀！那大人真是福星高照，飞黄腾达了呀！实在是可喜可贺！"

那桐说道："这全托郝老板啊！说实话，郝老板两次相助，我那桐两次得官升官，郝老板正是我的命中福星呢！"

郝克凝连忙摆手道："不敢，不敢！要说相助，那大人好比浅滩之龙，我只是助了一点水而已，哪敢妄称福星？！"

那桐说道："福星也罢，水也罢，我想啊，反正您对我有恩，与我有缘。今天特邀您来，除了略备薄酒、谨致谢意之外，我心中还有一个想法要向您表白：咱二人既然如此有缘，分明是天地作合，如今咱们都四十多岁，来日方长，咱二人何不结为异姓兄弟？今后您做您的买卖，我走我的仕途。咱二人有事则彼此援手，相辅相成，或发财，或升官，岂不两全其美？有空则彼此聚首，喝酒喝茶，或谈天，或说地，岂不自在快活？！——不知您意下如何？如不嫌弃，咱俩今天就拜帖子换兰谱！"

要在此前一个月，郁郁不得志的户部五品郎中那桐或许自惭形秽，不敢有这样的念头。读书人脸面要紧，这样主动提出来与财大气粗的郝克凝老板换兰谱，似乎颇有几分爱富攀高之嫌。但现在，那桐春风得意，官居正四品鸿胪寺卿，而且与庆亲王挂上了钩，与慈禧太后攀上了亲，再加上四十一岁的年龄和举人的出身，诚可谓前途不可限量！此时主动提出来与郝克凝换兰谱，倒似乎有几分屈就之意了。

"这……您是官人，我是商人；您是旗人，我是汉人。您真愿意与我拜帖子，换兰谱，结为异姓兄弟？……哦！好啊，好啊！"郝克凝先是惊讶，后是惊喜，"那大人如此看得起我，我郝克凝求之不得啊！"

那桐说道："那好！咱二人认识十来年了，相处也有过几件大事了，我对您的为人是敬佩之极，您对我的为人也了解七八成吧？所以，我看此事也不必拖延，今天我就准备了香案，咱们一会儿就烧香磕头，拜天拜地，拜神拜帖！——您看如何？"

"好！就今天！"郝克凝说道。

"好，咱俩报一下姓氏名字和生辰八字吧！"那桐说罢，自报家门，"我姓叶赫那拉氏，名桐，官名那桐，字琴轩，内务府满洲镶黄旗人，咸丰六年生，属龙……"

郝克凝也自报家门："我姓郝，名克凝，字耀庭，山西省祁县人，咸丰一年生，属猪……"

那桐一一记录下来，然后说道："这样说来，您为兄，我为弟。以后我就称呼您哥，称呼您兄了；您呢，称呼我弟，或直呼我的名字就行了。"

"这……恐怕不妥吧？您毕竟是官场台面上的人，我要在这些大庭广众的场合对您直呼其名，分明有辱斯文吧？况且，我也不习惯呀！"郝克凝犹豫着，摇摇头说道。

那桐笑道："这有什么？习惯了不就好了吗？——我先叫您：克凝哥！"

"啊呀，怎么听着这么别扭呢？"郝克凝也笑道。

"那我叫您'耀庭兄'？"

"嗯，这个称呼倒是听着不别扭，顺我的耳朵！"郝克凝说道。

"呵呵！那我以后就称呼您'耀庭兄'了。——您称呼我吧！"

于是，郝克凝试着称呼："'那桐！'——这个称呼太不尊重，称呼起来也不习惯；'琴轩！'——这个称呼还好些。"

……

经一番斟酌，二人约定：在私下里，那桐称呼郝克凝为"耀庭兄"，郝克凝称呼那桐为"琴轩"；在官场台面上，则继续以往"那大人"和"郝老板"的称呼。

解决了郝克凝很为难的"改口"问题，剩下的事情就好办了。于是，那桐引着郝克凝来到早已准备好的香案前，跪拜天地神人，然后交换帖子，正式结为异姓兄弟。

礼毕，郝、那二人欢天喜地，自是一番大吃豪饮。

二十一

郝克凝醉意盎然地坐轿而归。今天中午与那桐拜帖子，换兰谱，结为异姓兄弟，然后大吃豪饮，实在是快哉乐也！此时，他酒有八分醉，心则有九分醉了。

他雍雍地坐在轿中，嗅其味，则酒气醺醺；观其色，则喜气洋洋。

他心中自语道："今天的事实在突然，真是喜从天降。那琴轩走了运，升了官，却不忘旧友，反而主动提出来与旧友结拜，真是仁义君子！哦，今日能与那琴轩结拜，真乃幸事也：与官员结必利于我字号，一幸也；与君子结必利于我本人，二幸也。日后，我合盛元京号的买卖定会兴隆发达，更上一层楼！"

郝克凝自语着，撩开轿帘看了一下，轿子已走到繁华热闹的前门大街上了。这种繁华热闹的景象，正好和他此刻心中的意象吻合，不禁心花怒放，颜容焕彩。

他放下轿帘，继续自语："那琴轩为举人出身，姓叶赫那拉氏，又受到当今太后的召见，如此大的三个条件合于一身，其前途绝对不可限量。他的前途不可限量，则对合盛元的用途也不可限量。真是天大的喜事，那琴轩得我如鱼龙得水，而我有那琴轩则如水有鱼龙也！——水有鱼则活，水有龙则灵。嘿嘿！"

郝克凝在合盛元门前下了轿，飘飘摇摇地进了门内，二掌柜郭长林和账房赵儒义都出来相迎，相扶，相问："郝掌柜回来了！啊哟，喝了不少酒吧！"

"不多！酒逢知己千杯少，也就几十杯酒，哪能算多！哈哈！不多也不少，喝成半个神仙就正好！"郝克凝笑着，说着。此刻，他可真是半个神仙了：双腿飘飘摇摇，如踩着云入了仙境！

"郝掌柜红光满面，想必是有什么喜事吧！"赵儒义说道。

郝克凝哈哈笑着，指着赵儒义称赞道："还是儒义有眼力！确有喜事，你们猜猜看——"

说话之间，郭、赵二人扶着郝克凝进了他的屋里。小伙计喜鸣早已端来一盆热水，又沏了一杯龙井茶放到桌上。

郝克凝擦一把脸，然后在掌柜的座椅上落座，飘飘摇摇的双腿稳定了，半个神仙也就变成一个掌柜了。

郝克凝端坐在椅子上，呷了一口清澈碧莹的茶水，说道："二位，猜着了吗？我告你们，有两件喜事：一是那桐大人破格官升两级，成了正四品鸿胪寺卿，还破例受到当今太后的召见！——这可是飞黄腾达的前兆啊！二呢，这位春风得意的那桐大人不忘故交旧友，还主动提出来与我结拜为异姓兄弟！——我现在与那桐大人已经是结拜兄弟了！"

郭、赵二人一阵惊讶，而后惊喜道："啊呀，这对您，对咱合盛元都是大喜事呀！可喜，可贺！咱们今晚是不是庆贺一下？！"

郝克凝正在兴头上，当即应道："好！咱庆贺一下！告给厨房，今晚弄些好酒好肉，咱伙计们一起喝喝酒，高兴高兴！"

当晚，郝克凝又和北京分号的全体伙计们大吃二喝一番，又是数十杯酒下肚。

郝克凝的身体实在是壮，酒量实在是大，一天之间两次豪饮，都醉不倒他。就在大伙儿醉醺醺地各自回房睡觉时，他却一如既往地坐在了书桌前，一边饮茶，一边处理起各地往来的信件来了！

烛光下，郝克凝精神饱满地批阅着一封封来信……

他翻开了营口分号申树楷的来信：

郝公克凝掌柜钧鉴：

……上回京号挹注营口之十万两白银收悉，诚如雪中送炭！敬谢，敬谢！

营口号赖此十万两白银，借我合盛元声誉，已然开张复业，且生意颇为兴隆。时下营口百废待兴，而银根奇紧，正是我票号作为之时，可谓商机多多。无奈我处存少放多，头寸太缺，可谓捉襟见肘，故再次恳请京号挹注我处五万两为盼！……

郝克凝仔细看了一遍申树楷的信，稍作思索，然后提笔批示：速汇营口五万两！

批示罢，郝克凝又在地上踱起步来，若有所思……

踱步中，脑海中蓦然闪现出"营口海关道"几个字来！对，这里大有文章可做呀！

于是，他一边踱步，一边盘算：北京和营口之间固然有巨大的利差，北京低息揽存，营口高息放贷，除了汇水也有五六厘以上的利息差额。

这固然是笔好买卖，可是，如果能将营口海关汇缴户部的关税银揽存下来，那就省下了来去的两笔汇水，赚头就更大了，岂不更妙！

郝克凝的眼睛亮了，像老虎盯住一只猎物一样，他盯住了营口海关道！同时，他想到了户部，想到了那桐，只有他们伸手相助，这个猎物才容易到手。

接着，又一个念头闪现出来：我与那琴轩结拜，众伙计尚且为我庆贺；那琴轩官升两级，我作为他的结拜兄弟，更应该为他操办一两桌酒席，为他庆贺呀！对，到时候把那琴轩和他户部的朋友请过来一块儿庆贺，酒也喝了，人也熟了，事也办了，岂不是一举多得！

郝克凝打定主意，于是又坐回书桌旁，给那桐写信：

贤弟琴轩钧鉴：

　　蒙天地诸神作美，今与琴轩结为金兰之好，诚我一生之大幸，亦我合盛元票号之大幸也！故而，不仅我本人喜出望外，合盛元京号众伙友们亦欢呼雀跃哉！于是，众伙友今晚即筹备筵席，为我庆贺祝福。

　　进而思之：合盛元伙友既能为我与琴轩结义而摆筵庆贺，我岂能不为琴轩升迁而摆筵庆贺耶？故此，我欲略表心意，在全聚德摆一二桌酒筵做东，务请琴轩择日并邀十数挚友，共饮美酒，同庆升迁之喜。

　　区区薄意，望勿见却！

愚兄郝克凝　谨书

写罢信，郝克凝将毛笔搁在笔架上，又在地上踱起步来，盘算起来：如此一来，我对琴轩尽了心意和礼数，营口海关道的事也就八成拿下来了。

此外，琴轩此番由户部郎中升迁鸿胪寺卿，酒桌上必会邀若干户部的人，这样就又会增加几个朋友，在户部就又多了几双帮助合盛元的手，至少可多几条报信的眼线啊……

想到这些，郝克凝脸上露出得意之色，这是一个得意的算盘啊！

一桩大事思虑妥了，处理完了，睡意终于来了，郝克凝酣畅地进入了梦乡……

次日，合盛元北京分号通过日本正金银行向营口分号汇出五万两白银。

五天之后，合盛元北京分号又向营口分号寄出一个密封信件。

二十二

此时，合盛元营口分号的门脸已装饰一新，溢出一种古朴之气和典雅之风，犹如一位饱读经书、深修道德的士君子。——合盛元票号经过六十年积淀的商业文化，经过几代掌柜创造的商业精神，浸润了一个个掌柜伙友，同时也浸润了一个个铺面门脸。

因在事前申树楷已向各路"神仙"行了拜礼，也对各路"鬼怪"做了防备，营口分号重新开张以后，一切安稳，生意渐趋兴隆。尤其是放款买卖，月息都在一分以上，有的还升到一分五厘，仍是供不应求。

此时，营口的军政局势已渐趋安稳，而商业形势也渐趋和暖。所以，春江水暖鸭先知，那些在商业边缘第一线的工商铺户率先一步感到了春天，先动了起来；而那些在商业核心深处的票号钱庄则要慢一步感知春天，仍在蛰伏着，做保守之计。于是，工商铺户与票号钱庄在衔接上出现了时间误差，营口便出现了银根奇紧的现象。分管商界的财神爷与其他诸路神圣一样：奖励先知先觉者，提携敢作敢为者。

申树楷在复业后率先大胆放款的举措，正好踩在了财神爷的鼓点上。

合盛元营口分号院内的正庭里，申树楷满面春风，正从从容容地与一位客户洽谈生意。

"叶公子，利息的事不能再压了，这一分已经是最低了，若不是对叶氏五联号，我给其他家的利息已升到了一分二三，甚至一分五厘！"

"申老板，我们从日本正金银行的借款只有八厘五的利息，从俄国道胜银行的借款只有八厘，上回从宝号借款的九厘已经不低，若再加到一分，实在是太高了些啊！"

原来，正是东盛和五联号东家叶雨田的公子在与申树楷就放款利息的事讨价还价。

叶雨田旗下的东盛和、东和泰、东生长、东平怡、昌平德五联号从事豆类的收购、加工（榨油）和长途运销，购产销一条龙，环节连得很长，摊子又铺得很大，所需资本巨大，而自有资本仅数十万两，不及所需资本的十分之一。这个巨大的资本缺口全靠贷款：日本正金银行、俄国道胜银行、各家票号钱庄，叶氏五联号几乎贷遍了！

此时的营口，做生意最红火的是叶氏五联号，而背债务最多的也是叶氏五联号。

为了利息的高低，叶公子在继续磨蹭，申树楷则继续坚持自己的主意："叶公子，你也是买卖中人，眼明得很。我这个利息看似高，实则低得很哪！试看，叶氏五联号从日本正金银行和俄国道胜银行借款都是以实物抵押，而且是折价抵押，日俄银行的放款是保险生意，这样保险的生意能有七厘的利息已经不低了呀！而从我们票号的借款却没有任何抵押，退一万步讲，宝号万一银子周转不灵，我们的风险有多大？叶公子心里自然明明白白吧！眼下营口银根奇紧，要借款者接二连三，我也是谢绝了不少客户，才给叶公子留下这笔银子呢！所以——我们的苦衷，也请叶公子体谅啊！"

"这……"叶公子不便再说什么了。

申树楷继续说道："而且，叶公子也知道，战乱之后，营口百废待兴，全靠外地的银子挹注。我们合盛元票号也一样，收汇的少，付汇的多，再加上放款，缺下的头寸全靠总号往这儿调拨银子，千里迢迢，时下汇费又高，若放款利息再低了，划不来账呀！"

叶公子知道，借款利息方面已经没有讨价还价的余地了，而他的资本利润尚有很大的空间，且急需这笔银子，便一口敲定了："那就依申老板的，就一分！在十天之内给我们准备五万两银子如何？"

申树楷也答应了："好吧。"

"好，一言为定！"

说罢，叶公子拱手告辞。

申树楷也拱手相送："叶公子慢走！请代我向令尊问好！"

叶公子道声谢，走了。

送走了叶公子，申树楷坐回椅子上，呷了一口茶，脑子里仍在盘算与叶氏的相与伙伴关系：叶氏五联号是营口最大的字号，也是合盛元最大的客户，最大的利源所在，所以必须保持合作。但叶氏五联号自有资本太少，借贷资本太多，摊子又铺得太大，是营口最有风险的字号，给他的放款是合盛元最大的风险所在，所以又必须保持警惕。具体到利息上，不能是最高，那样不够仗义；但也不能是最低，那样不够精明。一分（月息1%）这个中数算是适宜的……

这时，二掌柜刘成礼进来汇报："申掌柜，我刚从日本正金银行回来，京号的五万两银子已汇到了正金银行账上，可以支用了。"

"好，很好！真是一场及时雨！"申树楷高兴地说道。

说着，刘成礼又将一封信件递过来："这是京号的密信，请申掌柜过目。"

申树楷接过来拆信：里面装了郝克凝给他的一封信和两个信封！

申树楷惊讶了一下，然后细看——

原来，郝克凝给他的信大体是三个意思：一是已通过正金银行汇来营口五万两银子，注意查收；二是京号头寸颇多，可降低汇水多多延揽汇往京师的生意；三是鸿胪寺卿那桐和职司营口海关道的户部刘郎中分别给营口海关周道台写了信，可速去营口海关道联络接洽，尽力揽汇解往户部的关税银。

申树楷看完郝克凝的信，高兴地对刘成礼说道："京号真是咱们的靠山，郝克凝掌柜想得真是周到！郝克凝掌柜给咱带来了两封朝廷官员给营口海关道的信，他还让咱降低汇水延揽汇往京师的生意。你让跑街的伙计告知新老客户：汇京师的银子，汇水减一半！能揽汇多少是多少，多多益善！"

刘成礼连声应诺："好！好！"

然后，申树楷掂量着那两个信封，略作思忖，说道："另外，我明天要拿上这两封信拜会一下海关道周道台。有这两位大人的面子，事情就好办了！"

"好，好！是，是！"刘成礼点头应道，"如能把海关道的关税银揽下来五万两，就算不收汇水，仅以现在的行情放出去吃利，一年也赚五六千两银子！"

申树楷微笑着点头说道："嘿嘿！好，就这样吧！"

刘成礼点点头，欠欠身，出去了。

京号的五万两银子汇到，郝克凝的信收到，还夹带有两封朝廷官员的信，都是一件件好事啊！此时的申树楷颇为惬意：自己驻庄营口半年多来，一步一个脚印，一月一种气象！不仅恢复了营业，站住了脚跟，让合盛元营口分号活过来了；而且前景看好，呈欣欣向荣、蒸蒸日上之势。

接着，他又习惯性地转入了数字思维：

——今年后半年的放款额至少会在二十万两银子以上,放款月息至少会在一分以上,净赚利息至少在七八厘以上,仅这一项的半年利息就在七八千两以上;再加汇水等收入,这半年会有一万多两银子的利润。

——这才刚刚开始啊!明年后年还会是发展上升的势头,每年至少会有一万两的利润。

——这样算来,我头上顶的三厘生意就稳稳地顶成了,合盛元营口分号掌柜的这把交椅也就稳稳地坐成了。

回首自己来营口驻庄的初步成功,申树楷对将来充满了信心。

二十三

次日上午,申树楷穿戴好衣裳,打起精神,坐轿前往营口海关道衙门。

从外表而言,人是衣裳马是鞍,穿戴像样一点的衣裳,与人照面就会有"悦目"的效果;从内在而言,人靠精神马靠力,保持良好的精神状态,与人交际就会有"赏心"的效果。而这"悦目"的效果和"赏心"的效果合二为一,便会产生交际的成果。

申树楷在营口海关道衙门前下了轿,衣冠楚楚,气宇轩昂,在门口递上名片和小费,稍候,门子便领他进去了。

营口海关道周道台在书房里接见了申树楷。

一见面,申树楷拱手施礼:"道台大人,叨扰了!"

周道台也以礼相迎,客气地说道:"哪里!申老板乃一路财神,本道台欢迎还来不及呢!请坐,请坐!"

申树楷一边落座,一边说道:"我们小号何敢言财神?周道台才是大财神呢,一年几十万两关税银进账呢!"

周道台笑道："嘿，嘿！要说我这个海关道台是财神嘛，也只是个过路财神！几十万关税银是进了我的账，可都得解往户部啊！到头来我这个道台还不是空空如也！啊？呵呵呵！"

申树楷听罢，竖指称赞道："周道台真是我大清的忠臣良吏啊！只是太难为自己了啊！"

周道台笑着摇头道："哪里，哪里。"

说着，书童给申树楷沏上了茶。

"申老板请用茶！"周道台客气地说道。

"好，好！谢谢！"申树楷应着，礼貌地用手夹起茶碗盖，刮两下茶水中浮着的茶叶，闻几缕茶水中飘出来的香气，说道，"哦，好茶呀！"

此时，申树楷隐约感觉到，今天拜访周道台的事已有七八成的把握了：在书房会面，用好茶招待，如朋友交谈……这都是要合作共事的"尽在不言中"的示意图呀！

于是，申树楷把话切入正题："我来营口驻庄虽然仅仅半年有余，却在商界闻听到道台大人爱民恤商的一片政声，所以我从心眼里敬佩道台大人！营口商界能遇上您这样仁爱的父母官，实在是我们众买卖人的大幸，小号日后还得多多仰仗道台大人您哪！"

周道台笑着说道："过誉了，过誉了！嘿嘿！宝号日后有什么事，申老板尽管说来，我当尽力为之！"

于是申树楷说道："今天特来拜访道台大人，还真有事要叨扰您呢！"说着，将那桐和刘郎中给周道台的两封信呈在书桌上，"这是从京号寄来给道台大人的两封信。"

"哦！好，好！"周道台接过信来一看那桐和刘郎中的署名，就知道怎么回事了：原来这个年轻的申老板背后还有户部的人撑腰啊！他抬头再看一眼申树楷，客气地说道："我看看信！——请慢用茶！"

"谢谢！"申树楷说着，端起了茶碗先抿一口，再喝一口，然后再品味一番；同时，眼神儿不时地留意着周道台的表情。

周道台先拆那桐的信，大意是问候，叙旧，介绍自己的情形，表达彼此"携手合力，共为朝廷效力"之意，最后是所托之事。看着，看着，周道台眼闪惊讶之神，面露惊喜之色。然后，微微点头，似允诺之状。

"哦！那桐升成了鸿胪寺卿？！这一下升得够快了啊！噢！信中说话口气还像以前一样，对我客气得很，看来情谊依旧啊！嗯——现在的那桐虽品级与我一般，但那是朝官啊！再加上他的举人出身，镶黄旗籍，叶赫那拉姓氏，谁能料到他日后能升迁多高的位子呢！"周道台看着，想着，知道该怎么做了：人，他得认；信，他得读；话，他得听。

接着又拆阅刘郎中的信，先是问候，叙旧，然后介绍各地各道税银上缴迟缓，而甲午赔款交付促急，当今太后愠怒的情形；接着介绍各地各道不得已而与票号共事，"缺额则由票号垫付汇缴，超额则由票号暂存生息"；最后称赞合盛元票号资本殷实，信誉卓著，言明所托之事……看着，看着，周道台先是稍有惊慌不安之色，后是从容轻松之态，最后也归结为点头允诺之状了。——现在的刘郎中虽品级比他低一品，但他是京官啊！而且他代表户部直接管理着营口海关道的税银收缴事宜，也直接通着户部的侍郎尚书呢。

面对着刘郎中的这封信，和信中开列的"账单"，他也得"认账"啊！

申树楷留意着周道台的脸色，掂量着这两封信的效用：这两封信如同两道符咒！他交给周道台，犹如给他身上贴了两道符咒，使他身不由己，唯有听着咒语去做了。

于是，周道台看罢两封信，略作思忖，便欣然对申树楷说道："此事好办！既然这两位大人与合盛元票号的郝克凝老板交情至厚，合盛元票号又信誉卓著，我们岂有不合作之理。营口海关上缴户部的税银，我一年匀出两三万两给宝号汇兑！——申老板意下如何？"

"多谢！"申树楷道声谢，便将话锋又转回来，微笑着说道，"不过，这两三万两的数额似乎太少了点吧？周道台！这个数还不及营口海关的十分之一呢！"

周道台一脸难色，说道："这……申老板，营口的银行票号也有一二十家，我也不能全给了合盛元吧？"

申树楷笑道："当然不能，我只求道台大人能给我合盛元十万两的数额就可以了。"

"这……"周道台仍是一脸难色。

申树楷知道该下鱼饵了，于是他说道："道台大人，我们合盛元票号历来对客户讲信，对朋友讲义。这样吧，现在营口收汇的汇水行情是每百两抽一，这个规矩是不能坏的。不过，规矩是死的，人是活的。我们合盛元收汇您这儿上缴户部的税银，汇水一文不得，全部返给您道台大人！"

"这……"此时，周道台面露喜色了。

申树楷一看时机到了，便从衣襟里掏出一张一千两的银票递给道台："这是十万两银子的汇水，先请大人收好！"

周道台看了，眼睛一亮，喜盈脸上。但稍作迟疑，嘴上却婉拒了："这不好吧？我是朝廷命官，岂可损公肥私！不行，不行！"

申树楷说道："大人，这可不是损公肥私呀！税银分量不少，汇水则是我们票号该赚的呀！只不过是我们票号孝敬大人罢了，公款毫无损失呀！大人请收好吧！"

"哦——！那好，那好！那就恭敬不如从命了！嘿嘿！"周道台收起了申树楷的银票，也就听从于申树楷的"号令"了。

于是，周道台收了申树楷的银票不一会儿，就替申树楷着想了："我看申老板是爽快人，本道台也不能拖延。我知道眼下营口银根奇紧，宝号也正是急需银子的时候。这样吧，我现在正有五万两银子的税银要上缴户部，申老板明天即可差伙计来办理。"

申树楷喜出望外："太好了！多谢道台大人！"

周道台笑着说道："申老板不必客气，来日方长，彼此彼此嘛！"

"来日方长！"申树楷听着这个词，更高兴了，重复道，"是，是，来日方长！"

事情成了，申树楷满脸喜色，拱手告辞而去。

周道台拱手送走了申树楷，拿起那一千两银票看了看，也是满脸喜色，自语道："合盛元这位年轻的申老板还真爽快，好打交道！嘿嘿！这倒是一举三得：那大人和刘大人那儿得了两个人情，申老板这儿又得了一千两银子。"

周道台坐在自己的书房中，想着这刚刚得到的一千两银子，脸上自是喜气盈盈。

而申树楷坐在自己的轿中，想着这刚刚揽到的十万两税银汇兑买卖，心中更是美意洋洋："十万两！这笔款放出去，至少有五千两银子的利啊！明天就给五万两，更是雪中送炭啊！说不定，一年下来还不止十万两呢！"

申树楷充分享受到了与官府打交道的妙处：不仅是一笔银子的买卖，还攀附了官府，结交了官员，壮大了声势，日后更胆壮，更敢做事了呀！真是一举多得：赚钱，赚名，赚势，赚友情，赚胆量，赚将来……

而这些，都来源于郝克凝的周旋，来源于郝克凝与那桐的特殊关系。于是，他对郝克凝的交际能力更佩服了，他对郝克凝与那桐的结拜更羡慕了，他暗暗要求自己：要向郝克凝学习到与官府打交道的本事。

此后，申树楷、郝克凝乃至于整个合盛元票号与官府大员的关系甚为密切，确实也做成了许多事情；而郝克凝与那桐的关系则更为特殊，竟做成了山西票号界乃至于中国金融史上极为特殊的大事业。

正是：

相依相偎，大员傍掌柜；

相辅相成,字号连衙门。

借钱夤缘,名位直上青天居宰相;

因势取利,票庄横渡碧海闯东瀛!

第三部

一

从静态而言，合盛元票号的机构如一棵大树：祁县总号为其根本，总揽全局；北京、上海、汉口分号为其干枝，北京分号节制津、直、鲁及东北诸号，上海分号节制江、淮、浙、闽诸号，汉口分号节制两湖两广及西南诸号；其他二十多个分号则为其细枝。

从动态而言，合盛元票号的机构又如一盘棋局，帅仕相的运筹，车马炮的调动，千变万化，奥妙无穷：一步险棋走对了，则峰回路转，可有起死回生、反败为胜之奇效；一步妙棋走成了，则满盘皆活，可有驰骋纵横、攻城拔寨之大功……

此时，合盛元票号喜报频频，好事连连，已完全摆脱了甲午战争的阴影，踏上了又一轮快速扩张的道路。

追根溯源，还正是得益于半年前的那次人员调动：大胆起用申树楷，那算是走对了一步险棋，使损失惨重的营口分号重新开张，且欣欣向荣，把一个黑窟窿变成了一个聚宝盆！果断重用郝克凝，那算走成了一步妙棋，不仅使瘫痪的北京分号恢复了活力，而且带动了营口、汉口诸分号乃至整个合盛元票号的生意，使合盛元票号这盘棋全活了。

半年之后，渠寿昌大掌柜确认自己当初走的这两步棋走成了，那颗悬着的心才安放下来，休闲下来；于是心头得意扬扬，脸上喜气盈盈。——当初的谋略决策如同下种栽秧，经过半年的作务，如今已结成了颗颗喜人的果实挂在了枝头。这些喜人的果实挂在各分号的账本上，挂在寄往总号的书信中，挂在总号的账本上，也挂在渠寿昌大掌柜的心头和脸上。

祁县总号内，渠寿昌正笑盈盈地一边品茶，一边听账房先生阎文通和二掌柜贺洪如汇报情况。

"从各码头抄送回来的存款报表看，这半年多的架本都在扩大，差不多扩大了一倍，总架本已达八百多万两！"阎文通手拿一沓账表，一字一板地说着，"其中北京扩大了四倍，架本已达到了八十多万两；营口则平地起楼，架本也达到了三十多万两！头寸方面，北京多，太原多，总号多，营口缺，汉口缺，上海也缺，总体上还算平衡。"

听阎文通说罢，渠寿昌点一下头，"嗯"一声，然后转向贺洪如，说道："洪如你这儿呢？接着说吧！"

于是，贺洪如应诺一声，说道："从来往的信件看，买卖还是上升势头，到年底还可以扩大几成，我看架本上一千万两不成问题。咱们最担心的北京和营口如今反倒成了最歇心的地方：郝克凝在北京颇有作为，不仅低息揽存了大笔的银子，还传递了大量的重要信息；有他在北京驻庄，不仅使咱合盛元的腰包鼓起来了，而且使咱合盛元更耳聪目明了。嘿嘿！还有，他与一个叫那桐的旗人结拜了。这个人姓叶赫那拉氏，举人出身，原来是户部正五品郎中，现在是正四品鸿胪寺卿。而且，郝克凝与庆亲王的大公子载振过从甚密，那桐近来的升迁还多靠了他和载振从中周旋呢！嘿嘿，看来咱们的耳目伸进朝廷里面了。另外，申树楷在营口也颇有作为，不仅与日本人、俄国人处好了关系，对黑道上的那些人也预作了防范，开张复业后几个月来安安稳稳的，算是站住脚跟了；而且，他胆子大，对市场把握得也好，放出去的二十多万两都是一分以上的利息。看来，这后生还真是有些能耐呢！……"

渠寿昌听罢他们的汇报，微笑着点点头，说道："好，这我就放心了。他们这才刚去了半年多嘛。看来，北京和营口的买卖还有后劲，郝克凝和申树楷将来还应有更大的作为呢！洪如呀，给他们去封信勉励一下，给他们也打打气，壮壮胆，让他们放手做吧！"

"是，大掌柜！"贺洪如应诺道。

渠寿昌呷一口茶，继续说道："行了，这就把甲午战争造成的凋敝局面扭转过来了，我这也就放心了。"然后又庄重而深情地对贺洪如说道，

"洪如啊，现在，我可以把合盛元囫囫囵囵地交付给你了，日后你就多多操心吧！"

"大掌柜！"贺洪如先是惊讶之色，然后是诚恳之语，"大掌柜，具体的事我去做，可舵还得您掌呀！您是合盛元的主心骨呀！"

渠寿昌坦然而笑，说道："洪如不必过分谦虚，我还不知你？呵呵！以你的德才资望，掌管合盛元早已绰绰有余了！"

"大掌柜，您实在太抬举我了，我实在离不开大掌柜的点拨啊！"贺洪如继续推让。

渠寿昌则坚决而动情地说道："洪如不要推让了，这是给你肩膀上搁担子呢，又不是给你腰包里塞银子。大丈夫面对责任和担子，何必过分谦让？应该当仁不让！我让你担负起这个责任和担子，并不是单单为了你，更是为了咱合盛元，也是为了我呀！你想想：你要是掌管不起来合盛元，岂不是我渠寿昌看走了眼，看错了人，在你身上白费心血了吗？！我若不能选拔栽培一个德才兼备的接班人，我将来到九泉之下如何面对老东家和老掌柜？！我若选错了人，断送了合盛元将来的前程，岂不是成了合盛元的千古罪人？这与做了那些断子绝孙的损事何异啊！"渠寿昌愈说愈动情了。

这时，账房先生阎文通插话了："洪如啊，恭敬不如从命。你就听大掌柜的吧！"

"大掌柜！"贺洪如扑通跪地，热泪盈眶，"大掌柜，我听您的话就是了。我一定不辜负您老人家的重托，我一定殚精竭力，为合盛元鞠躬尽瘁，死而后已！"

渠寿昌睹此情景，听此话语，于是动此心潮，老眼里也涌出了泪水，说道："这就对了，我把合盛元托付给你就歇心了。不必如此行礼，快起来吧！"

坐在一旁的阎文通上前，把贺洪如扶起来，回到座位上。

渠寿昌继续推心置腹地说道："洪如啊，你不必多心。我不是日升昌的雷履泰，不像他那么心眼儿小，舍不得放权；我也知道你不是毛鸿翙，不像他那么野心大，急于夺权。我现在是诚心要将合盛元托付给你呀！其实，我趁现在把合盛元托付给你，既是为合盛元的事业考虑，也是为我自己的命和名考虑呀！你想想，我已是七十六岁的人了，还能有几天奔头？七十三，八十四，阎王不请自己去。我已是快入土的人了呀！我如果一直当着这个大掌柜，在号里必然操心劳神，肯定会少活几年；我如果告老还乡，在家里自然颐养天年，这肯定能多活几年。另外呢，人死讲求个寿终正寝，落个全尸，这是常人所欲；而有点名分的人呢，还得讲求个善始善终，落个完名、好名、美名。我执掌合盛元四十年之久，虽说也曾遇到过挫折和失败，但总能遇难成祥，反败为胜，把合盛元一步步带向兴旺发达，我也算是英雄了一辈子吧？！我如果趁现在退休还乡，自然能保全我的名分；我如果不趁现在退休还乡，万一再遭遇甚变故，而我年老体衰，力不从心，不仅会给合盛元造成巨大损失，而且会把我一辈子的英名也断送了啊！如此看来，洪如身怀大才，年富力强，此时若能担当起大任，于你、于我、于合盛元的事业都大有好处啊！这可谓一举三得，何乐而不为呢！"

贺洪如倾心听着，点着头，最后说道："大掌柜的这番话真是金玉良言，我一定刻骨铭心，身体力行！"

阎文通坐在旁边听着，也频频点头；听罢，又连连拱手，赞叹道："大掌柜真是深谋远虑，高风亮节。足以为我辈之师，足以为我合盛元后世之宪啊！"

渠寿昌摆摆手，笑道："大先生过誉了，寿昌实不敢当，实不敢当啊！只是我记着一句古话：'高山仰止，景行行止。虽不能至，然心向往之！'我只是仰慕古之君子罢了，岂敢为师垂宪？！呵呵呵！"

"呵呵呵！"

"呵呵呵！"

在合盛元票号生意兴隆、形势喜人之际，处于最高决策层的渠寿昌大掌柜、贺洪如二掌柜和阎文通大先生相互交代了事，交接了权，也交换了心！于是，三个人和乐融融地笑了。

二

次日，渠寿昌带贺洪如去荣仁堡拜见大东家郭嵘。

按照山西商人的规矩，东家、掌柜的法律关系，只限于东家和总号大掌柜之间。当各位东家拿出资本交给字号书写合约时，各位东家是一方，一位总号大掌柜是一方。总号大掌柜是字号面对东家的唯一责任人，大掌柜之下的众掌柜伙计只是大掌柜的雇员而已；东家不能随意任用或召见大掌柜之外的任何人，这些人也不能随意拜见任何一位东家。

这个规矩赋予了大掌柜在字号内的绝对权威，同时，也将全部责任压在了大掌柜一人身上：整个字号运筹经营之权力，集其一身；整个字号赔赚兴衰之结果，也系其一人。所以，非大德大才之人不能堪此大任。

由于这样的规矩，或这样的体制，各总号大掌柜在一般情况下，没有被下属谋权篡位之虑，也没有被东家指手画脚之扰；只有在经营不善乃至亏赔时，才会有被东家革职辞退之忧。故此，在号内拥有绝对权威的各总号大掌柜，唯有全心全意地将这种绝对权威用于字号的经营管理上：无不殚精竭虑，操心劳神；无不选贤任能，奖勤罚懒；无不敬业如敬神，爱名如爱命；无不视字号如家，视伙友如子……故此，山西商人群体中便产生了一个个雄才大略而又德高望重的大掌柜，产生了一个个纵横千里而又绵延百年的大字号、老字号！

这种以大掌柜为中心的用人机制和以顶身股为主体的分配机制，再加上以诚信义为核心的商业文化氛围，致使山西商人群体超然于中国各商帮之上，托出了晋商数百年的辉煌。

　　即使今天看来，这种用人机制、分配机制和商业文化氛围也是奥妙无穷，奇妙无比：

　　其一，对掌柜伙友有巨大而长久的吸引力。由于字号的顶身股包含着巨大的经济利益，使重利的精明人趋之若鹜；而由于字号的商业文化包含着社会崇尚的主流儒文化的精神因子，又使重名的读书人归之若素。这样，精明人来了，读书人来了，尤其是精明的读书人来了。而由于顶身股与资历工龄的正比关系，入号的人往往安土重迁，甚至愿意一辈子在这个字号做事。于是，这些人便形成了既有孔孟之心、又有陶朱之术的高素质超稳定的商业人才队伍。

　　其二，对掌柜伙友有巨大而长久的经济驱动力。由于顶身股的迟早多寡取决于伙友的能力、业绩和资历，入号的伙友必然勤学苦练以提高买卖业绩，必须善始善终以连续工龄资历。这样，入号伙友既能学好本领，又能长久施展他的本领。这种对伙友的巨大而长久的驱动力也就自然转化为对字号事业的巨大而长久的推动力了。

　　其三，对掌柜伙友有巨大而长久的道德约束力。由于山西商人对社会主流儒家文化的主动接受和引入，并形成了以"诚信义"为核心的商业文化氛围；于是，诚信义对于字号和商人来说，犹如太阳、空气和水对于常人一样重要。这又使山西商人群体发生了质的飞跃：从"唯利是图"的普通商人升华为"以义制利"的儒商。在山西商人群体中，那些不诚、不信、不义的字号和人，几乎没有生存的环境：一个地方一旦发现这样的字号，众字号必群情激愤，绝之弃之；一个字号一旦发现这样的人，大掌柜必断然下令，辞之逐之！这样，众伙计必遵规遵矩，众掌柜必守诚守信，大掌柜必重德重名；这样，号内的掌柜伙友势必小人变君子，君子变圣人了。

……

正是由于这种规矩,和对这种规矩不折不扣的遵守,贺洪如虽然已经入号四十余年,而且已经是总号二掌柜的职位,却竟然没有去过一次荣仁堡,没有拜访过一次郭东家!——规矩,何其严哉!人,何其谨也!

直到今天,贺洪如即将代理大掌柜一职了,才可以由渠寿昌大掌柜引带,前去荣仁堡拜见郭东家。

时值农历八月初,秋高气爽,渠寿昌和贺洪如坐一辆宽敞华贵的轿车,走在祁县城通往荣仁堡的乡间道路上,眼前颇有一番秋天的情致!

但见:土路弯弯,幽静而恬淡;庄稼夭夭,蓬勃而伸张。日值晨也,阳光媚兮环宇丽;季属秋哉,大地稔兮万物粲。骡蹄踏踏,步步稳且健;铜铃当当,声声悠而扬。

渠寿昌和贺洪如坐在轿车中,自然要赏一番这野外的闲景,抒一番这野外的闲情,然后再来一番天南地北、古往今来的闲聊……

"洪如是哪一年入的号来?"渠寿昌问道。

"哦,是咸丰四年,那年我十四岁。"

"噢,那年咱合盛元还兼营茶叶生意呢!不过,好像你先在总号学徒,后又在账房,没有去茶庄骑着骆驼往恰克图贩运茶叶吧?"

"哦,没有赶上,同治以后,咱合盛元的茶叶生意就停了嘛!我第一次离开总号就去了汉口当账房,没有吃过那些骑骆驼走沙漠的苦。"

渠寿昌听着,点点头,又说道:"哦,嘿嘿,你没有受那种连续几个月骑在骆驼背上颠簸的罪。我们那时候学徒啊,先在总号伺候掌柜,够了十八岁就放在茶庄里做长途贩运,南到福建武夷山,北到俄罗斯恰克图,一趟下来,走七八千里路,耗三四个月。那罪受的!这样跑上三年,学会了吃大苦、耐大劳,才会把你调回票庄里。后来专营票庄就好多了,伙计们派到各分号虽然远隔千里,几年不能回家,但各个庄口都设在繁华的都市城镇，穿绸裹缎，吃香喝辣，哪用受一点儿罪呀！嘿嘿嘿！"

渠寿昌说起往事，如历历在目，颇津津乐道。本来，上了年纪的人就容易怀旧；现在，七十六岁的渠寿昌即将退位交权，就更容易怀旧。此刻，他的心头萦绕着颇深颇厚的怀旧情绪，他的舌头则酝酿着颇繁颇多的怀旧话语。

贺洪如认真听着渠寿昌讲述往事，还不时恭敬地附和几句："前人栽树，后人乘凉嘛！全赖您这些前辈的辛劳，我们今天才能做上舒服的票庄生意嘛！"

渠寿昌接着说道："不过，这票庄生意虽是比茶庄生意省事省力，没苦没罪，可风险更大，须操心更多呀！咱这种买卖全靠眼力，全靠心计，稍有疏漏，或错看了人，或失算了事，或误判了时局，便有倾覆之危。南人胡雪原的阜康票号，曾经红极一时啊；但因在生意上与洋人斗法失算，一下子造成满盘皆输的惨败，在光绪十年倒账了，咱祁县孙家的元丰玖票号，也曾是日进斗金的好字号呢；但因受一家湖南大茶行倒账的拖累，引起挤兑，各分号全线崩溃，在光绪十六年倒账了！"

这两个失败的例子，渠寿昌已在不同场合说过若干次了；现在他又一次提起，虽稍有普通老人的唠唠叨叨之烦和反反复复之嫌，却更见道德老者对晚辈的殷殷之心和耿耿之意。

说到这儿，渠寿昌感叹道："教训实在惨痛啊！洪如呀，大掌柜的责任实在重大，大掌柜的一举一动都关系整个字号的安危兴衰！既不能缩手缩脚，无所作为；也不能毛手毛脚，贪大求功。这个分寸，你一定要掌握好啊！"渠寿昌究竟不是普通的老人，这些怀旧的话看似婆婆妈妈的唠唠叨叨，实是老将老帅的富有真知灼见的谆谆告诫。

"是，大掌柜！"贺洪如唯有恭听于耳，谨记于心。

渠寿昌和贺洪如说一番话，再赏一番景。即将退位的渠寿昌看着幽静而恬淡的乡间小路，颇有一种清爽休闲的雅意；而即将上任的贺洪如则看着蓬勃而伸张的庄稼，颇有一种大展宏图的雄心……

大约走了一个来钟头，远远地看到了荣仁堡巍峨的玉皇阁和雄伟的堡墙。

三

在雄伟坚固的堡墙里，在高墙深宅的大院里，在清静典雅的书房里，合盛元大东家、郭氏家族的掌门人郭嵘正悠闲地坐在太师椅里，捧读一本《资治通鉴》：

> 始皇帝十八年
> 王翦将上地兵下井陉，端和将河内兵共伐赵。赵李牧、司马尚御之。秦人多与赵王嬖臣郭开金，使毁牧及尚，言其欲反。赵王使赵葱及齐将颜聚代之。李牧不受命，赵人捕而杀之；废司马尚。

> 始皇帝十九年
> 王翦击赵军，大破之，杀赵葱，颜聚亡，遂克邯郸，虏赵王迁。

读到这儿，郭嵘停住，又将这段文字重新读了一遍；然后合上书，沉思起来；继而又在地上踱起步来……

郭嵘一边踱步，一边思索："赵国从来多英雄豪杰，代代有猛将谋臣，最后竟这样亡国了！大将军李牧雄才大略，本是赵国的栋梁，而赵王却中了秦人的反间计，将李牧'捕而杀之'！好一个'捕而杀之'，赵王何其昏也，聩也！有李牧这样的大将军而弃用，赵国岂有不亡之理！可见，看似秦国灭了赵国，实是赵王灭了赵国！"

接着，郭嵘又感叹起来："可叹啊！赵国纵然有许多的名将打赢了许多次战争，哪能抵得上一个昏王输掉整个国家？！赵国之亡，不是因为无将，乃是因为无王啊！"

郭嵘又从赵国的社稷江山想到了郭家的合盛元票号："东家任用大掌柜犹如国君任用将帅，须知人善任啊！有我在，自有挑选大掌柜的眼力和信任大掌柜的度量，可若到了儿孙们手里呢？须常常训导他们哪！"

想到这儿，他叫来佣人马儿吩咐："你去把少爷给我叫来！"

吩咐罢马儿，郭嵘又在地上踱起步来，想着赵国被秦国灭亡的这段惨痛文字，也想着郭氏家业的未来和自己的独生子郭培松："儿子聪明恭谨，智慧应在常人之上，是一个可造之才。但如今二十五六岁了，却仍然缺乏男子汉大丈夫顶天立地的气概。这一点，离自己差了点，离他爷爷差得更远！分明是娇生惯养之过吧。我只有他这一根独苗，从小到大备受他妈和姐姐们的呵护，身上便沾了太多的脂粉气了？哦，可千万不要让他成了贾宝玉啊！本该让他早一点到外面的世界闯荡闯荡，可又怕万一有个闪失……唉！天公不作美呀，仅给我一个儿子！"

少顷，儿子郭培松进来了："爹，您找我？"

"嗯。松儿，这些天读甚书呢？"

"哦，我在读《诗经》，也看一些唐诗宋词。"

"嗯。"郭嵘听着，点了点头，然后看了一眼儿子：眉目清秀，如鲜花一般；神气飘逸，如轻风一般！他暗自思忖：读诗果然美心，美神，美情，看儿子这样子，倒是读诗读出来的！可惜，美则美矣，用则无用也！

于是，郭嵘说道："松儿呀，你也是二十五六的男子汉了，将来还要继承你爷爷给咱家打下的这份买卖江山。不能老读诗了，这些书中看不中用，读诗写诗乃是无所事事的才子佳人所为！你日后要多读《论语》，多读《资治通鉴》，这才是经世务实的有用之书，这才是经邦济国的士大夫乃至君王所读之书。古人云，半部《论语》治天下，一部《通鉴》为君王。世上万事大小一理，就我们买卖人家而言，东家如同君王，大掌柜如同将帅。你是我的儿子，将来要承担这份家业，可不能像才子佳人一样成天读诗吟诗，而要像士大夫君王一样，读《论语》《通鉴》之书，学经邦济国之道！"

"是，爹！"郭培松应诺。

于是，郭嵘将《资治通鉴》中那一段"秦灭赵"的文字指给儿子看，让他仔细看上几遍，然后揣摸其含义，写一篇千字文出来……

郭培松恭恭敬敬地听着，然后唯唯诺诺地从命去了。

郭嵘望着儿子退出去的身影，心里荡起颇多关于儿子的思绪："儿子柔有余而刚不足，文有余而武不足，智有余而谋不足，非人主之材，亦非财主之材……慢慢教化他吧，二十五六岁，也还是可以造就的吧？！不过，谋事在人，成事在天，最终也只能听天由命了。若再不行，那就只有等孙子了；或许，在孙子里能出个栋梁之材？……"

这时候，马儿来报："老爷，渠寿昌大掌柜和贺洪如二掌柜来了。"

郭嵘一听，便猜到七八成来意了：二位可能要交接班了，既如此，字号的生意也应是很好呢。

郭嵘起身热情地把渠寿昌和贺洪如迎进来，热情地与他们寒暄叙话；少顷，马儿奉上茶来。

"二位，请用茶！"郭嵘说着，看了二位掌柜一眼，像驭手看着两匹健壮有力的驾辕马一样，暗自喜欢：渠寿昌雄才大略、深谋远虑，他在合盛元驾辕四十年，稳健有力地拉动了合盛元的发展。贺洪如满腹经纶，浑身韬略，即将驾起合盛元的车辕，必会大展宏图，把合盛元拉向更高更远的前程。

"谢东家！"二位掌柜欠身点头致谢。

渠寿昌稍坐片刻，呷了一口茶，便说明来意："东家，今天来有两件事向东家回禀：一是这半年多咱合盛元的生意势头很好，架本已比年初扩大了一倍，接近正常年份了。其中，北京生意最为兴隆，架本扩大了四倍；营口已经重新开张，也形势喜人！甲午战后，这两个庄口原本是我的心病，现在倒成了我的心头肉。嘿嘿！"

郭嵘听着，非常高兴，连声笑道："好好好！有劳诸位掌柜了！今天中午我备酒请客，咱们喝几盅，庆贺一下。呵呵呵！"

渠寿昌也笑笑，接着说道："二是，我年事已高，心事已了，还请东家恩准：我想从明天起告老还乡，回家中休养；号里的事，我荐举洪如全权处理。请东家千万开恩允准。"

郭嵘说道："大掌柜，咱们年初不是说好，等这个账期下来再说吗？"

渠寿昌说道："东家，年初的话还算数，这个账期下来，我再正式告老还乡。只是，这新老的实际交接时机，宜安不宜乱，宜早不宜迟。我以为，现在正是时机，不必非要等到四年头上。"

"这……"郭嵘像是犹豫着，实是思忖着：既是账期内的事，那渠大掌柜自有处置权，我更不必干预了；我正好可观察几年，这个账期下来也就更好拿主意了。

渠寿昌又恳切地说道："东家！这是我自愿告老还乡的，于字号，于我本人，都是利大于弊呀！还请东家答应了吧！"

此时，郭嵘早已了然于心，于是便点头答应道："那——我就恭敬不如从命了，听大掌柜的！从明日起，就请洪如兄总揽起号事来吧！"

"谢东家开恩！"渠寿昌拱手说道。

贺洪如则站起身来，分别对东家郭嵘和大掌柜渠寿昌拱手施礼，说道："多谢东家和大掌柜抬爱！只是——我才疏德浅，恐难胜任啊！接替大掌柜卸下来的这副重担，我实在是诚惶诚恐呢！"

"洪如啊，能接我班者，非你莫属！不要谦虚了！"渠寿昌鼓励道。

"我相信大掌柜的眼光。"郭嵘说着，拱手施礼道，"洪如兄，拜托你了！你正年富力强，就接替大掌柜，驾起合盛元的辕套来吧！洪如兄的为人做事，早就听大掌柜说了，我心里清楚得很，众望所归啊！呵呵！拜托了，拜托了！"说着，又连连拱手。

在这人生的关键时刻，面对着两位关键人物如此的礼遇抬爱，五十六岁的贺洪如激动得热泪盈眶。于是，再次起身，向东家郭嵘和大掌柜渠寿昌躬身作揖，说道："多谢东家抬爱！多谢大掌柜抬爱！我贺洪如一定不辜负东家和大掌柜的知遇之恩。"

这样，合盛元票号的实际权力便交接完了。

于是，雄才大略的渠寿昌主动还乡，知其所止，至善也；满腹经纶的贺洪如谦虚登场，慎其所始，至诚也；而聪明睿智的郭嵘则逍遥甩手，顺其自然，至美也。

四

中午，郭嵘设宴款待渠、贺二人。此时，合盛元生意兴隆，二掌交接圆满，皆大欢喜，唯有开怀畅饮，以尽兴致。于是，觥筹交错，宾主相酬；三人同乐，一醉方休。

午餐罢，东掌拱手告别，渠、贺二掌柜坐上轿车雍雍而归，郭嵘东家则回到书房呼呼入睡。

郭嵘一觉醒来，已是半下午时分，肚子里的酒肉仍在作威作福：浑身酒气，一种植物性的精力在体内蠢蠢欲动；满肚肉食，一种动物性的气力在体内突突欲奔。于是，他沏了一杯清香的碧螺春，捧一本古色的圣贤书，一边喝茶，一边读起书来。渐渐地，一种仙物性的神力也注入了他的体内，飘飘欲飞。

此时，郭嵘的体内充满了精气神，俨然一位超人。但此时的郭嵘已非郭嵘本人了：三分是植物之精华，三分是动物之气力，三分是仙物之神韵，剩下的一分才是他本人之形体。

一个多时辰后，夕阳渐渐西沉，天色由黄而昏，由昏而暗，夜幕落下来了；而他的爱欲之火却渐渐升腾起来了，把他眼前这黑窟窿洞的夜照得比白天更加五彩缤纷。

每到一天中的这个时候，他就想爱娃了，爱娃又在召唤他了。白天，他是道理中人，遵道循理，是合盛元票号的东家，也是郭氏家族的掌门，还是读圣贤书的学子。而一到晚上，他便是性情中人，纵性徇情，唯一属于三太太爱娃了：她是女人，他是保护她爱抚她的男人；她是主子，他是跪拜她伺候她的仆人；她是土地，他是耕耘她灌溉她的农人；她是花朵，他是作务她修理她的匠人……

天空完全黑下来时，郭嵘便在佣人马儿陪伴下，打着大红灯笼前往爱娃居住的沁春院而来。

郭家大院幽静的沁春院里，爱娃正在用心地绣一幅猫戏牡丹图。但见一只大猫和几只小猫在花园耍闹，活灵活现：眼大而传神，如活物也；毛细而肖形，如真身也。再看那几枝牡丹在风中摇曳，惟妙惟肖：姿态雍容典雅，其骨贵也；色泽浓艳靓丽，其颜媚也。

"啊哟，太太绣得真好！简直和真的一样！"

爱娃的贴身佣人柳妈看着爱娃的刺绣啧啧赞叹。

爱娃笑着说道："好甚呀，我才学手艺呢！"

"太太学都学得这样好，要学成了不知道会多好呢！太太真是天生的聪明灵巧，教甚甚会，学甚甚好，真让人羡慕。长得又像天仙一般，谁能不喜欢呢？怪不得老爷对您这么好呀！"

柳妈颇会说话，既很入耳，又很得体，说得恰到好处。仔细说来，柳妈也算是郭家大院里高等的佣人了，她是从最低等的佣人一级一级升起来的：最低等的佣人要求手勤脚勤，再高一级就得手巧，再高一级就得心灵……而最高一级的得兼有手巧、心灵、眼活的综合素质。

"柳妈你尽说甚呀！"爱娃红着脸说道。

"就是嘛！我进郭家大院子里也二十多年了，老爷对哪个太太能像对您这样？！大太太二太太刚来时也就新鲜三五个月，一年半载，那也只是隔三天，差五天的。哪能像对您这样，三年多来日日如此，夜夜如此！老爷本来也四十五六的人了，可自从娶了您呀，越来越显年轻了！"

柳妈一番话，说得爱娃心里美滋滋的，脸上红艳艳的，嘴巴乐哈哈的，像花朵绽放一样，笑了。

这时，院里闪现红灯笼的光色，传来熟悉的说话声和脚步声，马儿陪着郭嵘来了。

柳妈赶紧去打竹帘子迎候："老爷来了！"

"嗯。太太做甚呢？"郭嵘说道。

"哦，太太正在绣花呢！"柳妈答道。

"哦，老爷来了！我正在绣老爷画的这幅画呢！"爱娃说着，放下手中的绣针和五彩线，走到闺房门前迎候。

郭嵘进了闺房，看了看爱娃绣出的活儿，再看看墙上自己所画的猫戏牡丹图，连连赞叹："好，好！比我画的还好！"

郭嵘一番话，说得爱娃更是心花怒放，满面春色。

郭嵘欣赏着这朵美丽动人的"花"，殷殷爱意从眼神中溢出来，透出来，放射在爱娃的身上，手上，脚上，乃至衣服里面的躯体肌肤上。

说话间，柳妈已沏好茶端了上来，"请老爷喝茶！"

郭嵘收回眼神来，点点头，扶一下茶盏。

"老爷，用甚晚饭呀？我去让厨房准备。"柳妈问。

"哦，太太吃甚我就吃甚吧！另外，让厨房给我烫上一锡壶黄酒，切一碟驴肉，就行了。"

柳妈应诺着下去准备了，屋子里只剩下男女主人。

"爱娃，你知道这幅画的意义吗？"郭嵘问道。

"不知道。"爱娃摇摇头，然后又笑着说道，"还请老爷破解破解。"

于是，郭嵘解说道："第一层是富贵之义。牡丹花硕大而美艳，端庄而典雅，有贵妇之容，是花卉之富贵者；猫呢，衣衮而食肉，养尊而处优，有王侯之禄，是动物之富贵者。第二层是雌雄之义。牡丹花绽而开瓣，雌形也；静而待物，雌性也。猫呢，坐则如虎，雄形也；动则扑鼠，雄性也。——这猫戏牡丹正寓合了雄欢雌悦之事！"

爱娃全神贯注，两耳恭听，然后慢慢品味，领悟奥妙之理，感受微妙之趣，不知不觉中更加重了对这位财主的敬佩之心，加深了对这个男人的爱慕之情。

晚餐上来，二人相对酌饮一番，享用了黄酒驴肉，再吃几块葱花烙饼，喝一碗小米稀粥，便酒足饭饱，肚儿圆了，劲儿足了，心儿醉了，情儿浓了。

待柳妈收拾餐具退下，二人便迫不及待地温存起来了。

"我早就想你呢！"她睨着眼，低声说。

"是吗？想我甚？"他笑着脸，低声问。

"想你……"她话说半句而止，剩下的半句则用那撩人情意、勾人魂魄的眼神表达了！

"嘿嘿！"

"抱我上炕！嘻嘻！"

"呵呵！嘿嘿！"

于是，他将她抱起来，在脸上、嘴上、脖子上亲吻一番。然后放在炕上，像佣人般伺候她宽衣解带，摘簪脱鞋……

于是，一个裸体的女儿身子全露出来了！

但见：肌肤光滑白皙，如冰如雪；身躯凸凹起伏，或丘或沟。臀部滚圆，南瓜熟耶？乳房丰满，馒头蒸也！嘴唇含香，鲜花开耶？眼神勾魂，美魅来也！手舞足蹈，似缠似绕；嗲声奶气，欲亲欲抱。天地厚爱乎？集百般美妙于其身。造化多恩也，植万种风情于斯人。

……

五

清丽的晨光洒在郭家大院的后花园里，花儿朵朵，露珠滴滴，整个园子显得绚烂多彩，清爽宜人。

郭嵘像往常一样在园子里练拳，在阵阵"嘿""哈"声中，他做出一个个刚劲有力的动作："金鸡报晓""金鸡食米""金鸡抖翎""金鸡独立"……

他正在练心意拳的一个套路动作：四把。——这是心意拳前辈根据鸡翅、鸡腿、鸡头等鸡的形象动作编创的一套拳路，因以上述四个基本动作为核心，故称"四把"。这种拳简洁洗练，一个循环练下来仅需一二分钟；同时也健体强身，对手、臂、腰、腿诸部位都有很好的锻炼效果。

郭嵘雄心大而智商高，故追求也大而高：其一，追求身体强壮，可搏击三个后生。其二，追求知识渊博，能阅读万卷诗书。其三，追求事业发达，要打造百年字号。其四，追求女色美艳，金屋藏娇，一生享乐。其五，追求道德完善，厚德载物，百世流芳。

因为这些大而全的追求，他对自己的生活起居安排得颇有规律：日出而起床，练拳习武；日落而入闱，拥香抱艳。上下午则是读书、悟道、写诗、作画的士子生活，间或，与掌柜商谈一下号务，与管家处理一下家务，以及迎来送往、饮茶喝酒诸事。

这时，爱娃在柳妈陪伴下进了园子里。爱娃看到郭嵘正在练拳，只见他时而雄姿凛凛、雄风呼呼,猛如龙腾虎跃;时而英姿飘飘、英风飒飒,疾如鹏飞鹰击。

于是,她站在远处等候。她含情脉脉地看着郭嵘练拳,嘴带笑意,眼泛彩色,浑身散发着一种美艳照人的光芒,仿佛一轮小太阳挂在了园子里。

郭嵘看到太阳般照人的爱娃,于是收了功,走过来问道:"怎么?这么早就走,已经便宜了?"

"嗯,便宜了。"爱娃微笑着说道,笑容和声音中携带着微妙的情意。

四目对视,情意灼灼。

"好吧,那就早些走吧!早去早回,要在太阳落山前赶回来啊!"郭嵘说道。

"嗯。"她仍然微笑着说道,"老爷,那我走了!"

"好,一路小心!柳妈,小心伺候太太!"

"是,老爷!"

爱娃转身而去,走在花园的小径上,袅袅婷婷,婀娜多姿。

郭嵘看着爱娃的背影,眼中掠过一丝爱意和一丝得意。

爱娃来到了甬道上,已有一辆华丽的轿车等候;柳妈扶她上了轿车,放下帘子,轿车便起动了。轿车由甬道出了大门,上了街道;再出了堡门,然后便走在荣仁堡通往县城的乡间土道上了。

轿车出了堡门一会儿,爱娃便招呼柳妈也坐上了轿车;同时,她撩起了帘子,一边呼吸清爽的早晨气息,一边观赏宜人的秋天景象。

轿车走了约一里多路程,一个村妇从对面走来,只见她远远地就站在旁边让路,左手抱一个婴儿,右手牵一个孩童,三个人紧紧地拥着,三双眼睛眼睁睁地看着这辆漂亮华丽的轿车从身边走来,走过,走去……

两个孩子的眼神惊奇而惊喜!——他们无知无识,天真天然,看到如同得到,眼界如同疆界。所以,他们尽情地享受眼福。

而这个村妇的眼神则惊讶而惊羡。——她半知半识，贪有贪得，看到就想得到，人有就想已有。所以，她虽享受了一点眼福，却折损了许多心福。

　　坐在轿中的爱娃呢，她也眼睁睁地看着这三个人，直到远远离去。然后却细眉锁愁，美目凝忧……

　　时时察言观色的柳妈看到了爱娃的脸色，也猜到了爱娃的心思，于是低声问道："太太在想甚呢？是不是想要一个娃娃呢？"

　　爱娃含笑点头。原来，她也羡慕那个村妇呢！她的眼前一直闪现着那个村妇牵儿抱子的情景，她的脑际一直盘桓着一个念头：我有富贵，她有儿女。此孰轻孰重？该何去何从？富贵，如禄也；儿女，如寿也……

　　"太太如果能有个儿子，那可就完美了！现在有老爷靠，将来有儿子靠，那可真是享不尽的福啊！"柳妈又说道。

　　爱娃点点头，但想到将来，她眼前却是一片迷茫：三年了，肚子里怎么竟没有一点动静呢？……

　　"太太不用担忧，老爷正当年，太太也正是好年纪，将来总会有一男半女的！"柳妈又安慰道。

　　主仆一路闲聊着，不觉已一个来钟头，来到了位于祁县城西北隅的娘家门口。

　　母女相见，总是拥抱而泣。

　　"我的爱娃，你可回来了！妈好想你呀！"伊库乔娃含泪看着女儿说道。

　　"妈，我也想你呀！"

　　伊库乔娃听着女儿这句温暖的话，再看看那张红润的脸，又含着泪花笑了："爱娃，你还好吧？"

　　"我很好！妈妈！"爱娃说道。

　　"哦！我的爱娃！我的好女儿，你真漂亮！妈好心疼你呀。做人家的姨太太,实在委屈你了,妈好心疼你呀。都怪你爹!"

伊库乔娃欣赏着女儿的美丽,不禁又泛起一阵惋惜之情,不免又淌出两行爱惜之泪。

爱娃反倒得为母亲宽心了:"妈,爸说得对。这都是命,听天由命吧!"

父亲赵银树从书房过来答话了:"怪我甚呢?你这当妈的还不像女儿懂道理,咱家的女儿能嫁甚样的主儿呢?受苦人太穷,咱不嫁;买卖人长年在外,嫁上等于守活寡,也没甚好;财主家的公子哥儿们倒好,可人家要门当户对的亲家,咱又攀不上……"

伊库乔娃瞪着眼睛,怔怔地听着,无言以对。

赵银树继续说道:"如今咱爱娃嫁上财主做了偏房姨太太,虽说男人年龄大些,女儿也比不了正房大太太体面,可究竟花银子不挡手,男人也常在身边呀!将来若能生个一男半女,不也是一辈子的福分吗?"

伊库乔娃虽然没有更好的理由反驳丈夫,却也并不赞同他的观点。于是,她撇撇嘴,哼哼鼻子,说道:"你尽说歪理!"

伊库乔娃说着,用眼神剜了一下丈夫,然后掉转身子,与爱娃说道:"哦,爱娃,你还没有身孕吗?"

爱娃摇摇头,说道:"还没有,妈。"

于是,伊库乔娃又对赵银树说道:"他爹!你不是已经给爱娃找了一个好医生吗?快请他来看看吧!"

"哦,对,对!我这就去请!"赵银树说着,换上衣服出去了。

待赵银树出去,伊库乔娃继续和爱娃说着心里话:"我当初跟上你爹来到中国,完全是为了爱情!可中国这儿却根本不讲爱情,只讲财富门第。要在俄罗斯,你们姐妹俩就可以在舞会上,在各种社交场合,自由地寻找自己的心上人啊!……"

爱娃瞪着美丽的大眼睛,听母亲伊库乔娃讲着遥远而神奇的故事……

六

爱娃被悄悄请来的大夫望闻问切一番，大夫诊断：她并没有不育之症。于是，全家欢欢喜喜，做菜摆宴，喝酒吃肉；然后把盏品茗，谈天说地。

下午，爱娃带着柳妈到武家看望妹妹娇娃。

武家的宅院和郭家一样巍峨深广，但不知是人少之故，还是男人少之故，抑或是整个宅院阳刚之气太少之故，给人一种空落落、阴森森的感觉。

武家佣人郑兔儿引着爱娃先来到武得宝的居室。按照礼数，娘家人来探望，总得先向公婆或男主人照一下面，问个好，以显示光明正大，避免偷偷摸摸之嫌；同时，主人也得给客人上杯茶，乃至于酒饭招待，以显示热情大方，避免冷冷漠漠之隙。

待通报后，爱娃跟着郑兔儿进了武得宝的门，却看到武得宝正躺在烟榻上抽大烟呢！爱娃心中不悦：这人这么如此失礼。她冷冷地看了武得宝一眼，只见他脸色黄瘦，身体虚弱；举止怪异，眼睛里还露出淫光。好让人恶心。

爱娃面对这样一个龌龊之人，倒顾不得嫌他无礼了，却急着替妹妹娇娃惋惜：原来，赫赫有名的喜财主竟这么龌龊？！妹妹竟摊上了这样一个男人？！

这时候，喜财主慢慢坐起身来，声音很怪异地说道："大姨子来啦？坐吧！兔儿给客人上茶！"

爱娃和这种男人面对面，她连一分钟都不想多待。于是赶紧说道："哦，不用了。我去看一看娇娃，一会儿还得赶回荣仁堡呢。"

喜财主说道："好，好！那就随便吧！兔儿陪着客人，引到四太太那儿。"

喜财主正准备从烟榻上下地，若这个大姨子不再坐了，他倒省了这个麻烦；于是他只坐在炕沿上说话，心里却早已准备躺回到烟榻上呢。

爱娃像逃避瘟神一样，赶紧离开喜财主，随郑兔儿到娇娃院里去了。

喜财主望着爱娃的背影，忽然淫念一闪："果真是个尤物！嘿嘿，像一只漂亮多情的猫，好玩！像一匹漂亮温驯的马，好骑！郭嵘这小子有眼光，有艳福。不过，我的那个比他的这个更年轻，更嫩，也更好玩，更好骑。嘿嘿嘿！"

淫念一闪，喜财主竟放弃了准备从炕沿躺回到烟榻上的计划，反而从炕沿上下了地，透过窗户上的玻璃偷看大姨子远去的背影。

当他看到佣人郑兔儿陪引爱娃的殷勤劲儿时，心中不禁燃起了一阵妒火：这个小叫驴！伺候这个女人比伺候我还殷勤。

郑兔儿陪引爱娃着实很殷勤。爱美之心，人皆有之；爱美女之心，则男人皆有之。只是，有权有势有钱者，可以爱而得之，拥而有之；而仅仅有性有情有意者，却只能爱而欲之，望而叹之。身为佣人的郑兔儿固然不可能拥有一个美女，但作为一个年轻后生，特别是作为喜财主的贴身佣人，耳濡目染，心开性化，在面对一个美人时，他当然会爱而欲之啊！

郑兔儿很殷勤地把爱娃引到娇娃所在的院子里，又很殷勤地引到居室门口，隔着竹帘子通报："四太太，您娘家的姐姐看您来了！"

"啊？哦——！"里面传出娇娃的应答声，惊讶而惊喜。

娇娃出来，看到了姐姐爱娃，顿时热泪盈眶。

"姐姐！"

"娇娃！"

姐妹二人相拥而泣。

郑兔儿打起竹帘子，让姐妹二人进屋。他殷勤地低头躬身，眼睛却在两个美人身上打着转转，暗暗饱享着眼福；直到姐妹二人进了屋，他才放下竹帘子，喜滋滋地回喜财主那儿复命去了。

姐妹二人则屏退佣人，说开了心里话：

"娇娃，他对你好吗？"爱娃问道。

娇娃摇摇头，眼里已滚出了泪珠，说道："他不是个人！经常像猫儿狗儿一样，尽做些让人难受难挨的事，还抓人，咬人……"说着，便抽泣起来。

"还抓人，还咬人？……"爱娃惊讶地问道，并惊讶地发现了妹妹那忧郁的眼神和苍白的脸色。犹如一朵鲜花被风霜扫了一番似的，形虽依然，色却减半了。

"妹妹才嫁过来半年多啊？！怎么会这样啊？！"爱娃不禁感叹起来，疑惑起来……

只听妹妹娇娃含着眼泪说道："一到晚上，他就和猫狗一样，脱光了人的衣裳，浑身又舔又咬，有时候还能咬出血来。姐你看——"说着，她将一只袖子捋起，雪白的胳膊上显出几个黑牙印子。

爱娃睁大了眼睛："他是这样的人？！"

娇娃哭着说道："我要是不由着他，他还打我！他说是花九千两银子买了我，就得做甚也由他。他想做甚就做甚，让我做甚我就得做甚，再恶心的事也得做！可我又不敢违抗他，我怕他……"

"那——"爱娃同情而又关心地问道，"你身上也没有喜吗？"

"哪能有喜！正经做那事，他根本不行；他就会欺侮人，糟蹋人！"娇娃说着，眼泪汹涌而出，像一个泪人了，"姐，我真不想沽了！我现在一看见他就恶心，就害怕。一辈子和这样的男人生活，倒不如早些死了的好。"

爱娃听着，眼眶里也不断地翻滚着泪珠，暗自思忖道："原来，妹妹嫁的男人这样糟糕，妹妹的日子这样难熬。我虽也嫁了一个大自己二十几岁的男人，做了人家的偏房三太太，但他人好，身体也好，对我更好！

可妹妹……唉！有甚办法呢？这真应了那句俗话：嫁鸡随鸡，嫁狗随狗！女人的命就是这样：嫁一回男人，就像投胎转世一样重要；一过了门，就决定了她这一生的命运。这个男人是穷是富，是善是恶，是鸡是狗，一点也由不得自己选择……"

面对妹妹的处境，爱娃也无奈，她只得安慰妹妹："娇娃，这都是命呀！俗话说，好死不如赖活着，你可千万不能寻短见啊！熬吧，等熬过了九九八十一难，就会像唐僧一样熬成佛，享上福了。"

"姐，可我过一天就像过一年一样难熬呀！"

"……"

爱娃默默无语，她已经无法再用什么语言相劝了；她只有用自己簌簌的眼泪，来陪伴妹妹簌簌的眼泪。

半下午时分，姐妹二人洒泪惜别。

"娇娃，不要过于伤心，自己要多保重！"

"姐，你也多保重！"

……

爱娃从武家深宅大院里出来，竟然有一种从监牢里出来的感觉：妹妹几乎像一个被虐待的囚犯啊！

她在柳妈的陪伴下回到了娘家，也不敢将妹妹的情形讲给母亲；即使讲了，也无济于事，却只能给母亲多添几分痛苦和忧愁。于是，她收拾一下行装，坐轿车回荣仁堡了。

一路上，爱娃坐在轿车里默然无语，脑海里重重叠叠地萦绕着妹妹娇娃的形象：少女时天真烂漫的眼神，出嫁时甜蜜姣美的笑脸，以及现在那屈辱的泪水和苦难的面容……

一路上，她在替妹妹惋惜……

一路上，她也在为自己庆幸……

七

当天夜晚，当姐姐爱娃享受男人的爱抚和美妙时，妹妹娇娃却开始忍受男人的折磨和煎熬了。

武家大院里，夜幕深深；娇娃小院内，烛光微微。娇娃绣着一只飞翔的鸟儿，若有所思……她那美丽的眼中笼着愁雾，红艳的嘴里发出叹息。

院里闪现出灯笼的红光，接着是脚步声和咳嗽声，她心里习惯性地咯噔一下：这个老鬼又来了。自己又得受这个老鬼糟践了。

喜财主笑嘻嘻地进来了："娇娃，做甚呢？"

"哦，我在绣花。"娇娃说着。

"绣甚呢？我看看。"说着喜财主走近她身旁，一种老人气和烟熏气随之扑鼻而来，呛得她只想憋气屏息。

喜财主拿起绢绣来看着，说道："哦，绣着一只鸟儿。啊，好漂亮哟！像我的四太太一样漂亮。不过，嘿嘿，它想飞也飞不出我的金丝笼子，还得在我手心里，由着我耍。"说着，将绢绣扔在一边。

娇娃低头不语，心中愤然。

喜财主屏退了佣人，关门脱衣，露出瘦骨嶙峋的身子，并督促着娇娃："还愣甚呢！快脱呀！"

娇娃也上了炕，一件一件脱去衣裳，露出了她那白皙光滑的身子。

"嘿嘿嘿！"喜财主不断地淫笑着。

他的鸡爪似的手，在她的胸脯上、胳膊上、大腿上乱抓，乱划，乱摸……

他的口臭的嘴流着黏稠的涎水，在她的嘴上、脸上、额上亲着，舔着，拱着……

他的柴棒似的身子散发着老人气，在她的肚子上、胸脯上，脖子上压着，滚着，骑着……

他还强迫她亲吻舔舐他肮脏干瘪的身子和更肮脏干瘪的身下……

……

她若稍有违抗，他便大骂出口："老子花九千两银子娶上你做甚呀？就是让你伺候老爷我！乖乖的，好好伺候，老爷我有赏：想花银子，想抽大烟，我都给！要不然，老爷我就赏你几个耳刮子！"

"嘿嘿嘿！"喜财主狞笑着。

"呜呜呜！"娇娃抽泣着。

……

屋里炕上，主人一美一丑，一哭一笑……

屋外窗下，佣人郑兔儿却一疼一恨，一叹一息……

——唉，可怜的四太太！

——哼，这个老东西真损！

听窗的郑兔儿一想到四太太，就又疼又爱，真想救她！可是他不能。

听窗的郑兔儿一想到喜财主，就又恨又忿，真想揍他！可是他不敢。

直到屋里没有了动静，郑兔儿才蹑手蹑脚地离开窗下，回小院的门房里歇息。

在炕上躺了半天，竟无一点儿睡意，倒有几分想尿；于是他起身出了小院门，往大院的厕所走去。可他刚上了甬道，就看见一个身影蹿进了三太太的院子里。

"是鬼？！"他心里一咯噔！此时正是三更半夜，大院里又阴森森的，他身上不由得起了一层鸡皮疙瘩。

"是贼？！"他心里又一咯噔！他刚才仿佛听到了轻微的脚步声和推门声啊？

此时，他听到三太太的院门轻轻地关上了。

"不是鬼……也不像贼……"他心里疑疑惑惑地想着，又蹑手蹑脚地走过去，推了推门，却已经上了门闩。

他从门缝中往里看，还有从屋里透出来的灯光；再贴着门缝往里听，却隐隐约约传出来男女的说笑声。他又细想那个男人的身影，很熟悉呀！他猛然想道：莫非是李管家？！是李管家和三太太插了一腿？！

再看里面，灯光熄灭了，院里静悄悄的……

郑兔儿静静地站了一会儿，明白过来了："肯定不是鬼，也不是偷东西的贼，分明是偷人偷情的采花贼！"

于是他又转悠到李管家的小院去察看：院门外面的铁环上果然上了锁。此时，郑兔儿完全明白了：嘿嘿！原来，这个备受老爷信任的李管家背地里还替老爷管着三太太炕上的事儿！

知道了这件事，郑兔儿非常惊讶：原来，这个大院里还有这样的事儿？！原来，李大管家还是这样的人？！原来，太太们还愿意和下人们做那种事？！原来，下人们都瞒哄着喜财主？！……

明白了这些，郑兔儿却又有些不知所措：

把这事告诉喜财主？——可空口无凭，他会信我吗？他和李管家是从小耍大的朋友，我只是个小佣人，恐怕信他不信我，说不定还会把我撵走呢！而且，喜财主糊涂，李管家精明，李管家三言两语就把喜财主糊弄住了，我岂不是自找麻烦。

先把李管家逮住，再告诉喜财主？——可我怎么逮？我仅一个人，即使逮住了，人家和三太太说不定反咬我一口，到头来打不住狐狸，我倒惹了一身骚了。

……

想来想去，都是因为喜财主昏庸。若是精明能干的人，压根儿就不会有这种事；即使有了，也会及时察觉，有法子处理……

郑兔儿一边在甬道里走着，一边望着夜空想着，天上的月儿弯弯，像船；星儿点点，如眼……

这时，大街上传来了一个夜行盲人的吟唱声：

人人都是父母生，一跌地就分富贫。
富儿整天梁肉饱，穷娃饿得瘦嶙嶙。
有钱人娶妻纳妾，光棍汉孤苦伶仃。
因家贫，烈性男儿强为盗；
因家贫，老实男儿屈为奴！
因家贫，贵胄女儿沦为妾；
因家贫，良家女儿逼为娼！
……

老天爷呀！——
你让天地生人，降下了大洪恩！
你又让人分为三六九等，却造成了不公平！
老天爷也！——
你何时再降大洪恩？
让人人有家，家家有钱，
来一个世界大同，天下太平！
……

郑兔儿仄耳细听，竟听出几分味道来，心中泛起一阵自我悲悼之情。

他回到屋里躺下，仍是没有睡意，脑海里仍在想着刚才的所见所闻，不过脑筋却转了一个大弯儿：

何必向喜财主告密呢？——喜财主五六十岁的人了，却娶了四房太太，也太便宜他了吧？他能占着一个十八九岁如花似玉的四太太也够便宜他了；三太太三十来岁却独守空房，像荒地一样撂着，还不如别人代他耕种一下呢。李管家和三太太私通，正是两全其美啊！

如此想来,他倒应该保密才对呢。

何必逮李管家呢?——他们一个东家,一个管家,又是一对好朋友,我只是一个小佣人,我不必多管闲事呀!俗话说,管闲事,落不是。而且,喜财主还经常打我骂我,我也没多挣份儿工钱啊!由他去吧,谁让人家李管家有这种本事呢。

如此想来,他倒有几分羡慕李管家了……

八

喜财主单独继承了父亲的全部家业,财势赫赫,本来就是祁县城的知名人物;加上他常常有出人意料之举,就更是祁县城的新闻人物了。而在他花九千两银子娶了一个姨太太,更是制造了一个爆炸性新闻,他本人也成了祁县城里爆炸性的新闻人物。此后,他本人及家里发生的一切事情,几乎都有了新闻价值,几乎都能成为人们街谈巷议的内容或茶余酒后的话题。

"哎!听说了吗?喜财主的三太太和李管家勾搭上了!哈哈!"

"哦!喜财主喜新厌旧,顾不上三太太啦!听说这三太太才三十来岁,哪能守住空房?嘿嘿!"

"哼!顾不了三太太?恐怕连四太太也顾不了呢!就他那棺材瓤子!将来看吧,他花九千两银子,到头来还不知道是给谁娶老婆呢!嘿嘿嘿嘿!"

"哈哈哈!"

"……"

祁县城长裕川茶楼里,一桌茶客们正在一边品茶,一边议论。喜财主家的事虽发生在大门紧闭的高墙深宅之内，却不翼而飞，成了茶客们桌上的茶点笑料。

好奇心，人皆有之；公平心，人皆有之；审判心，也人皆有之。喜财主特别有钱，做事又特别出格，所以特别能引起人们的关注，好奇心也。而他无德无才，也无善举，仅仅凭父辈留下来的财富，独享超过常人的富贵荣华，所以又很容易引起人们的反感，公平心也。这样，他在物质上太盈足了，人们就会替天行道，抱打不平，在舆论上损一损他：他一有丑事，人们便揭而扬之；一有祸事，人们便幸而乐之！此则审判心也。

长裕川茶楼的大堂里，一群人七嘴八舌，如麻雀相聚：急急躁躁，叽叽喳喳！而楼上的雅座间，两位老者品茗闲谈，则如仙鹤相会：从从容容，雍雍雅雅！

今天，高凤梧得知渠寿昌即将告老还乡，特邀老朋友来本号的茶楼上品茶叙话，以茶代酒，略表饯行之意。进门时听到大堂里茶客们的议论，便以喜财主为话题叙谈起来了。

"寿昌兄，刚才听到楼下那些茶客们的闲言碎语，真让人替这位喜财主担忧啊！如此下去，武家偌大的一份家业可就像冰山一样，渐渐化为乌有了啊！寿昌兄做何感想？"高凤梧说道。

渠寿昌无奈地笑笑，说道："唉！感想颇多啊！一是，我合盛元的两个东家何以一盛一衰，一治一乱？以我看来，两家的差别在于有教无教和有子无子上。郭东家读圣贤之书，有经济之心，故身正而家治；而武东家袭纨绔之风，纵酒色之欲，故身歪而家乱！郭东家兄弟三门，子侄六人，故必须为子孙计，虑事长远，行事谨慎，如此则致祥和之气；而武东家孤身一门，又无子嗣，故无须为子孙计，随心所欲，任性妄为，如此则招败乱之象！"

高凤梧点头赞许："寿昌兄所言极是。二是甚呢？"

渠寿昌略作思考，呷一口茶，说道："二是，郭家何以有教又有子，而武家何以无教又无子呢？此中道理玄冥，难以说明，我举个曾经给凤梧兄说到过的例证，便可心领神会一二。当初，咸丰动乱之际，老东家郭大元组织村人修筑堡墙，费时三年，耗资巨万，终于修建成功，保了一村平安，数十年间，村民备受其益。此后，郭家为村里做了好事，颇受村人称赞感戴，倒是自然的情理；但郭家把巨资捐在了公益上，并非投在字号里，而买卖却越来越旺，持股又越来越多，子孙也越来越繁。而武家却不曾听说在公益上花了甚大钱，做了甚大事，只眼见喜财主的这个样子。这——可就不是自然的道理了，只能说是玄冥的神理！"

高凤梧听着，惊愕了："啊？……"然后又惊叹了，"哦——妙，妙！寿昌兄这第二番见解更是精彩，更是精妙！"

"嘿嘿！凤梧兄过誉了，见笑，见笑！"渠寿昌说道。

……

高凤梧一边叙着话，一边连连举杯，以茶代酒敬渠寿昌："寿昌兄，请用茶！这茶现在已出来地道的味儿了。请！"

"好，好！"渠寿昌也举杯示意，然后呷一口茶，品一番味，夸奖道："哦！好茶，好茶道！还是咱长裕川茶楼地道啊！茶好，功夫也到家，真是咱祁县城第一等的好茶。在我告老还乡之时，能喝一次这样的好茶比吃一桌丰盛的酒席更美呀！多谢凤梧兄了！"

高凤梧说道："寿昌兄道高德厚，是我祁县商界第一等的道德君子，这第一等的好茶理当敬奉你这第一等的道德君子嘛。"

渠寿昌谦虚着说道："不敢当，不敢当啊！我岂敢妄称道德君子，只不过尽力为之而已。做一个道德君子，那需要日积月累，一辈子的修积呢。不瞒凤梧兄说，我这告老还乡，倒也是想积一点德呢！"

"啊？寿昌兄请道其详！"

于是，渠寿昌又侃侃而谈："何谓道？道者，利人利己利事之途也。何谓得道？识此途者即为得道。何谓德？德者，利人利己利事之效也。何谓积德？奏此效者即为积德。道须心领神会，德须身体力行。我执掌合盛元票号四十年来，尽力做到任人唯贤不唯亲，处事唯义不唯心，这不仅是为合盛元这个字号赚钱，也是为我渠寿昌本人积德呢！道理很明白：任人唯贤，利于号事，也利于他本人的发展，我也就积了一份德；而任人以亲，则不仅压抑贤能，耽误号事，也会使他本人力不胜任而灰心丧志，不利于他本人日后的进一步发展，我也就损了一份德。就以我这回告老还乡而言，也是如此：我得以卸下担子颐养天年，享天伦之乐；贺洪如得以施展才华，建人事之功；字号则得以长江后浪推前浪，生生不息……一举而多得啊！明此理，可谓得道；践此行，可谓积德，这不也算完成了一步道德修积吗？呵呵呵！"

高凤梧频频点头，说道："寿昌兄所言高妙！凤梧真是望尘莫及，日后还要多多讨教！"

"凤梧兄言重了，哪敢言教，我只不过是眼前有郭老东家为法，有武东家为戒，近水楼台先得月罢了！"渠寿昌笑道。

高凤梧说道："我能与寿昌兄为友，是我此生有幸也；女婿克凝能以寿昌兄为师，是他三生有幸也！我以茶代酒，再敬寿昌兄一杯！"

渠寿昌也举杯道："彼此彼此，我能有凤梧兄这样的朋友和郝克凝这样的门徒，也是我人生的幸事呀！多谢凤梧兄设茶款待！"

两位老者把盏品茗，谈经说道；推心置腹，崇义尚德……

正是：

上品茶也，其味芬芳；

君子人哉，其德馨香！

九

渠寿昌带贺洪如拜见了东家郭嵘之后,稍作应酬,便打点行装,离号还乡。

这日,合盛元票号为渠寿昌大掌柜隆重设宴饯行,众掌柜伙计轮番向渠寿昌大掌柜敬酒祝词,一个个心殷殷,礼勤勤,情切切,泪盈盈!渠寿昌看到弟子们如此心诚情深,自然也颇动感情,稍开酒戒,多喝了几杯酒,宴会后便也有了睡意。于是,他只得在自己大掌柜的炕榻上再最后躺一回了。

但他哪里能真正进了睡梦之境?只不过似睡非睡,似醒非醒,似梦非梦而已!——

就在他迷迷糊糊之际,便隐约觉得自己的身子变得轻飘飘了,竟慢慢从炕上飘了起来,飘出窗棂,飘到了合盛元大院的屋顶上!他睁眼一看,夕阳灿烂,把合盛元大院的屋顶照得一片辉煌。再一抬头,原来正庭的屋脊上还站立着两只白鹤,仿佛在淋浴着夕阳的光辉,白羽毛上像涂了一层金黄之色,在熠熠闪光!他正想靠近去,白鹤却一扬翅膀,悠然向南飞去了。他还正想知道这白色的仙鹤究竟从哪里来,又究竟到哪里去呢!于是,他又飘起身来,跟随着这两只白鹤向南而去。大约出了祁县城有几十里地,他看到了一处湖泊,只见那两只白鹤掠过湖泊,便落在了山腰间的一棵松树上。他看了看周围,近处坡地上野草茵茵,远处高山上松树森森,耳边更有树上鸟语啾鸣,山涧泉水叮咚,好一番美妙境界啊!

他不禁感叹道:"哦,原来白鹤就在这儿栖息呀,果然是个好地方!哦?原来祁县还有这么一个好去处?"再一看,他又看到了远处山崖上的几个大字:不老南山!"噢,原来这就是人们所说的南山呀,果然名不虚传,是一个修心养性之地啊！我告老还乡之后正好来这儿逛景：有一个佣人一个驭手一辆轿车陪伴，早则迎清风而来，晚则披霞光而归；热则借树影而憩，困则枕绿茵而睡。或依松伴鹤，听百鸟万泉之声；或临湖钓鱼，观水波山峦之形。——如此生涯不亦乐乎！不亦快哉！"

忽然，远处一声雷起，乌云滚滚而来，天上顿时下起了瓢泼大雨。于是他赶紧往回返，但来到祁县城上空时，那瓢泼大雨早已先期而至，正倾泻在整个祁县城上。雨水漫漫，雨雾茫茫，他竟找不到合盛元的院子了。正在犹豫盘桓之际，猛听得天空一声炸雷，他吓得大叫一声："啊！"……

渠寿昌在梦中被惊醒了，头上满是汗水……

"哦——原来我刚才是做了一梦！奇怪……我怎么竟做了一个这样的梦？……"渠寿昌一边擦着汗，一边想道。

但容不得他多想，小伙计高生云已听到他的叫声跑进来了，轻轻说道："大掌柜醒了？是在叫我了吧？"

"嗯？呵呵！"渠寿昌支吾一声，然后吩咐道，"先给我沏一杯茶吧！完了告给李苞，去准备轿车吧！我也该动身了。"

待高生云沏茶上来，又下去传话了。渠寿昌一边喝茶，一边又回味刚才的梦境……

"此梦吉耶？凶耶？……抑或有吉有凶耶？……"这几个问题在渠寿昌的脑子里盘桓着，进而盘旋着，却总也得不出准确的答案，反而觉得脑子越乱了，越胀了！

"干脆！不必想了！——我等凡人，哪里能像周公一样解得了梦？既然解不了，又何必劳神费心去解呢？不必管梦的吉凶，能辨清人世上的善恶是非，如圣人所言，做到善善、恶恶、是是、非非就可以了。人总会遇力所能及之事，也总会遇力所不能及之事。能做好力所能及之事，才算智者，才可以成功；而要做力所不能及之事，只能算不自量力，也只能是徒劳无功。"渠寿昌转而想道。

于是，渠寿昌又释然于心，独自坐在椅子上，悠闲地观茶，喝茶，品茶了。

一会儿，贺洪如和阎文通知道渠寿昌大掌柜醒了，也过来叙话道别。待轿车过来了，贺洪如和阎文通又一左一右陪伴着，一直把渠寿昌大掌柜送到轿车前。

贺洪如作揖道："大掌柜多多保重！"

渠寿昌拱手还礼："洪如不必挂念，我日后在家里含饴弄孙，自是消闲的日子。嘿嘿嘿！倒是你们身担千斤重担，来日方长，得悠着些呀！"

贺洪如点头道："是，多谢大掌柜！"

阎文通也作揖道："大掌柜保重身体！八十岁上，我还要登门祝寿呢！"

渠寿昌嘿嘿大笑，拱手还礼道："彼此彼此，你也要保重！好好地辅助洪如几年，然后再告老还乡，含饴弄孙！到时候，咱俩再相聚饮酒品茶，谈天说地！嘿嘿！只要咱合盛元兴旺着，咱这老一茬人就可以安安稳稳地享受神仙一般的晚年时光啊！"

这时，李苞已将渠寿昌的行装打点好，装在后面一辆轿车里，走过来候着了。

于是，贺洪如阎文通扶渠寿昌上了轿车。

渠寿昌上了轿车，向送别的人拱手施礼，深情道别："诸位请回吧！多谢了，多谢！寿昌这里有礼了！"说着，再次拱手。

渠寿昌一上轿车，一坐上这送别的车具，送别的人便猛然涌动起一阵浓浓的惜别之情，涟涟的惜别之泪！

贺洪如含着泪花说道："大掌柜保重！"

阎文通也含着泪花说道："大掌柜走好！"

轿车缓缓起动，离开合盛元，离开县城，向祁县城东门外三里处的季家窑村驶去。

出了县城东门，轿车走在一条幽静的小路上，一种乡野气息扑入轿车内。渠寿昌打起轿帘，深情地望着这条熟悉的小路，望着小路两旁熟悉的景物，许多感慨油然而生：

我十四岁从这条小路走出来，走进了合盛元学徒；如今我已七十六岁，出来六十多年了，又从原路走了回来……

走时，我还是一个娃娃；如今回来时，我已是一个老汉了……

六十年来，我从学徒到大掌柜，经历了多少风风雨雨，坎坎坷坷……

六十年来，我做了些甚？——为合盛元开拓了一片一片的市场？为合盛元赚了一箱一箱的银子？为合盛元培养了一个一个的人才？……

六十年来，我得到了甚？——给家里盖了一座大院子，够几十口人宽宽绰绰地居住？给子孙赚了几十万两银子，够他们几辈子享用？是的，这都是实实在在的所得啊！然而，何止如此啊？！我这六十多年修炼的做人道德和做事道行，赢得了东家和众掌柜伙计的尊敬和拥戴！这虽然不能像房子银子一样能住能花，却是永远不灭的东西，是一个人活着和死后永远都能享用的东西。俗话说，鸟过留声，人过留名。我渠寿昌能在身后留下一个让人交口称誉的好名声，比留下那些银子更值啊……

轿车在乡野小路上向东行进，身后头顶上是绚烂的夕阳，两旁田地里是丰收的庄稼，正和渠寿昌此刻的心情一模一样：绚烂时，急流勇退；丰收中，满载而归。

轿车走进了季家窑村，走到了一座高墙大院的门楼前。

但见：门楼飞檐斗拱，门面画栋雕梁，其势赫赫，其形煌煌！石阶宽展结实，石狮富态威风，其貌棱棱，其骨铮铮！

两根门柱上则是一副木板雕刻的金字对联：

"读书诵诗乃为知信义，营贾谋利还须法中庸。"——其字凝神，其意通圣也！

轿车在门前停下，轿夫将轿凳摆好，押送行李的李苞也走了过来，和小伙计高生云一起把渠寿昌搀扶下了轿车。

渠寿昌拄杖仰脸，看了一下门楼、门面和门联，得意地点点头，然后登上石阶进了大门。

早有人通报进去，儿媳、两个孙子和几个佣人已经一起出了二门迎候。

儿媳施万福礼："爹！您老回来了！"

佣人施鞠躬礼："老爷回来了！"

两个孙子则喊着"爷爷！""爷爷！"奔跑过来，扯住衣襟，揪住衣袖，欢呼雀跃！——此则看似无礼，实则大礼也。

渠寿昌面对这景象，乐呵呵地笑着，点着头，用手抚摸着两个孙子的头，然后在众人簇拥下过了二门，进了里院。

此时，渠老夫人正在里院的上房门口迎候，笑盈盈，喜滋滋，五十多岁的老夫人依然端庄典雅，风采照人！

"老爷回来了！"

"回来了，夫人！"

于是，渠寿昌携渠夫人入了上房，李苞、高生云也跟随进来。

说话间，家里的佣人已给渠寿昌、李苞、高生云沏了三杯茶水上来，李、高二人哪敢肆意享受大掌柜家的这种款待？他们拘谨地喝几口茶水，稍坐片刻，便告辞回城了。

待两个人一走，渠寿昌就被两个孙子缠住了："爷爷！客人走了，该给我们好吃的了吧！"

"好，好！给你们好吃的！"

于是，渠寿昌回到屋里，从盒子里抓出一把一把的糖果分发：

"这是给樟儿的。"

"这是给桐儿的。"

两个孙子一一捧受了，然后"哦——""啊——""噢——"地叫喊着，跑到院子里相互炫耀着，相互比较着，欢天喜地地享受去了。

"嘿嘿嘿！"渠寿昌望着孙子活蹦乱跳的样子，开心地笑了，那满脸的老树皮似的皱纹，织成了一张灿烂的菊花般的笑容。

从此，执掌合盛元号事四十年的渠寿昌大掌柜归隐乡下，像财主一样享起清福了：身旁有发妻相伴，膝下有顽童回绕。前晌则散步在外，或会旧友以叙情，或面老树而参道；后晌则赋闲于家，或拥夕阳以诵诗，或伴晚霞而赏画。——好一幅优哉游哉的晚年光景。

十

渠寿昌一旦离开合盛元还乡，接班的贺洪如颇有一种空落落的感觉，仿佛身旁一棵大树移走了似的，虽然头顶着天，眼望得远，却没有一点依靠，背靠着"空"了！

当天晚上，贺洪如彻夜静思，了无睡意。

翻来覆去地想了一夜的结果是：渠寿昌大掌柜把号事安顿得熨熨帖帖，严丝合缝，竟是点滴不漏。若无大的时局变化，他这个继任者完全可以当三年的甩手掌柜，待账期下来，合盛元票号照样是红利滚滚。

他暗暗地敬佩渠寿昌大掌柜，感谢渠寿昌大掌柜。

新官上任，总想有一番作为，而他这个上任者却根本无须作为。于是，他又反向思维，想到了黄老的"无为"，也想到了"萧规曹随"。

最后，贺洪如理出了三条思路：

其一，萧规曹随。——在渠寿昌大掌柜的树荫下乘凉享福，且当一阵甩手掌柜。

其二，普施恩惠。——摘上渠寿昌大掌柜种下的果实犒劳众伙友，且当一回散财童子。

其三，相机作为。——一旦发现机会，再施展身手，建功立勋。

而眼下所需做的，只是普施恩惠，当散财童子而已！

次日，贺洪如便叫来大先生阎文通议事。

"大先生，这大掌柜一走，便如同没有了主心骨，我心里又空又虚，束手无策。还请大先生大力帮衬啊！不知大先生对我合盛元的未来作何打算？请大先生赐教一二。"

阎文通微微一笑，说道："二掌柜太谦虚，太客气了！我帮衬你是自然的，岂能说'赐教'？嘿嘿嘿！不过，我与你倒有同感，大掌柜这一走，我确实也是心里空落落的。昨晚半夜未睡，一直想着大掌柜走了以后咱们该做的事呢。"

"哦？大先生请讲，咱该做些甚？"贺洪如问道。

阎文通摇头，又微笑着说道："我想来想去，竟没有甚该做的事！如果硬说该做，那便是该做两件事。"

"哪两件事呢？"贺洪如问着倾过头来，洗耳恭听。

"其一，是萧规曹随。"

"嗯。"贺洪如点头，这与他想的正好一致。

"嘿嘿嘿！其实，这也不过是无为之为，算不上是真正该做的事。"阎文通又笑着补充道。

"二呢？"贺洪如又急切地问。

"二嘛！"阎文通又微笑着说道，"也是极容易做的吧！新官上任嘛，不是放火用威，便是行赏施恩。如今咱合盛元让大掌柜安顿得熨熨帖帖，你这新官无火可放，无威可用，也就只有行赏施恩了众掌柜伙友了。嘿嘿嘿！"

"呵呵呵！"贺洪如听罢，嘴里发出了爽朗的笑声，脸上绽放出了灿烂的笑容。"大先生所言正是洪如所想，看来也唯有这两件事可做了。"

"哦？你也是这么想的？正是不谋而合啊！呵呵呵！"阎文通也爽朗地笑了。

说罢，笑罢，二人又不禁饮水思源，念叨赞叹起渠寿昌大掌柜来。

"大掌柜可真是雄才大略，高风亮节，我合盛元上下备受其恩泽呀！"阎文通说道。

"大先生所言极是！大掌柜为合盛元打下了江山，轮到我们坐享便是！大掌柜真是我晋商翘楚，人伦楷模！我倒想，在大掌柜八十大寿时，为他操办一下，合盛元上下共同赠他一块好匾！"贺洪如感叹着说道。

"难得洪如能有这番美意！好，甚好！"阎文通听着，点头称赞。

接下来，二人又商议"行赏"之事。

"怎么个赏法呢？咱这合盛元的掌柜们多是一个账期分红数千两银子，银子给少了，一二百两银子也无关痛痒啊！给多了呢，就得千儿八百的，又风声太大，东家那里也难开口交代呀！……"贺洪如说道。

阎文通点点头，说道："确是这样，多了不是，少了不是，这个'恰到好处'就很难把握呢！"

经过一番思量，终于想到一个既便于合盛元号事又惠于众伙友的妥善法子：给各驻庄老板补助一千两银子，让他们捐官：没有捐官的捐官，已捐官的再升一个品级！其他的小掌柜伙计们则二百两至二十两不等，让他们各做一套像样的衣裳……

于是，阎文通大先生给各分号掌柜拟了一封书信：

合盛元各分号掌柜：

　　特知会：谨遵郭嵘大东家和渠寿昌大掌柜嘱托，从即日起由贺洪如二掌柜全权代理我合盛元大掌柜一职。望各分号众掌柜伙友，一如既往，恪守本职，为号事殚精竭思！

　　渠寿昌大掌柜执掌我合盛元号事四十年，功高德昭，恩施惠及，我等合盛元众掌柜伙友无不敬之爱之，拥之戴之！渠寿昌大掌柜为合盛元号事操劳一生，鞠躬尽瘁，而今年七旬有六，依然老骥伏枥，以老迈之体而肩负千斤之担，吾辈何忍其负重如此耶？故渠寿昌大掌柜既有暂还乡里、享受自在之意，大东家自然成人之美，吾辈也自当想其所想，遵其意而顺其心也。

贺洪如二掌柜全权代理号事以来，夙兴夜寐，心则战战兢兢，身则殷殷勤勤，心怀合盛元兴旺发达之希冀，念及众掌柜伙友处事交际之需要，于是秉东家一贯仁厚之心，承大掌柜向来慈爱之意，特在法度之外开恩施惠，列等于下：

一、予以各分号掌柜一千两捐官银；

二、予以各分号身顶五厘以上生意者二百两衣资银；

三、予以各分号身顶四厘五生意者一百八十两衣资银；

……

十、予以各分号身顶一厘生意者四十两衣资银；

其余白身者及学徒者等每人二十两衣资银。

望各分号掌柜伙友感斯恩，戴斯德，既受惠于身，必竭诚于号，则我合盛元之事业可继往开来，长兴长盛也！

……

于是，经贺洪如过目后，阎文通让信房将这封书信抄与二十米份，然后加盖了合盛元总号的印章，分别向全国各码头的分号寄出去了。

十一

北京分号掌柜郝克凝看到总号的书信，颇为高兴：北京王公如云，高官如雨，而票号的大主顾多是这些王公高官，或去衙门办事，或上府第拜谒，连官品低了都受歧视，没有官品的白衣更是多有不便。如今总号给一千两银子让捐官加品，正中了他的心思。

这捐个什么品级的官也颇费心思呢。一是花银子多少需根据自己的财力，二是捐官大小需根据实用的情形：在这京城大都，若捐个七品八品的官，穿起官服来太不起眼，近乎白衣，没人待理。可若捐得大了，二品三品的，穿起官服来又太扎眼，反而惹那些四品五品的官员反感。

郝克凝正在掂量这件事时，载振带一个跟班进了郝克凝屋里。

一照面，载振便笑意盈盈地打招呼："耀庭兄！生意兴隆啊！"

郝克凝赶忙笑脸相迎，说道："啊，是振爷来了。托福，托福！有您这位财神爷保佑，生意自然兴隆。哈哈，请坐，请坐！"

颇有眼色的小伙计喜鸣早已进来，给载振上了茶水，顺便领着载振的跟班下去喝茶了。

"振爷，请用茶！"郝克凝殷勤招呼道。

"好，谢谢！"载振说着，呷了一口茶。

"振爷今天来，是取用？还是存放？或是闲逛逛？"郝克凝探询道。

"嗨！取什么！这一阵子家里的银子还没地方搁呢。存！存十万！"载振说着，便从身上掏出一沓银票，递给郝克凝。

郝克凝赶忙接住，连声说道："好，好！多谢振爷关照，多谢振爷关照！"

郝克凝拿着银票，回到桌上点了点，拨了几下算盘，然后说道："对，正好十万两。咱们还是老规矩，存期一年，利息随行市就高不就低。现在的利息行市是二厘五，一年期满的利息是三千两。如果以后利息低下来了，仍按这三千两付息；如果以后利息高起来了，我给振爷另行补贴。至于给振爷额外的意思，也比照旧例。怎么样，振爷意下如何？"

"行！就依耀庭兄的！"载振也很爽快地应道。

郝克凝知道载振家里正是进银子的时候，其父庆亲王六十大寿大宴宾客，银子进账分明如流水一般呢！但他不能直言，也不能不言，只得美言了："听说庆亲王的六十大寿办得非常红火，非常漂亮。全靠您这位孝顺儿子给张罗啊！"

"那可不！生日那天，只请二品以上的坐席，还开了三十几桌呢！我听那老臣们也说了，这些年来，京城里数了太后的六十大寿第一，我父王这回就算第二了。哈哈哈！"载振得意地说着。

郝克凝说道："应该，应该。庆亲王为国操劳，栽培了那么多的门生故吏，这时候他们自然应该孝敬孝敬！"

"那是！连太后都派人送来了一件貂皮袭服做贺礼呢！而且，还当下颁旨，赏封了我一个镇国将军呢！"载振继续说道。

"啊哟！恭喜，恭喜！恭喜振爷进封镇国将军！"郝克凝说着，连连拱手作揖。

"哈哈哈！"载振又得意地笑起来了。

郝克凝又说道："遇此喜事，我得为振爷庆贺一下。我做东，咱们今天晌午去全聚德吃烤鸭。振爷意下如何？"

载振更高兴了："哈哈哈！多谢耀庭兄美意！不过，这些天家里实在事儿多，抽不开身子。改日吧，我还得赶紧回去呢！。"

"这……也好！随振爷的意，抽振爷的时间，改日为振爷庆贺。"

郝克凝殷勤地去为载振办了存银手续，殷勤地将载振送出合盛元票号的门口，回来坐在桌前得意地喝着茶，满脸笑容，满心欢喜："嘿嘿！又是十万两银子存进！稍作调度，一年便是五六千两的赚头！而且，庆亲王权势正隆，财源滚滚，只要我与载振保持好交情，这些数额的存银恐怕只是探路的小石子，来日方长，大数额的银子分明还在后头呢！"

然后，郝克凝又盘算道："载振这儿是一笔大而长久的生意，故而，对载振的殷勤不能少，给载振的好处也不能少。虽说是十来年的交情了，但都是官场上商场上的人，都讲究实际，都会权衡利弊，最终得靠银子说话。嘿嘿！盛情以交之，善言以结之，善始也；大钱以诱之，厚利以润之，善终也！如此则可周而复始，生生不息……"

把生意上的正经事盘算好了，郝克凝很惬意地品一番茶，却又情不自禁地想起庆亲王府"家里的银子没地方搁"的情景，心中不由得生出几分羡慕之情和妒忌之意，进而有点替国家担忧，为社会抱不平了：

"人们都说票号是摇钱树，可比起像庆亲王这样的王公大臣来，有钱的票号只是小摇钱树，这些掌大权者的府第衙门才是大摇钱树呢！靠力挣钱的，固然不如靠钱挣钱的；而靠钱挣钱的，又远不如靠权挣钱的呀！靠钱挣钱的，只不过买卖存放，精打细算，到头来赚个什一之利。而靠权挣钱的，生杀予夺，心如黑炭，口如血盆，比拦路抢劫的土匪强盗有过之而无不及！此等靠权挣钱的买卖，完全是一本万利，甚至无本万利！

"像庆亲王这样，过一个六十寿辰，仅那桐这一人就'孝敬'了五万两白银！另外还会有数十成百的人如此'孝敬'呢！唉！还是当大官好啊！收的银子归于本人，自己肥了，于他何美！而出的官位和银子属于朝廷，名器烂了，国库空了，又与他何干！如此如此，他又何乐而不为啊！

"唉！草民，草民！民如草啊！那些面朝黄土背朝天的农人，终日从土地里刨食，不像草吗？还有那些走街串巷耍手艺卖苦力的工匠，更像是墙根下道路旁的草，连农人也不如！乡绅地主商人呢，虽靠着财势和算计从这些农工身上取利，却也不过像是一只只吃草的羊而已，到头来也得被吃掉！那些王公大臣呢，哪个是吃素的？全是吃肉饮血的主儿！

他们才真正是心如黑炭、口似血盆的虎狼呢！唉！民如草，商如羊，官如狼啊……"

郝克凝这么一细想，倒不得不为自己感叹几声了："所幸啊，我以今天的地位身份，已不是一棵草了！不幸啊，我如今也不过是一只羊啊！……"

……

经过一阵胡思乱想，郝克凝又思归正经，谋归正事了："唉！在商言商吧！这些事与自己没有直接的关系，况且自己也左右不了这些事，何必白费脑筋呢！我与载振还得密切交往，我还得利用庆王府滚滚流淌的银子，借水行舟呢！"

十二

存银子的载振刚走一会儿，揽生意的送信官局孙协理又登门合盛元了。

孙协理与合盛元管收发信件的账房先生赵儒义磨蹭了半天，大谈送信官局的实力、势头和若干条方便客户的措施，但赵儒义仍不能给他肯定的答复。于是，他便不肯走人，非要面见合盛元老板郝克凝不可。

赵儒义碍于情面，只得向郝克凝通报："郝掌柜，送信官局的孙协理来了，又来劝说咱合盛元通过他们送信官局走信，非要见见您呢！"

郝克凝知道，赵儒义既然这样通报，也就有想让见见的意思，便说道："你要觉得需要，就引进来吧！"

赵儒义下去，郝克凝便将思路转在送信官局上，暗自思忖：这送信官局自从光绪四年由海关总税务司开办以来，经过二十多年的发展，看来是渐成气候了。近来又风闻，朝廷对此愈来愈重视，要举办大清邮政呢！借着朝廷的官威，这送信官局变成了大清邮政，如此下去，势必幼虎成了老虎，这数百家民信局就如同群羊了，结局可想而知：群羊愈来愈瘦而少，老虎愈来愈肥而大……

郝克凝思忖一番，心里也就有了底：与这官营信局打交道，也得参照以往与官府衙门打交道的法子：得罪不得，紧靠不得。有利则靠，则捞；有害则溜，则跑！

一会儿，赵儒义领着孙协理进来了。彼此寒暄一番，让座上茶罢，孙协理便满脸堆笑，客客气气地说道："郝老板乃京都的商界巨擘，孙某久有仰慕之心；合盛元乃我京都的大号，我送信官局也久有攀缘之意。无奈，我信局草创伊始，任职不得其人，处事不得其法，说来生意也只能用'蹉跎'二字，十数年间，了无起色！故而孙某也就无颜与郝老板谋面，信局也无缘与合盛元共事。惭愧，惭愧呀！"

孙协理振振有词，彬彬有礼，郝克凝倒不得不对他刮目相看，以礼相待了。于是，他拱手说道："孙协理也太谦虚了，太客气了！请用茶！慢慢说来，愿闻其详。"

孙协理也高兴了："谢谢！多谢郝老板赏脸！"

孙协理呷一口茶，接着说道："近日，蒙皇上恩准，将送信官局从海关总税务司名下分出来，并更名为大清邮政局，委派大臣总管。现在，我们大清邮政局革故鼎新，人得其位，事得其法，面貌焕然，绝非从前送信官局可比！……故而，孙某斗胆与郝老板谋面，愿与宝号共事。还请郝老板能赏个面子，将宝号的信件往来生意，分一杯羹于孙某！"

孙协理说罢，拱手施礼。

"好说，好说！"郝克凝认真地听了孙协理的介绍，点点头，说道："只是贵送信官局——哦！不，该称呼'大清邮政局'了！——时下的送信资费高低如何，送达时间快慢如何，送达地点多寡如何，以及朝廷投资规模大小如何……我们对这些尚需知晓一二，才好决定可否啊！"

"那当然！"孙协理说道，"这是我们各项事务的清单，请郝老板过目。"说着，孙协理将一沓广告单子递给郝克凝。

郝克凝接过来，认真翻看：

一是资费标准，与时价倒也相符，偏僻之地还比那些民信局便宜一些。

一是送信时间，分快慢两种，不像民信局那样有特殊服务，但大致的情形和民信局相差无几。

一是送达地点，遍及通都大邑，足有二百多处，连外蒙的库仑、新疆的迪化等荒远之地都有了，这比民信局就显出了明显的优势。

还有朝廷重臣张之洞疏请举办邮政的折子：

泰西各国视邮政重同铁路，特设邮政大臣综理。取资甚微，获利甚巨。即以英国而论，一岁所收之费，当中银三四千万两，各国通行，莫不视为巨帑。且权操于上，有所统一，利商利民，而即以利国……此各国通行之办法，有利无弊，诚理财之大端，便民之要政也。

郝克凝看着张之洞的折子揣度："英国邮政一年收费三四千万两银子！此乃大利也，朝廷岂能不眼红心动？与英、法、美、德、日本诸国争夺邮政利权。此则大义也，国人又岂能有二话？……如此如此，大清邮政岂有不兴之理？"

其实，郝克凝与孙协理一见其面，二闻其名，已有三分合作的意愿了。再看看那些广告单子，斟酌揣度一番张之洞的折子，就更有八分意愿了。于是，他对孙协理说道："贵局的情形我也略知一二了。你我都是买卖中人，凡买卖之道讲个互利互惠。若贵局诚如广告所言，我合盛元岂有不合作之理？容我和柜上同仁商量一下，日后再谈合作细节，孙协理意下如何？"

孙协理自是满心欢喜："好，好！郝老板真是痛快之人！那我就告辞了，日后再来叨扰。"说着，拱手告辞。

送走了孙协理，郝克凝当即安排赵儒义："我看这送信官局成了大清邮政局，分明是乌鸡变凤凰了，看来与他的合作是势在必行了。只不过是迟早的事情，早一步，能占一个优惠价，还能送孙协理一个人情，日后好办事；迟一步呢，恐怕就优惠价和人情都落不上了。下次他再来，你就和他协商确定了吧。"

赵儒义点头应诺。

说罢，郝克凝呷一口茶，叹一口气，说道："唉！这送信官局成了大清邮政局，来势汹汹啊！如此一来，他们把稠的肥的都捞了，民信局可就只有喝稀的吃瘦的了！"

赵儒义应道："是呀！谁能抗过官府呢？不过，这对咱票号倒是好事，选择余地大了，信资却低了。嘿嘿！"

郝克凝却摇了摇头，说道："眼下看来对我票号固然是好事，但将来却未必是好事。听老掌柜们讲，先有宁波人的民信局，而后有我山西人的票号，试想一下将来，会不会先有官办信局，而后有官办票号呢？如果将来有了官办票号，我山西票号的处境就和现在的民信局一样了啊！"

"哦！"赵儒义应着，颇有三分省悟，更有一缕忧思挂在了眼神里。

如此一想，眼看着官办信局的即将兴起，估算着民办信局的即将衰微，这二位票号的掌柜和先生倒颇有几分兔死狐悲的伤感了。

"不过，"郝克凝话语一转，又说道，"这也是若干年以后的事了，我们先不用管它；我们能把眼下的事做好就行了。俗话说，车到山前必有路，将来或许有更好的生意呢！"

"是，是。"赵儒义应诺着，眼神中对将来的一缕忧思又转成了对未来的三分憧憬。

十三

当晚,郝克凝照例是捧一杯茶,伴一盏灯,收阅当天的所有来信,然后提笔给总号和各分号写若干封信件,最后再翻阅报纸。

他先看了七八封公信,然后给头寸紧缺的汉口营口等处写信,说明京师存银又增十万两,让他们择人相机放贷,并可积极揽收汇往京师的生意。

待公务处理完了,才拿起从长裕川茶庄岳父处寄来的家信,掂了掂分量,猜了猜内容,然后拆阅:

贤婿耀庭:

见信如面。

从渠公寿昌先生处得知,贤婿驻京号以来颇有作为,吾等颇感欣慰!望贤婿一如既往,勤勉竭诚,以报渠公寿昌先生擢用之恩,以慰郝、高两家厚望之情也。

特告知贤婿:尔妻雅芝已于十一月初六分娩,喜得贵子,母子平安!产后诸事,家中已然妥善安顿,勿念。

别无赘言。

时将寒冬数九,望自珍重!雅芝托吾问好!

翁名不具

郝克凝读罢信,满心欢喜;然后他又压制住这种欢喜,又从头仔细读了一遍,果然是天大的喜事!于是,他欣喜若狂,自言自语:"啊!我有儿子了,我有儿子了!我媳妇真行,真给我争气!新婚不到十天就给我怀上孕，新婚当年就给我生出来一个儿子！"

郝克凝在欣喜之余，心中又泛起一阵对妻子的感恩之情，和一种对天地的感恩之情："真是谢谢你了，雅芝，你真是我的好媳妇！真是谢天谢地了，天地爷对我郝克凝真是眷顾啊！"

一种巨大的幸福感涌动在郝克凝的胸腔："我郝克凝真幸运啊！媳妇美貌漂亮，温柔多情，还如此会怀孕生养，一生就是一个儿子！这样的媳妇真是百里挑一，我也真是万般幸运啊！"

同时，作为一个男人的巨大成就感也涌动在郝克凝的心头：拥有这么好的媳妇，择妻有道也；在新婚十天内就让妻子怀孕，种子有功也；在新婚当年就能拥有一个长鸡鸡带把把的儿子，为孝有后也！

郝克凝兴奋地在地上踱起步来，幸福地对妻子表白起爱来："雅芝，你真好，真行！我好想你，我好爱你！我真想亲你，抱你！我也真想亲亲咱们刚出生的儿子，抱抱咱们刚出生的儿子！可惜，我在千里之外的京城，身不由己，不能立即回到家里看望你们，照顾你们；我唯有在这里祷告老天爷，求他老人家保佑你们！"

炉火熊熊燃烧，满屋暖融融的；胸膛灼灼发热，浑身热乎乎的。郝克凝索性开门来到院里，冒着清冷的寒风，望着清澈的星空，为妻子和儿子祈祷平安，祈祷幸福……

郝克凝在院里站了许久，浴着清风，沐着星光。

"啊，好爽快！好舒服！"他自语着，眼里闪烁着得意的光彩，嘴里呼出流畅的气息，直到听见三更的打更声，才回身进了屋里。

郝克凝正处在幸福中，兴奋中，他了无睡意，于是又坐在桌前，饱含情意，饱蘸墨汁，给岳父大人高凤梧写了一封回信……

写罢信，封好口，他却仍没有一点睡意！便索性拥被，依几，翻看起了当日的《申报》，正有一行醒目的标题跃入他的眼帘：盛宣怀督办卢汉铁路！

再细看内容：

> 直隶总督王文韶、湖广总督张之洞共举津海关道盛宣怀为卢汉铁路督办，朝廷允之，命以四品京堂督路事。盛宣怀条陈四事：特设铁路总公司，拨官款，募商股，借洋债……

接下来，则是若干关于兴建铁路的背景资料汇集：

一是同治年间，李鸿章首议兴建铁路之利，而朝廷非议，未能实行。

一是光绪初年，英人擅筑上海至吴淞铁路，廷议哗然，朝廷命李鸿章偕两江总督沈葆桢禁止，经盛宣怀等谈判，以二十八万两银子购回废弃。

一是光绪三年，商人筑起唐山至胥各庄铁路八十里，此为中国自筑铁路之始。

还有刘铭传、刘坤一、左宗棠、奕䜣等王公大臣关于兴建铁路的疏言……

而最为系统、条理而且具体务实的则是张之洞当初在粤督任上关于兴建腹省干路的疏言：

> 今日铁路之用，以开通土货为急。进口外货，岁逾出口土货二千万两，若听其耗漏，以后万不可支，唯有设法多出土货，多销土货以济之。有铁路，则机器可入，笨货可出，山乡边郡之产，悉可至诸江岸海堧，流行于九州四瀛之外矣。
>
> 而沿江沿海、辽东三省、秦陇沿边，强邻窥伺，防不胜防。若无铁路应援赴敌，以静待动，安得无数良将精兵利炮巨饷而守之？宜先择四达之衢，首建干路，为经营全局之计……
>
> 语其便利，约有数事。内处腹地，不近海口，无引敌之虑，利一。南北三千余里，原野广漠，编户散处，不似近郊之稠密，一屋一坟

易于勘避,利二。干路袤远,厂盛站多,经路生理既繁,纬路支流必旺。执鞭之徒,列肆之贾,生计甚宽,舍旧谋新,绝无失所,利三。以一路控八九省之冲,人货辐辏,贸易必旺。将来汴洛、荆襄、济东、淮泗,经纬纵横,各省旁通,四达不悖。岂唯有养路之资费,实可裕无穷之饷源,利四。近畿有事,三楚旧部,两淮精兵,电檄一传,不崇朝而云集都下。或内地偶有土寇窃发,发兵征讨,旬日立可荡平。征兵之道,莫此为便,利五。中国矿利,唯煤铁最有把握。太行以北,煤铁最旺而最精,而质最重、路最艰。既有铁路,则辇机器以开采,用西法以煎熔,矿产日多。大开三晋之利源,永塞中华之漏卮,利六。海上用兵,首虑梗漕。东南漕米百余万石,由镇江轮船溯江而上,三日而抵汉口,又二日而达京城。由卢沟桥运赴京仓,道里与通县相等,足以备河海之不虞,辟飞挽之坦道,而又省挑河剥运之浮縻。较之东道王家营一路碍于黄河下流者,办理转有把握,利七……

郝克凝看着报纸沉思,揣度着这回事:

"看来,议了多少年的铁路,是要大规模修建了;随之,自然会有银子大规模地流动,我票号也就该延揽到大规模的汇兑生意了。甲午赔款已然有二亿三千万两银子的汇兑,这卢汉铁路长达三千余里,费银至少三千余万两,再加上建站购车等运营设备至少一倍的费银,还有将来的苏沪铁路、粤汉铁路,银子的流动量何止一亿两!……未来几年我票号是大有生意可做呀!"

于是,他又想道:"看来,日后与官府打交道的机会是越来越多了,捐官一事也就该尽快办理了。"

接着,经过一番掂量,捐官的品位也就有数了:"那桐是四品官,盛宣怀这些道员们也多是四品官,我就比他们低一品,捐个五品官吧!"

然后,郝克凝又思量这些人:

"左宗棠、李鸿章、刘铭传、张之洞这些能臣干将们倡议筑建铁路，分明是英雄所见略同啊！而张之洞的折子更是富有真知灼见，条条在理，句句务实，分明是一位经邦济国的大才啊！"

郝克凝上午刚从孙协理那里看了张之洞关于举办大清邮政的折子，本已对张之洞敬佩不已；现在又从报上看了张之洞这个关于兴建卢汉铁路的折子，对张之洞就更加敬佩了。不过，这些大臣们位高权重，德高望重，只可仰视慕名，不可相与谋利。可相与谋利者，唯有这个官位小而管事大的盛宣怀！

"盛宣怀……津海关道……他原是户部的属下，应该和那桐有交情……"

郝克凝看准了可相与谋利的盛宣怀，又想到了刚与自己结为金兰之好的那桐。

十四

刚过冬至，北京城飘飘扬扬地下起了一场大雪。

但见：时而朔风搅雪，如数百条玉龙翻滚搏斗，如数千只白虎腾挪扑打，其声啸啸，其势咄咄！时而天女散花，摆银袖而翩跹起舞，甩素练而缥缈弄姿，其态优雅，其韵悠扬！

风雪过后，整个北京城银装素裹，玉宇琼楼！面对这番景象，郝克凝虽不能像文人士大夫一样去仔细品味，吟诗作画，却也觉得悦目赏心，浑身惬意！

郝克凝狐帽轻裘，坐轿去那桐府上拜访。

那府佣人看到郝克凝，自是笑脸相迎："郝老板来了！请进吧，老爷正在书房呢！"

来到那桐书房前，佣人进去回禀，郝克凝则一边跺脚弹雪，一边扫视一下那府的院子，但见铺砖的小径早已清扫得整洁干净，而栽树的小畦则堆满了积雪：其形可观，如山如丘；其实可用，如棉如袭，院中好一幅优雅幽静的冬景！

那桐走出书房，拱手迎接："啊，耀庭兄来了！快进来吧！"

"啊，琴轩！"郝克凝也拱手施礼。

郝克凝随那桐进了书房，一边摘帽脱袭，一边说道："这一场雪下得好啊！虽说是天气冷了些，但景色白皑皑的，像去了天宫仙府，让人看着眼里舒服，心里也美！"

"哦，原来耀庭兄还有此雅兴啊？呵呵呵！"那桐笑道。

"呵呵呵！近朱者赤嘛！经常和琴轩这样的文人厮跟，还能不长些雅兴？"郝克凝也笑道。

"对对对！耀庭兄真是脑筋过人，若能多读几年书，也是一块举人进士的料呢！来来来，坐到炉子跟前烤烤！先喝一杯红茶暖暖身子！这是安徽粮道送给我的上等祁门红，品一品味道如何！"

那桐说着，提起正煮在火炉上的铜茶壶，给郝克凝倒水。但见：茶碗靛青而庄，颇具雅风；茶水铜红而艳，如有灵气！

郝克凝端起茶碗，观赏一番，品呷几口，连声称赞："嗯，好茶！真是好茶！"

"嘿嘿，耀庭兄慢慢用吧！"那桐说着，也端起茶碗呷一口茶水。

郝克凝品着茶，看了一下书桌，正摆放着一本《新评绣像红楼梦全传》，便说道："琴轩在看闲书啊？哈哈！赏着白雪，喝着红茶，再看一本闲书，琴轩真是神仙一般的光景啊！"

那桐笑道："哈哈，今天闲着，看本闲书消遣消遣！耀庭兄也看这些小说吗？"

郝克凝说道："也看。不过，我文化浅薄，只是看看故事，不懂得门道，只知道红火热闹而已！"

那桐问道："《三国志》《水浒传》《西游记》《金瓶梅》《红楼梦》都看过吗？"

郝克凝答道："倒是看过，但都是走马观花而已。"

那桐又问："那你最爱看哪一本？"

郝克凝说道："哦……我还是最爱看'三国'。"

那桐笑道："噢！看来耀庭兄是帝王将相的情怀呀！呵呵呵！"

"哦？"郝克凝有点惊讶了，问道，"琴轩何以见得呀？"

那桐又笑道："物爱其类嘛！这几本书中，《三国志》写的是帝王将相，《水浒传》写的是英雄豪杰，《西游记》写的仙人神怪，《金瓶梅》写的是淫男荡女，《红楼梦》写的是公子小姐。——耀庭兄既是最爱看'三国'，自然就是帝王将相的情怀了。"

"哦——琴轩真是高见！"郝克凝说着，竟对这几本小说饶有兴趣了。于是，又继续问道，"这几本书中，有人说'三国'好，有人说'水浒'好，也有人说'西游'好，还有人说《金瓶梅》或《红楼梦》好，可谓众说纷纭，莫衷一是。那——依琴轩之见，哪本书最好呢？"

那桐也对这个话题饶有兴趣了，于是津津乐道起来："依我看来，也不能说哪本最好，只能说各有其长，各有其短，而读书者又各有所好。凭我这些年读这几本书的心得体会，这几本书凑起来倒是一个完整的神怪之物：龙头，虎爪，鹤翅，驴鞭，凤尾。'三国'如龙头，'水浒'如虎爪，'西游'如鹤翅，《金瓶梅》如驴鞭，《红楼梦》如凤尾。"

郝克凝又惊讶了："哦？请道其详！"

那桐解释道："龙头者，高也，雄也，吞天吐地也，'三国'里面正有这种吞天吐地的高雄之气。虎爪者，狠也，猛也，扑抓撕杀也，'水浒'里正有这种扑抓撕杀的狠猛之风。鹤翅者，飘也，逸也，翩然乘云上九霄，决然凌风十万里，正是'西游'所见也。驴鞭者，淫也，荡也，男子如狗如驴，女子如猫如狐，正是'金瓶'所装也。凤尾者，形美色艳，华丽如绸缎；意深韵长，缠绵如琴瑟，这正是'红楼'所特有也。"

郝克凝听罢，拍手笑道："妙！妙！琴轩所言，实在让人眼界大开，真是精彩精妙！"

那桐意犹未尽，继续说道："所以嘛，禀将相气者爱'三国'，禀江湖气者爱'水浒'，禀神佛气者爱'西游'，而失落的布衣文人和失恋的纨绔男女则爱'红楼'。至于《金瓶梅》嘛，自然是那些心灵龌龊之徒、生性淫荡之辈所爱了。"

"那——"郝克凝听到这儿有些疑惑了，"可我虽然最爱看'三国'，但有时却也爱看'水浒''西游''红楼'甚至《金瓶梅》呢！这又是怎么回事呢？还请琴轩赐教一二！"

那桐笑道："岂敢！岂敢！我只不过是随心而想、随口而说罢了，岂敢言赐教二字？！其实，这样的情形不只是耀庭兄如此，我也如此，而且人人如此！为何？就是因为：一个人身上所禀赋的不止是一种气，而是禀赋若干种气，只不过某种气多，某种气少罢了。就依耀庭兄而言，主要禀赋有将相气，脑袋里就经常充着这种将相气，所以主要是将相情怀。其他气呢，常常被这种将相气压迫在拐弯旮旯里圪缩着，抬升不起来。但这些气偶尔也会抬升，一旦上升到脑袋里，这时候你就是另外一种情怀了：江湖气上升，你就爱看'水浒'了；神佛气上升，你就爱看'西游'了；多愁善感的文弱气和女儿气上升，你就爱看'红楼'了；而淫荡气上升，你就爱看《金瓶梅》了。"

"哦！哦！"郝克凝听着，似乎幡然省悟了，于是感叹道，"听琴轩几番话，真像是读了几年书，长进不少，获益匪浅！"

那桐演说一番，自是得意，笑道："呵呵！只是随便说说闲话而已，耀庭兄不必当真！哈哈！——耀庭兄今天来，应该有正事吧？"

于是，郝克凝将报纸所看的关于"盛宣怀督办卢汉铁路诸事"向那桐说了一遍，并表明心思：想托那桐引见，结交盛宣怀以延揽汇兑生意。

那桐很爽快地应承道："这个自然！耀庭兄的事就是我的事，我自会全力协助！"说着，又爽朗地笑了起来，"哈哈！耀庭兄放心好了，这件事我早已替咱合盛元操上心了：他这回领命面圣，我已见过他，打过招呼了，他这儿的银两汇兑少不了合盛元的份子！"

郝克凝满脸笑容，谢意盈盈，说道："那太好了！多谢琴轩了！"

那桐也是满脸笑容，却是得意扬扬："嘿嘿！自己兄弟，客气什么！以后我给你们安排个时间，见见面，吃吃饭，就熟惯了，熟惯了就好共事了！嘿嘿嘿！"

"好，好！让琴轩费心了！"郝克凝说道。

"嗨，费什么心？不就是说句话吗！"那桐说道。

"现在琴轩的话可是一语千金呢！上次给营口海关道周道台的那封信，可顶上用了！"

"营口海关道？哦！嘿嘿！官场上就是如此，庆亲王这么一提携，太后那儿又认了族亲，同僚们自然会刮目相看，敬重三分！呵呵呵！不过，这还不是耀庭兄撺掇帮助的吗？要不是耀庭兄那十万两银子，我怎么能攀上庆亲王？攀不上庆亲王又哪里能认上太后呢？"那桐说道。

郝克凝说道："哪里。琴轩言重了，区区十万两银子算什么！还是琴轩的造化大，才华高啊。要不然，十万两银子或许会打了水漂呢！"

那桐笑笑，又问道："现在营口的形势稳定了吧？"

郝克凝答道："还好，只是日本人霸道得很，如今快成日本人的天下了。"

那桐听罢，叹了一口气，说道："如今我们大清国势衰微，军队疲弱，再加上甲午战败，洋人的气焰愈来愈嚣张！实在是为难我们大清的商民了！"那桐说罢，眼神中饱含着浓浓的忧郁之情。

郝克凝听着，木然点点头，轻叹一声。

那桐叹了一口气，又说道："我看眼下的情形，洋人在我大清已经反客为主了，无论朝廷还是商民，都得看洋人的脸色。也唯有相机行事，顺势而为了。"

郝克凝听罢，也是一脸的忧郁和无奈：营口如此情形，实在是难为年仅二十来岁的申树楷了……

十五

寒冬腊月，大雪纷纷，营口厅的天上漫舞着白茫茫的雪花，地上则笼罩着白皑皑的雪绒，房上、树上、街上，到处都是白的世界，都是雪的天下，都是花的海洋！

上天的美无处不在：江南红梅花盛开，塞北则白雪花烂漫！上天的美又无时不有：春暖夏热时，百花竞艳，万紫千红；而天寒地冻时，一枝独秀，一统江山！

雪花何以有如此一统江山的帝王之气？——因为雪花的本质是水花，而水花是百花之母：木开花，草开花，五谷蔬菜开花，都是水使之开花！百花禀赋于水花，故而开花。水花又从何而来？从上帝那里禀赋而来：当上帝开心地微笑时，水仰承天颜，便禀赋了这种美丽的花姿、花容和花魂。

水花何在？——无处不在，无时不有：顺则静悄，隐形为涟漪，并不张狂；逆则咆哮，现形为浪花，绝不气馁！暖则成人之美，相与百草千树共沐和煦宜人的南风，变形为草木之红花黄花，使世界忘我；寒则修己之真，单身只影独浴凛冽刺骨的朔风，赋形为本色之雪花冰花，使世界知我!

甲午战争以来,营口的时局正如这关外的寒冬腊月,而合盛元营口分号新任掌柜申树楷又恰如这关外的雪花:一枝独秀,一统江山!就在营口的许多票号钱庄老板们畏缩观望时,申树楷却在营口相机行事,顺势而为,早已把生意做得红红火火了。

相什么机?——大商机。

甲午战后,百废待兴,而银根奇紧,首要的事情就是急需注入大量的银钱。奇紧而急需,银子的利息也就极其可观了。票号做的是银钱买卖,外地二厘上下的低息揽存,此地一分上下的高息放贷,如此巨额的利差犹如一块大肥肉!

顺什么势?——主要是官府之势和日本人之势。

官府之势主要是营口海关道衙门,靠了京号掌柜郝克凝与那桐的私人关系,那桐与周道台的官方关系,申树楷顺利地打通了海关道衙门的关节,形成了良好合作关系。

日本人之势主要是日本正金银行,这全靠申树楷的周旋。一是登门拜访,敬之以礼;二是开户汇兑,惠之以利;三是积极学习日语及日本文化,示之以善。于是,化敌为友,日本正金银行成了合盛元票号的良好合作伙伴。

而且,申树楷学习日语和日本文化之举,并非表面文章、虚张声势,而是实打实地下真功夫去学。为此,他还专门请了一个名叫山本喜二的日本青年每天晚上来教他。这——正是实施他设想的"以夷制夷"的策略。

此时,经过几个月的学习,申树楷已基本学会了日常用语,同时也基本了解了这个日本青年的品行和才学,于是早就埋在心中的一个奇妙想法可以付诸实施了。

这天晚上,正是他学日语的三个月头上,日本青年山本喜二教完最后一天的课程,夸奖申树楷道:"申先生,你的学习进步很快。三个月时间已经学会了日常用语,你的脑筋真好!"

申树楷说道:"山本先生,谢谢你了。还是你教得好啊!"

山本喜二又说道:"谢谢!我看呢,以申先生的脑筋,以后完全可以自学日语了。而且,三个月的约定也到期了,我明天就辞工吧!"说着,山本喜二站了起来。

"不不不,"申树楷赶紧阻拦,"山本先生请小坐一会儿,我还有事相商。"

于是,山本又落座,说道:"有什么事,请申先生吩咐!"

申树楷说道:"我请山本先生每天教我日语,已有三月。此间,我学会了基本的日语,也看到了你基本的为人:我看山本先生是一个有品德守纪律的人。我想说的是,现在我合盛元票号正有意聘请日本友人为本号员工,如山本先生不嫌弃,我真诚地欢迎你来合盛元票号。"

山本喜二一听,惊讶万分:"这……"

他原以为申树楷是要让他再多教些日子,正高兴能多挣几天工钱呢。却原来是比这更大的大好事:给他一个这么好的工作机会。一时间,山本竟不知所措、不知所云了。

申树楷继续说道:"山本先生,我是真诚地欢迎你来本号做事。请你放心,待遇方面我会从优考虑。"

山本喜二听着,终于醒过神来,于是惊喜万般。

"哟嘻!哟嘻!申先生如此看重我,我感谢还来不及呢!岂有嫌弃之理?合盛元是有名的大字号,申先生又是开明的大老板,而我目前在营口并没有固定的工作,只是个无所依赖的流浪者。若申先生肯收留我在合盛元工作,那是我天大的福分啊!"

原来,甲午战后,中日两国政府于光绪二十一年春签订了《马关条约》,中国将台湾全岛、辽东半岛等地割让给了日本。日本政府为了把这些新抢来的领土稳固地占领,长久地占有,除了派遣大量军队和特务机关之外,还促使大批商人来这些地方经商，并诱使大批青年学生来这些地方就业。然而，由于俄国法国德国的干预，迫使日本政府放弃了对辽东半岛的主权要求，改而索要了三千万两银子的"还辽费"。如此一来，日本军队得撤，日本商人也收缩投资，就业机会就大为减少，再加上战后本来就萧条的经济，所以使一大批来到营口等地的日本青年学生失业失所，成了流浪者。

如今，合盛元这样的大字号竟能聘他为雇员，对山本喜二来说岂不是喜从天降？

申树楷当即表示："如山本先生愿意，明日即可搬过行李来住下。衣食住行全免费，每月五两银子的保底工资，多做了生意另有奖赏。"

山本喜二自是喜出望外，鞠躬行礼："多谢申先生关照！多谢申先生关照！"

申树楷微笑着点头致意，与山本喜二握手言别。

山本喜二满心欢喜地走了。

送走了山本喜二，申树楷也满心欢喜："哈哈！原来还准备费些周折，花上高价，去聘请日本人呢！如今却不费吹灰之力，仅出五两银子就请上了。五两银子算甚？只不过是一个普通伙计的待遇。只要他住进来稍微教教伙计们常用日语，随意讲讲日本人的习俗礼仪，就足值这五两银子了。更何况，他还有特殊用处，还要靠他与日本商人打交道，延揽日本人的生意呢！"

申树楷对未来充满了憧憬：

"我现在与日本人合作得不赖，以后有了山本喜二，与日本人的合作会更方便更好；再以后，如果伙计们都懂了日语，那就是更大的局面了……"

憧憬着美好的未来，申树楷又得意于自己的谋略和算计了：

"现在的营口依然是日本人的天下，至少，日本人是营口的半边天呀！而许多票号钱庄还以日本人为敌，避得远远的，不相往来。对商家来说，这就像与天争高，结果必然是徒劳。连大清朝廷都得与日本人讲和，向日本人割地赔款，一个商号又能奈日本人何？！与其如此，倒不如不与天争高，只与地争利，还能赚些钱回来呢！这样，总比他们争高不成，争利不为，到头来落得两手空空好吧？！为今之计，也唯有顺势而为，与日本人合作一途。我合盛元先走一步，正可抢得先机……"

申树楷刚刚在营口站稳了脚，就想着跑了。

十六

进入腊月，小商小贩轰轰烈烈地忙碌起来了，而票号则悠悠闲闲地自在起来。运营大钱的票号总比运营中钱的钱铺要先走一步，比那些运营小钱的商贩们则要先走两步三步。金融是商业的根，而票号又是金融的根。根少许一动，枝梢就得大动；根动一会儿，枝梢就得动大半天！

当营口街上那些商贩们吵吵嚷嚷地叫卖"几文钱一个"时，合盛元票号早已将"几千两一笔"的生意做出去了！

此时，申树楷正与刘成礼和李德昌围着火炉把盏品茗呢！

"哦！一年下来了，我们营口号重新开张也八九个月了。看来，脚跟是站稳了，局面也初步打开了，甲午战争以来的这场灾难算是彻底渡过去了！哦！咱这营口号可谓是渡过了一场大难啊！俗话说，大难不死，必有后福。但愿我们营口号也是这样，经过这场大难之后，将来能有一番大作为！"

"会的，肯定会的！"二掌柜刘成礼接话说道，"以申掌柜的精明和气魄，我看这八九个月只是牛刀小试，将来肯定会有一番大作为！"

账房李德昌也说道："二掌柜说的是！我相信申掌柜是个大才，将来必有大作为,我们跟上你也会沾大光呢!"

申树楷摆摆手,笑道:"二位兄长过誉了,我初来乍到,还不是全靠二位帮衬吗?而且,将来做更大的生意,更得仰仗二位帮衬呢!"说着,申树楷又拱了拱手。

"申掌柜客气了!我们只是伴虎吃食,全凭申掌柜调遣!"

"是,是!"

刘、李二人一诺一应,毕恭毕敬。

经过十来个月的共事,他二人已完全信任了申树楷,佩服了申树楷,乃至崇拜了申树楷。现在申树楷压人的老板身份在那儿摆着,他们原本就得宾服;再加上他超人的经营才能在那儿显着,他们更是从心里敬服。

申树楷又问起账务情况:"德昌兄,今年的账也初步结下来了吧?你说说大体情况吧!"

"好,好。"于是,李德昌拿出账本向申、刘二人汇报:

"初步结账的情况是:收汇十六万两,付汇二十八万两;存款八万两,放款三十三万两。汇兑逆差十二万两,存放逆差二十五万两,合计逆差三十七万两;总号拨来十万两,京号拨来二十七万两,基本补平了逆差。

"就收支来看,收汇的十六万两大多属低价揽汇,收入汇水仅五百两;付汇的二十八万两汇水可观,剔去其他庄口该得的汇水,属我营口号名下的汇水也有二千五百两。合计汇水收入有三千两。另外,存款付息需要四千两,贷款收息应得二万三千两,净收利息一万九千两;剔去总号京号的利息七千两,属我营口号名下的利息收入是一万二千两。这样,汇水收入和利息收入加起来是一万五千两;号内各项开支费用是三千两;总收入与总开支相抵后,我营口号的净收益是一万二千两。"

申树楷认真地听着,点着头,直到听了最后的净收益数字,才眉开眼笑,连声说"好"。

刘成礼听着,也是满脸的笑意。

红利在账上挂着，美言在耳边挂着，申树楷得意地笑了。

"嘿嘿，靠二位和众伙计们同心协力，咱们总算没有辜负了总号的期望。哈哈，另外，快过年了，我想好好地慰劳一下伙计们。甲午战后，伙计们留守在这里担惊受怕，死里求生，挨了一年多的受罪日子，早该慰劳慰劳。我来以后伙计们起早贪黑，劳累忙碌，又是近一年的辛苦，也该慰劳慰劳。而且明年咱还要大干一场呢，还该慰劳慰劳！我看这件事由成礼兄管起来吧！不要怕花钱，只要是咱营口有的好酒好肉好东西，就给灶上多多地采办。"

"好，好！"刘成礼应诺，频频点头。

申树楷又盼咐李德昌："德昌兄呢，捋一捋咱们的大主顾，掂一掂各自的分量，也得在年前一一敬奉些礼物。特别是营口海关道衙门和日本正金银行这儿，更得烧几炷高香呢！"

"好，好！"李德昌应诺，盈盈堆笑。

安排了过年的事，申树楷又想到了来年："过了年我们还得大干一场。二位对明年有何打算？"

刘成礼说道："咱们今年大张旗鼓，做了不少事，但许多事还不稳。我觉得，咱们明年应该稳中求进，先巩固今年的好势头，再图新的发展。稳扎稳打，才便于保持日后更长久的发展势头。"

申树楷点头说道："好！成礼兄说得对。德昌兄也说说。"

于是，李德昌说道："我赞同二掌柜的想法。另外，我们今年的汇兑逆差和存贷逆差有点偏大，明年也该留些意。"

"好，好！德昌兄也说在点子上了。看来，英雄所见略同，我也同意二位的看法，二位明年就在这两方面多操些心吧！另外，我还有个想法：我听说安东（丹东旧称）位于中朝边境的鸭绿江口，那儿的买卖很多，生意很旺，而眼下还没有一家票号在安东设庄。所以我有意在开春后带上山本走一趟安东，探一下虚实。如果可能，咱就在安东设一个庄口，占一个先机。"

刘、李二人一听，双双都瞠目结舌了：

"安东设庄？那……那可是边关险地啊！"

"这恐怕……那里从前是俄国人的势力，现在是日本人的势力，又是中朝边关，形势比营口更复杂呀！而且，咱在那里从未设过庄，恐怕……"

申树楷解释道："二位说的是，去安东这个生地方设庄固然有风险。正因为如此，别家票号才不敢去，我们去了才是第一家，独一家，才有肥肉可吃！如果别家票号都去了，我们再去那就只能分一杯羹了。"

"理是这个理，可是，恐怕……"刘成礼担忧道。

申树楷爽朗地笑道："呵呵呵，二位兄长请宽心。风险嘛，确实是有。不过，我带上山本和狗旦，就甚的问题都解决了：官府方面，由我来摆布；日本人方面，由山本帮我摆布；如果遇上泼皮山贼嘛，由狗旦去收拾！——这还有甚'恐怕'呢？……啊？呵呵呵……"

听申树楷这么一说，再看他那胸有成竹的样子，刘、李二人便不再"恐怕"了，爽朗地说道："那就听申掌柜的吧！该怎么做，申掌柜拿主意，我们凑手就是。"

申树楷胆略过人，他们已经领教过了，远不是常人所能及，更不是他二人所能及！所以，在他们看来是难以把握驾驭的风险，到申树楷手上就能轻松地把握，娴熟地驾驭，而且能化险为利！如此如此，他二人岂有阻挡之理？唯有顺从之由了。

于是，申树楷说道："好！明年二位就守在营口，给我做好稳中求进和缩小逆差这两件事。我呢，去安东那儿探探路，摸摸市场，尽力去开辟一个新财源！"

申树楷来营口驻庄十个月的巨大成功，铸就了他极大的自信心和极强的事业心，他雄心勃勃，要做更大的事，要赚更多的钱。

十七

　　关外的腊月正月间天寒地冻，呵气成霜，撒尿结冰，再加上满山遍野白皑皑的积雪，和隔三岔五刮来的割肉刺骨的朔风，整个营口厅如同笼罩在铺天盖地的寒刀冷剑之中。

　　所以，在这样的季节若要外出干活儿，简直是下地狱。反过来，若能蹲在屋里烤火，那真算是享福了；如果再能围着火炉喝酒吃肉品茶，那就简直成了神仙，上了天堂。

　　此时此处，真可谓忙闲阴阳界，寒暖两重天！

　　这些日子，合盛元营口分号的掌柜伙计们可真是神仙般的生活，天堂般的光景：炭火铁炉屋暖，仿佛初夏；美酒佳肴肚圆，好比中秋！

　　年前年后的两个月间，合盛元营口分号在养兵，而掌柜伙计们则在养膘！

　　同时，申树楷也没有忘了练兵。除了寻常的练写字练打算盘外，申树楷又让伙计们利用这闲在的时间增加两项训练内容：一是让山本喜二当老师，教大伙儿学日语；二是让狗旦当教头，教大伙儿练心意拳。

　　学日语的方便之处明明白白：学会日语就能与日本人沟通。与日本商人能沟通，可以揽生意得利；与日本军人能沟通，又可以示友善免祸！而且，申树楷已经先一步学日语了，下面的人岂能不学？所以，伙计们心诚意殷，拜山本喜二为师。而练心意拳的好处更是清清楚楚：就个人而言，可以健身护体，终身受益；就字号而言，可以保号护院，遇有机会，还会立功受奖呢！所以，伙计们争先恐后，拜狗旦为师。

　　待到三春初夏之季，申树楷将营口的号务交给刘成礼和李德昌照料打理，嘱咐他们要牢记"稳中求进"和"减少汇兑存贷逆差"的既定经营思路；然后便择日起程，带着山本喜二和狗旦奔安东而去。

春来风暖，雪消地润，去安东的路上，已是百草萌芽，千树抽枝。间或，路旁还会有几丛野花绽放，几只小鸟鸣唱！

此景此境，旅行者走在路上自是愉快舒畅：申树楷和山本喜二坐在轿车中，欢声笑语，谈天说地；狗旦则坐在辕盘上哼曲吹哨，摇头晃脑；甚至连拉轿车的大骡子也挺胸昂首，步履轻盈，快小跑起来了！

轿车在路上行进，隔一会儿便遇上几支驮货的驼队骡队，或运送银子的镖车；于是，他们侧身让路，顺便问询路途情况。

如此一问，申树楷便知晓这些队伍确是从安东而来了。

同时，他还在侧身让路的时候偷眼看这些货物和镖车，暗暗算计一番：货物数量多少，值钱多少？镖车载银多少，运费多少？直到了然于心，便笑盈盈地思忖：有这些货物流动，就必有银子的流动；有这些镖车运送现银，就必有我票号的生意。此情此景，正表明安东可以设庄。

申树楷作为大票号合盛元的一方驻庄老板，他笑盈盈地看着这些镖局的人押着镖车，正像老虎看着一只狼叼着一只羊。——嘿嘿，我不来，这羊自然是你狼的口中食；如今我来了，你狼就得躲到一边去，这羊就该我享用了。

申树楷一行继续在路上行进。

轿车进入千山山脉主峰地带，山路渐渐弯多而坡陡，山口常常寒稠而风吼；虽说已是阳春三月，却仍然依稀可见堆堆积雪。此时此地，百草潜形，百花未萌，唯有松林森森。

这时候，赶车的狗旦谨慎了。他下午米，一手握着缰绳，一手举着鞭子，全神贯注地指挥着骡子，俨然一位手拿令旗的统帅：口中念念有词，发号施令；手上动动有意，会心传神！

申树楷和山本喜二也不敢多说话，唯有坐在轿车中缄口袖手，眼观山景、耳听风声了。

直到越过这段主峰地带的险路，山势绵绵而低，道路缓缓而下，轿车款款而行，申树楷才又与狗旦说起话来。

"狗旦，这半天走得累了吧？"申树楷慰问道。

"不累！这几步路还能算累？"此时狗旦已坐在辕盘上悠闲自得。走了这半天，他原本就不觉得累；即使曾觉得累，也早就忘了。所以，说起来轻松自在，"声"轻如燕。

"狗旦真是好后生，好脚力！"申树楷夸奖道。

"嘿嘿！这不算甚。"狗旦听着夸奖，脸上腼腆地笑笑，手却不知所措，便去挠头搔痒了。

"狗旦，在营口住惯了吧，跟上我还满意吗？"

狗旦听申树楷这一问，高兴地笑了："哈哈！瞧申掌柜问的，我在这里整天吃肉喝酒，像天天过年一样，我还能不满意？！"

"好！满意就好。那你就继续跟着我，今年下来再给你长些工钱。"

"嘿嘿嘿，多谢申掌柜了！"狗旦满意地笑了。

申树楷和颜悦色地与狗旦说着话，用耳听来，固然是闲聊之语；但若用心去感受，却分明有慰问之意。——这一路上，狗旦最为辛苦；这一段上，狗旦更为重要。作为当老板的，申树楷自然应该把"甜"搁在最辛苦的这儿，应该把"神"留在更重要的这儿。

申树楷继续说道："不过，你可不能放松练你的心意拳，你自己的功夫要多长进，还要多教柜上的伙计们学心意拳！你可要记住：你的取贵之处就是心地忠厚，身上有心意拳功夫。特别是这心意拳功夫。你要是失了它，就不值钱了。哪儿找不上一个赶轿车的？遍地多得是。但既会赶轿车又带心意拳功夫的人可就少了，就取贵了。"

申树楷担心狗旦没文化，穷苦出身，禁不住优厚生活的诱惑，怕他变得好吃懒做，磨了意志，丢了拳艺，所以便乘机敲打点化了他一番。

"嗯，嗯。这一年来我长进不少呢！吃得好，身上劲儿足，又经常闲着，练起来可见效呢！伙计们也可长进呢！有几个练得好的，已经能对付三两个人了！"狗旦知道申树楷的心意，赶忙应诺着，解释着。

"这就好！呵呵！"

申树楷看着狗旦的这般劲儿，满意地笑了。对他来说，狗旦的用场大呢：喂牲口，赶轿车，随身保镖，住号护院，而且还是号内众伙计的心意拳教头。在营口这乱世道里，不论出门还是睡觉，也不论他本人还是分号，有这么一个人跟着，守着，他的心就踏实多了，胆就壮实多了。

而狗旦呢，在老家祁县时，就是一个普通赶轿车的。祁县是心意拳的故乡，高手有的是，他练的那点儿心意拳功夫，根本显不了山，露不了水，也就没什么价值。再加上祁县经济繁荣，社会太平，又有德高望重的心意拳大师坐镇，无论行内不轨之徒，还是社会泼皮之类，都得畏缩收敛，为非作歹和打家劫舍的事极少，练武的人在祁县几乎没什么用场。可一来营口就不同了，一是真正练武的人不多，他的武艺便显山露水了；二是世道混乱，盗贼泼皮猖獗，他的武艺便派上用场了。于是，不仅工钱增加，腰包鼓了；而且身份提高，受人尊重，脸上光了。

与狗旦聊了一阵，申树楷又转向山本喜二闲聊。

"山本先生，来我们合盛元几个月了，还习惯吗，还满意吗？"

"习惯！满意！"山本喜二高兴地答话。

申树楷又说道："等我们的生意扩大了，你可以多介绍几个像你这样的日本朋友来合盛元，我大大地欢迎啊！"

"多谢申老板信任！只要合盛元需要，他们会像我一样喜欢来合盛元票号工作的！呵呵！"山本喜二说道。

"哦？为什么？"申树楷问道。

山本喜二答道："也像我一样啊！工作岗位体面，薪水也多，又能锻炼才干，而且还能更好地学习汉语，了解中国文化。日本许多人像我一样，很向往来中国发展啊！"

"哦！那好，你今年就给我物色两个来。营口至少需要一个，安东也至少需要一个呀！"

"好的，我一定物色两个让申老板满意的！"

"好！"

二人说到兴头上，山本喜二终于把压抑在心头的一个疑团和深藏在心底的一点良知抖搂出来了："申先生，你为什么不恨我们日本人？日本军队打败了中国军队，侵占了中国土地，还向中国索赔二亿三千万两白银！他们这样霸道，这样无耻，申先生能容忍吗？"

申树楷听了心头一动，对山本喜二刮目相看了！

他认真地看了看山本喜二，然后颇为赞赏地拍拍山本喜二的肩头，说道："难为你能替我们中国人着想，看来我当初真是没有看错了人，山本先生确实是一个正直的有道义感的日本人！不过，关于能不能容忍的问题，我也只能在商言商了。不能容忍又如何？商人的本职是便民取利，如果中国商人和日本商人也像军人一样相互残杀，刀枪相见，岂能便民取利？况且，两国的大臣不是握手言和了吗？再说，你们这些日本青年并没有参加战争，也是无辜的嘛！"

山本喜二听着，颇为感动，说道："谢谢申先生能这样看问题！我很敬佩申先生能有如此宽广的胸怀和务实的态度！"

申树楷说道："两个邻国就如同两个邻家，争吵是免不了的，合作也是少不了的。争吵则两败俱伤，合作则互惠互利。山本先生，你说不是吗？"

山本喜二答道："是！太是了！"

申树楷笑笑，抬眼望了一下前方：路愈来愈好走了，骡子正阔步前行。

十八

安东位于辽东边陲,北受鸭绿江,滚滚不息,从脚下流过;南瞰朝鲜湾,浩浩无垠,在眼前伸延。西依辽东千山山脉,有高枕稳坐之势;东望朝鲜新义州府,如牵手搭肩之形。

自明代以来这里便是重要的边贸集市和边防重地,设有镇江城,委派官兵镇守。努尔哈赤天命六年,这里归降大清。此后,因长期的闭关锁国政策,这个边关口岸无所作为,无声无息。直到西方列强的坚船利炮打碎了大清闭关锁国的政策以后,门户洞开,土货涌出,洋货涌入,这里的边关口岸地位才日益显现,逐渐形成贸易繁荣之地,人流滚滚,物流滔滔。于是,物荣地贵,水涨船高:安东于光绪二年升格为县治,属凤凰直隶厅管辖,并有奉天东边兵备道驻守。于是,安东又成了一个边贸集市和边防重地。

申树楷一行来到安东住下,饱餐一顿,熟睡一觉,第二天便来街市转悠,暨摸商机。

最热闹的集市在鸭绿江边的水陆交汇之处,西北依山,东南临水。东南是鸭绿江面,轮船帆船像鸭鹅一样漂浮在江面上游荡:或有小船从朝鲜新义州方向来来往往,如赶乡村集市;或有巨轮从鸭绿江口驶进驶出,如赴豪门盛宴。西北则有几条陆路延伸而来,一条是营口方向,一条是奉天方向,一条是长白山方向。这几条陆路上,也是商贾货物络绎不绝,或挑或扛,或拉或驮,或轿或车,或骡或驼……

正是:车船攘攘来复往,货物熙熙聚而散。道路条条齐辐辏,商民碌碌皆奔忙。财源滚滚通四海,福泽绵绵惠三邦。买卖哗哗似流水,银钱摞摞似高山!

集市上人员繁杂,货物繁多:有中国人的大豆、豆油、豆饼、皮张、人参,有朝鲜人的稻米、皮张、人参，有日本人的海货、杂货，还有俄国人的呢绒、铜铝器皿……而买卖各方交易时都是现货现钱，或物物交换，或银货交割。

申树楷带着山本喜二和狗旦在集市上转悠着，面露喜色，心中暗自得意：如此大的交易量，却没有一家票号在此设庄。真是天赐我合盛元良机，天赐我申树楷良机也！

申树楷再转悠到安东县城里察看：操银钱买卖生意的，只有几家小钱庄，做些银钱兑换、小额存贷和银子熔铸的生意。他们对票号没什么阻碍，倒可以做票号的助手。另外，大清邮政也刚刚在此设了支局，邮递信件也算方便……

如此一看，申树楷心中更有数了：这里完全可以设庄。而且，合盛元应赶快在这里设庄，才能拔得头筹，占得先机，赢得大利。

然后，他又自问道：既然这里有这么好的设庄条件，那其他票号为甚不来这里设庄呢？

于是，他仔细盘算了一番：其他票号之所以不来这里设庄，主要是从前在辽东地区吃了大亏，总号的大掌柜们普遍有"怕乱"的心态，分号的老板们也普遍有"求稳"的心态，他们都有"一朝被蛇咬，十年怕井绳"的余悸。这些票号在营口都是畏首畏尾，不敢放开手脚，更何况来安东这个更危险更生疏的地方呢？

想到这些，申树楷心中颇有几分得意："嘿嘿！胆怯，正是这些票号老板们的短处；而胆大，正是我申树楷的长处。我正是借了初生牛犊不怕虎的胆量，来到了营口这个虎穴，并得了'虎仔'。"

经过几番盘算，申树楷的信心更足了：今日之安东，便是去年之营口；明年之安东，便是今日之营口！

太阳一落，集市的人群作鸟兽散。于是，人去市空，安东街面市面上一下子安静下来，乃至于荒凉起来。

申树楷带着山本喜二和狗旦在街上转悠，冷冷清清，空空寥寥，很少遇见行人；偶尔碰上几个巡夜打更的，也是老者弱者而已。

"这夜间的安全倒是问题！"申树楷暗暗提醒自己道，"在这中朝边境之地，日俄角逐之所，一旦有事，谁也能管，谁也能不管，结果是谁也不好好管，谁也管不好！看来，我合盛元如果要来这里设庄口，和在营口设庄的方略一样：大的明的安全问题，得靠县衙兵营庇护；而小的暗的安全问题，得靠自己的武装保护。——往这里派驻伙计得挑文武双全的人，白天操毛笔算盘，晚上操刀枪棍棒。"

回到旅店，申树楷了无睡意，又经过一番深思熟虑，便铺纸提笔，给总号和京号分别写信：

> ……素闻安东水陆交汇，为中朝日俄商贾交易之地，人货辐辏，买卖兴隆。但耳听为虚，不敢贸然建议。今来实地踅摸察看，果然名不虚传，眼见为实。
>
> 以树楷眼观概算之：此处每日交割货值不下三万两银子，若我票号能揽下十分之一汇兑额，即有三千两银子，汇水至少可在百分之三，则我号可每日进账百两银子。即使刨去半年冬闲，每年进账红利亦应有一万两银子以上！但因边陲之地，人情或有不熟，市面或有不虞，故各票号或因不知，或因不敢，至今未有一家设庄。
>
> 以树楷愚见，我票号固然应以稳健为基本方略，但具体而论，则应因人因地因势因事而制宜。俗语云，不入虎穴，焉得虎子？树楷以为，营口如此，安东亦如此。回顾营口去年，其他票号多畏首畏尾，裹足不前，致使坐失良机；而我合盛元审时度势，大刀阔斧，终于大获其利。展望安东来年，我合盛元如能在一二月内派七八精壮伙友，携十万两现银来安东设庄，必可独步安东，大获厚利。如此，则来年之安东即如今天之营口……

当晚，申树楷写好了两封信，第二天便从大清邮局分别寄往祁县和北京了。

申树楷在安东住了几天，并不声张，暗暗踅摸了一番设庄的街道地点，侧面了解了一番县衙和行会的情形，心里渐渐有了将来设庄开张的谱儿，便又带着山本喜二和狗旦回营口去了。

十九

申树楷在营口一边等待总号京号的回信，同时也做些去安东设庄的准备工作：一是选定去安东的五个伙计，让狗旦进行特殊拳棒教练，快速见功见力，以便将来护号之需。二是拜谒营口海关周道台，请他高抬贵手，不吝美言，给安东县衙修一封书信。三是探听营口几个镖局的实力和信誉，以备将来押送现银之用。

不到半个月，总号便来了信：不仅同意了申树楷去安东设庄的主张，还对他和营口分号的伙计们大加赞赏；同时告诉他，具体筹措银子和抽调伙计事宜，京号会代作安排。

看了总号的信，申树楷自是暗暗高兴。

再等十余天，京号也来了信，郝克凝先是对他大加赞扬，然后表示大力支持：十万两银子已经备好，可随时汇兑；人员也将分别从京号和奉天号抽调七人到营口听用。

看了京号郝克凝掌柜的信，申树楷更是喜出望外！——对他这个身处关外分号的年轻老板而言，京号甚至重于总号：总号像紫禁城内的朝廷，只是发道"圣旨"而已；而京号则是统帅的行辕，是直接调兵遣将的地方。京号既对他有直接的节制权，又对他有间接的评议权，或扬或抑，或全或残,或褒或贬,或誉或毁,都有很重要的影响力。

此时,申树楷有对安东市场的了解和把握,又有总号京号的信任和支持,再加上他刚刚在营口获得巨大成功的鼓舞,颇有点"得胜猫儿赛如虎"的气概,劲头十足,信心百倍!他当即给总号京号回信:请在半个月头上将十万两银子和七个伙计抽调到营口,一个月头上便可在安东开张营业!

然后,他带上张谋福、山本喜二和狗旦,二次奔赴安东,积极筹备设庄事宜。

初来乍到,如同新娘子到了婆家,拜天地的礼数是第一位的。

首先,他带着营口海关道周道台的一封书信并外带一份礼物,前去拜见安东县太爷。对于这个七品知县来说,四品道台犹如老天爷,而赫赫有名的合盛元票号犹如财神爷!老天爷发话,财神爷驾临,他这个七品知县哪有不欢迎之理?所以,安东县衙对申树楷热接热待,满承满应!——这是拜"天"。

然后,他又去拜见安东公行的总领智永昌。——这是拜"地"。

依当时的商俗,每个地方的工商百业都得分类组成行社,大的商号组成"行",如钱当行、陆陈行、皮毛行、药材行、牲畜行、杂货行等等;小的作坊结为"社",如兽班社、成衣社、金炉社、绘仙社、净发社、毡毯社等等。

这些行社组织主要用于维护本行业的利益,自律本行业的行为,促进成员间的互助,以及与政府和其他社会组织的沟通。各行社有自己的行规社规,用以自律;有自己的会首和公所,用以管理事务;有自己的祭祀祖师爷,用以供奉;还有自己的义坟,用以安葬行社内因亏损破产而死无葬身之地的成员;同时,各成员也得向本行社缴纳一定银钱,名曰"布施",同时维持本行社的正常运作。

在这些行社之上则有一个总管工商百业的"公行"组织。由各行社共同推举财力殷实的大字号掌柜轮流担任公行总领，用以统筹总管该地工商百业的事务。

智永昌掌柜现在正是这总管安东工商百业的总领。合盛元票号要来安东设庄开业，必须在总领这儿尽了礼数，懂了规矩，在公行这里上了布施，拜了神位。

申树楷早已打探得知，这位安东公行总领是山西省太谷县郭村人，年近五旬，是太谷"广升远"药铺安东分号的老板，在这里已驻庄二十余年，领庄十余年，根深蒂固，德高望重。广升远的主要生意是在这里收购长白山参和高丽参等名贵药材，然后运回太谷总号制药，或贩到奉天、京城、天津、太原乃至于江南等地销售；同时也售卖"广升远"制作的龟龄集、定坤丹、安宫丸等名贵中成药。在安东地面上，广升远药铺可谓财大势雄，而老板智永昌出任公行总领也就自然而然了。

申树楷带了张谋福来到广升远药铺前厅，递上名片，很快就被引到后堂相见。

智永昌已在门口迎候，拱手施礼："啊哟，祁县合盛元赫赫有名，申老板年轻有为，今日光临小铺，实在是蓬荜生辉呀！"

申树楷也赶紧拱手答礼："智老前辈太客气了！晚辈久闻太谷广升远声名卓著，生意兴隆，今日在安东亲眼见到宝号的盛况，真是名不虚传！智老前辈雄才大略，德高望重，荣任公行总领，真是我西帮的荣耀，众字号的福祉啊！晚辈初来乍到，请老前辈受树楷一拜！"

申树楷说着，深深作了一揖；然后又从张谋福手中拿过礼盒双手捧上，毕恭毕敬。

本来，祁县合盛元票号财大势雄，在山西商界赫赫有名，太谷广升远药铺就不敢小看；祁县太谷又是邻县，自然又有几分乡谊；而眼下申树楷又如此有礼貌，有礼品……如此如此，他智永昌这个公行总领岂能再为难申树楷？照了三五分钟面，拉了三五句话，转了三五下眼珠子，智永昌的心里便有了谱儿：唯有大开方便之门，与人方便，自己方便了。

拉了几句闲话之后，说话非常投机，申树楷便说明来意："我合盛元有意来安东设庄，还请智老前辈多多关照！"

智永昌满口应承，连连称好："好事，好事！好说，好说！此乃便商便民之举，更何况我们祁、太二县本是近邻，我自当竭力关照！"

"多谢智老前辈！"申树楷拱手致谢。

几番话后，二人说话愈来愈投机，智永昌竟情不自禁地竖指，赞赏起申树楷来："啊呀，申老板真是好眼水呀！连安东这边陲小城旮旯里的利源都让你发现了！嘿嘿！不瞒你说，就我们广升远一家，买进卖出的货物相抵后，也得每年从奉天营口等处运来三五万两现银交割呢！今后你若来这里设庄，买卖岂能少了？若操持得好，一年还不上三五十万两的买卖？"

申树楷听着，点头称谢："多谢智老前辈抬爱点化！"

同时，他心里的算盘早打出来了：奉天营口往安东起镖运银每万两银子的费用当在八百两至一千两银子之间；我合盛元来此独家设庄汇兑，可取其一半之利，便是每万两银子四百至五百两汇水；如此下来，一年可得二万两上下的汇水！

最后谈到具体设庄开办事宜，智永昌说道："对于商界同仁，我自会通融联络，绝不会为难于你。但身为公行总领，行规是不能破的。因你是第一家在安东设庄的票号，根据钱当行的规矩，也为了取得商界同仁的信赖，必须在开业之日亮盘子：你若呈报十万两银子的资本金，就得在开业当天将十万两现银全部亮出来，让同仁过目点数！这可是实打实的事情，来不得半点马虎，申老板可得预作准备。"

申树楷听罢，微笑着答应道："请智老前辈宽心，合盛元票号能走遍天下，就靠的是实力和信誉。我一定听从智老前辈的吩咐，遵守公行的规矩！"

二十

申树楷从广升远药铺出来，心中颇为喜悦：这位公行总领不仅大开方便之门，而且很讲乡谊友情，还答应帮忙呢！

只是，这开业亮盘子的事倒是喜忧参半：喜者，这一亮盘子，把十万两白花花的银子往铺面上一摆，正可以震撼安东这座小城，来个先声夺人！这样，立马便可树起合盛元财大势雄的声誉，汇兑生意自会应声而来。忧者，合盛元单枪匹马且初来乍到，究竟还不知道安东的深浅，如此一亮盘子露了财，显了富，很容易引起强盗恶贼的关注，难免有后患。——而要消祸于未萌，弥患于无形，绝除这些强盗恶贼的觊觎之念，就得在露财显富的同时，来个示强摆武！

想到这里，申树楷便想到了驻扎安东的分巡奉天东边道的那班军爷们。他颇有耳闻：这班军爷们驻扎在荒蛮的边陲之地，天高皇帝远，上贪下盗，胡作非为，常常成为地方一害！他们的勾当常常是：有贼捉贼，没贼做贼！——明里捉贼，暗里做贼；有钱便去捉贼，没钱便去做贼。

像合盛元这样的大字号如何对付这班军爷们呢？申树楷回到旅店里，闭门苦思，颇费了一番脑筋，才捋出几条思路。不理不睬，听天由命，下策也；予其小利，免其大害，中策也；予其中利，借其大用，上策也。仔细分析，下策不需劳心费钱，却有后患；中策少需劳心费钱，却有出无入，银子就白扔了；上策虽然中出大入，但却颇需劳心费钱：该花多少银子？该借什么大用？该找哪个层次哪个地方的哪个军官？……

经过一夜的反复考虑，又经过一天的多方打探，申树楷终于拿定了主意，终于选定了人：分巡奉天东边道帐下掌管营务粮饷的正五品守备郭靖一。这位守备官不大不小，位不上不下，性不偏不执，人不方不正，正是申树楷"中"意的人选！

这天，申树楷穿戴起来，坐轿前来郭靖一守备的营前。他先向门卫递上自己的名片，说道："请兄弟向郭守备通报一声，就说山西合盛元票号的申树楷求见！"说着，又将一个小银锞递上，"嘿嘿，这点小意思，算我请兄弟喝杯酒！"

门卫瞧瞧申树楷的名片，看看申树楷的气度，然后再掂掂银锞子，哪能有二话，早乖乖地进去通报了。

申树楷在营门前等候着，暗暗打量着门里门外的兵勇，一个个无精打采，吊儿郎当，毫无军容军威！他暗暗想道：这些兵勇分明在屡战屡败的战斗中被洋人打得丧魂落魄，变得蔫儿了！这样的兵勇哪能对付洋人的洋枪洋炮？如今虽仍然扛枪弄刀的，也只能在洋人面前做做样子罢了，倒是对付几个土匪强盗或许能派上用场！

这时，通报的门卫回来了："申老板，守备大人有请！"

申树楷随门卫来到郭守备的住所，郭守备已一身便装，在门口迎候！

"郭某欢迎申老板光临！请进！"

"多谢守备大人赏脸！守备大人先请！"

二人进屋，落座上茶，拉了几句闲话，便颇为投机了：这位郭守备掌管营务粮饷多年，也算个军营中的商人，颇知晓商界的奥妙，更知晓合盛元票号的大名。今日营口分号的老板前来，分明就是财神爷上门嘛！所以，虽初次见面，却如朋如友，热接热待，宛如生意场上的老相与一般！

申树楷早已探听到郭守备的一点底细，如今一见面，便知是个行家里手，会是个很好的合作伙伴！

所以，当申树楷递上一千两银票表示敬意时，郭守备既不推辞，也不含糊："申老板的美意我领了！申老板在安东乃至凤凰厅一带有什么事，尽管说！在这片地面上我还是能主宰一二的。"

于是，申树楷说明来意："我合盛元票号有意携巨资来安东设庄，但安东为偏僻边陲之地，在安全上颇有顾虑，故而请守备大人能多多关照！"

郭守备一听说要来安东开设票号，心中暗喜：这里如果有了票号，他手中所管的粮饷就更能生钱了！于是，他笑道："申老板！这，你可算找对人了！哈哈哈！需要调动我手下的弟兄，我可以给你调动；需要约束那些山贼泼皮，我也可以给你约束。——保你平安无事！"

"郭大人真是慷慨仗义，多谢了！"申树楷说道。

"申老板既如此慷慨仗义，我岂能小气啊？哈哈哈！"郭守备意味深长地应了一句，又说道："申老板说吧，需要我做什么？"

申树楷早听出话音来了：韩信将兵，多多益善。只要是有利可图的事情，越多越好，这位守备大人将乐此不疲。

申树楷也暗暗高兴：只要他爱钱，我又能帮他生钱，他就会听我差遣，为我办事。于是，他将想好的三件事一一和盘托出：

"第一，开张前，需从营口押送十万两现银，押运费是八千两银子，请守备大人能派官兵押送至安东，这八千两银子自然归守备大人处置。第二，开张时，需将这十万两银子全部在铺面上亮出，为了防止贼人抢劫，也为了壮大我合盛元票号的声势，请守备大人能派官兵维护当天的铺面，酒水钱当然少不了弟兄们的。第三，开张后，守备大人在方便的情况下，如能将手中的军饷存入我合盛元票号，我自会让它们为守备大人生利。——这三件事，不知守备大人意下如何？"

郭守备听着，心花怒放：这件件都是给我好处的事啊！仅押送十万两银子这一件，就八千两银子哪！就算拿出一部分孝敬了上峰，再拿出一部分赏赐了下属，自己也得几千两呀！

此时的官场军界早已贪腐成风，斯文扫地，名节委泥，唯有银钱独尊了。银钱所到之处，犹如姜太公驾临各处神庙一般，"姜太公在此诸神退位"了！

于是，郭守备当即允诺："全听申老板吩咐！"

二十一

申树楷从郭守备营中出来，颇多得意，也颇多感慨。得意者，有钱能使鬼推磨，事遂人愿也；感慨者，军人一如买卖人，唯利是图也！

申树楷一回到旅店，张谋福便问："申掌柜，怎么样？这个郭守备还好打交道吗？"

申树楷笑笑，说道："天下的猫儿都吃腥，天下的官儿都贪财嘛！还能怎么样？我还没有遇过一个例外的！嘿嘿，见钱眼开呗。我一给他递上一千两银票，他就像拿我工钱的伙计一样了。嘿嘿，一说两响，几件事统统答应了。"

"太好了！太好了！"张谋福高兴地说道，"申掌柜真是高明，人看得准，手下得狠，做甚事准能成。"

申树楷本来就高兴，听张谋福这么一说，脸上就更踌躇满志了，满脸抑制不住的得意扬扬，喜气盈盈。不过，他虽喜形于色，却并不狂放于言。他颇带几分谦虚地说道："嗨，高明甚？无非是耍的一个银子嘛。如果没有咱合盛元票号的银子供我使唤，我上哪儿高明去？当然，也得心里精明，能算清取与舍、得与失，否则就尽做那些肉包子打狗的蠢事了。哈哈哈！"

"哈哈！"张谋福笑笑，然后说道，"另外，字号的地点我也踅摸了几家。申掌柜明天最好能过去看看，敲定下来，也好尽快办理租借手续，尽快进行修缮事宜。"

"好，好！今晚上咱好好喝几盅，小庆一下。"

当晚，申树楷带上张谋福、山本喜二、狗旦，到一家上好的饭馆里开怀畅饮，一醉方休。

次日，申树楷随张谋福在安东街上转悠了一番，把张谋福踅摸的几个点察看了一番，然后分析一番地理形势和风水走向，再考量一番周围的商铺字号，最后才在安东城东街中段敲定了一家。

申树楷一边指画房屋，一边说道："就这儿吧！这条街宽敞繁华，咱占个中段，西可借县衙的官气镇宅，安也；东可接港口的财源润屋，富也。此外，坐北朝南，也正有北阻朔风寒流、南迎红日明月的形势。"

"申掌柜所言极是。而且，房子也好，只是租金要高出其他几家许多，谈价格还得费些口舌，难免耗些时间。"张谋福说道。

申树楷说道："谈房租价格适可而止，这是小节。咱现在需要的是抓紧时间开张，早开一天，便多进百八十两银子。这事就由你全权办理吧，今天无论如何要把这件事定下来才好。"

"是，是。那价格——"

"你定就是了。房东总不至于漫天要价，一年要一千两银子吧？"

"那当然，五百两也用不了，只是三二百两上下。"

"那就行，你看情形定就是了。另外，修缮的事也最好由房东出面，由咱们出钱，半个月内修缮便宜了。"

"好，好！"

把租房子和修缮房子的事安排给张谋福，申树楷又在山本喜二和狗旦陪伴下，去安东名叫"三友株式会社"的日本大商号登门拜访，以示友好。

用山本喜二当助手，又有在营口与日本人打交道的经验，在安东这里与日本人打交道自然就得心应手了。

安东三友株式会社的村山社长一听说中国著名的合盛元票号的老板前来拜访，心中自是喜悦；又得知给这位老板当翻译的日本青年山本喜二是合盛元票号的正式雇员，就更觉得这位老板对日本人友善；而且，申树楷还能间或说上几句日语，晤面谈话间就更有亲近之感了。

于是，村山社长热情地为申树楷上茶。

"申先生光临敝社，不胜荣幸！请用茶！"村山彬彬有礼地说道。

此时的总体情形，日本人是攻势，中国人是守势。日本人借着强大的军事力量来中国地盘上经商，那是侵占中国人的利权，所以大多数中国人对日本商人有一种抵制仇视心理，不愿与日本商人多交往。如今像合盛元票号这样的大字号老板能登门拜访，村山确实很高兴，很荣幸。但就局部，就申树楷而言，他要去日本人已经拥有相当势力的安东开设庄口，则他是攻势，日本人是守势，他要从日本人那儿争夺回一定的利权。所以，他不必抵制仇视日本人，日本人不抵制仇视他就可以了。所以，他得先向日本人示以友好和礼貌；日本人能友好而礼貌地接纳他，他就得谢天谢地呢！

"谢谢！谢谢村山先生！久闻贵社和村山先生在安东的赫赫大名，我非常敬佩，今天特登门拜访，略表敬意！"申树楷说着，示意山本喜二将礼品盒奉上，并说，"这是我们大清乾隆时的一对茶瓶，希望村山先生能喜欢！"

村山很高兴地接受了礼品，连声叫好，连声道谢。

接着，申树楷便说道："我们合盛元票号以汇兑为业，得知安东众商民多苦于现银交割的不便，所以我号有意来安东设庄汇兑，论公则为便商利民，论私则为做生意赚钱。贵社和村山先生久在安东，名高望重，还请多多关照！"

"呀嘻！好事，好事！好说，好说！"村山连声称赞，连声应诺。申树楷初次来拜见，便是礼貌，还带着礼品，他村山也就自然得给了相当的礼遇了。

申树楷又说道："我合盛元票号在营口和贵国的横滨正金银行颇多合作往来，我本人与村山岛茨先生也有良好的个人关系。以后来了安东，希望能与贵社和您本人建立良好的合作关系，我们合盛元票号和我本人愿为贵社效劳。"

村山一听说合盛元票号与正金银行合作，再听说申树楷与他的本族兄长村山岛茨有良好的个人关系,他就更有了一层"不胜荣幸"之感,他对申树楷就更得刮目相看了。他听着申树楷的话,频频点头,连连应诺,并热情挽留申树楷共进晚餐。

"多谢,多谢村山先生!不过,眼下正忙于筹备设庄开张事宜,就留待以后吧!等我合盛元票号开张以后,我设宴邀请村山先生。"申树楷说道。

"也好,也好!那就恭敬不如从命了。"村山说道。

申树楷与村山拱手言别。

从三友株式会社出来,申树楷颇感轻松畅快:哦,这几路神仙都顺利地拜完了。剩下的就是关帝庙里拜真神,从营口运现银过来开张了。

二十二

坐落在安东城东的关帝庙,既是由各行社的商人们共同集资兴建,用以彰显忠勇诚信义精神的庙宇;同时也是各行社的商人们集体议事,用以保护行社成员利益的公所。公所的日常事务由总领主持,由庶务应酬,大事则由公行总领会同各行会的会首和各社的社首商量决断;其日常开销花费,则靠各行社的"布施"。

这日,申树楷又来到广升远药铺找智永昌总领商议入行认布施及拜祭关老爷事宜。

"好,好!我为申老板张罗就是。"

智永昌一听申树楷的意思,并无二话,倒是颇为积极地带申树楷来到关帝庙的公行所里,盼咐庶务赶快把钱当行会首胡老板叫来议事。

智永昌和申树楷一边喝茶等人,一边相互摸底亮牌。

"申老板在布施的事上作何打算？"智永昌问道。

申树楷说道："晚辈初来乍到，不知规矩，还请智老前辈明示。不过，我们合盛元做事向来不缩手缩脚，就高不就低吧！"

于是智永昌向申树楷亮了底："入行社有五十两银子就可以了，供拜关老爷的大礼有五十两银子也就可以了。"

申树楷一听"五十两银子"的数字，心里便蹦出来一个"九牛之一毛"的词语。于是他爽然应道："既如此，那我就各出一百两银子吧。智老前辈意下如何？"

"如此甚好！如此甚好！我这里本来就没有什么说的，申老板能如此慷慨，则钱当行的会首也就高兴了。"智永昌说道。

一会儿，钱当行的会首胡老板来了，经智永昌总领一介绍，自是礼貌殷殷，笑意盈盈；待申树楷言明认一百两银子的入行布施，胡老板更是喜出望外，乐在心内。——公行总领的引见是面子，他还以表面上的礼貌即可；而一百两银子的入行布施是归他这个钱当行会首支配的，这是实惠，他不能不泛起内心的喜乐。而且，财大势雄而纵横天下的票号与钱当行各字号是一种上游与下游的关系，甚至是一种大河与小溪的关系：钱庄、当铺需要从票号这儿融资贷款方可做大买卖，银炉房则需要从票号这儿承揽到更大的铸银生意。所以，他们内心里无不欢迎票号的光临！

当天，申树楷请公行总领智永昌和钱当行会首胡老板共进午餐。

次日，申树楷在智总领和胡会首的陪同下举行祭拜关帝老爷的仪式。

此时，除房子正在修缮外，诸事全部安顿妥当。屈指算来，他们来安东仅仅十余天，离开营口仅仅半个月。

于是申树楷安顿张谋福和山本喜二留在安东督责修缮，做好开张营业的诸项准备事宜；再与郭守备商定好去营口押运现银的时间，便带着狗旦先回营口了。

申树楷急于回去办事，归心似箭。于是，他追赶着时间，起早贪黑；

狗旦驱赶着牲口，快马加鞭。

此时，十万两银子和七个后生已经如期集中在营口了，但账上的银子需兑换成箱子里的银元宝，需他和刘成礼忙乱一阵子；京城奉天两地来的伙计需调教成适应做事的文武双全之才，需他讲说一些辽东半岛的形势和规矩，需狗旦教授一些武术套路和招式……

五六天之后，一百个全副武装的官兵如期而至，然后押运驮着十万两现银的三十多个骡子，浩浩荡荡地走出营口，走向安东。但见：

车马彪彪，旌旗猎猎。十万两白银移驾，煌煌气派；一百余军士护卫，赫赫武威。远望之，帜幌飘飘，腾挪盘旋如长龙；近视之，刀枪霍霍，张牙舞爪如猛虎。老板坐轿发话，平民俨然人主；千总骑马听令，军爷仿佛奴仆。——有钱能使鬼推磨，得道自有神来助！

……

在申树楷千方百计筹划下，合盛元安东分号如期开张营业。

像大多数的大字号开业一样：门上披红挂彩，燃鞭放炮；门前巨商贺喜，显贵捧场；一片红火景象，吉祥之气！

同时，又和大多数的大字号开业不一样：

一是亮银亮盘子的富丽景观，十万两白花花的现银全部摆亮出来，满桌子，满地，满院！好一片辉煌之气，好一片惊叹之声！

一是护号护场面的威风军队，五十个齐刷刷的兵勇分别排列开来，护银子，护人，护号！好一番森严之形，好一番雄霸之势！

申树楷在合盛元安东分号的开张仪式上，诚可谓大摆排场，大造声势，大显威风！

由此，合盛元作为第一家来安东设庄的票号，而且在几年内作为唯一一家在安东设庄的票号，犹如虎入羊群之势，利源极为丰肥。再加上申树楷等人诚信的品质、敏锐的眼力和灵活的手段，此后几年间合盛元票号在安东大获其利。

而且不仅如此，这也为合盛元票号日后向朝鲜、日本跨国拓展买卖埋下了伏笔。

　　正是：

　　将欲取之，必固与之，老子道也；

　　诚以结之，仁以待之，孔子德也；

　　奇以攻之，正以守之，孙子术也；

　　熔三家于一炉，炼一帮之三昧，晋商之魂魄也。

第四部

一

甲午一战,中国惨败,唯有割地赔款以求和。于是,李鸿章代表清政府前往日本马关与其首相伊藤博文进行艰难的谈判,最终被迫签订了《马关条约》:割让辽东半岛、台湾全岛及附近澎湖列岛等岛屿给日本,赔偿日本二亿两白银……

割地巨大,赔偿巨额,损尽了国家民众的利益,也丢尽了大清朝廷的颜面,这一条约诚可谓丧权辱国,祸族殃民。于是,朝野内外,舆论哗然;举国上下,怨声载道。

其后,因为俄、法、德三国出面干涉,日本人放弃了割让辽东半岛的要求,却又逼迫中国在赔偿二亿两白银之外,再出三千万两白银的辽东半岛"赎金"!——日本人卑劣如此,此情此景,完全像一个绑架人质的罪犯!

而俄国人和德国人也很卑鄙,日本军队刚刚背上丰厚的战利品离开了辽东半岛和山东半岛,德国军队和俄国军队又相继强占强租了胶州湾和旅顺口,使山东半岛和辽东半岛成了他们的势力范围。如此强行占领,强行租借,犹如强奸一般。——这两个国家卑鄙如此,此情此景,既像乘人之危的小人,又像强人所难的流氓!

于是,舆论和怨声交相发作,如火上浇油,油上烧火!一时间,中华大地上充满了熊熊火气和霍霍怨气:火日本人的强盗行径,火俄国人德国人的流氓行为,怨中国军队无能,怨李鸿章卖国,怨大清朝廷腐败……

这种火气和怨气弥漫在朝廷,弥漫在士林,也弥漫在广大民众之中,弥漫在整个中华大地之上。

气是万物万事之源。而这种火气和怨气则是慷慨愤怒类物事之源,犹如溪水必归湖归海,树苗必成树成林一样,这种火气和怨气必然会衍生衍化为慷慨愤怒之人,之事,之物。

弥漫在中华大地上的这种火气和怨气,自然而然地接受了中华民族"先礼而后兵"的文化:先是衍化为儒林士子康有为梁启超等人子云诗曰的维新运动,结果未能成功,还付出了流血的代价!其后便衍化为村寨农夫朱红灯张德成等人舞刀弄枪的义和团运动……

二

《马关条约》签订时,全国举子正在京城会试。当得知《马关条约》中那些丧权辱国的条款时,这些举子们无不义愤填膺,慷慨陈词。于是,群情激昂,在康有为梁启超倡导下,一千三百多举子联名上书朝廷,要求维新变法!这,就是中国近代历史上著名的"公车上书"。

康有为是广东省南海人,从小熟读圣贤书,心仪圣人,抱负天下。二十多岁接触到西方文化和中国正在兴起的改良主义思潮,在三十岁上便形成了自己的变法思想,曾于光绪十四年(1888年)上书朝廷,提出自己的变法观点。其后,又聚徒讲学,宣传变法思想。于是,在光绪二十一年(1895年)赴京会试,遇到《马关条约》签订和举子们群情激昂的情形时,便顺势联络举子共同上书,向朝廷提出拒和、迁都、练兵、变法等主张,成为"公车上书"的领袖人物。

其后,他又先后组织成立"强学会",举办《强学报》;成立"保国会",提出"保国""保种""保教"等口号;并最终使光绪皇帝接受了他的建议,下诏变法……

——诚可谓:尊孔宣经有圣心,鸿儒也;维新变法为马首,大贤哉。

梁启超是广东新会人,就学于康有为,光绪二十一年同赴京城会试,是康有为发起"公车上书"的最得力助手。他才华横溢,文章冠世,著写了多篇词彩飞扬、见识卓越的变法文章,一时间京城人人争看,洛阳纸贵。同时也发表了多次激情澎湃、溅珠落玉的维新演说,引得京城沸腾:上至朝廷大臣,中至士绅儒林,下至市井平民,纷纷前去观看聆听,犹如赶会看戏一般。

——诚可谓:真知灼见启民智,天降大任于斯人也;妙笔生花超群儒,神摘棂星予其心也。

合盛元京号掌柜郝克凝向来关心时局,所以对康有为梁启超这一类影响时局的人物,对维新变法这一类影响时局的事件,他自然也格外关心:康、梁的文章,他都会尽量买到报纸来细看;康、梁的演说,他也会尽量抽出时间去倾听。此时的郝克凝颇像一个仰观天象、俯察地理的阴阳术师,他要仔细观察朝廷里和社会上的一举一动,而后揣摩判断,从而决定票号生意的进退。

如今的维新变法运动如风起云涌的天象,他岂能不动用自己的耳目去听,去看?

前些天,他去粤东会馆听了康有为关于"保国、保种、保教"及成立保国会的演说,触动很大,获益良多。这一天,他得知贵州会馆邀请梁启超前去演说,便又带着郭长林早早地来到了贵州会馆。

此时,贵州会馆已是成堆成堆的人群,一看这气氛,郝克凝不由得感叹道:"哦,听梁启超先生的演说,竟像赶会看戏一样人多啊!看来,这维新变法还真成了点气候,这维新党人都快成名角儿了!"

旁边的郭长林附和道:"如今人心思变嘛!"

郝克凝说道:"的确如此!如今人人思变,人人盼新,所以谁能喊变,谁能出新,人们就捧谁当名角儿!这康、梁二先生正是踩在鼓点上,压在板眼上了,该人家出彩。"

郭长林点头附和。

郝、郭二人进了会馆里，只见戏楼上已挂好了"欢迎梁启超先生演讲"的横幅。

一会儿，主持人上台前喊话："诸位！安静一下！今天，我们贵州会馆荣幸地邀请到维新变法的著名领袖梁启超先生。现在——请梁启超先生为我们演讲中国的维新变法。大家鼓掌欢迎！"

一阵热烈的掌声后，气宇轩昂的梁启超走上台前，作揖施礼后开始演讲：

诸位！同胞们！自从鸦片战争以来，中国屡战屡败，中国几乎到了亡国灭种之边缘！中日甲午一战，拥有四万万人之中国竟惨败于小小的日本！朝鲜被日本侵占了，北洋水师被日本覆灭了，我们还得向日本割让台湾，向日本赔款二万万三千万两白银！——这是中华民族的奇耻大辱啊！

如果这样下去，用不了五十年，中国就会被世界列强瓜分殆尽，到时候中华民族就将彻底亡国灭种了！现在，我们中国只剩下了一口气，只剩下了一线生机：那就是维新变法！现在，我们每一个国人应该觉醒过来，趁着我们还有这一口气，赶快去争取这一线生机！

那么，我们该如何去维新变法？这一点，我们的邻国日本已给我们做出了榜样。日本原本是一个落后的小国，可自明治维新之后，至今不过三十年，却成了一个强国！现在的日本不仅不受欧洲列强的欺侮，而且还有力量打败中国！由此可见，变法则存，不变法则亡；变法则强，不变法则弱。

那么，变什么法？其一，改革官制，澄清吏治；其二，废除八股，设立学堂；其三，裁汰绿营，训练新军；其四，抚恤工商，倡导实业……

中国之地非小也，乃是日本的三十倍；中国之民非少也，乃是日本的八倍；中国之民非弱也，试看强汉盛唐；中国之民非愚也，试看四大发明……中国所失者，道也；所败者，法也；道失法败，则万事失败！而中国一旦得道得法，则不出三十载，我中华民族必将立于世界强国之林！

郝克凝认真听着，用心想着，一直听完梁启超的演说，拍手鼓掌。

郝克凝听着梁启超的这番演讲，心中暗暗敬佩这个二十多岁的年轻人：一表人才，满腹经纶，真是经邦济国的栋梁之材啊！

接着，他心中又蓦然萌发了一个奇妙的想法：这个梁启超和当今皇帝的年龄相差无几，如果要让他坐到皇帝的位子上，那朝廷怎么会如此腐败无能，中国又怎么会如此任由列强宰割呢？

然而，当这种奇妙的想法像灵光一样在心头闪过之后，心里又复归于黯淡，并发出无奈的慨叹了：中国人口如此之众，中国人才如此之多，为何非得拥戴一个如此无能的人为皇帝，尊崇一个如此无德的人为太后呢？唉！也是我们这一代中国人福薄啊，无缘摊上一位雄才大略的皇帝，却有缘摊上这无德的太后和无能的皇帝！

三

合盛元京号郝克凝掌柜正坐在书桌前批写信件，二掌柜郭长林拿着一张报纸进来了。

"郝掌柜，天津的《国闻报》登载了保国会的消息和康有为梁启超的演说，我买了一张！"郭长林说着，将报纸递给郝克凝。

郝克凝接过报纸，扫了一眼，点了点头，说一声"好"，便认真地看了起来。

郭长林一看郝克凝那聚精会神的样子，便悄声退下去了。

郝克凝在桌案上锁眉凝神，看了一会儿报纸；然后，又在地上踱步沉思起来，间或还看一下窗外的天空，暗自想道："听听那些演讲，再看看这些报纸，感觉真像闷热天气里的阵阵清风，心里很爽快啊！可是，又总觉得这风太干了，太飘了，没有一丝儿雨腥气。"

郝克凝身在商场，正是最讲实际的职业；年近五十，又是最讲实际的年龄。他在地上踱了一阵步，向窗外望了几回天，然后自语道："这清风固然可以爽心，而澍雨方可以润物呀！行风在于山林之虎，而行雨却在于天庭之龙啊！"

郝克凝一边自语着，一边望着窗外的天空凝眸，凝神，凝思……

为了对维新变法运动的前景做出准确的估计和判断，从而决策生意上的取舍进退，郝克凝需要掌握上上下下多方面的信息。

这日下午，郝克凝信步走在珠宝市东大街上，他颇想感受一下市井百姓们饭余茶后的闲谈舆论。走到沁芳茶馆跟前，看到里面已聚了不少人，便顺脚走了进去。

郝克凝进了茶馆大堂，茶馆的王掌柜已过来招呼："啊，欢迎郝老板光临！给郝老板楼上开个雅座？"

郝克凝摇摇头，低声说道："不用了，在大堂里就好。"

"好，好！那就委屈郝老板了！随意找个凳子坐吧！"

郝克凝环视一下大堂，七八张桌子上都已坐上茶客。郝克凝说道："王掌柜，好生意啊！"

王掌柜满脸堆笑，喜眉喜眼，说道："托福，托福！这些天来，康有为先生和梁启超先生在各处会馆演讲，人们听了就喜欢来茶馆里聚聚，议论议论。呵呵！这也是托维新变法的福啊！郝老板喝什么茶呀？"

"大碗茶就行了。"郝克凝说罢，到人群中找了一个空座坐下。

茶客们七嘴八舌，果然都在议论康梁变法。郝克凝左顾右盼，与旁

边的茶客们笑笑脸,点点头,然后一边等茶,一边洗耳恭听起来:

茶客甲:"康有为先生和梁启超先生的演讲那可真叫精彩!那可真叫'听君一席话,胜读十年书'啊!"

茶客乙:"您去听了吗?"

茶客甲:"那当然呀!两位大才子的演讲我都去听了。早些时,康先生在粤东会馆演讲,我去听了;大前天梁先生在贵州会馆演讲,我也去听了。那人们听的。又拍手,又叫好,把手都拍疼了,把嗓子都叫哑了。"

茶客丙:"我也去了,真是热闹,真是过瘾,真是让人开窍。那可真是一句话点醒梦中人啊!"

茶客丁:"要能惊醒朝廷就好了。只怕朝廷的人听不到啊!"

茶客甲:"不见得。我听说呀,当今皇上已经看到了康先生和梁先生的演讲文章,都拍案叫好呢。"

茶客丁:"是吗?那敢情好啊!"

一会儿茶馆伙计给郝克凝送来一份大碗茶:"先生,请慢用!"

郝克凝点点头,接过茶来,又伸着耳朵听了:

茶客甲:"当然是嘛。我还听说,翁师傅特别赏识康有为,极力向当今皇上举荐呢。而且,翁师傅还举荐在天津训练新军的袁世凯,让皇上重用呢!"

茶客丁:"是吗?要果真这样,那可就要成气候了。内有翁师傅在身边出谋划策,外有康有为和袁世凯这一文一武为左膀右臂,当今皇上还真会有 番维新变法的作为呢!"

"……"

郝克凝喝着茶,洗耳恭听,静心细想:舆论如此,民心如此,维新党人如此……如果朝廷也能如此,重用康有为来变法,重用袁世凯来强军,那国家的气象可就真的焕然一新了啊!

郝克凝走出茶馆,走在繁华的珠宝市东大街上,望着远处高大的广渠门，琢磨着"广渠门"这三个意味深长的字，暗暗想道：但愿这维新变法如同这广渠门一样，广开渠道，为我们生意人引来滚滚财源啊……

此后没过多久，康有为梁启超等人发起的维新变法运动果然成了些气候：光绪皇帝毅然下诏变法，形势如夏天的雷雨，轰轰烈烈，飘飘扬扬！

"卖报，卖报！

"《京报》《申报》！"

京城街头出现了报纸极度畅销的盛况：成百的报童走街串巷，叫卖报纸；上万的市民争相购买，传阅新闻！

一张张报纸上，一行行大黑字的标题赫然触目，怦然惊心——

《上召见工部主事康有为，命充总理各国事务衙门章京》

《诏陆军改练洋操》

《授荣禄直隶总督兼北洋大臣》

《趣盛宣怀卢汉铁路刻日兴工》

《诏立京师大学堂，命孙家鼐管理》

《赏举人梁启超六品衔，办理译书局》

《诏八旗两翼诸营改习洋枪抬枪》

《诏各省保护商务》

《诏改定科举新章》

《诏颁张之洞劝学篇》

《命康有为督办官报》

《命荣禄会同张之洞督办卢汉铁路》

《诏设农工商总局》

《赏内阁侍读杨锐、中书林旭、刑部主事刘光第、江苏知府谭嗣同并加四品衔，参与新政》

《罢李鸿章总理各国事务衙门行走》

《诏袁世凯来京》

……

一张张报纸铺天盖地，一条条消息醒目震耳！

郝克凝翻看着一张张报纸，揣摩着一条条消息，心潮滚滚，思绪悠悠，疑惑重重……

四

郝克凝在对眼前时局疑惑之时，又想到了那桐。面对这番维新变法的崭新气象，这位举人出身的朝廷官员必有自己的见解，自己何不登门请教一番？

郝克凝坐一乘便轿，来到金鱼胡同那桐府第。

此时，朝廷实施维新变法，推行新政，裁了鸿胪寺，那桐这个鸿胪寺卿已赋闲在家了。

穷则思变，困而观《易》，在官场上失意的那桐正捧着一本《周易》阅读呢——

> 天尊地卑，乾坤定矣。卑高以陈，贵贱位矣。动静有常，刚柔断矣。方以类聚，物以群分，吉凶生矣。在天成象，在地成形，变化见矣。是故刚柔相摩，八卦相荡。鼓之以雷霆，润之以风雨。日月运行，一寒一暑。乾道成男，坤道成女。乾知大始，坤作成物。乾以易知，坤以简能。易则易知，简则易从。易知则有亲，易从则有功。有亲则可久，有功则可大。可久则贤人之德，可大则贤人之业。易简而天下之理得矣，天下之理得而成位乎其中矣……

那桐看了一阵书，在地上踱步沉吟起来："方以类聚，物以群分，吉凶生矣。在天成象，在地成形，变化见矣！——如今大清朝廷正是这样的景象啊！只是，人已经分出来了，吉凶尚未定；在天已经渐渐成象，在地则尚未成形……"

在官场上失落的那桐比郝克凝更用心地关注着时局的变化，也更揪心地牵挂着朝廷的一举一动。

这时，门外家人报："老爷，合盛元票号的郝克凝老板来了！"

"哦！快请进来！"

郝克凝随佣人来到那桐书房，那桐打起竹帘迎候："啊，耀庭兄，快请进！"

郝克凝欠欠身进了屋，一边落座，一边笑道："琴轩啊，听说你这些时清闲了？"

那桐也笑道："清闲了！哈哈，如今皇上推行新政，裁了鸿胪寺，我就挂在礼部赋闲了。哈哈，这倒也好，有时间看看书，过过自在的日子。"

郝克凝说道："琴轩荣辱不惊，可算是大家气度啊！"

那桐笑笑，说道："人哪，真要是悟透了'福祸相倚'的道理，岂能耿耿于一时的荣辱得失？！"

郝克凝感受着那桐的这番言谈举止，暗暗佩服那桐的气量；再细察一下他的五官气色，又暗暗思忖道：这那桐并不是官运气数将尽的人，分明来日方长，而且官位还会更加显赫呢！

于是，郝克凝说道："琴轩，如果需要使银子打点，你可吭气呀！"

那桐听罢，道一声谢，又摆摆手说道："耀庭兄，你的情意我领了。这回和上两回不一样，这不是银子的事。头一回，我只是个举人，官场上没有任何门路，为了谋个一官半职，那需要银子打点。第二回，我也只是个小小的五品官，在朝廷里像个蚂蚁一样，无人知我，为了快些升迁，那也需要银子打点。如今，我已和太后攀上族亲，在朝廷是明显的事实，哪个不知？连庆王爷都抬举我呢！现在帝后两党相争，这也是明摆的事实，连李鸿章大人都让皇上罢了，我还在乎什么？"

"那——琴轩今后作何打算？"郝克凝问道。

那桐胸有成竹地笑道："赋闲吧！品品茶，看看书，养养精神。嘿嘿，将来嘛，如果皇上这儿完全得势，我就这样当个闲人得了；如果太后重掌了朝政，那我就想赋闲也赋不成啊！嘿嘿……"

聊了一会儿闲话，郝克凝又请教那桐对时局的看法。

那桐低语道："耀庭兄啊，我说话你听了就化了，切不可再对第三个人说出去。我看呀，皇上只有两成胜算，太后倒有八成胜算。"

"哦？为什么呢？"郝克凝也低声问道，却睁大了眼，也伸长了耳朵。

那桐继续低声说道："我看哪——其一，这变法固然是好，可这是大清朝天大的事呀，哪能这样毛手毛脚，轻举妄动，像儿戏一般。其二，一个文弱的皇帝和一班子文弱的书生，只有春风拂柳之气，没有雷霆万钧之力，岂能担负如此大任？其三，这变法的目的就是改变旧法，弃用旧臣，乃至于闲置太后。你想想，本朝法度已经三百年了，在人心中根深蒂固，要在一朝之间改变，谈何容易？如今在位的旧臣多是几十年的功勋老臣，在社会上德高望重，在朝廷中又盘根错节，要一下子弃用旧臣，涉及他们的切身利益乃至身家性命，他们岂肯轻易拱手相让？这就更难了！太后呢，执掌朝政三十多年，王公贵族，部院重臣，封疆大吏，哪个不受太后恩赐，不感太后恩德，不听太后懿旨？！要闲置太后就更是难上加难了！——如此看来，这变法分明就是胳膊扭大腿，鸡蛋碰石头啊！"

那桐说得头头是道，是理；郝克凝听得句句入心，入神。

"噢，原来如此！"郝克凝感叹着，心中颇有拨云见日之亮。但他心头仍有一片云雾飘浮，于是又说道，"听说皇上召见了袁世凯，据说此人训练新军很有一套呢。"

那桐笑道："嗨！就他那点儿兵？不过是旱地里的一滴水，哪能掀起来波澜。而且，有直隶总督荣中堂的军队盯着他，挡着他呢！再说，袁世凯只是一介武夫，并非读书人出身，心中没有根植孔孟仁义之学，不知名节，只知利益，分明是见风使舵、趋炎附势之辈。如果到时候皇上势大，他自然会当急先锋；如果到时候太后势大，他绝不会为皇上舍生取义，说不定还会趁火打劫皇上呢！"

郝克凝听着，点着头，继续感叹着："噢！原来如此！"

那桐继续说道："依我看来，应该是如此。你想嘛，皇上身边是一班文弱书生和一个摇摆不定的袁世凯，太后周围是一班掌握军政大权的王公大臣和封疆大吏，二者岂能相比？！如果硬要相比，我这里倒有一比：太后和皇上，就如同老猫和小鼠；王公大臣和那些文弱书生，就如同老鹰和小鸡。这强弱胜负不是明摆着吗？除非——"那桐说着，犹豫了。

"除非什么？"郝克凝急切地问。

那桐沉思了一下，低声说道："除非太后身遭不测……那可就难说了。"

"噢——"郝克凝应着，也沉思着点了点头。

五

不到两个月，那桐的话就应验了。

光绪皇帝和维新党人寄予厚望的袁世凯，不仅没有做了"帝党集团"的顶梁柱，反而做了"后党集团"摧毁"帝党集团"的导火线。当维新党人手持光绪皇帝的密诏让他率军"勤王"时，这个心中没有根植孔孟仁义之学的武夫哪里讲什么"舍生取义"，他只讲权衡利弊；哪里会做"喻于义"的君子，他只是个"喻于利"的小人。于是，他拿着皇帝的密诏掂量了一番：奉诏率军勤王，那是九死一生中立功封侯；而向太后献诏告密，那是十拿九稳地立功封侯。所以，他不仅不去率军"勤王"，反而拿着光绪皇帝的密诏去慈禧太后那里告了密！

本来，慈禧太后这里早就咬牙铮铮，磨刀霍霍，想对维新党人下手。袁世凯这一告密，使慈禧太后既占先了时机，又占有了借口，于是，她调兵遣将，连夜从颐和园起驾回宫，当即囚禁了光绪皇帝；同时下诏废除新政，捕杀维新党人。

光绪二十四年八月初六（1898年9月21日）一昼一夜间，北京城笼罩在一片恐怖之中。但见：马蹄踏踏，军令森森；火把闪闪，刀枪铿铿。大呼小叫，人声嘈嘈满街乱；此起彼伏，狗叫汪汪连天慌。临事者奔奔突突，啼啼哭哭，如罹网之兽；旁观者战战兢兢，圪圪缩缩，如惊弓之鸟。

第二天上午，北京城各商家字号挨个儿紧闭店门，街市一片萧然；而各商家字号的老板掌柜则悄声儿探听消息，人心一片索然。

到了晌午时分，各处的消息才渐渐汇集起来：某某维新党人被抓捕，某某会馆被搜查，某某报馆被封闭，康有为梁启超不知去向……

下午，一些小店小铺开门营业了。——他们面对乱局时，本儿愈小，胆儿就愈大。

而各大票号却依然紧闭店门，老板掌柜们都在紧急分析形势，研究对策。——他们面对乱局时，本儿愈大，胆儿就愈小。

合盛元票号内，郝克凝掌柜和郭长林、赵儒义也在商议。

"昨天乱了一昼一夜，今日又是半天，现在好像平静下来了。下一步的形势会怎么变？咱们下一步该怎么办？特别是各大票号关了一天门，明天会不会开？咱们合盛元明天开不开门？要开门得做甚准备？你二位有甚见解？"郝克凝说道。

郭长林说道："我看，如果今天晚上局势继续平稳的话，明天恐怕就不能无故继续关门了。可一开门，恐怕就挤兑，咱就得有充足的现银准备。今天晌午已经有人急着敲门要兑换现银了，这种情绪很容易传播开来，明天来兑换现银的人就会更多，甚至会出现挤兑！"

郝克凝点点头，说道："嗯，说的是。那——咱按出现挤兑的情况考虑，你们看得准备多少现银？"

赵儒义扳着指头盘算道："咱现在的存银已过百万，号内现银只有三万多两，加上在三家银炉房的存银十二万两，这样满打满算也就是十五万两。如果都来兑现，只能应付一成多的储户。不过一般而言，存银大户兑现得提前三至五天告知咱们，明天的挤兑者多是些存银小户。这些小户有几千家，可存银总额也就是二十多万两银子；而且，这些小户也不会都来挤兑，至多有一半会来，这样看来，有十万两现银管够了。"

郝克凝听罢，点了点头，转了转眼珠，说道："哦，这样的话，那咱明天就开门吧。即使出现挤兑也无妨：就以三分钟兑付一家储户的银票来算，一个钟头也只能兑付二十家储户，一天下来最多兑付二百来家，大体上也就是每天需要三万两的现银。这样，能随时调动的十五万两现银，足够四五天应付的。至于四五天之后嘛，我看局势就该平稳下来了。"

"不过，明天各大票号不一定都开门，他们不开，咱们也可以缓一两天，等局势完全稳了再开。这样就避免了挤兑，也不必从银炉房调运那么多现银了。"郭长林补充说。

"也行。"赵儒义也附和郭长林的话。

郝克凝犹豫了一会儿，摇头道："不行，不管别家票号明天开不开门，咱合盛元一定要开。信誉第一！如果别家开了，我们不开，有损我们合盛元的信誉，我们不能不开；如果别家不开，我们开了，有益我合盛元的信誉，我们岂能不开？！"

郭、赵二人听着，点着头，眼神中却颇有疑惑之意。

郝克凝看出了他们的疑惑，于是解释道："我知道你们担心局势变得更坏，咱现有的十五万两银子应付不了挤兑。不过我看这局势呀——"

郝克凝想起了那桐对他说的话，于是很有把握地继续说道："后党拾掇帝党就如同老猫逮小鼠和老鹰抓小鸡一样，这局势乱不起来，少则三两天，多则五六天，局势就该稳定下来了。嘿嘿，就这三五天时间，有这十五万两现银应该是绰绰有余了。"

郭、赵二人听罢，心中也就释疑解惑了。

最后，郝克凝做出决断："就这样定了吧，明天准时开门营业！好好准备准备：一是人手，能插上手的都到柜房和账房帮忙。二是现银，把库存的三万两现银全摆在柜上亮出来；另外，及早通知三家银炉房，让他们准备好现银，三天内随时听候调用！"

郭、赵二人领命，各自准备去了。

郝克凝则继续坐在书桌前，对眼下的局势翻来覆去地分析，研究，判断……

此时，局势的变化对他的生意决策至关重要：如果局势小乱，能在五天内平静下来，那他就可以从容应对；而且，既可趁机显示雄厚财力，树立卓著信誉，又可节省不少利息。如果局势大乱，在五天内平静不下来，那就会捉襟见肘，兑不出现银。如此，小则信誉扫地，大则有倒账之虞！

……

次日，合盛元票号不顾多家票号紧闭门户的情况，准时开门营业，兑现者果然蜂拥而至。

柜房内，装着银元宝的箱子摆满了一地，其形则满地银山，其色则满屋银辉。

铺面前，拿着银票的储户排成了长队，动则如长龙，势汹汹也；静则如长蛇，阴森森也！此情此景，长龙欲吞噬银山，长蛇在吸吮银辉……

柜台上，伙计们在紧张而有条不紊地唱票兑银：

"老先生，您这是五百两的票，不到期的，要提前兑现，利息可就没了！"伙计认真地察看银票的真伪、数额和存期，并不时地提醒持票者。

"没了利息就没了吧，能兑了本钱就行！"老先生爽然答道。

于是，伙计收好这张银票，向这位老者兑付出十个大元宝……

按照当时票号的规矩，随存随取的活期存银不带利息，提前兑取的存银也不付利息。而人们遭遇乱局时，普遍有一种求安求稳的心理："人能保命"就阿弥陀佛，"钱能保本"就谢天谢地！所以，这位持票兑现的老者尽管放弃了利息，却如此爽然、坦然。

伙计继续唱票兑付：

"一千两票！不到期，提前兑现，不带利息！"

"三百两票！活期，不带利息！"

"八百两票！不到期，提前兑现，不带利息！"

……

合盛元票号忙乱了一天，仅仅兑出了三万余两银子，而京城的局势却显出愈来愈平稳的迹象。

当晚，郝克凝得知兑现的情形，终于松了口气，他对局势判断对了，对生意算计对了。

然后，郝克凝又盘算道："照此情形，明天上午就把大气放了，准备的现银绰绰有余。到后天，恐怕就又要往回存银子了。"

第二天，局势依然平稳，兑现的人果然不再那么拥挤了，势头大减。

晌午时分，人们已从《京报》上看到了"皇太后复垂帘训政"的消息和"诏捕康有为梁启超"的消息。于是，人们便知道：维新党人已经彻底完了。

下午，已没什么兑现的人了。

再过一两天，果然又翻了个儿：当初那些急着兑现的人，又急着来存银了。他们甚至埋怨不已，后悔不迭：

"嗨！维新党人这么快就完了？"

"唉！这还真应了古人的话：秀才造反，十年不成！"

"唉！我当初还真不该急着兑现，把十两银子的利钱扔了！"

……

他们的利钱扔到哪儿了？自然是扔在了合盛元票号里。扔了多少？至少是上千两银子吧！

合盛元票号此举，既显示了雄厚财力，又树立了卓著信誉，还捎带着捡了上千两银子。

六

此后一个多月，合盛元票号的生意格外的好，慕名而来存银子的人意外的多，存贷相抵后竟多出了二十多万两银子的头寸。

这样，郝克凝自然得向各码头多写几封信，通报北京城的平稳局势，通报合盛元的兴隆气象，然后让他们放手经营，让他们多多承揽汇往北京的生意，云云。

把这些急办和缓办的事情一一做了，闲下身来，品一杯茶，回味一下这段时间自己的所作所为和所得所获，他心中颇为得意："嘿嘿，种豆得豆，种瓜得瓜啊！嘿嘿，决策对了，收获就大了啊！"

眼看着合盛元生意兴隆的气象，郝克凝自然心情颇爽，兴致颇高。

而此时，自从慈禧太后恢复垂帘训政以来，除保留下京师大学堂外，所有新政全部废止，所有帝党成员全部罢黜；一切旧制全部恢复，所有后党成员全部官复原职。于是，被新政撤除的鸿胪寺恢复旧制，被帝党排斥的鸿胪寺卿那桐也恢复原职。

时值深秋九月，风清气爽。现在的郝克凝有一份好心情，现在的那桐分明也应有一份好心情。于是，郝克凝邀那桐去香山逛景，那桐欣然应允。

这日，郝克凝雇一辆大轿车，带上酒肉干粮，与那桐一起奔香山而去。

轿外，马欢鞭扬，铃声叮当；轿内，你言我语，笑声爽朗。

"耀庭兄，这些时生意还好吧？"那桐问道。

"好啊！就是政变那几天挤兑了一阵子。不过，我现银准备充足，敞开兑换，一点也不含糊，一点也不为难顾客。结果，经这一阵子挤兑之后，人们越信服了我合盛元，来存银子的人比以前更多了。哈哈！"郝克凝说着，笑起来了。

"这就是所谓'与人方便，自己方便'嘛！嘿嘿！这也叫'逢凶化吉，遇难成祥'啊！嘿嘿！可喜可贺，可喜可贺啊！"那桐笑道。

"琴轩这些时也高兴吧？"

"高兴，高兴！我也是因祸得福啊！不仅官复原职，而且太后还专门召见了我，给我说了不少知心话，还要升迁我为内阁学士呢！"那桐说着，有意压低了声音，却无法压住那股高兴劲儿！

"啊呀，内阁学士！这是二品吧？"

"是从二品。"

"那也是连升三级呀！琴轩，你这才真叫'可喜可贺'呢！"

"嘿嘿嘿！"

"琴轩，你这几年可真是官运亨通，飞黄腾达啊！"

"嘿嘿！这一回跟上太后受了委屈的人都有封赏。我呢，太后那儿有点意思，庆亲王这儿再使点劲儿，当然就多些封赏了。"

"哈哈哈！"

"哈哈哈！"

二人说笑着，不觉已来到香山脚下。

郝克凝和那桐兴致盎然，随心所往，信步之游，走进了如诗如画的香山。好一番香山秋景！但见：

天高云淡，眼望之而心旷；风清气闲，鼻吸之而神爽。群山叠峰峦，巍峨峨，绵延延，形势雄也，奇也，险也；枫林染胭脂，红艳艳，娇滴滴，姿色妩也，媚也，妍也。树茂石径幽，谷深俊鸟藏。涌泉喜静悄，流瀑乐飞扬。千年古木参天立，穆穆然，亦参儒也？寂寂然，亦参佛也？邃邃然，亦参道也？几片红叶逐水流，谦谦然，其逐善也；翩翩然，其逐美也；飘飘然，其逐真也！眼前一番美景，心中万种妙境！

那桐举人出身，读遍了诗云子曰和秦汉唐宋文章，置身于这美景之中，自然雅兴逸飞，才思迸花：此景此象，运鬼斧，鸠神工，天地造化真乃奇也，妙也！此林此山，钟灵秀，聚精华，天地造化何其仁也，爱也！

看满山枫林艳艳，灿若丹霞，他便叹道："好一幅锦绣图画！——凝眸遥望，目为之炫！"

听涧中流水潺潺，玲若玉磬，他便叹道："好一曲优雅古乐！——驻足倾听，耳为之迷！"

而看到澄溪上红叶恬恬，石径旁青苔绵绵，树林中清风习习，山谷里翠鸟翩翩，他又叹道："好一首美妙的山水诗啊！——聚精会神，品之读之，玩之赏之，心为之醉！"

郝克凝文化浅薄，自然比不了那桐的那些才思雅兴。但他天生聪明，五官为开窍之器，灵台有顿悟之慧。今日置身于这清风丽日、秀山美树的景象之中，犹如在仙宫瑶池洗浴了一番似的，尽脱俗气，俨然成了半个神仙！

"啊呀，生活在这里才叫个美呀！这些树，这些草，这些鸟，都自由自在，多舒畅啊！他们各在各位，不争不抢，多安闲啊！他们各做各事，不谋不算，多省心啊！……

"相比之下，城里人才叫活得累呢！人们都争着做大官，挣大钱，整日间劳思费神，这已经够累了。做了大官和挣了大钱以后呢，又怕丢了官丢了钱，整日间提心吊胆，这又是一层累！而做不上大官挣不上大钱呢，或灰心丧志，从此暮气沉沉，心，整日间被灰色蒙着，被暮气捂着；或疲命劳身，继续苦苦奋争，命，整日间被疲劳耗着，被苦涩熬着！——这又是更甚一层的心累和命累啊！

"这样想来，这城里人看似气气派派，风风光光，倒不如这乡下人活得自在；这人呢，看似衣衣服服，房房屋屋，倒不如这山中的树儿草儿鸟儿活得自在！人们常说，人为万物之灵长。这样看来，人灵了个甚？聪明反被聪明误！人又长了个甚？做官反被做官累！

"唉！真羡慕这树儿草儿鸟儿！只是，俗话说，人在江湖，身不由己！我等一旦赋形为人，生活于家庭社会之网，挣扎于功名利禄之阱，就身不由己了啊！……"

郝克凝和那桐在山上逛了两个来时辰，虽说尽兴尽致，却也早已腿乏肚饥了。于是二人拣一处平整的地方，铺开餐布，摆出酒肉，哥俩如狼似虎般吞饮起来！

半下午时分，郝克凝与那桐兴也尽了，身也困了，于是便坐轿回城，一路下坡，快马加鞭！二人坐在这乘宽敞的大轿车中穿绸裹缎，脸上泛着奕奕神采，身上迎着习习清风，如飞如翔，宛若神仙一样。这种感觉何等快意，惬意！而在路上，恰遇几个山民挑担背篓，脸上绌着凄凄神态，身上淌着涔涔汗水，亦蹒亦跚，好像刑徒一般。这种生活又何等难受，难挨。——这一对比，轿车中人更会产生一种优越感，庆幸感。

此一时，彼一时，这时候的郝克凝又是另一种想法了：这快意，这惬意，这优越感，这庆幸感，都是靠银子来支撑的呀！再想想家里那雕梁画窗、刻石镂砖的崭新豪华院子，那佩金戴玉、穿绸裹缎的年轻娇美妻子，这都是靠大把大把的银子来支撑的啊！

临到进城时，郝克凝的心神早已从仙境回到了凡尘，满脑子买卖人的思想了。

七

此后，半年多的时间政局稳定，合盛元票号生意兴隆。

此时，那桐官迁内阁学士，真正成了后党的少壮派代表人物，说话的分量更是大了若干倍，朝廷各个衙门都得给他些面子了。如今的朝廷虽说囊中羞涩，但过手的银子流量却越来越大：二亿三千万两甲午赔款的筹集与汇兑，及由此而产生的更大数额的英德俄法四国借款及利息；一亿余两卢汉铁路经费的筹集与汇兑；数千万两昭信股票的发行认购与汇兑；以及日常近一亿两银子的海关税银和各地税银的缴纳汇兑……这么大的现银流量，那桐稍稍关照一下，就会给合盛元揽来大笔大笔的生意。

那桐的得势和鼎力相助，更使合盛元北京分号的生意旺如火上浇油，美如锦上添花。

然而，这只是暂时的稳定，这只是局部的繁荣，这只是郝克凝及合盛元众掌柜们见缝插针的杰作。

整个国家的情形是：甲午战败后，国库更空虚了，百姓更贫穷了，社会上的怨气更大了。这种情况下，具有几千年忧国忧民传统的中华文人士子们挺身而出，为国献策，为民请命；于是，整个社会的怨气借文人士子之口，掀起了几年轰轰烈烈的公车上书和维新运动。然而，后党的戊戌政变，把文人士子们的口又堵死了，整个社会的怨气不仅没有地方发泄，而且愈积愈大了。

终于，这种怨气在康有为梁启超们带领下"先礼"而不成，便转而"后兵"了：光绪二十五年（1899年）春，朱红灯带领义和团拳民在山东起义了，而且很快在山东、直隶等地形成了燎原之势！——文人士子们的口被严严地堵住，武士拳民们就该出手了；用纸笔讲话不听，只好用刀枪讲话了。

本来，早在清嘉庆年间山东等地就有了以"反清复明"为宗旨的义和拳秘密组织，但由于社会安定，经济繁荣，百姓安居乐业，这个组织只能如炉中之火，近百年间只是在小范围内存在延续，一直没能成了什么气候。

到了光绪二十四年，先是秋天七月间黄河在山东济阳等六县同时决口，淹没大片农田，造成上百万灾民流离失所。而当地官府不仅贪污了赈灾的银子，还延误了救灾的时机，对灾民的救济拖拖拉拉，星星点点，根本不能抚慰灾民！再经一个冬天的煎熬，灾民们钱粮耗尽，致使受灾地区饿殍遍野，怨声载道！这时的灾民们怒火中烧，何止是易燃的干柴，已经是可燃的火柴了！——这就为义和团"放火"准备了充足的可燃材料。

接着是光绪二十四年秋天八月的戊戌政变，康、梁逃生，六君子遇难，文人士子钳口，整个社会的怨气无处可泄，义和团便鬼使神差般领受了维新党人为民请命的天命，接受了全社会铺天盖地的怨气！——这又为义和团"燃烧"准备了充足的助燃氧气。

于是，到了光绪二十五年春，朱红灯振臂一呼，便如仙人呼气般在山东大地上燃起了熊熊大火！——那骨瘦如柴的灾民，终于如干柴般"燃烧"起了自己。

于是，延续了近百年的"炉中火"因遇到了满地的"干柴"，终于变成了这"燎原之火"！

……

商家向来喜安怕乱，喜和怕战，票号尤其如此。这义和团在济南一带一乱，再与官军一战，可把票号害苦了：设在济南的票号，或直接被济南城内的拳民以及趁机而起的地痞流氓抢劫焚烧，银子损失惨重！或间接被济南城外的拳民以及趁机而起的地痞流氓劫掠了镖车和信函，封锁了道路和邮路，生意挫折惨痛。甚至，就连毗邻济南西南方向的开封和西北方向的保定、天津各家票号也是战战兢兢，张张望望，缩手缩足，欲躲欲藏了。

好在合盛元票号在济南的生意平平，只算个小庄口，损失不算很大。开封、保定、天津三处的庄口虽然收缩了许多买卖，但已临近账期，也就是半年时间的清淡，对账期分红没什么大碍。而北京、上海、汉口、营口等几个大庄口照样红红火火，不太在乎山东的义和团。

所以，到光绪二十五年冬一个账期下来时，合盛元各分号的账面上几乎都是红利滚滚！同时，各处台面下又都潜伏着类似于义和团这样的动乱危机！——这正是字号合账分红的好时机，同时也是聚会议事的好时机。

果然，光绪二十五年的冬标过后，合盛元北京分号接到了祁县总号的通知："四年账期将至，东伙分红在即。各分号务必于十一月底结清账目，核对账银，计算盈亏，造册制表。各分号驻庄掌柜务于腊月十四前携账表回总号述职，并研究时局，会商号事也。切记切记！"

郝克凝看罢信，只记了一下"腊月十四"字样，便吩咐赵儒义照办去了。此前，他已估计到通知的八九成内容：这个账期生意不错，有红可分，利于合账；再加上总号大掌柜换了人，宜于合账；而且在国势岌岌可危中，山东爆发了义和团起义，前景难料，更得把各分号掌柜召回去商讨应对之策，决定进退之略。所以，他只需记住腊月十四前赶回祁县总号就是了。

账房赵儒义去核算账目，需等到腊月初才能知道结果。但郝克凝心里却对这个账期的盈利情况已有八九成的估计了：汇水净利以平均百分之一计算，四年间累计汇兑在四百万两之上，则汇水净利在四万两之上；存贷价差净额也以平均年架本百分之一计算，四年间平均架本在一百万两之上，则每年一万两，四年四万两；此外，加一些额外收入，刨一些呆账损失……总体盈利应在八万两上下。

得出这么一个估计结果，郝克凝暗暗高兴：这是他本人在各庄口当老板以来的最佳业绩。而且，竖着比，这也是北京分号有史以来的最佳业绩;横着比,这也应是合盛元各分号中的最佳业绩。

腊月初,赵儒义做出了决算:果然不出郝克凝的估计,盈利八万七千两白银。

这时候,郝克凝的高兴不能不溢在脸上了。他满脸笑容地对赵儒义说:"该刨去的那些坏账呆账准备金全刨尽了吗?"

"全刨了!只有刨得多了,不会刨得少了。刨出来一万两呢,足够了!"

郝克凝点点头,略作思索,说道:"这样吧,为了照顾下一个账期,也留些回旋余地,再刨出来一万两吧!现在山东的义和团快一年了都平息不下去,咱也该小心一点,多准备些应付坏账呆账的银子。"

"好,好!"赵儒义说道,"那就报上七万七千两的盈利吧?"

"对,就这样做了决算吧!"郝克凝说着,看了赵儒义一眼,笑意盈盈。一想到账面上红利盈盈,他眼神里就不能不笑意盈盈啊。

八

临近腊月十四,合盛元票号各庄口的掌柜们陆续回到了祁县总号。总号大院内便逐渐红火热闹起来,满院喜庆气氛了。

一进腊月的门,总号代理大掌柜贺洪如便仔细安排了祁县分号掌柜李苞:各地庄口的掌柜们都劳苦功高,要全力以赴、热情周到地接待好他们!吃的,山珍海味,好酒好菜,每日里排筵设席,要比祁县城最好的饭馆还要好;住的,铁炉大炭,新褥新被,再供上名茶好烟,要比他们在家住得还要舒服。……于是,祁县分号的伙计们忙得不亦乐乎,各庄口的掌柜们吃得不亦乐乎,合盛元票号上上下下高兴得不亦乐乎。

本来，每个账期就都有封赏，这个账期的买卖又格外的好，给掌柜伙计们的封赏哪能少了？已经顶上生意的，给升上一厘半厘；该熬出头的，给顶上一厘半厘；依然白身子吃劳金的，也会论功劳论资历行赏，每个伙计会得到十两百两不等的封赏！如此人人有份，自是皆大欢喜！

一过腊月初十，代理大掌柜贺洪如就忙得不亦乐乎了：审看各庄口的账表，接见各庄口的掌柜，斟酌这个账期的封赏尺度，思谋下个账期的经营方略……

郝克凝是京号掌柜，地位特殊，再加上他功绩卓著，见识卓越，贺洪如便腾出一个晚上的时间来接见他，饮茶聊天，深夜长谈——

"耀庭啊，你京号的决算我看了，实在是可喜可贺！我得向你道一声'感谢'啊！"贺洪如说着，拱手向郝克凝致意。

郝克凝一见贺洪如如此客气，赶紧拱手还礼，说道："多谢大掌柜抬爱！克凝实不敢当，实不敢当！京号能有这样的买卖，上靠大掌柜运筹，下靠众伙计尽力，还有就是靠了天时地利的成全。我本人嘛，只是顺水推舟，出了点微薄之力而已，实在微不足道。"

贺洪如笑着摆摆手，说道："耀庭不必过谦！京号的买卖好固然是靠了多方面的原因，但你却是关键的关键！我早已过了知天命之年，又身处大掌柜之位，还能没点儿知人之明？你与那桐相处竟成了结拜兄弟，非有超人的诚信和义气不能成此美善之事！在短短四年内，能帮助那桐从五品户部郎中升为二品内阁学士，非有超人的眼水和胆量不能奏此神奇之效！还有与庆亲王公子载振的父往，若没有超人的品格和手段，哪能笼络住这样的大财神啊！这——唯有你郝耀庭才行啊！"

"多谢大掌柜夸奖！但大掌柜过誉了，克凝愧不敢当啊！"郝克凝受到这番赞赏，感动不已，殷殷点头，谦谦致意。

贺洪如继续说道："有甚不敢当的？我这还是把你说小了呢！何止京号啊，天津、保定、奉天、营口这些庄口的生意，我都靠你这里节度；

全国各庄口的决策,我都靠你这里参谋呢!说实话,你虽然只是个京号的掌柜,却也是我这个总号大掌柜的左膀右臂呢!"

贺洪如充分肯定了郝克凝,高度评价了郝克凝,郝克凝也唯有掏心掏肺,"士为知己者死"了!于是他拱手说道:"大掌柜如此器抬爱,我定当为合盛元殚精竭虑,鞠躬尽瘁!"

贺洪如和郝克凝谈了一番心,抒了一阵情,便开始议"利":论功行赏。

于是贺洪如说道:"这个账期也该合账分红了,赏罚严明是咱合盛元的传统。京号的生意做得好,也该好好赏一赏。你说吧,你手下的伙计们该怎么赏?你拿个主意,我这里尽量依你就是!"

郝克凝听了,道一声谢,然后思量着说道:"这——现在京号的伙计除了我,顶生意的有四个,都卖了力,立了功;而且,上个账期他们都没有添加生意。所以,我还想请大掌柜开恩,给他们一人添上一厘!嘿嘿!"

郝克凝一边为手下的伙计们请功,一边向头上的大掌柜讨好,嘴里呼出了诚恳的喘气,脸上堆出了殷勤的笑容。

贺洪如却并不拿捏,当即很爽快地答应道:"行!就依你耀庭的!论功行赏嘛,功绩突出,封赏也就得优厚!另外,我再给京号五百两银子,由你赏赐那些吃劳金的伙计们!你觉得怎么样?行了吧?!"

郝克凝喜出望外,连连拱手称谢:"行了,行了!我替京号的众伙计谢大掌柜了!"

"至于你嘛,身为京号的驻庄掌柜,是主宰一方的老板,当然不能和他们一样。嘿嘿!我给你添上二厘!"贺洪如又微笑着说道。

"添二厘?!"郝克凝一听,吃了一惊。

"这分明也太优厚了,大掌柜分明也太厚待我了!"郝克凝寻思着,几多感恩,几多兴奋。不过,他很快又转念寻思道,"我虽然做下了相当大的功绩,但也不能太狂太贪,须懂得自谦自损。"

于是,他连连摆手说道:"不行,不行!大掌柜,这实在添得太多了!大掌柜,给我添上一厘就可以了。"

于是,郝克凝百般推辞,贺洪如则一意孤行;经过一番"讨价还价",郝克凝才接受了"添一厘五"的封赏,然后千恩万谢。

贺洪如笑着说道:"不用谢了,种瓜得瓜,种豆得豆嘛!话说回来,我还得感谢你和各位伙计呢!你们要不卖力,咱合盛元如何分红?如果咱合盛元分不了红,我这个大掌柜如何向东家交账?!呵呵呵!"

郝克凝在京号掌柜位子上尽职尽责,不遗余力,可谓忠矣,诚矣;而贺洪如在总号大掌柜位子上知人知事,不惜封赏,则可谓明矣,仁矣!——能有如此缘分,对谁来说都是三生有幸啊!而这,正是合盛元票号兴旺发达之基,长盛久隆之本。

商量了这个账期的封赏,贺洪如又和郝克凝谋划下一个账期的打算。

"耀庭啊!眼下国家正处于多事之秋,慈禧太后恢复垂帘训政,康有为梁启超他们的维新变法失败,山东的义和团拳民们又起来闹事……真可谓乱象丛生啊!这山东的义和团究竟会不会成了气候?咱合盛元下一个账期究竟该如何进退?时局的变化关系重大呀,你在京城见的多,听的也多,不知对时局如何看法——"

郝克凝听了贺洪如的话,皱了皱眉,摇了摇头,也叹了一口气,说道:"大掌柜,时局确实堪忧啊!"

然后,郝克凝一一分析起来:

"就全国而言,甲午赔款二亿二千万两白银,加上英德俄法四国借款本息便是三四亿两白银,这都要向各地摊派,最后都要落在老百姓身上。这如同割老百姓的肉,吸老百姓的血,本已穷困的老百姓必然更为穷困,本已怨愤的老百姓必然更为怨愤!而且地方官吏层层剥皮,缴到朝廷的银子是三四亿两,从老百姓身上起的银子很可能就是五六亿两。自古道,民怨则国忧,民愤则国乱啊!而且,还不止这一项。山东义和团起事以来,为了防止民变，朝廷不断申谕各省练兵积谷，还让县里办团练，让乡里置保甲，这又得从老百姓身上起银子起钱！这岂不是又抽几次民脂民膏，又添几层民怨民愤？这分明是愚蠢的挖心医疮之法，哪能防止民变？只能激起民乱。……凡此种种，民情恰如遍地干柴枯叶，经不住一星点儿火苗。而咱们做票号生意的，就像走在这些干柴枯叶上的贩货商人，稍不留神，或稍不走运，就会陷入火海，人货两空。

"就山东的义和团而言，眼下已是燎原之火，但能不能扩散到周围却也很难说。我从北京回来前，朝廷已经把山东巡抚毓贤撤换了，派去了袁世凯当巡抚。这袁世凯带着他的新练陆军去剿义和团，肯定会比毓贤管用，但能不能灭了义和团却也难说；而且，即使袁世凯的新练陆军能灭了山东的义和团，其他地方的百姓也是干柴枯叶呀！不管哪儿不留神溅个火星子，就又会烧起燎原大火来。"

郝克凝说着，不断地皱眉摇头，还夹杂着叹气。

最后他又说道："至于下个账期嘛，依克凝愚见：该做甚买卖还得做，但得时时小心，处处留神，如临深渊，如履薄冰；而且，还需要未思进，先思退！这样的话，万一遇上灾难，就能抽身溜些，抽银快些；这样，也就能大灾化小，小灾化了。"

贺洪如认真听着，不时地转睛点头，然后赞叹着说："耀庭说得非常在理，非常有用！确实得提醒各号：要以山东义和团为鉴，以济南分号为戒，务必未雨绸缪！"

贺洪如说着，眼睛里涌起了浓浓的愁意，笼上了缕缕的愁绪，不无感伤地叹道："我真担心呀！这义和团要是真成了气候，成了咸丰年间太平天国那样的气候，蔓延到咱山西这儿，蔓延上半个中国，打上十来年，那咱们的票号可就灾难深重了啊！"

郝克凝听着，也是一脸忧虑……

九

申树楷虽然年龄最小，资历最浅，却是作为最大，买卖最好。而他又身兼营口、安东两个分号的掌柜，自然也是贺洪如重点接见的人物。

在不到四年的时间内，合盛元营口分号从一片战乱后的废墟上崛起，成了盈利四万余两银子的大庄口！——非申树楷不能如此。

在不到三年的时间内，合盛元在票号界率先去边陲小城安东扎根，开花，结果：安东分号三年盈利四万余两银子！真可谓：一枝独秀春光艳，满树硕果秋景肥！——这，也非申树楷不能如此。

建有这样的卓越功勋，拥有这样的丰硕成果，二十四岁的申树楷自然意气风发，踌躇满志。而贺洪如，面对这位给合盛元立下赫赫功勋的少壮掌柜，自然宠爱有加，赞扬不已。

"培植啊！我看你的账表了，了不得，了不得！你真是给我们长脸了！我们没有看错你啊！是个人才，是个人才！呵呵，真是长江后浪推前浪，我合盛元后继有人啊！"贺洪如说着，连连竖指，频频点头。贺洪如今晚接见申树楷，简直像父亲似的，心中爱殷殷，情浓浓；脸上喜洋洋，意盎盎。他对这个年轻有为的后生太钟爱了，太喜欢了。

申树楷听着，连忙起身作揖，说道："多谢大掌柜夸奖，树楷能有今天，全靠大掌柜和众前辈栽培！树楷能在营口、安东二地有些作为，多靠总号和京号大力扶植！至于我本人，也只是初生牛犊不怕虎，撞在运气上罢了！嘿嘿！"

贺洪如笑道："哈哈！好样的，说话也会说了，真是士别三日当刮目相看啊！出去了这四年，身子更壮实了，脑子更成熟了，气度也更像男子汉大丈夫了！呵呵呵！"

"哈哈！"申树楷听着，也笑了。

……

贺洪如对申树楷进行了一番口头表扬鼓励,然后便进行实际的封赏:

"这四年一个账期下来了,你做的比我们想象的还好!所以,我们不仅要兑现答应你的事,还要额外奖赏你!当初临走时,给你临时添了二厘生意,现在要兑现,这二厘就算正式顶上了!"贺洪如说道。

"多谢大掌柜!"申树楷听罢,再次起身作揖。

"另外,我还要奖赏你:额外再给你添上二厘!这个账期分红,你就身顶五厘生意了!"

"啊?!"申树楷喜出望外。

贺洪如微笑着点点头:"对,从现在起,你就是合盛元身顶五厘生意的掌柜了。"

"啊呀!这——"申树楷知道,有贺洪如大掌柜的这句话,自己确实就是合盛元身顶五厘生意的掌柜了!顿时,他激动万分,思绪千缕,热泪盈眶。

申树楷一时不知所措,愣怔了片刻,才离开座位,跪地磕头谢恩:"多谢大掌柜厚恩。树楷今后一定舍死拼命,开疆拓土,为大掌柜效犬马之劳,为合盛元立卫、霍之功。"

"好,好!有志气!起来吧,坐下说话。"贺洪如高兴地说着,挥挥手,示意申树楷坐回原处。

待申树楷坐下,贺洪如继续说道:"年轻人就得有志气,有志者事竟成嘛!俗话说,长江后浪推前浪,合盛元票号的将来还得靠你们啊!宋人苏洵有句话叫'小胜益急,小挫益厉',你还年轻,来日方长,对这句话一定要铭记于心,运用于行。这样,你才可以有大作为,成大事业,也才可以如你刚刚所说的,为合盛元立卫青、霍去病之功啊!"

听着大掌柜贺洪如的谆谆教诲,申树楷唯唯应诺。

接着,分叙营口、安东众伙计的功绩,申树楷便将刘成礼、李德昌、张谋福等人当初在百般危险、千般艰难中固守营口分号的事情叙述一番，然后再把他们在这一账期内尽职敬业，竭力辅佐他恢复营口、开拓安东的功绩介绍一番。

贺洪如听着，不住地点头，感叹，赞扬："好，好！危难识忠臣，这些伙计真是我合盛元的忠臣死士！可敬，可佩，可赏！"

申树楷一看说动了大掌柜，赶紧拱手道："感谢大掌柜能对他们如此评价！恳请大掌柜垂恩，能给他们多添些生意！"

贺洪如当即爽快地说道："那是一定！我先听听你的意见——"

于是申树楷说道："这事，我觉得应该分开来说。上一个账期，因为营口分号损失惨重，那几个伙计都没有添加生意。但我以为，他们冒着生命危险固守在营口，保护了账本，守护了号院，也算立了功，也该给添加生意。只是，当时总号不明情况，未能及时行赏。所以我觉得应该给他们补赏，至少每人添半厘生意，为首的刘成礼另添半厘！这个账期呢，应该论功行赏，刘成礼、李德昌是我的左膀右臂，张谋福也是我的得力助手，没有他们，我哪能同时把营口、安东两个庄口都闹得这么兴旺？我觉得应该给他三人每人添上一厘，其他顶生意的每人添上半厘。不知大掌柜意下如何——"

贺洪如听着，一边在纸上写上几个人的名字和添加生意数，一边思忖：嗯，这申树楷分配得很是合情合理。看来，他不仅是个将才，还是个帅才。想着，贺洪如的脸上微微泛出笑意。于是他说道："好，就依培植的！刘成礼添加二厘，李德昌、张谋福各添加一厘五，小伙计赵成破格给顶上一厘生意……"

这样，一共给申树楷手下的伙计们添加八厘，再加上给他本人添加四厘，便是一分二厘！——从他进入合盛元票号以来，从来没有一个人能在一个账期一下子添加四厘生意！唯有他申树楷，破了这个先例，创下了这个奇迹，夺了这个头彩！也从来没有一个庄口的驻庄掌柜能在一个账期为本庄口争取到一分生意以上的封赏，也唯有他申树楷！

受到这番殊遇，申树楷感慨万千，信心百倍！

不等大掌柜贺洪如询问，申树楷便主动地汇报起自己下一个账期的设想："大掌柜，下一步我想跨过鸭绿江，到安东对岸的朝鲜新义州设庄营业。新义州和安东的情形颇为相似，也是朝鲜、中国、日本和俄国商人都去的地方，常有天津、山东、江苏和上海的商船去贸易。如果我们合盛元去设庄，这些商船就近到我合盛元各分号存取即可，可以免去他们携银跨海进行现银交割的诸多不便。我想这里的生意不会少了，至少能顶上半个安东！……"

贺洪如听着申树楷雄心勃勃的话，看着申树楷英气凛凛的劲儿，心中暗暗高兴：好啊！有这丰厚的封赏，这个后生一定会更加卖力，更有拼劲！有这样一个有才略，有胆识，能够开疆拓土的年轻掌柜，我合盛元何愁不发展，不兴隆？这是我合盛元票号之幸，也是我这个大掌柜之福啊！

十

贺洪如把各庄口的账表一一审看完了，掌柜一一接见了，封赏一一拟定了，最后和账房先生核计了一下，总号初步结账的结果为：红利总额达三十九万余两，添加身股共四分六厘五，合计身股二十六分六厘五，财股二十分，最后每股分红八千四百两！

贺洪如拿上这一堆数字，回到自己屋子里又盘算起来：红利三十九万余两，这比上一个账期翻了一番，多出二十万两白银！这个盈利数儿确实喜人，东家那儿肯定高兴。每股分红八千四百两，这比上一个账期也几乎翻了一番,多出三千九百两!这个分红数儿也确实算丰收年,顶生意的伙计们肯定高兴。一共添加了生意四分六厘五,这也够多了,添加了生意的伙计们自然高兴,东家那儿不知会怎样?毕竟财股是死的,身股是活的,身股多了,财股就少了呀!我这个大掌柜是尽量要照顾到两头,尽量要摆平东掌利益的,可不知东家那儿能否认可……

一个账期下来,这些封赏添身股的方案,大掌柜只能拟出草案;最终都得见了东家,由东家认可,才能成了定案。

一想到见东家,这位刚刚当上合盛元大掌柜的贺洪如就有点忐忑之感,就有点像新媳妇第一次见公婆一样。尽管他干得漂亮,分得合理,但毕竟这是他第一次拿上决算分红方案去向东家交账啊!

次日,贺洪如坐轿车前往荣仁堡。一路上,贺洪如心潮起伏,难以平静。想到这个账期已经获得的巨大红利,心中自然有一股股得意感和自信心;而想到这个账期即将添加的身股数字,心中又难免有一点点忐忑感和他信心。——前者是靠自己的才能,是已然的事实,故而得意和自信;而后者是靠他人的权力,是未然的事实,故而忐忑和他信。

贺洪如来到荣仁堡郭家大院门前,通报进去,照样是管家郭广仁大门迎接,贴身佣人马儿小门带路,然后把贺洪如带到东家郭嵘的书房晤谈。

东掌寒暄一番,落了座,上了茶,郭嵘微笑着说道:"洪如兄,这个账期辛苦你了。渠寿昌大掌柜告老还乡,洪如兄中途担负起合盛元大任,几年间操心操劳都操得消瘦了!多谢了,多谢了!"郭嵘说着,拱手施礼。

这郭嵘虽身为赫赫财东,却礼如谦谦君子,与贺洪如晤谈间,他是话带春风,面带暖意!贺洪如听着,看着,感受着这春风暖意,他这当掌柜的脸上自然是开了花儿一样!再感受这"洪如兄"一句称呼,贺洪如心中就更热乎乎了。

于是,贺洪如赶紧拱手还礼,说道:"不辛苦,不辛苦!上托东家洪福，下靠众伙计卖力，再加上渠寿昌大掌柜早已把号事安排得熨熨帖帖，我差不多只是坐享其成而已！嘿嘿！"

郭嵘听着，点头称赞道："洪如兄不仅不贪功，而且谦让有加，能扬人之善，成人之美，分明有古君子之风啊！"

贺洪如摇头道："不敢当，不敢当！东家过誉了。"

三言两语之间，贺洪如便领略到郭东家的仁、明和学识，不由得已敬而爱之了。而郭嵘也感受到了贺大掌柜的君子之风，并嗅到了这君子之风中所飘逸出来的幽幽德馨，不由得也敬而爱之了。

当贺洪如把账期三十九万余两的红利数额告诉郭嵘时，这位东家喜出望外："三十九万余两的红利？啊呀，这个账期大丰收啊？！"他嘴里赞叹着这个巨额红利的数字，心里也就同时认可了这位有巨大才能的新任大掌柜。心中暗暗赞叹道：真是大德大才，可堪大任！

贺洪如年近花甲，阅历丰富，为人处事也有很深的道行，有很老到的眼水，他早已从郭嵘的眼神中看出了洋溢的欣喜之情和迸发的赞许之意。

于是，那暗暗的忐忑之情悄然退去，隐隐的舒坦之感悄然涌来，贺洪如大掌柜像鲤鱼跳过龙门一样，悄然成龙了。——东家的眼就是大掌柜的龙门，东家的眼里接纳了他这个代理大掌柜，他就可以成真成龙了。

接下来，贺洪如便向郭嵘汇报详细内容："这个账期除济南分号受义和团影响大之外，各庄口的生意普遍比往年好，北京的郝克凝和营口的申树楷尤其突出：北京盈利七万七千两，营口盈利四万余两，申树楷还在安东新设了庄口，也是盈利四万余两……"

郭嵘听着，不住地点头赞许。

最后，贺洪如终于说到了最为核心，也是他最为担心的添加身股事宜："因为这普遍生意兴隆、盈利丰厚的情况，我准备给伙计们添加的生意也比往年多了不少，一共需添加四分六厘五的身股。其中申树楷最多，添加四厘，由原来的一厘顶成了五厘；他手下的伙计们也不少，刘成礼给添了二厘，李德昌和张谋福各添了一厘五，小伙计赵成也给顶上了一厘……营口、安东一共给添了一分二厘！——不知东家意下如何？"

郭嵘听着，早已把几个数字核算了一番，合算；也把几种道理盘算了一番，合理。于是，他爽然笑道："好，很好！他们赚回来不少，咱们赏下去的也不少。嘿嘿！信赏必罚这是字号的大规矩，申树楷为我合盛元立下奇功大功，自然该破格行赏，就依你大掌柜说的办！古人云，欲成非常之功，须用非常之人；欲用非常之人，须行非常之法。好！申树楷这儿就这样吧！"

贺洪如听着，非常高兴，非常感动，也非常佩服：这位东家真是兼有汉文帝之仁心与汉武帝之雄魄啊！

"那我就代申树楷他们感谢东家的厚恩了！"贺洪如拱手说道，眼神中饱含谢意、敬意和爱戴之意。

"哈哈！不用谢，倒是我该谢伙计们呢！"郭嵘笑道。

接着贺洪如又说起郝克凝和北京分号："北京分号这次也添了不少，共是五厘五。其中，郝克凝添了一厘五，其他四个顶生意的一人一厘。本来，郝克凝对京号贡献卓越，加上他对天津、直隶、东北各号都有很大影响，我有意给他添上二厘，但他却执意拒绝，只要一厘五。我也就只好如此了。"

"哦？他还拒绝了半厘？！"郭嵘惊讶地问道。

"嗯！"贺洪如点头道。

"哦——"郭嵘一边点头，一边说道，"盈了七万七千两红利，居各号之首，创历史之新，雄才也；让了半厘生意，知谦知让，知足知止，美德也。——这位郝克凝真还有点古国士之风啊！"

"是啊！"贺洪如点头应诺。

"郝克凝！"郭嵘心里念叨着这个名字，思绪绵延开来：几年前渠寿昌大掌柜离任时，曾向他提起过这个名字；今天贺洪如大掌柜交账述职时，又向他提起了这个名字……

申树楷、郝克凝这两处的添加生意数过了郭东家的关，其他的就更好说了，对总共添加的四分六厘五所涉及的五十来个人，东家郭嵘都没有二话，全部点头认可。

贺洪如初次给东家交账述职，便获得了如此的信任和尊重，于是，一种巨大的满足感和更巨大的责任感同时激荡在他的心头，心潮滚滚：东家如此信我，我定当为合盛元票号鞠躬尽瘁。

贺洪如很顺当地交完了账，与东家议定了在腊月十八开决算分红大会，便在东家郭嵘、少东家郭培松和管家郭广仁陪同下，去享受郭家的美酒盛宴了。

十一

午宴后，贺洪如在少东家郭培松和管家郭广仁陪伴下走出郭家大门，坐上轿车，一路颠悠悠、晕乎乎地向祁县城走来。

啊！真是精酿的美酒呀，喝在嘴里绵、滑、香，喝进肚里舒、雍、醉！

啊！真是精到的美言呀，听在耳里顺、溜、悦，听进心里美、妙、飘！

贺洪如大掌柜进入腊月以来忙碌了十几天，在向郭东家交账之前又忐忑了十几个钟头，可谓身乏心累。如今，他拟定的决算分红方案在郭东家这儿顺顺当当地得以通过，可以说是完成了这次账期决算分红的最核心最关键程序。于是，他提着的心像石头落地般稳稳地放下来；于是，美意、醉意和睡意不期而至，同时向这位老者袭来；于是，贺洪如在轿车里由打盹而瞌睡，而进入了酣梦之中……

等贺洪如一觉醒来时，轿车已进入祁县城南门，走在了热闹的南大街上。他搓一搓脸，醒一醒神，撩起轿帘看了看：行人熙熙，摊贩攘攘，街市上一片"忙腊月"的繁荣气象。

"哦——"贺洪如完全醒过神来了，又想起刚才的荣仁堡之行，心中的惬意依然余韵悠悠。

回到合盛元总号内，贺洪如擦一把脸，沏一杯茶，便精神起来，又思谋号事了：腊月十八开东掌决算分红大会，今天是腊月十六，开会前的各项准备事宜已全部停当。因为郭东家这儿痛快顺当，武东家那儿又全权委托了郭东家主事，就腾出了明天一天的空儿。这样，原定于会后给渠寿昌大掌柜送匾的事，就可以提前安排在明天了。好，就明天前晌，我和大先生带上各分号掌柜，再雇上两班子吹打的乐人，隆重地送到大掌柜门上，让他老人家荣耀一番，高兴一番。

贺洪如叫来大先生阎文通商量。

阎文通一见贺洪如便问："大掌柜已从荣仁堡回来了？东家那儿还顺当吧？"他最操心的是决算分红的事。这决算分红的方案先由贺洪如大掌柜拟定，再由郭嵘大东家认定，最后才能由他这个账房大先生做表上账。

贺洪如笑着说："顺当，非常顺当！咱这东家可真是一位'明君'，对号内的甚事都了如指掌明如镜！还是一位'仁君'，言谈举止间，十分体贴咱这些做事的，对号内伙计们添股封赏的事，一点儿不吝啬，全部允诺！呵呵！"

"哦！这就好，这就好！我那里的账表也就不用改动了。"阎文通说道。

"对，咱们拟定的草案就是定案了。"贺洪如说道，"另外，我和东家议定了后天腊月十八开决算分红大会。我看明天是个空子，咱们提前把准备给大掌柜的匾送了吧？咱俩去，各分号的掌柜也都去！"

"好，好！这几天各分号的掌柜们早就嚷嚷呢？"阎文通点头说道。

"嘿嘿！憋了他们几天了，不让他们单个儿去看望大掌柜，分明已经有人猜度我贺某人小心眼儿呢！"贺洪如笑道。

"嘻嘻！明天一看这匾联和送匾联的阵势，他们就要惊喜，就得惊叹你贺大掌柜的为人了。嘿嘿嘿！"阎文通也笑着应道。

"这件事呢，还要在号内保密，还要限定在你、我和李苞三个人范围内。"

"好，好！"阎文通说着，下去了。

贺洪如又叫来李苞安排："明天前晌要给大掌柜送匾联，你需要做几件事：一是通知各分号掌柜，明天九点以前在大院里集中；二是雇上十六辆轿车，明天九点以前在大门口等候；三是雇上粗细两班乐人，也是明天九点以前在大门口等候。另外，你吩咐高生云跑一趟季家窑，给大掌柜打个招呼，就说明天前晌号里的人要去看他。"

李苞领命下去忙碌了。

贺洪如想想已没有什么疏漏的事，便一边品茶，一边品味起了策划这桩事的得意之处：

礼品上，他和大先生经过多方斟酌取舍，最终选定了给渠寿昌大掌柜送一块歌功颂德的匾和一副楹联，并拟出了妥当的词句。这最能表达号内众伙友的心意，也肯定最受渠寿昌大掌柜欢迎。要提几盒吃的喝的，捧几匹穿的戴的，大掌柜哪里稀罕？！柜上存着七八万，家里还垛着三五万，他有的是银子！而这匾联代表众伙友的尊敬爱戴之心，是不能用银子买的，又是他最稀罕的！同时，这种礼品还显得高雅排场，而且还能激励后进之士。如此，可谓一举多得呀！

仪式上，有两班乐人敲锣打鼓，吹唢呐，奏笙竽，声势震天！还有合盛元身顶五厘生意以上的三十多个分号掌柜，都齐刷刷地坐轿前去，形势动地！这比众伙友三三两两、断断续续前去探望大掌柜要热闹得多呀！这样，大掌柜享荣耀之美，众伙友得省事之便，我则可以收操办之功。如此，也是一举多得呀！

贺洪如继续盘算这桩事：大掌柜执掌合盛元四十年，为合盛元立下了赫赫功勋，为后世垂下了皇皇榜样，对众伙友无不有教诲培植之恩，对我更有知遇提携之恩，他也理当享受这样的殊荣呀！

想到最后，贺洪如大掌柜竟然羡慕起渠寿昌大掌柜来了：如果我在若干年后告老还乡时，也能被合盛元上下伙友感念，能享受渠寿昌大掌柜这样的殊荣，那真是人生的一大幸事啊！不过，我现在已经五十九岁，即使像渠寿昌大掌柜一样做到七十六岁，最多也不过二十年的干头！要创下渠寿昌大掌柜这样的功业，要布下渠寿昌大掌柜这样的恩德，唯有加倍努力，只争朝夕啊！

十二

光绪二十五年腊月十七日上午九点钟，合盛元票号各分号掌柜和身顶五厘以上身股的大小掌柜共三十余人，齐刷刷地集中在了大院里，一个个穿绸裹缎，气宇轩昂，给这个本已豪华的大院更增添了一种富贵之气和雄杰之风！

他们是何等样人？在进合盛元票号学徒之前，一个个都长相端庄，品行端正，聪明灵泛，能写会算，这才被挑选入号。入号以后呢，一个个"五壶四把不离手，半夜三更不停走，吃苦耐劳等闲事，挨打受骂也常有"！经过三年乃至更长时间的这种煎熬和锻炼，才能学出徒来，被煎熬成一副副买卖人的好脑汁，被锻炼成一块块买卖人的好坯子。然后，顶上生意，担上责任，试其身手，验其成效，才算初出茅庐。最后，才能委托重任，坐镇一方，纵横商场，建立功勋……这些人，都经过了沙里澄金的层层筛汰，都经历了百炼成钢的次次锻打，都是钢，都是金，都是商界精英！

李苞清点了一下人数，去向贺洪如汇报。少顷，贺洪如在李苞陪同下从正庭里走出来，向众人点点头，然后微笑着说道："各位！这些天来我听到不少人要去看望告老还乡的大掌柜，我让李苞传下话去，不准各分号掌柜私自前去，而且不做解释！对此，大家可能有些怨气，也许还有人猜度我贺洪如小心眼儿。现在可以告诉大家了。不让大家私自去，就是要等到今天集体去。大家私自去，无非提点吃的喝的，大掌柜还稀罕这些吗？今天集体去，是要隆重地给大掌柜送一块牌匾，送一副楹联！这才更能表达咱们合盛元上上下下的心意，也更符合大掌柜的心意！——走吧！两个人一辆轿车，大家按年龄大小，挨着坐上走吧！"

贺洪如说罢，便在李苞陪同下走出合盛元院内，坐上自己的轿车；阎文通也在高生云的陪同下坐上自己的轿车；其他人则依次坐上一辆辆轿车……

合盛元票号门前一下子红火起来：敲锣打鼓，吹竽奏笙，粗细两班乐人打头；红绸鲜艳，金字隐形，四个伙计抬着牌匾楹联居中；然后是贺洪如大掌柜、阎文通大先生及众掌柜们坐的近二十辆轿车，浩浩荡荡，绵绵延延！

合盛元票号众人这一出行，让本已繁华热闹的祁县城街市更红火了，各铺面伙友，众街市行人，无不瞪眼观其赫赫之势，张口叹其煌煌之行：

"啊哟，好大的排场！合盛元这是做甚呢？"

"听说是老掌柜渠寿昌告老还乡了，新任大掌柜贺洪如聚集众掌柜伙友，要去给送匾联呢！"

"哦！渠寿昌？噢——这个人在茶票行里名声大、本事大呢！他在合盛元当大掌柜几十年，可给合盛元挣钱来。现在歇了，也该得这份儿荣耀。"

"嗨！也是人家这新上任的大掌柜忠义啊！要不然，人走茶凉，心里还能挂记已经下了台的人？"

……

队伍一路走去，在县城街市上引来一路围观，留下一路赞叹。

队伍出了县城东门，吹吹打打地来到距县城三里路的季家窑村时，更是引来了整个村庄的围观喧闹！

但见：

少儿甩短辫，蹦蹦跳跳；老人飘长髯，颤颤巍巍。男人看大，叹其排场；女人见小，赞其衣裳。六亲四邻都来瞧，七嘴八舌哄嘈嘈。一人有庆满天喜，半个村庄乐陶陶！

渠寿昌大掌柜的儿子渠源俊早已在渠家大院门口迎候，见贺洪如、阎文通下轿前来，他拱手致意："二位前辈辛苦了！源俊受老父嘱咐，在大门恭候二位前辈光临！这是——"渠源俊只知号里有人来看父亲，却不承想是这样隆重的场面，一时竟有点不知如何是好了。

贺洪如微笑道："哦，进去说话吧！大掌柜在家吧？"

"好，好！老父在家候着呢！"

于是，贺洪如让众人在门口等候，他和阎文通随渠源俊进了院里，去拜见渠寿昌大掌柜，说明来由。

渠寿昌一看贺、阎二人都来了，听到外头又是这么大的阵势，已是十分欢喜；冉听说是给他送牌匾楹联来了，就更是大喜过望了。于是他连连拱手致谢："多谢你二位和众伙友的抬举！多谢，多谢！只是，这个礼有点太重了吧？我渠寿昌何德何能，敢受如此大礼呀？"

渠寿昌谦虚辞让一番，却也不能拂了众伙友的心意，便在儿子渠源俊搀扶下，出来接受了。他一出大门，看见这三十多个分号掌柜们都来了，自是喜出望外；再看见更多的围观人群，更是惊喜不已！于是，他向众人连连拱手致意："辛苦各位伙友了！多谢，多谢！惊动各位乡邻了，多谢，多谢！"

李苞和贺洪如耳语几句，便拱手示意，让乐人们停止了吹打。

李苞司仪，贺洪如大掌柜讲话："各位！渠寿昌大掌柜在我们合盛元执掌号事四十多年，德高望重，功勋卓著！合盛元前后四十多年间，无一年不被其恩泽；合盛元上下百十号人，无一人不受其恩惠。可以说，没有渠寿昌大掌柜，就没有咱合盛元现在的隆盛局面；没有渠寿昌大掌柜，就没有咱众伙友现在的成功事业。所以，为了歌颂渠寿昌大掌柜的功德，也为了表达我们众伙友的心意，特向渠寿昌大掌柜敬赠牌匾一方，楹联一副！"

于是，锣鼓镲钹敲打起来，唢呐笙竽吹奏起来，贺洪如大掌柜和阎文通大先生共同将覆盖在牌匾楹联上的红绸一一揭开，牌匾上的四个阳文镏金大字"出类拔萃"顿时闪现出来，楹联上的两排阴文镏金小字也一一闪现出来：

读孔孟书，德行法前圣；
弘陶猗业，恩泽垂后人。

牌匾和楹联下都具有落款：

光绪二十五年冬腊月，合盛元票号众伙友敬赠渠公寿昌先生。

待阎文通大先生把这些词句一一宣读完，渠寿昌连连拱手辞谢："啊呀，不敢当，不敢当！过誉了，过誉了！多谢，多谢！"

阎文通说道："大掌柜不必过谦，上面这些词句绝非虚妄浮夸，而是实事求是，为大掌柜量身定做的，分明是衣合其身、名副其实呀！我们众伙友都是感乎心，发乎情，才拟出了这些词句，才要给大掌柜送匾送联呢！"

贺洪如也接口说："大掌柜，这是咱合盛元上下众伙友的一片真心真意啊！"

三十多个分号掌柜也异口同声地说道："大掌柜，这是我们的一片真心真意啊！"

渠寿昌这才再次拱手致谢："那就恭敬不如从命了！多谢了，多谢了！"

于是，主持仪式的李苞问道："大掌柜，这牌匾和楹联，是挂在大门？还是二门？"

渠寿昌摇摇头说道："如此美词嘉句，挂在大门上那不是向外人夸耀我自己吗？……不行！……哦，挂在二门也不妥！——就挂在里院的孟房门楼上吧！把这些美词嘉句挂在里院，就让它勉励我和我的子孙吧！"

于是，李苞招呼人将牌匾楹联抬进渠家院里，众掌柜跟着贺洪如和阎文通，一起簇拥着渠寿昌走进了渠家院里；乐人们则围在渠家大院门口，奏起了《百鸟朝凤》《得胜还朝》等喜庆吉祥的曲儿。

十三

腊月十八日，合盛元票号的账期决算分红大会如期举行。大东家郭嵘带着贴身佣人马儿早早地来了，已告老还乡的渠寿昌大掌柜也被小伙计高生云早早地接来了。

渠寿昌虽然已经告老还乡，但名分上还是合盛元的大掌柜。所以，他的座次依然是与东家郭嵘并坐上首，两旁依次是贺洪如、阎文通、郝克凝等人……最年轻的申树楷坐在下首。

贺洪如主持大会，说道："各位，这个账期咱合盛元托东家的洪福，靠大掌柜的深谋远虑和选贤任能，也靠各位驻庄掌柜和众伙友同心协力，咱合盛元丰收了！决算的情况是：总红利三十九万多两，每股分红八千四百两！"

贺洪如刚说完这两个关键的数字，在座的三十多个人便惊讶、惊叹、惊喜起来了：

"啊——？"

"哈——！"

东家掌柜人人喜形于色，满屋子喜气洋洋。

贺洪如接着说："我们合盛元决算分红历来是论功行赏，这个账期红利多了，自然给伙友们多添加生意。给众伙友添加的生意数东家已经过目认定，账房也已经上了万金账（账本），下面请大先生详细说一下决算分红情况吧——"

于是，阎文通大先生拿起一张表，宣读起一串串数字来……

阎文通宣读完，贺洪如便请渠寿昌大掌柜讲几句话。渠寿昌想推辞，但东家郭嵘也敦促他说几句。于是他微微点了点头，再微微笑了一笑，说道："本来嘛，我不回来参加这个会也行。既然来了，东家和洪如又都让我说几句，我也就只好从命了。嘿嘿！说实话，这个账期的后三年我已经成了甩手掌柜，全靠洪如主持号事呢！

"具体事我就不说了，我就说几句空话吧。其一，我感到很放心。洪如主持号事以来，调度有方，处事有法，使我们合盛元生意兴隆，更上了一层楼！我看，他不仅年富力强，而且比我更有魄力，更有本事！这，我就放心了。其二，我也感到很担心。自我合盛元票号创立以来，国家屡遭变乱，风雨飘摇，从鸦片战争到太平天国，从英法联军火烧圆明园到甲午战争割让台湾，国家一乱再乱。而眼下，文的维新变法刚刚在京城平息，武的义和团又在山东兴起，国家乱象丛生，前景堪忧啊！故而我在此要提醒诸位：脑子里必须经常有忧患之念，买卖上必须审时度势而后进退，千思万虑而后取舍。这样，脑子忧患在前，身子方可安乐在后；掌柜的忧患在前，字号方可安乐在后。其三，我还有一句忠告，忠告各个掌柜能够识才、爱才、用才。现在，我合盛元在山西票号界也算是上等的票号，为甚？就是因为我们合盛元能识才，能爱才，能用才。大家不妨想想：平遥的日升昌是咱票号界的大才雷履泰创办的第一家票号，它得尽风气之先，又得到雷履泰的真传；而我们合盛元比它要晚十几年，如今却能和它平起平坐！介休的'蔚'字五联号是咱票号界的另一个大才毛鸿翙创办的，而且背后有介休侯家雄厚的财力；我们的财力远远不及介休侯家，却也能和他不相上下！还有咱祁县乔家的大德通、大德恒，渠家的三晋源，财力何等的雄厚？！……我们合盛元票号能有今天的局面，凭得是甚？就凭人才！一代一代的人才，一级一级的人才，就凭我们做到了人尽其才！就这个账期而言，我们用了一个郝克凝，他就把京号这滩死水变成了活水源头，源源不断地给各号输送银子，仅他京号就盈利七万多两！我们用了一个申树楷，他就把营口这棵枯树变绿了，变得能结果子了，盈利四万余两！他还又去安东栽了一棵摇钱树，盈利又是四万余两！人才——这是我们合盛元的立号之本呀！"

渠寿昌虽然略显衰老，但声音洪亮，眼神闪光，浑身透出一种老者的仙人般的魅力。

郭嵘听着渠寿昌的一番话，频颇点头，眼露钦佩之情。

于是，郭嵘接着说道："渠公执掌合盛元号事四十多年，雄才大略，深谋远虑，为合盛元，为我郭家立下了赫赫功勋，是合盛元的功臣，也是我郭家的功臣！同时，也是你们后来者的榜样！渠公刚才的一番话真是金石之言啊，我记住了，诸位也一定要记住！如今渠公虽然七十九岁了，却是'老骥伏枥，志在千里；烈士暮年，壮心不已'！我真舍不得渠公离任呀！但渠公毕竟这么大年纪，我不忍心再让他操劳了，让他享几年清福吧！我郭家不敢自夸说大仁大义，但起码的仁心还是有的：我郭家要用人，也要养人。渠公呢，身子要回家歇了，但身股不停，继续顶他的一整股生意；而且，即使渠公百年之后，也要再享受三个账期的身股！"

东家如此仁厚，渠寿昌哪能不感动？于是他赶紧起身作揖："多谢东家恩典！"

东家如此仁厚，众掌柜哪能不敬佩？众人眼望着东家，肃然起敬！

郭嵘对老掌柜渠寿昌进行了高度评价，并给予了丰厚利益；接下来，他又对新掌柜贺洪如示以高度信任，并给予绝对权威："从今往后，贺洪如就正式是咱合盛元的大掌柜了，号里的事就正式由贺洪如掌管了。洪如兄，渠公信得过你，我也信得过你，你就放开手脚干吧！今后——你要用谁你就用，你要做甚你就做，你要给谁增减生意你就增减，我全听你的！"

郭嵘的话虽然仅仅三言两语，却句句千钧，如雷霆之力。

这种雷霆之力在一闪眼工夫，便赋予了贺洪如绝对信任和绝对权威。同时，还使他获得了巨大信心和巨大能量。

贺洪如大为感动，大为感激，他赶紧起身作揖，说道："多谢东家信赖！我一定不辜负东家和大掌柜的知遇之恩，为合盛元殚精竭虑，鞠躬尽瘁！"

这样，贺洪如便正式当上了合盛元票号的大掌柜；从此，他便正式以大掌柜的身份开始发号施令了。

十四

合盛元大东家郭嵘今天来参加决算分红大会，主要有三件事：一是用殊遇和厚待织成地毯，搀老掌柜渠寿昌体体面面地下台；二是用权威和信赖编成绶带，扶新掌柜贺洪如风风光光地上任；三则是用红利和美酒奖赏犒劳众掌柜。

上午的大会一散，就只剩下了在午宴上用美酒犒劳众掌柜。这正是郭嵘的擅长所在：爱喝酒，会说话。于是，众掌柜一入席，郭嵘就举杯，祝辞，豪饮，掀起了兴高采烈的场面。

"诸位辛苦四年了，我今天备酒请客，一是表示感谢，二是表示慰劳，还请诸位放宽心，放开肚，来个开怀畅饮！现在，我代表我们郭家上下几十口人，也代表武家，向诸位敬酒了！"

郭嵘说罢，将一杯酒一饮而尽，然后来个底儿朝天，一滴不剩！

这位大东家的豪气和诚意感动了所有的人，一一干杯，连不甚沾酒的渠寿昌也一口干了！

郭嵘一杯酒下肚，更来了劲头，又举杯劝酒："诸位，今天我给诸位添加了生意，我高兴；今天我给申树楷一下子添了四厘生意，我更高兴！这说明诸位有出息，有作为，这说明我们合盛元生意兴隆！诸位，为你们的喜添生意，也为你们下个账期能添更多的生意，干杯！"

郭嵘又一饮而尽！

大东家，二品大夫，儒风，长须，红脸，豪气……

如此有身份、有修养，又有真性情的人请客劝酒，谁能不响应？！

郭嵘又举起了第三杯，说道："这一杯，我要敬老掌柜！渠公高风亮节，雄才大略，是我合盛元的大功臣，也是合盛元众掌柜伙计的好榜样！来，我们一起敬老掌柜一杯！"

郭嵘举杯起身，所有的人都举杯起身，一一面对着渠寿昌，眼望着渠寿昌，敬意忱忱，爱意殷殷！

渠寿昌激动万分，胡子在微微颤动，手在微微抖动，老泪在眼眶中微微转动……他也举杯起身，动情地说道："东家！诸位！东家之厚恩如山，诸位之深情如海！谢谢，谢谢！我渠寿昌感谢了！我渠寿昌领受了！"说罢一饮而尽！

然后，郭嵘继续依次与众掌柜碰杯，祝辞，豪饮……

正是：

频频举杯抒豪气，殷殷祝辞见诚心。东家仁而礼，曾入孔圣门？掌柜信且义，关公故里人。百年票号，四载一分红，喜哉，乐哉；一世东掌，三生方结缘，幸也，福也。此时见海量，开怀饮美酒；来日证雄魂，展臂摘星宿！

郭嵘时而走在餐厅里，与众掌柜激扬豪情，抒发壮志；时而又坐在餐桌旁，与渠寿昌、贺洪如、阎文通这些老者斟酌美酒，辩证妙理：

"渠公！经过这几年看来，洪如兄确实是个大才，我这个东家放心了，你这个老掌柜也可以放心了。日后呢，你也学着我一点，要学会享受人生的天伦之乐啊！"

郭嵘一边给渠寿昌斟酒，一边说道："人生这一辈子呀，要说做事，事事可成气候，行行能出状元。社会千万条头绪，顺着哪一条头绪做，都可成功；人生千万条道路，顺着哪一条道路走，都能走通！——贵在坚定，坚持，坚韧！"

渠寿昌听着，点头称是。

郭嵘继续说道："要说享福呢，处处皆有福缘，人人都是神仙。吃香喝辣是福，拥妻抱妾是福，子孙满堂是福，金玉满屋是福，晒太阳是福，淋细雨是福，揽明月是福，拂清风是福，人活着便是福！——贵在自由，自在，自然！"

渠寿昌听着，点头笑道："东家这番话真可谓仙人指路啊！高！妙！我听东家的，日后尽量寻思着去享福，看看我的福缘如何？！呵呵呵！"

几个人畅饮，畅谈，畅笑！

高生云不时地过来，给郭嵘、渠寿昌等人斟满酒杯。

待高生云下去，渠寿昌对贺洪如说道："洪如啊，这高生云也不小了，不能老让他窝在县城里吧？"

贺洪如笑道："大掌柜，这个账期就准备派往京城做事呢！"

渠寿昌得知自己的贴身伙计得到如此善待，非常满意："嗯！好！对这些年轻人哪，在总号培养他们懂了规矩，就得趁他们年轻放出去遛一遛。这就和草原上遛一群马驹儿一样，说不定就能奔出一匹千里马来！"

贺洪如恭顺地应道："是，大掌柜！"

渠寿昌说道："哎！你现在已是名正言顺的大掌柜，不能这样称呼我了！称我老掌柜就行了！"

贺洪如微笑着点头："这……是，是，老掌柜！"

渠寿昌哈哈大笑，心情格外高兴，酒量和酒兴也似乎水涨船高了："来，我这个老掌柜和新掌柜干一杯！祝你，也祝咱合盛元一帆风顺！"渠寿昌拿起酒杯与贺洪如相碰，一饮而尽！

郭嵘见状，在一旁喝彩："好！渠公真是老当益壮，豪气不减当年！"

渠寿昌一听这声喝彩，更来了酒兴，又向众掌柜举杯祝辞："诸位，拿起酒杯来，我回敬大家一杯！我非常感谢诸位：几十年来，诸位恭敬我渠寿昌，如师如父；几十年来，诸位拥戴我渠寿昌，如君如帅！我感念诸位啊！我敬诸位一杯！谢谢诸位对我几十年的情义了！"

渠寿昌说着，举杯一饮而尽，然后拱手致意！

"祝大掌柜晚年安康，儿孙满堂！"

"祝大掌柜福如东海，寿比南山！"

众人感动，一个个念念有词，举杯尽饮！

"多谢了，多谢了！"渠寿昌再次拱手致意，激动得老泪纵横！

老掌柜渠寿昌如此，新上任的贺洪如岂能稳坐钓鱼台？于是，贺洪如也拿起酒杯，一一敬东家，敬老掌柜，敬众掌柜伙友……

十五

酒宴罢，众掌柜各自回房休息去了，郭嵘、渠寿昌、贺洪如、阎文通等人则回到了正庭饮茶叙话。

"洪如兄，今天晌午众掌柜都喝好了吧？尽兴了吧？"郭嵘一边喝茶，一边说道，红光满面，酒气满口，笑意盎然，兴致勃然！

"喝好了，尽兴了。有东家如此热情劝酒，谁能不喝好，谁能不尽兴！连咱老掌柜都破了例，其他人还不都过了量？！嘿嘿！"贺洪如说道，更是满脸通红，像是涂了颜色一般。

郭嵘笑道："哈哈！这就好，这就好！你们几个和众掌柜伙计们喝好了，尽兴了，我就算尽到责任了。哈哈哈！"

郭嵘说着，又转向渠寿昌说道："渠公！下个账期，咱俩继续来号里喝酒啊！"

渠寿昌笑道："嘿嘿！东家的美意我领了。只是，我将是八十的人了，黄土已涌到我脖子上，等到了下个账期，我恐怕早已是黄土中人了。东家！我明年就八十岁了，够本了呀！到了这把年纪，我可不求再活多少多少年，只求能无疾而终，无忧而死，就算我的造化了！呵呵呵！"

郭嵘拍手笑道："高见，高见！渠公离号不到三年，竟然成仙了道啦！哈哈哈！"

"哈哈哈，东家高抬我了！"渠寿昌笑道。

"哈哈哈！"

"哈哈哈！"

贺洪如、阎文通跟着笑了起来。

几个人叙谈了两杯茶的工夫，渠寿昌便提出要回家了："洪如啊，准备轿车，让我回家吧！嘿嘿！老了就一些儿累也不能扛了，没骨头啦！"

渠寿昌确实已经疲倦了。他毕竟年老体弱，回家之后又养成了午睡的习惯，今天经这一路上坐轿颠簸，一上午开会熬煎，再加上一中午吃喝折腾，早已疲惫不堪了。

贺洪如见状说道："老掌柜，好不容易回来，就在号上多住些日子吧！你现在要累了，回你居室睡就是了。"

"我的居室？"渠寿昌愣神了，惊讶地问道。

"是呀，老掌柜！你原来在号上的居室，洪如一直给你留着呢！你三年前走时是甚样子，现在还是甚样子，就是要等你回来时住呢！嘿嘿！"阎文通解释道。

"哦——？噢——！"渠寿昌明白了，同时也强烈地感受到了贺洪如这位后继者对他这位前任的真诚和恭敬。于是，他带着几分感激的心情和几分责备的口吻说道，"唉！过分了，过分了！我既然已经歇了，你就该搬进去住嘛！空着做甚呢？即使我回来住，住在客房里就行了嘛！"

阎文通说道："这也是洪如的一片心意嘛！嘿嘿！"

"老掌柜，还是在号上多住几天吧！"贺洪如说道。

渠寿昌笑道："不了，不了！你的心意我领了就是了。我多住一天，你们就得多陪我一天，给你们添乱哪。再说，我已在家里住惯了，如果再回到号里住，还怕睡不着觉呢。嘿嘿！"

"哪里，哪里？这——"贺洪如还想挽留。

这时，东家郭嵘笑着插话了："哈哈！洪如兄，恭敬不如从命，听老掌柜的吧！你个知道，像我们这些在家里闲散惯了的，哪愿意长时间在号上受拘束呀！"

渠寿昌也笑道："知我者，东家也！呵呵呵！洪如，备轿车吧！"

贺洪如只得从命，派高生云去叫来轿车，送渠寿昌回家。

于是，郭嵘、贺洪如、阎文通和李苞等人到门口送行，渠寿昌高高兴兴地坐轿车回家去了。

送走了渠寿昌，郭嵘、贺洪如、阎文通几个人又回到正庭继续饮茶叙话。不过，酒助兴，茶助神；饮了这一番茶，酒兴渐去，茶神渐来，话题也由嘻嘻哈哈转为正正经经了。

贺洪如说道："东家！还有一件武东家的事请您明示。一是，这个账期决算分红，武东家仍没有来开会，号上还是上门通报一声就得了？二是，这几年武东家开销越来越大，不仅拿走了全部分红，还要借支，这可是有违号规呀！"

郭嵘听罢，略作思索，说道："账期决算分红的事，还是上门通报一声就得了，他不想过问号事就由他吧，郭、武两家也是世交，他也就信我靠我了。至于他要借支嘛，我看也由他得了，就先算在我郭家的名下，下个账期从他红利中扣还就是了。再不行，他要动了本金，我们郭家补进去就是了。"

"好，好。"贺洪如应道。

"唉！"郭嵘说罢，又感叹起来了，"这武家呀，也开销太大了。这喜财主染上大烟，闹上嗜好，谁也管不了他！喜财主的话：我没儿没孙，攒上钱沤粪呀！呵呵！也有他的道理呀！这人要是没儿没孙，没有了长远打算，谁还会精打细算过日子呢！"

饮茶叙话到半下午时分，郭嵘也要回家了。

于是，郭嵘告辞，在贺洪如、阎文通、李苞等人簇拥下，出门上了轿车，也走上了归途。

夕阳西沉，晚霞殷殷；朔风南吹，寒意阵阵。郭嵘戴着皮帽，拥着轻裘，坐在轿车辕盘上，思绪悠悠：

"这次号里新老交替，算是稳妥地完成了，贺洪如年富力强、德才兼备，把合盛元交给他，我这个东家可以放心若干年了……若干年后，我这家里也得新老交替啊！我交给谁呢？唯有我的独子松儿了。他智性聪颖，宅心仁厚，当个守成之主应该不会出甚差错，掌柜们应该乐于为其效命。但他颇陶醉于诗词，逍遥于性情，却忽略于经书，疏落于治道。这样下去的话，恐怕他终究不堪大任，难成大事。这，实在让人操心呀！……唉！难哪！号里的掌柜可以百里挑一，可家里的掌门却别无选择！也怪自己，怎么就生了一个儿子呢？而且，新娶这个爱娃已经七八年了，却干脆不生，肚子里竟没有一点儿动静！我还不到五十，已经不能生育了吗？……如此看来，我只能靠这松儿勉强守业传种了，我郭家更大的兴旺还得靠下一代呢……可是，松儿完婚十来年了，他媳妇却连一个娃娃也没有生下！……"

想到这些，郭嵘的心头笼罩了一层悲凉之感，一缕忧患之情：武家因无子而没有了心劲，而堕落，武家偌大的家业，眼看着就完了！我郭家的将来会不会也蹈此覆辙呢？……

十六

次日，合盛元新任大掌柜贺洪如委派祁号掌柜李苞前去武家大院，向武东家通报账期决算分红情况。李苞在管家李玉全陪引下来到喜财主住处，先问安，后落座，眼里早看到了喜财主黑瘦的面孔和疲塌的神态，心中惊讶道：三四年间，喜财主越发变得不像人样了，又黑又瘦，无光无泽，简直像鬼一样。

少顷，喜财主的贴身佣人郑兔儿给李苞和李玉全沏上茶来。

喜财主看茶上来了，依然斜躺着，懒洋洋地说道："李掌柜，有甚事就说吧！"

喜财主待人有礼无貌，说话有气无力，李苞的态度也就不卑不亢，不冷不热了："东家，这个账期的决算分红出来了，贺洪如大掌柜让我过来问东家一声：是让大掌柜来向东家详细交代账目呢，还是像往常一样通报一下决算分红情况就得了？"

喜财主一听，有点愣怔了："贺洪如？大掌柜？贺洪如成了大掌柜啦？渠寿昌呢？……"他迟疑了一会儿，终于醒过神来了，拍了拍脑袋说道，"哦！想起来了！郭嵘和我打过招呼，渠寿昌要告老还乡了。嘿嘿！噢？你刚才说甚来呀？"

喜财主本已上了岁数，再加上整日整夜沉浸在烟里雾里，飘浮在梦里幻里，哪里肯管字号里的事，哪里肯操字号里的心，早把记性丢光了！没有了记性，也就难免颠三倒四、丢三落四了。

"哦，是贺洪如大掌柜让我来问东家——"李苞又说道。

"哦，哦！想起来了，想起来了！"喜财主拍了拍脑袋，仿佛又恢复了记性，说道，"对了！不用他来详细交代账目，我还嫌麻烦呢！你告我一下一股能分多少红利，把红利写成银票给我就行了！"

于是，李苞便将每股八千四百两的决算分红结果告诉了喜财主。

"一股有八千四百两？"喜财主听了这个不小的数字，浑浊的眼睛里闪出了若干亮光，"嘿嘿，不少，不少！嘿嘿！"说着，喜财主又转向管家，"玉全啊，咱在合盛元还有多少股子来呀？"

"老爷，还有三个股子。"李玉全答道。

"那，咱们该分红多少？"喜财主问。

不知是懒惰，还是迟钝，他竟然连自家在合盛元拥有的整股数都记不清，连每股八千四百两，三股共计二万五千二百两都算不清。坐在旁边的李苞看到喜财主这样的情形，心中暗暗惊诧不已。

管家李玉全告诉喜财主："老爷，咱们该分红二万五千二百两银子。"

于是，喜财主点点头，对李苞说道："那就这样吧，你回去告诉贺洪如，你们把这二万五千二百两红利写成银票给我吧！这样，花起来也方便些。"

"好，好，我知道了，东家的话，我回去给大掌柜转达就是。"李苞说道。

一会儿的工夫，喜财主已伸起了懒腰，打起了哈欠。

李苞见状，也只好赶快走人了。

他向喜财主告辞出来，走在飞檐斗拱、雕石刻木的精美大院里，走在高墙厚壁、铺砖盖瓦的深宅大院里，颇多感慨：这样一处豪华大院的主人，竟是这样一个龌龊的人。真是糟蹋了这么大这么好的一个院子呀。

管家李玉全送李苞出来，边走边说道："李掌柜，那些银票还请号上能在年前送来，年末岁尾的，这里还有许多开销等银子呢！"

"好吧，我尽快去办！"李苞说道。

"那就有劳李掌柜了。"李玉全说着，点头哈腰，笑容可掬！

此时，两人的地位不相上下，李苞不到四十，而李玉全已六十开外，在礼数上却像翻了个儿！原来，李玉全做贼心虚，他管着武家大院里里外外的银钱进出，一年少则三万，多则五万，他上下其手，里外扒皮，总得有三成的银子落在他的腰包。而李苞身为祁号掌柜，奔走于祁县城各个字号，结交于祁县城各路人物，很容易拿到他的把柄，又很容易向东家说上他的坏话。所以，管家李玉全就对李苞恭敬有加，以便给自己留条后路了。

李苞心知肚明，但他从小学徒早已养成了手稳嘴稳的习惯，何必多嘴？他也颇知"疏不间亲"的祖训，何必多事？李玉全如此给他面子，他也得还一个人情啊！

李玉全送李苞一直殷勤地送到武家大院门口："李掌柜走好！"李玉全说着，再三拱手致礼！

"李管家不必客气，告辞了！"李苞说着，也拱手致礼，走出了武家大院。

李玉全管家送走了李苞，再回到喜财主住处时，喜财主早已在郑兔儿的伺候下，操起烟具，开始吞云吐雾了。

李玉全坐在椅子上静候。

喜财主在烟榻上分明过足了瘾，精神了许多，睁眼看到李玉全还在椅子上坐着，才想起刚才的事。

"送走李苞了？"喜财主问。

"送走了，老爷。"李玉全应答。

"他还说甚话没有？"

"他没说甚话，只是我催他在年前把银票送过来呢！咱们家还有不少窟窿急等着补呢！"

"嗯？咱们已经兑下窟窿啦？"

"是呢，老爷！我正要向老爷交代呢！仅今年一年，咱们家就开销五万多两银子呢。公伙的日常吃穿用就有一万两，主人们的零花钱加赏钱有七千两，三十几个佣人的工钱加各种赏钱也上了二千两，仅这就快二万了！另外，今年仅大烟土一项就用了二万，还有二太太的丧事也花了一万多……"

喜财主听着听着，就不耐烦了："行了，行了！你只说有多大的窟窿吧！"

"老爷，咱已兑下一万多两银子的窟窿了。"李玉全说道，俨然一副发愁担忧的样子。

"看把你愁的！不就一万多两银子吗？合盛元送来二万多两银子的红利不就可以补这个窟窿了吗？"喜财主很洒脱地说道。

"是，是。可以后的日子……"李玉全嗫嚅道，"咱就合盛元这一处进银子，而且四年才分一次红。"

"以后的日了？我还能有几年活？没银子了就到合盛元去取，去借！让他们账期下来扣红利，红利不够就扣本金，本金不够就把咱这些房子典给它！再不行，把房子里的这些家具器物都变卖了……这还不够我活个十年八年？嘿嘿！"喜财主越说越气粗，越说越得意。

一个精美的宝物要保持完美，持有者务须谨小慎微：一要手软如绵，轻拿轻放，轻抚轻摸；二要心细如丝，措之要十分稳当，藏之思万分安全。而一个破罐子要不怕破碎，持有者何须这些麻烦，随心所欲就可以了。

李玉全听罢喜财主刚才的一番话，非常惊讶：原来，这位主子对这么大这么厚诚的一份家业是这么不当一回事，待如敝履，视如粪土！

同时，李玉全又非常惊喜：也正因为主子视银子如粪土，自己才可以上下其手、中饱私囊啊！也正因为主子待女人如敝履，自己才可以瞒天过海、暗度陈仓啊！

十七

喜财主的一番话也使郑兔儿的心里打起了嘀咕："我这主子眼看着身体越来越不好，又是这种坐吃山空的架势和十年八年的打算，我该怎么办呢？等到这十年八年头上，主子闭眼走了，家产折腾没了，李管家捞足了银子也一甩手走了，我却除了几个可怜的工钱之外一无所获，饭碗砸了。到时候主子死了，家破了，人散了，我又不会像李管家那样有一个结果啊！"

猛然间，郑兔儿觉得自己没有了盼头，更没有了干劲，甚至自怨自艾起来："我为甚这么命苦啊！我从十二岁进了这武家大院，十来年挨打受骂，赶早贪黑，端痰盂，倒尿盆，本来指望将来能像李玉全一样混个管家当当，捞些好处享享，现在看来却毫无希望了。到头来恐怕是：树倒猢狲散，竹篮打水空一场。"

郑兔儿自怨自艾了一番，又惦记起武家大院里的另一个人来：四太太娇娃。

"她将来怎么办呀？她年龄比我还小一两岁，照主子现在的过法，用不了几年，合盛元的股子抽了，这座大院子典了，各个房间的家具器物卖了，主子的眼闭了，四太太可怎么活呀。四太太也真是可怜：如此年轻貌美，却嫁了一个这样年老、体弱、丑陋的男人。如今住在这深宅大院里，大门不能出，二门不能迈，简直像犯人囚徒一般。将来呢，男人死了，家业败了，没地方安身了，人又老了，又会像失群的孤雁和无根的飘蓬一般了。"

想到年轻貌美的四太太娇娃，郑兔儿心中隐隐地泛起一种英雄怜美的情怀。

其实，从四年前喜财主娶回这个九千两姨太太的当天，郑兔儿第一眼看到如此娇嫩美艳的人儿时，心底里就涌起了汹涌而强烈的爱情暗流。只是地位悬殊，他只能是一种凡夫俗子遥望九天仙女般可望而不可即的爱慕，一种无私无欲的不求回报的暗恋。此后每每见到娇娃，心底里总是涌起一种爱的情潮和美的感觉，浑身享受到一种幸福感、愉悦感，但却从来没有过非分之想。

直到有一天，他发现了李玉全管家和三太太"走黑道儿"时，他才萌发了一点点意识：原来，这座森严的大院里还会发生男佣人和女主人之间的苟合幽会之事？李玉全虽是管家，不过也是个比我年龄大职位高的大佣人而已，我将来也会当上管家呢！于是，郑兔儿对四太太娇娃就渐渐地有了一点点非分之想，却也只是一点点而已！

而在两三年之后，郑兔儿发现喜财主到四太太屋里的次数渐渐地稀疏，对四太太的态度渐渐地淡漠，四太太在喜财主眼里的地位渐渐地与几年前的三太太一样时，他的非分之想便由一点点渐渐地扩张为一片片，由遥不可及而渐渐地拉近为期年可待了。

此时，喜财主的身体已愈来愈衰弱了。而色喜欢强健之体，毒喜欢病弱之身，于是，他对女色愈来愈淡漠，却对毒品愈来愈依赖了。其实，当初把娇娃娶进武家大院时，喜财主已是老弱之体，有心无力了。他因自身老弱而缺乏行事之力，她又因男人丑陋而缺乏行事之欲，彼此根本没有享受过男女间行事的快感和乐趣，久而久之，也就彼此厌烦了。于是，今日之四太太宛如昨日之三太太，来日之四太太也将会是今日之三太太了。推而广之，今日之郑兔儿如昨日之李管家，来日之郑兔儿也将会是今日之李管家了。

郑兔儿暗暗地爱恋着，默默地等待着，把家里大人多次催他谈婚论嫁之事统统抛在了脑后，只一门心思地抱着癞蛤蟆想吃天鹅肉的梦想。

……

如今，郑兔儿听了喜财主这些不虑长远的话，再看看喜财主那些不虑长远的行为，他也就没有了长远打算，也就不等待了。喜财主的日子没有几年了，自己不可能熬到管家份儿上了。于是，郑兔儿心里急了。其一，在喜财主临死前，得想方设法捞摸点银钱，要不就白伺候他了。其二，四太太这儿得早点行动，快点下手，如果事成，算自己有艳福；如果不成，也好灭了心中念头，另作打算。

郑兔儿进一步寻思道：从喜财主这儿捞摸几个银钱应该不是难事。他如此懒散糊涂，许多事都靠我，花银子可以哄赚，抽料子可以折扣，许多金银玉器还可以顺手牵羊；一年捞摸几百两银子不成问题，他临死前能有几千两银子也就够自己一辈子活了。这捞摸银子好说，要捞摸那个美艳的四太太呢？喜财主这儿好瞒，可四太太那儿好赚吗？她美貌高傲，自然看不起下人来，可我总比那老东西年轻、健壮、顺眼吧？！而且，她既讨厌那老东西，又不能接触年轻英俊的公子哥儿，作为女人，她总需要男人吧？！

郑兔儿琢磨着四太太娇娃，脑海里便浮现出四太太娇娃的漂亮容貌以及与她打交道的激动情景——

那眼睛,清澈、晶莹而美艳,顾盼之间,勾人三魂七魄,激人五脏六腑!

虽说进入武家大院以来，眼神中渐渐有了些忧思愁意，却更让人同情怜爱，具有另一番魅力。那脸盘，皎美如明月，红艳如花朵，看一眼就心舒神畅，满心美分分；亲一口岂不是心惊肉跳，浑身晕乎乎。那手，细皮嫩肉，滑腻匀溜，看见就心痒，要用手摸一摸，岂不是心颤。还有那身上的女人气味，隔着衣服，隔着几步地，闻着都沁心沁肺；如果能直接吻她，闻着她身上的肉，岂不是沁骨沁髓。

他曾经许多次以佣人的身份走进她的房间，站在她的跟前，与她对面，和她说话，那感觉真好，真美！他也曾有几次以男人的眼光直接看她，与她的眼光碰上，那感觉更让人麻，更让人醉！而她，也每每正眼看他，没有低看他；而且，有时也笑脸对他，更没有厌烦他。

她是美艳的，也是善良的，如果他向她表示出非分之想、越轨之举，估计她最多也不过婉然拒绝，而不会勃然怒斥，甚至谩骂张扬。

想到这些，郑兔儿打定了主意：要择机向她表白，向她试探。退一万步说，即便她勃然怒斥，甚至谩骂张扬，进而遭受主子的责罚，也认了。她这样美艳，我这样爱她，哪怕是只能亲她一口，只能抱她一下，死了也值。

十八

此后，郑兔儿便开始趑摸空儿，要向四太太娇娃表白心声了。

几天后，合盛元票号送来了账期红利计二万五千二百两银票，喜财主便吩咐李玉全做了分配，其中给每个太太二百两银票，让置办过年的衣裳。四太太娇娃这儿因年轻貌美，一般人是不能进她的小院的。除了两个老妈子轮流伺候守候，就唯有喜财主本人和他的贴身佣人郑兔儿。

这段时间喜财主懒得去四太太屋里,递送这二百两银票的差事就自然由郑兔儿做了。

郑兔儿暗暗欢喜:他正急着要找个由头去四太太屋里表白心声呢,让他去送这二百两银票给四太太,岂不是瞌睡给了个枕头,天赐的一个由头?!

郑兔儿怀里揣着二百两银票,心里打着小九九算盘,来到了四太太院里。待值事的张妈进去通报一声,郑兔儿便获准进了四太太屋里。

四太太娇娃正坐在炕沿上绣花呢。但见她神态平静如水,冷艳如梅;双手细腻如脂,润滑如玉。正好似一位天宫中的仙子。

一打照面,郑兔儿的心就怦然一声,跳得快了;同时,一种仰慕之情油然而生,霎时涌遍了全身,暗暗地燃烧起来了。

娇娃知道郑兔儿进来了,却老半天没见他说话,她抬头一看:原来郑兔儿站在地上愣怔着呢!

于是,她嫣然一笑,放下手中的活计,问道:"兔儿有事吗?怎么不说话呢?"

"哦!哦!"郑兔儿这才醒过神来,说道,"是这样,老爷给每位太太二百两银票,让置办过年的衣裳,老爷让我给四太太送过来了。"

郑兔儿说着,便从怀中掏出两张银票,上前要递给娇娃。

"就搁在那张桌子上吧!"娇娃指了指地上的桌子,说道。

于是,郑兔儿不再上前,而是退后几步,将银票放在了门口对着的桌子上。娇娃这种拒钱和拒人于千里之外的高傲态度,使郑兔儿那刚才还浑身燃烧的身体顿时就凉了半截。

"我真是癞蛤蟆想吃天鹅肉!"郑兔儿暗暗叫苦,心里便打起了退堂鼓。

但他又实在不甘心,几年的梦想就在这一霎,就被这一语破灭了?他鼓起勇气,扭头看了一眼娇娃,看见的却仍是嫣然的笑容。于是,他又有了点信心。

"四太太，我虽是老爷的佣人，可也是您的佣人。我对您有句话，不知当讲不当讲？"郑兔儿壮起胆子说道。

"哦？有话就说吧。"娇娃平静地说道。

"四太太，以后您可不能对银子老是这样不上心。您从小生在买卖人家，衣来伸手，饭来张口，从来不知道饥寒，也就不知道银子的重要。如今嫁给老爷，更是跌在金屋银屋里，把银子当粪土看。可是——"说到这儿，郑兔儿犹豫了一下。

"可是甚？说呀！"娇娃倒急着想听了。

"四太太，您年轻单纯，心里不揽事，也看不到长远。我实话说了吧。咱这座大院子里看起来挥金如土，钱多得不得了，其实早已入不敷出，要坐吃山空了。而且，老爷并不做长远打算，那天居然对李管家说，如果银子不够花，就要抽股子、典房子呢！我再给您说句掏心的话：老爷的身子经不住十年的熬，老爷的家产也经不住十年的踢腾了。如果四太太不早做些准备，早攒些银子，到时候老爷闭了眼，房子典了人，四太太可怎么安身呀？"

郑兔儿一番话，娇娃听了正如拨云见日一样，心中明白了；同时，却也如雾退壑现一般，心中害怕了。

她固然厌恶这个老弱丑陋的男人，他早早死了倒好。可是她已经是出嫁的人，这里已是她的家，如果这个院子也属于了他人，她怎么安身呢？

娇娃愣怔了半天，问郑兔儿道："这——那你说，我该怎么办呢？"

郑兔儿说道："四太太，您得有些后眼，长些心眼，想法儿攒些私房钱呢！只要四太太攒足了私房钱，就甚都不怕了。到时候老爷闭了眼，四太太正好解脱了；房子典了人，四太太有银子还愁没地方住？四太太放心，我郑兔儿的年龄和您相仿，我也得虑后呢！有我在，我会比伺候老爷更上心地伺候四太太，听四太太差遣。"郑兔儿愈说愈动情，也愈露骨了。

"那我真该谢谢你了！"娇娃沉思着说道。

郑兔儿知道自己的一番话不仅没有惹恼四太太，反而套得近乎了！于是，他心花怒放，更加甜言蜜语起来：

"四太太千万不要说谢，我乐意伺候四太太，听四太太差遣。其实，自从四太太进了这个院里，我打心里就乐意来四太太屋里，乐意伺候四太太，只怕四太太嫌我，不差遣我呢！我一来四太太屋里，一看见四太太，心里就可欢喜呢！"

"是吗？"娇娃说着，莞尔一笑。

她仍然没有恼怒，却是迷人的"莞尔一笑"！一种幸福感从郑兔儿心底里涌出，在全身涌动。

"真的，四太太！我打心眼里喜欢您，愿意为您做一切事情，为您死也愿意！"

"啊？"娇娃听着，愕然了，却也没有恼怒反感的意思。

郑兔儿一鼓作气，继续说道："其实，四年来我一直这样想，只是不敢面对着四太太把这话说出来。每次老爷过来作践四太太，我就暗暗不平，也暗暗心疼四太太，可是我无可奈何，也不敢说甚做甚呀！如今眼看老爷的身子一天天病弱，老爷的家业一天天衰败，而四太太年轻貌美，来日方长，却不虑长远，我真替四太太担心呀！所以，我也就顾不了许多，把心里话向四太太表明了。——不管我说得对错，任四太太责罚！只是，四太太日后千万要多长个心眼，为自己的将来多做些打算，好好珍重吧！"

郑兔儿一番情真意切的话，让娇娃感到了阵阵温暖和激动，她从来没有听到过这些话，没有听过这些从男人嘴里说出来的暖心而温情的话啊！

"多谢你了，兔儿！难为你能这么替我上心。"娇娃说着，流出了激动的泪水。郑兔儿的话暖了她早已凉了的心，也温了她早已冰了的情。

"不用谢。四太太能不恼我,我就已经很高兴了。"郑兔儿说道。

"怎么会恼呢!"娇娃说道。

郑兔儿抬眼看了一下,娇娃正坐在炕沿上,双泪断断续续地垂下脸盘,晶莹如珠,让人心疼;双手绵绵软软地搭着膝盖,白皙如笋,让人性萌。

郑兔儿看到了机会,决定使出天胆,来个一不做二不休!

"四太太,您还是把这些银票好好保存起来吧!"郑兔儿一边说着,一边从桌子上拿起银票,走近娇娃,双手递过去;眼睛却贼溜溜地盯住了那双白如玉、嫩如笋的小手。

就在递交银票的空儿,郑兔儿鼓足勇气,用自己有力的一双大手握住了娇娃那双娇小玲珑的小手。

"啊?!"她惊讶了,二目圆睁。

"四太太!"他激动了,手在颤,气在喘。

也就一会儿工夫,娇娃醒过神来,把手挣脱出来,翻脸恼了;郑兔儿也醒过神来,把情按捺下来,拔腿跑了。

十九

郑兔儿的言行举动,使四太太娇娃激动不已,也慌乱不已。她的心如冬天的荒原燃起了野火,遍地是燃烧的火焰,遍地是混乱的火场。她的心又如春天的荒原萌发了绿芽,虽然荒草丛丛,却也绿色点点。

娇娃辗转反侧,彻夜难眠。

郑兔儿告她的关于喜财主的话和武家的情形,使她一下子对未来的生计产生了忧患意识,使她一下子对银钱看重起来,也一下子把银钱放在了她眼里,搁在了她心里。于是,她那原本纯洁美好的满是花朵的心田里萌生了银钱之草,她那原本清新芬芳的满是花香的心房里产生了铜臭之味!

同时,她也更悲悼起自己的命运来了:当初她在像花儿一样鲜艳、像蝴蝶一样浪漫时,嫁了这么一个老弱丑陋的男人,本已屈了;而将来她像老树一样枯干、像老妇一样现实时,在经济上又没有了指望,得过一种没有着落的穷日子,这就更惨了啊!当初年轻浪漫时,渴望得到漂亮的公子哥儿,命运却塞给她一个老朽;将来年老现实时,希望能有殷实的银子钱儿,命运却会丢给她一份贫穷?!

"这么一个可恶的老鬼!过去毁了我,将来又会扔了我!"她恨透了喜财主,甚至恨得咬牙切齿!

想到这些,她觉得自己就像落入了万丈深渊的地狱里一样。

幸好,郑兔儿的出现,像是给她打开了一扇窗,在她心里透进了一点亮光和一丝希望。他的那些关爱的话,暖了她的心,温了她的情。总算在这个深宅大院里还有一个人关心她的人,而且是一个男人,还是一个年轻的男人。

她又想起了郑兔儿,脑海中闪现出郑兔儿的形容举止。

平心而论,郑兔儿的身段和长相都不赖,很顺眼、入眼,还有点讨人喜欢。而且他为人精明,处事机智,会说话,也会体贴人,是一个不赖的男人。只是当了佣人,难免别人低眼看他,他自己也难免低眼看自己,他的好处也就常常被忽视忽略了。如果她以纯女人的眼光来审视郑兔儿这个纯男人,却也觉得郑兔儿不仅顺眼,而且还能"入眼"。

此前,当她以一个佣人的标准衡量郑兔儿时,她看他顺眼,还有点喜欢他;如今当她以一个男人的标准来衡量郑兔儿时,她也看他入眼,而且也有点喜欢他了。

她心中泛起一种模模糊糊想依赖郑兔儿的感觉:一是想让他替自己做事跑腿,当半个佣人使;二是想让他为她谋事操心,当半个男人靠;

三是……

她想到了白天郑兔儿贸然握她手的情形：他的手有力如虎，他的眼闪光如狼，而他的声音却颤抖着如羔羊；而她心慌意乱如小兔，性萌情动如小猫……

那时，她猛然感受到了男人的力量和男人的气息，不知所措；现在仔细想来，却有一种隐约的性潮和情浪在身上荡漾，荡漾……

此时，她竟有点想他，想让他再来握她的手，甚至抱她，亲她……

"假如我不是喜财主的姨太太，而是个自由身子；假如他不是喜财主的佣人，而是个公子哥儿……"

她想到，由于这一个个"假如"背面的"真是"，造成了她面前的一道道障碍和心中的一声声叹息。

可爱的这一个个"假如"！可恶的这一个个"假如"背面的一个个"真是"！她讨厌这些像铁网牢笼的"真是"，她多么想用力冲破挣脱这些"真是"的铁网牢笼，去获得"假如"的自由啊！

然而，要想让身体冲破这些铁网牢笼，首先得先让心冲破这些铁网牢笼，万事心为先啊！

她的娇嫩的心开始谋，开始冲了：

作为喜财主的姨太太，她理应对丈夫忠贞。可是，他又老又弱又丑陋，她压根儿就不喜欢他呀！而且，他只知道折磨欺侮她，一点也不关爱她，不体贴她。她嫁进这个深宅大院几年来，夫妻平常生活中，她从丈夫那儿得不到一点尊严，只有婢女般的屈辱；男女两性生活中，她从男人那儿得不到一点幸福，只有难堪难受的折磨。他是个废物般的男人，又是个恶魔般的坏人，她从心底里讨厌他，憎恨他！所以，她名为他的女人，实为他的受害人；看似应对他忠贞，实则应对他仇恨！而相好一个能关爱体贴自己的男人，正可一举两得：得到自己缺失的幸福，发泄自己郁积的仇恨！……

娇娃的心终于冲破了"对丈夫忠贞"的这道铁网。

她的心继续冲锋：相好一个甚样的男人好呢？当然是年轻漂亮、风流潇洒的公子哥儿最好。可是，自己大门不能出，二门不能迈，去哪儿找这样的公子哥儿？而且，自己虽然年轻漂亮，却已是嫁了汉的人，破了瓜的身，那样的公子哥儿能看得上自己吗？……

思来想去，她能够相好的，也唯有郑兔儿一个人。除了喜财主一个男人之外，唯有他能经常出入自己所在的这个小院；别的男人，她哪能随便接触上？！而郑兔儿在白天已向自己表白了心思，表明了爱情；她只需认可他，接受他，就成事了。

她又仔细琢磨起郑兔儿来：如果单纯地从女人角度看这个男人，他是个好男人，她有点喜欢他，也能接受他，她愿意和他相好；但如果从社会角度看这个人，他只是个佣人，她有点看不起他，也难接受他，她又不愿意和他相好了。可转念又想：这相好是暗中的事，又不是锣鼓喧天地婚嫁，也就不怕人们七嘴八舌地品头论足，管他佣人不佣人，只要是个好男人就可以了。而且，古书上不是有卖油郎独占花魁的故事吗？花魁女都能拒绝有钱有势的公子哥儿，去选择体贴关爱自己的卖油郎，我有甚不能呢？……

娇娃的心又冲破了"主人"和"佣人"间的这道牢笼。

娇娃继续想：如果真的相好，能瞒得了在我这院里服侍的张妈和王妈吗？或者，她们会替我保守秘密吗？万一让喜财主知道了，这个老鬼会怎样？万一让爹妈知道了，二位老人又会怎样？……

娇娃的身子辗转反侧，难以入眠；她的心思则翻来覆去，难以平静。寒冬腊月的后半夜，寒气阵阵袭来，她感觉一阵阵的冷意和孤单：如果这时能拥抱一个年轻健壮的男人入睡，那该多好呀！

此时，娇娃的心里萌生了一种对男人的不可抗拒的渴望……

二十

当天晚上,郑兔儿也是辗转反侧,彻夜难眠。一种从未有过的幸福美妙感和忐忑不安感绞绕在一起,缠绵在他的心里。

"啊,那种握她手的感觉真好,真美,真妙!"白天他握住娇娃那玲珑小手的美妙感觉不时地回味在心头,像幸福的波浪一样,在心头荡漾,荡漾……

"握住她的手尚且如此,如果能拥抱她,亲吻她,甚至抚摸她的奶头,亲吻她的奶头……那将会何等的幸福,何等的美妙!"白天那一次一处的接触,已使他回味无穷,幸福不已;将来如果能继续这样接触,进而深入下去,能够多次多处的接触,那将会是上了天堂的感觉啊!得寸进尺,得陇望蜀,郑兔儿对娇娃的爱欲更强烈了,他恨不得当晚就二次溜进那个小院,去拥抱她的身体,亲吻她的脸蛋,抚摸她的奶头……

但同时,一种忐忑不安的感觉也时时袭上心头,让他心凉,也让他心惶:"也许我惹恼了她,得罪了她,她从此不理我了。那,我所想的一切,就全完了,就像气泡一样全被那握手的莽撞之举捅得破了,灭了!真是该死,我为甚那么急着去握她的手呢?她本来待我很好的,语气亲切,态度亲和,脸上还流露出笑意,本来一切都很好的呀!可就那一握手,一刹那的握手,她就翻脸恼了。唉!我真愣呀,急甚呢?心急吃不得热豆腐呀!如果不是这莽撞的握手,兴许以后有机会继续和她接触,可这一下,恐怕全完了!"

想到这些,他的心真凉了,冰凉了!而且,紧接着心就更惶恐了:

"如果她真的恼了,把这事张扬出来,我还不是偷鸡不成反蚀一把米?被骂,被打,被扣工钱,被撵回家,还有各种责罚,甚至于要我的命!到头来我丢尽了人,赔尽了本,我来武家大院十来年的辛苦劳累就全白费了，就全成了一场空！"

郑兔儿在炕上辗转反侧着，一会儿幸福美妙感袭来，他的灵魂便如同上了天堂一般；一会儿忐忑不安感袭来，他的灵魂又如同下了地狱一般！他的灵魂似乎已经挣脱了他肉体的束缚，飞出去为他的身体探路了：一会儿上了天堂享受美妙的幸福，一会儿下了地狱忍受惶恐的痛苦……

从现在起，或者说从他握四太太手的那时起，他郑兔儿已不可能再是原来的佣人郑兔儿了：要么是在原来的基础上锦上添花，再拥有年轻貌美的四太太娇娃，去上天堂；要么是不仅一无所获，而且连原来属于自己的东西也保不住，甚至得背上罪名、罪责和罪孽，去下地狱！

世事难料，命运无常。为了上天堂，却有可能下了地狱；准备下地狱，也有可能上了天堂。

郑兔儿的灵魂在天堂和地狱之间游荡着，给他反馈回种种信息，但他的结论却只有一个：争取上天堂，准备下地狱。

抱着这样的意识，郑兔儿在黎明前终于睡了一会儿。

第二天，对郑兔儿来说分明是最可能祸事临头的黑道凶日。如果四太太娇娃真的恼了他，恨了他，就会在这第二天张扬出来，主子的惩罚也就会在这一天临头！所以，他必须做"下地狱"的准备。

一早起来伺候喜财主穿衣洗漱、传饭摆筷诸事，郑兔儿就常常心不在焉，时不时地走神儿：或递衣错了，或倒水迟了，或撤桌子早了，或摆筷子歪了……伺候得喜财主很不满意，轻则瞪眼眦他，重则破口骂他。

郑兔儿心里慌慌张张，嘴里唯唯诺诺，神儿却总在四太太娇娃那儿悬着：怕她来找喜财主，或怕她的两个贴身老妈子来找喜财主；或者她们已告了李管家，又怕李管家来找喜财主……

好在一个上午平安无事，郑兔儿才轻轻松了一口气：啊呀，真是谢天谢地！或许没事了？！

一直到了傍晚，郑兔儿仍没有看到她们来喜财主这儿的影子。他才深深地舒了一口气：啊呀，真是阿弥陀佛！看来真的没事了！

……

郑兔儿算是躲过了这个黑道凶日，躲过了一劫！

时道轮回，黑道凶日过去，应有黄道吉日。

"原来四太太没有恼我！那，或许她对我也有意？……"

晚上，那种和四太太握手的幸福美妙的感觉又回来了，他回味着握手的感觉，美兮，妙兮！他又憧憬着比握手更进一步的美事，陶也，醉也！

今天下不了地狱，或许明天就会上天堂！半夜三更，郑兔儿眼前虽然一片黑暗，心里却一片灿烂……

不几天就是大年三十，郑兔儿趁挂灯笼贴对联的机会，又来到四太太娇娃的小院里。

郑兔儿挂好了灯笼，贴好了对联，在两个老妈子居室洗洗手，便借口给喜财主传话，贸然进了四太太屋里。

"四太太！"

郑兔儿忐忑不安地进了门，先颤抖着叫一声，再哆嗦着作个揖，顺便偷眼察看了一下四太太娇娃的脸色：啊，谢天谢地！脸上并无愠怒之色，嘴角倒挂着一丝莫名的笑意。

看到四太太娇娃这情景，郑兔儿彻底放心了，进而暗暗高兴起来，甚至喜出望外了。

"贴完对子了？手冷吗？烤烤火吧！"娇娃说道。

"不冷，不冷。嘿嘿！一进四太太屋里，我浑身都冒汗呢！"此时的郑兔儿兴奋而紧张，又刚从冰冷的院里进来，他真的不冷。

"是吗？"娇娃说道，嘴角仍抿着一丝笑意，甜甜的，绵绵的，迷人而勾人。

"嗯，真的。四太太的一句话，比那篝火也暖人呢！嘿嘿！"

娇娃笑得更灿烂了。

"四太太,那天我……我冒犯您了,真是该死!您……您不要恼我啊!那天我是有些冒失了,可我对四太太真的是一片赤心,一片忠心,和一片爱心。四太太能原谅我,不恼我吗?"郑兔儿嗫嚅着说。

娇娃没有说话,只冲郑兔儿笑了笑。

此处无声胜有声。

郑兔儿又激动兴奋起来了:"四太太,您真好!我要是能每天伺候四太太就好了。"

"我真的好吗?"

"真的!四太太您真是太好了!我长这么大,还没有见过像您这样漂亮的,又像您这样善良的。真的,四太太。为您这样的人,我甚都愿意做。说句难听的话,可也是我的心里话:您让我舔屁股,我也乐意!甚至,我为您死了都值!"郑兔儿激动地说着,涨红了脖子,也涨红了脸。

娇娃听着,看着,也真的动情了,心扑通扑通,脸通红通红,整个脸庞成了一个大红花儿。

她还等甚呢?丈夫本来就不是心里所爱,对自己又不关爱;而且,他行将就木,家也将败,等来等去,还不是一场空吗?与其等到自己人老珠黄,在孤独贫穷中了此一生,那还不如趁自己年轻,和这郑兔儿且相好一场!这样,现在图个高兴快活,将来或许还是个依靠呢!何必苦苦等着没有希望的将来,而放弃眼前实实在在的幸福呢?

道理明白如此,感情澎湃更如此。娇娃此时的情欲已经不可抑制,要扑向眼前的这个男人了。她抬起眼皮,用她那美艳而饱含温情的眼睛看了郑兔儿一眼,像是渴望,又像是召唤。

郑兔儿早已爱火中烧,再经这美艳的眼神一勾,便不顾一切地走近她,用力地抱住她,在她的脸上狂吻起来了。

二十一

哦，感觉真美！那天握手的感觉本已很美，今天这拥抱亲吻的感觉敢情更美更妙。

四太太娇娃和佣人郑兔儿双双沉浸在美妙的感觉之中，激动不已，幸福不已。而这，刚是男女情爱的开始，好戏还在后头呢！

两个人拥抱着，亲吻着……也就是几分钟的工夫，听到院里有响动，二人就赶快分开了。

二人保持着几步的距离，彼此相望：郑兔儿兴奋得眼里放光，像燃烧的火焰，刚劲，雄健，热烈而灼人；娇娃则激动得流下了眼泪，像叮咚的泉水，柔软，清纯，美丽而迷人！

"四太太怎么流泪了？我把您弄疼了？"郑兔儿关切地问道。

娇娃摇摇头，含泪笑笑，说道："不，不是，我是高兴呢！"

郑兔儿放心了，也更高兴了："那——我以后能常来四太太屋里吗？"

娇娃并没有说话，只是笑着给了郑兔儿一个眼色。

但她在心里却说道："其实，自从那天你握了我的手以后，我的心里已经有了你，已经想了你好几天了。现在，我就更爱见你，更想你了，我巴不得你天天来呢！"

她心里的这些话哪敢向他全说出来，只能向他说出来一点点，于是她说道："我让你来，可是——"

"可是甚呢？"

"可是——让那老鬼知道了怎么办？你不怕那老鬼吗？"娇娃担心地问道。

郑兔儿早有思想准备，便解释道："四太太，您整天关在这小院里，不知道大院里的情形。其实，这些年来那老鬼吸料子越来越上瘾，性格越来越古怪，脑子越来越昏聩，做事越来越荒唐，再加上家业又越来越坐吃山空，大院里从几个太太到管家，再到下人，上上下下没有一个和他一心的！树倒猢狲散，墙倒众人推，人们都做散摊子的准备，处处哄赚捞摸，都想方设法挖武家大院的墙根呢！您想想，即便人们知道了，不关自己的事，谁还会向他告密呢？"

"啊？"娇娃一听，惊呆了！原来，这个武家大院是这样的情形？！"那——连李玉全管家都不和他一心？"娇娃又诧异地问道。

"嘿嘿！"郑兔儿笑道，"您说李玉全管家呀，数他奸，数他鬼呢！这个大院里每花三两银子，他这个管家就得暗昧一两！上梁不正下梁歪，他要不是这样又哄又赚，底下的人还不敢呢！"

"那老鬼不是最信任他吗？他们不是从小耍大的朋友吗？"娇娃又问。

"就是呀！连他这样的都对主子不忠不义，那些疏远的下人还能对主子讲忠义吗？"

"哦！原来李管家是这样的一个人？！"娇娃疑惑着，感叹着。

"这才是其一，还有其二呢！"郑兔儿继续说道，"他不仅贪主子的财，还偷主子的女人呢！——他早就和三太太相好上了，常常走黑道儿呢！"

"啊？！"娇娃越听越惊讶了。

郑兔儿又笑着说道："嘿嘿！我和四太太说句实话，我要不是看见李管家和二太太走黑道儿相好，我还不敢对四太太起意呢！就算我对四太太有一百个贼心，也没有一个贼胆呀！我还是从李管家这儿借得一个贼胆，才敢对四太太无礼呢！嘿嘿嘿！"

"你？好不害臊！"娇娃嗔怒着说道。

"嘿嘿嘿！"郑兔儿得意地笑了。

"哦——！"同时，娇娃心里也明白了，脸上浮出了笑意：既然郑兔儿能从李管家那儿借一个贼胆，她也就能从三太太那儿借一个贼胆。于是，她的担心已减了大半，胆子却增加了大半。前有车，后有辙，无论是道义上的愧疚，还是安全上的担忧，她都释然于心了。

于是，娇娃那压抑的性欲高涨起来了，如潮如涛；禁锢的色胆解放出来了，如狼如虎！她的内心对眼前这个年轻的男人充满了渴望，她的眼睛向这个年轻的男人燃起了火焰！

"四太太！"郑兔儿望着娇娃异样的表情，不由得叫了一声，眼神则在娇娃的脸上寻觅，向她的眼神征询："您——有话要说吗？"

"兔儿！"娇娃终于彻底撕破了心中的那些铁网牢笼，要随心所欲，要随性所欲了！她如饥似渴般地看着郑兔儿，恳求般地说道，"今天是大年三十，张妈王妈都要回家过年。这儿就我一个人守夜，你今晚上能来陪我吗？"她说着，竟流出了眼泪。

郑兔儿喜出望外，四太太还为我流泪。而且，她还如此热烈地急切地要我来……

"四太太，我一定来陪您！不过，前半夜我还得伺候那老鬼，后半夜来行吗？您得把院门给我留着。"郑兔儿说道。

娇娃深情地看着郑兔儿，轻微地点了点头。

"好，那我先走了，后半夜再来。"郑兔儿低声说罢，便出了娇娃的房里。

郑兔儿走了，但他的气味犹在屋里，娇娃呼吸着这种年轻后生的气味，长时间回味在刚才的甜蜜里，憧憬在后半夜的幸福里……

傍晚时分，娇娃叫来贴身的两个老妈子说道："张妈，王妈，你们伺候我几年了，我也不懂得感谢你们，都怪我年龄小，不懂事。现在我年龄大些了，胆子也大些了，今天又是大年三十，你们就回去陪家人过年吧！"娇娃说着，拿出两张十两的银票，分别递给两个老妈子，"这算我的一点心意，你们给儿女们买些吃的穿的吧！"

两个老妈子听四太太这么一说，又各自拿到了十两银子，自是非常感动。于是千恩万谢一番,再为四太太的年夜事情准备一番,交了院门的钥匙,各自回去和家人守年夜了。

夜幕下来,娇娃便早早地锁了院门,一个人在屋里铺被安枕,梳妆打扮,静静地等待半夜的时刻。那将是一个更美妙的时刻,她幸福地等待着;但同时又是一个更危险的时刻,她又难免忧虑担心:万一让人知道了,让那老鬼知道了,自己将忍受何等的难堪、羞辱,甚至责罚殴打……

然而,她对自己这几年的生活已憋闷得不耐烦了,每每有了这些忧虑担心,便会迸出一个强硬的念头:万一让他知道了,大不了一死!与其这样死人一样活着,还不如痛痛快快地爱上一回,然后去死也值!

既然"爱上一回,然后去死也值"了,那还忧虑担心甚呢!于是,她的心情又复归于幸福的等待了。

半夜时分,她又去把院门的锁子轻轻打开挂上,然后回到屋里继续等待……

又过了一个钟头,郑兔儿终于溜进了四太太的小院。他看见四太太屋里的灯和大多数屋子的灯一样亮着,都在守年夜呢!

"四太太!"郑兔儿在窗户下低声地叫。

娇娃开了屋门,迎进了郑兔儿,问道:"院门锁好了吗?"

"锁好了。"郑兔儿笑着回答。

娇娃也笑着闩好了屋门。

郑兔儿看了一眼娇娃,说道:"四太太,你晚上比白天更漂亮了!"

"是吗?"娇娃笑了。

"嗯。一看见你,我心里就美得不行!直想——"

"直想甚了?"

"直想抱你,亲你,还有……"

"嘻嘻嘻!"娇娃又笑了,"我既然让你今晚来,就甚都可以由你了!"

郑兔儿早已激动起来,"扑通"跪在娇娃面前,说道:"四太太!

我爱你爱得不行了！"说罢，紧紧抱住娇娃的腿，把脸和嘴贴在她的小腹前，擦着，蹭着，嗅着……

一个是二十来岁的后生，一个是二十来岁的少妇，哪里耐得住这种接触。不一会儿，郑兔儿便将娇娃抱在炕上，将她全身的衣服一件件地剥去，露出她那雪白而丰满的躯体；然后疯狂地亲吻她的奶头、胸脯、臂膊、小腹、大腿乃至全身……

"啊！"她闭着眼，幸福地感叹着。

……

喜财主轰动全城，花九千两银子娶来的年轻漂亮的四姨太太娇娃，他自己没能真正享用，只落了一个空名；如今却在悄无声息中，让他的贴身佣人郑兔儿真正享用了，实实在在地享用了。

正是：

枉费九千银，空居美艳身。

金闺藏妙女，却是为他人！

第五部

一

郝克凝在这次账期决算分红中添加了一厘五的生意,成了身顶八厘生意的资深掌柜,分得了六千多两银子,而且颇受大掌柜贺洪如的抬举,可谓升了官,进了爵,发了财,春风得意!

合盛元的决算分红大会结束之后,郝克凝便乘一辆豪华的轿车,满载着自己从京城带回来的京货和号里分给他的年货,踌躇满志地回家而去。轿车出了祁县城,一路向北来到了贾令镇,然后向东拐上去长头村的乡间小路。郝克凝雍雍地坐在轿车上,愈走近家乡,愈是将要面对母亲、妻子和众多的家人族人时,想想自己在合盛元已顶上了八厘生意,想想自己在合盛元又存进了六千两银子,再看看轿车中的这些京货与年货,一种成就感便在心中荡漾,一副衣锦还乡的好心情便在脸上飘扬!

回到家里,郝克凝把京货与年货及银子银票一一呈献给母亲:

四副扭花金镯,四匹绸子,四匹缎子,四盒糖果,两副翡翠玉镯,两个"状元及第"金锁,还有一套封赠五品宜人的印册和官服。——这些东西是从京城带回来的。

牛肉、驴肉、羊肉、猪头肉、焖干肉等冷八碟主料各四斤,红炖肘子,喇嘛肉、酥肉、丸子等热八碗主料各四斤,还有蘑菇、海参等山珍海味及若干辅料。——这些东西是合盛元总号发下来的。

二百两银票,二十两碎银子。——这是给家里的零花钱。

郝老太太一看儿子带回来这么多贵重的东西,自是满心欢喜,满脸笑容,赞叹不已,感叹不已!

"呲,呲!这些东西可件件精美,样样金贵!"

"呲,呲!这些东西得花多少银子呀?!"

"呲,呲!这些吃的够一正月每天摆桌子了!"

郝老太太脸上笑着，嘴里叹着，却眼里有戥，心里有秤，早把这些东西分配停当了！——这银子银票自是由她这个老当家人掌管，这些吃的喝的自是放在公伙里共同享用。至于从京城带回来的东西嘛，可就各有主儿了：四份儿的金镯、绸、缎、糖果，是她老太太、大媳妇、二媳妇和大媳妇妈四个人各一份；两份儿的玉镯，是她老太太和大媳妇两个人各一份；两份儿的金锁，则是大媳妇、二媳妇两家的娃娃各一份；剩下的一套官服，这自然是大媳妇的了。

郝老太太把儿子带回来的东西过了目，算是领受了；随即盘算一下，便分配赏赐下去了。于是，大媳妇高雅芝道几声谢，便将半数的东西加上一套五品宜人的官服，搬到她的新院里了。

山西商人在外特别讲诚信，在内则特别讲孝敬。郝克凝回家之后，不仅必须把所有带回来的东西交给母亲，让母亲过目，再由母亲随意赏赐给人；而且必须把自己的时间也交给母亲，让母亲占用，再由母亲随心"赏赐"给媳妇！郝克凝从半上午回家，一直到晚饭后一个时辰，都得陪在母亲身边，一起吃饭喝茶，一起说话聊天，一起享度时光——

刚回家的半个上午，郝老太太督促家人忙里忙外，做荤做素，唯恐给儿子的接风宴做得不好，对不住儿子四年时间、上千里路程长久长途的远行！饭后的整个下午，郝老太太问长问短，问寒问暖，唯恐有问不到的地方，使回家的儿子有些许地方得不到母亲阳光的普照！晚饭后的一个时辰，郝老太太又本家长、亲戚短、东邻好、西邻坏地讲述起来，唯恐有说不到说不透的地方，使儿子回到村里后在为人处事上失聪失明！……

直到打起了更声，郝老太太才放了话："时间不早了，回去和你媳妇儿睡觉吧！"——这才算把儿子让给了媳妇！

正是：儿孝甚殷，颇贻妻子嗔怪之柄；母爱太厚，几有婆媳吃醋之情！

郝克凝回到新院里，儿子早已睡着，被褥也已铺好，妻子高雅芝则在寂静的烛光下绣着一双小童鞋，默默地等着他呢。

"过来了？"

她看到丈夫进来，起身迎接，眼神渴渴的，声音怯怯的。——她在孤独寂寞中等了四年，盼了四年，想了四年；她的心，她的身，都充满了渴望啊！然而，虽然已是四年的夫妻，但却只有过七天的夫妻生活，还是生疏得很。再加上她只是二十来岁的闺中姑娘，他却是年近五旬的走外男人，所以，她虽是面对丈夫，却颇有点女人见了客人般的羞怯和娃娃见了大人般的胆怯。

"嗯。"郝克凝应着，看了妻子一眼，然后又爬到炕沿上看着熟睡中的儿子，说道，"咱儿子真亲！"

"是吗？"她笑着说道，脸上溢出浓浓的甜意和美意。——这是她肚里所生、奶头所喂的儿子呀！儿子受到称赞，她心里岂能不甜？这是她因丈夫所孕、为丈夫所养的儿子呀！儿子受到丈夫的表扬，她心里岂能不美？

郝克凝又说道："他长得像你一样，真可爱！"

"是吗？可也有人说长得像你呢！"她笑着说道。

"嗯，也有像我的地方，脸和嘴像你，眼和眉像我，嘿嘿嘿！"

郝克凝说着乐了，又看了一眼妻子，说道："你看这脸白白嫩嫩的，这嘴红红艳艳的，和你一样，真亲！"

妻子听着，看一眼丈夫，脸色绯红，眼神微醉了。

"你也累了吧，早些睡吧！"妻子说道。

"不累！哦——你仔细看那印册和官服了吗？"郝克凝说道。

"没有，我没敢动，怕动坏了。咱妈让搬过来，我就原封不动放在桌子上了。鑫儿想打开，我都不让他呢！"妻子说道。

"嗨！怕甚呢？来，拿来！"

郝克凝说道，然后从妻子手中接过包装印册和官服的小羊皮箱打开，先拿出一个小黄册子，笑着指示给妻子，"你看看，这是甚？"

妻子过来，看着这金黄色的纸册子和几行字发呆："我不识字呀！这是甚呢？"

郝克凝笑笑："这就是封赠你为宜人的册子！你看，这上面还有吏部的大印呢！你现在是大清朝的五品命妇啦！"

妻子喜出望外："啊？！"她怔怔地看着黄册，端详着，虽不识字，却感到了那炫目的黄纸、肃穆的黑字和极有富贵气派的大红印章。

郝克凝说道："你看！这不是你的姓'高氏'，这不是封你的官'五品宜人'吗？哈哈！"

郝克凝又拿出一套官服，"你再看这，这就是五品宜人的官服！"

妻子更为惊喜了，"啊？！"

她欢喜地看着这身大清"宜人"的官服：

一顶朝冠：顶镂花金座，中饰小蓝宝石一颗。

一领朝袍：袍片金缘，绣纹前后各有两条行蟒，后垂石青绦。

一件朝裙：裙片金缘，上用绿缎，下为石青行莽妆缎。

她看着，摸着，惊叹着："啊呀，真好！"

郝克凝笑着说："来，脱了你的外套，把这一套官服穿上试试！"

郝克凝帮着妻子穿戴好"宜人"的官服，夸奖不已："啊呀！这套官服穿在你身上真是漂亮！太漂亮了！"

妻子看着这印册，穿着这官服，感受着这种被丈夫抬举抬爱的雍悠美妙，早已心花怒放、春情荡漾起来了。而郝克凝欣赏着五品宜人的官服和一等美人的风采，更是爱欲霍霍，雄性勃勃！于是，他脱去了她五品宜人的官服，再剥掉了她一等美人的内衣，狂烈地拥抱起来，亲吻起来，雷电起来，云雨起来了。

她早就醉了，浑身软溜溜的，成了水；他早就疯了，浑身热乎乎的，成了火……

一个是二十七八岁的漂亮少妇，正像花儿红得发紫一样：形象正艳，如魔如魅，正是勾人魂魄的时候；色性正浓，如狐如猫，正是迷人心性的时候……面对这样的女人，哪个男人能不倾心去乞爱、求爱，哪个男人能不使出浑身的解数去做爱、施爱？！

另一个是年近五旬的成功男人，正像树儿长得参天一般：身体壮，如牛如马拉犁铧，正是耕种的年龄；心性强，如狮如虎吞天下，正是发威的年华……面对这样的男人，哪个女人的心不是如饥如渴地呼爱、唤爱，哪个女人的身子不是如醉如泥地享爱、受爱？！

四年的寂寞，终于等来了一月的火山爆发！

四年的饥渴，终于迎来了一月的江河横流！

四年的煎熬，终于迎来了一月的身心美妙！

占有这样的女人，郝克凝太幸福了，也太知足了。

拥有这样的男人，高雅芝太幸福了，也太知足了。

二

郝克凝在家里享受着四年一度的幸福美妙，简直像天堂的光景，神仙的日子。

然而，由于这个账期又遇上了义和团在山东起事，搅得山东炸了，扰得直隶乱了，闹得朝廷鸡犬不宁了。进而波及山西票号，掌柜们也心神不安了。

一想到义和团在山东起事，郝克凝这春光明媚的心里就会有一块阴影：春光下是生意兴隆和享有成功的喜悦，是婚姻美满和享有美女的快乐；阴影里则是刀枪杀戮，是生灵涂炭，是经济凋敝，进而就是字号买卖树儿的萧索和个人幸福花儿的凋落。

战乱，可怕而可恶的战乱！——买卖人最怕也最恨这战乱，票号尤其如此。身为合盛元京号掌柜的郝克凝对此感受最深：才刚几年呀，中日甲午战争结束还不到五年，就又来一场内战？这还让不让我们买卖人活呢？这票号生意还能不能做呢？……

面对这局势，郝克凝满腹牢骚，却又无可奈何！如同暴风雨中的鸟儿面对着暴风雨一般，它能奈暴风雨何？不管心里有多少抱怨和牢骚，行动上只能是审时度势，顺时而作，顺势而为啊！

郝克凝在家里享受幸福美妙的光景还不到一个月，就因为这义和团的事不歇心了。于是，刚过了正月十五，就动身奔北京而去。

这一回上北京，他遵大掌柜贺洪如所嘱，带上了曾是老掌柜渠寿昌贴身小伙计的高生云。

郝克凝带着高生云一同坐轿车而行。初次与这个小后生近距离接触，而将来这个小后生又要在自己身边长期做事，郝克凝自然要偷眼儿观察高生云，考察高生云；要在心里对这个小后生有个大体的了解和基本的评价，日后才好与他共事啊！凭郝克凝的眼水，经三两天的同吃同住同行，就对高生云有七八成的把握了：不赖，是个好后生！聪明伶俐，仁恭礼至，手勤言谨，是个好坯子！

于是，他想到了年前大掌柜贺洪如交代他时所说的话："过了年你把高生云带到京城历练吧！这后生跟了老掌柜三四年，让老掌柜调教出来了；在账房也有三四年，又让大先生调教了一番。人品，脑筋，为人处事和写字算账都不赖，是个好坯子！如果能再跟上你见见京城的大世面，闯荡闯荡，学些闯劲，会是个人才呢！你带上他吧，这样对他是个历练，对老掌柜也是个交代。"

郝克凝想着贺洪如大掌柜的话，念着渠寿昌老掌柜的情，再看着高生云这个人，暗暗想道："嗯，大掌柜所言不差！我带上他来京历练，既为合盛元培养个人才，也对老掌柜是个交代。——老掌柜、大掌柜放心，我会精心栽培这个后生的!"

轿车走出娘子关,进入直隶井陉地界,郝克凝不由得想起山东的义和团,想起由此引发的社会动乱以及自己身上承担的更多更大的责任……

临行前,大掌柜贺洪如曾郑重地嘱托他:"耀庭啊,眼下国家多事,京号又是我合盛元银钱和信息的枢纽之地,唯有你堪此大任啊!现在山东正闹义和团,如果能让袁世凯剿灭了,那自然一切都好;但如果剿灭不了,就会扩大开来,势必波及直隶、天津甚至北京!你在京城还要多留心这方面的动静,及时关照天津、保定二号,也要留心东北各号,如果遇到紧急情况,你可以直接给他们发号施令!这东北、京、津、保定,加起来也算是咱合盛元的半壁江山了,可自甲午战争以来这些地方却又都是动荡变乱之地,都让人担忧呢!所以除了你的京号,这些地方你也得操些心,替我分些忧啊!"

想着大掌柜贺洪如的话,他确实感到了总号对自己信任的更多与更大,却也感到了总号给自己责任的更多与更大:自己驻庄的京号已是责任重大,又需关照天津、保定二号,还要留心东北各号,而社会形势又是如此严峻,如此动乱不已,险象环生!而大掌柜贺洪如还赋予了他"遇到紧急情况,你可以直接给他们发号施令"的权力,权责相连,权力愈重愈大,责任也就愈重愈大呀!

郝克凝身受大掌柜贺洪如的如此信任,肩负大掌柜贺洪如的如此重托,又面对义和团在山东起事的如此严峻形势,他也只有如此如此了:"大掌柜放心,我一定殚精竭虑,鞠躬尽瘁,以报大掌柜的恩信!"郝克凝在心中默默地说道。

轿车继续在直隶境内向东前行。越往东,便越接近山东的义和团;于是,他们的脑筋也就越来越绷紧了。

果然,一来到直隶正定地界,便到处都是义和团的风声:街巷里,饭店里,旅馆里,人们都在议论义和团。

郝克凝一路走着，一路想着义和团的事：风是雨头儿，这义和团之风可不像是两年前的维新之风，分明夹杂着浓浓的雨腥气！义和团的风声在这里如此之盛，义和团的人马分明也快来到这里了啊！

郝克凝嗅着这种夹杂着浓浓雨腥气的义和团风声，脑筋想着，眉头皱着，脸色凝着，心中感叹着：两年前，他盼那股维新之风能带来一场澍雨，后来却落空了；现在，他怕这股义和团之风会带来一场暴雨，将来却可能要落实了！

他心急如焚，归心似箭，吩咐赶车的快马加鞭！

这天傍晚，他们来到保定，径直进了合盛元保定分号。

赫赫有名的京号掌柜郝克凝来了，保定分号留守的二掌柜张五成哪敢怠慢，赶忙敬茶上烟。

郝克凝进门还来不及呷一口茶水，劈头就问："你们的段德义掌柜呢？还没有归号吗？"

张五成一听这口气，先是怔了一下，然后谨小慎微地答道："回郝掌柜，段德义掌柜还在歇假，没到期呢！"

"他说甚时回号呢？"

"哦，他说正月底回来。"

"正月底？今天才正月二十，还得十来天？倒歇心呢！这儿已快火烧屁股了，他还在老家抱着婆姨睡大觉！那——号上的事他怎么安排的？眼看义和团就到铺面门口了！"郝克凝说着，问着，恼悻悻，怒冲冲，吓得张五成胆战心惊，浑身冒汗！

张五成嗫嚅着说："我们也着急呢，只是段掌柜不在，我们也不敢拿主意……"

"哦？我且听听你的主意——坐下说吧！"郝克凝看到张五成那样子，知道自己心太急了，话太冲了，脸太横了，把这个张五成吓着了！于是他放缓了语气，和悦了脸色。

张五成这才心平气定下来，说道："其实，在去年腊月，我们就听说袁世凯的新军在山东大行杀戮，对山东的义和团拳民连同当地的普通百姓统统格杀勿论！好多县把人快杀光了，地上没有了人烟，树上却挂满了人头！可瘆人呢！过了年，义和团的风声越来越大，人们又传说，山东的义和团让袁世凯赶到直隶来了，保定城周围的村里已有义和团的人秘密设坛教练义和拳呢！……我们也听说济南分号的事，我们也怕呀！一旦乱起来，咱票号肯定是最显眼的地方，没躲！丢了银子不是，丢了命更不是，早就想收缩存贷，做最坏的撤庄准备呢！可撤庄事大，恰恰段掌柜这个时候不在，我们不敢随便行事呀！"

郝克凝听罢，点点头，寻思道：看来这个二掌柜张五成还是个有心人，该听的能听到，该看的能看到，该想的也能想到。如果该做的他也能做到，倒可委他以重任！

于是，郝克凝说道："这样吧，事不宜迟，我就替你们段掌柜做了主吧。从明天开始，在一个月内做好撤庄的准备。能做到吗？"

张五成盘算了一下说道："应该能做到，我尽力而为吧！只是，段掌柜来了，我如何交代呢？"

"我会给他留一封信。"郝克凝说道。

"嗳！好，好！"张五成应诺着。

了解了情况，处理了号事，郝克凝才有了食欲，吩咐张五成道："行了，摆饭吧！"

张五成自是殷勤招待：热心热情，好酒好肉……

三

面对张五成安排的这桌好酒好肉,郝克凝并没有心思海吃豪饮,只简单吃了些便退席回房休息了。

虽然旅途劳顿,浑身困倦,郝克凝却没什么睡意,倒是一边喝茶,一边又想起义和团这码事情来:这义和团由山东而来,犹如东南风一般,分明带着雨啊!风势在前,已然如此之大;雨势在后,必然更为可怕!义和团果真来了,保定首当其冲,明日之保定分号便是昨日之济南分号!——这个段德义,居然还有心思在家里抱着老婆睡大觉!

本来,郝克凝一路上听到义和团的声势后,只想到保定分号叮嘱几句话,让他们早做准备就行了;却想不到这儿的掌柜段德义还在老家祁县!事情如此紧急而重大,交代给这个二掌柜张五成行吗?我留一封信,他们就会照我说的去做吗?……

郝克凝想着,担心着,犹豫着,也忧愁着……

这时,相跟的高生云给郝克凝添茶加水,看到郝克凝这种眉头紧皱的样子,便说了一句:"郝掌柜是在担心忧愁保定号的事吗?如果郝掌柜不放心,我可以留下来代郝掌柜督促他们——"

郝克凝抬头一看,眼睛蓦然一亮:哦!这倒是个办法!

高生云继续说道:"如果郝掌柜信我,可以让我留在保定号,代表郝掌柜督办保定分号收缩买卖及准备撤庄事宜。"

郝克凝听罢,自是喜出望外,说道:"如此最好!只是,这保定远不比北京城繁华,且正在义和团的风头上,留在这儿可是有危险呢!你若有个三长两短,我不好向大掌柜和老掌柜交代呀!"

高生云却满不在乎,说道:"郝掌柜放心,我会注意安全的。再说,这是我自愿的,并非郝掌柜强迫。俗话说,养兵千日,用兵一时。我在总号受老掌柜栽培多年，此番跟郝掌柜赴京号就是为了锻炼本领，建功立业；现在碰上保定号需要我，不正是给我一个锻炼的机会吗？"

高生云一番话说得合情合理，入耳入心，郝克凝不住地点头称赞！并寻思道："到底是老掌柜看上眼，在身边点拨出来的，这高生云果然品貌兼优，胆识兼备，是个人才！而这样的年轻俊才，正需要在困难中历练，才能成为大才啊！"

郝克凝当即打定了主意：就让高生云留在保定号督办收缩买卖及准备撤庄事宜！

于是，郝克凝提笔写信：

保定号暨段德义掌柜：

兹因义和团已然从山东向直隶而来，保定号首当其冲，情况紧急，事不宜迟！故委托高生云为我郝克凝全权代表，督办保定号收缩买卖及准备撤庄事宜。望段掌柜极众伙友待他如待我，尊之重之，听之从之，共商号事，同扶危局也！

郝克凝
庚子年正月二十日夜

写罢，郝克凝让高生云看了一下，然后对他说道："步青啊，难为你了！你要记住我几句话：第一，要千万注意人身安全，人比银子重要。第二，要想方设法督促他们尽快收缩买卖，做好撤庄准备。第三，把这桩事办完了，赶紧到北京找我，最好在一个月内就能来京。记住——千万不能有闪失啊！"

高生云点头应诺："郝掌柜放心吧！我一定谨遵郝掌柜之命，在一个月内妥善办完此事！"

次日一早，保定号二掌柜张五成早早来到客房听候差遣，郝克凝便将昨夜写好的信递给他，说道："这封信先给你，段德义掌柜来了你再转给他，你们保定号就照这信上的意思做吧！"

张五成拿过信看了一遍，睁大眼睛看了高生云一眼，又转了一圈，然后点头说道："好，好！我照郝掌柜的盼咐办！高生云兄弟能留下来就更好办了，嘿嘿！"

郝克凝说道："高生云虽然年纪轻，他可是在老掌柜渠寿昌身边历练出来的人，听的见的多了；而且，他是代表我郝克凝留在这里行事，你们要尊重他，听从他！"

张五成看了郝克凝的信已对高生云刮目相看，再听郝克凝这么一说，就更不敢有二话了，连忙点头道："是，是！我一定按郝掌柜的意思办！"

张五成说罢，又转身对高生云拱手说道："步青贤弟，五成这里有礼了！"

高生云也拱拱手道："不客气，还望五成兄多多关照！"

郝克凝见状，高兴地说道："好，在这紧要关头，希望你二位携手共事，把收缩事宜做好。五成啊，从现在起，你就是保定号的代理掌柜，可全权处理号事！处理好了，有奖；处理坏了，有罚！"

"是，是。"张五成既紧张，又兴奋，嘴里言词唯唯诺诺，头上汗珠点点滴滴！

把保定号的事情安顿好了，郝克凝才和高生云、张五成用过早餐；然后告别上路，奔京城而来。

一路上，郝克凝的脑子里总是闪着高生云那张秀气而略带稚气的脸，心里总是惦记这个年轻而略显瘦弱的小伙计：把这个小后生放这儿是不是太狠心了？如果是自己的儿子，能忍心这样吗？他还太嫩呀，本该让他在京城里在自己的庇护下锻炼几年呀！

然而一转念，郝克凝又对自己的决定找出许多理由：年轻人就得早点经风雨见世面,这样才能增才干、长见识,快些成长起来呢!而且,这番留他做事,虽有点难为他,却也是给他表现的机会呀!他若能做好这桩事,自是大功一件,账期下来自然就多了一份擢升的理由啊!再说,他既然毛遂自荐,想必胸有成竹,他在老掌柜身边多年,应该懂得不少做事之法和安身之术……

想到这些,郝克凝又乐观起来,而且自豪起来了:这个高生云有许多优点,聪明,灵活,有见识,有胆量,是块做生意的材地。如果他这次留在保定能妥善应对危局,能经得住实践的考验,说不定又是一个申树楷出世呢!如此,则我人才济济的合盛元又多了一个年轻俊才,我合盛元的未来也就更有希望啊!

想到这些,郝克凝心中颇感欣慰。于是,他撩起轿帘,想吹吹风,观观景,散散心;然而,轿车外却是满天的黄云,满地的沙尘!——老天爷又起北风,又扬黄沙了。

郝克凝见状,不禁又感叹起来:"去年到今年这场旱呀,可真叫个旱!一秋一冬,没有一点雨水,没有一片雪花,倒是一股一股地起北风,一层一层地下沙子!"

郝克凝继续想道:"这一秋一冬,老天爷不刮一场东南风,人们闻不到一丝儿雨腥气;倒是山东的义和团刮起了一场夹着血腥气的东南风!"

郝克凝由自然天象而联想到了社会天象:如今袁世凯带着训练有素的新军去山东剿杀义和团,恰如孙悟空拿着铁扇公主的铁扇去扇火焰山,不仅灭不了火,反而把火扇得更大了!如今这夹带着血腥气的东南风,分明就是袁世凯扇过来的。义和团这股暴风刮向西北,他袁世凯在山东作壁上观、自在逍遥了,而直隶总督裕禄却陷入了这股暴风中,风雨飘摇了。

当时的形势是,袁世凯和他的新军在山东如一道坚固的堤坝,义和团如滔滔的洪水,北京城如一个大岛,保定、天津如两个小岛,整个直隶省则是即将被洪水淹没的沟壑!

朝廷实在是昏:竟让平庸的裕禄总督直隶,并让袁世凯和他的新军离开天津!——这分明是自削藩篱,自弱屏障啊!

袁世凯又实在是奸:明里大举用兵,大开杀戒,去围剿义和团,并向朝廷邀功请赏;暗里却以攻代剿,以邻为壑,把义和团赶到了直隶,并使京城临危处险!——这分明是损人利己,损公肥私啊!

而裕禄又实在是庸:面对乱局,头脑不清,行事不决,智庸也;面对义和团,剿而无力,抚而无法,略庸也。——这分明是木偶草人,纸马画虎啊!

……

郝克凝经常出入王侯朝臣之门,略知裕禄的底细:这是一位靠祖荫在官场上混起来的旗人,忠心有余而智能不足,让他做个太平官儿尚可,倘若让他应对危局,力挽狂澜,则不堪其任!——如此看来,保定府有危险,天津府也有危险啊!如此,则不仅我保定号须收缩买卖,须做撤庄准备,天津号也须及早动手啊!

郝克凝对保定号已然做了安顿,他又担忧操心起天津号来了:不知天津局势如何,不知天津号掌柜史文显归号了没有,也不知天津号有何应对之法……

天津和保定一样,也是直接处于山东义和团这股东南风的下风头,而天津为通商口岸,洋人和洋教堂更多,更容易成为义和团仇洋灭教的目标。不仅如此,洋人蛮横惯了,又有洋枪,遇到气势正盛的义和团必然会刀对枪,硬碰硬……

郝克凝料想着天津的形势以及合盛元天津分号的事,担忧更重了。

轿车快马加鞭,车轮滚滚;郝克凝殚思竭虑,思绪悠悠……

四

郝克凝回到京号后的第一件事是给天津号写信,当晚就写好了。第二件事是前去那府:一给那老太太拜年,二向那桐打探朝廷情况。

次日,郝克凝提上四盒子各式高级点心,来到了金鱼胡同那桐府第。一进大门,郝克凝径直走向那老太太住处。看到合盛元票号的郝克凝掌柜来了,早有佣人在门口揭帘欠身欢迎,那夫人也在门内站立合手恭迎,那老太太则在炕上点头含笑喜迎,说道:"哦!是耀庭来了!呵呵!"

郝克凝一边欠身点头进门,一边向那老太太问好:"伯母!过年好!过年好!"

郝克凝问候着进了屋,然后放下点心,再正儿八经地摆垫子下跪,给那老太太磕头拜年:"伯母,侄儿郝克凝给您老人家拜年了!祝您老人家鼠年大吉,健康长寿!"

那老太太毕竟是有身份、懂礼数的人,她一边点头受礼,一边笑道:"哦!呵呵!快起来坐吧!"一边又吩咐,"桐儿家的,赶紧给耀庭上茶呀!"

"谢谢伯母!"郝克凝一边落座,一边说道。

那老太太一脸慈祥,看着郝克凝问长问短起来:"耀庭回山西老家过年好吧!你母亲身体好吧?!"

"回伯母话:我回家过年一切都好!托您的福,我母亲身体很好!"郝克凝应道。

那老太太继续问话:"你媳妇儿和孩子好吧!全家都好吧?!"

"托您的福,我媳妇和孩子都好,全家都好!谢您老人家挂记了!"郝克凝应答着,拱手施礼。

"好,好!我们这上了年纪的人啊,对功名利禄看得淡了,觉着家家平安就好,人人健康就好!"那老太太说道。

"是啊,是啊!您老人家什么都能想得开,看得开,身体就越发好了啊!"郝克凝说道。

"呵呵!哎!不行了,老啦——!过了年我已是七十七的人了,没几天活喽!"那老太太笑着,感叹着,摇着头,摆着手。

"那可不行!您带着琴轩年轻守寡,吃了多少苦?受了多少罪?如今好不容易熬得琴轩升了礼部侍郎,官居二品;家里又儿孙满堂,有五六个孙男孙女围着您跑动,多好的光景啊,您可得好好地享福呢!这七十七才是喜寿啊!后面还有八十八的米寿和九十九的白寿等着您呢!"郝克凝说道。

郝克凝一番话说得那老太太眉开眼笑,欢天喜地,说道:"哎哟哟!我耀庭可真会说话,我哪儿有那么大的福分和寿数啊?!哈哈哈!"

"有!您年轻守寡,吃苦受罪,老天爷本来就亏欠着您,就该在晚年时补偿您,让您享福呢!您这些年来又吃斋念佛,行善积德,西天的如来佛爷又会保佑您,奖赏您,多给您些寿数呢!"郝克凝说道。

"哈哈哈!"那老太太听着郝克凝的说道,乐得脸上像开了花儿一样!

郝克凝与那老太太说了一会儿话,那桐已闻声过来了,拱手说道:"耀庭兄回来了!过年好啊!"

郝克凝也起身拱手:"好,好!过年好!"

这时候,那老太太已吩咐儿媳妇了:"桐儿家的,你去吩咐厨房,多做几道菜,今儿晌午让他们哥儿俩好好喝几盅!"

"伯母,不用麻烦了!我回字号上吃吧。"郝克凝说道。

那老太太却很坚决:"哪儿的话!大正月的,已经来家了,还能再让你回字号上吃去?今儿晌午你必须在我这儿吃,还得多喝几盅!"

郝克凝只得笑着应诺:"好,好!那我多谢伯母了。"

"谢什么？！——你们哥儿俩去书房喝茶聊天吧！我们娘儿俩还要准备饭菜呢！"那老太太说着，吩咐道。

于是，郝克凝随那桐出了那老太太住的上房，来到了那桐的书房，喝茶叙话。

"耀庭兄啊，我母亲可是快把你当成亲儿子了，她特别喜欢你！嘿嘿！"那桐笑道。

"呵呵！咱俩本来就是结拜兄弟嘛！"郝克凝也笑道。

"不，不光是这样。我还有不少别的结拜兄弟，有旗人的，有汉人的，他们也常常给老太太请安，孝敬东西，可老太太就数待见你！你不看刚才待见你的那股劲儿，那是发自内心的呀！"

两人闲话了一阵，便说起了义和团的事。

郝克凝问道："最近一个月来朝廷有什么动静吗？据说义和团越闹越厉害了，我一路上在直隶地界走，到处都是义和团的风声！朝廷究竟如何处置呀？是抚？还是剿？或者说是别的什么？但总得有个法子呀！"

那桐听罢，感叹道："唉！难呀！实在难说，我心里也是一团乱麻！"

郝克凝惊讶了："啊？连你都不知道个长短！"

那桐呷一口茶，说道："这义和团的事呀，众说纷纭，莫衷一是。洋人的事也是各持己见，模棱两可。而太后和皇上的事，也还纠缠不清，废也不是，杀也不是，归政更不是，左右为难啊！这就够乱的了，现在又冒出一个册立端郡王载漪的儿子溥俊为同治帝嗣子的事！可在年前的腊月二十四日要举行立储庆典，洋人又齐刷刷一个都不来入贺！这么一弄，太后大丢面子，对洋人也就耿耿于怀、恼羞成怒了！"

郝克凝更疑惑了："哦——！还有这码子事？"

那桐继续说道："所以事情就难办了。若单对付一个义和团倒也不难，可洋人惹不起呀！一下子对付两个就更难了！有人主张利用义和团拒洋人，这哪里成？分明是用羊驱狼嘛！若果真义和团能挡住洋人，成了气候，这也是养虎为患呀！也有人主张利用洋人灭义和团，这又是引狼入室呀！……难！难！难！"那桐说着，频频摇头。

郝克凝听着，二目圆睁："那——时局会怎样变呢？我们票号该作何打算呢？"

那桐摇头道："耀庭兄啊！我心里还是一团乱麻，实难预料时局呀！不过有一点，仅这义和团一件事，就不像对付维新党人那样容易了。乱，肯定是难以避免了；只是还有大乱和小乱之别，长乱和短乱之差！"

"请道其详——"郝克凝说道。

于是，那桐呷一口茶，继续说道："一人之安在于心，心静则神宁，神宁则内火不生；内火不生，则外邪不侵；外邪不侵，则身体自然安平。一国之安在于君，君仁则臣和，臣和则内乱不生；内乱不生，则外敌不侵；外敌不侵，则国家自然安定。可这几年帝后两党势不两立，皇上有违仁孝之道，太后稍失仁爱之心，终使朝臣不和，内乱不止。现在虽说太后主了政，皇上赋了闲，但社会舆论纷纷，洋人便也趁机虎视眈眈……朝廷不和，这是病根啊！"

郝克凝仄耳倾听，连连点头。

那桐呷一口茶继续说道："具体而言，这义和团时而打出'反清灭洋'的口号，时而又打出'扶清灭洋'的口号，让朝廷捉摸不定；而朝廷大臣们有的赞成剿灭，有的赞成安抚，又让太后犹豫不决。救兵如救火，朝廷这么一摇摆，一拖延，义和团的势力就大得不可收拾了。而洋人呢，死了人，毁了教堂，对义和团恨之入骨并大打出手，显然与义和团势不两立；反过来，他们既向朝廷提出索赔要求，提出镇压义和团的建议，却又对太后不理不睬，说三道四，显然与太后并非一体。太后对洋人这儿也作难呀：既惧洋人，又恨洋人，左也不是，右也不是，结果还是摇摆拖延……"

"那——我们票号究竟如何是好呢？"

最后，那桐总结道："总而言之，义和团如燎原之火而朝廷犹豫不决，洋人如拍岸之涛而朝廷摇摆不定！接下来呢，朝廷剿灭义和团是乱，放纵义和团也是乱；朝廷对抗洋人是乱，顺从洋人也是乱；朝廷不左不右，不理不睬，任由洋人和义和团冲突起来，终归还是乱……时局如此，怎一个'乱'字了得啊！"

郝克凝听着，想着，盘算着……

五

在那府用过午餐后，郝克凝坐轿车回到字号里，酒气醺醺；再加几天来的旅途劳顿，倦意浓浓。于是他在炕上一躺，便鼾声大作，酣睡起来了。

直到晚饭时分，郝克凝才被小伙计喜鸣叫醒。但他肚子仍圆圆的，只喝了两碗稀粥，再也没有食欲了。饭罢擦一把脸，沏一壶茶，才精神起来。于是，他一边喝茶，一边翻看起了摆在桌上的《京报》和《申报》。

一会儿，他把报纸搁下，又在地上踱起步来，想起事来：

"义和团……洋人……太后……皇上……溥俊立储……真的是一团乱麻！"

他又坐回书桌，盯着那一沓报纸，皱眉苦思……

一会儿，他又起身下地，踱步沉思："一团乱麻！一团乱麻！时局如此，琴轩心里如此，我心里也如此啊！"

踱步中，他蓦然停下，心头一亮，一把明晃晃的刀在脑海中闪现，他的眼睛也亮了：一团乱麻？——快刀斩乱麻！

郝克凝又踱起步来，想道："看来，处理这一团乱麻，非得用快刀了！刀者，杀器也，杀气也！"

想到这儿，郝克凝不由得想起了几年前的中日甲午战争，想起了营口分号惨遭劫掠的景况，还联想到了几十年前太平天国时，汉口分号惨遭兵燹的景况……想到这些，他不由得冒出一身冷汗。

于是，他心里打定了主意：如不早做准备，一旦战乱爆发，猝不及防，来日之保定、天津，就会像往日之汉口、营口啊！看来——这两个分号必须收缩买卖，预作撤庄准备。

当下，他便铺纸提笔，分别给保定号和天津号写了一封口气急切、措辞严厉的信。

写罢信，座钟的时针已指向了子夜十二点。

郝克凝并无睡意，继续在审时度势：保定、天津在义和团的下风头，又是洋人聚集之地，肯定是最危险的地方，自然该预作撤庄准备。那北京呢？太平天国没有危及北京，中日甲午战争也没有危及北京，北京城作为天子的都城，应该相对安全许多。可是——咸丰十年时，洋人趁着太平天国内乱，不是打进北京城，杀人劫掠，火烧了圆明园吗？由此看来，北京城虽是都城，却也不是万全之地啊。

最后，郝克凝心里终于明朗起来，有了一个谱儿：其一，即使战火烧不进北京城，仅这战火的硝烟也会呛得北京城惊惶起来，票号业尤甚。如果这样，就得预作挤兑准备。其二，假使战火烧进了北京城，那就会烧得北京城成了一片火海，整个北京城势必人仰马翻，成了火场和杀场，票号业尤甚！如果这样，那就得预作撤庄准备。——不论何种情形出现，必须尽量收缩买卖，尽快减少架本。

第二天早饭罢，郝克凝便叫来郭长林和赵儒义议事。

"长林、儒义啊！我回来两天了，今天才叫来二位商量号事，实在是身子太忙了，脑子太乱了。第一天回来，因为起早贪黑，快马加鞭地赶路，太疲倦了，又喝了些酒；第二天又急着去那桐府上打探朝廷动静，也喝了些酒；再加心里乱纷纷的，也没个主见，就拖到现在了。嘿嘿！"

郝克凝说着，略带歉意地笑了笑。

然后，郝克凝先给他们通报总号账期分红的情况："这个账期呢，咱合盛元是个丰年，各庄口都经营得不赖，总红利达三十九万多两，每股红利达八千四百两呢！"

"哦！不赖，不赖！"一听这个数字，郭、赵二人眉开眼笑，禁不住插起话来！

郝克凝继续说道："单个儿比较起来，咱京号算是最好的，总号待咱们也不赖：给你二位和东生、福来每人添了一厘生意，给我还添了一厘五。"

"啊？哈哈！不少呢！这回咱京号总共添了五厘半生意，真是不少呢！哈哈！"听到这样的封赏，郭、赵二人更欢天喜地了。

"不过，"郝克凝又说道，"与人家申树楷相比，咱还差些。人家不仅把破败的营口分号恢复起来，而且还去安东开设了新号，经营得也很好。这个账期营口、安东二号加起来的红利超过了八万两，比咱京号还多！这个后生不简单啊！所以，总号一下子给申树楷本人添了四厘生意，还给营口、安东二号的其他伙计们添了八厘生意，总共给营口、安东二号的人添了一分二厘的生意！"

"哦——！"郭、赵二人听罢，目瞪口呆，羡慕不已。

郝克凝颇能体会他们的心情，于是微笑着勉励道："咱合盛元历来量材授任，论功行赏。只要有真本事，不怕派不上用场；只要有大贡献，不怕添不上生意！你们都还年轻，来日方长，好好干吧！"

"是，是！"

"嗯，嗯！"

郭、赵二人听罢，面上点头应答，看似言语唯诺；心里却摩拳擦掌，早已精神抖擞了。——申树楷确实是精明能干，总号也确实是论功行赏。啧啧！一下子就添了四厘生意！可我等也不是少胳膊缺腿呀，岂能甘居人后？这回申树楷得了头彩大彩，是因为总号给了他一个大机会，他才能显山露水；将来我等在郝掌柜手下要逮住个同样的大机会，也会显山露水，得他个头彩大彩！

在山西票号中，京号往往是各分号的龙头，京号掌柜往往是各分号掌柜的马首，而京号的每个伙计也往往是众伙计中的佼佼者。所以，郭长林、赵儒义二人知道了申树楷的事，再听了郝克凝的话，哪会轻易服输？只会暗中较劲！

郝克凝通报了一番账期分红情况，再对郭、赵二人激励一番，然后便分析时局，商议号事：

"现在啊，义和团已经从山东滚战到了直隶，我看保定号首当其冲，天津号也是风口浪尖，咱京号也难免受其波及。乱象是已经显现了，我们得有所准备，保定和天津二号我已让他们收缩买卖，做撤庄准备了。咱京号呢，上百万的架本，一遇突变，就难以应付了。所以，咱也不能稳坐钓鱼台，也得预作筹划：第一，要尽量减少架本，从今天起，停止一切存放款买卖。原来的存款只兑付，不再续存；原来的放款只回收，不再续放。第二，尽量避免风险，从今天起，停止揽收汇往济南、保定、天津、营口、安东方面的款项。第三，放在钱庄里的银子要催促回收，尽量在一个月内收回一半；放在银炉房里的银子要让他们铸成大元宝，也尽量在一个月内收回一半。我们必须做好挤兑或撤庄的两手准备。以后看时局发展变化，再做进一步的打算。——你二位有何见解？"

郝克凝早已对时局深思熟虑，分析得甚为周全详备，郭、赵二人自是点头赞成。

于是，郝克凝盼咐道："那就这样办吧！这些天出去要多长个心眼，多长个耳朵，要学会眼观六路，耳听八方！"

"嗯，嗯。"

"是，是。"

郭长林、赵儒义应诺着下去了。

……

这郭长林和赵儒义还真是两位干才，郝克凝安排给他们的事情都能不折不扣地做好：经过一个月时间，到二月底时，合盛元京号的架本已减少到五十万两以下，放在钱庄银炉房的银子也有一半收回在京号院内的银窖里了。

然而，虽然他们做事做得好，局势却一天天糟：不仅义和团的风声越来越大，而且洋人的风声也越来越大！一旦大乱起来，这五十万两银子也不是个小数目呀！如果挤兑，必是水淹金山寺，险！如果撤庄，必是老鼠拖葫芦，难！

于是，郝克凝指示郭长林、赵儒义：继续催收放款，退还存款，再减少一半架本！

六

郝克凝安排了京号的事，又担心起保定号和天津号来了：他们那里肯定形势严峻，不知他们的买卖收缩得如何，架本减少得如何……

特别是保定号，他更为担心：张五成和高生云两个年轻人能做好这件事吗？保定号掌柜段德义归号了吗？……屈指算来，与高生云分手已经一月有余了，让他一个月内来京号，他也该来了呀！

这天傍晚，郝克凝终于等来了高生云。一见面，一看高生云平静的表情和自信的眼神，郝克凝便知道：保定号安然无恙，收缩买卖、减少架本的事分明也做得顺当。

于是，他并不急于询问，而是在合盛元京号内设宴摆酒，隆重为高生云接风!

郝克凝先举起杯来,说道:"来,步青!这些天在保定辛苦了,先慰劳你一杯,干了!"

一桌人都陪着郝克凝和高生云碰杯,一饮而尽!

郝克凝再次举杯,说道:"步青这次毛遂自荐啊,替我在保定号办了一件大事,这该谢你;同时也是你出来后立的头一桩功劳,这又该贺你!嘿嘿!来,再碰一杯,连谢带贺都有了,干了!"

高生云见状,自是受宠若惊,除了满杯饮酒,便是满口道谢:"多谢郝掌柜抬爱!我留在保定,只不过是按郝掌柜说的,在那儿传传话,跑跑腿而已;虽稍受了些苦,稍担了些惊,哪敢言'功劳'二字!郝掌柜实在是过于抬爱我了!生云初来京号,还望郝掌柜和各位兄长多多指点,多多关照!来,我给诸位满上酒,敬诸位一杯!"

几杯酒下来,郝克凝才一一介绍:"这位是咱京号的二掌柜郭长林,这位是咱京号的账房先生赵儒义,这位是柜房的大伙计东生,这位是账房的大伙计福来。——这位呢,是总号给我们京号新派来的伙计高生云。"

高生云听着介绍,一一施礼致意,郭、赵等人也一一回礼致意。如此,高生云便算正式进了合盛元北京分号。

这样的入号场面实在是抬举高生云了,眼下他仅仅顶有一厘生意啊!平常情况下,身顶一厘生意的伙计来京号,掌柜还为他接风?顶更多生意的兄长们还会向他敬酒?——卑躬屈膝地做事吧!低声下气地说话吧!

郝克凝特事特办,也实在有他特殊的理由:其一,这高生云是在老掌柜渠寿昌身边调教出来的,而渠寿昌对他郝克凝有知遇栽培之恩;不看僧面看佛面,他不能像对普通伙计一样对待高生云。其二,这高生云当初在保定时临危不惧,还毛遂自荐,临危受命,确实表现了他可敬的品德和可贵的精神,而且也确实为郝克凝分了忧,为字号立了功;敬贤爱才,赏功酬劳,他也不能像对待普通伙计一样对高生云。于是,高生云本人争气，郝克凝又有意抬举，高生云进京号便如此体面了。

晚宴后，郝克凝才把高生云叫到自己屋里，一边喝茶，一边仔细询问保定的情形。

于是，高生云回禀介绍道："保定号的事基本顺利，张五成很卖力，段德义掌柜也在正月底归号了。段掌柜见了郝掌柜留下的信，他也很着急，很积极。保定号原来二十多万两的储户存银，已减少到一万多两了。现在还有现银三万多两，应付挤兑不成问题，但要撤庄运现，稍有些困难。现在，保定城里拳民的势力越来越大，城外各乡各村更是拳民的势力，他们虽然不是见东西就抢，但听说也有抢东西的，万一遇上这抢东西的拳民就麻烦了。"

郝克凝听着，点点头，沉思着说道："嗯。现在是买卖收缩了，撤庄准备也做得差不多了，只是运送现银还有些问题。"

"对，就是担心路上的安全呢！而且，我们试探了一下，保定城周围的道路都有拳民盘查，向东、南两个方向，越走拳民越稠密；向西、北两个方向，拳民稍微稀拉些。如果运现出来，还不能直接走正定、井陉的路线回咱山西；恐怕还得绕道北京，再从西北路线走呢！"高生云补充介绍道。

郝克凝听着高生云的介绍，再想想一个月前自己路过保定时的情形，脑海里顿时闪现出了浪涌潮涨的景象，心里随即闪现出来一个念头：这义和团拳民正如汹涌上涨的浪潮啊！

随即，他拿定了主意：必须撤庄！而且，宜早不宜迟，宜快不宜慢！

郝克凝在地上踱了几圈，盘算了一番，便对高生云说道："步青啊，看来，你还得再回保定一趟，通知他们立即撤庄！第一，那一万多两的存银，全部退还给人家，并且给足人家利息。第二，那些放出去的银子，能收多少算多少，并且不要人家利息，实在收不回来就不收了。第三，保定号的全部伙友、现银和账本，一起撤来北京；运现方面要想些办法，或雇些可靠的镖局，或雇些贩盐贩煤的骡马队……你们相机行事吧。第四，时间上要争分夺秒，你去之后能当天晚上起身最好，不行就第二天，最迟要在第三天晚上撤出保定！——我明天一早给你雇一辆好轿车，你要连明连夜地赶回保定城！"

郝克凝掌柜吩咐了，高生云哪能有二话？唯有连连点头应诺！

郝克凝觉得自己这样马不停蹄地使用高生云，实在有点像用骡子用马，太劳累这个刚出门的小后生了！于是，心中颇有不忍，便抚慰道："步青啊，现在是非常时期，正好让你赶上了；但事情紧急，非你不成，只好再让你跑一趟了。"

高生云年轻，哪怕吃苦受累？他又有志气，巴不得掌柜能多让他做事呢！他也很聪明，颇知票号规矩，一分功劳一分赏嘛！所以，高生云十分乐意听从郝克凝掌柜的吩咐。现在郝克凝掌柜还能抚慰他几句，那就更是百分乐意了！

"郝掌柜放心！年轻人就该吃苦耐劳，经多见广，我还愿意去呢！我一定把保定号的事做好！"高生云精神饱满地说道。

"好，好样儿的！"郝克凝听着高生云的话，点头赞许着，说话赞扬着。他心里颇感宽慰，同时又颇感欣喜：这高生云真是个好后生，真是块好材地啊！

直到深夜，让高生云回房休息之后，郝克凝仍久久不能入睡：时而暗暗替这个年轻人的安全担忧，并为他祈祷；时而又暗暗对这个年轻人的行为赞赏，并为他自豪！时而在脑海里闪现出强悍雄壮、舞刀弄枪的义和团的拳民，时而又在脑海里闪现出柔弱稚嫩、文静和善的高生云的脸庞……

蓦然，他脑海里又闪现出一句话来：柔弱胜刚强！

道家祖师老子的这句话使他豁然开朗，欣然宽心了：面对勇武威猛的义和团拳民，高生云那张文静稚嫩的脸庞，那副瘦弱的身段，再加上他那种柔和的性格,还真是防身的武器呢!——一般而言,越是勇武威猛的强者,就越不忍欺侮柔和稚嫩的弱者呀!

七

第二天早饭罢,高生云便乘一辆上好的轿车前往保定府而去。

好一匹高头长腿的青灰骡子,好一乘榆辕檀轴的棕红轿车,好一程舒心爽神的昼夜旅途!

但见:身高而头昂,威风凛凛;腿长而蹄壮,步履翩翩。稳且健也,拉车如行舟,优哉游哉;轻而盈兮,坐轿如乘鸟,遨耶翱耶?!嗖嗖两耳风,噗噗一溜烟。雍雍八分睡,飘飘九天仙!

轿车一路快马加鞭,连续行走四个时辰,傍晚时分便来到了涿州城。此时早已人困马乏,于是,高生云和车夫找个骡马店歇下来,让店家给青灰骡子饮足水,喂足草料;他二人则找一家像样的饭馆,豪饮饱餐一番!

歇息一个时辰之后,便又马不停蹄,连夜赶往保定府。

天地墨然,唯见几处星宿闪微光;四周阒然,只有几个铜铃发轻响。

睡意渐渐向高生云袭来了。于是,身以墨黑之色为帐,心以阒静之声为衾,灵魂则以星宿之光为伴、以铜铃之音为侣,在轿车中呼呼入睡了。

一觉醒来,轿车已过了新城、定兴地界,走在容城的地面上。从涿州出来,已走了一百多里路了!

"一路上没有人拦,还顺当吧?"他揭起轿帘问车夫,一股清爽透凉的风扑面而来,顺鼻顺口灌入了他的五脏六腑,灌得他一下子也清爽透凉了!

"没有,一路上连个鬼也没遇上!呵呵!"车夫说着,打了个哈欠,揉了揉困倦的眼皮。

"辛苦了！明早到了保定府，我好好地请您一顿！"

"您别客气。嘿嘿！先生您放下轿帘在车厢里睡吧，外面冷呢！"车夫说道。

"不睡了！我看您也困了，我陪您说说话吧！"高生云说道。

"那敢情好！谢您了！"

于是，高生云和车夫闲聊着，不知不觉地又走了一百里路，过了容城、安肃，天色微明时便来到了保定城下！

三百五十里路，十个时辰昼夜兼程，青灰骡子实在累了，车夫实在困了。于是，高生云安排他们住在一家上好的骡马店里，让店家给青灰骡子拴单独的槽儿，喂上好的草料；然后，又去一家上好的饭馆里慰劳车夫一顿好酒饭！

酒足饭饱罢了，高生云安顿车夫在城外的骡马店里休息；他则急匆匆地进城，径直来到了合盛元保定分号。

保定号段德义掌柜一看高生云风尘仆仆的样子，知道有急事，便急着问："郝掌柜有紧要事盼咐？"

"是的，郝掌柜让我连夜赶回来告诉您：赶紧撤庄！"

高生云说着，从衣袋里掏出一封信，递给段德义，说道："这是郝掌柜给您的信。"

段德义展开细看：

"……直隶形势严峻，事不宜迟，保定号须迅速撤庄！鉴于保定府南各县义和团势炽，撤庄路线宜避实就虚，避乱就安，你号全部伙友、账簿和现银可悉数撤来北京，然后再作长远打算。至于运现，可起镖，也可雇脚，或可用其他办法。望你审时度势，权衡利弊，择良机善法而行……"

段德义看罢信，琢磨了一会儿，又问高生云道："郝掌柜还有甚口头吩咐没有？"

"郝掌柜说，存款能退多少算多少，可以给足利息；放款能收多少算多少，可以不要利息。撤庄能早就早，越早越好，最迟在三天内撤庄。"高生云说道。

段德义听罢点点头，盘算了一下，说道："好，我们赶紧准备，你先到客房休息休息！"

段德义安顿高生云去休息，又叫来张五成，安排了他一番催收放款和清退存款事宜。

然后，段德义一个人在屋子里皱起眉头，苦苦地盘算谋划起来：这清退存款好说，这催收放款就难了，运现则更难！三万两哪！……现在义和团闹得满城风雨，满地风雷，万一途中有个闪失，如何向总号交代？……撤庄是总得撤了，现在府南各县的义和团已经闹得那么凶了，一旦府北各县的义和团也大闹起来，义和团的势力包围了保定城，那我们保定号和这三万两银子岂不成了瓮中之鳖！

人和账簿都好说，关键是怎么运送现银？

——起镖？如果雇请镖局起镖运现，在这时局混乱之际，势必运费翻倍！而且，现在怕的不是毛贼，也不是强盗，而是如蜂如蚁的义和团拳民。如果真的遇上义和团拳民，三五个乃至七八个镖师也等于零呀！

——请求官府保护？时局这么乱，那些巡抚、知府或提督、总兵，能抽出兵勇来给咱吗？即便看在合盛元票号和我段德义本人的面子上，给我拨一标兵勇过来，那花的银子比镖局更多呀！而且，他们官府官军还怕义和团，还让义和团呢！人少了是白搭，人多了花的银子岂不是更多？！

——雇用脚行的骡马队？可是脚行只管运货，不保安全呀！而且，脚行的人多是粗人穷人，没有严格的规矩，又没有见过大量的银钱，他们一旦发现运送的是三万两白花花的银子，还能不眼红心动？小偷小摸还好，最怕的是他们借义和团的形势，趁火打劫呢！这岂不成了引狼入室……

段德义挨个儿设想，挨个儿试探，再挨个儿排除：首先，他排除了雇用脚行的骡马队。接着，他又试探了几位与他来往密切而又能动用兵勇的大官，结果都是一副为难情绪和推诿态度！他只得把动用官府也排除了。最后，他又试探了几家镖局，结果态度都很消极，而且价码果然标得吓人：像平常，保定往京城这么近这么好走的官道，镖银也就是百两抽三；而现在，居然标价百两抽二十！他只好把雇请镖局也暂且搁置了。

段德义掌柜实在也拿不出什么好办法，午饭后便叫来张五成和高生云一起商量。

他先问了一下张五成催收放款和清退存款的情况：存款基本清退完了，放款又催收回来三千余两，还剩下近九千两的放款暂时收不回来。

"看来，剩下的放款再催也无济于事了。五成你也不用再催了，咱们准备撤庄的事吧！"段德义说道。

"好。"张五成应诺。

他又问高生云路上的情况。

高生云说道："我去北京时，是白天走路，在安肃、容城一带两次遇到义和团拳民的盘查卡子，但都没盘查我，就放我过去了；过了容城就没有再遇上义和团拳民了。我来保定时，是连明连夜赶路，白天从京城到涿州，没有遇上义和团；黑夜从涿州到保定也没有遇上义和团。所以我看，出保定城这段路最好在黑夜里走，而且最好装扮一下。"

段德义听了，点点头，又向张、高二人介绍了一番他找官府和镖局的情形，并说了说自己的想法："找官府恐怕难了，雇脚行又怕闪失；镖局呢，既要价太高，又不是很保险！——能不能想个别的万全之策呢？二位有甚高见？"

于是，三人各抒己见，商量起来。

八

三个人商量到半下午，终于想出了一个撤庄运现之法：用棺材装运三万两银子！——由众掌柜伙友装扮成护送灵柩的孝子，趁黑夜撤出保定城；然后连夜赶路，尽量在天明时走到顺天府涿州地界。那里眼下还没有义和团拳民的踪影，一到涿州地界也就平安无事了。

此时此地，此情此景，这也就是最好的法子了。反正官兵和镖局的人也惹不起义和团，既如此，又何必花大价钱雇请他们？现在对义和团，谁也惹不起，却谁也躲得起！既然躲着走，那倒不如自己人装扮一下，设法躲开义和团来运送这些银子，这就更不必雇请他们了。而且，三万两银子也就是六百个大元宝，一个棺材就装下了；分量又不到二千斤重，一套车马就拉上了。

但这个法子最怕的就是被人盯上，半路抢劫！而要防止被盯上，那就得安安静静，悄悄密密，不能发出一点儿响声，不能散出一丝儿气味！

时间已是下午四点钟了，时间紧急，事不宜迟，段德义当即叫来几个主事的人一一分配任务：

"五成，你赶紧去车马店雇一套好车马，再去棺材铺买一副好棺材。——必须在天黑以后套上车马，拉上棺材，来后院里'装殓'。"

"好，好！"张五成领命去了。

段德义又盼咐一个人伙计："你去裁缝铺做上七套孝服，去药铺买上十个麝香袋，再去纸作铺买一个花圈，买一沓纸钱，买两把香。——必须在天黑前采办回来！"

"嗯，嗯！"大伙计也领命去了。

然后，段德义盼咐账房郭学文："你赶紧把五个本地勤杂人员的工钱算出来，每人另赏二十两银子。——保密要紧，必须在一个钟头内打发他们全部离号!"

郭学文也领命去了。

安排了一番,段德义问高生云:"咱们还需要做些甚?"

"棺材上是不是还得放一个引魂公鸡?"高生云说道。

"对!是得放一个引魂公鸡!哦,我又想起一件事来:咱还得拿一张官府的文书,以防万一遇上官府的人盘查!这样吧,我去官府办一张文书,你去街市上买一只大公鸡。"

于是,段德义、高生云二人也出号办事去了。

一个钟头之后,段德义、张五成、高生云相继回来,那五个勤杂人员已全部离号了,号内全成了清一色知根知底的祁县人!

"关起门来!离天黑就剩下一个钟头了,柜房的把银子清点整理好,账房的把账簿包裹整理好。赶紧动手吧!"段德义一声令下,众伙计各忙各的去了。

傍晚时分,柜房账房诸事收拾便宜,采办孝服纸作的大伙计也回来了。于是,张五成出去叫车马、拉棺材,高生云出去叫自己的那辆轿车,号内的伙计们则抓紧时间吃饭。

天色完全黑下来后,张五成叫的车马拉着棺材进了字号后院里停下,然后带着两个车夫去外面的饭馆里吃饭去了;高生云叫的轿车也进了字号后院里停下,然后也带着车夫去外面的饭馆里吃饭去了。

字号里又剩下了清一色的祁县人。于是,段德义掌柜继续关起门来,带着众伙计从银窖里起出六百个大元宝,装进棺材里,再用大铁钉钉住棺材。然后,在棺材上捆好花圈,拴好引魂公鸡,再在棺材前摆一个香炉,插几炷香。——这样,车上就完全像是拉着一个死人了。

账房郭学文则把包裹好的账簿一一放进轿车,然后拿一床旧被子盖上;旧被子上再堆几件旧衣裳,然后再拿一个旧荞麦皮枕头压上。——这样,轿车里就像是堆放着死人的遗物了。

一切准备完毕，段德义已让伙计们把孝服都穿起来，把麝香袋都挂起来，俨然就是一群护送灵柩的孝子了！

这时候，张五成、高生云带着车夫们回来了，一个个酒足饭饱，心满意足！临行前，段德义又给三个车夫每人赏了一个十两的银锞子，这三个人就更是喜出望外，谢天谢地，一个个点头哈腰，唯命是听！

这样，合盛元保定分号的七个掌柜伙计和三万两银子，就装扮成一支护送灵柩的队伍，在夜色中悄然撤离了保定城！

走出保定城五六里地，伙友们便分别坐上了轿车和马车：段德义、郭学文、高生云和一个小伙计挤上了轿车，张五成、大伙计和另一个小伙计跨上了马车。

前面是拉"棺材"的大车，马蹄咚咚嗵嗵，香烟缥缥缈缈；后面是拉"遗物"的轿车，铜铃叮叮当当，哭声呜呜咽咽！

"掌柜的！这棺材好沉啊，我的牲口拉得又喘气，又出汗呢！"前面赶车的与张五成说道，脸上还带着诡秘的微笑。

张五成也诡秘地笑了笑，说道："死人就沉嘛！要不，我们怎么出高价雇你的这套好马车，还另加二十两赏银呢？"

"哈哈！掌柜的爽快，我们这赶车的也爽快；掌柜的说什么，我们就听什么；掌柜的说死人沉，哪就是死人沉！哈哈！"赶车的又笑着说道。

"这就对了，做一份活儿挣一份钱，做两份活儿挣两份钱嘛！老哥快点吧，最好赶天明能走到涿州城！"张五成说道。

"那是，那是！驾　　"赶车的人逮了便宜，笑容满脸，便卖好扬鞭；拉车的骡马自然就挨了苦头，汗流浃背，得卖力拉车。

轿车上的段德义掌柜则一边询问高生云这几天来去保定府路上的情况，一边提心吊胆：他知道高生云前天在安肃、容城地界遇上了义和团，他又希望今晚在安肃、容城地界不要遇上义和团，同时他又设想着一旦遇上义和团该如何应对……

出了保定城约一个时辰，担心的事果然发生了：在临近安肃县城的路上，遇上了义和团的卡子！

只见在路口上有五六个精壮后生卡在两旁，手持火把，背挎大刀，在吆喝着盘查行人；而在大路旁边整出的一块平地上，有几十个人在操练义和拳！

车马停下来，接受盘查。

于是，张五成、高生云等五六个"孝子"齐刷刷地跪在了前面。不用说话，这架势已明显地告诉盘查的人：这是护送灵柩的一拨人。

"你们是从哪儿来的？要去哪儿？"义和团的人盘问。

段德义上前拱手答话："各位英雄，我们是从保定来的，要去涿州。"

"保定来的？为什么要偷偷摸摸地黑夜走路？"

"各位英雄，不是偷偷摸摸，我们也不想走夜路呀！实在是柜上死了人，官府不让大白天出城啊！咱惹不起官府，只好走夜路了。唉！"

"柜上死了人？怎么死的？"

"病死的。"

"得的什么病？"

"伤寒病。这不，您看，棺材上下都撒了白灰，我们每个人又挂上了麝香袋子！怕传染人哪！"

盘查的人拿着火把照了照，看到了马车上的香炉、纸钱、引魂公鸡和撒满的白灰，也闻到了这些人身上的麝香味儿，再看看面前一溜下跪的"孝子"……

义和团的人多是练拳习武、行侠仗义的粗人，并非欺软怕硬、雁过拔毛的小人，看到这种情景，他们都无意再"卡"，而有意放行了：人家都死人了，我们何必欺负死人？孝子们都有礼了，我们何必太无礼？而且，这伤寒病可是传染人的瘟神，还拖延什么？快打发他们走吧！

"走吧！"义和团的人放行了。

"孝子"们再次磕头致礼,段德义则再次拱手致意。

走出义和团的卡子一里多地,段德义掌柜才松了口气,并暗暗庆幸起来:这个瞒天过海的法子还算顶上大用了!谢天谢地!

再走一个多时辰后到了容城地界,竟没有遇上义和团!再走到定兴、新城地界时,既距顺天府更近,又是后半夜时分,就更没有义和团的影子了。

天明时,他们终于到了顺天府管辖下的涿州城。

九

在涿州城歇歇脚,吃吃饭,保定号众伙友继续护送三万两银子及账簿等物前行。再走四五个时辰,在太阳快落山时分,终于顺利到达北京城。于是,人分两路:段德义、张五成等伙友停歇在永定门外的一家车马店,守护着三万两银子;高生云和账房郭学文则坐着轿车带着账簿进了城,去向郝克凝掌柜禀报请示。

郝克凝听了他们连夜撤出保定城及日夜兼程、马不停蹄地赶来京城的禀报,如心中的一块石头落了地,放心了,也感动了,他连连说道:"好,好!伙计们辛苦了,伙计们辛苦了!"

他当即吩咐郭长林和赵儒义:"长林,你赶紧跟上高生云去永定门外迎接保定号的众掌柜伙计,把那三万两银子运进咱后院里。儒义,你把保定号的账房安顿歇息了,再让厨房准备一桌好酒席,今晚咱好好地接待一下保定号的众掌柜伙计,为他们接风洗尘!"

吩咐罢,郭长林跟着高生云下去了,赵儒义带着郭学文也下去了,屋里只剩下了郝克凝一个人独自静静地坐在椅子上。于是,身静而心动,形止而神驰，他颇多欣慰，也颇多感慨：哦！保定号的人和银子总算安安全全地撤来京城了，真是谢天谢地！这义和团拳民起事，如风如雷；而土匪强盗们趁机作乱，如蝗如蜂！这种情况下，空人空手走路都不一定安全，更何况护送这么多的现银呢？！保定号的伙计们一路挂孝哭灵，七个人护着三万两银子，也真是难为他们了；一路连夜带明，一口气走了三百五十里路，也真是辛苦他们了！还有高生云，一个毛头娃娃，能替我办好这么大的事，有头脑呀！一个文弱书生，两天多时间就去保定折了一个来回，有筋骨呀！

这时候，郭长林叫了一套车马，带了三个榆木箱子，已跟随高生云来到永定门外接应。于是，段德义、张五成等人开棺揭盖，将白晃晃的六百个大元宝一一装入三个黑油油的榆木箱子。

两个车夫虽然早已猜想棺材里装的不是死人，而是正经值钱东西，但现在看到这么多的大元宝，还是双双瞠目结舌了：哦！原来是这么多的银子呀！这银子的颜色好晃眼，这银子的形状好动心，这银子的声音好悦耳啊！他们是赶车的粗人，干的也都是粗活，还从来没有见过这么多白花花的银子呢！

装卸罢，段德义掌柜拿出些碎银子赏给两个车夫："二位老哥，这些碎银子让你们在路上吃顿饭，喝壶酒！另外，这口棺材我们也不要了，由你们二位处置吧！这口棺材是花十五两银子买的，打打折扣卖了，也值十来两银子吧，算是慰劳二位老哥！"

两个车夫一听，更是喜出望外：昨晚每人得了十两银子赏钱，现在的这口棺材卖了，最少又是每人五两，一天一夜就得了十五两银子的赏钱！嘿嘿！这一天一夜就挣了半年的工钱！这趟买卖跑的，真是遇上财神爷啦！

"多谢多谢！"两个人高高兴兴，千恩万谢。

段德义赏赐打发了两个车夫，然后与众伙计换上整整齐齐的衣帽，体体面面地跟随郭长林等人进入北京城。他们一路走进巍峨的永定门，走过热闹的天桥，再经过繁华的前门大街和珠宝市街，最后来到了阔气的合盛元北京分号！

"啊，京城真大，真繁华呀！"

"啊，京号真好，真气派呀！"

保定号的几个伙计一路啧啧赞叹。这北京城比他们听说和想象的还要大，还要繁华；这北京分号也比他们听说和想象的还要好，还要气派！

在合盛元北京分号里，保定号众掌柜伙计像英雄一样受到了隆重的接待。

郝克凝掌柜热情地站在门口迎接："各位辛苦了，辛苦了！"

郝克凝掌柜把保定号的人一一迎进来，然后在餐厅摆宴慰劳！

"这几天各位担惊受怕了，劳累辛苦了！今晚我略备薄酒，一为各位压惊，二为各位洗尘！来，干一杯！"郝克凝劝着酒，带头一饮而尽。

"吃菜，吃菜！自己号上的餐厅，不必拘束，随便吃吧！"郝克凝又劝吃了。

众人早就饿极了，又有郝克凝掌柜劝喝劝吃，早就举杯子大喝，夹筷子大吃了！

郝克凝看着众人狼吞虎咽的样子，心中暗暗喜欢后生们的这股吃喝劲儿，于是他脸上浮出了灿烂的笑意；他爱意盈盈地看着他们吃喝，像阳光照在牧场上，照在那些吃草啃草的羊儿身上一般。

等人们吃喝了一阵子，那股海吃海喝的劲儿下去了，郝克凝才继续举杯祝辞："各位！这杯酒呢，是祝贺你们保定号众掌柜伙计安安全全顺顺利利地撤庄！七个人全部平安地来到了京城，三万两银子也全部平安地来到了京城，我真为你们高兴啊！来，再干一杯！"

郝克凝带头干了，众伙计也跟着干了。

接着，郝克凝又举起了杯酒："这杯酒是慰劳各位的，你们连明连夜地走了三百五十里路，还时时冒着被义和团盘查或被盗贼抢劫的危险，实在是辛苦了！来，再干一杯！"

接着，京号二掌柜郭长林和账房赵儒义也挨个儿举杯敬酒，尽地主之谊。

于是，一桌人你敬我劝，你来我往，觥筹交错，杯盘狼藉！

郝克凝仍在发话，鼓励这些年轻人喝酒："喝吧，放开肚子喝吧！喝好了，今黑夜好好睡一觉，明天后天再在京城好好耍上几天！等你们吃好喝好，睡好耍好，我还要给你们安排事情呢！"

合盛元票号规矩严，约束多，伙计们平日里谨小慎微，哪敢多喝酒？但他们都是二三十岁的男子汉大丈夫，又哪有不爱喝酒的？今日在京号遇到郝克凝掌柜解了禁，犹如马儿脱了缰一般，这些伙计们岂能不放纵一回，狂饮一番！

酒宴罢，郭长林、赵儒义等安排保定号的伙计们休息去了。

郝克凝则回到自己屋里，一边喝茶，一边仍想着保定号的事情："保定号是安全顺利地撤庄了，只留下了七八千两银子放款的尾巴！这么短的时间，这么急的事情，哪能就干干净净、完完全全地撤了呢？割麦子割谷子还总要在地里留些茬儿呢！听天由命吧，只要这些借银子的字号能躲过这场劫难，没有到了倒账关门的地步，这些账款将来还是会要回来的。当然，如果他们遭了灭顶之灾，也就只好认赔了。七八千两，这也就是保定号正常年份一年的赚头，即使这些银子全成了死账，也就等于保定号白干了一年嘛！而且，也未必就全成了死账呀！——这件事做得对，做得好！关键时候，不是有'壮士断臂求生'之说吗？而留下这些账款撤庄，还不能算壮士断臂，只能算'曹操割须弃袍'！"

想到这些，郝克凝喝了一口茶，放心了许多，宽慰了许多。从今天起，他不用再为保定号众伙计的性命和三万两银子的安全提心吊胆了。

然而，念头一转想起天津号来，郝克凝又不能安心了：他给天津号相继去了三封信，让他们减低架本，相机行事，做好随时撤庄的准备。而天津号却迟迟不见动静，仅回了一封信，还是含糊其辞，并没有具体情况和具体打算的禀报！——分明是对他的三封信打折扣了，打迷糊了：只听他"相机行事"之语，而不听他"减低架本"和"随时准备撤庄"之言！

"这个史文显，他还真有些恃才傲物，少年轻狂！凭着这几年买卖好些，就自以为是、狂妄自大起来了。他到底年纪轻，阅历浅，缺少谦虚之德；他没有跌过跤，吃过亏，也缺少敬畏之心！……要是他本人不怕跌跤不怕吃亏，那倒可以由他去；可他是天津号的掌柜呀，他要是跌了跤，吃了亏，整个天津号就会受拖累呀！"郝克凝对天津号掌柜史文显颇多不满，颇多埋怨，对天津号也就颇多担心。

郝克凝不由得又对天津号的形势分析了一番：

从地理位置看，天津与保定都靠近山东的义和团，距离相当；又都处于山东义和团的下风头，形势相近。而从社会形势看，保定的洋人势力要小些少些，以灭洋仇教为口号的义和团即使进了保定城，杀戮也会小些少些；而天津的洋人势力却很大很多，到处是洋人和教堂，一旦义和团拳民涌进天津城，势必水火难容，刀枪相见，大肆杀戮！这样，龙虎相斗，社会动荡，百姓自是遭殃，字号自是凄惨！

郝克凝这么一分析，便有了肯定的结论：天津号比保定号的形势更危险，更紧急！

"看来，光靠写信是难以左右天津号了，得派人去督办才行！"

郝克凝分析着，谋划着，心里渐渐有了主意……

十

郝克凝让保定号众掌柜伙计及高生云歇了两天假，让京号伙计陪着他们在北京城好好地游逛玩耍了两天，众伙计自是快快乐乐，精神焕发！

然后，郝克凝便因材施用：张五成等人去柜房帮忙，郭学文等人去账房帮忙，高生云则临时安排在信房帮忙。——义和团的声势愈来愈盛，京号或将面临挤兑的局面，正需要人手呢。

保定号掌柜段德义则有更重要的用场。

郝克凝把段德义叫到屋里，让小伙计喜鸣沏茶招待，然后说道："德义啊，保定号能连人带银安全地撤回来，我就放心了。虽然是撤庄，能撤得及时，能撤得利索，便也是功劳一桩！我得感谢你啊！实在难为你了，辛苦你了！"

段德义一听郝克凝掌柜说"感谢"二字，早急得站起来了，连忙摆手说道："哪里，哪里！我还得感谢郝掌柜呢，要不是您路经保定时预作筹划，还让高生云留下来督办，我们保定号还不能这么早这么顺利地撤出来呢！说不定我们还迷糊在那里，摸不着东南西北，不知所措呢！要感谢，我一要感谢您，二要感谢高生云呢！"

郝克凝听罢，呵呵一笑，又说道："可毕竟县官不如现管呀！而且，我又不是总号大掌柜，你要不听我的话，不理高生云的茬，事情也不会这么顺当啊！头功还是你的！呵呵呵！"

"嘿嘿！哪里！我们这些京城周围的小号，谁敢不听郝掌柜的？"段德义笑着说道。

"有啊！天津号的史文显就不怎么听啊！我已给他去过三封信了，让他审时度势，减低架本，相机撤庄。可他那儿却不见一点动静，只含含糊糊地回了一封信。"郝克凝说道，脸上颇有愠怒之色。

"哦——？"段德义睁大眼睛，看着郝克凝。

"哼！真是轻狂！仗着天津号上个账期红利可观，就翘起尾巴来了，就目中无人了！其实，天津号的形势比你们保定号更危险：天津的洋人和教民比保定多得多，一旦与义和团相遇，势必刀枪相见，血火相连，时局大乱，票号自然首当其冲！"

郝克凝一番话，既表明了对天津号掌柜史文显的态度，也说明了对天津形势的看法。段德义听着，点着头，也揣摩着郝克凝的下文。

郝克凝喝一口茶，略作思索后，又说道："德义啊，我叫你来，说了这一番话，就是想和你商量。天津号眼下面临的形势，比保定号当初面临的形势更危险；再加上史文显这个狂妄自大的掌柜，就更是险上加险了。我这儿必须派出一个比高生云更得力更有分量的人前去天津号督办收缩买卖、减低架本和相机撤庄事宜；而这个人，我看非你莫属！所以，我想派你——"

"啊？我——？"段德义虽然揣摩了一番郝克凝的用意，但听到郝克凝的这个安排，还是有些惊讶。

"对，非你莫属！你想想，我照料京号这一大摊子事，脱不了身；剩下来的，谁还有你资格老？谁还有你分量重？"

"这——"段德义听着郝克凝的话，既感觉到肩上任重，却又感觉到心里底虚，于是他说道，"郝掌柜，我虽说是比史文显年长几岁，但我这几年的买卖不如史文显，我所在的保定号也不如天津号，我怕史文显不把我放在眼里，不听我的话呀！他是天津号掌柜，是拍板定案的老板，我只是个传话的，万一他不听，万一天津号出了事……我怕难担此任啊！"

郝克凝听罢，点点头；然后犹豫了一下，又说道："可是，天津号毕竟不是他史文显一个人的，那些伙计和银子毕竟都是咱合盛元的呀！他们有危险，咱这里也不能袖手旁观啊！我看咱们还得尽力而为。你去天津号以后尽量说服史文显，如果他执意不听，那也就由他去吧！我毕竟不在天津，不能说死话；我也毕竟不是总号大掌柜，不能下死令！这样吧，你如果能说服他，能让天津号顺利撤出来，算你一功，到时候我在大掌柜面前褒扬你；万一天津号撤庄迟疑，蒙受了损失，与你无关，我不怪罪你！"

"那——我就勉为其难，尽力而为吧！我听郝掌柜的，去天津就是！"段德义终于应允了。

"好！事不宜迟，你明天就坐轿车前去！"

于是，段德义奉命前往天津督办撤庄事宜。第二天，段德义起了个早，坐了个好轿车，再来个快马加鞭，当晚就赶到了天津号上。

天津号掌柜史文显见到保定号掌柜段德义来了，自是热接热待，陪着吃饭喝酒，陪着品茶聊天，彬彬有礼，殷殷见谊！段德义受此款待，自是高高兴兴，乐乐哈哈，把一路的风尘和满心的忧虑一扫而光了！

然而，当段德义拿出京号掌柜郝克凝的信并传达郝克凝的话时，史文显却颇为不屑，嘴角还浮出一丝不以为然的微笑，说道："段兄，郝克凝掌柜的意思我早都知道了，不就是收缩买卖，减低架本，相机撤庄吗？！你这次来的意思我也猜到了，不就是前来督促我照郝克凝掌柜的意思办事吗？！哈哈哈！"

"那史掌柜作何打算？天津号眼下的情况怎样？"段德义问道。

史文显微微一笑，说道："郝克凝掌柜的话，我自然要听，我天津号的架本已从五十多万减为二十多万了呀！我也在审时度势做撤庄准备呀！不过，古人早就说了，'将在外君命有所不受'嘛，更何况郝克凝掌柜他也不是总号的大掌柜呢？！段兄，我得看天津的实际情况办事。至于天津的实际情况嘛，至少现在还不见义和团的影子，我急甚呢？即使义和团真的来了天津，他们也是灭洋仇教呀！天津的洋人教堂这么多，够他们灭一阵仇一阵的，怎么也不会先轮到咱票号头上；等他们真的来天津灭洋仇教了，咱到时候再撤庄也不迟呀！哈哈！"

史文显夸夸其谈，而且还头头是道。段德义乍一听，还颇有理；但细一想，却不务实：你说的在理，可义和团并不会听着你的话去动手，也不会顺着你的理去做事呀！义和团毕竟是一群乌合之众，坛主林立，各行其是，一人一个理，一万人一万个理，谁能摸得透啊？

于是，段德义又劝说道："史掌柜，我在保定周围可经见了，这义和团可像火一样，说烧就烧过来了。真等到火烧过来，引着了尾巴烧屁股，还能跑得了吗？一旦义和团来了天津，你还有二十多万两的架本，却只有这八九个人，怎么奈何这二十多万两的银子？还不是老鼠拖葫芦！还能来得及撤，还能撤得出去吗？老弟！你这样的打算实在太冒险了！"

史文显却一点也不买段德义的账，并反唇相讥，说道："嗨！自古道，财利险中求。不敢冒险，还求甚财利！要怕冒险，那就回老家，抱着老婆在炕头睡觉！你老兄倒是听郝克凝掌柜的话，撤出保定城了；可我听说，人家保定城的其他票号也没有受甚损失呀，人家不照样做买卖赚钱吗？嘿嘿！到时候账期下来，你保定号没有红利，郝克凝掌柜的京号能给你补吗？再说呢，我看义和团还未必能进了天津城呢！天津租界的洋人那么多，又有那么多的洋枪，还抵挡不住手拿大刀的义和团拳民？天津城还有直隶总督、北洋大臣的衙门，有天津水师营副都统衙门，有天津总兵衙门，有长芦盐运司衙门，有天津海关道衙门……这些衙门都有兵勇护卫，平常有几千人马，一遇事情还不会调来几万人马护卫？老兄，你说是不是呀？"

"史掌柜，话虽这么说，可毕竟……"

"段兄，别说了！"史文显打断了段德义的话，说道："你呀，已经把郝克凝掌柜的信和话都传到了，我也知道了，剩下就是我的事了。你呢，既然来了，就住在我天津号里享几天福吧。想吃甚吃甚，想喝甚喝甚，想去天津各处转悠就去转悠，我肯定以上宾待你！至于号上的事嘛，我自有主张，你就不用多说了。老兄颠簸了一天累了，今晚还是好好地睡上一觉吧！嘿嘿！"

史文显说罢，拱手告辞而去。

段德义无奈，也只得在天津号的客房里灭灯睡下了。但却辗转反侧，心事重重：怕鬼就有鬼！这个史文显果然不把我放在眼里，也不把郝克凝掌柜放在心里！我来这一趟，甚事不顶，反遭轻侮！唉！可郝克凝掌柜的话我得听呀，且住下来相机行事吧！此番来天津，纵然立不下功劳，就立些苦劳吧……

十一

十余天后，郝克凝收到了段德义从天津寄来的一封信。在信中，段德义将自己在天津号的所见所闻一一禀报，同时将自己对天津及天津号掌柜史文显的所思所想也一一说明。

看罢信，郝克凝颇为恼火，恨不得扇史文显几个耳光！心中不禁骂道："这个混蛋，竟然对我三番五次的告诫不理不睬！这个笨蛋，到现在快火烧眉毛了，还撑着二十万的架本不撒手！我实在不是总号的大掌柜，不能说死话，不能下死令；要不然，早就撤掉他的掌柜一职了！我实在是心疼那二十万银子，那都是合盛元的钱啊！我实在是听大掌柜的嘱托，不能不操心，也不能不说话；可这个混蛋加笨蛋却自以为是，不理不睬！"

但此时郝克凝也没有更好的法子，只得叹口气，任由他了！

"事已至此，天津号是吉是凶，只得听天由命了，看史文显这小子的福分大小吧！至于段德义，虽说督办无力，在天津那儿暂时没甚用处；但他亲自组织了保定号的撤庄事宜，总有些经验，到天津号不得已撤庄时，就会派上大用场了。"郝克凝寻思道。

当晚，郝克凝给段德义写了一封回信，嘱咐了几点：一要察看天津市面情形，做到心中有数；二要谋划天津号撤庄事宜，做到手中有法；三要耐心等待时机，天津时局一乱，史文显束手无策之时，便是他施展才略之机。

然后，郝克凝又给总号写了一封信，把时局危急、保定号撤庄以及天津号史文显拒不撤庄的情形一一给贺洪如大掌柜做了禀报。

写了这两封信，郝克凝对天津号的关照也就到此为止了。北京号还有一大摊子事等着他处理，等着他决断呢！

一连几天，郝克凝的脑子里都在盘算着义和团，盘算着洋人，盘算着朝廷，进而盘算着北京城的局势：义和团会不会打进北京城来？恐怕他们还没有那么大的力量，估计暂时还不会。洋人会不会打进北京城来？恐怕他们还没有那么大的理由，估计暂时也不会。但从远一点看，义和团的力量强大起来呢，自有打进北京城的可能；洋人的理由强大起来呢，也有打进北京城的可能……总而言之，京号必须做撤庄准备，但何时撤，却实在是难以把握！

那桐那儿，郝克凝经常保持联系，没什么新消息；山西票号同行那儿，郝克凝也经常保持联系，也没有新见解；如此，郝克凝也就没有什么新举措了。他和整个北京城的情绪一样，感到异常的沉闷。

这日，郝克凝穿一身便装，来到了珠宝市街的沁芳斋茶馆，一来解解胸中的闷气，二来探探街面的风声。

北京人爱说，而且好谈论国家朝廷的大事。究其原因，一是有闲心去关心国家朝廷的大事，二是有闲空去谈论国家朝廷的大事，三是有传统去关心谈论国家朝廷的大事。再究其原因之原因，则是因为北京城是元明清三代帝都的缘故。一部分北京人是前代帝室和王公大臣们的遗老遗少，他们虽然失权失势，但骨子里却继承了乃祖乃父的遗风：心大，眼高，嘴溜，唯有国家朝廷大事才能入他们的法眼，才能动他们的圣心，也才能开他们的尊口。一部分北京人是当代帝室贵胄、王公大臣、八旗人家以及他们的家属僚属，他们或身居朝廷显位，或手握军政要权，自然眼观天下，心系社稷，开口闭口自然也是国家朝廷大事。还有一部分北京人是王公大臣或八旗人家的仆佣奴婢，他们虽然人卑位卑，事贱业贱，但耳濡目染，也能鹦鹉学舌，附庸风雅，嘴巴上也就常常要挂些国家朝廷大事了……而除此之外的普通北京人面对北京城如此根深蒂固的传统和长盛不衰的风尚，也唯有入乡随俗了。

所以，北京城是地地道道的帝都：紫金城内有一个议论军国大事的大朝廷，而紫金城外的大街小巷或酒肆茶馆里则有千百个同样议论军国大事的小朝廷！

郝克凝来到沁芳斋茶馆，果然听到五六张桌子上的茶客们都在议论当今的国家朝廷大事——义和团。

郝克凝找一个位子坐下，一边品茶，一边侧耳倾听茶客们的议论：

"听说了吗？义和团已进了直隶保定府，下一步就是进天津府，进咱北京城呢！"茶客甲说道。

"嗨！什么下一步？义和团已经进北京城了！有人已经看见义和团的揭帖啦！嘿嘿嘿！"茶客乙说道。

"啊？义和团的揭帖？揭帖上说什么呀？"茶客丙问道。

"是吗？那揭帖上说什么呀？"众人也都附和着问。

茶客乙看看周围，然后掏出一张纸来，低声说道："这是有人从揭帖上抄下来的，我给诸位念上几句：'……最恨和约，误国殃民。上腐下贪，民冤不伸。王八袁鳖，蟹将虾兵；残杀百姓，羽翼洋人。赔款割地，朝廷无能。义和团起，天下响应。反清灭洋，剪草除根。'"

"哦！看来义和团是真的进了北京城了！"茶客甲说道。

"嘿！这揭帖上说的在理呀！"茶客丙低声说。

"哼！什么揭帖呀，什么说的在理呀！这都是早十几天的事啦！呵呵！"一直沉默不语的茶客丁猛然傲气十足地说起话来了，"我告诉诸位吧，义和团早就到了丰台车站，把车站烧了，把停在车站上的慈禧太后的龙车也烧了！"

"啊？"众人异口同声地惊愕起来，目瞪口呆！

愣了一会儿，茶客丙说道："义和团这么厉害呀！丰台大营的那些官兵呢？连那些官兵都抵挡不了义和团吗？"

茶客丁说道："丰台大营的官兵？哪儿的官兵能惹得起义和团？！就在大前天，在易州涞水县石亭，副将杨福同带着官兵去镇压义和团，诸位猜猜结果怎样？"说着，茶客丁卖起了关子。

茶客甲说道："按理说，义和团不过是一群乌合之众，杨福同是个有名的武将，他带着官兵去镇压义和团，那还不是虎扑羊群一般！"

茶客丁却冷冷地笑了笑，说道："理是这个理，可结果呢？——杨福同带着官兵杀了两天，不仅没能镇压住义和团，反而惹得义和团越来越多了！据说呀，义和团拳民多如蚂蚁，狠如马蜂，杨福同和他手下的官兵愣是被拳民乱刀砍死了！再后来呢，连顺天府的涿州城也被义和团攻占了！"

"啊？真的？"众人又是一阵惊叹。

茶客丁点点头，说道："一点不假！诸位小时候玩过'十八只羊围老虎'的游戏吧！羊走错了步子，就被老虎吃光了；老虎走错了步子，就被羊围死了。嘿嘿！谁赢谁输，全靠玩家的本领啊！"

"高见，高见啊！"

"高人，高人啊！"

众人对茶客丁竖指赞扬。

"不敢当，不敢当啊！"听到赞扬，茶客丁谦虚了，高兴了，于是关爱之心也萌生了，说道："不过，我劝诸位还是留点神吧！恐怕朝廷要慌了，京城要乱了！告辞，告辞！"说着，茶客丁拱拱手，转身而去。

茶客丁走后，茶馆里留下了一长串关于他的议论：

"哦——！这位可不是寻常人啊！"

"噢——！这位恐怕是朝廷大内的人！"

"嘿——！这位也许是义和团的人呢！"

……

郝克凝在一旁喝着茶，静静地听着茶客们说话，暗暗地心惊肉跳：朝廷怕要真的慌了，京城怕要真的乱了，我们票号怕要真的麻烦了……

十二

大清朝廷真的慌了。

去年秋，义和团在山东爆发时，尽管扰得州县不宁，但大清朝廷高高在上，中间又隔着一个直隶省，王公大臣们稳坐朝堂，派一个袁世凯去就得了，他们仿佛隔岸观火一般！今年春，义和团出现在了直隶省，直至保定一带，又闹得许多州县不宁了，但毕竟离京城还有三四百里地呢！而且朝廷以为这些义和团只是被袁世凯打败的散兵游勇，不过像漏网之鱼和惊弓之鸟一般，成不了什么大气候。所以，王公大臣们也没把这些义和团当回事，只需由直隶的州县官兵收拾就得了，他们如同城头观战一般！

而最近十余天来，副将杨福同在涞水县兵败被杀，而且顺天府的涿州城也被义和团攻占了，可见义和团已势不可挡了啊！接着，慈禧太后的龙车又在丰台车站被烧，北京城里又出现了义和团的揭帖，可见义和团已近在眼前了啊！如此如此，义和团势不可挡而又近在眼前，王公大臣们再不能隔岸观火了，也不能城头观战了，而是火烧眉毛了！

这时候，许多王公大臣们才省悟过来：原来袁世凯带着他的新建陆军去山东，并没有剿灭了义和团，而是把义和团拳民赶到了直隶；并不是扑灭了义和团这场火，而是把义和团这场火从山东扇到了直隶！由此言之，袁世凯看似英雄，实是奸雄；看似功臣，实是罪臣！派袁世凯去山东当巡抚也就实在是愚蠢之举了。

这事儿闹的！火，越救越大；人，越杀越多；义和团，越灭越盛，越赶越近！

光绪二十六年五月十四日（1900年6月10日），北京紫禁城慈宁宫内，一片慌张气氛。

慈禧太后恼悻悻地坐在凤床上，气咻咻地训话："都快反了天了！保定的火车站让义和团烧了，副将杨福同让义和团杀了，涿州城又让义和团占了，连丰台火车站的龙车都让义和团烧了！义和团就这么厉害吗？我大清的兵将就这么不中用吗？"

庆亲王奕劻、端郡王载漪、军机大臣荣禄、吏部尚书刚毅、大学士徐桐等人谨小慎微地站在地下，仄耳听着训话，却低头不语，束手无策。

慈禧太后又抱怨道："这个袁世凯！你们都说他是能臣干将，所以才让他当山东巡抚去剿灭义和团；这下倒好，他不仅没能剿灭义和团，反而把义和团赶到京城来了！"

众人依然低头不语，束手无策。

慈禧有点恼怒了："说话呀！你们一个个杵在地上像泥胎似的，怎么不说一句话呀？怎么不拿出一个法子来呀？！"

总管兵部的大学士、军机大臣荣禄看了一眼慈禧太后的脸色，说道："启禀太后：直隶方面已派提督聂士成前去保护卢保、卢津铁路，有聂士成在，想必能煞住义和团的气焰。京城方面，已申饬五个巡捕营的副将、参将，让他们严加巡察缉捕；并严令内九门和外七门的各城门领，让他们对进出行人细加盘查。如此，内有城门之固，外有兵将之勇，义和团虽然势大，可毕竟是一群乌合之众，他们终究成不了什么气候。太后大可以宽心。"

慈禧太后听罢，因恼而紧绷的脸皮稍有缓解，有气无力地"嗯"了一声；但很快又想起了洋人，她的皱纹又堆出了一张写着千百个"忧愁"字样的脸皮！

"还有洋人呢！义和团烧毁了那么多教堂，杀死了那么多教士，又该怎么办呢？——再赔款议和？"慈禧太后说着，看了一眼总理各国事务衙门的庆亲王奕劻。

奕劻嗫嚅着说道："启禀太后：奴才从洋人那儿得到口风，他们一要赔款，二要诛杀拳民，三要严惩庇护拳民的朝廷命官呢！"奕劻说着，头上微微沁汗，生怕惹恼慈禧太后：转达洋人的这些话，对慈禧太后来说，那是炸耳般难听，刺心般难受啊！

慈禧太后听着奕劻的话，果然脸色变了，脸皮又恼悻悻地绷紧了。

端郡王载漪见状，趁机上前说道："太后，万万不可！依奴才看来，洋人贪得无厌，而我大清国库空虚，实难填其欲壑！洋人得寸进尺，欺人太甚，公然干涉我朝廷大政，是可忍，孰不可忍！现在义和团气焰正盛，他们仇教士，恨洋人，形如漫天之蝗，势如燎原之火！奴才以为，如此民心民力正可为我所用，朝廷正可招抚利用这些义和团，靠他们去抵御洋人啊！"

端郡王载漪态度坚决，言辞激切！去年腊月，他儿子溥俊被慈禧太后册立为同治皇帝的嗣子，意欲取光绪皇帝而代之，载漪何等欢喜高兴！但各国洋人却继续拥护光绪皇帝，拒不承认他儿子溥俊为皇嗣子，更不来朝贺！于是，他大失体面，更大伤心志，也就对洋人大为恼火了。但洋人势力太大，他也无可奈何，不管有多大的恼火也只能压抑在心里。如今出了灭洋仇教的义和团，而且呈如火如荼之势，他自然喜出望外，视义和团如救星，要借此与洋人决一雌雄了！

端郡王载漪这么一说，吏部尚书刚毅附和道："太后，端郡王所言甚是！洋人仗着其坚船利炮，欺侮我臣民，践踏我土地，着实可恶！而义和团拳民系我大清子民，他们灭洋仇教，正是言我大清所欲言，行我大清所欲行，是在替我大清消灭洋人啊！而且，义和团如风如火，逆之则会引火烧身，顺之则可借风扬帆；义和团又似匪似盗，剿之则生怨树敌，抚之则感恩为友。所以，奴才以为，这些义和团拳民着实可以为我大清所用啊！朝廷只需下一道谕旨招抚，数十万百万的拳民就可以为朝廷效死抵御洋人！"

紧接着，总管吏部的大学士徐桐也说道："太后，我泱泱大国，万万臣民，岂能屡受洋夷欺侮？！臣以为，如今义和团风起云涌，灭洋仇教，实乃天赐良机，天授神兵，正可助我大清与洋人决一死战！"

这些话听来颇让慈禧太后扬眉吐气，她的脸色宽和了许多，还不时地点点头，表示赞许之意。

这一下，总理各国事务衙门的庆亲王奕劻着急了：虽说载漪、刚毅、徐桐等人的话听着头头是道，条条在理，但洋人的坚船利炮在那儿明摆着，犹如一群狮子老虎围着一头瘦弱的老牛老马，即使有千条万条的道理，如此悬殊的力量对比也难以改变啊！若打斗起来，必招亡国之祸，灭顶之灾，结果必然惨不忍睹啊！眼下，大清对洋人唯有躲而避之、周而旋之、缓而和之，尚有一线生路；否则，都是死途！如果与洋人开战，则更是速死之途！

庆亲王奕劻虽不如恭亲王奕䜣那么精明干练，但也算中等智商以上的人；再加上多年总理各国事务衙门，对洋人颇多了解。所以，相比于载漪、刚毅、徐桐等人，他更有知己知彼之明，也就更知亡国覆巢之险。

于是，庆亲王奕劻一听载漪、刚毅、徐桐等人要与洋人开战的话，自是心惶惶，神慌慌，舌战战，语颤颤！——

"太后！万万不可！万万不可与洋人开战哪！与一个东洋日本开战

尚且不敌，使我大清蒙受割地赔款之辱，怎么能敌得过西洋列强？！一旦与西洋列强开战，后果更是不堪设想啊！义和团虽说势大，也不过是乌合之众；如果借义和团拳民去抵御洋人，那还不是以羊驱虎，后果可想而知啊！"

慈禧太后听着庆亲王奕劻的话，心中颇为不悦，不禁又板下脸来，语气硬邦邦地训斥起来："奕劻！你这个总理各国事务衙门大臣，是为我大清总理各国呢，还是为各国总理我大清？！怎么总是替洋人说话！"

一看慈禧太后这脸色，一听慈禧太后这语气，奕劻更胆怯了，嗫嚅着说道："太后！这——"

"这——？这什么？"慈禧太后怒冲冲地卡住了他的话，"前些日子朝廷立储庆典，给各国公使都下了帖子，可这些洋人们一个都不来入贺！你这个总理各国事务衙门大臣还有什么用啊？！我还没有怪罪你呢，今天你倒又在长他洋人的志气，灭我大清的威风！你怎么和李鸿章一样，和洋人越打交道久了，就胆儿越小了？！李鸿章去两广了，你也不用管总理各国事务衙门的事了！"

奕劻听着，两腿发软，"扑通"跪在地上，汗涔涔，泪汪汪，说道："奴才有负太后圣恩，奴才有罪……"

慈禧太后冷冷地说道："从明天起，这总理各国事务衙门的事，就由端郡王去管吧！"

端郡王载漪谢恩，谢太后重用之恩。

庆亲王奕劻也得谢恩，谢太后轻责之恩。

最后，慈禧太后愤愤地说道："既然洋人不给我们面子，我们也得给他们点颜色！就依你们说的下一道谕旨，招抚义和团对付洋人吧！"

十三

慈禧态度的彻底转变,以及总理各国事务衙门大臣这一重要职位由激进的端郡王载漪取代了温和的庆亲王奕劻,这就使义和团成了合法的组织,使义和团的灭洋仇教活动成了合法的行为,进而使义和团势力更大,气焰更盛!同时,这也使洋人对大清朝廷更为不满,更为恼火,进而促使各国加快调兵遣将,一艘艘军舰陈列在天津大沽口耀武扬威,咄咄逼人!

京、津地区的形势迅速恶化:

第二天,也就是农历五月十五日(公历6月11日),由于载漪等人唆使,日本使馆书记杉山彬在永定门外被义和团拳民打死。

紧接着,各国使馆和教堂的洋人开枪射击义和团拳民,义和团拳民更潮水般围攻洋人的使馆和教堂。于是,义和团拳民和洋人爆发武装冲突,京城东交民巷一带刀光闪烁,硝烟弥漫,血流尸横!

农历五月二十一日(公历6月17日),端郡王载漪为了激化慈禧太后与洋人的矛盾,促使儿子溥俊早日取代光绪皇帝,于是唆使人伪造了一份各国使馆的照会:要求慈禧太后速速归政于光绪皇帝!慈禧太后得知这一照会,顿时恼羞成怒,立刻召开御前会议,宣布向各国开战,并要求各国公使下旗归国!

同日,载漪、刚毅等人继续煽动义和团拳民猛烈围攻冲击位于东交民巷的各国使馆,各国使馆则组织武装人员残酷扫射拳民。

同日,早已陈兵在大津大沽口的各国兵舰攻击大沽炮台,天津镇总兵罗荣光率部顽强抵抗,以身殉国,大沽炮台被八国联军攻占。与此同时,天津义和团拳民和直隶提督聂士成的军队也开始进攻租界。

农历五月二十二日(公历6月18日),慈禧太后再下谕旨,要求各国使节必须二十四小时内离开北京，并颁布悬赏：杀一洋人者，赏银五十两；杀一洋妇者，赏银四十两；杀一洋孩者，赏银三十两。

农历五月二十四日（公历6月20日），德国公使克林德被拳民打死。

农历五月二十五日（公历6月21日），慈禧太后下旨积极备战，并罢免了温和派老臣崇礼，而由激进派载勋担任步军统领（京城九门提督）一职。

农历五月二十八日（公历6月24日），慈禧太后又下旨任命积极主战的刚毅和载勋总管义和团武装，摆出一副与洋人决一死战的架势！

……

一时间京城躁动，街市嚣嚣，人心惶惶！

合盛元北京分号也处于一片忙碌之中：跑街的催要放款，站柜的兑还存款；账房的算盘珠子哗哗作响，信房的毛笔尖儿嗖嗖舞动！郝克凝掌柜则白天跑外观市望风，四处探听消息；晚上静坐审时度势，左右极衡利弊；第二天一早再发号施令……

早在慈禧太后罢免庆亲王奕劻、任用端郡王载漪、决定招抚义和团抵御洋人的次日，郝克凝就从那桐处得到消息，加快了减低架本、准备撤庄的步子。经过十余天的忙碌，放款基本收回，存款基本兑还，撤庄事宜就准备得差不多了。

这日，郝克凝、郭长林、赵儒义几人正在商议如何撤庄事宜，那桐来了。

此时的那桐行色匆匆，分明公务繁忙；而又脸色红红，分明仕途风光！

在这次庆亲王奕劻遭罢黜和端郡王载漪被重用的权力更替中，与庆亲王交往甚密的那桐不仅未受牵连，反而在仕途上继续高歌猛进：又获得了理藩院侍郎和总理各国事务衙门兼行走两个重要职务！而此时，正值中外关系恶化，衅端四起，他也就忙得不可开交，却又美得不可抑制了！

郝克凝急忙起迎："哦，那大人来了！"

郭、赵二人也起身施礼："那大人！"

那桐被让在上座，彼此寒暄一番，郭、赵二人便打声招呼退下去了。

屋里只剩下了郝、那二人，于是郝克凝问道："琴轩急匆匆的，忙什么呢？"

那桐说道："我今天奉旨去东交民巷各国使馆，催撵他们急速离京，顺便来看看你。"

"哦！情况不妙吧？"郝克凝问道。

那桐点点头，低声说道："现在由端郡王载漪总理各国事务衙门，局势越来越不好收拾了，可以说一天比一天糟！现在太后正恼洋人，端郡王载漪又是个火上浇油的主儿，非说义和团拳民个个有神功，能抵御洋人的洋枪洋炮！像这样双方都憋足了劲儿要打，不真刀真枪地开一战，谁能轻易服输？——战，是肯定要开一战了；乱，是肯定要有一乱了！"

郝克凝说道："琴轩不是说让义和团抵御洋人是用羊驱狼吗？太后就不知道这理吗？怎么还——"

"唉！李鸿章大人去两广了，庆亲王也赋闲了，荣中堂唯太后之命是从，没有人敢给太后摆这个理呀！况且她正在恼恨洋人的气头上，哪里能听进去这个理呢？"

"哦！"郝克凝应着，他似乎明白了一些个中原因。

"况且，"那桐继续说道，"端郡王载漪执意要与洋人一战，他是皇嗣子溥俊的父王啊！一旦溥俊登基，他自然是摄政王，朝中王公大臣谁能不留些后路，谁又敢咋着端郡王的意思站出来说话呢？"

"噢！"郝克凝更明白其中缘由了。

"耀庭兄，情况不妙啊！你们撤庄的事准备得怎么样了？"那桐关心地问道。

郝克凝答道："我京号这儿差不多了，只是天津号还没有撤回来，不知那里的情况如何，我还想再等等天津号的伙计们。"

"天津号还没有撤出来啊？！"那桐瞪大眼睛说道，替郝克凝着急了，

"洋人早已攻占了大沽炮台，正在攻打天津城呢！这个时候还能撤出来吗？"

郝克凝也感到不妙，而天津号方面的情况则更不敢想象：外有洋人围打,内有拳民混战,刀光剑影,硝烟血色,一片混乱！而在这样的情况下，社会上的流氓地痞盗贼等渣滓肯定会趁机泛滥，趁火打劫……

"耀庭兄，不能再等了！我今天去洋人那里，觉得他们比前些天大不一样了。前些天我去，洋人们一个个惊慌失措；而今天我去，洋人们却一个个趾高气扬！他们分明已经知道他们的军队打了胜仗，正在攻打天津，不日就要打进北京城呢！我今天来就是想告你：我看朝廷和义和团联手，也抵御不了洋人！天津肯定不保，京城恐也难保，得早做逃身打算呢！"

"嗯！多谢琴轩指点！"郝克凝拱手致意，他心里已明白如何做了。

"我还得回衙门里去，你且打理吧！"那桐说罢，又急匆匆地告辞而去。

郝克凝送走那桐，当即叫来郭长林赵儒义，说道："我从那大人这儿得到口风，各国军队正在围攻天津城，天津城危在旦夕！这回朝廷下了决心，各国洋人也调集了军队，而且已经打起来了！一旦打起来，岂能轻易收手？想当初咸丰十年时，仅英法联军还打进了北京城，何况现在是英、法、德、意、俄、奥、美、日八国联军呢！天津是京城的门户，天津一破，京城就难保了！"

接着，他吩咐道："咱们赶紧做准备吧：第一，那些零星放款就暂不催收了。第二，还有几笔大额存款和一些零星存款，要在三天内全部退还，并且给足人家利息。第三，存在炉房的银子要全部提回来。——咱要在三天内把这些事处理干净，五天内撤庄走人！"

郭、赵二人听了，照郝克凝的吩咐下去做事了；而郝克凝则继续坐在那里，皱着眉头思虑……

十四

那桐上午刚走，载振下午就来了。

"耀庭兄，忙哪！"载振一进门便大大咧咧地打招呼。

"啊哟！是镇国将军！这真是说曹操，曹操就到了。我刚才还在说您呢！哈哈！振爷，请坐！"

"是吗？"载振一边落座，一边说道，"说我什么呢，耀庭兄？"

"我正准备找您说事呢！"郝克凝说道。

"什么事啊？"

郝克凝笑了笑，说道："我找您的事啊，恐怕也是您找我的事！哈哈！"

"啊？是给我兑银子的事吗？"载振也笑着问道。

"正是，振爷您说对了！眼下局势太混乱了，又是义和团，又是洋人，天津危在旦夕，京城也前景难料！这银子放在我这里总不像放在您的王府里安全啊！呵呵呵！"

"哈哈哈！耀庭兄，咱们是心心相印啊！既然您也有此意，这就好说了。您说什么时候提银子吧！——局势这么乱，事情这么急，我也不要利息了，您只兑给我本钱就行了！"

"哎！不，不！"郝克凝摆摆手，说道，"要在平时，提前兑取银子是不付利息的；但现在形势如此严重，我们也想收缩买卖，故而我号做了规定：提前收回放款，利息免收；提前付出存款，利息照付。所以，振爷的本钱照提，利息也照样付给您！"

载振惊讶了："啊？耀庭兄何以如此啊？这样，您的字号不是亏了吗？"

郝克凝却平静地说道："这样，看似亏了一点，实际上也不能算亏。我们合盛元是老字号了，像您这样存款的或借款的，大多是老主顾了；

我们亏一点，老主顾们就不亏了呀！论过去，这就算我们对老主顾们多年来照顾合盛元的一点谢意了，岂能言亏？论将来，这就算我们请老主顾们继续来照顾合盛元的一点心意了，更不能言亏啊！您说呢，振爷？呵呵！"

载振听着，大为感动："耀庭兄，您想事情真有胸襟，您做事情真够仗义！我载振服了！日后啊，我认定您这个朋友了，也认定合盛元了！日后合盛元有什么事，耀庭兄尽管作声，我载振绝不说半个不字！"

"多谢振爷了！"郝克凝拱手致意，"过两天倒确实需要烦劳振爷——"

"说吧！"载振爽快地说道。

郝克凝说道："现在时局这么乱，京城也险象环生，看来我们也得撤庄回家了；但撤庄时总有不少银子需要带上，而现在京城里又到处是真真假假的义和团拳民，实在是不安全。所以——我想请振爷到时候能派来一标人马，护送我们出城。"

"行！到时候耀庭兄打个招呼就成！"载振说道。

"多谢了！"郝克凝再次拱手说道。

"不谢！都是自家人嘛！嘿嘿！"

接着，郝克凝又将提取银子的事做了说明："您的二十万银子在去年腊月初九结清了利息，明天是五月二十九，差十天半年。我就按半年给振爷计算利息，算下来应是四千两利息。"

载振插话道："不要，那十天的利息也应该扣掉！"

郝克凝摆摆手，说道："不扣了！算我们送给振爷的，这也好算账，好数银子啊！哈哈！另外，照例给振爷一千两的谢忱！"

"哎哟，不要了！耀庭兄如此照顾我，我都不好意思了！千万不要给我这一千两了！千万，千万！"载振极力推辞道。

"一定得给，一定！"郝克凝则极力坚持着，"振爷千万不要推辞了！

来日方长，等时局平静下来，我们合盛元还会来北京开张的，振爷日后多照顾我们合盛元不就得了？！"

"这……"郝克凝如此恳切，载振也就不便再推辞了。

这一来，载振比预想的多得了五千两银子！

郝克凝继续说事："这样吧，我在明天晌午之前，给振爷准备好二十万五千两银子，您后晌带车马来取就是！振爷意下如何？"

"好！就依耀庭兄的！"

说完了事，载振高高兴兴地走了，满脸欢喜，满心欢腾！

而郝克凝也非常高兴，非常满意：现在给载振多些好处，等于是提前给这位财神爷烧香啊！日后，他自会继续把大额的银子存进我合盛元票号。而且，现在让他多拿走些银子，撤庄时就少些分量，也就少些风险啊！

载振这一存款大户的到来，使郝克凝省下了原本准备走一趟庆亲王府的时间，也省去了原本准备对载振的一套说辞，里里外外也就算省了一个后晌的工夫。而载振这一走，倒显得没什么事可做了！

于是，郝克凝有了空闲的时间；而一有了这空闲的时间，不由得就又担忧起了北京城的局势。于是，送走了载振，郝克凝就穿一身普通衣裳，出了合盛元，进了崇文门，来到北京城最乱的东交民巷附近探风。

东交民巷里，数以千计的义和团拳民仍在围攻各国使馆，各个路口都由拳民把守，各个路面也都是拳民走动，使馆附近则是拳民的呼叫呐喊和洋人的枪声……

郝克凝暗自想道："看这情况，仍是前些天的形势：洋人被围在了使馆里面，如笼中之虎，出不了笼，发不了威；拳民则被挡在了使馆外面，又如槛外之牛，进不了槛，泄不了愤！——正好似一曲难解难分难见输赢的牛斗虎！"

郝克凝又从正阳门出来，在大栅栏一带转悠。

此时的大栅栏一带，一个个店铺依然鳞次栉比，生意兴隆；一个个行人依然佩金挂玉，心气昂扬；而一条条街道巷子则车水马龙，一派繁忙而繁荣的景象！——这正阳、崇文、宣武三门前的外城是北京城的繁华商业区，就像一户人家门前果园里开花结果的果树一样，这外城就是朝廷门前的一棵银树！而大栅栏一带就是这棵银树的树梢，开花多少，挂果多少，长相如何，长势如何，一看这"银树梢"就可一目了然！此时，经甲午战争以来五六年的恢复和发育，这银树梢上的枝还长得正茂，花还开得正好，果还结得正繁。

郝克凝又从大栅栏一带转悠到珠宝市西大街、珠宝市口、珠宝市东大街，到那些集中开在这里的钱庄票号门前察看，这里却是另一种繁忙：大多数钱庄票号门前是挤兑的长龙！——这正是他们合盛元票号半个月前的情形。

郝克凝看到这种情形，心中颇有得意之感：他已经早先他们半个月了，有这半个月，他就可以从容地撤庄！

同时，他又惋惜大栅栏一带的那些繁华了。如果说大栅栏一带鳞次栉比的店铺是这棵银树的梢，那么珠宝市口一带的钱庄票号则是这棵银树的根，是"银根"。而钱庄票号门前这种繁忙的挤兑，正是在挤"银根"的水，正使"银根"在不断地脱水；而银根一旦脱了水，银梢上的那些花儿果儿也就要枯萎了啊！

郝克凝转悠了一圈，分明看出了北京城的形势：尽管朝廷门前这棵银树的树梢依然在忙碌着抽枝、开花、结果，但这棵银树的根，则已经在脱水了；而这"银根"脱水的原因，则是朝廷的国土正在被炮火烧焦……

十五

次日下午，庆王府的小偏门里赶出了八套车马，车上装着大小箱子柜子二十余件，仿佛搬家一样。这八套车马在管家的带领下，绕了一个圈子，出了崇文门，奔合盛元票号而来。而同时，庆亲王奕劻的大公子载振则穿着官服，骑着大马，带着十几个挎刀的随从，从庆王府正门出来，直接出了正阳门，也奔合盛元票号而来。

今天下午，载振要来合盛元提取二十万两银子了。

为此，庆亲王奕劻思虑甚细，为了不惹人注意，不让人看到大量的银子运进王府，便想了这么个瞒天过海之术：其一，不用箍铁铺钉的坚固银箱，而用各种家具，出如弃旧，入似置新，仿佛是王府在搬运家具，正好遮人耳目。其二，在行走路线上，出去时人分两路，主人走正门，车马走偏门；回来时又走一条新路线，再从后门进入。这样，在三个门附近，在三条路线上，庆亲王府的人和车马就不会重复出现，自然也就不会引人注意，让人怀疑。——他虽贵为王爷，但因这些银子来路不正，却也心存二怕：一是人言可畏，如果街谈巷议，舆论纷纷，势必像蚊虫叮咬般难受。二是圣颜难犯，如果舆论纷纷引发朝议纷纷，再有人给太后上一道折子，惹恼了太后，岂不是蛇蝎噬蜇般要命！

庆亲王奕劻在家里谨谨小心，大公子载振出来却落落大方。

载振带一行人来到合盛元票号，在说说笑笑中便办理了手续；待他的八套车马进了合盛元后院里，则由他的管家照料着清点装箱，他自有闲空与郝克凝坐在屋里喝茶聊天。二十万五千两银子，也就是四千一百个大元宝；分在每套车马上，也就是五百多个大元宝。所以，几杯茶的工夫，这些银子就全部装起了。

"耀庭兄，茶喝好了，银子装起了，我也该走了。嘿嘿！告辞了！"

载振说着，拱手致意。

"振爷走好！"郝克凝也拱手致意，送载振到门口。

"耀庭兄回见！"载振上马后仍回头致意。

"回见！"

郝克凝目送载振押着八套车马走去，心中想道："妙啊，看似搬运家什，实是搬运银子！"

然后，他看着护卫的十几个挎刀官兵，又想道："义和团拳民认这些官兵的账吗？"

想到这儿，郝克凝回身招呼高生云，并吩咐道："步青，你面孔生。你去远远地跟在振爷的后面，看看义和团拳民会对振爷的这八套车马怎样，也看看一路上会遇到甚情况。"

高生云答应着，尾随上去了。

回到院子里，郝克凝看着一个个空空如也的银箱，不由得触景生情，触类通心：这些银箱卸去了元宝的分量，心空了，身轻了；我也如这些银箱一般，卸去了二十万两银子的分量，心里空闲了，身上轻松了！

给载振兑去了这二十万两现银，郝克凝真有点身轻如燕、心闲似云的感觉。他带着这种感觉回到屋里，一边静坐品茶，一边尽情享受着这种难得的心闲身轻之福！

郝克凝享受了一番短暂的心闲身轻之福，也就是一个钟头的样子，高生云回来了。

"郝掌柜，我跟着振爷的车马一直到他家门口，一路上很顺当，没甚阻拦。"高生云回禀。

"一路上没有碰上义和团拳民吗？"郝克凝问。

"碰上了，碰了三拨子拳民呢！可他们看看那些官兵，也就让过去了。"

"好！你下去吧！"

"好！"等高生云下去以后，郝克凝心中仍在叫好：既然今天庆王府的官兵能押着箱柜顺利地过了义和团拳民的关，那来日我合盛元撤庄运银时，也就可以靠载振派来的这些官兵押解出城了。

"对，就像载振这样，用箱柜装运银子出城！"郝克凝继续盘算道。

一会儿，郭长林已带人收拾了院子，赵儒义也已核算了账目，相继来到郝克凝这里。

郝克凝问郭长林："几处炉房的银子都提回来了吧？"

"全都提回来了，一两不剩！"

"好！这件事咱做得干净利落！"

"是呢！这两天各家票号钱庄挤兑起来，从炉房提银子也紧了。嘿嘿！咱合盛元先走一步了！"郭长林笑着应道。

郝克凝又问赵儒义："兑付了载振的这些银子，咱还有多少现银？"

"咱京号还有八万五千两，加上保定号的三万，共有十一万五千两。"

"还有甚的地方需要兑付吗？"郝克凝又问。

"基本上没有了。"赵儒义答道。

"那就是说，这十一万五千两银子都得在撤庄时带走？"

"嗯。"

"这还是一笔不小的数啊，撤起来不轻松呢！"郝克凝说道，眉头如上了锁，心头如挂了砣！

这十一万五千两银子一上心，刚才那心闲身轻的感觉早已消失得一干二净了。

于是，郝克凝开动脑筋，搜索心计，在地上踱了几个圈子，终于想出了一些法子：其一，这五千两银子的小零头，留作撤庄时各项开支费用。其二，这一万两银子的大零头，分配给跑街的伙计们，让他们无息放贷，送些人情。其三，这十万两银子的整数应该一分为二：一半留京，省得将来返京开张时再从祁县长途押运；另一半则运回祁县，总不能两手空空地回去啊！

郝克凝当即对郭长林说道："我拿出一万两银子来给你，让你手下跑街的伙计们送人情。第一，放这些银子不收利息，白放给那些可靠诚信的朋友，这是人情；第二，放款期为一年，要让他们打借条，这是手续；第三，放给每个朋友的银子不能超过二百两，这是保险。你看这个法子如何？"

郭长林略作思虑后说道："好，这个法子好！可谓一举多得。既可减少咱们的负担，现在好撤庄；又可送不少人情，将来好做事；而且，把一万两银子化整为零，风险也不会太大。我看这个法子很好！"

"那就去做吧！明天傍晚之前，让伙计们把这一万两银子散发出去！告诉伙计们，咱们这些票号一撤呀，将来北京城可要缺钱呢！一缺起钱来，这些散发出去的银子会有平常几倍的价值，谁拿上这些银子谁沾光，咱这送出的银子是大人情呢！"

郭长林答应着去了。

接着，郝克凝又对赵儒义说道："咱要撤庄了，许多事情得保密。明天晌午之前，你要把所有勤杂人员统统打发走！今晚上把他们的工钱都算好，明天一早就足额发给人家；另外，再每人赏给五十两银子。京城这么乱，让他们速速避难去吧！你看这样办如何？"

赵儒义应道："好！平常咱字号里多是走账，动的现银不多，不怎么扎眼，风险也不大。现在咱字号里堆放这么多现银，京城又这么乱，万一其中有人红了眼，给贼人通风报信或里勾外连算计咱，那就危险了。这个法子很好，既让他们利利索索走人，又让他们走得高高兴兴，欢欢喜喜！嘿嘿！"

赵儒义也应诺着下去了。

剩下的事情就是如何处置这十万两银子了：运回祁县的五万两如何运？留在京城的五万两如何留？

郝克凝又思谋起来——

这运回祁县的五万两银子，首先得出了义和团把持的京城，这就学载振的法子装箱柜，靠载振的官兵押送吧。接下来，出了京城以后的一千多里路呢？官兵正马踩车呢，哪能长途护运？镖局已不敢揽生意了，而且，人少了于事无补，人多了又花费太大！看来——还得靠知根知底的自家伙计们，还得用瞒天过海的隐身之法……

这留在京城的五万两银子，还是藏在那桐府上为好：其一，我与那桐是结拜兄弟，而且是贫贱之交，他不会拒绝这件事情。其二，那桐是读孔孟诗书出身的举人，是一位正人君子，他不会暗昧这些银子。其三，那桐在仕途上正春风得意，官运亨通呢，靠他的旺盛官气来庇护这区区五万两银子应是绰绰有余的。而且，我看那桐的命相，现在只算朝阳东升，刚踏进富贵之门，如日中天的大富大贵还在后头呢！在这份儿上，神得保他佑他，鬼得惧他怕他，如果把这五万两银子藏在他宅院里，就如同被蟒盘着，被虎踞着……

当晚，郝克凝便急匆匆地来到那桐府上，说明了情由，商定了主意。

十六

直到深夜，郝克凝才从那府回到合盛元票号；然后，他又叫来郭长林、赵儒义，仔细商量了一番运银藏银之事。

次日早晨，赵儒义把雇佣的七八个勤杂人员集中起来一一结算了工钱，每人赏了一个五十两重的大元宝，说道："伙计们，洋人已经登陆攻打天津了，京城又越来越乱，越来越危险！所以我们郝老板格外开恩，除了工钱，每人赏银五十两！让大家赶紧出城避难，大家领上银子赶紧走吧！"

"多谢郝老板！多谢赵先生！"

这些临时雇佣的勤杂人员感恩戴德，拿上银子，背上行李，撒着欢儿散了，走了。

院子里仅剩下了清一色的祁县人，郝克凝便说明情况，宣布分工：赵儒义带四个伙计在字号里候着搬银装银，郭长林带两个伙计赶车押运，他本人则带四个伙计到那桐府上卸银藏银。

宣布完，便各自分头行动了。

郝克凝带上四个伙计，坐上轿车，拉上锹镢等工具，先行来到那桐府上。

那桐正坐在院里等候，一见到郝克凝，便起身说道："耀庭兄来了！今天正好是六月初一，我已支使内人陪着母亲、带着佣人到卧佛寺上香，到香山逛景去了。我这院里只留下了一个可靠的老佣人拉全叔，我已交代他了。一会儿我去衙门，就把前门上锁了，你们运银子时从后门进来就行。"

"好，好！多谢琴轩了！"郝克凝拱手致意。

"都是自家人，何必言谢！保密要紧，千万小心啊！"那桐说道。

那桐交代几句之后，便前往衙门上班，而将一座偌大的院子交给了郝克凝使用！

于是，那府的前门锁着，后门由老佣人拉全守着，院子里空着，郝克凝则带着四个伙计，来到后院马厩旁的垃圾堆上，挥锹舞镢，刨挖起来。让这些平日间捉笔打算盘数银子的票号伙计们做这又苦又累又脏又臭的活儿，实在是难为他们了！

但见：平时细白手，此地肮脏厥。世治可养尊，局乱怎处优？钢镢砍下，苍蝇嗡嗡怒；铁锹铲起，粪土烘烘臭。活计甚苦重，吭兮哧兮，嘴巴呼呼欲喘息；气味实难闻，掩也捂也，鼻孔唔唔想闭气。头发蒸兮热气腾，此坊造酒耶？脸颊焗也汗珠晶，彼肆榨油哉？少顷工夫，衣服全湿透；一晌时间，皮肉半发馊。

而郭长林则带两个伙计租了一套马车，自己赶着进了合盛元后门，装上三箱沉沉的银元宝，再盖上薄薄的一层煤，俨然一辆拉煤车；然后，将"煤"拉进崇文门，拉进金鱼胡同，拉进那府后门……

一上午时间，"窖"挖了一丈见方，"煤"拉了三车又半！于是，十个箱子，一千个大元宝，这五万两银子便瞒天过海，如数运进了那府，堆在了"窖"旁。

郝克凝看到一丈见方的地窖挖好了，三车又半的银箱也运到了，便让众伙计把这十个银箱埋入地窖；然后，再把原来的垃圾归置到原地，这儿就依然是原来的垃圾堆了。

于是，一千个大元宝，五万两白花花的银子，就这样被藏在那府的马厩旁边，被埋在那府的垃圾堆下面了；这些"白"晃晃、"香"喷喷的大元宝就在这脏乎乎、臭烘烘的地方安身了，就这样苟且偷生了。

郝克凝看着这堆垃圾，看着旁边的这个马厩，再想着地底下这些白花花的银元宝，身处此时此地，面临此情此景，不禁心为之酸，情为之楚。

"委屈你们了！为了安全，只得委屈你们一阵子了……不得已啊！谁让咱们都赶上战乱的年月呢？！……为了安全，漂亮的姑娘媳妇们遇上强盗时不是还在自己脸上抹黑，在自己头上撒灰吗？这就是人们常说的委曲求全啊……"

郝克凝暗自感慨了一番，转身对郭长林和众伙计说道："这件事咱们是顺顺利利地完成了，各位辛苦了！长林啊，你带上伙计们先回去洗洗脸，换换装；然后找个好饭馆，好好慰劳一下伙计们！我还得留在这儿等那大人回来，让高生云随我留下，其他人都去吧！"

郭长林听了郝克凝的吩咐，带着众伙计赶着车马走了。

郝克凝和高生云找上水盆洗洗手，整整衣裳，再来到后院时，正看到老拉全在整理煤堆,打扫煤屑,便走过来,拱手说道:"拉全叔,辛苦了,多谢了!"

老拉全看到郝克凝有礼了,便也赶紧点头回礼:"不辛苦,不辛苦!不谢,不谢!呵呵!郝掌柜不用客气!"

接着,郝克凝让高生云拿出两个大元宝来,他亲手拿上递给老拉全,说道:"拉全叔,您辛苦了一上午,这是我们的一点心意,请您收下!"

老拉全赶紧摆手回绝:"不敢,不敢!举手之劳,而且是受主人之命,我实在不敢随便接受这么贵重的谢礼!要谢,您就谢主人吧!"老拉全客气而坚决地推却了这份厚礼。

郝克凝看到老拉全如此忠厚,心中暗暗敬佩,也暗暗高兴:这样忠厚的人可信可靠,肯定可以保守秘密。

郝克凝暗自想道:对这样的忠厚人,即使不给他银子,他也不会损人坏事。所以,从做事而言,可以不花费这一百两银子;但从做人而言,他既要敬之以礼,也一定要奉之以银!——礼数到了,可以悦其心;银子到了,可以润其身。而且,从天理而言,好人应该得到好报,忠厚人也应该得到厚报啊!

于是,郝克凝再次将两个大元宝塞进老拉全手中,坚决地说道:"拉全叔,这点小意思您一定得收下!您要嫌我的诚意不够,再不接收,我就给您跪下了!"

"别,别!千万别!"老拉全看到郝克凝真要向自己下跪,着急了,赶紧说道,"我收下就是!我收下就是!只是无功不受禄,我该如何为郝掌柜效劳啊?"

"拉全叔,我听那大人说了,您是府里最可靠最可信的老人。我只求您,今前晌我们给府里拉煤的事,千万不要对别人说起!"

郝克凝说着,用手捂了捂嘴。

"哦!好,好!"老拉全心领神会,说道,"今天前晌没什么别的事儿,我在家里只是接受了煤场送来的几车煤！"

郝克凝听着，微笑着，向老拉全拱手施礼："多谢了！"

奉送了两个大元宝，安顿好了老拉全，郝克凝才歇心了，放松了，肚子也咕咕叫起来了。于是他吩咐高生云："去上街买些好酒好肉好吃的来，咱和拉全叔一块儿喝几盅！"

高生云听罢，急急地去了。

老拉全听着，呵呵地笑了。他更用力地抡着扫帚，"沙沙"地扫着，把地面打扫得干干净净，黄白黄白；再抡起铁锹，"噌噌"地铲着，把煤堆打理得齐齐整整，黑亮黑亮……

十七

郝克凝和高生云陪老拉全吃喝了一番，一个个酒足饭饱，三人皆大欢喜。

吃喝之间，郝克凝察言观色，这位知道了一个大秘密、又得到了两个大元宝，还喝了几番酒的老拉全，在一个多钟头的吃喝说话中，竟然只字未提藏银之事，一丝不露反常之态。

郝克凝不禁暗暗赞叹："好一个那府的老佣人！那桐为人沉稳，而老拉全竟也如此心稳嘴稳，真是有其主必有其仆啊！"

看到老拉全的这种情形，郝克凝更放心了。

二人吃喝罢，老拉全开水沏茶，又陪着郝克凝和高生云喝起茶来。热热情情，代执主人之礼；殷殷勤勤，仍守仆人之份。

半下午时分，那桐上朝回来，看到他们在树荫下闲着喝茶，知道事已办妥，便也放下心了，挂上笑了。

"琴轩回来了！"郝克凝起身致意。

"呵呵！怎么样？事情办得还顺当吧？"那桐笑着点头说道。

"托琴轩的福，顺当，很顺当！这不，我们早已闲着了，吃了饭，喝了酒，正在喝茶呢！哈哈！"郝克凝应道。

"好，好！顺当就好啊！哈哈！拉全叔，给我也沏杯茶来！"

那桐说着，吩咐着，坐在了茶桌旁。

老拉全沏茶上来，说声"老爷您慢用"，便退下去了，步子轻盈，身子轻松，仿佛卸下了一副重担似的。

原来，老拉全果然是卸下了一副重担：那桐一回来，他就把那府"主人"这个重担卸下去了。此前的一个上午加一个中午和半个下午，足足有三个多时辰，偌大的那府大院就留下他一个人，左肩担着主人之责，右肩担着佣人之职，还得和郝克凝掌柜做一桩秘密大事，好累呀！身累倒是惯了，关键是心累。他当佣人惯了，做活儿是寻常事；可如今让他兼了主人，肩担主人之责任，身行主人之礼数，口吐主人之辞令……这实在是打发鸭子上架呀！现在好了，主人那桐回来，老拉全如同鸭子下了架似的退下去了；又如同鸭子入了水似的，在属于自己的佣人天地里自由自在了。

"拉全叔真是个难得的好佣人！手勤，腿勤，心稳，嘴稳，而且还肚明，眼明，不愧是琴轩府里的人！"郝克凝望着老拉全下去的背影赞赏道。

"呵呵！拉全叔是我们家的老人了，要不，我敢让他知道这么大的秘密？！此事全靠保密，要不然世道这么乱，盗贼防不住，义和团惹不起，洋人打进来咱更是无可奈何！遇上这样的乱局，上至朝廷，下至平民，贵如金银珠宝，贱如柴米油盐，无论什么人什么物件，谁的安全也不能保障啊！可以说，防不胜防，藏无处藏！一切都得听天由命了！唉——！"那桐说着，长叹一声。

"唉——！这世道可真叫个乱！一场甲午战争刚刚才过了五六年，就又和洋人来一场战争？！"郝克凝也长叹一声，说道，"琴轩你说，洋人果真会打进北京城吗?"

那桐点点头说道:"我看八成会打进来呢!洋人得寸进尺,又如狼似虎,既然已经打下了大沽炮台登了陆,岂能善罢甘休!现在正攻打天津,战况对我大清不利呀!本来,太后听了载漪、刚毅他们的话,是要借用义和团的力量和洋人开战,可是眼看着洋人步步紧逼,我大清军队和义和团拳民却节节后退,太后分明也清醒了:大清军民的血肉之躯究竟挡不住洋人的火枪火炮呀!这不,一方面是让刚毅、载勋他们鼓动义和团拳民去东交民巷围攻洋人的使馆,一方面又让总理各国事务衙门派人前往各国使馆送去蔬菜水果,以示慰问讨好呢!这还不是怕洋人打进来,给将来留条后路吗?"

"哦,原来是这样!义和团人山人海的,在洋枪洋炮面前也还是不行呀!"

"可不是嘛!义和团虽然人多势众,其实像蝗虫似的,看似铺天盖地,主宰了世界,实则只能咬些庄稼青草,造成荒年饥馑,能成了什么气候呢!唉,这倒也是一报还一报:既然他们烧教堂,杀教民,惹恼了洋人,朝廷也就只有拿他们去堵洋人的枪眼炮眼了。"那桐说道。

"原来是这样啊!"郝克凝附和道。

"是啊,我看这是太后给洋人演的一出戏:让义和团拳民和刚毅、载勋他们唱黑脸,给洋人一点颜色,也发泄一下肚里的怨气;朝廷的总理各国事务衙门则唱红脸,给洋人一点颜面,也保留一条脚下的后路。嘿嘿!"

"那,琴轩你自然就是唱红脸的啦?"

"可不是嘛!今天一天,我就是带着一班人,推着几车各国使馆急需的蔬菜水果,去东交民巷慰问去了啊!嘿嘿!我倒在洋人面前卖了不少人情,各国公使们都说我的好,谢我的恩呢!呵呵呵!"

"呵呵呵!琴轩天生就是唱红脸的命啊!"

"呵呵，这分明也是太后的恩典啊！要不然，罢了庆亲王，用了端郡王，我这个由庆亲王提携起来的人，反而能来总理各国事务衙门兼行走，而且还如此受重用？！要不是太后，恐怕我早就被撸了！"

"吉人自有天相，琴轩来日方长，我还等着沾光呢！"

"嘿嘿！托耀庭兄的吉言吧！哎——你们撤庄的事准备得怎么样了？"那桐说着，想起了郝克凝的撤庄事宜。

"准备好了，三两天内就想动身。"郝克凝说道。

"好，赶快撤吧！赶早不赶晚，宜速不宜迟。"

"嗯。把这五万两银子卸在你这儿，我走就轻松多了！嘿嘿！"

郝克凝和那桐喝了几泡茶，聊了一阵话，告辞去了。

那桐送走郝克凝，在院子里信步遛着，不知不觉地竟遛到马厩旁边的垃圾堆旁。他停下步来，看了看苍蝇漫舞的垃圾堆，脸上浮出了微微的笑意，心中暗喜道："这郝克凝还真选对了地方。有这群蝇子守卫这五万两银子，想必比一群军士守卫还管用呢！嘿嘿，这堆垃圾就是诸葛亮的八卦阵，这些蝇子就是姜子牙的神仙兵啊！"

想到这儿，那桐想到了主宰天地万物的老天爷，不禁默默祈祷了一番："老天爷啊，祈求您老人家保佑他这些银子安然无损，保佑我这处院子安然无恙吧！"

那桐又遛到煤堆跟前，看了看这黑油油的煤面儿和亮晶晶的炭块儿，心中暗暗笑道："嘿嘿！郝克凝给我拉了几车煤，拉了几车煤啊！嘿嘿！"

那桐在院子里溜达了一阵，对郝克凝今天的事很满意，也就颇感放心了；进而，觉得自己在紧急关头能帮郝克凝这个忙，也算是尽了一点兄弟朋友之义，又颇感宽慰。

想着郝克凝，他又想起了郝克凝刚才那句"吉人自有天相，琴轩来日方长"的话，心中美滋滋的，脸上喜洋洋的。进而，他又想道："这郝克凝的话向来不虚，或许我那桐果然有更大的前程呢！"

其实，那桐已隐约感觉到盛大的官运正向自己涌来，宽广的仕途正给自己铺开：自从面见太后以来，自己的仕途诚可谓平步青云啊！远的不说，近来这半年间，先是在年前十一月被补授为内阁学士兼礼部侍郎衔；后是在今年三月皇上三旬万寿时，被指派为祭祀历代帝王庙分献大臣；三是在半个月前奉旨在总理各国事务衙门大臣上行走、兼理藩院左侍郎；四是就在昨天，又奉旨管理八旗两翼前锋护军营督练操演事宜……今年我才四十五岁，或许真的来日方长呢！

那桐坐在院子里，一边想着自己的官运仕途将来，一边等着母亲、妻子和孩子们从香山回来，心中的美滋滋和脸上的喜洋洋正好与西天的一片晚霞相映，看上去灿烂如花。

举首西望，夕阳正照在天边的云朵上，悠悠的，闲闲的，艳艳的，真是一番好景致呢。

十八

在那府里卸去了五万两银子，郝克凝觉得又轻松了许多，也愉快了许多；于是，他又让厨房准备了两桌菜，请伙计们吃喝了一番。

人情就是如此：贪得时，多多益善，恨不得能韩信将兵，能二郎担山；欲丢时，少少益美，恨不得能单人独马，能身轻如燕。即将撤庄的郝克凝掌柜如负重百万两的辕马：由一百多万两架本减为五十多万两，轻松了一半；然后由五十多万两减为三十多万两，又轻松了一半；当载振的二十万两存银拿走，连同保定号共剩下十余万两本银时，又轻松了一半；当这十余万两本银又藏入那府五万两时，又轻松了一半！现在——仅剩下了五万两，只相当于原来百分之五的负重，他几乎就像驾着空车一样轻松了。

晚餐罢，郝克凝回到自己屋里，让喜鸣冲泡了一壶上好的铁观音茶，然后依桌独坐，举杯品饮，想一想年初以来谋划撤庄的先知先觉，再想一想这两个月来收缩买卖的先行先动，不禁得意扬扬：这漂亮的金蝉脱壳完成在即啊！一百多万两的架本，就剩下这最后的五万两了！嘿嘿！退一万步说，就算这五万两银子撤不回去，全部损失了，也仅仅是我京号一个账期不盈利而已！这，伤不了我京号的根本，只算是伤了几根树枝，掉了几片树叶！

这种上好的茶叶，再加上这样上好的心情，喝了五六杯茶，果然身上微微出汗，心中隐约通神，颇有飘飘欲仙之感！郝克凝不禁感叹道："哦！这正应了唐代茶家卢仝所言，'五碗肌骨清，六碗通仙灵'啊！"

"哦！原来这铁观音果真有如此之妙！嘿嘿！妙妙妙！"郝克凝一边用口舌品饮，一边用眼睛观赏，一边用心灵感受起这奇妙的铁观音茶来。

正是：久闻此茶名，今晓其中情。冷藏灵性幽，沸浴香魂腾。其色也，清纯而黄澄；其味也，醇美而绵馨；其气也，扑鼻而熏舍；其性也，沁脾而爽神。且来杯盏斟，更见菩萨心：抿抿呷饮后，飘飘渡仙津！

当晚郝克凝在得意扬扬和飘飘欲仙的美妙中进入梦乡，睡了若干天来难得的一个好觉！

次日早餐罢，郝克凝便叫来郭长林、赵儒义和保定号的二掌柜张五成、账房郭学文商议最后这五万两银子的撤运事宜。

郝克凝说道："现在咱们北京、保定二号总共就剩下这五万两银子了，与咱们从前的架本相比，只算个零头。所以，大家不必过分惊慌，咱们的收缩撤庄事宜，已算是一百步走完九十五步了，可以说大功基本告成！不过，话说回来，越是走到这九十五步上，咱就越想求个完美，越想完完美美地走完这剩下的最后五步，来个十全十美。所以，在这个份儿上，大家既不必过分惊慌，也不能马虎大意，而要胆大心细，勇敢机智，把这五万两银子和两号的账簿安安全全地撤运出京城！"

郝克凝喝了一口茶，继续说道："我思谋了一下，咱京号不必等天津号的人了，咱们先撤庄吧！但咱还不能全部撤离，这儿还得留下人来接应。我想了想，还是我留下合适，让高生云也留下陪我，其他人就全撤吧！至于撤庄时间，就定在明天吧！明天正好是六月初三，咱也占个'三六九出门'。撤庄路线呢，也就剩下北面一条路安静了，出城第一天落足昌平，然后经怀来、宣化到张家口；在咱张家口分号作短暂停留，然后再作计议。如果张家口分号需要现银，就把这五万两银子暂存在那里供他们周转；如果张家口分号现银充裕，就由他们协助咱把现银运回祁县总号。——我会与张家口分号和祁县总号电报联系，商议这五万两银子到张家口以后的去留事宜。"

郝克凝继续说道："至于如何撤庄，我看还得用瞒天过海的法子。所以，咱一定要乔装打扮，也一定要严守秘密。我看还是咱原先说的：出京城时，银子放在家具里，人扮成佣人，装作搬运家具的样子，并请庆王府的官兵护送。到昌平后，再买上两副棺材装银子，人也扮成两班孝子，由郭长林、赵儒义各领一班护灵。这事保定号的张五成、郭学文有经验，由你俩当郭长林、赵儒义的助手。到宣化后，自有咱张家口分号的人接应，就好说了。——诸位想想，还有甚异议？"

几个人各自想想，再相互看看，然后都摇摇头，众口一词："全听郝掌柜安排，没甚异议！"

于是，郝克凝安排："那咱就赶紧分头行动吧。我负责去庆王府联系官兵护送事宜，郭长林去负责租赁车马事宜，赵儒义在号内负责银子和账簿的装箱事宜。今天晚上之前把这些事都办好，明天一早就出发。张五成呢，你带一个得手的伙计，租一乘轿车，今天晌午饭后就动身前往昌平。路上有事就赶紧回来通报，无事就连夜赶到昌平城住下。然后察看情况，踅摸旅店，买上棺材，做好打前站的各项事宜。"

郝克凝布置罢，郭长林、赵儒义、张五成、郭学文分头行动了；他也静一静心境，理一理头绪，整一整衣冠，然后前往庆王府找载振借官兵去了。

合盛元上下井然有序地忙碌起来。

次日一早，两套车马和两乘轿车准时来到合盛元后门，两套车马各载几件装有银子的沉甸甸的箱柜，捆得结结实实；两乘轿车各装几个包有账簿的鼓囊囊的布袋，裹得严严密密。一会儿，庆王府的一标人马也准时到了，一个个荷枪挎刀，武姿赳赳，官威赫赫！

一切就绪，整装待发。

郭长林、赵儒义前来告别："郝掌柜，东西都装好了，人都来齐了，我们动身吧？"

郝克凝说道："好，动身吧！你们一路上要多多保重！万一遇上强盗贼寇要相机行事。要记住：人比银子重要，银子丢了可以再挣，人死了却不能复生。人和银子能两全其美当然最好，如果不能两全，则舍银子保命。五万两银子可以都丢了，人命一条也不能丧！千万要记住，咱合盛元就如同一个家庭，你二人待众伙计要像待兄弟家人一样！要记住啊！"

郝克凝动情地说着，声音哽咽，眼睛湿润。

"记住了，郝掌柜！"郭、赵二人听着，应着，也颇为感动，眼眶里盈盈溢出了泪花。

"好了，你们动身吧！一路保重！"郝克凝说着，拱手相送。

"郝掌柜留在京城也多保重！"郭、赵二人也拱手作别，洒泪而去。

合盛元众伙计跟着两套车马，坐着两辆轿车，带着五万两银子，在庆王府一标人马的护卫下，缓缓出发了。

十九

郝克凝送走郭长林、赵儒义等众伙计，返回合盛元院里，一种空空落落、冷冷清清的感觉油然而生，随即，一种伤感之情悄然袭上心头。

他环顾整个院落，睹物生情，心中不禁感叹道：本来红红火火的，地脉也旺，伙计也多，买卖也火，多好的光景啊！只因为局势混乱，战火燃烧，不得不撤出这繁华福地，不得不挪开这风水宝地。可惜呀，可惜！无奈呀，无奈！

"郝掌柜，回屋里歇歇吧！"

郝克凝一回头，原来是高生云和他说话。

"嗯。"郝克凝应着，回到自己屋里。

高生云跟进来，给郝克凝冲泡了一壶茶，端在他面前，说声"郝掌柜喝茶吧"，然后便退出去了。

"哦！我差点忘了，高生云还留在我身边！"郝克凝看了一下高生云走出去的身影，想道。

本来郝克凝要一个人单独留在京城，一面等待接应天津分号的人来，一面察看局势变化。但郭长林等人执意不肯，说道："你也五十岁的人了，身边总得有个人伺候着吧！"辞情中肯，辞语在理，郝克凝也就不能固执己见了。

而高生云又执意要留："我刚出来不到半年，来京号更是才几天呢？！我除了顺路在保定号捎带着做了点事，来京号之后苦没有吃，功没有立，总得给我这个机会吧！即使立不上功劳，能立些苦劳也算，这样我才有脸回去见大掌柜和老掌柜呀！而且，其他伙计们都出来几年了，都早该回家了，怎么说这该留下的人也是我呀！"情切切，语凿凿，郝克凝也就不能不留下他了。

此时,高生云已在院子里着手整理收拾物什呢!郭长林等十几个人带着五万两银子和若干件家具撤走,院里总也算个残局,总也有些乱象。只见高生云或挪或移,或归或并,手过处便是一片井然之象,脚过后便是一方洁然之地!

郝克凝看到这情景,不禁又暗暗点头赞许:这高生云真是个好后生,真是个好苗子呀!

郝克凝在屋子里独坐饮茶,间或看一下桌上的座钟,若有所思。

当座钟的时针指向十点钟时,他终于松了一口气,脸上也隐隐浮出了笑意,心中想道:"他们走了两个钟头了,没有人回来报信,想必是顺利出了京城,走上了去昌平的路。去昌平的路应是正常的,平安的,如果有异常情况的话,张五成在昨天黑夜之前就会回来报信的。哦,但愿他们一路平安顺当!"

郝克凝站起来,在地上悠闲地踱了几个圈子,思绪也从西北方向的昌平转向东南方向的天津。

一想到迟迟不见音信的津号,郝克凝的脸又阴沉下来了,心又忧虑起来了:"洋人都攻打天津十几天了,津号却没有一点音信!这个史文显,还不赶紧撤庄,等甚呢!一打起仗来,票号危险重重啊!——官府官军自顾不暇,哪还能维持好社会秩序?强盗贼人势必趁机作案,山西票号金银满屋,声名满街,最是显眼扎眼,自是强盗贼人们的首选目标,这是一。义和团毕竟是一群乌合之众,鱼龙混杂,一旦乱起来,谁能保这些拳民不会转而成为贼寇呢?义和团拳民如此人多势众,他们的人真要抢劫起票号来,谁能奈何?这是二。此外,那些官兵虽然以保国安民为职责,但他们也要吃要喝,也爱钱爱财啊!没了饷银,他们会冠冕堂皇地勒索商家;没了约束,他们还会翻脸成为更可怕的强盗!这是三。如果让洋人攻破城,那就更糟了:烧杀抢掠,无恶不作,那就不用说银子,连伙计们的命也难保了……"

郝克凝忧心忡忡，心中隐约有一种不祥之感，不由得暗暗祈祷起老天爷来："但愿我合盛元天津分号能舍财免灾，保佑众伙计们的性命安全！"

郝克凝又担心起段德义来："是我派段德义前往津号的呀，如果段德义出了意外，我就是罪人呀！"于是他更心诚地祈祷起来："老天爷呀，求你老人家特别要保佑段德义的性命安全呀！"

郝克凝在焦虑中等着津号的伙计，在忐忑中挨着燥热的时光。

到第五天，他收到了张家口分号的电报："京号郭长林等已安全到达，人银两全，勿念。"他的心情这才稍有好转，脸上也挂上了一丝笑意。

到第六天下午，他终于等到了天津号的人，却像是一伙逃难的灾民：一个个衣帽不整，疲惫不堪，有几个还挂着伤痕！他们踉踉跄跄地敲门进来，一见郝克凝掌柜还坐守在京城接应他们，一个个涕泗纵横，失声痛哭："郝掌柜！我们差点就回不来京城了！呜呜——"

天津号掌柜史文显则在郝克凝面前"扑通"跪倒在地，一把鼻涕一把泪地说道："郝掌柜！津号的银子全让抢了，一无所有了，我有罪呀！我真是上对不住你郝掌柜和总号贺大掌柜，下对不住津号众伙计，我是罪人呀！"说着捶打着自己的胸脯，号啕大哭。

郝克凝木然地站在院里，他担心的事情果然发生了！

他看了看段德义在，心上像减少了一个秤砣；接着点了点人数，天津号的九个人全在，心上像又减少了一个秤砣！于是他心中轻松了许多：好在人还算平安，也算不幸中的万幸吧！

他看了史文显一眼，又怒，又火，又恨，又怜，实在无话可说！心中却不住地感叹：好一个败军之将，好一个坏事之人！心无术，身无艺，人无能，却还目中无人，实在是咎由自取，祸由自惹啊！而且，他不仅害了自己，也害了天津号众伙计，还连累了京号，连累了总号……他这一败，罪孽深重呢！

史文显还在地上哭诉，声音呜呜咽咽，涕泪淅淅沥沥，身体稀稀松松，一把鼻涕一把泪，十分自责十分悔。

郝克凝早已看得不耐烦了，听得也不耐烦了，说道："好了！不用哭哭啼啼了，也不用说长道短了。先安顿住下来，洗漱洗漱，歇息歇息，吃了晚饭再说吧！"说罢，让高生云招呼众人去后院歇息。

天津号的人几乎有点像逃犯，像乞丐，像穷人，像饿鬼一样跟着高生云下去了。

郝克凝看着这些人一个个灰眉土眼、丧魂落魄的样子，一个个"急急如丧家之犬，惶惶如漏网之鱼"的样子，心中不禁悲然、怆然、慨然，不禁哀之、怜之、叹之——

一失足成千古恨！失足，失手，失算，失人，失言，失信……这一个个"失"演变下去的结果，都是失败！而失败就是他们这样子，伴随失败的就是惨，痛，悲，苦，急，惶……失败的后果就是如此沉重，难受，可怕；而失败的前因又是如此简单，明白，可防。

种瓜得瓜，种豆得豆；前有因，后有果。道理就这样明摆着，几乎人人皆知，可人们却常常会忘了这些道理，往往是求瓜而种豆，求树而栽草，求正果而走歪门，求成功而使败招……

二十

当晚，郝克凝让高生云去饭馆要了一桌丰盛的酒席，送到合盛元院内，请天津号众掌柜伙计吃喝了一番，也算为他们接风洗尘，尽地主之谊。

饭罢，他把段德义叫到自己屋里，亲自冲茶端杯，请段德义品饮。

段德义受宠若惊，战战兢兢地接过杯来，点头称谢不已。

不等郝克凝问话，段德义就主动自责起来了："郝掌柜，我段德义实在无能，这次去天津，实在是有辱使命，寸功未立，辜负了您的期望呀！您也看到了，天津号真是惨不忍睹！也实在是我无能，说服不了史掌柜呀！"

郝克凝听罢，摇摇头说道："你不用自责，天津号的事不怪你。我让你来我这里，不是要责备你，而是要慰劳你，感谢你！这次你去天津，虽说没能挽回危局，没有立下功劳，但总是立下了苦劳嘛！德义啊！这一趟天津，实在是辛苦你了！来，喝茶，喝茶！"

段德义听着，明白了郝克凝的心意，提着的心终于放下了，缩着的胃也随之放松了；于是，他有心情，有胃口，也有兴致，来品饮郝克凝亲自为他冲泡的茶了："哦！好茶，好茶！多谢郝掌柜！"

接着，郝克凝又与段德义说起了津号的情形。

"我看你们衣服又破，肚子又饿，津号果然被抢劫一空了吗？一点现银也没剩下？连买饭吃的银子也没有啦？"郝克凝问道。

段德义点点头，说道："确实是被抢劫一空了，可以说连一两银子也没剩下！事情发生后，史掌柜几乎就吓傻了，手足无措，目瞪口呆，就是知道哭天喊地，呼爹叫娘！我总算有点撤庄经验，劝说提醒了他一番，才把字号上的家具折卖了，得了些银子，做路上的盘缠；然后，又让把众伙计的绸衣缎袍和老百姓调换成破衣烂衫，这才混在人群中逃难出来。一路上车马雇不起，只能步行；饭菜吃不好，只能半饱；再加上避乱绕路，又惊又怕，跌跌撞撞地走了五天才勉强来到京城。"

"你猜是甚人抢劫的？怎么抢劫得这么干净彻底？！"郝克凝又问道。

段德义喝了一口茶，想了想，说道："我猜想，肯定是里外勾连，号上出了内奸；要不然，他们不会把所有的银子都抢走，银子在好几个地方呀！我猜这内奸肯定是雇佣的那些当地勤杂人员，或被买通，或被恐吓，事先给强盗们透露了内情。"

"那些勤杂人员就一直没有遣散？"郝克凝插话问道。

"没有嘛！我早就提醒过史掌柜，可他偏偏不听。还说，这些勤杂人员是他亲自严格挑选的，品行端正，忠实可靠呢！嘿嘿！"段德义无奈地笑了笑，摇了摇头。

郝克凝听着，也无奈地摇了摇头，感叹道："唉！这真是古人说的'天作孽，犹可违；自作孽，不可逭'呀！"

"是啊，这确实是史掌柜自己作的孽呀！"

"强盗可能是甚人呢？"郝克凝顿了顿，又问道。

段德义说道："那天晚上也就是刚刚打更时分，一下子就有二三十个人闯进门来，一个个光着膀子，箍着头巾，提刀带枪，见人就打，见东西就砸。为首的一个大汉自称是义和团的坛主，说义和团的弟兄要去城外打洋人，要咱票号为他们捐纳银钱。然后五六个人放哨，七八个人用刀枪押着众伙计，剩下的十几个人四处搜寻，把字号里的柜子箱子翻了个遍，把银库银窖洗了个净！然后把银子抬出去，装上车马，就走了！前前后后，我估计不到一个钟头。那做派，我看不像是义和团的人，倒像是黑道上的人，或许是黑道上的人混进了义和团，看到局势乱了，便浑水摸鱼，趁火打劫！"

"那——就咱合盛元一家被打劫？"

"也不是，当晚就有三四家票号被打劫，而且此前五六天已有两家钱庄被打劫过了。"

"哦！"郝克凝听着，点点头；算着，又摇摇头，无奈地叹道，"唉！这已经有被打劫的先例了，还是不戒备！迟愣什么？这日子算下来已是你们保定号撤庄整三个月了，就是不撤庄！拖延什么？局势已经那样了，还是拖拖拖，一直拖了三个月。岂有不被打劫之理？而且，局势这么乱，即使告了官，官府自顾不暇，哪能破得了案子，追得回银子？！嘿嘿！

只能算是把强盗当爷爷，拿上这成万两成万两的银子敬奉强盗爷爷了！"

郝克凝和段德义喝了几杯茶，也了解了津号的大致情形，看到段德义疲惫困乏的样子，便说："你们这些天算是遭罪了，受累了，回去歇着吧，好好睡上一觉！"

郝克凝起身送段德义出门，并目送他回到房间。

段德义看到郝克凝掌柜对自己如此抬举，暗自欣喜。郝克凝掌柜威名赫赫，威仪肃肃，合盛元内除了大掌柜贺洪如、大先生阎文通二人之外，谁不敬他三分，怕他三分。今天却请他段德义喝茶，还亲自倒水端茶，而且临出门还起身送他一直到门外。

当晚，段德义带着一份美好的心情，进入了美妙的梦乡。

次日早饭罢，津号掌柜史文显本以为郝克凝掌柜要召见他。——昨晚召见了段德义，今上午总该召他了吧？但郝克凝却并不召他。

到了半上午时分，史文显看看郝克凝掌柜仍没有召见他的意思，他只得主动来到郝克凝掌柜屋里述职了。而即便他主动来到郝克凝屋里，郝克凝也不给他段德义的待遇了：进门时，并不起身，只用手指了指椅子；喝水时，郝克凝并不动手，只让高生云沏茶端杯。此外，郝克凝还不和他主动搭话，一副不冷不热不待理的样子。

史文显只得尴尬地主动说话了："呵呵，郝掌柜！我把津号的情况给您说一下吧？呵呵！"

"哦？不用了吧！史掌柜，你还是回总号说吧。我只是京号的掌柜，管不着你天津号的事呀！"郝克凝冷冷地说道。

史文显看着郝克凝的冷脸冷面，听着郝克凝的冷言冷语，难受得快要哭出声来了："郝掌柜！您大人不计小人过，就原谅了我吧！当初我不听郝掌柜的话，不理段德义的茬，全是我的错，全是我昏了头呀！呜呜——"说着，史文显真的哭起来了。

"男儿有泪不轻弹，不用哭了！说吧，说吧，说你天津号的事吧，我听就是了。"郝克凝说道。

于是,史文显说起来了:"郝掌柜,天津遭此劫难,全是我的错,总号有甚责罚,全由我一个人承担。不过,我可不是故意不听您的话,故意不理段掌柜的茬,实在是估计错了形势呀!段掌柜三月中旬刚来天津时,天津城还不见一个义和团的影儿。我想,义和团毕竟是一伙乌合之众,也就是在乡下,最多在县城闹闹而已,成不了什么气候。天津城有直隶总督兼北洋大臣的府衙,有天津水师营副都统的府衙,有天津总兵的府衙,还有长芦盐运司和天津海关道的府衙,有这么多的官府衙门和成千上万的官兵驻在天津,怎么能让义和团进城来胡折腾?再加上天津还有许多的外国领事馆和租界,也有许多的洋枪洋炮武装,思来想去,这义和团怎么也进不了天津城呀!可事情就怪了,过了一个月,在一夜之间,这些义和团拳民就不声不响地进城了,而且三两天时间就像蝗虫蚂蚁似的满街满巷都成了义和团。"

史文显呷了一口茶,继续说道:"人们本来很怕义和团,义和团刚出现在天津的大街小巷里,也着实让人们害怕了一阵子;但后来却发现义和团的人很有纪律,对商民秋毫无犯。可真是奇了怪了。再后来又得知义和团和官府已经联手了,进城来是要和官军共同保卫天津城的,这下人们就更放心了。人心一稳,市面照旧繁荣,钱庄票号也就又大放心宽地做起买卖来了,一点也没有要撤庄的意思!可又过了一个月,到了五月二十一,天津镇总兵罗荣光战死,大沽炮台陷入洋人之手,市场一下就慌乱了。该收的收不回来,该兑的兑不出去,一耽搁到六月初三,就出事了。真想不到啊!郝掌柜,现在我是追悔莫及呀!唉!呜呜——"史文显说罢,又啼哭起来了。

郝克凝对史文显本来一肚子火,真想劈头盖脸扇他几耳掴,日爹骂娘训他一顿。但事到如今,看到史文显的凄惨样子,也下不了手,出不了口,倒似乎该安慰他了。但郝克凝哪有这样的好心情,好脾气?!他只有舍其两端而折其中，平和地对他教训几句了。

"文显啊，事到如今，你也不用哭了，好好地汲取教训吧！古人说的好，前车之覆，后车之鉴，如果以后能避免犯类似的错，也算是这回挫折没有白受。不过，我还是得提醒你：道理无处不在，无时不有。所以，你办事不能自以为有道理就行了。谁不讲道理？甚事没有道理？成功有成功的道理，失败有失败的道理；赚钱有赚钱的道理，赔钱有赔钱的道理。关键是，咱作为生意人要遵循成功的赚钱的道理！我刚才听你说了一顿，好像你这几个月来的所作所为也很有道理，但你的这些道理都是失败的道理，赔钱的道理，所以才遭受了如此大的损失。你做甚事不能说占住道理就行，关键得占住成功的道理和赚钱的道理。我给你说句实话吧：千有理，万有理，败了赔了就没理！"

"是，是，多谢郝掌柜点化！"史文显心悦诚服地应道，刚才那哭丧的脸上也隐约有了一丝儿笑容。现在郝克凝能叫他一声"文显"，而不是"史掌柜"，他已经在心里感到了一股温暖；郝克凝还能平和地认真地给他讲这番道理，就不仅让他心里开窍，也让他脸上开花了。

二十一

三天后，郝克凝给史文显准备了一白两碎银，供他路上盘缠；又在号内摆宴，为天津号的伙计们饯行。然后，史文显便带着天津号的伙计们出了德胜门，往昌平方向上路了。

郝克凝打发走了天津号的伙计们，不禁又盘算了一番他们在路上的安全：八九个人，只有一百两碎银子的盘缠，不值得贼人图财害命；而且，他们一个个破衣烂衫，也不会引起贼人的注意。如此看来，这八九个人一路上应该是安全的。

这么一盘算，天津号的伙计们这一走，也就不在郝克凝掌柜的心上挂记了。于是，他让高生云沏茶上来，与留下的段德义掌柜品茗聊天。

本来，段德义应该随天津号的人一同离京回祁，但他执意要留下来，郝克凝也就任由他了。段德义此番留京，也是有多种缘由：一是他在天津号待了两三个月，史文显只把他当客人相待，虽说是好酒好肉，却言不听，计不从，整日间一无所事，弄得他十分尴尬！和史文显等人在一起实在觉得别扭，实在不想和他们同行。二呢，他也有意和郝克凝凑近乎，多处些日子，多有些感情，为自己的将来做些打算：郝克凝在同仁中出类拔萃，又身居京号要职，现在在总号大掌柜那儿说话就很有分量，将来更有可能继承总号大掌柜的大位呢！第三，他也有意从郝克凝身上套些生意经。郝克凝能在票号界声名赫赫，他肯定有一套过人的处事之法；如能常在他身边，听其言，观其行，悟其道，定然收获良多呀！

段德义殷勤地斟茶递杯，恭敬地聆听应对。

"德义呀，你这番去天津的两三个月虽说是无所事事，说不上话，插不上手，闲散了几个月。不过，毕竟耳有所闻，眼有所见，对天津也总有些印象吧？"郝克凝说道。

"是，是！"段德义应道，"几个月来，我对天津印象最深的有这么几点。一是洋人特别多，洋货特别多，而且这些洋人洋货都很霸气，把咱中国人中国货压得有点抬不起头来。二是黑道上的帮派特别多，黑道上的势力特别大，弱小的商家常常受其祸害：敲诈勒索是小，更有甚者，被打砸，被绑票，被抢劫！三是官衙多，官员多，但大多是贪赃枉法之辈，不谋国事，但求私利；结果不仅龙多不治水，反倒使天津成了一潭污泥浑水！四呢，就是咱这些做买卖的人多，挣钱的机会也多，可以说人聚如蚁，物涌如潮，钱流如水！嘿嘿！"

郝克凝赞许地点点头，说："看来，你还真是不虚此行嘛！说得好，说在点子上了啊！那——依你看来，史文显主要败在甚上了？"

段德义受到郝克凝的赞许，更敢放开胆说话了："我看也就是两条：一是骄傲自满，刚愎自用，被以往的成功所迷醉，致使耳朵失灵。他凭着上个账期买卖做得好，红利分得多，就自以为是，听不进您这儿的几番告诫，听不进我的多次劝说，也听不进手下伙计们的提醒，更听不进市面上的风声，分明就是聋子嘛！二是好大喜功，贪得无厌，被眼前的利益所蒙蔽，致使眼睛失明。本来天津就不是太平之地，再加上义和团的掺和，本已是险上加险了，但他却视而不见，眼睛只盯着买卖生意。结果，洋人这些惹祸的引子，他看不清；官府这些无用的牌子，他看不透；黑帮这些趁火打劫的主子，他看不见。这分明就是瞎子嘛！"

郝克凝听着连连点头，赞叹道："好一个'聋子''瞎子'！嘿嘿！说得精到，精彩！"接着，他又感叹道，"史文显如果能有你一半眼光，又何至于如此惨败呀！"

"不敢，不敢！郝掌柜谬奖了！"段德义笑道，"我也不过是'旁观者清'和'事后诸葛亮'罢了。呵呵！"

"呵呵！"郝克凝笑着，心里却闪出了一个念头：日后天津号再开张，史文显肯定不能用了，这段德义倒是个合适的人选！

但郝克凝也仅仅是生出这样一个念头而已，却并不说出来给段德义本人听。他心中自有一番道理：生之于心，是为合盛元谋事业，是君子所为；诉之于口，则是为自己卖人情，是小人所为。

这时高生云拿着两张报纸进来了，一边将报纸递给郝克凝，一边说道："郝掌柜，《申报》上登出消息，直隶提督聂士成战死了！"

"啊？"郝克凝怔了一下，接过报纸来看，头版上一行醒目大字映入眼帘：直隶提督聂士成战死八里台！

郝克凝一看报纸，当即感叹道："完了！天津城完了，北京城也要完了！"

当下，郝克凝、段德义和高生云三个人忧心忡忡……

果然，在聂士成战死后五六天，天津城就于农历六月十八日（1900年7月14日）失陷了；随之，北京城就一片慌乱了：许多票号钱庄门前全是持票兑银的人群，秩序好的如一条龙，秩序乱的如一窝蜂！而在这些票号钱庄内，掌柜伙计们更是心急火燎团团转，像热锅上的蚂蚁一般！

原来，这票号、钱庄、银炉房和小商人及储户在一条链子上，正常情况下自是相辅相成，一荣俱荣；但一遇到特殊情况，在某一个环节上卡了壳，便会连环卡壳，彼此间就成了相倾相轧，一损俱损了。

票号钱庄平时看起来堆金堆银，好像银钱多得没处放，其实那多是储户的银钱在装点门面。储户一旦挤兑起来，这些金子银子就跟着主儿跑了。许多字号里不仅没了金堆银堆，成了空荡荡的铺面，而且铺面下还会有偌大的黑窟窿呢！所以在太平时，票号钱庄的掌柜们掌管着无数的银钱放款，俨然一副财主的悠闲模样；而在动乱时，票号钱庄的掌柜们却得筹措无数的银钱兑现，就是一副乞丐的狼狈模样了！——或当财主，或当乞丐，全在于掌柜的见识：先知先觉，能防患于未然，远离挤兑的旋涡，便是财主；后知后觉，须弥患于已然，身陷挤兑的旋涡，便是乞丐。

郝克凝带着段德义和高生云优哉游哉地在北京城的各条街上转悠着，看着一个个票号钱庄门前长如龙乱如蜂的场面，不禁暗自庆幸：幸亏自己早动手几个月啊！

过了几天，朝廷调任名将马玉昆为直隶提督的消息传到市面上，挤兑风潮才稍稍平缓了一些。但又过了几天，直隶总督裕禄自杀、杨村失守的消息传到市面上，挤兑风潮又陡然而来，势头更猛更凶！于是，市面上更坏的情况出现了：

有的票号钱庄因兑不出现银，趁晚上关门时机，掌柜伙计们溜之大吉了！由此，招来了储户在铺面前哭天喊地的叫骂，市面一片哗然！

有的票号钱庄因兑不出现银，掌柜的上吊自缢，伙计们四处逃奔，铺面被官府查封了！储户们又是一番哭爹喊娘的泣诉，市面上再一片哗然！

山西蔚盛长票号的掌柜伙计们携带账簿和巨款撤逃，错误地选择了向南的路线，结果在去保定的路上遭遇乱民，账簿和巨额银子统统被抢劫殆尽！

而山西蔚丰厚票号的掌柜伙计们也携带着巨额银子撤逃，却连京城也没有出去，走到广安门就被乱民全数抢劫了！

……

郝克凝得知这些消息后，知道北京城不能再待下去了，合盛元也该彻底撤庄了。于是他吩咐段德义、高生云把合盛元的招牌和门柱上的楹联摘下来，裹上油布，埋入地下藏起来；又让他们和上烂泥把铺面前显眼漂亮的木刻石刻用烂泥糊起来，把铺子显眼漂亮的门窗家具也用烂泥糊起来……总之是一个原则：漂亮的，让它变丑；贵重的，让它变贱；干净的，让它变脏；整洁的，让它变乱。乱世就这样，漂亮、贵重、干净、整洁会招来杀身之祸，而丑、贱、脏、乱却是护身符！

当晚郝克凝给合盛元总号和各分号写了最后一封信：通报了京城形势，分析了战乱景况，并告知"京号从即日起全数撤离"，劝告"各分号宜谨慎处事，收缩买卖，静观时局，明哲保身"云云。

他还特别告诫关外的奉天、营口、安东各号："津、京为关外各号回撤之咽喉，如今天津已陷入洋人之魔掌，北京又面临洋人之枪炮。故而等诸兄唯有审时度势，坚持保守。保守之道，外则须谨防兵燹之灾，备荒备难，以保伙友之命；内则须收缩买卖之势，示弱示贫，以绝贼人之心。如此则庶几逢凶化吉，遇难成祥也！"

郝克凝一连写了二十多封信，一直到凌晨三四点钟才算写完。

次日早饭罢，郝克凝让段德义和高生云去大清邮政局把信寄出，并采办出行用品；他自己则前往金鱼胡同，拜别那桐去了。

郝克凝来到那府,但那桐却并未轮休在家,家里人说那桐近来特别忙,半个多月都没有休过一天假。他又去了理藩院,值事的却说那桐去了总理各国事务衙门。他再去总理各国事务衙门,值事的却说那桐去了日本公使馆!

郝克凝转了半个京城,却仍没有找到人。无奈之中,他想起了"寻人不如等人",于是,到半下午时分他就又去那府等候了。

二十二

那桐这几个月来着实忙得不可开交。

他身兼内阁学士、理藩院侍郎、总理各国事务衙门行走等若干官职,还得管理八旗两翼前锋护军营督练操演,又赶上朝廷内忧外患接二连三,常常是桌上的文案如堆山,手上的琐事如流水。内阁的各种敷奏,他得去审看,去签押,有的还得他亲手抄录甚至拟写。理藩院的日常事务,他也得去会商处理。而刚刚奉旨管理八旗两翼前锋护军营督练操演事宜,他又得前去熟悉同僚下属及具体军营事务。总理各国事务衙门的事就更多,赶上这义和团灭洋仇教,闹出了诸多涉外事件,都得总理各国事务衙门去处理;而中外开战,朝廷与各国使馆关系紧张,总理各国事务衙门的事就更忙了,也更难了!

从直隶提督聂士成战死、天津失陷,再到直隶总督裕禄自杀、杨村失守,朝廷的惊恐慌张日甚一日,慈禧太后急得连连召集大臣们议事,商讨退敌之策。然而,主战的载漪、刚毅等人已然知道官兵打不了大战,拳民也顶不上大事,手中已无战将兵勇可遣了。主和的吏部侍郎许景澄、太常寺卿袁昶已然被治罪问斩,庆亲王奕劻则因主和被革去了总理各国事务衙门大臣一职，居则闭门思过，出则缄口不语，朝廷里谁还敢再言和？！而另一位主和派重要人物李鸿章则于半年前被外放两广总督，虽然朝廷已于六月十二日（1900年7月8日）下旨让李鸿章回任直隶总督兼北洋大臣，但路途遥远而阻隔，下旨已一个月了仍不见踪影……

如此如此，主战的不能言战，主和的不敢言和，臣子们一个个束手无策，缄口无语，慈禧太后只得自己想办法，拿主意了。而形势又明摆在那儿，她也就只得主张议和！——此情此境，议和是唯一可行之法，而李鸿章是唯一可用之人！

于是，朝廷于农历七月十三日（1900年8月7日）下诏：授李鸿章全权大臣，与各国议和。

诏书一下，朝廷一方面督促李鸿章速速北上，主持议和大局；一方面督促总理各国事务衙门速速到各国使馆宣谕圣旨，表达议和善意。

于是，那桐又一次前去日本使馆，向日本公使宣谕议和圣旨。刚回来，又接到了慈禧太后宣他进宫的懿旨。于是，他稍做歇息，整整衣冠，又冒着热辣辣的太阳赶到宫里，在慈宁宫外候宣。直等到下午四点来钟，太监才宣他进去。

慈禧太后分明刚歇晌起来，正坐在床榻上依着一个小方几，捧着一杯茶润喉醒神呢！

那桐叩首行礼罢，俯首而立。

"那桐啊，朝廷授李鸿章为议和全权人臣的事，你们总理衙门向各国使馆宣谕了吗？"慈禧太后一边喝茶，一边问道。

"回太后，今前晌就都宣谕了。"那桐拱手而答。

"你去哪国使馆了？"

"回太后，奴才去了日本使馆。"

"日本人怎么说？"

"回太后，日本人对此表示欢迎。日本公使西德二郎对李鸿章大人当议和全权大臣表示认可,还说这是大清朝的聪明之举。"

"其他洋人怎么说?"

"回太后,奴才听同僚们讲,其他洋人都认可李鸿章大人。"

"哦!"慈禧太后点了点头,颇有欣慰之感,也颇有庆幸之感:此事万分艰难,非德高望重、老谋深算,且能忍辱负重者,万万不能胜任此事啊!数来数去,大清也唯有这李鸿章一人了。

想到李鸿章,慈禧太后自然又想到了甲午战争和《马关条约》:李鸿章和日本人签署的《马关条约》虽说是有丧国权,有辱国君,但谁让咱战败了呢!古往今来,战败者不都是任人宰割吗?能签和约,已是难能可贵了。这样看来,丧权也罢,辱国也罢,罪不在签约,而在战败;而其根由则是无胜算把握而贸然开战!不开战则不会战败,不战败则不必签这些丧权辱国的和约啊!那样的话,即使洋人有所求索,也不至于如此狮子大开口;朝廷百姓的利益即使有所损失,也不至于如此丧师失地,丧权辱国,生灵涂炭啊!

此时,年纪六十六岁、执掌大清朝政四十年、又屡次经历战败的慈禧太后,才算终于悟出了一个治国与邦交的道理:不必胜,则不必战!——当初咸丰年间就不必与英法两国开战,如果不开战,英法军队也不会打进北京城,不会火烧圆明园,咸丰帝也就不会早早地饮恨而死。甲午年时也不必与日本开战,如果不开战,北洋水师也不会覆灭,台湾列岛也不会割让,也不会有二亿三千万两白银的赔款,甚至也不会有后来的康梁维新和义和团闹事。今年的这场战争就更不必开了,大清数十年来内乱不已,如多病之躯;外患不断,如伤残之体,却与如狼似虎的八国列强开战!这分明是必败之战啊!

想到这些,慈禧太后既恨自己糊涂,又恨载漪、刚毅等人无知无谋,误君误国!反过来,她也就更得寄希望于李鸿章了:大厦将倾,唯有靠这位柱石之臣且支撑一番了。

现在她从那桐这儿得知各国使馆都认可李鸿章为议和全权大臣，心里悬着的一块石头总算落了地：只要李鸿章主持议和，就能扶住大清这座摇摇欲坠的大厦；而只要大清这座大厦在，她就依然是这座大厦的主人，依然是主宰朝政的大清太后。

慈禧太后召见过几次那桐，他说话入耳，举止得体，每次都让慈禧太后感到愉快。这次问了几句关于李鸿章和各国使馆的话，又让她很开心。

慈禧太后饶有兴趣地与那桐拉起话来："那桐啊，既然各国使馆都认可李鸿章为议和全权大臣，那你说，他们的军队会停下来，不再攻打京城吗？"

"回太后，这——"那桐欲语又止。

"这里没有外人，但说无妨！"

"依奴才看，各国使馆虽然认可李鸿章大人为议和全权大臣，但他们这一回受了羞辱，也受了伤害，恐怕不会善罢甘休，让自己国家的军队停下来。而且，各国军队如离弦之箭，即使想停，一时半会儿怕也停不下来。再说，洋人历来贪婪，又各自为战，面对我繁华京城，如争食猎物之兽，抢分赃物之盗，恐怕谁也不愿意先停下来。"

慈禧太后听着，点点头，"嗯"了一声，然后若有所思地说道："这样看来，京城是难保了？京城难保，朝廷就得挪个地方了？"

那桐说道："依奴才看，胜败乃兵家常事。兵法云：'敌则能战之，少则能逃之，不若则能避之。'就眼下形势而言，敌我悬殊，不能战之，只能逃之避之了。俗话说'留得青山在，不怕没柴烧'。只要太后圣体安泰，到时候李鸿章大人议和成功，洋人撤军，圣驾回銮，再重头收拾山河，抚慰臣民，那山河就还是大清的山河，臣民也还是太后的臣民啊！所以，为朝廷和太后的安泰着想，还是走为上计啊！"

"嗯！难得你能这么为朝廷着想，到底是多读了几年书啊！"慈禧太后听着，圣颜大悦，不禁夸奖起那桐来了。

"多谢太后夸奖！"

慈禧太后继续说道："今天我找你来啊，主要是想对你说：现在叶赫那拉氏家族里的男人，也就数你出众了。多亏庆亲王夸你的才具，也懂我的心思，把你抬举起来了。不过，这两年你升迁得快了些，难免会落下一些闲话。你要明白，我们叶赫那拉氏是伺候爱新觉罗氏的，不是天生下来就该为王为侯为大臣，而是要靠本事，靠功劳的。所以啊，我希望你今后能多长进些本事，多积累些功劳。这次开战失利，看来京城要乱一阵子，朝廷要暂时挪挪地方了。我有意让你留下来当李鸿章的帮手，协助他处理议和事宜。这样呢，你既能跟着李鸿章学些本事，又能傍着李鸿章立些功劳。不过——洋人一旦打进京城来，乱刀乱枪的，福祸难料，须加倍小心才是！"

"是，奴才叩谢太后洪恩！"那桐感激涕零，下跪谢恩。

二十三

那桐从慈宁宫出来，真是受宠若惊，喜出望外：太后如此待我，亲近如家人，看重如王公，就是一品的总督、将军和大学士、尚书也难得到如此的殊遇呀！

那桐坐轿回家，一路得意扬扬。不过，他毕竟是读圣贤书出身的君子人，一路上不免在得意中饮水思源：我要不读圣贤书，哪能中了举人，又哪能懂得治国安民和为人处事之道，因而在叶赫那拉氏家族中出人头地？我要不是姓叶赫那拉，朝中的举人进士多如牛毛，当今太后怎么能看重了我？而当初，要不是攀上了庆亲王，得到提携，并由他向太后举荐，我哪能入了太后的圣眼？再往下推，当初要不是合盛元票号郝克凝掌柜借给我十万两银子去疏通,我又哪能攀上庆亲王?所以——他感古圣贤的文脉之恩,感老祖宗的血脉之恩;他谢庆亲王的王气之惠,谢郝克凝的财气之惠!

那桐回到家时已是傍晚时分,他一看郝克凝在等他,欣然说道:"哈哈!原来耀庭兄在呀!正巧,今晚咱哥俩好好喝一盅!"

于是,那桐吩咐厨房备酒备菜。

郝克凝看到那桐红光满面,喜气洋洋,知道他遇上了好事,笑道:"琴轩,我看你肯定遇上了可喜可贺之事!"

"对,耀庭兄可算说对了!"那桐笑道,接着便将朝廷任命李鸿章为议和全权大臣和他刚才被太后召见的事一一说给了郝克凝。

郝克凝听罢,拍手叫好,连声说道:"啊哟,实在是可喜可贺,实在是可喜可贺啊!李鸿章大人能出任议和全权大臣则早日可成和局,此诚为国家之幸,朝廷之幸,也是我商民之幸啊!琴轩能亲聆太后训导,并受太后之命留守京城随李鸿章大人议和,这可是你建功树勋的机会,也是你飞黄腾达的先兆呀!这酒呀,为国该喝,为民该喝,为你琴轩更该喝,今天我真得陪你多喝几盅!哈哈哈!"

一会儿酒菜上来,那桐亲自把盏斟酒,并说道:"耀庭兄,咱哥俩还真是有缘啊!刚才我在路上还想,要不是你郝克凝当初敢借给我十万两银子,我那桐哪能有今日呀!我刚才进门前,还正想着要叫你来喝酒,庆贺今天的事呢!你却正好在家里等我呢,真是天意,天意啊!哈哈哈!来,咱哥俩喝起来!"

郝克凝接过酒盅一饮而尽,然后说道:"琴轩,这实在是我有福啊!当初有眼福,能发现你这位贵人;今天又有口福,能喝上你这桌美酒!哈哈哈!"

那桐和郝克凝开心大笑,开怀豪饮!

这一段时间那桐真是累了,在几个衙门间穿梭,在几国使馆里周旋,那可真叫个忙啊！他早就想放松一下，放纵一回，今天真是最好的时机。郝克凝呢，这一段时间打理京、津、保三号收缩撤庄的事，也极为忙碌操心，现在已然完事，明天即可离京回乡，也可以放松一下，放纵一回了。

二人一股脑儿喝到半醉，那桐才猛然想起来，他还不知道郝克凝为什么在家等他呢！

"啊哟，失礼，失礼！我半天还没问耀庭兄找我有什么事呢！"

"嘿嘿，无妨，无妨！我今天来也没什么紧要事，只是向琴轩告别一声，我准备明天起程回乡。"

"哦，原来如此！那好，那这桌酒就又多了一份意义：为耀庭兄送行！来，干一杯！祝耀庭兄一路平安，早日回乡！"

"好，好！多谢琴轩吉言！我也祝琴轩全家在京城平平安安！"

二人又一番豪饮，又一番快语。

"今天这顿酒饭后，咱兄弟二人算是分手。你回山西是为避难，我留京城是为立功。你是字号掌柜，必须回去避祸，要不然就会被强盗抢了银子，甚至害了性命；我是朝廷命官，必须留下立功，要不然就会被同僚抢了机会，甚至误了前程。呵呵！耀庭兄，天下殊途而同归啊！——你走，是为了保住本钱，来日自可在商场上大把赚钱，来个财源通四海！我留，是为了赚取本钱，来日自可在官场上大步登高，来个官运达青天！哈哈哈！来，喝起喽！"那桐爽快地说着，爽朗地笑着，爽利地喝着。

郝克凝听着，看着，感动着：那桐从来没有像今天这样开襟开怀，这样掏心掏肺，这样无遮无掩！今日之那桐绝非昨日之那桐，昨日之那桐不过是一个普通的户部五品小官，而今日之那桐是身兼数职的二品大员，还是当今太后眼里的红人，前程无量！而他对我却比以前更坦诚，更亲密，更像兄弟了！

郝克凝举杯相陪，继续豪饮。

当晚，二人尽兴尽致，烂醉如泥！临散席时，郝克凝哪里能立得住腿脚，是那府的佣人搀扶着他，坐上那府的轿车，才把他送回了字号。

这几天，郝克凝本来已经一身轻松，今天又与那桐酣畅淋漓地喝了一回美酒，叙了一番真情，当晚自是一个呼呼大睡的好觉……

第二天，就在北京城郊战云密布，硝烟弥漫，北京城即将被八国联军攻陷之前，郝克凝、段德义、高生云三人带上干粮盘缠，换上破烂衣裳，租一辆破旧轿车和一头老弱骡子，离开了合盛元京号，走出了北京城，逍遥自在地向昌平方向去了。

正是：

未雨绸缪早，闻风走得好。

经营自有术，进退岂无道？

韬略足为贵，笃诚更是宝。

卷银重返日，开赴东瀛岛！

就在郝克凝等人走后仅三天，农历七月十八日（1900年8月12日），八国联军就攻陷了通州。农历七月二十日（1900年8月14日），俄国军队攻占了东便门，日本军队攻占了朝阳门，其他六国军队也相继攻进了北京城。此时，屡战屡败的大清官兵如惊弓之鸟，溃不成军！而义和团拳民虽然人多势众，英勇无畏，却毕竟是一群乌合之众，形不成强大的战斗力，倒成了八国联军的活靶子，成了大清官兵的替死鬼，成了无处邀功、无处领赏、也无处留名的千古冤魂！

当朝的慈禧太后没有想到大清官兵和义和团如此缺乏抵抗力，而八国联军的攻击力又如此强大；她和光绪皇帝巡狩的诸项事宜还没有来得及准备好，城门已经破了！

幸好，八国联军官兵实在贪婪，而作为金元明清连续四朝帝都的北京城也实在有太多的金银财宝，才使八国联军的占领速度缓下步来，从而给了慈禧太后逃出京城的机会。

就在紫禁城即将被攻陷的农历七月二十一日（1900年8月15日）凌

晨，慈禧太后抛下金满屋，玉满箱，古帖名画珠宝瓷器装满仓的紫禁城；抛下人满城，物满街，王府侯宅字号店铺排成堆的北京城；只带着光绪皇帝和随行的几个王公大臣及太监嫔妃，匆匆地出宫，出城，向西"巡狩"去了。

八国联军攻占北京后，联军总司令给了这些屠夫盗贼们三天的"自由"！

于是，北京城成了一个杀场：反抗的义和团拳民，一堆堆倒在了八国联军的枪口下；逃避的普通老百姓，也一个个地倒在了八国联军的刺刀下；甚至连那些躲在家里的老人、妇女和儿童，一旦遇上八国联军也难逃厄运，被欺侮，被奸污，被枪杀，被捅死……一时间，北京城的人似乎都成了任人屠宰的猪羊，尸横满地，血流满街，北京城仿佛是一个"魔鬼"把持的地狱！

于是，北京城成了一个劫场：皇宫御园王府侯宅的古董珍宝，被一车一车地劫走；票号钱庄炉房当铺的金银财物，被一箱一箱地抢去；甚至连那些普通人家的值钱器物，一旦被发现，也一股脑儿地掠去……一时间，北京城的所有财物似乎都没有了主人，任由抢劫，任由搜掠，北京城仿佛是一座"死人"驻守的坟墓！

于是，北京城也成了一个火场：或因枪炮无意引燃，或是联军恶意纵火，北京城一座座刻石镂木、雕梁画柱、豪华精美的建筑燃起了熊熊大火，冒起了滚滚浓烟……

这就是世界历史上残暴而无耻的八国联军，这就是中国历史上悲哀而屈辱的庚子事变！

有诗叹曰：

念此甚悲伤，在兹如断肠。

君昏招寇戮，政乱致夷戕。

帝后苟逃祸，人民且受殃。

王公少韬略，社稷乃流亡！

长篇历史小说

合盛元票号 下

郝汝椿 —— 著

山西出版传媒集团
北岳文艺出版社
·太原·

那桐 约19世纪80年代

第六部

一

北京城沦陷之后，举国震动，万民惊慌。整个中国如同一棵被狂风暴雨掀起了树根的摇摇欲坠的大树，而百姓万民犹如在这棵树上筑巢栖息的鸟儿，哪有不惊慌之理？

但见：心慌慌而盘旋纷绕，气促促乃叽喳乱嘈。左顾右盼，枝尚壮也叶还茂；上瞻下看，风正吼兮根在摇。且住，且住，树将倾倒！欲逃，欲逃，留恋故巢！一脸无奈，风也，雨也，何其暴耶？满腹抱怨，根也，本也，何其孬耶？！天象若何？难晓，难晓！吾辈若何？煎熬，煎熬！

相比较职业而言，商人比农民更为惊慌：农民拥有的土地房屋都是不动产，自己带不走，别人也抢不了；而他们手中的金银细软很少，既难以支撑他们长期外逃，又不太担心被抢跑。于是乎，农民如树如草，既跑不动，也不必逃。而商人恰恰相反，他们拥有的金银财宝都是动产，自己能带走，别人也能抢跑。于是乎，商人如兽如鸟，既跑得动，又逃得了。于是乎，商人比农民更有钱财，也就更担心被抢；更有选择，也就更犹豫难决；更有智商，也就更提心吊胆。

而相比较地域而言，祁县的商人比其他地方的商人尤为惊慌：

一是祁县人极度富有，号称"金祁县"，自清初以来经过二百多年的积累，祁县已经形成了乔家、渠家、孙家、何家、段家、张家、史家、郭家等一大批巨商豪门。他们拥有巨额的财富，并开设有著名的字号。如乔家在祁县开设有大德通票号，大德恒票号，大德诚茶庄，义中恒钱庄以及在包头开设的复盛公、复盛全、复盛西等"复"字号。渠家在祁县开设有三晋源票号，存义公票号，长盛川票号，长裕川茶庄。张家、史家在祁县开设有大盛川票号，在归化城开设有大盛魁商号……这些著名字号都是生意兴隆、日进斗金的摇钱树和聚宝盆，祁县地面上的财富堆积程度诚可谓铺银盖金！——而财富愈多，担忧愈甚。

二是祁县人消息灵通，祁县的各大字号在京、津两地都有分号、庄口或码头，从京、津两地撤逃回来的掌柜伙计成百上千，一个人讲说三两条见闻，便是数千条信息。——而信息愈多、愈杂、愈灵，分析判断也就愈繁、愈乱、愈难。

三是祁县地处山西腹地，祁县城既距京、津有千里之遥途，无火烧眉毛之急；山西省又濒临京、津、直隶之乱源，有殃及池鱼之忧。此情此境，既不必速逃，又不必然不逃。——而举棋不定，自然会忐忑不安。

如此如此，祁县的大财东和大字号掌柜们自是忧心忡忡，担心种种。

合盛元总号大掌柜贺洪如先是接应了京号和保定号的伙计们，得知这两号人财两全，自然高兴不已。其后津号的史文显等人回来，得知津号损失惨重，自然又恼恨不已。再后来得知两宫西狩，京师沦陷，波及晋境，舆论震荡！他一时实在难知究竟：街市上的话，无根无据，是靠不住的；同行们的话，或实或虚，是信不过的；北京、保定二号伙计们的话，如皮如毛，是用不上的；而天津号掌柜史文显如惊弓之鸟，乃败军之将，他的话更不能采信。所以，贺洪如大掌柜还是心无底而神无根，他的心神依然如缥缈之云，犹也豫也，恍兮惚兮！

甚至连一向沉稳的大东家郭嵘也坐不住了，这位深居简出，每日读书作画的逍遥东家，竟在半个月间两次来到合盛元总号内，与贺洪如大掌柜探讨时局，商量对策。然而，他们深居祁县而探讨京、津危局，实在如雾里看花，既难以看清看透时局，更难以商量出可应可对之策。

犹豫不定的大掌柜贺洪如只得对东家郭嵘坦露心底了："我看，一切还是等到郝克凝回来再做最后定夺吧！只有他最了解京城局势，又最接近朝廷大员，见了他的面，听了他的话，咱们才好做最后决断。而且，现在距京城沦陷已有半个月了，三五天内他也该回来了。"

郭嵘点点头，说道："也只有这样了。不见见这个京号掌柜的面，不听听这个京号掌柜的话,心里究竟不踏实。这样吧,郝克凝一回来,你就带上他来荣仁堡见我!"

"好!"

于是,郭崃大东家回荣仁堡继续在忧虑中揣摩时局,贺洪如大掌柜则在票号内继续在焦急中等待郝克凝回来。

"不会出甚意外吧?"贺洪如有时不禁替郝克凝几人的安全担心,但有时又释然于心了,"不会的。京号柜上早已撤空了账簿银子,只有三两个空人,一旦走起来还不利索?而且,郝克凝有勇有谋,不应该出甚意外的……"

果然与贺洪如所预计的一样,就在郭崃来过合盛元总号之后的第三天下午,郝克凝一行三人终于安全地回到了祁县总号。

贺洪如一见郝克凝三人,喜出望外,热泪盈眶:"啊哟,你们总算回来了!我这里天天掐着指头算天数呢!啊哟,回来就好了,回来就好了!"

郝克凝、段德义、高生云一一见过大掌柜贺洪如,一一躬身施礼。贺洪如也一一点头回礼,并一一打量他们的气色:除了略带些倦意,略挂些风尘,他们并无惊悸慌张之色,郝克凝更是神态自若,气宇间依然是十足的自信!

一看到这些,贺洪如一直提吊的心,也就落下来了;一直紧张的气,也就缓下来了。

于是,他一边让小伙计上茶上水上西瓜,一边问寒问暖问平安:"你们一路上还平安顺利吧?"

"托大掌柜的福,我们一路上可以说平平安安,顺顺利利。"郝克凝应道。

"哦,好好!听说张家口、大同这条线还算平静,两宫好像也是走的这条线?"

"是呢!我们路过大同时,两宫正好在大同驻跸,这两天,两宫大概也快到太原了。这条线相比保定、正定那条线倒是平静,但实在是贫寒枯焦之地。除了张家口、大同有像样的饭馆旅店之外,其他地方连县城都难得吃上一顿好饭,更不用说乡村野店。一路上只能将就着,能填饱肚子就谢天谢地了!嘿嘿!"郝克凝说道。

"噢!诸位实在是受苦了,受罪了!今晚我准备好酒好肉,为你们接风洗尘!嘿嘿!我陪你们,咱来个一醉方休!"贺洪如说道。

贺洪如慰问一番,便让祁县号掌柜李苞安排郝克凝三人住进客房洗漱歇息,并让他通知厨房安排酒宴。

李苞领命,引上郝克凝三人下去了。

贺洪如大掌柜独坐,品茶,静思:"看来,时局不是那么严重,祁县城暂无战争之虞,合盛元暂无逃难之忧!嘿嘿!我也可以放下心来,松开肚来,美美地吃喝一顿了。"

当晚,贺洪如大掌柜高高兴兴地设宴犒劳郝克凝、段德义、高生云三人。

郝克凝三人一路风餐露宿,二十余天旅途劳顿,今日回到了祁县总号,又面对大掌柜这盛情盛宴,岂能不狼吞虎咽,海吃豪饮?而大掌柜贺洪如焦虑忐忑二十余天,吃不得香,睡不得安;今日见了郝克凝的面,心底之结释然开展,脑中之塞豁然开朗,胃口之堵轰然开放,也是食欲大振,酒兴大发!

二

次日,贺洪如放了段德义和高生云的假,并让李苞准备两盒子上好的月饼,安排轿车将他二人送回村里。他本人则带着郝克凝前来荣仁堡,向东家郭嵊当面禀报京、津形势。

郝克凝是第一次来荣仁堡,当他远远地望见荣仁堡雄伟的堡墙及堡墙上的玉皇阁、魁星楼、门楼、碉楼时,不禁心中为之一颤:好一个荣仁堡!一个村庄的堡墙竟如此雄伟壮观,几乎可与县城媲美!而当他得知这些堡墙、门楼、碉楼、魁星楼、玉皇阁等建筑,原来是由老东家郭大元在咸丰年间捐巨资修建而成时,更对老东家造福一方的壮举钦佩不已,并对自己能在老东家创设的合盛元票号做事庆幸不已,感叹不已:老东家如此造福积德,我合盛元票号岂有不兴旺发达之理?东家的德行如根如本,掌柜的才能如枝如叶,字号的生意和红利则如花朵如果实;我合盛元有如此深厚的根本,必能支撑粗壮的枝叶,如此,则自然能开放又红又艳的花朵,能承受又大又繁的果实。

轿车进了荣仁堡东门,绕过乐台,再走过一段笔直的东大街,便来到了郭家大院门前。郝克凝驻足观瞻:门两旁有石坡护栏,坚也,固也;门上方有"大夫第"牌匾,威也,贵也!一种富贵荣华之气迎面扑来,让人肃然起敬,油然生羡。

看到合盛元大掌柜贺洪如前来,早有人传话进去。少顷,管家郭广仁便汗涔涔地出来迎接了:"啊哟,二位辛苦了!都快八月十五了,天气还这么热!嘿嘿!到底后头还有一个闰八月啊!二位快请进吧,东家早几天就吩咐我恭候二位了!"

郭广仁一边寒暄,一边拱手相迎,引着贺洪如和郝克凝径直来到了东家郭嵊的书房。

郭嵊闻讯,早已迎出门来:"啊呀,你二位终于来了!快请,快请!"

"东家先请!"贺洪如拱手揖让。

"给东家请安!"郝克凝拱手施礼。

说话间,郭嵊看了一眼贺、郝二人的脸色,心里便有底了:这郝克凝自然自信,了无仓皇之色,不显憔悴之态;而贺洪如有说有笑,往日的那一脸焦虑之色也一扫而光！于是，他心中也如释重负，轻松了；脸上如开花朵，欢笑了。

郭嵘与贺洪如、郝克凝寒暄一番，管家郭广仁下去安排酒宴，佣人马儿也沏茶上来，于是郭嵘便急切地向郝克凝询问起北京、天津的情况。

于是，郝克凝一五一十，将半年来的京、津形势及北京、天津、保定三号的详细情况介绍了一番。

郭嵘听着，不住地点头首肯，心中暗暗赞赏郝克凝那些举措，并暗暗欣赏郝克凝这块材地。接着，郭嵘问起了迫在眉睫的问题："那依你看来，咱山西究竟能不能保住？咱合盛元究竟用不用做撤离祁县的准备？据说八国联军已经攻占了直隶的不少地方，已经打过保定和正定，正向娘子关进发。娘子关一旦失守，山西就危险了呀！"

郝克凝想了想，一一分析起来："我看，至少眼下山西还没甚危险。从朝廷而言，现在已经任命李鸿章为全权大臣与八国联军议和；而且，我们在大同就听说了，原先扈从两宫西狩的庆亲王奕劻也从天镇返回京城，会同李鸿章议和去了！李鸿章是当今独一无二的朝廷重臣，老谋深算，熟谙洋务，最孚众望，而且在洋人中也最有威信，各国洋人多敬重他，愿意和他谈判。庆亲王现在是皇室中最有权位的人，又多年掌管总理各国事务衙门，与各国洋人也有些交情。可以说，派出这两个人去和各国洋人议和，这分明是大清朝廷最高规格的谈判阵式了，一看就知道朝廷要极力议和。这样看来，还怕议和不成？

"再从各国洋人方面看，自从道光朝的鸦片战争以来，每次寻衅开战都是为了求利，每次议和休战，都是因为得利。这次开战虽说名义上是冲着义和团仇教灭洋而来，对义和团猖獗之地自然要杀戮一番，报一番仇，泄一番恨；而实质上他们爱财重利，最终还是想勒索讹诈一大笔钱财。所以说，一旦朝廷答应给他们赔款若干，他们自会见钱眼开，见好就收。这样看来，也自然会议和成功。

"第三，从战争形势看，八国联军一旦攻破大沽炮台登陆，天津、北京和直隶大部分地方无险可守，他们不用费太大的气力就可以长驱直入，他们自然会逮这个便宜，占领这些地方。可他们要再攻占咱山西，形势就不一样了：一是他们攻占天津、北京和直隶大部分地方后，已是强弩之末；二是咱山西与直隶的地界上都是崇山峻岭，几条路线上都有雄关险隘，颇有'一夫当关，万夫莫开'之势，他们要攻占咱山西需要比攻占天津、北京和直隶多出若干倍的力量。这样，他们既成了强弩之末，又需要多出若干倍的力量，他们原本就不一定能攻占了咱山西；即使能攻占下来，也会付出比当初攻占天津、北京、直隶这些地方多得多的代价。这样看来，他们还有必要再下血本儿来攻占咱山西吗？

"所以，依我看来，咱山西难攻，洋人贪利，再加上朝廷极力求和，议和也就没有不成的道理。一旦议和成功，山西自然也就安然无恙了。况且，即使议和不成，八国联军要攻占咱山西也不是那么容易的。"

郭嵘听罢，点点头，说道："耀庭所言甚是！看来，咱山西是暂无危险了，咱合盛元也就不必急着准备撤逃了。"然后又叹口气，说道，"但是，即使议和成功，也只是解去了燃眉之急，却招致了吸血之患。议和成功必然得巨额赔款，中日甲午战争尚且赔了日本人二亿三千万两白银，这次洋人攻占了北京城，必然更可以要挟朝廷。而且是八国联军，必然胃口也会更大。这样看来，这赔款数字恐怕比甲午战争的赔款数字更大呢！赔款从哪儿来？唉！朝廷就又要榨取民脂民膏了！"

贺洪如也摇着头，叹着气，附和着说道："唉！这真是国家人倒霉，百姓小倒霉呀！反正是走开背运了！"

郝克凝接口说道："这就是无奈啊！朝廷无奈，百姓无奈，我们字号也无奈！不过，权衡利弊，摘些自家果树上的果子送人，总比自家的果树被人家连根拔掉好些啊！如果弄得树倒巢覆，那可就是灭顶之灾了。"

郭嵘点点头，又说道："是啊！俗话说，留得青山在，不怕没柴烧。

就皇家而言，只要能保住朝廷，就能继续君临天下称帝。不过，日益颓废的国势恐怕是难以扭转了。从历史上看，周幽王宠信褒姒，烽火戏诸侯，失信于天下，结果被犬戎攻进镐京，致使朝廷颠覆；此后周平王虽然东迁洛阳，另立社稷，国势却一年不如一年了。唐玄宗宠爱杨贵妃，荒淫误政，结果引发安史之乱，长安城被乱军所占，致使朝廷颠簸；此后唐肃宗在灵武即位，虽然重返长安，恢复社稷，国势也是一年不如一年了。宋徽宗沉湎于酒色字画，奸臣当权，结果被金兀术攻进汴京，徽、钦二帝被掳往金国为俘；此后宋高宗赵构虽然在临安另立社稷，重建朝廷，却只剩下半壁江山了……唉！鉴古可以知今啊，如今大清朝的京城两度被洋人攻进，即使议和之后两宫重返北京城，大清国势岂能再振？"

贺洪如、郝克凝二人听着东家郭嵘纵论历史往事，也不免悲观叹息一番。

"不过，就我们字号而言，"郭嵘话锋一转，又说道，"我们无力管国家的治乱，只能管自家买卖的兴衰。国家有幸造就太平景象，当朝的君臣自然荣耀千秋，我们自然也好做买卖；国家不幸遭遇战乱局面，当朝的君臣自然羞辱万年，我们自然也就难做买卖了。但是，难做也得做。富人家的娃娃要活，穷人家的娃娃也要活，不过活得艰难些而已。同样的道理，人家欧美列强的商人要做买卖，我们中国商人也要做买卖，不过要比人家艰难些而已。咸丰年间英法联军不也打进北京了吗？我合盛元虽说受了不少损失，终究也挺过来了，而且后来越兴旺了。甲午战争时日本人占了辽东半岛，我合盛无也受了不少损失，后来也挺过来了，而且也越兴旺了。莫非今年这个坎儿，我们就迈不过去了？我看，只要咱合盛元东掌同心协力，照样能迈过这个坎儿！"

东家郭嵘这一番悲壮之言，又把贺洪如、郝克凝激发得兴奋精神起来了。

大掌柜贺洪如说道："东家所言极是。不管国家怎么乱，我们字号总得做生意,只不过需要我们多动些脑筋,多费些工夫罢了。只要我们审时度势,见可而进,知难而退,则乱中也有商机。眼下这个坎儿,说不定还蕴藏着大机会呢!"

郭嵘听着,点头赞赏,又问郝克凝道:"耀庭刚从京城回来,你看咱合盛元面临如此时局,如何打算为好?"

郝克凝说道:"东家和大掌柜的话都极有道理。具体而言,时局已经这样,首要的事是各分号尽量收缩买卖,求安求稳,等待时机。次要的事就是审时度势,关键是盯住北京的议和大局。我这儿会和留守京城的那桐密切通信,及时了解情况。最重要的是,一旦议和局面露出端倪,时局趋稳,我们就要捷足先登,快速杀他个'回马枪'!从时间上看,与八国联军以及另外三个没有参战的国家谈判,共是与十一个国家谈判,必然众口难调,乱麻难解,议和最快也得半年。所以,这段时间只需眼看、耳听、心算,而不必上手。"

大掌柜贺洪如点头称是,并对东家郭嵘说道:"这样看来,各庄口的伙计们倒可以趁机轮换回来,让他们歇个长假。"

郭嵘笑道:"行,这个由你大掌柜说了算!我只管晌午酒宴上为你二位斟酒!哈哈!今日咱们都高兴,一会儿多喝几盅啊!"

郭嵘笑着,说着,脸上绽出了灿烂的笑容。

二

午宴时,管家郭广仁和少东家郭培松也来作陪。

郝克凝和郭培松少东家初次见面,经大掌柜贺洪如介绍,二人见过礼,彼此客气一番:

"久闻京号郝克凝掌柜大名，今日一见，果然大家气度。合盛元能有郝掌柜这样的大才，实为我郭家之幸！幸会，幸会！"郭培松说着，拱手施礼。

郝克凝赶紧还礼，说道："少东家过誉了。惭愧，惭愧！克凝能在合盛元做事，能遇上这样仁厚的大东家和这样聪慧的少东家，才是我一生的大幸呢！"

"哈哈哈！"东家郭嵘在旁边笑道，"耀庭就不用客气了，你我同庚，可将小儿视同侄儿看待。他从小富里生，富里长，钱从哪儿来？还不是靠你们这些合盛元的叔伯们往回挣？所以说呀，生小儿者，是我和他妈；养小儿者，是你们这些合盛元的叔伯呀！一会儿呢，要让小儿给大掌柜和耀庭多敬上几盅酒！"

贺洪如接口说道："东家言重了，实不敢当，实不敢当呀！我们原本都是身上不带一文钱，也不带半点本事，可以说是赤条条入了合盛元；如今身上有的本事，头上顶的生意，以及家里存的钱财，都由合盛元所赐呀！"

郭嵘笑道："大掌柜既这样说，那咱们就共同举杯，敬咱们的合盛元一盅酒！"

于是一桌人举杯，一饮而尽。

东家郭嵘二十天来忧虑时局，没畅快地喝过一顿酒。今日心中有底了，身上也就有酒兴了，又赶上设宴招待贺洪如、郝克凝两个重要掌柜，他自是热情劝酒，豪爽饮酒，既为助兴，也为纵情！

父亲如此，儿子不得不如此，郭培松也殷殷劝酒……

主人如此，管家也不得不如此，郭广仁也频频举杯……

东家如此，掌柜们也不得不如此，贺洪如尽力而为，郝克凝也放开酒量奉陪……

酒宴散了，照例是管家郭广仁和少东家郭培松把贺洪如、郝克凝送出大门，目送他们坐上轿车而去，然后各自回房休息。

东家郭嵘则在佣人马儿的陪伴下，回到书房倒身躺下，眼皮一合，鼾声随起……

郭嵘好久没有喝这么多的酒了，也好久没有睡这么香的午觉了，一觉醒来已是下午五点来钟。

他起身擦一把脸，喝几杯茶，便觉心爽神清，捋了捋上午见贺洪如、郝克凝的事，进而捋了捋京城沦陷以来二十余天的所见所闻，都捋得顺溜了，脑袋里也就清晰了：眼下的时局就如四季节令中的冬季来临一样，对策自然应是冬藏，应是收敛、蛰伏和无为；前景呢，冬天过后自然是万物复苏、草绿花红的春天。

既如此，则眼下无须作为，身上闲在啊；而未来前景美好，心中高兴啊！于是，郭嵘的生活规律和心情经过这二十余天的起伏波动和焦躁不安之后，又复归于平静和安逸了。于是，他的心思也从京城收回到院子里，从字号转移到闺房里：他的心思又到了三太太爱娃身上。这二十余天里，他常常在书房里就寝，间或去了爱娃屋里也常常没有兴致。

心里无忧则性纵，肚里有酒则色重。郭嵘与贺洪如、郝克凝见了面，叙了话，放了心；再与他们喝了酒，吃了肉，有了劲；然后，又美美地睡了一觉！如此，压抑了二十余天的性，岂能不瞅这空儿在身上迸发？淡漠了二十余天的色，岂能不借这劲儿来心里勾魂？此时的郭嵘已对爱娃爱得不行了。

"今晚上可得好好享受一番这个美人呢！"

郭嵘此时恨不得太阳早点落山，于是他吩咐马儿传话给爱娃：今晚饭在她那儿吃。

他吩咐了马儿，再看看天色，还有一个多时辰才能天黑。于是，他一边品茶，一边品赏起了爱娃。这爱娃样样都好，长相漂亮，身材窈窕，为人善良，处事贤惠，周围人都说她的好。而对我也是百依百顺，多情多趣……可就是有一条：怀不上娃娃。八九年了，我在她身上用了那么多功夫，可她的肚子就是"撅"不起来！是她不行，还是我不行？

郭嵘当初本来也不指望爱娃给他生儿育女，他有长房的儿子郭培松掌家也就行了。可现在，儿子郭培松年已三十，却没有生下一男半女，这样下去，下一代不是没人了吗？为了延续他郭嵘的香火，要么给儿子郭培松娶个二房，给他生个孙子；要么让爱娃给他生个小儿子。二者之中，又因他对儿子郭培松颇多失望，而对爱娃颇多宠爱，所以他更希望爱娃能给他生出个小儿子来。

他曾有心让医生诊断治疗，可此事有关声誉：如果诊断出爱娃有病，即使能治好，她势必自怨自艾，美色减损，这个美人从此也就不美了。假使治不好病，那情况就更糟了。如果诊断出自己有病呢，自己年已五十，哪有治愈之理？更是徒蒙其羞！如此看来，清清楚楚倒不如马马虎虎。于是，郭嵘也打定了主意：顺其自然吧，能有这么一个绝顶美貌而又百般柔情的女人伴随我的后半生，已经是老天爷的恩赐，已经是万幸了，岂可贪得无厌？

傍晚时分，郭嵘来到三太太爱娃屋里。此时，小桌上早已摆好了几碟美味和一壶烧酒，在候他来吃喝呢；而爱娃也早已备好了百般娇媚和一身温情，在等他来享用呢。

"老爷来了！"爱娃说道，然后作一个万福之礼，瞟一个百媚之眼。

"嗯。"郭嵘应一声，看她一眼：那含情脉脉的媚眼，总能撩拨他的情弦；而那粉红绸袄，浅绿绸裤，再配上她亭亭玉立的身段，总让他想起水中的荷花，总能唤起他心中的爱欲。

于是，夫妻对坐，你斟我酌。

爱娃将起袖子给郭嵘斟酒，露出白皙的手腕和匀溜的手指，细腻如玉，娇嫩欲滴。

郭嵘看在眼里，馋在嘴里，美在心里：这爱娃正如当年的杨贵妃啊，唐玄宗自从有了杨贵妃，后宫的三千粉黛就没有了颜色；我自从有了爱娃，就对任何女人没有了兴趣。我对她是见甚爱甚：对她的浑身上下，没有过一处不爱，哪怕是一毫一毛也爱得不行；对她的形容举止，没有一点不爱，哪怕是一言一语也爱得不行！……这是她的福分？还是我的福分？抑或是两个人的福分？！

爱娃感受到了郭嵘那充满爱意的眼神，心里自是甜甜的，脸上自是红红的，身上自是痒痒的。

这些天来，她早就对男人如饥似渴了。往日，男人对她夜夜温存，至多不过间三隔五，也就习惯了；这一回却一下子间隔了二十余天，她哪里能耐得住。她早就想他，盼他，渴望他了。

经过八九年的生活，她现在已深深爱上了这个大自己二十多岁的男人：他有钱有势，她的生活能享受富贵；他有文化有修养，她的心灵能享受教化；他有情义有爱心，她的感情能享受滋润；而他身体健壮、性欲强烈，又对她钟情宠幸，更让她浑身享受到了比出嫁前多得多的幸福与美妙！

酒饭罢，院里月光融融，轻风习习。屋里，夫妻二人宽衣解带，同枕共衾。或细声燕语，心心相印；或粗话浪言，形形交媾；自是一番颠鸾倒凤之景，自是一夜鱼跃水涌之情……

四

当天晚上，郭嵘度过了一个美妙的良宵，而他的儿子郭培松却度过了一个不眠之夜。

原来，郭培松早已暗暗地爱恋上了三太太爱娃。

远在八九年前,爱娃刚刚进了郭家大门,郭家晚辈们拜见这位三太太时,郭培松一看见这位'三妈'那美艳的容貌,一下子就愣怔了:手是那样细腻秀溜,脸是那样红润娇艳,眼睛是那样晶莹美丽!这位'三妈'直让他心动,让他情涌,甚至让他着迷,着魔,仿佛要勾去他的魂魄!——一刹那间,他这个儿子竟对这位'三妈'产生了若干的非分之想!

等他回过神来,才随着妻子行了礼,请了安,叫了声"三妈",算是履行了拜见程序。

拜见完之后,郭培松却暗暗感叹:"原来世界上真有如此美貌、如此娇艳、如此动人、如此勾人魂魄的女子!之前我只在书上知道有'闭月羞花之貌''沉鱼落雁之姿'的女子,以为那是文人美化之辞。我也在书上知道王昭君出塞,迷了匈奴祖孙三代;杨贵妃进宫,致使唐玄宗从儿子手中夺爱;也以为这些都是后人夸张之笔……今日一见这位'三妈',我真信了:世界上果真有绝顶美艳而勾人魂魄的女子,只是不常有,常人也难以见到罢了。孟子云,五百年有圣人出。而世界阴阳调和,有阳必有阴,有男必有女。由此看来,圣人既然需隔五百年而出,美人也需隔五百年而出。所以,世界上自然就圣人不常出,美人也不常见了。我如今能见到这样美艳的女子,虽说不能像父亲一样享用这艳福,却能观能瞻,可见可看,也算是享用一种眼福啊!人生一世,哪能随随便便就见到这样的美人呢!"

这郭培松跟了父亲郭嵘聪明灵秀的禀赋,既是一个尚仁尚义的读书人,也是一个有情有性的男人。所以读起书来,喜好《诗经》《离骚》,唐诗宋词;想起事来,喜欢才子佳人,花前月下。他在这方面特别开窍,却不得不听从于父母媒妁之言,不得不局囿于门当户对之俗,娶了祁县城内何家的姨姐为妻。这位何氏姨姐长他一岁,长相普通平庸,处事规矩本分,哪里能合了他的心思,又哪里能撩起他的性情?于是,他二人虽结为夫妻,却情同姐弟,双双冷儿淡儿,男的动不了春心春情,静如处子，难得行云施雨；女的得不了春风春水，枯如姑子，难得开花结果。

好在少奶奶何氏有姨妈爱怜，常去姨妈屋里闲坐闲聊，倒如在自家一样；而郭培松有书籍相伴，常在书中怡心怡神，倒如在往昔一般。如此如此，郭嵘夫妇也就难以见到孙男孙女了。

本来，三年五载仍不见生育，郭家也可以从普通人家挑拣个有姿色的女子，给郭培松做二房；郭培松自然也就可以心满意足地开始真正的夫妻生活，生男育女，为郭家延续香火。但在三年头上爱娃进了郭家大院，郭培松一见而被勾去了魂魄，哪还有心思再去纳二房?!这尽管只能是单相思，只能是暗恋，最多只能间或看上一眼，搭上一言，但他这个儿子绝不可上"蒸"这个三妈。不过，即便如此，他也断然决然地放弃了纳二房的念头！再加上母亲武氏爱怜外甥女，担心儿子一旦纳了二房，外甥女就更被冷落，更被打入冷宫了，对此事有意拖延；而父亲郭嵘又盼望三太太爱娃给他生一个小儿子，对此事也不积极。于是，三因合一果：如今郭培松虽然年近三十却膝下无子，也没有纳娶二房。

如此一晃，就八九年过去了。

在这八九年间，爱娃并不见人老色衰，却在郭嵘宠爱下，越发有女人的魅力了；而郭培松也并没有腻味厌烦，对爱娃越发着迷了。只要隔三岔五能见她一面，他就会愉悦几天；如果哪次她还能看他一眼，他更会幸福半夜！

前些天，京、津失陷的消息传来，父亲郭嵘坐卧不安，忧心忡忡，三番五次地往县城里跑，也顾不得去爱娃屋里过夜了。而郭培松呢，他并不操心字号的危机，也不关心父亲的愁思，倒是一直挂念爱娃：这些天父亲操心字号的事，把她搁在了一边，她会觉得孤闷吗？她会觉得失落吗？她会晚上睡不着觉吗？……

郭培松进而又想：我能为她做些甚呢？她需要我为她做些甚吗？她知道我心里老想着她吗？……唉！她为甚是我的三妈呢？她明明比我还

小几岁，却成了我的三妈！她明明是我的三妈，可我却把她看成是小妹，对她生了爱慕之心……

今天，贺洪如大掌柜和郝克凝掌柜一来，郭嵘一下子高兴了，欢快了，晚上又照例去爱娃屋里了。而郭培松又是一种心情：今天晚上有父亲陪伴她，她肯定很幸福，肯定能睡个好觉。可父亲究竟已是五十岁的人了，比她大了二十多岁；父亲哪一天老了，或者老死了，她该怎么办呢……

郭培松越想越睡不着觉，越睡不着觉就越想：如果中国的习俗能像匈奴和乌孙的习俗一样就好了。如果那样，那父亲百年之后，我就不仅可以自然而然地继承他的财产，也可以自然而然地继承他的"妃子"；如果那样，她将来也就可以成为我的"妃子"了……

这郭培松原来是一个不爱江山爱美人的主儿。他父亲原本有意栽培他，让他读记载帝王将相事由的《史记》和《资治通鉴》之书，学帝王将相那些经邦济国和为人处事之道，以便将来继承家业，维持郭家的买卖江山。他却对那些帝王将相之道并不上心，倒是记住了那些公主后妃之事：某某公主嫁给乌孙王为妃，代代相承，一连"伺候"了祖孙三代！某某公主嫁给了匈奴单于为妃，先嫁其兄，后适其弟，再从其侄……

当晚，郭培松满脑子是有关爱娃的思绪，满脑子是爱娃的影子。这些思绪和这些影子在他脑子里翩翩翻飞，忽欢悦而忽悲愁，撩心性而撩才情，脑子里便形成了一首歌咏爱娃的辞赋，遂披衣燃烛，铺纸蘸墨，写下了一篇《斯人赋》：

噫嘻斯人！水灵灵兮秀目，风飘飘兮乌发。脸如皎月腮如霞，齿如珍珠唇如花。手如玉笋腕如藕，脚如金莲臀如瓜。柳腰纤纤轻软，鹤项皙皙高昂。盈盈迈步，如绿风抚浪；亭亭玉立，似红荷映潭。其貌艳兮，撩人性情；其神魅兮，勾人魂灵。集日月精华哉，钟于一身；合天地灵气也，凝乎斯人。拔乎世也，生万物而出一宝；卓于时也，炼百年而成一精。其为神也？洛神转世！其为仙也？瑶仙落尘！嗟乎！家有何德兮，可降斯人？人有何福兮，得配斯人？！

五

次日，郭培松无精打采，在无所事事中度过了一个上午；午饭后补了一个好觉，方才精神起来。于是，他洗一把脸，喝几杯茶，拿一本书，到后花园来了。

时值前八月（农历闰八月之前的八月）中旬，天气闷热。他坐在凉亭上，借着树荫，一边乘凉，一边读起《尚书·尧典》上的一段话来：

曰若稽古帝尧，曰放勋，钦、明、文、思，安安，允恭克让，光被四表，格于上下。克明俊德，以亲九族。九族既睦，平章百姓。百姓昭明，协和万邦。黎民于变时雍。乃命羲和，钦若昊天，历象日月星辰，敬授民时……

本来，郭培松读书，喜欢唐诗宋词或"西厢""红楼"之类悦情悦性的书籍；而父亲为了让他继承家业，学会经邦济国和为人处事之道，总让他读《四书五经》和《史记》《通鉴》之类明道明理的书籍。所以，他这番来后花园读书，怕万一碰上父亲，便拿上这本书作幌子了。他心里连家业都不想装，哪里能看下去这类经邦治国平天下的文字？他没有看几段，便东张西望，玩赏起后花园的景致来了。

花园偏东有一棵大枣树,迎风接云,如梳如扇。花园偏西有一棵大果树,遮阳挡雨,如伞如冠。这两棵大树如两个大丈夫般守护着这片花园。再看花园四周围墙下,是一圈儿竞相开放的四季海棠:红花艳丽,白花素雅,更兼粉花摇曳心浪漫;低枝含羞,中枝娇美,更有高枝出墙性狂放!而园中两池月季和几棵玫瑰,更如数百嫔娥簇拥着几位贵妃!

正是:花姿妩媚颜色娇,花蕊初开暗香飘。凡夫一闻迷情性,神仙三顾亦魂销!

郭培松东张西望了一会儿,又翻开《尚书·大禹谟》阅读起来:"帝曰:来,禹!洚水儆予,成允成功,惟汝贤。克勤于邦,克俭于家,不自满假,惟汝贤。汝惟不矜,天下莫与汝争能;汝惟不伐,天下莫与汝争功。予懋乃德,嘉乃丕绩,天之历数在汝躬,汝终陟元后。人心惟危,道心惟微。惟精惟一,允执厥中。无稽之言勿听,弗询之谋勿庸。"

郭培松看了几页,便又合住书,在后花园中张望起来。

郭培松虽然是拿着书阅读,却心不在焉;在看书这个幌子的背后,等人才是实质:他在等爱娃呢!

原来,他发现爱娃这些天常在半下午时分来后花园纳凉;因昨晚他又想了爱娃一夜,今下午就情不自禁地来了。他对爱娃倒是没有过分的欲望:只要能近距离看她一眼,他就满足了;如果再能面对面说上几句话,能嗅到她的几缕气息,那他就美煞了!

他已经来花园一阵子了,却看到花园中仍然宁静无人,心里就有几分急躁了:她怎么还不来呀?她今后晌不来了吗?她在屋里不嫌闷得烦吗?……

直到五点来钟,爱娃才在柳妈陪伴下,出现在了后花园里。

郭培松远远地看见爱娃进了花园,心中暗暗欢喜,便背在柱子后面佯装看书,仿佛像一个逮鸟的顽童似的,只想等爱娃沿着小径过来,过来得近些,过来得再近些,他再作理会;以便碰个对面,"逮"个正着!

他眼看着书,耳朵却伸向身后的小径。

"柳妈你看,这棵玫瑰树又新开了十几枝花。啊,真漂亮!"这是爱娃在说话。

"哦,是呢!香气也更浓了。一会儿我剪几枝插在三太太的屋里吧,肯定满屋通香。"这是柳妈在说话。

"不用了,就让它们在树上长着吧。你看它们一群一伙地在树上,像姐妹一样,多红火,多欢快,多自在!可哪一枝被剪下来插到花瓶里,就孤了,没几天也就枯了。"

"啊呀,三太太真是菩萨心肠!嘿嘿,不剪也罢。"

"哦,柳妈你看那棵玫瑰,也新开了十几枝呢!咱过去看看,闻闻!"
……

爱娃和柳妈观赏着玫瑰花,一边说着,笑着,沿小径走来;渐渐地,连她那轻盈的脚步声也被郭培松伸长的耳朵搜寻到了,触摸住了,收了,获了,得了!他的耳朵支棱着,心里直美!

郭培松终于回过头来,立起身来,向"三妈"问好施礼。

"啊?!"爱娃的身子像兔子般柔美地抖了一下!她一心赏花,根本没有想到花园里有人,郭培松蓦然出现在面前,她着实吓了一跳;待回过神来,脸却像玫瑰似的红了起来。于是,她低头含羞,也问了一句好,回了一个礼,说道:"哦!原来是少爷在看书呀,我们打扰你了吧?"

"不不不!我也只是一边纳凉一边看书,没县打扰不打扰的。倒是我分明打扰了三妈的赏花兴致,实在抱歉!——儿子在这儿赔礼了!"郭培松一边说着,一边看着爱娃美艳的面容和窈窕的身段,然后躬身施礼。

爱娃分明也感受到了这位少爷的异样眼神:从两性而言,这分明是这位少爷释放出的一种爱,她颇觉得意和美意;但从两辈而言,这分明是这位少爷表现出的一种淫,她又颇感担心和忧心。反正,她感受着这种异样的眼神,心潮是难以平静了;心中潮起潮落,脸上自是玫红一阵,粉红一阵。

于是,她慌慌张张地摆手道:"少爷快快免礼!少爷看书是正事,我们赏花只是闲事,闲事自然不该冲了正事。要说赔礼,也该是我赔礼才是啊!"

郭培松说道:"多谢三妈了!三妈这样通情达理,真是我们晚辈之福!"

"少爷抬举我了!我哪能像你们这些读书人识理呢?我做事有不周全之处,还得你们担待些呢!"爱娃说道。

郭培松接口道:"咱院里上上下下都说三妈不仅人完美,说话做事也完美,哪有不周全之处?——是吧?柳妈!"

"少爷真是肚里有墨汁,嘴上有冰糖,说的话又对,又甜,又美!嘻嘻!"柳妈笑道。

"嘿嘿!柳妈又夸我了。"郭培松说着,心里却暗暗想道:面对着如此甜蜜美艳的女子,哪个男人心里能不甜?不美?心里甜了,美了,自然嘴就甜了,话就美了嘛!

他这样想着,眼睛又不由自主地往爱娃的脸上看去,看去,放射出一种爱的烈焰,猎获回一种美的柔情……

六

爱娃面对着郭培松这样的眼神,心里很不自在;于是,躲为高,避为妙,搭讪几句便沿着小径赏花去了。而她再也无心赏花,无心在花园里逗留,顺着小径走了半圈儿,便出了花园,回房休息了。

待柳妈打一盆水来,伺候她擦一把脸,沏一杯茶,出去了;她照了一下镜子，理了一下头发，便独坐品茶，寻思起刚才的事来：

"这位少爷怎么突然间到花园里读起书来了？是偶然相遇，还是他有意在那里等我？看他那样子，倒是对我没甚恶意，可那眼神究竟不是常人的眼神啊！那眼神像是对我有几分好感，像是敬重顶戴，又像是思慕心爱……可是，论年龄，他比我还大几岁，不该敬重顶戴呀；论辈分，他比我又小一辈，也不该思慕心爱呀！"

爱娃这样想着，脑子里又浮现出郭培松的面容和眼神，她不由得微微笑了，嘴角还溢出些许甜意：这位少爷可真笑人，也真逗人，那样子还有几分爱人！

平心而论，爱娃对郭培松并无反感。一是他本人要长相有长相，要学问有学问，要气度有气度，而且还是一位富有的少东家，在人群里要寻找这样一个男人也难呢！二是他举止文雅有礼，言谈平和得体，虽然看她时有些特别的眼神，却并无轻薄之意，猥琐之态。而且，即使他对她果真有爱慕亲近之意，但他示爱意而不失礼，套近乎而不逾矩。面对这样一个有相貌、有身份、又有品位的男人，她哪里能反感得起来呢！

其实，爱娃心里也隐隐约约地有几分喜欢这位郭家大少爷；但他心里也很清楚，她与他之间有一条无法跨越的鸿沟，根本不可能走到一起：她是他父亲的三太太，如果与他相好，势必要背上乱伦的骂名。另外，丈夫对她宠爱无比，她从丈夫身上得到了一个女人应该得的一切；而她也深深地爱着自己的丈夫，她也知足，打心里就没有那种要跨越那道鸿沟的欲望。

想到这些，她倒是对这位郭家大少爷有几分惋惜，又有几分关心了：这样一位出众的少爷，遭上那位普通的何家小姐，倒着实不相配，着实屈了他了。可他为甚不像他父亲一样，踅摸个漂亮可心的姑娘，纳为二房呢？……

几杯茶的工夫，天色已暗下来了。

柳妈过来招呼："三太太，今日是八月十五，一会儿还要陪大太太她们供献'月亮爷爷'呢！"

"哦！"爱娃应着，这才慢慢收拢回缥缈的心绪，回过神来；于是，赶紧准备换穿的衣裳。

爱娃换上一套庄重典雅的衣裳，便在柳妈陪同下，来到了花园门口候着大太太们到来。

少顷，大太太在儿媳妇何氏陪伴下走来，爱娃上前问过安，行过礼，便一同进了花园。

此时，供桌供品已在花园当中的空地上摆好了：正中摆放着像佛塔似的五层大团圆月饼，周围是西瓜、葡萄、苹果、壶瓶枣、毛豆角、嫩玉茭等时令瓜果蔬品，满满地摆了一桌。

大太太武氏在供桌前查看了一番供品香纸等物，吩咐道："把垫子撤了一个吧，二太太拖不起身子来了。"

于是，佣人把摆好的跪垫撤去一个，只剩下三个了。

爱娃听着，看着，心里掠过一丝悲凉：二太太四十来岁就病成这样，她又没有儿女，以后的日子可怎么过呀……

爱娃陪着大太太跪拜上香罢，她本想替二太太上几炷香，但被大太太呵斥住了："这能替吗？俗话说，心诚则灵。她既然不来，就是心不诚；心不诚就上香也不灵。你替她还能管用吗？"

她只好在默默祈祷中求月亮爷爷保佑二太太平安健康……

供献完，郭家男女主人都去大餐厅里吃大团圆饭。爱娃因二太太的事，没有一点兴致和胃口，只在女眷桌上稍稍吃了些东西，便退席回房了。

她知道男人们仍在饮酒赏月，郭嵘还得一会儿才能过来；她只得闲坐着等候，便又想起了二太太的事来。

其实，爱娃与二太太也没有多少交往，连面也见不了几次，对她的事情也多是听闻而已。

在爱娃来郭家之前，二太太也曾被郭嵘宠爱过一段时间。但她不知天高地厚，也不晓时来运去，竟仗着这种宠爱与大太太争权夺势，龇牙咧嘴。由此，她与大太太结下了深怨，也给郭嵘造成了麻烦。时间一长，郭嵘对她由烦而厌，再由厌而弃，终于又娶进了三太太爱娃，把她彻底打进了"冷宫"！由于她平时不懂得积善为人，一旦失势，便成了墙倒众人推的景况：大太太趁机报复，平时，冷言冷语冷眼相看；怒时，恶容恶面恶气相加！大太太上有武氏家族的金钱优势，下有儿子儿媳的血缘优势，中有本人身为正房的地位优势，这大太太要欺负一个小门小户、没儿没女且已经失宠的姨太太，那还不是大鳄吃小鱼一般。……再加上她没有一个贴心佣人可以使唤，也没有一个知心姐妹可以诉说，她在郭家大院里哪有活路?！能挺到现在已经算万幸了！

想到这些，爱娃真是不寒而栗。今日二太太的景况，也有可能是我将来的景况呀！下面既没有儿女依靠，上面再失去了男人宠爱，那在郭家大院里可真是没有活头了。即使我不像二太太那样得罪大太太，得罪众人，将来不会太受人欺负，那种冷清寂寞的日子也不好过呀！

她知道眼下郭嵘对她宠爱有加，可这是因为她年轻漂亮。再过几年呢？再过十几年呢？她一旦人老了，珠黄了，皮皱了，他还会像现在这样对她吗？或者，他比她大二十多岁呢，一旦他先于她作古了，剩下她孤零零一个人，那景况也凄凉啊！

想想眼下，世界上只有很少的女人能像她一样幸福，她自是幸福无疆；但想想将来，她却一片茫然……

今年这个八月十五中秋日呀，真让三太太爱娃难忘！——少爷郭培松在花园里面对她的那种异样的眼神，长久地印在了她的脑海里，不离不去；长久地搅入了她的心潮里，难平难静。

而今年这个八月十五中秋夜呀，也真让三太太爱娃难受！——大太太说二太太时那冷酷的语气，怒冲冲，恶狠狠，冷飕飕，寒森森，比三九天黑夜的西北风还怕人瘆人；再想想二太太那悲惨的景况，病恹恹，孤零零，寂寥寥，冷清清，简直和在坟墓里一模一样！

七

中秋节之后一连十几天，爱娃再没有去花园里赏花散步。她怕触景生情，想起那天下午自己碰上郭培松的情景，会闹得心烦心乱；想起那天晚上大太太说二太太的情景，会惹得悲哀悲伤！她更怕再次在花园里碰上郭培松：如果显得亲近热情，怕误导了他的意，使他有了逾礼之想，乃至于越轨之举；如果显得疏远冷淡，又怕刺伤了他的心，使他失了读书人的尊严和大少爷的颜面。

十几天来，她一直将自己圈在院子里，关在屋子里。

所以，这一天郭嵘一说要上县城票号里住几天，问她想不想顺便回她娘家住几天时，憋闷了半个月的爱娃自然欣然应允，且喜出望外了。

原来，郭嵘从合盛元票号得知：慈禧太后和光绪皇帝的圣驾，近日将从太原起程前往西安，并将经过祁县城驻跸一夜，为了一睹皇家出行的盛大排场，不少字号的东家纷纷要来县城里住下观瞻呢！这分明是祁县城千古难有的盛事，郭嵘自然也想看看皇家的排场，就决定进城在合盛元票号住几天了。

闰八月初六这天，按习俗也是出门访友的好日子，郭嵘便带着三太太爱娃，双双坐上轿车向祁县城走来。平日里，郭嵘太单调了，爱娃太憋闷了，这么野外一走，天这么高，地这么阔，风这么爽，眼界这么远，心境也就好了起来！

郭嵘和三太太爱娃进了城，来到合盛元票号，被贺洪如大掌柜恭恭敬敬地迎进门来，然后有伙计恭恭敬敬地献上茶来。

"东家请用茶！夫人请用茶！"贺洪如大掌柜又恭恭敬敬地说道。

郭嵚感到了贺洪如大掌柜今天的格外客气，那是在夫人面前有意抬举自己，他心中自是欢喜，微笑着冲贺洪如大掌柜点头致意。

爱娃则欠身施礼，对贺洪如说道："多谢大掌柜了！"

贺洪如也赶紧起身还礼，说道："夫人不必多礼，请坐，请坐！"

其实，贺洪如大掌柜对东家和夫人如此恭敬有礼，其中也有对这位三太太的敬慕：她的相貌姿色本已倾国倾城，人见人爱；而她的品行名声又口口传颂，人人说好！面对这样一个品貌兼优的女子，不论是从心里，还是从性里，哪个男人能不敬慕几分呢！

郭嵚听着贺洪如大掌柜这么"夫人""夫人"地称呼爱娃，他分明感受到了这位大掌柜对爱娃的尊重，同时，也意识到自己对爱娃的不够尊重：爱娃进郭家八九年了，如今却并没有真正享有"夫人"的头衔啊！

郭嵚捐有正二品资政大夫头衔，大太太武氏随了他的正二品，也捐有"夫人"头衔。二太太或许也可以捐个"夫人"，但她太急了，太争了，方方面面想与大太太平起平坐，结果引起了郭嵚的反感，偏偏不给她捐！其后，娶了爱娃为三太太，也就因二太太的障碍迟迟未想法给她捐这个"夫人"了。

此时，郭嵚听着"夫人""夫人"的称呼，心中暗暗萌生了对爱娃的几分补敬之意：这样一个品貌兼优的女人跟了我郭嵚，岂能让人空叫"大人"而不符其实？不就是几千两银子的事吗？待时局好转、票号复业后，我得想办法尽快给她捐一个真正的"夫人"头衔！并由此也萌生了对二太太的几分怜悯：她也没有几天活了，给她也想办法捐一个"夫人"头衔吧！

得知两宫圣驾三两天内方从太原启跸，郭嵚和三太太爱娃坐了一杯茶的工夫，便离开合盛元票号，前去喜财主府上造访。

郭嵘和喜财主本是世交，他们的父辈共同创办了合盛元票号，现在他二人又都是合盛元票号的东家。同时他二人又是关系紧密的亲戚：因大太太武氏的关系，郭嵘是喜财主的妹夫，喜财主是郭嵘的妻兄；此外，因爱娃娇娃姐妹的关系，他二人还算连襟。这么多关系拧在一起，这东林财主郭嵘与喜财主武得宝自然就是非同一般的关系了。只是二人性格差异太大了，郭嵘雄心勃勃，立志继承父业，将合盛元票号的事业发扬光大；而喜财主却闲心悠悠，贪图享乐，只顾自己花钱痛快，并不管票号挣钱艰难！所以，平日里这两位东家财主也没有多少话说，聚首晤面的次数也不多。

近来，郭嵘听说喜财主的身体每况愈下，才觉得有义务来看看这位愈来愈怪异的妻兄了。

郭嵘携爱娃来到喜财主府上，在客厅里稍坐一会儿，喝一杯茶，便分开各行其是了：爱娃去看望她妹妹娇娃，郭嵘则继续与喜财主闲谈。

也就是刚坐了一刻来钟，喜财主就塌肩陷颈，疲恹恹的了。

"喜哥，我看你这身子可大不如从前了，得注意保养啊！那烟还是少抽些吧！"郭嵘看着喜财主那折了骨头抽了筋的蔫儿样子，不由得劝诫道。

喜财主听罢嘿嘿一笑，却并不以为然："东林老弟呀，我知道你这样说也是好心。可是，人也不能太苛苦了自己，我就好这一口才抽呢！就和人饿了要吃饭一样，你让我少抽，不是让我饿肚子一样吗？再说我已是六十开外的人了，活够本儿了！嘿嘿！该吃的，该喝的，该抽的，该耍的，我都吃了，喝了，抽了，耍了！我还图甚呢？女人我也娶了四房了，除了大的是父母做主，这二的、三的、四的，都是由我看上的。各种样儿、各种味儿的漂亮姑娘，我都享受过了，我还想甚呢？我这一辈子呀，把平常人十八辈子的福都享了！死了也不屈了！哈哈哈！……"

郭嵘知道喜财主听不进劝，感到自己失言了。他本来还想好心劝喜财主在花销上节俭些，保留住合盛元的股子。但看到这情景，说了也白说，便把嘴边的话咽了回去。心中想道：他既这样不珍重祖宗的家业，也就由他去吧！我要是刻意去独吞合盛元的股子，那自然不义；可人家非要硬塞给我，非要让我独吞这合盛元的股子，我要再硬拒绝，那也不智呀！古人云：天予不取，反受其咎。那就顺天命吧！

而此时，喜财主不仅不听郭嵘的劝，反倒劝起郭嵘来了："东林老弟呀，我知道你有雄心大志，可能看不惯我这败家子的样儿。这我倒该劝劝你了：你也看开些吧，该享受就享受，该花销就花销，那银子挣多少是个够呢？不管你闹上多大的摊子，迟早也还不是都散了？人们早说了，天下没有不散的筵席呀！不管你挣上多少银子，迟早也还不是都花了？你不花，儿子花；儿子不花，到了孙子手里也得给你花光！我不就是个例子吗？我爷爷和我爹，他们能想到他们的孙子儿子是我这样的？嘿嘿！可我就是他们的孙子儿子呀！"

郭嵘听着，竟二目圆睁，对这位败家子喜财主刮目相看了：这位败家子还真有一套败家的理论，而且说得振振有词，头头是道！

喜财主还没有说完呢！他继续说道："我这还是和你说小的呢！咱再说说大的：你也知道，八国联军打进了北京城，慈禧太后和光绪皇帝跑到了太原，这是甚他妈的朝廷呀？都城竟让人家攻占两回了！这样的朝廷还能长久吗？我看大清朝也快完蛋了，大清朝要是一完，就谁也难保了，大树一倒，树杈上的鸟窝还能完好？嘿嘿，树倒了，窝坏了，蛋破了，鸟儿跑了……嘿嘿，到时候就谁也没奈何了！"

郭嵘支耳听着，瞪眼看着，心里好生奇怪：这位败家子的这番说话，怎么像是一位看透世事、看破红尘的高人仙人呢？——他是跟上鬼了，还是附上神了？！

八

郭嵘和喜财主坐了一个来钟头，话不甚投机，便起身告辞道："喜哥，我也该回号上了。我也不说甚别的话了，你好自为之吧！"

喜财主并不留饭，说道："你要走，我也不留你了！不过，你可记住我给你说的话，给字号上打个招呼：我可要花银子呢！先要抽股子，不够还要借银子，让他们不要挡我的手。——到时候，我把这几处宅院顶给你不就行了？"

郭嵘点头应道："这好说，喜哥要用银子，去字号上支取就行了，谁还敢挡你的手！"

"这就好，这就好！"喜财主高兴地说着，将郭嵘送出客厅外，吩咐管家李玉全一声，"送送郭老爷！"然后，便在郑兔儿搀扶下转身回卧室歇身子去了。

管家李玉全陪着郭嵘走向大门口，恭恭敬敬，殷殷勤勤，仿佛要替主家弥补些许失礼似的。

郭嵘表面上频频点头，回敬着这位管家的恭敬殷勤，心里却左顾右看，面对这座宏大而精美的大院子颇多感慨：武家先人置下这么好的一个大院子，就将姓郭了。这对我郭家来说自是一件喜事乐事，可对武家来说却是一件悲事哀事呀！进而再往下想，就更多感慨了：现在是我将要从武家手里接过这所大院子，若干年后，又将是谁从我郭家手里接过这所大院子呢？……真是天道幽远，世事难料啊！

郭嵘有了这番感慨，不由得又想对管家李玉全说几句话："李管家呀！我和你家老爷既是世交，又是亲戚。他有些听不进我对他说的话，我就想对你说：你家老爷现在老了，病了，办事想事难免不周；你是他多年的朋友兼管家，你就得多操心，多担事，弥补他的不足呀！"

李管家点头应道:"多谢郭老爷抬爱!我自当尽力而为,为我家老爷打理好这摊子事!"

走到大门口,管家李玉全拱手道:"郭老爷走好!"

郭嵘也拱手道:"多谢李管家相送!哦——另外,请转告内人一声:我回字号上了,让她们姐妹多说说话,完了就让她回娘家去吧!"

李玉全点头应诺,目送着郭嵘上轿车远去,心中暗暗赞叹:这位郭老爷真是不一般!除了人们传说的博古通今,雄才大略,看人家对我家老爷这仁义,对他三太太这关爱,对我一个管家这礼貌,真是样样不落,处处周到,这位郭老爷真是一位完人呢!

等李玉全回到喜财主这儿,喜财主已经在郑兔儿伺候下,抽起大烟来了。

"走了?"喜财主一边抽烟,一边问道。

"走了。"李玉全欠身应答。

"他说甚来没有?"喜财主又问。

"嗯,也没甚,只是说他与老爷是世交亲戚,让我为老爷多操些心,多担些事。"

"嘿嘿!他倒是有一副仁义心肠!那——他没说字号上支用银子的事?"

"没有。"

"嗯。反正他已经答应我了,你不是说缺银子吗?你就放开手去合盛元支用银子吧!嘿嘿!反正这房子也没个准价,说值三万就值三万,说值五万就值五万!咱从字号上支用的银子越多,咱这些房子就越值钱!哈哈!"喜财主说道着,算计着,得意地笑了。

李玉全点头应着,眼珠子转着,也陪着喜财主笑了。

喜财主抽足了烟,似乎来了些精神,他把烟具交给郑兔儿,坐起了身子。

喜财主说道:"玉全啊!我看这大清朝没几年时间了,先是义和团在北京城闹腾,后是八国联军打进北京城,这样内外夹攻,还能有几天活头?!我看呀,这大清朝就和我一样,没有几天光景喽——!"

"老爷!怎么能这样说呢?老爷刚刚六十来岁,来日还长着呢!"李玉全说道。

喜财主却笑着说道:"嘿嘿!这样说怕甚呢?能和大清朝一起死好啊,倒省得受那些乱世的罪孽呢!你想想,国家乱了,人家还有甚闹头呢?人们还有甚活头呢?早些死了倒清净了!嘿嘿!我享够福走了,让他们那些闹事业的人遭罪吧!哈哈!"

喜财主说着,竟得意地笑起来了。

李玉全听着,看着,颇有点不知所云,因而也就颇有点不知所措,愣怔了。

"愣甚呢?这点点意思也不懂?我是要比他们死得早些,可我还要比他们死得好些,我要让你为我好好地准备后事呢!"喜财主说道。

"哦——!我知道了。请老爷示下,我一定为老爷准备得合合适适,熨熨帖帖!"

"前些天我不是让你料理寿木的事吗?"

"哦!我已经去一家寿木铺看好了,挑了一副七寸厚的独幅柏木。这副木头解开板儿三年了,已经干透了,既没裂子,也没疙瘩,纹路还顺顺溜溜的,没一点点毛病。我让他们用最好的木匠大师傅亲手割,用最好的漆画匠大师傅亲手上漆作画呢!"李玉全说道。

……

喜财主和李玉全说了一大堆应该准备的后事,说得差不多了,看见郑兔儿也出去了,便将一件他最上心的也最秘密的事向李玉全做了交代。

"玉全啊,还有一件更重要的事,我要托付你办一下。这事有些难办,但你得想办法给我办了。"

"老爷说吧，只要是我能做到的，我李玉全万死不辞！"

于是，喜财主低声说道："就是那四太太娇娃，我得把她带走，我要让她殉葬！"

李玉全一听到喜财主说要让四太太娇娃"殉葬"，顿时目瞪口呆，毛发直竖，直参；心里直惊，直跳！

喜财主继续说道："我看上她，又花了九千两银子娶了她，实际上并没有真正享用过她，岂不是白花那些银子了？我那九千两银子不能白花，我得带上她走，到了阴曹地府再享用她！要不这样，倒便宜她了！"

李玉全战战兢兢，敛声屏气，低声问道："老爷的意思是——"

"我哪天咽了气，你就让她也咽了气，一起和我出殡下葬。"

"嗯。"李玉全应着，又低声问道，"到时候让她上吊？"

"不行！那样的话，吐个舌头多难看！"

"那，用麻纸蘸上水，一层一层把她闷死？"李玉全又低声问。

"这比上吊要好些，可是面色恐怕就难看了吧？"

"那——"

"我娶她是为了漂亮，我带她去阴曹地府也是为了她漂亮嘛！我听说，用水银灌了人，血色和活人一样。到时候——最好用水银灌了她。"

"哦！我知道老爷的意思了。"

"那你要记住了！你跟了我一辈子，我待你不薄吧？老婆也娶了，房子也盖了，银子也攒了；你要不是跟上我，给我当管家，三辈子也挣不上这些吧？所以，这件事我要你用心去准备，去料埋！"

"是！是！老爷对我恩重如山，老爷的吩咐我绝不敢有半点含糊！"李玉全表白道。

"嗯！你能把这件事办了，我就放心了。"喜财主满意地点点头说道。

"老爷放心吧，我一定把这件事办好！"李玉全继续表态。

然后，喜财主还得意地补充道："嘿嘿！我就是要让祁县城的人知道：我喜财主这辈子，活得比哪个有钱人都痛快！死得比哪个有钱人都排场！哈哈哈！"

喜财主说着，笑着，头如秃鹫，真是怪人，鸟人；声如鸱鸺，颇为吓人，瘆人！

九

喜财主正在狞笑时，贴身佣人郑兔儿提一茶壶开水撩起竹帘进来了。顿时，喜财主的笑声戛然而止。他看一眼郑兔儿的脸色和眼神，再与李玉全相视片刻，然后对郑兔儿说道："你灌了水下去吧！"

李玉全趁机说道："哦！对了兔儿，你去四太太院里转告一声：郭老爷回合盛元字号上了。郭老爷留下话来：让郭家三太太说一会儿话，直接回娘家呢！"

郑兔儿知道喜财主和李玉全在说一些不想让他听到的话，于是他连连应着，灌了水便出来了。本来，郑兔儿被撵出来，心中颇为不舒坦；对管家的支使，也并不待理会。但让他"去四太太院里"，却实在是一桩美差，所以就喜喜欢欢地去了。

他在武家大院穿门过亭，向四太太娇娃所在的院里走着，脑子里却想着刚才的情景：那喜财主和李玉全管家的眼神和平常不一样，分明是在说甚秘密事，分明是在有意避开我说这个秘密事。

他们在说甚秘密事呢？

在他出来打水前，他在屋里真真切切地听到喜财主正和李玉全说寿木的事……

而他刚才打上开水进门前，在门帘外又隐隐约约地偷听到他们断断续续的一些谈话：……她漂亮……阴曹地府……水银……

郑兔儿忽然觉得：喜财主大概是在说四太太娇娃吧！而她又向李玉全安排后事……他们到底在说甚呢？……看那样子，想这"她漂亮""阴曹地府"之类的话，分明对四太太娇娃不利呀！

郑兔儿早就悄悄地爱着娇娃，对她关心；其后又偷偷地享用了她，就更对她牵肠挂肚了。刚才听到那些断断续续的话语，看到那些遮遮掩掩的情景，现在又想到娇娃似乎有隐隐约约的危险，一种大丈夫男子汉的责任感，一种英雄救美的情怀，又在他心底涌动了：我得想法子闹清楚他们的秘密，我得想法子保护好娇娃！

郑兔儿这样想着，不觉已走到了四太太娇娃的院里；经王妈禀报后，再进了四太太娇娃的屋里。

娇娃和姐姐爱娃正在笑着叙话，面容灿烂如花，美艳如画，加上屋里各色家具的富贵气象，蓦然一看还以为是天宫里的两位仙女呢！

这郑兔儿进来后，并不直接传了话走人，却稳稳地站在地上，瞪着眼睛，凝着眼神，看了起来！——看其形，仿佛是在看两位太太的"眼色"，似乎不敢吭气；观其心，则是在看一幅美艳的画儿，压根儿就不想说话！

见此情景，娇娃笑着问话了："兔儿有事吗？"

"哦！回四太太，李管家让我来转达郭老爷的话：郭老爷他回合盛元字号上了，让郭太太说会儿话，直接回娘家呢！"

爱娃听罢，点点头说道："嗯，知道了。有劳你了！"

娇娃随即说道："下去吧！"

郑兔儿给娇娃递了一个异样的眼神，然后欠着身子退出去了。

爱娃看看时间不早了，便和娇娃辞别："我也该回家看咱爹妈了。"

娇娃问道："要在城里住几天吗？"

爱娃说道："估计要住上几天，俺家老爷不是要住在字号上，等着看太后皇上的圣驾吗？我也等到他看完，才厮跟上回荣仁堡呢！"

497

娇娃说道:"姐,你看你多好呀,你家老爷那样关心体贴你!哪像我,遭了个不近人情的老鬼!我虽在城里,却不能像你一样经常回家,整天像鸟儿关在笼子里一样。我的命真不好,怎么就遭上这个老鬼!他怎么老不死呀?快些儿死了吧!"娇娃看到爱娃说"俺家老爷"的样子,不由得羡慕姐姐,不由得叹惜自己,不由得怨恨起喜财主来了。

娇娃送走了姐姐爱娃,姐妹俩晤面叙话的欢快情绪也随之消散了。她回到屋里,依然像鸟儿被关进笼子里的情形,也依然是鸟儿被关进笼子里的情绪:羡慕姐姐,叹惜自己,怨恨喜财主!

她惧怕喜财主,就像惧怕魔鬼一样;她又嫌恶喜财主,就像嫌恶癞蛤蟆一样!所以,她真的想让喜财主快点死!

然而继续往下想,却依然看不到灿烂的阳光和美丽的花朵,依然是迷惘和惆怅:即使这个老鬼死了,我又能怎么样呢?

——守寡?照样是难挨的日子,而且看样子,武家的家产空了,连守寡都不行呢!

——改嫁?我已经被这老鬼糟蹋了,能改嫁个甚的主儿呢?而且,武家让不让我改嫁还两说呢!

——回娘家?这样必然搅乱爹妈的生活,给他们添麻烦。这样的话,自己于心不安;而且爹那儿,还未必让我回家呢!

……

想来想去,还就是跟上郑兔儿过日子算是最佳选择了。郑兔儿对她爱慕有加,应是可靠可信之人。可她对郑兔儿却是三心二意,七上八下:郑兔儿虽然人样儿端正,心眼儿机灵,可他毕竟是佣人出身,站不到人前,上不了台面呀!如果跟了他,那就得远离熟人,圪钻到山乡野村,默默无闻地过活一辈子……

娇娃选择郑兔儿也实在是无奈之举,一个出身于买卖人家的如花似玉的姑娘,打心里怎么能看上一个佣人呢?但她只能这样了,这已经是她的最佳选择了。其实，从她当初被父亲赵银树嫁给喜财主开始，就永远地陷入了"无奈境地"：此后，她一切的挣扎，诸多的选择，就只能在"无奈境地"的范围内进行；无论挣扎或选择的结果是比较好，好，很好，或最好，只能是"无奈境地"领域中的比较好，好，很好，或最好。

想着郑兔儿，娇娃又想起了刚才郑兔儿给她使的那个异样的眼神：那是甚意思呢？……

娇娃琢磨不透郑兔儿的眼神，也就懒得继续琢磨了；只需等郑兔儿来了一问就甚也知道了，何须劳神费思呢！

然而，当晚郑兔儿并没有来，第二天晚上仍没有来，这倒把娇娃等得着急了，并逗起了她的饥渴之情。

"这个死兔儿，就会撩逗人！人在这儿着急等他，他倒没影儿了。"娇娃心里半嗔半怒，身上半饥半渴，悄悄地骂起了郑兔儿来了。

此时的娇娃已不仅着急想知道那眼神的意思，而且着急想见郑兔儿这个人，着急想挨郑兔儿的身，着急想和郑兔儿温存一番了。

十

第三天歇晌时分，郑兔儿终于来找四太太娇娃了。

当值的王妈进屋通报时，娇娃顿时喜形于色，随即从抽屉里拿出一张十两的银票塞给王妈，低声说道："王妈，你上街去给我买上二两花茶，一斤冰糖吧！"说着，娇娃使了一个眼色。

王妈会意，微微一笑，收起银票，也低声说道："四太太放心吧，我把门也带上啦！"

王妈掀起帘子出来，对郑兔儿说一声"进去吧，四太太等着你呢！"

便走出大门，回身拉上门，再探进手从里面上了锁，欢步上街去了。买那些茶糖连一两银子也用不了，剩下的就都是赏钱啊！跟娇娃的两个贴身老妈子早已知道了她和郑兔儿之间的事，但出于对娇娃的爱戴，也由于娇娃的收买，她二人不仅不碍事，反而还乐于帮她、替她遮掩呢！娇娃美貌漂亮而又纯洁善良，像天仙一般，她们哪能不喜爱，不顶戴？而娇娃又出手大方，不算平常赏赐，单单每次幽会，就会拿出或十两或二十两银子赏赐她们，这等于她们半年的工钱，她们哪能不听她差遣，不替她遮掩？都巴不得让他们在自己当值的时候幽会呢！

郑兔儿见王妈锁上门走了，心中暗喜：嘿嘿！分明是四太太娇娃想我了！

郑兔儿一进屋，坐在炕沿上的四太太娇娃就砸过来一句话："死兔儿，你这两天作甚去了？让我白等你两天！"

娇娃的语气亦怒亦嗔，亦娇亦嗲，郑兔儿听了先是愣怔一下，然后就心旌摇摇、性旗飘飘了。

"四太太！我——"郑兔儿看着四太太娇娃的脸色，低声说道。

"以后没人的时候唤我娇娃！"娇娃说着，瞟来一个眼神。

郑兔儿唤一声"娇娃"，更动情了，更动性了，走近炕沿，抱住娇娃亲吻起来，一边喃喃道："娇娃，你真好！"

娇娃早已等急了，也顺势搂住郑兔儿的脖子，一边接受亲吻，一边喃喃道："死兔儿，你真赖！"

这一下更撩起了郑兔儿的情欲火焰，浑身燃烧开了，嘴唇又亲又吻，舌头又舐又舔，手指又触又摸……

娇娃则软成了一摊泥，湿成了一潭水！

于是，他和她宽衣解带，不顾大歇晌时分，也不顾大开门情形，在炕上寻欢作乐起来。

她赤身裸体，"啊！啊！"地轻声叫着，如嗷嗷待哺的婴儿一般；她张臂扬腿,"呼!呼!"地轻声喘着,像迎风舞动的树儿一般……此时此刻,此情此景,她哪还管他是什么佣人,穷人,下等人;她只知道他是年轻人,健康人,有力量的人,他是能让她心里满意,并让她身上满足的人!

……

经过了一番风雨般的激烈之后,四太太娇娃屋里复归于平静了。

她依然赤身裸体地躺在炕上,身子白白的,亮亮的,如雪如银;肌肤细细的,滑滑的,如玉如冰!她太漂亮美艳,也太迷人迷性了!她简直是造物主收聚了天地山川的诸多宝气和日月万物的诸多精华,再运用了千古巨匠的鬼斧神工,才创造出来的稀世宝贝!

她睁着两只像花儿一样美艳的眼睛,向着他,望着他,放射出幸福的光焰和美丽的光彩。

"兔儿,我已经离不开你了。"她喃喃着说道。

"我也是,娇娃!"他说着,又俯下脸去,在她那如玉如雪的肌肤上亲吻舐舔起来,并不停地感叹着,"娇娃,你真是一个天仙!你真是世界上最美最艳最好最妙的女人!"

"你是世界上最好的男人!我喜欢你,我离不开你!"她幸福地享受着他的亲吻舐舔,像是久旱的禾苗享受着细雨的滋润一样……

郑兔儿和娇娃又温存了一番,才穿衣系扣,算是结束了这场美妙的幽会。

但娇娃仍沉浸在爱河之中,她幸福地享受着,感觉着,品味着,欢笑着……

待穿好了衣裳,娇娃才又想起郑兔儿一进门时她问的话来,又问道:"这两天你到底做甚来?你还没有告我呢?"

郑兔儿也想起这两天的事来了。这两天他抽空出去走了几个地方,问了几个医生,才闹清楚了水银的用处,进而猜出了那天喜财主和李玉全管家说的话。

"娇娃,有一件很重要的事得告你呢!"郑兔儿很严肃认真地说道。

"啊?甚事呢?"娇娃一看郑兔儿的脸色,惊讶地瞪起了眼睛。

郑兔儿说道:"就是你姐姐他们来的那天,送走郭老爷之后,那老鬼和李管家说了一阵悄悄话,让我偷听见了一些你的名字和'阴曹地府'、'水银'之类的话。看那样子,那老鬼在安排后事,可又像是涉及你,分明对你不利,所以那天我来传话就给你使了个眼色。可我当时还闹不清究竟,这两天我就上药铺里打问了几个医生,大概猜出了他们的意思:等那老鬼死了,他们大概要拿水银灌你呢!"

"啊?为甚呢?"娇娃听着,由惊讶而害怕了,身子也仿佛颤抖了。

"我打听了,这水银不仅能毒死人,而且人死了之后,还能保持原来的容貌颜色。听说过去就有不少帝王的嫔妃被灌了水银陪葬,过了几百年挖开墓子,这些嫔妃的尸体和活人一般!——这老鬼可能是要学这些帝王,要让你陪葬呢!"

"啊?!……"娇娃听着,惊叫着,魂儿快要飞出窍了。

刚才,她爱火燃烧,她爱欲横流,幸福得像一朵花儿开放在美妙的春天,像一只鸟儿飞翔在自由的蓝天,她像飞上了霞光万道的天堂;而现在,她恐惧,她悲哀,悲惨得像一只小鸟掉进了黑黢黢的窟窿,像一只小兔掉进了阴森森的深渊,她像掉进了鬼哭狼嚎的地狱!

……

十一

闰八月初八辰时许,慈禧太后和光绪皇帝从太原起驾,继续前往西安巡狩。

此时，距两宫离京已四十七天，在太原驻跸也有二十一天。在这段时间内，议和全权大臣庆亲王奕劻已返京与八国联军开始了初步接触；而且，应各国洋人的要求，朝廷已经做出了一系列向洋人示好的举措。

一是追悼在义和团变乱中被杀的德国公使克林德，命大学士昆冈前往祭奠。

二是追悼在义和团变乱中被杀死的日本使馆书记杉山彬，命礼部侍郎那桐前往祭奠。

三是追究当初庇护义和团的诸王公大臣的罪责：

庄亲王载勋，怡亲王溥静，贝勒载濂，贝勒载滢被削去爵位；

军机大臣、端郡王载漪，军机大臣、协办大学士、兵部尚书刚毅，军机大臣、刑部尚书赵舒翘等，被统统罢免了职务，并下府部议处；

曾任山东巡抚、现任山西巡抚的毓贤，也被罢免了职务；

……

至此，大清朝廷对各国洋人已尽量做了安抚，对庇护义和团的王公大臣也尽量做了处罚。但各国洋人并不罢休，一方面在谈判桌上继续提出各种苛刻要求，把大清朝廷当成任由宰割的羔羊；一方面在战场上继续向山西娘子关等地猛烈进攻，把大清河山当成了任由践踏的平地！

慈禧太后看到议和停战遥遥无期，返京回銮渺渺无望，只得灭了暂时巡幸太原的幻想，继续带着光绪皇帝西巡，做长期巡狩西安的打算了。

而在慈禧太后和光绪皇帝驻跸太原的二十一天时间里，惊魂已然安定，回宫复位了；饿肚已然填饱，胃满肠肥了；走散的王公大臣已然聚拢，按部就班了；护驾的将帅兵勇已然集中，排阵布式了；干瘪的行囊已然充实，银子成千上万了；缺失的仪仗已然完善，卤簿成龙配套了。

于是，曾经在逃难中"急急如漏网之鱼，惶惶似丧家之犬"的大清朝廷又找回了君临天下的感觉，又正儿八经地摆起"圣驾"的谱儿来了。

且看皇帝的卤簿：

  銮驾最前面是手持乐器的48人乐队：8人持大铜角，8人持小铜角，8人持金口角，2人持云锣，2人持龙笛，2人持平笛，2人持管，2人持笙，4人持铜鼓，2人持金，2人持铜点，2人持铜钹，2人持行鼓，2人持蒙古角。

  接着是36人组成的执仗队：6人持御仗，6人持吾仗，6人持立瓜，6人持卧瓜，6人持星，6人持钺。

  接着是20人组成的擎旗队：10人持五色金龙小旗，10人持五色龙纛。

  接着是22人组成的举扇打伞队：6人持单龙赤团扇，6人持双龙黄团扇，10人持五色花伞。

  接着是30人组成的侍卫队：10人持豹尾枪，10人佩弓矢，10人佩仪刀。

  接着是靠近銮驾的一顶九龙曲柄黄华盖。

  巡幸的轻步舆銮驾由16个太监异抬，銮驾两旁是前引佩刀大臣10人，后扈佩刀大臣2人。

  銮驾后则又是30人组成的侍卫队：10人持豹尾枪，10人佩弓矢，10人佩仪刀。

  最后是一杆黄龙大纛殿尾。

——好不排场！仅皇帝的一副銮驾就30余种仪仗，200多个仪仗人员！

再看皇后的仪驾：

  最前面的是12人执仗队：4人持吾仗，4人持立瓜，4人持卧瓜。

接着是10人擎五色龙凤旗。

接着是24人举扇队：4人持赤龙扇，4人持黄龙扇，4人持赤凤扇，4人持黄凤扇，8人持雉尾扇。

接着是22人打伞队：4人擎赤色方伞，4人擎素色方伞，4人擎黄缎绣四季花伞，10人擎五色九凤伞。

皇后的凤舆由16个太监异抬，凤舆左右则依次有2人持金节，2人持拂尘，2人持金香炉，2人持金香盒，1人持金盥盘，1人持金盂，2人持金瓶，1人持金椅，1人持金方几。

最后是一顶九凤曲柄黄盖。

——依然是极其排场，20多种仪仗，100多个仪仗人员！

慈禧太后的仪驾则拟于皇帝，胜于皇后……

如此看来，仅慈禧太后、光绪皇帝和皇后的仪仗就500多人，再加上诸多王公大臣、太监及其扈从人员，两宫西巡的队伍在2000人上下。

两宫的銮驾从山西巡抚衙门启跸后，出了太原城的大南门，浩浩荡荡地向南而来，在乡间野外成了老百姓眼中的一道千古难见的风景：其形煌煌，让人瞠目结舌；其势赫赫，让人惊心动魄！其仪森森，让人望而敬也；其制庞庞，让人观而叹也！

当晚，两宫的銮驾在距太原八十里的徐沟县城驻跸。

次日继续向西南方向行进，銮驾于中午时分移至距徐沟四十五里的祁县贾令驿；用完午膳后继续向西南方向行进，半下午时分便到了距贾令驿十五里的祁县城。

此时，祁县各名门望族士绅、各大字号东家掌柜等有头有脸的人物，早已穿上官服顶戴，在县城东门外黑压压地跪了一大片，在官员的带领下恭迎两宫圣驾呢！——粗粗看去，除了县太爷和几个衙吏穿着七品八品的官服外，当地士绅东掌的官服都是五品以上；略略估计，这些穿五品以上官服的士绅东掌足有200人；细细算来，这比当初两宫銮驾进太原城时的恭迎阵式还大，山西巡抚衙门，太原府衙门加起来的五品官员也没有这200人呀！

以当时的官制，全山西省五品以上的文官有：从一品的巡抚兼提督1人，从二品的学政、布政各1人，正三品的按察使1人，正四品的道员（冀宁、雁平、河东、归绥）及太原知府5人，从四品的知府8人，正五品的直隶知州、直隶厅同知22人，再加上正五品的府、道同知22人，巡抚、学政、布政、按察使衙门五品以上的官员30余人。——算下来，五品以上的文官超不过100人。

全山西省五品以上的武官有：正二品的总兵2人，从二品的副将3人，正三品的参将9人，从三品的游击8人，正四品的都司17人，正五品的守备29人。——算下来是68人。

满打满算，全山西省二品以上的文武官员超不过10人，五品以上的文武官员超不过200人！

而祁县各大财东捐二品官衔者远远超过10人，其子孙及字号大小掌柜捐五品官衔以上者比比皆是，远远超过了200人！

……

这番迎驾，皇家的极度排场和奢华，着实让祁县人开了眼界，惊叹不已！而祁县地界的士绅东掌们捐官的品位如此之高，捐官的人数如此之多，跪迎的场面如此之大，也着实让朝廷的王公大臣们瞪了眼珠，诧异不止！

十二

两宫的銮驾在祁县东城门护城河的石桥前停下来。

顿时，一大片蜿蜒流动的彩霞，凝固成了一幅巨大的流光溢彩的绸缎，呈现出另一种静穆的华美和森严。

慈禧太后的銮驾在前，接着是光绪皇帝的銮驾，依次是皇后、贵妃、王爷、王妃……

"启禀太后，祁县东城门到了，祁县士绅在城门前跪迎圣驾呢！"随驾大太监问明情况后，向慈禧太后回禀。

慈禧太后让人撩起帘子，往下一看，城门左右两旁跪了黑压压一片身穿官服的人群，一个个顶戴花翎，身缀补子，她不由得怔了一下，然后又仔细看了一遍，问道："我怎么看到跪迎的人个个都穿着官服啊？怎么看不到一个祁县的士绅呢？"

随驾大太监问明情况后，又回禀道："启禀太后，祁县民风向来敦厚忠孝，咸丰以来尤见其忠孝之行。祁县士绅每每为国家分忧，屡屡向朝廷报效，捐输者有成千上万之众，所捐银两有数万数十万之巨；所以朝廷多有封赠，祁县士绅多有官品。今天他们为了恭迎圣驾，瞻仰圣容，郑重其事，就都穿上官服了。"

慈禧太后从咸丰以来当政，她知道这一件件花翎补子背后，是他们向朝廷报效的一箱箱银子！想到这些，慈禧太后颇有感念之情；再想到前些天因手头拮据在太原筹钱时，仅祁县乔家的大德恒票号一家就借给了朝廷三十万两银子！于是她由感念而感叹了，随口说道："祁县士绅忠心可嘉啊！"

随驾大太监当即传下话去："太后谕旨：祁县士绅忠心可嘉！"

顿时，跪迎的祁县士绅大为感动，在知县的带领下叩头谢恩并齐声颂道："叩谢太后圣恩！恭祝皇太后皇上圣安！"

慈禧太后听着这祝颂之声，颇为悦意，也不着急起驾进城了。她倒放眼看起了驾前精致的石桥，桥下清澈的流水；望起了正前方雄伟的城门，并看见了城门上两个端庄的大字"瞻凤"！

慈禧太后本已对祁县颇有好感，现在看到这两个恰到好处的"瞻凤"二字，就更开心了：

——此处何由镌此字？

——此时竟然有此事！

于是她询问起来，随驾大太监只得把祁县知县叫过来回话了。

待祁县知县叩拜礼毕，慈禧太后问道："此处城门上何时何由镌有此字啊？"

知县回首望了一眼"瞻凤"二字，眼珠转了几下，顿时有了灵机，答道："启禀太后，城门上'瞻凤'二字乃是明朝初年重修祁县城时所镌，距今已有五百余年。因祁县城东五十里处有一高山名曰'凤山'，而古人视凤为百鸟之王，其德圣，其容美，足以为百鸟所仰，所瞻，故而在东城门上镌了'瞻凤'二字。祁县臣民五百年来诚心诚意敬仰圣德美容之凤，所瞻者凤山，乃山凤耳！岂料精诚所至，金石为开，五百年后竟天意作美，太后圣驾莅临祁地，使我祁县臣民得以瞻仰真凤圣容，实乃千古未有之幸事也！"

慈禧太后听着，凤颜大悦，说道："看来，你这个祁县知县还算是知祁县啊！"

"谢太后圣恩！"知县听了，受宠若惊，叩头谢恩。

慈禧太后高兴，帘子也不下，就让"起驾"，索性要让祁县臣民"瞻凤"了。

于是，两宫的銮驾浩浩荡荡地进了祁县东城门，走过东大街，然后拐向小东街，在乔家大德通票号门前停下来。

这儿就是慈禧太后、光绪皇帝和皇后今晚的行宫了。

这行宫为何要设在这儿？其中原因也是颇有讲究的：其一，祁县县衙的住宿条件和饮食条件相对简陋，远远比不上祁县城内的各大字号，所以就不在县衙设行宫了。其二，能让当今太后皇上在自己的字号里驻跸，那就像凤凰落足于鸡窝一般，似乎能带来宝气，是一件十分幸运和荣耀的事，各大字号都巴不得呢！其三，朝廷在太原期间向山西各大字号筹借银子时，乔家的大德恒票号独家拿出了三十万两白银，如此慷慨解囊之举使朝廷大员和慈禧太后颇为感激，所以在祁县设行宫的这个大彩头，自然要送给乔家了。其四，乔家的大德恒票号坐落在祁县城西大街上，稍嫌噪乱；而乔家大德通票号坐落在小东街上，这里既比西大街安静，又是祁县城内的富人区，周围都是各大财主的高墙大院，便于安排扈从的嫔妃和王公大臣。这样，就选择乔家的大德通票号为行宫了。

这，使合盛元票号的大东家郭嵊望洋兴叹，羡慕不已！

前些天，乔家大德恒票号太原分号借给朝廷三十万两银子后，大出风头，他已经是羡慕不已。这两天，他得知慈禧太后和光绪皇帝的行宫又设在乔家大德通总号，再拔头彩，他又颇感自叹弗如。而今天，他在跪迎时看了两宫銮驾的宏大场面，并感受了乔家的极度体面后，心中更升腾起了一种火焰，他的雄心燃烧起来了：就眼下而言，我郭家的财势固然比不了乔家，可那是因为我郭家起步晚呀！我父亲郭大元知人善任，审时度势，于道光十七年在祁县商界率先创办票号，开风气之先，得利薮之肥，经数十年时间，已使我郭家的商业得到蓬勃发展，拉近了与乔家的距离。我更应知人善任，审时度势，大力推动我郭家的商业发展，力争在我有生之年的一二十年内，赶上或超过乔家！

前两天探望喜财主时，郭嵊曾被喜财主的一番风凉话吹得有点心凉了，心静了，成了一潭宁静的水面；而这两天的所见所闻，又使他像拥抱了太阳一样，被烤得心热了，心烧了，成了一腔燃烧的火焰！

十三

在当天迎驾的祁县士绅队伍中，合盛元票号占了四人：东家郭嵘，大掌柜贺洪如，大先生阎文通，京号掌柜郝克凝。从午饭后去东城门外迎驾，到下午四五点钟迎完驾回合盛元票号的路上，郭嵘一直沉默寡言，郁闷寡欢；其他三人也就不敢多言，更不敢欢笑了。

直到回了合盛元票号，四人依次坐在正庭里，喝了几口茶，郭嵘才感叹了一句："这一回呀，真是让乔家出尽了风头，赚尽了面子；我郭家虽然有合盛元票号，有诸位大才辅佐，究竟还是比不了乔家呀！"

东家郭嵘这么一感叹，顿时让贺洪如等人尴尬起来，面面相觑，哑然无声，连正庭里的空气也似乎一下子凝固了……

郭嵘旋即意识到自己的话有些不妥，自己倒更尴尬了。于是，赶紧补充道："哦，这与诸位掌柜无关！我只是感叹我郭家的根基尚浅，比不了乔家；我郭嵘的道德尚浅，比不了乔致庸呀！"

郭嵘这么一说，才算打破了刚才的尴尬气氛，恢复了常态。

"不过，我心有不甘。我今年五十岁，若老天爷给我个正常的寿数，也应还有二三十年光景；而他乔致庸已经八十多岁了，还能有几年的寿数？我就不相信，内有我东家倾心尽力，外有诸位掌柜殚精竭虑，再假以二三十年时间，咱就赶不上乔家？！"

郭嵘继续说着，声音洪亮，情绪激昂，雄心溢于言表，壮志凌乎云霄！

几位掌柜这才听出东家的意思来了：原来，东家想有更大的作为，想超越财大势雄的乔家，想成为祁县首屈一指的巨商豪富！

于是，贺洪如大掌柜拱手说道："请东家宽心！我等一定不辜负东家的期望，一定为合盛元票号殚精竭虑，鞠躬尽瘁！我合盛元也一定会有更大的发展！"

郭嵊点点头，也拱手说道："那就拜托诸位了！诸位请放心，我也不会辜负诸位的功劳！——有功必赏，有劳必酬！"

郭嵊与掌柜们说了一番话，喝了几杯茶，当天傍晚就带上三太太爱娃回荣仁堡了。

东家郭嵊走了，而他胸腔中燃烧的那团火焰却引燃了贺洪如、阎文通和郝克凝等人，他们胸腔里的心也燃烧起来了。

当晚，贺洪如与阎文通、郝克凝喝茶聊天，自然又说起了东家郭嵊："你二位也看到了，听到了，咱东家雄心勃勃，壮志凌云，进取之心正大着呢！东家如此，咱们做掌柜的更应如此，咱合盛元也更应有一番大的发展啊！"

阎、郝二人点头称是。

贺洪如继续说道："不过，眼下看来，这两宫继续西巡，看来是返京回銮遥遥无期呀！由此可知，京城的局势还没有稳定下来，还有很大的变数，咱京、津、保三号的复业今年怕是无望了吧？"

阎文通点点头，没有接话。

郝克凝也点了点头，说道："难！根据那桐给我的书信来看，议和谈判异常艰难！洋人仗着占了京城，是狮子大开口，漫天要价；而朝廷绝难接受，只能是拖着讨价还价。这样看来，就得相互比耐性了。而且俄、日、德、法、英、美、意、奥八国，再加上荷兰、比利时、西班牙三国，这十一个国家各要各的价，谈判起来就更为繁琐麻烦，绝非当初甲午战争时与日本一国的谈判那么简单。当初与日本谈了两三个月，这次与十一国谈，至少也得有半年吧？所以要想京、津、保三号复业，我看最快也得明年开春了。"

贺洪如听罢，无奈地摇摇头，说道："天时如此，人事也就只得如此了。且歇着吧，等养足了精神再说！"

"嘿嘿！也只能如此了，耀庭也该好好歇些日子，且当养精蓄锐吧！"

阎文通附和道。

"大掌柜和大先生放心吧，我会和那桐经常书信往来；一旦和谈有了些眉目，京城局势稍稍安定，我就带着伙计们去抢占先机！"郝克凝说道。

"对！我们合盛元一定要抢占这个先机！"贺洪如接住郝克凝的话说道，"无论何事，这一起一落之际，机会最多，风险也最多。这就最需要人的胆识：没胆子的人肯定遭不了风险，也逮不住机会；没见识的人肯定遭风险多，而逮机会少；有胆有识的人才能避开大风险，逮住大机会！要放在平常，这胆识二字倒没甚太大的用处，只是手足二物的配搭；而在这一起一落的关键时刻，这胆识二字就有了极大的用处，手足二物反倒是胆识二字的配搭了。就京城而言，被八国联军攻陷，可谓一落；与八国联军议和，可谓一起。之前这落的时候，耀庭把握得极好；之后这起的时候，耀庭也一定要把握好机会啊！"

"大掌柜所言甚是！我一定谨遵大掌柜教诲！我想，京城这一落之际，主要是考虑避风险：谁避得好，谁就损失小。而在京城一起之际，主要应考虑逮机会：谁逮得好，谁就获利大。好在我多年在京城驻庄，混的朋友多，见的世面广，对时局行情还能把握一二。大掌柜请宽心，我虽身在祁县，但心在京城；一旦议和初露端倪，我就会带上伙计们返回京城去抢夺先机！"

贺洪如点点头，说道："将来京、津、保三号复业的事就主要靠耀庭了。你预先做些筹划吧，人由你挑，由你定；银子由你要，由你带！眼下国家的大局在京城，朝廷得靠李鸿章大人支撑；而我合盛元的小局也在京城，我得靠你郝克凝支撑啊！呵呵呵！"

郝克凝笑笑，赶紧拱手说道："大掌柜言重了，言重了！"

当晚，郝克凝在合盛元票号内住下，久久不能入睡。

先是回想下午迎接两宫的场面：那排场，那气魄，哪像被迫西逃？真像是两宫西狩啊！真是"瘦死的骆驼比马大"，真是"百足之虫，死而不僵"啊！……由此看来，大清的气数还没有尽呢！既如此，大清和洋人到头来总是一个和局；既然到头来总是一个和局，那京号复业就是迟早的事了。

接下来是回想东家郭嵘的情形：那脸色，那话语，看似愠怒咻咻，实是雄心勃勃啊！这是一位谋事业的东家，正适宜下面做事业的掌柜们施展身手呢！

再下来是回想大掌柜贺洪如的话语：他对京号可谓另眼相看，他对我郝克凝可谓寄予厚望啊！

如此回想一番之后，郝克凝便心里有主意了：下一步，自己必须在京号做出一番更大的事业来，为合盛元立功，也为自己争光！

最后，郝克凝又预测了一番时局，考虑了一番人事：

要议成和局怎么也得明年了，甚至更久。不过，只要京城秩序稳定下来，即使尚未议成和局，也可以提前进京复业。

至于人嘛，津号的史文显肯定是不能用了，谁去天津合适呢？天津号这番惨败亏赔，哪个人也不能升迁，只得从他处选人了。这样看来，只有段德义合适：他在保定号当掌柜，与天津号相邻，对天津号情形比较熟悉；他在八国联军打进天津前，又去那里待了几个月，应该对天津号的情形更掌握了。由他去天津号当掌柜，容易尽快做起事来。而且，他在天津时也吃了不少苦，受了不少屈，应该得到奖励；而天津号的地位又比保定号重要，把他从保定调到天津也算是对他的升迁奖励了。保定号的张五成在这番撤庄中表现上佳，段德义空出来的位置由他填补最为合适。至于自己身边的郭长林、赵儒义这些人嘛，京号还离不开他们，且让他们留在京号吧，账期下来给他们添加生意就是了……

把这些人捋了一遍，郝克凝又想起了高生云：这个后生不愧是老掌柜挑选调教出来的，人品好，脑子好，有眼色，懂礼貌，善于社交，还吃苦耐劳，是个好苗苗！留在自己身边固然得手使用，可是如果超拔他，

513

怕寒了京号这些老伙计们的心；如果让他在京号论资排辈地升迁，又怕耽搁了他的前程，屈了他的才。看来，还是让高生云去保定号当二掌柜较为合适：这样既超拔了他，给了他建功立业的机会，又在自己的影响力之下，可以及时关照他。而且，他今春在保定号的撤庄运现中，熟悉了保定号的人和事，张五成和伙计们都容易接受他……

郝克凝在审时度势和排兵布阵中，怀着自己的谋略，带着自己的伙计，进入了梦乡。

十四

次日早饭罢，号上无事，郝克凝也并不急于回家，他便在县城各字号走访起了朋友：某某绸缎庄的大掌柜曾在京号当老板，和郝克凝是至交；某某茶庄的大先生也曾在京号当老板，和郝克凝是挚友；某某票号的二掌柜曾在上海号当老板，和郝克凝知心；某某当铺的二先生曾在营口号当老板，和郝克凝对脾……

郝克凝从十几岁上离家进了合盛元学徒，或京城，或营口，或上海，长年出门在外。抑或天性使然，抑或环境使然，抑或念通了"出门靠朋友"这本经，他特别好处朋友，也特别善处朋友，可谓朋友遍天下！——或天南地北的，或山东河西的，或商场官场的，或牌桌酒桌的，抑或兼而有之的，反正走到哪儿都是一堆一堆的朋友！他在外面如此，在祁县城就更是如此了。

郝克凝所到之处，这些朋友无不热情相迎，好茶相待，然后寒暄叙旧。因国家刚刚遭遇了一场八国联军攻陷京城的大难，祁县又刚刚经历了一件两宫巡幸的大事，郝克凝又刚刚从京城回来，而这些朋友都是走南闯北、放眼天下的商界大人物，自然都要询问京城情况，议论朝廷时局，进而研判商务进退云云。

刚走访了三两个朋友，一个上午就过去了。临到晌午时分，郝克凝难却朋友盛情，自然是一番美酒高会。

晌午的美酒高会完了，接着又支起了牌桌，与几个朋友一边喝茶聊天，一边打起了麻将。这些人在这种场合，输赢是小，尽情尽兴是大。八圈儿下来，大半个下午又在哗哗啦啦和说说笑笑中过去了。赢家还要在晚上设宴请客，郝克凝婉言谢绝了。

郝克凝走在祁县城的大街上，分明是美酒佳肴填饱了肚子，满脸放光；分明是仙茶奇茗滋润了脑子，双眼透神；再加上八圈儿麻将牌舒展了性子，浑身得劲！更兼他长得一表人才，修得满街人缘，在街上时而与人点头微笑，时而与人作揖问好，可谓风度翩翩，人气煊煊，一看便知是个不同凡响的人物。

在大街上行走间，郝克凝隐约闻到一股药味，抬头看时，正看见不远处的"敦和堂"三个鎏金大字。于是他蓦然想起：这不是老掌柜渠寿昌给他儿子渠源俊开设的药铺吗？我得进去看看，与渠源俊叙叙话，也问问老掌柜的情形。

于是他抬脚上了敦和堂药铺的石阶，进去了。

前台掌柜一看合盛元的郝克凝老板来了，自是笑脸相迎，并把他引进后堂，去见渠源俊。

"源俊，一向可好啊！"

"啊哟，是克凝呀！好，好！你我同好！"

渠源俊与郝克凝年龄相仿，再加上渠寿昌老掌柜对郝克凝赏识栽培有加，犹如父子一般，他二人也就兄弟一般亲近了。

渠源俊招呼上了茶，问道："你甚时从京城回来的？走得还及时吧？可怕呀！八国联军打进了北京城！哎呀！真正怕人呢！"渠源俊问着，说着，连连摇头慨叹。

郝克凝应道："回来快一个月了。还好，在八国联军打进北京城之前，我们就及时撤离了。——你这个药铺还行吧？我在街上老远就闻见药味了，看见进进出出的人也不少。"郝克凝答罢，又问道。

渠源俊笑道："嘿嘿！咱这儿货真价实，童叟无欺，用药的人自然乐意光顾嘛！不过，也就是人气旺些，至于财气嘛，实在难以启齿：除了开销，略有盈余而已！嘿嘿！俺爹让我开这个药铺的心愿就是济世扶民，修仁积善嘛！我岂敢违背俺爹的这个心愿？而且，这儿还悬着俺爹的尚方宝剑呢！嘿嘿！这不，你看他为这个药铺题写的对联——"

郝克凝顺眼看去，这后堂正中果然是渠寿昌老掌柜的手笔：

济世扶民父母寿，
修仁积善儿孙昌。

郝克凝读罢叹道："老掌柜真是人如其言，名如其心，可谓用心良苦，用意深远啊！"

渠源俊说道："可不是吗？俺爹在商场上英雄了一辈子，给字号做了不少事，也给家里挣了不少钱。可他就生了我一个独子，好像成了他的心病，常常在家人中念叨：攒财不如积子，攒财不如积子！所以他怎么也不让我去茶票庄上学徒做买卖，硬是在城里给我开了这个药铺；还说这是济世扶民、修仁积善的上等买卖！说来也怪，自从开了这敦和堂药铺二十多年来，我这瘦弱的身体还真是越来越壮了，儿子也一连生了三个！这样，也算把俺爹的一块心病去了。而且，俺爹的身体一直没病没痛，都上八十了。哈哈，这倒正好应了这副对联的意思啦！"

郝克凝听着，不住地感叹道："妙啊，真是奇妙啊！"

接着，郝克凝又说道："有你这个孝子，再加上这个敦和堂药铺，现在老掌柜可是如愿以偿、十全十美了！哈哈哈！"

"哈哈哈！"

郝克凝与渠源俊二人谈着奇妙的事，说着高兴的话，爽朗地笑了起来。

接着，郝克凝又问道："老掌柜近来身体和精神都好吧？他每天在家里做些甚？"

听郝克凝这么一问，渠源俊倒稍有些难为情起来，说道："嘻！本来一直都好好的，身体没病没痛，精神也好好的。可是自从听说八国联军打进了北京城，两宫来了太原，还要再去西安，一下子就没精神了！整日间愁眉苦脸、忧国忧家，还经常唉声叹气、磨磨叨叨：'大清朝怕是要完了，国家怕是要乱了，老百姓怕是要磨难了，我算是活够了，儿孙们可要遭遇乱世了……'人老了，哪能经得住这么整天忧思？医书上说了：忧思伤脾胃。再加上老年人本来就消化不好，结果闹得茶饭不思，睡眠不好，月数天的工夫竟瘦了一圈，甚至……甚至有点脱相了！"渠源俊说着，脸色越来越凝重了。

"哦？老掌柜有这样重的心事？你们也不解劝解劝？"郝克凝惊讶地听着，关切地问着，心情也沉重了。

"解劝他？他还解劝人呢！说甚'人活够了就得走'，'人该死时就得死'，'该走不走，一条懒狗'，'该死不死，一堆臭屎'……他的道理多呢！而且，他还催着我们给他准备后事呢！"渠源俊说道。

"啊？！"郝克凝愈发惊讶了，"那，那我明天得去季家窑看看老掌柜，劝劝老掌柜！"

郝克凝从敦和堂药铺出来，无意再走访朋友，径直回到合盛元，将渠寿昌老掌柜的事告诉了大掌柜贺洪如，并说明了要去季家窑探望之意。

贺洪如大掌柜自然没有二话，不仅允许他前去，还让他捎话捎礼，代表字号上问候，并给他派了一辆轿车和一个小伙计伺候。

十五

次日早饭罢,郝克凝带一个小伙计,坐轿车出了东城门,前往县城三里外的季家窑村探望老掌柜渠寿昌。

此时,渠寿昌正在一把躺椅上闭目养神,身体半坐半躺,神态半醒半眠;而气色严重不足,果如昨天渠源俊所说,真有点"脱相",仿佛半人半鬼了。

郝克凝进门一见这情形,心中不免震颤,暗暗感叹道:离上次送匾见面时,还不到一年,老掌柜衰老得竟然如此之快!

郝克凝赶紧上前作揖施礼:"老掌柜,您老人家好啊!"

渠寿昌仿佛正在神游十万八千里之外的幻境,乍一见郝克凝施礼,还回不过神来,愣怔了一下;待旁边的人说"北京号的郝克凝掌柜来看你了",他才完全回过神来,顿时心情一振,眼睛一亮,笑逐颜开了:"哦!呵呵!是耀庭呀,快坐下吧!呵呵!你看我,究竟是人老了,眼花了,脑子迟了,连你都一下子认不出来啦!不过——我也想不到呀!怎么能想到你这个时候来呢?呵呵呵!"

渠寿昌说着,慢慢站了起来。

"老掌柜就在躺椅上吧,不用起来啦!"郝克凝上前劝阻道。

渠寿昌笑着说道:"我也能站起来走动呢!只是平时懒得不待动才坐躺椅呢!呵呵!"说着,他还是坚定地站起来,并坚定地走向平常会客的那把椅子。

于是,郝克凝只得顺势上前,扶着渠寿昌坐在椅子上。这位老者像往常接待客人一样,虽然气衰,却不肯苟且,不失礼仪,而是挺腰直脖,正身端坐,颇有点"老虎不倒架"的气度!

郝克凝看着老掌柜如此顽强地支撑着身架,如此固执地坚持着礼仪,心中油然生疼，而又肃然起敬！

待茶水上来，渠寿昌说道："耀庭能来看我，我自是高兴；但咱合盛元可没有这个规矩呀！随随意意地破了规矩可不好，于字号，于你本人，这都不好呀！"

郝克凝听着，感到了老掌柜渠寿昌确实高兴，同时更感到了这位老掌柜对字号的责任心和对他郝克凝的关爱心，心中不由得又荡漾出阵阵敬意。

"老掌柜，我和大掌柜打招呼了，大掌柜和大先生他们都让我给您带好请安呢！您放心吧，我做事自会掂量的。"郝克凝说道。

"嗯。"渠寿昌点头应着，转而又抬头问道，"哦？这不过年不过节不过寿的，你们怎么……"

郝克凝会意，笑道："哦！是这样的，昨天我在城里转悠，去咱敦和堂药铺坐了坐，和咱源俊聊了聊，知道您自从得知八国联军打进北京城、两宫西巡以来，整天忧时忧世，忧国忧家，饭食大减，身体也衰弱了许多！所以我回明号上，想来和您说说话，陪您解解闷呢！"

"这个俊儿也真是多嘴！"渠寿昌笑着说道，"不过，你既然来了，我倒真想听听京城的情况和咱票号的情形。"

于是，渠寿昌将自己想知道的一一询问郝克凝，郝克凝则将自己所知道的一一说给渠寿昌……

渠寿昌仔细地问，认真地听，听罢则不住地叹气，然后感慨道："这母鸡打鸣果然是于国家不祥啊！你看，自从慈禧太后垂帘听政以来，国家遭遇了多少灾难：内有太平天国、捻军、义和团接二连三的造反，外有英法联军、日本人、八国联军接二连三的战祸……唉！阴盛阳衰，女人做主，这国家就成了母的啦！既是母的，岂能不挨那些公牛公马公驴公狗们的糟蹋蹂躏?！唉！也是朝廷不幸，百姓无福啊，堂堂大清皇室竟出不了一个比慈禧太后厉害的男人来主持朝政！"

郝克凝听着，暗暗佩服渠寿昌这独到而毒辣的眼力和见解，频频点头，附和着说道："老掌柜所言极是，所言极是！"然后又解劝道，"不过，老掌柜也不必过于忧虑国家的事。忧伤脾呢，您老人家还是尽量少些忧虑，多些开心，保养身子要紧啊！俗话说，不在其位，不谋其政。既如此，也就不担其责了。"

"你说的倒也在理，可话又说回来，覆巢之下无完卵，我们百姓跟着这昏庸的朝廷遭殃受害呀！虽说八国联军不一定打到咱祁县地界来，咱们不直接受害，可想想京城沦陷如此，国家破败如此，朝廷又昏庸如此，这还有甚活头？活着还能有甚兴头？……嘿嘿！耳不闻，心不烦；眼不见，神不乱。我也是八十岁的人啦，倒不如早些闭了眼，入土为安呢！呵呵呵！"渠寿昌说到闭眼入土，竟又豁达地笑了起来。

郝克凝也笑道："老掌柜言重了，怎么倒说'闭眼''入土'呢？像您这样操劳一生，告老还乡后怎么也得享十几年清福吧！您才刚歇了三四年时间，您还得保养好身子，再享他十来年清福呢！现在虽说国家有了些败乱之象，可咱合盛元票号还好好的，源俊的敦和堂药铺还好好的，您膝下还有几个孙儿活蹦乱跳，可谓人财两旺的好光景呢！"

渠寿昌听到这儿又乐了："你这最后一句话算说对了，这几个孙子倒着实让我高兴，他们才是我一辈子真正的结果！其他的像钱呀，财呀，房呀，屋呀……统统都是空的，都像流水刮风一样，说走就走了，最终都不一定是自己的；唯有这儿孙，才真正是自己的！耀庭，我越老才越觉得：攒财不如积子啊！"

说着，渠寿昌笑意盈盈，叫人把两个孙子叫来，给郝克凝介绍道："这两个孙子，大的叫渠本樟，十三岁了；小的叫渠本桐，六岁了；还有个孙子刚过了百天，起名渠本槐。嘿嘿！他们才是我的宝贝呢！至于我在合盛元多少年挣了若干钱，在县城置了若干产，在季家窑盖了若干房，如果没有这些孙子，还不统统是零！"

郝克凝附和应诺。

渠寿昌继续说道:"这做买卖和培养儿孙就好比栽树,做买卖是栽桃树果树,是为了让它们结桃子果子让人吃;培养儿孙则是栽槐树松树,只是为了让它们长成大树荫,长成大材地,而且想让它们不断地长,长上百年千年万年!嘿嘿!人人都知桃树果树之惠,唯有老年老到之人方知槐树松树之美啊!"

郝克凝静静地坐着,听着,心神则顺着渠寿昌的思路,飞出了桃树果树般的金银钱财之树,而飞上了槐树松树般的更久远更古老也更高大的血缘生命之树,领略到了血缘之本真,生命之大美!——原来,金银钱财之树如此低矮,只需七岁小儿蹬七个龄阶,就可攀缘其上;而血缘生命之树如此高大,我这五旬之人蹬五十个龄阶,尚得再借八旬老人的龄阶才可攀缘其上!

说了一番话,渠寿昌让两个孙子玩耍去了。他目送着两个孙子的背影,眼神中流淌出眷眷爱意,不禁感叹道:"唉,我已是八十岁的人,该入土为安了。可他们这些娃娃赶上这末世,将来怕要遭罪了。"

渠寿昌感叹罢,转而对郝克凝说道:"耀庭啊,我看大清朝的气数已尽,像是秋后的蚂蚱了。大清一亡,势必群雄逐鹿,又要天下大乱了。唉!我这一辈子算是交代了,也没几天活了;等到眼睛一闭,黄土一埋,就万事大吉啦!呵呵!"

郝克凝听着,点着头,直到听见渠寿昌说"没几天活了"的话,他才摆手道:"老掌柜怎么又说'闭眼''黄土'之类的话?这不是很好的光景吗,还有若干年的清福等着您享受呢!您还得打起精神来,好好地活吧!"

"嘿嘿嘿!"渠寿昌摇头笑道,"耀庭啊,我和你说句心里话:人享寿啊,适可而止,并不是越长越好。我已活了八十岁,我该享受的都享受了,够了,足了!如果我再没完没了地活下去,人越来越衰,病越来越多,岂不是自己受罪,又连累家人,还糟蹋天物呀!而且,早些入土,在下辈子还能早些转人；或者，早些归天，在天界还能早些占个好位子呢！呵呵呵！"

郝克凝怔怔地听着渠寿昌的话语，怔怔地看着渠寿昌的神态……

在郝克凝的心中、眼中，此时的渠寿昌已经是半人半神了。

十六

郝克凝本以为渠寿昌衰老虚弱，经不住长时间叙话，更不能喝酒吃肉；所以，他原计划说一会儿话就返回城里的。却想不到渠寿昌一见他竟来了精神，气力甚足，意兴甚浓，居然在椅子上挺腰直脖地坐了两个多钟头，口舌流利地谈了两个多钟头！

而到晌午时，渠寿昌又执意留郝克凝吃午饭，几乎是命令的口气说："不要走了，留下来吃饭！"

"老掌柜，您坐了一上午了，累了，也该歇歇身子了。我还是回字号上吃饭吧，半个钟头就回去了。"郝克凝委婉地说道。

渠寿昌却斩钉截铁般地说道："我不累！我今天精神好，胃口也好，还要陪你喝几盅酒，吃几口肉呢！"

郝克凝听着，先是吃惊：老掌柜早就戒酒戒肉了呀，而且听说这些天还不思饮食呢！怎么？——但很快，他就感受到了老掌柜话语中饱含情意的那种颇具震撼性的气力，这种气力强烈地冲击了他的心，激发了他的情。他的心震颤了，他的情激荡了，他的眼湿润了。

于是，郝克凝留下来与渠寿昌老掌柜共进午餐；而渠寿昌老掌柜果然陪郝克凝喝了几盅酒，吃了几口肉！而且，整顿饭工夫仍保持着旺盛的谈兴！渠家上下见了这番情景，无不啧啧称奇，暗暗叫好！

午餐罢，郝克凝坐轿车返回县城，向大掌柜贺洪如和大先生阎文通回禀了一番去季家窑探望渠寿昌老掌柜的情况，然后就上街会友打牌去了。

次日，郝克凝坐轿车回家，顺路又拐进谷恋村，带着茶酒点心等礼物去拜见岳父高凤梧。

高凤梧和渠寿昌一样，也已告老还乡，赋闲在家。如今翁婿相见，自是问寒问暖，问长问短。说起八国联军打进北京、两宫西巡之事，翁婿二人自是一阵唏嘘哀叹；说起渠寿昌老掌柜，翁婿二人则是一番感慨赞叹！

"耀庭啊，做买卖人能做到人家寿昌先生这份儿上，此生足矣啊！把合盛元的买卖扑腾得这样兴隆，这样财源滚滚，真可谓雄才大略，咱祁县城有目共睹啊！把合盛元的人才栽培得这样茂盛，这样人才济济，真可谓德高望重，咱祁县城有口皆碑啊！你从小受人家寿昌先生栽培，才有了今天京号掌柜的地位。你唯有尊之敬之，方可报其厚恩；唯有仿之效之，方可答其厚望啊！"

高凤梧的这番话情稠意浓，语重心长，实在是一腔肺腑之语，一串金玉之言。

郝克凝年届五旬，又见多识广，对老岳父的话自是心领神会：看似谆谆教诲，实是殷殷期望啊！——期望他能做出一番像渠寿昌老掌柜一样的事业，能修成一种像渠寿昌老掌柜一样的道德！

郝克凝在谷恋村与岳父高凤梧品茶清谈一番，再饮酒醉语一番，下午便回长头村了。

金秋季节，休假时期，郝克凝这番回来自是几天快活的光景：住豪宅，穿锦衣，亲朋好友出出进进，颇多人情之美；拥艳妻，抱爱子，娇声嗲气亲亲吻吻，更有天伦之乐！

可就在回家以后的七天头上，却从合盛元字号上传来了渠寿昌老掌柜辞世的噩耗！——这位雄才大略、德高望重、执掌合盛元号事四十多年的老掌柜，自从与郝克凝晤面聚餐后，便一连七天七夜不吃不喝，也不言不语，于昨天傍晚咽气归天了！

"啊？！怎么会这样呢？老掌柜这么快就殁了？……"

郝克凝听到这个消息，大为震惊和悲悼：根据那天的情况，老掌柜怎么也应该再坚持三五个月的呀！怎么这么快就殁了呢？……虽然老掌柜已年纪八旬，到了该老的年龄，可也不应该这么快呀？那天有说有笑，又吃又喝，现在想起来老掌柜的音容笑貌，还历历在目，盈盈在耳，才过了七天就咽了气，闭了眼，永远地离开了人世……老掌柜呀，您老人家这一走，我郝克凝再也听不到您老人家的教诲了，我心里空得慌，虚得慌啊！老掌柜，您老人家应该再多活几年，再多教诲我几年啊……

郝克凝从小受渠寿昌的教诲、栽培和关爱，所受恩情远远超过了他的生身父亲，如今他面对着渠寿昌的死，回想着渠寿昌对他的种种恩情，不由得思绪悠悠，泪水簌簌，悲悼之情真是如丧考妣！

除了震惊和悲悼，郝克凝心中还有颇多遗憾：老掌柜走得也有些太突然、太早、太快了！我进合盛元票号这么多年来，受了他老人家这么多的恩惠，却仅仅是七天前拿上礼品上门探望了一次，仅仅是以个人身份孝敬了一次！而此前，碍于号上的严格规矩，从来不敢拿上礼品私登老掌柜的门啊！古人云，受人滴水之恩，当以涌泉相报。而我呢，受人涌泉之恩，反而仅能以滴水相报，这实在让人愧疚啊！……如今他老人家这一走，让我如何是好？让我如何报答他老人家的恩情？……经过一番思虑，郝克凝心里终于有了一些谱儿：论公，我该加倍报效合盛元票号，为合盛元殚精竭虑，鞠躬尽瘁；论私，我该加倍报答他老人家的家庭，尽心尽力关照他的儿孙后代；论近，我该极力操办他老人家的丧事，尽量给他老人家办得隆重排场；论远，我该一辈子记住他老人家的恩情，一辈子记住他老人家的教诲，像他老人家一样做人做事……

此外，郝克凝还颇多自责：那天如果不是我去，老掌柜或许就不会有那么高的兴致，就不会陪我叙话两个多钟头，也不会喝酒吃肉，也就不至于受累积食……怪我呀，我该少叙即辞，更该劝他少喝酒吃肉啊！……而且，因为自己对老掌柜的身体状况只往好处想，不往坏处想，结果错误估计了老掌柜的病情，又错误回禀了老掌柜的病情，致使贺洪如大掌柜和阎文通大先生等人没来得及去探望老掌柜……

郝克凝得知渠寿昌老掌柜仙逝归天的消息后，经过一番震惊、悲悼、遗憾和自责之后，便收回心思，开始筹划如何为老掌柜操办丧事……

次日一早，郝克凝便回到合盛元，并受大掌柜贺洪如指派前去季家窑，全权协助渠家操办老掌柜的丧事；同时也得到授意：不惜银钱，要尽量为老掌柜办得排场，体面，风光！

十七

从久远的古代开始，大概要追溯到周公制礼作乐的时代，中国人就享有了两项特殊的政治权利：在完婚和出殡这一天，即使是最普通最底层的老百姓，也可以享受极尊极贵极荣极华的规格待遇。

完婚时，新郎秩比王子，可戴官帽，骑大马，披红绸，并可使用诸多乐器仪仗；新娘秩比公主，可戴凤冠，坐花轿，披彩衣，并可使用诸多乐器仪仗。这一天的新郎新娘宛如真的王子公主一般，逢人时总受瞻仰，劳人处必有封赏！可谓排场十分，荣华八面！

出殡时，男人秩比帝王，女人秩比太后。死者可以享受三台宴席的隆重供献，可以乘坐三十二抬龙杠凤罩的庞大棺舆，可以使用粗细两班乐队及众多的仪仗扈从。这一天的死者也如真的帝王太后一般，坐堂

（灵堂）则接受"朝拜"，出行则一路赏钱（撒纸钱）！可谓尊贵十分，威风八面！

在这两件事上，或者说在这两天里，男人享受王子和帝王的待遇，女人享受公主和太后的待遇，即使遇到真正的高官大吏，这些高官大吏也得回避让路！

一个人一生要经历上百次上千次的苦难屈辱，尽管只能在完婚和出殡这两件事情上，可以享受两次的极尊极贵，也算没有白来人世一遭；一个人一生要度过数万个日子光阴，尽管只能在完婚和出殡这两个日子里，可以享受两天的极荣极华，也算没有空为人生一回！——追根溯源，三千年来的所有普通中国人都应该感念当初制礼作乐的周公啊！纵观古今中外，唯我华民，享此特权；唯吾族类，有此殊荣！

当然，尽管三千年来所有的中国人都拥有这样的同等特权，但能在多大程度上享受这样的特权，还得由各自的经济实力决定。所以，往往是富者可以竞奢比华，而贫者只能尚朴从简了。

如今合盛元的老掌柜渠寿昌死了，合盛元有的是钱财实力，渠家也有的是钱财实力，他的丧事自然要隆重举办！

渠寿昌的丧事也不得不隆重举办。其一，从家庭经济而言，渠寿昌任合盛元票号大掌柜四十多年，为渠家分取了巨额红利，经济实力绰绰有余。其二，从家族影响而言，渠寿昌德高望重，是祁县大姓渠家的杰出人物，是渠家人的骄傲，渠家族人为了示敬，或为了炫耀，都需要隆重举丧。其三，从合盛元票号而言，则有更多的理由为渠寿昌老掌柜隆重举丧：首先，渠寿昌为东家立下了汗马功劳，郭嵘自然要隆重举丧，以示敬于渠寿昌，赏其勋劳，并示恩于众掌柜，励其心志。其次，大掌柜贺洪如也要隆重举丧，以报恩情于渠寿昌，慰其神灵，并示品格于众伙友，收其人心。再次，合盛元众大小掌柜，也积极主张隆重举丧，他们无不得渠寿昌栽培，受渠寿昌恩惠；而因受号规限制，在渠寿昌生前多没有报恩机会，现在渠寿昌死了，岂能不借这最后的唯一机会竭力报一下恩？!

于是，渠家和合盛元票号双双派上了精明的人手，排开了浩大的阵式，治理渠寿昌的丧事。

主家这儿分兵几路：一路人马请上阴阳先生看风水、点墓穴，然后动锹破土，鸠工集料，淋灰运砖，雕石刻木，开始进行庞大的阴宅工程。二路人马陪引各个主人先到诸多亲戚本家处报丧送孝，然后侍奉各个主人上香守棺，哭灵谢客，及饮食起居事宜。三路人马搭设灵棚、灵堂、灵位，以及采办灯烛香炉纸作事宜。四路人马采办孝衣孝裤孝袍，以及诸多帷、帐、幔、幕等布料裁缝事宜。五路人马则听候礼房差遣，迎来送往，递茶上水，收物回礼……最后一路人马，也是最不可或缺的一路人马，则是围绕厨房转的大厨师二厨子三徒弟，以及诸多担水的烧火的端盘子的洗碗的等等小工。

字号上也分工几块：郝克凝为全权代表协助渠家举丧，每天往来渠家和合盛元票号之间，协商诸项事宜；阎文通大先生拟定东家及众掌柜吊唁祭奠的礼数规制，并让信房通知全国三十来个分号掌柜全部回来参加吊唁祭奠；祁县号掌柜李苞则根据阎文通大先生拟定的礼数规制，负责采办各色纸作供品……

考虑到颇具规模的阴宅工程需要较长时间，颇为庞大的吊唁人群也需要较长时间，而合盛元各分号遍布全国各地，掌柜们回祁县路途遥远，也需要较长时间，于是主家和字号上议定：渠寿昌的灵柩要停放七九六十三天！

好一番隆重、排场而耗日长久的丧事！

灵堂围幔挂幕，悬像缟带，布置得庄严肃穆。

灵堂横额为：皇考千古。

灵堂两旁则是一副挽联：

德行圆满，乘仙鹤兮升天界；

恩泽永长，佑子孙也旺人寰。

渠家大院内，各处门窗都挂幔悬带，每个人都穿白戴素，可谓满眼白色，一片素净，宛如白茫茫的冰雪世界！

丧事何以尚白尚素？白者，空也，无也；素者，始也，终也。人死而尚白尚素，其让人回眸人类之初，人生之始耶？抑或让人瞻望人类之末，人生之终耶？其让人回溯五色之本，万物之源耶？抑或让人推演五色之极致，万物之归宿耶？

……

此时的渠家大院宛如天界，而渠寿昌的灵堂已宛如仙位了。

停灵一个月后，开始了规模庞大而时间绵长的吊祭。

先看吊祭的规模：

渠姓大族的兄弟辈十数人，侄子辈四五十人，成家的孙子辈数十人，再加上近亲的侄子辈亲家十数人，仅本家亲戚就上百人。

合盛元票号的东家、大掌柜、大先生、各分号掌柜以及身顶五厘生意以上的人，有四五十人。

祁县、太谷、平遥各票号及其他大字号与渠寿昌有深交的掌柜五六十人，再加上与渠寿昌有深交的各界友人五六十人，又是上百号人。

甚至，有北京的王公大臣、省城的道台府尹等显贵派代表来吊祭者也有数十人。

这些吊祭者加起来近三百号人，而由于这些人或为富豪，或为世族，或为商界精英，或为官场大员，财富与名位兼乎其身，吊祭和供献也就排乎其场，都是三台宴席的供献，八色纸作的奠仪，以及众多扈从的人员、车驾、马匹。

再看吊祭的时间：

每一位吊祭者前来，在礼房写账及上茶寒暄，大约得一刻钟；在灵堂前摆供设席（三台宴席共有124碟食品）上香磕头，及折供撤席，至少得一刻钟。如此算来，仅一位吊祭者就得半个钟头。

于是，吊祭仪式开始后，每天上午十点至傍晚五点来钟，一天只能接受十几个人的吊祭。

于是，近三百人的吊祭，持续了二十余天！

到了最后下葬这一天，更是隆重排场：

上午祭奠时，来的都是至亲近戚，哭声动地，乐声喧天，香烟飘空，惊动了方圆数十里的人们！

中午开席时，上的都是山珍海味，桌子满屋，宾客满院，酒气满街，开摆了上百桌的宴席！

下午出殡时，前头引魂幡高高飘扬，纸钱翩翩飘落，雪柳丛丛，鼓乐声声；接着，三十二个精壮男人抬起二龙杠棺罩，徐徐迈步，款款甩手；于是，灵柩缓缓前行，拥也，雍也，如仙车履云；优哉，游哉，如天龙行空……

灵柩前，有上百个扶灵的男孝子徒步前行，披麻戴孝，呜呜哭悼；灵柩后，是数十辆马车扈从，车上的女孝子披帐戴孝，哇哇号啕……

从渠家大院到村口的路上还有至亲至交搭设的十几个祭棚，灵柩经过，这些至亲至交还要举行隆重的路祭……

庞大的送葬队伍前头已到墓地，而后尾还在村里，仿佛一条巨人而特长的白龙！这番丧事，人数之多，规格之高，场面之大，影响之巨，持续时间之长，实在让人叹为观止！从此，渠寿昌享尽了人世的最后辉煌，轰轰烈烈地走向了另一个世界：灵魂升上天界与神仙为伍了，身体则沉入地界与泥土为伴了。

他和所有的人，甚至和所有的动物植物一样，都是由一堆泥土而来，都是在经过了亿万年的时间历程，在经过了千变万化的演进过程后，才造化为人，造化为物。再经一辈子的人生磨难和修炼后，精气赋形为子嗣，留在了人世；灵气提炼为神魂，升临了天界；而形体则在失去活气后，复归于泥土中了。

人生如斯乎？人生如斯也。由一堆泥土而来，向一堆泥土而去。上者赚一缕神魂上天，中者挣几个子孙存世，下者则无赚无挣，仅仅由亿万年前的一堆泥土变成了亿万年后的一堆泥土……

十八

合盛元票号大东家郭嵘和大掌柜贺洪如为老掌柜渠寿昌出殡设了祭棚，做了隆重的最后的路祭。这都给足了渠寿昌体面，也都彰显了各自的美德，赚足了各自的赞誉：对一个已经卸任的老掌柜如此有情有义有礼，或者说对一个已经卸磨的老驴如此有情有义有礼，荣仁堡的郭嵘东家何等仁厚！合盛元的贺洪如大掌柜何等仁义！

也正是由于合盛元票号的东家掌柜和渠寿昌的亲朋好友都如此有情有义有礼，使渠寿昌的这番丧事极度隆重，排场，体面，风光！而且，这番丧事不仅引得十里八乡围观者津津乐道，而且连郭嵘大东家和贺洪如大掌柜这样有钱财有名望的人都啧啧叹羡呢！

"洪如兄，今天的场面也真够排场了！人生一世，能像老掌柜这样寿终正寝，又能如此隆重排场地出殡，也真是人生一大幸事啊！"郭嵘说道。

贺洪如应道："东家所言极是，人一辈子能如此完美地收场，着实让人羡慕！"

当天，郭嵘参加完渠寿昌老掌柜的出殡仪式后，时间已晚，便进了县城，住在了合盛元票号。晚上，东掌二人喝茶聊天，话题自然是渠寿昌老掌柜。

郭嵘一边喝茶,一边感叹道:"啊哟,祁县可有几年没看到这么大场面的丧事了!"

"可不是吗?我记得,还是二十多年前老东家的丧事轰动了十里八乡,此后还真没有太大规模的丧事。时隔二十多年,才又见识了老掌柜的这番丧事。嘿嘿!二十年间这两番惊天动地的出殡仪式竟然都出在咱合盛元票号,也真算咱合盛元票号的荣耀啊!"贺洪如说道。

郭嵘应着,点点头,呷一口茶,想起了二十二年前父亲郭大元的丧事,比较下来,与今天这番丧事也还真是差不了多少。于是,他心中颇感安慰:渠寿昌老掌柜的丧事能办成这样,能和老父亲的场面不相上下,也算我这个少东家对得住他这位老掌柜了。

于是他又说道:"洪如兄啊,咱合盛元上下全力以赴,配合渠家把老掌柜的丧事办得这么排场,渠家荣耀,咱合盛元也荣耀。而且,如此隆重地操办老掌柜的丧事还可彰显咱合盛元东掌的人品人格:东家尊重有功勋的掌柜,仁心彰矣;大掌柜尊敬有德望的前辈,孝心显矣!如此,我合盛元上下谁能不竭力建功树勋?年老的,谁能不爱才举贤?年轻的,谁能不敬德尊老?如此,我合盛元上下同心协力,又何愁事业不发达,生意不兴隆?"

贺洪如听罢,点头应道:"东家所言句句在理,字字是真,东家的学识学问和人品人格实在让洪如感佩!能在东家的合盛元票号做事,实在是我们众掌柜伙计的福分啊!"

"洪如兄过誉了!"郭嵘拱手说道,"不过,说到'福分'二字,我倒着实有些体味领会。人生一世,何时何处不需要'福分'二字啊?生于何时何处,长于何时何处,学于何时何处,做事于何时何处,娶妻于何时何处,养老于何时何处,乃至死于何时何处……唯有得其时宜,得其地宜,才可得'福分'二字啊!就以咱老掌柜这番丧事而言,如果死的不是这个时候，而是在各字号忙碌的时候，咱合盛元各分号的掌柜们哪能全部回来吊祭？其他字号的那些至交掌柜们都身负重任，也不可能齐刷刷地都来吊祭啊！嘿嘿！这就是老掌柜的这种福分啊：既死在深秋的凉爽季节，又是八国联军打进北京、两宫西巡、商界萧条、东家掌柜们都闲在的时候，这就占了两个天时啊！再加上渠家人和你我都极力操办，他才有了这样排场的丧事，才有了这番'死'的福分……"

东家郭嵊高谈阔论，阐述人生、时运、福分等玄妙之理义；大掌柜贺洪如则洗耳恭听，思考东家、掌柜、字号等实在之情形：东家见识如此高远，道德如此宽厚，做掌柜的岂能不殚精竭虑？字号岂能不兴旺发达？……

郭嵊和贺洪如谈论间，阎文通大先生和李苞进来了。

阎文通说道："东家，大掌柜，郝克凝带着高生云刚刚从季家窑回来，正在洗漱更衣，要不要让他们过来回禀一下情况？"

贺洪如转脸看着郭嵊，征询这位东家的态度。

郭嵊说道："让他们过来吧！"

于是，李苞下去传话，阎文通则靠近东家落座，陪东家和大掌柜聊起天来。

"大先生辛苦了！老掌柜的这番丧事场面如此气派，礼数如此周全，大先生这里着实费了不少心血啊！"郭嵊说道。

阎文通笑道："不敢当，不敢当！我做的这点事实在是微不足道，微不足道！上有东家出钱，大掌柜发令，下有郝克凝、李苞他们张罗，我只是动动口舌和纸笔而已。而且，我与老掌柜共事多年，为他一辈子这最后一件事尽一点心，出一点力，也是我本人的义务呢！实在不足挂齿！嘿嘿！"

"大先生过谦了！"郭嵊说道，然后转向贺洪如，"咱合盛元能有大先生这样年长的谦谦君子垂范，年轻的后来者自会循蹈其踪，承袭其风。

如此，咱合盛元的风气何愁不正，咱合盛元的生意何愁不兴?！"

郭嵘一番话说得阎文通心里滋润，身上爽舒，神魂美妙，不由得对东家郭嵘感恩戴德，嘴上甜言蜜蜜、信誓旦旦了："多谢东家抬爱！我阎文通如有可旌可表之处，也实在有赖于老东家的栽培、东家的抬举和合盛元号风的熏陶啊！否则，我还不是常人一个?！我有幸进了合盛元这样的字号，有幸遇上郭家这样的东家，还有幸成了合盛元的大先生，唯有殚精竭虑，鞠躬尽瘁，方可以报恩一二啊！"

说话间，郝克凝进来了。他向东家郭嵘、大掌柜贺洪如和大先生阎文通一一见过礼，然后落座，一一回禀起渠寿昌老掌柜的丧事情况：收礼多少，开销多少，吊祭者多少，开宴席多少，祭席多少，用白布多少，用香烛多少，割肉买酒多少，孝子多少，车马多少……

听着这一个个庞大的数字，郭嵘微微含笑，暗暗得意，并不时地点头赞许："好，好！够规模了，有的还破天荒了！好，好！耀庭办得也好，把咱合盛元的气派办出来了！呵呵呵！"

郝克凝将具体情况回禀完了，又说道："结账完了，渠家人还一再赞叹东家和咱合盛元，并再三感谢东家和大掌柜对渠寿昌老掌柜的深情厚谊呢！"

"呵呵呵！"郭嵘听罢，一边捋捋胡须，一边冲着贺洪如笑道，"洪如兄啊，这件事看来是圆满地完成了。耗了两个多月，咱合盛元上下都辛苦了！这两天呢，你就安排几桌好酒好菜，好好慰劳一下众掌柜伙计们；也转达一下我对他们的慰劳之意，替我敬他们几杯酒；然后就让他们回家，好好歇些日子吧！不过——也要告诫大家：身闲，心可不能闲，心里还得时时关心国事号事呢！一旦时局稳定下来，咱合盛元的人马就得快速拉出去呢！这番回来休假，可不能像狗熊钻进树圪洞睡大觉一样；而要蹲蹲虎一样，一旦有了猎物，'嗖'地就扑过去了！"

"唉，唉！是，是！"贺洪如听着，嘴里频频应诺，心里也暗暗敬佩郭嵘对伙计们的厚道之心和对事理的高远之见。

当晚，郭嵘、贺洪如、阎文通、郝克凝等人聊到深夜，方散去各自睡觉了。而贺洪如大掌柜仍久久不能入睡，回味着东家郭嵘的高远厚道之言，心中不免感之佩之；回想着老掌柜渠寿昌的盛大排场之仪，心中不免羡之慕之：我将来百年之后，能享受这样盛大排场的丧仪吗？……

十九

合盛元三十多个分号掌柜这次齐刷刷回到祁县总号，与去年腊月回来的情形可谓境况迥异，悲喜两重天：去年腊月，那是几年好光景之后的账期分红，个个添股，人人得赏，可谓皆大欢喜，整个合盛元总号院子里，一片喜气洋洋！而此番回来，却正值八国联军攻陷天津，打进北京，进而陈兵直隶，进逼山西省境，俄国军队又趁机侵占了关东地区。可谓国势危险，几乎倾倒；号事惨淡，近于关门！面对如此情形，个个脸上都是悲苦，人人心中皆为担忧，哪里还能欢喜起来？再加上两个月来操办渠寿昌老掌柜的丧事，哪人敢欢声笑语？于是合而为一，合盛元总号院子里也就肃肃穆穆、寂寂阒阒了。

如此气氛，倒真像是合盛元总号的整个院子也都在为渠寿昌老掌柜动哀容、致哀礼呢！

贺洪如大掌柜感觉到了众掌柜和总号院子里的这种气氛，他一方面叹美渠寿昌老掌柜死得如此有"福分"，一方面也知道合盛元院子里的这种气氛适可而止，不宜蔓延：空间上只限祁县总号为止，不可蔓延到各地分号；时间上只限于老掌柜的丧事期间，不可蔓延到下葬之后。众掌柜要活，合盛元要发展呀！要活，首先就得有活的气息；要发展，首先就得有发展的气象。

贺洪如大掌柜有感于此,又有郭嵘东家有话在前,于是在渠寿昌老掌柜下葬次日,便在合盛元号内大摆宴席,以东家郭嵘和他本人的名义犒劳远道归来参加老掌柜吊祭仪式的各分号掌柜。

"诸位,礼有所毕,而业无所止。从昨天老掌柜下葬之后,咱合盛元上下经过两个多月的忙碌,对老掌柜的这番丧礼也就各自尽心尽力了,算是完毕了。东家昨晚已有交代,让我设宴好好犒劳一下诸位,我本人也早有此意。咱合盛元从今天起要连摆三天酒席,诸位可以放开肚子吃,放开酒量喝!另外,眼下虽然局势不稳,生意不旺,但局势终归会稳下来,生意也终归会旺起来。所以,诸位此番回祁休假,也不能整日吃香喝辣睡大觉,还得操心筹划将来的买卖生意;一旦局势回稳,生意回暖,诸位就得像饿虎扑食一样扑出去!这三天呢,咱们上午下午喝茶聊天,中午晚上喝酒吃肉,诸位意下如何呀?"

众掌柜哪有不乐意的,于是,嘴上齐刷刷叫"好"!心里喜滋滋叫"美"!

当天的午宴上,年逾花甲的贺洪如大掌柜与众掌柜举杯畅饮,合盛元总号院子里弥漫着酒气肉香,洋溢着欢声笑语,气氛一下子活泛起来了。

下午,贺洪如大掌柜又备上好茶,请众掌柜聚会议事:"诸位,咱们晌午算是吃饱喝足尽兴了;下午呢,咱就一边喝茶,一边聊天,也一边议事。现在国家的情形诸位也大体上清楚,八国联军已然占了北京,两宫已然西巡,咱们的生意已然受到严重影响,这些都无可挽回了。关键是下一步的事情。一是亡羊补牢,为时未晚。如果谈不成和局,形势进一步险恶,各地都乱起来,那各分号务必及时收缩买卖,再不能出现像天津号那样的事情,而要像北京号和保定号一样,来个金蝉脱壳,全身而退!二呢,就是失之东隅,收之桑榆。如果谈成和局,形势好转,各分号务必逮住机会,迅速扩张买卖,来个先下手为强!说来说去,主要是把握好何时进、何时退，何地进、何地退，这些都须把握得当。而要把握好'进退'二字，又须对大局大势有准确的判断。诸位务必留心留意，做到眼观六路、耳听八方，然后当机立断！就眼下而言，关键是北京，诸位特别要关注北京的局势，北京是全国各省的根本啊！"

贺洪如大掌柜从大局提纲挈领地说了一番之后，又让郝克凝介绍北京的情况。

于是郝克凝说道："北京两个月前的情况，我已向大掌柜回禀过了，诸位也大都知道些，我就不用再说了。为老掌柜治丧这两个多月来，大家都忙这摊子事，可能对北京的消息操心少了些。这两个多月来，我接到了那桐的四封信，大体内容有：一是朝廷已于闰八月初三指派那桐为留京办事大臣，现在已经开署办事。他与我是结拜弟兄，在探听京城各种消息方面咱可以来个'近水楼台先得月'。二是李鸿章大人于闰八月十八进京，开始与八国联军谈判。因为洋人素来敬重李鸿章大人，也愿意与李鸿章大人谈判，所以，他们接受李鸿章大人的要求，八国联军已各归营区，京城治安秩序交由留京办事大臣那桐接管。这样人心稍稍安定，京城局势也渐渐安稳了。三是谈判尚在艰难进行之中。洋人挟八国军威，订'城中之盟'，自然是狮子大开口，条款极为苛刻；而李鸿章大人居朝廷之重位，揣老成之算计，自然要条条辩驳，步步周旋，不会轻易允诺那些苛刻的条款。四是京城银根奇紧，百姓生计艰难。持百两银票者，往往六折五折甚至四折三折才能换得现银现钱；持一件裘衣者，仅仅能换得一天两天的粮食！为此，朝廷又于九月二十五日下旨，让出身户部、熟悉钱务的那桐兼任了户部右侍郎兼管钱法堂事务，让他设法舒松银根，救济民困呢！那桐最近一封来信说，他任户部右侍郎兼管钱法堂事务以来，京城著名的四大恒钱庄掌柜齐刷刷地都来找他借银子周转，他和同僚们正连日商量解决办法，愁得焦头烂额呢！这恒利、恒源、恒兴、恒和四大恒钱庄素来是京城普通百姓仰赖借贷之处，而它们又素来仰赖咱山西票号和银炉房借贷。如今咱山西票号全数撤回，银炉房几乎成了无源之水，且大多数银炉房又遭了兵燹火灾，被抢被毁；这样，四大恒钱庄就成了空架子，京城百姓也就无所仰赖了。据说，现在京城的借贷月息已升至二分、二分五，还有三分的！三分啊，这是朝廷的最高限定，是当铺的利息了！"

郝克凝说着，激动地竖起了三个指头，看了看众掌柜；众掌柜也正看着他的三个指头，"啊？""啊！"地诧异惊叹呢！

郝克凝喝了一口水，总结道："总的来看，京城呀，局势在趋稳，但变数太大；和谈在进行，但前景难料。买卖呢，银根奇紧，利息极高，放款收息是几十年难遇的暴利生意；但一旦和谈不成，局势转危，也可能血本无归，把放款都打了水漂儿！"

郝克凝说罢，众掌柜无不手掌痒痒，想趁机出手，大赚一把；却又心胆颤颤，怕局势转危，血本无归！

接着，其他分号掌柜也介绍起了各自的情形，具体情况各异，但大体情形无差。

天津号的史文显因损失巨大，惭愧无言；而保定号的段德义与京号情况近似，只三言两语；接下来就轮到身兼营口、安东两分号掌柜的申树楷了。

申树楷"呵呵"一笑，说道："这几年我在辽东半岛的营口和安东设庄营业，真好比刀刃上舔血，老虎窝里掏崽呢！当初在甲午战争后过去，是日本人占领着辽东半岛；这次回来，又是俄国人占领了整个关东；中间几年呢，又常常有土匪骚扰。好在我们常常与虎狼为伍，略懂些虎性狼性，也学了些虎道狼道，算是平安度过来了。呵呵！当初甲午战争后，辽东半岛是日本人的天下，我就利用日本人做跑街，再通过结交日本正金银行的同行来维持局面。后来日本人一撤，辽东半岛又成了大清朝廷和当地土匪的天下，我只好再明里结交白道上的官府大员，暗里结交黑道上的各路老大,以此来维持局面。现在俄国人又来了,我又得通过结交华俄道胜银行的同行来躲灾避祸了。幸好,靠咱合盛元票号的大名,道胜银行的人还算给面子;再靠郝克凝掌柜及时通报朝廷动静和国家形势,我们及时收缩了买卖。这样,我们这两个庄口没有受到太大损失。下一步嘛,也得看北京的谈判:如果谈成和局,俄国人撤军,自然就可以恢复买卖,放开手脚去做生意;如果谈成和局,而俄国人长期驻扎不撤军,那也得恢复买卖,不过就又是一种做生意的法子了;如果谈不成和局,天下大乱起来,那就难说了。唉——!但愿是和局成,俄军撤呀!"

众掌柜听着,说着,无不感叹唏嘘……

二十

贺洪如大掌柜宴请了众分号掌柜三天,与众掌柜畅谈了三天,接下来也就该放众掌柜的假了。这些分号掌柜们"镇守"一方,重任在肩,平常遇到四年一度的假期轮休,哪能闲下来歇满半年的假期?常常是休假一两个月,就奔赴各自的码头操持买卖去了。如今国势萎靡,生意收缩,又都回来参加完渠寿昌老掌柜的葬礼,且离过大年也就剩两个月了,也着实该让这些分号掌柜们好好休息一番了。

贺洪如早让祁县号掌柜李苞给每人准备了一扇子肥猪肉,两扇子羯羊肉,一份子杂七杂八的其他物品,也雇好了三十来辆轿车,只待次日早饭罢,就一一送他们回家休假。

当晚,贺洪如大掌柜特意把申树楷叫来叙话。一来,他想更详尽地了解营口、安东及整个辽东半岛的情况。二来,申树楷是合盛元最年轻最有作为的分号掌柜,又处在最危险最动荡不定的辽东半岛,他这个大掌柜应给予更多的关爱。

申树楷来到贺洪如的住处,叫一声"大掌柜",拱手施礼,然后毕恭毕敬地站在地上听候吩咐。

"培植啊,呵呵!来,坐这儿!"贺洪如笑着招呼申树楷坐在自己旁边的座椅上。

"这……"申树楷迟疑着,心想:这个座椅平常是大先生他们才能坐的上首呀!

"坐吧!"在贺洪如大掌柜坚决的语气催促下,申树楷只得过去落座了。

"安稳地坐吧!呵呵!今晚上这个座椅就是你的,我只单独约见你,只单独与你叙话。呵呵!来,给培植上茶!"贺洪如笑着,说着,吩咐着小伙计。

待茶水上来,贺洪如又招呼申树楷:"培植,喝茶!"——此时的申树楷真像是贺洪如大掌柜的上宾了,他不由得受宠若惊,心儿跳得怦怦,脸儿烧得腾腾!

直到贺洪如大掌柜问寒问暖一番之后,问起辽东半岛的形势和营口、安东两号的生意,申树楷的心情和脸色才恢复常态,应答也滔滔不绝起来了:

"若论辽东半岛的形势,那真是险象环生,一桩接一桩的事情,都是险事;一班接一班的人马,都是险物!在那里开码头设庄做买卖,那可真是与虎狼为伴呢!稍不留神错上一招,别说做不成买卖,说不定连字号也砸了,甚至连命也丢了。日本人、俄国人和那些黑道上的土匪强盗,没一个善茬儿呀!我去这五年,仅营口和安东两地,已经有二三十家字号出事了,有的字号被明抢,有的掌柜被暗算,最后都关门走人了!嘿嘿!我前两天也说了,在这些地方做生意呀,那真是刀刃上舔血呢!全靠胆子和艺儿!不过,虎有虎道,狼有狼道,贼有贼道,只有摸准了他们的行行道道,再善于和他们打交道,才能舔了这刀刃上的血。俗话说,天下熙熙，皆为利来；天下攘攘，皆为利往。日本人也好，俄国人也好，土匪强盗也好，还都不是为了利?! 如果能设法与他们利益共享，让他们觉出咱对他的好处，他们也就愿意与咱相处、与咱为友了。嘿嘿！"

贺洪如大掌柜听着，不住地点头赞许，说道："遇上这国家的多事之秋，派你们去这些危险之地做买卖，也实在难为你们了。好在看你这几年的作为，再听你这几番见识，我倒略感宽心些。不过，我得再次给你说明：总号派你们出去开码头设庄做生意，固然是为了赚钱，但不能为赚钱去舍命！你要牢记：咱合盛元的人命比钱贵，遇有非常情况时，宁可舍钱，不可舍命。钱舍了可以再挣，命舍了却不可以再生，千万记住这一条啊！"

"嗯！是，是！我记住大掌柜的话了。"

申树楷应诺着，喝了几口茶，顿感口润身暖，气畅神爽。仔细一看茶色，澄明晶莹，似红非红，似棕非棕，茶色中透出一股富贵高雅之气。

"啊呀，这茶真是好喝！这是甚名堂的茶呢？"申树楷说道，然后继续认真地品着，看着，想着。

贺洪如大掌柜见状笑道："培植还没有见识过这种茶吧？"

"没有，从来没有见过这种茶，也没有喝过这种茶。"

"嘿嘿！一般人很难见识这种茶呢，这就是赫赫有名的武夷山大红袍！不用说你没有喝过，我也没有喝过几次；正好前几天长裕川茶庄的大掌柜给我送过一两来，就慰劳你一回吧！呵呵呵！你从辽东半岛这样的险地回来，也该享受这样的慰劳嘛！"

"多谢大掌柜厚爱！"申树楷听罢，颇为感动，忙起身施礼。

贺洪如笑道："呵呵！培植不必多礼，坐下吧！治号如同治国，将有非常之功，朝廷必有非常之赏。你这些年身处险地，起死回生，开疆拓土，为咱合盛元立下了特殊功劳，自然应该受到特殊待遇。呵呵呵！"贺洪如说着，笑着，一言一笑中饱含着赏识之意和爱戴之心。

"大掌柜过奖了！"申树楷说道，"其实我也只是借势成事而已。俗话说，货利险中求。营口、安东虽是险地，却也是利薮。正因为这些地方险象环生，致使许多商家票号望而生畏，或关门走人，或观望不前，或缩手缩脚，这反而把许多买卖机会留给了咱们，让咱赚了大钱！反过来，如果营口、安东是平安之地，各商家票号蜂拥而至，反而机会少，咱也难赚大钱呢！所以，辽东半岛对别人来说或许是险地，对我来说则是福地。我本人有甚特殊本事？我只是借危势成优势，化险地为福地，才能有这番作为呢！"

"呵呵呵！"贺洪如大掌柜听罢，爽朗地笑道，"培植这番话真是高论，妙论！呵呵！培植有如此非常之见，所以才会有如此非常之功。往日如此，来日更当如此，真是后生可畏啊！今天听了你这番话，我也就更放心了。"

接下来，贺洪如大掌柜又随意问些营口、安东分号的细枝小事，申树楷一一作答。

贺洪如想起申树楷聘用的日本人来，问道："你用的那个日本人叫甚名字？他还在吗？"

申树楷答道："那个日本人名叫山本喜二，在呢！不仅在，还干得欢呢！而且，还又引荐来两个日本学生，工钱要求不高，可是能顶大事呢！嘿嘿！用他们和日本人打交道，得劲儿呢！嘿嘿嘿！"

"哦——！呵呵呵！这叫以夷制夷啊！古代那些强盛朝代的英明皇帝就是用这个法子统御四方呢，今天倒让你申树楷在咱合盛元用上了！妙！妙啊！呵呵！"贺洪如说着，笑着，得意之情洋溢在笑声里，流淌在笑脸上。

"哎，狗旦还有用处吧？"贺洪如想起了他给申树楷派上赶轿车的狗旦。

申树楷说道："这狗旦对我的用处大呢！除了给我赶轿车，喂牲口，还是我的护身保镖；有了他在我跟前，出门办事胆子可壮啦！而且，狗旦闲下身来专心练武，功夫长进还不小呢！他与当地的土匪泼皮们交过几回手，都把他们制服了，而且是点到为止，不伤对方；结果闹得那些人都感谢他，佩服他，有的甚至巴结他，要拜他为师学心意拳呢！如今呀，他不仅是我的护身保镖，也是营口、安东两个分号的护院武师呢！现在，咱号内年轻伙计们抽空就向他学武，有胆子护院了；外头那些土匪泼皮们也有人向他学武，不仅不欺负咱合盛元，暗中还保护咱合盛元呢！嘿嘿！"

"哦！呵呵！这我就放心了。"贺洪如听着，点头笑道，然后又问，"他还安心跟你吧？"

申树楷说道："安心！狗旦也高兴跟我呢！他的功劳大，我给他的薪金也高：第一年给他二十两，第二年加到四十两，第三年加到六十两，第四年加到八十两，今年又给他加到一百两。再加上过时过节的赏金，据他说已攒了五百两银子，这次回来要娶媳妇成家呢！他心里可美了。银子挣上了，功夫长进了，眼界开阔了！他经常念叨咱合盛元给他的好处呢！嘿嘿嘿！"

"嘿嘿嘿！"贺洪如听着，笑着，转而想到了申树楷的年龄和婚事，说道，"培植呀，人家狗旦都要娶媳妇成家了，你已二十五六的年龄，也该娶媳妇成家了。"

申树楷笑道："人家狗旦是一个赶车的，练武的，能成了这样，在同行中也算是人上人，功成名就了。我在同行中可差得远了：学徒出道顶生意才几年呀？挣的银子才几个呀？家里又穷得没房没地没产，哪能谈成家呢？郝克凝掌柜不是四十多才成的家吗？我也要像他那样，在村里花上几万两银子盖一处二进砖瓦院，柜上再存上几万两现银，然后再说成家的事吧！而且，我现在的心全在营口、安东操着呢，根本没心思成家！"

贺洪如与申树楷一边喝茶，一边聊天，直到深夜。

各自回房睡下后，贺、申二人仍无睡意。

申树楷受了这番殊遇，感动不已，暗暗发奋：来日要干出一番更大的事业，以报大掌柜洪恩，以遂自己平生宏愿！

而贺洪如听了申树楷这番宏论，更确信申树楷是一个奇才大才，日后必著奇功大功，心中欣慰不已：这申树楷的才略和言行，正有点像汉武帝时候的霍去病啊！有这样的爱将，何愁功业不伟……

二十一

次日，合盛元各分号掌柜坐上轿车，带上总号给准备的各色物品，风风光光地各回各家去了。申树楷呢，除了带上总号给他的东西外，还从号上取了一个五百两的银折子，准备交给父母，让他们应付日常家用。

申树楷家境贫寒，小时候上学念书，都是父母节衣缩食积攒下几个钱，才勉强支撑了他五六年的念书生涯。在他的儿时记忆中，房屋狭窄而破旧，土地零碎而贫瘠，倒是人多口多，常常是衣不得暖、饭不得饱，父母常常去叔伯亲戚及邻居家借米、借面、借钱！所以，他从小在心里就产生了挣钱发财的强烈欲望和报答父母的强烈愿望。而直到五年前，他被派往营口当驻庄老板，才有了施展大才和赚取大钱的机会。在去年腊月账期分红时，他被破格增添到五厘生意，一下子分到了四千两银子的红利，这才有了报答父母的机会。于是，他在年前回家时，除给家里带回一大堆年货外，还交给父母一个五百两的银折子；于是，一家人欢天喜地，父母更是在一个正月里都乐得合不拢嘴！——五百两银子，普通人家哪里见过这么多银子呀，这给了普通人家能办多少事呀，足可以像模像样地娶两个媳妇啦！

如今，在不到一年的时间里，申树楷又将交给父母一个五百两的银折子，可以想象到他们会有多么高兴，多么开心！

申树楷坐上轿车，出了县城向城南偏东方向而去。时值农历十月下旬，且今年又闰了一个八月，已快到冬至节令，野外的天气已经很冷了。他坐在辕盘上放眼天地四周，天色阴沉沉的，不见了蓝天，唯见乌云低垂；大地则寂静静的，不见了生机，唯见黄土沉睡；四野荒凉凉的，不见了动物，唯见草木萧索。一阵风吹来，感觉阴冷阴冷的，他掩了掩衣领，袖了袖手。于是，他不由得想道："这天气呀，冷得人缩头缩脑，缩手缩脚，做甚活计都不便；倒是一家人围着火炉喝烧酒，吃肥肉，再来两碗羊肉片儿汤，直吃喝得浑身热乎乎的，然后再喝茶聊天，这天气是再合适不过了。嘿嘿！"

申树楷这样想着，抬头望了一下天色，又回首看了一下轿车中的一扇子肥猪肉、两扇子羯羊肉和一份子各色物品，以及自己特意给家里买的一坛子好酒，一罐子好茶，又想道："如果能下一场雪，然后一家人围着火炉喝酒吃肉，喝茶聊天，那才美呢！老爹老妈肯定高兴煞啦！嘿嘿！回去这一冬天，全家人吃吧，喝吧！这五百两银子够买五十扇子猪肉一百扇子羊肉外加二百斤好酒的！嘿嘿！"

申树楷这么想着，充分感受着有钱的好处和妙处，不禁得意扬扬："还是有了钱好呀！要是没有钱，再遇上这寒冬腊月，人们都发愁没棉衣，没棉裤，没厚被子，没柴没火，怨这天阴天冷呢！而有了钱呢，哪怕这寒冬腊月？还盼着在这寒冬腊月里吃肥肉、喝烧酒、穿皮袄、垫皮褥、盖厚被的冬闲生活呢！嘿嘿！这人要是没了钱呀，好像天总是与自己为敌，总是逆着自己的意愿在转：春季嫌饿，夏季嫌热，秋季嫌累，冬季嫌冷，都是难受的日子呀，一年四季好像就不给穷人几天好日子！而人要是有了钱呢，好像天总是与自己为友，总是顺着自己的意愿在转：春季在野外散步观花，夏季在树下摇扇纳凉，秋季在院中摆果望月，冬季又可在屋中围炉取暖，都是享受的日子呀，一年四季好像就不给富人几天坏日子！嘿嘿嘿！"

申树楷这样想着，果然天如人愿，走到半路上，天空真的就飘起了雪花！

"哈哈！下吧，下吧！下上三五寸厚的雪，再来一场西北风，这半月二十天消不了雪，出不了门，我就真的要和老爹老妈兄弟姐妹们享受那围着火炉喝烧酒、吃肥肉的美气啦！"申树楷看着漫天飘舞的雪花，笑着，乐着，美着。

轿车来到申村时，地上已铺了一层绒毯似的雪花，整个村庄静静地伫立在雪天里，已是银装素裹，颇有几分颜色、韵味和诗情画意了。

进了村里，申树楷看到街道两旁的几处豪华门楼和高墙大院，再来到家门口看到自家简陋破旧的院子，刚才那喜洋洋、美滋滋的兴致颇有收敛，而发财发达的雄大心性再次悄然勃起：今日的申树楷只有区区几千两银子，只能让家人吃好的穿好的，还不算发财发达；来日的申树楷要挣上几万两银子，要给自家盖一处超过全村所有人的高墙大院，成为全村最富，那才算真正的发财发达！

得知申树楷回来，一家人纷纷出门迎接，或问冷暖，或搬东西，一声声笑语，一张张笑脸，一双双欢快的手和一双双欢蹦的脚，把申家院里院外弄得热闹非常，红火十分！

待搬完了东西，送走了轿车，申树楷来到父母的上房，脱帽解衣，又像客人一样被让在了火炉旁的炕沿坐下；然后，父母亲、大哥、三弟和两个妹妹也众星拱月般围着他坐了下来，而一个未曾见过面的女子则沏茶端水上米，这分明就是进门刚刚半年的大嫂了。这位大嫂叫一声"他二叔"，上了茶，也挨着小妹坐了下来。

申树楷接过茶水，叫一声"大嫂"，道一声"谢"，顺便打量了一眼，觉得和大哥还算般配，想到半年前父母信中所言，心中颇感欣慰：花上二百两银子，为大哥娶了一个媳妇，也真是值得呀！转而再想到父母信中所言"要用剩下的二百两银子为他物色一门亲事"时，却又不以为然，不禁好笑起来：嘿嘿！拿上二百两银子为我娶一个媳妇？！如今我还能和大哥一样吗？连我的车夫狗旦娶亲还得花五百两银子呢！嘿嘿！父母亲还拿我们弟兄当儿时一样看待呢……

在刚回家的十天半月里，申家人确实像申树楷想象的那样，一家人吃香的，喝辣的，穿暖的，说说笑笑，欢欢喜喜。而后来说起申树楷的婚姻事宜，父母亲像给老大操办一样，已经为申树楷物色了人家，准备操办婚事时，却弄得申树楷哭笑不得，坚决拒辞！而父母则死活不让，执意操办！父母亲与申树楷闹起了尖锐的矛盾对立，于是，家里的欢喜气氛也一扫而光了。

原来，去年腊月申树楷交给父母亲一张五百两的银折之后，穷苦了半辈子的父母亲哪里见过这么多钱？申家一下子有了这么"一大笔钱"，岂能不办几件"大事"？！于是，将这五百两银子一分为三：先拿出一百两用于还债、人情往来及零星开销；然后拿出二百两给老大操办婚事；剩下的二百两攒着，准备给老二申树楷操办婚事。接下来经过几个月操持，老大已在半年前像模像样地娶了亲，举行了成婚大礼；这算是申家二老办了一桩大事，了了一桩心事。再接下来，申家二老又开始为申树楷踅摸人家，筹划婚事了。老大的婚事已是很够体面，显示了申家的今非昔比；老二申树楷如今在合盛元已顶上了不小的生意，而且在关外当驻庄老板，账期一分红利就给家里拿回五百两银子，于是想攀姻亲的就更多了，事情也就更顺了：仅仅用了不到三个月的时间，申家二老便在诸多媒人说合的诸多人家中，经一番选妃般的斟酌裁汰，最终"圈"定了祁城村的一位姑娘，并在对方的催促下下了聘礼！

申家二老原本计划四年头上申树楷回来休假时操办这桩婚事，如今申树楷却提前回来了，于是便准备在今年腊月就给他举办成婚大礼。一年内连办老大老二两桩婚姻大事，这正是双喜临门的大好事呀！而申树楷又拿回来五百两银子，那就可以办得比老大更体面更风光啦！

申家二老的如意算盘打得很是完美,却想不到,申树楷根本不买账!

于是二老劝说道:"这是一门子好亲呢!人家是祁城有名的富人家,有一处十五间房子的大院子,有七八十亩好地,养着一套车马,还雇着四五个长工,家里的粮食堆成山,比咱家好得十几倍呢,你还有甚不满意?!再说那姑娘吧,眉眼端端正正,身子舒舒展展,从小跟着他妈缝衣做饭,喂猪养羊,里里外外一把手,比你大嫂要强几倍呢,你还有甚不愿意?!"

申树楷听着二老的这番话,真是哭笑不得:"爹!妈!你们真是没见过甚富人家,他家连房子带地满打满算才能值多少钱?总共也不值四千两银子!这还能算富人家吗?我现在一个账期就能分四千两银子呢!"

二老惊愕了:"四千两?!那你为甚才拿回五百两来?"

"那不是只让你们零花吗?谁想到你们却要拿上这五百两银子娶两个媳妇呢!再说,我剩下的红利还要放在字号里生息吃利,一个账期下来就有一千两上下的利息呢!"申树楷说道。

"……"

申家二老愕然了一阵,才回过神来,却仍然拿自己的理由坚持这桩婚事:"噢!就算人家不算太富,就算你将来能挣几万两银子;可咱娶媳妇就是摘人家的一朵花,只要姑娘好就行了嘛!"

"爹!妈!"申树楷仍然一副哭笑不得的样子,"能缝衣做饭,能喂猪养羊,还能是一朵花吗?那只是一把好手,不见得就是一个好媳妇,更不能说是一朵花了。冉说了,桃树开桃花,杏树开杏花,狗尾巴草开狗尾巴花;我现在已是买卖人了,像这样种地赶车、喂猪养羊的庄稼人家,还能出落一个适合买卖人的好媳妇吗?"

"……"

申家二老听着申树楷的话,懵然不悟,愕然不语,眼睁睁地看着儿子,像是发呆,又像是审视,终是疑惑不解。

他们哪里知道，如今的申树楷早已不是当初和老大差不多的老二了。读书早已使他眼光高了，寻常人家和寻常女子根本不入他的眼；经商又使他眼界宽了，他见识了大户人家和大家闺秀的魅力；而发财发达更使他腰杆硬了，胆气壮了：今生必须从买卖人家或读书人家中娶一个漂亮、贤惠又有教养的姑娘为妻！

申家二老和申树楷各持己见，陷入了严重的对立状态。

此时，申树楷竟有点后悔自己太显摆了：当初我就不该一下子给他们拿回五百两银子呀，给五十两就足够零花了嘛！他们从来没有见过这么多银子，一旦有了这么多银子，他们不就要多做事吗？这下倒好，做出多余的事来了！

二十二

申家二老与儿子申树楷在婚姻问题上的矛盾很快就被村人知道了，不几天又被祁城村定亲的那家人知道了。打听得申树楷在合盛元票号里一天天发财，眼看着申家也将一天天发达，这家人生怕耽误了这桩婚事，如今一听说申树楷本人不乐意，着急得连连让媒人上申家催促婚期！

这么一来，申家二老可受了夹板儿罪：媒人这儿催促，儿子这儿抗拒。前头已给人家聘了礼，定了亲；后头儿子这里却不买账，不领情。然诺信用是做人的大事，更何况是定亲这样的大事呢！如果失信了，他申家二老的脸往哪儿搁？可儿子如今是在大字号里做大事挣大钱的人，他申家二老又不能像管教小娃娃一样管教这个儿子……

无可奈何，父亲气得木了，嘴里舌头默默；母亲气得哭了，眼中泪水簌簌。

而申树楷面对父母的情形，面对这桩婚姻的情形，也无可奈何，又憋，又气，又恼，又怒，痛苦不堪！这位在生意场上纵横驰骋、冲锋陷阵而又英气飒爽的年轻骁将，在面对父母时却束手无策；一个"孝"字，像孙悟空的紧箍咒一样顶在他头上啊！而在面对这桩婚姻时，又不能束手就擒；一个"情"字，像孙悟空的如意金箍棒一样藏在他身上啊！

就在申家二老和申树楷双双无可奈何之际，双双都想到了一个人：本村德高望重、满腹诗书又是本家长辈的申老夫子——申九爷。

申九爷从小读书，熏陶于孔孟之道，立志于科举仕进，年轻时中过秀才，但在乡试中连考三次而名落孙山，便对科举一途灰心丧气了。此后，入字号学徒已然过了年龄，下田地务农又没了身板；而且，孔孟儒术早已根植于心，渗透于身，自视甚高，哪里还看得起经商务农之类的"下品"俗事，唯有读书才是"上品"雅事！于是，在科举仕进无望的情况下，他继续醉心于读圣贤书。此种情形下，他因爱读书而读书，为读书而读书，动机也就更纯洁，心态也就更平静，悟性也就更高，学养也就更上一层楼了。而迫于生计，他总得找点事，挣点钱，于是便当了私塾先生：先在本村当，然后在邻村当；渐渐有了名气，就开始成为有钱人家和官宦人家的座上客了。这么一来，学养持续提高，见识又不断增多，申九爷也就真正达到"传道、授业、解惑"的为师境界了。

如今，申九爷年过七旬，早已休养在家。他有祖上留下来的一处院子，有当私塾先生攒下来的一些银子，又有他亲自熏陶出来的一个安分守己的儿子和一堆孙子，还有他几十年教书生涯赢得的四乡八村的声誉，以及由此而来的村人族人对他的尊敬，可算是过着一种物质小康和精神富有的雍和优雅的生活。再加上村里大事或家里难事常常有人登门拜访求教，就更显出他的德望之高和学识之博，也就更受村人族人尊敬，他的心里也就更滋润了。由此，这位老夫子也就以为族人村人解惑释难为己任，乐此不疲。

对申树楷与父母的矛盾，其实申九爷早有耳闻，也早有盘算，因而也早有"解"在胸中了。

所以，当申树楷的父亲上门求告，请"九叔"解惑释难时，申九爷询问了一番情况，当下便解答道："这件事呢，你们两个老的有错。一是错在急。急甚呢？老大刚办完了婚事三个月，就急着给老二踅摸人家；而且也不给老二去封信说明情况，更不等老二的回话就匆匆订婚了。急甚呢？你们以为半夜里拾见金砖，逮了大便宜啦？古人云，事缓则圆。俗话说，心急吃不得热豆腐。如果你们当初给老二写封信，再等等他的回音，哪会有这些麻烦？！二是错在糊涂。你们如今还以为老二和老大一样啊？你们以为他也像老大一样急着娶妻生子，有个差不多的人家和姑娘就能交代他啦？糊涂啊！老二念过书，本来就比老大心性高；如今又在合盛元那样的大字号里顶上了生意，成龙变虎了，他的心性也就更高了！如今的老大老二呀，虽然看起来还是差不了多少的弟兄，可实际上早已相差了十万八千里！你们哪能像操办老大的婚事一样，去为老二操办婚事？！"

申树楷的父亲听着申九爷训责般的话语，如顶着烈日，头上蒸蒸冒汽；如吃了黄连，肚里暗暗叫苦！

申树楷的父亲揣着一肚苦水，蹙着一张苦脸，央求着说道："九叔！您老人家说得对，这全是我们的错！可事已至此，总得想办法补救呀，您老人家还是指点指点我们吧！"

于是，申九爷捋了捋胡子，清了清嗓子，说道："我看，这件事情如今也只有两个法子补救了：一是试着退亲。让媒人试着说一说，如果人家肯吐口，那就是破费些银子的事了。二是准备给老二娶二房。如果人家不答应退亲，那就只有娶过来了；不过也得给老二留个方便，三年五载后由他自己挑选一个姑娘做二房。这样的话，老二或许会松口让步，事情也就圆了。"

申树楷的父亲听罢申九爷的话，心里豁亮了许多，千恩万谢一番，如释重负一般走了。申九爷这样德高望重的人物给他说了这番话，既是给他指出了一条路，又是给他做了主呢！不论是退婚，还是将来娶二房，都会因此而减少族人村人的诸多非议啊！

而当申树楷上门求告，请"九爷爷"解惑释难时，这位老夫子对这个"孙子辈"申树楷的态度，明显要比"侄子辈"的申树楷父亲和气得多，也亲切得多了。——尊贤是儒者的"通病"，爱小又是老者的"毛病"啊！

"楷儿呀，你们家这档子事呢，你父母固然有不当之处，可你也有不妥之处呀！……"

申九爷委婉地指出申树楷的一些不妥之处，然后亮出了自己的见解："依老朽之见：人无信不立。所以，你父母为你订下的这桩婚姻，不能说悔就悔，说退就退；只能试探着退婚，能退则退，不能退则只有娶了。否则，你父母失信，如何在村里在世上做人？而你，如果陷父母于失信，便为不孝，又如何在家里在族里在村里做人？另外呢，人无情不活。所以，你尽一点孝，成全了父母的信；而你父母也施一点爱，来成全你的情。我已给他们说了，把这房媳妇娶过来之后，过个三年五载，你可以自己挑选一个姑娘纳为二房。这样既顾全了你父母的信，顾及了你本人的孝；也顾全了你本人的情，顾及了你父母的爱。这不就两全其美了？！"

申树楷听着，想着，他毕竟从小读圣贤书，知道身为人子所担负的"孝"的责任；又毕竟在商界多年，知道做人做事所应遵循的"信"的准则。事到如今，他又没有更好的两全其美的解决办法，也就只好认同申九爷的理，听从申九爷的话了。

二十三

接下来，申家就该按申九爷的法子先试着退婚了。

申家二老把媒人找来，好吃好喝相待，好话好脸相对，说明儿子的态度，也表明了多花银子的意思，再奉上五两银子。媒人这才忸忸怩怩地答应跑一趟女方家里，而且还念念有词："哎哟哟，这事可真是不合适，已经下了聘礼呀……哎哟哟，这事可真难开口，原本是当面说定的呀……哎哟哟，这事可真难为我了，媒人本该是说合人的呀，怎么能说散人呢……"

申家二老只得把五两银子塞进媒人手里，再添好话，再给好处："您就难为一下吧，谁让我们办下这糊涂事呢，只得求您了！如果能说动对方，退了这桩婚事，我们再加倍补敬您！"

接住了五两银子，又有了加倍补敬的许诺，媒人这才由忸忸怩怩而痛痛快快地应了，走了，去祁城村女方家里传话了。

而女方家里早已风闻申家的情形，也早有准备，所以一听媒人的传话，便斩钉截铁地回答道："不退！凭甚退呢？我家里做了甚见不得人的事啦？还是我女儿做了甚丢脸的事啦？如果说出一件来，摆出一桩来，那自然可以退。如果没有，那凭甚退呢？这样无缘无故地退了婚，我们以后还怎么在村里做人？我女儿以后还怎么再嫁人？"

媒人又说明申家儿子事先不知道，现在又坚决拒绝这桩婚事的态度。

女方家则予以坚决反驳，而且话说得越来越难听了："婚姻大事，历来由父母做主，父母定了的事，儿子岂能推翻？除非他们翻了个儿：儿子成了老子，老子成了儿子！让他们当着我的面，老子叫一声儿子'爹'，儿子再叫老子一声'儿'，我就答应他们退婚！"

媒人只得再表明申家在银钱上愿意补偿的意思："您哪，也不要动火气,咱们这不是商量着来吗?您再听听申家的意思:这桩婚事呢,申家也知道错在他一方。所以他愿意不索聘礼,而且还可以在银钱上加倍补偿您哪!"

女方家听了媒人的这番话,火气缓了几成,脑子也转了几圈:从经济上而言,给这些补偿倒也不少,退了也合算;可若成了婚,有了这么一个挣大钱的女婿,女儿给娘家的补贴又何止这么多银钱?还是成了更合算。从感情上而言,答应退婚总有一种被玩弄、被欺骗和被羞辱的感觉,更不能答应!这么一盘算,女方家的态度就又坚决了,主意更坚定了,对媒人说道:"这是婚姻大事,不能因为有银钱就想订便订,想退便退,又不是谈买卖做生意!你告申家吧,我们是不答应退婚的!"

媒人只得再到申村传话。

申家二老计议一番,知道退婚不成,只得一边准备从祁城村娶亲成婚,一边给儿子预先铺设一条纳娶二房的路了。于是,他们再让媒人传话过去。如果能由此促使女方答应退婚,当然是好;如果促不成退婚,三年五载后儿子纳娶二房,也就顺理成章,女方家也就"勿谓言之不预也"!

媒人又跑了一趟祁城村,而女方家仍然顶着牛,或者说仍然钻着牛角:死活不退婚,死活要把女儿嫁给申家老二!

而此时已快进腊月,申家只得急匆匆地操办婚事了。时间紧迫,女方家紧逼,而一进腊月也无须挑日子,再加上申树楷本人对此事不理不睬,不管不问,所以只用了十来天时间准备,这个媳妇就匆匆忙忙地娶过来了。

举行完婚礼典礼这一天,诸多事情由总管负责;而迎来送往和敬酒递茶的应酬则是主家的最大义务,迎送接待诸多的"大爷""大娘""叔叔""婶婶""舅舅""妗妗""姑姑""姑夫"等长辈,申树楷自然是一个人一个人地点头称呼,并一个人一个人地躬身施礼,整日间几乎都在不停地尽着礼数!礼仪之繁缛,着实使完婚场面浩大、隆重而荣耀;而心情之沉重，却也着实让申树楷痛苦、疲惫而受罪！

待天色暗下来，灯火燃起来，客走宴散之后，剩下来的程序就是入洞房、揭盖头、喝拌汤了。申树楷拖着疲惫的身心，被推拥进了洞房；他又抬起呆板的双手，揭起了新娘的红盖头；然后又在一位大娘"喝起拌汤就饼子，明年生一个胖小子"的祝福声中，和新娘一起喝了拌汤，吃了饼子；最后，跟大嫂在炕上只铺设一褥一被，将其他被褥统统锁进了箱子里，接着把新娘的衣裤脱去，将新娘光溜溜地塞进了被窝。

洞房里安安静静了，没有了哄闹之语和嘈杂之声；洞房里空空寥寥了，只剩下了一褥一被和一男一女。申树楷这才解脱了外人外物外声的诸多干扰，终于能安静下来，放松下来，心可以自由地独白，情可以自在地独舞，意可以自如地纵横驰骋了。

申树楷在椅子上寂然独坐，他在思索着这桩婚姻，审阅着这个新娘：

这桩婚姻就这样了，也算是为父母了却了一桩心愿，并且为他们维护了一张脸面；如今客也请了，礼也典了，洞房也入了，也算是我这个当儿子的尽到一份孝心了。这个新娘呢，刚才揭盖头也看了那张脸了，倒也端端正正，没任何毛病；却也平平常常，没任何魅力。刚才脱衣裤也看了那身肉了，倒也白白净净，没甚瑕疵；可让那张平平常常的脸领上这身白白净净的肉，也就平淡无味了。男人所喜食者，女人身上那软绵绵的水一样的情也；所喜猎者，女人身上那喵咪咪的猫一样的性也！而不是像吃猪肉一样，吃她这身白白净净的肉啊！

而新娘的那双手在他的眼前闪过，并多次地在他脑际闪现，更让他别有一番滋味在心头：好一双手，真是一双农家女人的手啊！手大，掌厚，指头粗，且有青筋微微凸起，这分明是庄户人家喂猪养羊做活计的一双好手！可我是一个买卖人，我是要娶一个能伺候我的媳妇，而不是娶一个能伺候猪羊伺候活计的把式呀；我是在娶媳妇，而不是雇人手呀……嘿嘿！也罢，权且算是为父母雇了一个好人手吧！……

一般情况下，此时的新郎早与新娘同衾共枕、卿卿我我、云云雨雨了，而此时的申树楷却了无性情，也了无睡意，仍在椅子上独坐，寂然无声、默然无言、索然无味……

"你还不睡？地下冷呢！"新娘在被窝里等待了约一个钟头，终于等不行、耐不住，说话了。

"哦，不冷。"申树楷应道，仍然坐在椅子上不动。

"你困了吧？睡吧！"新娘又等了约一个钟头，不见动静，又说话了。

"哦，不困。"申树楷应道，仍然坐在椅子上不动。

新娘在被窝里又等了约一个钟头之后，仍不见申树楷进被窝里来，终于伤心地流出了泪水，进而抽泣起来，并抽抽噎噎地说起话来："俺知道你不愿意娶俺，是你大人给你定下的……可俺也不是非要嫁过来不行……是俺大人非要让俺嫁过来呀……呜呜……"

新娘这么一哭一说，眼泪汪汪，话语凄凄，一副可怜兮兮的样子，倒让申树楷坐不住了，动情了。他想道："是啊，人家这个姑娘有甚过错？这事也由不得她呀！我一个大男人都不能违抗父母，她一个女娃娃又能奈父母何？！唉！都是双方父母之过啊！我因父母之过，倍感委屈；她因父母之过，备受冷落。都是各自父母的受害者啊！唉！我的委屈已无可挽回，而她的冷落尚可抚慰；我还是和她同衾共枕吧，说句暖心的话，伸出暖身的臂，她就不会感到冷落了。"

于是，申树楷由怜悯而动情，因动情而解衣入被了。

新娘在申树楷的安抚下，转悲为喜，幸福地入睡了。而申树楷却更没了睡意，思前想后，更觉得自己委屈，于是，眼泪簌簌，思绪翩翩：这桩婚姻不是我心意中的美满婚姻啊！可因家庭贫寒，而自己在这个年龄上也不可能挣回太多的银钱，再加上父母着急，竟得屈就这桩婚姻！不行，日后我发了大财，要在村里建一处高大、宽敞、漂亮的砖瓦二进院；然后在那些买卖人家的姑娘中挑选，娶一个文雅、贤惠、漂亮的姑娘。只有这样，才能算我心中的美满婚姻！今后我必须做好买卖，挣上大钱，攒上厚实的家业。为了自己需要这样，为了儿子也需要这样！到我儿子娶亲时，绝不能再让他们像我这样，受家庭贫寒的连累，凑凑合合找个人家就行了，我要让他们一个个都娶有钱人家的漂亮姑娘！

对！做买卖，挣大钱；挣大钱，做买卖！为了自己将来的生活美满，为了子孙后代的生活美满，都需要靠做买卖攒下厚实的家业啊！

在这洞房花烛夜，在这同衾共枕时，新郎申树楷并未雄性勃勃，与新娘纵情，横爱，发野性；而是雄心勃勃，想事业，想买卖，想发财，想着快些过了年，快些赶回关外的营口、安东分号去赚钱呢！

正是：

原来出寒舍，曾是一书生。

胸有圣贤学，人行买卖程。

寸心能觉悟，万里可纵横。

但遇风云会，巍然事业成！

第七部

一

八国联军攻陷京城后大肆烧杀,抢掠,奸淫,而后又占据京城作威,作恶,作孽!留在京城的文武官员、市民百姓乃至于房屋建筑、古玩字画可谓备受蹂躏、污辱和糟蹋!而慈禧太后却丢下这个残破之局,挟持着光绪皇帝逃之夭夭,躲到两千六百五十里之外的西安"巡狩"去了。

谁来收拾这个残破之局?

此时的慈禧太后及身边的一帮王公大臣在外事上实在是狂妄至极,又实在是无能至极,终归是可恶至极:只会寻衅惹事,不会息事宁人。一旦寻起衅来,惹起事来,引得敌寇进了国门,乃至于进了京城,闹得国破山河碎了,弄得将折百姓损了,他们又束手无策,撒手不管了!于是,将来将去,这收拾残破之局的艰难重任又落在了大清后期唯一的顶梁柱李鸿章肩上。于是,慈禧太后连连发出诏书,催促李鸿章入京,充全权议和大臣并任直隶总督兼北洋大臣。——此番任命,把当时大清朝最难的事情和最乱的地盘都撂给他了!

在此前五年多,李鸿章因被迫打了一场中日甲午战争而导致失败,成了替罪羊;并因被迫签订《马关条约》而引起朝议,又成了替罪羊。于是,他被罢免了曾任二十五年之久的直隶总督兼北洋大臣。而在此前半年多,又因他在洋人教案事务上主和不主战,刚刚被朝廷贬出离京七千五百七十里之遥的广州任两广总督!如今,直隶地区成了一摊烂泥,大清与十一国的外事又成了一堆烂屎,朝廷才又想起他了。朝廷这样用李鸿章,慈禧太后自然有点不好意思,于是在诏书中多加了两句慰勉之语:"此行为安危存亡所系,勉为其难"云云。

君让臣死,臣不得不死。而如今李鸿章的情形只是"君让臣辱,臣不得不辱",他岂能抗命不遵?更何况,慈禧太后还慰勉了他两句颇有人情味儿的话呢,这也是大臣们难得的"殊遇"呢!

于是，李鸿章怀着老臣之心，拖着老迈之体，应命北上京城主持议和大局。此时，李鸿章已是七十八岁的高龄，万里遥远的舟车劳顿，已使他的身体疲惫不支；而百般艰难的谈判议和，更让他的心神憔悴不堪。但他肩负重任，只能"勉为其难"！

李鸿章于闰八月十八入京后，面对中华民族"数千年来未有之变局"和"数千年来未有之强敌"，他充分利用自己数十年来与各国洋人打交道的经验和数十年来在各国洋人中树立的威信，竭尽浑身心力，使尽浑身解数，经过三个多月的艰难周旋和极力抗争，终于在十一月二十四日（1901年1月14日）与十一国使节压宝盖印，谈成了议和十二条大纲，基本上消弭了战祸，奠定了和局。

这议和十二条大纲固然是屈辱的条约，但古往今来，订立城下之盟哪有不屈辱的？更何况这是城中之盟呢？！而且，和局总胜于死局呀！

这个和局的奠定，使中国广大百姓免除了生灵涂炭之灾，使中国广大地域免除了兵燹战乱之祸，也使大清朝廷免除了颠覆灭亡之劫！由此，大清朝廷暂时跳出了死局，而得到了一个变局：或者忍辱负重，卧薪尝胆，以中华民族和广大百姓利益为重，经过若干年的除旧布新，变革出一个欣欣向荣的新局，并从此走向繁荣富强；或者依然故我故步，依然作威作福，以满洲贵族和少数后党利益为重，经过若干年的苟延残喘，重蹈死局，并从此走向万劫不复！

这议和十二条大纲虽说只是大纲，尚有诸多细则有待进一步谈判，但毕竟框架已定，和局已成，战乱的局面是不会再有了。所以，消息传到西安的两宫行在和各地文武官员以及商民士绅那里，虽不能说上下欢欣鼓舞，却也着实使上上下下都松了一口气。

谢天谢地！

阿弥陀佛！

人们紧皱的眉舒展了许多，紧提的心放下了许多，紧张的情绪松宽了许多，几乎死寂的腊月又复活了，萧条的市场又繁荣了，人们又兴致勃勃地准备过大年了。

在祁县的商民士绅中，郝克凝最早得到了这条消息。

这时，那桐身为留京办事大臣，又是慈禧太后的族亲和心腹，是议和全权大臣李鸿章和庆亲王奕劻之外最重要的议和参与者；而且，最后在与十一国议和大纲上盖"皇帝之宝"的玉玺，正是由他这位留京办事大臣亲手盖章压印的。他最清楚谈判的内幕和大纲的内容，也最早知道慈禧太后批准这个议和大纲的懿旨，而他又最兴奋，最欢喜：和局定，则大清安；大清安，则太后稳；太后稳，则他那桐官位不仅可保，而且可升！所以，就在用宝盖印的当晚，他一口气写了十余封信，次日便将这个消息分寄给各地的亲友；与那桐过从甚密且又有金兰之好的郝克凝，自然也就最早得到了那桐的书信。

耀庭兄钧鉴：

皇恩浩荡，万民幸甚！桐欣欣然函告兄知：经李傅相、庆亲王与各国洋人百般周旋，极力抗争，遂于前日商定议和十二条大纲。今桐又奉旨进大内用宝盖印，议和已成定局矣！桐素知兄悬念于此，故急急告知。

又，十万火急！上次书信曾与兄言及京城银根奇紧事，时近年关腊月，市面状况尤艰，百姓生计愈困，诚为可哀可怜！弟桐为官于此事，存仁于此心，常忧心忡忡，彻夜难寐！故恳望兄等山西诸票号业者，速速携银返京复业，以抒民困，以解弟忧。如此，则兄等何止积大德于公私，亦可获厚利于买卖焉！

……

弟桐匆匆拜书

庚子年十一月二十四日夜

郝克凝看罢那桐的书信，不禁感慨万端：大家期盼的和局总算成了，和局成则战乱息，战乱息则国家安，国家安则百业兴，百业兴则生意旺啊！京城市面形势如此，正是我合盛元票号返京复业的大好时机；而时不再来，机不重现，我必须积极筹备，尽速返京，方可抓住这大好时机，并拔得头筹。

他再仔细品味书信，不禁又感动十分：这那桐还真够兄弟啊！现在的那桐早已乌鸡变凤凰，成了太后的心腹，朝廷的红人，飞黄腾达，青云直上！他却依然能一如既往地对我，实在是够兄弟，够朋友！他交际广，朋友多，他周围有多少王公贵族大臣？却能在用宝盖印的当晚给我写信，足见他看重我郝克凝。而在短短的一封信中，竟几番称"兄"，几番称"弟桐"，足见他没有忘了当初的贫贱之交和金兰之好。这那桐还真是有情有义、可交可处的朋友。而看他这些劝票号返京的话语，可见他对职务的认真负责和对百姓的诚心体恤，可知他既有忠心，又有仁心啊！哦，这那桐不愧是读圣贤书出身的举人，上待君以忠，下待民以仁，旁待友以义，真算是近乎完美的德行了啊……

当天晚上，郝克凝就顾不得妻子的娇美娇艳娇滴滴了，他的心仿佛长上了翅膀，飞到了京城，而把情稠意浓的娇妻晾在了一旁。任凭妻子如何温情脉脉地看他，如何嫩手绵绵地摸他，如何细肤滑滑地蹭他，他一概没有了反应，仿佛一下子变成了一个木头人。妻子无奈，在几番抚弄撩情无效之后，转身睡去了。而郝克凝则继续回味着那桐的书信，想象着京城的情形，思谋着返京复业的诸多事宜：时间何时为宜？规模多大为好？人员如何搭配？房屋如何修缮？现银如何起用？……直到捋出了一条清晰的思路，画出了一个大致的轮廓，才收回心，泛起情，拥着妻子入睡了。

二

次日,郝克凝便急急地赶往县城总号,向大掌柜贺洪如禀报了议和成功的消息,并呈上了那桐的书信。

贺洪如拿着那桐给郝克凝的书信,看了又看,掂了又掂,半晌,才拍案感叹道:"好啊,这真是一个天大的好消息啊!这封书信实在太重要了,真可谓'烽火连三月,家书抵万金'!好,好,这一下可真是盼来和局了!岂止是盼来和局?还盼来了大商机!好啊,太好啦!"

贺洪如大掌柜激动地连声叫好,两只老眼幽幽闪光,就像老狼看到了肥大的猎物一样。

待听了郝克凝返京复业的具体想法,贺洪如又连连称赞。

贺、郝二人见面说话也就半个来钟头,郝克凝刚喝完了一杯茶,极为兴奋的贺洪如就迫不及待地拉起郝克凝:"走!我带上你去荣仁堡:一向东家报喜,二向东家要银子!"

当下,贺、郝二人风尘仆仆地前往荣仁堡,行色匆匆地谒见东家郭嵘:"东家,有喜讯,大喜讯啊!"贺洪如坐了一个多钟头的轿车,却依然保持着那份激动的心情和那张喜悦的笑脸。

"哦?"郭嵘看看贺洪如这样子,再看看郝克凝相随在旁,似乎猜出了几分,"莫非京城的议和谈成了?"

"正是!东家请看,这是留京办事大臣那桐给耀庭的亲笔信,真真切切!"贺洪如说着,将那桐的信双手递给东家郭嵘。

郭嵘接过信来,坐在椅子上仔细阅看;同时,管家郭广仁招呼着让座,佣人马儿则张罗着上茶。

待贺洪如、郝克凝、郭广仁三人都落了座,马儿也上了茶,已是一刻钟的工夫;郭嵘却仍然在那里仔细地看信,仿佛是在鉴赏一件古董字画。

半晌，郭嵘才深深地吸了一口气，然后徐徐呼出，转脸对贺洪如说道："好，好！的确是个大喜讯，天大的机会来了，是饿虎扑食的时候了！嘿嘿！明年正好是个牛年，咱合盛元要先出手，快出手，大出手，逮他个'大黄牛'！"郭嵘的话坚定、坚决而坚毅，气势磅礴，犹如狮子怒吼一般！而他的眼睛大而有神，鼻准隆而蓄威，胡须长而飘风，坐在椅子上的郭嵘还真如一头卧在大丘上的雄狮！

贺、郝二人都感到了一种威力，听其言，观其形，嗅其气，感其神，无不感觉到一种雄狮般的威力。

"东家所言极是！"贺洪如应道，"我急着带耀庭前来，一是先向东家报喜讯，二就是要与东家商量返回北京、天津和保定复业之事。从那桐几次给耀庭的信看来，遭受兵乱之后的北京城极度缺乏银子，天津和保定估计也大体如此。所以，往常的情形是京城银子多存款多，用项少放款少，京城多出来的头寸多调往关外和汉口等处放款。而现在的情形完全翻了个儿：兵乱之后的京城百废待兴，而银子极度亏空。如果我们返京复业，必是存款少而放款多，要想获大利，就得投巨款，这样就需要向京城等处大量调运现银。所以——"

郭嵘听着，早已明白了贺洪如大掌柜的意思，于是接住他的话说道："哦，我知道洪如兄的意思了：是向我东家要银子来了吧？哈哈！"

"东家英明！洪如正为此事。要在正常情况，我断不会向东家张口要银子。但现在情况非比寻常：一是京、津沦陷后，不仅京、津地区残败不堪，而且各省各地的市场也极度萧条；所以几乎各处分号都没有余款回旋，倒有多处分号需要挹注银子救急呢！这样，总号也就调度无力了。二呢，这议和十二条大纲既已签订，和局一成，商机骤至：现在京城的市场情形分明是早放款早获利，多放款多获利！总而言之，机会大，但需要的银子也多，这二者凑起来才能获取厚利！"贺洪如一一分析说。

"哈哈！洪如兄言之凿凿，我自然得应之绰绰啊！你说个数吧，我给你就是!"郭嵘爽快地应道。

贺洪如说道:"具体而言,京城原有存银五万,再给他们加十万也不为多;津号损失十万,要想复业,至少得给十五万;保定号嘛,原有五万,不加也可以维持;其他各分号需要的或多或少也得十来万。这样算来,各分号共需添加三十五万。而我总号这里可调度的只有二十来万,还有十五万的缺口;所以希望东家这里能拿出这十五万来,咱合盛元才好长袖善舞。"

"嘿!十五万?这刚够了天津号!你总号就不留些机动的银子啦?那还能长袖善舞?只能是短袖起舞吧?嘿嘿!我给你拿三十万吧,这样你才好长袖善舞呢!呵呵呵!"郭嵘笑着说道。

贺洪如听着,喜出望外,激动万分:"东家如此信赖,我等唯有殚精竭虑,鞠躬尽瘁,方可报东家厚恩万分之一啊!"贺洪如说着,眼眶盈盈含泪,躬身作揖。

郭嵘赶紧上前扶住贺洪如的双手,说道:"洪如兄何须如此!你我东掌本为一体,何须如此多礼!快快请坐!"说着,把贺洪如扶回座位。

大事议定,郭嵘吩咐郭广仁下去准备酒宴。今天有这么大的喜讯,又有两位重要的人物前来,自然得大吃豪饮一番啊!

然后,郭嵘又和贺、郝二人拉起了闲话:"那桐这封书信既是天大的喜讯,也是贵重的墨宝呢!这封书信文辞高雅,颇有儒士之风;书法雍容,更显贵族之气。我看这那桐的富贵来日方长呢,到时候这封书信就更贵重了。——耀庭好好保存起来吧!"说着,郭嵘把书信递给了郝克凝。

郭嵘继续说道:"耀庭啊,你与那桐的交情可是无价之宝呀!那桐的地位越高,权势越大,这份交情的价值就越贵重;你日后还要留心留意,保持好这份交情,发展好这份交情呢!何谓交情?实际上,交情就是交换之情谊:你有钱,人家有权,相互交换嘛!嘿嘿!所以呢,你要保持好发展好这份儿交情,就要舍得多花自己的银子,多用人家的权力。今后你在那桐身上可多多地花银子，花了回总号报账就是。要知道，那桐与你的交情，也就是与合盛元票号的交情，合盛元也就自然得给你报账呀！呵呵呵！"

此时的郭嵚已充分认识到那桐这封书信的巨大价值，更认识到那桐这个人的巨大价值，也就对郝克凝与那桐的交情格外重视了。

"我会谨记东家的话。"郝克凝答应着郭嵚，心中颇感欣慰：当初我倾心交上了那桐这样的人，并在五年前大胆借给他十万两银子，让他疏通关节；短短五年时间，他居然能这样飞黄腾达。哦，当初真算我没有走眼。不过，也许是我和那桐有缘，原本是天公作美呢！此时，郝克凝的脑际出现了一种幻境：五年前的五品小官那桐，只是一棵尚未挂果的旱地上的小树；是他郝克凝足足地给这棵小树浇上了水，催得它快速长大起来；如今，这棵小树已是花果满枝的大树了。

郝克凝精心浇灌的那桐这棵树，如今花果满枝时，合盛元上下都沾光不少呢。所以，郝克凝本人欣慰，大掌柜贺洪如支持，现在又加上东家郭嵚的极力鼓励和称赞！这还不算，到了午宴上，郭嵚还频频向郝克凝敬酒劝酒，那热乎的样儿，甚至超过对大掌柜贺洪如呢！

郭嵚好酒，郝克凝有量，而贺洪如大掌柜则年龄大且不胜酒力，在酒桌上也就得让郝克凝和东家对饮了。

"耀庭啊，这回你可算是在祁县商界乃至于祁县、太谷、平遥三县拔了头筹！祁太平三县的票号东掌，人人都在翘首企盼京城的议和消息，而你最先得到了；而且是得到了最权威最确切的留京办事大臣那桐的书信！你为咱合盛元争了脸面呀。为此，我这个东家得敬你三盅！"郭嵚说着，连喝了三盅。

郝克凝谦让几句"托东家洪福"之类的话，也连喝了三盅。

郭嵚继续说道："拔了头筹，就得给头赏！大掌柜记住了，我这可不是醉话，咱账期下来见分晓。这一下，该你郝克凝掌柜敬我这个东家了吧！"

于是，郝克凝拿起酒盅来敬郭嵘，又一盅酒下肚了。

郭嵘看似酒意沉沉，酒话频频，有点醉态，其实，酒醉肚里明。他几十年来熟读孔孟诗书和史记通鉴，深谙为君之道，更知君主"生、杀、予、夺、黜、陟、赏、罚"八种权力的重要性；这些人主的八权延伸到财主领域，到了字号东家这里，便是"黜、陟、赏、罚"四权。如今郝克凝在这件事上拔了头筹，而且下一步返京复业，京号成败又举足轻重；所以他自然要大行"赏"的权力，"报其以往，勉其日后"呢！

这番午宴，郭嵘和郝克凝喝得极兴极致，而贺洪如和郭广仁也喝得尽兴尽致，方才罢休！

酒宴散了，郭嵘依然回到书房，肚里装着美酒，心里装着美事，美美地睡觉去了。贺洪如、郝克凝则依然坐轿车回城，也双双是美气盈盈，喜气洋洋：贺洪如大掌柜刚从那桐书信中得到了巨大的商机，又从东家郭嵘这儿拿到了巨额的银子，手下又有郝克凝、申树楷这一班得心应手的人马；买卖成功的这三个要素都让他这个大掌柜占了，他想不美不喜都不行呀！郝克凝呢，那桐这儿在召唤，大掌柜贺洪如这儿在支持，东家郭嵘这儿又在激励，几乎等于是三个大贵人在催逼他去赚钱发财呢，他岂有不美不喜之理？！

当天下午，郝克凝并不着急回长头村，而是在祁县城里转了大半个圈子，走访了五六个朋友，将议和十二条大纲签订的消息透露给他们。人们得知议和大纲已定，和局已成，无不唏嘘叹息！想想半年来那心惶惶、胆颤颤的日子，随时准备逃难、逃窜，活得几乎像老鼠一样！如今和局成了，总可以安安稳稳地睡一个歇心觉了，总可以欢欢喜喜地过一个高兴年了啊！

此时的郝克凝像天使一样，所到之处撒下一片片欢乐欢笑；而他背后，则是一串串赞誉的声音，和一束束羡慕的眼光。

三

合盛元各分号掌柜们难得有今年的闲暇,整整地休闲了一个冬天;而在年前得到议和十二条大纲签订的好消息,又有了大吃二喝的喜悦心情,更美美地过了一个大年。

不过,这些在商场上纵横捭阖、驰骋千里的掌柜们颇有些鹰与虎的特点:闲时懒洋洋,如病如睡;平时哼哈哈,如昏如聩,而一旦发现赚钱机会,他们便如鹰如虎发现猎物一样,"嗖"的一声就飞出去了,"噌"地一下就蹿出去了!

辛丑年正月十五一过,这些养足了精神的掌柜们就纷纷奔赴各自的分号了。

郝克凝驻庄的京号以及他所兼顾的天津、保定二号在这次庚子事变中悉数撤庄,而这几处又是遭受兵燹的重灾区域,所以要恢复开业,需要做十分艰难、繁杂而细致的准备事宜:其一,在时机选择上,北京号复业的条件已然成熟,急需复业;保定号次之;天津号因受灾最重,局势也最乱,则视情况再定。其二,在人员配伍上,北京号基本保持稳定。保定号由去年撤庄中表现上佳的二掌柜张五成升任掌柜,并将去年撤庄中表现极佳的高生云派去担任二掌柜。天津号掌柜一职由段德义担任,而原掌柜史文显因坐失撤庄良机,造成巨额损失,这番复业自然被弃用了。其三,在银子运用上,给北京号添拨二十万两,保定号添拨十万两,天津号添拨十五万两。——总号的机动银子几乎全部倾向京、津、保三地了。

由于京号掌柜郝克凝的人品、才能、业绩和资历都在那儿摆着,他与京城诸多王公显贵及各省诸多疆臣大吏的关系在那儿维着,所以大掌柜贺洪如对他深为倚重,乃至于言听计从:上述诸事几乎都是郝克凝谋划提议，而后由大掌柜贺洪如点头允诺！如此这般，郝克凝掌柜极力筹划，贺洪如大掌柜全力支持，返京复业诸事也就在年前筹划便宜了。

正月十七，郝克凝带着京、津、保三号的全部人马起程赴京。一路上，坐在轿车中的郝克凝没有了往常的谈天说地和瞌睡打盹，倒像探子一般：行路则观察山川势貌，关卡情形；住店则打问地方动静，周围安全。

直隶地面上挨了一番义和团的拳棒，又受了一番八国联军的枪炮，人心中培植的仁信礼义之花萎靡了，社会上维持的道统秩序之树倾倒了，直隶地面上好一个"乱"字了得！如此情形，身负重任的郝克凝自然也就得"安"字第一了：他带的这班人，必须安全地从这条路上进京；而将来运送现银的镖车，也必须安安全全地从这条路上进京！

郝克凝一路提心吊胆，经过着仍有诸多乱象的直隶地面；好在他们昼行夜宿，且走的都是官道，倒没有遇到甚麻烦。而最令他欣慰的是：一路上直到北京城竟没有看到八国联军的兵士，各城门关卡都已是大清的官兵！看来，八国联军的兵士果然已经按照协议撤回兵营，而由大清官兵接管了各城门关口，维持各处的治安秩序了。这些大清官兵固然有贪官污吏，难免对往来商贾刁难揩油；但毕竟与八国联军不同，靠言语可以沟通，靠人情可以疏通，靠银钱可以买通嘛！

郝克凝一行经过九天的紧张旅程，终于在正月二十五日下午进了永定门。

一进永定门，眼前的景象着实让他们触目惊心：大街两旁房屋残破，往日的富丽堂皇荡然无存，仿佛像一个衣锦穿绸的美丽女子被剥了衣裳，又被毒打得伤痕累累一般！店铺萧索，昔日的繁荣气象一扫而空，仿佛像一个百花争艳的美丽花园被夺去了春色，又被冰雹摧残得七零八落一般！而且，越往北走，走到昔日最繁华的珠宝市口和正阳门外，景象更是惨不忍睹！昔日最繁华的街道和店铺，正是八国联军及土匪们抢劫最凶、放火最猛的地方！——在当时的情形下，美丽、繁华和富贵的事物成了最不幸的事物：或被抢劫，或被毁灭！能抢劫则抢劫为己有，不能抢劫则毁灭为他无！

于是，巍峨壮丽的正阳门楼北靠紫禁城之极度尊贵，南抚外城之极度繁华，自然不能逃脱兵燹之灾，也被毁被烧得面目全非了。这巍峨壮丽的正阳门，就像北京城美丽而高傲的鼻子啊，这样被毁被烧，就如同人的鼻子被抹上灰了，被碰得青了，整个北京城都显得丑陋了，难堪了！

郝克凝一行看到这些凄惨的景象无不唏嘘感叹：真是造孽呀！多少银子都化成灰了！这些门楼房屋和街道店铺要恢复到往常的样子，没有上千万上万万的银子行吗？

郝克凝一路走着，看着，感叹着，也担心着：我合盛元的铺面房屋怎么样了？

正算万幸！——或许是老天爷保佑，或许是土地爷保佑，或许是他撤庄撤得及时，干净，利落，并在撤庄时把合盛元的铺面房屋自我糟蹋丑化了一番，再由那些无家可归的猫儿狗儿们撒些尿水水，拉些屎粑粑，留些臊气臭气，更完善地糟蹋丑化了一番……这合盛元的铺面房屋竟没有受到太大的破坏，更没有遭受火灾，只是有点像荒废的破庙而已！

谢天谢地！——郝克凝等人一路上看到那些残破景象太多了，如今看到自己的铺面房屋幸免于灾，无不感到欣慰！

郝克凝带着众伙友踩着一堆堆一摊摊狗屎猫尿，拨开一缕缕一层层蛛网尘幔，走进了阔别半年之久的合盛元院子里，走进了各处房间里，一边仔细察看，一边深情感叹。

郝克凝感慨万千地说道："诸位都看见了，咱合盛元实在是万幸啊！真是谢天谢地！咱开业前要供一供老天爷，烧上几炷高香；也要供一供土地爷，也要烧上几炷高香。另外，也得感谢这些屎尿尘土呢，这些东西放在这院子里，如同天兵天将呢！——长林你记住了，改日清理收拾这些屎尿尘土时，要先堆在院子里，烧香祭拜一番，然后才能运走啊！"

郭长林点头应诺。

郝克凝继续说道："另外，这回野猫野狗可是给咱合盛元立功了。咱不能忘恩负义，日后再有野猫野狗蹿进咱合盛元来，不准撵打，只准喂养！大家都记住了啊！"

众人应诺。

傍晚时分，郝克凝带着众伙友勉强找一家像样的旅店住下，却也今非昔比：饮食起居各项费用昂贵，价钱如往日一倍，质量则如往日一半！好在他们随身带着现银，店家又认银子不认票，一两现银倒能顶四两五两的银票花，也算扯平了。

当晚，郝克凝把郭长林、赵儒义、段德义、张五成、高生云等人叫来自己房间，说道："诸位一进这城，一住这店就感觉到了吧？东西少，价钱贵；银票多，现银缺。为甚呢？一是咱山西票号在八国联军打进来之前，把大部分银子撤出京城了。二是八国联军打进来之后，又抢走了许多金子银子，毁坏了许多房屋器物。三是京城人口众多，又多是游手好闲的旗人。这样，银子没了，东西毁了，各家原有的一点储备经半年多的时间也坐吃山空了，做买卖的商家又多数撤了；而京城百万之口需要靠钱粮生活，百业之事需要靠钱物收拾，却既无银子可流通，又无人手能经营，东西自然就缺了，价格自然就贵了。银票呢，能兑现时自然是一两顶一两，不能兑现就自然要打折扣了；咱这些票号撤走半年多了，都没有一点音信，而钱庄又有不少倒账关门者，谁手里拿着这些票号钱庄的银票不担心成了废纸？"

郝克凝像老师授课一样给众掌柜讲解分析了一番事理，然后便回归于京号掌柜的本色，安排布置了一番事务："看来，这京号复业是越早越好！原来，我只觉得放款利息高达二分三分，是一项好买卖；今天我又发现一项更好的买卖：收兑银票！现在市面上这些银票打折打成三折二折，咱如果以四折五折收兑，那些持银票的人势必踊跃而来；将来等这些出银票的票号钱庄返京复业时，便可全数兑成现银，这可是对半的利，肥得很，厚得很呀！如果咱再到市面上多走走，多看看，说不定还能发现其他好买卖！我看这样吧，咱明天就开始分头行动。我去官府衙门，负责交涉有关复业事宜。长林、儒义带着众伙计负责铺面整修布置事宜，限你们十天内完成，时间越快越好。德义、五成呢，你们暂时去不了天津、保定，就算是暂借京号助阵吧；你二人负责在市面上搜集银票打折、放款利息以及其他消息，限你们五天内完成，消息越多越好！"

布置罢诸项事务，众掌柜一一散去休息了，郝克凝却异常兴奋，身体躺在被窝里，酸酸懒懒；心神却飞出了云天外，飘飘扬扬：真是千载难逢的好机会，百年一遇的好买卖呀！放款达到二分三分的利已是翻了两倍有余，一万两银子放出去，一年下来便是二三千两的利息，利已经够肥够厚了！想不到今天又发现了一个更肥更厚的收兑银票买卖：就算最高以五折收兑回来，那也是对半的利，一万两银子兑出去，到时候就可赚回来一万两！而且，算计那些票号钱庄返京复业的时间，少则三月两月，多则半年一载；就以一年算，这收兑银票的利还相当于放款的三倍呢！如果以平均半年算，则是放款的六倍多呀！天下竟有这样的好买卖，恰恰让我给遇上啦！哈哈！

郝克凝的心神在云天外飘飘扬扬了一阵，便又落在京城前门外的大街上，一边在各个街区巡游，一边算计起来：这两桩好买卖现在看来固然是又肥又大，但必须抢得先机，才可来个先下手为强。如果返京复业的票号钱庄就我一家，那自然是厚利；如果就三家五家，这买卖也好做；如果这些数十上百家的票号钱庄都来了，银子一多，人手一稠，放款的利息势必回落，收兑银票的买卖就更没机会了。所以，我合盛元票号返京复业必须抢先，抢先，再抢先！此外，必须保证安全：铺面，要请求官兵保护；而运送现银，既要雇好的镖局，也得请求官府出面；而收兑银票呢，必须仔细甄别考量，非殷实稳健的票号钱庄不能收兑它的银票……

郝克凝算计了一番，最后自然又想到了那桐：留京办事大臣，户部侍郎兼管钱法堂事务，正黄旗汉军副都统……那桐的官位愈高，官职愈多，对我合盛元的帮扶作用也就愈来愈大了啊！

四

次日，众掌柜伙计各司其职，分头行动去了。郝克凝则带着高生云，拿上从祁县带来的陈年汾酒及红枣、核桃、柿饼等干果土仪，坐轿车来到金鱼胡同的那桐府第。

一进门，郝克凝径直来到上房，向那老太太磕头行礼："伯母，我给您老人家拜年了！祝您老人家福如东海，寿比南山！"

那老太太一见郝克凝来了，非常高兴，不禁笑脸盈盈，热情地说道："啊哟，原来是耀庭啊！都半年没有见面了，我常在桐儿跟前念叨你哪！你总算又回来了！呵呵！家里大人孩子都可好吧？"

"托您的福，家里大人孩子都好！"郝克凝应道。

此时，高生云已和那府佣人将礼物提进屋里，摆了一堆。

"这是些什么东西呀？人来就得了，还拿这么多东西？"那老太太见状，半嗔半喜地问道。

"伯母，这是我从山西带来的几样土仪：汾酒，红枣，核桃，柿饼，让您尝尝。"

"啊哟，谢谢！谢谢！大老远的带这么多东西来，实在难为你了！"

"要在往常吧，京城也不缺这些东西。可去年遭了那场大难，我听说京城的许多店铺都被抢了，被烧了，至今都开不了门，闹得京城货物就奇缺了。嘿嘿！我怕来了京城买不到东西给您老人家拜年，就直接从山西带东西来了。"郝克凝解释道。

那老太太知道郝克凝的为人,也知道合盛元的财力,这位合盛元掌柜向来出手大方,而这次千里迢迢从山西带来这些不值几个银子的土仪,正显见了郝克凝的一番苦心和一番美意!所以,她看到这些土仪更为高兴,也就不由得想和郝克凝多拉拉话,多聊聊天了:

"可不是吗?现在的京城啊,什么都缺,什么都贵;今年这个大年过的,家家户户都寒酸得很呢!这还比前几个月好多了,总算是议和成了,洋兵撤了,人们敢自由地上街买东西串门了。去年八国联军刚打进北京城那几天,多少人家让抢了,让杀了,我们一家也差点都没命了!也是我们跑得及时,离开了这个金鱼胡同,去媳妇家住的花园那儿避了几个月;要不然哪,就怕见不着你喽!啊哟,这八国联军真是造孽啊!听桐儿说这一片是俄国人占的,把咱这院子糟蹋的!幸好,后来俄国人知道桐儿是参加议和的朝廷官员,才派了俩俄国兵守护这院子;要不然哪,还不知道要被糟蹋成什么样子呢!唉!我们全家到九月二十才搬回来住,总算囫囵身子回了咱这金鱼胡同。谢天谢地啊!如今东西缺就缺点儿吧,贵就贵点儿吧,能活下来,能安安稳稳地待在自己家里,就算是万幸了。这回京城遭了这大劫难,有多少人家破人亡啊!我们家大大小小都安安全全的,真算是万幸了,万幸了!"

那老太太说了一连串话,然后又连连感叹,感慨!

郝克凝笑着说道:"是啊,真算是万幸呢!是您老人家福大命大造化大,才保佑得全家平安呢!"

那老太太听着郝克凝的这番话,也笑着说道:"耀庭啊,你可真会说话!"然后又认真地说道,"不过呀,不是我保佑,是神佛保佑呢!——我每逢初一、十五设供烧香,求神拜佛,分明是神佛保佑我们全家呢!"

"也是,也是!"郝克凝说道,"不过您老人家几十年求神拜佛,道行也深了,您自个儿也快成神佛了!"

郝克凝一番话又说得那老太太笑了起来。

郝克凝给那老太太拜了年，与那老太太拉了一会儿话；知道那桐前去赴日本军队统帅山口中将的宴请了，便婉辞了那府的午餐，约好了那府的晚宴，带着高生云到京城各条街上转悠去了。

当晚，郝克凝再次来到那府时，那桐已在家中等候，酒菜也在桌上恭候了；郝克凝感到了那府上下一如既往的热情，已是不烤火而暖，不喝酒而醉了。

"啊呀，耀庭兄终于来京了！半年不见，我真是盼星星盼月亮一样盼你们来呀！"那桐一见面就笑着说道，赶忙让座上茶。

"多谢琴轩如此挂记！我们何尝不想着早些返京复业呢？幸赖琴轩等朝廷栋梁极力支撑出这个和局来，我们才得以沾光，返京复业啊！"郝克凝说道。

"不敢当，不敢当！要说朝廷栋梁，李傅相李鸿章大人和庆王爷才算得上是朝廷栋梁！我只是跟在李傅相和庆王爷屁股后面跑跑腿，动动手而已！"那桐说道。

"琴轩过谦了！李傅相和庆王爷算作朝廷的大梁，你这个留京办事大臣怎么也可以算作朝廷的二梁吧？哈哈！"郝克凝笑道。

那桐也笑笑，说道："快不用说这个留京办事大臣了！整日间上下顾盼，左右周旋，遇上军国大事火急火燎，像个热锅上的蚂蚁；摊上百业琐事没完没了，又像个鞭子下的陀螺！你看看我，半年来把原先攒上的一身膘都掉啦！"那桐说着，看看自己，再看看郝克凝，感叹道，"啊呀，半年不见，我看你倒是又白又胖了，在家里养足精神了吧？唉！这一见你呀，我都自惭形秽呢！"

郝克凝笑道："哪里的话！我看你虽说是比以前瘦了些，可更精神了；能掉一身膘而换来高官显位，那可值得呀！我还没有当面向你道喜呢！恭喜你啊！"郝克凝说着拱手致意。

"多谢了,多谢了!"那桐说着也拱手致意。

二人寒暄客气一番,便移向餐桌,举杯动筷了。

其实,他们这样的人聚餐,吃菜为轻,饮酒为重,而交情交心为最重,酒菜只是交情交心的佐料而已!于是,酒过三巡,心扉就渐渐打开,话匣子也随之打开了:

"耀庭兄啊,你觉得我升了这留京办事大臣和户部侍郎该春风得意了吧?在外看来,像是得了春风春雨的春花,该美煞了啦!其实呀,我倒像是遭了秋风秋雨的秋叶,愁煞啦!时季不同啊!说句实话,要在平时升了这高官显位固然是好事;可遇上这乱世升官呀,有如诸葛亮受命于危难之时,那可不是享福啊,是受罪呢!"

那桐向郝克凝诉起了衷肠:"比如这留京办事大臣一职,说起来好像代表朝廷在京城办事,是个大衙门呢;其实,无非是跑跑腿,传传话而已!手里没什么权,手下没几个人,只是个临时凑合的班子,将来只等两宫一回銮就解散了。而且,这些时参加议和,经常和洋人打交道,整日间面对着洋人提心吊胆,点头哈腰,简直像条狗!哪像个朝廷的二品官呢?!可这也是没法子的事,为了朝廷,为了议和大局,只得忍辱负重呀!况且,如今太后皇上都蒙羞受辱西巡了,我受朝廷厚恩,肝脑涂地在所不惜,何况受这区区之辱呢!"

郝克凝听着那桐这些略带苦涩的心里话,劝勉道:"以琴轩如此才干和如此忠心,朝廷以后自会重用,到那时候可就是得了春风春雨的春花了!况且,人间事多是先苦而后甜,先辱而后荣,琴轩如今红运当头,我看无论于情、于理、于命、于运,琴轩日后还会百尺竿头更进一步,出将入相呢!"

"多谢耀庭兄吉言了!"那桐拱手说道,"不过,先圣孔子有言:'不患无位,患所以立'。我那桐从小读圣贤书,虽然不能完全如圣人所言,却也不能完全忘了圣人所言。就眼下来说,我真的是'不患无位,患所以立'呀！现在不说别的，就这留京办事大臣和户部侍郎兼管钱法堂事务就够我'立'的了。刚才我和你说了这留京办事大臣的难处，不过也就是杂事多，受些'苦'而已；外事难，受些'辱'而已。可这户部侍郎兼管钱法堂事务，可就不单单是受苦受辱的事了，这可得拿出真正有效的法子！你想必也看到了，自从这场兵燹劫难之后，京城残破，百业萧萧待兴；民生凋敝，百姓嗷嗷待哺呀！我自从去年九月二十五日奉旨管理钱法堂事务以来，面对着京城这百货奇缺、物价腾跃、官兵百姓生计艰难的局面，闹得我是焦头烂额，彻夜难眠呢！好不容易想法子从库银里挤出来三十万两，去年十月暂借给恒利、恒源、恒兴、恒和这四大钱庄周转，以救百姓生计之急；可刚进腊月，这四恒钱庄的掌柜们就又都来我这儿求援了：那三十万两银子放出去，竟像几滴水掉在旱地上一般！这些天我正发愁呢，如果京城弄不来银子，货还是这样缺，价还是这样贵，官兵百姓还是这样饥寒交迫，我这个管理钱法堂事务的户部侍郎可是上对不住朝廷，下对不住百姓，岂止失职？乃是犯罪！所以呢，我刚才说像盼星星盼月亮一样盼你们来，那可不是虚话，是实话呢！为此事呀，我可苦思冥想了，思来想去才明白：要解救京城官兵百姓生计艰难的困局，最关键的是银钱；而你们山西票号财势最雄，你们若能携巨银返京复业，这才是最好的解药！"

那桐说着，眉头由紧拧而舒缓，脸色由忧郁而晴朗，最后说到"解药"二字时竟眉飞色舞，拍起手来！

郝克凝听着，也颇为动容动情，接口说道："哦！户部侍郎大人能如此看重我们山西票号，真是不胜荣幸！我们岂有不速速返京复业之理？我一定带上你的这番话，在同行中广为传播；我想山西票号及各大钱庄的东家掌柜们如果听了这番话，十有八九会欣然返京复业！人们之所以迟迟观望不进，主要担心安全没有保障：即使洋人撤了，京城究竟是大乱之后，既担心官吏刁难勒索，又担心歹徒作乱抢劫。如果你这位留京办事大臣、户部侍郎大人真能给商家提供庇护，人们都会抢着来复业呢！"

"耀庭兄此话当真？"那桐将信将疑地问道。

"当真呀！我不能说一百个应验，但十有八九会应验！"郝克凝斩钉截铁地答道。

"啊哟，太好了，来，我敬耀庭兄一杯！"那桐一拍大腿，高兴地说着，举杯一饮而尽。

此时的那桐更兴奋了，谈兴也更浓了："耀庭兄啊，今天你来，我真是太高兴了！你刚才印证了我的想法，说明我想对了。这些天我真的可动脑筋了，怎么样才能使京城的百业复苏，百姓解困？思来想去，就是两条：一是安全，二是银钱。安全怎么来？只有和各国洋人议和。银钱怎么来？只有劝你们山西票号复业。如今这京城的情形啊，像是经历了一场风雪摧残的园子。百业就如百花百草，百姓就如百虫百鸟，要想让百花百草红红绿绿，让百虫百鸟热热闹闹呀，首先需要阳光，使天气暖和；其次需要水，让土地湿润。这和局就是阳光，这银钱就是水呀！"

"说得对！说得好！"郝克凝拍手说道。

"嘿嘿！耀庭兄呀，我这回可是想明白了：这银钱对百业百货的作用可是太大了！自从百货中产生了银钱，就如同百姓中产生了帝王一样，银钱对百货有一种权力和魔力：招之即来，挥之即去；隐则茫然，显则欣然；动则景从，静则围绕……这银钱诚可谓百货之帝王啊！"

"琴轩这番话真是高见！真是高见！我们久处商场，整日间与银钱为伴，还没有这般见识；琴轩不愧是举人出身，这番见解真是高超，真是让人佩服啊！我得敬你一杯！"郝克凝竖起大拇指，连连赞叹着，举杯一饮而尽。

"多谢，多谢！"那桐喝罢酒，继续说道，"耀庭兄此番返京更让我高兴的是，你将来会帮我把那些想法成真！你合盛元票号声名显赫，一旦开张起来，其他票号必仿而效之；你郝克凝掌柜声名卓著，一旦传起话来，其他掌柜必信而从之。而一旦你们山西票号卷银重来，其他各帮钱庄也必接踵而至。如此，各地银钱如水一般流入京城，京城百业势必如花如草一样欣欣向荣；如此，则我这个留京办事大臣和管理钱法堂事务的户部侍郎也就称职了啊！"

……

五

分别半年后，那、郝二人一见面，一饮酒，再一叙谈，双双欢喜不已。

那桐这儿，任户部侍郎兼管钱法堂事务以来，多日皱着眉头想出的救济民困之法，今日得到郝克凝这样的商界巨擘认可，心里多舒坦多自信啊！而多日绾着眉头发愁的缺乏银子之事，今日从郝克凝这儿也看到了希望。于是，法子已然对了，银子即将来了，紧接着自然是京城的经济复苏，民生解困了！如此，则那桐对上尽了职，忠心可见；对下积了德，仁心可见；对事成了圆，慧心可见……那欢喜劲儿可想而知啊！

如今在那桐的眼里，山西票号就是一头大金牛，而最先返京复业又与他关系最近的合盛元票号正是这头大金牛的鼻子，他这个兼管钱法堂事务的户部侍郎则是牵牛的人；他要想把这头大金牛牵进北京城，就得紧紧抓住这个牛鼻子，使劲地牵！

"如何牵这头大金牛的鼻子？眼下之务，便是我充分利用留京办事大臣和户部侍郎的权力，去帮助合盛元尽快复业！嘿嘿！耀庭兄啊，你我的缘分竟然越来越深了：这档子事呀，以朝廷与山西票号的关系而言，需要相互帮助；以我与你的关系而言，也需要相互帮助。于公，于私，你我都需要同舟共济呢！嘿嘿，这真是缘分啊！"

当晚，那桐送走郝克凝之后，独坐饮茶，脸上笑意盈盈，心中思绪翻翻，嘴里还免不了自语连连！

郝克凝呢，那高兴欢喜劲儿与那桐一样，而心中所想则是另一番情景："这头一天来到京城，就发现了比原来想象的更大更多的赚钱机会，并且证实了比原先估计的更可靠的安全保障，这还犹豫甚呢？此情此景，万事俱备，只等'诸葛亮七星坛祭风'；此时此机，千载难逢，自是'韩信点兵，多多益善'！——银子，银子！眼下的首要之事，便是尽快尽多地调运银子进京！"

当晚，郝克凝在旅店美美地睡了一觉。

次日上午，郝克凝去合盛元院内看了看众伙计们收拾整理的情形。他看到脏物杂物已经清理，郭长林已请来了木匠泥匠开始木泥活儿，众人勤谨无懈，诸事井然有序，心中满意；于是，他对郭长林赵儒义等慰勉几句，便带着高生云上街察看商情去了。

郝克凝带着高生云在外城的大街小巷转悠着，自是眼观六路，耳听八方，甚者，还会嘴问三遍。高生云伺候左右，郝克凝使唤起来颇感得心应手。

这高生云聪明机灵，生性温雅。他在街上与生人搭讪问话，既有礼貌，又不失体面；不惹人厌，也不招人欺，颇为得体。而伺候郝克凝跑前跑后，既殷殷勤勤，又自自然然；既无谄媚之恶，又无愚鲁之嫌，甚为可心。郝克凝对高生云的一举一动看在眼里，赞在心里，不禁又想把这个年轻人留在自己身边使用！但想到"超拔使用会使跟自己多年的郭长林赵儒义等人寒心，而论资排辈又会湮没了这个人才"，还是觉得把他派往保定号当二掌柜合适。

郝、高二人一路转悠着，又进了崇文门，渐行渐北，来到了东四牌楼下。这里正是京城有名的四恒钱庄所在地，于是，郝、高二人在这几个钱庄的周围盘桓起来。他们去店里向小伙计询问得知：月利息二分五厘至三分，且已无银钱可以放贷！又在店外与小商贩攀谈得知：普通人根本无法从这四恒钱庄借出钱来，能借出钱来的都是可靠的老主顾！普通人要想借贷，只能从四恒钱庄借出钱来的老主顾那里二次借贷，利息则要在四恒钱庄的利息上再加三成至五成！

郝克凝尽管此前已知道一些商情，但现在亲自来到这些钱庄铺面前，经这一看一探，一问一访，心中仍然不住感叹：利息如此之高，放款如此之安！而银子如此之缺，借钱如此之难！

郝克凝感叹罢，转而又想：如此情形，我合盛元若放款给四恒钱庄，利必厚，量必大，而风险必小……

此时，四恒钱庄的掌柜们隔三岔五地来找那桐叫苦求援，而那桐身负管理钱务之责，怀抱救济民困之心，他手中的库银却捉襟见肘，他也干着急，没办法呢！郝克凝这一来京，那桐知道合盛元票号将返京复业，心里才有了谱儿。

这日，四恒钱庄的掌柜们齐刷刷地来找那桐求救时，那桐终于变愁容为笑脸了，乐呵呵地对这几个掌柜们说道："这一回你们来，可真是能帮你们解决银子了！不过，可不是我的库银，我的库银连朝廷官兵的俸禄还不够呢！我给你们搬来了救兵——合盛元票号的郝克凝老板已经来到了京城，前日我见他了，他们将择日复业！"

当时京城的金融借贷情形是：普通百姓如同农田庄稼，钱庄如同小潭小河，山西票号则是大湖大河；所以普通百姓缺了钱仰赖钱庄放贷，钱庄缺了钱又仰赖票号放贷。而合盛元在山西票号界财大势雄，所以，四恒掌柜一听说合盛元票号要返京复业，自是欢喜万分，都急着要见郝克凝老板呢！

这样，四恒掌柜急着从合盛元借贷，而郝克凝已有意给四恒钱庄放贷，那桐更有意撮合此事；于是，那桐做主，四恒掌柜做东，当晚就把郝克凝请到了同和楼饭店。

第一杯酒，为郝老板接风洗尘！

第二杯酒，祝那侍郎步步高升！

第三杯酒，共祝生意兴隆，京城和平！

酒过三巡，话题便切入了借贷事宜。

那桐先说道："诸位，今晚我把大家撮合在一起，固然要喝喝酒，叙叙旧，但主要还是要撮合四恒钱庄与合盛元票号在生意上的合作事宜。在这里，我得说明一点：我与各位都是朋友，我出面撮合你们合作，固然有私人交情；但我如今是管理钱法堂事务的户部侍郎，还得顾念京城百姓的生计，我出面撮合你们合作，也是为京城百姓。所以，我希望诸位在合作时切不可乘人之危，漫天抬价，那样就和趁火打劫的歹人无异了，乃至于是八国联军第二！诸位都是生意人，做生意自然是为了赚钱。但古人云：君子爱财，取之有道。所以我劝诸位在谈生意时，不要只考虑自己字号的利益，也要顾及京城百姓的生计。我的意思：你们四恒钱庄的放款月息，三分也就最高了。这是一条铁线，不能超过。一旦超过，势必钱法大乱，民生更困，我那桐就成了罪臣，你们也就成了罪人，那时候可就没有交情可讲了。合盛元票号给四恒钱庄放款呢，也得让出些利来，我看月息在二分二厘上下也就可以了。——诸位意下如何？"

那桐从小读圣贤书，深通人心治道，他说的一番话颇为实在，很在理上；那桐又久在户部任职，熟悉票号钱庄，他确定的两个数颇为公允，正在点上。所以，郝克凝与四恒钱庄的掌柜们几乎用不着谈判，就以"月息二分二厘"为合盛元票号给四恒钱庄的放款利率了！

接下来再谈借贷额度和期限时，四恒钱庄竟破口而出要四十万两！半年期限！

郝克凝听后一怔：四十万两，这数额也太大了吧？半年期限，这么高的利息能持续半年之久吗？……

四恒钱庄的掌柜们看到郝克凝的疑惑样子，解释道："去年十月那大人从库银里暂借给我们三十多万两，不到两个月就放得干干净净了。而到现在，以至今年前半年，人们的积蓄越来越空，需要借钱的人势必越来越多；而朝廷与十一国的和谈细节迟迟未能谈定，大小字号自然多是观望不前，半年内携银返京复业者恐怕寥寥无几啊！由此来看，京城的银钱缺口，在半年内只会增大，不会缩小呢！"

郝克凝一边听着，一边想着，心中释然了：我票号的放款只对钱庄、炉房和大宗客户，而这些钱庄则对着普通百姓，他们了解情况自然更细更准。看来，他们真有把握在半年内消化这月息二分二厘的四十万两银子。至于安全问题嘛，这四恒钱庄也是京城有名的老字号，信誉卓著，想必不会卷上银子一走了事；况且，户部还有三十多万两银子在这四恒钱庄垫底呢，他们即使有再大的胆子，也不敢卷走朝廷的银子呀！

郝克凝消解了对市场的疑惑和对安全的担忧，再想想东家郭嵘那气吞四海的雄心壮志和大掌柜贺洪如那志在千里的宏图远略，他的气魄和胆量也就大了。

于是，郝克凝当即拍板允诺："好！我合盛元给你们四恒钱庄四十万两。一个月内兑现十万，剩下的两个月内全部兑现！"

"好！一言为定！"

"一言为定！"

六

郝克凝从同和楼回到旅店，仍然兴奋不已；再沏一壶浓茶，思绪更清晰明了。于是，他在房间内孤灯独坐，思谋起生意来了：

"刚才说定了四十万两的生意，一笔生意就四十万两银子，以前还真是没有过。要在平常，我断不敢揽这买卖！这个数额也太大了，一旦四恒钱庄倒闭，那整个合盛元就跟上我栽大跟头了。这个数额确实太大了，大得我现在都后怕！不过，这利也太厚了，月息二分二厘，半年息十三分二厘，四十万两银子半年就可赚五万二千八百两的利息啊！当然，现在用银子，都得从祁县总号运送现银进京，仅这四十万两的起镖押运费也得四万两。不过，这些押运费有半年时间就挣回来了，以后再放款的利息就是纯赚了。

"下一步的事就是往京城大量调运现银了。能调运多少呢？我京号原有五万，如今还埋在那桐院子里；总号给我添加二十万，加起来才二十五万。只得暂时挪用准备给天津号和保定号的了，各是十五万，两家合计三十万。这样，能往京城调运五十万两，加上原有的五万，我这儿可放款的数额是五十五万两。需要多少银子呢？除了给四恒钱庄的四十万两之外，收兑各票号钱庄散落在京城的小额银票是笔肥买卖；那些银票数额不下三十万两，即使收兑五分之一，也需要六万两。这样就剩下九万两了，这连应付日常生意都怕应付不过来呢！更何况，那些过去往来密切的钱庄、当铺等老朋友求上门来，也不能统统回绝呀！而且，听那桐的口气，他正为京城极度缺乏银子粮食事宜上奏两宫，督促各省尽速向京城缴送京饷，运送粮食呢！而现在的情形，各省若运送现银，路途遥远而不靖，费人费时费钱，远不如通过票号汇兑省人省时省钱；若他们知道合盛元票号复业，势必找上门来，甚至那桐也会指点他们找上门来，这又是一笔笔额度大而汇水厚的生意呀！这些用项恐怕再有五十五万两都不充足呢！看来，除了从祁县总号调运，以后还得再想办法揽存……

"而要千里运送这么大量的现银进京，一路上的安全事宜也着实让人担忧。一是怕路上土匪抢劫，二是怕关卡上官吏勒索。怎么办？为了对付土匪抢劫，必须请实力雄厚的镖局和武艺高强的拳师。估计现在的情形，这两年义和团像风暴一样在山东、直隶乃至于河南、山西卷起，这些地方的土匪们恐怕都被裹进去了；而通过这两年的厮杀，义和团中的精锐大多死在了官军和八国联军的刀枪之下，侥幸存下来的，大概也丧了胆，惊了魂，忾缩起来了。所以，即使有土匪，规模不会大到哪里，人也不会强到哪里，镖局的武师们应该能对付得了。

"为了对付官吏勒索呢，则必须请官府出面。那桐这儿自然好通融，一路上拿上由他出具的留京办事大臣和户部的文书，到了关卡，官吏们应该认账；不过，时局如此之乱，那些上过战场的武将军士们自恃有功于朝廷，未必个个能恭谨奉法，他们未必知道那桐是何许人，留京办事大臣是何许官。这些关卡的官吏们万一不认账，岂不麻烦！如果能加上李鸿章大人和直隶总督的大印，那可就万无一失了：李鸿章大人赫赫有名，谁人不知，谁人不敬？直隶总督在直隶境内行令，官吏们谁敢不从，谁敢不奉？……"

想到这些，郝克凝更无睡意，遂铺纸提笔，给贺洪如大掌柜写起信来，将来京的所见所闻，所思所想，一一写在信里，向大掌柜回禀请示……

第二天，郝克凝将信寄出，便来到柏林寺留京办事大臣衙门找那桐，一问才知那桐今日去户部了；再去户部，又说那桐刚刚离开户部去协办大学士兼户部尚书崇礼府上了！

郝克凝急急而来，空空而去，心中颇为不快，暗自抱怨道："嘿！今天怎么走一处，扑空一处呀！"

郝克凝皮皮地走在返回的路上，想到那桐身兼数职，而且又都是事关大局的要职，忙碌自在情理之中了。于是，他转而寻思：这寻人不如等人，我还是到他家里去等吧！

郝克凝半下午去了那府，仍然未归；直等到傍晚时分，那桐才回来了。

一见面，郝克凝就诉说着找寻之苦，那桐笑道："今上午在户部给各旗放饷呢，后又去崇礼大人那儿画稿去了。下午还去了一趟庆王府，又拐到贤良寺看了一下李傅相李鸿章大人。嘿嘿！今天还不算跑的地方多呢，有时候呀，一天要跑五个地方：户部、柏林寺、贤良寺、庆亲王府、大内！嘿嘿，真是苦无分身之术啊！"

郝克凝和那桐说了几句闲话，便说明来意。

那桐略作思索后说道："这事以前可没有先例，不过现在情况特殊，运送现银进京分明是解救民困、分担国忧之举，我这里可以给你出具文书。这样吧，留京办事大臣和户部的文书，待我回禀庆亲王和崇礼大人后给你出具就是！"

郝克凝拱手致谢，然后又说明让李鸿章大人出具直隶总督文书的情由。

那桐犹豫思虑半晌，才说道："这事可就难了。论年龄，我是李傅相的晚辈；论职位，我又是李傅相的下属；若我为你耀庭兄和合盛元票号办事，我是万万没有胆量劳动李傅相的。不过——若换一种说法，我是为国分忧、为民解困而求李傅相，倒是有胆量开一下口，求一次李傅相。到了李傅相这份儿上，眼里哪有你这样的掌柜和我这样的官员，除了太后皇上的圣旨能令其行，也就只有'国''民'二字能动其心了。"

"这件事真是为难琴轩了！"郝克凝说着拱手致意。

"我尽力而为吧。"那桐说道。

这件事真是给那桐出了个难题：既想帮，又难帮！怎么才能说动李傅相呢？郝克凝走后许久，那桐脑子里一直琢磨这件事：如何措辞，如何出情，如何入理……

这一天，那桐前往贤良寺向李鸿章回禀议和事宜罢，寻机说起京城经济凋敝、民生困顿的情形及解救办法："傅相大人，下官那桐还有一事回禀。京城沦陷以来，银钱断流，致使持票者难以兑现，银贵票贱，百两之票仅能兑二三十两；百货阻路，致使持钱者难以易货，物贵钱贱，十钱之物竟须花二三十钱！市面萧索之状，数十年未遇；百姓艰苦之情，数十年未见。如今已过半年，稍有积蓄者已然坐吃山空，没有积蓄者更是雪上加霜，京城百姓十之八九啼饥号寒！此情此景，诚见之而不忍睹，听之而不忍闻。下官那桐自任户部侍郎兼管钱法堂事务以来殚精竭虑，谋求解救之法，窃以为：第一要务为议成和局。此事，傅相大人和庆亲王已经扶危挽倒，与洋人议定了十二条议和大纲，奠定了和局。第二要务即为输入现银。如今京城百货奇缺，物价腾贵，根源在于京城缺乏现银；而缺乏现银之根源，则在于山西票号从京城悉数撤走了数千万两白银，至今迟迟未能返京复业。所以下官那桐以为京城急需输入大量现银，京城有了大量现银，则各地百货势必辐辏而至；如此则百货不缺，物价不贵，百姓不困，国家不忧。而京城要想输入大量现银，唯有力劝山西票号尽速返京复业。但山西票号掌柜者多保守谨慎，因担心安全而观望犹豫。如今，我劝得合盛元票号掌柜返京，他也有意复业，但他又担心从山西千里运送数十万现银到京，路经诸多关卡，怕官兵骄慢不法，侵渔字号银两，故迟迟未下决心。所以，他想求傅相大人能以直隶总督的名义给沿途各关卡下一道文书，他们才能放心地从山西运送现银进京；下官那桐管理钱法堂事务，稍通商情，以为该合盛元掌柜所言不无道理，故斗胆回禀傅相大人。不知妥否，请傅相大人示下。"

那桐深知，此事非同小可，此人更非同小可；所以此番向李鸿章回禀，不仅精心拟稿于腹中，而且还认真抄稿于纸上。于是，他回禀罢，又将帖子奉上。

李鸿章专心地听着那桐的话，不时地点点头，捋捋胡须。虽年老抱病，气血有点衰了，却精神矍铄，二目炯炯如炬，闪耀着智慧的光芒。待那桐说完，奉上帖子，他略略过了一眼，再稍作思索，便说道："那大人这番话颇有见地，这解救之法也可谓切中命门啊！不过，我还得问你一句，你和这合盛元掌柜的私交不错吧？"

那桐一惊，想不到李鸿章竟会单刀直入地问他这个问题！不过，他今天究竟是为公事而来，很快也就坦然了。于是，他答道："回傅相大人，下官与这个掌柜的私交确实不错；不过下官这番请求，绝不是因私交而来，而为京城的数十万百姓而来。傅相大人试想：羊有头羊，雁有头雁，这最先返京的合盛元正是山西票号的头羊头雁。如果它返京而迟迟不复业，其他票号更会观望不前；如此则京城现银更缺，民生更困。如果它速速复业，其他票号必接踵而至；如此则京城现银充裕，民生舒缓了。"

李鸿章听罢，哈哈大笑道："那大人不必多心，也不必多作解释。有私交有何不好呢？因私而益公，岂不妙哉！哈哈哈！以老夫而言，不是与这十一国的使节多有私交吗？如果没有这些私交，便缺乏信任；缺乏信任，便谈不到一起，这样还未必能谈成这十二条大纲呢！古今中外，公私之间哪能分得那么清楚啊？时而因公废私，时而因私废公；时而因公济私，时而又因私济公……哈哈哈！谁又能说得清，分得清啊！像那大人这样，即使有私交，也属因私济公啊！"

李鸿章谈笑风生间，那桐察言观色，问道："那，请傅相大人下文书的事——"

"下吧！你那大人能为民请命，我李鸿章岂能不为民署名?！孟子云：民为贵，社稷次之，君为轻。我这个直隶总督的官衔虽然高贵，却也贵不过京城数十万百姓的生计和生命啊！呵呵呵！"李鸿章说道。

"那我就替京城数十万百姓叩谢傅相大人了！"那桐说着，下跪叩头。

"免礼，免礼！那大人快快请起！我还得谢你呢，老夫如今已是风烛残年，能为国家为百姓做事的日子也不多了；如今能借那大人的光，来做这一桩有利于京城百姓的好事，你算是帮我积了一点功德呢！呵呵呵！"李鸿章说道。

那桐听着，不禁对李鸿章肃然起敬，遂起身拱手致礼，说道："下官那桐以前只知傅相大人功勋盖天地，经这半年追随大人左右，下官更知傅相大人道德昭日月啊！"

"呵呵！"李鸿章笑着，摆摆手，说道，"那大人过誉了！我李鸿章只是大清的一匹老驽马而已，拉不了几天车啦！将来的大清，还得靠那大人这样年轻有为的骐骥之才啊！"

李鸿章说着，颇有用意地看了那桐一眼：此时，他已预见到那桐未来必担大任；而此前，他早已感到了那桐这几年的飞黄腾达之势，并隐约看到了那桐背后那双老佛爷的手。

那桐听着李鸿章如此有分量的话，看着李鸿章如此有用意的眼神，再想着李鸿章如此给他面子，自是受宠若惊，心中窃喜。于是他千恩万谢一番，告辞出来，几乎像撒着欢儿的小马驹一样跑回了家里。

七

郝克凝从那桐这儿拿到留京办事大臣、户部和直隶总督的三张通关文书，喜出望外：手拿这么有权威的三张通关文书，一路应是万无一失。

于是，他当即决意从山西祁县总号起运现银进京，尽速开张复业。首先，他给大掌柜贺洪如写了一封信，尽述京城市场蕴藏厚利的情形和运送现银进京的诸项安全措施。然后，召集各个顶生意的掌柜们议事：安排段德义带着张五成、高生云等返回祁县向大掌柜说明情况并尽速押运现银进京，要快马加鞭，追星赶月。安排郭长林、赵儒义等负责开张诸事，方方面面要考虑周全，大大小小要安排妥当，只等现银一到，立即开张。

郝克凝又特意嘱咐段德义等人："你们回到祁县以后，可对朋友熟人如实传播京城形势，告诉他们现在的京城蕴藏着大利厚利，就等着咱山西票号来赚呢！"

段德义等人都诧异了，面面相觑，然后用征询的眼光看着郝克凝。

郝克凝微微一笑，说道："诸位是不是觉得泄漏了秘密，咱合盛元就不能独吞这京城的大好买卖了？"

众人点点头，应道："正是。"

郝克凝却摇摇头，说道："诸位的想法有道理，但那是寻常情况下的寻常道理。而如今的京城情况非比寻常呀：一是如今京城的利太大太厚，我们合盛元一家根本独吞不了；既然独吞不了，那还不如和其他票号分着吃呢，咱还能多送个人情，多赚个仁义厚道之名。二是此番运银进京复业，既是为了自己赚钱，也是为了救京城的百业百姓。而这番救京城的情势恰如救一场大火，水少了无济于事，只有源源不断的大水才能救下这'大火'来；如果救不下这场大火来，那先泼出去的水就白白没了。诸位试想，我合盛元一家的银子能救了京城百业百姓吗？如果救不了，那我们放出去的银子不也就成'呆账''死账'了吗？所以，只有救活了京城的百业百姓，他们才能生出利来，才能还我们本银，付我们利银。三呢，我合盛元现在已经抢先一步，其他票号再快也得晚我们一两个月；那时候，咱已经把京城最大最厚的利吃了。嘿嘿！要把后来者当作帮助咱打胜仗的援军，这头功怎么说也是咱合盛元的呀！"

段德义等人这么一听，自然心领神会，言听计从；回到祁县后，除向大掌柜如实回禀外，向外界也就如实传播了。

祁县各票号东家掌柜们听段德义等人这么一说，自是倍感兴奋，跃跃欲试。但这些成熟稳健的票号东掌们，在听其言之后，自然还得观其行：看看合盛元究竟会有甚动静？

合盛元呢，大掌柜贺洪如前几天接到郝克凝的信已是十分高兴。如今听段德义等人亲口说一番京城情况，再看看郝克凝的第二封信，特别是看到留京办事大臣、户部和直隶总督三个衙门下发的通关文书，更是喜出望外！——如此万事完备，真正是只欠东风了：往京城起运银子就是！

贺洪如当即坐轿车前往荣仁堡，向东家郭崇说明了情况，并将郝克凝的信及三个衙门签署的通关文书呈给郭崇看。郭崇看了一番，情不自禁地拍起手来，兴奋地说道："太好了！这比原先想象的情形还要好上几倍！"

"那东家的意思，如郝克凝所请：将五十万两银子悉数起运进京？"贺洪如探询着问道。

"那大掌柜的意思呢？"郭崇反问道。

"我心里倒是觉得应该如郝克凝所请，可胆子里又有点发虚，怕万一有个闪失……"贺洪如说道。

"嘿嘿！"郭崇笑了，说道，"看来，你这大掌柜是向我东家借胆子来了?！呵呵呵！这就和老天爷给咱眼前扔了一块大金砖一样，还犹豫甚呢？弯腰动手捡就是了。如果这种情形还怕万一，那就甚也不敢做了。我看——就如郝克凝所请，五十万两银子全数起运进京！"郭崇最后斩钉截铁地说道。

"好，好！东家如此，我的胆子也壮了。嘿嘿！"贺洪如说道。

"请了谁家的镖局？"

"就咱祁县的六合镖局吧，咱祁、太、平三地的镖局，唯有它能请动戴魁出山。"

"哦，这太好了！这戴魁深得戴家心意拳的精髓，功夫深厚。而且，当初戴二间镖喊沧州道，大显戴家心意拳的神威，在直隶地面影响甚大；据说直隶地面的武林中人，一听说戴家心意拳，都退避三舍呢！"郭崇说道。

"那我就和六合镖局说定了，让他们尽快准备吧！"

"好，越快越好！"郭崇说罢，略作思索后，又说道，"洪如兄啊，我想随咱的银车进一趟京城，你愿意陪我一起去吗？"

"啊？"贺洪如一听，一惊，耳朵支棱起来，眼睛也瞪了起来，"东家你说要随银车进一趟京城？！"

郭嵘点头称是。

"这——东家还要三思呀！"贺洪如说道，"现在京城百业凋敝，百姓困穷，实在没甚游逛头呀！而且一路经过直隶地面，这些地方毕竟经历了一场战乱，秩序尚未恢复，安全难有保障；以东家贵重之躯，不宜走此险途呀！如果东家不放心这些银车，我亲自押运就是，也不必您亲自动身呀！"

郭嵘摇摇头，说道："洪如兄啊，我要进京，并非游逛京城繁华之景；正好相反，只是要察看一下京城萧索之情。这繁华固然可以让人外感愉悦，纵神魂以遨游天上；而萧索则可以让人内生恻隐，动仁心而忧患天下。人在荣华富贵中生活久了，常常只有享乐之意，而没有了忧患之心。韩昌黎有言：生于忧患，死于安乐。此言不谬啊！我还想带上儿子一同前往，正好让他见一见世面，或许能唤起他一点忧患之心。如此则是他本人之幸，更是我郭家之幸呢！至于路途上的危险嘛，我看有这些通关文书，再加上六合镖局和戴魁师傅，足有百分千分的把握，就不必管万一了。嘿嘿！"

"东家识见宏远，洪如自愧不如！我去准备，奉陪东家就是！"贺洪如拱手说道。

午宴罢，贺洪如依然坐轿车回城，郭嵘则依然回书房休息。但郭嵘今天却兴奋异常，了无睡意，倒是坐在书桌旁，独自静坐，一边喝茶品茗，一边得意地想起事来。

郭嵘此番进京，除了刚才和大掌柜说的意图外，还有几个意图：一是御驾亲征。合盛元此番起运数十万两银子进京复业，犹如国家聚集数十万军队赴边打仗，干系重大，胜败在此一举；而他随银车进京，恰如皇帝御驾亲征一般，既可鼓舞士气，也可随机应变，以保证此役的胜利。

二是考察郝克凝。郝克凝的买卖生意载于总号账表，人品才能播于众人口碑，而言谈举止也见于他郭嵘眼前，可谓出类拔萃的人物，郭嵘已有意将来委以重任；此番进京住在郝克凝掌管的京号，接触京城的各界人物，正可进一步验证郝克凝的为人。如果他有弄虚作假或欺上罔下之事，只能瞒得了一时，瞒得了外人，却瞒不了京号内的伙计。我若在京号住上一段时间，必有闲言碎语可听，必有蛛丝马迹可寻。三是摸一下大清的脉象。京城为国家的心脏，京官为朝廷的心腹，遍观京城景象，广识京官形象，便可略知大清的气数……

此番运银进京数额巨大而时机特殊，为合盛元全局所关系，也为祁、太、平票号界同仁所观瞻。所以，东家郭嵘经一番审时度势后，干脆来个一不做，二不休，他主张全部五十万两白银一次性集中起运，并广树旗幡标帜！他要让祁、太、平商界广为知晓，直至让山西直隶地界广为知晓，更让京城官民广为知晓：合盛元票号财力雄厚！合盛元东家才略雄大！

或有人劝："俗话说，财不露白。这么多的银子一旦显露，则会引发贼人的贼心，岂不怕被贼人盯上，被偷被抢？如此大张旗鼓地运送五十万两白银进京，实在有招贼招盗之嫌呀！"

郭嵘却另有一番道理："所谓'财不露白'者，俗话也。何谓俗？常也。所谓俗话者，符合常理者也。而我合盛元此番运银进京，实为特殊情形，故不可循常规，蹈常矩。其一，起运五十万两银子，跋涉上千里路途，经历十数天时间，哪里能瞒得了人？原本就'露白'了嘛！其二，这种情况下，如果悄悄密密，遮遮掩掩，显得底虚胆小，反而会招来贼盗。贼盗如狼，见了猪羊必叼，见了虎豹必逃。咱如此大张旗鼓，那些贼盗或许会躲避咱呢！其三，咱请有六合镖局的上百号武师，又有顶尖高手戴魁出面，现在估计没有甚贼盗能劫了这样的镖银。其四嘛，咱祁、太、平三县数十家票号和上百个大财主，平常情况咱起镖运现不显山露水。而这一回，咱率先起运五十万两银子进京复业，已经拔了头彩；能拿到直隶总督、留京办事大臣和户部的通关文书更是得了大彩！咱大张旗鼓，正好能大大地显一回大山，露一回大水，出一回大名，把咱合盛元的牌子叫得更响亮些！"

于是，几天以后，合盛元票号的运银镖车浩浩荡荡地起程了。

上百辆镖车绵延行进，如水如龙；数百面彩旗迎风飘扬，如霞如云！

一个个镖师挎刀扛枪，雄姿赳赳，如虎如狼；刘镖头和戴魁师傅则并马齐驱，武威烈烈，如狮如象；而东家郭嵘和大掌柜贺洪如坐在轿车中指山点水，仙风习习，又如帝如王……

八

合盛元总号从祁县浩浩荡荡地起运巨额银子时，合盛元京号的铺面修缮装饰和各项复业准备事宜也基本完成了。

在等待五十万两银子进京和正式开张复业的这若干天时间里，郝克凝不能让京城的人和银子闲着：他自己奔波于那桐等官员官衙之间，办理相关复业手续，商量邀请参加复业仪式的王公大臣名单及维护票号安全秩序的官兵人数等诸多事宜。郭长林、赵儒义等人忙碌于京号院内，进行开张复业的最后准备。而藏在那桐院里的五万两银子，则被起运到柜上，等不及正式复业，就被急用于兑换散落在京城百姓手中的银票了！

此前，京城各票号钱庄凭各自卓著的声誉曾发行十两百两的小额银票，既便于百姓使用，也利于字号生意，可谓两相便利，广受欢迎。这些票号钱庄少则发行三五千两，多则发行一二万两，估算下来，这四五十个山西票号和各大钱庄在京城散落的银票足有三十万两以上！而由于八国联军陷落京城，许多票号钱庄来不及防范，或仓皇撤离，或惨遭兵祸，距今半年之久而杳无音信！于是，持票者惶惶无望，兑票者寥寥无几，而这些票号钱庄返京复业又遥遥无期，银票在市场上也就打成三折二折乃至于一折使用了。

此时的情形是，京城的银票多，而合盛元的现银少，且独此一家；持银票者心虚心乱，而合盛元稳扎稳打！所以，合盛元兑换银票的牌子一挂，消息一传，虽然是打折兑现，可持银票者一看比市价还高出一二成，还是蠢蠢而动，纷纷而来，很快就在合盛元门前排起了长队！观其形，如一字长蛇阵；而听其声，又如百鸟争鸣林——

"呵呵，我持有合盛元的银票可是持对了，一文不贬！"

"嗨嗨，我这蔚泰厚的银票也还行，对半就对半吧！"

"哎呀，我这钱庄的银票可就差了，才三折！不过比那些小钱庄的还好，总算能兑现！"

"其他票号钱庄怎不回京城来复业呢？咱急着用银子，可他们就是不来，只好折价了！把咱们亏的！"

"哎呀！有几个能像合盛元这样胆儿大？眼看着八国联军还在京城里住着，像蹲着的老虎，一翻脸就会咬人吃人，谁不担心呢？"

"迟些来也就罢了，只怕是有的字号被乱兵抢了，烧了，亏了血本，将来能不能回来京城还两说呢！"

"哦！说来说去，还是人家这合盛元有银子，有胆子，有信用！还是人家山西票号的银票值钱！"

……

仅三天时间，合盛元的五万两现银就兑出去了。关门数点一下：除收回合盛元本号的五千余两银票外，收回其他字号的银票还有十二万两！

这天上午，二掌柜郭长林和账房赵儒义笑嘻嘻地把这些数报到郝克凝这儿，郝克凝自然眉开眼笑，然后拨了几下算盘珠子，说道："五千两是一兑一，虽说没赚了钱，却赚了大声誉，值！剩下的四万五千两呢，兑回来十二万两，多出来七万五千两；我看少则三月半年，多则一年，这些字号都会返京复业，到时候，这七万五千两就可以兑现，就算实赚了！哈哈！这买卖真是肥得没法儿说！"

郭、赵二人也含笑点头。

郝克凝继续说道："这笔买卖呀，咱合盛元占了三个点：一是先机，山西票号中我们最先返京，生意还不是由咱挑！二是独利，这兑换银票的买卖幸亏四恒钱庄摸不准山西票号的底细，没敢下手，给咱留下了，由咱独吞！三是手快，一看到这个大商机，咱立马就能拿出来五万两银子，几天就赚了！嘿嘿！要是咱落了后，就没有这商机；要是有两家以上的字号插手，赚头必然得大打折扣；要是没有这预先埋伏在那桐府中的五万两银子，眼看着这大商机也只能干瞪眼，下不了口，吃不进这么多银票啊！嘿嘿！咱去年高人一招藏银，如今又先人一步复业，这些厚利也算是老天爷对咱的奖赏呢！呵呵呵！"

郭长林也附和着笑道："我们跟上郝掌柜真是开眼不少，沾光不少呢！"

"是啊，郝掌柜胆大心细，谋甚甚对，做甚甚成，京号伙计们跟上您心劲儿也大得很呢，嘿嘿！"赵儒义也附和着，恭维着。

郝克凝摆摆手，笑着说道："一个篱笆三个桩，一个好汉三个帮。二位不要过谦，我只是点点头，挥挥手而已，具体事务还不是靠你们二位打理？你们二位是我的左膀右臂，来日方长，合盛元还得靠二位多操心打理呢！我看国事号事都已是否极泰来的情势，咱这笔兑现银票的买卖只算是见了个牛头，更大的牛身子还在后头呢！二位好好筹备开张事宜吧：五十万两银子来了要措置，东家大掌柜来了要安置，开张时十几个王公大臣来了要排置！嘿嘿！恐怕三五天就到了，事儿多着呢！"

说谁谁到，说甚甚来。这时，回去押运现银的高生云突然出现了！只见他风尘仆仆，汗水淋淋，而眼神炯炯！

"是步青啊！"郝克凝一见高生云，便知道镖车快进京了，欣喜非常！

"郝掌柜！郭掌柜！赵先生！"高生云一一躬身施礼，然后说道，"咱的镖车昨晚已住到保定了，大掌柜让我连夜过来传话：一百来辆镖车后天上午全部进京，让您准备好接收事宜！"

"哦，太好了！"郝克凝拍手道，赶紧招呼高生云落座，招呼伙计上茶，寒暄一番，然后安排高生云到后院休息去了。

当即，郝克凝和郭、赵二人合计了一番开张的具体事宜；当天下午，就让高生云回去给大掌柜传话：定在后天午时正刻鸣炮开张，所有镖车要在辰时巳时两个时辰内全部进城卸银！并将仪式程序及拟请的王公大臣名号列了一个单子，让高生云转递给大掌柜。

于是，高生云当天下午又出城折回保定方向，向大掌柜贺洪如回禀去了。

郝克凝则亲笔写起了请柬，并于次日上午一一发送出去：王公大臣，由他亲自登门奉上，因人而执礼也；其他的商界相与及各部小吏，则由郭长林和赵儒义等人分类发送，因事而制宜也。

第三天，合盛元上上下下早早起来，卯正全部吃罢早饭，辰时初刻便各就各位，各执各事；而合盛元院里院外则贴红联，挂红灯，披红绸，一派节日气象！更有粗细两班乐队分列在门口和院内：门口锣鼓铙镲加唢呐，热热烈烈，欢天喜地，迎候着即将到来的一辆辆镖车和一个个客人；院内弦瑟笙竽带胡琴，优优雅雅，赏心悦耳，侍奉着已经进来的一箱箱白银和一个个贵宾……

辰时正刻一到，一辆辆披红挂彩的镖车开始进永定门，到珠市口，再上珠市口东大街，再到合盛元票号门前……上百辆披红挂彩的镖车蜒蜒一里多地，远远望去，犹如一道美丽的朝霞出现在北京外城的大街上，绚丽夺目！而几班子粗细乐队穿插其中，锣鼓喧天，笙竽盈耳，使沉寂萧索了半年之久的京城似乎重现了往日的勃勃生机和繁荣气象，使人耳目一新，心头一振！这番宏大而壮丽的景象，把京城的官商百姓震动了，把整个京城震动了！

在鞭炮声、锣鼓声中，郝克凝迎进了东家郭嵘和大掌柜贺洪如；而郭长林和赵儒义等人则迎进了一箱箱银元宝……

午时初刻，合盛元铺面上已是整整齐齐的一垛垛银元宝，地上则是满满溢溢的一箱箱银元宝，再到院里又是贴着封条的一个个银箱，横堆竖垒，如山如丘！

这时候，各路贵宾也在锣鼓唢呐的欢呼声中开始驾临了：

——留京办事大臣、户部侍郎那桐大人驾到！

——协办大学士、户部尚书崇礼大人驾到！

——镇国将军载振大人驾到！

——直隶总督府李经迈大人驾到！

——大日本帝国使馆参赞郑永邦大人驾到！

——大日本帝国正金银行经理铃木大人驾到！

——大英帝国汇丰银行经理布郎大人驾到！

——恒利钱庄王掌柜驾到！

——恒源钱庄严掌柜驾到！

……

午时正刻，合盛元东掌和诸位贵宾齐集合盛元门口，鞭炮齐鸣，八音齐奏，东家郭嵘和户部尚书崇礼将挂在牌匾上的红绸徐徐揭开，露出了金光闪闪的"合盛元"三个大字！

在热烈的鼓掌声中，留京办事大臣、户部侍郎那桐致辞："诸位！那某受崇中堂等诸位大人之托，少言片刻。那某一向以为，民为邦国之本，而商为经济之脉。无民则邦国空也，无商则经济殆也。故而善治邦国者必爱民，善理经济者必恤商。至于票号钱庄，聚散银钱而统御百业，银根松则百业畅茂，银根紧则百业萎靡，实乃经济之任督二脉也。吾辈经济理财之官,岂可不善待之,不慎恤之耶?!今天合盛元票号东掌体国之情,念民之困,冒烟尘而赴危机,携巨银而跨千里,毅然率先返京复业!其义诚可敬也,其智诚可佩也,其勇诚可赞也,其事则可喜可贺也!此情此事,足以感天动人,故而天必佑其成,人必辅其功,合盛元票号必开市大吉也!"

……

由此,合盛元京号轰轰烈烈地复业开张了。

九

当天的午宴,自是一番热闹景象。

但见:老酒醇如甘味,嫩菜艳似锦堆。主人竭诚劝酒也,开口致辞百般美;宾客尽情谢酬也,举杯畅饮十分醉。觥筹交错,情义在焉;杯盘狼藉,兴致尽焉。颠二倒三,言语妄也;左摇右晃,神魂荡也。舌梗梗似中风,或已癫耶?腿绵绵如踩云,将欲仙耶?!

这种场合,善于交际而颇有酒量的东家郭嵊和京号掌柜郝克凝自然是大显身手,杯斟主人美意;而酒宴罢了回来,二人则呼噜打起如鼓,鼾声响起似弦,曲演醉人酣梦!

至傍晚时分,双双醒来,喝一碗稀粥,沏一壶浓茶,才算醒过神来,和大掌柜贺洪如等人聊起了天。

"啊呀!二位的酒量我今天才算是真止领略了。啧啧!真是海量!"贺洪如大掌柜笑道,"从前我知道你二位酒量不小,可与今天相比,那只是小巫见大巫!啧啧!那情形就不是喝酒,简直是喝水!"

"哈哈!俗话说:人在江湖身不由己,今天的情形就是这样啊!

二三十桌的客人，咱谁也不能怠慢，总得一桌一桌过吧！咱为了让人家喝好酒，总得一个一个敬吧！再加上咱心里高兴，不知不觉就喝下去了！嘿嘿！"郭嵘笑着说道。

"嘿嘿！真是能者多劳啊！今天的酒宴这么热烈热闹，宾客如此尽兴尽致，也多亏了二位呢！洪如自愧不如啊！"贺洪如说道。

郭嵘接口说道："今天的场面确实办得好。一百多辆镖车，四五班子乐队，偌大的排场，把咱合盛元的雄壮气势显出来了；五十万两银子齐整整地摆在铺上，堆在院里，偌大的阵式，把咱合盛元的雄厚财势显出来了；户部尚书崇礼来捧场，留京办事大臣那桐来捧场，庆亲王府、直隶总督府还来人捧场，偌大的人物，把咱合盛元的雄大权势显出来了！还有那桐大人为咱捧场的那番话，九门提督为咱安排的那些军士，真是给足了咱合盛元面子……前头的这些事都安排得这么好，就剩下最后的宴会了，咱岂能草草了事？好在我和耀庭还有酒量，即使没酒量，到了这份儿上也得舍命陪君子，来他个锦上添花呢！呵呵呵！"

"呵呵呵！确实是好，比原先想象的还要好！"贺洪如也得意地笑着说，"这一下，咱合盛元在京城肯定是抢头彩了！"

"对，咱就是要抢头彩！哈哈！"郭嵘得意地笑道。

郝克凝笑着，接口说道："咱今天的场面好，咱今天的买卖也相当好呢！刚才底下的人报上来说，今天下午就有两三家当铺和四五家钱庄上门来，有的想借贷银子，有的想收汇银子，借要十几万两，汇也要十几万两呢；而且，是一成以上的汇水，二分五厘以上的利息！还有更实在的，仅今天下午，就用一万多两银子又兑回来三万多两银票！嘿嘿，这笔肥买卖还没有做完呢！"

"好，好！"贺洪如点头微笑。

"好！这是更大更实在的彩头！九九归一，咱生意人开字号的目的还是为了赚钱嘛！"郭嵘说道，"看来，咱运来这五十万两银子还是有些少了！耀庭啊，要不，再给你运来五十万两？"

郝克凝说道："按现在这情形，肯定再来五十万两也能用得上。不过，这运送一趟费用太大，这二分以上的利息也就是半年一载。将来和局铁定了，两宫回銮了，恐怕京城又是存银大于放款的情形，放款利息就下来了；到时候又得往回运送现银，这来回两趟的运费就得用去二成，大约十万两银子呢！所以，我看再运银进京似乎不太上算。我现在的打算是，设法延揽存款，然后将存款变作放款；这样利虽小些，但省去了长途运银之烦费，实赚反而大些。我估摸着，咱今天这么一开张，一亮银，那些有钱的王公贵族看到咱实力如此雄厚，信誉如此卓著，用不了一个月，他们就会来存银子了。"

"妙，妙！"郭嵘听罢，拍手称赞道，"我知道耀庭的意图了。今天亮出这五十万两银子并隆重地开张，只是在做巢引凤，以后的光景就是借鸡下蛋了。哈哈！"

"哈哈哈！"贺洪如也点头大笑。

郝克凝继续说道："我现在的安排是，兑银票是千载难逢的肥买卖，银子首先全力保障这儿；不过，我看有十万两银子也就差不多了，时间上也就是一两个月的事。我听下头的伙计们说，今天他们认出了有两三家票号的伙计冒充顾客来打探行情呢！他们看了这开业的情形，知道了这肥厚的生意，必然会马不停蹄地折回去禀报总号掌柜；我看快者一个月，慢者两个月，他们就会来京城复业了。现在兑票的人一是心里恐慌，怕这些字号不回来；二是急着用银子。急着用银子的，半月二十天也就兑完了；心里恐慌的呢，过一两个月看到其他字号陆续返京复业，也就不再恐慌了。到时候，也就不能这么折兑了。嘿嘿！这样的买卖经咱这么一做，一两个月也就没了，像烟消云散一般，别家字号恐怕连影子也捉不到了。"

"哈哈哈！"郭嵘放声大笑。

"呵呵呵!"贺洪如点头微笑。

郝克凝继续说道:"还剩下的这四十万两现银呢,有急需用的,自然可以动用一些。但我主要还是想继续摆在咱铺面上,亮在咱院子里,让更多的人看见这些银子,让更多的人知道咱合盛元的财力,让更多的人传播咱合盛元的名声,到时候想存银得利的人自会来咱合盛元存银子。这个时候但凡能来存银子的人,肯定不是平民百姓,肯定也不是小数额,等他们三五十万地存进来,咱就敢揽汇款,也敢放款了;再下来,局势完全稳了,存款就更多了,保定号和天津号复业的银子也就有了。嘿嘿!"

"呵呵呵!"贺洪如点头微笑。

"哈哈哈!"郭嵘则开怀大笑。

当晚,郭嵘和贺洪如经过十天的长途颠簸劳顿,郝克凝等人也经过多日的筹备忙碌,都已疲惫了;而今天开张仪式隆重排场,开市买卖肥美大吉,一个个都心宽了,意满了,身子放松了。所以,一到二更,便都美美地进入酣梦中了。

而六合镖局的刘镖头却难得入睡,他察看了一番院里院外的地形势貌,然后布置了明岗暗哨,才回到屋中;他对静坐的戴魁说道:"戴师傅,这十来天辛苦您了。今晚我值守,您去睡个囫囵觉吧!"

"刘师傅不必客气,咱这一行的人还能怕辛苦!我既然摊上了这件事,就得让它善始善终;而且,我向来一摊上事就不贪睡了,就成了猫儿觉,眯一会儿眼就算一觉了。嘿嘿!"戴魁说道。

"要不,咱要来一桌酒菜,咱二人对坐饮酒?不觉一夜就熬过去了。"刘镖头又说。

"不必!"戴魁摆手笑着说道,"酒菜乃是常人之食,晚上饿了自然得喝酒吃菜来充饥。咱二人就不用了吧?练功者自身带有玉液金津,功夫高者仅靠这玉液金津就能坚持七天七夜,咱二人怎么也能坚持一夜吧!嘿嘿!"

"好，那就听戴师傅的！呵呵！"刘镖头笑道。

二人正叙谈间，屋顶隐约有一丝响动。戴魁耳朵一竖，听了一会儿，说声"我出去看看"，便"嗖"地蹿出门外！

刘镖头随后跟出去，院中却早已不见了戴魁的影子！他刚一左顾右盼，一身黑衣的戴魁却像黑绸一样从屋顶飘落下来，笑道："嘿嘿，是一只野猫！"

刘镖头一看，戴魁手中正抓着一只猫呢！心中大为惊讶：上房疾如鸟飞，落地轻如绸飘，还要在这斜坡仄楞的瓦屋顶上逮住一只野猫！啧啧！这身手，真不愧是戴家心意拳的传人啊！

戴魁将野猫交给刘镖头手上，刘镖头稍一走神松手，这只野猫就滑溜地蹿走了！

刘镖头颇有点尴尬，戴魁却笑道："刘镖头放了生也好，究竟它也没甚罪过嘛！"

回到屋里，刘镖头不由得感动而感叹："戴师傅真是高人！戴师傅的身手真是鬼神莫测啊！"说着，连连拱手。

"刘师傅过奖了！戴某只是觉得这一路护镖无所事事，身手有点痒痒了，想玩玩而已！嘿嘿！见笑了，见笑了！"戴魁也拱手说道。

戴魁所说虽是谦虚之语，却也含有真实之意：

这番护镖来京，十余天间竟一路安然无恙！他一方面感叹合盛元东家洪福齐天，合盛元掌柜谋划如神；一方面又感叹自己竟像木偶一样，这般身手竟毫无用武之地和显露之机！这趟护镖活儿眼看着就要完了，自己总不能白吃白喝白拿，然后一走了事吧？总得露上一手吧！

所以，戴魁才在这临了末了之际，给刘镖头露了这一手"升如鸟飞，降似绸飘；黑窟窿洞，屋顶逮猫"的高招。

十

五十万两银子安全运到，合盛元京号顺利开张，剩下就是京号掌柜伙计们的事了。于是，东家郭嵘和大掌柜贺洪如既不蹲在号里，干涉买卖上的具体事务；也不让郝克凝等人相随，干扰他们的闲在情趣。二人厮跟着，如闲云野鹤一般，在北京城的大街小巷里转悠起来。

先是在外城，珠宝市东西大街，大栅栏，琉璃厂，前门外大街……所过之处多是破败之象，烟火之迹，萧索之景！

郭嵘不住地感叹道："可惜呀，可惜！可恶呀，可恶！昔日的万千繁华，仅仅一场战火，就被烧得灰飞烟灭了；昔日那几百年建造的完美街市，仅仅几天战乱，就被毁得千疮百孔了！这战火战乱真是可怕呀，可怕呀！"

郭嵘感叹了几声，又说道："老子有言：'夫兵者，不祥之器，物或恶之，故有道者不处。'此言不谬啊！有道圣君不用兵，也不被兵，必远离此不祥之器。以兵燹临于他国他民，不仁不义也；让兵燹临于吾国吾民，不智不勇也。这都不是有道圣君啊！"

贺洪如听着，也不住地点头，附和，叹息："东家所言极是！"

"洪如兄见此情景，有何感想啊！"郭嵘问道。

贺洪如笑笑说道："我的学识远不如东家深厚，哪敢与东家谈经论道啊！此时我只是想象到了咱们常用的算盘：如果打算盘打得一清二楚，那算盘上的珠子自然一就是一，二就是二，千就是千，万就是万。如果打算盘打得乱了，盘面上一塌糊涂，那算盘上的珠子就都作废了，算盘只好归零，重新再来。"

郭嵘拍手笑道："洪如兄想象得好，想象得妙啊！呵呵！我来破解一下。这算盘就是京城，这'万''千'就是以前的万千繁华，这'归零'

就是现在的情景,这打算盘的人嘛……呵呵呵!"

"嘿嘿嘿!"贺洪如也笑着点头。

闲走闲说间,郭、贺二人边走边叹息,又进了破败的正阳门,在京城里转悠起来,天安、地安、西单、东单、阜城、朝阳……一路所睹,也多是圪缩之人、萧索之景!经过了这场八国联军的蹂躏,京城如同被歹人强暴过的美妇人一般,其心如惊弓之鸟,惨然,怵然,惕然,早已无神无灵;其形则如经秋之园,黯然,蹙然,颓然,无颜无色!

他二人来到东四牌楼下,终于稍稍感觉到了一些活泛之气,灵动之韵!郭嵘仔细察看,原来这里正是京城著名的恒利、恒兴、恒源、恒和四大钱庄所在之处,依次还有两家当铺一家古董店,这儿就是京城里最活泛最灵动的地方了。人进人出,字号就活泛了,有生意了;人来人往,街市就灵动了,有生机了。

再仔细一想,这些人为何进出于字号,来往于街市?就是因为这条街上的这些字号有银子有钱。眼下京城最缺的就是银钱,而这几个字号经营的就是银钱,人自然也就趋之若鹜了:能空手借钱的,去钱庄;须典物用钱的,去当铺;欲拿物换钱的,去古董店。原来,这街市字号正是因人而活泛灵动,而人正是因钱而来往进出;归根到底,这街市字号还是因钱而活泛灵动,而有生机,有生意!

于是,郭嵘对贺洪如说道:"洪如兄啊,咱们转悠了大半个京城,还就是这一片地方颇有些生机;说透了,还就是因为这一片地方有这些钱庄、当铺,才有了些生机;说到根上,还就是因为这一片儿有银钱,才有了些生机。这银钱啊,还真是这街市字号的根;没了银钱,其他百业百事就难有生机喽!"

贺洪如说道:"东家所言极是!人们常说'银根'二字,银根,银根,银钱是百业百事之根嘛!呵呵!"

郭、贺二人挨个儿进四恒钱庄里察看了一番生意,又进了当铺刺探了一番行情，再进了古董店仔细把玩起了一件件玉器、瓷器、字画及各色古玩。

这古董店自从八国联军攻陷京城以来，上门的顾客多是包裹鼓鼓，行色匆匆，拿上古董前来换银钱的；而此时这二位却是两手空空，神态雍雍！

这分明是两位买家，而且很可能是大买家！半年来，他们难得遇上一位真正的买家啊！于是，掌柜的早已在柜台后暗暗窥视，并暗示伙计上前伺候。

"伙计，这摆着挂着的东西可是一般啊，好东西都在后头吧？"郭嵘说道。

"这……"

伙计正支吾着，掌柜的出来接话了："啊哟，一看二位就不是等闲之人，请到后堂来！"

于是，郭、贺二人被引到后堂，让座上茶后，掌柜的问道："二位想看什么？"

郭嵘说道："你把各色的好东西古东西都给我拿出几件来看看，字画要明代的，瓷器要乾隆以前的。"

于是，掌柜的欠身拿出来若干，郭嵘则摇头让拿回去若干……如此几番来回，掌柜的确认遇上了真买家大买家，才把最好的东西从箱柜深处亮出来，供郭、贺二人挑选。

郭嵘见了好货奇货，一一挑选出来，才开始讨价还价："掌柜的，要在平常，这些个价钱我就认了。可现在的京城形势，嘿嘿！俗话说，盛世藏古董，乱世藏黄金。这半年多来，京城银钱奇缺，各色古董一落千丈，价格多是往常的一成二成！宝号有胆有钱，捡了这些便宜自是要挣大钱的。不过，我看与其让这些玩意儿压在箱底，等三倍四倍地赚；还不如赚上一倍两倍，快些出了手，赶紧再去捡便宜呢！唔——就这些东西，统统打五折，我就全要了！掌柜的意下如何？"

郭崃说的在行，也在理，而掌柜的也心中有数。其一，战乱之后，古董价格本来就低得很，加上上门卖古董者都是急于换钱的人：或家贫者无奈，迫于生活；或抢盗者心虚，急于脱手；乃至于洋兵洋人们抢上宫园官府及士绅百姓的东西，乐于变现……古董店面对这样的买卖，自是一压再压，价格也就是平常的三成两成乃至于一成了。其二，复业以来，虽都是捡便宜的买卖，但毕竟卖者多多而买者寥寥，东西不能变现，银钱不能流动，究竟还是死水一潭！如今东西多得满箱溢柜，而银钱缺得捉襟见肘，正急于变现呢！其三，这样一个能动千上万的大买家，一年也难遇几个，一旦错过了，损失的就是几千两银子的赚头呢！

于是，掌柜的作一副无奈状，笑道："您真是有道行！东西挑了最好的，价钱压成最低的，谈生意还一下子掐住了我的命门！说实话，近来店里实在是银子周转不开，急着变现；要不然哪，我是断断不会以您这么低的价钱出手这些好东西的！行，一万两银子一下子就折成五千两了！我看您是个诚心的大买家，为了周转快些，就不挣钱给您吧！"

郭崃笑道："嘿嘿！掌柜的真会说话！生意场上有句话，会买的哄不了会卖的。只是多赚少赚而已啊！嘿嘿！"

古董店掌柜也笑道："哪里！哪里！"

郭崃说道："那——就让你的伙计把这些东西打包好，跟我去取银子？"

"好，好！"掌柜的应着，吩咐伙计，然后笑问道，"您的府第在哪条街上？"

"嗯，这……嘿嘿！你们跟上我去崇文门外的合盛元票号拿银子就是了。"郭崃笑道。

"哦！二位住在合盛元？郝克凝老板那儿？"

"是呀，您知道郝克凝？"

"哪能不知道呢？合盛元票号多年的老板嘛！嘿嘿！您二位是他

的……"

"哦，朋友。嘿嘿，我们是他的朋友！"

"嗯……"掌柜的从察言观色中，略知这两个客人的底细了：听口音，分明是山西人；看做派，分明是有钱人；再揣摸一下他们与合盛元郝克凝老板的关系，这二人似乎比郝克凝老板更有气派，绝非等闲之人！

本来就是一笔大买卖，再加上与合盛元票号这种联系，掌柜的岂有不热情之礼？于是，在伙计收拾打包之际，掌柜的对郭、贺二人更加殷勤，敬之以茶水，悦之以笑脸，攀之以言谈，附之以点头哈腰……而要送货到合盛元票号时，他竟又要亲自送货上门！

一来到合盛元票号，掌柜的终于彻底弄清楚了这两个客人的底细：一个是合盛元票号的大东家，一个是合盛元票号的大掌柜，原来是两位大财神！

"啊哟，二位果然不是等闲之人！失敬，失敬！"古董店掌柜更套起近乎来，连连打躬作揖。

郭嵘和贺洪如也拱手还礼，点头致意。

待拿到了五千两现银，古董店掌柜在喜洋洋之余，竟有了望外之想：想从合盛元票号借些银子！

眼下京城现银如此短缺，这个古董店与合盛元也只是普通关系，郝克凝哪能应他？

旁边的郭嵘却帮腔了："耀庭啊，我看他这个店还不赖，他这个人也可靠。看在我的份儿上借给他五千吧！我回头拿金条给你补足一万就是了。"

郝克凝只好答应，古董店掌柜自是千恩万谢了。

"不过，"郭嵘说道，"你得答应我一个条件，你一个月内收进来的好东西，都得先让我过了眼，然后才能卖给别人！"

这也不是什么苛刻条件，掌柜的自是千应万承了。

当晚，郭嵘从行囊中取出十根金条交给郝克凝："这够一万两银子了吧？五千两算还给你，剩下的算存在你这儿。"

郝克凝应着，收起了十根金条。

贺洪如从旁边笑道："原来东家这番来京，早有预谋啊！呵呵！"

"哈哈！京城帝都历来是古玩字画的荟萃之地，经八国联军这么一乱，我估摸着会有好东西流落在市面上，就预作了准备。今天去古玩店一看，果然如此啊！"

然后，郭嵘抚摸展阅着一件件瓷器字画，感慨道："这都是一件件宝啊！要在平常，这些东西哪能轻易显身露面？唉！只可惜，如今国家倾倒，这些宝也就落魄如草了！"

郭嵘一番感慨之语，不由得使贺、郝二人心里泛起一阵悲凉之情。

十一

当晚，郭嵘把玩着这些古董宝贝直到深夜，真可谓爱不释手，喜不拢嘴，乐不思睡。却一桩桩地给贺洪如讲起了这些古董宝贝的由来：这幅画如何来历，这幅字如何出处，这个瓷瓶如何珍贵，这个玉镯如何值钱……

贺洪如平常忙于商务，哪有闲工夫把玩古董？他不懂这些古董，面对着东家的仔细讲解，也就只好洗耳恭听；听着，听着，张口无言，也就只好打鼾附声了。

郭嵘知道贺洪如这一天转悠得累了，看看他打鼾入睡的样子，笑了笑，便收起古董，再摸摸自己行囊中的另外十根金条，也躺下入睡了。

原来，郭嵘随身带了二十根金条：十根用来收古董，为自己藏宝；十根用来送人情，为字号铺路。

接下来的日子,郭嵘和贺洪如依然闲散闲在,或上街踅摸转悠,揣着巨银购古董,自是大爷老爷;或登门拜访应酬,提着厚礼送人情,自是财神大神!

首先是拜访那桐。

本来,郭嵘知道郝克凝与那桐的特殊关系,准备主动登门拜访;但他还没有来得及吩咐郝克凝与那桐择定日子,那桐倒先递来了请帖:

合盛元票号大东家郭公、大掌柜贺公台览:

久闻郭、贺二公高名大德,曩日宝号开业,虽匆匆一晤,寥寥数语,却颇见二公儒商气度,大家风范!幸甚!幸甚!兹因人稠事纷,心躁声扰,未能与二公畅叙,意犹未尽也。现择于某月某日酉时许,在金鱼胡同寒舍谨备薄酒蔬飧一席,欲与二公开怀畅饮,抒胸畅叙也。

恭邀届时光临!

郭嵘看罢那桐的请帖,喜出望外,一边将请帖递给贺洪如,一边说道:"耀庭啊,这那桐如此抬举我们,真是给了你莫大的面子!"

"毕竟是多少年的老朋友了,而且也算是贫贱之交嘛!"郝克凝应道。

"嗯,这那桐是占住一个'义'字了!"郭嵘赞叹道,"究竟是举人出身啊!有道是,心植孔孟之学,行必君子之道!"

"东家所言极是!一个留京办事大臣、户部侍郎,能对一个字号的东家掌柜如此礼遇,也实在是难能可贵啊!"贺洪如看罢请帖,也赞叹着说道。

郭嵘为郝克凝及合盛元的买卖着想,原本就准备带上一份厚礼登门拜访那桐,表达一番谢意的;如今那桐这儿一主动,郭嵘这么一欣喜,上门礼就得更重些了。于是,郭嵘将一幅明人董其昌的书帖作为给那桐本人的贵重礼物,将一副翡翠镯子作为给那老太太的贵重礼物,再让郝克凝准备若干寻常礼物，隆重地来到那桐府上。

郭嵘、贺洪如在郝克凝陪同下，先到上房拜见过那老太太，奉上礼物，寒暄一番；那桐闻声进来，与郭嵘、贺洪如见过礼，便引着他们到客厅叙话了。

那桐善于交际，府上也常常是宾客盈门，酒茶满桌。今日邀请合盛元东家掌柜，主人佣人自是礼数周备，这二位东家掌柜也自是心情畅美。

上茶寒暄几句，便摆酒上菜；把酒斟酌三巡，便开口畅谈。

那桐说道："那某早有为郭大东家和贺大掌柜接风洗尘之意，无奈公务缠身，一直腾不出空来。今晚在寒舍备此薄酒，略尽地主之谊。呵呵！还请二位赏光，开怀畅饮！"那桐说着，举杯相敬，一饮而尽。

郭嵘也举杯相敬，一饮而尽，然后说道："那大人太客气了！那大人多年来对我合盛元关照周备，我和大掌柜早有登门拜谢之心。今日赴约造访，知道那大人乃儒门中人，书籍满屋，墨香盈身，故而带来一幅书帖，且作拜谢之礼！"说罢，从盒子里拿出书帖，双手奉上。

那桐接过来一看，大为惊喜，"啊哟，这是前朝董其昌的真迹呀，还盖有宫藏宝印！太珍贵了，太珍贵了！——那桐何敢受此宝物呀？"

郭嵘笑道："那大人心植孔孟之道，书秉颜柳之风，官居侍郎之位，正是这幅书帖最合适的主人哪！——还请笑纳！"

于是，那桐展玩一番，便将书帖收了起来，自是喜色翩翩，谢字连连！

"多谢，多谢！其实，我与耀庭兄叙有金兰之谱，情同手足。二位既是他的大东家大掌柜，我理应尽地主之谊！大东家大掌柜的这份礼物实在太厚重了，太厚重了！"那桐说道，情意殷殷。

"哪里，哪里！实在微不足道，微不足道！"郭嵘说道，心意谦谦。

接下来，说起朝廷国家大势，那桐自是鞭辟入里，知无不言；说起票号金融细务，郭嵘也是剖析在行，言无不尽——

"那大人，我们商家有句口头禅叫'和生财'，所以我们最喜'和'，最怕'乱'。此番来京复业，也是看到和局将成，我们才欣然携资前来。但究竟和约何时能签字画押？一旦签了和约，国家的安危前景又如何？郭某对此深为关切，但身在乡下，孤陋寡闻，还望那大人能指点迷津啊！"郭嵘说道。

那桐说道："岂敢岂敢！我素知郭大东家雄才大略，学富五车，岂敢班门弄斧啊！只是那某身处朝廷枢要之地，近水楼台先得月罢了。嘿嘿！那某以为：就和谈而言，十二条大纲已经议定，剩下就是商谈具体细目了，签字画押只是时间迟早而已；我看少则半年，多则一载，也该谈完签订了。这一点郭大东家尽管放心，要不然，我那桐也不会敦促耀庭兄和宝号尽早复业的。"

那桐继续说道："至于签订和约以后国家的安危前景嘛，那某以为：从各国洋人方面看，一旦签了和约，满足了他们的诸多要求，还要赔他们巨额银子，就像喂饱了的狮子，在十年二十年内他们不会再向我大清下口了吧？而且赔款是需要逐年支付银子的，至少得十年二十年；在这期间，他们也不想灭了这个欠债人吧？从国内百姓方面看，义和团刚刚平息下去，没有十年二十年的时间，这些乱党恐怕也成不了气候。从朝廷方面看，太后独秉朝纲数十年，各总督巡抚各将军都统无不忠顺奉旨，犹如铁桶一般，绝无倾危之虞。"

郭嵘听着自是频频点头，听罢则是连连拱手，说道："多谢那大人指点迷津，那大人一番话真是拨云见日啊！"

那桐摆摆手，笑道："见笑了，见笑了！嘿嘿！"然后又拱拱手说道，"您说商家有句口头禅叫'和生财'，我的口头禅正好是把您的口头禅调个个儿：'财生和'！所以您最担心的，是和约的签订和国家的安危；而我眼下最担心的，却是京城的银钱。如果山西各大票号能像宝号一样尽快携银返京，给京城注入足够的银钱，则百业可苏，百姓可活；否则，百姓身无分文而物价腾涨，京城局势堪忧啊！所以——还请不吝赐教：以郭大东家之见，山西各大票号何时会携银返京？"

郭嵩客气几句，从容说道："我们商家所谋者利，所喜者和，所算者得失。自去年悉数撤离以来，至今半年有余，人闲在家里，银子闲在库里，分文不赚！哪家票号不想返京复业，让人动起来，让银子转起来？一个个都紧盯着京城的形势呢！只是出于保守，怕万一有个闪失，才迟迟不肯动身。如今我们合盛元已先行一步，且行情甚好，其他票号必见利心动，跃跃欲试！如果京城秩序持续好转，官府抚慰得当，各大票号必会竞相返京，少则一月，多则半年，京城自会有铺天盖地的银子涌来！"

那桐听罢，眉开眼笑，拱手说道："听郭大东家这一番话，我又放心了许多，多谢了！实不相瞒，我自从任职户部侍郎兼管钱法堂事务以来，面对京城的萧索景象，心里是一百个的'愁'字啊！自从耀庭兄来京之后，我的'愁'字就消解了十个；前几天郭大东家携巨银来京，宝号正式复业之后，我的'愁'字又消解了二十个；今天听郭大东家这一番话之后呢，我的'愁'字又消解了三十个！现在啊，我一大半的'愁'字已经消解了！呵呵呵！来，我敬郭大东家一杯！"

……

那桐与郭嵩、贺洪如、郝克凝等人开怀畅饮，倾心畅谈，直至深夜方散！

十二

郭嵩拜访那府不几天，正赶上庆亲王奕劻的六十五岁寿辰。

远在西安"巡狩"的慈禧太后顾念奕劻与洋人谈判中对朝廷的功劳，

特别是感念奕劻与洋人谈判中对她本人的忠心，于是，特致电备礼，派人来祝贺奕劻的六十五岁寿辰！

六十五岁，大寿也；与八国联军谈成十二条议和大纲，大功也；当今太后备礼致贺，大荣也……如此如此，庆亲王府怎么能不隆重地庆贺一番？如此如此，各王公大臣，各大衙门，各大字号，乃至于各国使节及八国联军的将帅，都纷纷备礼登门恭贺！

郭崇见状，自然要前往庆亲王府送礼拜寿。按常规，合盛元票号要备一份贺礼；而此时东家郭崇有意结交王公大臣，所以就得备一份厚礼：一个赤金龟，一柄玉如意，八色食物，八色绸缎！

郝克凝领着郭崇、贺洪如，带着这份厚礼，来到庆亲王府拜寿。载振看见郝克凝领着大东家大掌柜来了，自是热情迎接，赐座上茶，寒暄谈笑；然后，还领着他们面见了庆亲王奕劻，并在庆亲王面前大摆合盛元的好儿！

庆亲王奕劻听儿子这么一说，自然要点点头，笑笑脸，并慰勉几句："现在国家遭难，京城萧索，百姓啼饥号寒。你们合盛元票号能急公好义，率先返京复业，为社稷解忧，为百姓解困，日后朝廷自会嘉赏！"

接着，一端茶杯，便"送客"了。

这位庆亲王爷虽然长相平平，才智庸庸，但从小生于帝王之家，长期居于机衡之位，早已养成了十足的王爷派头。就这一点头，一微笑，和几句慰勉之语，已算是给他们莫大的面子了！

从庆亲王府出来，郭崇颇有一种自愧弗如的感觉，感慨不已：这宏大的院落规模，这精致的房屋装饰，这绝妙的家具器物，这价值连城的古玩字画……其物无不是极品，其艺无不是极致！怪不得，古往今来人人都梦想封王封侯，拜将拜相呢！一旦成了王侯将相，不管人品才品如何，那可真是要风得风，要雨得雨啊！这世界真是有诸多的不公平：普通百姓千辛万苦一年，不如我们买卖人一天；而我们买卖人千盘万算一年，又不如这位王爷一天！这人世正如物界：草被羊吃，羊被狼吃，狼被虎吃！……那我们买卖人是谁？不是虎，也不是草，或许是狼？或许是羊？……不论是羊是狼，我等托祖宗之福，此生没有沦落为草已是万幸了！

这一天，郭嵘感慨甚多。又想到此番进京也带来了儿子郭培松，有意让他开些眼界，长些见识；郝克凝也专门派了京号伙计陪他在京城各处转悠，想必他眼里也见了不少景物，但不知他心里收获几多？

于是，郭嵘当晚就把儿子郭培松叫到自己房间问话。

"儿啊，到京城这些天来，你在京号伙计陪伴下也转悠了不少地方，见了不少景物，心里有甚感想呢？"

"感想……我……"郭培松支吾着，在父亲面前总是胆怯，总是语塞。

"嘿嘿！不妨事！有甚说甚就行了。"郭嵘笑着鼓励道。

"我感觉这京城还不如咱县城好呢！虽然大些，却破破烂烂的，没甚好看的。"

"哈哈！京城不如县城？！"郭嵘失笑了，然后略微一顿，又说道，"嗯！你说得倒也有些道理。那我再问你，你知道京城为甚这么破破烂烂吗？"

郭培松答道："是因为和八国联军打仗打的吧？"

郭嵘说道："你只说对了一半。是因为和八国联军打仗打的，但主要是因为让八国联军把大清军队打败了，才成了这样。要说清楚：是因为我大清打了败仗，而不是因为打了仗。要是我大清打了胜仗，打败了八国联军，把八国联军打进海里喂了鱼虾，咱的京城不仅不会这样破烂，还会比以前更繁华呢！"

郭培松点头唯诺。

郭嵘继续问道："那依你看来，我大清为甚打了败仗呢？"

这一点郭培松很明白，于是他很痛快地答道："一是我大清没有洋人的坚船利炮，自然是弱不胜强；二是一国对八国，自然是寡不敌众。"

郭嵘点头赞许道："我儿说得很对！说得好！"然后话锋一转，又说道,"不过,还得再补充一点:老鼠忽逗猫屁股,结果让猫叨住了!"

"……"郭培松愕然了。

郭嵘解释道:"你想想,如果不是义和团杀教民,烧教堂,还会惹起洋人的怒火吗?如果不是朝廷向各国洋人宣战,八国联军还会打进北京城吗?这——不是老鼠忽逗猫屁股吗?!"

"那父亲的意思是——"

郭嵘说道:"老鼠一旦遇上猫就得躲,就得避,就得周旋,这才是生存之道。如果老鼠遇上猫不躲,不避,不周旋,明对明地打,硬碰硬地战,那只能是灭亡之道。"

郭培松听着,点头唯诺,然后说道:"那依父亲的意思,我大清是老鼠,洋人是猫?我大清总得躲避洋人吗?"

"对了,此时的情形就是这样的。"郭嵘说道,"不过,此一时也,彼一时也,世间没有一成不变的人、事、物。我儿要知道:猫鼠者,强弱之谓也;此时彼时者,变化之谓也。此一时也,我大清是老鼠,洋人是猫;彼一时也,或许就换了个儿,洋人是老鼠,我大清是猫。到了洋人为鼠我为猫的份儿上,咱就不必躲避洋人了,洋人倒得躲避咱了!"

"猫也,鼠也……此一时也,彼一时也……"郭培松在心里嘀咕着,在嘴里念叨着。

郭嵘继续说道:"儿啊,国事如同家事,如同号事,也如同人事。和为贵,忍为高;争为贱,战为下。——到了必须争必须战的份儿上,则要审时度势,权衡利弊。能胜,则直接争之战之;不能胜,则回旋而后争之战之。京城的情景你也看到了,争战一旦失败,后果不堪设想啊!你要谨记此事此理!"

"是,孩儿记住了。"郭培松答道。

"你还要记住:八国联军真正攻打京城也就是几天的时间,却把京城几十年甚至几百年建起来的繁华一下就毁坏了!这就和树儿一样啊,一棵树要长若干年才能挂果成材,但只需几斧子就能把这棵树卸倒!"

……

这一夜,郭嵘由问话始,至训话终,又用心教导了一番儿子。

此后若干天,郭嵘又陆续拜会了若干相关的王公大臣,也陆续收购了若干上好的字画古董,也算是如愿以偿,收获良多。

而更有两件事让他欣喜万分:一是在庆亲王六十五岁大寿之后不几天,载振便拿了二十万两现银存进了合盛元票号,一年存期,八厘计息。这虽然比洋人的汇丰、正金等银行的存息高出三厘,但较之二分以上的放款利息仍有一分多的余头,一年下来至少是二万两的净利!而且,庆亲王府的长公子载振这么一带头,一传播,其他王府官邸的公子也会闻声逐利而来,那存银子的情形自是老鼠拖葫芦,大的在后头!二是在合盛元复业一个月头上,山西各大票号果然有了动静,日升昌、蔚泰厚、协成乾、大德通、大德恒、三晋源等财力雄厚的大票号纷纷返京复业了!这样,一旦山西票号的大量银子汹涌而来,源源不断;京城的百业必然蓬勃而起,欣欣向荣!这样,合盛元先前放出去的银子自然就没有"呆账""死账"之虞了。

于是,郭嵘脑子里满载着在京城收获的丰富见闻,轿车里满载着在京城收购的丰富古董,满心欢喜,满面春风,披着京城的柳色,抚着直隶的桃花,和大掌柜贺洪如、儿子郭培松等人一同离开京城,回山西祁县老家了。

十三

北京城在经历了最严酷的一个寒冬之后,真的迎来了春天:自然界复苏了，杨柳青翠，桃李芬芳；经济界复苏了，票号开业，百业繁荣；军政界也复苏了，赔款谈定，朝廷封赏，乃至于八国联军的将帅与各王公大臣互相宴请，来来往往……

先是，八国联军发来正式照会：赔款四亿五千万两白银。这个数额谈定，朝廷心里的那块石头总算落了地；或者说那把悬在头顶上的刀子总算砍下来了，虽然出血甚多，但命总算保住了。

接着，西安行宫给留京办事大臣衙署发来了批奏电报：依议，钦此。并附言道：转谕庆亲王、李傅相，赔款事可妥为协商议处，宜量中华之物力，结与国之欢心，以弭百姓之祸难，以保社稷之安泰。钦此。

再下来，留京办事大臣衙署给西安行宫发出恭请回銮的奏折：

……赔款既定，和局已成，所剩细务，已无碍于大局。现京城秩序井然有度，经济沛然向荣，百业复苏，百姓解困，昔日繁华气象正稍稍恢复如旧焉。唯太后皇上巡狩已久，上下臣民无不渴望圣驾回銮！早日瞻望两宫圣颜！

恭请太后皇上早日启跸回銮！

桐等涕泣顿首

再下来，日本国福岛少将回国，那桐携同僚前去火车站送行；德国瓦德西元帅回国，那桐随李鸿章前往德国使馆饯行；日本钦差专使小村带着日本正金银行的董事三崎龟之助、泽村繁太郎来那桐府上拜访，那桐备家宴招待；原德国公使克林德出殡，那桐又随庆亲王奕劻和李鸿章前往致祭送葬……

这半年多来，那桐的忙碌显而可见，那桐的忠诚显而可见，那桐的能干显而可见，那桐的政绩显而可见，而他的族谱和根节也显而可见，于是朝廷给他的封赏也就显耀而显赫了——

四月二十九日,那桐接到西安行宫来的一道圣旨:左翼总兵著那桐补授!——这是一个给他加上的官职,兼职多了;这是一个总管京城一半禁兵的要害官职,实权大了。

五月初三日,那桐又接到西安行宫来的另一道圣旨:户部右侍郎那桐著赏给头品顶戴,授前往日本国专使大臣!——此旨用意何在?十几天前,光绪皇帝的胞弟醇亲王载沣刚被钦命为德国专使大臣,此为爵位最高、血缘最近者也。而六年前,太子太傅、大学士、直隶总督兼北洋通商事务大臣李鸿章曾被钦命为出使日本国议和大臣;此为名位最高、官职最重者也!所以,对那桐的这个钦命,诚可谓特恩殊荣!

如此如此,那桐自是感激涕泣!他接到这两个重要任命之后,一方面郑重地去关帝庙、土地庙上香行礼,走马上任左翼总兵之职;一方面积极地准备出使日本事宜……

大清国因义和团拳民杀死一个日本国使馆的书记生杉山彬,而向日本国派遣一个钦差专使大臣,专门向日本国天皇赔礼致歉,这固然是一件羞辱的事情;但就那桐本人而言,由一个从二品侍郎而担当一个与醇亲王载沣一样的角色,担当一个与正一品大学士李鸿章一样的角色,却是一件荣耀的事情。

所以,那桐接到任命的圣旨时,心中喜不自禁;而在拿到"大清钦差专使大臣关防"后,则是忙得不可开交:物色挑选随行人员并上报两宫行在,去大内会典馆会勘处查阅相关书籍,请日本钦史小村及参赞翻译郑永邦介绍日本国情及宫廷礼仪,接受同僚朋友的宴请,应酬日本使馆及日本军营的饯行,最后再拜辞庆亲王奕劻和李鸿章……

七月初四日(1901年8月17日),那桐一行正式启行,从北京前门外乘火车到天津,然后转轮船到上海。

七月初七日,轮船到上海吴淞口,两旁的各国兵船鸣礼炮、奏军乐相迎，使这位战败国的钦差大臣颇有点受宠若惊；船靠码头，日本驻上海领事、日本正金银行驻上海经理上船相迎，又使这位赔礼致歉的钦差大臣喜出望外；上海道台、县令等十数位官员也上船相迎，虽在意料之中，却也倍感荣耀；接下来，这位钦差大臣身坐肩舆前往天后宫行辕下榻，前有鼓乐旗幌开路，后有扈从卫队跟随，更是一番飘飘欲仙之感！

那桐一边享受着这诸多的美妙感受，一边也回旋着若干的冷静感想：我那桐为何受此隆重礼遇？就因为我现在是钦差专使大臣啊！就因为我现在代表朝廷出使日本啊！如此这般礼遇，非为我也，乃为朝廷也；非因人也，乃因官也！享受如此这般礼遇，更应深知如此这般道理：占据显位则虫变龙，草变宝；占据卑位则龙如虫，宝如草！

那桐也是从布衣书生一步步起来的，此一时也，彼一时也！于是，他感慨良多而感触颇深：士者，岂可无官无位耶？

那桐一行在天后宫下榻之后，又是川流不息的中外官商士绅拜访宴请和答拜回请：驻上海各国领事，上海各级官吏，日本使节、将领及正金银行、三井洋行经理，合盛元、志诚信、协成乾等票号的掌柜……

那桐如此应酬了十余天后，于七月十八日上午登上日本的神户丸号轮船，徐徐驶出吴淞口，往东洋而去。一个多时辰，神户丸号驶进了辽阔的东海，那桐一行也用过了丰盛的午餐；于是，登高以望远，临风而观海！但见：海天一色，云烟混体。碧波万顷，长风千里。巨轮劈波斩浪，其形硕大如鲸也，其姿优雅如鸥也；而乘客凌海御风，其势威武如君也，其心飘逸如仙也。

而次日，海上突然狂风大作，巨浪滔天！

于是，神户丸号船体颠簸，杯盘摇落！但见：船外萧索人影杳，舱内狼藉物什抛！

于是，那桐等人头脑晕眩，胃腹呕吐！正是：六腑翻腾作怒涛，七魄散荡飘云霄！

七月二十日早晨，刮了两天的大风才终于止息，大海又风平浪静了。那桐徜徉甲板，登高望远，看着浩荡的海洋，不由得想到了那句帝王古训：水能载舟，亦能覆舟。

那桐此时对这句古训更有感触了：这两天在海上航行，或逍遥美妙，或颠簸煎熬，都因为水啊！再想想这两年在朝中做官，或雍容娴雅，或惊慌忙碌，都因为民啊！水何以荡，何以漾？风激之则荡，风抚之则漾。民何以乱？何以安？官挠之则乱，官顺之则安。故而，水之作浪者，非自作也，乃风作之也；民之作乱者，亦非自作也，乃官作之也。

那桐想到这里，又进一步想道：眼下的大清还不能和脚下这艘先进的神户丸号轮船相比，大清已如同一艘老旧的舟船，再也经不起风浪了。为了这艘老旧舟船的安全航行，首先必须预防风浪，而预防风浪只有"抚顺"二字：内抚百姓使之安，外顺洋人与之和。其次则是维修舟船，而维修舟船也只有"革新"二字：革弊政以苏民生，兴法制以维国脉。而现在，我这个钦差专使大臣所担负的使命正是一个顺字：外顺洋人与之和！

神户丸号缓缓地驶进长崎口靠岸停泊，早有大清驻长崎领事、翻译登船拜谒，日本长崎县知县的代表、正金银行总办、三井洋行总办及新闻报馆的记者登船相迎。一番晤谈后，正金银行和三井洋行又请那桐一行弃船登岸，来到一个半山坡的亭子上为他们接风洗尘。

此处房舍古朴典雅，松柏青翠葱郁，三面环山而绿色起伏，一方临海乃碧波荡漾，好一个幽静所在！但见：酒馔摆上，皆为日本风味；艺妓进来，都是古装色形。眼前十余个女子彩衣飘步，诚如仙如娥；长跪敬酒，又如奴如仆。身后则琴声悠慢，如天堂飘来之乐；瑟韵幽深，似仙洞逸出之曲。

在如此境界中，那桐一行把酒临风，举爵对海，那感觉何异于天上的神仙！

那桐此番出使日本国，预算费用七万两白银之巨，由上海江海关垫支现银后，全部交由日本正金银行和三井洋行代为打理诸项事务费用，利润可观，正金和三井岂有不悉心招待之理？况且，那桐身为户部侍郎兼值总理各国事务衙门行走，这两个日本字号要在中国发展，也很需要那桐的关照呢！

当天下午，神户丸号继续行驶，次日又到了山口县的马关停泊。这马关又名下关，是日本外海对马海峡连接其内海濑户海的咽喉要道，地理位置非常重要，风光景致又非常美丽，所以船到此处多要停泊小憩，人到此处则多要登山一游。于是那桐一行乘小火轮登岸，一会儿来到半山腰一个名叫"春帆楼"处用茶点。但见：山色青翠如画，又是一处赏心悦目之景；艺妓鲜艳如花，又有一种勾魂迷人之韵！

他们坐下才得知：此地此楼，此桌此座，正是当年李鸿章傅相和日本首相伊藤博文谈判签订《马关条约》的地方！

那桐顿时没有了观山眺水和品茶赏妓的兴致，几缕忧国情绪布上额头，一番悲民心潮涌在胸中：六年之前李傅相奉使于此，割地赔款，国羞民辱；如今我那桐又奉使于此，致歉赔礼，君羞臣辱！今后若干年又将何如？……泱泱中华大国，而被区区日本岛国欺侮如此！悠悠苍天，此何悲哉？！

一个时辰后，神户丸号启行，驶入日本濑户海，第二天早晨终于到达本次航行的终点神户港！船一靠岸，大清驻神户领事蔡薰及翻译，日本正金银行和三井洋行的总办，神户县知事的代表，神户的警察官，报馆记者，纷纷上船拜谒，一番晤谈后便下船登岸，住进了馆舍。

当天中午，神户领事蔡薰又在神户的中华会馆摆设饭局，隆重宴请那桐一行。

傍晚，那桐一行又改乘火车，经大阪、京都、名古屋，于七月二十三日（1901年9月5日）中午抵达东京站，然后在大清驻日本使馆官员、日本外务省官员及正金银行、三井洋行人员等簇拥陪同下,在东京帝国饭店下榻了。

十四

那桐到了日本东京,才开始真正履行钦差专使大臣的职责。

先是,大清派驻日本公使李盛铎迎候寒暄;然后,那桐又前往大清驻日本公使馆回拜访问;接下来,便斟酌大清皇帝致日本天皇的国书,商讨觐见日本天皇的礼仪,乃至于所携带中国礼品的分送事宜。

第三天,即辛丑年七月二十五日(1901年9月7日),那桐便在李盛铎公使陪同下,前往日本外务省拜会外务大臣曾祢荒助,庶务总官内田康哉等人。一番寒暄后,那桐将国书文稿递上,请日本外务省过目;然后,双方又商谈一番觐见天皇的礼仪。

诸事完毕后,曾祢荒助将收到的北京来电通报给那桐:

"钦差大臣阁下,我刚收到我大日本国驻北京使馆打来的电报:各国钦差大臣将在今天与贵国的议和全权大臣庆亲王奕劻和李鸿章大人签署和约。此事可喜可贺啊!呵呵呵!"

"哦!可喜可贺!可喜可贺!"那桐点头应着,满脸堆笑,满心欢喜,不禁暗暗想道:这北京沦陷整整一年了,再加上一个闰八月,就十二个月了!如今和议签署,和局奠定,两宫回銮,就一切正常了。阿弥陀佛!谢天谢地!

只听曾祢荒助继续说道:"贵国在去年与各国交衅,祸因义和团拳匪,诚为不幸;大日本皇军参与其中,也多有无奈,也是我们大日本国所不愿意看到的。好在和约签署,邦交弥合,大日本国与大清国重修旧好,对东亚地区的安全与稳定诚为有利,愿我们两国携手,共同开创东亚地区的太平盛世!"

"诚然,诚然!一定,一定!"那桐拱手应道。

"阁下此行代表大清皇帝向我大日本天皇递送国书,诚可为两国过去一年多不正常关系之完全结束,亦为两国未来长久友好关系之美好开端。祝阁下圆满完成使命!"曾祢荒助说罢,起身与那桐握手。

那桐一边握手,一边连连向曾祢荒助点头致谢,然后在庶务总官内田康哉陪送下,离开日本外务省。

接下来,那桐的参赞随员们与日本外务省处理诸项细务:向外务省交割赔付杉山彬的银子并办理有关手续,征询赠送国礼的名色可否等等。

那桐本人则除了必需的应酬答拜外,悉心了解日本宫廷的礼仪;甚至在李盛铎公使的陪同下,登门拜访负责宫廷礼仪的式部长三宫义胤!可谓战战兢兢,如履薄冰,唯恐有一丝一毫的疏失!

八月初一日(1901年9月13日),那桐乘坐双马宫车,在式部官员陪同下,前往皇宫觐见日本天皇。上午十点整准时进宫,禁御军列队奏军乐欢迎,然后在式部长三宫义胤及翻译等人陪引下来到觐见大殿。

十点半,日本明治天皇出来接见。那桐一看到明治天皇,顿时凛然生畏:只见明治天皇身材魁伟,相貌庄严,身着军服,腰挎军刀,手持军帽,一副气吞四海、威凌八方的大将军大皇帝风度!那桐不禁暗自感叹:有如此威仪赫赫之天皇,必有如此威势赫赫之日本国啊!

那桐手捧国书,行三鞠躬礼,然后宣读国书,翻译罢再呈递上去。

明治天皇听了那桐代表大清皇帝和大清四万万人所宣读的那些赔礼致歉之语以及对天皇本人的歌功颂德之辞后,自是愉悦快慰。于是,在接受国书罢,自要说几句温和友善之语:"我大日本使馆书记生杉山彬被害,罪在拳匪;今拳匪已平,大清皇帝又派你远来日本致意,我悉知贵国善意。现在大清皇帝颠簸蒙尘,我深为关切。——请你回国后向大清皇帝转达此意。"

那桐听罢翻译，拱手说道："谨遵天皇圣谕！"

明治天皇继续说道："我希望日中两国从今日起结束以往之误会，开始未来之友好。也希望贵国皇帝回京后，着实推行新政，开化民智，开发国力，使中国成为繁荣富强之国。如此，则日中两国可携手抵御西洋列强，共保东亚安全。——请你回国后也向大清皇帝转达此意。"

那桐听罢，拱手说道："谨遵天皇圣谕！我回国后一定向大清皇帝转达天皇之美意！"

觐见礼仪结束后，那桐一行一一鞠躬退出，又乘双马宫车回到下榻的帝国饭店。

那桐圆满顺利地完成了今天的觐见之礼，心情非常之好：日本天皇对我如此友善，对我大清皇帝如此关切，诚为意外之喜！

于是，他沏一杯龙井茶品饮起来：水色浅绿而澄明，茶香清新而爽神。美也，美也！然后，他又推开窗户观起景来：碧空悠悠，几缕淡云缥缈；清风习习，几棵茂树摇曳。妙哉，妙哉！

当天下午，那桐即给两宫行在及两个全权议和大臣奕劻和李鸿章发回电文，"今日觐见礼成，日皇甚为友善"云云，欣喜之情自是溢于言表！

次日，那桐又在李盛铎公使和日本外务省内田康哉等人陪同下，到杉山彬墓地致祭，并向其家人转达大清朝廷的慰问之意和惋惜之情。

当天下午，杉山彬的长子同岩野来那桐住处答谢。

当天傍晚，正金银行东家相马永胤和三井洋行东家三井八郎次郎前来拜晤。

接着，那桐又觐见日本皇后，礼数依然，而这位皇后更为友善慈祥！

待那桐觐见三鞠躬并将大清皇太后皇后的颂词宣读后，皇后面带慈祥，语含友善，说道："钦差专使大臣远渡重洋来日本，一路平安否？"

"谢皇后，本使臣一路平安。"那桐答道。

日本皇后又问:"中国变乱,贵国皇太后皇后颠簸蒙尘,我甚为悬念,圣躬安否?"

"谢皇后,皇太后皇后圣躬安康。"

日本皇后继续说道:"现在和约签署,大局已定,希望以后两国交谊日益亲密友好。"

"本使臣也希望两国交谊日益亲密。"那桐答道。

日本皇后又说:"钦使回国后,代问贵国皇太后皇后安好!"

"一定代奏。"那桐应道。

日本皇后最后说:"愿钦使回国时一路平安!"

"多谢皇后圣意!"

觐见礼毕,那桐一行又乘双马宫车返回帝国饭店。一路上,那桐脑际回闪着日本皇后的慈祥之容,耳旁回响着日本皇后的和悦之语,心里美滋滋的,身上暖洋洋的,颇为欣喜愉悦。

回到帝国饭店,那桐自然又是一份好心情。他沏茶闻香,推窗观景,情绪翩翩如舞;而踱步徘徊,低头盘算,却又心潮滔滔如鼓:

甲午时,中日因朝鲜而交恶,而交战,招致北洋水师覆灭,辽东半岛沦陷;于是,日本以战胜国之威,蛮横要挟,终使朝鲜半岛脱离中国,台湾诸岛割让日本,还赔偿了二亿三千万两白银。日本人之凶狠恶毒,乃如虎也!去年,因义和团之乱,日本又伙同西洋列强,趁火打劫,陷京师而逼銮驾;而后又多方讹诈,除索要各种通商优惠权利等好处之外,还索要赔偿三千多万两白银。日本人之狡诈阴险,乃如狼也!可现在我出使日本,朝野上下却是如此友好礼遇:正金银行和三井洋行的代表自不必说,就以正式拜会而言,从日本的外务大臣曾祢荒助,到日本明治天皇和皇后,无不友好,无不礼遇,无不愿两国亲密,无人无处不显示出君子般的谦和礼仪与仁爱心愿,这又哪有一点虎狼的气味气色?!果其虎狼耶?如今之友好礼遇只是虎狼之礼,只是虎狼假惺惺的笑脸?果其君子耶？往昔之战争恶斗只是君子之兵，只是君子怒冲冲的拳脚？

即使其果为虎狼，能有这虎狼之礼，也总比纯粹蛮横无理好啊；能有这假惺惺的笑脸，也总比那纯粹恶狠狠的血口好啊！伪君子虽不如真君子，但毕竟有君子的一面，或有君子的一些东西，总比纯粹的恶人好啊！现在中日形势对比悬殊，人为刀俎，我为鱼肉；人为虎狼，我为绵羊。如果能抓住那一点点一些些的君子一面，礼尚往来，在"礼"的范围内与之周旋，何乐而不为？而且这也是眼下大清唯一的生存之途，舍此则皆为绝路、死路！弱者逞强用兵，灭亡之道也；弱者示弱用礼，存活之道也。自古圣人以兵为凶器，万不得已而一时用之；以礼为吉器，推广天下而长久行之。而眼下之大清，对内对外哪有用兵之力和用兵之机？唯有对内以仁，对外以礼，才是生存之道啊！

十五

接下来的日子，那桐仍然围绕一个"礼"字忙碌，心里揣的是礼意，身上脸上带的是礼貌，手中提的是礼物！

这次出使日本，那桐随船带来诸多珍贵礼物，他得分门别类，分送给日本天皇、皇后、太子及各王公大臣。

首先是光绪皇帝送给日本天皇的礼物：一套石印殿本图书集成，一件白玉荷莲双童大吉葫芦瓶，一对白玉雕龙花插水盛，一件雍正年制青花莲口大瓷樽，一件乾隆年制粉青双龙人天球瓷瓶，另有两件古铜大鼎。

其次是慈禧太后送给日本皇后的礼物：一件白玉柱雕花环玉提篮，一件白玉三羊杯碟，一件雍正年制豆彩龙凤牡丹瓷梅瓶，一件乾隆年制青花九子大瓷瓶，一匹藕色彩缎衣料，一匹湘色彩缎衣料。

再次是那桐送日本天皇的礼物：一玉一铜二瓷；送给日本皇后的礼物：一漆一瓷二绸；送日本太子的礼物：一铜三瓷。

此外还要拜见各亲王大臣达四五十位！一并有礼物奉上……

中华为礼仪之邦，礼数周焉；中华为古老之国，古物备焉！

而日本方面也给了那桐高规格的礼遇，天天邀请参观，连连宴请饮酒，而且有外务省书记官全程陪同，有宫廷双马车全程接送！此番礼遇，着实让那桐受宠若惊，欢喜盈盈；而此番参观，又着实让那桐大开眼界，诧异频频！

参观日本银行，其洋楼之高大，其地库之坚牢，其买卖之繁忙，其秩序之井然，诚大开眼界！

参观动物园，动物之多，奇禽异兽之妙，也大开眼界；

参观博物院，日本古物之美，各国风俗之异，也大开眼界；

参观加工厂，参观印刷局，参观女学堂，参观大学校，参观警察监狱学校……

参观之处无不大开眼界，惊叹诧异！

外务大臣曾祢荒助公务宴请，陪同者为内务大臣、递信大臣、司法大臣、农商大臣、宫廷式部长、警视总监、大藏次官……官方规格何其高！

近卫公爵私下宴请，则在半山枫树之间，一面临海之处。树上有红叶如霞，席间有艳妓如花；壶中有美酒醇香，耳旁有古曲悠扬……山中野趣何其妙！

赴正金银行宴请，赴三井洋行宴请，赴新任驻中国公使内田康哉宴请……

日本方面或出于亲善友好之谊，或出于黄鼠狼给鸡拜年之计，反正对那桐一行诚可谓热情有加，礼数周备！

……

转眼间一个月就过去了。那桐此番出使日本，享受了隆重的礼遇，实在出乎他的意料；见识了众多的事物，更超乎他的想象！——日本的方方面面已经比大清先进许多许多了，大清即使从此开始推行新政，向日本国学习，没有三二十年的时间，恐怕也难以达到日本国现在的情形！

所以，或因款待而感动，而出于礼貌；或因参观而感慨，而生于肺腑；那桐在回国前与日本新任外务大臣小村寿太郎和新任驻中国公使内田康哉钱行话别时，感谢之言勤勤，而钦佩之情殷殷！

"那桐此番出使贵国，受到热情款待，我对此深表感谢！通过参观各处，见识了贵国的诸多新法新事新气象，我对此深感敬佩！回国后我将回禀太后皇上：今后我大清国应多多学习贵国的成功经验！"

"阁下太客气了！"小村寿太郎说道，"但愿贵国推行新政，成为富强之国。我们日中携手，自能保全东亚安全！"

"那是，那是！"那桐说道，"小村阁下曾是驻我大清的钦使，如今荣任外相，诚可喜可贺！不论国交私谊，我都期盼着沾润阁下的惠泽！"

"阁下过誉了！"小村微笑着说道，"我不论是驻贵国钦使，还是回国任外相，都将以日中亲善友好为己任！将来内田君去贵国任钦使，也会如此。嘿嘿！"

"嘿嘿！"那桐也微笑着，然后拱手对内田康哉说道，"欢迎内田阁下到我大清任钦使！我回北京后恭候阁下到来！"

"多谢！请多关照！"内田康哉起身说道，举止彬彬有礼，眼睛炯炯有神。

那桐点点头，看了一眼内田康哉，心中想道：此人年仅三十多岁，却老成持重，器宇不俗！曾毕业于日本东京帝国大学，高才也；曾任职于日本外务省庶务总官，显位也；将赴我大清任钦使，重任也……此人前途不可限量也！

于是，那桐不由得赞赏道："内田君年轻有为，日后我大清与贵国的友好亲密，多要仰仗阁下啊！"说着，那桐拱手致意。

内田康哉起身答道:"专使大臣过誉了,为了日中友好亲善,我定当尽力!"

觥筹交错,主人爽而宾客欢;乐舞演奏,琴瑟慢而艺妓浪!……

八月二十日,那桐一行启程回国,于是驻日使节和日本各界在火车站隆重欢送:大清驻日公使李盛铎,大清驻横滨领事邹小村,日本外务大臣小村寿太郎,日本近卫公爵,日本新任驻中国公使内田康哉,日本正金银行和三井洋行总办……

于是那桐一行乘火车抵达名古屋,抵达西京,抵达大阪,抵达神户,所到之处无不是盛情款待,居则美酒佳茗,游则名山秀水。

在神户登船之前,更有中国商人在中华会馆隆重设宴接待。但见:馆内,张灯结彩悬龙旗;桌上,美酒佳肴摆中餐。服则长袍马褂,言则华语京腔。虽身在他国,却景如故园!

见此情景,那桐倍感亲切,颇多感慨,自然也就酒兴倍增,谈兴甚浓了。

席间,神户中华商会会长袁诠问起此番出使日本的情形:"那大人这些天在东京顺利吧?见到日本天皇了吗?日本方面没有刁难那大人吧?"

那桐点头应道:"多谢诸位挂念!此番前往东京,一切顺利,也见到天皇了,而且各方面都礼遇隆重,完全出乎原来的想象!呵呵!"于是,那桐将东京的活动情形一一道出。

"哦——!原来这样啊?"同座的吴永寿、冯孔怀等几位商会董事无不诧异惊叹,"日本人向来蛮横无理啊,怎么这次却如此有礼呢?"

那桐说道:"我开始也纳闷这件事,后来才明白了几分。我想啊,日本人之所以对我如此礼遇,一是有尊重各国外交使节的国际惯例,日本人也得遵循。二是我这次来带着礼物钱财上门,日本人也是见钱眼开嘛!三呢,西洋列强都在虎视眈眈地围着盯着我大清,都想咬我大清一口肥肉;日本人向我大清表示友善呢,无非是想诱我大清向他靠近些,与其他西洋列强离远些,它就可以多吃几口肥肉了。嘿嘿嘿!"

"哦——!原来是这样!"几位商人明白了:一是例,二是礼,三是利!

一幅图也在他们脑际展开了:中国是一头大牛,周围是龇牙咧嘴的狮、虎、豹、狼、熊、罴!

于是,袁诠会长不无惆怅地说道:"那大人,我大清自从道光爷在鸦片战争中失败以来六十年,屡次战,屡次败,屡次赔款割地!我们这些在外头做买卖的大清子民,总被人家小看奚落,在人家日本人面前抬不起头来啊!如今已经一个甲子轮回了,这何时是个尽头啊?"

那桐听罢,叹口气说道:"我大清往事六十年,诚不堪回首;去年与八国交战,更惨不忍睹!唉!不过,现在朝中不少人已经形成共识:就眼下而言,必须避免战争,绝不可再耀武扬兵,再与洋人开战;只能韬光养晦,藏甲兵,显礼仪,在邦交礼仪上与洋人周旋,广结善缘。此为生存之道也。就将来而言,必须学习日本,推行新政,兴教育以启发民智,办经济以增强国力。俗话说,苍蝇不叮无缝的鸡蛋,一旦民富国强,哪国敢欺?此为发展之道也。"

袁诠接口说道:"如此甚好!就以日本而言,中日两国交战,我们这些在日本做买卖的大清子民何止受辱!还被敌视仇恨,有性命之忧呢!中日两国交好,即使我们算弱国子民,颇有脸面之羞,至少没有了性命之忧啊!"

听到这些话,那桐心潮涌动,一种为民父母官的责任感油然而生,眼眶也湿润了,不禁动情地拱手说道:"诸位在异国他乡做买卖,又受我大清战败之累,实在难为诸位了!是我等朝廷官员失职啊!此前,我那桐孤陋寡闻,诚不知海外诸国还有如此多的大清子民在经商做买卖,更不知朝廷与各国的一举一动会牵扯到诸位的生命和生意。此番回国后,我定将如此情形奏明朝廷,也告知同僚,朝廷动静之间应以海外商民为念!"

那桐的这番话，也使袁诠、吴永寿、冯孔怀等人大为感动，自是恭谨颂德，殷勤劝酒。那桐自然也得敞开心扉，有话则坦而言之；大开胃口，有酒则畅而饮之！

次日，那桐一行乘轮船过马关，抵长崎，然后乘上海招商局派来的新裕号轮船回国。

经过三天航程，于八月二十九日抵达天津港。一下船，天津府、天津海关道及从京城赶来的晚辈家人早已恭候；晚上，则有府台道台隆重的宴请。正是：盛情满桌兮，岂可无胃？美酒盈杯兮，岂能不醉？

次日，即九月初一日（1901年10月12日），那桐转乘火车回京。

大概是历时近两个月的行程太长久了，或者是出使日本的任务太重要了，如今圆满回来，竟是一番比送行时更隆重的迎接规模：日本使节，户部同僚，步军统领衙门官兵，留京办事大臣衙署下属，商界朋友，本家亲戚……在前门外车站迎候的人群熙熙攘攘，哄哄吵吵，足有上千人之多！

十六

八国联军终于撤出了北京城。

由于大清是在国都被八国联军占领的情况下与之议和，八国肯定是漫天要价，狮子大开口；而大清铁定是任人宰割，绵羊咩咩叫！尽管有李鸿章等柱石之臣扶危挽倒，保住了大清朝廷；讨价还价，要回了起码公道，终归也让八国联军赚了个盆满钵满，才肯签字画押，才肯撤出京城！

其中，德国和日本又因克林德公使和杉山彬书记官被杀之事，自是节外生枝，必须额外赔礼。一是，醇亲王载沣奉国书、送厚礼出使德国，向德国皇帝致歉，给克林德致祭，算是抚平了德国因克林德公使被杀死而造成的浅浅的皮肤之伤；这样，德国心满意足，驻扎在北京城的德国军队开始撤离了。二是，那桐捧国书、备厚礼出使日本，向日本天皇致歉，给杉山彬致祭，算是抚平了日本国因杉山彬书记官被杀死而造成的小小的毛发之伤；这样，日本国心满意足，驻扎在北京城的日本军队开始撤离了。

这样，八国联军才全部撤出了北京城。

德国和日本国因一个公使和一个书记官之死，就要逼大清国派出高规格的专使前去致歉致祭；那大清国数万乃至数十万官兵民众在自己的国土上被八国军队枪杀，大清国的国都被八国军队蹂躏，大清国的皇太后皇帝被惊驾……八国联军杀了如此多的人，犯下如此大的罪，大清国又该要求这八国何等数量的赔款和何等规格的致歉致祭呢？大清国如此巨大的心头骨头的创伤和如此众多的肌肉皮毛的创伤，又该让谁来抚平呢？……

中国古来就有一句话：胜者为王败者寇。

中国古来就有一个比喻：强为刀俎弱为肉。

大清国败了，大清国弱啊！

大清国只能咽下被打落的牙齿，低下头来，弯下脖子来，用自己的舌头去舔舐自己心头的骨头的肌肉的和皮毛上的一处处创伤……

好在，中华民族的生命力太强大了：屡次的千疮百孔，总能自我修复，完好如初；屡次的千难万死，总能自我疗养，九转还阳！

当初八国联军攻陷北京后，那是一种什么情形？——京城荒凉死寂，如同墓墟；百官慌恐失态，如同狗猪；百姓逃窜避难，如同鼠兔；而慈禧太后和光绪皇帝仓皇离京，丢魂落魄，则如农妇农夫！

但李鸿章一进京，犹如一根定海神针，京城八国联军的肆虐之潮和京城百官百姓的惊慌之潮，顿时波平浪静。

十二条议和大纲一签订，犹如十二个救命穴上的医针，京城渐渐泛活,百官开始复职,百业开始复苏,百姓开始复生。

而拥资数千万两白银的山西票号相继返京复业,给极度缺乏现银的京城注入了源头活水,由此而浇灌得百业兴旺,经济繁荣!

到两宫回銮时,京城已大体上恢复了往日的气象:物价稍贵,而百货畅茂不匮,民用足也;利息偏高,而银钱流通无碍,商务兴也。百官效命于朝,殷殷勤勤,恭恭谨谨,如天上雁也;百姓谋生于街,急急忙忙,熙熙攘攘,似水中鱼也。公子策马郊外,与原上风并驱;小姐簪凤镜前,和园中花媲美。饭店饮酒,划拳行令闹哄哄;戏院听曲,拍手叫好乐哈哈。今日和平徐徐开,往年繁华渐渐来!

死寂的北京城又活泛了。

残破的北京城又复原了。

惊慌的北京城又镇静了。

羞辱的北京城又体面了。

丑陋的北京城又美丽了。

苦难的北京城又快乐了。

大清国的心脏,又正常而欢快地跳动起来了!

于是,有功者有赏,在两宫回銮之前,便进行了一番封赏:

全权议和大臣李鸿章主持与八国联军议和居功至伟,挽救了大清的命运,保住了慈禧太后的地位;但还来不及活着领赏,就在签订和约后两个月,于光绪二十七年九月二十七日(1901年11月7日)吐血身亡了。于是,朝廷给他死后追加封赏:其一,名位由太子太傅衔转正为太子太傅;其二,爵位由一等伯晋封为一等侯;其三,给予"文忠"美谥;其四,入祀京城贤良祠;其五,在安徽、江苏、上海、南京、天津建祠祭祀;其六,特例在京城建专祠(汉臣未有京城建祠的先例)!

至于吊祭出殡,则上至王公大臣,下至士子百姓;内至宫廷军机学士,外至边镇将军督抚;乃至亲朋好友,属僚后进……停灵时间七个月之久，吊祭人数上万人之多！甚至，各国使节、各国将帅都前来李鸿章的灵堂前洒泪吊祭！

李鸿章为大清和慈禧太后可谓呕心沥血，鞠躬尽瘁，一生忠心耿耿；而大清和慈禧太后对李鸿章也可谓歌功颂德，至善极美，死后殊荣煌煌！

另一位全权议和大臣庆亲王奕劻对议和成功也贡献甚大，尤其是对稳定慈禧太后的执政地位功劳卓然，忠诚可嘉！

当初，慈禧太后因戊戌政变，废新法，囚光绪，捕杀维新党人，特别是后来怂恿义和团拳民攻打各国使馆并最终向各国宣战等诸多事情上得罪了各国，各国洋人对她的印象极为恶劣！所以，在初开议和时，八国联军就要把慈禧太后当作首恶惩办，至少要废除慈禧太后，归政光绪皇帝！在这种情况下，在这个节骨眼儿上，如果代表皇室的奕劻要犹豫一下，则慈禧太后的地位危矣；如果再算计一下，则很可能借八国联军之刀抹了慈禧太后，完全还政于爱新觉罗家，自己还有可能当个摄政王！但奕劻却在各国洋人面前，坚定地捍卫慈禧太后的地位，和李鸿章等人极力说服各国洋人，并诱以他利，八国联军才放过了慈禧太后。

慈禧太后感念于此，自然要对奕劻大加封赏：

光绪二十七年六月，总理各国事务衙门改为外务部，命奕劻为外务部总理大臣。——此时，大清的命运已多半捏在洋人手里；所以，外务部就几乎成了大清的命脉，总理大臣也就是掌握命脉的首要大臣了。

此时，奕劻爵为亲王，位居总理大臣，对他本人已赏无可赏；于是，转而封赏他儿子载振：光绪二十七年腊月，派遣载振为出使英国钦差大臣，并由镇国将军跨越五个等级，晋爵为贝子；此后又派遣载振为出使日本钦差大臣，参观大阪博览会；再后又擢任商部尚书、御前大臣等职。

在李鸿章和庆亲王奕劻以下，最有功劳最该封赏而慈禧太后也最想封赏的就是留京办事大臣、户部右侍郎兼管钱法堂事务的那桐了。此前赏那桐头品顶戴、派遣为日本专使大臣已是特恩殊荣；刚从日本回来，又于九月命那桐兼署外务部右侍郎；十月，又赏那桐户部右侍郎加尚书衔。

……

十七

光绪二十七年十一月二十八日（1902年1月7日），慈禧太后和光绪皇帝在"西狩"长达十七个月之后，终于回銮抵京了。

当天，那桐随庆亲王奕劻前往正阳门外火车站跪迎。

次日，那桐侍奉光绪皇帝告祭太庙，然后召见全体朝臣。

腊月初四，那桐进宫向慈禧太后和光绪皇帝进呈从日本带回来的各色礼品。

腊月初七，那桐侍奉光绪皇帝告祭天坛。

腊月初八，那桐侍奉光绪皇帝告祭社稷坛。

腊月初九，慈禧太后又带着光绪皇帝在乾清宫郑重地召见那桐，垂问外务部、户部、步军统领衙门及出使日本诸事。

此时的那桐真够忙了，也真够红了！

此时的那桐职务甚多，权位甚高，而根基甚固，能力甚大，慈禧太后越来越倚重他了。

而此时的那桐深受恩宠，履职无不尽责；身怀才学，应答无不妥当。当下，那桐将外务部、户部、步军统领衙门的事一一回禀，事理清晰，心观之如明媚之景；言辞和顺，耳闻之如雅美之韵！慈禧太后听罢，自是大加赞赏！

特别是说起出使日本，那桐更是将所见所闻细细说来，将所感所想也一一回禀，慈禧太后听得津津有味，缕缕入心！

说起日本的明治维新，那桐更是感慨万端，词情并茂："日本在明治维新之前，颇似唐朝末期情形，幕府擅权，天皇虚置；藩镇割据，国力分散。亦曾遭受西洋列强侵略欺侮，其时其势尚不如我大清！其后由于明治维新，士子和下层军人联手尊天皇，倒幕府，削藩镇，学西洋，推新法，致使天皇复位，国家统一，国力强大。明治维新以后仅三十年，一个原本落后于我大清的蕞尔小国，就在甲午战争中反胜我泱泱大清！甲午之战，诚为我大清难忘之痛；东夷日本，亦是我大清切齿之恨。但痛定思痛，日本之胜在于推新法，大清之败在于守旧法；恨定思恨，日本之胜在于国力强，大清之败在于国力弱。由此言之，奴才以为：我大清眼下之计，应外顺洋人以避战，内抚百姓以避乱，如此则国家和平，朝廷稳定也。我大清将来之计，应学洋人以推新法，兴经济以养国力。学洋人应以日本为首选，一则地近便学，二则形似易学。兴经济应以恤商为先务，商旺则百货流通，百货流通则百业畅茂，百业畅茂则百姓安生。如此三十年下来，则将来之大清当如现在之日本也。"

慈禧太后听着，若有所思；听罢，颇有所感：这推新法原来有如此之好，有如此之效啊！怎么当初翁同龢、康有为、梁启超他们说起推行新法来，我听着就觉得是在算计我，就听得烦耳烦心；如今那桐说起推行新法来，我听着就觉得是在为大清谋划，就听得入耳入心呢？

于是，慈禧太后不由得对那桐点头赞许道："卿言甚合朕心。眼下国家百废待兴，正需卿等忠心体国，建议献猷。卿所言学洋人推新法、兴经济养国力之事，当仔细条陈上奏！"

那桐一听，自是喜出望外，下跪俯身，说道："奴才谢太后皇上圣恩！"

此番召见那桐，竟用了两个多钟头！

两宫召见一个侍郎已是少有，而问长问短达两个钟头，更是难得；

完了还赞许鼓励，并让他再仔细条陈上奏，就更是特礼殊荣了！

更让那桐颇为疑惑的是：自己说到"学洋人以推新法"时，曾战战兢兢，生怕慈禧太后给个脸色，甚至呵斥，还准备了辩解之语；而慈禧太后却不仅没给他脸色呵斥，而且还给了他赞许之语！何以如此？原来，个中缘由颇有微妙：其一，当初皇帝亲政，现在太后训政；此一时，彼一时也。其二，当初是康、梁等帝党发难，现在是那桐后族献诚；此一人，彼一人也。其三，当初变法成则后权失，现在变法成则后权固；此一情，彼一情也。

而根本的原因或道理是：穷则思变！

慈禧太后此番回銮，可谓劫后余生，惊魂甫定，她执掌的大清巨轮几乎走向绝路，死路，穷途末路！再愚蠢顽固的人也会转一下船舵，调一下航向，更何况一国太后呢？不论为人还是为君，智力中上者，固然应当懂得居安思危；智力中下者，也应当懂得穷则思变吧？

除了这些疑惑，那桐更多的还是感激涕零；于是，殚思竭虑，将自己诸多经邦济国的想法一一写成了奏折，递呈太后皇上。

而慈禧太后此时颇有思变求新的想法，多要在那桐奏折上朱批"那奏酌拟各条尚属可行。著某部尚书某总督详察情形，妥定章程，奏明办理。钦此"等字样。

此时的那桐职任侍郎尚书，庶务缠身，却"办事得力"。此外，还能腾出脑筋来向太后皇上条奏朝廷大政，论议国家大道，且"言合圣心"。分明半个身子已经坐在宰相三公的位置上，坐而论道了！

而在得知慈禧太后思变求新后，一些大臣也纷纷上奏，慈禧太后也一一朱批"可奏""著办"……

劫后余生的慈禧太后和大清朝终于吃饱了教训，懂得了变法，开始推行"新政"了，大清朝终于拉开了一道道"新政"序幕——

光绪二十七年

腊月，命王文韶督办路矿，命袁世凯督办关内外铁路事宜。

光绪二十八年

正月，命吕海寰会盛宣怀议商约，谕各省立农工学堂。

二月，谕各省亟立学堂暨武备学堂，开馆编纂新律。

四月，命沈家本、伍廷芳参订现行法律。

六月，命张之洞为督办商务大臣。

七月，颁行学堂章程。

九月，命袁世凯充督办商务大臣，伍廷芳副之，兼议各国商约。

十二月，命袁世凯充督办电务大臣。

十二月，命载振、那桐、瑞良、陈名侃、毓隆出使日本，参观大阪博览会。

……

十八

庚子兵燹后，千疮百孔的京城经济民生得以在辛丑年迅速恢复，极度凋敝的市场得以在两宫回銮前很快繁荣，最主要的原因是山西票号群体携数千万两白银返京复业，给京城萧条的百业注入了源头活水，方才代"萧"以禾苗，著"条"以果桃！

而居功至伟的山西票号也得到了丰厚的奖赏和回报：其一，山西票号撤庄前散落在京城百姓手中的银票，经过这一场事变，人们原本以为成了废纸；结果，持票者却在山西各票号返京复业后如数兑给了现银！由此，山西票号的群体声誉大增，其实力之雄厚，其信誉之卓著，更深入京城百官百姓之心。其二，山西各票号携数千万两白银返京，犹如向久旱的田园里灌溉了大河之水后百木返青、百草更生一样，极大地滋润了京城百业的复苏。同时，京城市场数倍于平常的放款利率和汇水，也使这数千万两白银在不到一年的时间，就收获了两成三成乃至更高的利润。

辛丑年的山西票号，可谓功德兼修，名利双收！而最先返京复业的合盛元票号，则得到了比一般票号更多更大的奖赏和回报：其一，最初来京城时以二三折收兑的各钱庄票号的银票，等各钱庄票号返京时全部不折不扣地兑为现银，利润足有五万两上下。其二，先于各票号放给四恒钱庄等字号的五六十万两高息款项，至少多赚二万两上下。其三，由于最早返京复业，合盛元的名头更响，人气更旺，存款更多，买卖更大……

当大清全权议和大臣庆亲王奕劻和李鸿章与八国联军就各项条款达成一致并签字画押，各国驻京、津、直隶的军队开始撤离时，合盛元京号已有数百万两的架本，在市场上长袖善舞了。

于是，郝克凝相机安排张五成、高生云等伙友携十万两白银前往保定复业，安排段德义、郭学文等伙友携二十万两白银前往天津复业……

合盛元京号声誉赫赫，生意隆隆，身为掌柜的郝克凝自是甩手坐镇，得意扬扬；而需要他关照的保定号和天津号已顺利复业，他自可袖手旁观，得空闲闲！这样，无事可忙的郝克凝便优哉游哉了：或上街市观景，或上字号串门，或上衙门探事，或上酒馆聚餐，逍遥得如同神仙一般！

这日，他想起老朋友李宏龄又来坐镇蔚丰厚京号，自从复业那天打了个照面，尚未好好叙旧，便信步来到巾帽胡同蔚丰厚票号院内。

正在翻看账目的李宏龄一看郝克凝造访，连忙放下账本，一边让座上茶，一边拱手说道："哎呀，原来是耀庭兄驾到，请坐，请坐！"

郝克凝也拱手还礼，笑道："蔚丰厚已开业几个月了，子寿（李宏龄字）兄还在忙啊？"

李宏龄听罢，一脸苦笑，说道："几个月？半年下来能理清账目就谢天谢地了！你想想，我蔚丰厚十几万现银和几十本账簿，去年都让乱军哄抢得干干净净了，连一页纸都没剩下！如今再理清这些账，谈何容易呀！好在有些账总号有副本可查，我以前在京城多年，也熟悉些情况；要不然呀，永远也理不清这些账目！"

李宏龄原本就是蔚丰厚京号掌柜，上个账期才被调往上海。恰恰去年八国联军攻打北京时，接任他的京号掌柜对时局把握不准，拖延了撤庄时间，又选错了撤庄路线，走到广安门（明朝称彰仪门）时突遇乱军，连银子带账簿全被哄抢了。前几个月各号返京复业时，蔚丰厚京号如一堆荆棘和一堆狗屎，无从下手，无人接手，总号才又把他从上海调来京城。这颇有点别人拉了屎，却让他擦屁股的感觉，他也就颇有点愤愤不平了。

郝克凝说道："去年那个时局呀，如果子寿兄在京，宝号绝不会出现那样的糟事：若早上五天撤庄，断不会赶上乱局；若走西北德胜门昌平方向撤庄，断不会遇上乱军！"

李宏龄听罢，无奈地笑笑，说道："如果那样，我也就不用给他们擦这些屁股了！唉！"

郝克凝劝解道："能者多劳嘛！子寿兄好学敏思，才高八斗，这番来京城收拾罢残局，他日必有奖赏重用！"

李宏龄摆手道："唉！耀庭兄，我是徒有虚名，真招实祸啊！就因为我多嘴，好议论时局号事，让人家误以为我要越俎代庖，起了戒心，才落得今日下场！如今我五十五岁了，还有甚想头？只剩下告老还乡一条路了。我倒是很羡慕你耀庭兄啊，虽然读书少些，言语寡些，遇事却果断手快！啊呀，今年各号返京复业，又让你抢了头彩！如今你合盛元早已稳稳地坐在那里，美美地吃碗里的大块肥肉了；我这蔚丰厚呢，刚刚复业，连脚跟还没扎稳，碗里就更是稀汤了。"

"嘿嘿嘿！"郝克凝笑道，"我岂能与子寿兄相提并论！蔚丰厚眼下的情形哪能怪子寿兄？纯属前任之过！至于我今年抢得这个彩头，也只是那句俗话说的：胡打的胡成，叫花子坐了朝廷！嘿嘿嘿！"

"耀庭兄不必过谦，"李宏龄一本正经地说道，"我的年龄固然比你大了几岁，我读的书也算是比你多了几本，但具体做起事来，我真得向你学着些儿！"

"哪里，哪里！"郝克凝说道，"天下只有读书少的向读书多的人请教之理，哪能翻了个儿？"

"诚然，诚然！"李宏龄却坚定地说道，"以我多少年的体验：人生一世呀，学得好，不如用得好。学富五车而不用一字，到头来必是空空如也；学得一字而用于一世，到头来也会功名赫赫，钱财滚滚！"

"哦！"郝克凝听着，暗暗称赞李宏龄的见识，对李宏龄也更为钦佩！不禁惋惜道，"子寿兄不愧是咱山西票号界的大才子，只可惜没有派上大用场啊！"

李宏龄却笑着摆手道："嘿嘿！说说而已，说说而已啊！不过，这也是多数读书人的德性：有光，照人照物照四方，而不照己；有谋，为国为民为天下，而不为家！你看吧，许多读书人为国家谋事，总是头头是道，井井有条；为自己谋事呢，总是蹇蹇难行，荒荒无果！大到孔孟二夫子，小到私塾诸先生，无不如此！嘿嘿！真是奇也怪哉！"

李宏龄这一番话，既是发了一番牢骚，却也道出了一番哲理。郝克凝听着自是同情一番，赞赏一番。

郝克凝与李宏龄叙谈了约一个时辰，然后起身告辞，又自在逍遥地别处转悠去了。

郝克凝先人一步，赢人千里！

他本人嘻嘻哈哈地自在逍遥，而合盛元却稳稳当当地大赚特捞：其一，利用庆亲王大公子载振贝子的关系，广结王公豪门，大量吸引存款，以此扩大架本；其二，利用户部尚书衔右侍郎那桐的关系，广结户部各司的郎中主事，大量招揽各地欠缴京饷的汇兑生意，以此赚取汇水；其三，利用那桐、载振乃至庆亲王的关系，大量承揽各省汇往江海关的分摊赔款，以及各地开设矿务和兴修铁路的诸多汇款……

自从合盛元京号复业以来，先是巨大的存贷价差，放款美美地吃了厚利；后是巨额的银子流转，汇兑多多地赚了汇水！

十九

光绪二十八年腊月，郝克凝照常例给存银大户载振填写了一张存款利息票据，并约请载振来协盛昌吃烤全羊。

载振知道郝克凝的意思，自然如约而至。见面寒暄后，郝克凝将利息银票递给载振，说道："振贝子，这是一年的利息：二万两整数。"

载振一看一听，心里暗暗高兴："这郝克凝又给我多写了二三千两的利息！够义气！"于是嘴上自然就热乎了，"耀庭兄，你怎么又给我加利息啦？这不让我难为情吗？"

郝克凝笑着说道："振贝子对我合盛元格外施恩，帮了不少忙，我自然该额外加息嘛！再说了，今年我合盛元的买卖不赖，我就能做主开销更多的银钱，我还能不最先想到振贝子吗？哈哈哈！"

"哈哈哈！耀庭兄处事向来大气，那我就不客气啦！"载振也大笑起来，他一边将利票收起来，一边说道，"不过，有一条耀庭兄要记住了：以后有什么事需要帮忙的，也要最先想到我振贝子！千万不能客气啊！"

"那是自然，那是自然！"郝克凝应道。

酒过三巡，载振兴致盎然，颇多言谈：某地出了某事，某部出了某法，某人升了某官……说的全是朝廷的大事大官，口气却如唠着家常！

郝克凝早已知道，现在的奕劻是亲王兼总理大臣，可谓一人之下，万人之上；现在的庆亲王府是半个朝廷：皇帝虚置，太后年迈，许多朝廷大事多半由奕劻处置。现在听着载振的口气，郝克凝更觉出了庆亲王府的分量。

说了一阵国内的大事大官，载振又说起了国外的洋人洋景：某国亲王如何德性，某国公使如何交情，某国礼物如何上乘，特别是说起上次出使英国，更有说不完的西洋景！

郝克凝听着，自是稀罕，不禁心慕眼羡，啧啧嘘叹："真是世界之大，无奇不有啊！"

载振看着郝克凝的羡慕样子，蓦然一拍脑门说道："耀庭兄，我眼下可真有一条让你开眼界的路子。太后刚刚下了谕旨，命我和那桐为正副专使，明年三月前往日本参观大阪博览会，让我们考察兴办商业之法呢！耀庭兄如有兴趣，可当作随行人员前去，看看东洋景儿啊！"

"啊？……"郝克凝先是一愣，很快又喜出望外了，"好啊！跟着振贝子去看东洋景儿，再好不过的事啦！"

此时，载振和郝克凝二人或许只是酒桌上随便一说；而此后，却双双当成了一回正事。

载振这儿，当初高兴，是想为郝克凝做点什么；后来觉得，郝克凝作为商界大字号的人物，若能与自己同行去考察日本的商业之法，必能建谋献筹，为自己做点什么。所以，更笃定了带郝克凝前往日本的想法。

郝克凝这儿，当初是想去看看东洋景儿，后来细想：其一，当初东家离京时有话，让我放手去结交庆亲王府。如今振贝子邀我同行，谢绝自然不好，应诺方为妥当：顺其意，偕其行，必可加深友情。而此番远去日本，除了公事用公款之外，必有私事用私款之处，我合盛元自应为振贝子垫支私款啊！这样，必可加固私谊。其二，这两年京号生意兴隆，天津、保定二号也恢复正常，我自然脱得开身。而大掌柜和东家对我言听计从，十分信任，我若有意去日本，估计总号也不会阻拦吧？

如此如此，既想去，又该去，还让去，岂有不去之理？

于是，郝克凝向总号禀明此事，贺洪如大掌柜正倚重郝克凝，回信自是允诺；载振与那桐商量此事，那桐正对庆亲王府感恩戴德，何况郝克凝又是好友，回答自是"唯诺"！

于是，光绪二十九年三月二十三日，郝克凝随载振、那桐率领的参观使团，由京城乘火车出发，转道天津，要前往日本观东洋景儿了。

跟着庆亲王的大公子载振贝子和当今太后宠信的那桐出使日本，走到哪儿不是高规格的礼遇？

当天中午到达天津，直隶总督兼北洋大臣袁世凯在天津吴楚会馆精心为使团布置了行馆。次日上午，袁世凯带领下属亲自参见，并准备丰盛的午餐宴请使团。次日下午，袁世凯又亲自带领下属欢送使团。

然后从大沽乘坐日本长门丸号轮船启行。

四月初一日早晨到达日本马关，远在千里之外的神户领事蔡薰已经等在这里迎候了；当天傍晚到达广岛军港停泊，驻港的日本师团长山口将军又带领下属军官上船拜谒叙谈。

四月初三日抵达神户，当地领事馆人员、留学人员和中华会馆的商人在码头隆重欢迎；然后乘马车到中华会馆，由驻神户华商公请使团，更是酒馔精美，礼数周备，更兼他乡遇故人，主客无不尽兴极致，畅饮酣醉！

而且，因是华商公请，陪宴主人都是在神户做生意的商人，对同为商人的郝克凝自是别有一番热烈之情和亲近之意！

"郝老板，我袁某敬佩您啊，实在是敬佩！"神户中华商会会长袁诠敬酒到郝克凝面前时，已是半醉的样子，酒杯摇晃，激情飞扬，"您合盛元票号的名儿我就不说了，单说您，能在振贝子和那尚书的使团里算个人物，荣耀啊！一个商人能跟随朝廷使团一起来日本，什么时候有过？

没有，从来没有！您是我见到的第一个，您为咱商人争了脸面啊！为这，咱哥俩干一杯！"袁诠说着，一饮而尽。

郝克凝连连称谢，也一饮而尽了。

袁诠却并不走，依然斟满了酒杯，和郝克凝说道："我和郝老板的话还没有说完，酒也不能算完，咱哥俩再来一杯如何？"

"恭敬不如从命，我再陪袁会长袁老板一杯。"郝克凝应道。

于是，袁诠又给郝克凝斟满酒，说道："我已经敬了振贝子，敬了那尚书，敬了京城各部随行的观会委员，也敬了各省随行的观会委员，我可以和您多说几句话，多喝几杯酒。我还想说什么呢？朝廷能让您跟随使团前来观会，不仅是给了我们商人荣耀，也说明了朝廷圣明！朝廷能如此圣明，我们商人荣幸啊！来，咱们为朝廷圣明干一杯！"

二人又双双一饮而尽了。

喝了酒，袁诠和郝克凝拱拱手，晃悠着去另一桌了；可刚走了几步，一拍脑门，转回身来，又走近郝克凝说道："郝老板，我还有话和您说，还得再和您喝一杯酒！"

"啊？请讲。"郝克凝诧异了一下，看了看袁诠醉眼蒙眬的样子，笑着应道。

于是，袁诠又给郝克凝斟满了酒，说道："郝老板，先请您包涵，我还想和您说句直来直去的话。你们山西商人在国内可谓财雄势大，赫赫有名；你们山西票号更是信誉卓著，分号遍布全国，号称汇通天下！可你们为什么就不来日本设庄呢？是不能？还是不敢？连日本都来不了，这'汇通天下'的话也太大了吧！啊？哈哈！"

袁诠几句半醉的话，一开始还说得郝克凝满心舒坦，后面几句却说得他满脸羞愧！少作镇静，郝克凝才有了回话："袁会长说话直来直去，分明是一个直性子的人，爽快！我也喜欢直来直去，我以为：我山西票号汇通天下的说法，若以古时天下有九州论之，则堪称其名；若以当今天下包四海论之，则不堪其名。不过话说回来，这'汇通天下'的名称是道光年间叫出来的，其时其情，其人其见，也原本如此。若今人以此笑话古人，则后人必以此笑话今人。至于我山西票号不曾来日本设庄一事，既非不能，也非不敢，乃不知也！我等诚不知在日本有如此多的华商，实属孤陋寡闻，惭愧，惭愧！不过我若将此番见闻在同行中广为传播，我山西票号界必有敢为先者，日后自会来日本设庄！"

"哈哈哈！我正要郝老板的这几句话呢！"袁诠听罢郝克凝的话大笑起来，并拱手说道，"我刚才的醉话多有冒失，请郝老板见谅！不过，我也是激将之言哪！这不，郝老板已说山西票号要来日本设庄了吗？嘿嘿！说实话，我们实在是希望在日本能有中国的钱庄票号呀，你们一旦来设庄，我们会有很多方便！现在我们汇兑款项全得通过日本的银行，非常不便：一是歧视咱华商，办事常常百般刁难；二是克剥咱华商，汇水往往成倍加码！同样往国内做一笔一万两银子的生意，咱华商比日商在汇兑上就得多出一千两的费用！咱吃亏大了啊！"

袁诠会长说着，竟流出了眼泪！

"原来是这样啊？！"郝克凝听着，大为诧异，瞪大了眼睛；同时，也大受启发，动开了心思：华商期盼如此之殷，必拥戴我票号；跨国汇水如此之厚，必滋润我票号。若来此设庄，或许真是一股大财源呢！

郝克凝又和袁诠会长干了第三杯酒。

后来才知：醉话之中，竟含有天机；游玩之时，却捕得海利！

二十

郝克凝跟随载振和那桐带领的大阪博览会参观使团，当天下午乘火车到达大阪，继续在日本游览。

日本驻大清公使和大清驻日本公使早已通过日本外务省与相关方面接洽联系，为观会使团安排了高规格的接待和高水平的参观内容。一到大阪，大阪府知事高崎亲章就派代表在火车站迎候，并将大清参观使团安排在大阪最豪华富丽的酒店下榻。

四月初四日早餐，大藏省收税局长目贺田就前来陪餐，并介绍了日本海关税收的情况：机构如何，人员多少，办法若干，税额若干，等等。——考察税收是那桐此番出使的任务之一，他自是用心听讲，回到房间还要仔细记录。

当天下午，载振、那桐又拜访日本农商大臣、大阪博览会副总裁平田东助，听取了平田东助对博览会的全面介绍和日本农商部的具体事务。——考察商务是载振此番出使的主要任务，这回又该他用心听讲了。

四月初五日上午，参观铸造金银圆的大阪造币局，由局长长谷川亲自带领并做介绍。当晚大阪市长鹤原定吉隆重宴请使团，并有农商大臣平田东助、驻大阪师团长小川、大阪府知事高崎亲章出席作陪。席上，佳肴美酒种种，日本滋味备焉；雅乐艳妓翩翩，东瀛风情妙焉！

四月初六日上午，参观炮兵工厂，造炮，造子弹，造火药，工人勤谨，工序井然，工艺精湛，观者无不赞叹！午餐由师团长小川做东请客；餐后，小川又邀大清使团参观他的步兵、炮兵和骑兵训练，军容赳赳，军威赫赫，观者又是一番震撼！

接下来，参观汽车制造厂，参观电灯展览馆、美术展览馆、照相馆、水族馆，观看日本古戏，接受日本住友会社的宴请……

然后又前往东京拜访前大藏大臣松方正义，拜访现大藏大臣曾祢荒助，请教有关银行的各种事宜；参观日本银行、三井银行……

最后，于光绪二十九年四月二十五日（1903年5月21日），使团主要成员在载振、那桐带领下觐见日本天皇，载振颂词行礼，天皇慰问赐宴，皇后、亲王、宫内大臣、外务大臣等陪席，享受了最高的接待，完成了最后的礼仪！

……

于是，参观使团成员开始上街市购买若干稀罕物品，准备回国了。

郝克凝身揣用一万两银子从正金银行兑换的钱票，自然成了载振和那桐的私款钱袋子：二人看上什么入眼的物品，随手拿上就是，价款自有郝克凝随后付上。这二位亲戚众多，社交广泛，且颇讲礼数，出来一趟总得带回上百件礼品；而郝克凝携资充足，又个性豪爽，成千成千地花出去，手头哪里有半点圪缩！

载振和那桐在官场上飞黄腾达，扈从如云，追随如雨，真让人眼羡；而郝克凝在商场上纵横捭阖，挣钱如山，挥金如土，也真让人眼馋！……

五月初三日，大清参观使团数十人登上招商局安平号轮船，驶离马关港口归国。

载振、那桐、郝克凝及众观会委员站在甲板上回望日本岛国，无不感慨唏嘘：眼所见者，皆欣欣向荣之气象，如春天也；身所感者，皆勃勃向上之气息，如青年也！心所动者：明治维新前之日本，分裂而民贫国弱；明治维新后三十年之日本，统一而民富国强！——日本明治维新何其神效如是，何其神妙如是？！

此番大清应日本之邀，派出以载振、那桐为正副使的参观使团，可谓两国受益：大清向日本表示了友好，顺其意也；日本则向大清展示了国力，逞其志也。进而，大清倾向学习日本，日本又希望大清学习自己，结果自是双方联系紧密，信任增加；结果之结果，又使大清获得了来自日本方面的经验，日本增大了来自大清方面的利益。

而使团的全体观会委员更是大开眼界，受益多多：小者，人人享受了游乐观瞻之美，玩而赏之，有益于身也；大者，人人领略了维新变法之神，学而习之，有补于政也。

两位正副使收获更大：那桐二次出使日本，更加深了对日本诸多事物的认识。尤其是深入了解了银行税务之法，对大清兴办银行和改良税法，那桐已有了基本的谱儿，正在进一步深思熟虑，酝酿奏折。载振呢，在出使前，已受命与袁世凯、伍廷芳参订商律，操心于此；此番来日本参观各处，拜访各大臣，更关心于此；甚至，在与使团各成员叙谈中，也留心于此。

这日，郝克凝陪载振在甲板上散步观海，闲谈在日本参观的感受，载振不由得想到商务，问郝克凝道："耀庭兄啊，你是商人，对商业内行；依你这一个月在日本的见闻看来，日本商业如此发达，日本政府的作用何在？或者说，日本政府哪些商法，可以供我大清学习借鉴？你帮我思谋思谋！"

"振贝子，您这可难为我了。"郝克凝笑道，"我一介草民，只知生意买卖，这次出来也只是跟振贝子玩儿来了，哪能懂朝廷商法？"

"哎！这又不是在朝廷应对，错一句话就会怪罪？这只是你我朋友叙谈，有一说一，有二说二，随便说说嘛！"载振也笑道。

于是郝克凝说道："从我的感觉，日本商业之所以如此发达，大概有几点让我们商民羡慕。一是政府重视商民，商民地位与官员地位几乎平等。如日本正金银行的三崎龟之助和泽村繁太郎，两位既是正金银行的副董，又是日本贵族院议员。如此，既不受官员欺侮，又能与官府通气，买卖岂有不旺之理？而且，经商者既得实惠利益，又得尊显名位，人才岂有不聚之理？二是政府扶持商民。仍以日本正金银行为例，该行在北京、在上海乃至在营口等处的经理，都由当地公使领事介绍给当地大清官员相识；我就亲眼看到，当时小村公使领着三崎龟之助和泽村繁太郎去那大人府上拜访。如此，一个日本的私人银行借助了日本的国家力量，它自然可以借风扬帆，大力发展。三是抚恤商民。首先，除关税口岸之外，日本极少关卡；关卡少则货流畅，货流畅则百业旺，百业旺则生意隆。而且，关卡少必管理严，必利归朝廷；关卡多必管理乱，必利入私囊。其次，除正税之外，别无杂捐。无杂捐则市场物价稳，物价稳则民心安，民心安则买卖昌。——振贝子，我大清若也能做到这些，则是大清商民莫大之幸福，商业岂有不兴旺发达之理?!"

载振听着，连连点头，说道："耀庭兄所言甚是，我会奏明朝廷，为我大清商业建言，亦为我大清商民谋福！"

郝克凝拱手致谢。

载振站在甲板上凝望沉思：振兴大清商务之心，如眼前的滚滚波涛，极想有一番积极作为；而振兴大清商务之景，却如远处的茫茫大海，很难有一个清晰图像……

五月初十日，就在参观使团回京后的第三天，慈禧太后和光绪皇帝在颐和园仁寿殿召见了正副使载振、那桐，并详细询问了考察日本商业、财税、银行的情况，载振、那桐分别一一应对。

慈禧太后听得入耳入心，感到在情在理，于是对二人赞扬几句，再宣谕几句，说道："看来你二人这次去日本观会考察，甚是用功；所言兴商业、改税法、办银行之事，甚合朕心。兴商业唯在变法，载振不是在和袁世凯、伍廷芳参订商律吗？择其善而可行者用之，择其弊而该去者废之，再仔细条陈奏报吧。税法也只是改良，那桐可会同庆亲王奕劻和瞿鸿禨商订改良之法。至于办银行嘛，就依那桐所奏，势在必行，事在缓办。庚子年路经太原筹借银子时，藩库空空无银，巡抚慌慌无策，可山西乔家的票号一下就拿出来三十万两银子借给了朝廷！我是亲眼见了，一家票号竟比一座山西省的藩库有钱，我大清岂有不办银行之理?！可是办银行需要筹措大量银子，而眼下大清国库空虚，也只得缓办。现在我大清推行新政，百废待兴，但国力所限，只能择其易行者先行，难行者后行了。"

那桐听着，感到了慈禧太后在推行新政上确实想积极有为的心情，却也感到了她的话语中确实有颇多的无奈和悲凉：国家连年战乱，国力空虚了；太后屡遭丧败，心力萎靡了；如今又人老年迈，精力衰竭了。——一个年近七旬的老太太面对国破山河碎的残局，其心若何？其情若何？难堪，难堪！而她还要肩挑千万里河山和亿万万民生的重担，其力若何？其能若何？难耐，难耐！

再看看慈禧太后身边的光绪皇帝，虽是年轻的男子汉大丈夫，却如木偶泥胎一般！那桐不由得想起了智慧英武的日本明治天皇，两国皇帝真是天壤之别呀！于是，他又想到了维新变法：这维新变法确实是好东西，是宝物，如宝刀宝剑宝葫芦！但也得配上英雄豪杰，方可宝光四射，宝气四溢；才能纵横天下，经纬千秋。如日本明治维新与明治天皇是也。如果这宝刀宝剑宝葫芦配上凡夫俗子，则恐怕宝光黯然，宝气收敛，宝物也成凡物俗物了……

慈禧太后召见载振、那桐达一个钟头，然后跪安退下，各行其事去了。

二十一

此时的慈禧太后是笃定要倚重庆亲王奕劻父子了。

奕劻身为外务部总理大臣，已是内阁首辅；身兼御前大臣，又是内廷显位；这还不够，又在今年三月授了军机大臣，更是枢要腹心重臣了！

载振呢，前年腊月晋封贝子衔，已是晋爵五级；去年出使英国，又让他露脸十分！今年更甚，三月受命与袁世凯、伍廷芳参订商律，很快又受命与那桐出使日本参观大阪博览会，已露重用之意；七月十六日（1903年9月7日）新设商部，位居外务部之下，吏、户、礼、兵、刑、工六部之上，授载振为商部尚书，则尽显重用之意也！

大清设立商部，固然是圣恩眷顾了载振，给了他商部尚书之位；却也洪恩浩荡，润泽了千百万商民，给了他们堂皇之名，昂首之幸！——世世代代延续了数千年的末等贱民，与贵为头等的士子平等了；世世代代延续了数千年的末等贱事，由位在六部之上的商部管理了。

大清顺应时势设立了商部，而载振积极作为，下而采纳商情，上而奏请朝廷，也推出了一系列措施：

一是设立官方机构。其一，在商部下设有农务司、工务司、商务司、庶务司，商务司又设有商律馆、商报馆、公司注册局、商标注册局。其二，在各省各地设商务局。其三，在商部组成议会，各省遴选能吏，造册上报，商部委任其为议员，履行商务提倡考察之责。——于是，官方的商务机构齐全了，设部设局，上下通焉；官员议员，左右融焉。

二是促成民间商会。其一，商部特制定《商会简明章程》26条，劝谕京师及各省成立商会，并责成各级官吏：各省商人有筹办商会者，地方官随时详报督抚和商部，不得阻遏，以顺商情。其二，制定《商部接见商会董事章程》8条，使官商声息相通，以除隔膜之弊。其三，商会之下，又要求各行各业设立分所，以期互相联络，共维行市。如上海票号钱庄银号业即成立有上海汇业公所。其四，在京师设立总商会，并由各地商会董事照章投票公举总理、协理。——于是，民间的商务机构齐备了：各行各业有公所，综于各地商会；各级有商会，由县厅而州府而省，归于京师总商会。

三是宣示劝商圣谕。其一，"现在振兴商务，全在官商联络一气，以信相孚，内外合力维持，广为董劝，以期日有起色"。其二，"各省将军督抚通饬所属文武各官及局卡委员，一律认真恤商，持平办理，力除留难延搁各项积弊，以顺商情"。其三，"准奏华商办理实业爵赏章程"。其四，"准奏援照军功加奖成例酌拟商业叙奖办法"。——于此，足见朝廷劝商重商恤商的殷殷之心和切切之情！

四是颁布兴商条例。

其一,《商人通例》19 条;

其二,《公司律》131 条;

其三,《公司注册试办章程》18 条;

其四,《商标注册试办章程》28 条;

其五,《破产律》69 条;

其六,《华商办理实业爵赏章程》10 条;

其七,《奖励华商公司章程》若干条;

……

载振首次担当实职就是这新设立的商部尚书。尽管上有太后和庆亲王做主,下有袁世凯、伍廷芳协助,做起事来顺心顺手,但忙碌却是必然的情形。更重要的是,庆亲王奕劻一心要栽培儿子,禀明太后恩准,又将自己的御前大臣一职转授给载振!这么一来,载振就忙上加忙了。

此前,载振身为公子哥儿,从小到大,身子闲得无事,银子多得无数,与朋友聚餐喝酒是隔三岔五的事。但自从任商部尚书以来,载振竟忙得难以抽身一次与往常的朋友喝酒聚餐了。

像郝克凝这样已有若干年交情的朋友兼合作伙伴,哪年不聚个五七八次?但今年后半年却一次也不聚了,仅仅见过三五次面,也是有事办事,完事了事,各忙各事!

到年终腊月,郝克凝必须得见一次载振:一要奉上存款利息清单,二要奉上照顾汇兑生意的谢忱,三要奉上年节敬意。载振不能像往常一样出来聚餐叙谈,郝克凝只好到庆亲王府拜见了。

载振虽为公子哥儿,如今又任了重要官职,对待老朋友却依然是老样子,一见郝克凝到访,依然拱手热情迎接:"啊哟,耀庭兄来了!不好意思,我们早该在外头聚一聚的,这半年来实在是忙,忙,忙!简直忙得焦头烂额!哈哈!"说着,让座上茶,待以上宾之礼。

郝克凝拱手见过礼，也笑道："振贝子原本是没有上套的千里驹，自然消闲；如今成了驾辕马，岂能再消闲！不过，您忙了好啊，您忙我们沾光！自从大清设立商部，振贝子担当商部尚书以来，抚商恤商，劝商奖商，我们商界的朋友无不扬眉吐气，无不对振贝子感恩戴德，一片叫好之声啊！"

"是吗？耀庭兄过奖了吧？"载振笑道。

"绝非虚言，毫不夸张！我还想再加一句呢，振贝子这么多年来，要么无事可做，要么做起来就有声有色，像模像样！我看振贝子真有些像古人说的话：十年不飞，一飞冲天！"

郝克凝说着，连连竖着大拇指。载振却笑着，连连摆手，说道："过誉了，过誉了！我载振这番出任商部尚书，能上不负朝廷重托，下不负商民期盼，内称尚书职，外成商务事，就谢天谢地了，哪敢言'一飞冲天'？！嘿嘿！"

"振贝子过谦了！"郝克凝笑着说道。

"真的！"载振却认真地说道，"商部成立以来，若说人，我倒也搜罗了不少经济之才；若说事，我们倒也颁行了不少劝商之法；但说到钱，商部草创，诸事都需银子，却总是捉襟见肘！可户部那里也是空空如也，根本拿不出银子来应商部之需！我奏报到太后老佛爷那儿，她老人家也没银子呀！老佛爷倒是让我想法子，可我也想不出什么生钱的法子呀！这么一来，许多想办的事，该办的事，就只得拖延了。——耀庭兄乃商界大才，今日来了，我倒想请你帮我想个生钱的法子呢！"

"哦？原来这样啊！"郝克凝说着，眼睛转了几圈，想到了一件事体，便笑着说道："振贝子一向打理王府的钱财，颇晓钱生钱之道啊？怎么打理起朝廷的钱财来，倒'厮打忘了拳'啦？"

"哦？我颇晓钱生钱之道？"载振疑惑了。

"对呀！"郝克凝仍然是满脸的笑容，说道，"既然庆王府的钱可以存在我们钱庄票号里生息,那朝廷的钱为什么不可以呢?嘿嘿!"

载振仍是一脸的疑惑:"可户部银库里空空荡荡,哪有钱呀?"

郝克凝笑道:"户部银库里为什么空空荡荡?银子哪去了?"

"这不明摆着吗?朝廷每年能收各项税款八九千万两,仍是入不敷出;《辛丑条约》签订后,每年仅付洋人的赔款就得四千多万两!各省各关该上缴户部的银子,大多直接汇往江海关了呀!"载振说道。

"振贝子的眼睛盯住江海关,这不就有钱了吗?"郝克凝说道,看到载振仍然疑惑的样子,便直接捅破了所谓钱生钱的底儿,"据我所知,这四千多万两赔款,都由各省各关直接汇往江海关库,然后连同江海关征收的关税,按季划汇给汇丰、正金等洋人银行。振贝子可仔细盘算一下:给洋人的赔款按季支付,而各省各关汇往江海关库的时间先后不一,或多或少总要在江海关库停留些日子,这不就成了闲钱?以一季一千万两之数,平均闲置的银子总在三五百万两之数。如果把这些闲时的闲银交给票号钱庄生息,岂不是一笔不小的数额?况且,上海生意历来畅旺,银根一向紧缺,一旦宣谕商界,各票号钱庄必踊跃领存;然后择其资本殷实、信誉卓著者放款,这样,一年生息下来不会下了十万之数!"

载振听着,一拍脑门,说道:"啊呀,妙啊!多谢耀庭兄了!我这就尽快奏明太后,颁行此法!"

"不敢劳振贝子谢!"郝克凝说道,"倒是得预先向振贝子讨个人情:如果到时候实行此法,请振贝子给江海关那儿打声招呼,多多照顾我们合盛元上海分号为盼!实不相瞒,我这主意还是从上海分号掌柜那儿得来的呢!"

"那是自然!"载振说道,"哦!这样说来,我还得谢你们合盛元上海分号的掌柜呢!"

"哪里,哪里!多谢振贝子了!"郝克凝说着拱手致意。

"哈哈哈!"载振笑声连连,快意翩翩。

一番叙谈之后，郝克凝将利息折子奉上。载振看了一下，知道仍然多写了若干，心中自是高兴。待郝克凝奉上年敬礼，说明今年要回山西过年结账及提前拜年之意，载振心中更感动了：这郝克凝在日本时就为我花了几千两银子，我心里还落着他的亏欠；如今又这样处处大方，叫我如何是好？虽然我为贵胄，他为平民；我为大臣，他为商人，但究竟也是老早就处上的朋友，也得讲点来往之礼啊！……稍一地懂，想到郝克凝家的前年生了儿子，父子还没有见过面呢，何不回他个给儿子的见面之礼？

于是，载振随手从柜子里拿出一个盒子递给郝克凝，说道："我知道耀庭兄不缺钱，就送你这个稀罕玩意儿，给你的儿子作见面之礼吧！"

郝克凝接过来打开一看：原来是一个金链子玉锁！再仔细端详：金链精美，玉锁圆润。玉锁上有金线缕缕，在正面勾勒出了"天仙送子"四个字；翻过来，又是金线勾勒的"福寿绵长"四个字。

郝克凝端详了好一会儿，知道是个好物件，却不知名头。他一脸疑惑，抬眼看了看载振说道："这……"

载振笑道："耀庭兄没见过吧？市面上大概见不到这玩意儿了。嘿嘿！这叫金镶玉！据说这还是乾隆爷时候的东西呢！嘿嘿！"

"哦——！"郝克凝听罢惊叹了一声，说道，"这礼也太重了吧？振贝子如此厚礼，我如何敢受？"

"客气什么？你拿上就是！回去给儿子戴上，就算你给儿子的见面礼嘛！哈哈！"载振笑道。

于是，恭敬不如从命，郝克凝千恩万谢一番，收起了这个金镶玉锁；然后拱手告辞，出了庆亲王府，回字号了。

郝克凝怀揣这个金镶玉锁，一路欢天喜地；晚上，他再把玩着这个金镶玉锁，一夜笑脸乐眉！

二十二

郝克凝去庆亲王府拜别了载振，又备了礼物，前往那桐府上。

那桐和载振一样，正当圣恩眷顾之时，是大清朝廷里最红的两个人。而且，载振毕竟是王子龙孙，他谋个尚书之类的官职，如同在自家的菜园里摘个豆角黄瓜一样随便，自然，容易；而那桐毕竟是个寒门出身的举人，虽然姓叶赫那拉氏，却也与当今太后有八竿子远呢！所以，那桐的飞黄腾达比载振更为显眼！

光绪二十九年的那桐可谓官运亨通，扶摇直上：

三月，与载振出使日本，参观大阪博览会，身负考察学习财政、税务、银行之任；

五月，刚从日本回来就由尚书衔的户部侍郎升为户部尚书，总管大清财政税务；

九月，又擢升为外务部尚书兼会办大臣，名列庆亲王奕劻一人之下，各部诸多尚书之上；

十一月，又受命为与日本互换商约全权大臣，与日本国签订商业条约；

腊月初二，又由左翼总兵升为步军统领并管理工巡局事务，这也就是人们习惯称谓的"京师九门提督"一职。

此时，慈禧太后分明把那桐当族人亲人看待了，把两个最重要最关系她安全的职位都让那桐管了。步军统领掌管京师各旗军队，京师百官乃至皇上太后的命都捏在他手上，哪个帝王都会委以腹心亲信。外务部掌管各国洋人事务，而此时的大清朝廷乃至皇上太后的命运已成了洋人的掌上之物：与洋人周旋得好，则把大清当个国家，敬其君，礼其臣；与洋人周旋得不好，则把大清当块鱼肉，刀其上，俎其下！慈禧太后被洋人治怕了，外务部更得委以腹心亲信。

如今的那桐可算是位高权重，势倾朝野，说起话来，谁人不听？办起事来，哪处敢拦？于是，水涨船高，郝克凝和合盛元票号也随着那桐升官而沾光多多。更加上他长期在户部做事，人脉广稠，各省藩台、各关道台多是朋友故旧，请托既多，应诺必响。那桐一句话或一封信过去，大笔大笔的汇兑生意就交给合盛元了。特别是，《辛丑条约》签订之后，每年支付各国洋人四千多万两赔款，除上海本埠和江海关的税赋之外，都须各省各关汇往上海，等于是凭空多出来三千多万两的汇兑生意；仅以平均百分之三的汇水计算，一年便有一百万两的汇水流入山西票号的账上，分到合盛元头上，则至少有十万两之多！

郝克凝自从与那桐结为金兰之好，每年都会携上礼物上那府拜年；这两年沾光多了，生意好了，礼物也就贵重了。

这日，郝克凝来到那府，先到上房拜见那老太太，说明提早拜年，今年将回山西过年之意；然后奉上礼物，叩头行礼。那老太太自是欢喜，吩咐上茶水，上果点，笑脸盈盈，笑语连连："耀庭啊，前些天我的生日你来祝寿，已经提来那么多东西；这还不到半月，怎么又带这么多东西过来，我哪来的这么大福分，受你们这么多礼啊？！"

郝克凝笑道："您福如东海，福分大呢！我们给您来祝寿拜年，还是为了沾您点儿福分，保佑我们呢！能从您的福海里舀给我们一瓢福水，那我们也就成有福之人啦！哈哈哈！"

"哈哈哈！那敢情好啊！"郝克凝一番话把那老太太逗乐了，不禁大笑起来，"我要果真有福海呀，给你们舀十瓢都行！"

"那我就在这里谢恩了！"郝克凝微笑着，起身作揖。

"哈哈哈！耀庭啊，你真会说话呀！"那老太太笑得合不拢嘴了。

郝克凝与那老太太叙一会儿话，便要去那桐书房；那老太太却叫住他说道："你且等等，我有东西给你！"

那老太太说着，拉开炕几上的一个抽屉，取出一个精美的推光漆盒子打开,却是一串晶莹透亮的玉珠!她一边递给郝克凝,一边说道:"把这串佛珠拿着,算是我给你儿子的礼物!你儿子两岁多了吧,他还没有见过你这个父亲呢!你们买卖人长年在外,也真是不容易啊!回去给你儿子戴上,也算是你给儿子一个见面礼吧!"

郝克凝一看这串玉佛珠的形色,知道价值不菲,连忙说道:"伯母,这串珠子太贵重了,您自个儿留着吧!我们这平民百姓的儿子,哪配戴这么贵重的玉佛珠啊!"

那老太太见郝克凝推辞,正色说道:"什么平民百姓?你既与桐儿结为金兰之好,你的儿子便如同我的孙子了。再说了,这串珠子我是专门给你儿子准备的,还在香山碧云寺里供了一个月呢!你敢忤了我的一片心意?!好好拿着,回去给儿子戴上,有佛祖保佑,咱孩子自会平平安安,健健康康,顺顺当当!"

郝克凝见状,只得恭恭敬敬接过玉佛珠,再次躬身致谢。

"这就对了!"那老太太脸上又浮出了笑容,说道,"去吧,去书房和桐儿聊去吧!"

郝克凝欠身出了那老太太房间,来到那桐的书房,又与那桐叙谈起来。

郝克凝向那桐道喜,那桐谦虚致谢;那桐则询问郝克凝的生意,郝克凝如实作答。郝克凝说这两年沾琴轩的光,合盛元的生意兴隆;那桐笑笑脸,摇摇头,又连连称好!那桐说这些年借耀庭兄的力,我才官运亨通;郝克凝哈哈嘴,摆摆手,又阵阵叫妙……

二人少叙一会儿,郝克凝便起身告辞,出了那府,走出金鱼胡同,回崇文门外的合盛元票号了。

二十三

郝克凝去了载振、那桐等处，把各处关节维系好了，把各方朋友笼络住了，把字号的紧要事务也打理完了，便可以放心地回祁县总号述职，回家过年了。

京城的公事一切处理停当，只需明日上街采购些京城稀罕之物，后天就可以上路。当晚，郝克凝的心就飞回了老家。

郝克凝先是拨拉了几下算盘，估算总号的账期分红：总号约莫要比上个账期好，而京号的生意则比上个账期多出一倍有余；这样，给京号伙计们增添身股就可以人人有份，稍差者半厘，平常者一厘，特好者则可以到一厘五甚至二厘，自然皆大欢喜。自己嘛，若再添上一厘，就是九厘，接近全份子了。嘿嘿！

然后，他又回想自己的人生：我这大半辈子也算没有白活，能入合盛元票号，已是自己的造化；能挣上几万两银子，起房盖屋，娶娇妻，得爱子，更是自己的福分。特别是能长期掌管京号，结交王公大臣，知晓朝廷秘事，甚至远渡重洋去日本游玩，真是整日吃喝玩乐，享尽口福眼福！而且，名声在外，京师商界政界有几人不知我郝克凝老板？法力通天，朝廷六部九衙有几处不认我郝克凝老板？大清的一品官也不过如此吧？！这个账期下来，再顶成九厘的身股就更完美了！嘿嘿嘿！

想到自己的事业，郝克凝自是得意扬扬；再想到自己的家庭，郝克凝又是一阵暖意融融：妻子娇美贤惠，堂室鲜亮，已是十分艳福；又有了两个儿子，子嗣昌旺，更是百分后福！

想到这儿，郝克凝又想到自己两岁多的儿子，还没有见面呢！这个小儿子是甚模样？像他妈还是像我？个子矮，还是个子高？进一步再想，福分小，还是福分大？

接着，他又想到了振贝子送给儿子的金镶玉童锁和那老太太送给儿子的玉佛珠，便拿出来观赏一番，把玩一番，寻思一番：这串玉佛珠分明是贵重之物，他早有耳闻，也见过此类东西；如今再在佛寺里供了一个月，并由大福大寿的那老太太送来，这串珠子可谓聚贵气、灵气、福气于一身啊！这个金镶玉童锁呢，分明也是贵重之物，但他未曾听说，更没有见过，这或许是比玉佛珠更贵重的物件呢⋯⋯如此看来，我这小儿子能佩戴这两件由大福大寿大尊大贵之人赠送的礼物，分明福分不小呢！

次日，郝克凝上街采买私物，走到琉璃厂一带便想起那个金镶玉童锁；于是兴致所来，就到古董店打问"有无金镶玉童锁？"一连问了几家，却一个个都是一问三没有，甚至一问三不知！

最后遇到一位古董店的老掌柜，才告诉他一番金镶玉的来历："先生，我看您也不是等闲之人，不过你在古董上却是外行。我实话告你吧，市面上根本见不到这金镶玉的物件！我也实话劝您，也不用再费工夫打听问询了。据我所知，做这种金镶玉的手艺早已失传近一百年了。这种物件在乾隆爷时出现，到嘉庆爷时就再没有新的东西了。我从小入了这一行，也大半辈子了，还从来没有在店里见过这种物件。只是偶然的一次机会，在一个王府里见过一次，以后就再没有这样的眼福了。这种物件啊，存世的顶多一二十件，恐怕也都在皇宫王府里，寻常人是见不到的。"

"哦！原来是这样啊！我还以为是普通的古董呢！"郝克凝惊讶地感叹了几句，然后拱手致谢，"多谢您了！"

原来如此！

郝克凝知道了金镶玉的来历，也知道了载振的厚意。回想自己与这位贵公子这些年的交往，虽意气相投，常常喝酒聊天；利益相连，往往存银生息，却毕竟地位悬殊。一为王子龙孙，骨子里高傲；一为平民百姓，心底里谦卑。这两种人能处成真心朋友吗？可如今载振把如此稀罕贵重之物赠我，还不够真心朋友吗？!

想到这些，郝克凝感动起来，感叹起来：这载振真够朋友！我郝克凝也真够幸运！确实是幸运。载振待我如此，如今又地位权力如此，过去沾光，将来还更要沾光呢！还有那桐，他的地位扶摇直上，待我却依然称兄道弟，如初如故……

有了这样的两个朋友帮扶，郝克凝坐镇合盛元京号，生意不旺才怪呢！回顾往年，郝克凝打理得京号生意隆隆，财源滚滚，自感得意扬扬；展眼来日，他在京号必会有一番更大的作为……

过了腊八节，郝克凝将京号托付给二掌柜郭长林照料，便带着账房赵儒义，戴狐帽，穿裘衣，踏毡靴，坐轿车，冒着三九天针一样刺骨的寒风，轧着腊八时铁一样硬邦的大地，"咣啷，咣啷"地上路了。

轿车出了广安门，经过卢沟桥，向直隶涿州、保定方向而行。

天气虽寒，但郝克凝穿裘戴皮，身上暖烘烘的，毫不觉冷；路面虽硬，但轿车里垫絮铺棉，屁股下软绵绵的，并不觉顿。倒是身带过去几年的滚滚财运，心中得意，脸上挂喜；怀抱未来几年的煌煌希望，眼神焕彩，额头发光！

从卢沟桥至涿州，从保定至正定，一路走来多处看到卢汉铁路的建造情形：保定至卢沟桥，业已建成通车；过了保定，则或已铺轨，或已筑基，或遇有河床则是一番准备筑桥之状。

郝、赵二人见此情形，自是一番感叹：

"这卢汉铁路从光绪二十一年至今，已经八年了，银子费了千万，却仍然没有建成，真是个无底洞啊！"赵儒义感叹道。

"千万？恐怕得万万呢！我听说呀，这卢汉铁路全长近三千里，要全线建成贯通，还不算将来购买火车设施和雇用人员，就得花费上万万两银子！算下来，一里长的铁路就得花费四万两银子！嘿嘿！说是铺铁路，实是铺银子呢！"郝克凝说道。

"哦！我的天呀！不过，这修铁路用的银子都是从各处筹来，再向各处花费；银子流来流去，总得经咱票号汇兑，总得给咱票号汇水，这倒是多多益善啊！"赵儒义说道。

"对喽！"郝克凝笑道，"这些年修建铁路哪，也算是给咱票号的饭桌上增加的一道菜！呵呵！"

轿车从正定至井陉，从娘子关至寿阳，看到的又是一番正太铁路的建造情形：或开山筑基之形，或架桥铺轨之势，虽然冬季停工，却也能强烈感受到在这崇山峻岭之间修造这正太铁路的艰难。

郝、赵二人自然更有一番感慨嘘叹：

"这修造正太铁路比修造卢汉铁路肯定更难，肯定更费银子！"赵儒义说道。

"是啊！不过，一旦修成了，那可真叫好，也真赚钱！我今年随振贝子和那桐去日本时，坐过人家的火车，从东京到西京，约一千里地，只用了九个钟头就到了！而且，坐上去像在水上坐船一样绵，像在家里坐椅子一样稳，一点也不觉颠簸顿人！你想想，如果这卢汉铁路和正太铁路修造成了，全通了火车，那咱们要是从京城坐火车回太原，十来个钟头就到了。哪还用像现在这样走十来天受累啊？"郝克凝说道。

"哦？真好啊！那——坐火车的人可就成了能腾云驾雾、日行千里的神仙了！"

"是呢！儒义啊，我去了一下日本可是长见识了：这世界在变化，新的玩意儿一个接一个！这大清也在求变求新，咱们的商机也在变，也在新，真得瞪大眼睛留神看呢！稍不留神，商机就让别人逮着了，咱们就成了掉进面缸里的老鼠，白瞪眼儿！嘿嘿！"郝克凝笑着对赵儒义说道，却意味深长。

赵儒义听着，颇有所感，也颇有所悟：这世界真的变化无穷，这商机真的捉摸不定！在庚子事变前，谁能想到八国联军打进北京城？抢劫北京城？而辛丑年签订条约后，谁又能想到京城百业迅速恢复，票号生意突飞猛进？必须顺势而为，随机应变，方可立于不败之地，成为常胜之人！

想到这些，赵儒义不由得暗暗佩服坐在自己面前的郝克凝掌柜：仅仅在这庚子事变前后，撤庄撤得多么利落！复业又复得多么漂亮！进而，又暗暗告诫自己，身边有这样的好师傅，日后要好好留心留神，学其道，修其行，养其德，做其人。

轿车进了寿阳地界，天空中渐渐飘起了鹅毛大雪。于是，天上雪漫漫，如幔如幕；地上白皑皑，如棉如絮；而轿车走在蜿蜒的山路上，时起时伏，时隐时现，则如诗如画，如梦如幻……

郝克凝坐在轿车上赏雪观景，望群山之高大，思前程之遥远，念往事之跌宕起伏，瞻来日之变幻莫测，不禁思绪悠悠，感慨万千！

正是：

中华兮老矣，八国也欺凌。

祖制需除敝，朝廷得澈澄。

因时而变法，顺势乃垂绳。

九转还阳后，鲲鱼化作鹏！

一

天下百家诸子纭纭，万般学说纷纷，而修身、齐家、治国、平天下，乃至于做人间万事所适用者，莫过于孔夫子提倡的知、仁、勇三美：知可见微，可悟道；仁可持久，可积德；勇可获大，可著功。

古往今来，士农工商，成大事成大功者无不兼备这三美，合盛元票号及其东家掌柜亦然。仅以这个账期为例：

庚子事变前，如果不是京号掌柜郝克凝知几见微，敏锐地察觉到不祥之兆，及时组织撤庄，那数十万两银子就化为乌有了！——此知而见微，可避祸也。

《辛丑条约》签订前，如果不是东家郭嵘、大掌柜贺洪如和京号掌柜郝克凝果敢冒险，携巨资率先返京复业，那肥肉般的银票折兑、巨大的存贷利差和丰厚的汇水，哪能自动流到合盛元的红利账上？——此勇而获大，得厚利也。

此外，上应朝廷大臣之急，下念京城百姓之艰，毅然返京复业，树信于官而施惠于民，终归赢利于己。——此又仁而持久，有后福也。

这个账期，虽然遭遇庚子事变这样前所未有的战乱，合盛元票号的东掌们凭着"知""仁""勇"三宝逢凶化吉，遇难成祥，竟获得了前所未有的业绩，获红利达五十八万两白银！

大先生阎文通兴奋地把这个数额告诉大掌柜贺洪如时，贺洪如喜出望外："哦！接近六十万两了！比上个账期多出近二十万两了！哈哈！嘿嘿！"贺洪如晃悠着头，比画着手，乐哈着嘴，闲踱着步，兴奋得像个孩子。

"嘿嘿！哈哈！"阎文通也像个孩子般笑着。

"哦！大先生，这个数没错吧？"贺洪如笑了一阵，又收敛起笑容，疑惑着问道。

"没错呀！"阎文通应道。

"该扣除的都扣除了？比如，副本的利息，东家这一回添进来的三十万两借款利息，还有东家掌柜伙计们历年滚存的红利利息，这些款项的利息都扣除了？"贺洪如扳着手指一一数念着，问道。

"都扣了呀，都按年息六分的利息算出来扣的。二十万两副本，四年下来是四万八千两的利息；东家的三十万两借款，三年下来是五万四千两的利息；东家的红利滚存是六十八万两，四年下来是十六万三千二百两的利息；众掌柜伙计们的红利滚存是四十多万两，四年下来是十万多两的利息；合起来是三十六万多两的利息，全从毛利中扣除了呀！"阎文通拨拉着算盘珠子，一字一板地说道。

"噢！这我就放心了。嘿嘿嘿！"贺洪如说着，笑声比刚才更踏实，更稳健；笑容则比刚才更灿烂，更辉煌了。

贺洪如高兴如此，自然有意好好慰劳众掌柜。于是，再次叮嘱祁县号掌柜李苞："一定要给各分号回来的掌柜们安排好吃住和年货，比往常账期都要好！要记住：但求好，不要怜惜银子！"

腊月二十前后，各地掌柜相继回到总号，除由字号上准备好吃好喝好住之外，贺洪如还要备上好茶，一一单独约谈晤面：询问各处买卖情况，表达总号慰勉之意。而他尤为留意者，仍是京、津、保及东北奉天、营口、安东等号。这些地方时局多变，福祸难料，分号需出色之人，总号需出格之遇，而最关键者便是郝克凝、申树楷二人。

郝克凝在这个账期最为风光，不仅京号生意兴隆，红利滚滚，而且对天津、保定等号多有扶持，对其他各号也颇有协助，更为显露本领的是：撤庄英明，复业果断，获利丰厚，使合盛元票号出尽风头！

这番账期回祁，贺洪如大掌柜自是特殊对待：

——郝克凝呈报载振和那老太太给他儿子的贵重礼物，贺洪如毫无驳拦，倒是给足了他顺水人情："这算私人交情，你拿回去就是！"

——郝克凝拟报郭长林、赵儒义等人增添身股数，贺洪如毫无犹豫，也给足了他权力："京号的事你最知底，依你就是！"

——郝克凝回报随载振前往日本的花销情况，贺洪如毫无嫌疑，又给足了他面子："陪人家明明就是要花销嘛，如数销账就是！"

总号大掌柜贺洪如对待郝克凝这个分号掌柜竟如此爽朗：一说两响，九呼十应！

贺洪如如此，郝克凝自是受宠若惊，感激涕零，为大掌柜献言献策，为京号建谋建猷，无不殚精竭虑！

当贺、郝二人说完这个账期的事，大掌柜贺洪如问"耀庭对时局有何见解，咱合盛元下个账期该作何打算"时，郝克凝自是知无不言，言无不尽：

"以我看来，这几年时局变化太大，未来几年变化会更大。自从《辛丑条约》签订、两宫回銮以来，朝廷痛定思痛，力图学习洋人之法，革新大清之政；这两三年才算开了个序儿，大变化还在后头呢！但究竟将来如何变化，实难预料，咱只能时时留心，处处用心，随机应变，顺势而为。

"就眼下的时局看来，我以为有三喜三忧：一喜是朝廷设立商部，大力鼓励扶持商业，将来势必商人体面，商业兴盛，对我们票号自是好处多多。二喜是现在载振、那桐身居要职，且来日方长，我与他们几十年的交情就派上了用场，自可沾光多多。三喜是朝廷现在大力鼓励修造铁路，开设矿业，所用款项甚多，再加上每年支付四千多万两的赔款和借款，银子必会在各处大量流动，这自然给了咱票号大量的汇兑生意。不过，在这三喜之外，还有三忧：一忧是户部正在筹备组建银行，虽然筹措巨额银子并非易事，在各处设庄布局也需时日，但是一旦开张起来，现在由咱票号经手的各地官款汇兑生意，恐怕就被抢夺独吞了。二忧是各国不断逼迫大清开放商埠，由沿海而沿江，由大都会而省会，各国商行银行咄咄逼人；这样，银行直接夺我山西票号利权，商行则侵夺中国商人利权，也间接伤我山西票号利权。久而久之，华商萎靡，票号也难有起色。二忧是赔款巨额，如此大量地向各地摊派，势必竭泽而渔；这样下来，皮之不存，毛将焉附？将来咱票号也就没有生意可做了。"

贺洪如仔细听罢，想了想，说道："耀庭所言三喜是眼前之喜，我们自应紧紧抓在手里，把这些眼前之喜变成囊中之利。三忧虽是下一步的事，并不火烧眉毛，却也需未雨绸缪，早作应对之策，预想破解之法。唔——耀庭心中有甚良策，不妨说来！"

郝克凝略作思索，谦然一笑，说道："大掌柜，我也没甚良策。对于户部筹建银行之事，我觉得实在没甚应对之法；官与民争利，民能奈官何？对于国家竭泽而渔的情形，咱恐怕也毫无回天之力；朝廷对洋人无奈，咱票号对朝廷无奈啊！我倒是对洋人咄咄逼人之势，有个大胆的想法：学习洋人之法，争夺洋人之利！——咱合盛元票号去海外设庄！"

"哦？！"贺洪如听罢，惊讶地瞪大眼睛，旋即又兴奋地催促道："你仔细说来听听！"

于是，郝克凝将自己去日本的情形说给贺洪如："大掌柜，我今年去日本时，发现在日本神户、大阪、横滨、东京等城市都有不少华商在那里做买卖。他们从这些城市贩运日本货到上海、宁波、福州、广州等地，再从这些地方贩运中国货到日本各地，一年的买卖总在几千万两白银以上！他们这么多的银子在两国间汇兑，全靠日本银行；而且颇受歧视，多有不便，汇水又高出日本商人一倍之多！我在神户时，神户华商公请参观使团，华商会长袁诠知道我是合盛元京号的掌柜，还特意和我多喝了一杯酒，希望咱合盛元票号去日本设庄呢！而且，为了将我的军，还笑话咱山西票号自称'汇通天下'，却连一水之隔的日本都不通呢！我想，既然日本的银行能来中国，那中国的票号为甚就不能去日本呢？况且，在日本的华商迫切地希望咱去呢！"

"哦——!"贺洪如现在听明白了,"咱合盛元去日本设庄?!"

"对!"郝克凝应道。

贺洪如听着,想着,然后缓缓说道:"这可是前无古人的事呀!日本人如狼似虎,把咱中国人欺负惨了,如今咱合盛元票号却要去日本设庄?这——可是需要天大的胆子呀!"

贺洪如说着,在地上转了几圈,又说道:"况且,咱在国内各大码头设庄,有三五万两银子就可应付,着了急既可以与各家票号通融,也可以从总号和其他码头调运。可要去日本设庄,远隔重洋,单打独斗,那得带去多少银子?这——还得需要地大的银子呢!"

……

二

贺洪如大掌柜与各分号的掌柜都见了面,说了事,清了底,便带着账表前往荣仁堡拜见东家郭嵘。

郭嵘知道这几天贺洪如大掌柜会来,便惦记起号上的事,无心读书,把平日摆在案头的四书五经和《通鉴》《史记》之类的书籍搁在一边,把玩起诗词字画来;兴之所至,便拿笔画一幅画,或写一幅字。

这日,郭嵘写了一幅唐人王之涣的《登鹳雀楼》:"白日依山尽,黄河入海流。欲穷千里目,更上一层楼。"

郭嵘正玩赏着,贺洪如来了。

贺洪如进门一看到这幅字,就笑着称赞起来:"哦!东家有一份好心情,有一手好字啊!"只见他眼神灵灵,笑意盈盈,仿佛合盛元账上五十八万两银子的红利都挂在脸上了。

郭嵘心里有数，再一看贺洪如的脸色，便知道大掌柜今天是喜鹊报喜来了。于是笑一笑，说道："字号上的事有你大掌柜操心，我这东家快成为《红楼梦》里的贾宝玉了：无事忙！哈哈！洪如兄想喝甚茶？我可是有今年刚回来的铁观音新茶，汤色橙黄，香气满屋，味道绵醇，真是上品！"

"哦，那我就品尝一下东家的铁观音吧！"

于是，郭嵘吩咐佣人马儿开水洗壶，用铁观音新茶招待大掌柜贺洪如。

贺洪如品着茶，连连说好！

郭嵘则看着账表，暗暗叫好！

这个账期下来，写在郭嵘名下的利息和红利竟有五十万两之多：副本四万八千两的利息，滚存红利十六万三千二百两的利息，那三十万两垫款又是五万四千两的利息，这些利息加起来就二十六万五千二百两；红利呢，喜财主把最后的三分也抽走了，二十分财股全属郭家，又是二十三万多两！

"嘿嘿！一个账期下来就五十万两，半个百万！"

郭嵘翻看着账上的一个个数字，心里也盘算了一下：这个账期红利如此之大，关键在辛丑年春天大胆携巨银返京复业啊！嘿嘿！有道是，撑煞胆大的，饿煞胆小的，真可谓胆大的福大呀！郝克凝的特殊作用甚为重要，若没有他与那桐及庆亲王府的那层特殊情分，恐怕人也未必有那个胆，事也未必有那么顺。嘿嘿！好钢就得用在刀刃上呀！

郭嵘又看到几笔大额放款项目下，有喜财主武得宝的名字，竟向合盛元借了十几万两银子！

"这喜财主抽了本银不说，还又借了这么大的数？"郭嵘边看边惊讶地问道。

"可不？东家不是放话了，随由他借吗？"

"嗯，对，对！由他借吧！"郭嵘转而平静地说道，"要不然，他到处乱借起来，咱心里没底，那处院子还不知要归了谁呢！不过，还是留些神，也经常敲打些他的管家，不允许他向别家再借银子了。"

这时，郭嵊想到了武家那个宏大豪华的大院子，和喜财主那副油尽灯残的模样："哦，那武家大院确实是一处好宅子！嘿，这喜财主早像是油尽灯残了，几年过去了，还是没有灭！想必是要从我郭家这里多逮些便宜才走吗？嘿嘿！我由他，他由命吧！"

郭嵊看完了账表，贺洪如又将拟增添身股的名单呈给郭嵊，并一一介绍这些掌柜伙计们的情况：有两个死后已一个账期该销名的，共减故股一分三厘；这个账期添身股的共三分六厘，折冲后净增身股二分三厘……

郭嵊一边看着，一边说道："这些由大掌柜定夺就是了，只是不要亏了伙计们！"

郭嵊扫视了一下前面几个人的身股，看到郝克凝的身股添加一厘，到九厘了，心中一动：这个账期京号掌柜郝克凝贡献最大，就差一厘了，何不给成全份子！于是，他将账簿合上，对贺洪如说道："我看——这个账期京号掌柜郝克凝贡献最大，就给郝克凝再加上一厘，让他吃成全份子吧！其他人就依大掌柜所拟之数！"

贺洪如一听，自是连连拱手称谢："那我替郝克凝和众掌柜伙计多谢东家恩典了！"说着，贺洪如又拿来算盘，拨拉了几下，"这样算下来，总红利五十八万两，人财股共四十九分零半厘，每股分红利一万一千八百两有余！嘿嘿！"

"哈哈哈！好！那就以每股一万一千八百两这个整数吧！洪如兄！这是咱合盛元票号有史以来最高的分红吧？"郭嵊笑道。

"是，是最高的分红了。据我所知，咱合盛元历史上的总红利没有上过五十万，每股红利没有上过一万，这是第一回！"贺洪如微笑着应道。

"哦！好，好！咱得庆贺一番，来个全号上下同乐！"郭嵊兴奋地说道。

"嗯！好，好！"贺洪如应道。

"我想拿出一万两银子来，洪如兄你看怎么庆贺为好？唱戏？排宴？穿衣？还是赏银？或者其他……"

贺洪如想了想，说道："唱戏倒是红火热闹，可咱合盛元在全国有三十多个码头，哪能都回来看戏？排宴嘛，咱各处的饭菜本来不差，人们也不太在乎一顿饭。穿衣嘛，一人一件，尺寸不一，太麻烦了。其他嘛，也实在没甚太好的法子。所以我看，在字号里庆贺还是实实惠惠，简简单单：赏银吧！至于红火热闹嘛，东家可以在荣仁堡请几台戏，再给各家各户送些粮食酒肉待客。这样，岂不是字号与村里都受恩典，实惠与红火两得其美?！"

"好，就依洪如兄所言！"

兴致所来，这两位大东家大掌柜又顺手操起算盘，算起小账来了：

先算在村里唱戏的开销——

请三天戏：300两银子足了。

给村人赠送白面：280户人家，每户送100斤白面，每斤白面15文，每两银子折合1500文，共需280两银子。

给村人赠送猪肉：280户人家，每户送10斤猪肉，每斤猪肉120文，共需224两银子。

给村人赠送羊肉：280户人家，每户送10斤羊肉，每斤羊肉60文，共需银子112两。

加起来916两银子，再刨去一些零星开销，1000两银子差不多了。

再算号里的赏银——

人数：顶身股者78人，吃辛金者59人，刚入号学徒尚未吃辛金者17人。

吃辛金数额：最低者一年4两，最高者一年100两，一年总辛金数为2458两。

赏银数：顶身股者，每人赏银100两，共是7800两；吃辛金者，按每人每年的辛金数赏银，共是2458两；学徒者，每人赏银4两，共是68两；合计给众掌柜伙计赏银共10326两。

……

合计完了，郭嵘说道："洪如兄，这样的庆贺之法，没甚不妥吧？"

贺洪如笑道："除了东家吃亏，别人都逮便宜，还能有甚不妥？只要你东家高兴就好，村里号里，掌柜伙计，肯定上下乐意，皆大欢喜！呵呵！"

"嘿嘿！这就好啊！"郭嵘也笑道，"村里人欢喜了，我就欢喜了；掌柜伙计们乐意了，我就乐意了。哈哈哈！"郭嵘说着，蓦然想到了欧阳修的《醉翁亭记》，也隐约体味到了欧阳修的"太守之乐"：彼时也，游人因鸟乐而乐，太守因游人之乐而乐；此时也，众掌柜伙计及村人将因得银子而乐，而他郭嵘将因人们得银子之乐而乐！

这时候，郭嵘越发高兴起来，顺口说道："洪如兄，如果咱合盛元下个账期的每股红利还能上了一万，我还是这样的庆贺之法！该闹红火就闹红火，该赏银就赏银！"

"嘿嘿！那我就代表众掌柜伙计提前谢恩了！"贺洪如拱手笑道。

"呵呵！银子是大家共同挣来的，就该大家分着享受嘛！"

诸事议妥，二人又说起下个账期的打算，贺洪如便将各分号的情况择要说了一番：可喜者如何，可忧者如何，可做者如何，可待者如何……

郭嵘听着，自是"嗯，嗯！""行，行！"一一点头允诺而已。

最后，贺洪如说到郝克凝去日本情形及"去日本设庄"之事，郭嵘一下子抖擞起了精神，问起了究竟："哦?！咱合盛元去日本设庄?！……"

贺洪如便将郝克凝所说及自己所想一一回禀给郭嵘……

郭嵘听罢沉思半晌，然后说道："这可真是一个大胆的想法，一个奇特的想法！诚如大掌柜所言，这真需要天大的胆子和地大的银子！不过——这事也未尝不可。人家江浙闽粤商人既能去做买卖，想必日本人也不全都是狼虫虎豹，咱为何不能去做汇兑？"

"东家真有心思去日本设庄啊？"贺洪如瞪大眼睛看着郭嵘，问道。

"嗯！究竟去不去，暂且不论。想总可以想一想吧？洪如兄啊，做买卖为甚也叫做生意，买卖人为甚也叫生意人？买卖是其形，生意是其心也。向来商人做买卖，看似争利，实是斗心比意。万事源于心，心生意，意生计，计生利。所谓生利者，商之果也；生意者，商之根也。不想，哪敢做？无意，哪有利？另外，掌柜们顶身股为甚也叫顶生意？身股者，分红之凭也；生意者，生财之道也；顶生意者，头上有生财之道也！"

"呵呵！东家高论！"贺洪如听罢，拍手竖指说道。

"嘿嘿！纵然是高论，也须借洪如兄的高手啊！"郭嵘笑道。

"嘿嘿嘿！"贺洪如也笑了。

三

贺洪如和郭嵘谈兴甚浓，话题甚多，不觉就到了晌午正餐时分。于是，由郭嵘做东，管家郭广仁和少东家郭培松陪席，贺洪如自然酒肉一番，放松胃肠，放纵心志，来个半醉半醒，做个半仙半人！

吃饱喝足了，他便坐轿回城，一路则似醉非醉，似睡非睡！——或顿或颠，神也翩翩；或晃或摇，身也飘飘！

当天傍晚，贺洪如一觉醒来，想起上午与东家开心晤谈，中午开怀饮酒，仍是美气十足。

晚饭后，他沏一壶茶，捋一捋思绪，便叫来大先生阎文通，将东家定案的增添身股名单交给他上账写榜，准备后天公布。

然后又叫来郝克凝叙话："耀庭啊，我今天去荣仁堡见了东家，你京号伙计们增添的生意，东家已经点头认可了；而且东家特恩，给你添加二厘的生意，添成全份子了。嘿嘿！从现在开始，你就吃成全份子了。"

郝克凝听罢，自是喜出望外，感激涕零，当即下跪谢恩："多谢东家厚恩！多谢大掌柜厚恩！"

"免了，免了！"贺洪如笑着扶起郝克凝，说道，"耀庭啊，头上顶的生意越多，肩上担的担子就越重。现在你坐镇京师，担子自然不轻；不过，还有更重的担子要让你担呢！我现在已是六十大几的人了，合盛元这副担子迟早要交人的。交给谁？自然是知根知底、有德有才之人。嘿嘿！勉力做事吧！"

"多谢大掌柜教诲！克凝一定殚精竭虑！"郝克凝拱手说道。

贺洪如继续说道："另外，你说的去日本设庄之事，我今天也和东家说了。我看东家还真有些心思，后天他来号里宴请众掌柜，可能要详细问你去日本设庄的情形。你做些准备吧，此事关系重大，必须慎之又慎，保证万无一失！"

郝克凝点头应诺。

"去日本设庄！"当晚，郝克凝从贺洪如大掌柜这儿回到居室，脑子里一直盘桓着这件事，了无睡意；然后又仔细盘算着这件事，颇多思绪：

去日本设庄，其利如何？利一，市场大而无主。华商贸易额既大，中日交好之后官员及留学生交往又增多，这些往来银钱都盼望华人票号汇兑；这样，先入者必主宰其事，垄断其利。利二，关节多而有人。票号去日本设庄，自须打通层层关节，以中国之弱对日本之强，更是难上加难，一般票号真不敢想。但我有载振、那桐乃至庆亲王这样的大臣为援，可由大清外务部、商部直接打通日本外务省、商部的关节，剩下的小关节就迎刃而解了。利三，有中日商约为据，中日商事为例。今年十一月，那桐为互换中日商约全权大臣，商约中有"极力优待华商"条款，有据在此；而日本正金银行等早已在中国设庄多年，有例在彼。日本人总得讲一点信，讲一点理吧！利四，有申树楷这样年轻敢闯又长年与日本人打交道的一批人才。他们既雇用一些日本人做事，又会讲一些日本语，如果让他前往日本设庄，也不会太为难，太慌张。利五，合盛元历史悠久而信誉卓著，招牌一亮，八方生意不招自来；东家财力雄厚而心志高远，号令一下，上下伙友不鼓自奋！

去日本设庄，其弊又如何？弊一，跨国隔洋，万里远征。弊二，孤打独斗，旁无帮衬。弊三，国弱战败，气短势单。弊四，开拓新市场，必多艰难。弊五，与虎狼争食，必有险象。

这——都必须靠孤军奋战之胆，当机立断之谋，以弱胜强之略，万无一失之算！甚至，还得靠洪福齐天之命！只有靠这样具有雄才的掌柜与具有洪福的东家，才能克其五弊，生其五利！

这日，合盛元东家掌柜们会聚一堂，分红利，摆宴席，四年一度的账期决算分明就是字号东掌的大年春节！东家郭嵘、大掌柜贺洪如与众掌柜碰杯祝酒，合盛元上下自是喜洋洋，和融融，乐陶陶！

当晚，郭嵘住在合盛元号内，与大掌柜贺洪如、大先生阎文通喝茶叙话。叙罢日常事务，便将话题说到去日本设庄上；而一说这桩新鲜奇特之事，郭嵘顿时来了精神兴致！当即吩咐："去把郝克凝叫来，我问问究竟！"

此时的郭嵘已非一般财东可比，深厚的文化底蕴如卧龙在江，雄厚的财富积累如蹲虎在山，而高远的志向目标又如展翅飞翔的雄鹰在天！所以，他面对这个账期丰厚的盈利，自然欢喜，却也只是平常之喜，根本不会忘乎所以；他更关心长久之计，特别之喜！

等郝克凝来了，将自己去日本的所见所闻一一说来，又将去日本设庄的五利五弊细细道来，再将取利去弊的见解条条摆来，郭嵘当即打定了主意，拍手说道："好！妙！经耀庭如此说来，还犹豫甚？咱筹划一下，去日本设庄就是！——把申树楷叫来，看他敢不敢去？！"

一会儿，申树楷进来，郭嵚又让郝克凝把去日本设庄的情形及利弊再细细讲了一番。

申树楷听着郝克凝的介绍，三分惊奇，七分兴奋，已略知东家之意，心中早已跃跃欲试！

甲午战争后，申树楷受命于危难之际，初出茅庐，挽救营口；再展雄风，设庄安东！当时的申树楷颇有气吞万里之心，高飞千丈之志。但自从庚子事变后，俄国人趁机侵入东北，完全取代了日本势力；致使当初同日本人交往不错的申树楷等人颇受连累，心志谨谨，生意平平。这几年，申树楷一直都在苦闷之中，在苦苦思谋出路呢！如今听郝克凝这么一说，犹如给他打开了一扇窗户，看到了晴朗的天空，恨不得像鸟儿一样立即飞出去，飞上天呢！

于是，当郝克凝说完日本的情形，东家郭嵚问他"敢不敢去日本设庄"时，申树楷毫不犹豫，大声说道："敢！这有甚不敢？我刚才听着郝掌柜说话，就巴不得飞过东洋去呢！嘿嘿！而且我觉得，我可能命里与日本人对缘，与俄国人不对卯呢！嘿嘿嘿！"

郭嵚听着申树楷的话，看着申树楷的脸，眼神中流露出对申树楷浓浓的赞赏之意，高兴不已，当即说道："好！这不就行了吗？！有申树楷这班人才在那儿窝着，不用也是浪费；有郝克凝这些人脉在那儿闲着，不用还是浪费；有我这些银子在那儿藏着，不用更是浪费！——咱今天就拿定主意，准备去日本设庄！大掌柜意下如何？能拿定这个主意吗？"

贺洪如笑笑，说道："东家豪情万丈，敢作敢为，我这个大掌柜岂能鼠目寸光，畏首畏尾？这个主意拿定了！"

郭嵚拍手说道："好！大掌柜既拿定主意，我就给你拿出来五十万两银子。让申树楷带上这五十万两银子漂洋过海，去日本设庄吧！赔了，我一个人赔；赚了，大家一起赚！嘿嘿！"

郭嵘说罢，脑际闪现出一片汪洋大海和申树楷的身影，继而又想到"申树楷"及"培植"这名字里所带的三个"木"；于是，又想到了《周易》中的卦象卦辞，心中念道：木乃舟楫之象，利涉大川……

想到这些，东家郭嵘更铁了心要去日本设庄。

四

合盛元票号分红颁赏罢，东家郭嵘算是完成了四年账期中最主要的职责，轻松地回到荣仁堡的深宅大院里，逍遥地进入了东家的自在生涯。各地回来的分号掌柜们则得到了四年账期中最盼望的封赏，满意地回到各自的村里家里，得意地享受着村人家人的赞扬、尊重、围拢、亲热和慰劳。

郝克凝呢，将自己本账期所分得的一万一千八百两红利，历年累积的三万余两红利滚存款，以及滚存款在本账期所得的八千余两利息，凑成五万两整数办了继续滚存的手续，存在字号里生息；剩下的零头则办了一个活期银票折子，另取了一百两的小银锞子，准备交给家里作日常开销之用。然后，带上自己从京城带回来的东西和总号分配的年货，坐上轿车回长头村了。

这个账期，受庚子事变和《辛丑条约》的影响，郝克凝的事业可谓跌宕起伏，惊心动魄！好在他精心运筹，也在于老天爷保佑，终归是遇难成祥，反而在生意场上大显身手，为合盛元，也为自己赚足了面子和银子！

郝克凝走在回家的路上，想到这个账期的分红和利息收入达二万余两银子，身股又成了全份子，真是美气十足！接着，他又打算起了下一个账期：现在总号账上的红利滚存款是五万两，四年后的利息应是一万二千两上下；而在万金账上的身股已是全份，按经验预测，下个账期的红利应该更上一层楼，则自己的分红也应在一万二千两以上；二者相加，便是二万四千两，再加上五万两滚存款，自己名下的银子便是七万四千两了。照此情形，到了下下个账期，自己名下的银子就上十万整数了！这么一打算，郝克凝虽已年过五旬，却信心百倍，目光千里，豪情万丈！

回到家里，郝克凝照例将所有钱物搬进母亲屋里，摆在母亲桌上，交由母亲处置。同时，自己也一直坐在母亲屋里，陪母亲说话，聊天，吃饭。儿子进来了，他自是抱起来亲吻玩逗，但与妻子的第一面，却只能在母亲屋里彬彬有礼地如此相见：瞅一两眼，说三五声。情似火焰，心里腾腾；礼如高山，脸上冰冰！千年古制，万家遵行！

直到晚饭后一两个钟头，母亲将郝克凝拿回来的钱物清点一番，过了目，过了手；该留的留下，该给媳妇孙子的则让郝克凝提上交给媳妇，然后才放了话：回你新院里睡觉吧！

郝克凝这才提上给妻子儿子的东西，回到自己新院里，与妻子儿子团聚了。

此时，两个儿子早已在被窝里熟睡。妻子则在油灯下一边绣花，一边等候：情思绵绵，欲火腾腾，灯光下，好一张情浓意稠的美艳面容，好一副勾魂招魄的娇媚姿态！

郝克凝进了门，一看到她那双美丽的眼睛和饥渴的眼神，身内的激情就"呼"地燃烧起来了！于是，不由分说，放下东西就抱起妻子猛烈地亲吻起来：嘴唇、脸腮、额头、耳朵、脖子、胸脯……把上半身亲了个遍！

夫妻二人猛烈地亲热一番，才说起话来：

"前些天收到你从城里捎回来的信，俺就天天等，夜夜盼，今天总算等回你来了！"妻子依偎在郝克凝的怀抱中说着，眼睛里情意脉脉，泪花闪闪。

"我也是啊，只想早一天回来呢！"郝克凝笑笑，说道。

"看到咱两个儿子了吧？鑫儿长高了，已上了学，老师还说他很聪明呢！森儿三岁了，整日间活蹦乱跳的，像一个小牛犊儿！他也很聪明，鑫儿念书，他还能跟上背几句呢！"妻子又说道。

"哦！嘿嘿，都是你的功劳！"郝克凝又笑笑说道，转眼看了一下在被窝中熟睡的两个儿子，不由得见被思睡，打了一个哈欠。

"困了吧？睡觉吧！我在火上热着水，洗不洗漱？"妻子见状说道。

"洗洗脚吧！"

"嗯，我给你洗！"于是，妻子起身准备脚盆热水，给丈夫脱鞋脱袜，泡脚搓脚，用她那纤纤细手，在丈夫那青筋暴突的大脚上揉搓抚摸起来。

"我自己来吧，快别作践你这双细手了！我这双脚又粗又大，让你这样细嫩的小手来洗，简直是糟蹋宝物呀！"郝克凝笑道。

"我乐意，我喜欢！"妻子也笑道，继续为他洗脚，揉脚，搓脚。

郝克凝听着她的话，看着她的手，感受着她的情，身上早已爱河奔涌，欲火腾烧。当晚，夫妻二人自是一个美妙之夜，一个幸福之宵……

第二天一早起来，夫妻双双来母亲屋里请了早安，再吃罢早饭，郝克凝与母亲叙一会儿话，妻子与妯娌洗涮了餐具，才回到新院里。然后，夫妻二人才整点东西，先是乡下稀罕的好吃好穿之类；然后，郝克凝才把金镶玉锁和玉佛珠拿出来，并一一说明来由。

妻子高雅芝听罢，大为吃惊："这么贵重的东西呀？人家那么有身份，还给你东西？也舍得给你？"

郝克凝"嘿嘿"一笑，说道："都是若干年的交情了，整日间称兄道弟，喝酒吃肉，给我这点人情也是自然的。况且，人心换人心，八两换半斤；前有车，后有辙嘛！"

高雅芝惊讶地看着这两件来历不凡的珍贵物件，又惊讶地看着郝克凝的脸，想道：整日间与王子龙孙喝酒吃肉，与尚书大臣称兄道弟，又得到这些人这么贵重的礼物，自己的丈夫比自己原先想象得更了不起啊！她又转脸去仔细抚摸这精美的金镶玉锁和玉佛珠，如此贵重之物，如此贵重之情！如此，所赠送者是如此贵重之人，所佩带者抑或也是如此贵重之命？！

这时，正好小儿子森儿蹦蹦跳跳地跑了进来，夫妻二人便将金镶玉锁挂在他胸前观赏起来。小森儿脸面如玉，眼睛如星，本就像个可爱的小宝贝，配上这金镶玉锁，就更显得宝光四射，贵气十足。

郝克凝看着儿子的金贵模样，不禁得意地笑道："哈哈！这金镶玉锁比《红楼梦》里贾宝玉的那块玉还金贵，我儿子戴上它，比贾宝玉还漂亮！嘿嘿！这金镶玉锁本是皇宫王府之物，王子龙孙所佩，如今我儿子戴上它，也极像个小王爷啊！"

再给儿子戴上那串玉佛珠，郝克凝更拍起了手："呵呵！你看，咱儿子戴上这串珠子，就更像是大清朝的一品官了。哈哈！可惜，咱这里不比京城，还没有照相机，要能照个相有多好！"

高雅芝看着儿子的样，听着丈夫的话，更是美气洋洋，笑意盈盈。

四年一度，郝克凝与母亲、妻子、儿子及兄弟家人团聚，享受着天伦之乐，其乐融融；四年一度，郝克凝与本族长辈及邻居们共饮，享受着地缘之和，其和雍雍；四年一度，郝克凝与妻子同衾，享受着人欲之爱，其爱泓泓……

有钱，有人，有情，有邻，郝克凝一家人这个大年过得美啊！

"这一回能多住些日子吧？"

母亲、妻子、家人都希望他多住些日子，都这样问他；他当然希望多住些日子，便说："现在国家安稳，这一回能住一两个月吧！"

然而，刚过正月初七，总号就传话来：字号有急事，赶快进城商议！

五

郝克凝当即进城来到总号,一见大掌柜贺洪如才知道,京、津及东北各号都紧急来信:日本军队和俄国军队已于年前的腊月二十五(1904年2月10日)宣战,在旅顺口打起仗来了!朝廷已下了圣旨,宣谕大清臣民严守中立!

"又打起仗来了?"郝克凝疑惑地喃喃着,又暗自寻思道,"这可真是人不招祸祸招人!大清吃了前几次战败的亏,对各国洋人紧躲、慢躲,如今还是躲不脱战祸!尽管是日俄两国开战,大清严守中立,可战争是在大清土地上打呀,大清子民岂能避免得了战争带来的祸殃!大清朝廷怎么这样倒运啊,大清子民怎么这样倒霉啊!"

如今的大清朝廷真是倒运到了极点,也尴尬到了极点:左也不是,右也不是,中也不是!

从今日之势而言,日本和沙俄都是强国,如熊如狼;而大清是弱国,如鹿如羊。大清谁都不敢得罪,不能得罪!

从往日之史而言,大清与日本有甲午海战之耻,有割让台湾之羞,大清恨透了日本狼,恨不得能断其腿,碎其头,剥其皮,啖其肉呢!大清与沙俄呢,有更多的割地之辱:在英法联军与大清开战之际,沙俄乘人之危,在东北强占了大清黑龙江以北的六十多万平方公里和乌苏里江以东的四十多万平方公里的领土,在西北强占了大清巴尔喀什湖以东以南四十四万平方公里的领土!大清也恨透了俄国熊,恨不得能剁其爪,食其掌,斩其首,开其膛呢!然而,大清已弱不禁风,想打日本人而无气无力,想揍俄国人而无胆无魄!

左右不得,大清只好严守中立!但眼看着日俄两国军队在自己的国土上打枪打炮,民受其害,土被其灾,而君临天下的大清朝廷却不言不语，不管不顾，这又是何等的羞愧和耻辱?!

衰败的大清啊，尴尬的朝廷！

朝廷无能，连累百姓。面对这种情形，大清子民们只能自己想法子保全自己，合盛元票号也只得用自己的力量和办法，尽可能避免这场战争的灾祸。

贺洪如大掌柜与各分号掌柜经一番商议后，做出决定：一，京、津、营口、奉天、安东等分号掌柜结束休假，一过初十即快速返号。二，东北各号务须静观战争之局，预作保全之计，一旦危急临头，可当机立断，撤庄走人。三，如果在战争中发现商机，有拓展买卖之意，务须先报总号，后作进取。

郝克凝回到家里，说明情况，母亲和妻子无不惊讶，抱怨："啊？号上又有紧要事了？"

"正月十一就起身，只剩三天了。"

"四年才回来过一个大年，怎么每次都会有事，都得提前走啊?!"

……

郝克凝与家人美好的团聚与妻子美妙的同衾，这四年才一度的过年美梦，又让这日本人与俄国人的战争搅破了！可恶的日本人，可恶的俄国人，可恶的战争！

正月十一，合盛元京、津及东北各号掌柜齐集祁县城总号，大掌柜贺洪如设午宴，为他们饯行。

"诸位，今大别的话都不说了，我只说两句。第一句话，我向诸位的大人、妻子和孩子们赔不是了！我让诸位提前返号，结束了诸位与家人的团聚时光，实在抱歉！——第一杯酒，我敬诸位的家人了！"贺洪如说着，双手举杯齐额，然后一饮而尽。

"第二句话，我再次告诫诸位：此次返号，安全第一，保守为上。你们自身的安全，众伙友的安全，字号银子的安全，都是最重要的。日俄战争期间，只要人银两全，就是大功一桩！安全之计，保守为上；保守之策，隐藏为妙。隐形藏势，隐锋藏芒，隐藏为平常平凡，不显山，不露水，与芸芸众生同形同貌，同俯仰，同进退。如此，谁能奈我何？即使灾难想降在咱头上，它都寻不见咱！——第二杯酒，我祝诸位一路平安！祝东北各号逢凶化吉，遇难成祥！"贺洪如又举杯，与各分号掌柜一一致意，然后一饮而尽。

"谨记大掌柜教诲！"

"多谢大掌柜！"

众掌柜也纷纷举杯致意，一饮而尽。

午宴罢，众掌柜便坐轿车动身了。留恋之际，掌柜们不禁回望祁县城街道上的正月景象：各门各户，张灯结彩放鞭炮；各街各巷，高跷旱船闹元宵。眼见处，锦衣绣袍靓女子；耳听时，敲锣打鼓壮后生。大年刚过，酒肉余香仍飘荡；十五将至，社火气息正袭人！

郝克凝眼睹斯景，心思伊人，自有几分恋恋不舍之情：要能再住上一个月有多好，可惜又起了战争！

同行的申树楷却是另一种心情：春光虽好，能有我几缕？树儿高了，大了，自是离天近，离太阳近，自会多得若干春光；可树儿低了，小了，离天远，离太阳远，只能得少许几缕春光啊！树儿要想多得春光，就必须长高，长大！

与眼前的郝克凝相比，申树楷确有很大的差距：郝克凝在村里盖起了一座宽敞豪华的二进门楼砖瓦院，而申树楷仍住在那个简陋的农家小院；郝克凝在字号里身顶全份子生意并有数万两存银，而申树楷只顶着六厘生意和数千两存银；郝克凝在家里有漂亮贤淑的买卖人家的千金小姐伺候，而申树楷却只娶了一个普通的农家女守家。如今，郝克凝或许可以坐享其福，而他申树楷却急需奋斗，创业，赚钱，然后再盖一处二进院的豪华房子，再娶一个买卖人家的漂亮千金，再存上数万两银子。

这些都有了,他才能坐享其福。

四年一次的探家本就相隔太久,相聚太短,但申树楷刚在家住了十来天,刚过了大年,就住得不耐烦了!字号上一通知他进城并决定让他提前返回分号时,他竟是如鱼得水的心情。他本来就想提前返回营口、安东呢!而且,由于这个账期因俄国军队进驻东北,使他的生意大受影响,他对俄国人颇为憎恶;所以,那天一听说日本军队在旅顺口对俄国军队开战,他竟是一种畅快而兴奋的心情:俄国老毛子该打!日本军队如果能打跑俄国军队,辽东半岛又成了日本人的势力,我的买卖肯定比现在好做,说不定还能扩展呢!

"郝掌柜,这日俄交战,您以为哪家会胜?"

轿车中,申树楷与郝克凝闲聊着时局,问道。

郝克凝早已感觉到了申树楷异乎寻常的表情,也猜到了一些他的心思,便嘿嘿一笑,说道:"你以为呢?培植心里已经有倾向了吧?嘿嘿!我看哪,这场战争谁输谁赢,就决定于培植的心:培植想让谁赢谁就赢,想让谁输谁就输!哈哈!"郝克凝说着大笑起来。

申树楷也笑了,说道:"郝掌柜知道我的心思了?"

"嘿嘿!略知一二吧!你我都出身于贫寒,操业于买卖,致力于富贵。我是过来人,长你二十五岁,又到了知天命之年,还不能猜到你的一点心思啊?你想让日本人赢吧?你想利用与日本人的关系趁机扩大买卖吧?"郝克凝说道。

申树楷笑着点点头,又问道:"郝掌柜觉得日本人能赢吗?"

郝克凝说道:"我看十有八九是日本人赢。一来,这是日本人主动挑起战争,俄国人被动应对战争,说明日本人早有准备,势在必得。二来,我去年到了一趟日本,感觉到整个日本国家朝气蓬勃,像太阳刚刚升起一般,国运正在兴头上呢。三来,日本人在甲午战争中打败我大清后,士气正盛,武运正旺。这国运、武运再加上充分的准备,岂有不胜之理?"

申树楷接口说道:"而且我觉得,日本人也该赢,俄国人就该输!日本人侵我大清固然可恶,是恶人勾当,可人家毕竟是明刀明枪地打。俄国人更为可恶,以前几次割我大清领土,是趁英法联军攻陷我京城之危;这回占领东北全境,又是趁八国联军攻陷我京城之危。他们干的都是趁火打劫的卑鄙小人勾当!所以我觉得,小人遇上恶人,岂有不输之理?"

郝克凝笑笑,说道:"嘿嘿!培植说得有些道理!"转而又叹一口气,说道,"唉!不管日本人是赢家,还是俄国人是赢家,我大清却总是输家!"

说罢,郝、申二人都默然了。

六

日俄之间的战争在激烈地进行着,为了争夺大清的东北领土,大清君臣中的恐惧和羞愧在持续地蔓延着,因为自己的东北领土被蹂躏抢夺却无可奈何!

当时的日本人和俄国人都像狼一样的贪婪!

本来,俄国人已在四十年前趁火打劫,割去了大清东北一百多万平方公里和西北四十四万平方公里的领土,俄国人该知足了;然而,俄国人却贪得无厌,想进一步占领控制大清的东北领土。日本人呢,在甲午战争中打败大清,要挟索取了二亿三千万两白银,要挟割让了台湾诸岛,并使朝鲜半岛脱离大清,成为日本的势力范围,也该知足了;然而,日本人也贪得无厌,也想进一步占领控制大清的东北领土。于是,日俄之间的矛盾就在大清的东北领土上对抗起来了:

光绪二十一年(1895年),因大清战败,在中日《马关条约》中,将辽东半岛割让给了日本。这么一来，早已觊觎这块肥肉的俄国人着急了，便联合德国、法国出面干涉，迫使日本人放弃了割让辽东半岛的要求，而向大清多要了三千万两白银的赎款。于是，俄国人把辽东半岛这块肥肉从日本人嘴里夺了出来，又还回了大清的"餐桌"上。

光绪二十四年（1898年），俄国人看到时机成熟，便以"干涉还辽"有功，迫使大清签订了《旅大租地条约》，租借旅顺口、大连湾和辽东半岛二十五年。于是，辽东半岛这块肥肉又从大清的餐桌上被夹到了俄国人的碗里；而同样觊觎辽东半岛的日本人却眼红了。

光绪二十六年（1900年），俄国人又趁八国联军攻打北京之际，出兵大清东北全境，把大清餐桌上更大的一块肥肉夹到了自己的碗里；而同样觊觎这块更大肥肉的日本人，更是眼里冒出了火。

光绪二十九年（1903年），俄国人经营的东清铁路全部完工，纵贯整个东北，像铁爪一样紧紧抓住了大清的整个东北领土；眼看着俄国人就要将这块大肥肉夹到嘴里吃了，于是，同样想吃这块大肥肉的日本人再也忍耐不住，拔刀出手了！

1904年2月8日（光绪二十九年腊月二十三日），日本海军趁夜偷袭驻守旅顺港的俄罗斯舰队，挑起了日俄战争。

2月10日，日俄双方正式宣战。

2月24日，日本军队开始猛烈进攻旅顺口要塞，俄国守军顽强抵抗，并使用当时最先进的马克沁重型机关枪阻击日本军队的进攻，致使日本军队伤亡惨重。

3月27日，日本军队二次进攻旅顺口要塞。

5月8日，日本军队开始在辽东半岛登陆。

8月10日，日俄海军在黄海会战。

8月19日，日本军队开始对旅顺总攻击。

8月30日，日俄军队在辽阳会战。

10月9日，日俄军队在沙河会战。

12月5日，经过九个多月的惨烈攻守战，日本军队最终占领旅顺口203高地。

12月31日，日本军队对旅顺进行最后的总攻。

1905年1月2日（光绪三十年十一月二十七日），驻守旅顺城的俄国军队开城投降，日本军队取得了关键性的胜利。

1月25日，日俄军队在黑台沟会战。

3月1日，二十五万日军与三十七万俄军开始在奉天会战，最终日本军队取得了决定性的胜利。

5月27日，日俄海军在日本海会战。

10月14日，日俄两国缔结《朴次茅斯和约》，日本人从俄国人手里夺取了大清东北的绝大部分权力，取而代之。

这场持续二十个月的日俄战争，双方损失惨重：俄军损失约十二万人，日军损失约八万人！不过，这都是他们自找的，自愿的。最被迫无奈、最冤枉的是大清及其子民：平民伤亡二万余人，财产损失达七千万两白银！

面对日俄两国军队在自己的领土上打仗，践踏蹂躏自己的国土和子民，大清朝廷竟不敢吭气，只能申令臣民严守中立；更不敢索赔，只能于光绪三十年腊月发内帑银三十万两赈奉天难民，再于光绪三十一年二月发内帑银三十万两抚恤东北难民，并免去奉天、吉林等被灾地区的额赋！——这，恰如一个孱弱的老太太面对外面的恶人强人无可奈何，只能拿出一块糖来，抚慰一下在外面受了欺侮委屈的小孙儿！

此时的大清朝廷正如一个孱弱的老太太，在强盗面前无气无力，无胆无魄！而在这样一个孱弱老太太膝下玩耍的孙儿能如何？只能敛气屏声。

申树楷于光绪三十年正月底回到营口分号，此时的日本人和俄国人正在旅顺口酣战，消息传到营口，人心惶恐，市面萧瑟。

申树楷早已在一路上深思熟虑，成竹在胸，当即晓谕营口全体伙友："此番日俄两国在辽东交战，固然影响咱合盛元的生意；但我大清已表态严守中立，这样，日俄两国不论谁胜谁败，也不会仇杀我大清子民。咱营口号为今之计，一是任何人不得与日俄两国军人和商人交往，以免牵连号事。二是大量收缩业务，能不做的就不做；当今的情形，不能想多赚，只能想少赔。三是号里的日本伙计一律不得外出，也不得在门面柜台做事，以免惹俄国人报复；只需在里院潜心教习日语。四是号里伙计分为两班轮流当值，值班时应酬买卖，歇班时学习日语。学习日语精通者有赏：总号已有意让我去日本设庄，谁学得好，我就带谁去日本！"

"啊？咱合盛元还要去日本设庄？！"众伙友听申树楷最后一句话，纷纷惊诧起来，兴奋起来，乃至蹦跳起来了！

申树楷则沉静地说道："好好学吧！要想去日本国，必须先学好日本话！"

申树楷安顿好营口，嘱咐一番二掌柜张谋福，又前往安东分号巡视安顿，仍然如营口的一番晓谕。此时，李德昌在安东执事，与张谋福同为申树楷一手提携，对申树楷敬佩有加，自是言听计从。

设宴款待时，酒多话多，难免对申树楷要恭维几句，对申树楷的恩德也要叨念几句。申树楷听得高兴，喝得满足，自然也要表露一番心迹，说道："德昌兄，我们都是患难之交，自应有福同享，有难同当。当初如果不是成礼兄和你还有谋福、赵成四人冒着生命危险坚守在营口，我申树楷去了还不是两眼黢黑，一片茫然！那样的话，没一年半载摸索，我哪敢下手？哪能一下子翻过身来？我永远忘不了你们四人哪，能那样坚守，首先证明了你们的品德：忠、勇、坚、毅。这就和经过了炉火锤砧的铁，能靠得住，能用！其次就是我刚才说的，你们四人帮了我的忙，为合盛元立了功，该委以重任，该用！如今，成礼兄已在奉天独当一面，我颇感欣慰；你和谋福在我手下也算二掌柜，不久也自会独当一面；再下来，就剩一个赵成了，我也会栽培他的。嘿嘿！我用人啊，有德者重其德，有才者用其才，有功者表其功，有劳者彰其劳。地上没有无用之材，世上没有无用之人，择其可用者用之耳！"

李德昌说道："申掌柜高见！嘿嘿！不过，就我而言，宁肯在申掌柜手下当个二掌柜，也不愿独当一面去当掌柜呢！如今我在申掌柜手下当二掌柜，省心省力，顶的生意总在长；要是让我当了掌柜，费心费力不说，弄得不好，顶的生意也长不成了。嘿嘿！我倒宁肯跟申掌柜去日本，继续当您手下的二掌柜！"

申树楷笑道："德昌兄之言差矣！以你的德才功劳，岂能久居二掌柜之位？如此，岂不是你有屈才之遇，我有失人之过，咱合盛元票号又会担遗贤之名?！万万不可！不过，好男儿志在四方，你若愿意随我渡洋涉海，去万里之外的日本做一番事业，倒更显出男子汉大丈夫的气魄！"

申树楷安顿好营口、安东二号，又给奉天号掌柜刘成礼写了一封信，大意是通报营口、安东两处情形及听到的日俄战事，然后便是蛰伏藏身、伺机而动之嘱。

本来，申树楷这次返回辽东只准备做两件事：一是设法使营口、安东两号在日俄战争中避免战祸，待战争结束后再恢复往日繁荣；二是赶快培养一批精通日语的伙计，积极准备将来去日本开拓事业。结果，日本军队不仅战胜了俄国军队，重占了辽东半岛；而且一直打到吉林长春以北，整个奉天和大半个吉林都成了日本人的地盘！于是，日本人的大获全胜，竟意外地使申树楷做成了第三件事：随着日本军队和日本势力的节节北上，申树楷乘势而为，相机而行，一年间就在刚刚完工的东清铁路沿线主要城市四平、哈尔滨、齐齐哈尔相继开设了三个分号！——庚子事变，俄军占领东北以来，申树楷沉默了四年；日俄战争以来，申树楷又蛰伏了一年；申树楷实在是沉默蛰伏得太久了。而如今一年的三次大进取，恰如震天之炮响，飞天之鹏影！

十年前，申树楷冒着中日甲午战争的硝烟，救营口号于死地，立安东号于边陲，在东北漂亮出场；如今，申树楷即将赴日本开拓市场时，他又冒着日俄战争的血火，一年间连开三个分号，在东北完美谢幕了！

七

大清已经到了危机四起的时代。

发生在东北土地上的日俄战争，已使国土蹂躏，生灵涂炭；使大清朝廷心里发慌，脸上无光！但却祸不单行：

也在光绪三十年（1904年），远在西南的西藏地区发生了英国军队入侵的事件，而且西藏的政教领袖十三世达赖又仓皇逃离！朝廷面对英国军队的入侵却无可奈何，已是一肚子的火，达赖又如此"擅离职守"，岂能容忍？于是朝廷于光绪三十年七月十六日（1904年8月26日）下诏：褫夺达赖名号，命班禅额尔德尼摄行其职！并派出大臣唐绍仪为议约全权大臣，前往西藏与英国人交涉。

而在次年，光绪三十一年七月二十日（1905年8月20日），革命党人孙中山在日本将自己创办的兴中会与黄兴等人创办的华兴会、蔡元培等人创办的光复会共同组成中国同盟会，并由孙中山出任总理，公开提出了"驱除鞑虏，恢复中华，建立民国，平均地权"的口号，矛头直指大清朝廷；而且，同盟会的革命党人很快就在京城制造了向皇室大臣载泽等人扔掷炸弹事件，致使人情汹惧，朝廷震恐！

……

大清朝廷面对内外交困、四面楚歌的局面，不得不千方百计寻求解困之法，谋划求生之途，遂采取了一系列的补救和改革措施：

光绪三十年五月，下旨特赦戊戌维新党人（康有为、梁启超、孙中山除外），褫职者复原衔，通缉监禁者释免之。

六月，下旨"时艰民困，官吏壅蔽，下情不通。甚至州县钱粮浮收中饱……大负朝廷恤民之意。各督抚速将粮额几何，实征几何……据实奏闻"。

十月，下旨"禁各省借新政巧立名目，苛细私捐"。

光绪三十一年三月，下旨更定法律，"死罪至斩决止，除凌迟、枭首、戮尸等刑……缘坐各条，除知情外，余悉宽免；刺字诸例并除之。"

六月，命载泽、戴鸿慈、徐世昌、端方往东西洋各国考察政治。

八月，下旨废除科举。

八月，命袁世凯、铁良校阅新军秋操。

八月二十九日（1905年9月27日），大清户部银行成立开业……

大清朝廷面对严峻的处境，迫切地希图这些政治、司法、军队、经济等诸多改革，能使百病缠身的大清快速恢复健康，并强大起来，进而最终抵御即将到来的更大灾难。这诸多的改革措施似乎是大清朝廷与即将到来的更大灾难在赛跑，在争时间，在竞速度！——跑得快了，则可逃过这场更大的灾难，或可浴火重生；跑得慢了，则会遭受这场更大的灾难，那将是灭顶之灾，将是万劫不复！

树倒巢覆，巢覆卵危。筑巢于大清这棵老树病枝上的山西票号，几乎与大清朝廷是同样的命运：同样危机四起，同样可能面临一场可怕的灭顶之灾，也同样在寻求解困之法，谋划求生之途。但山西票号与大清朝廷的命运相似，却出路迥异；利益相连，却冲突剧烈。

而其出路迥异和冲突剧烈最甚者，便是大清户部银行的成立。

大清一次次的战败赔款，国库何止空虚，早已负债累累！而慈禧太后当初在庚子年逃离京城，路经太原，囊中空空如洗，藩库寥寥无几，因为筹措银两上下犯愁时，祁县乔家的大德恒票号一下就拿出了三十万两银子，供奉两宫西巡费用！这使慈禧太后大为感叹票号的财力，同时也发现了票号巨大的聚财功能。其后，身为户部尚书的那桐两次前往日本考察财政、银行、造币之法，更开了眼界。于是，君臣上下呼应，穷极了的大清朝廷便内而取法于山西票号，外而取法于日本银行，成立了大清户部银行。

大清以朝廷的权威和力量组建户部银行，其权力和财力本已远远超过了任何一家山西票号，如牛入羊群；而其营业范围又完全涵盖了山西票号的营业范围，又如牛放草原。所以，这么一来，就成了大清户部银行与山西票号争利的情形。——官与民争利，民能奈官何？牛与羊争草，羊能奈牛何？

更让山西票号界忧虑的是：户部银行除了权力和财力的巨大优势外，慈禧太后竟又钦点了山西票号界的杰出才俊、乔家大德恒票号太原分号经理贾继英为户部银行行长！这样，山西票号对户部银行的人才优势也难保持了。这样，山西票号原先垄断的肥厚利源，诸如代理国库省库，统揽各国赔款，承汇铁路各处汇款，乃至于民间存款、贷款和商业汇兑等，很快就得一块块拱手让给户部银行了！

本来，山西票号早有隐忧：其一，国家屡战屡败屡赔款，势必国势沮丧，经济凋敝，进而影响山西票号业的发展，此远忧也；其二，外国银行相继在通商口岸落足，并逐渐进入内地，开始蚕食山西票号业的市场，此慢忧也。这两忧来得远而慢，山西票号界似乎可以从容应对，从长计议。如今挟国家权力财力的户部银行成立，却如眼前跃起来一个张着大口的鲸鱼，要吞掉山西票号业的市场，此诚为近忧，快忧，大忧，火烧眉毛之忧，刀架脖子之忧也！

好一个大清户部银行成立开业啊！面临危机的朝廷由此找到了缓解财政困难之路，雪中送炭了；而同样面临危机的山西票号却失去了巨大的金融利源，雪上加霜了。一头饥饿的牛找到了一片草场，几十只同样饥饿的羊却失去了这片草场!

一年之后,户部银行筹集资本达四百万两白银,果然超过了任何一家山西票号的资本额;在全国各大城市设立二十一个分行,三十五个分号,共计五十六个庄口,也果然覆盖了所有山西票号的庄口。这样,再加上户部背景和国家特权等优势,户部银行对山西票号几乎就是一个"通吃"的局面!

面对这样的局面,面对这样一个庞然大物的到来,面对自己开辟耕作并占有了近百年的肥美"草场"被这个庞然大物侵夺,山西票号大多数的财东和掌柜们一筹莫展,无可奈何!

而合盛元票号的东家郭崶和大掌柜贺洪如却有"去日本设庄"一筹可展,于是他们暗暗庆幸:幸亏,合盛元有郝克凝这个大才,他大前年随载振、那桐去日本游玩了一回,竟发现了去日本设庄的商机。幸亏,合盛元有申树楷这个奇才,他十多年前在日本人占领的营口使合盛元营口号起死回生,这一二年又在日本人控制的东北各处一连增设了三个分号;他竟善于同日本人打交道,而且手下又培养了一批懂日本话的伙计!幸亏,合盛元有这两个人,竟有了一条去日本开拓市场的新财路!

本来,合盛元东掌们在光绪二十九年腊月就商议派申树楷去日本设庄,只因突然爆发了日俄战争,东北各处硝烟弥漫,总管营口等处的申树楷难以脱身,而户部银行对票号的威胁也还不是迫在眉睫,所以就把这事拖了下来。如今事隔两年,户部银行不仅成立,而且很快筹集了巨额资本,布设了庞大网络,仿佛巨兽一般,噌噌磨牙,咄咄逼人!面对此情此势,合盛元票号只有躲而避之,另外开拓新的市场;而申树楷呢,这两年来不仅避免了日俄战争的灾难,而且成功地往东北北部开拓了新的市场,同时还准备好了赴日本设庄的人才队伍!

国内形势暗淡如此,东家郭崶和大掌柜贺洪如去日本设庄的决心就更大了;号内人才出色如此,东家郭崶和大掌柜贺洪如去日本设庄的信心就更足了。

于是，合盛元总号于光绪三十二年（1906年）初秋做出决策：派申树楷前往日本设庄！

郭、贺二人又来到京城与郝克凝商量具体事宜，并在京城召见了申树楷。贺洪如大掌柜当即赋予申树楷巨大权力："人，由你要，要谁给谁，要多少给多少；银子，由你拿，甚时拿甚时给，拿多少给多少！"

申树楷面对如此信任，感动万分："多谢东家大掌柜厚恩！我一定不负东家大掌柜重托，把咱合盛元的名头在日本打响，把咱合盛元的买卖在日本做好！"

郭嵘鼓励道："培植啊，你就放开胆子、放开手脚去做吧！赚了，是大家的，我给你添生意；赔了，是我东家一个人的，我不会给你减生意！"

郝克凝也鼓励道："培植，你就放心地去吧！遇上甚难事给我发电报，我自会通过振贝子、那大人和日本公使帮助你。"

此时的申树楷刚在东北北部成功地设立了三个分号，本来就信心十足；这么一受命，再听这么一番话，更觉得前程万里，豪情万丈！

贺洪如看着才华出众、年轻有为而前程无量的申树楷，心中暗暗欢喜：大才啊！奇才啊！我合盛元后继有人，事业必昌！但他却忽然又想起山西票号界的另一年轻才俊贾继英来，心头便隐隐有了一丝担忧……

于是，贺洪如又意味深长地对申树楷说道："培植啊，此番派你去日本，给你如此大的权力，我可是几乎把合盛元的全副家当押在你身上了，东家也算把郭家的半副家业押在你身上了。不管成败，我希望你能懂得东家和我的心意，也能记住合盛元对你的恩德；特别是，如果你此番去日本大获成功，不仅会为合盛元赚来滚滚红利，也会使你本人赚来赫赫声名！到时候，合盛元固然会记住你的功劳，希望你也不要忘了合盛元对你的栽培恩德，能继续为合盛元做事……"

说着，贺洪如的眼眶竟噙满了泪！他略作歇缓，继续说道："培植啊,我对你说白了吧,你的才智和胆略不在贾继英之下,但我希望你不要学贾继英做事,不要学贾继英为官!当初,贾继英在乔家大德恒票号谋到了饭碗,受到了栽培,成就了功名;如今却一拍屁股离开了大德恒,到户部银行高就了!这么做,虽然不能说他吃里爬外,但毕竟有负乔东家和阎维藩大掌柜的栽培提携之恩啊!而且,如今他正掌管着户部银行一步步侵逼所有山西票号的地盘呢!这么一来,他的功名是更大了,可包括大德恒在内的所有山西票号却都受他的害了。如果咱合盛元在日本成功了,你在日本成名了,保不住户部银行又要去日本设立分行,朝廷又要你到户部银行做事呢!如果你像贾继英一样,我合盛元岂不是和大德恒一样,竹篮打水一场空!——培植啊,我已是快七十的人了,没几年活了;合盛元的兴衰与我本人关系不大,我是替东家,替合盛元这个字号对你说这番话呀!"

申树楷听着大掌柜贺洪如的话,早已眼含泪花,下跪在郭、贺二人面前,说道:"东家、大掌柜放心,合盛元对我恩同再造,我申树楷今生今世永远是合盛元的人。合盛元用我,我在合盛元鞠躬尽瘁;合盛元不用我,我回申村老家种地养家!——我申树楷绝不做弃主背恩之事!"

八

申树楷受命罢,便向大掌柜提出人选:现任安东分号二掌柜李德昌为第一副手,现任哈尔滨分号掌柜赵成为第二副手,日本人山本喜二为翻译兼助手,赶车的狗旦为保镖兼下手。他要带这几人先去日本摸摸情况,做设庄前的准备。同时,他提出安顿营口等处庄口的建议:现任奉天分号掌柜刘成礼转回营口分号任掌柜,现任四平分号掌柜张谋福转任安东分号掌柜。

大掌柜贺洪如自是一一允诺,同时与郝克凝商议:保定分号掌柜张五成调任奉天分号掌柜,天津分号二掌柜郭学文升任四平分号掌柜,保定分号二掌柜高生云升任该分号掌柜。

于是,合盛元又进行了一番人事调动,从关内抽调若干人充实东北各号。

申树楷回营口等处安顿一番,便带李德昌、赵成、山本喜二、狗旦等人来到京城。与此同时,郝克凝也从外务部会办大臣那桐处带了几封给大清驻日本公使杨枢、驻神户领事长福等相关人员的官私信函,并从日本驻华公使处办了相关手续。

光绪三十二年(1906年)仲秋,一切准备就绪,东家郭嵘在京城隆重设宴,为申树楷等人饯行;然后,东家郭嵘、大掌柜贺洪如、京号掌柜郝克凝等又去前门火车站为申树楷等人送行。

到了天津,合盛元天津分号掌柜段德义等人又在火车站迎接,在豪华的三晋会馆安排住宿,设宴款待;然后陪同申树楷等人坐火车到塘沽,再转乘小火轮船到大沽口登轮船!如此礼遇,即使东家和大掌柜路经天津去日本,也不过如此啊!

申树楷深深感动,与段德义告别时,连连拱手,殷殷道谢:"有劳德义兄了,后会有期!多谢!多谢!"

"后会有期!"段德义拱手相答,"祝培植老弟一帆风顺,旗开得胜!"

"多谢!多谢!我们一定不辱使命,不负众望!"

轮船缓缓地启行了,缓缓地驶离大沽,驶向大海。申树楷站在甲板上回望大沽,回望塘沽,回望天津,已是隐约之形,缥缈之景,目所不及了。于是,目所不及而用心,回望不成而回想,申树楷想到了在天津的礼遇,也想到了在京城的厚待,并进一步想到了东家大掌柜的重托。正是:壮志猎猎,如凌空之鹰隼;思绪悠悠,如摩天之云霞!

时值仲秋之时,蓝天万里而云霞朵朵;地入黄海之域,碧波千顷而鸥鸟点点,眼界中好一幅靓丽的天象、海象!更有波涛声声,秋风习习,昼则日光如金,夜则月色如银,心底里又是一种美景、妙景!

申树楷站在甲板上,看着滚滚波涛,望着茫茫大海,想着遥遥日本国,心中充满了壮美的激情和壮丽的憧憬:

"此番前往日本设庄,固然远离故土,必有种种困难。不过对我申树楷来说,正是施展本领的地方,正是建立功名的时候。想当年,二十多岁的霍去病不正是带着数千铁骑,孤军深入匈奴地区数千里,才建立奇功的吗?甲午战争以来,人们都怕日本人,一说来日本就更是吓得稀松了;可我在营口时,不是和日本人周旋得很好吗?其实,来日本国更不用怕。日本人即便是虎是狼,那伸到朝鲜和中国东北的才是它的牙齿和爪子,固然吃人伤人,固然可怕;而它国内倒是肚子里的五脏六腑,未必如此吃人伤人,如此可怕呢!嘿嘿!其他票号不敢来,正好该我合盛元独吞其利;其他人不宜来,正好该我申树楷独享其名!

"此番前往日本设庄,哪怕千辛万苦,千方百计,必须成功!论私而言,我申树楷不仅可在字号内添加身股,增加声望;而且在山西票号界也会名声大震,比他贾继英更荣耀。论公而言,我合盛元在山西票号界必会声誉更卓著,我东家在祁、太、平三县的财主里必会名头更响亮。再论大公而言,我山西票号跨海渡洋去日本设庄,至少不会被在日本做生意的江浙闽粤商人们讥笑'浪得汇通天下之名'了吧?此外,我大清国的'银行'也能像洋人的银行来大清土地上设庄一样,反过来去洋人的土地上设庄了,这也算是给山西票号乃至大清国长脸的事吧?!

"此番前往日本设庄,我申树楷必能成功!想当初,我年仅二十一岁,从一个总号的账房伙计,一下子前往两千里之外的营口当掌柜,而且刚被甲午战祸,营口号正关门瘫痪;后来,我不是把营口号闹得红红火火了吗?凭甚?就凭我的眼水和胆气:能看清事理,看透事体,知道轻重缓急；一旦看准了，也敢下手做事。当然，背后还凭着合盛元的声誉和财势。其后，我又去安东设立分号，也是看事准，下手快，也成功了。庚子事变后，俄国人出兵控制了东北，强租旅顺，我的生意稍稍受阻，也是因我雇用日本人做事嘛！而这两年日俄开战，在日本军队打败俄国军队后，我又审时度势，一口气在四平、哈尔滨、齐齐哈尔连开三个分号！如今我已三十一岁，经验和见识比当初要多得多，手下又有若干得力伙计，岂有不成功之理？况且，我与日本人似乎冥冥之中有缘呢，此前几番成事，日本人都是我的助力；此番干脆去日本国设庄，也应该有助力吧？！嘿嘿！"

申树楷前后想了一番，心性颇大，心情甚好。想到在关外十年来与日本人的若干缘分，自然想到了他最早雇佣的山本喜二，也想到了最初依靠的刘成礼、李德昌、张谋福、赵成、狗旦等人，于是进一步想道："这些人都是我这些年来的左膀右臂，都是我成功的助力，似乎冥冥之中都与我有缘呢！——此等缘分为上天所赐，如树木生根之土，将帅胜仗之伍，此生不可弃，不可离也！"

而且，凭着这十年来的感觉，申树楷对这些人也难弃难离了：李德昌，就像他做事的手，他想做甚，吩咐李德昌总能做成做好。山本喜二，就像他和日本人打交道的口耳，能及时知道日本人的情况，也能及时让日本人知道合盛元的情况；自从有了山本喜二，与日本打起交道来事半功倍，顺利得很。连狗旦都是这样，像是他的胆子，有狗旦在身边，他就胆子壮，胆子大……

申树楷继续想道："我就和这班子伙计们同进退共荣辱吧！过去十年来，我和这班伙计们一起吃苦耐劳，一起担惊受怕，也一起做成了几件漂亮的事；此番来日本设庄，也要同心协力，同舟共济，做得漂漂亮亮！"

轮船在海上航行了七天时间，出渤海，行黄海，穿济州海峡，跨朝鲜海峡，再经日本对马海峡，过马关，入濑户内海，终于抵达神户港停了下来。

接着,船上的人要接受一番医务人员的疫病检查;然后乘小轮渡至医院,再进行一番沐浴,才允许登岸通过海关。

昨天船行濑户内海,申树楷已细细领略了一番日本的风景之秀;今天在神户口岸这一番检疫、沐浴、通关过程,又深深领略了一番日本的风物之新:这口岸如门如窗,从口岸景况也可略知日本气象比我大清好出许多啊!

申树楷从登岸到租车去旅馆,看到港内船进船出,行驶如梭;岸上人来人往,涌动如潮;已感到神户港比营口港、天津港繁忙许多。再看到城内大街两旁楼房林立,高低错落有致;店铺栉比,艳素相得益彰;更感到一幅繁华之景,兴旺之象。

"林子茂盛了,鸟儿必多;城市繁华了,商机必多;神户应是个赚钱发财的好地方呀!"申树楷坐在人力车上,一边张望两旁,一边想道。

隔三岔五,他还能看到一群一伙梳辫子的青年留学生和成年生意人:"此我族类,更是我合盛元来日本设庄的可靠依傍!"申树楷想道。

一到神户,申树楷观其气象,感其气息,再看到众多的华人,便有了一份非常好的心情和非常足的信心。

九

当天,申树楷等人先来到神户中华会馆住下。会馆里都是华人华服,华舍华餐,几乎与在国内一般,甚为方便自在,颇有一种回"家"入"社"的感觉。

商人长期千里远行,举目无亲,如何排遣孤独?如何寻求帮助?小则需以字号为家，号内伙友间彼此如兄如弟；大则需以会馆为社，域内华人间彼此如邻如里。所以，中华商人聚集地多有会馆，中华商人字号内颇如家庭。

次日，申树楷拜会了神户中华商会会长袁诠。他报上自己的名号，递上郝克凝的信和一块上等砖茶，袁会长自是礼数有加，拱手道："哦！原来是合盛元票号的，宝号声名赫赫，申老板年轻有为啊！"

申树楷说道："袁会长过奖了，过奖了！晚辈也是慕名而来，我号郝克凝老板说三年前与袁会长喝过三杯酒，说过一番话，深知袁会长在神户华商界德高望重，领袖群伦。此番遣晚辈来日本便是两层意思。一者，当初袁会长与郝老板曾有一番关于山西票号来日本设庄的言谈，我们郝老板对袁会长的话念念不忘，经几年准备，我合盛元票号有意来日本设庄。"

"哦！好，好，好啊！郝老板真是有信之人，有心之人哪！你们合盛元票号如能来此设庄，在日本的所有华商华人必会热烈欢迎啊！"袁会长拍手说道。

"多谢！多谢！"申树楷拱拱手，继续说道，"二者，我合盛元票号若来日本设庄，跨国隔洋，人生地不熟，必有诸多困难，尚望袁会长能多多指点，多多帮助！"

袁会长听了申树楷的一番话，又看了一遍郝克凝的信，说道："宝号此时来此设庄，甚为得宜，生意肯定不会差了。这两三年来，因为中日商约签订，日商华商在对方国家都有优惠，所以华商买卖在扩大，华商人数在增加；而且，因为朝廷推行新政，学习日本新法，全国各省往日本派遣了大量的留学生。依我看来，现在日本各地的华商留学生不下两三万人，往来的银子不下两三万万，宝号只需揽得其中十分之一，便是两三千万银子的汇兑生意啊！当然，你们初来乍到，也会遇到诸多困难；我自会尽力帮忙，成全这桩好事！"

袁、申二人相叙甚欢，问起日本之事，袁诠自是了如指掌；说起东北之情，申树楷也是如数家珍。然后，袁诠在会馆设宴款待申树楷一行，主人热情殷殷，把酒满斟；客人喜色盈盈，举杯尽饮！

一番叙谈下来，二人已彼此交了心，心心相印了；再一顿酒饭下来，二人又彼此交了情，情情相融了。于是，袁会长对申树楷以"培植"相称，视为晚辈朋友了。

酒宴后，袁会长与申树楷等人拱手相别，并嘱咐道："培植啊，以后在神户地面上遇到什么难事，找我袁某人即是！我有能力解决的，我帮你解决；我没有能力解决的，我出面请领事馆的人帮你解决！"

申树楷拱手相谢，说道："多谢袁会长美意！此前，我听人说起过袁会长的大名大德；如今拜见，不仅名副其实，而且实副其名，实在让晚辈感佩！"

初次来日本，住在中华会馆，感觉温暖如家庭；拜见袁诠会长，感觉仁爱如师长。申树楷心中颇感欣慰：我华商在日本能如此团结互助，自是生意所需，也是我华人心性所致啊！——在家，则亲友间相处相帮；出了村，则视同村人为亲友；出了县，则视同县人为亲友；出了省，则视同省人为亲友；如今出了国来到日本，又视整个华人为亲友！美啊，妙啊！

初来异国他乡的申树楷通过中华会馆和袁会长享受着这种美妙，感觉着这种美妙，犹如在大树底下乘凉一般！

于是，他又感念神户当初的栽树者：正是当年的神户华商前辈成立中华商会并建起中华会馆，使后来的华商能享受此种恩惠。进一步，他又感念合盛元当初的栽树者：正是当年一代一代东家掌柜们殚精竭虑，才使合盛元的买卖发展壮大，声誉遍布全国，袁会长才知道合盛元票号，如今我来了这儿才会受到如此礼遇。再进一步，他又感悟华夏子孙数千年来认同的道理和道义：施人惠者人敬，道理也；受人惠者敬人，道义也。由此，施惠者乐此不疲，天下恩泽绵绵相继；由此，受惠者念此不忘，古今贤良脉脉相承……

次日，申树楷备上礼品，带上那桐的书信，前往大清驻神户领事馆拜见正领事官爱新觉罗·长福。长福一看是财势赫赫的合盛元票号掌柜，已是高看几分；再一看有权势赫赫的外务部会办大臣那桐的书信，更得把申树楷待为上宾：上茶上果，问寒问暖！

说到正事，长福表态道："宝号前来日本神户设庄，诚为裕国便民之举，我自当尽力与日本方面沟通，为申掌柜提供方便。何时需要，何事需要，何地需要，申掌柜告诉我一声，领事馆和我本人一定出面帮助！"

申树楷见状，暗暗高兴，连连致谢，说道："长福大人如此体贴我商民，行仁风，施惠政，实在让人敬仰感佩！多谢了，多谢了！"说着，起身作揖。

"申掌柜不必多礼！请坐，请坐！"长福说道，"本官身为大清驻神户领事官，自当替朝廷行仁政，为侨民谋福利，此分内职事，不必言谢，不必言谢！"

然后，申树楷向长福请教一番来日本做买卖的规矩，长福向申树楷询问一番合盛元票号的情况，申树楷便拱手拜别长福，出了领事馆，回中华会馆去了。

申树楷来到神户后，初次拜见袁诠会长和长福领事官，都很顺利，不仅十分客气，待之以礼；而且十分热情，援之以手！申树楷自是喜出望外，颇有顺风顺水之感，并隐约感到有旗开得胜之兆！

此后几天，申树楷慷慨解囊，由山本喜二向导，带着随行伙计在神户的大街小巷转悠了个遍，在神户的大小饭馆吃喝了个好，又在神户外围的大小景区观赏了个美！几天下来，申树楷等人不仅游玩吃喝了个痛快，而且对神户的地理形貌、历史脉络、经济概况、人物风情有了个大体的了解。

原来，游玩正是侦察地理之形，吃喝正是把握人文之脉，竟是两全其美！

由此，申树楷把神户定为设庄首选之地：其一，从日本国而言，神户是最大港口城市，也是通往本州岛的最大门户，人流量和物流量大；且毗邻大阪、京都、奈良几个大城市，与这几个大城市相距少则几十华里，多则百余华里，连带关系紧密。在此设庄，可以远控东京、横滨乃至本州全岛，近制大阪、京都、奈良几个大城市，还可以南抚四国岛、九州岛，实在是一个设庄汇兑的风水宝地。其二，从中国而言，这里南面濒户内海，西通马关、对马海峡，是中国人来往日本的咽喉要津；来者以此为下船登陆之岸，往者以此为下海登船之港，华商华人往来者甚多，常住者亦稠，可谓华商最密集最活跃之地。所以，以华商为主要招徕顾客的合盛元票号在此设庄最为便利合适。其三，从合盛元票号的人脉而言，官方则可靠那桐与领事官长福的交情，便于与日本神户官方周旋；商界则有神户中华商会会长袁诠的关照，便于与日本商界沟通，与华商群体接洽。这样，做起具体事务来必然顺意顺利。其四，从他申树楷本人的感觉而言，他刚来神户几天，眼所见，耳所闻，身所经历，心所感受，都觉得神户这地方颇欢迎他，接纳他；而他对神户这个地方也颇有好感，对在此设庄也颇有信心，颇有一种来到吉地福地的幸运感。

于是，申树楷兴致勃勃地写了两封信，将自己一路行程及来神户的所见所闻，所作所为，所思所想一一告知，分别寄给祁县总号和京号。

十

但当申树楷开始申请设庄事宜时，和日本人一打交道就碰了一鼻子灰。

按照惯例，华商要在日本设庄开业，需经当地日本商会认可举荐，再报当地政府部门批准。于是，申树楷在神户华商会长袁诠带领下，前往神户商会拜见三井二十二郎会长。但刚见到商会的山口书记官就被挡了驾："三井会长今天不见客，诸位有什么事我可以代为通报，诸位三天后再来吧！"

"山口先生，请您通报三井会长一声，就说中华商会会长袁诠来拜！"袁诠上前赔着笑脸说道，想讨一份中华商会会长的人情。

山口书记官却依然板着面孔说道："袁会长，我已经说了，三井会长今天不见客，诸位有什么事我可以代为通报；诸位要想见三井会长，还是三天后再来吧！请多担待！"说着，这位书记官机械地鞠了一躬。

好一个神户商会的书记官，彬彬有礼，又冰冰无情！

袁诠只得让申树楷递上名片，并说明合盛元要来神户设庄一事，然后打道回府！

一路上，袁诠愠愠然，脸色灰青；忿忿然，心情郁闷！

"袁会长，晚辈给您添麻烦了！"申树楷说道。

袁诠摆摆手，说道："培植不必多心，其实，这样的情形我也遇的多了。所谓'人在屋檐下，怎能不低头？'这就是我们侨居日本的华商之苦啊！"

申树楷也叹道："自古道，母显子贵，母卑子贱，国事如家事。如今中日国势悬殊，中日商人在对方国家的待遇也就悬殊了。想那日本商人在中国，哪里受半点儿歧视，比咱中国商人还蛮横霸道呢！可咱中国商人在日本呢，只能低头哈腰夹尾巴！唉！"

"是啊！就算说起来两国平等，实际上也难平等。就以中日商约来说，字面上也算是平等的，实际上能平等吗？条约上写着中日双方都要优待对方侨民侨商，政策条文也说优待，政府官员也许还能按约做事；可到了商界，许多日本商人照样小看歧视咱华商！"袁诠也感叹道。

回到会馆，申树楷品茶独坐，想着今天去日本商会拜见三井被拒的情形，感觉很不舒服，与前几天拜见中华商会会长袁诠和大清驻神户领事官长福的情形恰成鲜明强烈的对比！不过仔细想来，这两样的待遇也在情理之中：袁诠会长和长福领事官待我如上宾，固然是因为华人同在异国他乡，相互帮助是理所当然；同时也因为我合盛元票号的财势和那桐大人的权势，"势"所当然呀！如果换了小字号的人来，又没有那桐大人的书信，袁会长和长福领事官的热情也肯定会大打折扣！嘿嘿！情理原本就如此吧：水涨则船高，水落则船低，甚至搁浅；同理，国强则民尊，国弱则民卑，乃至受辱。如今自己身为战败国的大清商民，要来战胜国的日本开设汇兑庄口，抢占银行市场，也就只好卑躬屈膝地与之周旋了。

申树楷想到前些天对神户这个城市的好感，觉得神户在欢迎他，接纳他；而今天却受了这番闷气，神户又似乎在排斥他，拒绝他！想到这些，不免苦笑一下，再苦思一番：这是老天爷捉弄我？还是考验我？抑或是暗示我，神户对我既欢迎又排斥，既接纳又拒绝，既有滚滚厚利可以图谋，又有重重困难需要排除……

申树楷思谋一番，遂打定了主意：我申树楷从二十一岁出道以来，在商场上也算是战无不胜，攻无不克，屡建功勋。如今来到日本神户，遇上困难岂能轻易退缩！纵然有千种困难，我也要迎难而上，一一排除；纵然有百般屈辱，我也要忍辱而行，一一领受！困难排除完了，脚下自是坦途；屈辱领受尽了，身上自是荣耀！

对此，申树楷也有足够的信心：尽管此番来日本比当初去营口有更大的困难，但从精力而言，我现在更年富力强；从本领而言，我现在更有智慧经验；再从时运而言，我此前在营口等处的成功只能算是太阳出山初放光，如日中天的光景还在将来呢！

三天头上，申树楷婉拒了袁诠引荐：中华商会会长的身份既不被三井二十二郎高看，于事无补，又何必再拖着这位前辈共受其辱呢？倒不如自己直接前去，独呈其事，独受其辱。

于是，申树楷只带了山本喜二和狗旦，二次前往神户商会。

这一回，山口书记官倒是没有为难申树楷，而是彬彬有礼地引着申树楷去见三井会长。申树楷跟着山口书记官，几乎是七转八弯九曲，才来到了三井二十二郎的会客大厅。

此时，三井二十二郎穿一身日本和服，拿一把日本军刀，正坐在椅子上擦拭刀锋；眼光对着刀光，寒光闪闪，冷意森森！

山口书记官上前，低语一句："会长阁下，大清合盛元银行代表申树楷前来拜见！"

三井这才"嗯"一声，收刀入鞘；然后抬眼看一下申树楷，并不吭声，却是满脸傲慢之态。

申树楷见状，上前躬身施礼，说道："大清合盛元银行代表申树楷前来拜见大日本神户商会会长三井阁下！"申树楷脸色平静，语气平和，不卑不亢而彬彬有礼，而且是一口流利的日本话！

三井诧异了一下，然后微微露出笑容，说道："哦！申先生原来会讲日语啊！呵呵，请坐！"

客厅里冷峻的空气随着主人的一声微笑而温和了。

"申先生来日本几年了？"三井问道。

"不，来贵国刚刚几天。嘿嘿！"申树楷回答道。

"哦？那申先生如何会讲日语啊？以前在日本留过学？"三井又问道。

"惭愧，惭愧！敝人从未来过贵国，更未在贵国留过学。所以会讲日语，是因为敝人在营口十年，与贵国的正金银行多有合作往来；而且，我们合盛元银行还聘请贵国侨居我大清的年轻学生为伙友，久而久之，就会讲几句日语了。"

"噢！原来申先生早已是我们大日本帝国的朋友了！"三井听了申树楷一番话，更高兴起来了。

"中日为一衣带水之邻邦，本应是朋友啊！"申树楷接口说道，"贵国自明治维新以来，国势日强，国力日增，国民日新，足可以为我大清效法。近几年来，我大清推行新政，多取法于贵国；派留学生前来，也是要学习贵国；就连敝人前来神户设庄，一半为谋利，一半也是为了学习贵国银行之法啊！尤其是贵国三井银行，诚为贵国银行界之泰斗，乃是我合盛元银行效法之榜样。——阁下出身三井家族，担任神户三井银行总办，又兼神户商会会长，还请多多赐教！"

申树楷一番话说得三井二十二郎心里美滋滋，脸上笑盈盈，并连连点头赞许！原先在情感上设防的那道冷森森的围墙，刹那间融化为乌有了。

三井竖指称赞起申树楷来："申先生，你是个出色的年轻人，你做事说话非同一般，我佩服你！从感情上讲，我本人已经想帮助你了。"

"多谢阁下！"申树楷再次躬身施礼。

"不过，从利益上讲，你合盛元银行来神户设庄开业，肯定会抢夺我们的利益。我坦率地告诉你：我们三井银行不会支持你，其他银行更会阻拦你，神户商会的银行业公会也不会轻易保荐你们的。而且，我还坦率地告诉你：银行和普通商行不一样，中国银行要在此设庄开业，不仅要你们中华商会和我们日本商会联合保荐，还得政府批准，而且得中央政府大藏省批准！嘿嘿！年轻人，打消这个念头吧！要不然，你会碰得头破血流！"三井说罢，示意送客。

申树楷只得起身告辞，快快而归。

十一

申树楷此番拜见三井，虽说依然是碰了壁，但究竟接触了三井，给三井留下了一个不错的印象，从三井这儿知道了一些情况，也算不虚此行。

申树楷思谋了一番：神户商会这儿暂且只能到此为止，眼下也没有甚法子从这儿取得进展；现在的神户商会像一块冻土，只能等一等，让它醒一醒，然后再考虑下手去铲。山不转水转，现在需要做的是另寻门路，试探一下日本神户政府的态度。

于是，申树楷再一次拜见大清驻神户领事官长福，说明这些天去拜见神户商会会长三井的情形，并请他出面与神户政府接触；长福欣然允诺，当即带申树楷去拜见神户市长。

此时的日本国，经十多年前中日甲午战争的胜利，全民的民族自尊心和自信心空前高涨；再经两年前日俄战争的胜利，这种自尊心和自信心更是涨到了九霄云天，几乎要傲视天下万国了！所以，日本的官方民间对华人华商常常歧视卑视，在日本的华人华商往往低人一等。

神户市长将是何种态度？申树楷跟着领事官长福进了神户市政府院内，心中不免担忧：如果这位市长比三井会长更蛮横无理，我将如之奈何？

不料，这位神户市长对长福却格外客气，非常谦卑；待长福说明来意，市长当即表态："关于贵国合盛元银行来神户设庄开业一事，我市府方面会通力合作，大开方便之门！不过，我坦诚相告：此事关键是大藏省批准，审查非常严格；另一个关键还是三井会长，我市府不能替代商会呀！阁下知道，现在三井家族是日本最大的财阀，而且与日本皇室和内阁大臣们关系特殊，无论在商界还是政界，都有极大的影响力。此事如果得不到三井会长的认可，会影响大藏省批准与否；即使大藏省批准了，三井家族要给贵国银行出起难题来，也会麻烦不断。所以，我提醒贵国银行，办理申报手续时，还是不要绕开三井会长为好！"

"多谢市长大人！多谢，多谢！"长福拱手说道。

申树楷也连连称谢。

二人向神户市长告辞，走出市府，乘马车回领事馆。

"申掌柜，我看这神户市长大人的话非常诚恳，你还是认真考虑一下他的话吧。"长福说道。

"是，是！"申树楷点头应道。

然后，申树楷又问道："这位市长为何对长福大人如此客气礼貌呀？现在日本人这么猖狂，原先我还担心大人因我们合盛元的事，在市长面前受冷遇受羞辱呢！"

长福笑笑，解释道："一是因为外交礼节，日本官员起码的礼节还是讲究的。二就是我的特殊身份和日本人的特殊心理了：日本人对天皇及皇室家族的人特别尊重，甚至奉若神明；我呢，属于大清皇室爱新觉罗家族的人，所以他们对我比对一般的领事官就多一层尊重和礼貌了。"

"哦，原来如此！幸亏大人带我来见市长，要不然，我不用说见市长，就是去了他属下的农工商科，也得碰一鼻子灰！"

申树楷此番跟领事官长福去拜见神户市长，受到了礼貌接待，也得到了帮忙许诺，还听到了坦诚话语，可谓收获不小；但还是"此路不通"，他还是得回到原来的起点，去打通三井会长及神户商会、神户银行业公会这些关节。

第一关便是神户银行业公会，其关键是三井银行、三菱银行、住友银行、正金银行等。如何通过这第一关？好在三井二十二郎本人已从感情上认可了申树楷，愿意帮忙了；可从利益上考虑，三井银行岂能轻易认可？更何况还有其他几大银行呢！

申树楷仔细盘算起来：仅撼动一个三井我都有点蚍蜉撼大树的感觉，更何况还有好几家财大气粗的银行呢？要凭我本人的力量打通这些关节，过这一道道难关，万万不行！而要借用中华商会的力量，第一次拜见三井已经看出来了，袁会长在三井会长面前明显低人一等，矮人一截，帮不上大忙。长福领事官这儿，在神户市政府方面能说上话，但对这些日本大家族控制的银行似乎鞭长莫及……必须借用一种巨大的力量：或以大权压之，或以大利诱之，或以大理喻之，抑或三者兼而用之！

申树楷盘算着如何打通这些关节，不由得想到了在中国的日本正金银行：人家去中国设庄开业，哪会有这么多麻烦？！

心思这么往国内一想，倒蓦然开了点窍：我合盛元来日本设庄开业需要日本银行界保荐和日本政府批准，他们日本银行去中国设庄开业虽说容易简单得很，可也不能完全离开中国政府的制约和配合吧？如果他们与中国政府关系僵了，他们也有诸多不便吧？况且中日商约刚刚签署三年，里面明明写着双方对侨居商人对等优惠的条款……有了！看来，我还得回国搬救兵。

拿定主意，申树楷便让山本喜二买了两张神户往天津的船票，自己带着狗旦回去。此间，其他人待在神户无事，则让山本喜二带上他们去大阪、奈良、京都等处游玩为事：见见世面，识识人情，也为日后的生意做些准备呢！

经过七天的海上颠簸，申树楷带着狗旦从神户回到天津，再转火车回到京城，当夜向郝克凝回明情况，商量起对策来。但商量来，商量去，还是得靠那桐、载振及庆亲王等人对日本方面施加影响：身份地位在那儿摆着，社交关系在那儿网着；在常人看来大得不得了的事情，在他们这儿就如粘在蜘蛛网上的小飞虫，想怎么处置，就可以怎么处置！

于是，郝克凝带上申树楷先找那桐求助。

那桐听了一番申树楷的介绍，三人不免共同有一番国弱受辱之叹……

好在那桐在官场上数十年，在高位上也十余年，大清一直是国势衰败的处境，久处其中，也就深得弱国外交的真谛了：比之于武术，则须学陈氏太极拳，以柔克刚；比之于战略，则须学孙氏赛马法，以弱胜强。

如此，他这个高居外务部尚书之上的会办大臣，就得为一个民营票号去日本设庄的区区小事而劳动大驾了。

那桐思谋了一番，说道："此事既然是神户几家银行从中梗阻，我看暂宜通过私人交情疏通。现在国势衰弱如此，我这个外务部会办大臣也就不能端这个架子了，我就给正金银行和三井银行的总董各写一封信吧！"

"让那大人屈尊枉驾，小人实在过意不去！"申树楷动情地说道，两眼噙着泪花。

"嘿嘿！"那桐笑道，"申老弟不必如此，我已经习惯如此了。如今国家多灾多难，洋人作威作福，我大清官民自应上下团结一心，为官者知百姓之艰，为民者晓朝廷之难，同舟共济，方可撑过危局，再造太平啊！"

"那大人忧国忧民，真是朝廷之梁，百姓之伞！今日有幸睹大人风度，小人真有'高山仰止，景行行止'之慨！"申树楷说着，拱手致意。

那桐笑笑，对郝克凝说道："耀庭兄啊，这申老弟很会说话呀！言由心发，我看他非等闲之人，合盛元此番派他去日本设庄，必有收获！哈哈！"

郝克凝应道："琴轩真是火眼金睛，玉牙金口！多谢了！"

申树楷也拱手致谢。

少顷，那桐在书桌前写好两封信，盖上私人印章，然后一边递给郝克凝，一边说道："正金银行方面应该好说，他们在中国多处设庄，与我交往甚多。我两次去日本，往来费用都由他们经办，对我的接待也甚为周备，正金银行总董相马永胤还特意在东京设宴招待我；他去年来京时，还来我家里拜访，我也设家宴款待了他。三井银行方面嘛，交往少些；不过，三井家族在汉口开有铁矿，在上海开有洋行，还经营往来上海至日本的轮船。光绪二十七年我出使日本时，从上海启行，坐的就是三井公司的船；去日本以后的吃住行事宜，也由三井公司安顿。在东京时，三井银行和三井公司的总董三井八郎次郎还前来我下榻的帝国饭店拜谒晤面……估计也会给我些薄面吧！"

郝克凝笑道："当然，当然！大清虽是弱国，但琴轩以大清国宰相之尊，屈驾俯就一个日本字号的东家，让他办一件举手之劳的易事，他岂有驳回面子之理?!"

那桐嘿然而笑，说道："那就要看你们的运气了！"

十二

郝、申二人从那桐这儿拿上两封书信，自是满心欢喜，满腔兴致。

时值深秋，凉风萧瑟。当下，申树楷要感谢郝克凝提携帮助之恩，郝克凝则要犒劳申树楷远涉重洋之劳，竟双双要请对方喝酒！于是，二人进了旅蒙商大盛魁在京城的小号协盛昌饭庄，要吃地道的蒙古烤羊，喝地道的山西汾酒。申树楷仰慕郝克凝功勋卓著，连连敬杯；郝克凝则喜爱申树楷才华横溢，频频劝酒。二人自是开怀畅饮，尽兴尽致。

申树楷着急去日本设庄，不敢留恋京城繁华；拿到那桐的书信后，只逗留了三天，采购了若干精细瓷器和上等茶叶、茶具，备作与日本人交往的礼物，便起程赴日本了。

七天后在神户下船，稍作安顿，便带上山本喜二等人乘火车前往横滨，拜见正金银行总董相马永胤。相马永胤来过中国，也知道合盛元票号，得知申树楷的来意，再看到那桐的亲笔书信，再稍想想正金银行在中国的巨大利益，当即表示：正金银行欢迎合盛元银行来日本开展业务，他本人也欢迎申树楷来日本，他本人和正金银行会大力协助合盛元在日本的诸项开办事宜。

申树楷拱手致谢，然后奉上一套精美紫砂茶具和二斤上等的铁观音茶，相马永胤就更是眉开眼笑，热情有加了：大而谈"日中一衣带水，友谊源远流长"；小则言"正金银行与合盛元银行在中国早有合作之谊，未来在日本更应有合作之机"云云。

申树楷听着，连连表达敬佩之语，暗暗涌动高兴之情：这位正金银行总董确是非常之人，那大人的一封书信确有非常之力，而我申树楷正可靠这些非常之人，借这些非常之力，做一番非常之业！

在横滨拜见罢正金银行总董相马永胤，申树楷带着一份好心情，又顺便拜见了大清驻横滨领事邹小村；他暂时无须求助这位领事，只是备份礼，见个面，为将来储蓄点友情而已。

横滨诸事顺利，然后乘火车前往东京，准备拜见日本最大财阀三井家族的当家人、三井银行和三井物产公司的大东家三井八郎次郎。两地相距不近，乘火车不到一个小时就可到东京；加上心情甚好，申树楷眼望风掣电驰之景，身坐龙游鹏飞之车，真是快哉乐也！

然而，这三井银行的大东家三井八郎次郎不比正金银行的东家相马永胤：从自身财势而言，三井比正金更牛气。三井家族位居日本四大财阀之首，而正金银行与四大财阀相比颇有差距，与三井差距更大。从自身利益而言，三井并不像正金银行那样太在意中国。三井家族的银行业和物产业主要在日本本土，在中国上海、武汉等处的物产公司，只占三井总体业务很小的比重；而正金银行却在中国多处设庄口，广泛做生意，是日本在中国规模最大、经营最好的银行，在其总体业务中占有很大比重。这样想来，申树楷就不敢贸然前去拜见三井八郎次郎了。到东京后，他先去大清驻日本东京公使馆拜见了公使杨枢：一为探听三井八郎次郎的详细情况，二为请公使杨枢出面引见三井八郎次郎。

杨枢得知申树楷是合盛元票号的代表，而且还有那桐的亲笔书信介绍，又看到申树楷带给他的丰厚礼品，自是对申树楷刮目相看，沏茶相待！再想到合盛元票号前来日本设庄的壮举，更是感佩有加：弱国之民来强国经商，败国之银行来胜国设庄，诚可扬我国民之气，励我华商之志，难能可贵！我身为大清驻日公使，帮其人，助其事，义不容辞！

于是，信也，礼也，义也，三而合一：杨枢不得不为合盛元票号来日本设庄伸出援手！

于是，大清国驻日本公使杨枢带着申树楷前往三井八郎次郎府邸，拜见这位三井银行的大东家，三井家族的掌门人。

杨枢奉命任大清国驻日本国钦差公使已有三年时间，与三井八郎次郎也有不少的交往和不错的交情，如今前来三井八郎次郎府上，于公于私，三井八郎次郎都得热情接待。

稍作寒暄后，申树楷恭恭敬敬地奉上那桐给三井八郎次郎的亲笔书信。

三井八郎次郎听说是大清国外务部会办大臣、大学士那桐的书信，先是心中一惊，然后起身恭恭敬敬地接过书信，细心拆开，展开信瓤，当即感叹道："那大人好一手漂亮的书法！"

原来，这位日本商界的巨擘不仅有经商天才，深谙经商之道；而且对文化有浓厚的兴趣，乃至由文化而上溯到古代文化，由日本古代文化而上溯到中国古代文化：其灵魂之精妙者则推崇老子《道德》、孔子《论语》、孙子《兵法》；其形体之美妙者则喜欢王羲之、王献之的气韵，颜真卿、柳公权的筋骨。

于是，心有好古之雅，手有挥毫之兴，对那桐的亲笔书信就饶有雅兴了。

二井八郎次郎感叹罢，展信细看：

大日本国三井银行总董三井八郎次郎阁下钧鉴：

遥想当年在东京与阁下两番晤谈，尊容犹在眼前，雅言尚绕耳旁也！然一晃已有三年五载，诚岁月易逝，人生匆匆也！念兹颇多慨叹者，慨叹之后又颇有愿望者：今后可否再与阁下嘉会也？三年耶？五年耶？东京乎？北京乎？愿天公作斯美也。

　　吾以大清国钦使两次前往贵国，与阁下亦有两番晤谈，诚收益良多，感慨万千也。贵国之政治气象，所见者无不感叹羡慕；宝号之金融事业，所知者无不惊讶敬佩！今吾友所开设之合盛元银行，应侨居贵国华商之吁请，慕贵国社会之风气，羡贵国银行之法式，意欲前往贵国神户等处设庄开业，既谋利焉，亦慕义焉！因人生地疏，特介绍合盛元银行代表人申树楷（字培植）于阁下；尚望阁下及所属各处三井银行诸君能施之以教，援之以手，成之以美也！

　　谨致谢忱！

大清国外务部会办大臣、大学士
那桐谨上
光绪三十二年秋九月

　　三井八郎次郎看完信，一边从头二次翻阅，一边沉思起来：泱泱大清国的副相给自己亲笔写信，尊荣足矣；而信中语气谦和，辞情诚恳，礼数又足矣！如此尊贵之人既有所求，岂有不应之理?！况且，我三井家族的事业延伸于中国者眼下固然不多，而未来必然不少；我何不先送人情于这位副相，为我三井将来去中国拓展事业预作准备呢？至于该银行来日本设庄者，固然会与我日本银行争利；然而，以大清国之贫弱比我大日本国之富强，大势如此，该银行至多分一杯残羹而已，对我日本银行又有何伤？……

　　三井八郎次郎斟酌于礼，权衡于利，都得给大清国副相那桐面子，都得帮大清国合盛元银行开业。看罢信仅几分钟时间，三井八郎次郎就拿定这个主意了。

　　但这位城府极深的老者却不动声色，他将那桐的信款款放在桌上，然后徐徐向申树楷问道:"宝号合盛元银行在贵国有多少处支店?"

"回三井前辈,在枢要之地有三十二处支店。"申树楷欠欠身,用日语答道。

"合盛元银行财力如何?资本多少?"三井八郎次郎又问。

"回三井前辈,我合盛元银行有资本金五十万两白银,公积金六百五十万两白银。"申树楷又答。

"合盛元银行成立于何时?距今多少年?"

"我合盛元银行成立于大清道光十七年,距今已有七十年了。"

"哦,七十年?和我们三井银行一样,也算是一个老字号了!"

接下来,三井八郎次郎又问询申树楷本人的年龄和经历,申树楷一一作答。

经这番问话,三井八郎次郎对合盛元这个老字号颇生尊敬之心,对申树楷这个年轻人颇生喜爱之情,对合盛元来日本设庄之事也就更乐于伸出援手了。于是,他最后对申树楷说道:"年轻人,你很有勇气,也很有智慧,大日本银行界会欢迎你的!至于要神户银行业公会保荐之事,你一周之后去神户找二十二郎吧,他会帮助你的!"

十三

从三井八郎次郎府邸出来,申树楷与杨枢同车回公使馆,一路自是欢欣鼓舞,称谢不已!

杨枢公使连连摆手道:"举手之劳,何足挂齿?申掌柜不必客气!况且,我只是引见一下而已,这三井八郎次郎真正给面子的是那桐大人啊!"

"杨大人过谦了！"申树楷拱手道，"以一国之公使，皇帝之钦差，而为我一字号来日本设庄之事奔忙！这恐怕是世界罕有之事，岂止于挂齿？必至于传世！杨大人此德此惠，实在让人感佩之至啊！"

"不敢当，不敢当啊！连我大清的大学士、外务部会办大臣那桐大人尚且如此，我一个小小的公使遵嘱而行，实在微不足道啊！"

申树楷一腔感谢之情，杨枢满口谦虚之辞，一路回到公使馆里。然后，二人在公使馆喝一杯茶，计议一番下一步设庄之事；申树楷约好当晚在东京帝国饭店宴请杨枢公使及公使馆全体人员，便回住处去了。

当天下午，申树楷盼咐李德昌和山本喜二前往帝国饭店安排酒宴，自己则沏一壶茶独坐静思：得到杨枢公使的热情帮助，暖融融也；得到三井八郎次郎总董的点头赞许，美滋滋也。再想到三井家族的宏大事业和三井八郎次郎的巨大功绩，乃至于三井八郎次郎本人的深邃眼神和儒雅气度，则不仅让他肃然起敬，也让他心慕眼羡：我在商界奋争几十年，到七八十岁时，能达到三井八郎次郎的程度吗？我申树楷如何作为，方可蹈其踪而比其肩耶？斯业绝非等闲之事，斯人绝非等闲之辈；诚非常之事，得遇非常之人，再遇非常之机，方可成功。如此大功，须大德、大才、大命、大运四者兼而有之，合而成之。固然大德在修，大才在炼，此二者可以己为；而大命在于天赋，大运在于神赐，非己力所能为也。不过，大命大运多待大德大才；欲成大功者，只需修大德，炼大才可矣。

当晚，申树楷在最豪华的东京帝国饭店摆下盛宴，热情款待杨枢公使及参赞诸人。但见：把盏碰杯，极尽兴致；谈天说地，倾诉心怀。申树楷豪情洋洋，心如海，辞如涛，挥金如土；杨公使儒风徐徐，身如山，姿如松，奉命若神。

有诗为证：
古来官贵商人轻，今日双双身份平。
那郝诚然拜兄弟，杨申岂可不纵横？

朝廷度势设商部，公使知时结友情。

满屋京腔连华韵，宛如东京是燕京！

申树楷高兴，当晚宴请罢公使杨枢诸人，次日又带上李德昌、山本喜二等人在东京的各处名胜古迹、大街小巷转悠起来。自是心在察看揣摸，敬业也；形在吃喝玩乐，尽兴也！

几天后，申树楷又带众伙计乘火车返回神户，再次带着山本喜二和狗旦前去拜见神户商会兼神户银行业公会会长三井二十二郎。

这次，山口书记官客气多了，见申树楷又带着山本喜二和狗旦前来，并无高傲冷峻之色，倒有平和热情之颜，躬身施礼道："三井会长在内庭恭候申先生呢，请随我来吧！"

申树楷从山口书记官态度变化中，隐约感到了远在东京的三井八郎次郎的那双力量巨大的手。于是，心中隐约泛起了微微的笑意，脸上隐约浮出了微微的喜色：看来三井八郎次郎已经给三井二十二郎打过招呼，事情好办了。

申树楷跟着山口书记官，依然是七拐八转，通过院中那些回廊曲径，才来到三井二十二郎的幽静内庭；而三井二十二郎却依然如上次见面时的情形：威风地端坐在椅子上，叉腿，挺腰，拔背，双手在把玩那柄日本军刀，一副雄赳赳的武士形象！

申树楷心里一怔：这三井二十二郎怎么又是这副模样？如果说上一回是耀武扬威，蔑视我等，这一回又是何意？莫非东京的三井八郎次郎管不了这神户的三井二十二郎，这家伙依然会刁难我不成？静下心来，且看其"下文"吧！

申树楷依礼拜见过三井二十二郎，落座上茶。寒暄几句后，不等申树楷说明来意，三井二十二郎倒先说话了："申先生，您的合盛元银行来我神户设庄之事，我已与三菱、住友、正金、兴业几家银行的董事商量过了。为了日中友好，神户银行业公会将破例保荐合盛元银行来神户设庄！合盛元银行可由神户中华商会出具保荐文书，再来我神户银行业公会办理保荐文书，然后再去神户市农工商科办理申请文书，再去帝国大藏省办理最后的审批文书——嘿嘿！我恭喜申先生了！"

啊？原来此事竟如此顺利！原来，这三井二十二郎竟如此爽快！申树楷喜出望外，连忙起身拱手致谢："多谢三井会长阁下！多谢，多谢！"

三井二十二郎微笑着，摆摆手说道："申先生不必客气！此事关系日中友好，我等自应成人之美啊！呵呵呵！"

"呵呵呵！"申树楷也陪着三井二十二郎笑了起来。

笑罢，三井二十二郎却把话题一转，说道："不过，我对申先生有个小小的请求。敝人自幼喜爱武术，久闻中华武术源远流长，博大精深；如今见了从中国远道而来的申先生，很想切磋一二。申先生肯赏光吗？"

申树楷听罢，心中想道：哦！原来这三井二十二郎热衷于武士道，怪不得几次见面总是在舞弄他那把日本军刀呢！可惜，自己没有武术上的修炼与道行……哦！为了不使二十二郎扫兴，倒可以让狗旦陪他过上几招！

于是，申树楷说道："非常抱歉，三井会长阁下！敝人幼年读书，略知圣人立身之旨；少年从商，略知贤人富家之术；却从未习武，诚为憾事！如今不能与阁下切磋武术，实在惭愧！"

"唔？我闻中华武术流派纷呈，高手遍地，以申先生的聪明和勇健，竟不肯学一门武术在身？况且，申先生远隔万里重洋，携区区数人来日本设庄，无非常胆魄者岂能勇敢如此？若无深厚之武功武术在身，又岂能有此非常之胆魄？"三井二十二郎说着，对申树楷意颇惑惑，心颇快快！

申树楷只得赶紧解释道："三井阁下有所不知，中国有句俗话叫'穷文富武'。意思是，穷人出身者，只可读书以求谋生；富人出身者，方可习武以求保身。因为读书花费小，习武花费大啊！敝人也算聪明勇健，但出身贫寒之门，就是想习武，家里也供不起呀！至于来贵国设庄嘛，固是勇敢之举，但敝人并无身勇力勇，只有心勇神勇。敝人以为，身怀深厚武功武术者，固然可有非常之胆魄；而手无缚鸡之力，却心有搏虎之志者，也可有非常之胆魄。即以阁下与尊兄三井八郎次郎总董相比，阁下武威赳赳，而尊兄儒风习习，敢说阁下之胆魄必胜于尊兄吗？"

"唔！申先生的话倒也在理，嘿嘿嘿！"三井二十二郎听罢点点头，心意释然了；然后又摇摇头说道，"只是，今天不能与申先生切磋一下中华武术，实在太遗憾了！"

申树楷看三井二十二郎一副扫兴的样子，感觉不妥，且意有不忍，便又补充说道："如果阁下不嫌弃，敝人随身带的一个助手倒是略懂些武术，或可陪阁下切磋一二……"

"哦？呀嘻！"三井二十二郎一听，又兴奋高兴起来了。

十四

原来，这三井二十二郎酷爱武术，除了处理日常商务之外，好舞刀弄拳，颇向往日本历史上的武士剑客；而且，他功夫深厚，在日本武界也有一席之地。到了现在的份儿上，已有点难逢对手和难求一败的境界了。

如今面对申树楷这样从中国来的气度超凡之人，便以为他可能身怀中华武术，想交手过招：胜，则可宣耀日本武术之精到，增加威风；败，则可汲取中华武术之精髓，提升境界；可谓两得其便啊！

得知申树楷本人不会武术，三井二十二郎虽然有些失望，但申树楷手下有人会武术，能和自己过上几招，倒也不至于太失望了。

于是，狗旦被叫进来，申树楷说明意旨，狗旦也不推辞：一则奉掌柜之命，为字号做点事情，理之必然也；二则顺武术之性，为自己长点见识，心之自然也。

为避免伤人，三井二十二郎与狗旦并不舞刀弄棒，只徒手过招。

二人摆开架势，开始过招了。

三井二十二郎四十多岁，正是武功深厚、技艺精湛的时候。只见他下盘稳健，脚如松树之根，腿如枣树之身；上盘刚猛，手有鹰抓之利，臂有虎扑之力！——三五招过下来，狗旦已感到"此人功力深厚老到，招招狠毒，绝非寻常练武之人！"

狗旦年近三十，有十来年戴家心意拳的蹲桩功夫，丹田内功和膀胯根节上的功夫十分了得：丹田之气如海，静而微波荡漾，养生之妙境也；动则巨浪咆哮，杀生之魔形也。膀胯之力如山，静如石屹，攻之者如卵也；动如磐倾，碰之者如饼也！再加近十多年跟上申树楷走南闯北，经多见广，心功和眼功也上到了一个很高的境界，远非当初那个赶车的愣后生了。这狗旦一上手，心意功夫便显出来了，可谓眼到心到，心到意到，意到气到，气到力到，膀、肘、手上三节之力与胯、膝、脚下三节之力随心所欲，随机应变！——十几招下来，三井二十二郎则感到"此拳架势无形，却招招有意，不可轻心；此人相貌不扬，却处处有心，不可小视！"

十几招后双双一存小心，就难以很快分出胜负了，直打到五六十回合，仍然势均力敌！

三井二十二郎年长狗旦十几岁，相持下去恐在体力上输给狗旦，便想尽快分出输赢，于是不断变化进攻拳法和进攻节奏：时而攻下，时而攻上，时而拳，时而掌，时而快如骤雨，时而慢如闲云！——试图花其眼，搅其心，乱其手脚，然后趁其破绽，赢得胜局。

而狗旦却眼快手疾，心定脚稳，知其意，识其招，你下我下，你上我上，你快我快，你慢我慢！——可谓招招毒手，解于无有；式式猛拳，化为绵绵!

又几十个回合下来,仍分不出输赢。

"且慢!"这时,三井二十二郎退后一步,做个手势,恼悻悻地说话了。

狗旦也退后一步,拱手致意。

"年轻人,你为什么不出手进攻我?你是在戏弄我吗?你以为我看不出你进攻的机会吗?为什么不出手?为什么?"三井二十二郎越说越恼火,眼神凶凶吓人,语气咄咄逼人!

申树楷一看这情形着急了,他赶紧到狗旦跟前问明情况,才缓下形色来,走到三井二十二郎跟前,拱手解释说:"三井阁下千万不要多心!他刚才之所以不进攻,一是因为我事先说让他陪阁下过过招,既是'陪',就和'比'不一样了。二是因为阁下比他年长十几岁,论年龄应算长辈;以中国的习惯,晚辈与长辈过招,应该先退避三舍。三呢,中国武术界交流拳法,也讲究和为贵,并不是一定非得比出输赢,常常是点到为止。所以——"

"唔!嘿嘿嘿!原来如此!"三井二十二郎听罢,形色有所释然了;然后,又不以为然地摇摇头,对狗旦说道,"年轻人,把这三个想法统统丢掉!一、现在你不要'陪',只要'比'。二、你我不讲辈分,只是对手。三、今天我与你过招只是为了实实在在地切磋交流,并不是为了虚荣。所以,只许较'真',不许讲'和'!年轻人,把你的真本领拿出来吧!如果你认真,即使打败我,我也会喜欢你,尊重你;如果你作假,即使输给我,我也会厌恶你,鄙视你!——你听懂了吗?"

狗旦点头拱手致意:"我知道阁下的意思了。"

"来吧,出招吧!"三井二十二郎说着,又做出了架势。

二人又打在了一起。

申树楷在旁观看:形如两架风车交织,臂而翩翩,脚而跐跐;声如九级风声作响,动而呼呼,击而噗噗!

狗旦和三井二十二郎打了几十个回合，狗旦知道在梢节上难占上风，便用意用气于根节，先来个缩身退步，诱其进攻近身；然后瞅个破绽，迅速进步贴身，膀上的气力一爆发，一下使三井二十二郎失去重心，趔趔趄趄着倒退了七八步，方才站稳脚跟！

这时，三井二十二郎才感受到了狗旦的真正功夫：身手快如闪电，力量猛如山崩！

"年轻人，这一次你赢了！愿意再来一次吗？"三井二十二郎拱拱手说道。

"愿意奉陪！"狗旦也拱手说道。

于是，二人又交上了拳脚。

这回，三井二十二郎除注意防守狗旦的手脚肘膝之外，又注意上了狗旦的膀子；狗旦见状，便又用意用气于臀部胯位，然后寻个空档，胯上的气力再一爆发，又让三井二十二郎失去了重心，摔了一跤！

这时，三井二十二郎知道了：这个年轻人是他经见过的最厉害的中华武术高手！同时他也知道：这番交手，自己失败已成定局，多输一次又有何妨？不如再继续交手，让这个年轻人再露一手，自己再长点见识，学点武艺……

于是，三井二十二郎继续邀请狗旦过招；狗旦也乐意继续奉陪，二人便第三次打起来了。

这回，三井二十二郎全面注意防守狗旦的手、脚、肘、膝、膀、胯；而且只做防守，不做进攻，来个密如网，实如罐，使狗旦的手脚肘膝膀胯进攻无插针之缝！见此情形，狗旦又想起自己的头来，于是用意用气于头，却猛然来一招双风贯耳，三井二十二郎迅即张开双臂挡驾；狗旦看到了胸前的空档，用头一顶，三井二十二郎又仰面朝天，跌倒在地！

狗旦赶紧拱手致意："三井阁下，在下失礼了，在下失礼了！请多包涵！"

三井二十二郎却并不恼怒，微笑着说道："不必介意！输赢乃武界常事，赢者固然可得到荣耀，输者也可得长进啊！嘿嘿！年轻人，请上座！"

说着，三井二十二郎让狗旦坐在自己身旁，并吩咐上茶款待，礼如上宾；同时说道："申先生也请归座用茶！"

这时，申树楷提着的心才放下来了。

三井二十二郎早已迫不及待地探问狗旦所练拳种，探询该拳奥妙，探讨该拳修炼之法了。

"年轻人，尊姓大名？"

"免尊！在下姓温，大名有田，小名狗旦。"

"哦！温先生，你所练为何种拳？以往我所见识的中华武术拳种有少林拳、太极拳、形意拳、大小洪拳，还有猴拳、狗拳、鹰拳等等。以我的观察感觉，温先生的拳法不是这些拳种吧？"

三井二十二郎先问尊姓大名，后称先生，对狗旦礼数有加，热情倍增！狗旦从小赶牛放羊，长大赶车驭马，在礼仪场合未曾当过主角，哪里曾享受这种礼遇？如今被日本商界巨头、武界高手"先生先生"地称谓，倒有些不知所措，结结巴巴了。

"嗯，呵呵！回三井阁下，在下练的这种拳名叫心意拳，心脏的'心'，与阁下所知道的形意拳差了一个字。"

"哦？莫非温先生所练心意拳为形意拳的变种？源于形意拳？"

"不是，不是！与三井阁下说的正好相反：是形意拳源于心意拳。"

"哦？既如此，为何形意拳赫赫有名，而心意拳默默无闻？"

"据我所知，这心意拳是山西祁县人戴隆邦所创，在一百多年前戴隆邦与其子戴大闾、戴二闾曾经威震江湖，名扬天下。但因为在一次走镖时得罪了江湖大盗，这伙大盗为了报仇，便纠集了十八路土匪，寻找到戴隆邦的老家祁县小韩村，乘夜包围戴家大院，突然袭击，并用火攻箭射。戴家人没有防备，而且众寡悬殊，致使伤亡惨重，长子戴大闾还被土匪绑架，活活烧死！戴隆邦和戴二闾虽因武功高强保下了性命，但教训惨痛，为避免二次惹祸，便给后人立下规矩：戴家心意拳今后只许潜修苦练，不许张扬争强；只许传给戴姓男人，不许传给戴姓女人，更不许传给外姓人。从此，戴家心意拳就只有戴家男人在戴家大院内修炼，在江湖武林中就销声匿迹了。"

"唔，唔！"三井二十二郎点点头，然后又问道，"那温先生的心意拳又从何而来呀？"

"嗯，嘿嘿！"狗旦笑笑说道，"其实，我所练心意拳并非正宗戴家心意拳。只是我爷爷给戴家的管家赶轿车，从管家这儿学了几招，才传授给了我爹，我爹又传授给了我；而这个管家呢，也不是正经学了戴家拳，只是偷学了几招而已！"

"哦？！"三井二十二郎诧异了，"温先生学拳如此奇妙，戴家心意拳如此神威？呵呵呵！"

"呵呵呵！"

"温先生可否讲解一下戴家心意拳的要领，或者说要诀？请不吝赐教！"

"据我所知，戴家心意拳的要领就是'心''意'二字，讲究心生意，意生气，气生力。千招万式皆生于心，心有拳则无处不拳，身上手、脚、肘、膝、膀、胯乃至肚、头皆可为拳，身旁铁、石、砖、瓦、土、尘乃至草、木皆可为拳。心无拳则无处有拳，手非手，脚非脚，拳非拳……"

"唔，高！唔，妙！"三井二十二郎听着，不住地点头称赞！

……

十五

申树楷打通了三井二十二郎这一难关，接下来的手续由大清驻日本神户领事官爱新觉罗·长福出面，日本神户市政府的关口也顺利通过。于是，合盛元银行申请开办事宜的申请书、保荐书等手续又呈报到日本大藏大臣阪谷芳郎的案头。

阪谷芳郎一看是大清侨民要在大日本国领土上开办银行的申请书，睥之以睨，嗤之以鼻，随手把案卷搁在一边；随后，则压在层层案卷底下了。

申树楷递上申请手续半月二十天不见动静，知道又在大藏省出了问题。只得再次劳驾大清驻日本公使杨枢，请他出面与大藏大臣阪谷芳郎接洽通融。

阪谷芳郎并不太给杨枢公使面子，约了几次，隔了十来天，才见上了面；却也只是搭一个话茬儿，给一个拒绝批准的理由：

"公使阁下，此事并非我有意为难贵国商民，而是为了维护我大日本国家的金融安全和我大日本国民的利益安全。我身为大藏大臣，不得不为国家和国民的利益考虑啊！银行与普通商行不同，一个普通商行如森林中的一棵树，其成败兴衰，对整片森林影响不大；而银行如森林中的一条河，其成败兴衰，对整片森林影响甚大。一家银行一旦出现亏赔倒账或卷款潜逃之事，就会连累整个银行业及与其相关的千家万户，严重者还会引起整个社会动荡！公使阁下，贵国合盛元银行在我大日本国素无声誉，我对合盛元银行也素无了解，我这个大藏大臣岂可随随便便地批准啊？嘿嘿嘿！"

阪谷芳郎有充足的理由，不可以随随便便地批准中国合盛元银行来日本设庄开业；他也就有充足的理由，可以把中国合盛元银行的申请案卷随随便便地压在诸多案卷之下了。

杨枢公使却不以为然，说道："大藏大臣阁下，我国合盛元银行在大日本国固然没有声誉，它本来就未曾在大日本国设庄开业嘛，声誉何来呀？但它在我大清国已经设立七十年，在我大清三十多个枢要之地设有分号，财势雄厚，声誉卓著啊！至于阁下对合盛元银行素无了解，阁下可以看一下神户商会的保荐书和神户市政府的意见书啊！呵呵！还请阁下通融此事吧！"

阪谷芳郎却摆摆手，嘿嘿一笑，说道："公使阁下！我身为大日本国的大藏大臣，必须依照神户商会和神户市政府的意见办事吗？将来万一合盛元银行出了问题，神户商会和神户市政府有能力承担责任吗？"阪谷芳郎说话间虽然彬彬有礼，却咄咄逼人！

杨枢公使便也冷峻相对，说道："那阁下是不允许我大清国合盛元银行来贵国设庄开业了？阁下应该知道，我们两国政府三年前刚刚签署并互换了中日商约，规定两国政府对两国侨商实行对等优惠。而贵国的正金银行、兴业银行等早已在我大清国土上设庄开业；为何我大清国的银行就不能来贵国设庄开业呢？阁下如此阻止合盛元银行来贵国设庄开业，恐怕有违中日商约之条款吧？"

"不，不，不！公使阁下误会了。嘿嘿嘿！"阪谷芳郎听到杨枢说中日商约，自知理屈，脸上只好浮出了笑容敷衍，"不是我不允许贵国合盛元银行来我大日本国设庄开业，而是我身为大藏大臣，必须审慎处理此事，必须对该银行的资质信誉进行详细了解，然后才能批准其在我大日本国土设庄开业。说得明白一点，此事必须由有能力承担责任者出具保荐书，我才敢批准。具体来说，须经贵国政府出具保荐文书，并由我大日本国驻华公使馆出具调查核实文书，再由我大日本国外务省向大藏省出具文函，我才可以批准该银行在我大日本国设庄开业。"

杨枢听罢，冷笑着问道："请问阁下，贵国正金银行、兴业银行等来我大清设庄开业，可是没有这么多的关卡手续呀！这能算两国侨商对等优惠吗？这事如果传出去，舆论会不会说贵国大藏省故意阻止我大清合盛元银行来贵国设庄开业呢？"

阪谷芳郎却辩解道："中日商约固然有两国侨商对等优惠的条款，但两国国情商情不同，处理此事的手续就有不同，这不能说不对等优惠。其一，贵国政府对各国银行设庄开业不进行严格审查，那是贵国政府对银行业疏于管理；我大日本国岂可效仿贵国呀？其二，我国政府对银行设立有严格的审查制度，如阁下所说的正金银行等都已经通过了我国政府的严格审查；所以去贵国设庄开业，贵国似乎也不必要再进行严格审查了。而贵国的银行在设立时，本来就未经贵国政府的严格审查；现在却来我大日本国设庄开业，我国政府自然得对其进行严格审查啊！呵呵呵！"

阪谷芳郎虽是狡辩，却也击中了大清政府的软肋，得意地笑了。

"这……"杨枢公使知道难以回击阪谷芳郎，更难以说服阪谷芳郎；只得转折求通，委屈求成了，"那——我们就按大藏大臣阁下的意思，回国请求政府方面出具保荐文书了。告辞！"

杨枢公使和申树楷走出大藏省，坐车回公使馆，双双黯然无色，哑然无言。

半晌，申树楷才说了一句："让公使大人受委屈受连累了，实在抱歉！"

杨枢公使叹口气说道："申掌柜不必多心。此事不能怪你申掌柜，要怪，只能怪我大清是弱国，是战败国。弱国无外交啊，更何况是弱国再加上败国呢？试想，如果今天英国美国的银行来日本设庄开业，哪会有这么多的麻烦啊！"

在日本大藏大臣阪谷芳郎这儿碰了一个大钉子，申树楷只得回国求援，借一把"大斧子"来砸这个"大钉子"了。

于是，申树楷再次携狗旦回国进京，找到京号掌柜郝克凝，说明情形，商谈应对之法。

好在需要涉及的商部尚书载振与郝克凝是至交，外务部会办大臣那桐与郝克凝是结拜，而外务部总理大臣庆亲王奕劻又是载振的父亲；所以如此重大之事，如此艰难之情，在郝克凝手里也就举重若轻、处难如易了。

首先，合盛元票号向商部呈报文书：

……自中外互市以来，外人辇货东来、载资西去者日益加盛，而各国在我国设立银行者遂相踵起。由此以推，则银行与商业之关系，良可烛见。然各国设立银行则其利在彼，我国之利权浸为所夺。但及今为计，补救非迟。查我国开设官私诸银行数十百家，调盈济虚，使商界获益匪浅；惜仅推行于内埠，未能增设于外洋。闻我国人在东西洋及南洋群岛从事工商业者繁多，且近岁留学欧日学生不下万人，因无本国银行，其存放汇兑无不仰外人鼻息，困难种种，不便多多！

本号有见于此，故不惮艰阻，遴派妥人，拟前往日本神户等处开设分号，以期实业之进步，以便华侨之需求。兹因日本国政府之大藏省审查严格苛刻，要求我国政府出具保荐文书并由其外务省函告知会，方予审查批准。故此，本号恳请商部并载振贝子大人体恤下情，出具文书并与日本驻华公使交涉通融为盼！

……

另具节略书曰：合盛元票号总号设于山西祁县，分号设于京师及各行省三十余处，有资本金五十万两，公积金六百五十万两，专理汇兑等事。创设于道光十七年，迄今七十余载，所有委托往来，虽远隔川涂，刻期时日，无不确守诚信。其初虽无银行之名称，而职任实同于银行，故拟在日本国神户设立分号定名曰"合盛元银行神户支店"。

合盛元票号总经理贺洪如谨呈

光绪三十二年冬十一月

其次，商部尚书载振批字：

我国利权向被外人所侵夺，银行业尤甚。该号能去日本神户开立分号不唯便利我侨商，争取我利权，且亦振奋我商人精神，增长我国民志气也！诚利国利民之举，我部宜极力赞成此事，并转知外务部照会日本公使。

第三，商部就此事向外务部具文，外务部会办大臣那桐又批字：

商部所具文书甚是！合盛元票号向来信誉卓著，去日本设立分号之举诚裕国、利民、便商，其情可赞，其事可助也！恭请庆亲王签准为期！

最后，外务部总理大臣庆亲王奕劻面对儿子载振的具文，参阅会办大臣那桐的批字，不仅亲笔签准，而且还要亲自约见日本驻华公使林权助！

十六

日本驻华公使林权助得到中国外务部的通知：总理大臣庆亲王要求紧急约见林权助公使，请即刻前往！

林权助公使随即放下手中的事务，赶紧坐车前往中国外务部。一路寻思：现在日中关系甚为友善，两国间似乎没有什么重大的外交纠葛啊？这位总理大臣庆亲王究竟为何事约见我呀？……

一路上寻思来，寻思去，林权助一直进了外务部衙门，依然不知何事！

林权助公使见到庆亲王奕劻后，先是深鞠一躬，然后说道："总理大臣庆亲王阁下，今天紧急约见卑职，不知有何重要之事，尽请赐教！"

庆亲王奕劻则先"赐座"，然后"赐教"："公使阁下！今天约见你的事呢，既不是很重要，也不是不重要。说它不是很重要，是因为这是一件民事、商事；说它不是不重要，是因为这件事关系到中日商约条款之履行，和我大清国侨商在贵国权利之保护。近几年来，我大清学习贵国之法，实行新政，设立商部，意在重商恤民，振兴经济。故此，往昔之民事商事，我国政府曾视为细末之事；今日之民事商事，我国政府则视为重要之事。"

林权助听到这儿，才猜到了几分：这可能是涉及日本国政府的一件民事商事。可还是猜不透：这是一件什么样的民事商事，需要劳驾大清国的外务部总理大臣庆亲王阁下呢？

这时，庆亲王奕劻拿起一张文书正式宣读道："因我大清国合盛元银行去贵国神户市设立分号一事，本大臣特照会林权助公使阁下，要求贵国政府依照光绪二十九年中日商约中'中国人民在日本者，极力优待'之条款，尽速批准其设庄开业事宜。——大清外务部总理大臣庆亲王奕劻。"

林权助听着，终于明白了：原来，大清国外务部总理大臣庆亲王奕劻紧急约见我，是为了合盛元银行去我大日本国设庄开业之事！

林权助双手接过照会文书，深深鞠躬，说道："卑职一定尽快知会我国政府！本人也一定尽力斡旋此事！"

接下来，林权助又来到外务部会办大臣那桐处接洽具体事宜；那桐便将合盛元票号的概况及几个月来在日本申请开办的情形一一介绍给林权助。

那桐介绍了一番，然后说道："公使阁下，贵国银行来我国设庄开业者，有正金银行、兴业银行等多家，而且我国哪有如此繁多苛刻的审批手续？而我国银行去贵国设庄开业，至今只有合盛元银行一家，贵国却有如此繁多苛刻的审批手续，这颇有刁难之嫌啊！中国有句俗话：'只许州官放火，不许百姓点灯。'中日两国虽有强弱之别，也不至于到了州官与百姓之别的情形吧？"

"哪里，哪里！不，不，不！中日为平等友好之邻邦，岂能如州官、百姓之比？！"林权助赶紧摆手说道。

那桐现在是外务部会办大臣，林权助是日本驻华公使，二人公务关系甚近，甚密。那桐五六年前就在总理各国事务衙门行走，分管日本事务；而林权助早在十多年前就在日本驻华公使馆工作，如今升任公使；二人私交关系甚久，甚厚。所以，论公论私，林权助都得给那桐面子。

最后，林权助向那桐表态道："会办大臣阁下请放心，为了维护日中平等友好关系，本人会极力斡旋此事！"

"有劳公使阁下了！"那桐拱手致意。

林权助鞠躬告辞。

林权助走出外务部衙门，虽然知道了"何事"，却不知道"何由"：一个堂堂的亲王兼外务部总理大臣，和一个堂堂的大学士兼外务部会办大臣，居然为一个小小的普通商号去我国设庄开业，而紧急照会我堂堂的大日本驻华公使？！其中有何缘由？……

回到东交民巷的公使馆内，林权助仍然翻来覆去地想着这件事情，想着总理大臣奕劻和会办大臣那桐约见他的情形，想着合盛元其号其人其事……

"日中此情此形，我与庆亲王、那桐此情此谊，合盛元此情此事，我国政府宜批准允许其事，我本人宜斡旋成全其事……"

林权助经一番深思熟虑，便提笔给日本外务大臣林董写信：

林董大臣阁下：

卑职驻华公使林权助特因大清国合盛元银行赴我大日本帝国神户市设庄开业事宜向阁下呈报如下：

据称，该银行正向我国大藏省申请开业，而被阪谷芳郎大臣搁阻。阪谷芳郎大臣要求该银行持有大清国政府之保荐文书及我外务省驻华公使之审查意见，方予审批。大藏省或许为保护我国金融之利权及金融之安全，有意托辞驳阻之；而该银行背景深厚，竟说动其政府出面，不仅为之出具保荐文书，而且大清国外务部总理大臣庆亲王奕劻亲自出面照会卑职，要求我国政府依照《日中商约》两国侨商对等优惠之条款，尽速批准该银行设庄开业事宜！

卑职以为，我国政府宜满足大清国总理大臣庆亲王奕劻之要求，尽速批准其开业事宜。其一，《日中商约》有日中侨商对等优惠条款，我国政府自当守信。其二，有我国正金银行等来华开业之先例，我国政府也无理由拒绝。其三，我国银行来华者既久且多，广布于通都大市，所获财利巨大；而中国银行去我国者仅此一家，且刚刚申请，所获财利微小。若不准其开业，则保小利而失大信；若准开业，则失小利而保大信。两相权衡，我国政府自应失小利而保大信……

综上所述，卑职以为：我外务省宜斡旋其中，敦促大藏省尽速批准该银行赴日本设庄开业。

另据卑职调查所知，该合盛元银行历史七十载，资本金五十万两白银，公积金六百五十万两白银，系该国资本雄厚、信誉卓著之大银行也。敬请大臣阁下俯察此情，成全此事！

鞠躬问安！

大日本帝国驻华公使
林权助敬呈

林权助写罢信，再从头看一下，觉得满意，便将信装入信封内，放在抽屉里；少顷，却又拿出来，重新看了一下最后一段关于说明合盛元具体情况的文字，心中犹豫道：此事我还该进一步调查落实，亲自接触该银行掌柜了解情况，才能放心。

于是，林权助公使次日便拜见外务部会办大臣那桐，表明极力斡旋帮忙之意，并要求面见合盛元京号掌柜，需查实合盛元的详细具体情况。

"多谢公使阁下了！"那桐听了林权助的话，知其诚意，便拱手致谢，并说道，"阁下要面见合盛元京号掌柜的事我来安排。阁下要在什么时间？什么地点？"

林权助说道："让他明天上午来公使馆找我吧！可以吗？"

"当然可以！"那桐说道。

"那好！"林权助说着，拿出自己的名片，在背面写上"恭请合盛元银行郝克凝掌柜！林权助"。然后交给那桐，"让这位郝克凝掌柜拿这张名片找我就是！"

十七

当天下午，那桐一身便装来到合盛元票号，一见面便向郝克凝拱手道："耀庭兄，恭喜啊！为了你合盛元去日本设庄的事，连总理大臣庆亲王也动了大驾啦！嘿嘿！此事岂有不成之理？！"

"哦！多谢琴轩从中周旋啊！"郝克凝赶紧拱手回礼，说道。

那桐落座后，一边喝茶，一边告知了商部向外务部行文和庆亲王奕劻约见日本驻华公使林权助的情形。

"啊呀，我合盛元竟动了你大学士、外务部会办大臣，商部尚书振贝子，和总理大臣庆亲王如此三个通天人物的大驾！这实在是莫大的面子啊！"郝克凝说道。

那桐笑着说道："哈哈！面子确实也够大了，只差一层就通了天啦！不过，日本人仗势欺人，多方阻扰，不这样恐难成就此事啊！不管怎样，办成事就行啦！嘿嘿！日本公使林权助已答应尽力促成此事，我看他颇有诚意；他还要约见你，询问合盛元的详细情况呢！"

那桐说着，拿出林权助的名片交给郝克凝："你拿上这张名片，明天上午去日本公使馆见他吧！这林权助来中国十几年了，是个中国通，今晚上好好理一理头绪，明天好好应对吧！"

那桐交代了一番，便起身告辞，顺便往琉璃厂逛古董市场去了。

次日上午，郝克凝拿着林权助公使的名片，来到东交民巷日本公使馆门口；他递上林权助的名片稍做说明，门卫便让他进去，并引他来到了林权助的公使办公室。

"合盛元京号掌柜郝克凝拜见林权助公使阁下！"郝克凝一见林权助便作揖行礼。

林权助一见郝克凝的面，颇为惊讶：啊呀！此人五官端庄，气宇轩昂，其排场体面不在大清国的督抚尚书之下！

他看看郝克凝递上的名片，果然是合盛元京号掌柜郝克凝！

"阁下就是郝克凝掌柜吗？幸会，幸会！"林权助说着，起身点头致意。

"在下正是！我合盛元赴日本设庄之事有劳公使阁下了！"郝克凝拱手说道。

林权助则摆摆手说道："不必客气！今天约郝掌柜来叙谈，一是关于合盛元去我国设庄之事，我需要调查核实合盛元的详细情况，然后才能向我国政府写出书面呈报。二呢，我来贵国十多年，久闻你们晋商雄踞中国商界数百年，山西票号又垄断中国金融近百年，却不知何以如此，心中疑云重重，所以想就此问题请教郝掌柜。我知道合盛元在山西票号界声名卓著，郝掌柜又是山西票号界资深人士，尚望郝掌柜不吝赐教啊！"

"岂敢，岂敢！赐教实不敢当啊！"郝克凝说道，"关于第一条，我自当如实禀报，不敢有一丝欺瞒。关于第二条呢，在下孤陋寡闻，只是从前辈先贤处口耳相传，略知一二，只能尽力作答，未必能完全消解阁下心中的疑云。"

"很好，很好！请郝掌柜到茶室叙谈！"

于是，郝克凝随林权助来到隔壁的茶室。

一问一答间，郝克凝一边品茗喝茶，享受着日本茶道；一边答疑解惑，讲解着中国商道。

林权助问："我知道合盛元票号设立于道光十七年，距今已七十年。请问，郝掌柜对合盛元的几代东家如何评价？"

答："我只知道两代东家。现在的东家叫郭崶，与我同庚，自幼熟读孔孟之书，心仁厚而志高远，颇有修身齐家之术。他执掌郭家商业家业以来，字号兴隆，家道兴旺，颇有建树，可谓雄才大略，是一位兼有道德与道行的东家。此前的老东家叫郭大元，也是雄才大略，德高望重，兼有道德与道行。就是他审时度势，在道光十七年将茶庄改组为票号，开创了郭家商业七十年的辉煌，至今为业界所称道；也是他积德行善，在咸丰三年捐数万两白银修建村中堡墙堡门，保护了全体村民四十年的安全，至今被村人称颂。"

问："哦——！郝掌柜能介绍一下合盛元总号大掌柜和将赴日本设庄掌柜的情况吗？"

答："我合盛元总号大掌柜名叫贺洪如，今年六十六岁，老成持重，老谋深算，而且如老骥伏枥，志在千里。他执掌我合盛元票号十多年来，虽遇庚子事变等多事之秋，而字号扩张，生意翻倍，深为东家赞赏，更被众伙友敬重。赴日本设庄掌柜叫申树楷，今年三十一岁，已在营口、安东两处当了十余年分号掌柜，可谓年轻有为，才华横溢。值得一提的是，申树楷早在十年前就在营口雇用贵国年轻学生为伙计，成效甚大，可见他头脑灵活且对贵国友好之情啊！"

"呀嘻，呀嘻！"林权助听到这儿，连连叫好，"合盛元票号能有这样优秀的东家，又有这样优秀的掌柜，敢率先去我国设庄开业，实属情理之自然啊！请用茶！"

二人喝了几口茶，又继续一问一答起来。

林权助问："我看合盛元票号自称有资本金五十万两，公积金六百五十万两。这五十万两资本金倒属正常之数，可这六百五十万两公积金，却让人颇有疑问。以山西票号之雄厚财力，五十万两资本金已不是小数，岂能再有十三倍之公积金?！这六百五十万两银子从何而来？因何而来？请郝掌柜赐教！"

郝克凝答："这六百五十万两公积金大体来源有三：一是票号在账期分红前预先提留，以备日后不虞之急需。此款每个账期必提，多在总红利的百分之二十以上，所以票号年限越久，赢利越大，累积的数额也越多。以我合盛元票号为例，年限七十年，以四年一个账期计算，已有过十六次以上账期分红；而每个账期总红利少则二十余万两，多则五十余万两，即以平均之数三十五万两为准，平均比例百分之二十为准，十六个账期即可提留一百余万两。二是东家红利留存。东家既为了给票号提供财力保障，也为了自家获取利息，所以每个账期东家所得红利，除支用少数外，多数留存在号内；此数三四倍于所专门提留的公积金，在三百万两以上。三是众掌柜伙友红利留存。众掌柜伙友为了得到东家和大掌柜信赖，也为了赚取利息，每个账期所得红利，也是少数支用，多数留存在号内；此数也在二百万两以上。这三种公积金一旦存放便有严格约束，无论东家掌柜伙友，都不得随意支取；只有等账期下来，经大掌柜同意后，才可以支取。不过，这种款比一般定期存款的利息要高出一二成。所以，无论东家掌柜都乐意多存入，少支取；久而久之，账上的公积金也就越累越多了。这三种公积金也有区别：第一种属于东家掌柜共有，所生利息东掌共享。若遇有风险亏赔，也用此款弥补。第二、第三种属东家掌柜各自所有，所生利息也归各自名下。"

"哦——原来如此！"林权助听着，大体上明白了这六百五十万两公积金的来路和来由。

林权助稍作停歇后，又问道："合盛元票号自称信誉卓著，确守诚信。请问，合盛元票号七十年间从未骗过顾客，亏过顾客吗？"

郝克凝笑道："恰恰相反！我号不仅从未骗过亏过顾客，倒是吃了不少顾客的亏。甲午战争时，我东北各号除受兵燹之灾外，因许多借款者或破产或死亡，使我号亏赔十几万两；庚子事变时，因八国联军攻陷天津，我天津号除兵燹之灾外，也因许多借款者或破产或死亡，使我号亏赔十几万两！这些亏赔都得悉数从预提公积金中弥补。"

林权助又问："如果合盛元票号万一发生了巨额亏赔，我是说'万一'，在无力兑付存款者现银时，将如何应对？"

郝克凝答道："如果万一出现了阁下所说的情况，则会动用预提公积金；还不够，则会动用东家的红利留存款；还不够，则会动用东家的其他所有财产！也就是，我号及东家向顾客储户负无限之责任，直至倾家荡产！"

林权助听着，对合盛元票号的东家、掌柜及郝克凝本人，对合盛元票号的来历、状况及其无限责任制度，不由得慨然惊叹，肃然起敬！

"哦——！"他感叹着，庄重地向郝克凝点了点头，沉默良久。

十八

林权助公使听了郝克凝关于合盛元情况的介绍说明，拿起笔在纸上记了一会儿，说道："好！我对宝号合盛元的调查核实到此为止，我的第一个工作问题完了。"

然后，林权助与郝克凝喝了一会儿茶，继续说道："第二个问题是我个人感兴趣的问题。这就是晋商何以能雄踞中国商界数百年？山西票号何以能垄断中国金融界近百年？它们有何特别特殊之处？请郝掌柜赐教——！嘿嘿！请用茶！请一边用茶，一边赐教！"

此时，林权助公使更客气，也更有礼数了。

郝克凝也笑笑，说道："公使阁下不必客气！对于公使阁下的这个问题，我只是从前辈先贤那里口耳相传，略知一二。

"我晋商在明朝已成气候，在中国商界与徽商平分秋色，长江以南，徽商称雄；长江以北，则晋商称霸。不过，当时晋商领袖群伦者，是我山西南部之平阳府、潞安府及泽州商人。对于这些，我知之甚少，难以详细解答。

"到了清朝，我晋商更为发达鼎盛，于是远远超越徽商，形成了称雄中国商界之势；此时晋商领袖群伦者，则是我山西中部之祁县、太谷、平遥、榆次、介休等晋中五县的商人。清代我晋中商人何以能比晋南商人更为发达鼎盛，进而带领山西商人称雄全国？据我所知，主要是因为我晋中商人有若干得天独厚之处：

"其一，晋中商界聚拢了最优秀的人才。

"清军入关后，一大批汉族文人士大夫耻于被异族统治，奋起进行反清复明活动，在全国形成了两个反清复明中心：一个是南方苏州的水绘园，一个是北方祁县的丹枫阁。当时的仁人志士顾炎武、傅山、戴廷栻等人都是南北方两个反清复明中心的领袖。他们相互往来，周围聚拢了大批读书的士子和习武的英雄。后来，南北方这两个反清复明中心先后被清廷围剿，祁县的丹枫阁也被烧为灰烬；这些士子英雄便转为地下，以经商作掩护，继续进行反清复明的秘密活动。戴廷栻是祁县人，是北方反清复明活动的核心人物，所以顾炎武、傅山等仁人志士常来祁县一带活动；这样，这些仁人志士就进入了曾经不屑一顾的商界，成为一支特殊的经商队伍。由此，这些人既有深厚文化，又有远大抱负，再加上严密的组织纪律，其道德道行远远超越于普通商人之上。其后，这些人的反清复明活动虽然没能成功，政治理想付诸东流了；但在商界却获得了巨大成功，并给商界提供了全新的完善的经商思想、制度和高超手段。同时，受这些先辈仁人志士的政治影响和行为垂范，晋中一带乃至整个山西的年轻俊秀子弟也耻于为清廷做官，大多不走科举入仕之途，而以经商为荣，走上了经商之路。这样，前行后随，成为乡俗；此后晋中一代一代最优秀的子弟，都是首先选择进入各字号学徒经商，并成为其终生职业。

"人才为万事成功之关键，晋商中有了这样的由最优秀的一流人才组成的经商队伍，与其他商帮中那些由二流三流人才组成的经商队伍竞争，谁胜谁负就不言自明了。

"其二，晋中商界蕴藏了最深厚的文化底子。

"如刚才所说，那些反清复明的仁人志士转入商界后，不仅起到了垂范作用，使一代代晋中优秀子弟进入商界；也给商界提供了全新的完善的经商思想、制度和高超手段。如晋商字号中运用的龙门账，明显优于以往其他商帮的记账方法，据说这龙门账就是当时的大文人傅山先生所创；晋商字号中许多独特制度，也明显优于其他商帮，据说这些独特的制度就是当时的另一个大文人顾炎武先生所创。

"比如顶身股制度。一个字号分为财股和身股，财股由东家出银子多少而定，身股由掌柜做贡献大小而定；财股和身股有同等分红权利，但遇有亏赔却是由东家单独承担。财股一般为十至二十股，每股出资五千两至二万两不等。身股数一般低于财股数，老字号则有高出财股数的。身股不需出资分文，谁顶多少身股，只凭资历和功绩，由东家和大掌柜商定，最高者为一分，最低者为一厘，学徒及一般人员则不顶身股，只给劳金。一般大字号三四年一个账期，一个账期分红在每股五千两上下，这比二品巡抚的俸禄都高！——这种顶身股制度对优秀人才有极大的吸引力、约束力和激励作用，既愿来，又愿留，更愿卖力！

"再比如标期制度。这是一种在晋中商人中实行的以信用为基础的结算制度。这种制度是把一年分为春、夏、秋、冬四个标期，在日常买卖交易中双方只是赊账，并不进行现银交割；只是到了标期的前三天才开始进行人欠欠人的账目核对，经相互抵顶后的净额则必须在标期之前进行现银交割。如果哪家字号出现无力交割现银的顶标现象，则被同行视为无信用字号，拒绝与该字号继续进行生意往来，也就等于把该字号捆绑手足并置于羞辱境地了。——这种标期制度使晋中商人成倍地节省了现银结算时间，也数十倍地放大了现银使用效率，为买卖双方提供了一两银子当百两用的巨大商机；同时，也锤炼了晋中商人的信誉。

"此外还有大掌柜的独裁制，小伙计的学徒制……

"晋中商人具有这些全新的完善的制度，就像拿上锋利的刀剑去对付拿着棍棒的其他商帮，岂有不胜之理？！

"其三，晋中商人占有最优越而独特的地理位置，进而占领垄断了巨大的汉蒙贸易市场和恰克图中俄贸易市场。

"在中国沿海各埠开放之前的数百年间，山西处于中国内陆市场的中心地位，是东西南北贸易的枢纽。特别是清朝康熙皇帝平定噶尔丹叛乱并统一了蒙古地区之后，巨大的蒙古市场呈现在中国商界；而山西不仅与蒙古地区接壤，而且比陕西省、直隶省更占优势的是，蒙古地区与中原接壤的门户地带（即归化城一带）都属于山西巡抚管辖下的归绥道。

"这就为山西商人提供了极大的方便，比其他商帮更容易占领蒙古地区的巨大市场；而由于晋中商人比晋北商人更有商业实力和商业文化，这个大市场就被晋中商人垄断了。据我所知，汉蒙贸易有巨大价差，而蒙古人不喜欢也不善于经商；所以，这些巨大价差所带来的巨额利润，就全部进了晋中商人的腰包。对此，其他中国商帮只能羡慕，眼睁睁地看着晋中商人吃肥肉，却因隔山探海，无法插手。

"同样因地理优势，晋中商人又在中俄签订《恰克图条约》后，占领并垄断了全部中俄贸易的巨大市场。据我所知，晋中商人在恰克图设茶庄的字号有一百多个，著名的茶庄有十多个，而这些著名茶庄的每股分红在七八千两上下。就以一个字号的财股身股平均以三十股算，一个著名字号的账期红利就在二十万两以上；这十几个著名字号的账期红利就在三百万两以上；再加上那一百多个中小字号的红利，每个账期落入晋中商人腰包的红利应当在五百万两以上！

"这样说来，晋中商人有最优秀的人才队伍，有最先进的制度章程，还有最优越的地理位置，再独占了汉蒙贸易和中俄贸易两个巨大的市场；它在中国各大商帮中岂能不独占鳌头，领袖群伦?！况且，晋中商人还发明了票号，并长期垄断了全国汇兑市场，这就更是火上浇油，锦上添花，在各商帮中如鹤立鸡群了。"

郝克凝说到这儿，缓了口气，喝了口茶。

林权助公使静静地听着，听罢则频频点头，连连叫好："太好了，太好了！听郝掌柜这一番话，让我心中的疑云一下子消散了！"

"公使阁下过奖了！"郝克凝拱手说道。

林权助在纸上记了一会儿，又说道："我想先请教郝掌柜一个小问题，然后再请教关于山西票号的大问题，可以吧?"

郝克凝笑笑，点点头，说道："请讲！"

林权助看了一下笔记，说道："我刚才听郝掌柜介绍身股制度时说，'财股一般为十至二十股，每股出资五千两至二万两不等'，按这样算下来，合盛元票号即使有最多的二十个财股，每股出资也是最多的二万两，加起来也只有四十万两啊？怎么能有五十万两资本金呢？郝掌柜可以解释一下吗?"

"哦！嘿嘿！可以解释。"郝克凝听罢,笑了笑,然后说道,"这又涉及我们晋中商人的两个小制度：一是副本制度,东家在出资设立字号时,为防备意外急需,除向字号拿出商定的股银（称正本）外,还要另外拿出若干护本银（称副本）存入字号；副本多者与正本相等,少者也在正本的三成以上。所以许多晋商字号的实际资本金都大于对外声称的名义资本金。我号因去贵国申请开业,自然得按贵国习惯,提供实际资本金的数额。二是倍本制度,一个字号在账期分红时,为了日后扩大经营规模或防备经营风险,常常会从东家红利中拿出一部分补充为股本,增大每股的资本金,但并不增加股数。久而久之,经若干次倍本,一些老字号的每股资本金常常会超过最初每股资本金一倍以上：最初每股本金二万两者,到后来很可能就成了每股本金三万两或四万两。"

"哦——！又是两桩新鲜奇特之事！"林权助一边用笔记,一边说道。

接着,林权助又说道："咱们开始山西票号的问题吧！我疑惑的是,票号为何会在晋商中发明,而不是其他商帮？晋商发明票号后又为何能垄断此种汇兑业务近百年,而不被其他商帮涉足其间？"

郝克凝略作思索,又继续解说道："据我所闻,我晋中商人从事异地汇兑,最早发端于清初顺治、康熙年间晋中祁县、太谷、平遥等地的秘密商社中；汇兑的法式制度及账簿由顾炎武、傅山、戴廷栻等人创设,但因秘密活动,规模范围也较小,并不为外界所知。而且,当时晋中商人尚未成了大气候,也就难以发展壮大起来。到了道光年间时,晋中商人已经大成气候,财力雄于各地商帮,字号遍于各处都市,信誉著于各方人士,而且已有不少大商家在各地设有多个分号庄口。这样,面对晋中商人巨大的现银运送量、庞大的分布网络和卓著的信誉,平遥日升昌大掌柜雷履泰相机而动,将早有的汇兑之法稍作改进,在各处设庄专营汇兑,就一举成功了。此后,有财力有信誉的商家竞相效仿,一下子有四五十个票号蜂拥而上，在全国各通都大邑布满了庄口，形成了垄断汇兑之势。而其他商帮之人才、财力、网络、信誉都不及晋商，又是后来者；就如同狼狗想从老虎口中夺食一样，在晋商已经占领的汇兑市场，他们哪能有插足之地?！"

林权助听罢，想了想，又说道："我可以这样理解吗？——顾炎武、傅山他们于顺治、康熙时在晋中的秘密商社中发明的汇兑法式如星星之火，道光时成了大气候的晋中商人如遍布大地的干柴干草，雷履泰是拿上这星星之火引燃这些干柴干草成为燎原之势的点火者；而其他商帮既没有这样的星星之火，也没有这样的干柴干草。"

郝克凝说道："公使阁下所言甚是！"

林权助连连点头，说道："好！郝掌柜说得非常好，我听得非常清楚了！非常感谢！"

时至晌午，公使馆内的佣人进来提醒林权助进用午餐，郝克凝便也起身告辞；这时林权助却拦住他，邀请他共进午餐！

郝克凝颇感意外，极力推辞，林权助却说道："郝掌柜，我不仅想请你一起用午餐，而且还有几个感兴趣的问题，想在午餐后继续请教郝掌柜。如果肯赏光的话，郝掌柜就不要推辞了。"

郝克凝看出林权助是诚心相邀，且现在正有求于这位日本公使，恭敬不如从命，便留下来了。

十九

午餐后，林权助继续邀郝克凝来到自己茶室，一边敬茶，一边叙话。

"郝掌柜，我想问一个直接的问题：合盛元票号为何要去我大日本国设庄？其他山西票号又为何不去呢？"林权助问道。

郝克凝笑着说道："我合盛元票号之所以要去贵国设庄，简单地说，那就是：穷则思变，我们希望开辟新的利源啊！"

林权助也笑笑说道："那详细地说呢？我希望听到郝掌柜更详细的解答。"

于是，郝克凝略作思索后说道：

"穷则思变嘛，就是说我们山西票号乃至于整个晋商已经面临极大的穷困之境，必须求变，求新的出路。

"我先说穷困之境：

"其一，我国自从道光、咸丰两朝的两次鸦片战争失败后，被迫开放了沿海沿江的十几个口岸，使原本封闭、自成一体的中国市场全面对外开放。由此，整个中国的市场重心东移至沿海一带，我山西省失去了原先在中国市场中的枢纽地位。也由此，我晋商的地理优势丧失了。

"其二，同治元年，中国被迫签订《中俄陆路通商章程》，允许俄国商人深入中国内地进行贸易。由此，原先由我晋商垄断的中俄恰克图茶叶贸易市场丧失，利权悉数让给了俄国商人；不仅如此，连晋商原先垄断的广大蒙古市场，也被俄国商人抢占了许多。这样，原先由晋商独享的汉蒙贸易和中俄贸易市场丧失大半，只剩下了一小部分。

"至此，晋商独厚的地理优势和独占的两个巨大市场基本丧失，已大体上等同于其他商帮；而且已在地理优势上逊色于江、浙、闽、粤商帮了。

"其三，十年前中国通商银行开办，已稍稍蚕食我山西票号的汇兑市场；三年前大清户部银行开办，如今已成气候，更是鲸吞我山西票号的汇兑市场。这些官办银行资本巨大，特权也巨大，现在已抢夺去我山西票号原有的不少市场，将来更会进一步抢夺我山西票号的市场；再加上各国银行纷纷来中国设庄开业，也会抢夺我山西票号原有的市场。山西票号面临的形势可谓危机四伏，困难重重：现在已经失去在中国汇兑市场的垄断地位,不是龙头老大了;照此下去,将来还会失去更多的市场,成为一个普通'兄弟';甚至,还可能沦落为中国汇兑市场上的一个'小伙计'!

"现在的情形是:无论是整个晋商还是其中的山西票号,都陷入了前所未有的穷困之境!

"这样,为了摆脱困境也罢,为了生存发展也罢,整个晋商和山西票号都得思变啊!我们整个国家不是也面临种种危机,也在实施新政吗?晋商和大清一样,都面临穷困之境,都在思变求新啊!"

林权助听着,一边点头,一边做着记录。

郝克凝继续说道:

"至于我合盛元要去贵国设庄开业,而其他山西票号为何不去的原因嘛,那就是因为我合盛元有几个特殊的条件了:

"其一,山西票号中独我合盛元有派往贵国设庄开业的人才。我合盛元近二十年来在营口、奉天等东北地区拓展买卖,投放在东北的人力财力甚多,与贵国商人打交道的机会也甚多,对贵国情况的了解也甚多;这就出现了一批懂日语日情并善于与贵国商人打交道的人才,最优秀者便是将派往贵国设庄的申树楷。我刚才曾向阁下说过他:早在十多年前申树楷在营口当掌柜时,就雇佣贵国年轻学生为我合盛元票号的伙计,他本人及手下伙计也学会了日语;由此,他本人及手下伙计善于与贵国商人及正金银行等打交道,如今派他们去贵国设庄,也就比其他票号具有绝对优势了。

"其二,山西票号中独我合盛元在贵国发现了商机。三年前,我随载振贝子和那桐大人去贵国参观大阪博览会时,发现在贵国的华商及留学生很多,货物贸易量及银钱汇兑额很大,却没有华人的银行经营其汇兑存放,使他们有诸多不便。于是,他们强烈向我呼吁:把我合盛元票号设到贵国的神户等处!有如此强烈而巨大的需求,自然就是巨大的商机啊!

"其他山西票号没有像申树楷这样的人才,也没能像我这样发现了商机,如何去贵国设庄开业啊?

"其三,我合盛元之所以敢去贵国设庄开业,还有一个很重要的条件:我本人与商部尚书载振贝子是至交,与外务部会办大臣那桐更是拜把子的兄弟。票号去贵国设庄不同于国内,必有诸多意想不到的困难,需借助于我国政府出面转请贵国政府保护帮助;如果不是我本人与他们有这样的交情,哪敢携巨资去贵国设庄啊?

"此外,我号资本雄厚,信誉卓著,东家和大掌柜都有雄大之才、开拓之志,这也是重要原因。"

林权助听着,记着,点着头,说道:"郝掌柜虽为一号掌柜,却熟知整个中国和整个晋商的情形,诚为商界大才啊!"

郝克凝拱拱手,说道:"哪里,哪里!公使阁下垂询,我只是倾心倾力回禀而已!如同赶着鸭子上架呢,嘿嘿!"

林权助敬了一番茶,又说道:"我还有最后一个问题,虽无关紧要,我却很感兴趣,想请教郝掌柜——"

"请讲!"郝克凝点点头说道。

"这就是贵国的重量单位:一斤为何等于十六两?这里面有何根据或讲究吗?"

郝克凝说道:"据我所知,此法源于久远的古代。我国古人衡量物之轻重以黍为准:百黍之重为铢,二十四铢为两,十六两为斤,三十斤为钧,四钧为石。其中,二十四之数,为一年二十四节气也;十六之数,为北斗七星,南斗六星,再加福、禄、寿三星之和也;三十之数,为一月三十日也;四之数,为一年四季也。"

林权助听着,陷入了沉思,他品味着这些数字和重量单位,深深感受到中国文化的深厚久远和精美绝伦!

经过大半天的叙话,林权助对晋商,对合盛元票号,对郝克凝本人,都留下了良好印象；此时，他也颇有一番良好心情："对这样一个优秀的群体、优秀的票号和优秀的人，我也乐意伸出援手啊！我应该成全他们，帮助他们前往我国设庄！八年前，我受大日本帝国首相伊藤博文阁下所托，曾帮助一个优秀的中国人梁启超，帮助他前往我大日本帝国保命存活；如今，我又受中国总理大臣庆亲王阁下所托，将帮助一个优秀的中国字号合盛元，帮助它前往我大日本帝国设庄开业。嘿嘿！真是妙哉，妙哉！"

半下午时分，二人叙谈完毕，林权助与郝克凝热情握手，送到公使馆门口，并热情地说道："郝掌柜，我们虽然刚刚认识一天，我却知道你不是一个普通商人，而是一个优秀的商人。我很高兴认识你，也很愿意与你交朋友，欢迎你再次来公使馆做客！再见！"

"谢谢！再见！"

林权助送走了郝克凝，回到办公室一边踱步，一边想着与郝克凝大半天的叙话，并回想着郝克凝的形象气度：这样一个买卖人的形象、气质、风度，却不在那些朝廷大臣之下！正如他所说，晋商中分明聚拢着山西省最优秀的人才啊！

经过这番与郝克凝见面叙话，林权助公使更打定了帮助合盛元票号的主意，当即将自己早已写好的信稿交给书记官，用电报发给外务大臣林董。

次日，林权助公使就收到了外务大臣林董的回电：

> 林权助公使关于清国合盛元银行来日设庄之电文收悉，内情已知。外务省将尊重林权助公使之意见，尽力与大藏省斡旋此事。
>
> 大日本帝国外务省大臣林董

林权助接到林董大臣的回电，甚为高兴，随即前往大清外务部，告知了会办大臣那桐；随即，那桐又前往合盛元票号，告知了郝克凝。

于是，申树楷带上大清商部、大清外务部和日本驻华公使馆的相关文书，再次前往日本。

二十

时光一晃，三个月就过去了。申树楷这次回国拿上中国政府及日本公使馆的相关文书时，已渐近光绪三十二年腊月。于是他赶紧起程，再次前往日本，重新履行一道道开办手续。

光绪三十二年腊月十一日（1907年1月24日），大清驻日本神户正领事官爱新觉罗·长福再次出具证明文书，然后神户市政府再次出具清国银行营业认可申请书，日本外务省也根据驻华公使林权助的信件出具了调查核实文书；最后，一大摞开办手续才再次摆在日本大藏大臣阪谷芳郎的面前！

阪谷芳郎翻看着这些文书，手续太齐了，分量太重了，他不得不批准了。于是他微笑着点点头，又摇摇头，对大清驻日公使杨枢说道："公使阁下，贵国这个合盛元银行非比寻常啊，连贵国的总理大臣和我国的外务大臣都为它说话了！呵呵！我岂有不批准之理啊！"

杨枢也微笑着，点点头，说道："多谢大藏大臣阁下！"

阪谷芳郎拿起笔签署了"准予开办"，再具上自己的名字，然后将批准文书交给申树楷，并笑着说一声："年轻人，你神通广大呀！简直像贵国《西游记》里的孙悟空，上能通天，下能入海。呵呵呵！"

申树楷也欠身笑道："我再像孙悟空一样神通广大，也跳不出您这像如来佛一样的手掌啊！您的手要不签署这批准文书，不就把我压在五行山下了吗？呵呵呵！多谢大藏大臣阁下！多谢，多谢！"申树楷说着，连连鞠躬行礼。

阪谷芳郎高兴得大笑起来，说道："年轻人，祝你成功！"

申树楷再次向阪谷芳郎鞠躬致谢："多谢，多谢！"

申树楷走出日本大藏省，随即就去电报局给合盛元北京分号掌柜郝克凝发了一份电报："幸甚！日大藏省阪谷芳郎大臣已于今天签准我号开办文书，请转知祁县总号。申树楷于腊月十八日上午十一点整。"

申树楷高兴，当即与杨枢公使前往东京帝国饭店共进午餐。

"啊哟，这一回事情真是太顺了，太快了！从神户领事官长福大人出具文书到这大藏省阪谷芳郎大臣最后签署文书，中间隔了千数里地，经过了四五个衙门，却在七天之内就办妥了！想想此前，我跑了三个月都白搭！幸亏了杨大人你们这些贵人相助啊！我敬杨大人一杯！"申树楷感慨一番，举杯相敬，一饮而尽。

"恭喜，恭喜！恭喜申掌柜啊！"杨枢公使也举杯致意，一饮而尽。

几杯酒下肚，二人兴致更浓，话语更多，酒量也更大了，自是一番海吃豪饮！

当晚，申树楷便带几个随行伙计乘火车返回神户。

此时，他们已租用了神户市"内海岸通二丁目三十八番屋敷"作为铺面，收拾便宜，只等批准手续办妥，便叫摆出银钱开张了。

申树楷当即来到中华会馆，告知袁诠等人批准消息，并询问如何开张事宜。

袁诠等人自然高兴，纷纷拱手致贺，对如何开张却心里没谱，说道："关于这开张事宜，咱中华商会方面自会全力支持，你怎么开，我们便怎么支持！可咱身处日本，还得看日本人的眼色啊！我看此事呀，申掌柜还是找一下银行业公会的三井会长吧！得听听他的意见，然后再作筹备。"

申树楷只得再次去找三井二十二郎。

三井二十二郎翻看了一下阪谷芳郎大臣的批准文书,道一声喜,然后说道:"申先生,合盛元银行新来我神户市开办支店,如同新设银行,理应摆放出全部资本金;需经我神户市银行业公会核实查验认可后,才能开业。如此,既可让我们银行界放心,也可让其他商行和市民更为相信啊!"

"哦——!"申树楷应着,知道这位会长是在以最严格的程序要求他。而这种做法正如同国内新开设票号的"亮银",需要把真金白银摆放在铺面,让人家一一过数!

"那——请三井会长指教:这摆放的资本金应该是我国的白银呢?还是贵国的日元?"申树楷问道。

"合盛元银行是大清国来的银行,自然该摆放贵国的白银啊!起码该有一半以上是贵国的白银吧?否则,这与我国的银行有何区别?"三井答道。

"哦!谨遵三井会长指教!多谢,多谢!"申树楷说着,连连鞠躬致谢,然后告辞出来。

"看来还真得带上巨额银子远涉万里波涛来日本呢!"出了三井二十二郎的办公处,申树楷皱着眉头想道,"这就又费事费时,又费心费神了:筹备银子,入鞘装箱,运至天津,两头办理海关手续,两头雇用装卸人员,物色日本轮船,联系日本保险公司……"

原来,他曾想用简单之法,在京、津等地把银子存入驻华的日本正金银行,再从神户兑换为日元即可。如今,这三井二十二郎的要求却如此严格苛刻,如此复杂烦琐!

不过,三井二十二郎最后一句"否则,这与我国的银行有何区别"的话,却也点醒了他:如此亮银,虽然复杂烦琐,但果真将几十万两白花花的银元宝齐刷刷地亮出来，倒确实与日本的银行有了极大的区别！这样，华商华人自不待言，就连各日本商人和日本市民也会稀罕震惊，相互传播，一传十，十传百，广而告知，神户人很快就都知道我合盛元银行神户支店了！

于是，申树楷心里有了主意："事难则能之者少，而物以稀为贵，人以缺为尊；行此难能之事，正可独占鳌头，独享大利！我干脆如三井所要求，至少运来一半以上的银元宝，正儿八经地向他们'亮银'！"

这样，开业时间明显又得往后推延了，当务之急是回国筹备运银之事。

眼看离过大年仅剩十天了，伙计们在日本待着也无甚重要事情，申树楷当即又决定，除留下山本喜二外，带全体伙计们回国过大年。于是，让山本喜二去港口买好船票，再给合盛元京号发电报告知；申树楷带上众伙计收拾行装，又乘轮船回国了。

众伙计漂洋出国三个多月，风物人情迥异，虽然常有稀奇惊叹之趣，大饱眼福，颇尽游兴；却也颇多孤寂飘零之感和思国念家之怀。如今能赶在大年之前回国，一路在轮船上自是欢欣鼓舞，喜笑颜开！

经七天海上行程，到天津港下船时，已是腊月二十九了。申树楷与众伙计下船，看到天津号掌柜段德义在港口迎接，申树楷等人自是喜出望外！

"培植老弟，辛苦了！众兄弟们辛苦了！"段德义频频拱手致意，欢迎众伙计回来。

"啊呀，有劳德义兄了！"申树楷也拱手致意，说道，"德义兄怎么知道我们回来？郝克凝掌柜告的？"

"是呀！郝克凝掌柜告了我时间和轮船号，让我来港口迎候，还让我备一桌酒为众兄弟接风呢！"段德义说道。

"多谢，多谢！"

"应该，应该！培植老弟带人万里远行，身披风险，足履艰难，实在劳苦功高！我天津号是老弟出国起步之处，又是老弟回国落足之地，自当相送相迎啊！"段德义说道。

段德义招待申树楷等人午餐一顿，再歇息一宿；次日，申树楷一行便乘火车赶到了京城。

郝克凝自是热情招待，申树楷等人在京城美美地过了一个大年。

二十一

过大年，是中国人一年中最隆重排场、最红火热闹的节日，而北京城则是过大年最隆重排场、最红火热闹的地方。能赶上在北京城过大年，也真是申树楷及众伙计们的口福和眼福：在合盛元票号内用餐，口所食者，与王公贵族无异；在北京城里游逛，眼所见者，与督抚尚书一般！

一过大年初一，郝克凝就开始了诸多的礼仪应酬：先去那桐府上拜年，再去载振府上拜年，再去某王某公某侯府上拜年，再去某总督某将军某巡抚府上拜年，再去某尚书某侍郎乃至于某郎中某主事府上拜年……仅在官场就有数十个人物需要他去登门拜年！此外，还有山西票号界的同行，商界的合作伙伴，京城的普通朋友，又是数十个人，也都得相互拜年祝好！

如此走走动动，吃吃喝喝，说说笑笑，喜喜乐乐，忙忙碌碌，一直要持续到正月十五元宵节之后，才渐渐闲下身来，静下心来，恢复寻常状态。

如此如此，好一个隆重排场、红火热闹的过大年啊！

正月底，东家郭嵘和大掌柜贺洪如也来到北京城，与郝克凝、申树楷一起商量携带现银去日本开业之事。

申树楷将日本情形及自己"行此难能之事，正可独占鳌头，独享大利"的想法一一说来，并建议如日本方面要求，运去资本金一半以上的银元宝，前去"亮银"。

郭嵘和贺洪如听着，低头沉思良久；然后，贺洪如问道："现在日元与银子的比价是多少？"

"大体是七钱银子兑换一日元吧。"申树楷说道。

"哦！那就是说，五十万日元折合三十五万两银子，一半就是十七万五千两银子。那就是运二十万两银子过去？"贺洪如盘算着，说道。

"嗯。"申树楷应道。

"不！"郭嵘却大声说，"既然必须得运送现银过去，而且如培植所言，亮银有轰动效果；那倒不如多运些现银过去，扩大这种轰动效果。我看，干脆运送三十万两银子过去！二十万是一连串麻烦，三十万也是一连串麻烦；同样是一连串麻烦，还不如多运十万两过去。这正好让神户市银行业公会的人封了口，瞪了眼，歇了心！也让日本当地的人开开眼，传传话；当然，这也就更让咱华商和留学生们放心了。这样岂不更好？！"

"嘿嘿！好，这样更好！还是东家大气！"贺洪如笑着说道。

"哈哈！大掌柜既如此说，那就这样定了：三十万。"郭嵘也笑着说道，然后问郝克凝，"耀庭啊，你京号这里拿出三十万银子有困难吗？"

郝克凝说道："没困难！我自从接到培植的电报，京号就只收不放，开始给他攒银子了，现在手头大约有二十万两现银。按正常的情形，京号向来是存银者多，借银者少；春季更是如此，正月十五以后，大小官吏们都收上礼了，闲下身了，便会有大量存银进来。我估计，用不了半个月，就会有三十万现银了。如果急需，我去其他票号临时抓借也行啊！"

说起押送现银及在神户开业之事，东家郭嵘竟提出他与大掌柜贺洪如及郝克凝同去日本！

"反正春季号事轻闲，能腾出身子来，咱们倒不如一同去一趟日本！久闻日本明治维新以来，国势日益强大，气象日益更新，咱正好趁此机会去日本见识见识，岂不一举两得？所险者无非沉船丧命，所苦者无非晕船呕吐，这又有何惧哉？人家千人万人能冒此险，受此苦，咱为何不能？人生所贵者，并非只享福，不受罪；只履安，不涉险。人生所贵者，乃是既可享常人难享之福，又可受常人未受之罪；既能履常人难履之安，又能涉常人未涉之险！——洪如兄意下如何？愿意随我们涉洋过海，去一趟日本吗？"郭嵘说起去日本，饶饶有兴，振振有词！

大掌柜贺洪如笑道："东家如此年轻之命，尊贵之体，尚且不惜；我一把老骨头了，又有何惜哉？随东家去就是了！"

东家和大掌柜如此说，郝克凝自是乐于奉陪，申树楷则更是喜出望外了。

"至于开业时间嘛，眼看就正月底了，二月开是有些紧，三月开就从容了；而且，阳春三月，万物生发，倒正好占个好月份呢！"东家郭嵘又说道。

贺洪如点头称是。

东掌几人商量好了，便分头做事：申树楷再次从东北各号抽调四五个伙计，然后带众伙计去日本，准备开业事宜；李德昌留下来，在京、津间与海关及日本船行等接洽，办理运银手续；郝克凝设法在一个月内筹齐三十万两现银，另将五万两银子通过日本正金银行汇往神户；郭嵘和贺洪如则坐镇京号，或安顿人事，或探究商道。

这日晚上无事，郭嵘、贺洪如、郝克凝三人聊起日本情形，郭嵘得知日本文字多与中国文字相同，日本人也崇尚中国书法，所写也是中国文字，便生出一个念头来，说道："既如此，咱在神户开业时，何不在门脸上悬挂一副大人物的书法对联？这样，既可借重人家的名气，显耀咱的门脸；又可借助人家的书法，突出咱的特色。"

贺洪如、郝克凝二人点头赞成。

"至于请哪一位名家嘛！"郭嵘继续说道，"一要身份地位显贵，二要文化涵养深厚，三要书法笔体高超。"

"啊呀，东家所言者，必须三美集于一人，这样的人难寻啊！"贺洪如说道，摇了摇头。

郭嵘却笑道："嗨！这样的人虽然难寻，但对耀庭来说却不难。大学士、外务部会办大臣那桐不就是这样的人吗？"

"哦——！对了，此人真正合适！"贺洪如拍了拍脑门，幡然大悟，说道。

郭嵘继续说道："咱这回去日本设庄的由头及诸多关卡手续的通融，在咱号内自然是耀庭和培植，在朝廷里却是那桐和载振。我看耀庭还是去劳动一下那大人的大驾吧！就说'这馍馍是那大人蒸的，这红红也请那大人点吧！'——此事虽是劳心动手，却也是在日本国露脸嘛！"

"此事不难！"郝克凝说道，"我明天就去向那琴轩说明此事。"

几天后，郝克凝便从那桐处拿回一副对联：

　　合两国友情在此，和睦也；
　　盛千家生意于兹，便宜哉。

横额为：元亨利贞。

具名为：大清国大学士、外务部会办大臣那桐撰并书。

郭嵘拿着，经一番仔细揣摩后，连连称赞："好字，好字啊！端庄大方，雍容富态！好联，好联啊！简洁明了而蕴含大雅吉祥之意，还是镶名联，把'合盛元'三字都镶进来了。呵呵！那大人为咱合盛元撰写的这副对联甚为用心啊！"

到二月底，诸事准备完毕。于是在三月上旬择日买票，郭、贺、郝、李德昌等人带上三十万两现银，从天津乘船前往日本神户港了。

申树楷已先来日本一个月，开业诸事俱备，只等现银了。如今三十万两现银及五万两银子的汇款到了，便与郭、贺、郝等人择定光绪三十三年三月十八日（公历1907年4月30日）举行开业典礼！

此时距开业典礼还有五六天空闲时间，而此番大东家和大掌柜亲自到了神户，也不能悄悄密密，忔忔缩缩。于是，申树楷陪郭嵘、贺洪如、郝克凝等人先后拜见了大清驻神户领事官长福，神户中华商会会长袁诠，日本国神户市银行业公会会长三井二十二郎等神户市要人。郭嵘、贺洪如、郝克凝等奉上见面厚礼，受到盛情款待，宾主双方自是礼仪俱备，雅意勤也；排场十足，富态雍也！

此番礼往人来，虽是络心结谊交友情，却也无意中展现了合盛元东家掌柜们的风采：东家郭嵘的深厚学养和宏大气度，大掌柜贺洪如的深邃眼神和雄大才略，郝克凝超人的识度和气质，再加申树楷非常的精明和胆略，无不让长福领事官、袁诠会长和三井会长见而识之，赞而叹之！

三井二十二郎感叹尤多："中国商界有这样雄才大略的东家掌柜，难怪他们敢来我大日本帝国的领土上设庄啊！如果中国的军界政界也由这样雄才大略之人掌管，那日中甲午战争的胜败就难料了啊！嘿嘿！也幸亏中国大清朝廷的掌权者像一只羊，致使整个中国皆为羊心羊性，正可由我大日本帝国的军人前去宰割！"

光绪三十三年三月十八日（公历1907年4月30日），合盛元神户支店隆重开业：门脸红绸飘飘，铺面白银堆堆，好一番热闹气象和富贵气势！

袁诠等神户华商代表数十人前来捧场致贺，人纷纷，情融融；声哄哄，仪隆隆！

三井二十二郎等神户银行业公会的董事们前来查验资本金数额。几个手下人将一堆堆一箱箱银元宝一一过数记录,将一摞摞一排排日元也一一过数记录,然后回报三井二十二郎:"回禀会长阁下,经查验,合盛元神户支店铺面有大清国海关银三十万两,折合四十三万日元;另有七万日元;共计五十万日元。"

三井二十二郎与几位董事碰碰头,当众宣布查验结果,然后向申树楷表示祝贺!

申树楷点头致谢,转身回禀郭嵘、贺洪如,然后用日语和华语宣布:合盛元银行神户支店开业!

二十二

开业当日中午,合盛元银行神户支店大摆几十桌宴席,隆重招待前来致贺的中日政界商界要人,声势浩大,可谓开业大吉!

次日上午,铺面开始营业,来者多是询问存贷汇兑详细情况,有李德昌等人照料即可。郭、贺、郝、申等人因昨天忙碌劳累,今天又无紧要之事,早饭后便闲坐在后庭里喝茶聊天,感叹此事之艰难过程,欣慰此事之圆满结果;郭嵘、贺洪如自是对郝克凝、申树楷二人赞赏多多,勉励多多,期望多多!

半上午时分,铺面上进来一个三十多岁的华人,只见他眉目清秀,气宇轩昂,看上去不像商人,也不像官人,却又不像寻常普通之人。

在前庭照料的李德昌见状,忙上前招呼:"先生您是要——"

"哦,我是找宝号的申树楷掌柜。"

李德昌见此人此度,不必多问,说声"您稍候",便赶紧到后庭去告申树楷了。

申树楷出来，先自报家门，然后问来人姓名，来人却报出一个惊天动地的姓名来：梁启超！

"啊？您是梁启超先生！失敬，失敬！"

申树楷这么一说，门面所有的伙计和客人都转过脸来，看着梁启超，并注目拱手致意！

梁启超谦逊地向众人笑笑，点点头，然后对申树楷说道："宝号克服重重困难，能跨洋过海来日本国设庄，不仅大大便利了我国侨商留学生之银钱汇兑，更大大显示了我国金融之力量，大大长了我国金融之志气！诚可喜可贺，可敬可佩！所以，梁某今天特来向宝号表示祝贺，向申掌柜和众伙友表示敬意！"

梁启超说着，将手中一副对联展开——

开头一行小字：恭贺合盛元银行神户支店开业！

上联为：丧师割地赔款，吾邦蒙羞辱；

下联为：跨海开疆设庄，尔号戴耀荣！

横额为：壮哉票商！

具名为：饮冰室主人撰并书。

"多谢，多谢！多谢梁启超先生！"申树楷大喜过望，连连拱手致谢，然后请梁启超到后庭用茶。

梁启超一进后庭，郝克凝一眼就认出来："啊呀，原来是梁启超先生！"

郭嵘和贺洪如知道面前之人是大名鼎鼎的梁启超，更是大喜过望："啊呀，久仰梁先生大名，不想竟在日本国的神户与梁先生相遇！真是天公作美啊，幸会，幸会！"郭嵘和贺洪如双双点头拱手致礼！

梁启超知道二人是合盛元票号的大东家和大掌柜，也心存敬意，点头拱手致礼！

经一番寒暄，落座上茶毕，梁启超说道："宝号昨天开业，我本该前来致贺，无奈梁某与康老师、孙先生三人现在还是朝廷钦犯，不便与朝廷官吏同场现身；只能今天来，奉上一副对联且作薄礼，略表恭贺与敬佩之意！"

此时，申树楷将梁启超的对联展开，郭、贺、郝三人连连致谢。

郭嵘说道："梁先生此礼看似纸与字，实乃心与意！以郭某看来，梁先生乃当今中国之大才子、大文人，梁先生之心意即中国士大夫之心意，中国士大夫之心意即中国四万万民众之心意，中国四万万民众之心意即天地之心意。所以，我合盛元能得到梁先生如此礼物，实在荣幸之极！真是太感谢梁先生了！"

梁启超说道："郭东家言重了，过奖了！梁某实不敢当，我只不过是一介书生而已啊！不过这副对联倒实在是梁某心有所感，情有所动，然后写成，绝非虚意应酬之作。宝号之举，确令梁某感动，感叹：如果我中华有大财势大才能之东家掌柜，都能像宝号一样有开拓进取之胆略精神，则我中华之财货利权何至于丧失如此？如果我中华有大地位大权势之王公大臣，也能像宝号一样有开拓进取之胆略精神，则我中华之国土主权何至于沦落如此？所以，梁某今天此来，固是向合盛元诸公表示恭贺敬佩之心意；但梁某之心意又不止于此，梁某更期望我中华士农工商各界都有此开拓进取之胆略精神，都有此开拓进取之行为事实！果真如此，则我中华何至于受东西列强各国如此欺侮？果真如此，我中华必并列于世界强国之林，甚或主宰其中，凌驾其上也！"

郭嵘等人听着，不禁拍起手来，连连叫好！

郭嵘赞叹道："梁先生身处钦犯，而心谋国家；身为一介书生，而心系千钧社稷！此忠此义，此德此行，诚可谓袭往圣之遗风，蹈前贤之古道，堪称我中华之精神伟人也！我中华能出梁先生这样的伟人，诚中华民族之荣耀也；我等能受梁先生这样的贺礼，听梁先生这样的演讲，不仅我等万分荣幸，诚中华商界之荣耀也！"

"不敢当！郭东家过誉了，不敢当啊！"梁启超拱手致意。

"梁先生当之无愧，我东家所言甚是！"郝克凝接口说道，"九年前我在北京城贵州会馆就聆听过梁先生的演讲，就领略过梁先生的风采，就感受过梁先生的才华；如今快十年过去了，梁先生脸上添了不少皱纹，更老成了，却依然思想敏锐，犀利如刀，足可以给糊涂人开窍；而且气势磅礴，雄浑如雷，足可以把睡梦者惊醒啊！"

梁启超听着这些赞美夸奖之言，心中自是高兴，却也颇有所感，所思："以前我知道晋商财势最雄，如今见识合盛元这几位东家掌柜，观其容，察其貌，听其言，度其意，几乎没有一点普通商人身上常见的铜臭之气，猥琐之态，势利之眼；倒是颇有士大夫身上常见的高雅之风，恢弘之度，真诚之心！合盛元票号有此东家掌柜，故有此来日本设庄之举；晋商有此东家掌柜，故有此在商界称雄之势啊！"

叙谈中，说起"戊戌维新"之事，郭嵘等人及梁启超无不感慨叹惜！

"如果当初朝廷有'戊戌维新'而无'戊戌政变'，则梁先生必身居枢要，辅佐皇帝维新之宏业；如此，则我国何来义和团之乱和八国联军之灾?! 可惜啊，维新败而政变成，使谭嗣同先生等受刑戮杀头之罪，使梁先生等受此颠沛流离之苦！惋惜啊，实在让人惋惜啊！"郭嵘感叹道。

梁启超说道："郭东家所言甚是！不过，我等个人荣辱何足道哉?! 梁某所忧心者乃国家百姓之福祉也！戊戌政变可谓遗祸无穷。我等数人数十人或受戮，或贬谪，或逃亡，只是小者而已！大者乃是：数千数万清明士子戛然缄口敛声，数千数万贪污官僚依然胡作非为！于是，民不聊生，义和团乱焉；国无谋臣，八国联军侵焉！更大者乃是：大清朝廷早已如百病缠身之人，戊戌维新如下药治病；朝廷既拒绝吃药，拒绝医生，待之者必是刀枪与革命。——孙文先生前年在东京已组织建立同盟会，提出'驱除鞑虏，恢复中华，建立民国，平均地权'之口号，这就是要革大清朝廷的命啊！同盟会成立一年多来，国外则华侨留学生支持，国内则士子读书人响应，已成风起浪涌之势，大清朝廷如一艘破船，情势已然危在旦夕了啊！"

郭嵘听着，点着头；想着，打着鼓：这艘破船翻了，沉了，倒无所谓；可这艘破船上或多或少有自己的一些东西啊……

于是，他问道："这几年朝廷也在推行新政，与当年康、梁二先生提倡的维新颇为相似，梁先生如何看待朝廷的新政？于事有补，还是无补？"

梁启超说道："常言道，此一时也，彼一时也。机不可失，时不再来。当年维新，是民心所向，舆论所倡，也没有义和团、八国联军的灾难，大清或许可以脱胎换骨，获得新生。但如今，嘿嘿，士子读书人早已对大清寒心，朝廷又经历了义和团、八国联军的巨大灾难，再加上孙文等革命党人已举起了革命大旗；这样的情势下再推行新政，我看是杯水车薪，于事无补了！唉——！"

郭嵘看着梁启超"嘿嘿"冷笑，然后又听到梁启超"唉"声长叹，竟不知梁启超对朝廷对革命党人是何种态度，便试着询问道："那，如今梁先生已经对朝廷失望，转而拥护孙文等革命党人了？"

梁启超摇摇头，叹口气，说道："梁某向来所主张者，乃是将大清改良为君主立宪制度也。梁某以为，君主立宪乃是国家脱胎换骨之上乘法度，英国开创于前，而称霸全球；日本效仿于后，而称雄亚洲；足为铁证也。可惜，对大清来说，时机已失，难以再为了。至于革命，乃改朝换代之谓也。纵观我国几千年历朝历代之更替，无不是刀光剑影，血河火海：死伤人则以数百万条生命计，毁坏财物则以数亿万两银子计，绵延时日则以数几十年计，损失惨烈，代价沉重呀！梁某又何忍置我中华数百万生命和数亿万财物于不顾，去拥护革命，去煽动革命呢?！所以——梁某瞻前顾后，今生所信奉主张者，依然是君主立宪制度。可，则挺身为之；不可，则隐身退之。"

郭嵘拱手说道："梁先生所说者乃是金玉良言，所怀者乃是仁义善心，不愧为当代大贤鸿儒，诚令郭某感佩啊！"

梁启超与郭嵘等说话投机，不觉已到中午；于是，郭嵘等设宴款待，以向梁启超表示敬谢之意。

二十三

午餐后，梁启超告辞，郭嵘等人送梁启超至店门前，拱手话别，目送梁启超远去。

郭嵘对贺、郝、申等人说道："自古凤凰不落无宝之地，像梁启超先生这样的人，乃人中凤凰也。"然后回身看了一下门牌号数，又说道，"今后咱合盛元神户支店所在这'内海岸通二丁目三十八番屋敷'要兴旺发达了啊！嘿嘿！"

贺洪如笑道："托东家的洪福和吉言，咱神户支店一定会兴旺发达的！"

申树楷说道："我一定殚精竭虑，在日本开出一个好局面，以报东家厚恩！"

郭嵘又回身看了一下，仔细看了一番那桐所写的对联："合两国友情在此，和睦也；盛千家生意于兹，便宜哉。"然后说道："培植啊，那大人的这副对联和刚才梁先生的那副对联都是你的镇店之宝啊！且不说文章好，书法好，单说这两个人就贵不可言：那大人是当朝一品大官，势位仅次于庆亲王，有他的笔墨在此，就代表整个朝廷官府都扶持咱呢！梁先生是当代一等大贤，可谓上达天意，下通民心，有他的笔墨在此，就代表天意民心都拥护咱呢！这一副悬挂在门脸上，那一副收藏在箱底，正可相得益彰啊！"

"是，东家！"申树楷应道。

合盛元神户支店开业十余天后，申树楷急着开办东京出张所（日文叫法，设在外地的办事处），又想借东家之福，大掌柜之势，杨枢公使之威，便留下李德昌等在神户照料，他则与郭嵘、贺洪如、郝克凝及山本喜二、狗旦等携带十万两现银及若干日元前往东京，邀请大清驻日公使杨枢等中日相关要人参加，择日在东京市"神田区骏河台神保町四番屋敷"举行了东京出张所的开业仪式。

东京出张所一开业，郭嵘、贺洪如、郝克凝等无事，便在山本喜二带领下去东京市各处名胜游玩。郭嵘、贺洪如初次来日本，其山水之秀，其风物之新，自是收于目而动于心：

"久闻我国康、梁等人戊戌维新取法于日本的明治维新，如今一见日本风情，其国如东升之日，蓬勃向上；其民如涌动之海，澎湃向前；此形此势，远非我大清可比啊！这明治维新了不得呀，其人比我矮，其国比我小，却能打败我泱泱中华大国，称雄亚洲各国！这功劳全在于这明治维新之法啊！"郭嵘感叹道。

"东家所言甚是！"贺洪如说道，"自古道，工欲善其事，必先利其器。国家之法，如工匠之器：日本之兴在法器利，法器利则人民奋，人民奋则事物成，则国家兴；中国之衰在法器钝，法器钝则人民疲，人民疲则事物败，则国家衰。万事同理，大到一个国家，小到一个字号，其成败兴衰关键是人，得人则成，则兴；根本是法，得法则人来，则人尽其才。"

郭嵘接口说道："是啊，不得法则在野之贤人难来，在位之能人又难尽其才。想我大清，既废维新之法，又失康、梁等贤人，再树孙文等敌人，于是一年后有义和团之羞，二年后有八国联军之辱！因果何其速也!"

郭嵝等人一路在东京、横滨、名古屋、京都、奈良、大阪等地游览,无不触景生情,遇事感怀,眼界心境开阔许多,真是不虚来日本一趟!再回到神户,已是一月有余;于是稍作休息,便准备乘船回国。

此时,神户支店开张后生意极好,申树楷喜出望外,信心十足,向郭、贺、郝三人回禀道:"咱这神户支店开业以来,生意兴隆,上有梁启超等文化人士赞扬,下有袁诠等商界人士鼓吹,神户华商及留学生等无不踊跃存贷汇兑;粗略算了算,汇入汇出的数额已有一百多万两!东京出张所开了半个来月,也已有大几十万两的汇兑了!"

"好,好!"郭嵝夸奖道,"这就叫旗开得胜啊!哈哈!"

"嘿嘿!看来咱合盛元来日本设庄是选对地方和时机了,也选对人了。"贺洪如笑道。

"大掌柜过奖了!"申树楷拱手致意道。

"培植不必过谦,此事确实非你不能啊!"郭嵝笑道,"此人,此地,此时,三美合一美,就是咱合盛元的生意美!大掌柜表扬了你,我还得表扬大掌柜和耀庭:此人有才,此地有宝,此时有机,固然是三美;但是,谁选准了此人,此地,此时?是大掌柜贺洪如和京号掌柜郝耀庭啊!"

贺洪如笑道:"如此说来,东家选准了我贺洪如也该受表扬啊!只是不知道东家已是合盛元的天,该由谁来表扬东家呢?怕是没有人能表扬东家,东家受不到表扬了吧!哈哈!"

"有啊!"郭嵝笑道,"财神爷能表扬我呀!"

合盛元东掌们开心开颜,欢声笑语一番,申树楷说起了正事:"以现在神户、东京的情形看,大阪、横滨二地也应有大商机。大阪与神户地理相似,城市规模相近,且相距五六十里地,与神户如姊妹城市,甚至如左右手!如在大阪开办出张所,不仅可以成倍扩大买卖,而且只需半数银子；遇有紧急情况，还可以与神户支店相互照应。这横滨是东京的门户，与我国天津与北京的情形有些相似，且相距五六十里地，如果开办出张所，也极易相互照应。所以，我想尽快在大阪、横滨二地设立出张所！"

郭嵘、贺洪如自是点头赞同，郭嵘说道："此事甚好！银子不够，向我要就是；人手不够，向大掌柜要就是！呵呵！如何筹划嘛，就只有靠你自己了。"

申树楷说道："银子的事我可以设法多揽汇，少承兑，多存少放，就有周转的银子了，估计不必再往这儿调运现银了。人手嘛，倒是需要再调些来，我看东北各庄口会讲日语的可以调来，有年轻聪明好学的也可以调来，一边做事一边学日语吧！"

郭、贺二人一一应诺。

于是，郭、贺、郝等人从神户登船回国。

郭嵘、贺洪如在京号逗留半月，便将赴日人员选定，并从各地抽调人员填补东北各号空缺。然后，郭嵘、贺洪如将赴日人员出国乘船诸事交代给郝克凝办理，二人便大放心宽地回祁县了。

一路上，郭嵘、贺洪如二人满心是合盛元赴日本设庄成功的喜悦，乐滋滋，喜洋洋，兴致勃勃！但二人都是成熟老到之人，兴奋之余，却也颇多思虑。

"咱合盛元此番去日本设庄成功，已先了其他票号一步，一年下来必生意大增，名声大振！如今山西票号危机四伏，咱也算是蹚出了一条新路吧；估计其他几个有门路有财力的票号也会踩上咱的足印，前往日本等处设庄，到时候可就不是独家买卖了！"郭嵘说道。

贺洪如说道："东家所说的这种顾虑自然是有，不过，这去日本设庄不比在国内各码头设庄，即使有门路有财力，没有人也不行。其他票号恐怕没有咱申树楷这样的人才吧？他们即使刻意栽培，没个三年五载也出不了像申树楷这样的人；即使出了这样的人，没有三两年的筹备，也难以去日本设庄。有了这五年以上的独家买卖，咱也就挣足了！嘿嘿！"

郭嵘也笑笑，说道："洪如兄所言不差！不过，咱也要多个心眼，多个办法，防备咱的人才被他号所用啊！当初平遥的雷履泰独家创设日升昌票号，那红利何等巨大？可就因为和二掌柜毛鸿翙不和，闹起了矛盾，结果毛鸿翙出了日升昌，进了侯家的蔚字号，一口气给侯家开了五个票号！于是，日升昌独家买卖的局面不到十年就被打破了！此事对雷履泰和日升昌来说，双双损失巨大：雷履泰落下了刻薄之名，树上了强劲之敌；日升昌则失去了垄断局面，也失去了巨额红利！"

"东家深谋远虑！"贺洪如拱拱手，说道，"我知道东家的意思了，咱合盛元的人才不能外流！申树楷已成龙变虎，不能让其他票号勾引走了；其他几个干才如李德昌等人也会成龙变虎，也不能让其他票号勾引走了；咱得给他们戴上笼头，搭上套！嘿嘿！"

郭嵘点点头，说道："人生一世，'名利'二字。说得再直接些，一个是面子，一个是银子。我看今年正好是账期，如果申树楷在日本各地的庄口能安安稳稳地开下去，就可以对他们大加封赏了。能独当一面者，给他个庄口套住他；有独特贡献者，给他些身股笼住他。这样，既有面子，又有银子，他们也就一心一意留在咱合盛元了吧？这样，咱的独家买卖也就能多维持几年吧？"

"当然！"贺洪如说道，"而且，我还有个长远打算。我们在日本设庄三五年后，有了与外国政府打交道的经验，也有了与当地华商打交道的信誉，还可以去南洋各岛国设庄。我听说南洋吕宋、马来、爪哇这些岛国华商极多，是日本华商的若干倍，分明是一个更大的市场呢！这样，即使别家票号也跟着咱去日本设庄，咱在日本不是独家买卖了，却在南洋各国有了更大的独家买卖！"

"好，好！"郭嵘一听，极为兴奋，不禁拍起手来，竖起大拇指来！

"我听洪如兄这一番话,正想到曹孟德的那句诗来:'老骥伏枥,志在千里;烈士暮年,壮心不已。'洪如兄年近七旬,而有此宏图远略,正如这'老骥''烈士'啊!"

"东家过誉了!我哪敢称老骥,只是老牛而已啊!东家如此雄心远大,我岂敢苟且度日?我只不过是老牛已知夕阳短,不待扬鞭自奋蹄罢了!嘿嘿!"贺洪如笑道。

"呵呵呵!好一头老牛!"郭崴也笑了。

郭崴、贺洪如二人离开老家三个多月后,坐轿车回山西祁县而来,一路闲谈笑谈,十分逍遥自在!——他们万里跨海去了一趟日本,投去了三十五万两银子,开设了两个分号;倒像是两个农夫出村过河,在山坡上耕种了一片地,然后肩扛农具,身披晚霞,逍遥地走在回村的路上一样!

二十四

东家郭崴和大掌柜贺洪如逍遥还乡,申树楷则继续在日本开疆拓土。

神户支店一炮打响,东京出张所顺利开张,申树楷犹如一位旗开得胜的将军,自信心如山,好胜心如火,拼搏心则如狼似虎!待郭崴、贺洪如、郝克凝等回国后,他把神户、东京两号的日常事务交给李德昌、赵成等人,自己则带上山木喜二和狗旦前去大阪、横滨二地考察筹备:拜访华商领袖,拜谒驻地领事,踅摸街道风水,踅探银行买卖……

三个月后,筹备事宜就绪,国内抽调的人也到来,申树楷便相继在大阪、横滨二地开设了出张所,形成了神户与大阪互为依傍,东京与横滨互为表里,神户、大阪又与东京、横滨遥相呼应的庄口布局;把日本国最繁荣也是华商最集中的四个城市装在了口里,并把这四城市间长达千里的黄金地带络在了网里！

同时，因商机之需和联络之便，合盛元又抽调人员，前往朝鲜仁川开设了出张所！

撒网布局之际，申树楷便开始下"诱饵"，往网里口里引诱"鱼儿"：一般汇水与国内相近，有些汇水最低降到千分之五，比国内还低几倍！如此价格低廉而态度和善，华商留学生等面对此等优惠服务，与前去日本银行汇兑相比简直是天壤之比！华商留学生等往昔去日本银行办理汇兑受歧视克剥惯了，如今来合盛元汇兑，简直像从地狱上了天堂，从孙子成了爷爷！他们有了汇出汇入的事情，哪里还会再去日本银行？连日本商人都来合盛元汇兑呢！

同时，在开业前后，申树楷又在日本各城市的报纸上做宣传，登广告，招徕生意，并会同国内各庄口掌柜，在国内各地的报纸上广而告之！

现摘抄1907年3月22日天津《大公报》广告于下：

合盛元创设日本东京、横滨、神户、大阪各处支庄告白

启者，近来环球大通，商务争盛，而国家特设专部鼓励讲求，唯我商人亦须及时起发，以图扩充。乃观各国银行来吾邦开设者甚多，其晋之汇业一途亦与银行所司无异，然独不能出洋半步，良可慨也。有鉴于此，特选派妥人，提出重款，先渡东洋各处创设支庄。奈彼之政令不准外人在东京私立此业，必报政府许可方准开办。于是自去秋东渡，迄今半载，案牍冗繁，信札款寄，各署报告，其费固不待言，尚蒙我国领事及诸友谊从中维持，而日政府始允我号在东京、横滨、神户、大阪等处开设。凡我同胞此后东游日本及从彼回宗国者，如兑银洋各项兼托办事件，皆可竭力关照，额外克己。

如蒙光临小号，在中华各口岸皆有分庄，随地皆可接待。特缘远渡重洋，初创此业，恐未周知，而登报声明。此咨。

山西太原府祁县合盛元，寓天津针市街嘉兴里内。谨白。

合盛元票号前往日本设庄，可谓选准了地方，选对了时机，也选妥了人；而被选上的这个申树楷又用好了一套谋略手段，用好了一帮人。结果，仅用半年时间，合盛元在日本各庄口的汇兑生意就火爆起来，而且是出乎意料的特殊火爆！

这出乎申树楷的意料，他自然是喜出望外！

这，又出乎日本银行界的意料，他们却恼羞成怨，成怒！

于是，"好事多磨"这句金言，或者说这条铁理，又在合盛元和申树楷身上应验了：或许是日本银行界的怨怒之人直接唆使，或许是日本银行界的怨怒之气间接影响，合盛元大阪出张所和横滨出张所，在短短半个月内相继被当地的下层浪人泼皮骚扰，人被打伤，店被砸破！

合盛元向当地警察机关报了案，却推诿拖延，致使这些浪人泼皮们逍遥法外！

兴致勃勃的申树楷如同当头被浇了一盆冷水，甚至是一盆脏水！

申树楷愤怒，怨恨，手拍桌子脚跺地。却也暗暗独自悲伤：来日本设庄真如同下地狱一般啊！开业前，日本上层的官府、行会诸多人已对我进行了种种刁难；我费时半年之久，借助王爷大臣之力，总算一一化解了，可以说费了九牛二虎之力，磨了九九八十一难。想不到开业后，日本下层的这些浪人泼皮又来欺侮骚扰！看来，我开业前见过阎王的刁难还不行，开业后还得再见小鬼的"难缠"？莫非，我磨的这些难还不够九九八十一之数？非得补够这个数才行吗?！怎么办？撤庄最容易简单了，可我申树楷向来知难而上，岂可知难而退？我一个弱国败国之华商来到强国胜国之日本设庄，哪能像日本商人去我国一样趾高气扬？为了买卖，只得忍辱负重啊！

遇难而上，勇也；遇辱而忍，容也；有此二者还不够，还得遇穷而变，智也！

于是，申树楷在愤怒、怨恨、悲伤之后，便想办法应对：

一是治标之法，让各庄伙友提高警惕，加强防备，锻炼身体；并让狗旦轮番到各庄教练武术。这一下各庄口的年轻伙友在晚上打烊之后更有事可做了：学日语，打算盘，练拳脚，店铺俨然成了夜校！

一是治本之法，向本国商部、外务部呈文，吁请中国政府照会日本政府对合盛元店铺伙友进行有力保护，并惩治那些行凶滋事的浪人泼皮！于是，京号掌柜郝克凝再次劳驾大清商部尚书载振、外务部会办大臣那桐，并再次惊动外务部总理大臣庆亲王奕劻亲笔签署了照会日本驻华公使林权助的文书！

于是，外务部会办大臣那桐据此照会日本驻华公使林权助，林权助又据此回禀日本外务省大臣林董，林董又据此回禀日本首相西园寺公望，西园寺公望再指示日本警察部门对大清国合盛元银行神户支店及东京、横滨、大阪出张所人员店铺的保护……

申树楷再次化解了这样的危难，合盛元继续在日本四地的金融界扛着自己的大旗冲锋陷阵，开疆拓土！一年下来，可谓生意隆隆，财源滚滚：在不到十个月的时间里，合盛元在日本四地的汇兑额达二千万日元以上，折合白银约一千五百万两，除去各项开办所需的巨额开销，赢利仍然达到十万两白银！

……

国家割地赔款，而合盛元票号去日本开疆拓土；去日本设庄百般艰难，而申树楷一一化解，并在开业当年就赢得十万两银子的红利。

而此时的申树楷，年仅三十二岁！

消息传回国内，官界、商界、报界无不盛赞合盛元票号东渡日本之壮举，无不盛赞申树楷跨海远征之气概。一时间，合盛元名震四海，而申树楷名扬天下。

而在以后的中国金融史里，也永远不应该忘了合盛元这个票号和申树楷这个人。

直到整整一百年后，让人回眸这段历史，回味这个故事，回想此事此情，此号此人，依然肃然起敬，感慨万千！

正是：

国势危危巢覆卵，商情险险魍加魎。

身临困境须争斗，面对难关得夺抢。

太岁头前来动铲，天皇门上去悬幌。

跨洋千里风澜骤，留史百年声誉响！

第九部

一

光绪三十三年冬的大清衰老而创重，如垂危之人；枝摇而根动，如将倒之树。

第一次鸦片战争，如腿脚上的皮外之伤；太平天国战争，如肚子里的霍乱之痛；第二次鸦片战争中英法联军攻陷京城，则如心口被捅了一刀；俄国人趁机在西北、东北讹诈割地近一百五十万平方公里，则如左右肩头被砍去了两块大肉；而甲午战争向日本人割让台湾并赔款二亿三千万两白银，更如被剁去了一只脚且流失了一盆血。

这些已经使大清如残疾伤病之人，亟须静心调养治病，于是有康有为、梁启超等举子的公车上书和维新运动；而慈禧太后却心躁忌医，发动戊戌政变，致使谭嗣同等六君子洒血法场，康有为、梁启超二贤人亡命海外，大失天下士子之心！我中华自孔圣人出世以来，教七十二贤人，育三千弟子，之后遂有士子群体产生，代代相承，绵绵相连，历两千多年而不衰；可谓一圣而衍千贤，一时而开万世！这一代代士子秉圣人之心，蹈贤人之迹，虽身处草野而心系朝堂，虽身无分文而心忧百姓，为天地立心，为百姓请命，最能代表天地民心。如今朝廷大失天下士子之心，也就等于大失天地民心，而天地民心即国家之心。由此而言，戊戌政变后的大清不仅身体残疾伤病，而且已经失去了心脏功能！

就在这样的情形下，义和团又在大清的心脏地带山东、直隶、津、京等地起事，又如这个伤残病人的心机梗死发作；而八国联军攻陷京城并占据一年之久，再索赔四亿五千万两白银，则如在这个伤残病人的心脏深深地捅了一刀，然后再插进并绑牢一根长而粗的"输血"管子：每年输出二千五百万两白银，需三十九年才能完成输出九亿八千万两白银的赔款加利息之数。

……

这，就是此时的大清国，比之于人，则奄奄一息矣；比之于树，则摇摇将倒矣。

庚子事变之后的大清朝廷，也做了一些反思，也想了一些办法，试图自我医疗：

在经济上大力改革，设立商部以鼓励工商发展，修建铁路以带动经济振兴，组建大清户部银行以拓宽财政渠道。

在文化上也稍作松绑，允许私营报纸出版，以表达商情民意。

而在政治上却依然故然：大而论体制，则反对、拒绝或拖延君主立宪；小而论吏治，则任亲而不任能，认钱而不认贤。

然而，就国家政权而言，政治如树之根，经济如树之身，文化如树之英。这样医身、医英而不医根，又如何奏效？

就经济而言，庚子事变以来的七八年间，若干有力的改革着实大见成效：

其一，长达二千六百余华里、投资一亿多两白银的京汉铁路修成，长达二千二百余华里、投资五千多万两白银的京奉铁路修成，长达六百余华里、投资二千三百多万两白银的正太铁路修成……或官办，或民办，或朝廷，或各省，全国各地修建铁路蔚然成风，修建或筹建之中的铁路竟有数十条干线或支线，已经投向或准备投向铁路建设上的资金竟有十亿两以上的白银！一时间，大清国的广大土地上俨然成了铁路工地，大清国俨然成了铁路总公司！——这，固然建设成绩斐然，功颇大焉，泽亦久焉；却也消耗白银巨大，出力尽也，贫血甚也！

其二，设立商部及保护商人鼓励商业政策的促进，加上浩大铁路工程建设的带动，中国的商业金融业也呈现出前所未有的发展和繁荣；同时，又增加了税目，强化了税收管理；再加上大清户部银行等官办商业单位的运营收入，致使国库的税收成倍增长：从乾隆至光绪中期的一百五十多年间，大清每年的国库收入一直维持在八千万两白银上下，而此时每年的国库收入达到了二亿两白银以上！——这，固然是巨大的财政成绩，足可以解眼前之急：每年必须支付日常军政费用八千多万两白银，支付洋人的赔款和借款五千多万两白银！却也留下了日后之患：一是税负过重，如竭泽而渔，其能久乎？岂能不枯?! 二是与民争利，如化友为敌，其能众乎？岂能不孤?!

于是，大清朝廷在经济上诸多改革的结果就是：朝廷为了解脱自己眼前的危机，而将危机转嫁于民，或将危机拖延于后……

二

面对着即将到来的诸多危机，山西票号的先知先觉者开始忧患，开始思虑，开始探寻，试图找到一种解脱危机之法，走出一条突破危局之路。

合盛元票号先行一步，靠着天机天缘和人谋人力，找到了一条开拓海外市场的生存发展之路：派申树楷率伙友携巨资去日本设庄，并成功地立住了脚跟，而且为日后向南洋诸岛及西洋诸国发展奠定了基础。

这，固然是一个眼前之喜，更是一个将来之喜：眼前，合盛元票号自庚子事变后重返京城，那火上浇油的鼎盛气势尚未结束，大清户部银行也只是刚刚开始抢夺山西票号的市场；所以，就这个账期而言，申树楷在日本市场赚到的那十万两红利只是锦上添花而已。可将来，一旦大清户部银行完成布局并抢夺了山西票号的大部分市场，而合盛元在日本及其他海外市场极有可能成倍扩大；那时候，日本等海外市场对合盛元票号可就不只是锦上的一朵花，而成了半壁江山！

这个时期，山西票号尽管面临诸多危机，但凭着庚子后树立起来的卓著声誉和整个国家付赔款、还借款和铁路工程投资等带来的数以亿计的巨额的白银流动量，致使整个山西票号的汇兑业空前火爆！而合盛元尤为突出，这个账期的红利更是大幅增长：每股红利一万四千两，总红利七十多万两！这，才是合盛元更大的眼前之喜！

有眼前之喜，更有未来之喜，合盛元东掌可谓喜上加喜！东家郭嵘和大掌柜贺洪如自是喜出望外，对申树楷等赴日掌柜伙计的封赏也高出格外：给申树楷添加三厘身股，达到了九厘，离吃全份子只差一厘了！给其他去日本的众掌柜伙计也是重赏，不论资历年龄，一律给顶上身股：无者有之，有者多之，多者添之！于是，跟申树楷去日本者人人欢喜，令号内年轻人羡慕不已！

封赏罢，便进行人员调遣：

首先选派去日本的年轻伙计，因有厚赏在前，这些年轻伙计们自是踊跃争先；连在总号账房的渠本樟也积极向大先生阎文通表明心迹，愿意放弃这守着家、拿着笔、坐着椅的舒适活计，而想去海外做一番事业！

这渠本樟正是合盛元老掌柜渠寿昌之孙，字玉甫，今年二十岁，已入号五年，身顶一厘生意。靠着祖父渠寿昌的福荫，从入号考核、做事分配到出徒顶生意，无不受贺洪如、阎文通等人的照顾，虽无格外之奖赏，却有心内之情分：这个位置，这样待遇，都有人情在里边呢！

所以，渠本樟一表明想去日本的心迹，大先生阎文通就和他说道："玉甫啊，你年轻有志气，想着像申树楷一样出去做一番事业，自是值得赞扬。不过依你的情况，作为我号老掌柜渠寿昌的孙子，即使你不跨洋过海到日本，甚至连其他外地的庄口也不必去，就可以坐享其成：该添加生意时，肯定少不了你的；该擢升职位时，肯定漏不下你的！这样，你将来就和李苞掌柜一样，岂不完美？你何必再像普通伙计一样舍了家而出去冒风险，去吃苦头呢？明明能坐享其成，你为何要舍此而去奔波、劳苦甚至冒险，然后再获其成呢？你可要三思呀！"

渠本樟却拱手说道:"多谢大先生关爱!不过我已经想好了。就我号而言,将来需要向海外拓展,才是生存发展之道;如此,则我号年轻伙友理应尽早熟悉海外语言及情形,方可胜任将来之职位。我作为合盛元年轻伙友,理应为字号分忧担事。就我本人而言,祖父固然遗恩泽于我,我可以享受他老人家的福荫;但祖父也遗秉性于我,我更应该继承他老人家的心志:我即使不能像他老人家那样雄才大略,但我也自认为心系四方,志在千里,绝不是平庸无能之辈!大先生您想,如果我祖父在天有灵,他是希望我受其福荫,坐享其成?还是希望我承其心志,万里远征?"

阎文通大先生听罢,心里一怔,然后微笑着点头称赞:"嘿嘿,真是将门出虎子啊!玉甫既有这样的志气,我定禀明大掌柜成全此事!"

于是,渠本樟被选上了合盛元赴日本年轻伙计名单。

接着,合盛元又进行各庄口的人员调整。因申树楷在日俄战争后在东北新设了三个庄口,去日本设庄又从东北各庄口抽调了不少人,再加上合盛元东家掌柜们认为东北方向是自己的风水宝地,所以人员调整的重点是充实东北各庄口的掌柜伙计。

于是,颇受郝克凝赏识的保定分号掌柜高生云被调往奉天分号任掌柜。

原来,这合盛元奉天分号的情况十分特殊。其他分号多是汇兑存放的单一买卖,奉天分号却在汇兑存放之外尚有多种多层且跨地域的买卖:其一,早在同治年间,合盛元票号就联合郭双庆堂、张永善堂和武三成堂,四方共同出资在奉天开设了合盛东钱铺。其二,光绪元年,合盛元票号又与合盛东钱铺两方出资在辽阳州大纸坊开设了东聚发烧锅。其三,合盛元票号又与他人合作,共同在奉天开设了晋源当铺。其四,合盛东钱铺又与武三成堂合作,在奉天共同开设了合盛兴钱铺。其五,合盛元票号旗下的合盛东钱铺又相继在奉天各地繁衍了六个子号:奉天府辽阳州大纸坊的泉巨发钱铺，昌图府八面城的东兴义钱铺，昌图府怀德县公主岭的合盛通钱铺，昌图府奉化县（梨树城）的锦泰永钱铺、合盛泰钱铺、东兴聚钱铺。

合盛元奉天分号管辖这么多、这么大、关系又这么复杂的字号买卖，祁县总号自应委派德才兼备之人前去，高生云正是可选之人。

而委派高生云去奉天分号还有一个很重要的原因：今年（光绪三十三年）三月朝廷撤奉天、吉林、黑龙江三处将军，设置奉天、吉林、黑龙江三省，委派徐世昌为东三省总督，唐绍仪为奉天巡抚，朱家宝为吉林巡抚，段芝贵为黑龙江巡抚。这一督三抚都是袁世凯的心腹部将，多年在直隶总督麾下的保定、天津等地做事；而多年在保定分号当掌柜的高生云与袁世凯及其下属的这几个人交往甚多，交情甚密！所以，当大清朝廷把东三省的摊子交给直隶北洋系的徐世昌等人时，合盛元总号便亦步亦趋，把自己在东三省的摊子也交给了高生云！

……

一个账期结了，各庄口的人事安顿妥了，大先生阎文通再次向大掌柜贺洪如表达了告老还乡的意愿："洪如啊，我着实觉得自己老了，着实该告老还乡了。以前我几次向你提出来，你硬是挽留我，我也就不能拂了你的心意；我现在已七十五岁了，这次可坚决要歇了。"

贺洪如却仍然是挽留之意："大先生，你七十五岁了，我也六十七岁了，咱俩再做完下一个账期，一起歇就得了嘛！怎么又要说告老还乡之事呢？"

阎文通却摇头说道："不可，不可！就心愿而言，我年纪七十五岁，说不定哪天一跌倒就起不来了；咱劳碌一辈子，临死前总该享几年轻闲清静之福吧！莫非，非得要老驴跌倒在磨道里才肯罢休？我真的想歇了啊！就道理而言，我在合盛元也算年老而位尊禄重，不应该恋栈，应该知止；恋栈恐阻塞贤路，不知止恐难有善终，这于号于己都不利吧？我真的该歇了啊！"

贺洪如听着，心里嘀咕了一下："知止?！恋栈?！——大先生这是说他自己，也是说我呀！我只比他小了八岁呀！看来，我也不能'恋栈'，我也该'知止'啊！"

"好我的大掌柜，你就允了我吧！"阎文通看贺洪如不作声，便又催促道。

贺洪如回过神来，说道："大先生既如此说，我也不能不允。可是，我总觉得大先生一旦歇了，我该靠谁呢？有你在，我出去到各庄口时十分放心；有你在，我在家做甚决断时也十分省心；有你在，账务上的事我更歇心。你一旦歇了，这——"

阎文通却笑道："嗨！这有甚？我不过是你大掌柜拄惯了的一根拐杖而已，若换一根拐杖岂不照样拄？几天就习惯了！依我看，账务上有的是人才，我肯定给你物色一个称心称职的人；至于辅佐参谋之事，郝克凝经多见广，胜我十倍，你把郝克凝从京号调回来就是。况且，郝克凝也是五十七岁的人了，也该让他回总号了；再说，京号举足轻重，事关咱合盛元将来向海外的发展，也得续年轻人啊！"

贺洪如听着，点着头，然后说道："大先生所言甚是！不过，此事关系重大，我还得禀明东家后，再作定夺。"

贺洪如大掌柜与东家郭嵘商量后，应允了阎文通告老还乡之事，并听从了阎文通调郝克凝回祁县总号之言：由阎文通物色人选，并进行账务交接，再帮带一年后，即可告老还乡；由郝克凝物色人选，并进行买卖交接，再帮带一年后，即可回总号任职。

诸事安排妥当，东家郭嵘在合盛元号内大摆宴席，犒劳众掌柜伙计。

三

郭嵘虽然年近六旬,却雄心依旧,豪情依旧,酒量依旧;加上合盛元喜事连连,他在宴席上与众掌柜伙计开怀畅饮,只喝得众掌柜伙计人仰马翻,他自己也酩酊大醉!他本是好酒之人,再遇上这许多喜事,自己一个人都想喝醉,更何况在犒劳众掌柜伙计的宴席上呢!

郭嵘执掌郭家商务三十年以来,从合盛元号事而言,合盛元票号虽屡遇危局,却总能逢凶化吉,遇难成祥,反而得到更大的发展。这功劳自然要归于众掌柜的"才""略""能"三字,但这根源却是他这个东家的"明""信""敢"三字:在选贤任能上,他占了一个"明"字;在用人做事上,他又占了一个"信"字;而在关键时候和关键事情上,他又敢拿定主意,敢拿出银子,大力支持掌柜们作为,还占了一个"敢"字!所以,每个账期下来,看到合盛元账上的滚滚红利时,他不仅因获得巨额红利而欢喜,更因自己在合盛元号事上的"明""信""敢"三字而自豪!

再从合盛元东家而言,原本是郭、武两家的合伙生意,但这些年下来,喜财主武得宝心无买卖,身染嗜好,挥金如土,终于坐吃山空,连合盛元的股本都抽完了!于是,合盛元票号成了郭家的独股买卖。这,固然不是他郭嵘有意夺取,非人之力;而是喜财主拱手相送,乃天之功。说白了,这并不能说明他郭嵘如何如何对,如何如何英明;只能说明喜财主如何如何错,如何如何混蛋!但是,他究竟没有像喜财主那样坐吃山空,给祖宗丢脸;而是由半座江山扩展为整座江山,为祖宗争光了啊!

这里里外外,怎能不让郭嵘欢喜而自豪?!

再看看眼前,望望将来。这个账期每股分红一万四千两银子,为历年之最,这是眼前实实在在的厚利啊!而在山西票号面临诸多危机的情形下,申树楷赴日本设庄成功,在众多山西票号中率先蹚出了一条向海外拓展市场之路，获得了商界、报界乃至官界美誉多多，诚可谓赢眼前轰轰烈烈之盛名，开将来轰轰烈烈之伟业啊！

这眼前如锦，将来如绣，又怎能不让郭嵘高兴？！

如此如此，大东家郭嵘若不喝个酩酊大醉，反倒对不住合盛元票号这隆盛的局面了。

郭嵘在傍晚时分醒来，吃些疏淡之食，然后便来到正庭里，与贺洪如、阎文通等人喝茶叙话。酒兴未尽，茶兴又来，于是这酒兴与茶兴便合成了郭嵘的谈兴：

"今天呀，诸事圆满！唯一遗憾的就是远在日本的申树楷没能回来，我不能当面敬他几杯酒，也不能听他介绍日本的情形了。唉！路途实在遥远啊，从神户坐轮船回天津得七天，再坐轿车回祁县又得十天！况且，在异国他乡新设庄口，人生地不熟，情况多变，他守在日本倒也对。只是他立此非常之功，我想让他当面受此非常之赏啊！下次吧，洪如兄啊，下个账期一定把申树楷叫回来！"

郭嵘念念不忘申树楷，中午在酒桌上已赞扬了若干次，酒前说申树楷，醉后又说申树楷，这晚饭后喝茶叙话的第一句话还是申树楷！东家郭嵘这爱才敬贤的心情实在是太强烈了！

大掌柜贺洪如听着，想着，知道东家如此抬举申树楷对众掌柜的激励作用，同时也知道这是东家真心真情的自然流露，心中自然赞叹东家其人，赞赏东家其行；于是频频点头，连连称是，说道："下个账期申树楷一定回来！京汉铁路干线和正太铁路支线·两年内就修通了，到时候从京城坐火车回太原、榆次就是一天时间，再坐轿车回祁县也就是一天时间，方便快捷多了。日本那儿嘛，再有三两年也就人地两熟，不用太操心了。嘿嘿！"

郭嵘听着，点点头，说道："我现在最想当面听申树楷说说日本的情况，可是不行啊！呵呵！那就把郝克凝叫来，说说京城的情况吧！"

于是，贺洪如让李苞去叫郝克凝。等得空儿，郭嵘又和阎文通叙起了闲话："大先生提出'知止'，'不恋栈'，要告老还乡，我和大掌柜答应了你；现在是不是已经浑身轻松，逍遥自在了啊？"

"是啊！俗话说，无官一身轻嘛！我这大先生虽不是朝廷的命官，却也算东家和大掌柜的命官；你二位一答应，等于从我肩膀上卸下了一副千斤重担呢，一下子就浑身轻松了！嘿嘿！"阎文通笑道。

"哦！看来大先生是有点仙风道骨，能享受这轻闲之福。好一个'知止'，好一个'不恋栈'！这，并不是人人都能知道，更不是人人都能做到啊！诗云：'绵蛮黄鸟，止于丘隅。'子曰：'于止，知其所止，可以人而不如鸟乎？'——非高人不能如此啊！"郭嵘说道。

"东家过誉了！实不敢当，实不敢当啊！"阎文通拱手笑道。

一会儿郝克凝进来，郭嵘便将话题又转向京城，说道："耀庭说说京城的情况吧！朝廷有何事值得说道？京城各票号有何动静？或者还有甚别的事情？"

郝克凝说道："朝廷近来有几件大事。一是今年七月张之洞和袁世凯双双入阁为军机大臣，一个是著名文臣，一个是著名武将，颇孚人望，朝野无不乐观。二是今年八月，朝廷下诏内外臣工研究君主立宪政体，这种政体英国先行而称霸世界，日本跟随而称雄亚洲，甚为灵验，朝野无不期待。三是宫内传出皇帝病重，加上太后年事已高，两宫若有个三长两短，谁来继承大统？谁能稳定朝政？捋来捋去，竟难寻这样的人！所以，朝野无不担忧：大清江山已然摇摇欲坠，继位者如果根子不正，底子不硬，哪能孚人心，收众望？如果没有挽澜回天之力，又哪能维持住这摇摇欲坠的大清江山？"

郭嵘等人听着，无不叹息，忧患，却也无奈！

"这谁来继位之事，咱平民百姓可真是无可奈何，连那些疆臣大吏也无可奈何！全凭太后一个人的一个念头。一念歪了，错了，千千万万的人就得受害若干年；一念正了，对了，千千万万的人就可受益若干年！唉——！但愿咱大清朝廷能出个明君圣君啊！"郭嵘感叹道。

郝克凝继续说道："至于京城各票号的动静嘛，主要有两桩大事：一桩是，咱祁县三晋源票号的少东家渠本翘所领导的保晋矿务公司与英国福公司的赎矿谈判谈成了。从福公司全部赎回盂县、平定州、潞安府、泽州、平阳府的煤铁矿藏开采权，向福公司赔款二百七十五万两银子。咱山西士绅两三年的抗争总算有了结果，把这些矿赎回来了；但英国福公司也讹诈了个饱，讹诈了个狠！我刚从北京得到消息，渠本翘已于腊月十七（1908年1月20日）在北京与福公司签了赎回合同，正月二十（1908年2月21日）就得交付一半赎回款一百三十七万五千两银子！可现在山西藩库是空房子，刚成立的保晋公司又是空架子，一个月内交付这一百三十七万五千两银子的赎款，估计全得向咱山西各票号借款垫支；将来这保晋公司买设备开矿还需要大量的银子，恐怕还得向山西各票号、各大字号招股募银呢！"

"好，谈成就好！这渠本翘为咱山西做了一件大好事啊！"郭嵘说道，"此事关乎矿区百姓的生计，也关乎咱山西士绅的声誉，还关乎咱山西子孙后代的利益，领头的又是咱祁县人，咱自应大力帮助，需要借垫就借垫，需要入股就入股吧！反正渠家有三晋源票号，渠本翘的外家（乔家）又有大德通、大德恒二票号，咱跟着他们的辙儿走就行了。——另一桩大事是甚呢？"

郝克凝说道："另一桩大事是京城票号界和报界都探讨山西票号应对危机之策，有平遥蔚丰厚京号掌柜李宏龄挑头筹划其事，他们认为，我合盛元能走出国门去日本设庄，此为向外开拓市场之法，可有效应对危机，值得赞扬；但此事甚为艰难，风险巨大，一般票号难以效仿。所以他们提倡，山西众票号应改革以往各自经营以及负无限责任的弊端，共同出资组建一个负有限责任的现代银行。这样，资本规模大过各票号若干倍，而责任仅以各号出资额为限，既便于抵抗风险，一旦遇上抵抗不了的风险又损失不大。此为从内革新制度之法，也可有效应对危机，应当推行；而且做起来并不困难，也无风险，只需山西四五十个票号的东家掌柜联合一心就行了。

"组建银行大体有五条：

"一、每家票号出资本三至五万两，作为有限公司之资本金。

"二、集股本五百万，每股一百两，每月四厘行息。

"三、银行名称为晋省汇业银行，做法与票号一样，只略改其不便之处，以合银行规则。

"四、银行总理由众号公举熟悉商情、素孚众望之人担任；渠本翘已表示愿意出任总理一职。

"五、银行成立后，除国内繁盛之地均设分庄外，可渐推及各国商埠，以保本国利权。

"现在，李宏龄正联络京号各掌柜协调，准备给各家总号发信建议呢！"

此事新鲜而事关各票号东家和大掌柜权利，郭嵘认真听着，听罢又仔细想着。

贺洪如、阎文通虽然前几天已略知此事，现在仍然在认真听，在仔细想；一为释心头之疑，二为备东家之问。

少顷，郭嵘沉思着说道："这组建现代银行的几条大体做法嘛，似乎可行，似乎是咱山西票号的一条出路。不过，仔细斟酌，可疑之处也不少：

"首先，由负无限责任改为负有限责任这一条就值得商量。从道德而言，这一改，东家的风险减少了许多，顾客的风险却加大了许多，这颇有损人利己之嫌，不义也。从生意而言，过去东家以自己的全部财产负责，必增信于顾客，则生意旺；现在东家只以区区几万两入股的资本金负责，必减信于顾客，则生意淡。这又颇有舍车保帅之讥，损信也。再从竞争而言，我山西各票号组建银行是为了与大清户部银行及列强银行抗衡争利，但竞争之事必须有克敌制胜之器。拿我之有对敌之无，拿我之强对敌之弱，拿我之大对敌之小，如此方可操得胜券。过去，我山西票号负无限责任近百年，故而树大信于天下，此正是大清户部银行及列强诸银行之所无、所弱、所小之处，也正是我克敌制胜之器。现在，如果我山西票号也和大清户部银行及列强诸银行一样只负有限责任，则是自弃克敌制胜之器；加之规模不及，特权不及，手段效仿人必等而下，脚步跟随人必落而后，最终毫无胜算可言！——这样看来，败局早在预料之中，还与人家竞争个甚？这样做根本就不是为了如何取胜，而是为了如何落败；这样做的好处就是面临灾难时，能落个囫囵尸首！嘿嘿！这分明是败将之谋略嘛！

"其次，咱瞻望一下结果就可知道，这样组建起来的银行，规模不及洋人银行，特权不及大清户部银行，手段又是学人家的，再把自己原有的铁的信誉丢了，岂能与人家抢夺生意?!到时候为了生存，只能是回头抢夺自己票号的生意。这样下去，不仅不是救咱山西票号，而是害咱山西票号，会让咱原有的山西票号雪上加霜呢！

"再说，咱山西票号四五十家，东家无不财资雄厚，大掌柜无不才略雄大，一个个如狮如虎，如何组合，该谁听谁的？组合起来又如何经营，又该谁听谁的？依我看呀，组合，难；组合起来经营，还难！"

郭嵚说罢，连连摇头。

阎文通也摇头道："我看此事看起来容易，做起来难。最难的，就是四五十家票号的东家大掌柜联合一心！诚如东家所言，这么多的东家掌柜，谁听谁的？谈何容易呀！"

"那——大掌柜意下如何？"郭嵚问贺洪如。

贺洪如心里早已有底，听东家郭嵚一问，他便说道："我看，咱合盛元对此事不必赞扬，也不必反对，保持中正，随大流就可以了。如果将来此事成了，各号都赞成，咱也入上三五万两银子就是；如果将来此事黄了，当然也就罢了。咱合盛元好不容易在日本立住足，咱还是抓住这天赐良机，一心一意考虑向海外发展为上！"

"对，此事就依大掌柜所言！"郭嵘说道。

四

郭嵘在合盛元号内封赏、排宴、议事一番，次日早饭罢准备回荣仁堡。

贺洪如又说起喜财主的事："东家，这几年喜财主把原先在号上的存款取完，把股本也抽完，之外又借支了十五万两！我让人估算了一下喜财主名下的几处院子，也就值十万两银子，我只好和他要上所有房契地契押在号上了。有两件事需东家示下：一是这房地契是趁喜财主活的时候画押过户为宜，还是等他百年之后过户为宜？过户时该落在谁的名下：是东家本人？还是郭家堂名？或是咱合盛元？抑或是别的名头？"

郭嵘听着，想了想，说道："现在过不过户，咱不必强人所难，喜财主愿意过就过；如果他不愿意，那等他百年之后也无妨，莫非他这房子到时候还能飞了吗？"

贺洪如笑道："嘿嘿！这倒不会！如今房地契在咱手上，他又借了咱十五万两银子，早绑紧它了，还上哪儿飞去？这么多房子，这么贵的价格，想逮便宜的富人无利可图，想住进去的穷人无银可使，这些房子没地方可飞呀！即使会有一个两个有钱人看准了这些房子，想要，也拿得出银子来，可咱郭家的财势在这儿摆着，咱合盛元的声名在这儿显着，他好意思争，他敢争吗？即使他好意思争，也敢争，可房地契在咱手上，借据在咱手上，而且喜财主与大太太又有兄妹关系，他能争到手吗？呵呵呵！"

"呵呵呵！"郭嵘也笑着，继续说道，"至于过户在谁名下嘛！过在我的名下或过在郭家的堂名下，我觉得都有点不妥，也有点于心不忍。其一，会让那些不知内情的人说我们郭家霸占了武家的房产，造成误会误传，难免误伤我郭家的声誉。其二，会让喜财主心里不舒服，我也心里不舒服。原本是他武家祖宗的房子，如今给了我郭家，太直接明显，好像狼吃羊似的，他难免有羊被狼吃的痛苦感和羞辱感，我难免有狼吃羊的内疚感和负罪感。所以，我看还是过户在合盛元名下为好。他曾是合盛元的东家，如今把武家的房子给了合盛元，于名声似乎无损；我郭家呢，现在是合盛元的独股子东家，又于利益无损；这样岂不两便？！"

贺洪如点头赞成，然后又问道："另一件事是，喜财主借了咱合盛元的十五万两银子，这已经超出了房地契价值的五万两；咱是不是把他房子里的瓷器家具也折折价，派人看守住些？据说，那院里已经乱套了，喜财主让人卖，佣人们也偷着卖；如果不管住些，房子就空了，多借咱的五万两银子就没着落了。"

这时，李苞插话道："一个月前，我见喜财主已经脱了相，带了土色，恐怕没几天活的日子了。"

"干脆，咱们去一趟喜财主那儿吧！"郭嵘说道。

于是，贺洪如让李苞备上礼品备上轿，郭、贺、李三人前往喜财主家探视。

一见面，喜财主果如李苞所言：人已走相，将要走人了？面呈土色，快要入土了？看来，这喜财主是没几天活头了。

郭嵘面对喜财主此情此景，此面此容，嘴上没几句话可说，心里倒有颇多感受：此人，只剩下了皮包骨，真是油尽灯残了；此家，只剩下了空房子，万贯家财如灰飞烟灭了。好一个祁县城内赫赫有名的喜财主呀，你这一辈子的事业，莫非就是踢蹬你武家几代人打下的江山，糟蹋你武家几代人挣下的钱财？江山没了，钱财尽了，你也该走了？莫非，你天生就是火命，是一盏耗油的灯，是一把烧钱的火？直到把武家的油耗尽了，把武家的钱烧完了，你才肯灭？！

喜财主在几句寒暄之后，突然流泪说道，"郭嵘啊！我真是个败家子，不孝子！既不能为祖宗延续子嗣，又踢蹬了家业！父母生我何用啊！……好在，这些房子转给你，是我的妹夫；再传给你儿子，是我的外甥；这总比给了外人好啊！还有合盛元的买卖，我把股子转给了你，而没有转给外人；买卖在你手里闹得红红火火，而没有倒账；我心里也稍稍感到些安慰呀！哪一天，我到阴曹地府见了列祖列宗请罪，总算有一点点可以赦免之处吧？"

喜财主这一番话，周围人听得都瞪了眼：这哪像他说的话呀？他早就奄奄一息了，哪儿来这么多气力说话？他早就颠二倒三了，哪儿来这么清晰的思路和这么正儿八经的话语？！

"真是人之将死，其言也善啊！"郭嵘心中感叹道，"心中还有列祖列宗，口中还念阴曹地府！如果早有此心此念，武家何以在他手中沦落至此呀！此公觉悟何其晚也！"

郭嵘心中这么感叹着，脑子里忽然闪出一念：或者，这是回光返照？

……

喜财主果然是回光返照。

十多天以后，喜财主便在光绪三十四年的大正月里一命呜呼了。

不仅身体是回光返照，而且精神也是回光返照。见郭嵘时颇似有忏悔之心，向善之举，仿佛一下子要变好人了；而那阵子过后，依然是病体，依然是病态：在临死前，他依然记着水银，依然记着让四太太娇娃殉葬，依然吩咐李玉全管家用水银灌了四太太娇娃！

好在，郑兔儿常在喜财主身边，能知道他的意图，能听到他的话；也好在，郑兔儿和娇娃二人早有准备；还好在，李玉全管家心里犹豫了几个来回，做事迟缓了几个小时：当他在三更天的夜深人静时分，带着水银带着人敲开四太太娇娃的院门时，郑兔儿已带着娇娃逃之夭夭了！

"四太太呢？"李玉全问当值的张妈。

"天刚擦黑就走了，回娘家了。"

"怎么走的？"

张妈说："天黑时分，郑兔儿急急忙忙地过来，说四太太的妈病得厉害，娘家来人让赶紧回去看一下，四太太就急急忙忙地跟着郑兔儿走了。我等到三更天不见回来，猜着四太太要在娘家过夜了，才上了门闩；刚刚躺了一会儿，你们就叫门了。"

"哦？郑兔儿？"李玉全说着，心里打起了嘀咕：怪不得我一黑夜不见郑兔儿的影子呢！敢情是拐上四太太跑了？这个小杂种，和四太太还勾搭得紧呢！小杂种还有这艳福，真是便宜他了！……不过，要真是跑了也好，倒省得我害一条人命……

李玉全回喜财主屋里如实禀明情况，喜财主气得瞪了眼："甚？郑兔儿？把四太太拐跑了？！啊？！啊？！……"

喜财主"咯咕"一声，一口气下去，再也翻不上来了……

喜财主这一死，李玉全管家带众佣人号哭几声，便忙于装裹诸事。

李玉全侍候喜财主几十年，得了不少银钱，也着实有了不少感情，自有报答之心，对喜财主的丧事操办自是起早贪黑，尽心尽力，忙忙碌碌，也顾不得郑兔儿和四太太娇娃逃跑的事了。

这天是祭奠烧纸日，郭嵘前来上香奠酒，李玉全才想起该将郑兔儿与四太太之事回禀一下；于是，他伺候郭嵘上香奠酒罢，来到客厅上茶叙话时，便低声告知了郭嵘。

"啊？有这等事？这郑兔儿也太不忠不义了，怎么主人一死他就跑了呢？好赖等送了葬也不迟呀！真是可恶！这四太太也不该如此呀，实在不该做如此不忠不贞之事呀？不过——其中应有缘故吧？"郭嵘愤愤然，却又颇觉疑惑。

李玉全不敢隐瞒，只得依实相告。

郭嵘又诧异了："甚？你老爷想用水银灌四太太殉葬？真是荒唐！真是残忍！如此看来，四太太是逃命，郑兔儿是救人了？"

李玉全看了一下郭嵘的眼色，想到了四太太娇娃与郭嵘爱妻的姐妹关系，实在拿捏不准，便支吾着应道："也算是吧！嘿嘿！不过郑兔儿嘛，说他救人就是救人，说他拐人就是拐人，就看谁说，就看怎么说了。四太太可以说他救人，主家却可以说他拐人。看郭老爷的意思——？"李玉全说着，继续看着郭嵘的眼色，试探着郭嵘的口气。

"意思？能有甚意思呀？"郭嵘反问道。

李玉全依然支支吾吾地说道："就是——问郭老爷对此事的态度。是不管这件事，任由他二人跑呢？还是通过县衙张榜缉捕，抓回他二人呢？或者是，咱私下里派人打探蹅摸，抓回他二人呢？"

郭嵘听罢略作思索，说道："抓回他二人做甚呀？一是为了你老爷，把四太太再灌了水银殉葬；这既缺德，又犯法，不行吧？二是把他二人都送进衙门坐牢，以泄你老爷的愤恨；可你老爷已死，这也损人不利己吧？三是把他二人责罚一番后，再撵走郑兔儿，管制并养活起四太太来；这会拆散一对情人，又得空耗若干银钱，这既害人，又损己，也不妥吧？我看——任由他二人跑了吧！如此，可少做些事，又少做些恶，岂不两全其美?！"

"是，是！郭老爷所言头头是道，条条入理，就依您所言！"李玉全说道。

"李管家，这件事就这样了，不必声张，也不必隐瞒，更不必操心了，由他去吧！你操心把这丧事办好就是了，也算你尽到了与你老爷的主仆之义。"郭嵘说道。

"好，好！"李玉全应道，连连点头哈腰。

李玉全陪着郭嵘说了一会儿话，合盛元众掌柜也一一祭奠罢了，郭嵘便起身率众掌柜走了。

"郭老爷宽仁，便宜郑兔儿这小子了。"送走了郭嵘，李玉全想道。

而此时郭嵘走出武家大院，想着刚才李玉全说的事，心中却是怜香惜玉之意：我这小姨子娇娃也真是红颜薄命啊！如此花容月貌之人、冰清玉洁之体、沉鱼落雁之姿，竟嫁给喜财主这无德无品、又老又丑之人，真是鲜花插在牛粪上了！如今，被这老丑之人糟蹋了十几年之后，又跟上一个穷巴巴的佣人逃亡流浪去了。这郑兔儿虽然相貌端庄，年龄也相当，可无钱无势，又没文化没技艺，娇娃跟了他，恐怕眼前得受罪，将来也难享福啊！这——分明也如一朵鲜花绑在了枯枝上，是另一种糟蹋呀！

郭嵘想着，暗暗叹息："唉，可惜呀！唉，可怜呀！这一跑，虽是逃了一死，却也进了九难，该挨个儿受各种活罪了！"

……

那天，郑兔儿带娇娃趁傍晚出了武家大门，又出了城门，一口气走到五里铺，娇娃已是娇喘吁吁，香汗淋淋，腿疼脚破了。却又不敢住宿，只得托辞回家奔丧，拿一个十两的银锞子作押，高价租了一头灰毛驴，再买些饼子熟肉，驮上娇娃连夜赶路，奔祁县东南方向的山中而去。

二人一路担惊受怕，怕武家派人追赶，又怕通了官府缉拿，他们只得舍了大道坦途，去走偏僻小路，却依然是草木皆兵，战战兢兢。再加上山路崎岖难行，人驴自是跌跌爬爬，狼狈甚也；而路旁荆棘丛生，衣裤自是挂挂划划，褴褛甚也！

天明时分，二人已走出祁县城七八十里，到了偏远的来远镇盘陀驿。郑兔儿的家就在附近的郑家庄，二人谁不想回他家美美地吃一顿，再美美地睡一觉？！但怕追捕，二人顾不得身困体乏，只得继续向山中逃亡了。

郑兔儿牵着灰毛驴拉拽，腿脚困也；娇娃骑着灰毛驴颠簸，屁股痛也！

郑兔儿带娇娃又走了五十余里山路，来到祁县、太谷、榆社、武乡四县交界处荒无人烟的悟云山下，才终于松了口气，停下步来。

"哦！来了这儿，就不怕他们追了，谁也追不到这儿来了！"郑兔儿回望身后茫茫的群山树林和细细的羊肠小道，说道。

娇娃问道："这是哪儿？"

"这儿是悟云山，四县交界地，翻过这座山就属于榆社县管辖了，咱也就更不怕祁县官府和武家人的追捕了。"

当晚，郑兔儿和娇娃在一个小山洞里酣畅地睡了一觉。次日，他们便沿一条蜿蜒小路，翻过翠柏森森、白雪皑皑的悟云山分水岭，到了榆社县境内，投奔郑兔儿的姑姑家去了。

由此，娇娃逃避了一死，活下来了；由此，娇娃挣脱了不幸婚姻的枷锁，自由了；但她却也由此而远离了城市与富贵，步入了山乡与贫穷：由一个衣来伸手、饭来张口、养尊处优的城市贵妇，而变成了一个烧柴做饭、纺线织衣乃至于喂猪打狗的山村农妇……

五

郭嵘当晚回到荣仁堡，脑子里一直盘桓着小姨子娇娃的事，心里总是暗暗惋惜，悄悄感叹；直到睡在被子里，拥着娇妻爱娃，心里依然想着娇娃的事。他知道爱娃与娇娃二姐妹的感情，想对爱娃瞒住此事，却又不忍哄她；想对爱娃说出此事，却又不忍伤她。犹豫许久，才打定主意：此事迟早得告她，早告自会让她伤心，固然不好；迟告则是一哄一伤，对她更不好了。与其如此，还不如早些告她。

于是，郭嵘把娇娃与郑兔儿的事告诉了爱娃。

"啊？真的?!"爱娃听了一惊，光着身子坐了起来。

"嗯。我也是今天才听李管家说的，他们已跑了七天了。"郭嵘点头应道。

"呜——呜——"爱娃哭起来了，"俺娇娃怎么这么命苦啊！"

郭嵘等爱娃哭了一会儿，才拉她躺下，解劝道："不要哭了，究竟她是跑了，躲过了死劫，也算庆幸啊！如果她真被灌了水银，那可就惨了！这样说来，咱们倒该恭喜她，该笑呢！对吧？"

"嗯。倒也对，倒也算是万幸呢！"爱娃的心思跟着郭嵘的话一转念，便止住了哭声，反倒为妹妹感到庆幸了，"啊呀，幸亏她跑了！幸亏那个郑兔儿救了她，要不然可真就惨了。那个黄蔫佬儿圪绌鬼，也真是太歹毒了！正经的不行，就会捏、掐、抓、咬，闹得娇娃浑身黑青伤疤，折磨了娇娃十几年；临死还这么歹毒，竟要拿水银灌她！幸亏老天爷有眼，终于救了她！"爱娃说着，想起妹妹娇娃的遭遇，又流出了泪花。

"哦？喜财主以前竟这样折磨娇娃？"郭嵘吃惊地瞪大了眼睛。

"可不是吗，娇娃老早就哭着告我，自从她嫁过去，那黄蔫佬儿就没有男人的真经本事，就能胡来，邪来，变着法儿折磨她！"爱娃说道。

郭嵘听着，更为怜香惜玉了："这个人真是造孽！唉，娇娃也真是可怜呀！怪不得娇娃能喜欢上一个佣人，原来是饥不择食、慌不择路啊！可惜了，反正是亏了娇娃啦！"

"这娇娃跟上那郑兔儿跑出去也受罪呀！他们会去哪儿呢？老爷，咱能不能帮帮她？"爱娃说道。

郭嵘说道："我已经算帮她了。今天李管家和我商量是不是报官或派人缉拿他们，我阻止了；这样的话，他们至少是不会被缉拿回来受刑坐牢了。"

801

"哦！老爷真是太好心了，太好人了！"爱娃感激地说道。

郭嵘继续说道："至于他们会去哪儿嘛，还真难说。跑得远了，可能是关外的东三省，也可能是口外的归化、包头一带；跑得近了，可能是偏远的山洞树林，也可能是僻静的荒村野庄。反正，苦是得吃了，罪是得受了。"

爱娃的眼里又涌出了泪水，喃喃道："俺娇娃从小就衣来伸手，饭来张口，哪里出过远门，哪里能受得了罪，吃得了苦！老爷，咱还能帮帮她吗？我就这一个妹妹呀！"

郭嵘说道："我也有心帮她，可怎么帮她呢？我看眼下最大的帮，就是阻止武家和官府缉拿他们，这我已经做了；武家的远亲不会管这桩事，李管家又听我的话，不会缉拿他们了。这你可以放心，他们可以逍逍遥遥地逃亡。二大的帮嘛，就是将来他们把盘缠花完了之后，接济他们些银子了，这当然可以。至于剩下其他的帮法，帮，还不如不帮。比如，即使咱费九牛二虎之力把他们找回来，能怎样？娇娃碍于脸面，甚至连县城也不能待，连熟人也不能见！况且，还有郑兔儿呢，能把他二人分开吗？与其这样，倒不如任由他们在远离熟人的地方，自由自在地生活呢！"

爱娃听着，想着，知道眼下已无法去帮助落难的妹妹，便又无奈地滚出了泪珠，吧嗒吧嗒地落在枕头上。

郭嵘理解爱娃的心情，便又说道："如果你实在想为你娇娃做点事，眼下能做的也就是告知你家爹妈和郑兔儿的家人说，武家和官府不会缉拿他们了。这样，两家的亲人就不必替他们担惊受怕了，他二人将来从亲友处打探到这个消息也就放心了。"

爱娃说道："那就如老爷所说，我明天就进城告俺爹妈。可郑兔儿家呢？老爷能设法告知吗？"

郭嵘笑道："看着夫人的面子，我还能说'不'字吗？呵呵！我设法打听到郑兔儿家的所在，派人告知就是。"

爱娃也笑了，将自己的胸脯紧紧地贴住丈夫，说道："老爷你真好！能嫁给你，真是我的福气！"

"嘿嘿！"郭嵘笑着，也紧紧地搂住她，抱住她，亲她，吻她……

此时的爱娃，身上充满了幸福感，心里洋溢着满足感，和妹妹娇娃相比，她真如上了天堂。丈夫是一个真正的男人，又真正地爱她，她享受到了真正做女人的幸福。丈夫又是一个既有文化又有钱财的人，耳听其诗云子曰，高雅之风熏心；身处其金屋玉堂，富贵之气浸体；她享受到了真正当贵妇人阔太太的幸福！尤其是这几年来，大太太去世，背后没有了恶眉冷眼，身体舒展了；二太太病亡，旁边没有了嫉心妒意，精神轻松了。而且，还给她捐了二品诰命夫人，堂堂皇皇地成了郭嵘的正室，就更是心里美滋滋、甜丝丝，脸上喜洋洋、笑灿灿了！

次日，郭嵘又陪爱娃进城，送她到娘家；他则来到合盛元，一边督察喜财主的丧事，一边从李玉全这儿打探郑兔儿父母的情况。

爱娃见了爹妈，告知娇娃的情况，母女二人自是抱头痛哭一番，伊库乔娃连连呼救"上帝"，呼唤"我的女儿"，并对喜财主咬牙切齿："这个魔鬼！这个该千刀万剐的魔鬼！"

爱娃用郭嵘解劝她的话来解劝母亲，倒也奏效。哭骂了一番之后，伊库乔娃也有庆幸之感了：是呀，女儿逃脱魔掌，远走他乡，也是一桩好事啊！于是母女俩止住悲哀的哭声，两个女人的心转而晃荡在半悲半喜、或哀或乐的秋千上了——

娇娃不幸啊，在武家受尽折磨屈辱，还差点被灌了水银殉葬！不过娇娃又万幸啊，她终于逃离了鬼窟魔掌，获得了自由。……可娇娃还是不幸啊，离家离城，逃向荒凉偏远之地，要受那些从来没有受过的罪。不过，娇娃还是万幸啊，她总算遇上一个年龄相貌般配的真正男人，她可以真正享受做女人的福了。……然而，娇娃依然不幸啊，这个男人是个穷人佣人，没银钱没文化，娇娃跟上他太屈了，也太亏了呀！……

父亲赵银树无奈，无言，也无泪，只有暗暗自责：是自己把女儿送进了火炕，惭愧呀！自己这个做父亲的见钱眼开，见利忘义，为了得人家的九千两银子，就甚也不问不管了，真是愧对女儿呀！唉！真是让钱鬼迷了心窍！为了这九千两银子，害了女儿一辈子，让女儿一辈子恨我；也污了我的名声，让世人一辈子戳我的脊梁骨！拿上女儿一辈子的幸福换钱，我真是枉为人父呀！

这赵银树年轻时为爱情而舍弃了红火的事业，至今想来他都觉得自豪，觉得自己英雄；说起来，则恐让天下的女人都赞赏他，敬重他！然而，他在中年时又为银钱而出卖了可爱的女儿，至今想来又觉得自责，觉得自己卑劣；说起来，则恐让天下的女儿都厌恶他，唾弃他！现在的赵银树老了，有点觉悟了，却精力不济，时日不多，只有在悔恨、自责和叹息中打发余生了……

郭嵘送爱娃回了一趟娘家，又打听到郑兔儿家，并派人去郑家告知"武家和官府并不缉拿"等语，就算是暗中帮助娇娃了；此外别无良策，心里也就不再装这件事了。

倒是在打发了喜财主之后，想着武家那空空落落的院子，常使郭嵘慨叹忧思：这喜财主因无子嗣而无心劲，无打算，无节制……而最终一无所有！

转而想到自己家里。自己仅有一子培松，培松却至今无子；而妻子爱娃生子无望，儿子培松又不肯续弦！如此下去，我有子而无孙，明日之郭家不就如今日之武家了吗？

喜财主的事对郭嵘刺激太大，触动太大，于是不再犹豫，便与众兄弟及管家郭广仁商议：给儿子郭培松过继侄子为嗣！

给长门长子当过继子，就等于是郭家偌大家业的接班人和偌大财产的继承人，郭嵘众兄弟辈人都巴不得把自己的孙子过继给郭培松呢！众兄弟都争着推自家的孙子，但这种过继几乎就和立皇储一样，得有一个立法，是立贤还是立长？立贤，实在争议太大太多，几岁至十几岁的儿童又实在难分贤愚；最后只得采取几千年来惯用的立长之法：将二门的长孙郭焕瑗过继给长门的郭培松为子嗣。

这种靠天的立长之法固然有贤愚不分之弊，却避免了靠人的立贤之法所带来的那些尔虞我诈等诸多的争斗之祸。

郭嵘想道："如无大贤出世，也就最好采用这立长之法了，两害相权取其轻嘛！至于这个娃娃，虽然不是特别聪明灵活，看上去却也五官端正，并无屈相或败相，当个甩手的守成财主应是可以的。"

郭嵘从心里认可了此法，也认可了此人，便写纸立据，主持仪式，把十四岁的郭焕瑗过继在郭培松名下了。

当晚，郭嵘虽觉得办了一件大事，却并不兴奋快乐，倒是意颇怏怏，心颇恍恍：我年近六旬，我郭家这么大的产业，我这个独苗儿子却无意于经商理财；而对这个过继来的孙子，我也不能抱太大希望，郭家的将来堪忧啊！最期盼的，还是天公作美，我和爱娃能生个儿子，或是松儿能给我生个孙子啊！如果天公不作美，也就只好如此；郭家的将来，郭家的产业，恐怕就得主要靠郝克凝、申树楷等掌柜们支撑了……

六

郝克凝在这个账期颇有收获，在这个假期也就颇为美气。

且看其收获。为申树楷去日本设庄通关铺路，输银送人，极力成全此事，居功至伟，颇受同仁赞赏，名震号内号外，此其一。受东家大掌柜大先生器重，将在一年后回总号任二掌柜之职，三五年后就可能是大掌柜之任，此其二。头顶生意为全份子，合盛元本账期又是每股分红一万四千两银子；再加自己在字号上的存银五万两，四年下来又是一万二千两的利息；本账期自己名下的分红与利息加起来便是二万六千两的收入，而累积红利滚存则达到七万六千两银子；此其三也。

头顶这盛大名声，脚踩这锦绣前程，腰缠这数万金银，然后回到家里歇假：上有八十挂零的老母，可尽孝也；中有三十出头的娇妻，可倾爱也；下有十二三和七八岁的两个儿子，可施教也。——人生如此，美气甚也！

美美地过了一个大年正月，再过了二月二，郝克凝便辞别家人来到总号；然后，带上渠本樟等将要赴日本的年轻伙计来到了京城。

这些年轻伙计都是初次进京，自是稀罕京城这大千世界；又将远赴日本，自应慰劳招待。于是，郝克凝安排京号伙计引带，让他们美美地游玩了几天；然后请来日语老师，教授他们简单的日语会话等课。一个多月以后，申树楷从日本派人来接，郝克凝才把渠本樟等人打发走了。

郝克凝这才静下心来，向二掌柜郭长林说明接班之事。

郭长林得知郝克凝荐举自己当京号掌柜，而且总号大掌柜已允诺此事，自是感激涕零，下跪谢恩："多谢郝掌柜栽培提携！长林定当鞠躬尽瘁，以报郝掌柜厚恩！"

郝克凝摆摆手，然后扶起郭长林，说道："起来吧，你我不必如此多礼！你也不必谢我报我，要谢恩报恩，就谢报东家大掌柜吧！我只是需要交代你几句：来日执掌京号后，你要稳稳当当地驾好这车辕，把好这船舵，要牢记一个'稳'字！大清这些年内忧外患不断，咱这做票号业的如车走崎岖险峻之路，船行惊涛骇浪之海，险象太大了。稍不留心，这车就会翻下百丈深沟，这船就会沉下千丈海底！你年轻气盛，难免争强好胜，贪功冒进，往往只知进而不知退，只知攻而不知守，所以我告诫你一个'稳'字。"

郭长林拱手道:"多谢郝掌柜教诲!"

郝克凝继续说道:"具体来说,有两个人你不能比:一个是我,你不要认为接了我的班,也当了京号老板,就得像我一样,甚至想超过我,错了!你要清楚,我比你大二十几岁,多积累了二十几年的生意道行,多编织了二十几年的人情网络;你要比上我,得慢慢积累生意道行,慢慢编织人情网络。另一个是申树楷,你不要以为自己比申树楷还大几岁,就应该比他强,就想做出一番比他更大的事业和成绩来,这也错了!你要知道,申树楷是奇才,其脑子之快,胆子之大,非常人可比;申树楷又有特殊机遇,在他二十一岁上,总号把损失惨重的营口号给了他,让他把死马当活马医,他竟然能起死回生,把营口号闹腾起来了!这一下,就像一把铁刀蘸了火,刃子更利了,背子更硬了,他的脑子和胆子就更不是常人可比了。"

"是,是,我谨记郝掌柜教诲!"郭长林应着,心里却有点不以为然,暗暗嘀咕:郝掌柜也有点过于抬高申树楷了吧?我若早有用武之地,未必比他申树楷逊色;我之所以不显山不露水,是因为你郝掌柜在前面遮住我了嘛!

郭长林得了郝克凝的话,感到自己的机会来了,自是干劲十足,信心百倍,对将来充满了期待和憧憬:我当上京号掌柜以后,一定要干出样儿来,给自己争气,也给郝掌柜长脸!

此后,郭长林对郝克凝更为恭敬,对买卖更为操心;郝克凝则逐渐将京号事务交给郭长林处理,自己尽量当甩手掌柜了。

这日,账房赵儒义交给郝克凝一份重要客户的存款及利息清单,并提醒郝克凝说:"按常年惯例该是腊月,但最迟明年二月也就该把振贝子、那桐他们几个重要客户的利息折子送上门了。现在已经快到三月下旬了,您也该给人家送了吧?"

"哦?"郝克凝一拍脑袋想起来了,笑道,"呵呵!我都忘在脑后了!

去年腊月，是他们忙得没空；今年呢，我带来那些去日本的年轻伙计又忙碌了一个多月，是我忙得没空；这样，就把这件事给耽误了！呵呵！好在我与他们是老交情了，倒也不碍事。现在身闲了，你给我写出来吧，我一两天就办了这事。"

赵儒义下去了，郝克凝看着他的背影，倒想起来：郭长林升任京号掌柜，难免会让赵儒义有些失落。于是，赵儒义再进来送载振、那桐等人的利息折子时，郝克凝便向赵儒义透了心底儿："儒义啊，你和长林都是跟随我十几年的左膀右臂，我一直不把你们放出去当一方驻庄老板，一是确实需要你们在京号帮我，二是想给你们一个更好的安排。如今总号要让我回去当二掌柜，我已禀明大掌柜让长林接替我当京号掌柜。你呢，暂时没做安顿，且在京号好好做事吧；下一步，我有意让你回总号账房当二先生；再下一步嘛，那就要看咱二人的造化了……"

"哦？噢——！"赵儒义听着，品着，感到了郝克凝这话的分量和真诚，那略微笼罩些灰色的心和脸，顿时云消雾散，豁然开朗，乃至于心花怒放于脸上了："多谢郝掌柜提携！我听郝掌柜的就是！呵呵！"

赵儒义高兴，郝克凝也高兴了，说道："好好配合长林做事吧！我在，你二人是我的左右手；我回了总号，你二人应是相辅相成的兄弟！"

"是，是！我一定谨记郝掌柜教诲！"赵儒义连连点头应道。

郝克凝安抚了赵儒义，也就平衡了郭、赵二人的关系。这么一来，手头的事少了，心头的事也少了，完全成了身轻心闲之人，经常享受着聚朋会友之乐！

但以前经常聚饮的载振、那桐二人却没了闲空，难得一聚了。

载振过去只是个闲散的王府公子，有的是时间；但这五六年来，如野马套上笼头驾上辕一般，整日出入衙门，忙碌公务了。郝克凝只得放弃聚饮打算，在商部衙门约个见面时间，说几句话，递上利息折子，便告辞出来了。

那桐呢，这几年红得如烈日中天，如烈火烹油：身为外务部会办大臣，这是文武百官中仅次于总理大臣庆亲王奕劻的角色；又担任步军统领兼管理工巡局事务（即九门提督），这又是京城中除太后皇上之外最关键最核心的权位；还兼任督办税务大臣，这也是个重要而忙碌的官职；此外，他还顶着东阁大学士和国史馆总裁的头衔……如此如此，忙得也就果真如锅烤的蚂蚁，不停地东跑西颠；如鞭抽的陀螺，不停地旋来转去！

不得已，郝克凝只得瞅上一天傍晚时分，去金鱼胡同那桐府上等候了。

那桐与郝克凝多日不见，自是分外热情，一边引往客厅里上茶叙话，一边让厨房准备酒菜招待。

那府的客厅已做了重新布置，客厅中央挂上了慈禧太后赏赐给他的亲笔匾额和对联（摘抄自《那桐日记》）：

匾额为：亮工锡羡。

上联为：辑睦敦槃资荩画；

下联为：调和鼎鼐连蕃釐。

这是前年他五十生辰时慈禧太后的赏赐，可谓圣心眷顾，天恩浩荡，自然悬挂在了最重要的位置。

此匾，此联，再加上此御笔，谁看了都不得不对此人敬重羡慕；郝克凝虽多次来此处，见此物，会此人，却也每每生此情！

"真是当今太后洪恩如海，也是琴轩洪福齐天啊！琴轩如今一人之下，万人之上，总台阁，理万机，真如日月中天啊！"郝克凝看了看匾额对联，再看了看那桐，感慨地说道。

"哪里，哪里！"那桐摆摆手，笑道，"耀庭兄言重了！如今我身居高位，又身兼数职，别人看来是如日如月，风光无限；其实，这是人们只知其外，不知其内啊！我倒觉得自己如驾车的马，位越高，如车越大；职越多，如载越重；我如今是在驾着又大又重的车，又苦又累呢！苦累也就罢了，关键是还有许多的难事，这就更让人头疼了。"

"最近又有难事了？"

"可不是吗！这日本二辰丸的事就极难办。它违反公约，载着军械游进了咱澳门海域，被咱的海军扣留了。这明明错在日本，这本是公理，咱要请英国方面公断；可日本人却不说理，不允许公断，只能按他们的无理要求办，态度还十分强硬，甚至威胁要向中国宣战！从正月初四出事到现在，已两个多月了，我和袁世凯与日本公使林权助也谈了若干次，一直谈不成。日本人坚持无理要求，否则就以开战相威胁；咱坚持公理办法，可又怕人家真的开战，左右为难啊！现在闹得事情更大了。消息传开，国人愤慨，在香港、广州、上海几个地方搞起了排斥日货运动！这样一来，这件事就更难收拾了。"那桐说着，竟成了一副愁眉苦脸的样子！

郝克凝听其言，见其状，不禁想道：这可真是一人不知一人，一行不知一行，人人都有一本难念的经呀！

那桐问起郝克凝生意上的事，郝克凝不由得感叹道："唉！票号业虽说眼下这几年汇兑生意不少，红利也还可观；但前景堪忧，每况愈下，且常遇倒账拖累之事！像营口叶雨田的东盛和五联号倒闭破产，我们山西票号共损失了一百多万两银子！唉！遇上这倒账拖累之事，最吃亏的就是我们山西票号呀！像大清银行（1908年2月大清户部银行改名称为大清银行）和日本正金银行、华俄道胜银行，因为抵押放款就毫发无损！所以，吃亏教伶俐，我们山西票号也正酝酿组建银行之事呢！"

那桐也感叹道："唉！国势如此，你们也就只得自寻出路了。那——你们合盛元去日本设庄的情形怎样？"

郝克凝说道："还好，基本扎住脚跟了。前些时又加派了一些人过去，要扩大买卖呢！"

那桐赞叹道："好，好！你们能在日本立住脚，真是值得庆幸了！想这日本人来了咱中国都蛮横不讲理，真替你们担心呢！还好，你们那申树楷还真是会做事情，能在日本扎稳脚跟！真是可喜可贺呢！"

"这也多亏了琴轩、振贝子和庆亲王从中帮助啊!"郝克凝说道。

叙话间,酒菜备好,那桐便说道:"国事号事且由他去吧!你我多日未聚,今晚咱多喝几盅,来个一醉方休!哈哈!"

"好,咱今晚就来个一醉方休!哈哈!"

于是,郝、那二人一边叙话,一边饮酒,来一个乐融融,再赚个醉醺醺!快哉乐也!

七

这日,郝克凝收到一张渠本翘、李宏龄的联名请柬:

恭请

合盛元京号掌柜郝克凝阁下:

于戊申年三月二十三日上午九时,前来明因寺山西会馆内,会议票号组建银行事宜。

务请光临!

渠本翘 李宏龄谨邀

此事紧要,又写着自己的名字,郝克凝只得亲自出面,如期而至。

此时,山西票号界组建银行的事正在京城紧锣密鼓地筹划,李宏龄积极建议,众京号掌柜积极响应,后来渠本翘也积极参与其中。

光绪三十四年三月二十三日(1908年4月23日)上午,山西票号界四五十位京号掌柜陆续来到崇文门外的明因寺山西会馆议事厅。三晋名士、四品京堂、祁县渠家大少东家渠本翘,和山西票号界宿望、平遥蔚丰厚京号掌柜李宏龄站在门口,一一迎候众掌柜进来;然后,二人坐在上首,开始议事。

李宏龄先说道:"诸位!今天邀请大家来,就是要继续商议我山西票号应对危局、组建银行之事。近几年来,特别是户部银行设立以来,我山西票号面临诸多危机。于是,同行私下议论于内,报界公开舆论于外,多赞成将我负无限责任之山西票号改组为负有限责任之现代银行,将各自独立之私人票号共同合资组建为统一之股份制银行;唯有如此,才能共同抵抗风险,减少损失,才是我山西票号的一条出路。之前,我曾向总号建议此事,但总号回应迟缓,并不以为急,甚至不以为然,或者以为此事无深孚众望之人挑头担纲,众票号也难一心。所以,时至今日,了无进展。

"近来,我等与楚南(梁本翘,字楚南)先生面谈此事,他深为赞成,并欣然应允挑头担纲,我等自是喜出望外,信心倍增!楚南先生是我三晋名士、祁县渠家大少东家,素孚众望,这两年带领三晋士绅成立保晋矿务公司,与英国福公司争夺矿权,几经斗争交涉,终于迫使福公司签订了赎矿合同,为三晋父老及百代子孙保住了煤铁资源,可谓功德无量!楚南先生这保矿之举,更使其人品昭彰,声名响亮,我三晋各界无不敬其人,颂其名,信其言,从其行。如今楚南先生赞成组建银行,又应允担任银行总理,则总号主事之人自应信服此议此事;如果我祁、太、平三帮全体京号掌柜能联名向各总号建议此事,则总号主事之人更应赞成此议此事。

"所以,今天请诸位来,第一件事就是希望大家共同推举渠楚南先生挑头担纲,组建银行之事。如有异议者,请站起来说明;如无异议者,请诸位鼓掌通过!"

顿时,议事厅里叫好如潮,鼓掌如雷!

渠本翘起身向大家频频作揖，连声道谢。

等叫好声、鼓掌声落下，李宏龄说道："好！无一家异议，全体通过！请楚南先生讲话——"

于是，渠本翘说道："诸位！刚才子寿（李宏龄，字子寿）先生如此夸奖我，言过其实啊，实在惭愧！现在大家又如此抬举我，任过其能啊，实在惶恐！我渠本翘何德何能？保矿之所以能够成功，能从洋人手中夺回矿权，乃我三晋所有士绅民众之力！我三晋士绅奔走斗争数年，且有海外留学生侨商呼号抗争数年，甚至我晋省留学生李培仁公为此蹈海而死！最终才迫使英国福公司交出了矿权。同时，能赎回矿权，也是我山西众票号之功！试想，英国福公司讹诈我二百七十五万两银子，去年腊月十七签字，今年正月二十就得在京交给福公司半数现银，也就是一个月时间需凑够一百三十七万五千两现银并运来京城！时间如此短暂，数额如此巨大，而晋省藩库又空空如也，如何能办成？！唯有我山西众票号，尤其是各京号同仁，齐心协力，伸手相助，才使我保晋公司如期如数交付了现银！事情虽然过去了两个月，但我至今感动，感谢！我感谢诸位啊，如无众掌柜之心，此事万万不成；我感谢咱山西票号啊，如无众票号之力，此事也万万不成！

"所以，当子寿先生说明我山西票号危机四伏，组建现代银行之事又阻碍重重，步履跚跚，邀我出面成全此事时，我自当欣然应允。纵观国内国外，再看近期远期，甚至大事小事，银行都是经济之命脉。我山西票号则是我晋省经济之命脉：有钱者因此而生利，用钱者因此而生业，彼此生生不息，则我晋省经济可欣欣向荣也。所以，挽救山西票号，即是挽救晋省经济，挽救晋省经济即是挽救晋省百姓民生。如今我山西票号面临危机之时，我自应挺身而出，与诸位共襄票号复兴之业，一起敦请各总号执事者协商定夺组建银行之事。如此，则我山西票号可以脱胎换骨，重振雄风也！"

众京号掌柜多敬重渠本翘的为人，信服渠本翘的才能，如今听他讲话，自是心悦诚服。

接着，李宏龄又宣读《京都祁太平票帮公启》（摘抄于李宏龄著《山西票商成败记》）：

……我晋向以善贾驰名中外，汇业一项尤为晋商特色。近百年来各业凋零，而晋人生计未尽绝者，独赖汇业撑拄其间。

乃自甲午、庚子以后，不惟倒欠累累，即官商各界生意亦日见萧疏。推原其故，固由于市面空虚，亦实以户部及各省银行次第成立夺我利权，而各国银行复接踵而至，出全力以与我竞争……如户部银行所到之处，官款即全归其汇兑，我行之向做交库生意者，至此已成束手之势……

盖开办银行，如押款、担保等事，票号所不便为者，银行皆照例为之，倒账可无虑也……以我晋商之信用，票号之殷实，不难为中国第一商业……

……

专此，敬请台安！立候回示为盼。

京都祁太平票帮公启

戊申（光绪三十四年）三月二十三日

李宏龄读罢，众京号掌柜并无异议，遂一一签名，然后给各自的总号寄回去了。

八

面对危机重重的国势和危机重重的商情,把负无限责任的山西票号改组为负有限责任的现代银行,固然是一条出路,却似乎只是一条逃生之路,也似乎是一条"不君子"之路。所以,当京号众掌柜致信总号,把这条路摆在众山西票号大掌柜和东家面前时,这些山西票号的大掌柜和东家们犹豫了,迟疑了,最终还是不以为然了。

晋商称雄明清两朝五百年,山西票号又独霸中国金融界近百年,一直走着一条从胜利走向更大胜利的英雄之路,英雄主义早已浸透了历代东家和大掌柜们的骨髓,即使四面楚歌,他们岂肯走这逃生之路?!而晋中商人群体脱胎于顾炎武、傅山、戴廷栻等仁人志士领导的反清复明运动及其秘密商社,秉承了顾炎武、傅山、戴廷栻等仁人志士弘扬的儒学精神,崇尚诚信义,崇拜关云长,从来都是讲求先义后利,以义制利,君子思想早已浸透了历代东家和大掌柜们的骨髓,即使万劫不复,他们岂肯走这"不君子"之路?!

最终,山西票号的总号大掌柜和东家们还是拒绝做"不君子"之人,放弃了这最后的逃生机会。

京都祁太平票帮集体致总号的建议信,最终没有被总号的大掌柜和东家们采纳,而是被束之高阁了。直到发出这些信件半年之后,各家总号不仅没有积极回应,倒有不少讥诮之声;所以,李宏龄等倡议发起的组建晋省汇业银行之事毫无进展。

而就在此时,山西票号依傍的岌岌可危的大清朝廷却遭遇了一场大丧:光绪三十四年冬十月二十一日(1908年11月14日),光绪皇帝驾崩;次日,慈禧太后驾崩;遗诏摄政王载沣子溥仪入承大统,为嗣皇帝。

光绪皇帝死了,享年三十八岁,在醇亲王府享了四年天真王子之福,此后又在宫中受了三十四年傀儡皇帝之罪，最终身囚于瀛台之禁地，心慑于慈禧之权威，在孤独和抑郁中饮恨而死！光绪皇帝这样死去，分明给他自己留下了永久的遗憾，也给世人留下了永久的感叹：论人生，虽位居皇帝之尊，何如舍此而一辈子享受王爷之福？诚所谓亢龙有悔也。论帝业，与其心浮性躁，争锋斗芒，逆势求成而招速败；何如心静性定，韬光养晦，顺时作为而致大成？诚所谓潜龙勿用也。

光绪皇帝的死，对他本人而言，是一条宝贵生命的结束，是天塌地陷，自己的一切都丧失了；而对大清朝而言，只是一个无关紧要的符号的完结，如草枯虫僵，对大清朝的影响和损失可以忽略不计。

慈禧太后也死了，享年七十四岁，执掌大清朝政四十八年，断送了一个朝代，背负了千载骂名，双手血污，满脸唾沫，蒙羞而死！慈禧太后这样死去，对她这样一个不懂经术只懂权术、不知厚道只知诡道、不知来世只知今世的人来说，或许永无悔意和憾意，却给世人留下了永久的反思：

当初夺权时，她自以为比咸丰帝聪明，便觉得自己可以比咸丰帝更好地掌管这个国家。可她接手过来的大清国，已是一副破败之象！比之于船，则如一艘破船行驶于险滩之中，需要的舵手必须比咸丰帝高出数倍的本领，需要雄才大略之人，才有可能驾驭这艘破船行出险滩，争取到修补的机会；而她呢，本领只比咸丰帝高出一成二成，根基却差了十倍百倍，便逞能逞强，强占了舵手之位，致使这艘破船又在她手中接二连三地触礁碰石，愈发千疮百孔，不可修补了。比之于器，则如一只细瓷碗碎落在地，需要的匠人必须比寻常"箍搂锅的"高出数倍的技艺，并带有金刚钻，才可以揽下这细瓷活儿；而她呢，只是一个"箍搂锅的"粗把式，技艺低下，身上还没有金刚钻，就大包大揽下这细瓷活儿；结果她这一上手，这破碎的细瓷碗永远不能恢复原样了。——如果不是她强占此位，阻塞了贤路，或许有大贤辅政的局面出现，则破船可补，碎碗可钉,大清可救了。

后来甲午战败,国人觉醒,康有为、梁启超等士子掀起维新变法运动时,如果她能识时务,顺民心,助维新,完全让光绪皇帝主政,让康、梁等人组党,或许大清有救,她也有抽身逃罪之路。但她却执迷不悟,抓权不放,反而囚禁光绪皇帝,杀戮维新党人!——结果,又招致义和团之乱和八国联军之患,把大清带进了更难挽救的灾难深渊!

即使到了《辛丑条约》之后,大清从八国联军那里争取到了最后的喘息机会,她如果能痛定思痛,幡然觉悟,有诚心,有决心,尽力进行宪政革新,尽快实行君主立宪制度,谦卑地收拾士心民心,宽容地允许组党组社,并接纳各路领袖才俊入阁参政,或许大清依然有救,她也有一功抵百罪的最后机会。但她却只是虚意推行无关痛痒的新政,借故拖延宪政革新,终于让天下士子彻底寒心,让天下英雄完全失望,最终导致孙中山、黄兴、蔡元培等士子英雄于光绪三十一年(1905年)在日本东京建立了中国同盟会,提出了"驱除鞑虏,恢复中华,建立民国,平均地权"的革命口号,走上了与大清朝廷彻底决裂、完全对立的造反之路,革命之路。——由此,她失去了最后的救世立功机会,大清则失去了最后的宪政革新机会,注定了大清朝被革命彻底覆亡的悲哀结果,也铁定了她彻底断送大清朝的罪人地位。

直到她闭眼前一两天,她不仅未能把由她经营的大清宗庙社稷措置于坚固的磐石之上,而是措置于干燥的柴堆之上时,她不仅不任人唯贤,指定一个德高望重、雄才大略之人来守护这岌岌可危的大清宗庙社稷;反而继续任人唯亲,指定二十六岁的载沣为监国摄政王,指定载沣三岁的儿子溥仪继承皇位,让这"乳臭未干"的父子俩来守护这只需一把火就会化为灰烬的大清宗庙社稷!——此事甚为荒唐。是她无知,无觉,不悟其将亡?还是她有心,有意,欲使其速亡?抑或是,大清的气数尽了,鬼使神差如此?!……

大清的气数尽了?!

三岁的皇帝溥仪登基了,除了吓得尿裤子,别无所为。

二十六岁的监国摄政王载沣主政了,不知体国,只知任性;不顾救国,只顾报仇:

腊月十一日(1909年1月2日),罢免了袁世凯的一切职务。因为袁世凯在戊戌政变中曾向慈禧太后告密,出卖了载沣的胞兄光绪皇帝载湉;由此,作为皇帝的载湉一直被囚禁至死!这袁世凯叛变康、梁等维新党人,出卖皇帝,被天下士子唾弃,固然该罢该免,甚至该治罪处死。但此时大清摇摇欲坠,而袁世凯又居于栋梁之位;如今距两宫驾崩仅四十八天,这样急着罢免袁世凯,这样急着抽换栋梁,而稚嫩的摄政王载沣又并无托梁换柱之力!这不等于急着让大清社稷倾覆吗?

腊月十二日,又免去了那桐的步军统领(九门提督)一职。因为这一职务太关键了,而那桐姓叶赫那拉氏,又是慈禧太后一手提携且最为信赖的人,属于后族势力,载沣对他掌管九门锁钥并不放心!好在那桐处事中庸,并无明显的政敌和过错,在免去他步军统领一职的同时,又给他加了军机大臣一职,名分上还是提升,也算给他面子了。

……

大清朝早已国势摇摇,如今两宫驾崩、宣统登基后,又加上了人心惶惶!对此,身处京都的山西各票号掌柜们感受最为明显,也最为着急:一旦大树倒了,大树上的巢卵岂能完好?大树下的房屋人家哪有安全?大清朝一旦倾覆,早已危机重重的山西票号,必然是寒冬遭雪,然后再雪上加霜;早已步履维艰的山西票号必然是羸体扛石,然后再石上压山!

国势如此,号事又如此:李宏龄等倡议组建"晋省汇业银行"的建议寄回各总号后杳无音信,直到腊月仍无回音!

李宏龄等京号掌柜们的建议信被束之高阁了,而由他率先倡议的山西票号组建"晋省汇业银行"一事也就被搁之浅滩了。

九

郝克凝早在去年腊月时，与东家郭嵘和大掌柜贺洪如说起山西票号组建银行之事，已经摸了东家和大掌柜的底，由此也就猜到了其他票号东家和大掌柜的底，并料知此事终成画饼。所以，他对此事并不上心。

郝克凝上心的是自己的号事：京号的事，他已将日常事务交给了郭长林，只剩下最后的印信交接和关键事情交接。总号的事，他虽身在京城，没有回去正式任二掌柜之职，心里却已开始盘算：这二掌柜倒好当，或出谋划策，或拾遗补漏，或代劳替罪，尽力而为就行了。但这大掌柜贺洪如将要年过七十了，用不了几年就会将大掌柜一职卸在自己肩上，那可就和当二掌柜不一样了：不管多大的事，能当得当，不能当也得当；不管多重的担，能挑得挑，不能挑也得挑；不管多难的题，能解得解，不能解也得解！

郝克凝设想着自己当上大掌柜该做的事情：一要平稳安全，这是保命；二要拓展扩张，这是发财。只顾一，会被人讥为王八乌龟，黄鼠圪纽，最终只能当儿子孙子；只顾二，又会被事害得头破血流，甚至一命呜呼，到头来只能算疯子傻子！若要二者兼顾，却又遇上这国势危危、商情蹇蹇的时候，谈何容易？！

他最希望国家安稳，则合盛元可凭去日本设庄的人力、物力、势力，进一步向南洋诸国及西洋诸国拓展市场，开辟一番新的天地，也就可以在目前基础上更上一层楼。他最担心国家变乱，则合盛元国内各号自顾不暇，哪有能力继续向海外拓展？根本一旦不保，则枝叶何存？花果何在？！……

进了腊月，郝克凝本该离京回祁，任总号二掌柜之职，但因两宫驾崩，政局不稳；特别是后来袁世凯又突然被罢免了一切职务，朝野震动，商界各字号无不谨小慎微，静观其变！郝克凝便放弃年前离京回祁的打算，致信贺洪如大掌柜，说明京城情况及延期离京的心思，准备在京城过年了。

就在罢免袁世凯一切职务之日，那桐被任命为军机大臣，顶替了袁世凯的这一官职；而在第二天，那桐的步军统领一职却被解去！

郝克凝关心朝廷的动静，更关心那桐的去就；于是，刚得知那桐被解去步军统领官职的第二天，便来金鱼胡同探望那桐。

"琴轩，近来好吧！"郝克凝一边喝茶，一边试探着问道。

"好啊！嘿嘿！这两天身体更健朗，心里更踏实了。哈哈哈！"那桐说着，竟大笑起来。

"哦？呵呵！这军机大臣究竟比步军统领高出一格嘛，可喜可贺！呵呵！"郝克凝嘴上附应着，心里却疑惑不解。

"非也，非也！"那桐却摇摇头，笑道，"耀庭兄啊，可喜可贺者，并非我升了军机大臣一职，而是我仅仅被免了步军统领一职！说实在的，自从太后晏驾之后，我心里就忐忑不安，明摆着我姓叶赫那拉氏，是太后的族亲嘛！摄政王意气用事，谁知道会如何处置我呢？我也曾想到像袁世凯一样被一罢到底呢！如今却仅仅解了步军统领一职，却又加了更高的军机大臣一职，实在是太后福荫绵长，皇上恩泽浩荡啊！呵呵呵！"

"琴轩不愧为读书人出身，如此洞明世事，宠辱不惊，真正让人佩服！"郝克凝听着，拱手说道。

那桐笑道："不敢当啊，我不过是知足常乐而已！这有何难，即使不识字，不读书，只要懂得知足常乐这一简单道理，人人可以如此啊！"

"那——依琴轩看来，袁世凯也可以如此吗？"郝克凝问道。

那桐听罢笑笑，说道："这——你可把我问住了。嘿嘿！袁世凯嘛，毕竟和我不一样。一来他的官职被一罢到底了，心气自然难平；二来他是武人出身，小而争锋夺刃，大而争权夺势，习惯于争夺了，心性自然不服；三来他被开缺回籍的理由是足疾，也难以平服世人。所以，恐怕他就很难像我这样心平气和，知足常乐了。"

郝克凝又问起朝廷国家局势，那桐却满脸忧思之容，一声叹息之气："耀庭兄，国势堪忧啊！就朝廷而言，皇帝幼冲，摄政王年轻，以前的能臣干将或老或休，新任的疆臣大吏或嫩或轻，不堪重任啊！就国家而言，国库空虚，每年却需要五千万两银子的赔款还款；百姓穷困，各地又多是盘剥纳贿的贪官污吏。而国库如树芯，百姓如树根，如此情形，大清这棵树岂能不动摇？！更甚者，孙文的革命党人已渐成气候，他们视大清为鞑虏，造谣惑众，提出来的口号如刀如锯，阴毒阴险，可谓刀刀见血，锯锯见肉！如此朝局，如此国势，再遇上如此革命党人，岂是一个'乱'字了得？……"

郝克凝从那府出来回号，一路上脑子里总盘桓着那桐这句"岂是一个'乱'字了得？"心里对朝局国势更充满了担忧，总担忧有一天突然京城大乱，天下大乱，自己该如何收拾京号乃至于整个合盛元票号的局面？

郝克凝在这样的担忧中过了一个大年，却没有出现甚异常情况：载沣执政安安稳稳，袁世凯回乡静静悄悄，京城过大年的气氛依然是红红火火！

等过了正月十五，京城一切如故，郝克凝便想道：莫非那桐说的那些话过头了？我的这些担忧多余了？担忧而无忧，不是担了个空担子，白白地压自己的肩膀吗？

再进了二月，又赶上那桐的母亲去世了，郝克凝自然少不了上礼奠仪等应酬，以及伸手帮忙等事务，一两个月就过去了。

眼看快进五月，两宫驾崩已半年多了，袁世凯下野归乡也四五个月了，社会并无大乱起来，摄政王载沣似乎已完全掌控了朝政。于是，郝克凝向总号禀明离京回祁之意；待贺洪如大掌柜答复后便作离京准备，将京号的关键买卖事务和关键人情网络一一移交给郭长林；并亲自引带郭长林拜谒载振、那桐等王公大臣，再千叮咛万嘱咐一番，最后移交了合盛元京号印信，便完全卸下京号掌柜一职了。

离京前，郝克凝向商界好友和载振、那桐等官场至交一一道别，免不了这些好友至交又一一要为郝克凝设宴饯行，郝克凝能推辞的则推辞，实在不能推辞的则携礼而往，抱醉而归。

这日那桐特意设家宴，并约了载振等四五个王公大臣一起为郝克凝饯行；郝克凝推辞不得，只有早早地前来那府，与那桐品茶叙话。

此时，那桐颇有退意，刚刚在百日孝满后向皇上具了折子，恳请终制，守三年之孝；这样可给自己一个顺势抽身的阶梯，也可给朝廷一个顺水推舟的机缘，岂不两便？但上谕下来却是："那桐受恩深厚，自应仰体朕怀，力图报称。现经百日孝满，著仍遵前旨，照常入值，毋须固辞。钦此。"

这倒颇出那桐意料：看来这摄政王载沣对自己并不急于贬黜，自己也就得遵旨顺意，"力图报称"了。

商场上的人没有人愿意赔，官场上的人则没有人愿意退，这"照常入值，毋须固辞"的上谕下来，如清风扫雾，那桐心头亮堂了许多，心情愉悦了许多，自然也就乐意在家中设宴请客，与朋友同事畅饮酣醉一番了。

郝、那二人叙了一会儿话，说起离别之事，自然生发离别之情。

那桐说道："耀庭兄啊，你我相处二十多年，情同鱼水之融，义结金兰之好，如今你要离开京城回山西老家，我真有所不舍啊！"说着声音竟有点沙哑了，"半年前太后走了，给我的感觉像塌了天；三个月前母亲走了，给我的感觉又如陷了地；都让我心里感到空落落的，无依无傍！现在你这个最好的朋友又要离开了，颇像林子里移走了一棵树，我也颇有失落之感，伤悲之情呢！"

郝克凝听着，看着，也动情了："琴轩这些年来飞黄腾达，官居一品，权倾朝野，对我一个买卖人却如此重情重义，也真是我三生有幸啊！"

"耀庭兄何出此言啊，贫贱之交不可忘，这是做人的起码道德嘛！再说，富贵如漂浮之云，权势乃身外之物，谁知谁哪一天就一无所有了？你看看袁世凯，转眼间不就没有一官一职了？我也难说呀，说不定哪天就成为一介平民了呢！"那桐说道。

"哪里！琴轩是旗人贵族，而且德才兼备，为人处事颇受外界称道，岂能与袁世凯相比?!"

那桐却摆摆手，笑道："耀庭兄啊，你是颇懂些面相八字的，我年过五十也知些天命了，我的命运也走到下坡路的时候了。不瞒你说，前些天家里来了个算命运测八字的瞎子先生，我与他探讨了一番子平术，确实有些道行；让他算了算我的命运八字，他说我还有三两年的官运，也让我知止知退呢！"

说话间，载振等四五个王公大臣如约而至，颇给那桐和郝克凝面子；于是，那桐高兴，郝克凝感动，自是尽兴畅饮，干杯酣醉！

十

若干天后，郝克凝打点行装，乘坐火车回祁县总号。

此时，京汉铁路干线和正太铁路支线刚刚建成通车，郝克凝一路坐快车，吹凉风，回忆回味，颇有留恋之情，更兼感慨之言："我郝克凝前后在京号几十年，没有白过，字号内的人说起我郝克凝掌柜，谁不点头叹服？字号外的人说起我郝克凝老板，谁不竖指赞赏？名声如此，事业如此，顶生意如此，交朋友如此，足了，值了！真是快哉乐也！"

回了总号，郝克凝将朝廷京城局势向大掌柜贺洪如和大先生阎文通介绍一番，贺、阎二人无不感慨叹息：

"时局如此变幻莫测，听了都让我这老朽心虚胆寒；若真的遇上大乱子，我这老老呆呆的，只能是惊慌失措，束手无策啊！我真的应该让开贤路，告老还乡了！"阎文通感叹道。

贺洪如却是另一番感叹："如此时局，真让人为难呀！治又不是，乱又不是；进也不能，退也不能！咱究竟该怎么办？为今之计，也只有两眼盯着，两手撑着了！"

于是，行听于心，大先生阎文通如黄鸟止丘，知老而歇，知止而休，回家里享受起了逍遥自在的生活；而大掌柜贺洪如则老骥伏枥，不知老，不知止，并无歇休之意，而是知难而挺，知危而撑，继续在大掌柜的大位上两眼盯着朝局国势，两手撑着合盛元票号的宏图大业！

合盛元票号如行进在崎岖山路上的一辆大车，险也，艰也，难也；而朝局、国势和商情却如翻滚在阴暗天空上的千万朵乌云，变也，幻也，乱也！

宣统元年（1909年）八月，大学士、军机大臣张之洞卒。——此文星殒，柱石抽也。

宣统二年（1910年）正月，广州新军起事，被练军讨平。——此火星溅，芒硝燃也。

宣统二年八月、九月间，受上海橡皮股票风潮拖累，上海数十家钱庄倒闭，进而拖累浙江巨商严信厚的源丰润票号倒闭，进而再拖累数十家钱庄倒闭！——此昭示金融界藤蔓结构，骨牌效应，一叶知秋也。

宣统三年三月，黄兴率革命党人在广州起事，率众攻打焚烧两广总督衙署，后失败逃亡。——此表明革命党已吹响进攻号角，举起革命火炬也。

宣统三年四月，邮传大臣盛宣怀奏言："宣统三年以前各省分设公司集股商办之干路，应即由国家收回。亟图修筑，悉废以前批准之案。"于是，朝廷下诏，定铁路国有。同月，盛宣怀又与英、德、法、美四国银行签订出卖粤汉铁路和川汉铁路主权的借款合同。此举严重损害了各省及商民的利益和感情，激起川鄂湘粤四省商民的强烈反对，纷纷集会游行，罢工罢市，大骂盛宣怀祸民卖国，乃至于组织筑路工人与官军对抗，发生流血事件！——此时此势，而盛宣怀仍然怂恿朝廷与民争利，分明是舍国取利，失算甚也；无异于干柴浇油，弄险甚也！

宣统三年五月至七月间，四川成立保路同志会，其间相继发生罢市、罢课、抗捐抗税乃至捣毁官府等暴力事件。宣统三年七月十五日（1911年9月7日）四川保路同志会领导人蒲殿俊、罗纶、邓孝可、颜楷、张澜、胡嵘、江三乘、叶秉诚、王铭新等九人被官府逮捕。当天下午，成都民众数万人云集四川总督府前抗议请愿，要求释放被捕者；总督赵尔丰下令向人群开枪弹压，当场打死三十多人，史称成都大惨案。于是，全省士绅商民震怒，同盟会员趁机运筹其中，各地纷纷组织保路同志军，开始围攻成都！至此，四川省保路运动由和平请愿升级为武装斗争，由星星之火燃烧为燎原之火！——大清所以修建铁路，始为强国。但铁路与民争食，耗银巨额，已害民生；如今又与民争路，措施粗暴，再伤民心。于是，修建铁路始为强国，却终而亡国！修建铁路，竟成了大清亡国的直接由头！

宣统三年八月十九日（1911年10月10日），就在四川省保路斗争如火如荼之时，川汉铁路督办大臣端方和湖广总督瑞澂却视若无睹，强制取消湖北境内商办铁路公司，将湖北境内粤汉、川汉铁路收归国有！这简直是在逼民造反，而此时革命党人正着手起事呢！于是，革命党人逮住机会，密谋在武昌发动起义。当天，虽因泄密被捕三十二个革命党人，并处决刘复基、彭楚藩、杨洪胜等三人；但武昌新军中的熊秉坤等革命党人还是在当晚（1911年10月10日）发动了起义，攻占了湖广总督署，一夜之间革命军就占领了武昌城！次日，革命军成立军政府，推举黎元洪为都督,通告全国各省响应起义,并挥师过江,取汉阳,占汉口,起义第三天就占据了武汉三镇!——这就是中国历史上著名的辛亥革命。由此,革命势力如中间开花,火星四溅,成遍地燎原之势,大清朝廷四面楚歌了。

面对武昌新军起义的破竹之势,湖广总督瑞澂畏而惧之,只得弃城而逃;湖北提督张彪躲而避之,只得弃营而逃。大清朝廷面对武昌革命党人的磅礴气势,实在无将可选,无法可施,只得于八月二十三日起用两年多之前被罢黜归乡的袁世凯为湖广总督,以冀其能剿灭革命党,收复武汉三镇。但袁世凯既嫌当初摄政王载沣贬黜自己,又嫌现在这湖广总督职权太小,便拿捏起了摄政王载沣:迟迟疑疑不接旨,拖拖延延不赴任!载沣无奈,只得在五天后的八月二十八日再次下诏:长江水陆诸军俱听袁世凯节制。袁世凯这才起身赴任,却依然拿捏着摄政王载沣:眼看着朝廷心急火燎,慌慌张张;他却如闲云野鹤,慢慢悠悠!载沣依然无奈,只得于九月初六日召回陆军大臣荫昌,第三次下诏:授袁世凯钦差大臣,督办湖北剿抚事宜,节制诸军。并且,再以皇太后的名义,给袁世凯军中送去一百万两赏银!袁世凯这才心满意足,挥兵督战,收复了汉口。——清室无人,载沣无能,与袁世凯既结怨而复授权,此引狼驱虎耶?抑饮鸩止渴耶?

宣统三年九月、十月间,革命军与袁世凯率领的清军在汉阳、汉口持续了一个多月的攻守拉锯战;此间,山西、云南、浙江、安徽、广东、福建、四川等省新军相继起义,推举都督,宣布独立,附和武昌革命军。——此时,辛亥革命在全国遍地开花,而大清则如山崩河溃,已是不可收拾的局面了。

也在这九月、十月间的战火兵乱中,各地商人无枪可保,各个商铺无腿可逃,只得无过而受祸,无辜而受辱,无奈而受害!

其中,尤以汉口、成都两地为甚。清军夺占汉口后,大肆焚烧抢掠,大火连烧三天三夜，烟尘蔓延二三十里，繁华街市荡然无存，锦绣店铺面目全非！民军占领成都后，民军中的巡防勇和哥老会成员因对都督蒲殿俊等释放四川总督赵尔丰不满，遂发动兵乱，万余人在市区内焚烧抢掠，将藩库、当铺、票号、盐号等商铺乃至于富家巨室一律抢空，并放火焚烧；然后满载金银财宝出城，扬长而去！此番兵乱，劫银数百万两不止，火烧三日不熄！

而在武汉两军对垒抗衡，各省时局风云变幻，百姓遭殃、生灵涂炭之时，袁世凯却逮住了"鹬蚌相争，渔翁得利"的天赐良机，玩弄起了权术：先是主张南北议和，然后内挟清廷以压民军，外借民军以逼清廷。

于是，经几番玩权弄权，讨价还价，袁世凯实现了自己利益的最大化：内则逼大清皇帝溥仪退位，外则压中华民国临时政府大总统孙中山辞职；而他则摇身一变，成了中华民国临时政府大总统！

宣统三年腊月二十五日（1912年2月12日），清皇太后被迫让袁世凯宣谕了清帝逊位诏书（摘抄于《清史稿·宣统皇帝本纪》）：

> 前因民军起义，各省响应，九夏沸腾，生灵涂炭。特命袁世凯遣员与民军代表讨论大局，议开国会，公决政体。两月以来，尚无确当办法。南北暌隔，彼此相持。商辍于途，士露于野。国体一日不决，民生一日不安。今全国人民心理，多倾向共和。南中各省，既倡议于前，北方将领，亦主张于后。人心所向，天命可知。予亦何忍因一姓之尊荣，拂兆民之好恶。是用外观大势，内审舆情，特率皇帝将统治权公诸全国，定为立宪共和国体。近慰海内厌乱望治之心，远协古圣天下为公之义……

从这一天始，清帝退位，民国开基。

次日，即公元1912年2月13日，仅当了一个多月中华民国临时大总统的孙中山向中华民国临时参议院提请辞职；2月15日，中华民国临时参议院推举袁世凯为中华民国临时大总统。

公元1912年2月13日和2月15日，这是中华民国灰暗、苦涩、悲凉而颇有讽刺意味的两个日子：革命元勋、领袖、威望崇高的孙中山被迫让出了革命党缔造的中华民国的临时大总统权位；而清廷重臣、军阀、人格低下的袁世凯却被抬举上了他曾带兵镇压的中华民国的临时大总统权位……

由此，辛亥革命似乎就算成功了，而国家社会也似乎将要太平了。

十一

合盛元票号年逾七十岁的大掌柜贺洪如英雄了一辈子，两三年前根本不服老，不觉累。但经过了宣统以来至辛亥革命两三年间国家这惊险的局面，他撑着合盛元这艰难的事业，脊梁感到了吃力；他盯着朝局国势这变幻的风云，眼睛觉出了昏花。他感觉到自己着实老了，有点累了，也有点悔了。

宣统二年正月和宣统三年三月，革命党两次在广州起事都被镇压时，他曾认为：革命党羽翼未丰，暂时成不了事；即使在广州成事，也是边远之地；而合盛元的核心利益在长江以北，有缓冲余地，可以从容应对。

宣统二年八月、九月间，南帮严信厚的源丰润票号（由其子严义彬掌管）受橡皮股票风潮拖累倒闭时，他又认为：南帮票号根基浅，势力单，而做事轻浮，一有风吹草动就扛不住了，源丰润票号的倒闭也无非是第二个阜康票号而已！我山西票号根深蒂固，而且彼此间盘根错节，再加上向来做事稳健，哪会像南帮票号这么经不住风雨？

贺洪如大掌柜低估了革命党人的力量，又高估了山西票号抗风险的力量，更没有想到邮传大臣盛宣怀竟给朝廷出了一个将各省商办民办铁路收归国有的馊主意，朝廷又偏偏采纳这个馊主意并下了圣旨！而川督赵尔丰、鄂督瑞澂和督办铁路大臣端方又是只知遵旨办事，不知体察民情，更不知因时因地因势制宜的三个死心眼儿！终于，这个馊主意惹出了大乱子。

而在乱子出来以后，本来四川闹得最凶，贺洪如也最担心成都分号；后来却突然转向武汉三镇，革命党在武昌起义了！

于是他又担心汉口分号，防备革命军；而革命军占了汉口却纪律严整，商铺字号一丝无损！其后袁世凯的官军收复汉口，他毫不担心，但恰恰是袁世凯的官军在汉口街市上大肆抢掠焚烧！这多次的判断失误，使合盛元汉口分号和其他商号一样损失惨重，转眼之间，被抢现银加坏账呆账，四五十万两银子没有了！

成都分号呢，保路同志军围攻成都时，他十分担心；而保路同志军占领成都后却没有糟害商铺街市。而在革命党和保路同志军控制成都，并宣布独立后，他不太担心了，这些革命军内部却出现了分裂，巡防勇和哥老会的人发起兵变，对商铺街市大肆抢掠焚烧！成都分号虽小，却把二三十万两银子损失了！

……

这朝局国势的种种变化和汉口、成都两分号被抢掠焚烧的情形，他总是看不准，总是失算！这辛亥年朝局国势的风云变幻实在太剧烈，太奇怪，也太出人意料，而贺洪如大掌柜也实在觉得自己有点老眼昏花了。以昏花之老眼，去看变幻莫测之风云，哪能看准呢？看不准，又如何能拿得稳？！

这连连的失算，导致了连连的失手，汉口、成都两地的兵乱战祸把合盛元的六七十万两银子化为乌有了。这六七十万两银子的损失，对贺洪如大掌柜本人来说不是个小数小事，而是个沉重的负担；以年逾七十岁的老迈之躯，背扛这沉重的负担，贺洪如大掌柜真有点累，也真有点悔。

贺洪如大掌柜回顾这两三年来，尤其是辛亥年这一年来，满心的悔意，满身的悔事：

那件事不该那样，该这样；这件事不该这样，该那样……

那个人不该那样，该这样；这个人不该这样，该那样……

那个分号不该那样，该这样；这个分号不该这样，该那样……

悔事一连连，一串串，数十上百?！其实，这诸多的一个个小悔，都源自于一个大悔：自己在上个账期结账分红时，在日本设庄成功和每股分红一万四千两银子的辉煌时候，就该急流勇退，举贤代己，卸下大掌柜一职啊！

如果那时自己告老还乡，那还不和大先生阎文通一样，早就是逍遥自在的生活了。哪用背这负担，受这罪；又哪会遭这挫折，有这悔?！

事到如今，汉口、成都两分号遭受这么大的损失，今年腊月该结账分红也不能结，不能分了；自己想卸任交班也不便卸，不便交了。为今之计，自己也只好继续紧盯着国家这变幻莫测的风云，硬撑着合盛元这巨大沉重的担子，等待时局好转，买卖好做，再相机卸任交班了。

好在，合盛元公积金雄厚，重心又在北方。所以，汉口、成都两个庄口被抢掠焚烧所造成的六七十万两银子的损失，对合盛元这个字号来说，只是一棵根深叶茂的大树折断了两根细枝，只是大算盘上的一个大数减去了一个小数！这些损失亏赔，影响不了合盛元这个字号的声誉和正常买卖，其他各分号的生意还像往常一样呢！

也好在，清帝已经逊位，南北已经议和，中华民国已经成立，拥有最强大军队的袁世凯又被推举为中华民国临时大总统；战乱该结束了，社会该太平了，经济该恢复了，买卖也该逐渐兴隆了。

由此看来，贺洪如大掌柜有条件再撑他几年，也有机会再赚他几把。

他可以期待下个账期买卖兴隆，转亏为盈；他可以等待一个机会，再风风光光、体体面面地卸任交班！

今年腊月是不能如期进行这个账期的结账分红了，但在年前总得有个交代。

这天夜里，贺洪如叫来郝克凝叙话，说道："耀庭啊，今年这南方时局变幻，战乱迭起，咱合盛元汉口、成都两号损失巨大，把六七十万两银子亏进去了！唉！幸好人员安全，损失的只是铺面银子，但账是不能结了，红利也没法儿分了。唉！怨我呀，尽管时局变幻莫测，不是都能料准的，但有好多事还是应该处理得更妥当些，损失也应该更少些。唉！我究竟是老了！用人失察，老眼昏了，花了；料事不准，老脑筋锈了，朽了！"

听到大掌柜如此自责，郝克凝赶紧安慰道："大掌柜何出此言？今年这汉口、成都的祸乱就像地震一样奇特怪异，究竟会在何时何地？究竟会是何式何样？究竟会有多大多小？这都不是常人能料！而且我也打听了，咱山西票号十之八九损失惨重，并不仅仅是咱合盛元一家呀！大掌柜何必如此自责？况且，我身为二掌柜，本应为大掌柜出谋划策，拾遗补漏，要论起职责，我也失职失责呀！"

贺洪如听了郝克凝的话，凝重的脸色稍稍有所缓解，说道："耀庭不必为我担责，我身为大掌柜自应担负全责。至于你说这场战乱像地震一样，我倒也确实有同感。事前真的是心里一些儿没谱，手里一些儿没摸！看起来是人祸，但实在像天祸，让人防不胜防！唉！不过，细想起来，这京号郭长林也实在不称心。自从你回了总号，由他全权掌管京号两三年来，有关朝局国势的消息既来得少，还不及时，不准确；弄得我眼线少了，眼界小了，眼光短了。想你当初在京号时，通报消息又快又准，分析事情有条有理，提出建议有板有眼，我的眼睛经常是亮的嘛！"

郝克凝听着，说道："这郭长林是有些不称心。不过，大掌柜想让郭长林两三年就比上我，也实在是难为他了。我毕竟比他大了二十多岁，他毕竟嫩些嘛！再说，我也有特殊的机缘。我在那桐、载振等人年轻时就结识了他们，而他们后来竟一个个都发达了！毕竟是贫贱之交嘛，想进他们的官衙府第，我随便进；想打听他们的官府秘事，我随便打听。郭长林哪能这样呢，就算我引见了他，那些人也认咱合盛元的账，可感情友谊哪能一时半会儿就建起来呢？况且，宣统以来，摄政王载沣当权，庆亲王奕劻、载振父子和那桐等人的权势已不像从前了呀！"

"这倒也是。"贺洪如点点头，说道，"不管怎样，反正这个账期是不能结账，不能分红了。唉！耀庭啊，我本想在这个账期下来就交班于你，我也该告老还乡，过几年轻松自在的日子。可眼下这局面，账不能结，班又如何交？我不甘心落下一个遇难逃脱之名，也不忍心交你一个临危亏赔之局呀！眼下，只有咱们共同应对这危局，等情形好些了，我再把一个好端端的合盛元交在你手上吧！"贺洪如说着，眼神中饱含着悲壮苍凉的豪情；随之，眼眶中又滚落出两行悲伤凄凉的老泪。

郝克凝眼眶中也闪出了泪花，拱手说道："一切听大掌柜吩咐！"

次日，贺洪如又坐轿车去荣仁堡向东家郭嵘交代一番，然后自责一番。郭嵘本来就仁厚，再看到贺洪如这老迈之躯，悲凉之情，哪能有一点责备之意？倒是更悉心慰勉，热情接待，与往常账期分红交账并无两样！

对此，贺洪如自是感恩戴德。眼看着清帝已经退位，袁世凯将要担任中华民国临时大总统，时局将要太平，贺洪如大掌柜一心要在下个账期殚精竭虑，重振合盛元的事业！一报东家厚恩厚德，二为自己善始善终！

然而，时局与贺洪如大掌柜和大多数中国人想的完全相反：时局不但没有太平，而是将要更大更长久地战乱了，一场更巨大的灾难，一场灭顶之灾，将要降临在山西票号头上了。

十二

壬子年在和平喜庆的气氛中来值岁了。

中华民国汉满蒙回藏各族和士农工商各界都在期盼壬子年是一个太平之年,并由此开启一个十年百年乃至于千年万年的太平之世;而壬子年也完全可以是一个太平之年,完全可以开启一个十年百年乃至于千年万年的太平之世!

然而,由于一个人,德行薄而权势重,人格矮而地位高,怀揣极端之私心而手握极大之公权,他为了自己一个人几年的私欲,硬是牺牲了整个中华民族几十年的太平治世,硬是糟蹋了中华民国汉满蒙回藏各族和士农工商各界的美好期盼,硬是把原本可以太平的壬子年乃至此后的几十年推进了战乱、兵燹、纷争、冲突和肮脏而血腥的泥潭!

这个人就是袁世凯,他本可以借机洗刷自己以往的污垢,当一个历史伟人,却由此而成了一个千秋万代的历史罪人。

壬子年正月初五(1912年2月22日),中华民国临时参议院选举黎元洪为临时副总统,临时政府又组成以蔡元培为专使的十七人欢迎团北上,隆重热烈地欢迎袁世凯到南京主政;由此可见,孙中山、黄兴、蔡元培等革命党人对袁世凯表示了极大的诚意!但袁世凯却顾虑重重,私心种种,以小人之心度君子之腹,不愿意离开自己的根据地北京;于是,他仅仅为了找一个离不开北京的借口,便阴谋策划、唆使、纵容了下属士兵的哗变——

正月十二日晚酉时,陆军第三镇九标士兵因"索饷"发生哗变,如土匪强盗,在北京街市间大肆抢掠财物,焚烧店铺,乃至枪杀人命!此番抢掠焚烧一直持续到第二天深夜,遍及北京城的东华门、丁字街、打磨厂、西河沿、西单、前门大街、大栅栏、东西珠宝市街等各处商业繁华地带、各类商铺字号，而票号、银号、钱铺、当铺受灾尤甚，几乎百无一存！有当时亲历者称：商界遭此浩劫，有如庚子年八国联军攻陷京城的情形；而事出意料之外，猝不及防，各商家损失更甚于庚子年！

紧接着，北京兵变又波及天津、保定。正月十四日晚，天津士兵发生哗变，在最繁华的针市街等处抢掠焚烧，当地土匪地痞也趁火打劫；经两天多的抢掠焚烧，数千家商铺字号荡然无存！保定和天津同时发生士兵哗变，各商铺字号也损失惨重。

其后，北京兵变又向北波及奉天，向南波及济南、开封……百姓苦不堪言，而商家字号损失惨重，且票号、钱庄最甚！

山西票号的灭顶之灾由此降临了。

甲午战争时，受灾的只是营口、奉天两地的分号，且是面临日本人的侵略，各票号或多或少都有所防范；山西票号只是受灾而已，是皮毛之伤，并未伤筋动骨。

庚子事变时，受灾的也只是天津、北京、保定三地的分号，且是面临八国联军的侵略，各票号也有所防范，甚至有的票号干脆撤庄回山西老家了；山西票号也只算受灾而已，是肌肉之伤，并未伤气损元。

辛亥革命时，受灾的也主要是汉口、成都两地的分号，虽然汉口各号没想到袁世凯的官军收复汉口后，官军的士兵们竟会抢掠焚烧；成都各号没想到民军占领控制成都后，民军内部竟会发生哗变，抢掠焚烧；致使两地分号疏于防范，损失惨重。但也只算是受了大灾，是折枝断梢，并未伤根害本。

而这壬子北京兵变时，受灾的既是北京城这各票号的核心庄口，又是在中华民国建立、南北议和成功，清帝退位、袁世凯当上大总统的一片祥和喜庆的大正月，而且还是在袁世凯长期统治的京、津、保地区范围！山西各票号根本没想到：兵变竟会发生在这样的时候和这样的区域！所以，他们也根本没有防备。结果，这场北京兵变竟成了比甲午战争、庚子事变和辛亥革命更具破坏力和杀伤力的毁灭性灾难，竟成了山西众票号的灭顶之灾！

这场北京兵变突然在北京城爆发，直接抢掠焚烧京号，而众掌柜毫无防范，致使各号的损失极为惨重！特别是京号向来是存款多放款少，存有巨款的王公大臣一听说各票号、钱铺、当铺在兵变中损失惨重，纷纷前来提款兑现；而各京号多被乱兵抢掠得空空如也，哪里能兑付得了这巨额而众多的存款票子！于是，众票号情形好者挂牌暂时停业，固守待援；情形差者则伙友相率而逃，人去楼空！于是，人们知道了事态的严重，小额存款的寻常百姓在街上哀号哭骂，巨额存款的王公大臣则带兵策马，直接奔赴山西祁县、太谷、平遥等地，向各票号的总号索银兑现！

合盛元北京分号在这场北京兵变中受灾惨重，成了对合盛元票号最致命的一击。

本来，合盛元票号这几年正是鼎盛的局面，派申树楷去日本设庄成功，更使合盛元如火上浇油，在票号界独步风流！其声望已经开始超越平遥李家的日升昌、介休侯家的蔚字五联号和祁县乔家的大德通、大德恒等著名大票号，已经呈现出遥遥领先于各票号之势；于是，京号的存款者纷至沓来，京号的存款额扶摇直上！然而，天不作美，此时竟遇上了北京城里的兵变骚乱，致使合盛元北京分号的损失比别家票号更为惨重！——此情此景，合盛元票号如飞翔的头雁，身下冷不防挨了一箭，戛然落地了；像奔驰的骏马，脚下冷不防挨了一绊，猛然倒地了！

当然，除了天不作美，人也有点不做主。

郭长林接管京号之后，前有郝克凝巨大的身影，他想比学赶超；旁有申树楷漂亮的身姿，他也想比学赶超；而合盛元票号内又是一种奖优惩劣的机制和争先恐后的气氛，所以，郭长林满脑子是积极进取之心，没有一点稳妥保守之意。就在汉口、成都两个庄口受灾后，他也没有定收缩之策，反而对京城形势一味乐观，继续借着合盛元的隆隆声誉大量接收存款，要补救汉口、成都等庄口的头寸呢！结果，现银既多，兵变中自然损失惨重，措手不及；存款既多，挤兑时自然窟窿巨大，束手无策！于是，兵变中既措手不及，挤兑时又束手无策，两手实在无用，唯有用两脚了：兵变中，已学了一身派头的郭长林跑进附近东交民巷的日本使馆躲起来了，这更加重了京号的损失；挤兑时，没修上一点道行的郭长林又带伙友逃离了京城，这更加大了总号的风险！

于是，小挤兑发展为大挤兑，京号的灾难又扩展为总号乃至全国各分号的灾难！

如果郭长林能在武昌起义之后及时收缩业务，减低架本，兵变中损失会小一些；如果郭长林能在北京兵变中率领伙友同舟共济，保护铺面，损失也会小一些；如果郭长林在挤兑时能团结伙友群策群力，固守待援，损失还会小一些；这样，以合盛元当时的情形，仅自身的资本金就有五十万两，公积金又有六百五十万两，完全可以安然度过这场危机！

如果，如果，如果……一个个如果本该是那样。

结果，结果，结果……最后的一个结果却是这样：合盛元京号伙友这一弃号而逃，犹如大堤决口，滔滔洪水倾泻而下，奔腾而前，直逼祁县总号而来！

十三

此时，刚刚过了元宵节几天，整个祁县城还沉浸在元宵节的余庆之中：朋友继续聚，酒宴继续摆，牌桌继续支，红灯继续挂，好一个吃、喝、玩、乐的正月，好一个闲、散、富、贵的正月！

这天半下午时分，一哨人马急匆匆地进了祁县城东门；他们打听到合盛元的地点，又急匆匆地奔向位于西廉巷的合盛元门前；二三十个兵勇随即在门旁列开阵式，一个身穿军服的人陪一个身穿袍褂的人走进了合盛元。

来到铺面前，穿袍褂者从怀里掏出四张银票递到铺上，声明要兑现；伙计一看，大为吃惊：竟是四张十万两的银票，要兑四十万两现银！

这二位客人的阵势太大了，这四张银票的数额也太大了！于是，小伙计请示大伙计，大伙计又进去请示祁号掌柜李苞；李苞出来一看，也吃惊不小，又进里面请示大掌柜贺洪如。

贺洪如问明情况，也是大吃一惊："啊？是京号的银票？一下子就要兑四十万？来者是庆亲王府的人？"顿时，心里有一种不祥之感：莫非京号真的出事了？前几天耳闻北京城出了事，但一直没有接到郭长林的电报电话，还以为别家有事，自己的合盛元平安无事呢！看来这郭长林不报告不是无事，而是有了大事……

贺洪如只得亲自出面，跟着李苞来到前台，正听见那个穿军服的人挥着佩刀叫骂："还等什么？赶快兑银子呀！你们如果故意拖延，老子就带我的几十个人砸了你们的店铺，自己进去拿银子！"

贺洪如虽然知道事情不妙，但他毕竟是个见过大世面的人，他并不慌张，而是拱拱手，微笑着说道："二位息怒！这四十万两银子不是个小数，按照规矩，总得提前三天打招呼；像二位这样突然来兑现，谁家的票号也不可能当即兑付。况且，二位既是庆王府的人，应该知道我合盛元与庆王府素来相与交好，像将军这样鲁莽无礼，话要传到庆亲王和振贝子耳朵里，恐怕对将军也不好吧？"

穿军服者顿时气沮，不敢吭声了。

穿袍褂者见贺洪如这气势，听贺洪如这话语，知道非等闲之人，也不敢造次了，忙赔笑说道："掌柜的请见谅！我二人也是受命而来，如果空手而归，他必受军法，我必受家法。所以，此番来兑取现银，我二人心急火燎，故有此冲动失礼之举。请谅，请谅！"说着，向贺洪如拱手施礼。

"好说，好说！"贺洪如也拱手回礼。

穿袍褂者又说道："敢问掌柜的，这四十万两银票何时可以兑现？我们也是受命于人，请掌柜的行个方便吧！早点兑了，我们也好早点回京交差。"穿袍褂者说着，再次施礼。

贺洪如自然也不愿意张扬此事，当即说道："早则一天，迟则三天，我们把这四十万银票兑现就是！另外，二位远道而来，我合盛元有房子有灶，自应酒肉相待！"

"多谢，多谢！"

"不过，我不愿意此事在祁县城闹得风风雨雨；所以，还请二位约束手下兵勇，这两天还是在我合盛元的客房院里等待为好，不要上街骚扰百姓。"

"好说，好说。"穿袍褂者连连应道。他心里有数：只要能给兑齐银子，回去能圆满交差，什么都好说。

当下，贺洪如让李苞引这一哨人马去了合盛元的客房院里。

这客房院就是喜财主的那处阔气院子。当初喜财主坐吃山空，借贷无数，将院子连同一应家具都折给了合盛元。待他死后，树倒猢狲散，院子里仅剩下三太太和管家李玉全；而在给主人办理完三周年的大祭之后，李玉全也带上早已暗度陈仓的三太太走了。于是，这座院子完全归了合盛元票号，成了东家郭嵘的行馆和各庄口掌柜伙计以及外地相与的旅馆。

贺洪如安顿了庆王府这一哨人马，便赶紧差人去找二掌柜郝克凝。此时，郝克凝正在外面和几个朋友打麻将牌呢！原来，郝克凝天生好交际，喜玩耍，回到祁县总号后看大掌柜无意交班，他又不敢太揽事掌权，便来个听令行事，顺水推舟：既顺了大掌柜的心，免了猜忌误会之祸；

又顺了自己的性,享了聚友玩乐之福。如今在大正月里,更是得空就约人打牌去了!

郝克凝回来一看贺洪如的脸色,再一听情况介绍,也大吃一惊,说道:"莫非京号出事了?"

"关键是,不仅出了事,而且出了事咱却一点也不知道!这个郭长林,怎么连个电报电话也不打?!莫非出了人命?字号十几个人,也不至于都出了人命呀!"贺洪如埋怨道,脸色铁青,语气铁硬!

此时,郝克凝心里懊悔不已,自责不已,说道:"大掌柜,京号出了这样的事,都怪我举人失察呀!"

"耀庭也不必自责,要说失察,我也是失察。咱现在且应付这档子事,弄明白情况再说吧!你在京城多年,熟悉人情事理,咱一会儿过去,既算接待庆王府的人,也好打探落实一下京城的情况。"贺洪如说道。

晚饭时分,贺洪如、郝克凝、李苞三人前去客房院招待庆王府的一哨人马。

丰盛的酒肉摆上,一行人自是喜出望外,但穿袍褂者没有忘了兑现的事情,见面便问现银准备情况:"多谢宝号款待!不过,我等奉王爷之命前来合盛元祁县总号,兑银事大,吃喝事小。敢问大掌柜,宝号的银子准备得如何?"

贺洪如笑道:"大人请放心,我在明天上午十点前一定为大人准备足四十万两银子!"

"那敢情好!多谢了,多谢了!"

宾主入座行酒,庆王府的管家和将领高兴,对京城情况自是知无不言,言无不尽,悉数说给贺洪如等人。贺洪如这才知道,北京发生了士兵哗变,合盛元京号被抢掠焚烧,掌柜郭长林等掌柜伙友弃号潜逃!

当晚,贺洪如大掌柜彻夜难眠。

他对这次庆王府四十万两银票的兑现倒不发愁,总号常备的现银有一百万两，前些时汉口、成都二号受灾后各运去十万两，还有八十万两的现银储备，拿出一半来兑给他就是了。

让他发愁的是：京号有三百多万两的存款，五万以上的大额存款也有二百多万两；京号掌柜伙友一旦弃号潜逃，势必引起存款者惊慌，如果涌来总号挤兑，总号至少得有二百万两现银才能应付得了！而同样受灾的天津号和保定号又各有一百多万两的存款，如果也涌来总号挤兑，至少还得再准备一百五十万两现银！

其他各号呢，遇此全国性的动乱形势，受祸者伸手要银，未受祸者也自顾不暇，哪有可调度的现银可用？至少又得准备二百万两现银！

由此算来，手头得有五百五十万两现银，才可以应付得了这可能是全国性的挤兑，可一时间从哪儿筹这么多的现银呢？贷出去的款项，有的在这次变乱中可能就成了呆账死账，打了水漂了；有的即使成不了呆账死账，恐怕也半呆半死了，一时半会儿哪能说收就收回来？

贺洪如大掌柜继续想下去，则不只是发愁如何筹现银应付挤兑；更发愁更可怕的是，在这些灾难中会发生比汉口、成都两号还要多的呆账死账！以往甲午时营口号，庚子时天津号，辛亥时汉口、成都二号的情形，一旦发生大范围的抢掠焚烧，有一半的相与商家会关门倒账还不起贷款，这些地方的贷款顶多能收回三成就不错了。这样算来，北京、天津、保定三分号有二百多万的贷款，可能会损失一百五十万两！还有其他分号的损失呢……

刚过大年就遇到这巨大的灾难，损失这巨额的银子，贺洪如大掌柜比年前更悔恨了：上个账期结账时，自己为甚不选能让贤，告老还乡？两宫驾崩后自己为甚不收缩业务，预防危机？这真是功让心迷，利令智昏啊！如果那样，我何有此难?！合盛元又何有此祸?！

想到这儿，他又想到了曾和自己长期共事的大先生阎文通和老掌柜渠寿昌：我是智不如大先生，命不如老掌柜啊！——

想那大先生阎文通,就在上个账期结账时坚决地引退了,先是功成业就,后是逍遥自由,甚也不误!可我呢,就晚退了这四年,可好赶上了这场灾难,功成而后败,业就而后衰,全完了,全白了!

想那老掌柜渠寿昌,也在我这年龄时遇上了甲午战争营口分号被抢掠焚烧的灾难,但那仅仅是营口一处;其他分号虽也有些亏赔,但合起来也就是三十多万两的损失,皮毛而已啊!之后,派郝克凝去京号,派申树楷去营口号,一两年内京号扭亏为盈,营口号起死回生;老掌柜趁机交班,漂漂亮亮地抽身归乡,落了个一生得意,事事圆满。在位时轰轰烈烈,风风光光;归乡后逍逍遥遥,闲闲散散;最终出殡又浩浩荡荡,排排场场!而我呢,虽然功业或有所过之,但合盛元恐要毁在自己手中,实又不如之;功业之外,则不堪设想,难及其一二了。

这些,固然在命,却也在人呀。如果自己在四年前能急流勇退,选能让贤,岂不是和老掌柜一样?就因为自己恋栈,不知止,多做了这一个账期,不仅自己白耗了四年的形神,而且把自己以前若干年的功业成果,乃至于合盛元几代东家几代掌柜们的功业成果,要全倒出去,全赔出去了!我这是做了个甚?我真是鬼迷心窍了,只知进而不知退,只知攻而不知守,只知得而不知失,只知成而不知败;结果,就因为我多做了四年,把自己以前的七十年全赔进去了,甚至把整个合盛元全赔进去了……

"这四年真是罪过啊!我贺洪如真是罪人啊!"贺洪如大掌柜悔恨着,又自责起来了。

贺洪如大掌柜发愁,害怕,悔恨,可事到如今又无可奈何!于是,像所有到了无可奈何之境的人一样,他又把最后的希望寄托在了老天爷身上,他眼望茫茫苍穹,向老天爷祈求起来:"老天爷,求您老人家保佑我合盛元跨过这个大坎儿吧!老天爷,求您老人家保佑我贺洪如磨过这场大难吧!"

祈求罢，贺洪如大掌柜颤颤巍巍地回到屋子里。他坐在椅子上，心里又战战兢兢地抱着一丝希望：京、津、保三地的兵变祸害，或许比庆王府的人说的要小；京、津、保三号在兵变中的损失，或许比自己估算的要小；京、津、保三地存款者来总号兑现的数额，或许也比自己估算的要小……

抱着这一丝的希望，贺洪如大掌柜终于打了一个盹儿。

十四

然而，贺洪如大掌柜战战兢兢地抱着的这一丝希望，不到三天就彻底破灭了。

次日早饭罢，郝克凝、李苞来到贺洪如大掌柜的居室请示给庆王府的人兑银之事，贺洪如说道："按时如数兑给人家吧！否则，传扬出去，连咱祁县和附近地方的存款者也来挤兑了，那可就更不好招架了。"

于是，合盛元众伙计从地窖里起出四十万两银子，上午十点钟准时兑付给了庆王府的人；这一哨人马带着四十万两现银浩浩荡荡地走了。

然而，庆王府的那一哨人马兑走银子不到一个时辰，又有一哨人马来到合盛元铺面上，拿着某某贝勒名下的银票，要兑二十万两现银！正在接洽时，又来了第三哨人马，拿着某某总督名下的银票，要兑三十万两现银！而且，有跑街的传回话来：祁县城一上午来了五六哨人马，都是从北京来向各家票号兑现银的！

贺洪如一看这势头，心里完全明白了。北京兵变的祸害程度和庆王府的人说的一样，在这场抢掠焚烧中，合盛元损失惨重，而其他票号也普遍被抢掠焚烧！于是，他一方面肩上倍感沉重，知道巨大的灾难正降临在合盛元和他本人头上；一方面心里又稍觉轻松，知道这场巨大的灾难同样降临在了其他票号和其他大掌柜头上，分明既有人过，也是天祸呀！

贺洪如、郝克凝、李苞三人面面相觑，心里都在嘀嘀打鼓：地窖里的现银只有四十万两了，如何兑付这五十万两银票？

最终还得贺洪如拿主意说话，他答应明天中午十二点前给他们筹足所兑之数，然后让李苞把这两哨人马安顿在客房院里。

看着李苞带这两哨人马远去，贺洪如和郝克凝回到里院，相互看了一眼，贺洪如先说话了："耀庭，这来势汹汹啊！昨天一哨人马来兑四十万两，今天上午又是两哨人马来兑五十万两！下午说不定还会有，明天呢？这还只是北京的，天津、保定呢？我看，这是咱合盛元有史以来从未遇过的大灾难，损失太大，也太突然了！耀庭，你有何良策啊？"

郝克凝想了想，摇了摇头，说道："情形已然如此，唯有筹措银子一策，其他法子恐怕都不灵了。而这筹措银子，要在平常还可以向其他票号挪借，可现在家家自危，只有自己救自己了。一是向东家求救，二是从各分号调运银子，三是催收贷款。但后两条还是远水不解近渴，能救急的唯有向东家求救一策了。"

贺洪如听着，点了点头，说道："看来，我今下午得去一趟荣仁堡了。你呢，今下午给各庄口发个电报：暂停一切存放汇兑，并紧急催收贷款，剩余现银尽快运回祁县总号。"

郝克凝点头应诺。

贺洪如说罢，却叹了口气，说道："唉！这个电报实在是发得迟了。如果三个月前能给各庄口发出这样的电报，哪会蒙受这样大的灾难？那顶多是如今损失的三分之一，五分之一；如果三年前就能给各庄口发出这样的电报，那就根本不会蒙受这场灾难了！唉！都怨咱没这后眼呀！"贺洪如说着，连连叹气，自责之情溢于言表。

"大掌柜，天底下谁能有这样的后眼呀！不用说三年前，就是三个月前，我也没听说哪家票号收缩撤庄啊！咱山西票号界也算是精英辈出，但谁又能是神仙呢？即使是神仙，也不能高过老天爷呀！"郝克凝说着，安慰着贺洪如大掌柜。

"这倒也是，要是老天爷和咱过不去，那就谁也没办法了。"贺洪如说道，自责之情稍稍缓解。

当天下午，贺洪如坐轿车前往荣仁堡求见东家郭嵘。

郭嵘一听管家郭广仁说大掌柜贺洪如求见，便知道有了急事：大掌柜这样突然而又是下午来荣仁堡，以前是没有过的。见面后一看贺洪如的脸色，就知道这是件糟事。然而，郭嵘雄才大略，经多见广，家里又有厚实的财力，此前还没有他应对不了的糟事；即使字号损失数十万乃至上百万两银子，他家里也拿得出，心里也放得下。所以，他明知大掌柜贺洪如来了有急事糟事，却并不慌张，颇有"泰山崩于前而色不变"的大将风度。

他从容地迎进贺洪如大掌柜，让座上茶罢，他才从容地问道："大掌柜此来，有甚要紧事吗？"

"哦——也没甚。呵呵！"贺洪如吞吞吐吐说着，面有难色。

郭嵘会意，便让郭广仁下去了。

此时，书房里唯有他二人，贺洪如大掌柜突然双膝跪地，说道："东家！合盛元遭上大劫难了！我愧对东家啊！"说着，声音沙哑，老泪纵横！

"哦?!"郭嵘见状，知道情况比自己想象的还要严重！于是，心有所惊，容有所动，赶紧扶起贺洪如大掌柜，"洪如兄何必如此？有话慢慢说！"

于是，贺洪如将北京兵变，昨天今天连着有三哨人马拿着巨额银票来合盛元兑现，以及自己对事情的分析判断，一一说给郭嵘。

"啊?!"郭嵘听罢，也大为吃惊了，叹道，"莫非天要灭我山西票号吗？眼看着南北议和，革命成功，民国建立，袁世凯又当上了临时大总统，却突然在袁世凯自己的管辖区北京、天津、保定发生了兵变？！"

贺洪如无奈而无语，点了点头，又摇了摇头。

接着，郭嵘又对清廷发了一番感慨："清廷昏庸啊！不知己，不知敌，不知形，不知势，也不知天心民意。如果早十年能推行君主立宪政治，分权于民，或还权于民，何来这革命、战争、生灵涂炭和社会变乱？那不是你好，我好，大家都好吗？那不是君安，民安，社会皆安吗？清廷昏庸啊！既然自己保守不住这江山，与其予敌，何如予友？与其被革命，何如送人民？这样，既能送出人情，又能保住帝位，社会百姓还不必受这动荡战乱之祸，何乐而不为呢？！"

贺洪如附和道："东家所言甚是！自古道，当局者迷，旁观者清。当局者又常常听不进或听不到旁观者的清议，所以也就常常是行迷途而不知返，到死地乃方晓悔啊！"贺洪如这番话本来是说清廷，说罢又觉得其中有几分像是在说自己；于是，又暗暗有一点汗颜和几分气馁。

然后，郭嵘又对袁世凯发了一番议论："这袁世凯分明是个奸佞小人，如今却当上了中华民国临时大总统，其道其德怎堪配大总统之职之位？！人们常说，上梁不正下梁歪，上行下效，自古如此啊！民国既然让袁世凯这样的奸佞小人占了君王之位，恐怕将来之中国是奸佞小人之世道了。所谓小人得意，君子隐身也；亦所谓狐狼猖狂，麒麟遁形也。"

贺洪如说道："东家，这北京兵变分明是不祥之兆啊！这中华民国刚推举他当临时大总统，就发生这样的兵祸，还是在他管辖的京、津、保地区！以后，中国百姓还能指望受他的恩泽吗？躲他的祸害都怕来不及呢！起码咱合盛元是最先受他的祸害了！"

"是啊！"郭嵘说道，"将帅无能，累煞三军；君王无道，苦煞百姓！唉！洪如兄啊，咱都是六七十岁的人了，却在临了末了之际遭遇上这昏君乱世，分明是老天爷不让咱们善终，让咱们老来磨此大难啊！罢，罢，罢！不管多大的难，咱全力应对就是，大不了把我郭家几代人积攒的一百五十万两老底儿全倒出来，哪怕把我这条老命搭上也算！"郭嵘最后斩钉截铁地说着，心气如钢刀，语气如利剑。

贺洪如却低声如绵，说道："东家！我实话实说，我觉得这场灾难不比以往，或许这一百五十万两也顶不住这来势汹汹的挤兑呢！"

"啊？！"郭嵘惊愕了。

贺洪如点点头，说道："所以，东家还得往最坏处想想，除了全力应付这场挤兑风潮之外，东家还得留下些日后的生计：或留下十万八万，或留下三万五万，郭家大小几十口人也有个生活来源。"

郭嵘在地上踱了几圈，定了定神，然后摇了摇头，慷慨激昂地说道："不！洪如兄如此用心，我领情了。不过，我郭家几代人经营买卖字号一百多年，从乾隆时往恰克图长途贩运茶叶开始，就以诚待人，以信立号，以义处事，所以有了后来的兴隆发达；之后由茶庄改组为票号，更是以诚待人，以信立号，以义处事，所以有了后来更大的兴隆发达。这诚、信、义三字是我郭家买卖字号之所以兴隆发达的根本，到我郭嵘这儿岂可丢掉？一旦丢了这诚、信、义三字，买卖字号又哪会有日后的兴隆发达？所以，这回合盛元有救也罢，没救也罢，我必不肯丢这诚、信、义三字，必拿出全部老底儿相救！如果天不亡我合盛元，则我郭家的诚、信、义美名可以与合盛元一起延续；如果天要亡我合盛元，则我郭家的买卖字号能始于诚信义，兴于诚信义，隆于诚信义，终于诚信义，最后落个字号衰败而名声不毁，不也是一桩美事吗？我郭家祖宗几代人坚持诚信义一百多年，我合盛元的名声美如白玉，我此时若弄虚作假，岂不是玷污了这块白玉，最后落个字号败而名声毁，一无所有？——至于我郭家几十口人的生计，既然天不佑我合盛元，也就不会佑我郭家子孙再享荣华富贵；他们有房可以住，有地可以种，能过温饱的生活，可矣，足矣！"

郭嵘说着，一腔浩然之气，满脸苍凉之色。

贺洪如听着，心为之动，神为之动，色为之动，容为之动，五官六神和五脏六腑无不感动！于是，他颤悠悠地拱拱手，再颤悠悠地说道："东家如此，我贺洪如必舍上老命挽救合盛元！合盛元存，则我的老命存；合盛元亡，则我的老命亡！"

十五

郭嵘送走贺洪如之后，当晚召集管家郭广仁、儿子郭培松及郭氏各门管事人，将贺洪如所说的情况向他们做了如实通报。众人听了之后无不惊骇，惊讶！一个个面面相觑，不知所措，不知所云！最后，一双双眼睛又都盯向了掌门人郭嵘，只有等他拿主意了。

郭嵘见状，便将自己的想法说了出来："咱合盛元遭此前所未有的劫难，七分是天灾，三分是人祸。天灾不可抗拒，也不能归罪于谁；至于人祸嘛，自应归罪于我这个掌门人。但现在字号火烧眉毛，只能先说救字号的事，以后再说领罪受罚的事。字号出了这挤兑现象，就像河堤决了口子一样，如果不救，肯定是字号倒闭，家产或被债主抢走，或被官府抄收，最后主家还得落个身败名裂；如果救而迟缓不力，也无济于事。所以，为了救合盛元，必须快，还必须用巨额的银子。我准备把咱郭家的全部一百五十万两家底儿都拿出来，去救合盛元！——如果还是救不成，结果自然也是字号倒闭，但咱问心无愧，也不至于挨骂；咱郭家的字号败了，但郭家的名声不会败。如果救成了，则是咱郭家的字号在，名声也在，咱郭家上下几十口人还可以过荣华富贵的生活。"

郭嵘在郭家辈分大，在字号上功劳大，在为人处事上又威望高；他这么一说，众人无语，只有唯诺而已。

"如果大家没甚说的,那我从明天一早就开始向城里运银子了。"郭嵘最后说道,"大家心里也得有个准备:如果合盛元能救下来,一切都好说;如果救不下来,咱郭家几十口人就得过普通人的日子,甚至是穷人的日子了。"

郭嵘说罢,深深叹一口气,眼神忧郁,脸色苍凉,然后吩咐:"广仁啊,你安顿好四辆大车,每一辆大车再配好八个家丁,明天一早卯正时分等候在大门口,准备往城里起运银子。这起银运银之事就靠你了,另外,让松儿跟着你吧,也好让他经见些事情,增长些见识。"

郭广仁应诺,郭培松点头,郭嵘饱含深情,分别看了二人一眼,似乎在说:明日起运银子之事,就靠你这管家负责了;来日管郭家之事,则要靠你这儿子担任了。

最后,郭嵘说一声"都散了吧!"把众人打发走了。

而他自己却单独静静在待在书房里,思绪悠悠,彻夜不眠——

"合盛元遭此巨大的劫难,还能挺过去吗?能挺过去,能保存下来,自然一切都好说:留得青山在,不怕没柴烧;守着黄河水,岂能无鱼吃?!但一旦挺不过去,可就是灭顶之灾,一切都完了,祖宗几代人积累的几百万两银子,就一下子全填了黑窟窿,全进了无底洞,全没了!这样的话,我可就由一个郭家买卖事业的大功臣,一下子成了郭家买卖事业的大罪人:踢蹬了祖宗的家业,拖累了儿孙的生计;上无以面对列祖列宗,下无以面对诸子诸孙啊!

"合盛元遭此巨大的劫难,罪责在我一人吗?就郭家而言,我一人掌门主事,固然罪责全在我一人啊!我完全可以在三年前见好就收,知难而止,撤庄闭号,散人收银,把几百万两银子垛在地窖里;即使一年花销一万两,还够郭家几十个人享用几百年呢!三年前我为甚不这样呢?!不过话说回来,三年前又有哪家票号的东家这样做了呢?没有啊,山西票号四五十个东家,有比我郭家更有钱的,有比我郭家的买卖更兴隆的,也有不如我郭家的，竟没有一家这样啊?! 说来说去，再精明再智慧的人也没有后眼啊! 谁能想到区区几个革命党人，仅用几年时间，仅靠一个武昌起义，就推翻了有三百年深厚根基的大清朝廷呢?! 人们更想不到，在清帝退位，民国建立，袁世凯当上大总统，国家社会本该安定太平之时，突然在袁世凯长期管辖的北京、天津、保定发生兵变啊! 谁也没有想到这些，谁家的票号也面临挤兑啊! 如此说来，并不是合盛元一家遭受了这番劫难，众票号都遭受了这番劫难；并不是我郭嵘一人有过，众票号东家都有此过啊!

"反正，不管谁之过，祸是降临到每家票号的头上了，而这祸来得又这样蹊跷：就众票号而言，这北京兵变实在太蹊跷，根本就是不该发生的事呀! 就我合盛元而言，几年前刚刚去日本设庄成功，算是找到了一条摆脱危机之途，还想进一步向南洋、西洋各国拓展呢! 此时，我合盛元在众票号中可谓一枝独秀，在舆论界又可谓百般吹捧，算是正走在红运上呢，怎么一下子就来了这样一场巨大的横祸?! 莫非，这是天要灭我山西票号，清帝逊位、南北议和、民国建立、袁世凯当大总统，这都是天埋的一个陷阱? 莫非，这是天要灭我合盛元，申树楷去日本设庄成功，上个账期每股分红一万四千两银子，这更是天设的一个圈套? 莫非，天对付我合盛元和众票号也得耍一个'将欲取之，必固与之'的道家之术、兵家之计? 莫非，我合盛元及众票号已经长寿到天不得不灭的地步，已经强大到天不得不用道术兵计就灭不了的地步?! 或许果然如此：我合盛元及众票号自成立以来，经太平天国十年战乱的劫难而不败，历英法联军攻陷京城的劫难而不衰，遭甲午战争辽东陷落的劫难而不馁，遇八国联军攻陷京城的更大劫难而不倒，再碰上大清银行这特权极大、势力极大、资本极大的'巨无霸'的排挤抢夺而不退，最后又蒙受辛亥革命时汉口、成都两地分号被抢掠焚烧的巨额损失而不逃……分明是天用这种种的灾难来直接伤害我合盛元及众票号实在无济于事，只得预设陷阱圈套,并出其不意地突然袭击?!

"天为甚非要灭我合盛元及众山西票号呢?莫非我合盛元的名声实在太大了,东家掌柜们的道行实在太深了,积攒的银钱实在太多了,老天爷也红了眼,要收我合盛元及东家掌柜们归天,替天经商理财?!抑或是我晋商称雄明清两代五百年,日子太久,根子太深,底子太厚,而山西票号垄断独霸金融市场近百年,使晋商如虎添翼,致使其他商帮望尘莫及,无力撼动,更无法取代,各帮轮替遥遥无期,渺渺无望,实在有违风水轮流转的天道?为了风水轮流,天只好出面降灾,千方百计地灭了我合盛元及众山西票号?!

"这巨大的劫难既然来临,我就从容地应对吧:用真,用正,用诚,用信,用义;而不用假,不用诡,不用虚,不用诈,不用奸。一句话,用君子之道,而不用小人之术!古人云:'天作孽,犹可违;自作孽,不可逭。'天要作孽,由之可也,顺之可也,但自己绝不作孽。只要自己不作孽,不管天怎么作孽,人可死,家可败,事可坏,但美名不可毁,精神不可摧!只要精神在美名在,则我家后世千秋万代之人可奉此精神主其躯,可戴此美名助其事;如此,则是一人死而万人生,一时家败而万世家兴,一桩事毁而万般事成也!此乃失一而拾万之神机也,妙缘也,我何乐而不为呢?!……"

郭嵘翻来覆去地想着,思着,虑着,算着,忽而悲凉,忽而忧郁,忽而怨苦,忽而疑惑,忽而又觉悟达观……但一晚上再怎么想,心里再怎么狂风暴雨,地动山崩,也没有动摇心中那棵根深蒂固的君子树,没有折断这棵君子树上那三根诚、信、义的杈枝!

在面临如此巨大的劫难之时,在经过一晚上彻夜不眠的思虑之后,郭嵘依然要坚守君子人的品格,依然要坚持诚信义的原则。

次日早卯正时分,管家郭广仁召集齐了家丁,准备好了车马,前来见郭嵘时,看他依然在书房独坐,看他脸色蜡黄,不禁心中一颤!郭广仁近前低声说道："老爷一夜没睡？您也六十出头的人了，遇上天大的事，可也得注意身体啊！"

郭嵘看了郭广仁一眼，却没有答话，只是说声："都准备好了？走吧！"便起身出屋，带郭广仁等开门进了孟房，再打开银窖，掌灯进去。于是，一垛垛白晃晃的银元宝赫然码放，一个个黑油油的元宝箱森然排列，这里存放着一百万两银子！

"开始搬运吧！一车一千二百五十个元宝，六万二千五百两，四车就是二十五万两；上下午各两趟，把这一百万两银子在天黑前全部运进合盛元院内！"郭嵘吩咐道。

"老爷要把这银窖腾空？一箱不剩？"郭广仁问道。

"对，全部腾空！一个元宝也不剩！"郭嵘斩钉截铁地说道。

于是，郭广仁、郭培松招呼三十二个家丁和八个驭手，开始装银、抬箱、上车，然后赶运，浩浩荡荡地向祁县城而来，再卸在合盛元院子里……

待最后一趟起运罢，郭嵘站在银窖门口久久伫立，看着空空荡荡的银窖，黯然神伤，悄然落泪，怅然叹息："我这积攒了几十年的一百万两银子，说走就走了；我这满满实实的银窖，说空就空了！我的一百万两银子啊，你们今天走了，来日还会回来吗？我的满满实实的银窖啊，你今天空了，来日还会满起来吗？……唉！我合盛元遭此劫难，怨天也罢，怪人也罢，怨来怪去，只能怨怪我郭嵘福薄德浅，不能长远地永久地拥有你们啊！"

当晚，第四趟运银车回来，郭广仁和郭培松拿着大掌柜贺洪如签收的字据交给郭嵘，郭嵘展开看了看："兹收存郭双庆堂现银壹佰万两整。合盛元总经理贺洪如。"上面还有合盛元的号章和贺洪如的名章。

郭嵘将字据收起，吩咐道："明天还是原班人马，原定时辰地点，继续往城里起运剩下的五十万两银子！"

"银窖已经空了,哪儿还有五十万两?"郭广仁想问,但不便问,只在心里嘀咕了一下,便应一声下去了。

郭培松却不吭不哈,只是听从父命跟在郭广仁屁股后面,如木偶,如影子!他对这字号买卖银子之事了无兴趣,面对自家字号的危局,面对自己父亲的困局,他却依然故我,如局外之人!他根本不愿意在这类事情上关心操心,只是勉强应付了事而已。

郭嵘看着儿子郭培松的背影,失望和悲戚之情再次在心里泛起:此子是我的独子,却既没出息,又不生子,我是有子而等于无子呀!唉!我郭嵘与儿子、银子的缘分为何如此浅薄啊?!——生有儿子却不能为我传种,拥有银子却不能让我传代!

郭嵘又一个难眠之夜,虽然睡在卧室,拥着娇妻,却了无性情,一腔忧思……

次日卯初起来,郭嵘准备把郭家最后的五十万两家底儿起出来,全部送到合盛元号上。他在地上踱了几步,看了一眼被窝中的爱娃,想告诉她:爱娃,我今天早晨把这最后的五十万两家底儿运走,郭家可就空了;郭家日后难免就穷了,日子也就苦了,你心里要有些准备啊!

然而再踱了几步,又一转念:告诉她做甚?岂不是啥事不顶,平添她的忧愁吗?她一忧愁,不是又平添几根白发,平添几道皱纹吗?还是不告她为好,既然告不告她都于事无补,与其让她在忧愁焦虑中过日子,还不如让她继续在欢乐快活中过日子呢!

于是,郭嵘出了卧室,来到供着祖宗牌位的孟房楼上,上香,磕头,祷告,谢罪。

卯正时分,郭广仁等已经候着了,郭嵘让众家丁拿上斧头、钎子、镢子和铁锹等工具来到后花园里;他划出一丈宽两丈长的尺寸,便让家丁们动土开挖。家丁们揭开一尺冻土,再下挖五尺,便碰到了一层油布;再揭开油布,便是一个个硕大的银锭!

"啊?!"众人无不惊诧,"这么大的银块子!就是让强盗寻着了,一时半会儿也拿不走,也没奈何啊!"

郭广仁这才明白了:原来这五十万两银子是藏在这后花园地底下!

此时的郭嵘沉静平静,竟有雅兴给众人解释这些银锭的来历:"嘿嘿!这些大块银锭的名称还真叫'没奈何'呢!当初走恰克图的茶庄从俄国人那里赚上银子往回运输,怕半路遇上强盗,就铸成这么大的千斤银锭;这样,即使半路上让强盗碰上也拿不走,没奈何,所以就有了'没奈何'的名称!"

"啊——?哦——!"众人明白了"没奈何"的来历,但面对这一个个"没奈何",却也还是没奈何!

没奈何!不用说抢劫的强盗面对这千斤银锭没奈何,就是这些专门受主人之命起银子的家丁们,面对这千斤银锭也有点没奈何!众人费了九牛二虎之力,用了鲁班孔明之巧,才把这三十二块千斤银锭从六尺地下起出来,然后全部运送到祁县城内的合盛元院子里!

待四辆大车第二趟起运,郭嵘把最后的藏银送走,看着后花园这空空的大坑,再想起孟房底下那空空的大窖,浑身一种空空的的感觉,仿佛一阵风就能把自己吹起,又仿佛一根鸡毛就能把自己压倒!

而想着四辆大车把最后的藏银运到了合盛元,家里的全部一百五十万两藏银都运到了合盛元,心里又是一种卸下责任担子后的轻轻松松和闲闲在在的感觉:为应对合盛元这场大劫难,我这个东家是尽力了,尽责了,尽心了,该做的可做的都做了,该出的可出的都出了;此外,甚也不需管,甚也不能管了……余下的一切,合盛元是死是活,郭家是衰是兴,就只能靠那些掌柜们和老天爷了。

十六

贺洪如大掌柜看到东家郭嵚在两天内就把一百五十万两藏银全部交给了合盛元，他甚为感动：合盛元遭此劫难，而东家如此不遗余力地出银救助，真是我大掌柜贺洪如之幸，众掌柜伙计之幸，也是众存款顾客之幸！当他最后看到运来的千斤银锭上有"道光"字样时，他更感叹：东家把六十多年前祖宗积攒的家底儿都起出来，都运过来了！东家如此，可谓抛肝掏心了，我这个大掌柜若再保不下合盛元，还有何脸面再见东家？！

然而，解救这场挤兑危机，却只有这一百五十万两银子，别无良策。各分号的情况都通报回来了，没有一处可以匀出现银救助总号；倒是有几处也火烧眉毛，请总号调运现银过去呢！其他票号的情况也都摸回来了，祁县、平遥、太谷三地每天都有一哨一哨的人马从北京、天津、保定等地涌来兑现；各家票号都在应付挤兑，无不是泥菩萨过河，自身难保！而各项放款呢，社会遭此祸乱，各业血本无归者比比皆是，能保住元气者已是万幸，能保有余力者百无一二！所以，这些放款眼下根本催收不回来，将来能慢慢收回来就算万幸了。

看来，东家运来的一百五十万两银子，就是合盛元的唯一支撑了。

就在出现挤兑的第二天，祁县城附近的存款者闻知北京兵变、京城存款者来祁县挤兑，也纷纷来到合盛元门口挤兑了。好在当天从荣仁堡运来一百万两现银，运银如车水马龙，堆银如土丘石山，当地的挤兑者才慢慢退潮。这一天，除兑出京城两笔银票五十万两，又兑出数百笔小额存款十余万两，把六十万两银子兑出去了。

仅仅两天，就兑去一百万两！而库存的八十万两加上东家运来的一百五十万两，总共只有二百三十万两，两天后已剩下一百三十万两！

第三天上午，京城又来三哨人马，共兑五十万两；下午，天津一下子来了四哨人马，共兑六十万两！

那三十二块千斤银锭在合盛元院子里只待了两个时辰，连夜都不过，就前往北京、天津了！这一兑，合盛元银窖里只剩下二十万两了！看情形，京城兑银者近于尾声，却未完了；而天津兑银者刚刚开端，保定兑银者即将来到，明日恐怕来得更多，兑银数额更大！

当晚，贺洪如已经知道：这场挤兑风潮实在来势太凶、太大、太怕，合盛元顶不住了！他坐在椅子上微微闭目小憩，却隐约觉得合盛元像一座摇摇欲坠的大厦，这座大厦正在坍塌，正在向自己砸来！

贺洪如心中一惊，睁开眼睛，知道是幻觉，却一下子倦意全消，心绪平缓，脑筋也清醒了：合盛元恐怕是支撑不住了，我恐怕是无力回天，对不住东家，也对不住储户了！罪人啊，我是合盛元的罪人，是东家的罪人，也是众储户的罪人啊！想我贺洪如英雄一世，这几年更是如日中天；如今却突然遭此劫难，一世的英名和一生的功绩全都化为乌有了！错，错，错！一切错在四年前没有急流勇退，没有见好就收，没有告老还乡啊！误，误，误！因为这恋栈之错，我误了东家，误了储户，误了合盛元，也误了我自己啊！

时到如今，事到如此，我还能做甚?！我已无力回天，已无处求救，已陷入了无可奈何之境啊！——我甚也不能做了，唯有以死谢罪！

贺洪如越想越羞愧，越想越悲哀，越想越绝望，最终想到了死……

如何死法？二尺白绫上吊？这样吐着舌头，死相不雅。一剂毒药下肚？这样七窍流血，死相更不好。去跳茅坑？这样死法使尸体又臭又脏，太糟蹋自己。去跳水井？这样死法使井水又臭又脏，则又太糟害他人……盘算间，他伸手搔头，手指上硕大闪光的金戒指眼前一晃，他蓦然想到了吞金而死！这种死法不破相，不难看，不算糟蹋自己，也不会糟害他人；而且，身带这金子去阴曹地府，还能算是黄泉路上的盘缠，不至于身无分文，受冻挨饿，沿路乞讨……

贺洪如把金戒指脱下来，拿在手中掂了掂，准备吞下，却想到似乎有未了之事，便又放下金戒指，盘算起来……

对！我临死前应该向东家伙友及世人交代几句话。

于是，他铺纸拈笔，聚神凝思，在纸上写下了几行字：

东家及众位：

　　贺某失策失算，误东误伙，让合盛元陷此倾倒覆亡之境！如今无力回天，唯有以死谢罪！

写罢，贺洪如又拿起了金戒指，准备吞下，心中却似乎仍有一桩未了之事！于是，他又放下金戒指，盘算起来……

隐隐约约中，他看到了合盛元门前挤兑的人群，人群中有佩刀挎枪者在怒骂，有佩金挂玉者在抱怨，也有衣衫褴褛者在哀哭……

贺洪如一凝神，一眨眼，知道刚才这些情景又是幻觉，却蓦然想起：合盛元一旦倒闭，那些穷苦的小储户最可怜，最经不住打击，自己最对不住祁县城这些穷苦的小储户！哦！合盛元不是还有最后的二十万两银子吗？

贺洪如一下子明白了自己在世上的最后使命：设法把最后的二十万两银子兑给那些穷苦的小储户！衡量轻重，这二十万两银子如果兑给这些穷苦的小储户，可以救他们的命；而如果兑给那些有钱的大储户，只能在他们的算盘上增加几个子儿，或者在他们的衣服上点缀几个坠儿。计算多少，这二十万两银子如果兑给这些小储户，可以让数百上千人满意而去；而如果兑给这些有钱的大储户，只可以让一两个人满意而去。

于是，贺洪如又把金戒指戴在手上，把那张纸塞进抽屉里；然后，叫来郝克凝、李苞吩咐："明天一早挂出牌子，上午只兑现一千两以下的小额存款；下午三点钟以后只兑现一千两以上的大额存款。另外，让跑街的早些通知那些熟惯的小储户,让他们知晓此事,赶紧来兑!"

当晚,失眠了好几天的贺洪如安安稳稳地睡了个好觉。

次日,祁号掌柜李苞坐镇柜上,领着众伙友给一千两以下的储户兑银。铺面的一堆堆银子如一池池水,而挤兑的小额储户们则如长龙饮水一般;一堆堆银子被兑去,又一堆堆银子上来,又被兑去……

二掌柜郝克凝则带几个伙计专门迎候接待外地来的大额储户,一上午从天津、保定来了五六哨人马,总共拿着八十万两银票要兑现!郝克凝一一迎到客房院里,上茶让座,敷衍应酬,并在各个院里支开麻将桌子,供客人们玩乐消遣;偶尔,他还会上手,和客人打上几圈。好一个红火热闹的院子:厨房内,肉味、酒味、山珍味,香味飘溢;客房里,笑声、叫声、打牌声,欢声飘扬!

半上午时分,贺洪如大掌柜来到铺面前看了看,排队者有一百多人,秩序尚可;又问了问,知道银子已兑去七八万两,人也打发走了一百多个,进度也行。他满意地点点头,走了出来。

快晌午时分,贺洪如大掌柜又来到客房院里,看到各处客人们安安稳稳,对郝克凝甚为满意:呵呵!这郝克凝究竟经过大世面,见过大人物,待人接物还真有一套,竟能把这些心急火燎的挤兑者安顿得像进了玩乐场一样!好,好!能把这些人再稳上几个钟头就行了。

临走,他吩咐郝克凝:"晌午饭好好招待这些客人,尽量上好酒好肉!"

贺洪如再回到合盛元铺面门前,他看到等候兑银者只有三四十人了,心中稍感欣慰:剩下的这些人,三点钟之前应该兑完了。

回到合盛元院里,他嘱咐贴身伺候的小伙计:"告给厨房,今天我不吃晌午饭了;我要睡一会儿,三点钟之前不要打扰我。"

小伙计应着去了,贺洪如进了自己的居室,掩上了门。

贺洪如看看座钟已指向十二点半,遂坐在桌前,喝了杯水,静了静心。一会儿，他又从抽屉里拿出那张纸看了看，想了想，放下了；再从手指上脱下那枚硕大的金戒指，看了看，想了想，心里说一声："东家！我对不住你，我对不住合盛元啊！"说着，眼泪簌簌地落下，嘴唇颤抖着张开……

贺洪如心一横，嘴一合，将金戒指一下子吞进嘴里，咽下肚里！然后，他冷静平静地脱鞋上炕，躺在了自己曾躺了数十年的白熊皮褥子上，睡下了，永远地睡下了……

一个英雄了一世的合盛元票号大掌柜，就在他七十多岁即将告老还乡之时，突遇北京兵变和由此而来的挤兑狂潮，终因无力回天，无可奈何，心神憔悴，最终含恨而死！一个雄才大略的合盛元票号大掌柜，就在他把合盛元票号成功地开设到日本神户、大阪、东京、横滨的辉煌鼎盛之时，突遭北京等国内社会变乱和由此引发的北京等分号失败，而使全盘皆输，颜面全丢，最后羞愧难当，吞金而亡！

惜乎！如此鼎盛之票号，而依存于如此衰败之国家！

痛也！如此英雄之掌柜，而陷落于如此失败之境地！

十七

当天下午近三点时分，合盛元门前兑现的小额储户者已寥寥无几，而柜上的二十万两银子也所剩不多。坐镇的祁号掌柜李苞见状，知道今天上午的事，奉大掌柜之命如期如愿完了；而下午三点之后应付大额储户兑现的事，却毫无准备。于是，他来到后院向大掌柜贺洪如回禀请示；他推门进了大掌柜居室，却发现大掌柜贺洪如已经气绝身亡！

李苞一看，大为惊骇，当即大哭大喊起来！

有几个伙计们听到哭喊声过来，李苞赶紧吩咐一个人快去敦和堂请医生，吩咐另一个人快去客房院叫二掌柜郝克凝！

此时，郝克凝招待各地的客人吃饱喝足，正在客房院里和一伙人打牌呢！听伙计说李苞掌柜叫自己赶紧回号，遂让手下伙计替下，连走带跑地回到合盛元院里！

郝克凝来到贺洪如大掌柜的居室，看到他的尸体和绝笔，也是大惊失色，目瞪口呆！

"二掌柜，这可怎么办呀？"李苞着急地问道。

郝克凝这才意识到，贺洪如大掌柜这一死，合盛元这些大小事情、大小债务等诸多的急事、难事、烦事就全落在自己头上了！原来，大掌柜今上午是用了一个缓兵计，一个空城计；现在，这缓兵计完了，这空城计露了，城外的"司马大军"就要杀进来了！

郝克凝看了看李苞，摇了摇头，说道："没有办法了，大掌柜分明就是没有办法而自尽了！眼下咱合盛元没有了银子，就像打仗没有了兵一样，无可奈何啊！"

郝克凝说罢，顿了顿，蓦然想起一件事来，说道："咱还许诺那些大储户们下午三点以后兑现呢！赶紧让伙计们把前门和铺面都关了！"

合盛元伙计们刚刚关门闭铺，那几哨外地的人马就来兑现了；他们一看到合盛元关门闭铺了，大呼上当受骗，纷纷扑上来撞门砸板，呼喊叫骂！

郝克凝听到了这些砸门叫骂之声，知道这关门闭铺终究挡不住这些挎枪佩刀的人马。遂对李苞说道："赶紧派人去县衙报官，请官府出面吧！官府一出面，大不了我一个人顶罪坐牢，合盛元和众伙计的安全就有保障了。要不，咱合盛元的铺面让砸了，伙计让打了，甚至再出了人命，那麻烦可就更大了！"

李苞犹豫迟疑。

郝克凝却斩钉截铁地说道:"赶紧派人去!再迟要出人命的!另外,再派两路伙计,一路去大掌柜家里报丧,一路去东家那儿报讯!"

李苞只得一一挑选合适伙计,从后门出去,分别报官、报丧、报讯去了。

李苞派遣罢伙计,回来复命,郝克凝又问柜上存银多少,李苞说仅剩下一万多两。郝克凝便又吩咐:"拿出五千两来,赶紧派人带上轿车送到大掌柜家,以作发丧之用;再拿出五千两来,设法藏在后院,以备众伙计日常花销之用。要不,一旦被官府查封,合盛元就一两银子也不能动了。"

李苞领命又出去忙碌了。

郝克凝独自静坐凝思,他见过其他字号倒账的情形:或伙友携银逃亡,则店铺任由债主们打砸抢劫,乃至于焚烧,店铺就毁了;或伙友坚守店铺,则伙友任由债主们唾骂羞辱乃至于推打,伙友就惨了;或者是报官,由官府来人扣押掌柜,查封店铺,则伙友店铺可保安全,掌柜一个人受牢狱之苦就行了。

于是,郝克凝想道:"如今这合盛元的情形,如果伙友携银逃亡,不仅店铺不保,字号声誉扫地,而且因是总号,存款者兑现失望,必然去荣仁堡东家那里讨要现银,这样就会把全部灾祸引到东家那里!如果伙友坚守店铺呢,忍受打骂羞辱是小,这些带枪带刀的要是动了刀枪,还会有性命危险!所以,这两种情形都是下策,不可取。唯有这第三种,以一个代表人的牢狱之苦,可以换得众伙友、店铺乃至于东家的安全,可算是上策。现在大掌柜一死,我自然成了合盛元的代表人;我以自己一个人的牢狱之苦而换取众伙友、店铺和东家的安全,也算值得啊!况且,合盛元此番劫难始于京号郭长林等潜逃,而郭长林又是由自己一手提携举荐才当上京号掌柜的,自己有举人失察之过,理应受到惩罚,这也算因果报应啊!自己当初种下这苦秧,现在吃了这苦果,也算结束了一个因果轮回;倒省得以后年久日长,这因果报应之神再连本带利,塞给自己一个更大更难吃的苦果……"

这么一想，郝克凝心里就非常坦然了，坦然地面对眼前一切的混乱灾难，也坦然地接受日后一切的牢狱枷锁！

不到一个钟头，县衙果然派来了官兵衙役等一队人马，将合盛元前店后院团团围堵；除留下偏院的灶房和后院的伙计住处，把店铺、房屋、银库统统查封！

然后贴出告示：

合盛元因无力兑付现银，实有倒账之虞。本县府据商号倒账清算之法律，为保护众债权者之利益，防止号伙转移财物等不规之举动，特将该合盛元店铺、房屋、财产诸物查实封存。

合盛元乱市害民，皆由其经理者玩忽职守所致，罪不容恕；因其总经理贺洪如已畏罪自尽，次第由其副总经理郝克凝代为领罪，本县府现将该合盛元代表人郝克凝绳法拘押。

各债权人见此告示，可向本县商会妥具节略，以待将来公平清算也。

遂后，合盛元总号二掌柜郝克凝被戴上枷锁，被官兵押了出来，押向县衙；挤兑者见状，纷纷谩骂泄恨！

合盛元北京号堂堂丰仪的郝克凝掌柜，山西票号界鼎鼎大名的郝克凝老板，在他六十二岁之时，竟遭此枷锁之灾，受此谩骂之辱！

……

郝克凝一坐牢，合盛元的大事小事都落在了李苞身上：他一面去县衙打点，尽量使二掌柜郝克凝能够松宽轻省地坐牢；一边去大掌柜贺洪如家里打理，尽量让大掌柜贺洪如能够排场体面地出殡；此外，他还得操心团拢伙友，接洽商会以及回禀东家诸事……

合盛元如此，合盛元几个掌柜如此，如今东家郭嵘可就虎落平阳被犬欺，凤凰落地不如鸡了：作为财主东家，地窖里的藏银如他的肝胆，合盛元票号如他的羽毛；如今地窖里的一百五十万两藏银悉数拿出，而不几天合盛元票号又遭挤兑、查封、关门，无异于刚被抓去肝胆，又被拔去羽毛！而贺洪如、郝克凝、李苞几个掌柜又是他的左膀右臂和腿脚，如今贺洪如吞金而死，郝克凝戴枷入牢，李苞又被诸事缠身，这又无异于被砍去了左膀，又被卸下了右臂，再被捆住了腿脚！想往日之郭嵘，富贵诚如兽中狮虎，雅美诚如鸟中凤凰，如今却肝胆丢，羽毛落，膀臂卸，腿脚捆！如此如此，尽管他是狮虎之质，也得被犬欺了；尽管他是凤凰之品，也不如鸡了啊！

本来，前几天把家里的一百五十万两藏银全部运往合盛元票号之后，郭嵘心里就有点空，有点虚，有点经不住打击了；但今天下午，合盛元伙计却传来了大掌柜贺洪如吞金而死的噩耗，郭嵘一听就气结于胸，思止于心，有点傻眼了！不到一个钟头，合盛元伙计又传来合盛元被查封、郝克凝被拘押的噩讯；郭嵘一听更血凝于身，神滞于脑，有点呆头了！一会儿又有一哨外地的人马伙同几个本地的债主二三十个人找到郭家大院门口，大声嚷嚷着要讨债，乃至于要抢郭家大院里的东西财物！郭嵘一听，终于撑不住了，顿时气炸于肺，血崩于腔，大口大口地吐起血来……

郭嵘吐了大半盆血，脸色苍白，气力微弱，心和脑却清楚多了：他先是感念村人护卫郭家，后是感慨贺洪如之死和郝克凝之坐牢，感愤奸雄当权、社会变乱……

管家郭广仁、夫人爱娃等自是劝解安慰，待儿子郭培松亲自去县城请来医生诊视，连夜抓药服下，郭嵘才慢慢睡着，郭家大小众人也才算缓了一口气，各自睡觉去了。郭家大院经过了这半天半夜的危险、惶恐、忙乱和嘈杂，总算又复归平安、平和、平静了。

爱娃一个人侍奉着，陪伴着，观察着郭嵘，心如刀割，泪如泉涌……

第二天五更时分,郭嵘醒来了,看到灯光下独坐的爱娃,不禁心动眼湿,说道:"爱娃,我拖累你了!"

爱娃见状,贴过身来,为他拭拭眼泪,说道:"老爷说哪里的话,好好调养吧,用不了半月二十天就好起来了!"

郭嵘却摇了摇头,说道:"这个坎儿,我恐怕是过不去了。"

"老爷何出此言?你要挺住啊!"

郭嵘苦笑笑,又说道:"爱娃,人心难违天意。我刚才在睡梦中,好像梦见神人点化我说:'如今清帝退位,袁世凯开奸雄之头,启乱世之门,今后中国二十二省必为大小奸雄所乱,天下将争战混乱不休矣!观中华历史,治世清世,则圣人经天纬地,君子荣华富贵,则魔王扛枷,小鬼系锁也;乱世浊世,则魔王遮天盖地,小鬼耀武扬威,则圣人归天,君子遁形也。郭公向来修圣人之学,蹈君子之行,品高质洁,岂肯为乱世所惑,为浊世所污也?何不趁早归天遁形?!'一梦醒来,梦中的景象言语,我记得清清楚楚!爱娃,这分明是神人暗示:我恐怕该走了,该到另一个世界上去了。嘿嘿!天要收我合盛元,天要收我郭嵘,我合盛元和我郭嵘就让天痛痛快快地一起收了吧!"郭嵘说着这些,倒显得格外平静了。

爱娃听着这奇特之言,想着这怪异之事,心惶惶,胆颤颤,意恍恍,泪汪汪……

十八

天明时分,请来的大夫又诊视了一番,开了几服药,嘱咐些"按时吃药,安心静养"之类的话,便要起身回城。郭家人哪里肯让大夫饿着肚子走人,自是悉心准备早餐,上酒上肉;然后才准备轿车,并由少爷郭培松陪送大夫回城。

郭嵘撑起病体,叮嘱儿子道:"一路好生陪伴大夫,仔细抓药;完了你去合盛元看看情况,转告李苞掌柜,尽量把贺洪如大掌柜的丧事办得体面些,尽快把郝克凝二掌柜从牢狱中保出来,合盛元诸事就拜托他了!"

郭培松自是谨遵父命,一一办毕,当晚向父亲回复。郭培松这一件一桩,办事妥当;一字一板,回话清亮。

郭嵘听着,自感欣慰,心中想道:"此子原本天资聪明,禀性中正,是个可造之才,也应能顶撑起我郭家的事业。只因我对他从小娇惯太甚,不知稼穑之辛苦,也不知买卖之艰难,致使他胸无志,腹无学,手无艺,唯知游手好闲,由心任性!也因我让他学诗作赋过早,孔、孟经济之道尚未根植其心,杨、马藻饰之文已迷惑其眼,致使他了无经世之学,倒颇有赋诗之才,终究华而不实,美而无用。如今我合盛元遭此劫难,我郭家受此颠覆,他或许迷途知返,走归正道?抑或梦游惊醒,恢复本性?若果真如此,以他的天资禀性,并不在常人之下,当可再铸人生,重振家业!如此,则或许祸转福,凶变祥也!"

父亲对儿子慈意浓浓,爱心眷眷;儿子对父亲却孝意淡淡,关心疏疏!

当晚,郭培松就把爱娃叫到一边,把他父亲的病情告诉了她:"三妈,我听大夫说,爹内脏损伤,气血又太亏,恐难支撑太久。少则十天半月,多则一月两月;如果万幸,能熬过清明节,等到春暖花开,则病情可慢慢痊愈了。"说罢,他看到爱娃眼泪汪汪,便又安慰道,"三妈千万保重!爹已经这样了,也只好听天由命;三妈如果再哭出病来,叫我如何是好呢!三妈请放宽心,有爹没爹,我都会一如既往地孝您,敬您,关照您!"

爱娃听着,眼里愕然,心里惑然:少爷怎么对躺在炕上的父亲倒不怎么在意,不怎么悲戚;而对我倒这么挂念,这么上心呢?……

当晚,爱娃守护着丈夫郭嵘,悲情戚戚,思绪纷纷,又是一个不眠之夜。

次日上午,李苞急急忙忙前来探视东家郭嵘,东掌二人劫后相见,双双眼泪汪汪!李苞身上的事情实在太多,向郭嵘问候一番病情,回禀一番号事,稍叙一会儿,便又告辞起身,急急忙忙去贺洪如大掌柜家里料理丧事去了。

世事如此动荡,号事又如此败乱,贺洪如大掌柜的丧事只能勉强有点排场;尽管李苞等掌柜尽力为之,殡仪大大胜于普通村人,却远远不如当初老掌柜渠寿昌出殡的盛大场面了。

李苞这些天百事缠身,可真是神如疯魔,形如风车;烦透了心,忙断了筋!

贺洪如大掌柜出殡罢,李苞想着郝克凝二掌柜还在牢狱之中,又想到东家嘱托他"尽快把郝克凝二掌柜从牢狱中保出来",而李苞又何尝不想尽快把郝克凝二掌柜保出来呢?郝克凝在牢狱中受大罪,李苞在外面受大累,两受其害呀!如果能保出郝克凝来,他李苞身上一多半的大事难事就转到郝克凝身上了,两就其便呀!况且,李苞与郝克凝相处如兄弟,又何忍眼看着郝克凝在牢狱中受罪而不管呢?于是,贺洪如大掌柜出殡罢,在坐轿车回城的路上,李苞就动起了如何保释郝克凝的脑筋:如何才能说通县衙,把郝克凝二掌柜保释出来呢?

去衙门固然需要银子,可也需要法子,那些官员老爷们既想得利,还想得理,却又既不想出力,还不想劳心!谁想找他们办事,得连银子带法子一同奉上才行!李苞数十年在祁县城坐柜,与县衙里的人混得老熟,请托的门路和价码都有,但这次合盛元挤兑风潮在祁县城闹得沸沸扬扬，拘押二掌柜郝克凝之事也是满城风雨，没个合适理由还真难放人。前些天经几番打点，郝克凝在牢里倒颇受关照，并未受辱受刑；但要保释出来，却难乎其难，在这事上，县太爷根本就不松口！

李苞回到合盛元，却看见一个披麻戴孝的人！原来，郝克凝二掌柜的母亲殁了，他弟弟前来字号上求见李苞掌柜，请他设法通融县衙放人，回村里给母亲送葬呢！

李苞大惊，不禁暗自感叹道："啊？这可真是'屋漏偏逢连夜雨'！咱合盛元这是怎么啦？郝克凝二掌柜这是怎么啦？如今二掌柜的老妈殁了，做儿子的却不能守灵送葬，实在太背天伦人情呀！我如果保不出二掌柜，实在愧负我二人几十年的交情，实在愧负老夫人，也实在难以面对眼前这披麻戴孝的他弟弟呀……"

李苞这么感叹着，心中蓦然一亮：这"为母送葬"不就是个放人的合适理由吗?！这天伦人情，这白衣孝衫，县官大人得此理，闵此情，睹此景，也该通融了吧？李苞这么一想，倒难事转易了。

李苞当即拉上郝克凝的弟弟，急急忙忙地奔县衙而去。

李苞让郝克凝的弟弟披麻戴孝跪在县衙门前，他则直接进去找县太爷了。

这县太爷闻知情形，已有释放郝克凝之意，便与"师爷"商量如何个放法。"师爷"遇此熟人熟事熟情，自是极力赞襄，说道："儿子为母亲守灵送葬，乃是天之大伦，人之至情；老爷为祁县父母官，自应恤民之情，顺民之性，抚民之心。以此告示县人，谁还能说个不字？况且，刚才我观察郝克凝之弟在衙门前披麻戴孝跪求的情形，行人见状者无不哀怜，甚至还有出语不逊，抱怨大人太过冷酷无情者。所以卑职以为，大人若此时放人，既可顾及郝克凝之天伦人情，又可顺应祁县城之舆情民意，岂不两全其美?！"

于是，县太爷毫不犹豫，下令放人："此前我之所以不敢放人者，实因为考虑舆情民意。如今舆情民意果真如此，那就放人，速速放人！"

郝克凝被拘押十余天后，终于被保释出来；李苞在牢门相迎，二人劫后相见，恍如隔世，双双感慨不已，相拥而泣！

"二掌柜！这些天在里面受罪了！"李苞看着郝克凝发如蓬，须如草，不由得感叹道。

而李苞这些天因奔波忙碌，也是身心疲惫，面容憔悴，郝克凝看着他，也感叹不已："李苞！你这些天分明也受苦受累了吧？合盛元遭此劫难，分明如五鬼闹庭，百鼠抓心，却让你一个人扛着，真难为你了！"

二人相互看着，说着，双双又是一番感慨吁叹，泪眼汪汪！

郝克凝还想询问合盛元诸事，李苞却拉他一边走，一边说道："郝掌柜，号上的事再说吧。现在你家里有了急事，你得赶紧先回长头村呢！"

郝克凝愕然，待出了县衙门口，看到弟弟披麻戴孝，问道："这是……"

"大哥！咱妈殁了！呜呜——！"

"啊？！"郝克凝目瞪口呆，泪水簌簌。

此时，李苞已把自己的轿车唤过来，对郝克凝说道："二掌柜，时候不早了，赶紧坐我的轿车回家料理丧事吧！"

郝克凝上了轿车，向李苞拱手致谢；李苞应着，却又扶住辕杆对郝克凝说道："二掌柜，你办完大娘的丧事，还得赶紧回来去看看东家！东家病得厉害，我两次见他，他都十分挂记你，叨念你呢！"

"哦——？唉——！咱合盛元这场劫难，把东家连累得一无所有了！唉——！"郝克凝听着，应着，一脸忧郁之色，满腔叹息之气。

郝克凝与李苞道别，带上弟弟及相随之人坐上轿车，连夜奔长头村而去。

路上，郝克凝问起母亲的死因，弟弟顿时泪如泉涌，抽泣着说道："咱妈的身子本来没甚毛病，硬是她自己把自己饿死的呀！"

"啊?!"

弟弟继续抽泣着说道:"自从她老人家得知你坐了牢,大哭了一夜,第二天一早就让我们准备她的后事,然后就躺在炕上不吃不喝,也不起来了。我们劝解她,她就说:'我活了奔九十的年纪,寿数太大了,恐怕是挤占了俺凝儿的寿数。我得早些咽气死了,才能保住俺凝儿的命!'我们再劝解她,她就不耐烦了,让我们不要进她居室打扰她,还说:'我要安安静静地向老天爷祈祷,把我剩下的寿数给了俺凝儿!'从那天起,她老人家不吃一口饭,也不喝一口水;再后来几天,她就连话也不说了,连眼也不睁了……她老人家硬是把自己生生饿死了!——大哥!咱妈太亲你了呀!咱妈也太刚骨了呀!"

郝克凝听着,早已泪水簌簌,鼻涕连连,等弟弟说完,随即号啕大哭起来!

"妈——!都是儿子不孝,害了你啊!呜呜呜——"

"妈——!你老人家为甚这样拿自己的命为我祷告啊?我心里愧疚啊!呜呜呜——"

"妈——!呜呜呜——!"

郝克凝呜咽着,号哭着,一个六十多岁大男人的痛彻心扉的号啕大哭之声从轿车中传出,传向广阔的田野,也传向高远的天空……

十九

郝老太太出殡之日,李苞等合盛元伙友前来设供祭奠,郝克凝在祁县城各大字号中的若干朋友也来设供祭奠,连东家郭嵘竟也派儿子郭培松来设供祭奠!

郝克凝为人真诚笃敬，远播美名；交友信义和平，广积善缘；如今连遭坐牢之灾和亡母之丧，诸至交挚友唯有加倍致祭来表达友情。所以，这郝老太太的丧仪十分隆重排场，在长头村也算是头份子了。

而其中最出格的，就是东家郭嵘派儿子郭培松前来给一个掌柜的母亲设供祭奠！郝克凝自是受宠若惊，感恩万分！

郝克凝知道东家郭嵘病重，就在母亲出殡次日，便将家中诸事交由弟弟料理，自己坐轿车直奔荣仁堡了。

东掌二人相见，已是双双面貌全非：郝克凝满脸悲戚，两眼忧郁，哪有往日的堂堂一表，凛凛一躯？而郭嵘更是头发全白，眼眶深陷，脸上没有了血色，却横生出不少皱纹；唯有眼睛闪光如星，法令线坚挺如棱，方可略见往日的风采。

"东家，何以如此啊？凡事要往开里想！"郝克凝上前紧握住郭嵘那苍白无力的手，痛心疾首，泣不成声。

郭嵘也将另一只手握住郝克凝，轻微地摇了摇，泪水簌簌而下，说道："耀庭啊，你终于出来了，我终于见到你了！唉——！你受苦遭罪了！唉——！罪过呀！大掌柜送了命，你坐了牢，还连累了你的母亲！还有，那些众多的储户兑不了现银……唉——！都是我郭嵘的罪过呀！"

郝克凝说道："东家！千万不能如此自责，千万不能对甚事也如此上心！票号兑不出现银者，祁、太、平三县何止咱合盛元一家？七八成票号都和咱一样啊！眼下世道混乱，字号衰败，这号事家事多如牛毛乱如麻，哪能件件上心、桩桩在意？纵然有天大的本事，也难以一一都解决；纵然有地大的心胸，也难以样样都包容啊！"

郭嵘说道："耀庭啊，我也知道这个理。可理是理，情是情，这情不由理生，也不由理管啊！比如这人的生死，以理论之，何人生前不是一抔泥土？何人死后又不是一抔泥土？人人从泥土中来，人人又复归泥土中去，人生一世只不过是泥土成精变形为人而已，人的本质原形就是泥土啊！如此说来，人生乃是变质幻形，何足喜哉？人死乃是复原返初，又何足悲耶？但以情论之则又不然，人生而有父母兄弟姐妹夫妻子孙乃至朋友，彼此共生共事共聚共荣，相帮相衬相亲相爱，所以喜也；人死而失父母兄弟姐妹夫妻子孙乃至朋友，彼此永远分别离散，经千百万年皆归于泥土而不可聚，再经千百万年变质幻形为人兽鸟虫鱼虾而不可识，所以悲也。"

郝克凝听着，张着耳朵，定着眼睛，分明听得入神，乃至于入魔了。

郭嵘继续说道："再比如这人家的贫富。以理论之，这银子何曾原本就是某人家的？不管某人家有多少多少银子，此前这些银子必是其他人家的，而此后这些银子也必是其他人家的；这多少多少的银子只是此时在某人家而已，岂能算是某人家的？这就和河中水、溪中水以及池中水一样，河道可以归某县，溪道可以归某村，池塘可以归某家；而一切的水却是天下共有，或从天上而来散于地，或从山中而来归于海，或从西而来流向东，或从北而来流向南……这水居无定所，流无定势，体无定形，岂能归某县某村某家所有？河道之水，溪道之水，以及池塘之水，都是水借居此河道、溪道、池塘一时而已，并非永久归属于此河道、溪道、池塘也。如此说来，这银子原本就是天下人共有之物，千百年间家家无不得而复失，失而复得，又何必得而喜、失而悲？但以情论之则又不然，银子之得甚难，或辛劳汗水，或智慧心血，或殷殷期盼，或苦苦算计；所以，得之则喜，失之则悲也。而银子之用甚广，或衣食住行之常用，或婚丧嫁娶之常礼，或功名富贵之大成，或经国济民之大德；所以，有之则欢，无之则愁也。"

郝克凝听着，频频点头；听罢，又连连感叹："东家如此参透世事人情，阐解佛理玄道，简直像是佛寺里的住持，道观中的真人！"

郭嵘嘿嘿一笑，摇了摇头，说道："耀庭啊，我或许已经修到了那些住持真人的理境和道境，却修不到他们的情境啊！我知道咱合盛元之败和我郭家之衰，都有道理；我也知道咱合盛元和我郭家与世上万事万物一样，有生必有死，有兴必有衰，迟早有衰亡的一天；可我就是放不下，就是不情愿，就是悲伤怨愤，肝裂肺炸，就是要吐那大半盆的血！还是我刚才和你说的：这情不由理生，也不由理管啊！"

说话间，郭嵘数次咳嗽停顿；而这次刚说了"吐那大半盆的血"，又一次咳嗽时，竟又咳出了血！

爱娃赶紧过来擦拭，郝克凝安慰劝解："东家且宽心，少说些话，静养一会儿吧！"

郭嵘却摆手道："无妨，无妨！"然后稍歇一会儿，又说道，"耀庭啊，我知道自己时日不多了，所以我一直等着，想要见你一面。今日既然见了，把我心里想说的话说了，把我心里想做的事做了，则我闭眼咽气也就放心了。"

"东家身体一向健朗，待以时日必然见好，何有这不吉之言?!"郝克凝说道。

郭嵘却摆摆手，说道："耀庭啊，我的寿数或许不止于此，但我食则山珍海味，衣则绸缎裘皮，富则家财有数百万两银子，贵则官衔为二品资政大夫，色则身拥一等绝代美人，我实在享福太多，而功德甚浅，最终必然折寿啊！"说着，郭嵘咳嗽起来，又咳出了血！

爱娃又过来擦拭劝阻，郭嵘却依然摇头摆手，稍歇一会儿，继续说道："耀庭啊，我和你说了一番心里话，最后还有一桩大事相托。如今合盛元遭此劫难，分明已是一个残败之局，但这残败之局也得收拾呀！本来前几年我就有意让你执掌合盛元号事，却未能如愿；如今合盛元成了这种残败之局才委托于你，却难以开口；可若委托于他人，却又不能放心。思来想去，也只有为难你了。希望你看在你我往日的情分上，也看在你与合盛元几十年的情分上，就勉为其难，收拾这个残局吧！我郭家几十口人的生计全靠合盛元，而合盛元的兴衰存亡又全靠你等掌柜伙友了！拜托你了！"

郭嵘说着，颤抖着作拱手之状，然后让爱娃从木盒中拿出早已写好的委托文书，双手递给郝克凝。

郝克凝赶紧作揖还礼，并双手接过文书，展开阅看：

> 兹委托郝克凝全权处理合盛元大小事务。望众伙友信之服之，听之从之，同舟共济，同心协力，则合盛元庶几西山落下，可东山再起也！拜托，拜托！
>
> 委托人：双庆堂郭嵘（印章）

郝克凝看着这委托书，想着合盛元的情形，顿感肩上扛了一副重担，眼前又摆了一团乱麻！

这时，郭嵘看到郝克凝迟迟不肯表态，便又说道："耀庭！你就不要犹豫，更不要推辞了！我拜托你了！"郭嵘说着，又要拱手。

郝克凝见状，赶紧下跪磕头，说道："东家！我自知责无旁贷，唯东家之命是从！今后不管千难万难，我郝克凝一定为合盛元殚精竭虑，鞠躬尽瘁，一定不辜负东家的期望！"

郭嵘这才欣慰地点了点头，让爱娃扶郝克凝起来，说道："耀庭啊，你我同庚，都是咸丰初猪年生人；你我又脾性相同，都有抱负在买卖上做一番大事业。我原本希望咱二人东掌共事，把合盛元的买卖做到东西南洋诸国，让咱合盛元真正汇通四海，名扬天下。可惜，天不作美，国家混乱如此，字号衰败如此，合盛元哪能再图发展？咱合盛元去日本设庄虽然成功了，可是这国内的混乱挤兑，就像花儿刚发芽就遭遇寒风霜冻一样，全白了，全完了！"

"东家的心思和心情我都知道，天命难违呀，咱们都顺天由命吧！我受东家和合盛元厚恩，尽管六十二岁的年纪了，但我身体尚可，当为东家和合盛元鞠躬尽瘁！"郝克凝说道。

郭嵘又点了点头，说道："我知道耀庭有将相之质，有忠义之德，遇事敢作敢为，能作能为，也善作善为；今日将合盛元交给你，我最为放心，可以死无所憾了！"

至此，郝克凝在这危难之际，多事之秋，正式受任合盛元大掌柜一职。

由此，东家郭嵘临终总算托付有人，可放心焉，可安神焉，可撒手焉；而郝克凝年逾花甲却担负重担，来收拾合盛元这残败之局，可谓操心甚焉，劳神甚焉，棘手甚焉！

二十

郭嵘早就认定，无论资历威望人品，还是功绩胆略才干，郝克凝都是接替贺洪如大掌柜的最佳人选；但他却未曾想到，竟是在这样的情形下，让郝克凝接替了合盛元大掌柜一职！

把合盛元托付给郝克凝，郭嵘心里十分放心，也十分高兴！这桩大事一了，郭嵘像卸下了一副千斤重担，心里轻松多了；但胸腔里那种坚持之意和那股坚挺之气却也不由得没了，泄了，致使病情反而恶化了：进食减少，声音减弱，咳血情况加重，昏迷时间加长……

大夫诊视罢，也暗示让准备后事！

但他也还有清醒睁眼的时候，每每看着爱娃的脸，摸着爱娃的手，或望着爱娃的背影，簌簌流泪，喃喃言语："爱娃，你跟上我亏了，苦了！想不到转眼之间，我郭家竟会落到这步境地，我郭嵘竟会成了这种情形……我本想，我能活到八十来岁，也就陪你活到六十来岁了。可是，我怕不行了！可惜呀，老天爷只给了咱们二十来年的缘分……咳！咳！"郭嵘说着，又咳嗽起来，又咳出了血。

爱娃听着，流着泪，安慰着他，给他擦拭着痰和血的黏液。

郭嵘缓口气，继续说道："爱娃，我现在唯一舍不下的就是你呀！你还不到四十岁，来日方长呀！可是……原本，我想在我临走时，给你留下十万两银子；可如今，我郭家遭遇如此残败，我连一千两银子也给你留不下了……而且，我还没能给你有了孩子……唉！我真是愧对你呀！"

爱娃眼泪汪汪，抽泣着说道："老爷千万不要这么说！爱娃原本出身普通人家，跟上老爷这二十来年穿的绫罗绸缎，吃的山珍海味，住的高墙大院，坐的轿子轿车，又有佣人伺候，可算是享尽了人间的荣华富贵！我感激老爷还来不及呢！而且，老爷对我真心真情，爱我，宠我，二十来年始终如一，我可算是享尽了女人的幸福！真的，我感激老爷还来不及呢！"

郭嵘却摇了摇头，说道："爱娃，你天生丽质，品貌双全，自应享有这一切；你跟了我是这样，跟了别人或许更能享福！老天爷既然给了你绝佳的品貌，自会给你极大的福分；所以看似我给了你这些福，实是老天爷早给了你这些福，你不必感激我呀！"

"老爷！"爱娃紧紧地握住了郭嵘的手，说道，"爱娃愚钝，不知道天命，只知道人情，只知道老爷的恩情！"

"爱娃，我还想和你说一句话。我的寿数福分已尽，你我二十来年的缘分也将尽了。可是……"郭嵘说着，眼泪又流出来了，"可是，你还不到四十，又没孩子，我郭家的情形又是这样……我走了之后，你就另嫁男人吧！"郭嵘说着，早已泣不成声，而且又咳出了血来！

此时爱娃也成了泪人，哭着说道："老爷怎么说这样的话？我此生能遇上老爷这样的人，知足了！况且，好马不备二鞍，好女不嫁二汉，我既然嫁了老爷，我就生为老爷的人，死为老爷的鬼！"

当郭嵘把合盛元托付给郝克凝之后，爱娃就成了他唯一的牵挂。在他生命最后的弥留之际，不知他最后的心愿是想说出让爱娃"另嫁男人"的话，还是想听到爱娃说出"我生为老爷的人，死为老爷的鬼"这样的话；只知道当他说出这番话，或听到这番话之后，像是了了最后一桩心愿，也耗尽了最后一点生命力……

这位满腹经纶、一腔雄心的合盛元票号大东家，就在开拓海外市场获得巨大成功之时，就在合盛元票号前途光明灿烂之时，突遇国内的变乱和挤兑风潮，终归前功尽弃，遗憾地与世长辞了。

这位拥资数百万、跨地数万里的晋商富豪，就在财源滚滚、声名赫赫之时，突遇社会的变乱和挤兑风潮，终归倾家荡产，悲凉地与人永别了。

惜乎！如此富贵之财东，而陷入如此潦倒之窘况！

痛也！如此完美之君子，而落得如此残破之结局！

……

郭嵘的去世对爱娃来说，实在是天塌地陷！她的生活、爱情、幸福所依赖的一切，仿佛一下子就全都没有了：头无所戴，脚无所踩，目无所睹，身无所处！

她蓦然觉得，自己曾生活了二十来年的郭家大院，曾相处了二十来年的郭家众人，竟十分生疏，仿佛都是梦中所见之景和梦中所遇之人！

她看见郭广仁等管家佣人在屋里院里忙忙碌碌，来来往往，知道是在操办丈夫郭嵘的丧事。但她已没有了泪水，她的眼已经在这些天哭得枯了；似乎也没有了悲伤，她的心已经在这些天痛得木了；郭嵘这一死，似乎她的心、她的情乃至她的眼泪，也都随着郭嵘一起死了。

她对这个大院，对这些人，已经了无牵挂；尽管身处其中，却淡然面之，漠然视之，木然处之！——心不在焉，情不在焉，魂不在焉！

然而，这个大院里却有一个人对她牵肠挂肚：荤则怕她厌，素则怕她恶；动则怕她劳，坐则怕她困；居室内则怕她闷，出院外则怕她冷……

这个人正是郭家大少爷郭培松！

他身在父亲灵前守孝，心却老在爱娃这儿：一会儿叮嘱厨子如何如何做好夫人的饭菜饮食，一会儿又叮嘱贴身佣人柳妈如何如何关照夫人的起居冷暖……

郭培松对"三妈"如此无微不至，众人皆言其孝心，只有爱娃本人独知其痴情。

果然，在郭嵘停灵期间的一天晚上，郭培松借劝"三妈"进食之机，干脆来到爱娃居室跪下，一面劝解安慰，一面表情示意。

"三妈！您要节哀，珍重自己呀！我爹已经殁了，人死不能复生，人死也没有知觉，您何苦这样哀痛，饭也不吃，觉也不睡？您这样摧残折磨自己，又有何益呢？我何忍看见三妈如此不珍重自己呀！"郭培松说道。

爱娃听着，没有说话，只是看了郭培松一眼。

郭培松看着爱娃，尽管是满脸淡然、漠然、木然之情，但他却觉得她依然美艳如花，颜色诱人心性；高贵如仙，气韵勾人魂灵！

郭培松几番劝慰之语，几番表心之言……颇似恭敬孝子，却是痴情公子！

爱娃心有所知，情有所感，但面对其敬，则不敢受也；面对其情，则不能受也。

于是，她面如冰雪，话如钢铁："多谢少爷了！少爷也珍重自己！——夜深了，请少爷回屋休息去吧！"

郭培松走了，柳妈进来伺候爱娃洗漱铺被。洗漱毕，爱娃坐在镜前认真仔细地梳头打扮了一番；她已经若干天没有打扮自己了，打扮好了，她端详着镜子里的自己。

柳妈也在端详着镜子里的爱娃，说道："夫人，你永远都这么漂亮！"

爱娃笑笑说道："柳妈，这些日子辛苦你了！我这儿不用你伺候了，你也困了，回屋睡觉去吧！"

待柳妈出去，爱娃关上了屋门，独自坐在炕上凝神静思……

"是时候了，我该了结自己了！"爱娃凝神静思了一会儿，打定了主意，"郭家这里，唯一心依情偎的丈夫殁了，已无所牵挂了。娘家那里，前些天已专门回去看了一下爹妈，他们虽然年老，但有房子，有银子，有佣人，生活无忧，也不必牵挂；妹妹娇娃呢，跟上那个郑兔儿过起了新的日子，也不必牵挂；而且，社会变了，武家败了，妹妹他们还可以回来和爹妈一起生活，相互关照……对这个世界，自己已没有任何牵挂了。走吧，跟上丈夫，去到另一个世界吧！"

爱娃想着，从箱子里拿出自己的二品诰命夫人官服，又从箱底拿出了一个装有水银的小瓶子。

"是时候了，我该了结自己了！"爱娃看着这身端庄高贵的诰命夫人官服和这个装有水银的小瓶子，继续想着，"我跟上丈夫郭嵘实在享福太多了，二十年来把别人几辈子的福也享了；我该走了，该跟上丈夫郭嵘走了……不走又能如何？郭家买卖败落，将来必然穷困；自己无儿无女，老来必然凄凉……再加上，少爷郭培松又如此痴心迷情，我不从他，则双双煎心熬肺，其苦不堪；我若从他，则双双污身辱名，其羞不堪……我这一走正好，何有将来的穷困和老来的凄凉？又何有双双的煎心熬肺或双双的污身辱名？我这一走，正好是一了百了啊！"

爱娃穿好了二品诰命夫人的官服，坐在了镜前，端详着镜中的自己，欣赏着镜中的自己，想到了丈夫郭嵘："老爷！我在这个世界上嫁你是干净如玉的身，漂亮如花的脸；我去另一个世界上跟你，也是干净如玉的身，漂亮如花的脸！"

爱娃又拿起了水银，看了看，她想到了喜财主，想到了妹妹娇娃，也想到了丈夫郭嵘："老爷，喜财主对娇娃不好，活着折磨娇娃，死了又想给她灌水银殉葬，娇娃到底逃脱了。而你对我好，活着对我百般娇惯，死了也没想让我殉葬;但我却愿意殉葬,我心甘情愿喝上这水银,永葆漂亮容貌,带上我这一生干净的身体,永远漂亮的容貌,跟上你到另一个世界!"

爱娃想罢,平静地喝下了水银,安详地睡在了绣着五彩凤凰的锦被里……

她带着这干净如玉之体和美艳如花之貌,穿着这二品诰命之服,盖着这五彩绣凤之被,安详地睡去了,美丽地睡去了,永远地睡去了……

二十一

爱娃这一死,郭家的丧事由一件变成了两件,真是丧上加丧,雪上加霜!而操持丧事的郭广仁、郝克凝、李苞等人则是事上添事,忙上添乱了。

而不到百日,少爷郭培松竟因悲痛损体,抑郁伤心,也一命归西了!

原来,这郭培松从小娇生惯养,锦衣玉食,除了天资聪明和读书作诗之外,胸中无经世之才,手上无谋生之艺,理家和生存本领一无所有!郭家遭遇这场劫难,父亲郭嵘一死,家中银子又空,大小麻烦事不断,他根本经不住这番折腾!再加上他对"三妈"爱娃暗恋殷殷,迷情迷性;待父亲郭嵘死后,他本有所期待,爱娃却喝水银自尽了!他更是心如死灰,轻生重死……于是,这位身体虚弱、感情脆弱的少爷公子,经受不住这种种的打击和摧残,只好身委东土,魂归西天了。

郭家真是遭遇了大劫难,百日之内郭家长门竟连死三人,而且还是掌门人郭嵘、夫人和唯一的少爷!一下子,郭家长门没有了主人,只剩下一个从二门过继给郭培松的年仅十八岁的小主人郭焕瑗;这个旁门之骨脉，年少之孩童，竟成了郭家的掌门人，成了合盛元的东家！

面对此情此景，郭家本族众人，荣仁堡邻里众人，和合盛元掌柜伙计众人，无不唏嘘叹息！

"郭家这是怎么啦？东家郭嵘雄才大略，德高望重，怎么竟是这'财产荡然'和'子孙萧然'的晚景和结局？不应该呀！莫非，郭家像一棵树大根深的老槐，寿数实在到了，气数实在尽了？或者，郭家像一堆炭火，经郭大元和郭嵘两代掌门人的剧烈辉煌的燃烧放光，提前把炭烧尽了？抑或是，像阴阳术士所说，东家郭大元和郭嵘这两代掌门人方方面面出类拔萃，把郭家的风水拔尽了？……"

郝克凝协助管家郭广仁料理完少爷郭培松的丧事回到号上，哀思绵绵，感慨连连……

此时，挤兑风潮已过，挺下来的票号依然艰难维持，倒下去的票号则由各地商会清查核实账目，提出清理债权债务办法，报请政府批准后，进入了善后清理程序。合盛元票号的账目清楚，掌柜规矩，并无偷梁换柱、中饱私囊之嫌；且贷款大大高于存款，若收回贷款，归还债权人存款绰绰有余；所以，无论官府还是债权人，再不能责罚掌柜，也无意责罚掌柜，倒是一致以为，督促掌柜们积极催收贷款，归还存款，这才是紧要之事。故此，郝克凝先是保释，很快经祁县商会具了文书，就被完全释放出狱，正式主持合盛元号事了。

然而，此时的郭家如此，合盛元如此，社会又如此，郝克凝此时担任合盛元大掌柜一职，劳心劳神，劳苦劳累，其实比在牢狱里还受罪！这合盛元大掌柜一职套在头上，比套上牢狱里的枷锁还受刑！

郝克凝并不情愿接管这个残败而棘手的摊子，但合盛元对他有栽培之恩，东家郭嵘对他有托付之任，他不能背弃了合盛元，也不能辜负了已故东家郭嵘啊！况且，合盛元内论资历排辈分该他接管这摊子，论胆略比才能也该他接管这摊子，他岂能拒绝？也只有当仁不让，迎难而上了。但他面对如此败落的东家，面对如此倾颓的合盛元，再面对如此混乱的社会，实在是难，实在是愁，实在是苦，也实在是累！

郝克凝想着郭家的萧索情景，想着那个从二门过继来的小少爷郭焕瑗，那个懵懵懂懂、嗫嗫嚅嚅、可可怜怜的孩子，不仅为郭家感慨惋叹，同时也为自己感慨惋叹："原来，我这个合盛元大掌柜就是这收拾残局、发丧送终的使命啊！先是东家的丧事，紧接着又是夫人的丧事，东家夫妇发丧不到百日又是少爷的丧事；东家、夫人、少爷如此，这合盛元又何尝不是如此？这合盛元的善后清理，其实是比普通丧事更大更长更难操办的一场'丧事'啊！我这个大掌柜，其实就是合盛元的'丧事'大总管啊！"

郝克凝感慨着，惋叹着，最后只得无奈地笑笑："嘿嘿！好一个合盛元大掌柜！呵呵！好一个收拾残局、发丧送终的大总管啊！"

这收拾残局其实比开创新局更难，艰难更甚，磨难更多，却看不到功绩成果。开创新局的最高境界是有形，是看见大而多的成果；而收拾残局的最高境界是无形，是看不见一点痕迹。所以，开创新局成功者，常常被人铭记于心颂之，载录于史荣之；开创新局失败者，则常常被人忽忘，被史湮没。而收拾残局成功者，因为无形无痕，常常被人忽忘，被史湮没；收拾残局失败者，则因留下了残痕，常常被人铭记于心骂之，载录于史辱之。因此，世人多乐意开创新局，而不乐意收拾残局。同样优秀之人，如去开创新局成功，则人颂之，史荣之；如去收拾残局成功，则人忽之，史湮之。同样拙劣之人，如去开创新局失败，则人忽之，史湮之；如去收拾残局失败，则人骂之，史辱之。道理如此，事情如此，所以，只有在不得已而为之的情势下，人们才会被迫担负这收拾残局之任。

"唉！既然情势如此，命运也就如此，我也就不得已而担负这收拾残局之任吧！既然这收拾残局的最好结果是无形无痕，到头来徒劳一场，建不成功绩，那就算作积功德吧！"

郝克凝思想着，感叹着；感叹着，思想着……每每想到这劳苦劳累而无功无绩，自是了无心劲干劲；但转念想到这无功绩而有功德，便也心中释然欣然，身上蓬然勃然，心劲和干劲就又上来了。

"就把自己当作老牛老马吧，既然被塞进辕里套里，就得把车驾好拉好！"郝克凝想道。

此时，合盛元最大的事是催收贷款，只有收回贷款，才能归还存款，才好了结残局。而合盛元最怕的事，是各分号掌柜看到时局混乱、东家幼弱，便心怀不轨，暗昧款项，中饱私囊。一旦出现这种情况，各分号纷纷效仿起来，那各分号掌柜就成了狼，而东家和储户就成了羊，会被吃尽血肉，会被吃得只剩下骨头！所以，合盛元最急的事，就是树立总号大掌柜的权威，对各分号掌柜导之以善，趋之以利，申之以令，律之以典，防范他们变成吃羊的狼，督导他们继续当护羊的狗。

经过三四个月的约谈访查，对国内三十多个分号债权债务的情况已大概了解，郝克凝心中有数了。经过这些时的磋商，各地商会及债权人对合盛元的善后清理也定出了大体办法，郝克凝心中也有谱了。于是，趁为少东家郭培松发丧之际，他把各分号掌柜们紧急召了回来；发丧罢，便齐集合盛元总号商讨应对之策。

商讨罢，郝克凝便严肃地对各分号掌柜发出告诫令："诸位！咱们刚给少东家发了丧，郭家的情形大家也都看到了，百日之内老东家死了，夫人死了，少东家也死了，真是大劫难啊！现在咱合盛元的东家就成了那个从郭家二门过继来的郭焕瑗小少爷，就是那个懵懵懂懂的小娃娃！这种情况下，人们难免心生杂念。或者担心东家幼弱愚昧，勤懒不辨，就消极怠工，该出的力不出了；或者欺负东家幼弱愚昧，善恶不辨，就损公肥私，不该得的钱自得了……我现在明明白白地告诫大家：心里不要生这些杂念！现在东家幼弱，我就凭老东家郭嵘给我的亲笔委托文书行使大掌柜之职,并且代行东家之职,全权独裁合盛元一切事宜!"

郝克凝说着,把当初郭嵘给他的委托文书亮出来,亮给众人一一传看。

众掌柜素来敬重郝克凝的为人,敬畏郝克凝的做事,一听这话,一看这文书,纷纷附和恭维:"郝掌柜雄才大略,德高望重,素孚众心,况且还有老东家的亲笔文书,自是理当应分、名正言顺的大掌柜,我等唯命是从!"

郝克凝继续说道:"俗话说,疾风知劲草,板荡识忠臣。如今,东家败落,合盛元颠覆,正是需要大家竭力尽忠之时。在座者无不受东家和合盛元的厚恩,所以我告诫诸位:切不可忘恩负义,给世人留下恶仆欺主之骂和浑水摸鱼之讥;而要知恩图报,恪尽职守,做忠臣义士。当然,从眼下的情形来看,东家肯定是一天天地败落了,合盛元也肯定是一天天地败落了,为东家为合盛元卖力做事也难以立功,难得回报。不过,我劝大家把眼光放高一点,放远一点:如果不能立功,那就积德吧;如果自己得不到回报,那就让子孙得这些回报吧!"

接着,郝克凝又把合盛元善后清理的大体办法和合盛元账务的大概情况向大家交了底儿:"诸位,北京总商会和各地商会以及债权人已经商定把咱合盛元分为三处:北京分号和天津分号各自独立处理债权债务,剩下的各分号都归在祁县总号统一处理债权债务;就是说,北京、天津二号的债权债务与咱总号及其他各号没有任何关系了。依我看——这个办法并不公平,但北京、天津的债权人多是有权势的达官贵人,他们霸道啊!咱总号库存的八十万两和东家拿出来的一百五十两银子几乎全是北京、天津的达官贵人们兑走了;到头来他们却要独立处理债权债务,这就等于他们凭空比各处分号的储户们多得了二百三十万两银子呢!"

"这也太霸道,太不公平了!"众掌柜愤愤不平,纷纷议论起来。

郝克凝说道:"是霸道,是不公平,但只能这样了。其一,人家是官，咱是商，咱拗不过人家。其二，他不知道咱合盛元各号的底细，但咱知道京、津二号的底细，也不必拗了。据我所知，京、津二号存款大大高于贷款，即使他们抵了这二百三十万两银子，存款仍大于贷款；而且，京、津兵变，各商家普遍受灾严重，京、津二号的那些贷款极难收回。所以，他们看似逮了这二百三十万两的大便宜，其实还有更大的窟窿他们没看见！到头来他们也讨不了甚便宜，或许还吃亏多些呢！而其他分号，大多不像京、津两地受灾严重，分号本身损失就小，贷款回收也要容易一些。所以，如果诸位能齐心协力，咱祁县总号这一处债权债务的清理结果，不会比京、津二处差了，诸位在总号的红利留存和存款也不会受太大的损失。"

最后，郝克凝申明号令，与众掌柜约法两章：一、务必奉公廉洁，不得损公肥私。一旦发现有人偷梁换柱，瞒天过海，中饱私囊，轻者没收该人在总号的一切红利留存和存款；重者或登报扬其丑，或诉官治其罪。二、务必殚精竭虑，尽快尽好处理完本分号债权债务。收回几成贷款，则有几成红利留存和存款；丢几成贷款，则扣几成红利留存和存款；何时了结本分号全部债权债务，则何时领取全部红利留存和存款。

合盛元这些分号掌柜们在总号账上大多有一万两银子以上的红利留存或存款，所以新任大掌柜郝克凝节制他们，除了在道义上劝勉告诫，还可以在利益上拿把制约。

"诸位，从明天就准备各回各号，尽心尽力，尽职尽责吧！诸位做得好了，东家好，合盛元好，我这大掌柜好，你自己也好；诸位做得不好了，东家不好，合盛元不好，我这大掌柜不好，你自己也不好！诸位好自为之吧，拜托了！"郝克凝说罢，向众掌柜拱手致意。

"我们一定谨遵大掌柜之命，尽心尽力，尽职尽责！"众掌柜也一一拱手回礼。

二十二

分号掌柜们各回各处，开始清理本分号的债权债务等事宜。

此种情形境地，如同军队打了败仗撤逃一样：队形散，纪律松，秩序乱，卷走军队饷银者有之，抢掠百姓财物者有之，强奸民女者有之，随意杀人者有之。票号呢，极易发生浑水摸鱼、暗昧银子的现象：或伙计欺瞒掌柜中饱私囊，或分号欺瞒总号坐地分赃，或掌柜伙友欺瞒东家合伙分肥。

所以，郝克凝除对这三十多个分号掌柜晓之以道义，申之以禁令，制之以利益之外，仍不放心，便准备亲自到各分号巡查：查看账目，询问伙计，拜访商会，乃至于约谈重要的债权人和债务人等。

此时，郝克凝已六十二岁，本该是休闲养老，在家里过轻闲自在的日子。但已故东家郭崶的嘱托在心，合盛元的重担在肩，郝克凝只能打起精神，挺起肩膀，继续为字号做事。于是，他安顿一番，嘱托李苞代为打理总号日常事务；一过暑伏天，便带上总号账房二先生赵儒义和一个小伙计，起程到各处巡查了。

先是坐轿车前往运城、西安、三原、兰州等西北方向，后是坐火车、轮船前往开封、周口、汉口、九江、安庆、芜湖、苏州、上海等东南方向，再是坐火车前往东北方向。一路追星撵月，夙兴夜寐，把东北各号巡查下来，已快腊八节了。

此时，高生云为奉天分号掌柜，且有节制东北各号之责，在冰天雪地之中陪郝克凝、赵儒义等依次巡查营口、安东、四平、哈尔滨、齐齐哈尔等号。一个多月同行共住，聊天说地，乃至于查账看表，郝克凝看到高生云经十几年的锻炼，业务精熟，人情练达，而不改其仁厚之心，温恭之性！郝克凝看在眼里，喜在心上：这高生云究竟经受住了这生意场上的锻炼，是块好料啊！这生意场上奸诈之人甚众，虚伪之事甚多，身处其中久了，常人往往会削仁厚之心为薄，揉温恭之性为滑。这样，这些人往往精于做事而薄于为人，善于挣钱而滑于守义，把人就变坏了。而高生云能超乎常人，外乎常人，可见其心之坚，足以挡千钧之摧；其性之韧，足以御万方之乱；可堪大任也。

郝克凝巡查各分号一圈儿下来，对人对事，心中更有了底：除奉天号之外，各号情形大同小异，都是单纯经营存放汇兑，善后清理也就是催收放款，归还存款，简单明了。而奉天号则极为复杂，除奉天分号本身外，奉天分号又与郭、张、武三堂共同在奉天投资开设了合盛东钱铺，奉天分号与他人共同在奉天投资开设了晋源当铺，奉天分号与合盛东钱铺再共同在辽阳大纸坊投资开设了东聚发烧锅；而合盛东钱铺或单独，或与人合伙，还在奉天、吉林两省的五六个地方开设了钱铺……三四个投资合伙人，三四个种类的买卖，三四个层次的连环套，又分布于两省五六个县！

奉天一个分号的复杂情形与清理难度，比得上别处的十个号，乃至二十个号；而如果奉天号的掌柜伙友要心动歪念，浑水摸鱼，损公肥私，也要比别号容易十倍，二十倍！所以，身处如此混乱之世道，面对如此复杂之情形，奉天分号掌柜务必是人品极为可靠者和才能极为可信者；否则，后果不堪设想！

"幸好，五六年前把高生云安排在了奉天分号；幸好，高生云是一位德才兼备之人！有他这样的人在这儿当掌柜，让人放心啊！"郝克凝每每想到奉天号的特殊情形和奉天号掌柜高生云的做事为人，颇有欣慰之情。

而遥想未来，郝克凝心中又隐约生出了布局托付之意：这合盛元在奉天的事如此纷繁复杂，固然极难清理了结；可反过来想，也可以说合盛元在奉天盘根错节，树大枝繁，别人也极难撼动。如今山西票号已然是穷途末路，合盛元票号也无复兴之期，各分号的结局只能是清盘撤庄，销声匿迹，无影无形；而奉天的这些钱庄、当铺及烧锅等业却仍有生存之力，延续之理。如此，合盛元这些子号既难了结而易存续，何不顺其情势，干脆不做清盘了结，而设法让它们存续发展；这样不也算为东家保留下一片买卖江山吗？这虽然不能比从前，却也能让东家守着这方财源，做偏安一隅的财主啊！小东家幼弱，而我已六十二岁，我还能辅佐保护东家几年？我还得转托他人啊！奉天既然子号众多，盘根错节，正是可保守之地盘；高生云年仅三十三岁，德才兼备，正是可托付之人选！

于是，郝克凝在临别时，对高生云说道："步青啊！票号的气数已尽，东北各分号能清盘了结就清盘了结吧！不过，我看这奉天号名下的这些当铺、钱铺、烧锅等子号，了结起来恐怕很缠手，很棘手，而继续做下去倒也不难；所以，对这些子号你就掂量着办吧，宜清盘了结则清盘了结，宜继续经营则继续经营。如果你经营得好，能把这些买卖继续做下去，倒也算为东家留下了一片青山，为你自己和属下的伙计们留下了一片天地。"

高生云听着，心中自是高兴，拱手应道："生云谨听大掌柜吩咐！"

郝克凝叹口气，继续说道："唉！我已经六十二岁了，你才三十三岁，小东家才十八岁，你们来日方长啊！这东北方向多年来一直是咱合盛元的旺地福地，咱合盛元将来如果还能保留下根来，恐怕还是在你奉天这儿啊！"

高生云说道："大掌柜所言甚是！我来奉天之后，也有这样的感觉。而且，不仅这东北的地扶持咱合盛元，东北的天也扶持咱合盛元呢！嘿嘿！我来这儿正好赶上新设东北三省，东三省总督徐世昌和奉天巡抚唐绍仪又都是从直隶总督府出来的人；我在保定与他们混得熟惯，来了奉天就更是老朋友了！这样一来，咱在官府好办事了，同行们自然刮目相看，结果在市面上也好做生意了！嘿嘿！以后再怎么换人，总要留下旧人熟人，一茬一茬地就接续起来了！现在，在奉天的官府和市面上，咱合盛元的名头还响亮呢！"

郝克凝一听，更高兴了："哦！呵呵！步青来奉天有作为啊！咱合盛元以前的掌柜在东北开辟了一片地，如今你又为咱合盛元支撑了一方天。好啊！天佑之，地辅之，这奉天的事情岂有不成之理？呵呵呵！真是后生可畏啊！"

"哪里！我只是学习大掌柜，踩着大掌柜的足踪走呢！"高生云谦虚地笑道。

郝克凝笑道："呵呵！步青啊！当初，申树楷曾发迹成名于营口；今后，希望你高步青能守业留名于奉天啊！"

高生云本是绝顶聪明之人，郝克凝又一向对他另眼相看；所以，他听了郝克凝这番话，自是倍感幸运，连连拱手道谢："多谢大掌柜栽培！生云一定殚精竭虑，鞠躬尽瘁，以报东家和大掌柜厚恩！"

郝克凝一行在奉天过了腊八节，便起身返祁。

此时，京奉铁路、京汉铁路、正太铁路都已开通，郝克凝、赵儒义等一路坐火车回到太原，再坐轿车回到祁县，已是腊月中旬，年味十足了。

经过五个多月的时间，把国内各个分号巡查下来，郝克凝心里也有了底：合盛元的放款远远大于存款，如果把这些放款都催收回来，还有不少富余呢！而日本申树楷那儿，保守住三十五万两银子的本钱自不必说，还应该有不少的红利，少则一二十万，多则三五十万！这样，不仅存款可还，众掌柜伙计的红利存款可保，而且还能给东家留一笔银子呢！

这一年，郝克凝经受了各种各样的挫折、磨难、煎熬、颠簸，可谓劳尽了心，费尽了神！到年底时，郝克凝总算缓过些劲儿来了。这一个壬子年，实在是山西票号及众东家掌柜们的一道巨大的坎儿啊！如今，这一年很快就要过去了，郝克凝总算迈过这道巨大的坎儿了。

劫后余生，乱后得安，郝克凝感受着庆幸，享受着松闲，终于食肉知味，饮酒能醉，依枕可睡，舒舒服服地过了一个大年！

二十三

进了阳春三月,风暖花开,郝克凝又带赵儒义坐火车前往天津,准备乘轮船,前去日本各号巡查。

此番去日本,郝克凝心中颇为忐忑,虽然盼的是喜,担的却是忧:这申树楷远赴日本设庄,隔洋跨国,且率领的二三十个掌柜伙计多是他当年从营口、安东带起来的子弟兵;万一他要是有了邪念,动了私心,做了瞒天过海、损公肥私之事,合盛元众掌柜伙友在字号账簿上的红利存款数额可就成为空数字了!而总号想要对他及日本各号控制,还真是鞭长莫及!

郝克凝心事重重:为了以防这"万一",要不我学一回汉高祖刘邦,来个"闯营夺印"?这样以诈御下,固然可防这"万一",却忽了那万之九九九九;固然可保住些合盛元的利,却有损自己的名,有伤申树楷的心。自己一向以诚待人,申树楷又一向竭诚奉公,如果这样不分青红皂白地把申树楷当小人奸人看,自己就用奇谋诈术对他,分明是小得而大失啊!况且,合盛元遭此劫难已经一年有余,如果申树楷真有奸心,早就与下属掌柜们坐地分肥了,哪还能等到现在让人"闯营夺印"?

郝克凝还是打定了老主意:合盛元掌柜伙友一向以诚立身,以信做事,少者学习,诚信根植其心;长者师范,诚信畅茂其身;受此风此水此气长期浸润,升职为各分号掌柜者多为君子人。而申树楷在合盛元内德才兼备,出类拔萃,更有君子之德和君子之名;他岂能一下子变为小人,因贪小利而毁了自己一世的盛名?断断不会!我还是应该以诚待之,以君子视之……

郝克凝在天津买好船票,随即给申树楷发去电报,告知船名及到达时间地点;登船之后,郝克凝对申树楷及日本分号诸事已是释然于心,听之于天，由之于命了。

申树楷如期在神户港码头迎接郝克凝等人，见面后稍作寒暄，申树楷看到郝克凝的花白之发和苍老之色，便连连感叹；待回到住处，再说起合盛元去年的大劫难，申树楷更是失声痛哭："大掌柜！咱合盛元的买卖做得好好的，何以一下子就这样完了？老掌柜和东家怎么一下子就这样殁了？咱们有甚错？老天爷对东家、对老掌柜、对咱合盛元不公啊！"申树楷说着，泪眼汪汪，涕泣连连。

一番话把郝克凝也感染了，眼睛转动间，流出了两行老泪："培植啊，去年的事真是一言难尽！怪罪到根子上，只能怪咱们逢这末世乱世，咱合盛元无错，错在这世道呀！大清国是一棵大树，咱合盛元是树枝上的一个鸟窝；这大树倒了，鸟窝再结实也就毁了。所谓树倒巢覆，巢覆卵破啊……"

二人唏嘘感叹一番，申树楷又介绍了一下日本各分号的情形："自从去年国内挤兑风潮之后，日本各号与国内各号的汇兑已极为稀少。现在的买卖主要是围绕华商做神户、大阪、东京、横滨几个城市间的汇兑，也做些可靠华商字号的放款，虽买卖大为减少，但还能维持，也略有盈余。"

郝克凝听罢非常高兴，对申树楷大加赞赏："有劳你了，培植！你能在日本经营好这些分号，总算给咱合盛元留下了一些底子，保住了一些元气；这实在是东家之福，是咱合盛元众掌柜伙计之福啊！不瞒你说，咱东家和众掌柜伙计们将来的生计，就全靠收辍你这儿保留下的这些底子呢！"

"哦？大掌柜的意思……"申树楷疑惑了。

"培植啊，咱合盛元在日本的买卖尽管维持得不赖，也得清盘撤庄啊！我这次跨洋万里而来，就是要亲自看看日本各号的情形，亲自告你总号和国内的情形，也亲自告你清盘撤庄的事宜。"郝克凝说道。

"这儿好好的，非得清盘撤庄吗？大掌柜，咱合盛元真的已经山穷水尽到这种地步了吗？大掌柜，咱们当初为了来日本设庄，那可是经历了千辛万苦、千难万难啊！如今说撤就撤了？"申树楷说着，眼泪已不由自主地流了出来。

"培植啊，我和你的心情一样，何甘这样一撤了之，又何忍这样一撤了之?！但是，没有办法了呀！如今的情形是，咱合盛元在国内复兴已毫无可能，你们在日本又如何能持久？咱合盛元也如同一棵大树，总号如根，分号如枝，如今根子断了，其他枝子折了，仅剩下你日本这几枝，哪有长久存活之理？想存活也存活不下去呀！关键是咱合盛元已经空了，正本、副本、公积金等加起来，把五六百万两银子都兑出去了；这还不算，东家把家里的一百五十万两老底儿都倒出来，也兑出去了；连咱合盛元众掌柜伙计在号上的红利滚存款二百多万两，也兑出去了；将来能催收回多少贷款，能归还多少存款，还能剩余多少，这还都没有底子呢！所以，咱合盛元东家、掌柜及众伙计将来的生计，还主要靠你这儿呢！"

"……"申树楷听着，默然无语。

郝克凝又将国内各号的债权债务情形向申树楷介绍了一番，说出种种的没奈何之状和不得已之情……

申树楷只得顾全大局，以东家和众掌柜伙计的利益为重，委屈遵命，并如实把账目表册呈给郝克凝，说道："大掌柜，数字就都在这上面了，总额有七十多万两，其中本银和利银大体上各一半。"

"哦！"郝克凝听着，喜出望外；再接过账表翻看了一会儿，心中大喜，脸上大悦，对申树楷感激不已，赞赏不已！

"培植啊，你真是救了我的命，救了咱东家的命，救了咱合盛元全体掌柜伙计的命！培植啊，你做事做得奇，让人佩服；做人做得正，也让人佩服！我代表东家和众掌柜伙计谢你了！"郝克凝说着，向申树楷拱手致礼！

申树楷赶紧还礼。

郝克凝当即行使东家和大掌柜的双重权力，重赏申树楷："培植，你对咱合盛元做出如此特殊贡献，立下如此特殊功劳，自应受到特殊重赏，我现在就替东家主事决定：从红利中拿出五万两单独赏你，再拿出五万两由你赏给日本各号的掌柜伙计！"

郝克凝这么大的赏额也够大的，要在平常情况下，申树楷就算顶上全份子，赶上好账期，也得四五个账期才能拿到这么多的银子呢！这实在是非常之时对非常之功的非常之赏！

申树楷听罢，自是喜出望外，连连称谢！

此情此形，郝克凝也不必让赵儒义一一核查账目了，当即发话："培植啊，日本各号的事就全靠你了。我的意思，一、尽量在一年内了结存款放款，清盘撤庄。二、三十五万本银和二十万利银，也尽量在一年内设法运回祁县总号。三、给你本人和日本各号众掌柜伙计的十万赏银，由你处置就是。四、剩余的五万多两就用作抵顶坏账呆账，用不了也就由你分赏众掌柜伙计们了。"

"谨遵大掌柜所言，我极力承办就是！"

在合盛元如此窘迫的情况下，郝克凝能从日本拿回这五十五万两银子，他实在该喜出望外了；而在合盛元及众掌柜如此窘迫的情况下，申树楷却得到五万两的单独重赏和另加五万两的集体重赏，他也实在该大喜过望了。

二十四

一年之后的民国三年（1914年），申树楷如期结束了合盛元日本各号的买卖，收辍了铺底，将所余银子全部换为便于携带的金条，带上众伙友和这些价值七十余万两银子的金条，回到了祁县。

如郝克凝与各分号掌柜约法，申树楷及驻日本各号掌柜伙计们在总号的红利、存款等权益，如数给予兑现清理；于是，申树楷及他所带领的赴日掌柜伙计也算是载誉归国，载银归乡了。

此时的申树楷年仅三十九岁，虽然离日本归国，再离总号归乡，形似退隐，却雄风不减，豪情万丈！他回到老家申村后，先是花巨资建起一座豪华漂亮的大院，接着是具厚礼聘娶祁县城南村一个富家姑娘为妻，然后再盖一个宽大的场房院，置地一千余亩，养羊一百余只，最后又在村中开了一个永祥泰杂货铺。于是，申树楷居豪华大院，拥娇艳美妻，占肥腴良田，存数万两银子，再开一个杂货铺子，过起了兼财主、地主、掌柜于一身的富贵生涯。

申树楷从小家境贫寒，到中年时陡然暴富，他急切地想要彻底改变家庭的面貌；而在贫寒的基础上建筑富贵，花项本来就多，他又求大、求精、求排场，所以往往是挥金如土，花钱如水！于是，他在家乡申村一带也就留下了"抖搂财主"的雅号，名声颇大；他也因露财而招灾，在后来的社会混乱时期，曾被绑票勒索，身受折磨，财受折损！

一代商业奇才，在生命的辉煌年龄，在事业的鼎盛时期，竟因遭遇社会变乱和合盛元倒账而被迫离开了宏大的国际金融大舞台，最后在一个小小的村庄里消磨掉后半生的时光！

申树楷于1950年逝世，享年七十五岁。

……

这一年，合盛元的大多数分号也结束了买卖，清理了铺面，这些分号的掌柜伙计们也大多从总号拿上自己的红利存款等权益，离号归乡了；各分号剩余的债权债务，则由祁县总号接管。

这一年，历时七十七年的合盛元票号最终宣布歇业了，大部分掌柜伙计也都离号了；合盛元票号只剩下大掌柜郝克凝、祁号掌柜李苞和奉天号掌柜高生云等人，继续进行着烦心棘手的债权债务清理事宜。

直到民国九年（1920年），年已七十岁的郝克凝依然为清理合盛元的债权债务而尽职尽责，奔波奔忙；依然为守护合盛元及众储户的权益而竭诚竭力，劳心劳神！现抄《山西票号史料》载《奉天商会档》中郝克凝给奉天商会的一段节略书为证：

> 窃查奉天合盛元账簿内载：奉天南关晋源当，原有合盛元二厘股五千吊。民国元年合盛元倒闭，奉天外债办结后，此地元记无人。民国四年阳历三月初五日、阴历正月二十日，铺伙高远烈以私人资格来奉，私将合盛元晋源当股款五千吊，移改高宅庆余堂名下，以为己有。查高远烈在奉元记往来账簿，并无分文存款，乃竟将此款移其名下，而元记账簿空悬。此高远烈一笔空账五千吊，事近侵吞，实犯商家影射之规。为此，呈明贵总会，请知照晋源当将高宅庆余堂五千吊股款注销，仍归合盛元旧日名下，一并归债权者管理，以为侵吞肥己者戒。理合声明原委，请贵总会会长先生鉴核施行，是为公便。

具节略人　郝耀庭
中华民国九年一月二十八号

民国九年时，合盛元除北京、天津二号单独清理债权债务之外，其他各分号的数千万两债权债务已处理得仅剩下百余万两（据《山西票号史料》载《奉天商会档》）：债务（存款）为1,113,796.88两，债权（贷款）为1,205,859.84两。——论权，则仍有92,063两的盈余；论数，则只留下一个"尾巴"了。于是，合盛元尚未了结的这些债权债务移交给了奉天号；由掌柜高生云继续留驻奉天，一边清理有关合盛元的善后事宜，一边经营那些钱铺、当铺、酒坊等小号。

至此，合盛元最后的根留在了奉天，而小东家郭焕瑗也跟上高生云长住奉天了。

合盛元最后清理铺底时，合盛元在祁县城价值数万两银子的几个大院子及铺面等房产，作价抵顶了李苞的红利存款等权益，归在了祁号掌柜李苞名下。

李苞生有九个儿子，需要大量建房盖院；于是，郝克凝顾及同事情谊，便将合盛元名下的几处大院子优先折让给了李苞。而李苞久处祁号掌柜之位，在祁县城广布人缘，洞悉地脉，其后又据合盛元的旧铺面开设了属于自己的字号买卖。

此后，李苞在老家固邑村广置土地车马，过起了财主兼地主、东家兼掌柜的富贵生涯。李苞于1945年前后逝世，享年八十多岁。

郝克凝料理完这一切，便把自己名下的一部分银子存入李苞的字号生息，一部分银子则换成金条携带回家。于是，七十多岁的郝克凝完全告别了合盛元，送别了合盛元，拖着衰老疲惫之躯回到了老家长头村，终于过了几年富贵、闲散、自在的生涯。

郝克凝于1927年逝世，享年七十七岁。

最后，合盛元只剩下高生云在奉天继续收拾残局，成为合盛元票号和合盛元小东家的最后守护者。他竭诚竭力，继续经营着合盛元遗留下的钱铺、当铺、酒坊等"小号"；他尽职尽责，继续清理着合盛元遗留下的债权债务"尾巴"。现抄《山西票号史料》载《奉天商会档》中高生云给奉天商会的一段呈文为证：

> 合盛东拖欠敝号债款，久未清偿，恳请评议清结办法，以保债权事。窃本城北关合盛东歇业已久，拖欠敝号债款银二十二万二千七百余两迄未归还，致敝号所欠外债无法应付，曾于

去年携同债权代表来奉，议将合盛东分号均归敝号接管以抵前欠，并经山西祁县商会函请贵会监视在案。

          合盛元执事高步青具呈
          中华民国十年十一月

高生云面对艰难的商业处境，清理更艰难的债权债务，为东家、为合盛元殚精竭虑，劳心费神，终因积劳成疾，于1928年英年早逝，享年仅四十九岁。

小东家郭焕瑗跟上高生云前往奉天生活，虽然郭家往日的辉煌不在，但郭焕瑗依靠合盛元在奉天留下的一片买卖青山，在高生云忠心耿耿的照料下，依然可以过锦衣玉食、宝马香车的财东生涯。

直到高生云去世之后，郭焕瑗仍在后任掌柜伺候照料下，继续在奉天过着富有的财东生活；郭焕瑗于1945年逝世，享年五十一岁。

……

那个袁世凯当中华民国临时大总统的壬子年，那个可恶而可怕的壬子年，那场可恶的北京兵变和可怕的挤兑风潮！可恶而可怕的此人、此时、此事，把合盛元票号，把所有山西票号，乃至于把整个晋商群体一下子推进了灾难的深渊，推进了死亡的地狱……

至此，曾经极度辉煌的合盛元票号完全被湮没在了历史的尘埃之下，曾经极度风光的合盛元票号东家掌柜们，也都先而谢幕，退隐于乡村；再而谢世，归形于黄土；在人们的视野中消失了。

至此，曾经垄断中国金融界近百年的山西票号，几乎全军覆灭了；至此，曾经称雄中国商界五百年的整个晋商群体也随之衰亡了；至此，中国商业史和金融史上几乎是前无古人、后无来者的奇特而亮丽的一道风景线，也永远消失在清末民初的地平线之下了……

直到此后近百年,人们回眸这个故事,回望这个字号,回想这群人物,乃至回眸回望回想整个晋商群体的故事、字号和人物,无不感慨系之,叹为观止!

正是:

少小为徒入此门,一朝得道炼成真。

胸怀孔孟仁贤德,身做猗陶买卖人。

两代明清称王霸,九州华夏贡金银。

斯功斯业前无古,斯后百年仍绝尘!